1978—2018

改革开放40年
最有影响力的40部小说

中篇小说卷 Ⅰ

《小说选刊》杂志社　选编
王干　主编

中国言实出版社

图书在版编目（CIP）数据

改革开放40年最有影响力的40部小说.中篇小说卷/王干主编；《小说选刊》杂志社选编.--北京：中国言实出版社，2019.5

ISBN 978-7-5171-3129-8

Ⅰ.①改… Ⅱ.①王… ②小… Ⅲ.①中篇小说–小说集–中国–当代 Ⅳ.①I247

中国版本图书馆CIP数据核字（2019）第072997号

出 版 人：王昕朋
总 监 制：朱艳华
责任编辑：肖 彭
张 朕
出版统筹：冯素丽
责任印制：佟贵兆
封面设计：淡晓库

出版发行 中国言实出版社
地 址：北京市朝阳区北苑路180号加利大厦5号楼105室
邮 编：100101
编辑部：北京市海淀区北太平庄路甲1号
邮 编：100088
电 话：64924853（总编室） 64924716（发行部）
网 址：www.zgyscbs.cn
E-mail：zgyscbs@263.net
经 销 新华书店
印 刷 北京温林源印刷有限公司
版 次 2019年6月第1版 2019年6月第1次印刷
规 格 710毫米×1000毫米 1/16 71.5印张
字 数 1139千字
定 价 299.00元（全三册） ISBN 978-7-5171-3129-8

总　序

改革的呼唤　小说的开放

——论中国改革开放 40 年的小说

王　干

一

改革开放 40 年（1978—2018）的小说无疑是当代文学史最浓墨重彩的部分，今天我们来探讨这样一个历史时段的文学，既是近距离，又是远距离。远距离是时间已经过去 40 年，从 1978 年开始的新时期文学，已然成为历史。而正在发展变化的文学过程，刚刚过去，又是超近的距离。我在这里重点阐发改革开放这样一个伟大的历史时期对小说的外部和内部产生的巨大影响，它催发出的小说思潮和小说变革成为五四新文学诞生以来的又一个高光时刻。在恰逢改革开放 40 年之际，本文将 40 年改革开放与文学创作之间的互动从社会背景、写作理念、叙事、语言、美学以及阅读主体构成的变化等多方面纳入一个整体中来予以系统考察，多维度地呈现出改革开放后文学创作的生长性面貌和特有的历史节奏感，以推动改革开放文学经典化的研究继续走向深化。

“兴废”：改革策动与小说回应

“文变染乎世情，兴废系乎时序”，刘勰在《文心雕龙》里的这句话用来描述改革开放与文学创作的关系是非常确切的。改革开放 40 年来，我们国家在经济、社会、文化等方方面面都取得了历史性的变革、历史性的发展、历史性的成就，文学与改革开放是一起呐喊、一起前进的，成为改革开放文化中的重要组成部分，因为“文变染乎世情”。中国社会的变革与转型在1978年被推至一个临界点，这一时期既意味着巨大的机遇，也意味着一个持续的“乍暖还寒”的险境。1977年《班主任》的发表也是呼应了时代，1978年党的十一届三中全会的召开，奠定了从封闭保守、强调意识形态领域的斗争到认同现代化大趋势的对内改革、对外开放的大势。

1978年底，《文艺报》和《文学评论》两家刊物联合在新侨饭店礼堂召开了140余人参加的“作家作品落实政策座谈会”。以这次会议为新起点，文艺界才开始“落实政策”，恢复大批作家的名誉和自由。平反政策的落实让从事文艺创作和评论的工作者在心理上找到了认可和慰藉，逐步获得了相对合法的身份，也就是说改革开放为文艺创作提供良好的社会环境。1979年第4期的《上海文学》推出了李子云和周介人的文章《为文艺正名——驳“文艺是阶级斗争的工具”说》，并提供专栏展开讨论。这是文学对政治过度介入的一次公开的反拨，也是一次对文学艺术审美本质的呼唤。这次“为文艺正名”的讨论具有一种历史性开端的意义。

现在的文学史把“伤痕文学”“反思文学”“改革文学”作为历时性的三股文学思潮，好像是不断进化的一个文学的过程，而今天我们重新来阅读这些作品，发现这个过程不是直线的进程，三者有时候是相互交叉的，在批判揭露“极左”思潮的错误的同时自然会反思历史伤痕形成的原因，在如何摆脱历史困境寻找未来出路时，当然会发出变革社会的呼声。伤痕文学、反思文学作为短暂的文学潮流在一定程度上释放了大众对于民族灾难和个体创伤的哀怨，接下来需要重新面对新的生活，因此改革文学代替伤痕文学、反思文学的主潮也是时代所需，具有历史的必然性。“春江水暖鸭先知”，中国的作家先感受到时代春风的来临。同时，文学也反映出人民的心声，能够及时地传达老百姓对社会变革、对社会进步的诉求。作家通过写作品来呼唤时代变革，呼唤社会进步，呼唤我们对旧有的陈规陋习进行变革性的改造，比如王蒙的《说客盈门》、高晓声的《陈奂生上城》、刘心武的《班主任》、何士光的《乡场上》、张抗抗的《夏》都隐隐地昭示着现实的变通的诉求，《说客盈门》带有“问题小说”的直白和真切，它首先感到现实的困局，期待时代的变革，是改革的潜在的呼唤。

1979年7月，蒋子龙的《乔厂长上任记》问世，改革文学就此开启，与

"伤痕文学"和"反思文学"共时发展。改革是中国社会的伟大变革，作家自然成了马前卒，文学也吹响号角。改革文学借助于改革之风点燃激情，记录下万物生长的历史瞬间。改革文学是一种对中国当代现实的发展变化做出直接回应的文学，不仅客观记录了改革的进程和艰难，也呈现出现实的种种弊端。可以说，改革文学全景式地展现了转型与改革的社会场景，并深刻地书写出中国人对于现代化的期待与渴望，以及对于纠缠于新旧之间的改革的忧与思。如果说改革是一场大戏，那么改革文学则是这场戏剧的生动的脚本，里面记录了民族心理的脉动。《乔厂长上任记》《三千万》《沉重的翅膀》《鲁班的子孙》《花园街五号》《祸起萧墙》《改革者》《燕赵悲歌》《鸡窝洼的人家》《新星》《开拓者》《彩虹坪》等都是这一时期涌现出来的优秀的改革文学作品。

改革文学带有某种倡导性和探索性，引起强烈反响的同时，也引起了争论。改革文学的开山之作《乔厂长上任记》刚发表的时候，遭到当时的天津市委的批判，是中宣部和中国作协给予了直接的干预，肯定了蒋子龙以及小说的意义。《人民日报》也登载了对《乔厂长上任记》《燕赵悲歌》等作品的肯定性评价，因此，改革文学反过来又促进了改革开放的步伐，对社会转型起到了很好的建设性作用，也有很强的介入现实生活的功能。而且，这种介入是全方位的，比如《乔厂长上任记》倡导的是工厂人事和技术革新，《沉重的翅膀》是对改革现实的书写，《彩虹坪》呼唤的是家庭联产承包责任制，《新星》关注的则是基层政治生态的改进。

改革文学之所以受到欢迎和关注，也是因为这种文学真实地展现了民族变革的热望并承载了大众的梦想，作品中改革者的形象为民族提供了可以参照甚至膜拜的偶像，契合了大众对英雄的期待心理。时代造就了英雄，也呼唤着书写英雄的文学，许多作家被时代改革的氛围所感染，陆文夫在创作《围墙》时就说他的目的就是支持改革者。也就是说改革文学的创作者与时代的步伐是休戚相关的，迎合了时代审美的"胃口"。《乔厂长上任记》中的乔光朴、《新星》中的李向南、《沉重的翅膀》中的郑子云等都是改革文学浪潮中的英雄，作家通过文本建构出一个个有魅力、能产生正向价值影响的改革者形象，这些形象受到了热烈的追捧，反过来也激励着现实改革中的类似形象的现身，因为民族的新生需要偶像的重构。

改革文学热潮四起，但那个时候的作品基本模式还是改革与保守的二元对立。随着改革进入深水区，20世纪90年代初期，河北的“三驾马车”谈歌、何申、关仁山分别写下了《大厂》《信访办主任》《大雪无乡》，这些作品是以广阔的农村和国有大中型企业为主战场，书写改革进程中的社会阵痛和突围。《大厂》是这一时期改革文学的代表作之一，此时的改革矛盾不再是简单的二元对立，而是涉及形形色色的人物，也不再是依靠个别英雄来完成改革的图景。这一时期的小说呈现出更为复杂更为交错的原生态。

20世纪90年代后期，中国的改革不断推进，改革中出现的矛盾冲突加剧，官场出现了腐败现象，改革与反腐在作家的笔下产生了一种新的联系。原先的改革派和保守派之间的冲突往往还是观念上的差异，到了20世纪90年代后，利益的冲突成为改革文学的新的焦点。柳建伟的“时代三部曲”——《北方城郭》《突出重围》《英雄时代》（1997—2000）、周梅森的“改革三部曲”——《人间正道》《天下财富》《中国制造》（1997—2001）、张平的《抉择》与《天网》（2001）、陆天明的《苍天在上》（2002）。以获得第五届茅盾文学奖的《英雄时代》为例，小说选取的是党的十五大关于国企改革、发展民营经济、政府机关机构改革等一系列政策实施之后，中国在向社会主义市场经济体制转型过程中的艰难历程以及同期人们的生存境遇。小说的选材更为广阔，人物上至省委市委，下至平凡的摊主，重点探讨了价值标准多元无序等现实问题对中国当代人命运的全方位影响。这些作品继承了改革文学的精神，又写出了改革的复杂性。到2017年出版的周梅森新作《人民的名义》，形成了新的高潮。这部小说随着同名的电视连续剧播出，成为一个热点话题。可见，反腐文学的生命力依然很旺盛，因为作品触及了改革深处的方方面面，对当下的现实场景有着深刻的描写和真实的呈现。

改革开放促进了社会的发展变化，也带来生活的急剧动荡，中国现代化的进程改变了中国社会的面貌，各个社会层面都发生了程度不同的变化，而小说家敏锐地捕捉到这些剧烈或细微的生活差异，构成了新的文学板块。

21世纪初，打工文学的出现，意味着改革开放对文学的影响从时代的层面转向对新的社会群体的关注。“打工”是改革开放以后农民进城的一个特定的方式，也是沿海地区最为常见的生存状态。“打工文学”这个定义虽然缺少严密的界定，也经历了一个从模糊到清晰、从边缘到中心的过程。在后来“窄化”的过程中界定为“主要创作者和题材内容集中在打工者中”，也就是说打工文学主要是打工者写的文学，同时也是写打工者的文学。打工文学拓展了文学的题材写作领域，也打破了传统的文学生产模式，是一种典型的“我写，写我，我看”的模式，门槛低，互动性强，而且是真正的接地气。打工者最早出现于广东省部分地区与长江三角洲一带，他们除了物质生活上的要求之外，还有着强烈的对城市生活方式的渴望，以及对精神生活的追求。后来随着年轻作家王十月、诗人郑小琼等人的作品的问世，打工文学在艺术上逐渐成熟，得到了更多的认可。王十月的《无碑》《烦躁不安》《31 区》等长篇都具有强烈的批判意识和命运之痛，是打工文学中的代表作品。

比之打工文学，更有历史感和生命力的是都市文学的兴起，也是改革开放之后才出现的。1994 年 6 月，《钟山》杂志和德国歌德学院北京分院在南京召开了城市文学研讨会，这是迄今为止第一次大规模的关于城市文学的研讨。这个研讨会非常有意味——对中国城市文学的热情研讨却是由外国的一个文化传播机构参与，意味着中国的城市化进程已经引起了世界的关注。在 20 世纪 30 年代中国文学曾经出现过写城市的风潮，当时有新感觉派的“生与色”的书写，有茅盾的社会剖析的《子夜》书写；40 年代则有张爱玲的传奇式书写。改革开放以来，城市的书写逐渐显现出来，到了 90 年代则有王安忆的《长恨歌》，前几年还有金宇澄的《繁花》，这些都是描写都市的经典作品。现在年青一代对于城市的书写，已经从城市外在的变化的描写转向了对中产阶级或准中产阶级焦虑的表达。之前对题材的分类，比如“工业题材”“农业题材”“军事题材”，则显得苍白无力。

这些新的小说板块的出现，打破原先乡土小说一统天下的格局，另外乡土小说在近年来也出现“再书写”的转机。“再书写”的一个特征体现在对农民精神家园失落的描写，写回不去的无归宿的苦楚。在 20 世纪 70 年代末期，高晓声的一篇《陈奂生上城》，拉开农民进城的序幕。这序幕是进城小说的序幕，也是生活中中国农民进城的序幕。进入 21 世纪之后，农村城镇化的推进，加深了乡村文明的变迁和动荡。乡村文明的挽歌在作家的笔下缓缓地流了出来。“再书写”的另一个特征就是对家园的告别之后的回望，回望之后的回不去的喟叹。莫言小说中的“恋乡”和“怨乡”，曾打动无数读者。近些年来，大量的小说以“故乡”“还乡”为书写的主题，和 20 世纪八九十年代的那场“进城”（打工潮）遥相呼应，这从另一个维度表达了改革开放之后人们心灵的波澜。

“文变”：小说观念的开放与更新

今天我们看待各种各样的小说形态，并不会诧异，但是当初文学界曾经为“三无小说”产生一番不小的争论。“三无小说”指“无情节”“无人物”“无主题”的带有实验性的作品，常常和意识流小说形态相关。而今天，这类“三无小说”显然没有发展成主流，更多的小说还是充满现实主义精神的“三有”之作；这种充满主观情绪的小说出现了，也不会再有人大惊失色去指责。这说明小说观念已经从单一的定于一尊的某种小说模式走向了多元的开放的小说价值观。当然，这种价值观的形成也是经过了反反复复的过程。

“欲新一国之民，不可不先新一国之小说。”梁启超提出的小说观使小说的地位得到跃升。改革开放后，与小说观流变相伴的是小说地位的不断变化。1978年12月改革开放拉开大幕，伤痕文学、反思文学以人道主义反抗“极左”思想，小说获得极强轰动效应。1984年之后，在“文本自身建设”的小说观下，先锋小说大量涌现，疏离、解构传统叙事模式。小说观出现分化：伤痕、反思、改革小说创作和政治关系紧密，寻根、先锋、新写实小说等则指向文化和审美。前者注重意识形态导向及社会效应，后者强调文学的审美、拥抱个性、自由。1988年，王蒙发表了《文学：失去轰动效应之后》，文章揭示了在社会开放、作家分化、“严肃文学”或“纯文学”被边缘化等大趋势面前文学界的反思和期望。经历“文本自身建设”的“先锋”浪潮后，在冷寂中中国作家的小说观继续完善。20世纪90年代后期，先锋作家开始回归现实主义传统，新写实小说家持续开疆辟土，各种流派的小说观多元并存。21世纪，在商业社会背景下，“主旨在娱”的小说观与互联网新传媒联姻，网络小说大行其道；一种将生存法则、行业潜规则植入小说的类型小说，受到大众的热捧。纯文学与网络文学、类型小说的分野，是精英与草根的小说观的分野，也是一次回归或是小说观念的再度更新。

小说观念的变革来自国门的打开。纵观中国改革开放的历史，最早“开放”的是文学艺术。20世纪70年代末期，大量西方现代主义文学就陆陆续续翻译出版，这是现代主义在中国的第二次登陆（20世纪20年代，新文学诞生之后不久，“现代主义”就登陆中国，但之后随着历史风云的变化，启蒙和救亡的双重奏，“现代主义”渐渐消隐，甚至成了资产阶级文艺“颓废派”的别名）。改革开放后，西方小说观念重新成为小说家创作的理论资源，1978 年朱虹在《世界文学》的第 2 期上发表了《荒诞派戏剧述评》。从 1979 年初开始，袁可嘉、陈焜、柳鸣九、赵毅衡、高行健、孙坤荣、陈光孚等人就相继发表文章介绍现代派文学的状况，1980 年袁可嘉、郑克鲁等编选《外国现代派文学作品选》（八卷本）出版。这一系列的动作为高行健《现代小说技巧初探》（1981 年由花城出版社出版）的到来积攒下了人气。

1979 年至 20 世纪 80 年代初，王蒙的《春之声》等一系列小说，茹志鹃的《剪辑错了的故事》，宗璞的《我是谁》等都不约而同地显示出“意识流”的痕迹。1982 年，冯骥才、李陀、刘心武、王蒙四人所写的信，被称为“四只小风筝”。冯骥才大声疾呼“中国文学需要‘现代派’”。据洪子诚先生统计，1978 年到 1982 年短短五年间，全国主要报刊登载的译介、评述、讨论现代派文学的文章，约有四百余篇。1984 年和 1985 年“走向未来丛书”和“面向世界丛书”“现代西方学术文库”等译作蜂拥而至。1987 年《收获》第五期“先锋作品专号”，余华、苏童、格非、马原、孙甘露等“先锋作家”集体登场。90 年代后，作家“文本意识”普遍增强，不少声名显赫的中国小说家，身后是一个或一批外国小说大师的影子。痛定思痛，小说家开始反思。这种回流场景出现在 1985 年，当时一些年轻的作家在受到拉美魔幻现实主义的冲击之后，有意避开西方文学的路径。路径依赖，是当代小说家创作的一个瓶颈。每个成功的小说家背后，都站着一个西方的大师。

寻根文学的初衷是为了及早地摆脱西方文学现代派的路径，但是由于自身文化的限制，寻根变成了理论的探索而不是小说的探索。“根”最后被一些作家简单地理解为生命的蛮荒和生理的本能，或者理解为文化的原初的形态，一些民俗和伪民俗被当作小说的本质充斥到小说里。脱离现实，逃避人生，一味追求小说的异域风光和蛮荒景观。寻根文学最后景观化的展示，经历了短暂的热闹之后很快退潮。“新写实”小说的兴起，在否定之否定之后，1988 年《文学评论》和《钟山》联合召开的“新写实与先锋派”的会议，现在看来是一次转折。重新认识现实主义，当然也重新认识现代派，影响深远。

中国小说家接受全球文学潮流的冲击和影响，小说观念获得前所未有的变异和发展，格局从封闭走向开放，从单一走向多样。小说“开放”随着“改革”深入，最终产生一种“文化回流”，世界文学潮流冲击中国，也增强了我们的文化自信。接受“现代主义”而保有中国本色的小说家汪曾祺，其价值因此而被重估。独特的中国文化令《红高粱》《白鹿原》《长恨歌》《尘埃落定》等现实主义为主要创作方法的长篇巨制大放异彩，中国作家的文化自信得以迅速增强，这是对文化寻根的一次否定之否定，“开放”之后中国小说回归到民族本土。

硕果：小说探索的深化与优化

人物的塑造。改革开放40年的文学创作，硕果累累，尤其在小说创作方面，塑造了一大批我们耳熟能详的典型人物，如陈奂生、香雪、高加林、巧珍、乔光朴、李向南、倪吾诚、章永璘、许三观、福贵、张大民等，还有王朔笔下的顽主、姜戎笔下的“狼”，都与五四新文学的阿Q、祥林嫂、吴荪甫、老通宝、骆驼祥子以及红色经典里的小二黑、老忠、林道静、梁三老汉等成为新文学人物画廊中的标志性人物。这些人物的生命力旺盛，至今还常被人们提及。

这一时期的小说摆脱之前的“高大全”模式，写出了人物性格的丰富性和多样性。改革开放之前的小说曾大量出现福斯特所说的“扁形人物”，这类人物是漫画性的，人物某一方面的特点被突出甚至被夸张，形象变得特别简单粗糙。而我们上述说到的人物，不再是简单的概念化的人物，而是透露着生活地气的“圆形人物”，人物性格具有成长性和复杂性。他们都堪称典型环境中的典型人物。

另外，由于小说观念的嬗变，人物也不再是衡量小说成败的唯一标准。改革开放后，在新的小说观的影响下，人物和故事不再是两张皮，而是产生融合，二者不可分，互为表里。一部分小说家的小说变得尤为注重审美意趣、文化意蕴，他们重返五四时期“现代主义”所开创的小说传统，返回以意境营造为核心的叙事传统，一些小说家淡化了故事情节也消减了人物形象塑造，成为一种被称之为“散文化的小说”。王蒙一方面塑造了鲜活的人物，另一方面则着力于意境、意象这些非人物塑造的尝试，《春之声》《夜的眼》《风筝飘带》《杂色》蔚然领风气之先。近些年来，王安忆发表的小说《闪灵》等短篇小说非常像随笔作品，而迟子建发表的小说《候鸟的勇敢》在人物形象塑造上也表现得漫不经心，这或许是中国作家对法国新小说“去人物化”写作的某种尝试性呼应。

叙述的创新。小说作为叙述的艺术，经历了说书人模式到现代小说叙述模式的巨大转变。以叙事学的角度考察叙事模式的更新，可以通过叙事时间（故事发生的时间和讲述故事的时间）、叙事视角（限制视角、全知视角、纯客观视角）、叙事组织（人物关系、事件关系、语义关系）来进行。改革开放以来，小说最大的变化在于叙述形态的多样化，之前的小说叙事基本限于全知全能模式和第一人称“我”的叙述模式，前者如梁斌的《红旗谱》，后者如杨沫的《青春之歌》，《青春之歌》用林道静的视角来叙述故事，实际是潜在的第一人称。而王蒙的《杂色》以马的视角来叙述，莫言的《红高粱》采用“我爷爷”这样超时空的叙述人视角，方方《风景》采用亡婴的视角，都是改革开放之后才有可能出现的“机智叙述”。这些叙述的尝试也成为后来小说的模板，为更多的后来者所采用或借鉴。

成功的小说叙事来自富有个性的叙述语言。在19世纪和20世纪之交，西方发生了“语言论转向”，波及整个人文学科，“人开始在语言中思考”，并开始对人的理性和人的经验的可靠性产生质疑。程光炜说道：“一定程度也可以说，80年代知识转型的整个过程都构成了一种重写‘语言’的思潮。”在80年代中期以前的中国当代小说中，书写社会、生活、人生是焦点，语言只是作为“形式”，一种表达的工具。随着西方形式批评理论的引进，中国小说也开始走向对文学本体的探索，开始关注语言、叙事及文体的存在，语言的独立性和重要性开始凸显。王蒙的作品先于西方理论资源而显现出政治性话语向个人心理话语的转移。高行健在谈到王蒙的《杂色》时说：“新词、新的句法自然而然地从他笔下流泻出来，明快、流畅，而又新鲜。”高行健较早认识到了语言的重要性，1981年他在《现代小说技巧初探》专门谈语言：“在小说创作中，作者自然把更多的注意力放在寻找一种能取得读者信任的叙述语言上。这就是在现代小说中为什么那样注意讲究叙述语言的缘故。正因为如此，也才出现一种极端的说法：风格即语言。”汪曾祺的《受戒》《大淖纪事》等作品在当时是非常独特的，虽然与当时的现实语境和流行话语有些隔膜，但汪曾祺通过独特的具有古典韵味与民间文化情怀的语言呈现出具有自己风格的文学作品。重要的是，他的风韵引领了一种关注语言的风尚。当然，汪曾祺也同样具有理论上的自觉意识，比如他在1983年也明确地说道："写小说就是写语言。"1985年青年批评家黄子平提出"得意莫忘言"的说法，他呼吁"不要到语言'后面'去寻找本来就存在于语言之中的线索"；希望能还语言以本体的位置，把它从工具论中解放出来。80年代中期，《你别无选择》《透明的红萝卜》《小鲍庄》《冈底斯的诱惑》等大量充满陌生气息的作品登场，小说创作出现了大面积的异动现象。新的理论和王蒙、汪曾祺、莫言们的创作实践，让中国作家对小说叙述有了新认识，促成了小说叙述的丰富和更新。从20世纪80年代持续到21世纪初，作家考虑从"写什么"内容到"怎么写"的转移，生动见证了小说形式所受到的重视，也改变了语言的工具论地位与"风格学"的范畴，使之上升为叙述的本体。

写实的优化。虽然40年小说五彩缤纷，创新频频，但取得成就最高的还是写实主义的小说。虽然40年间那些名目繁多的形式创新让写实主义的小说显得有些苍老，但繁华落尽，沉淀下来的好作品依然是那些具有强烈写实精神的作品。《小说选刊》最近和中国小说学会联合举办的"改革开放40年40部最有影响力的小说"评选活动中，入选的40部作品几乎全是《白鹿原》《长恨歌》这样的写实性作品，连余华、苏童、格非这样标签明显的"先锋派"入选的《活着》《妻妾成群》和《望春风》也是写实性的作品，而不是实验性强的《在细雨中呼喊》《1934年的逃亡》和《青黄》。先锋作家的转型，也再次证明了写实主义持久的生命力，形式主义是有限的，而写实主义是无限的。

但今天的写实小说和之前的现实主义有着巨大的变化，那就是融进了现代主义甚至后现代主义的很多元素，尤其在叙述主体方面显得更为"写实"。陈平原在《中国小说叙事模式的转变》中肯定了五四时期现代主义作家对叙事时间的自如运用，但他在考察叙事视角的运用时，发现只有鲁迅和凌淑华曾以纯客观叙事写过小说。1953年，罗兰·巴特发表了一篇文章《写作的零度》，"零度写作"指作者在文章中不掺杂任何个人的想法，完全是机械地陈述或描述，也就是零度叙事。改革开放后，作家们迅速系统掌握了这项叙事技术，余华的处女作《十八岁出门远行》以细致的描写替代了故事的讲述，像摄像机一样记录一个少年的远行，读者几乎是通过他以文学描述出来的画面、人物动作，观看了一个故事。笔者曾在《近期小说的后现实主义倾向》一文中将"新写实"的特色概括为"还原生活、零度写作、与读者对话"等。纯客观叙事随着时间的推移，越来越受到作家们青睐。如果从叙事组织来考察，不难发现两种极端，人物关系、事件关系在改革开放之后变得要么更为疏离，要么更为紧密。一部小说的组织模式可以分为两个层面：显性的组织，隐含的价值。人物关系、事件关系的疏离处理，可以带来更强的审美效果——小说在审美层面，是作家与读者展开的一场隐秘的对话，疏离产生更强烈的审美张力，这是对隐含的价值的追求；人物关系、事件关系的紧密处理，常常表现为人物身份的立体化，立体身份产生立体的人物关系，它们合力产生强劲的推动力，使小说显性的组织富有质感，让人物和事件产生复杂而丰富的意义。如果谈论语义关系，我们不能忽视语言自身的生殖能力。语言依靠逻辑、语感，可以自行在文本中生长，中国的诗人精于此道，诗人通过语言自身的繁殖，确保文本的自足性。

这里不得不说风靡文坛多年的“新写实小说”。20 世纪 80 年代末至 90 年代初，方方的《风景》，池莉的《烦恼人生》，王安忆的《小鲍庄》，李锐的《厚土》，刘恒的《伏羲伏羲》，余华的《河边的错误》《现实一种》，刘震云的《塔铺》，朱苏进的《第三只眼》等小说超越了现实主义和现代主义的既有范畴，既体现出了对西方文学流派的借鉴，同时也显现出了对中国小说传统的继承和回归，被命名为新写实小说。

新写实小说在今天来看，是现实主义在中国踏出的坚实脚印，它为先锋文学的落地和转向提供了强有力的支撑。1985 年前后，先锋文学如火如荼，马原、余华、苏童、叶兆言登上文坛，以独特的话语方式进行小说文体形式的实验。毋庸置疑，先锋文学是中国当代文学进程中一个重要的文学现象。从肇始之初的“先锋实验小说”到后来的“返璞归真”，先锋派的作家们走出了一条饶有意味的文学创作之路。《米》《妻妾成群》《活着》《许三观卖血记》等小说的发表，意味着先锋作家减弱了形式实验和文本游戏，开始关注人物命运，并以较为平实的语言对人类的生存和灵魂进行感悟，现实深度和人性关注又重归文本。

先锋的转型反过来又影响到原先比较写实的作家，像陈忠实、刘恒、刘震云、阎连科等原本是非常写实的叙述，之后融进了一些新的叙述理念，用一种客观的、没有任何主观意向的叙述语调，将生活原生态进行了还原，因而，小说没有价值观的导向，没有爱憎，人物既不崇高，也不卑贱，他们只是本色地活着，存在着。新写实小说不按照某种理想来选取生活现象，也就无须突出什么、回避什么、掩饰什么，正是这种客观还原和零度叙述，使得小说具有了作者和读者“对话”的可能。

“新写实”之后被放大，被泛化，不论是90年代出现的刘恒的《贫嘴张大民的幸福生活》、刘震云的《一地鸡毛》还是今天马金莲的《长河》、石一枫的《世间已无陈金芳》，无论是90年代的《长恨歌》还是今天的《繁花》，我们可以看出作者叙述语调的平和和冷静，可以看出小说叙述者叙述态度的一脉相承。

或许这正是一种中国特色的现实主义写作，既不同于福楼拜的自然主义倾向的现实主义，也有别于巴尔扎克的批判现实主义，同时也区别于苏联的革命现实主义，更不是法国“新小说派”物化的现实主义，而是融合中国现实精神和传统文化内蕴的新写实精神。同时又是开放的现实主义，对外来的小说精华大胆地拿来。这是开放的小说硕果。

2018年11月1日定稿

目录

contents

绿化树

张贤亮

《绿化树》发表于1984年2月，和《男人的一半是女人》共同构成张贤亮最重要的作品，也是新时期小说中，最具独特性的篇章之一。其卓异之处主要在于，将现实需求与理论思考辩证地结合起来，将民间文化与西方经典错位对接起来，将现实的匮乏和曾经的丰富跨时空联结起来，将食与性温暖地融汇起来，将底层人民的善良担当与知识分子的精于算计无掩饰地对照起来。这些在三十八章的篇幅中几乎无处不在的对比，使文本具有了特别的张力，更显示出作者真实的生活阅历、深刻的思考能力，以及不凡的创造活力。

李晓东

《十月》1984年2期

一

大车艰难地翻过嘎嘎作响的拱形木桥，就到了我们前来就业的农场了。

木桥下是一条冬日干涸了的渠道。渠坝两旁挺立着枯黄的冰草，纹丝不动，有几只被大车惊起的蜥蜴在草丛中簌簌地乱爬。木桥简陋不堪，桥面铺的黄土，已经被来往的车辆碾成了细细的粉末。黄土下，作为衬底的芦苇把子，龇出的两端参差不齐，几乎耷拉到结着一层泥皮的渠底，以致看起来桥面要比实际的宽度宽得多。然而，车把式仍不下车，尽管三匹马呼哧呼哧地东倒西歪，翻着乞怜的白眼，粗大的鼻孔里喷出一团团混浊的白汽，他还是端端正正地坐在车辕上，用磕膝弯紧夹着车底盘，熟练地、稳稳当当地把车赶过像陷阱似的桥面。

牲口并不比我强壮。我已经瘦得够瞧的了，一米七八的个子，只有四十四公斤重，可以说是皮包骨头。劳改队的医生在我走下磅秤时咂咂嘴，这样夸奖我："不错！你还是活过来了。"他认为我能够活下来简直是个奇迹；他有权分享我的骄傲。可是这几匹牲口却没人关心它们。瘦骨嶙峋的大脑袋安在木棍一般的脖子上，眼睛上面都有深窝。它们使劲时，从咧着的嘴里都可以看到被磨损得残缺不全的黄色牙齿。有一匹枣红马的嘴唇还被笼头勒出了裂口，一缕鲜红的血从伤口涔涔流下，滴在车路的沿途，在一片黄色的尘土上分外显眼。

但车把式还是端坐在车辕上，用一种冷漠而略带悒郁的目光望着看不见尽头的远方。有时，他机械地晃动一下手中的鞭子。他每晃动一下，那几匹瘦马就要紧张地抖动抖动耳朵。尤其是那匹嘴唇破裂了的枣红马更为神经质，尽管车把式并不想抽打它。

我理解车把式的冷漠与无动于衷：你饿吗？饿着哩！饿死了没有？嗯，那还没有。没有，好，那你就得干活！饥饿，远远比他手中的鞭子厉害，早已把怜悯与同情从人们心中驱赶得一干二净。可是，我终于忍不住了，一边瞧着几匹比我还瘦的牲口，一边用饥荒年代的人能表现出来的最大的和善语气问他：

"海师傅，场部还远么？"

他分明听见了，却不搭理我，甚至脸上连一点轻蔑的表情也没有，而这又表示了最大的轻蔑。他穿着半新的黑布棉裤褂，衣裳的袢纽很密，大约有十几个，从上到下齐整的一排，很像十八世纪欧洲贵族服装上的胸饰。虽然拉着他的不过是三匹可怜的瘦马，但他还是有一种雄豪的、威武的神气。

我当然自惭形秽了。轻蔑，我也忍受惯了，已经感觉不到人对我的轻蔑了。我仍然兴致勃勃。今天，是我出劳改队走上新的生活的第一天，按管教干部的说法是，我已经成了"自食其力的劳动者"了。没有什么能使我扫兴的！

确切地说，这只是到了我们前来就业的农场的地界，离有人烟的居民点还远得很。至少现在极目望去还看不见一幢房子。这个农场和劳改农场仅有一渠之隔，但马车从早晨九点钟出发，才走到这里。看看南边的太阳，时光大概已经过中午了吧。这里的田地和渠那边一样，这里的天更和渠那边相同，然而那条渠却是自由与不自由的界线。

车路两边是稻田。稻茬子留得很高。茬口毛茸茸的，一看就知道是钝口的镰刀收割的。难道农场的工人也和我们一样懒，连镰刀也不磨利点？不过我遗憾的不是这个，遗憾的是路两边没有玉米田。如果是玉米田，说不定田里还能找出几个丢失下来的小玉米。

遗憾！这里没有玉米田。

太阳暖融融的。西山脚下又像往日好天气时一样，升腾起一片雾霭，把锯齿形的山峦涂抹上异常柔和的乳白色。天上没有云，蓝色的穹窿覆盖着一望无际的田野。而天的蓝色又极有层次，从头顶开始，逐渐淡下来，淡下来，到天边与地平线接壤的部分，就成了一片淡淡的青烟。在天底下，裸露的田野黄得耀眼。这时，我身上酥酥地痒起来了。虱子感觉到了热气，开始从衣缝里欢快地爬出来。虱子在不咬人的时候，倒不失为一种可爱的动物，它使我不感到那么孤独与贫穷——还有种活生生的东西在抚摸我！我身上还养着点什么！

大车在丁字路口拐了弯，走上另一条南北向的布满车辙的土路。我这才发现其他几个人并不像我一样呆呆地跟着大车，都不见了。回头望去，他们在水稻田后面的一档田里低着头寻找什么，那模样仿佛在苦苦地默记一篇难懂的古文。糟糕！我的近视眼总使我的行动非常迟缓。他们一定发现了可以吃的东西。

我分开枯败的芦苇，越过一条渠，一条沟，尽我最大的力气急走过去时，"营业部主任"正拿着一个黄萝卜，一面用随身带的小刀刮着泥，一面斜睨着我，自满自得地哼哼唧唧：

"祖宗有灵啊——"

"祖宗有灵"是劳改农场里遇到好运道时的惯用语。譬如，打的一份饭里有一块没有溶化的面疙瘩；领的稗子面馍馍比别人的稍大；分配到一个比较轻松而又能捞点野食的工作；或是碰着医生的情绪好，开了一张全休或半休的假条……人们都会摇头晃脑地哼唧："祖宗有灵啊——"这个"啊"字必须拖得很长，带有无尽的韵味，类似俄国人的"乌拉"。

我瞟了一眼：他手中的黄萝卜不小！这家伙总交好运道。"营业部主任"也是"右派"，但听他诉说自己的案情，我却觉得他不应属于"右派"之列，似乎应归于"腐化分子"或"蜕化变质分子"一类才恰当。他自己也感到冤枉，私下里说是百货公司为了完成"反右"任务，把他拿来凑数的。当在"生活检讨会"上，他知道我的高祖、曾祖、祖父、外祖父都是近代和现代的稗官野史上挂了名的人，父亲又是开过工厂的资本家时，会后曾悄悄地带着羡慕的口气对我说：

"像你，才是真正的'资产阶级右派'哩！浪过世面，吃过香的喝过辣的！像我，从小要饭，后来当了兵，他妈的也成了'资产阶级右派'！熊！哪怕让我过一天资产阶级的日子，再叫我当'右派'也不冤哩……"

可是，他并没有从此对我态度好一点，相反，还时时刻刻带着一种刻骨的忌恨嘲讽我，以示他毕竟有个什么地方比我优越。他年龄比我大得多，比我更为衰弱，一脸稀疏肮脏的黄胡须，鼻孔常常挂着两条清鼻涕。他不敢跟我斗力，却把他的外援和好运道在我面前炫耀，以逗引出我的食欲和馋涎。他知道这才是最有效的折磨。我对他也有一种直觉的反感，老想摆脱他却摆脱不了。因为都是“右派”，分组总分在一起。这次释放出来，他也由于家在城市，被开除了公职，又和我一同分到这个农场就业。

这是一块黄萝卜田。和青萝卜田不一样，黄萝卜田里是没有畦垄的，播种时就和撒草籽似的撒得满田都是。撒得密的地方黄萝卜长得细小，挖掘的时候难免有遗漏下的。但这块田已不知被人翻找了多少遍，再加上地冻得邦邦硬，我蹲在地上用手指头抠了许多有苗苗的地方也没找到一个。

“营业部主任”刮完了泥，站在离我不远的地方，和嚼冰糖一样把萝卜嚼得嘎巴嘎巴响，有意把萝卜的清脆、多汁、香甜用响亮的声音渲染得淋漓尽致。

“这萝卜好！还不糠……”他趁咽下一口时，这样赞扬。

这种萝卜只有在田被冻得裂了口的裂缝中才能抠得出来。我是有经验的。我又顺着裂缝细细地寻找了一遍，还是没有找到。那必须是裂缝中恰恰有个黄萝卜，也就是说恰恰有个遗漏下的萝卜长在裂缝中，可想而知，这样的概率非常非常之小。“营业部主任”的好运道就表现在这里！

然而我今天却毫不气恼。我站直腰，宽怀大度地带着勉强的微笑从他面前走过去，斜斜地抄条近路去追赶那辆装着我们行李的大车。

二

是的，我今天情绪很好。早晨，吃劳改农场最后一顿饭时，因为我们这些已经被释放的就业人员可以不随大队打饭了，在伙房的窗口，我碰见了在医院里结识的病友——西北一所著名大学哲学系讲师。他也被释放了，正在等农场给他联系去向。

“章永璘，你要走了吗？”

尽管他还穿着劳改农场的服装，胸前照例有一大片汤汁的污点，却用最温文尔雅的姿势祝贺我，还和我像绅士般地握了握手。这种礼节，对我来说已经是另外一个世界的事了。可奇怪的是，这种最普通的礼节又一下子把我拉回了那个我原来很熟悉的世界。于是，我也尽可能地用十足的学者风度在吵吵嚷嚷的伙房窗口与他交谈起来。

“那本书怎么办？”我问，“怎么还你呢？给你寄到……”

“不用！”他一手托着一盆稀汤，一手慷慨地摆了摆，那姿态俨如在鸡尾酒会上，“送给你吧！也许……”他用超然的眼光看了看四周，“你还能从那里面知道，我们今天怎么会成了这个样子。”

“我们？你指的是我们？还是……”我也谨慎地看了看打饭的人群。有一个犯人嫌炊事员的勺子歪了一下，正声嘶力竭地向窗口里吵着定要重舀。“还是我们……国家？”

“记住，”他的食指在我胸前（那里也有一大片汤汁的斑点）戳了一下，以教授式的庄重口吻对我说，“我们的命运是和国家的命运紧紧地连在一起的！”

对他的话和他的神态，我都很欣赏。在人身最不自由的地方，思想的翅膀却能自由地飞翔。为了延长这种精神享受，我虽然不时地偷觑着窗口（不能去得太晚，窗口一关，炊事员就不耐烦侍候你了。即使请动了他，他也要在勺子上克扣你一下，以示惩罚），但同时也以同样庄重的口吻说：

“不过，第一章很难懂。那种辩证法……用抽象的理论来阐述具体的价值形成过程……”

“读黑格尔呀！”他表情惊讶地提示我，仿佛我有个书库，要读什么书就有什么书似的，接着又皱起眉头，“要读黑格尔。一定要读黑格尔。他的学说和黑格尔有继承关系。读了黑格尔，那第一章《商品》就容易读懂了。至于第二章、第三章以及第二篇《货币到资本的转化》就不在话下了……”

“是的，是的。”我用在学院的走廊上常见的那种优雅姿态连连点头，“仅仅那篇《初版序》就吸引了我，可惜过去，我光读文学……”

我们这番高雅的谈话结束得恰到好处。他和我告别，小心翼翼地端着那盆稀汤走后，我扑到窗口伸进罐头筒，炊事员正要往下撂板子。

“你他妈的干啥去了？！”

“我帮着装行李来着。”我马上换了一副嘴脸，谦卑地、讨好地笑着，“我这是最后一顿饭啦！”

“哦——”炊事员用眼角瞟了我一下，接过我的罐头筒，舀了一瓢以后又添了大半瓢。

“谢谢！谢谢！”我忙不迭地点头。

“等等。”另一个年纪较大的炊事员擦着湿漉漉的手走到窗口，探头看看我，“你狗日的就是从死人堆里爬出来的那个吧？”

“是的，是的。”他亲昵的语气使我受宠若惊，给了我一种不敢想象的希望。

“你真他妈的不易！”果然，他从窗口旁边的笼屉里拿起一对昨天剩下的稗子面馍馍，拍在我像鸡爪般的手上，“拿去吧！”

还没等我再次道谢，他们俩就“啪”地撂下了黑叽叽的窗板。他们不稀罕别人感恩戴德，这样的话他们听得太多了，听腻了。

这才是真正的“祖宗有灵”！罐头筒里有一瓢又一大半瓢带菜叶的稀饭，手里还有两个稗子面馍馍。两个！不是一个！这两个馍馍是平时一天的定量：早上一个，晚上一个。稀饭是什么样的稀饭啊！非常稠，简直可以说是黏饭！打稠稀饭，也是我们平时钻天觅缝地找都找不到的机会。由于加菜叶的稀饭里放了盐，这种饭会越搅和越澥。炊事员掌握了这个规律，他可以随他的兴致和需要，要么在开饭之前拼命地搅一阵，把稠的翻上来，于是排在前面的人就沾光了——“祖宗有灵”！要么稳稳地一瓢一瓢撇，那么稠的全沉了底，排在后面的人就鸿运高照！后一种情况，多半出现在炊事员因为忙而自己在开饭前没有吃上饭的时候——他们要把桶底的稠饭留给自己吃。一般情况下，炊事员们是希望我们争先恐后地跑来打饭的——早开完饭他们早休息。可是，谁也不知道炊事员在哪顿饭处于哪种情况；况且我们的人数又非常多，伙房里有十几个将近一人高的大木桶，更预测不到炊事员准备把哪一桶的稠饭留给自己吃……总而言之，打稠饭的机会比世界经济情况的变化还难以捉摸，完全要靠偶然性，靠运道。

今天我的运道就很好！

而这恰恰在我开始新的生活的第一天！

这是个好兆头！

所以我非常高兴！

三

其实，我平时也比一般犯人吃得多，只要是打稀饭，而不是稗子面馍馍，我总要比别人多100cc左右。诀窍就在于我这个罐头筒。

自一九五九年春天伙房不做干饭，只熬稀粥以后，劳改农场即刻兴起了用大盆打饭的风气，瓷碗很快就淘汰了。因为炊事员舀汤的速度相当快，如果用小口饭具，瓢底沥沥拉拉的汤汁就会滴回到桶里，这无疑是个损失。用敞口饭具，瓢底的汤汁当然会掉到盆里，归于自己了。脸盆太大，磕磕碰碰的不好往窗口里送，并且稀饭会沾得满脸盆都是，反而得不偿失。那必须是比脸盆小，而又比饭碗大的儿童洗脸用具。在困难年代，这种用具是很难买到的。然而"营业部主任"有办法。我怀疑他连百货公司的儿童用品也偷到家里囤积了起来，或是他的余党还没有抓尽。反正，他让每月都来探望他一次的那个与他同样讨厌的老婆，替组里每人都代买了一个。当然，他不会白白地效劳的。他经常在我面前吹嘘，他人虽然送来里面了，而在外面却依然如何如何"有办法"。就像蜘蛛结好了网，等待小虫扑到上面去一样等待我向他求告。到时，他就会摆出各式各样的面孔，说出各式各样的话来取笑我。可是我偏偏不买他的账。我身无分文，又没有外面寄来的食品付给他这个掮客作佣金。我母亲在北京寄人篱下，靠给街道上编织塑料网袋，每月挣十来块钱生活，我没有面皮再向她老人家要求寄什么东西。但我有我的办法。我有一个从外面带来的五磅装的美国"克林"奶粉罐头筒。这是我从资产阶级家庭继承下来的一笔财产。我用铁丝牢牢地在上面绕了一圈，拧成一个手柄，把它改装成带把的搪瓷缸，却比一般搪瓷缸大得多。它的口径虽然只有饭碗那么大，饭瓢外面沥沥拉拉的汤汁虽然牺牲了，但由于它的深度，由于用同等材料做成的容器以筒状容器的容量为最大这个物理和几何原理，总使炊事员看起来给我舀的饭要比给别人的少，所以每次舀饭时都要给我添一点。而这"一点"，就比洒在外面的多得多。

每次从打饭的窗口回号子，"营业部主任"都要捧着他那个印着小猫洗脸的崭新的儿童面盆，神气活现地在我面前晃一晃。这使我很容易看清楚他的稀饭打到哪里，正在小猫的腰部。有一次，趁全组的人都出工，只有我一个人留在号子里休病假时，我把我的罐头筒盛上水，水面刚好达到我平时打的稀饭的位置，然后再倒到他的面盆里。试验证明：我每顿饭都比他多100cc！水面淹没了小猫拿着毛巾的爪子。

这 100cc 是利用人的视觉误差得到的。

我的文化知识就用在这上头！

但盆子毕竟有盆子的优越性——它可以让人把饭舔得一干二净。“营业部主任”舔起盆子来，有种很特殊的姿势。他不是把脸埋在盆子里一下一下地舔，而是捧着盆子盖在脸上，伸出舌头，两手非常灵巧地转动着盆子。如果发挥想象的话，那既像玻璃工人在吹制圆形的玻璃器皿，又像维吾尔族歌舞中的敲击手鼓。不久，他这种姿势也随着他代买的盆子在组里推广开了。

罐头筒是没法舔的，这真是个遗憾！我只能在每次吃完饭后用水把它涮得干干净净，再把涮罐头筒的水喝掉。马口铁的罐头筒还不像搪瓷的面盆，不擦干很快就会生锈的。所以我每顿饭后都要用毛巾仔细地把它擦干，放在干燥通风的窗台上。这当然引起“营业部主任”的不快。在每周一次的“生活检讨会”上，他就此指责我“资产阶级的恶习不改”，“没有一点劳动人民的生活作风”。

我虽然也暗自惭愧，觉得他的批评不无道理，但想到多出来的 100cc，又私下里感到宽慰。

我们两人的关系一直是这样：他总认为他不论在精神上和物质上都压倒了我，我也总认为不论在精神上和物质上都压倒了他。

现在，我就认为我在精神上和物质上都压倒了他。早饭我比他多吃了大半瓢，而且我的一瓢零大半瓢全是稠稠的黏饭，直到此刻我还感到它们在胃里尚没有完全消化掉，还在忠诚地给我提供卡路里。而他的一瓢不过是稀汤而已。尽管他把黄萝卜嚼得嘎巴嘎巴响，但他的怀里有馍馍么？没有！肯定他没有！我的怀里却有两个货真价实的稗子面馍馍。我想什么时候拿出来吃就拿出来吃。我现在不吃只是我不想吃它罢了。福气不得享得过头；乐极必然生悲。这是我劳改了四年体会到的人生哲理。

“走啰！大车走远啰！”我向大车赶去，又回头朝萝卜田里的几个人大声吆喝。

我还有比他优越的地方。我意识到了我今天可以离开那条土路，今天可以跨过那条沟、那条渠，今天可以到这田里来找黄萝卜（找没找到是另外的问题），今天可以想什么时候回到大车跟前去就什么时候回去；今天我是受我自己的意志支配的，不是被队长班长派遣的，也不必事事都要向队长班长喊报告。

“营业部主任”虽然也这样行动了，并且行动得比我还要早、还要快，但不自觉地运用这种自由和自觉地意识到自己获得了这种自由，这二者在精神上就处在不同的层次。

我觉得我比他高尚，比他有更多的精神上的享受，虽然没有找到黄萝卜，我还是心满意足地、带着一种精神胜利的自豪感追上了大车。

“走啰！大少爷在发号施令啰！”我听见“营业部主任”在后面向其他人这样喊。不一会儿，他们也跟了上来。

四

大车照旧不紧不慢地走着。那匹枣红马的嘴唇不流血了，伤口凝着一道乌黑的血斑。任何伤口都会愈合的。它明天仍旧会像往常一样被拉来套车。

它就这样拉车，流血，拉车，流血……直到它死。

车把式还是端坐在车辕上，脸上带着一股沉思的神情。他一点也不搭理我们，好像他身边压根儿就没有我们这几个人似的。他的沉默，倒使我有些不安。他是这个农场派到劳改农场来接我们的，直到现在我们还摸不清他是干部还是工人。他套车、赶车、捆绑行李的动作干净利索；他的话很少，操着河州口音，说出的话语句也很短，至多两三个词，老像是有满腹心思。他没有对我们几个人下过命令，但也没有表示过一点好感。他的表情是冷漠的、严厉的，在扬鞭的时候咬着牙，显得很残忍。他大约在四十岁，但也许实际年龄没有那么大，西北人的脸面看起来都显老。他身躯高大，骨骼粗壮；在褐色的宽阔的脸膛上，眼睛、鼻子、嘴唇的线条都很硬，宛如钢笔勾勒出来的一张肖像：英俊，却并不柔和。

我一面悄悄地打量他，一面在心里分析自己不安的原因。最后我发觉，原来我是被人管惯了，呵叱惯了。虽然我意识到我今天获得了自由，成了一个“自食其力的劳动者”，但在潜意识下，没有管教和呵叱，对我来说倒不习惯了；我必须跟在一个管我的、领我的人后面。

我微微地感到屈辱，于是怀着一丝反抗情绪离开了他几步，靠到路边上去走。

牲口颠踬着，大车摇晃着，马蹄和车轮踏碾着寂寥的土路。我们几个就业人员跟在后面，默默无语。这时，田野上刮起了微风。山脚下，一股龙卷风高扬起黄色的沙尘，挺立在那里，一动不动，像一根顶天立地的玉柱。不知什么时候，空中飞来了两只山鹰。它们并不扇动翅膀，仅靠着气流的浮力，在我们头顶“嘹嘹”地盘旋。

兀地，像是应和饥饿的山鹰“嘹嘹”的啼鸣一般，这个如石雕似的车把式，喉咙里突然发出一声悠长而高亢的歌声：

哎——

接下来，他用极其忧伤的音调唱出了：

打马的鞭儿闪断了哟噢！
阿哥的肉呀，
走马的脚步儿乱了；
二阿哥出门三天了呀，
一天赶一天远呀——了！

他声音的高亢是一种被压抑的高亢，沉闷的高亢，像被一股强大的力量猛烈挤压出来的爆发似的高亢。在“哟噢”“呀”“了”这样的尾音上，又急转直下，带着呻吟似的沉痛，逐渐地消失在这无边无涯的荒凉的田野上。整个旋律富有变化，极有活力，在尾音上还颤动不已，以致在尾音逐渐消失以后，使我觉得那最后一丝歌声尚飘浮在这苍茫大地的什么地方，蜿蜒在带着毛茸茸的茬口的稻根之间；曲调是优美的。我听过不少著名歌唱家灌制的唱片，卡鲁索和夏里亚宾的已不可求了，但吉里和保尔·罗伯逊则是一九五七年以前我常听的。我可以说，没有一首歌曲使我如此感动。不仅仅是因为这种民歌的曲调糅合了中亚细亚的和东方古老音乐的某些特色，更在于它的粗犷，它的朴拙，它的苍凉，它的遒劲。这种内在的精神是不可学习到的，是训练不出来的。它全然是和这片辽阔而令人怆然的土地融合在一起的；它是这片土地，这片黄土高原的黄色土地唱出来的歌。

我十分震惊！只听见他又用那独特的嗓音唱道：

哎——
扑灯的蛾儿上天了哟噢！
阿哥的肉呀，
蛤蟆蟆入了个地了，
前半夜想你没睡着呀！
后半夜想你个亮呀——了！

他把“了”唱成“留”音，把“没”唱成“哞”音，只有这种纯粹在高原土地上土生土长的地方语音，才能无遗地表现这片高原土地的情趣。曲调、旋律、方音，和这片土地浑然无间，融为一体。听那坡里民歌，脑海中会出现蓝色的海洋，听夏威夷民歌，眼前会出现迎风的棕榈，但那只是歌声引起的联想和激发的憧憬。此刻，身临此境，我感觉到的是，这田、这地、这风、这被风吹来的云、这天空、这空中的山鹰……即刻被这歌声抚摩得欢快起来，生动起来，展现出那么一种特殊的迷人的魅力……在我眼前，这片土地蓦然变得异常妩媚了，使我的心不由得整个溶进了这绝妙的情景里。

重要的不是他的歌声，而是他的歌声唤起了这苍茫而美丽的土地的精灵，唤醒了在我胸中沉睡了多年的诗情。

啊，今天，我已成了自由人，我要用我干裂的、没有血色的嘴唇一千遍地吻这片土地！

我屏声静息，听他继续往下唱：

哎——
大马儿走了个口外了哟噢！
阿哥的肉呀，
马驹儿打了个场了。
家中的闲事不管了呀，
一心儿想着个你呀——了！

忧伤是歌曲的灵魂。他那歌声中的忧伤，浓烈的忧伤，沉重的忧伤，热情的忧伤，紧紧攫住了我的心。这里，歌词不是主要的，我只是凭着曲调，凭着旋律才模糊地揣摩到歌词的意义。他那对某个人，或并不是对具体人而是对某种想象的思念，引起我被饥饿折磨殆尽的情思抬了头，也试着要思念些什么……这时，我才感到一阵辛酸：人的辛酸，而不是饿兽的辛酸……“嘹嘹”的山鹰不知疲倦地跟随着我们，冬天的太阳有点偏西了。

可是，他的音调陡地一变，变得明朗而热情起来，尽管这种明朗和热情还覆盖有忧伤的阴影：

哎——
黑猫儿卧到锅台上了哟噢！
阿哥的肉呀，
尾巴儿搭到个碗上了。
阿哥的怀里妹躺上呀！
你把翘嘴嘴贴到脸上呀——了！

听到这里，我才明白这是首情歌。开始，我只是被他的歌声和旋律所震动，久废不用的想象力像一只停在枯树上的受伤的鸟儿被炸雷猛然惊起，蒙头蒙脑地奋力扇动着翅膀，飞到尽其可能飞到的地方。在震动过后，回首一望，才看到被闪电照亮的枯树下，绿草儿正在发芽。民歌的歌词，把我心灵里被劳改队的尘埃埋住的那最底一层拂拭了开来。因为歌词毫不掩饰、毫无文采地表现了赤裸裸的情欲。我回味他唱“阿哥的肉呀”那句热烈得颤抖的歌声，发现世界上没有哪一个民族的情歌有如此大胆、豪放、雄奇、剽悍不羁。什么“我的太阳”“我的夜莺”“我的小鸽子”“我的玫瑰花”……统统都显得极为软弱，极为苍白，毫无男子气概。于是，我二十五岁的青春血液，虽然因为营养不足而变得非常稀薄，这时也在我的血管中激荡迸溅。它往上冲到我的头部，使我脑海里浮现出一片不成形的幻影，又使我浑身不可抑制地燠热起来……我的眼眶中不知什么时候溢出了泪水。

啊！这是我自由了的第一天。

五

然而，这对我如此重要的一天，非常值得纪念的一天——一九六一年十二月一日，在别人看来，竟和一年三百六十五天中的任何一天没有区别，毫无二致。

这使我有点失望。

当车把式海喜喜——进村的时候，我听见别人叫他"喜喜"——在日头偏西时终于把大车赶进一处居民点后，我们几个就业人员并没有看见有任何欢迎我们的表示。这里连狗也没有一条，也没有鸡鸭，只有几个衣衫褴褛的老汉懒洋洋地坐在水泥桥头，借着夕阳的余晖取暖。他们对我们眼皮也不抬。

这个村子和劳改农场房舍的格局没有两样，一律是一排排兵营式的黄色的土坯房。但比劳改农场还要破旧，许多处墙根已经被硝碱侵蚀得塌掉了泥皮——劳改农场里有的是劳动力，可以随时修修补补的。只不过这儿在每扇矮小的木板门口，有一两堆被雨雪淋得发黑的柴火，或是拉着晾衣裳的绳子，显示出那么一点农村的居家气氛。

大车经过一排排房舍前面凹凸不平的空地，除了柴火还是柴火，没有一个人。我们好像到了一处被废弃了的荒村。

"妈的！都死绝了！……往哪达儿拉呀……"

海喜喜从优秀的民歌手又一下子恢复了车把式的本来面目，用不能形诸笔墨的语言嘟嘟哝哝地谩骂了一通。显然，他并不知道把我们几个新来的农工安顿在哪里，对这趟差使似乎也极不高兴。他已经跳下车辕，勒着马嚼子，一边催马前行，一边东张西望。从桥头那几个老汉对他的称呼，我们知道了他绝不是干部，不是书记、队长、出纳、会计之类的人物，从而大大地削弱了我们对他的敬意。我们也不搭理他：你爱往哪儿拉就往哪儿拉吧！这是你的责任。

走到最后一排土坯房，再没有地方可去了。在一间好似仓库的门前，他"吁、吁"地把牲口呵止住，一脚蹬起车底盘下的支架，三下五除二地把三匹马卸了套，管自牵走了马，一句话也没有给我们留下。

我们几个人都有点沮丧。对我们新来的工人——我们都是"自食其力的劳动者"了——如此简慢不说，肚子也早饿瘪了。我想把怀里的稗子面馍馍掏出来吃，但还是忍住了。吃东西是最大的享受，必须在毫无干扰的、非常宁静的氛围中咀嚼，才能品出每一个食物分子的味道。这时我们还没有安下身，说不定马上还要转移，现在吃，是最大的浪费！

“喂，伙计们！咱们大概就住在这儿。”“营业部主任”在一扇破窗户前面探头探脑。他总交好运道，就在于他心里从来不承认自己是“右派分子”，不老老实实，总要钻天觅缝地找点小自由。譬如现在，在我们几个人都不知所措的时候，他早已把周围的环境观察好了。

“这不是场部，”他说，“这不过是这个农场的一个队。你们看，这他妈的就是咱们的宿舍。还不如劳改队！劳改队还有火炕。”

我们从没有玻璃的窗口朝里望去：泥地上均匀地铺着刚拉来的干草，除此之外，别无他物；暗黄的土墙泥面也剥落了，露出一片片草秸。是的，这宿舍可真不怎么样！

“我一看这就是个穷地方！”从兰州来的报社编辑说，“和我过去到过的定西农村一个样！”

“好地方轮得着你我？”过去的辎重团中尉，上过朝鲜战场的英雄骂骂咧咧的，他虽然也被劳改了三年，还是认为自己应该受到特殊的礼遇，“这他妈的不过是从十八层地狱到了十七层！”

“算了吧，大家少说两句。”上海来的银行会计抱着听天由命的态度说，“既来之，则安之。反正谁也在这里待不长，能忍则忍吧……”

转而，几个人稍稍地有了兴致，谈论起各自的家属给他们联系工作的情况。是的，他们不会在这里待长的。他们的家在上海、西安、兰州……这样的大城市，他们的老婆都在活动着把他们办到那里郊区的农场去；“营业部主任”也不例外，他不久也能回到这个省城的郊区。他们有老婆孩子，他们要回去团圆，这是国家政策允许的。“和定西农村一样穷”也好，“十七层地狱”也好，对他们来说不过是个过渡，他们很快就能上天堂。只有我，是注定要在这里待到全然不可预测的未来，也许直到老、到死的。我母亲是北京街道上一个穷老婆子，毫无办法；我那官僚兼资本家的大家庭，被日本人的炮火摧毁后即一蹶不振，树倒猢狲散，经过多年离乱，正如《红楼梦》里写的，“好一似食尽鸟投林，落了片白茫茫大地真干净”了。

我没有资格和他们一起畅谈美好的前景，独自蹲在一旁想心思。今天，我获得自由的第一天，种种好兆头（除了没有拣着黄萝卜之外）鼓舞了我。我既然从死人堆里爬出来，就一定能够活下去。死而复生的人，会把今后的日子全看作是残生。或许我还能活二十年、三十年、四十年，甚至五十年、六十年，但那全是残生了——多么长的残生啊！而只要认为自己早已死去，现在肉体尚未腐烂，尚能活动，尚能看见太阳，听到歌声，不过是自己的侥幸，是自己白拣来的便宜，就什么困苦贫穷都不在话下了。家庭是“落了片白茫茫大地真干净”，而我本人也成了“赤条条来去无牵挂”。所以尽管我有点失望，倒并不特别不满。我已学会了忍耐和不发牢骚。

大约过了半小时，我们看到村子外面的田野上有许多人扛着铁锹往回走，前排房子也响起了人声。收工了。一个瘸腿的中年汉子拐过房角向我们走来。

“来啦？”他并不看谁，低着头从手中的一串钥匙中挑出一把，开开门，顺口问了一句，算是跟我们打了招呼。随即转身又走了。

“喂，队长呢？”中尉在他背后叫，“咱们总得办手续、报到哇！”他一出劳改农场就续接上在部队的习惯。习惯，真是难以改变的东西。

“队长歇歇就来。”瘸子头也不回地说。

没有什么可等的。既然要活下去，就要会生活。我第一个爬上大车，把放在最上面的烂棉花网套取了下来——这就是我的全部财产。我用胳膊一夹，排闼而入，先把干草尽量往墙根踢拢，使墙根的干草堆得厚厚的，又用眼角瞟瞟旁边：也不能让旁边的干草太薄。狼孩也有狼孩的道德：我活，也要让别人活。

然后，我把烂网套往墙根一撂：这个地方是我的了！

“喂，喂！你们干啥？你们干啥？队长还没有来分铺哩！……”“营业部主任”气急败坏地嚷嚷。如果他占据了墙根，他是不会这样叫的。他虽然不断瞅空子搞小自由，但一旦小自由的利益被别人获取，他就宁愿舍弃自由而去找领导：我没有得到，也不能让你得到！今天早晨，他因为怕自己的行李放在大车的最上层会在路上颠下来，第一个搬出行李，放在大车的车底盘上。现在，等他搬进自己的铺盖，三面墙根都让别人占了。对不起，你睡在门边上喝西北风吧！

不理他！你活，也要让我活。他被子褥子齐全，还有一件老羊皮袄，按平均主义的原则，他也应该睡在门口。我打开我的烂网套，把哲学讲师送我的

《资本论》第一卷塞在网套下当枕头，旁若无人地、直挺挺地在我的“床”上躺下了。

墙根，这是多么美好的地方！“在家靠娘，出门靠墙”，这句谚语真是没有一点杂质的智慧。在集体宿舍里，你占据了墙根，你就获得了一半的自由，少了一半的干扰；对我这样连纸箱子也没有的人，墙根就更为重要了。要是有点小家当，针头线脑、破鞋烂袜之类，或是“祖宗有灵”，搞到了一点吃食，只有贮藏在墙根的干草下面。如果财产更多一点，还有一面墙供你利用。你可以把东西捆扎起来挂在墙上。更妙的是，你要看点书，写封家信，抑或心灵中那秘密的一角要展开活动，你就干脆面朝着墙，那么，现实世界的一切都会远远地离开你，你能够去苦思冥想。睡了四年号子，我才懂得悟道的高僧为什么都要经过一番“面壁”。是的，墙壁会用永恒的沉默告诉你很多道理。

我们刚把自己的铺位铺好，干草的烟尘还在土房里飞扬的时候，那个瘸子又来了，他说队长叫他领我们吃饭去。

好极了！吃饭！

村子里有了活气。冬天的夕阳在西南方向放射着金色的光辉，黄色的土墙上和七拼八凑的玻璃窗上，都映得光灿灿的。小土房上小小的烟囱，一个个冒出袅娜的青烟，村子里弥漫着一股苦艾和蒿草的香气。这种与劳改农场迥然不同的、如风俗小说里描写的村居情景，使我莫名地兴奋起来：贫穷也罢，困苦也罢，我毕竟又回到了正常的环境中！

伙房很小，看起来没有几个人在伙房搭伙。这使我有点担心：搭伙的人越少，每个人被炊事员剥削的量就越大。不过所幸的是，我们现在是工人了，我们可以进入伙房里面去打饭了。在瘸子——现在我知道他是队上的保管员兼管理员——向炊事员嘀嘀咕咕地交代给我们按多少定量打饭的时候，我的近视眼迅速地在伙房里睃巡了一遍：扔在案板上的笼屉布，沾着许多馍馍渣！其实，像“营业部主任”这类人真蠢。他们不断地用最哀切的言辞向家中勒索，搞得家里人惶恐不宁，扎紧裤腰带来支援他们。我呢，既然不忍心盘剥老母亲，就要发挥自己的智能。而我凭智能在目前的生活圈子里搞到的吃食，并不比从外面给他们寄来的邮包少。

每人四两：一个稗子面馍馍，再加一碗已经冷却的咸菜汤。我磨蹭着最后一个打饭。我笑着对炊事员说："我不要稗子面馍馍，你让我刮那笼屉布吧。"

"行，"炊事员诧异地看了我一眼，递给我一把饭铲，"你要刮你就刮吧。"我仔仔细细地把笼屉布刮得比水洗的还干净，足足刮了一罐头筒馍馍渣。按分量说，至少有一斤！

"祖宗有灵！"

虽然有股蒸锅水味，还是很好吃！

只有自由的人才能进伙房刮馍馍渣。自由真好！

吃完了饭，队长给我们提着一盏马灯来了。

"大家都来啦？来了就好，来了就好！……"

他在身上摸索着火柴。我马上走过去，帮他提着马灯，点上火，然后接过马灯挂在我的头顶上——这盏马灯有一半归我用了！没有外援的劳改生活锻炼出了我的机灵，依靠外援活下来的"营业部主任"之流只能靠他们的后盾。

"队长，咱们就这么随便睡哇？"躺在门口的"营业部主任"想改变现状。

"随便睡，随便睡，睡哪儿都行……"队长一屁股坐下来，在他的草铺上盘起腿，没有领会他的意图。

"队长，有没有好一点的房子？"上过朝鲜战场的中尉不满地说，"这房子连炕也没有。"

"凑合住吧，家嘛，在人收拾。"队长有点不悦了。他是个干瘦的中年汉子，自我介绍说姓谢。在马灯昏黄的灯光下只看见他一脸胡楂，神色疲惫，穿一件补满补丁的棉干部服。他说："想睡炕，就得脱炕面子。这大冬天的，脱下的炕面子也不结实。等开春再说吧。"

这就是说，我们要到春天才能睡上炕。而到春天，没有炕睡也行了。

几个人向谢队长打听怎么往这儿写信？场部在哪里？人保科什么时候办公？迁移户口的事应该找谁？谢队长很快就知道了这几个人是不准备在这里干长的。他把目光向我转来。我坐在马灯底座下面的阴影里。他眯缝着眼睛问：

"喂，小尕子，你叫啥名字？"

"章永璘！"我欠了欠身子，干草在我屁股下窸窣作响。

他把手中的一张纸就着灯光吃力地看了看。

“你家在北京啰？才二十五岁？”

“在北京。是的，刚满二十五岁。”

“你们几个就你年轻。咋？你也要回吗？”

“我不回。”

“好，不回就在这达儿好好干。”谢队长高兴了，脸朝着我和蔼地说，“这达儿也不坏，总比你们原来待的地方强。供应嘛，一个月二十五斤粮，还有两包烟。工资嘛，一级十八块，二级二十一块……你们先拿十八块，干了半年，根据你们的劳力再说话……”

“是，是……”我表示很满足地点着头。其他人靠在铺盖上冷冷地听着。呆滞的灯光把他们的脸照得像一张张没有表情的面具。

实际上，这里并没有什么值得高兴的。比劳改农场强的只是有工资。而十八块钱在这困难时期买不到十斤黄萝卜，况且这里还不发衣裳。粮食定量和劳改农场一样，七扣八扣，真正吃到嘴的至多二十斤（一月二十五斤定量在正常条件下也差不多够了，但在没有一点副食、油脂、菜蔬，并且每天都要干体力活儿的情况下，你吃一个月试试！而我长年累月都是如此。一九六〇年定量还要低，每月只有十五斤）。我满足的不过是，他在说话时有意避开了“劳改队”三个字而已。

谢队长又从几个口袋里东掏西摸地拿出一堆香烟，发给每个人两包，向每人收了一角六分钱：“双鱼牌”，八分钱一包。太好了！这是真正的香烟，不是葵花叶子、白菜叶子、茄子叶子……这类代用品。香烟，对我来说几乎和粮食同等重要。但我看到不吸烟的“营业部主任”也有一份，又不禁妒火中烧。他会在你烟瘾大发时，用两毛钱一根的高价“让”给你。平均主义的原则毕竟有弊病！

“每天九点开饭，十点出工。下午四点收工。大冬天的，也没啥营生干。你们明天就出工吧，等到休息天再休息……”谢队长站起来，拍拍屁股要走。他不说星期天，却说“休息天”，但不知哪天算“休息天”。

“队长，没有炕，砌个炉子行不行？这屋子，晚上要冻死人。”中尉围在被窝里，又提出特殊要求。这个集体需要有这样一个人！

“炉子是要砌的。那有几块土坯就行。可公家只有烟煤，没有干炭。”谢队长袖着手，他也觉得冷，“还有窗子，也要糊一下，明天早上你们去办公室领点旧报纸，再到伙房打点糨子。”

“烧烟煤的炉子我会砌。”我自告奋勇地说。我有两个稗子面馍馍的贮存，还是愿意干重活的。

“哦？那跟烧干炭的炉子可不一样哩。”谢队长用感到意外的眼光看了看我，“这样吧，明天你就留在家里，把炉子砌了，窗子糊了……哦，对了，你们还得有个组长。我看，就章永璘当上吧。”

很好！我自由了的第一天就当上了组长。

七

晚上，我万分小心地钻进棉花网套里，就像把一件珍贵器皿放进衬着缎垫的锦匣中一样。因为我既要当心脚指头伸进破洞里去，或是勾断了线，把破洞越撕越大，又不能把被筒敞得太开，不然脊背就直接贴在稻草上挨扎了。随后，从盖在网套上的棉衣里掏出早上得到的两个稗子面馍馍，在被筒里嗅一嗅，玩味玩味，用洗脸的毛巾包好，埋在墙根下的稻草里面。

夜，寂静得使人以为世界已经离开了自己。而在劳改农场里，半夜都有值班人员的脚步声。

于是，我的另一面开始活动了。那被痛苦的、我不理解的现实所粉碎了的精神碎片，这时都聚集拢来，用如碎玻璃似的锋利的碴子碾磨着我。深夜，是我最清醒的时刻。

白天，我被求生的本能所驱使，我谄媚，我讨好，我妒忌，我耍各式各样的小聪明……但在黑夜，白天的种种卑贱和邪恶念头却使自己吃惊，就像朵连格莱看到被灵猫施了魔法的画像，看到了我灵魂被蒙上的灰尘；回忆在我的眼前默默地展开它的画卷，我审视这一天的生活，带着对自己深深的厌恶。我战栗；我诅咒自己。

可怕的不是堕落，而是堕落的时候非常清醒。

我不认为人的堕落全在于客观环境，如果是那样的话，精神力量就完全无能为力了；这个世界就纯粹是物质与力的世界，人也就降低到了禽兽的水平。宗教史上的圣徒可以为了神而献身，唯物主义的诗人把崇高的理想当作自己的神。我没有死，那就说明我还活着。而活的目的是什么？难道仅仅是为了活？

如果没有比活更高的东西，活着还有什么意义？

可是，现在我是一切为了活，为了活着而活着。

我想起了普希金的诗句：

> 当阿波罗还没有向诗人要求
> 庄严的牺牲的时候，诗人尽在琐事上盘算，
> 想着世俗的无谓的烦忧；他的神圣的竖琴喑哑了，
> 他的灵魂浸沉于寒冷的梦；在游戏世界的顽童中间，
> 也许他比谁过得都空洞。

我何止于“空洞”，简直是腐烂！但怎么办？“牺牲”，必须要有一个明确的目的。过去朦胧的理想，在它还没有成形时就被批判得破灭了。尽管我也怀疑为什么把能促使人精神高尚起来的东西、把不平凡的抒情力量都否定掉，但我也不得不承认，现实的否定比一切批判都有力！那么，新的理想、新的生活目的究竟应该是什么呢？

据说，我这种家庭出身的人，一生的目的都在于改造自己，但是说“牺牲就是为了改造自己”，显然是不合理的。因为那等于说我不死便不能改造好，改造自己也就失去了意义。今天，我已成了自由人，如果说接受惩罚是为了赎罪，那么，惩罚结束了就可说是赎清了“右派”的罪行；如果说释放标志着改造告一段落，那么，对我的改造也就进行得差不多了吧。今后怎么样生活呢？这是不能不考虑的。但是，这个农场并不能使我感到乐观，并不能把我的文化知识发挥出来，以检验我改造的程度。

我虽然自由了，但我觉得我并没有落在某一处实地上，相反，更像是悬浮在四边没有着落的空中……

我脸朝着墙壁。墙角散发着潮湿的霉味和老鼠洞的气味，还有一股淡淡的、温暖的干草味。旁边，老会计在坚韧不拔地磨牙，那不把牙齿咬碎不罢休的咯咯声，仿佛象征着我们艰辛的未来。棉絮冷似铁，我浑身没有一点热气。“我怎么会落到这种地步”的感叹又油然而生。我经常发这样的感叹。这成了揣摩不透的谜。有时，我觉得劳改之前不过是场大梦，有时，我又觉得现在是场噩梦，第二天醒来我照旧会到课堂上去给学员们讲唐诗宋词，或是在我的书

桌前读心爱的莎士比亚。但是肚皮给了我最唯物主义的教育。你不正视现实吗？那就让你挨挨饿吧！

我目前的境遇是铁的现实！

那么，这是宿命吗？但普遍性的饥饿正使千千万万人共享着同样的命运。我耳边又响起了哲学讲师的声音："个人的命运和国家的命运是连在一起的。"

我悄悄摸了摸枕在我头底下的《资本论》。"也许你还能从那里知道，我们今天怎么会成了这种样子。"现在，只有这本书作为我和理念世界的联系了，只有这本书能使我重新进入我原来很熟悉的精神生活中去，使我从馍馍渣、黄萝卜、咸菜汤和稠稀饭中升华出来，使我和饥饿的野兽区别开……

棉花网套被我微弱的体温慢慢焐暖了。我感到暖烘烘的、软绵绵的，感到了我的存在。存在是什么？笛卡尔说，我思，故我在。活着多么好，能够思想多么好！好得我都不想睡觉……但我还是睡着了。

八

第二天早上一起床，第一件事就令我极为懊丧，乐极果然生悲——两个稗子面馍馍都被老鼠吃光了！

是老鼠吃的，不是人偷走的，洗脸毛巾也被咬破了。我悄悄地团起烂得像渔网似的毛巾，塞进裤子口袋里。我还不能声张，"营业部主任"知道了，又会幸灾乐祸地嘲笑我。

九点钟才开饭，我靠在叠起来的棉花网套上，几乎要晕过去。如果这两个稗子面馍馍不丢，即使我不吃它也不觉着什么。而这巨大的损失加深了我的恐惧心理，竟使我觉得非常非常的饿。饥饿会变成一种有重量、有体积的实体，在胃里横冲直撞；还会发出声音，向全身的每一根神经呼喊：要吃！要吃！要吃！……我没有力气动弹，更没有心思思想，只一个劲儿地转念头：必须把损失加倍地捞回来！

这时，昨夜里那些聚集拢来的精神碎片又四面迸散了，我又成了生活的全部目的都是为了活着的狼孩！

从伙房打回饭，都坐在各自的草铺上默默地吃着。罐头筒的优势失去了。这儿的炊事员似乎没有视觉误差，他绝对相信自己手中的勺子，没有给我多加一点。但是没关系，我已经把门路想好了。

吃完饭，按照谢队长的安排，由一个面目阴沉的农工领着其他几个人随大队出工。那个瘸子保管员腋下夹着一卷旧报纸又来了。他放下报纸，告诉我土坯在什么地方，砖在什么地方，小车在什么地方，又领我到库房里去拿了把铁锹，一个小水桶，一把瓦刀，几根做炉箅的铁条。临走时说，糨子到伙房去打，他已经跟炊事员说好了。另外还需要什么，可以到办公室去找他。

砌炉子，至少是两个人的事：一个大工，一个小工。但我宁可不要小工。土坯和砖都近得很，就堆在我们的房头上。土嘛，院子里随便挖一点就行，这儿是碱土，不冻的。至于水，还是少用为好，不然光烤干炉子就要用很长时间。瘸子一走，我拿起一张报纸首先跑到伙房去。

“师傅，我打糨子来了。”我笑嘻嘻地和他打招呼，仿佛我经常吃得很饱似的。

“你自己去舀吧。”他坐在门口晒太阳，他是真正地吃饱了，“你可别舀得太多。”

“你看，”我把报纸一扬，“包一包就行。”

案板上放着半脸盆灰白色的稗子面，看来是事先给我准备的。我摊开报纸，把所有的稗子面都倒光，摁得实实的，捧了回来。什么“打糨子”，吃得饱饱的人永远不会注意到，稗子面是没有黏性的。即使借着潮湿糊上报纸，水分一干就会掉下来。我先不糊窗子，现在最急需的是火。我在劳改农场跟中国第一流的供暖工程师干了一个月活，专给干部砌炉子——他也是“右派”，他当大工，我当小工。他曾教给我一个最简便的砌烟灶的方法；他还说，只要给他一把铁锹，其余什么也不用，他在坡地上就能挖出一个火又旺柴又省的炉灶：学问不过在进风口、深度和烟道上。我一会儿上房，一会儿挖土，干得满头冒汗，不到两小时，我就把一个最原始而又最合乎科学的取暖炉砌好了。

我一分钟也不歇息，拉上小车去伙房门口装了半车烟煤——一车我拉不动。沿途又顺手在不知谁家的柴火堆上抽了几根干柴。

我用颤抖的手划着了火柴，点燃了炉膛里的柴火。火苗和烟都朝着烟道窜过去。一会儿，烟没有了，淡红色的火苗在烟道里呼呼地叫。又一会儿，火焰旺得像火山口喷出的岩浆，在炉膛里形成一个扇面，争先恐后地往狭窄的烟道口跑。这时候，我加上一铁锹煤，炉子里像施了魔法一般，腾起一股黑烟，但即刻被烟道吸了进去。火焰仍顽强地从煤的缝隙中往外冒。不到五分钟，火焰的颜色逐渐加深，由淡红变为深红，然后变成带青色的火红，这就是真正的煤火的颜色了。

下一步，就是不能让人家看见我在房子里干什么。我找到办公室，瘸子恰好在里面像泥人儿似的呆坐着。我无暇念及有人干得满头是汗而有人却什么都不干这种现象是多么的可笑，问他要了一把小钉子、几片破纸盒上的纸板、一把剪刀——只要不领吃的东西，他都会慷慨地给我，旋即急匆匆地跑回来。我把硬纸板剪成一条条长条，压住铺在窗户上的报纸，用钉子在窗棂上钉得牢牢的。

像个宿舍样了。按谢队长的说法，这就是“家”！

我干活的步骤是符合运筹学原理的。这时，炉子已经烧得通红了：烟煤燃尽了烟，火力非常强。我先把洗得干干净净的铁锨头支在炉口上，把稗子面倒一些在罐头筒里，再加上适量的清水，用匙子搅成糊状的流汁，哧啦一声倒一撮在滚烫的铁锨上。黄土高原用的是平板铁锨，宛如一只平底锅，稗子面糊均匀地向四周摊开，边缘冒着一瞬即逝的气泡，不到一分钟就煎成了一张煎饼。

我一上午辛辛苦苦的忙碌就是为了这个美好的时刻！

我煎一张，吃一张，煎一张，吃一张……头几张我根本尝不出味道，越吃到后来越香。趁稗子面糊在铁锨上煎着的空隙，我还把我草铺下的老鼠洞堵了起来。这里有老鼠，没有料到！劳改农场是没有老鼠的——那里没有什么东西给它吃，它自已反而有被吃掉的危险。

土房里暖和了起来。我肚子里暖和了起来。我身上也暖和了起来。我坐在炉子旁边昏昏欲睡了。但现在不是睡觉的时候。我从棉花网套里掏出“双鱼牌”香烟，抽出一根，转圈捏了一遍——还好，没有烟梗子——拣起铁条上掉下的煤渣把它点燃。我不让一丝烟从我的口腔和鼻孔漏出去，屏住气息，全部吞进肚子里。一霎间，一种特别舒服的陶醉感立即传遍了我的全身。

可是，不知怎么，我心中却蹿出了一阵扎心扎肺的酸楚……

不能多想！我知道我肚子一胀，心里就会有一种比饥饿还要深刻的痛苦。饿了也苦，胀了也苦，但肉体的痛苦总比心灵的痛苦好受。我小心地掐灭香烟，把烟蒂仍装进烟盒里。我要找点事情来干。收拾好工具后，我把剩下的稗子面包上几层报纸，在墙上挂起来。把炉子加足了煤，拿起我补了又补的无指手套，拍拍身上的土，走出了我们的“家”。

九

这几天天气非常好。高原上的黄土到处泛着柠檬色的辉光。村子四周没有什么树，几株脱了叶的白杨，如银雕一般傲然耸入暖洋洋的天空，把它们瘦伶伶的影子甩在脚下。太阳偏西了。昨天这个时候，正是车把式海喜喜引吭高歌的时候。现在，我肚子胀了，回味那忧伤而开阔的歌声，竟使我联想到巴勃罗·聂鲁达的《伐木者，醒来吧》中的几个段落。

我经常有些奇异的联想，既毫不着边际，但又有某种模糊的、近乎神秘的内在联系。当然，只有在肚子胀了的情况下，脑海中才会产生种种联想。这时，我就觉得，海喜喜土生土长的民歌旋律，似乎给我注入了聂鲁达所歌颂的那种北美拓荒者的剽悍精神。那歌声、那山鹰、那广阔无垠的苍凉的田野、那静静的连绵不绝的群山、那山的绵延就是有形的旋律……整个地在我的心中翻腾。一时，我觉得我非常美而强壮了。

于是，我心情愉快地向马号方向走去。我想看看马。我很喜欢马。它们总使我联想到英雄的事业：去开拓疆土！去开拓疆土！……

可是，马号前面却有一群农工在那里翻肥。我的组员——“营业部主任”、中尉、老会计和报社编辑几个人也在其中。我想退回去已经来不及了。

“家收拾好啦？”谢队长手拿铁锹，站在高高的肥堆上，一眼就看见了我。在白天看来，他比昨天矮小得多。

“收拾好了。”

“你来干啥？”

“我……”我总不能说我来看看马。马有什么可看的？种种异想都从我脑子里飞逃了出去，只剩下一个意识：我是一个农工！我只好说：“我来干活。”

“好。”谢队长高兴地咧开满布胡楂的嘴，“你刨粪吧，刨下来她们砸。”

他给我指定一个地点。原来这里还有妇女。

我从来没有跟妇女一起劳动过。四年劳改农场的生活，我几乎没有看见过妇女。我低着头，局促不安地走到她们中间，不知道干什么好。

“你拿镐头刨吧，你刨一块咱们砸一块。”一个妇女对我说，“也别累着，看你瘦鸡猴的，刨不动大块就刨小块的。”

她的音色柔软，把本来发音很硬的方音也变得很圆润，尤其是语气中的关切之情使我特别感动。我很长时间没听过“别累着”这样的话了；我耳边响着的一直是“快！快！”“别磨洋工”这类的训斥。但我没敢看她；我莫名其妙地脸红起来。我兴奋地想，我要好好替她刨，刨下来后还要替她砸碎。

我用眼睛在肥堆旁扫了一遍：这里没有镐。我忘乎所以地向谢队长喊道：“队长，没有工具呀！”

“你干球啥来的？！”出乎我意料地招来一顿训斥，“你吃席来还得带双筷子哩！”

旁边的几个妇女没有恶意地嘻嘻笑了。我脸涨得血红。我又羞愧，又痛恨这个谢队长：这是个喜怒无常的小人！

正在我手足无所措的当儿，那个妇女突然递给我一把钥匙：“给！你到我家去拿。就在门背后，有个好使的镐头。”

我窘迫地接过来，嘴里嘟嘟哝哝地也不知说了些什么。

“喏，就在西边第一排房子的第一个门。”她告诉我，“好找得很，一拐弯，头一间就是嘛。”

“就是门口挂着‘美国饭店’的呀！”另一个妇女吃吃地笑道。

“你这婊子，你门口才挂招牌哩！”给我钥匙的妇女并不气恼，对她笑骂着。

我转身走了，她们还在嘻嘻哈哈地对骂。

这是把自制的黄铜钥匙，磨得很光滑，还留有人体的微温，大概是她装在贴身的衣兜里的。我翻来覆去地看了看，感激地抚摩着它，仿佛它是她的手。

门口并没有挂什么“美国饭店”的招牌，和别人家一样，堆着一堆发黑的柴火，拉着一根晾衣裳的绳子。我开开门。这是间比我们“家”还小的土坯房，一铺火炕就占了半间。泥地扫得很干净。我从来不知道泥地经过加工，会变得像水泥地面一样的平整。屋里没有什么木制家具，台子、凳子都是土坯砌的。靠墙的台子还用炕面子搭了两层，砌成橱柜的式样，上层拉着一块旧花布作帘子。所有的土坯“家具”都有棱有角，清扫得很光洁。土台上对称地陈列着锃亮的空酒瓶和空罐头盒作为摆设。炕上铺着一条破旧的毡子，一床有补丁的棉被和几件衣裳——还有娃娃的小衣裳——整整齐齐地叠放在上面。炕围子花花绿绿的，我匆匆浏览了一下，是整整一本《大众电影》，还有《脖子上的安娜》的彩色剧照。

炕下面有个锅台，锅圈上坐着一个盖着木盖的铁锅！

我头一次只身一人进入一个陌生人的房间，我感到了被人信任的温情，但又有这样一种本能的冲动：想揭开锅盖，掀起帘子，看看有什么吃的——凡是贮藏食物的地方对我都有难以抵挡的诱惑力。

罪孽！

我赶快把门背后的十字镐扛了出来，回到马号那里去。

“门锁上了么？”我低着头还给她钥匙，她问我。

“锁上了。”

我开始抡镐。有一个妇女在旁边哼哼唧唧地唱起来：

> 尕妹妹的个大门上就浪三趟吔，
> 不见我的尕妹子好呀模样呀！

“我把你这个……”她转过身去，用最粗俗的话骂了那妇女一句。由于这话非常形象生动，几个妇女都乐不可支地哈哈大笑了。

我不明白那妇女的歌怎么触犯了她，惊愕地抬起头，瞥了她一眼。她正和那妇女对骂，后背朝着我。我只看见系在一起的两条乌黑的辫子，搭在花布棉袄上。棉袄的背部和两肘用颜色稍深的花布补着几块补丁。

马粪尿掺上土，就是所谓的厩肥。冬天里冻得实实的。我们要把厩肥刨下来，砸碎冻块，翻捣一遍，再由马车运到田里卸下，一堆一堆地纵横成行，铲一层浮土盖上，等到开春撒开。我因吃了很多稗子面煎饼，又想帮她多干点，所以很卖力，一会儿就刨了很大一堆。

“你慢着。看你，你这个傻——瓜——瓜！”

她不说“傻瓜”，而说“傻瓜瓜”，声音悠长而婉转，我因感到亲切微微地笑了。我又瞥了她一眼，她低着头在砸粪，我没有看清她的脸。

“把稗子米先泡泡，再馇稀饭，越馇越稠……”

“要切上点黄萝卜放上就好了……”

“黄萝卜切成丁丁子，希个美！……”

“黄萝卜不抵糖萝卜；放上糖萝卜甜不丝丝的……”

“糖萝卜苦哩，得先熬……”

几个妇女笑骂完了，在肥堆旁边严肃地讨论着烹调技术，她又转过脸洒脱地朝她们说：

“干球蛋！我是宁吃仙桃一口，不吃烂梨半筐。要吃，就焖干饭！”

“嘻嘻！谁能比你呢，你开着‘美国饭店’……”

“别耍你的巧嘴嘴了，”她直起腰，“你们没球本事！稗子米照样焖干饭。你们信不信？”

“信、信、信！你做顿给咱们尝尝……”

“尝尝？只怕你尝了摸不着家，跑到别人家炕头睡哩！……”她又嘻嘻地笑起来。她很喜欢笑。

接着，再次互相笑骂开了。

这时，海喜喜威武地赶着大车回来了，“啊、啊……”地用鞭杆拨着瘦瘦的马头，挺着胸脯坐在车辕上。

“你这驴日的咋这时候就收工了？咹？”谢队长停住了手中的锹，冷冷地质问海喜喜。谢队长和农工一样干着活，我注意到他比农工干得还多。

海喜喜显然和我刚才一样，没有料到谢队长在这里，赶紧跳下大车，“吁——”他把车停下了。

“牲口累了哩，队长。”

“是牲口累了还是你驴日的不想干了？咹？”谢队长眯着眼，又用嘲弄的口气问。在我眼里，瘦小干枯的谢队长一下子高大起来，高大魁梧的海喜喜却干瘪了。我很同情海喜喜。现在他一副畏畏葸葸的神色，和昨日迥然不同。

“你驴日的是要我跟你算账不是？”我听出来谢队长话里有话。果然，海喜喜比我半小时前突然见到队长时还要狼狈，进也不是，退也不是。瘦马在他背后用软塌塌的嘴唇拣食地上的草渣。

忽然，谢队长咆哮起来：“你去把牲口卸了，拿把镐头来！今夜黑你驴日的不把两方粪给我砸下，我把你妈的……”

谢队长的詈骂有惊人的艺术技巧。他怒冲冲地骂着，听的人却发出笑声，连海喜喜也抿着嘴偷笑，我当然更有点幸灾乐祸。原来谢队长对谁都这样粗俗地呵叱，刚才对我还算客气的哩。

海喜喜趁他痛骂的当儿，“驾、驾”地把大车赶进马号。一会儿，拿着一把十字镐出来了。

“哪儿刨呢，队长？”他的口气绝不是讨好，而是一副放在哪儿都能干的无畏架势。

“这达儿来。”谢队长指了指自己面前，疲乏地说，“这达儿有块大疙瘩，我吭哧了半天没吭哧下来。”

“啐！啐！”海喜喜响亮地朝两手啐了两口唾沫，“你闪开，看我的！”他哼的一声使劲地砸下镐头。

一转眼，两人又成了共同对付艰巨劳动的亲密伙伴，一个刨，一个砸，很是协调。

“熊，没起色的货！”我听见在我旁边的她低声骂道。不知是骂谁。我还是埋头干我的活。我刨下的冻块，她砸不完，我就用镐头帮她捣碎，她用铁锹翻到另一边去就行了。在我们俩把面前的冻块都处理完，我转过身又去刨的时候，她闲下了。这时，她的下颌拄着铁锹把，轻轻地唱了起来：

我唱个花儿你不用笑，
我解了心上的急躁。
我心里急躁我胡喝呀，
哎！
你当是我高兴得唱呢！

在理论上，我知道她唱的和海喜喜昨天唱的曲调都属于所谓“河湟花儿”。这是广泛流行于甘肃、青海、宁夏黄河、湟水沿岸的一种高腔民歌。不过过去我并没有听过。她今天唱的和海喜喜昨天唱的又有所不同。旋律起伏较小，尾部结束音向上作纯四度和大六度滑近。在西北方言中，“急躁”是“烦恼”的意思；“喝”在此处当“唱”字讲。这里没有开阔的田野，四面都是肥堆，而她全然没有经过训练的、带有几分野性的嗓音，却把我领到碧空下的山坡上去了，从而使我的心也开阔了起来。然而我又有点悲哀。她的歌词中没有什么向往与追求，但声调里却有一种希望在颤抖，漫不经心地表现了凄恻动人的情愫。对的，就是漫不经心。我的悲哀还在于，给我如此美好享受的人，他们自己却没有意识到自己创造了这种美。比如说吧，海喜喜现在给我的印象就极没有光彩；而她呢，正低着头若有所思，心不在焉，没有一点自豪感。

我们一下午翻了不少肥，旁边堆了一大堆。谢队长围着粪场转了一圈，检查了所有人的成绩，对这几个妇女和我特别满意，喊了一声：

“收工吧！”

大家七零八落地往家走去。出于礼貌，我对她说：“谢谢你了。让我替你把镐头扛回去吧。”

她在擦锹，掉过头很诧异地看着我，似乎不习惯这种客气的言辞。随即，她慌乱地把镐头从我肩膀上夺下来，用倔强无礼的口气说：

“你拿来吧你！看你个瘦鸡猴，脸都发灰了。”

十

回到土房子，我的几个组员对“家”都很满意。“营业部主任”首先把自己的脸盆坐在炉口上，他说这房子热得可以擦澡。

吃饭的时候，大家都围着火炉。有了火，彼此的关系似乎亲密了一点，话也多了。报社编辑没有忘记他的本行业务，这一天，他打听到很多情况。据他说，这个农场占的面积很大，从北至南，沿着山边分散着十几个队。我们这个队是一队。队与队之间至少有十里，到场部还有二十里。最偏远的队在山脚下，离这里竟有一天的路程。场部有个商店，但现在除了盐没有别的货物，农工们都叫它“盐务所”。想买什么东西，要上三十里路以外的镇南堡去，那里有老乡的集市，好像是这一带最繁华的地方。要进城，可以坐火车，朝东去三十里有一个慢车停一分钟的乘降所，每天凌晨四点钟过一班车。这个队没有书记，副队长害了浮肿病，躺在炕上，谢队长是政治生产一把抓。他还说，农工们反映：“只要不倒着抹谢队长的毛，这还是个好人。”最可怕的是山脚下的那个队。那里管得最严，进去出不来，农工们把它叫作“鬼门关”，是专治农场里调皮捣蛋的农工的。

报社编辑又说，这个队的农工绝大多数是本地人和甘肃、陕西跑来的农民。因为这个队的基础是公社的一个农村，谢队长本人原来就是公社的大队书记。别的新建队各种各样的人都有：浙江支边青年、复员转业军人、劳改劳教就业人员、工厂里精简下放的工人，等等。

“啧、啧！”老会计惊叹道，“这个农场比劳改队还复杂。”

“赶快离开这穷窝窝子。”“营业部主任”边洗脚边发牢骚，“劳改队还有期，待在这儿简直是无期。这儿他妈比劳改队还劳改队！”

我没有精神听他们闲聊。我全身仿佛被掏空了一般，光剩下一种感觉——累的感觉。累得都不想呼吸，但是却睡不着。有时，为了多吃一口，要付出远比这一口食物所发的热量还要多的热量。想想真不上算，但人还是要盲目地这样做，于是就越来越虚弱。今天，我干了不少活，结果累得如那妇女说的，“脸都发灰了”。

身体虚弱的折磨，在于你完全能意识、能感觉到虚弱的每一个非常细微的征象，而不在虚弱本身。因为它不是疾病，它不疼痛；它并不在身体的某一个部位刺激你，或者使你干脆昏迷；它无处不在，无所不到。实际上，要真昏迷过去倒也不错。当我意识到，我才二十五岁，又没有器官上的疾病，却如此虚弱的时候，我真有些万念俱灰。有的人万念俱灰会去皈依佛教，有的人万念俱灰会玩世不恭，有的人万念俱灰会归隐山林……这都是有主观能动性的万念俱灰，他本人还有选择的自由。已经失去主观能动性的、失去了选择的余地的万念俱灰才是最彻底的。这种万念俱灰不是外界影响和刺激的结果，是肉体质量的一种精神表现。油干灯灭，但火焰总是逐渐微弱下去的。它最后那一点萤火虫似的微光，还能照着你看着自己怎样地死去。也就是说，它要把你一直折磨到底。死，并不可怕，尤其在我这样的时候，可怕的是我能非常清醒地看见自己一步一步地走向死亡的全过程，看着生命怎样如抽丝一般从我的躯壳里抽尽……

啊，拉撒路！拉撒路！[①]……

十一

第二天早晨醒来，才有了饥饿和周身疼痛的感觉。根据经验，我知道现在

① 拉撒路为基督教《圣经》中一个患癞病的乞丐，死后因基督之力复活，成为病人的守护神。

开始好转了。能够感到饥饿和疼痛，就是还有活力的表现。

我无论如何要想个借口留在“家”里。

吃完早饭，我向组员们指出，土坯炉子上的泥缝，经过一天一夜的烘烤，已经干裂了。如果不糊上，裂缝里就会冒出煤气。“这可不是闹着玩的，别刚出劳改队，又进了阎王殿。”我叫他们跟谢队长说一声，我留在“家”里把炉子再泥一遍。

我现在是“组长”了，更主要的是，这个炉子成了大家关心的一个宝贝。中尉说：“行，你别去了，我去跟毛胡子队长打个招呼。”

我料到队长绝不会凭他们一句话就对我撒手不管。我先慢慢吞吞提来一桶水，挖了几锹土，刚把泥和好，不出所料，谢队长夹着一把锹来了。

“日怪！”他内行地把烟灶里里外外看了一遍，颇为欣赏，在炉子旁边蹲下来烤着两只手，“你还会打这样的炉子：又省料，又简便，火又旺。”“世上无难事，只怕有心人。”我笑着把我是跟谁学的告诉了他。

“日怪！你们‘右派’，尽是些能人！”他朝干草上啐了一口，“咱们这达儿的人，老八辈子咋样打炉子，这会儿还咋样打炉子。费泥费坯，厚得跟城墙一样，热气都透不出来。”

谢队长烤暖和了，眼泪鼻涕流了出来。他在脸上抓了一把，抹在自己的袄袖上。粗糙的大手上一道道很深的裂口。常年的户外劳动在他手上和脸上都印上了不可磨灭的痕迹；我突然觉得他很衰老，清癯的、布满皱褶的脸上有一种老人式的宽容神情，显得很和蔼可亲。

“谢队长，你家炉子要是不好烧，我来替你改装一下吧。”我讨好地说。

“不用。”他语气很平和，拉开了家常话，“我家烧的是柴灶。谁烧得起煤哩！你们是单身职工，按规定应该给你们烧炉子的。别的，你没见？队上家家户户都是柴灶，做了饭，又烧了炕。到夜黑，再添一把柴，一夜黑也暖和了。我的灶是喜喜子给我打的。那驴日的，也有点能！”

“海喜喜不是干部？”我勾着炉缝，问他，“昨天他接我们去，我们还当他是干部哩。”

“球干部！”谢队长淡淡地一笑，“他是今年开春从甘肃过来的。听说他小时候在寺上当过满拉[1]，可不好好学，一蹦子蹿了好些地方。劳动嘛，还是攒劲的。身大力不亏嘛。我就看待他这一点。出个远门，他也扛得住饿。嘿嘿！”

谢队长笑出了声，我却不明白这有什么可笑的。停了一会儿，他又说：

“今夜黑发工资，明天休息。你们想走个哪达儿，也行。”

“去镇南堡也行么？”我毕竟年轻，还是想去享受一下能四处走动的自由。

“咋不行？走哪达儿都行。”

我想他不是随口这样说的，可能是有意识地要让我知道我现在不同于过去的身份。但我又不大相信他这个外表如此粗俗的人竟会体贴别人。我瞥了他一眼。他表情不变，一门心思地烤着火。可是不论怎样，他这句话使我深受感动。

他又问了我原来在哪里工作，家里还有谁，随后，好像想起了什么事，扛起铁锹走了。

“行，你闹吧。”他说，“也别太热，小心煤烟打着，最好把报纸上掏个窟窿。”

他并没有叫我泥好了再去干活。

他一走，我三两下就勾好了炉缝，洗干净铁锹，支在炉口上，取下挂在墙上的报纸包，拿起罐头筒，倒进稗子面，像昨天那样煎起稗子面煎饼来……

稗子面都吃光了，我抖抖报纸，把它钉在我草铺旁边的墙上。这样，我就有了一圈干净的墙围。我不敢再跑出去看什么马了，点燃昨天剩下的半截香烟，舒舒服服地在围着报纸的草铺上躺了下来。

在我头旁边，卡斯特罗雄心勃勃地在鼓动世界革命，肯尼迪在发表他的“新边疆”政策，西方国家正用“福利国家”的口号来蛊惑群众，某地还选举开“牛奶皇后”……这些，都离我非常非常的遥远。那么，我现在生活于其间的这个新的生存环境是怎样的呢？我觉得，在这个如此贫穷、如此粗野、如此落后，仿佛被世界所遗忘、被文明所抛弃、为任何报纸书刊都不屑于挂齿的荒村中，却有一种非常模糊的、不能用语言来表达的东西使我感到新鲜，感到亲切，感到温暖。我小时候，教育我的高老太爷式的祖父和吴荪甫式的伯父、父

① 满拉，是指在清真寺内学习伊斯兰教知识的学员，结业后，可当阿訇。

亲，在我偶尔跑到用人的下房里玩耍时，就会叱责我："你总爱跟那些粗人在一起！"后来接触的那些知识分子们，脑子里的劳动人民全是塑造出来的艺术形象——穿着白衬衫和蓝工装裤，戴着八角帽，满面红光，肌肉饱满，气宇轩昂，永远走在一条笔直宽阔的金光大道上。给我做报告的领导号召我向之学习的"劳动人民"，在我脑子里好像总是一个空泛的概念——神圣尽管神圣，我却始终不知道是什么样子。在劳改农场里是没有什么"劳动人民"的，那里不是知识分子就是狼孩。在这里，我总算置身于"劳动人民"之中了吧。首先让我感到惊奇的是，这里有一种劳改农场完全没有的乐观的、毫无顾忌的气氛。在如此贫穷、落后的荒村，竟能乐观和毫无顾忌，是多么可贵，多么不可思议啊！虽然这乐观与毫无顾忌是用粗俗的形式表现出来的，但这样更透出了朴拙与天真。回忆昨天劳动时的所见所闻，我发自内心地微笑了。

十二

镇南堡和我想象的全然不同，我懊悔一上午急急忙忙地赶了三十里路，走得我脚底板生疼。

所谓集镇，不过是过去的牧主在草场上修建的一个土寨子，坐落在山脚下的一片卵石和砂砾中间，周围稀稀落落地长着些芨芨草。用黄土夯筑的土墙里，住着十来户人家，还没有我们一队的人多。土墙的大门早被拆去了，来往的人就从一个像豁牙般难看的洞口钻进钻出。但这里有个一间土房子的邮政代办所，一间土房子的信用社，一间土房子的商店，两间土房子的派出所，所以似乎也成了个政治经济的中心。今天逢集，人比平时多一些，倒也熙熙攘攘的，使我想起好莱坞所拍的中东影片，如《碧血黄沙》中的阿拉伯小集市的场景。

我先到邮政代办所给我妈妈发信，告诉她老人家，我的处分解除了，现在已经成了名副其实的工人，成了"自食其力的劳动者"；我吃得很好，长得很胖，晒得很黑，人人都说我是个标准的身强力壮的小伙子，就像苏联一幅招贴画《你为祖国贡献了什么？》上的炼钢工人。

我没有钱，但我有很多好话寄给我妈妈。

我的组员，包括"营业部主任"也托我寄信。他们的信都很厚，大概又在向家里念苦经，要家里人赶快给他们办准迁证吧，我想。

邮政代办所门口贴着一星期前的省报。省城的电影院在放映苏联影片《红帆》。我知道这是根据格林的原著改编的。啊，红帆，红帆，你也能像给阿索莉那样给我带来幸福吗？……

我走到街上。这条“街”，我不到十分钟就走了两个来回。商店里只有几匹蒙着灰尘的棉布，几条棉绒毯子，当然还有盐。熏黑的土墙上，贴着“好消息新到伊拉克蜜枣二元一斤”的“露布”，红纸已经变成了橘黄色。问那偎着火炉的老汉，果然是半年以前的事了。

集上有二三十个老农民摆着摊子，多半是一筐筐像老头子一样干瘪多须的土豆和黄萝卜，还有卖掺了很多高粱皮的辣面子的。有一个老乡牵来一只瘦狗似的老羊，很快被附近砂石厂的工人用一百五十元的高价买走了。我估摸了一下，它顶多能宰十来斤肉。我一直把那几个抱着羊的工人——奇怪，他们不让羊自己走——目送出洞口，咽了一口口水，才转过脸来。肉，我是不敢问津的。

我的目标是黄萝卜，土豆都属于高档食品。我向一个黄萝卜比较光鲜的摊子走去。

“老乡，多少钱一斤？”

“一块，搭六毛。”老乡边说边做手势，好像怕我听不懂，又像怕我吃惊。

我并不吃惊，沉着地指了指旁边的土豆：

“土豆呢？”

“两块。”

“哪有这么做买卖的？土豆太贵了。”我咂咂嘴。

“贵！我的好哥哥哩，叫你下地受几天苦，只怕你卖得比我还贵哩！”

“你别耍你的巧嘴嘴了！”我用上了向那女人学来的一句土话，“我受的苦你老八辈子都没受过，你信不信？”我瞪着眼睛问他。

“嘿嘿……”他干笑着，似乎不信。

“告诉你吧，”我冷笑一声，“我是刚从劳改队出来的。”

“啊、啊！那是，那是……”老乡流露出畏惧的神色。

“怎么样，土豆贱点？”我突然故意把逻辑弄乱，话锋一转，“人家都是三斤土豆换五斤黄萝卜哩。”

"哪有这个价钱？"他的畏惧还没有到贱卖给我土豆的程度。但正因为这样，他即刻钻进了一个微妙的圈套。"你拿三斤土豆来，我换你五斤黄萝卜哩。"

"当真？"我表面上冷静，而心里惴惴不安地叮问了一句。

"当真！"老乡表现出一种很气愤的果断，"三斤土豆换五斤黄萝卜还不换？！"

"行！"我放下背篓，"你给我称三斤土豆。"

我先把钱付给他——我们昨天每人领了十八元，干了一天就领全月工资，真好！老乡取出自制的秤。我们俩又在挑拣上争了半天。称好后他倒到我的背篓里。我说：

"给，我这三斤土豆换你五斤黄萝卜。"

老乡连思索都没有思索，称了五斤黄萝卜给我。我把土豆倒回他的筐里，背起黄萝卜就走。

我得意扬扬，我的狡黠又得逞了！

在劳改农场，我就经常和来给我们做买卖的老乡打交道。我熟知他们有一种直线式的思想方法。有时候，他们会出奇的固执，拼命地钻牛角，只记一点，不计其余。这也可能使他们在争取自己的利益或创造性的劳动上，表现出一种不屈不挠的顽强精神，但更大的可能倒是被人愚弄，被人戏耍，让他们顾此失彼，大上其当。而我就是用自己的小聪明戏耍他们的人之一。

"我"啊，你究竟是怎样的一个人呢？

十三

太阳暖融融的。卵石和砂砾在我脚下咯咯作响。方圆十几里阒无人迹，只有我一个人在荒滩上昂首阔步。"只、有、我、一、个！"这就是自由。在大号子里睡了四年，出工排队，收工排队，打饭排队，干了四年密集性的劳动之后，只有独自一人在一个广袤的空间行动，是多么幸福啊！

洪水从山上下来，冲出一条条深沟，又像是向山坡蜿蜒而上的卵石路。大大小小的卵石在阳光下散发着钢青色的辉光。略微向平原倾斜的荒滩，景物的色调是坚毅的、严峻的。一切都岿然不动，只有一种土色的小蜥蜴，见我过来，或是摇着小尾巴拼命地跑，沿途丢下一连串慌慌张张的小脚印；或是挑战似的扬着头，用小眼睛瞪我。那样子真可笑！在这个季节没有沙葱，也没有肉苁蓉，不然我可以爱拔多少就拔多少，大嚼一顿。我不是独自一人了吗？我不是自由了吗？现在，连空气都是属于我的！可是，这时候荒滩上只有枯干了的芨芨草和酸枣。酸枣是一种多刺的灌木，实际上就是荆棘的学名。荆棘！这个词使我怦然心动。我耸耸肩，把背篓往上搁搁，大踏步地穿过荆棘。

美丽的蔷薇脱落了花朵，
和多刺的荆棘也差不多。
我把荆棘当作铺满鲜花的原野，
人间便没有什么能把我折磨。
阴间即使派来牛头马面，
我还有五斤大黄萝卜！

“嘚儿蓬！嘚儿蓬！嘚儿蓬、蓬、蓬！……”我在心里敲着大鼓，背着背篓在荒原上迈着大步。

前面，是一条两米宽的排水沟。早上过来，冰还冻得很结实，但过了中午，冰层下出现了许多可疑的小水泡——这是冰层融化了的表象。

但是，这条排水沟长得东西两面都不见尽头，中间又没有桥。我走过来，走过去，选了一个比较窄的地方，拿起一块土坷垃往冰上砸去，咚的一声，土坷垃碎了，冰并没有破裂。我觉得可以冒险试一试。

两米宽的距离，如果我身强力壮，像给我妈妈写的信里说的那样；如果我背上没有五斤黄萝卜，我还是能一跃而过的。但这时的情况恰恰相反。我前一只脚刚跳到离岸三十厘米的冰层上，咔嚓一声，冰层破裂了！我连人带背篓仰天摔倒在沟里。薄冰被我砸了一个窟窿，像印模一般，正和我倒下去的身形相同。

我顾不得我自已，湿漉漉地站在没过膝盖的冰水里，看看背篓，里面只剩下两三个黄萝卜了！

反正棉袄已经湿透，我连袖子也没挽，气急败坏地在沟里乱摸。直摸到全身冻得麻木，而小腿针刺似的疼痛起来，才摸到不足一半。我只好恋恋不舍地爬到沟上，把劫后的剩余捡进背篓里。

在岸上，我如同一条落水狗似的抖擞了抖擞，背起背篓走了。一直走出很远，我还流连地回头看着，仿佛沟底的黄萝卜会像青蛙一样自己跳上岸来似的。

十四

半夜，可能是受寒以后发起烧来，我被干渴烧灼醒了。窗外，呼呼地刮起了西北风，用钉子钉着的报纸有节奏地扑扑作响，就和拉风箱一样。我感到一阵阵的晕眩。我身体虚弱以后，才发现很多小说里描写的晕眩是虚假的；那种噗咚一声摔在地板上，或软软地倒在沙发上的描写，多半是主人公的装腔作势。我静静地睡在被窝里也会感到晕眩，并且，晕眩不但不会使我昏迷，反而会把我从熟睡中摇醒。这时，头颅仿佛比正常情况下大了许多，头颅里的血显得很稀少，很稀薄，就像只有一点点水在一个大坛子里晃荡一样。

当然不会有一个人给我倒一口水来喝。我必须忍耐。而我也习惯了忍耐。有时，我会被自己能如此忍耐而感动，也就是说，我自己被自己感动了。在这半夜时分，我就被自己感动了。耐力不像膂力，不能用计量器测试出来，并且它还包括了精神的和物质的两方面。有人能忍受精神的痛苦，却耐不住物质的贫困；有人能忍受物质的贫困，却耐不住精神的痛苦。我发现，我在精神和物质两方面的耐力都有相当大的潜力，只有死亡才是一个界限。

大自然赋予我这样大的耐力，难道就是要我在一种精神堕落的状态下苟且偷生？难道我就不能准备将来干些什么对社会有益的事情？

这时，我开始内疚起来，心里受到自谴自责的折磨。黄萝卜的得而复失，在我看来是冥冥中的惩罚和报应。老乡是辛苦的，这个地区从来就把农民叫“受苦人”，下地干活不叫下地干活，叫“受苦去”。一块六一斤黄萝卜，比较起来是不贵的，劳改农场附近的老乡开口至少是一块八至两块。我的一块浪琴表只换到三十斤黄萝卜和一碗发霉的高粱面。可是，我却狡黠地愚弄了那位老实的、满面皱纹的老乡，还自以为得计，结果……

头颅里的血不停地旋转回晃，一个早已沉淀了的回忆像乳白色的杯底物从我脑海深处泛起。在一间讲究的天蓝色壁纸贴面的大房间里，在风尾草图案的绿窗帘下，在大理石镶边的法兰西式的壁炉旁边，我的一个伯父坐在棕色的皮面沙发里，我坐在放在地毯上的一只蜀锦软垫上。他晃动着自己调的加冰块的鸡尾酒，向我说摩根家族发迹的故事。据他说，老摩根从欧洲老家漂流到北美洲时，穷得只有一条裤子，后来夫妇两人开了一爿小杂货铺。他卖鸡蛋的时候从来不自己动手，而叫老婆拿给顾客看。因为老婆手小，这样就衬得鸡蛋大一点。正是由于他这样会盘算，他的后代才建立了一个摩根金融帝国。

“听到没有？做生意就要这样精，门槛不精不行！”这位证券交易所的经理端着高脚酒杯教育我，“谁倒闭了谁是憨大（念‘壮’音），能赚钱才是英雄！”

……回忆的潮水又随血液的旋转退了下去。于是，我怀疑我所费的种种心机都是和出身于资产阶级家庭有关的。老摩根会利用人的视觉误差把鸡蛋变大，我会利用人的视觉误差把打的饭变少；摩根们会盘算，我的算盘也很精：用钉子代替稗子面，三斤土豆换五斤黄萝卜，和交易所的“买空卖空”一样，一倒手就赚了两块钱……固然，争取生存是人的本能，但争取的方式却由每个人的气质、教养而定；先天的遗传是自然的，而后天的获得性也能够遗传下去。当我意识到我虽然没有资产，血液中却已经溶入资产阶级的种种习性时，我大吃一惊。一九五七年对我的批判，我抵制过，怀疑过，虽然以后全盘承认了，可是到了“低标准”时期又完全推翻。而现在，我又认为对我的批判是对的，甚至“营业部主任”那心怀恶意的批判也是对的。从小要饭的人，对从小就会享受的资产阶级“少爷”肯定有一种直感的敌对情绪。我虽然不自觉，但确实是个“资产阶级右派分子”，其所以不自觉，正是因为这是先天就决定了的。

我口渴，我口渴得像嘴里含着一团火，但毫无办法，我把这种折磨看作对我的惩罚。我默念着但丁的《神曲》：

> 从我，是进入悲惨之城的道路；
> 从我，是进入永恒的痛苦的道路；
> 从我，是走进永劫的人群的道路。

我所属的阶级覆灭了，我不下地狱谁下地狱？

十五

第二天早晨，铅灰色的天空飘下了雪花。这个偏僻的、贫穷的、落后的荒村，大自然倒没有遗忘她，公平地给她也盖上了一层洁白的初雪。小土房上小小的烟囱，冒出的烟也是纤细的，更像童话中的一幅插图。

忍耐的好处之一，是我的感冒会不治自愈。我早已发现，疾病加重在很大成分上是个人的神经作用。如果像对情人一样念念不忘自己的病痛，病就会越来越重。干脆不理它——也没办法理它，它待在你身上也无趣，很快就会抛掉你。

那个瘸子一瘸一跛地四处吹哨，通知说不出工。他的喊声很怪，好像叫卖什么东西："休——息！""休"字拖得很长，"息"却戛然而止，连一丝余音都没有。但在我们听来，这无疑是个可喜的消息。

棉袄棉裤在炉子上烤干了。"营业部主任"不住地埋怨我把房里熏得臭烘烘的。我不理他。要是他掉进水里，他还有新棉裤，还有老羊皮袄。在我眼里，他倒成了资产阶级——阶级关系又整个儿颠倒了。糟糕的是，湿漉漉的棉衣烤干后，硬得和盔甲一样，不保暖不说，穿在我既无衬衣，又无衬裤的身上，磨得皮肤又疼又痒。早饭后，我干脆把衣裳全部脱光，用棉花网套把自己包了起来，仅从网套的破洞里伸出两只手，捧着本书，靠在泥土剥落的墙上。

我抱着一种虔诚的忏悔来读《资本论》。

上午，我还能饶有兴味地读着。我重温了《初版序》，接下来读《第二版跋》直到《编者第四版序》。论证的逻辑理清了，也印证了我昨夜的想法：我所出身的这个阶级注定迟早要毁灭的。而我呢，不过是最后一个乌兑格人。我这样认识，心里就好受一点，并且还有一种被献在新时代的祭坛上的羔羊的悲壮感：我个人并没有错，但我身负着几代人的罪孽，就像酒精中毒者和梅毒病患者的后代，他要为他前辈人的罪过备受磨难。命运就在这里。我受苦受难的命运是不可摆脱的。

但是到了中午，我就读不下去了。对于我来说，休息最大的痛苦是没有吃的。平时干活的时候，饥饿还比较好忍受。什么活都不干，饥饿的感觉会比实际的状态更厉害。我完全相信卓别林的《淘金记》中，困在雪山上的那个饥饿的淘金者，会把人看成是火鸡的幻觉。那不是天才的想象，一定是卓别林从体验过饥饿的人嘴里得知的。当我看到“商品是当作铁、麻布、小麦等等，在使用价值或商品体的形态上，出现于世间”这样的句子，我的思想就远远地离开了这句话的意义，只反复地品味着“小麦”这个词。我的眼前会出现面包、馒头、烙饼直至奶油蛋糕，使我不住地咽唾沫。那个句子的后面，又出现了以下的列式：

1 件上衣
10 磅茶叶
40 磅咖啡　} 20 码麻布
1 卡德小麦
……

“上衣”“茶”“咖啡”“小麦”，这简直是一顿丰盛的筵席！试想：穿着洁白的上衣（不是围着破网套），面前摆着祁门红茶或巴西咖啡（不是空罐头筒），切着奶油蛋糕（不是黄萝卜），那真是神仙般的生活！我也有着华丽的想象力。这种想象力会把我所经过、看过、读过的全部盛大宴会场面都综合在一起，成了希腊神话中忒勒玛科斯的大宴会：“安静地吃吧，我不会让任何人来妨碍你！”这时，不但各种各样食物多彩多姿的形象诱惑我离开《商品的拜物教性质及其秘密》，而且这冬日的沉寂而寒冷的空气中，不知从哪里会飘来时而浓烈时而清淡的肴馔的香气——我脑子里想到什么，就会有什么味道。这香味即刻转化成舌尖上的味觉，从而使我的胃剧烈地痉挛起来。

“营业部主任”又要花样了。他在他的小木箱中摸索了半天，摸索出一块黑面饼子。他不让中尉吃，不让报社编辑吃，还有两个同来的就业人员他也不让，独独要请睡在我旁边的老会计与他分享。其实他明明知道老会计严格地奉守着“我不沾你一分，你也别沾我一毫”的处世原则，不会吃他的“请”的。老会计在这点上也确实迂腐得可笑。比如，他对我与他铺位之间的分界线，比两个关系紧张的毗邻国家的国界还敏感——其实我与他相处得还好。如果他的被角偶尔搭在我的草铺上，他会像被子掉到火上了似的慌忙拽过去；如果我的破网套有一团棉花沾上了他的褥子，他也会郑重其事地捧着送回来，好像那团破棉花是我丢失了的钱夹子。这种战战兢兢不敢越雷池一步的人，我想象不出怎么也成了“右派”。

“吃吧，吃吧，没关系的。”“营业部主任”小心翼翼地掰了半块，从门边扔到他的褥子上。

“咦，咦！弗，弗……”老会计操着上海口音叫起来，惊慌地又扔了回去，仿佛那半块黑面饼子是个烧得火烫的煤球。

“吃吧，你看你这个人……啧，啧！”“营业部主任”又慷慨地扔过来。那半块饼子已干得坚硬无比，扔来扔去都不会掉渣的。

“哎，哎！真的……侬自家吃吧。”老会计更惶惶不安地扔还给“营业部主任”。

“啧！我让你吃你就吃吧。这会儿，谁不饿？！”“营业部主任”再次使劲往这边一扔。

但是，这次“营业部主任”没扔准确，更可能是他有意识的，半块黑面饼子掉到了我的草铺上，正在我的脚旁边。

老会计用一种非常恐惧的眼光斜睨了那半块饼子一眼，在他的铺位上坐卧不宁地扭动着。捡起来再扔回去？这饼子是在我的草铺上；也许他还有点怜悯我，想顺水推舟把饼子让给我吃。不捡起来往回扔？“营业部主任”明明给的是他。即使他给我吃了，人情账却是挂在他名下的，“营业部主任”可不是容易对付的债权人……

土房里的空气仿佛凝固了。其他几个人虽然表面上在各干各的事，有的在补袜子，有的在写家信，有的在被窝里想心事，但注意力无疑都盯在这半块黑面饼子上。报社编辑和中尉在自制的象棋盘上也暂时休战。这半块黑面饼子的命运牵动着所有人的心。

饼子约莫有一两重，由于放得太久，表面上竟有一层暗淡的光泽，很像一块硬巧克力。它旁若无人地、藐视一切地坐镇在我的草铺上，使我非常的困窘；我那“把荆棘当作铺满鲜花的原野”的精神也受到了挫折。剩下的黄萝卜在昨天回来后就煮着吃光了，没有一点东西可以抵挡从心底里，而不是从胃里猛然高涨起来的食欲；没有一点东西可以把我汹涌澎湃的唾液堵塞住。由于委屈，由于受到这种残酷的作弄，由于痛恨自己纯自然的生理要求，由于蔑视自己精神的低劣，由于那种“我怎么会落到这种地步”的哀叹……我眼眶里饱含着泪水。

土房里如死一般寂静，皑皑的雪光透过糊着报纸的窗户映照进来，每个人的脸都像死人似的苍白。老会计最终决定了对策：不在我的领地里，就不关我的事！闭起了眼睛，袖着两手坐在褥子上，活像个入定的老僧。"营业部主任"表面很镇静，和扔饼子之前一样，在他铺位上盘着腿，但眼睛却灼灼地盯着那块诱饵，紧张地等待着即将被夹住的猎物。

这时，窗外由远及近地响起沙沙的踏雪声，同时传来了轻松的放肆的歌声：

姐儿早上去看郎，
三尺白绫包冰糖。
送给小郎郎不用，
转过身儿好凄惶哟——呀啊！
初三早上去看郎，
小郎病在牙床上。
双手揭开红绫帐，
小郎脸上赛金黄哟——呀啊！

是个女的。我一听就是两天前给我钥匙的那个妇女。

沙沙声和歌声越走越近，径直向我们"家"门口走来。土房里所有的人都有点惊奇，目光被这突如其来的、仿佛是从另外一个世界飘来的声音吸引到门口去，连"营业部主任"的神经也暂时松弛下来，不自觉地表现出侧耳倾听的模样。

一会儿，脚步到了门口，随即，门像受到爆炸的冲击波撞击似的，"砰"一声被推开了。门大敞着，却不见人进来。

这几秒钟，屋里的人都呆呆地盯着门口，像一群傻子在盼望一个奇迹。门外的人似乎终于克服了自己的犹豫，一蹦子跳到门槛上，两手扶着门框，探头探脑地向屋里寻找着。

"嘻嘻！你们这达儿谁是唱诗歌的'右派'？找他干活去。"

是她！而她问的只能是我！

“喏、喏、喏，”“营业部主任”转过头来用手指着我，快活地叫道，“章永璘，喂，叫你干活去哩。”

可是，从她的语气、她的神态、她的特别的嘻嘻的笑声里，我即刻敏感到她并不是叫我去干活。我很高兴她把我从这种困境中解救出来。

“是找我吗？”我还有点拿不准，因为她不是说“写诗”，而是说“唱诗歌”。“干什么活？”我又问。

“嘻嘻！我一猜就是你。”她仍然手扶着门框，身子前后地摇晃，“都说你会打炉子，叫你给打个炉子去哩。”

她为什么要猜？怎么会一猜就是我？我感到了一种微妙的关切。我也愿意跟她一起干活。既然没有吃的，干点活比闲待着还好受点。我说：“那么你先去，我穿好衣裳就来。”

她注意地打量了我一下，大概觉得我那副模样很滑稽，又嘻嘻地一笑。

“那你快点，我在家等你。我家你总认得。”

她一欠身，把门“砰”的一声拉上。我匆匆地穿上棉衣棉裤，在蹬棉裤腿时，我装作无意地把那半块黑面饼子踢到我和中尉之间的过道上。

十六

外面已是一片银白色的世界。初雪把广阔无垠的大地一律拉平，花园也好，荒村也罢，全都失去了各自的特色，到处美丽得耀眼炫目，使人不能想象这个世界上竟会有几分钟之前发生的那种荒诞的丑剧，不能想象人会有那种种龌龊得对自已也没有什么好处的心地。

啊，大自然，你每隔一段时间就要用你的默默无言来教诲我们净化自己！

她的一串脚步印在洁白的雪地上，给人一种轻盈而又温暖的感觉。她回去也踏着来时的足迹：均匀、整齐、毫不零乱，拐弯处弧线优美，精致得像一串珍珠项链。我仔细地踩着她的脚印走，像沿途把那宝贵的东西拾起来，一粒一粒地，一粒一粒地……装在我的心里。

我敲敲门。她不说“请进”“进来”，而是在屋里大声喊：“推嘛，门开着的嘛！”

她斜坐在炕上逗弄孩子。这是个两岁多的孩子，穿着一身和她棉袄的花布一样花色的小棉袄，看来是个女孩，却又推了个平头，眉毛也很浓，长着一副男孩子的样子。见我进来，孩子和她都嘻嘻地笑出了声，但看见我也笑时，孩子却吓得往她怀里直躲。我有点无趣。我想，我的模样一定挺吓人，连笑脸也是可怕的吧。

“在哪儿打炉子？”我问，“有瓦刀没有？还要土坯和砖……”

“你忙啥？！”她长得很匀称的细长的手摩挲着孩子，朝我笑着说，“看你这棺材瓤子，干活倒挺积极！你先坐会儿。”

“棺材瓤子！”可怕而又可笑。我把我这副“棺材瓤子”坐在那不能移动的土坯砌的凳子上。房里没有火，却和我们“家”一样暖和。这种暖和是温和的、全面的暖，不像火炉那样只烤一面，还带着逼人的炙灼。这是农家火炕的作用。我看着那贫穷而整洁的炕，突然产生了一种对家的向往。家，不是谢队长说的“家”，而是真正的家。经过四年严酷的强制性集体劳动和濒于死亡的饥饿，种种不切实际的雄心壮志和布尔乔亚式的罗曼蒂克的幻想，全抛到了东洋大海。我心里记得《叶甫根尼·奥涅金》中的几句诗，这几句诗倒能说明我现在的理想。

有个主妇，
还有一罐牛肉白菜汤，
一大罐牛肉白菜汤——
这就是我现在的理想。

她继续安抚着孩子，没有理我。我呆呆地坐在土坯凳子上，不觉低下了头。我心里猝然涌起了一阵失望的悲哀。不知是对原先希望的失望，还是对“主妇”和“牛肉白菜汤”的失望，抑或是对所有希望都失去了希望……总之，我进到这小小的、简陋的然而又弥漫着一种不可言状的温馨的土房里，好像更清楚地看到了我目前状况的可悲……

不知她注意到我的表情没有，她哄好孩子，把孩子放在炕上，轻捷地跳下炕，掀开锅台上的锅盖，拿出一个白面馍馍，爽气地伸到我面前：

“给！”

我大吃一惊！用惶惑的眼睛看看馍馍，又看看她。她坦然地站在我面前，眼神里有掩饰不住的温柔与怜悯，但绝对没有一丝嘲笑和鄙薄。

我不敢接。因为这样的东西在这样的时候太贵重了，贵重得令人不敢相信这是能无代价地馈赠的。疑惧和望外的喜悦搅在一起，使我晕眩起来。

孩子在炕上叫唤她了："妈妈，妈妈……"小手抓挠着往炕边爬来。她一把把馍馍塞在我的怀里，转身又坐到炕沿上抱起孩子，头顶着孩子的头，边摇晃边唱：

打箩箩，磨面面，
舅舅来了做饭饭。
擀白面，舍不得；
下黑面，丢人哩！
给舅舅宰个大公鸡，
公鸡叫鸣哩！
宰个大母鸡，
母鸡下蛋哩！
给舅舅擀上两张齐花面，
舅舅喝面汤，
我吃一大碗！

她是唱，而不是像一般妇女念儿歌时那样朗诵，不但有节拍，并且有旋律。旋律在多变中带着单纯的稚气。她爽朗的声音，快活的曲调，诙谐的歌词，搂着孩子像玩跷跷板似的摇上摇下的天真的神态，和孩子叽叽嘎嘎的笑声溶在一起，在这小土房里荡漾。只有丝毫未脱孩子气的人才能这样与孩子、与这首别致的儿歌浑然无间。

任何人都不能怀疑她的纯真。她给我这个珍贵的东西在她来说是非常自然的，是没有目的的，全然出于她的好心。

不过，我还是嗫嚅地说：

"我不饿，给孩子吃吧。"我把馍馍向孩子伸过去。

"她刚吃了。"她说，"你吃吧，吃吧。"

可是孩子伸出手来嚷嚷："我吃，我吃。"

“尔舍，听话！”她把孩子往炕里挪去，不让孩子的手够着我手中的馍馍，旋即跳下炕，又揭开锅盖，拿出一个蒸熟的土豆。

“给！尔舍，你看这是啥？你吃这个。”

孩子笑了，接过去，用小手笨拙地剥着皮。

因为她纯真的慷慨，我更不忍心吃掉她给的这样珍贵的东西了。我的饥饿感，被对这个馍馍的珍惜抑制住了。我甚至觉得有点“暴殄天物”，我的肚皮，是随便什么都可以填满的，何必要吃这么贵重的食品呢？我很想把这个馍馍换两个还在笼屉上放着的土豆——我的近视眼对食物却异常敏锐，她一掀一盖锅之间，我就看见笼屉上放满了土豆。可是，我又不好意思说出口。

她见我还把馍馍拿在手里，指着我对孩子说：“说：‘叔叔，你吃，你吃吧。’说！”

孩子把塞在嘴里的土豆取出来，用沾满土豆泥的小手指着我：“吃，你吃，你吃嘛！”

“我不吃，”我酸楚地对孩子说，“留给你爸爸吃，好不好？”

“嘻嘻！”她又笑了，“她爸爸在爪哇国哩！你吃了吧。你看，你们念过书的人尽来这个虚套套！”

我不知道她说的这个“爪哇国”是什么意思。我只知道古典小说中常把非常遥远的或根本没有的地方叫“爪哇国”，而这个地区农民的许多日常用语还保留着古汉语的特色。那么，是她丈夫在很远很远的地方呢，还是孩子现在没有爸爸？

“那么……还是，你自己留着吃吧。”我眼睛看着锅，想把馍馍仍放进去。如果她再客气的话，我就可以说我吃两个土豆就行了。

“你看你这个没起色的货！”不料，她勃然嗔怒了，“扶不起个搁不起！那你把馍馍给我放下，你哪儿来的还滚到哪儿去吧！”她掉转身搂着孩子，眼睛也不看我了。

我尴尬地两手捧着馍馍不知所措，和端着一盆盛得满满的热汤不知放在什么地方好似的。

“你，你不是说要打炉子么？”

“打个球！”她又忍不住嘻嘻笑了，“我的炉子是喜喜子给我打的，也好烧着哩。是这么回事：昨天休息，我把喜喜子拾来的麦子推了点白面，蒸了五个馍馍。喜喜子一个，我一个，娃娃两个，还有一个，我就想着给你。可我昨天找你找不见……没酵子，只好蒸死面的。你凑合着吃吧。白面我还有哩，酵子我也发下了，下次就能吃发面的了。”

还有下次！我也不好问她为什么“想着”给我。这是不礼貌的。除了怜悯，还能为什么呢？我不像“营业部主任”、中尉和老会计几个人，一出劳改农场就把那层皮扒了，换上家里寄来的干部服。我一身棉衣棉裤还是劳改农场发的。这种没有领子、三个贴兜的衣服，和脸上的金印同样是受惩罚的记号。布，近似于医用的纱布，刚穿几天就磨了几个窟窿，现在又硬得跟甲壳一样，我缩在这样一套棉衣棉裤里，如同一只蛹没有成熟就死在茧里似的。

沉默了一会儿，她见我低着头，看着手中的馍馍，有要吃的意思，就又掀开那土台子的布帘，端出一碟咸萝卜，拿出一双筷子，用手抹了抹，放在我的旁边。

“以后，你肚子饿了你就来。那天我看你，脸都发灰了，跟伊不利斯[①]一个样……”不知她想起了什么，突然又嘻嘻笑了。可是她马上忍住笑，抿着嘴，坐在炕上瞅着我。

经过这一番推让，我当然要吃了。“恭敬不如从命。”但我很不好意思在她面前吃东西。我那致命的虚荣心还没有完全丢掉。同时，我知道我现在的吃相很不好，我怕一个女人看见我狼吞虎咽的模样。

她不理解我这种心理，也不懂得不要坐在旁边看客人吃东西的社交礼貌，奇怪地问：“吃吧，还等啥？”又催促我，“快吃，一会儿说不定来人哩。”

是的，这倒有点可怕。今天农工们都休息，很可能有人来她这儿串门子。看见我在她这里吃东西，这多不好！我又不能把这珍贵的食物拿到我们“家”去享用，那里还有好几双眼睛！我慢慢地把馍馍拿起来。

这确实是个死面馍馍，面雪白雪白，她一定罗过两道。因为是死面馍馍，所以很结实，有半斤多重，硬度和弹性如同垒球一样。我一点点地啃着、嚼着，啃着、嚼着……尽量表现得很斯文。我已经有四年没有吃过白面做的面食了——而我统共才活了二十五年。它宛如外面飘落的雪花，一进我的嘴就融化了。它没有经过发酵，还饱含着小麦花的芬芳，饱含着夏日的阳光，饱含着高

① 伊不利斯，阿拉伯语，魔鬼。

原的令人心醉的泥土气，饱含着收割时的汗水，饱含着一切食物的原始的香味……

忽然，我在上面发现了一个非常清晰的指纹印！

它就印在白面馍馍的表皮上，非常非常的清晰，从它的大小，我甚至能辨认出来它是个中指的指印。从纹路来看，它是一个“罗”，而不是“箕”，一圈一圈的，里面小，向外渐渐地扩大，如同春日湖塘上小鱼喋起的波纹。波纹又渐渐荡漾开去，荡漾开去……

噗！我一颗清亮的泪水滴在手中的馍馍上了。

她大概看见了那颗泪水。她不笑了，也不看我了，反身躺倒在炕上，搂着孩子，长叹一声：

“唉——遭罪哩！”

她的“唉”不是直线的，而是咏叹调式的。表现力丰富，同情和爱惜多于怜悯。她的叹息，打开了我泪水的闸门，在“营业部主任”作践我时没有流下的眼泪，这时无声地向外汹涌。我的喉头哽塞住了，手中的半个馍馍，怎么也咽不下去。

土房里一时异常静谧。屋外，雪花偶尔地在纸窗上飘洒那么几片；炕上，孩子轻轻地吧唧着小嘴。而在我心底，却升起了威尔第《安魂曲》的宏大规律，尤其是《拯救我吧》那部分更回旋不已。

啊，拯救我吧！拯救我吧！……

一会儿，她在炕上，幽幽地对孩子说：

“尔舍，你说：叔叔你放宽心，有我吃的就有你吃的。你说，你跟叔叔说：叔叔你放宽心，有我吃的就有你吃的……”

从声音上判断，孩子的脸向我转过来。

“叔叔，你放心。叔叔，你放心……”

孩子越说越来劲儿，可能她觉得这句她尚未理解的话很好玩，站起来朝炕沿边跨了跨，小手指着我：

“叔叔，你放心。叔叔，你放心……”

“还有哇！”她翻起身扶着孩子，“有我吃的就有你吃的。说呀！”

孩子愣了愣，口齿不清地学着：

“有你吃的，就有我吃的。”

她哈哈大笑了，一把搂起孩子，反身把孩子按在炕上，用手指胳肢孩子。

“没起色的货，有我吃的就有你吃的，不是‘有你吃的就有我吃的’……没起色的货！没起色的货！……”

她和孩子在炕上打滚，嘻嘻哈哈地闹成一团。屋里的气氛即刻欢快起来，我的心情也开朗了。我很快把馍馍吃完，连咸萝卜也没就。

“还有土豆哩。”她等我吃完了，坐起来，拢了拢头发，把棉袄往下抻了抻，指指炕下的锅台，“土豆还有，一锅哩。你自己拿。”

这时，我才有心情看清楚她。

首先让我惊奇的是她面庞上那南国女儿的特色：眼睛秀丽，眸子亮而灵活，睫毛很长，可以想象它覆盖下来时，能够摩擦到她的两颧。鼻梁纤巧，但很挺直，肉色的鼻翼长得非常精致；嘴唇略微宽大，却极有表现力。很多小说中描写女人都把眼睛作为重点，从她脸上，我才知道嘴唇是不亚于眼睛的表现内在感情的部位。线条优美的嘴唇和她瘦削的两腮及十分秀气的鼻子，一起组成了一个迷人的、多变的三角区。她的皮肤比一般妇女黑，但很光滑，只是在鼻子两侧有些不显眼的雀斑。下眼睑也有一圈淡淡的青色。这淡淡的青色，使她美丽的黑色的眸子表现出一种令人难以忘怀的深情。她脸上各个部分配合得是那样和谐，因而总能给人以愉快与抚慰。从她和我谈的不多的话里，从她的行动举止来看，我感到她的性格是泼辣的、刚强的、爽朗的、热情的。这和她南国女儿式的面庞也极吻合。后来我才了解，这种南国女儿的特色，也是从中亚细亚迁徙过来的民族所具有的。

她的岁数在二十岁到二十五岁之间，不会比我大。

她的名字叫马缨花！

十七

我吃了她一个白面馍馍和好些土豆，我不好意思再去了，尽管我走时她一再叮咛我明天再来。

第二天吃完早饭，我还是抱着郭大力、王亚南译的一九五四年版的《资本论》躺在草铺上，不过没有像昨天那样脱掉衣裳，好像在等待着什么。

我不好意思去，但又非常想去。

雪虽然停了，但地上已经铺满一尺深的积雪。房舍中间的甬道上，尘土和积雪混在一起，被践踏成坚实的硬块。天空中仍然堆集着一层层乌云，连空气仿佛都是灰色的，不定什么时候，还会飘落下雪花。谢队长在吃完饭后，到我们“家”里来，告诉我们今天还不出工。又说，这场雪下得好，下得好；说今年大家都没力气，干不动活，该淌的冬水没有淌，这场雪，等于补上了这次冬水，明年地里的墒情一定好，夏庄稼有了指望了。但不识趣的中尉顶撞他说，庄稼长得再好，粮食定量还是那么一点点，庄稼好，跟我们有什么屁相干？！一句话，气得谢队长拔起腿走掉了。我看他本来还想多待一会儿的，因为他发现我在看书，很想跟我聊聊似的。

中尉复员以后，在政府机关当小科长。劳改出来，他的“右派”帽子摘掉了，老战友正在北京的郊区给他安排工作，在这里不会待长的；他又年壮气盛，所以敢说出这种冒天下之大不韪的话来。

但我还是感到惊奇。我惊奇的是中尉顶撞了谢队长以后，谢队长尽管气得耷拉下眼皮，却没有布置我们批斗中尉。要是在劳改农场，你等着挨绳子吧！

我蓦地有了一种解放感。这时，我正读到注释51：“野蛮人和半野蛮人，以不同的方式，使用他们的舌头。据巴利上校说，巴芬湾西岸的居民，用舌舔物二次，表示他们的交易完成，东部爱斯基摩人，也以舌舔交换物品。”我想，自由人和非自由人，恐怕也要在怎样使用舌头上表现出来吧。怕什么？没有什么可怕的！

中午，在昨天那个时分，她又来了。我一听见脚步声就知道是她。雪积厚了，她的脚步声不是沙沙的，而是咔嚓咔嚓的，但仍然非常轻盈。

她一下子搡开门，直接冲着我喊道：

“喂，咋哪？你把营生干了一半，就撂下不管啦？”

“营业部主任”吃吃地偷笑：人家都休息，偏偏要我去干活，他很称心。

我装作不乐意地放下书本，慢吞吞地爬起来，跟在她的后面。

一拐弯，她便嘻嘻哈哈地笑起来，还天真无邪地用肩膀撞了我一下。她的神态，使我想起我儿时和表妹一起逃学，跑到只有我们俩知道的花园那个角落时的情景，又非常自然地仿佛和她有了某种默契。我也笑了。这种笑，不是我多吃了一口的笑；我愉快地感觉到了已经离开我非常非常遥远的盎然的生意又回来了。

可是，今天，她真的把炕拆了。

海喜喜抱着两肘蹲在门口，紧绷着薄薄的嘴唇，目光阴沉，一脸不高兴的表情。屋外，和好了一摊泥；房里，炕面子完整地掀起来了，土坯也准备好了。看样子就等着我来干。

“你光指挥就行了。”她说，“让喜喜子干，他有的是驴劲。来，你们先吃点土豆，暖和暖和，完了我蒸白面馍。”

“他——指挥我哩！”海喜喜连看都不看我一眼，朝地上啐了口唾沫，也不接她给的土豆。

“东西都准备好了，我们先干吧。”我说，“早完工早点火，不然炕烧不干。”

海喜喜还是蹲在那里不动。他的懒怠和对我的藐视，刺激起我的活力和竞争心。我跨进炕墙里面。

“我一个人来！这点活，哧！……”我好像力大无穷似的。

“你干不干？！”她向海喜喜瞪了一眼，只厉声问了一句话。

海喜喜像被踢了一脚的狗，倏地站起来，撸起棉袄袖子：“球！还是我一个人来干吧！”

“你呀，你是榆木脑袋，人家是化学脑袋。”她把土豆塞在我手上，嘲笑海喜喜，“你今天还是看人家的吧，你就给他当小工。”

她经常说出些我想象不出的，为作家、诗人所叹服的生动的词汇。这儿的农民把他们从未见过的新兴塑料制品一律冠以“化学”两个字，比如“化学梳子”“化学扣子”“化学杯子”，等等。这个“化学脑袋”和那个“棺材瓤子”一样，使我不由得叫绝。

原来，昨天我在她家吃土豆的时候，我对她说，她的炉子虽然好烧，但炕打得不科学。老乡们打炕，烟囱和灶门成对角线，大部分热气从烟囱跑掉了，仅炕头上热一点。最科学最经济的方法是火道满炕转，成“回”字形。我在地上给她画了一个图，我说：“这种炕，只烧一把火，我叫它满炕热！其实改一改不费事，只要在炕里动一点小手术就行。”今天，她果真照着我这个“化学脑袋”想的做了。

我边吃土豆边干活。我很小的时候就欣赏电影上的男演员一边吃东西一边干活的做派，欣赏水兵们听到“甲板上集合！”嘴里嚼着面包就冲出舱房、爬上桅杆的神气。我觉得它表现了男子汉的忙碌、干劲、帅气和对个人饥寒饱暖全然不顾的事业心。但过去我没干过活，后来干上活却没有东西给我吃，而且干的又是什么活啊！今天，我干得很痛快。炕修改好了，肚子也被土豆填满了。

海喜喜不吃土豆，也许他不屑于吃，也许他吃饱了。他给我递坯端泥，面孔阴沉沉的，嘴里不断地嘟嘟哝哝，说这种土坯挨着土坯的实心炕要是好烧，他就跳河去。我装作没听见。放好最后一块炕面子，我跳下炕，向他一摆手：

“行了，你上泥吧！”

海喜喜蹲下来左看右看，像是想挑出哪儿有点毛病。她已经把馍馍的面剂子切好了，放到笼屉里，呵叱他说：

“还看啥？！小心绕花眼睛！齐不齐，一把泥。瓦工的活你还不知道？你先从锅台这边泥。我这就烧火。”

在这大雪天，她不知从哪里抱来一捆捆干柴，动作麻利地在灶膛里点着了火。开始，有些烟从炕面子的缝隙中窜出来，随着海喜喜泥的面积越来越大，烟逐渐地减少，终于消失了。海喜喜泥完后跳下炕，看着灶膛里熊熊的烈火一个劲儿地往烟道口窜去，而满炕都冉冉地蒸发出水汽，褐色的湿泥渐渐地变白，也不作声了。

“你死去！你跳河去！……”她笑着揶揄海喜喜。灶火映着她生动的脸，我很久没有看见过这种红闪闪的美丽的鲜艳的颜色了。

我坐在那不能移动的土坯凳子上悠闲地吸烟，第一次感觉到劳动会受到人的尊敬。这种感觉，扫除了昨天接受她施舍的时候多少还有一点的屈辱感，维持了我的心理平衡。我想，我现在是“自食其力的劳动者”，是农业工人了，而我才二十五岁，如果在农业劳动上我不能成为一个壮劳力，成为一个内行，今后便无法安身立命。今天，就凭我这一点从供暖工程师那里学来的小技能，马上改变了我和海喜喜两人的地位，几天以前我还看作高不可攀的车把式，也不得不给我当小工。这就充分说明了，在这里，在这个穷乡僻壤，在这个也许我会终生待下去的地方，只有体力劳动的成果才是衡量人的尺度。而从刚才干的活来看，只要我能吃饱，我完全可能成为海喜喜那样魁梧、剽悍、粗豪、放到哪儿都能干的多面手！我有充分的信心能成为一个“自食其力的劳动者”！

四年的禁锢，四年的饥饿，处分解除后依然戴在头上的“右派”帽子，已经把我任何别的志向都摧毁了。

她蒸好两屉馍馍，又熬了一大锅白菜土豆。把寄放在别人家的尔舍叫回来，我们开始吃饭了。

这是一顿真正的饭！我多少年没有吃过了啊！多少年？……

“给，吃完再盛。”她首先给我盛了一大碗土豆熬白菜，又塞给我一个大白面馍馍，“馍馍你今天先吃两个，还给你留着哩。你来，我馏一馏给你吃。”

海喜喜铁青着脸蹲在锅台旁边，毫不掩饰妒意地盯着她端菜拿馍的两只手。我不理睬海喜喜。今天我吃这顿饭是名正言顺的。这是这儿老乡家的规矩：替谁家打炕盖房，就要在谁家吃饭。我心安理得地拿起馍馍。

今天的馍馍是发面的，比昨天的更白。我转来转去看了看，再没有昨天那样的指纹印了。

可是，即使有昨天那样的指纹印，我会有什么样的感觉呢？如果不是昨天，而是今天的馍馍上有那样的指纹印，我又会有什么样的感觉呢？

人哪，你是多么容易受情势的摆布，多么容易忘记过去呀！

在她家吃完饭，回到“家”，又从伙房打了一份稗子面馍馍，也吃了下去。我才知道什么是“饱”！“饱”，不是“胀”！

我躺在马灯下的草铺上，乜斜着睡眼，沉醉在饱的舒适感里，晕头晕脑地计算我今天吃了多少东西，但算了半天也没算出来。因为饱，我可以想食物以外的事情了。我想到她和海喜喜。他们并非夫妻是明显的了，而交情似乎又不寻常。可是我的直觉告诉我，海喜喜又没有占有她。如果海喜喜对她已经实现了法律外的占有，他是不会像一条狗似的顺从她，领教她那有时几乎是刻薄的嘲笑的。这两个人真微妙得耐人寻味，尤其是她，那么善良又那么泼辣……

再说海喜喜，这个体力劳动者也有值得我羡慕的地方。俗话说：“外行看热闹，内行看门道。”即使他干端坯递泥这样的简单劳动，我马上知道他非常有眼色；泥炕面的时候，他的步骤也和我一样合乎劳动运筹学的原理，没有一个多余的动作。干完泥活以后，自已的身、手却很干净，几乎纤尘不染。在农村，是很讲究这点的。比如说，有的姑娘媳妇和面，和一斤面会有二两沾在手上、盆上、案板上。而受人称赞的姑娘媳妇就讲究“三光”：和完了面，手光，盆光，案板光。劳动也是这样。干净、利落、迅速，是体力劳动的最高标准，正如文学中智慧的最高表现是简洁一样。这不是光靠经验能达到的。没有干过农业劳动的人，以为那只要有力气就行，熟能生巧嘛。其实不然，我见过劳动了一辈子的老农，干起活来仍是拖拖沓沓——当地人叫“猫拉稀屎”，和写了一辈子文章的人还是行文啰嗦相同。

简单的体力劳动，也可以表现出一个人的智慧、个性、气质与风格……

我慢慢地睡着了。在梦里，我真的变成了招贴画《你为祖国贡献了什么？》上的标准体力劳动者，但奇怪的是，我的面孔却非常像海喜喜！

十八

开始出工了，但雪并没有化。

我非常喜欢雪。我一生第一次看见雪是在重庆。那天，保姆给我穿好衣裳，我一下床，撩开窗帘，眼前就扑来耀眼的银白色的光。山坡下，昨天还很丑陋的平房，疏疏落落的小竹林，都美丽得和刚刚的梦一样；整个洁净的世界，在我幼小的心灵中唤起了一股冥想的柔情。就在那一刹那，心灵和大自然无间的交汇，纯净的心灵对于纯净的大自然的感应，使我莫名地掉下泪来，使我对大自然产生了难以言传的庄重的虔敬。可以说，是雪让我过早地成熟了，以后成了一个诗人，再以后……

黄土高原的雪绮丽无比。它比南方的雪要显得高贵、雍容、壮阔、恢宏大度；南方的雪使人感到冬天确实来临了，北方的雪却令人想到美丽的春天。雪，才是黄土高原上真正的迎春花。

今天我跟大车装肥，就是说把我们前几天砸碎的厩肥运到田里去。田野空阔，雪好似打尽了地面上一切多余的东西。丘垄、渠坝、沟沿、高耸的树枝……所有带棱角的地方，都变得异常光洁而圆润，并且长着如天鹅绒般的茸毛，仿佛晴空下的雪原不是寒冷的，而是温暖的，总使我不由得想把自己的脸颊贴在上面。

我跟的不是海喜喜的车，赶车的是一个五十多岁的老汉。这个老汉沉默得出奇，也慢得出奇。海喜喜的大车一天拉了五趟，他只拉了两趟，而他赶的牲口却要比海喜喜赶的壮。

"傻熊！鞭打快牛。咱们慢慢来吧！"他斜睨着海喜喜耀武扬威地从他车旁超过去，用手掌焐着冻得通红的鼻子这样说。这天，他仅说了这样一句话，像是自言自语，又像是给我作解释。"鞭打快牛"的意思是：能干活、肯出力的人常得不到好报，总是受到埋怨和批评。他这倒也是一条人生哲理。

也好，他这样慢吞吞地赶车，却给了我遐想的时间。坐在他的大车上，如同在梦中轻轻地摇晃。雪，会使我联想到安徒生、普希金、莱蒙托夫……

啊，你，是你造就了普希金！
当你飘落下来，我不能想象你来自那铅灰色的云，
一定有双纤纤的玉手将你摘下，
在那里，满园梨花春荫。
啊！给我一片，给我一片，
让你滋润我的心。
啊，你，是你拯救了章永璘。
当你伸过手来，
我不能想象你生长在荒野的寒村，
你迷人的眸子含有奇异的光焰，
在心底，南国五彩缤纷。
啊！我要记住，我要记住，
你宝石般的指纹。

大车车轮顶在一个小土坎上，没有过去。老汉干脆让车停在那儿，既不前进也不后退，在车辕上歪着脑袋，用手焐着鼻子呆坐着。我很熟悉这种神情。在劳改农场，管这副模样叫"死狗派儿"。"派儿"，不是"派"，以把它和政治上学术上的"派"区分开来。抱着这种态度的人，一切威胁、利诱、说服、动员、批评教育都把他无可奈何，只好随他去。

我随他去了。我在想，为什么我对她用了"迷人"这样的词？对她，我应该用"圣洁""崇高""神圣""仁慈"诸如此类的词才是。肚子吃饱了之后，我发觉有一种非常隐秘的东西在撩动我的心弦，我的心，像雷雨过后沾着水露的光闪闪的蛛网，在檐下微微地颤动。

我无缘无故地脸红了。

她和队上的妇女老弱仍在马号前面翻肥。翻出来的肥污染了白皑皑的雪地，分外扎眼，但却让领导看得很清楚：今天她们干得不错！下午，谢队长见我们大车回来了，高兴地喊了一声："收工！"

农工们像往常一样，零零散散地回各自的家里去。她擦着铁锹，有意在肥堆旁边等我。

"歇一歇到我家来一趟。"

"怎么？有什么事吗？"我跳下老汉的大车，有点不好意思地问。

"'怎——么'，"她笑着学我的话，有滋有味地咂摸着，"'怎么'，你'怎——么'打的炕不好烧哩！"

吃完从伙房打来的稗子面馍馍，我才到她家去。现在，我们组里的几个人都各有各的事，他们管不着我，也不注意我。我这样一副尊容，在这样一种时候，谁也不会把玫瑰的颜色和我联想在一起。但走在路上，我还是止不住有些心跳。

当我迈着轻捷的步子走到她窗前，

透过绿纱窗帘，我看到她窈窕的身影，和覆盖着柔情的披肩。

……

莫名其妙地，我脑海中会跳出不知是哪一部诗剧里的台词。

当然，她家没有绿纱窗帘。她的窗户和所有农工家的窗户没有两样，也是用零七碎八的玻璃拼镶上的——我估计在这个队搞基建的时候，农场肯定是用低价购买了一批处理玻璃。同时她也没有什么"披肩"，尽管她也许有不少于玛甘泪或达姬娅娜的柔情。她端坐在炕头上，就着挂在墙上的一盏用药瓶子做的煤油灯补小衣裳。尔舍已经睡着了，盖着一床褪了色的小被子。

"炕怎么不好烧？"我推门进来，问她。但我似乎也明白不是炕不好烧。

"'怎——么——'"她又笑着学我，声音夸张地拖得很长，"怎——么——，你怎——么——现时才来？"说完，她被自己学的口音逗得哈哈笑了。油灯照着她紧密细小的牙齿，她下齿中的一颗，稍微被挤出了一点。然而这并不损坏她的美，就和蒙娜丽莎的斜视一样，倒构成了她美的一个特点。她的笑声，把尔舍惊动了一下。她当即忍住笑，跳下炕，从锅里端出一碗土豆熬白菜，还有两个馏好的白面馍馍。

我也笑了，腼腆地搔搔后脑勺，轻声地说："现在粮食这样困难，我怎么好老吃你的？你还是留给尔舍吃吧。"

"怎——么——"她又忍不住扑哧地一笑。我在她面前不自觉地老说出"怎么"来。的确，对于她，我好似总不能理解。

"你不要废话！"她说，"你把心款款地放在肚子里面。人家不是说我开着'美国饭店'么？"

她对我的施舍表现得很自然，对我的怜悯并不使我难堪，而是带着一种孩童式的调皮和女人特有的任性。我也不好问她粮食是从哪儿来的。在这样的时候问这种话无异于盘诘人家。还能从哪儿来呢？大家心照不宣罢了。家家都是如此，唯有我们几个单身农工没有这样的条件。单身农工都在集体伙房吃饭，没有灶具，没有瓜菜调剂，没有……有的却是相互盯着的眼睛。

我吃着饭，和她聊天。她说她家是从青海过来的，只有个哥哥，现在在县里一家农具厂当铸工，娶了个本地女子。她跟那女子合不来，就到这农场来当农工，已经有两三年了。但她显然不愿提这些事，却饶有兴味地用热烈的语气回忆她的童年。她说她老家的女子都会绣花，连袜底上都要绣上花朵，等发了工资，她也要给我买双袜子绣上花送给我。我连连说不必了，袜底上绣上花，给谁看呢？她用审视的眼光上下看了看我，不言语了。我怀疑她是在猜测我身上究竟最需要什么。后来，她又说起她母亲。她母亲年轻的时候是老家有名的民歌手——当然她用的不是"民歌手"这个词，曾赶过河州的什么"太子山花儿会"，人称"赛牡丹"。说着说着，她幽幽地唱起来了。

园子里长的是绿韭菜，
不要割，
你叫它绿绿地长着。
哥是阳沟（嘛）妹是水，
不要断，
你叫它清清地淌着。

"咋样？"唱完，她问我，她眼睛里熠熠地散射出愉快的光芒。

我已经吃完了，默默地坐在土坯凳子上听着。她轻悠悠的歌声，土房里温馨的宁静，尔舍沉睡的小鼾，油灯昏黄而柔和的光影，饭饱后的舒适，使我像进入梦中那样，有种酩酊的感觉。现实世界在我眼前都恍惚了，模糊了，幻化成七彩的彩虹。心仿佛一团被松开的海绵，一下子又恢复了原样，并贪婪地吮吸着清新的朝露。她唱的仍是"河湟花儿"。上行乐句常大幅度地急骤上升，反复作四度跳跃，形成 $\overset{\frown}{256\dot{1}\dot{2}\dot{5}}$ 的旋律线；下行乐句由高八度的 $\dot{5}$ 又急骤下降，形成 $\overset{\frown}{\dot{5}2\dot{1}65}$ 的旋律线。即使她唱的声音很轻，也带着高亢悠远的格调，表现出她所属的那个民族爽朗豪壮的性格和对爱情的雄奇热火的追求。从来没有一支歌曲，甚至是大型交响乐能如此直接地渗透进我的心，像注入填充剂一样，使我的个性坚挺起来。

"你不是唱诗歌的么？你也唱个我听听。"她带着好奇的微笑要求我，像孩子似的：我唱一个，你也要唱一个！

我跟她说，我不是"唱诗歌"的，而是"写诗"的。可是，我怎么也不能让她明白什么是文学概论对"诗"的释义。在解释的过程中，我开始怀疑自己其实也不明白什么是"诗"。人民的创造一旦进入学院的殿堂，就会失去它纯真的朴拙，要想返璞归真，语言是无能为力的。我开始理解，诗人和作家为什么光到群众中去还是不够的，他必须要和群众共命运，同感情。最后，我只好说，"诗"就是歌词儿；我写出的东西，她可以唱，但我并不会唱，只会念。

"那么你念个我听听。"她说，并摆出一副准备认真倾听的神情。

我轻轻地咳了一声，却不知念什么好。念什么？我蓦然发觉我过去发表的作品只能说是打油诗，都不适于带着感情来朗诵；有的可以说是感情充沛的诗，虽然是写给群众看的，但如果念出来，她肯定会莫名其妙。并且，我也不会朗诵。诗人不会朗诵，至多只能算半个诗人，甚至连半个也算不上。我惭愧地认识到我过去的不可一世的浅薄。半晌，我选了李白一首最通俗易懂的诗：

床前明月光，
疑是地上霜。

举头望明月，

低头思故乡。

她坐在炕上，似乎也为之所动，但旋即嘻嘻地笑了起来，接着又笑得前仰后合，倒在炕上。

“哎哟！笑死喽！笑死喽！……啥‘地上霜’‘地上霜’！”她又翻身坐起，脸朝着我，嘴大张大合地，在灯下学我说“霜”字时的口形：“霜——霜——”

原来，她的语音受阿尔泰语系突厥语族的影响，说汉语“霜”字靠舌尖吸气，口只略微一张就行，我说“霜”时要送气，口要张开，连下颚也动弹了。

“这个不好，”她说，“念个别的。”

我念李白的诗，心情是悒郁的，声调有几分伤感。李白尚能“思故乡”，而我连故乡也没有。人事档案上的那个籍贯，不过是祖籍，我从来没有回去过；妈妈在北京也是客居在别人家里。我体会到，痛苦的不是“思故乡”，而是无故乡可思。此时此刻，我那种无家可归的飘零感和失去了根系的植物似的蔫萎状，却应该用崔颢的“日暮乡关何处是”、韩愈的“云横秦岭家何在”来表达才合适。而她嬉皮笑脸的怪模样，即刻把我的满怀愁绪一扫而空，使我破涕为笑。我看出来她是故意这样做的。这就是体贴入微的“柔情”，是什么“披肩”也“覆盖”不住的。我感激地看着她，心头突然跳出来李煜的一句词：“斜倚牙床娇无那，烂嚼红绒，笑向檀郎唾。”但我赶紧勒住了我的心猿意马。

因为在雪夜，我想起了卢纶的一首诗：

月黑雁飞高，
单于夜遁逃。
欲将轻骑逐，
大雪满弓刀。

在我向她一字字、一句句解释的时候，海喜喜砰地推门进来了。油灯光一闪，我眼角扫见他好像把个鼓鼓囊囊的麻袋顺手撂在门背后。由于他总对我怀有隐隐的敌意，我不理他，只顾说下去。她仿佛没瞧见他进来似的，连招呼也不打。海喜喜摆出他惯常的姿势，抱着两肘蹲在地上。我说完了，海喜喜狠狠地朝泥地上啐了一口，说：

“熊！还追哩！人要跑，他屁也闻不着！啥‘轻骑’，他开上飞机也不行！”

“你懂啥？！”她别过头，眼睛瞪着海喜喜，“你就懂得吃饱了不饿！”

她嘲笑海喜喜的话，却使我颇有感触：“吃饱了不饿”这个真理，我花了二十五年时间才知道。弄懂这个真理，要比弄懂亚里士多德的《诗学》困难得多，还要付出接近死亡的代价。

“嘿嘿！”海喜喜狞笑着，露出像狼一样坚实的、满是黏黏唾液的牙齿，“懂得‘吃饱了不饿’也不简单，只怕有人连这个理也弄球不懂哩！”

我有点惊奇地瞥了他一眼。海喜喜的话里似乎含有深意，并且，这个人和我“英雄所见略同”，我对他倒有了“惺惺惜惺惺”的好感。可是，海喜喜又把她惹恼了，她转身抓起扫炕的扫帚疙瘩，呼啦呼啦地在炕上乱扫一通。

“去去去！都走都走！我要睡了！”

十九

此后，她还是每天收工时叫我上她家去。如果不去，她会跑到我们“家”来叫。我怕她天天来“家”找我，引起“营业部主任”的怀疑，所以我每天都如约前往。去了，照例是在忸怩中先吃一顿，而且吃得很饱。她有杂七杂八的粮食：面粉、大米、黄米、玉米、高粱、黄豆、豌豆……凡是黄土高原出产的粮食都有，家里就像一个田鼠仓一样。她经常用大米、黄米、黄豆掺在一起焖干饭。这种杂合饭特别香，就是顿顿吃饱饭的人也会觉得它比纯粹的大米饭好吃。这时候，报纸上和广播里，都在大力提倡“粗粮细做”。在劳改农场，我就听过一个炊事员用一斤米做成七斤干饭的“先进事迹”，大喇叭上还说他为此出席了“先代会”，听得我直咽口涎。她从来不做这种实际上在物理学中叫“过饱和溶液”的“干饭”，而是真正的干饭，一粒一粒的，圆润透亮。当然，她焖的稗子米干饭我也吃过。焖稗子米干饭，才显示出来她比那出席“先代会”的炊事员还高超的技术。

稗子，自古以来不当作粮食，“五谷”中就没有列入稗子。一九五八年，正在水稻分蘖的时候，掀起了“全民大炼钢铁”的运动，农民、农工全上山开矿砌炉去了。山上炉火熊熊，水稻田里仿佛也被火烧了一般，一滴水也没有。到了秋天，水稻颗粒不收，稗子却如原始森林似的茂盛。比人高一头的株秆密密层层，连蚂蚱都飞不进去，穗头还特别大。这个地区的农业领导人灵机一动：干脆吃稗子！并且允许稗子可以当公粮。应该公允地说，他这一招倒是个救急的办法。于是，稗子堂而皇之地步入了供应粮的行列，还后来居上，坐了第一把交椅。最普通的吃法是把稗子连壳一起磨，这就是我们天天顿顿吃的稗子面。它没有黏性，蒸熟的馍馍不过是靠万有引力聚集在一起的颗粒。讲究一点的，和处理稻谷一样去掉皮，加工成小米般大小的稗子来。稗子米的确如那些砸粪肥的妇女说的，只能馇稀饭，然而，她却史无前例地把这种不见经传的粮食焖成了一粒粒的干饭！

我的忸怩，不是装出来的，我是真正为她心疼，为自己白吃白喝感到羞愧。可是，我又非常想去。她家里，总有一种朦胧的幸福、愉快、舒适、自由在吸引我。我几次跟她说，我不吃粮食，给我熬一碗土豆白菜就可以了。她却说：

"咋不咋！你把心放在肚子里，我有粮食，要不人家咋说我开'美国饭店'呢？你没见，尔舍不是长得很壮实么？"

是的，尔舍的确长得很壮实，很有精神，天真可爱。她不像营养不良或老吃不饱的孩子，见了别人吃东西就眼馋。我吃的时候，要是她没有睡，也一个人在炕上乖乖地玩，用海喜喜给她捏的小土灶、小土碗"过家家"。两岁多的孩子不会装模作样，更不会客气，她对别人吃东西不感兴趣，就是她吃饱了的明证。

我只好"把心款款地放在肚子里"了。

日子长了，从农工那里，我也知道了说马缨花开着"美国饭店"是什么意思。这个概念很不准确，不能照它的字面去解释。那必须先熟悉了这里的农工们对世界的理解程度，才能够透过字面洞悉到它微妙的内容。"美国饭店"，并不是指她那儿卖饭，谁都可以去吃，而是指哪个男人都可以去串门子，闲聊解闷，准确一点说应该叫"茶馆"。其所以和"饭"字联系起来，是暗示着马缨花通过给人提供这种方便而捞取到定量外的粮食。妙就妙在"饭店"之前冠以"美国"两个字。在农工们看来，美国是个荒唐的、乌七八糟的、充斥着男女暧昧之情的地方，却又是个富裕的、不愁吃不愁穿的国家。把这个国家加在马缨花头上，是完全没有恶意的，至多不过是种嘲笑而已。

谢队长对她的态度就很典型。有一次，我们大车回到马号前面装肥，正碰上马缨花和谢队长在对骂。

“你说我开着‘美国饭店’，那你也来呀！”马缨花站在肥堆上，拄着铁锹憨笑着。

“球！”谢队长一边翻肥一边骂，“你当我稀罕你那达……”

“嘻嘻！”马缨花指着他，“只怕你馋得口水流了出来，把毛胡子都打湿了哩！”

这时，谢队长恰好骂得唾沫四溅，胡子上也沾着口涎。周围的男女农工看着谢队长，哈哈大笑了起来。

马缨花占了上风，谢队长大扫了面子。但我知道，谢队长没到她家去过，并且，只要马缨花和一帮妇女一起干活，谢队长总要派个强壮的男劳力去帮助她们；对她，谢队长从来没有正儿八经地批评过，更谈不上“报复”了。

一个没有丈夫，又带着一个不知父亲是谁的孩子的单身妇女，现在家里还有男人进进出出，在农村是最容易招人非议的了。但农工们似乎认为只有马缨花可以这样做。我渐渐地理解了，她能取得农工们的好感，绝不是凭她的姿色或采取了什么方法；只有对人人都抱有善意和同情心的人，才能自然地取得人人对她的善意和同情。真诚和善良，有时能把违反习俗的事也变得极有魅力，变得具有光彩。

从农工们的话里，我还知道，近几个月来，好像海喜喜已经“独占了花魁”，别的人很少去了。“美国饭店”成了一个历史的概念，一个巴比伦。可是我坚信自己的直觉，海喜喜并没有占有她，更谈不上什么“独”。他还有个情敌——如果可以这样说的话，就是那个瘸子保管员。有一次，我去她家，瘸子保管员跷着二郎腿坐在我常坐的那个土坯凳子上，她背对着他在炕前擀面。见我进来，瘸子保管员好像有点无趣地走了。临走时，操起土台上的一个空面袋揣进怀里，看样子他是带着一点什么东西来的。还有一次，在我吃完饭和她聊天的时候，外面响起了一轻一重的脚步声，马缨花急忙跳下炕，抓起顶门杠把门顶上。瘸子在外面叫门，她却喊叫道：“睡啦，都睡下啦！”搞得我十分尴尬，屏声静气，心跳不止。一会儿，保管员一轻一重的脚步声远了，她才朝我调皮地一笑，叫我接着讲故事，并不提那瘸子跑来干什么。

我和她接触的时间长了，越来越感到她并不是农工们印象中的那种跟谁都有暧昧关系的女人；她天真、坦荡、调皮、开朗……然而，我又感到她身上还有什么地方我并没有认识。

二十

对海喜喜，她倒从来没有顶过门。海喜喜总是像主人似的大模大样推门进来，见我也在这里，而且把唯一的座位占了，就阴沉着脸往地上一蹲。

我们几乎天天在马缨花家见面。他要卸套、饮马、铡草、喂马，间或还要拾掇套具，所以来得比我晚得多。等他进门，我已经吃完了。但不知怎么，我见了他总觉得自己比他矮一大截，还有一种偷了东西装在口袋里，没出门就被别人撞见了似的心虚。虽然我们两人都不动声色，但仿佛他明白、我也明白：我刚刚做了件不光彩的事。这种感觉给我很大的压力。他一推门，我就会抑制不住地脸红起来，说话的兴味也跑得无影无踪。那马缨花还没来得及收拾的碗筷，也好像成了我的罪证，让我惶惶不安。

马缨花不像别的女农工，爱背地说人长短。她喜欢和现实生活完全无关的幻想，喜欢听神话和童话。在饭后到夜晚这段时间，她真有点超凡脱俗的味道，和她跟那帮妇女嘻嘻哈哈笑骂时判若两人。她缠着我给她讲故事。而我充当这种“说书人”，似乎也成了付给她饭食的报偿。马缨花会和我的故事一起幻想。幻想是人的本能，每个人都会幻想，都有自己的幻想。难能可贵的不是会幻想，有幻想，而是善于接受和理解别人的幻想。马缨花对《丑小鸭》、对《灰姑娘》、对《海的女儿》、对《青凤》、对《聂小倩》等等都非常神往。她认不了几个字，心灵却能够和外国的与古代的幻想相呼应。我没有讲故事的才能，不注意描述细节，情节也是挂三漏四，只能讲个梗概。但马缨花凭她的想象却能补充出来，她向我提出疑问并谈出她的想法，往往和安徒生与蒲松龄相合，什么海的颜色变化和喧嚣啦——她从未见过大海，海里的歌声会迷住航行的水手啦，小老鼠怎样变成骏马啦……好像她原来看过他们的书一样。这常常使我惊奇。

但海喜喜则不然，他总要和我唱反调，挑我故事的毛病。他像狼似的蹲在地上，像狐狸一样支起耳朵，在我讲得有点颠三倒四或是语句结巴的时候——因为有他在场，我的记忆常常会突然中断，他就仿佛听到小动物在林间响动似的，兴奋地舔舔嘴唇。讲完了，他就用物理的现实来击碎心灵的种种幻想，像一头大象跑进凡尔赛宫横冲直撞。

“熊！野鸭子给你孵天鹅蛋哩！”他鄙夷地说。他说话从来不看我，而是仰面看着马缨花。好像我的故事不过是广播喇叭里的声音，我的话他听见了，而人实际上并不在这房里。“野鸭子可灵性了。天鹅蛋比野鸭蛋大好几圈咧！鸭窝窝里要有个天鹅蛋，你看它趴不趴？！它早他妈飞跑了！……”

“球！用金子打马车哩！”听完了《灰姑娘》，他发表这样的评论，“谁要用金子打马车，那就倒了八辈子灶了！这事儿唬不住我，用金子打的马车，啥牲口能拉动？！嗯？啥牲口能拉动？！那么一点点金子，”他用两根手指头比画着，“就有百十斤重咧！”

对《海的女儿》，他的评论更加荒唐了。他愤愤地说：“人能长鱼尾巴哩！人长了鱼尾巴，那玩意儿长在哪达？那能分得出公母来？那咋生娃娃？熊！尽他妈胡卷舌头！”

他骂我“胡卷舌头”，我隐忍住了。因为在他眼里根本没有我，我也只好眼睛里没有他，不跟他辩论，何况他的体重比我大将近一倍。马缨花在我说完以后，常沉浸在自己的想象里，像吃着橄榄一样有滋有味地咂着嘴：“啧！啧！”并不理会他说了些什么。但他的蛮横，他的妒忌，他对我的蔑视，却使我身体复原后而逐渐变稠的年轻血液，在我脉管里加速流动起来。我面孔涨得通红，眼眶里转动着愤懑的泪水。我原来对他尚有的一点敬意和好感早已化为乌有。然而，与此同时，他身上又有一些东西在吸引我，在向我挑战。这些东西和我现在的生活环境是那么一致，那么和谐，因而它显得更有光彩。这就是他的粗野、剽悍和对劳动的无畏。在他的光环中，我却是那么怯懦，那么孱弱，那么萎靡，像个干瘪的臭虫。我的泪水不仅来自愤怒，也来自自怜的委屈感。我用拇指和食指卡量卡量手腕，我决定要向他应战！

一个人长期生活在这样的大自然和这种乡俗中，当然会不自觉地受到影响，何况我是自觉地在追求这种东西。我认为，粗野、雄豪、剽悍和对劳动的无畏，是适应这种环境的首要条件。要做个真正的“自食其力的劳动者”，就要做海喜喜这样的人。什么“文化知识”，见鬼去吧！没有平庸的职业，只有平庸的人。像我跟的那辆大车的车把式，即使他有高深的文化修养，当了作家，我想也会是个毫无作为、没有独创性的“死狗派儿”作家。而海喜喜当了作家的话，倒能叱咤文坛一阵子。

我暗暗把海喜喜当成了我竞争的对手。

而这时，我的身体真的好起来了。

马缨花曾说过：“要吃，就吃粮食。啥‘瓜菜代’，土豆白菜只能撑肚子，不养人。肚子越撑越大，人倒成了囊膪……”

这话和“吃饱了不饿”一样具有真理的性质。我每在她那里吃一顿用真正的粮食做的饱饭，就会发现自己的身体在形式上和实质上都比前一天有长进。这不是心理作用。虽然我们“家”没有镜子，她家有镜子而我又不好意思照，但我用手摸就能知道我面颊丰满起来，两臂、胸前、腹部和大腿开始有了弹性。这表明骨头上已有了肌肉组织。最近，我分明地觉着我身体里洋溢着充沛的精力，有一种我二十多年来从未体验过的清新感。这种感觉，比我到了一个我从来没有到过的、长满奇花异草的大花园更令我惊喜。因为这个大花园不在外部，而在我身体里面。很多小说都写过夜晚能听到植物拔节、种子破土的声音，我却有夜晚睡在破网套里，能听到自己体内细胞分裂的啪啪声的独特体验。现代医学绞尽脑汁地研究怎样使人健康的方法，我遗憾专家们没有找到我的这条经验：把人先饿上三年，然后再让他吃饱。不用任何药物补品，他会像孙悟空一样说变就变，转眼之间成为一个巨人。因为他吃下去的每一个食物分子，全部会即刻被贪婪的消化器官所吞噬，迫不及待地把它转变成人体细胞。夸张点说，我吃下一斤粮食就能长一斤肉。我的胃，已经辨别不出什么是食物的渣滓，一律照收不误。

二十一

黄土高原气候特别干燥，半个多月以后，田野上的雪大部分都蒸发了。是蒸发，而不是融化。那背阴的沟坎，那潮湿的坑洼里还留有残雪，乡间的土路上却又扬起了尘土。山脚下，那高高的旋风柱又一根根地巍然挺立起来。在东边，坦荡的、一望无际的黄土，金灿灿地呈现出了一片沉寂的春意。风偶尔在田野上扫过，透明的蜃气像野马似的奔腾，我才体会到庄子《逍遥游》中的“野马也，尘埃也”的传神。

海喜喜赶着他的大车，更加威风抖擞地哐里哐啷地跑开了。那几匹瘦马日见羸弱。可是海喜喜的技术就在这里，他能让马跑到死，除非牲口自己倒毙在路上，绝不会疲疲沓沓地拉车的。

谁使唤的牲口像谁。

没有人跟海喜喜的车能坚持到两天以上。“那驴日的使牛劲，拿咱们穷折腾！”跟过他车的人，没有不骂他的。运肥期间，他的车至少换了十个跟车的人。轮到我们组派人，中尉跟了他一天车，回来用他家乡话骂道：“那是个王八犊子！在这时候，还想挣他妈的功劳哩！别人拉两车、三车，那王八犊子拉了五车！把我累歹乎了。谁爱去谁去！我明儿要走镇南堡。”

第二天，我主动地去跟海喜喜的车。

马号里面，是个很大的四方形院子。一辆辆大车停在土墙下，那三面，是三座破旧的牲口棚，用被牲口磨蹭得摇摇欲坠的柱子支撑着。我和几个跟车的农工一起先到院子里，裹着破棉袄，蹲在朝阳的墙根下等车把式们套车。车把式把各自的牲口一匹匹从棚里牵出来。顿时，院场里“吁、吁”，“啊、啊”，“驾、驾”……响成一片。有的车把式带着宿睡未醒的沉闷，有的车把式无精打采、满面愁容。他们的牲口也是一副恋槽模样，牵出来后，懒洋洋地哪儿也不想去，像桩子似的定在院场中间。直到车把式把劲儿使完，把唾沫骂干，才带着满身鞭痕不情愿地退到车辕里面。

只有海喜喜，挺胸昂首，在好些车把式和好些牲口中间，旁若无人地用鞭梢指挥着他的牲口。那副神气，倒像一位马戏团的驯兽师，毫不费力地就把调教得乖乖的牲口领到各自的位置上，一鞭子也没抽，很快地套好了车。套完了，他并不出车，跳到土墙上一蹲，用傲慢的眼光俯视着他的同行们。那种姿势，我是熟悉的。

车把式一辆辆地把车赶出马号，跟车的农工也都爬上了自己跟的大车。整个院场上就剩下我们两个人，还有他的三匹牲口。

这时，海喜喜站起来了，在高高的院墙上手打遮阳地向场外望了一圈。马号外面，传来翻肥的妇女麻雀般的叽叽喳喳的笑骂声。他轻捷地向下一跳，直向一堆干草垛大步走去。

一会儿，他从干草垛后面出来，手里拎着一面袋东西，看来足足有四五十斤。到大车跟前，他一弯腰，把那袋东西塞进车底盘下面的底兜里，然后掸掸袄袖上的碎草，操起鞭杆"驾、驾！"把车赶出大门。

车从我旁边经过，他也不跟我打招呼。而我一纵身，手不扶栏，从车后跳上了大车。我要让他看看，我不会像鸭子似的连跌带滚地爬进他车厢里去的。

他从干草垛后面提出来的东西，我知道不外是黄豆、豌豆、高粱之类的马料。我可以和他有某种默契，不去检举他。这种事情我在劳改农场见得多了。我的浪琴表就是一个车把式换去的。我眼睁睁地看着那个车把式从车底盘下面一个用麻袋做的底兜里，倒出一大堆黄萝卜。没有秤，他还要在斤两上跟我争来争去。而那些黄萝卜能从哪儿长出来呢？绝不会长在木头做的车底盘上，只能来自他刚刚拉的那块属于农场的黄萝卜田。一倒手，他等于从我手上白捺了一块金壳的瑞士名牌表。但你还不能去告发他，要违犯交换双方达成的默契，那你就挨饿吧！

今天天气很好，不到十点，早霜已经化尽。干草上，木栏上，显现出湿润的褐色的霜痕。天蓝得透明，道路干燥而坚硬。被翻开砸碎、变得松软的肥堆，像刚刚从笼屉里拿出来的一样，冉冉地升腾着水汽。今天，我的情绪也很好，更有一种神秘的兴奋。神秘之感来自我对某种必将出现的不平常的事情的期待……

按照惯例，车把式赶车，也管装车卸车，跟车的人不过是车把式的帮手。如果两人相处得好，谁多干一点谁少干一点都无所谓，配合起来共同完成任务就行了。车把式也不是生下来就会赶车的，原先全要跟一段时间车。手脚勤快些，脑子灵活些，帮着车把式套个车、卸个车，中途接过鞭杆赶上一截，慢慢就学会了。车把式没有什么驾驶执照，不需要哪个机关来考核，队长、组长的眼睛就是标准，他们看谁能单独赶车谁就能单独赶车。赶车并不难学，比学开汽车容易得多。技术高低的区别，在于怎样调教牲口——这却比和机器打交道困难得多——以及在大车搁住的时候与危险的情况下怎样应付。这时，头脑的灵活和手脚的麻利比积累的经验更为重要。而一旦赶上了车，在没有机械化的农场，车把式就算是一个高阶层的劳动者了。

海喜喜就是一个技术高的车把式，是这个队的高阶层劳动者。

……他把车赶到肥堆跟前，圈好芨芨草编的笆子，跳下车，走到墙根底下一蹲，装着修理自己的鞭梢，却不动手装肥。他摆出这种阵势，就是要我一个人装车卸车。

我取下四齿铁叉，像他一样：“啐！啐！”响亮地朝手掌啐了两口唾沫，“唰、唰、唰”地抡起叉杆。车装满后，我把叉朝车上的肥堆一插，跳上车，坐在车辕上，掏出那宝贵的“双鱼牌”，晃着腿，抽起烟来。

“坐后面！”他甩着鞭子走到车旁边，恶狠狠地说，“辕重了！”

我知道前面装的并不重，他是有意要把我赶到后梢去坐。大车上，车轴以前属于“软席”车厢，坐在车轴后面那部分，一不小心就会颠下来，比“硬席”还硬。但我装完了这一车，我对我的体力有了更充分的信心。我身上沁出了一层薄薄的汗水，全身的毛孔都张开了，我潜在的力量无阻挡地释放了出来，而且感到潜力之下还有潜力。这种发现叫我感到无比的欣慰，无比的喜悦——我是一个真正的年轻人！

我向他表示宽容和鄙视地一笑，跳下车，坐到后梢上去。

啊，我要记住，我要记住，

你宝石般的指纹！

到田里，他仍不卸车，手操着鞭杆，我卸一堆，他往前赶一截。一大车肥卸成四堆。他赶的速度比别人快，第一趟回来，我们就甩开车队，独来独往了。

现在，在肥堆前装肥的只有我们这一辆大车了。到第三趟，所有在肥堆旁边翻肥的男女农工，包括谢队长，都看出了我们两人的蹊跷。海喜喜把车停到位置上，大明大白地，毫不掩饰敌意地在车旁一蹲。他不吸烟，手不停地缠着他的鞭梢，好像不是准备打马，而是准备在我不出力时抽我一顿。农工们吃吃地笑着，轻声地指点着，评论着。我无异在做表演。而这时，我越干越有劲，倒不完全是为了向他应战，而是我欢快地感觉到了我青春的活力。我已经解开了我棉袄的扣子，在十二月的暖融融的阳光下，敞开了我像手风琴键似的胸膛。在一叉一叉中间短暂的间歇里，我偶尔也摸摸这两排琴键。它是湿漉漉的，热滚滚的，然而又是有弹性的。它竟会使我联想到苏联红军歌舞团访华演出时演奏过的《马刀舞》。这两排琴键正奏着一曲带有哥萨克风格的凯歌。

马厩肥多半是草末，并不重，一叉下去能挑起一大团，用四齿铁叉挑百十下就是一车。所有的劳动全是因为饥饿才变得沉重的。现在，我越装越熟练，越不慌不忙。我开始用劳动生理学的方法，来寻找拿叉装肥时腰、臂、腿在每一个动作中的最佳角度和着力点。我把从叉齿叉进肥堆到撂进笆子这一过程分解成几段，很快，我就确定了每一段里腰、臂、腿相配合的最佳角度和最佳着力点。一经确定下来，动作就程式化了，不但不费力气，并且姿势优美。

装完第四趟，我明白无误地知道我顶住了，我胜利了！我几乎还和装第二趟时那么有力。旁边看的女农工有的在嘲笑海喜喜，说他是“哈熊”——这个词是无法翻译的；谢队长态度莫测，不时地“熊！熊！”不知是骂海喜喜，还是在骂我。海喜喜不好意思再蹲在车旁边了，他不是上厕所，就是站得远远的。而此刻，我内心却遵循着一种普遍的心理规律，越过了我既定的目标，向新的目标发展了去。这个目标其实和原来的目标方向是一致的：我顶住了，我胜利地应付了这场挑战，即刻就想到要由我来向他挑战。现在想的不是不被他压倒，而是要压倒他！

我们拉了第五趟回来，别的车只拉了三趟，那个“死狗派儿”车把式只拉了两趟，谢队长抬头看看太阳，喊了一声：“收工了！”但我却喊道：

“不行！我还没过瘾哩，我们再拉一趟！”

第六趟回来，冬天的太阳快落山了。山顶没有云，没有晚霞，裸露的山峦披着一片沉郁的黛青色。一群群昏鸦麻雀，从已经没有一颗谷粒，只剩下几垛干草的场院那边，从马号那边呼呼地飞过乡间的土路，落到像荆棘一样干枯的小树林中雀噪不停。空气有点湿润了，轮下的尘土向上翻腾一阵，很快就倦倦地沉落下去。阵阵凄凉的寒意迎面扑来。我裹紧破棉袄，坐在车栏上。前面，是海喜喜有点伛偻的背脊。那脊背上一览无余地呈现出他闷闷不乐，甚至是苦恼的心情。兀地，不知怎么，我也和他一样，感到闷闷不乐，感到苦恼，感到无趣，感到抑郁……胜利的喜悦消失得无影无踪，我像掉进一个冰凉的深井里。

田野上阒无人迹，淡紫色的暮霭向我们合围过来。一条孤寂的忧郁的土路上，只有我们两个人……

二十二

吃完伙房打来的稗子面馍馍，报社编辑把他的洗脸水分了一半给我。我在烧得通红的炉子旁边脱了棉袄，洗着脸，擦着身子。原来很松弛的皮肤下，已明显地鼓起了一缕缕肌肉。肌肉像腹中的胎儿，现在还很小，很嫩弱，但它会成为巨人的。我突然想起政治经济学著作最早的译本，常常把“体力劳动者”译成“筋肉劳动者”。这么说来，有了“筋肉”就有了本钱，有了立身处世的力量了。生理上的发现，使我产生了一种感伤的激动，激起我更迅猛地、更彻底地向我认识到的“筋肉劳动者”的方向跑去。

过去的是不会再来了，我要和诗神永远地告别了。这里是不需要文化的，知识不会给我现在的生活带来什么益处，只能徒然地不时使我感到忧伤。我怀着既是与最亲爱的人分离，又是去和最亲爱的人相会时的那种悲怆与欢欣，到马缨花家去。

我不能准确地描述我现在的心情，我整个人好像蹒跚在一个非常荒诞而又非常合理的梦中。

今天我在“家”擦洗了一番，海喜喜已经来了。奇怪，他没有坐在那唯一可坐的土坯凳子上，还是蹲在老地方，搂着尔舍，神情有点恍惚地逗她玩。

挂在墙上的油灯一明一灭，屋子里弥漫着做饭的水蒸气和柴烟。在锅台旁的马缨花隐在烟雾水汽之间，更像一个模糊的梦境。生活的节奏疯狂得像路易斯·阿姆斯特朗的《令人头晕的舞会》。看着那个土坯凳子，那张垂着花布帘子的土台子，那《脖子上的安娜》……仅仅二十多天前，我还是一个惴惴不安的不速之客，还想偷偷地掀开那锅盖和布帘子哩，而现在，我却大模大样地、像个主人似的坐在这里。我似乎理解了海喜喜的恍惚，我甚至比他还恍惚。那空着的、好像有意留给我坐的土坯凳子，突然改变了我的心理。我对海喜喜又有了点尊敬和同情。

马缨花很快给我端来冒尖的一碗大米、黄米、黄豆焖的杂合饭，还有一碟咸菜。这是我最喜欢吃的。她仍像往常一样，用手掌抹了抹筷子。这个动作也是我熟悉的，我没敢看她，也没敢看海喜喜和尔舍。原来我以为我战胜了这场挑战后，在海喜喜面前能理直气壮，挺起腰杆，但这时我似乎比过去更为羞愧，并且还意识不到羞愧的缘由。心情和情绪，是在意识之下潜行着的，它们丝毫不受意识的支配却支配着我。

我一粒粒地挑着饭。我很饿，却吃不下去。我嚼着饭粒，无意识地盯着《脖子上的安娜》。我感到，任何文学艺术作品都很难表达生活本身所包含的戏剧性情节和复杂多变的感情。生活里有一种气氛，一种看不见、嗅不着、触不到、只是徘徊在心中的阴影，就很难用文字描写、线条绘画、舞台表演出来。比如现在，我听见身背后海喜喜低声地跟尔舍闹着玩，那嬉笑的声音也是沉闷的，仿佛受了什么影响的压抑。这种不情愿的、敷衍的笑声特别令人难受。马缨花在洗锅抹碗，叮叮当当的音响既谨小慎微，又分外刺耳，好像是烦闷不安中的骚动。一会儿，大概是应尔舍的要求，海喜喜用百无聊赖的、无可奈何的音调小声唱起来：

羊肚子（的个）手巾（哟）水上漂，
唱上（那个）小曲子解心焦。
一根子干草顶不上（个）门，
我拿个好心思维不下个人。
大红的果子（呀）香（哟）水的梨，
我不晓得那达儿难为过你。

唱到最后两节，他的声调好像又变得年轻了，恢复了元气。尔舍直拍小手："好听！好听！"还叫他唱。在我意识之下潜行的心情，又兀地滋生出对他的妒忌。他不但有种俯拾即得的灵感，有非常善于用歌咏来表达自己情绪的智慧，而且，也因为尔舍从来没有这样和我亲热过。在我一本正经地说别人编的故事的时候，尔舍听着听着就睡着了。我是不是已经失去了和儿童交流情感的童心呢？

我又听见海喜喜在尔舍耳朵旁边嘀嘀咕咕，像是教唆她些什么。果然，尔舍大声喊着：

"妈，你唱、你唱……"

我没有朝后看。她这时大概已经洗完了锅碗，靠在炕沿上。我听见她扑哧一笑——不论什么时候，什么情况下，她都能够笑出来，这使我的心头掠过一丝无名的恼恨。她爽快地说："好，我唱。"

接着，她用她特有的轻快、柔润，而又带几分野性的嗓音唱道：

> 羊肚子（的个）手巾水上漂，
> 你不会唱曲子奴给你教。
> 三十三颗荞麦（呀）九十九道棱，
> 二妹妹再好是人家的人。
> 芝麻的胡麻出个好油，
> 嫁不下个好汉子我要维朋友。

他俩唱的调子是"信天游"，或说是"爬山调"。一唱一和的唱词有不尽的弦外之音。我非常模糊、朦胧的想象里，好像有两只山鹰一上一下地在薄薄的、如丝绵一般的云层中盘旋。我吃着，想着，听着……蓦地，很清醒地意识到他俩是非常合适的一对！我还意识到，在这座荒村中的这间简陋的小土房里，在这昏黄的、被雾气和柴烟弄得闪烁不定的油灯光下，我完全是个多余的人！是不知从哪儿飞来的一只苍蝇。吃完了，蹬蹬腿，抹抹嘴，又飞走了。哪儿也不属于我，我哪儿也不属于，在整个世界上我都是个多余的人；和亚哈逊鲁一样，被开除出人民行列的人，就成了永世漂流的犹太人……现在，我像被人随意钉上的一个楔子，打入了他们的生活。我自以为找到了自己的位置，却使他们本来的生活分裂了，破碎了。

肚子吃饱以后，应该舒服了，高兴了，而此时相反，心情却更加沉重。我似乎看透了自己一生的命运，还是饿着肚子好；如果不饿肚子，就会给人家带来祸害。

吃完饭，我推开饭碗，眼睛没有看他们，只说组里的人还等我回去商量事情哩，抬起腿就走了。外面，半轮冷月裹在像我的棉絮一样破烂的云朵里。西边的山峦呈现着威严而阴森的黑色，像披着法衣的法官。没有一丝风，空气凛冽而干燥。村子里有的人家虽然还亮着暗淡的灯光，但十分沉寂，只有我脚下碎柴碎草的沙沙声。我感到悲怆，却又有点不甘心。我停下来解手。还没解完手，海喜喜也从她家出来了。他轻轻地咳了一声，模糊的背影很快地无声地在黑黝黝的马号那边消失了。

我好像甘心了，但又觉得更加悲怆。

二十三

第二天，我坐在他的大车上，心里感到十分内疚，好像不是坐在车底盘上，而是坐在他的身上似的。但是，我又羞愧地意识到这种内疚的伪善：我已经不能说是不自觉地卷进了一个说不明白的关系中，而是怀着迟来的青春期的颤动和竞争心，有意地要楔进去的。

但是，海喜喜对我的态度更恶劣了。他的内心没有我这样的复杂。他就像高悬在我们头顶上的天空一样，只要有一丝云彩就会向地面投下一片阴影。而他今天的脸色，就预示着有一场暴风雨。

头一趟车装好——当然还是我一个人装的，我仍像昨天那样，坐在车后梢上。

车摇摇晃晃地出了村子，走上上路。

“啪！”

我脸上响亮地挨了一鞭梢！我捂着火辣辣的脸颊，掉头看看海喜喜。他背对着我，坐在车辕上，一如往常地赶着牲口，仿佛没有觉察鞭梢抽着了人。这种事也常有：西北地区赶大车的鞭子，皮绳要比鞭杆长一倍半，如垂钓用的渔竿。赶车的人甩起鞭子来，一不小心，鞭梢也会扫在坐车人的身上。劳改农场里的一个车把式，就因为抽了搭车的管教干部一鞭子，被延长劳改一年。事后他编到大队来，哭哭啼啼地说他是无意的，他的老婆养了一只兔子，还等着他回去过春节哩……

也许他无意，也许他故意，不管怎么样，我抽出插在肥堆上的四齿铁叉，支在面前护住自己。

海喜喜打鞭子的技术很娴熟，抽身背后的东西也极准确。一会儿，他的鞭梢又呼地甩了过来。我举起铁叉一挡，抽得铁叉铮铮作响。这一鞭更有力，如果我不挡，就正抽在我脸上。

一路上，他这样连连抽了几鞭，都被我挡了回去，我被这种可笑的局面激怒了。他略微伛偻的后背不再表现为烦闷的、苦恼的模样，在我的眼睛里，是一种令人厌恶的、可憎的、隐藏着杀机的沉默！我觉得我做的一切都是对的！

我无愧于谁，尤其是对这个海喜喜。命运给我们做了这样的安排；红兵在黑卒前面有什么可内疚的？！

我装着第三车，其他大车第一趟刚回来。所有的大车，除那“死狗派儿”赶的之外，又集合在马号前面的肥堆旁边。吆喝声、鞭声、马蹄声、翻肥的妇女的大呼小叫……响成一片，煞是热闹。这时，海喜喜铁青着脸，眼睛里闪动着挑衅的目光，从他蹲的墙角向我走来。

“快装！你这驴日的！”他晃着鞭子，头上粗硬的短发像灌木丛似的龇参着，太阳穴上突暴出明显的青筋，“你别腰来腿不来，跌倒不起来的！快，快！”

所有的声音全停止了，像一块石子投到蛙声鼓噪的池塘里。我感觉到人们的目光一下子都聚集到了我俩的身上。在最初的一霎间，我还很恐惧：也许……说不定，会闹出什么事来，会挨一顿毒打……但我意识到那些目光里有马缨花的似乎是在考验我的目光，自尊心就压倒了恐惧。我把铁叉朝他面前一扔，做出要靠边休息的样子，其实是想远远地离开他。

“嫌慢？”我愤愤地说，“你驴日的也该干两下了。你来装吧……”

“啥？你驴日的还犟？……”他几大步跨到我跟前，“你干！你这卡费勒不干谁干？！”

肥堆旁边的人哄笑起来。我不知道他说的“卡费勒”是什么意思，以为是句非常肮脏的骂人话。同时，他气势汹汹的架势又使我害怕起来，我想用一句话来压倒他，叫他再不敢吱声，于是我不管事实是不是如此，大声地喊道：

“我知道你为什么像条疯狗，不过是因为昨天你偷东西让我碰见了！”

出乎我意料，他不但没被压倒，反而愤怒得直发颤，手指着我，嘴唇抽搐着，像在默念一段什么神秘的文字。这样有两三秒钟，他才仿佛缓过气来，泼口大骂：“熊！卡费勒、杜斯曼[①]！卡费勒、杜斯曼！你驴日的没少吃！我今天要放了你的血！……”

他的嗓音顿时变得异常尖厉，好像音带劈了一般。他一边骂着，一边撂掉鞭子，猛扑过来，两手一把揪住我棉袄的两襟，毫不费力地一抡，竟使我脚离

① 卡费勒：阿拉伯语，异教徒。杜斯曼：波斯语，仇人。皆为宁夏农村骂人的口语，现在在一些地区仍然使用。

开地面作三百六十度的大旋转。也不知旋转了几圈，又突地一搡，把我像只死鸡似的摔在肥堆上。

我没料到他会用手抡我。在他痛骂的时候，我以为他还是要用鞭子来抽。而在大庭广众之中，不会没人来干涉的，至少谢队长要站出来，这样倒使我可以揭发他在路上耍的把戏。现在，我变得非常狼狈，浑身是黄土马粪，像在地上打了一个滚的毛驴。有几秒钟，我趴在肥堆上喘息。悬空的旋转已使我丧失了理智，我只看见海喜喜眼睛里狞恶的暴躁的闪光，只听见肥堆旁男男女女的一片哗笑，但是，我的怒火突然使我变得异常兴奋，这种兴奋是一种面临从未经历过的事情的兴奋，就像一个人终于见到了从未见过的而又渴望已久的大海，要张开两臂纵身跳进去畅游一番。“来吧！”我反复地在心里这样念叨，“来吧！……”

我索性就地一滚，滚到我刚刚撂下的铁叉旁边，拾起铁叉，站起来。跳进大海！跳进大海！我借站立起的蹿力，顺势一掷，铁叉嗖的一声像标枪一样向他飞去。

“啊！”男女农工发出一片赞赏的惊叫。海喜喜略一躲闪，铁叉扎在马号的土墙上，戳了四个白点，哐啷一声掉在地下。

我从男女农工的惊叫声里听到了赞赏的意味，更从海喜喜躲闪时的眼睛里看到一丝张皇。没有扎着他，反而鼓起了我的勇气。跳进大海！跳进大海！我三两步跳到土墙下，又拾起铁叉去扎他。

海喜喜显然没有想到我会发疯了似的反抗。在我跑过去的当儿，他惊愕地站在土墙前面，好像等着我去扎他一样。我一叉朝他大腿扎去，他一把抓住叉杆，仍然迟疑着，不知怎么办。而我却蹽起左脚，踢在他的腹股沟上。

“哎哟！”他疼痛地弯下腰，低了低头，仿佛要寻找我踢的地方。随即，他倏地抬起头，眼睛里又闪出狞恶的暴躁的光，两腮颤动着，一手拽着我的叉杆，张开另一手的五指，宛如一只鹰要起飞时似的。面对这样魁梧的巨人，我又和他刚刚一样，开始张皇了。我呆呆地等着他的巴掌。

但这时，肥堆旁边的男女农工已经围了上来。

“行啦，行啦！喜喜子，你抡了他一下，他踢了你一脚，两顶啦！”

“哈熊！人家是念书人，识得字，你人老八辈子也认不下哩！你欺负人家干啥？！”

"操！狗急跳墙，人急叫娘。你这哈熊连车也不装，还……没见他要跟你拼命啦！"

"玩两下子就行啦！你们是吃饱了咋的？！"

"……"

最有权威的还是谢队长。他一手背在身后，一手指着海喜喜，仿佛他背后的手握着一件什么有力的武器，又有点像冬烘先生训顽童似的：

"我看你驴日的今天敢咋样！我看你驴日的今天敢咋样！……"

海喜喜怒气冲冲地看看谢队长，又用冒火的眼睛看看我，使劲把叉杆往怀里一拉，我趁还没被他拉倒时赶快松开手。他咬着牙，把叉"呼"地一下抡到半天空上。铁叉滴溜溜地旋转着，划了一个跨度很大的抛物线，掉在远远的干沟里。

大家的情绪都松弛下来。不知是谁拾来了我的棉帽子。棉帽的护耳撕破了，像一只死乌鸦一们耷拉着无力的翅膀。一个年轻的农工从我脑后嘻嘻哈哈地把这只死乌鸦扣在我的头上，还似乎是鼓励地拍了拍我的脑袋。我这才有心思看看周围。不知道马缨花在整个过程中持什么态度，这时她正背向着人群，朝那条干沟走去。我的组员们还站在肥堆旁边，用中立的姿态饶有兴味地观望。

当然，我再不能和海喜喜同一辆车了。谢队长调整了一下，叫"营业部主任"跟海喜喜，我还回到"死狗派儿"车把式的车上去。"营业部主任"说死也不干。海喜喜"啐！啐！"地朝手掌上吐了两口唾沫，操起他自己的铁叉：

"熊！我谁也不要，我一个人干！"

他像狂人一样飞舞着铁叉，把车装满，扬起鞭杆，一个人赶着车跑了。

马缨花把我的铁叉找来了。她像授予凯旋的旗帜似的把叉交到我手上。

"给！"她又低声地说，"看你，扣子都没了，待会儿我给你钉上。"

我低下头，才发现我敞着胸露着怀，扣子都被海喜喜拽掉了。

二十四

晚上，我照例到马缨花家去。生活中任何一个举动如果经常反复，都会成为一种习惯；人不由自主地要受这种习惯支配，何况我去马缨花家，不但有肚子的需要，还有心灵的渴望。在那里，和她在一起，即使中间有个海喜喜——人啊！应该说海喜喜和她中间有个我，但这时我却不这样想了——我也能得到作为一个人的心必须要有的东西。这东西是什么？一点温存，一点怜悯，一点同情，一点敬意，一点……那么模糊的爱情。

我小时候，家附近有个寺院。它坐落在半山坡上，红墙隐没在一片翠竹当中。每天清晨，从它那里响起一阵沉重、缓慢，而又悠远的钟声。它沉重、缓慢而又悠远，于是我的思绪能跟得上它的余音，随着它一直消失在那多雾的嘉陵江中。接着，下一响钟声又带去我另一部分思绪……直到把整个的我带离开这个尘世，进到一个虚无缥缈、无我、无你、无他的境界中去。到马缨花家，不知怎么总使我想到那种钟声。也许是因为我正在那么尴尬、那么困窘、受人捉弄的时期，是她来把我带出铺满干草的单身宿舍，领到她那充溢着温馨的小屋里去的缘故。并且，她又是一个异性，一个如此美丽可爱的女人，因而我离开那铺着干草的尘世，到她灯光明灭的小屋里，更有一种异样的充实，不是无我、无你、无他，而是整个世界对我来说，都具有一种新的特定的意义。

这种意义只有我能体味得到。这就是人的正常生活的恢复；不是出世，而是又回到人的世界中来。本来，对过去的记忆已经淹没在沉重的阴影当中，就像月亮被急驰的乌云所吞噬。但是在马缨花那里，总有这样那样的东西，包括她幼稚而又洋溢着智慧的幻想，使我把中断了的记忆联系起来，知道自己是个人，是个正常的人。我以为，即使今天我和海喜喜打架，也是在这种生活环境中的正常人的表现，甚至可以说是我已经成为正常人的重要标志。农工们赞赏的笑声和谢队长开始放任、终而叱责海喜喜的态度，再好不过地说明了他们全体都认为结果应该如此。我通过了这个环境对我的考核：他们，这种环境中成长起来的正常人，接纳了我成为他们行列中的一员。

马缨花在拍尔舍睡觉——在农村，孩子们都睡得早，见我进来，一骨碌爬起，跳下炕。她先顶上门，然后转过身，两手在袄襟上抹了抹。

“来，我看看，这驴日的把你抽成啥样子了？”

我这时才感觉到脸上火辣辣地疼。后来一打架，我把挨了一鞭子的事情也忘掉了。

她把我的脸扳向灯光，美丽的眼睛一闪一闪地在我脸上审视着，一边看，一边“啧啧”个不停。我低下头，任她的手抚摩我的脸。当她颤抖的手指轻柔得像一阵微风掠过我鞭伤的时候，我觉得全世界的抚慰都在这里面了，同时心头响起了勃拉姆斯为法柏夫人作的那支《摇篮曲》。

啊！命运没有亏待我。

她的动作和表情，已经无疑地表露出了她对我怜悯和施舍下更深的那个层次。发现了这点，我倒心安理得了。被人爱，似乎就获得了某种权利。我大大方方地在土坯凳子上坐下来，等她给我盛饭。

今天，她特别容光焕发。她流连的目光比往常更为炽热，那迅捷眨动的长睫毛有一种爱娇的意味。她线条秀丽的嘴唇不说话时也微张着，仿佛表示着某种惊奇与渴望。

我一面吃饭，一面把今天事情的经过告诉她。我知道她顶了门，二十多天来，她还是第一次要把海喜喜关在门外。但我仍然警觉着房门口。可是直到我离开她家，门口也没有响起海喜喜的脚步声。

她毫不在乎门外的动静，说起今天的事，对我表现出雌兽护崽的偏袒，毫无道理的溺爱，用粗野的话把海喜喜骂个狗血淋头。这反倒使我不安，觉得不公道。

“你们原来不是挺好的吗？”我问，“我还当作你们是好朋友哩。”

“啥‘朋友’！”她蓦地满面绯红，怒气冲冲地说，“那驴日的是个没起色的货！有一天他……”

说到这里，她突然停住了，像急刹车似的，身体还往前倾了一下。随后，她又往炕上蹭了蹭，坐端正，把手里补的衣服朝怀里一拉，继续补下去，不说话了。

我很快就意识到我说错了。我所说的“朋友”，是一般意义上的“朋友”，和她理解的“朋友”完全是两回事。她脑子里的“朋友”，是“嫁不下个好汉子也要维朋友”的那种“朋友”，也就是我们通常说的情人。

这证实了我的直觉。

人有着很微妙的心理，总觉着爱情和字画不同，在字画上盖的钤印越多，字画越值钱，而在爱情上仿佛就容不得别人先占有过。殊不知只有成熟了的爱情才最可贵。

马缨花的爱情就是成熟了的爱情。

沉默了一会儿，她又抬起头，脸上的红晕已经退了下去，两只瞳仁一闪一闪地发光，轻轻地娇笑一声，没头没脑地说道：

“你，倒挺像咱们的人！”

我向她表示理解地一笑。“咱们的人”包括许多含义：劳动人民——这点对我非常重要，体力劳动者，农工，甚至还指从中亚细亚迁徙过来的撒马尔罕人的后裔。她这句话，也使我明白了，为什么她独独会在今天这样明白无误地表现出她内心的感情。对她来说，仅仅是个“念书人”，仅仅会说几个故事，至多只能引起她的怜悯和同情；那还必须能劳动，会劳动，并且能以暴抗暴，用暴力手段来维护自己的尊严，才能赢得她的爱情。啊！我撒马尔罕人的后裔。

她又跟我说，今天她没找齐制服上的黑胶木扣子——在这时候，扣子也是紧俏商品，等明天把扣子找齐了，再给我钉。她从枕头下抽出一根用废布头搓成辫子的布带给我，让我扎在腰上。

“你呀，”她笑着说，“我知道，连绳子也没有一根。”

是的，我的确连绳子也没有一根。

“你知道我的事情可不少。”既然我知道她爱我，我也不用为自己的贫穷感到羞愧。我接着用轻松的口气问她：“可是你的事我还不知道哩。哎，我问你，尔舍的爸爸究竟是谁？”

她埋下头，微笑地沉吟着，一会儿在一串轻声的娇笑中说：

“我不能沾男人，一沾男人就怀……”

她的回答使我惊愕不已。她根本没有正面回答我。我原以为这会引出她一个故事，一个或许是哀婉，或许是悲愤的遗恨，然而，她却轻轻地一抹，把有关这一段的回忆都抹进了时光的垃圾桶里去，毫不吝惜地把它掩埋了。听那口气，她好像觉得这种事对任何人都没有伤害，对她自己也没有什么伤害……

真要命！她既使我恢复成为正常人，把我过去的回忆和我现在的感受连接了起来，也从而使我对她产生了惶惑、迷惘和新奇感。她身上有许多我不理解的东西，还有和我过去的道德观相悖的东西。然而这些东西在她身上表现出来时，又如此真实，如此善良，也显得十分的美，竟动摇了我的道德观念，觉得她总是对的，是无可指责的。

她和海喜喜，把荒原人的那种粗犷不羁不知不觉地注入了我的心里。而正在我恢复成为正常人的时刻，这种影响就更为强烈。

二十五

我第一次体会到健康给人的幸福感。我觉得我力大无穷，正如惠特曼歌颂的：

啊，膂力强壮的斗志是多么欢乐呀！
他神采奕奕地兀立在竞技场上，
精力充沛，渴望着和他的对手相见。

而在竞技场上，我至少和这里的高阶层劳动者、令人畏惧的巨人斗了个平手——“两顶啦”！于是，我感到一种旺盛的活力，一种男性的激情也在我体内暗暗地涌动，我甚至能听得见它像海潮般的音响……

第二天，海喜喜仍然一个人既赶车又装车。我还是跟“死狗派儿”车把式。在我们错车的时候，他一眼也不看我，但脸上有股掩饰不住的懊丧。仇恨已经过去，他只是沉浸在自己灰色的情绪里。一个孔武有力、生气勃勃的人，一下子变得像被霜打倒了的芦苇。当然这并不是因为被我一脚踢的，而是内心里受到了更大的打击。

我很小的时候，就有一种容易被别人的痛苦所感染的脆弱性。是脆弱，不全然是同情。同情会使人积极起来，而脆弱只能产生畏惧。看了一本描写瘫子的小说，自己下身会麻木好几天；看了一篇写瞎子的故事，我会害怕失去眼睛。对会降临到自己头上的灾祸的恐惧，多于对瘫子和瞎子的怜悯。这种脆弱性，更可能产生一种邪恶的趋利避害的念头，从根本上消除自我牺牲的精神。所以，现在对海喜喜，我已经没有了同情，而是害怕落到他那样失恋的地步。

这种邪恶的劣根性，加上对所谓“体力劳动者”的不正确的观念，催着我向一个深渊坠落下去。

收工时，我从“死狗派儿”的车上跳下来。她在马号前面，手里攥着一把什么东西，向我一扬，又努努嘴。我知道她手里一定是几粒扣子。吃完从伙房打来的稗子面馍馍，我就上她家去了。

现在，我们组里八个人，几乎有一半不出工。今天这几个去场部，明天那几个去场部，要么就是去镇南堡看有没有挂号信——取挂号信和寄挂号信，都要来回跑六十里路，可见我们的文化生活了。反正自我们来这个队，就没有看过一张当月的报纸，没有听过一声广播，真像“营业部主任”说的，这里还不如劳改农场哩——他们这样忙忙碌碌，无非是在跑户口，谁都想早点离开这里。这样，对我每天晚上跑出去，他们丝毫不注意。这间铺着干草的“家”，不过是几个人临时栖身的旅店，谁也不去管过路的旅客干什么去。

今天，我特别兴奋，有几分迷迷糊糊，但又似乎非常明确地感到，今天晚上将要发生什么事情。我怀着一种来自想象的醉意，既甜蜜，又有几分忧伤。这种醉意使我的意识像暮霭一样在田野上飘散了。

我进了门。一定是我脸上焕发着特别的光彩，一定是我目光中有奇异的神色，因而，她也用一种异乎寻常的、闪烁着灼热的光的眼神凝视着我。她的睫毛很长，眼睑下又有一圈淡青色，因而她的眼睛就显得特别深邃，瞳仁的闪光就像暗夜中的星星。她还和昨天一样，斜躺在炕上拍尔舍睡觉。她诡谲地一笑，朝土台上努了努嘴。随后，她机械地拍着尔舍，同时用一种痴呆的、固定不变的姿势看着我，仿佛在想什么心思。

土台上放着一盆用碗扣着的杂合饭。我盛了一碗慢慢地吃着，借着吃饭来拼命抑制自己，迫使自己冷静下来。这时，只听见她在炕上，边拍着尔舍，边轻声唱道：

金山（么）银山（的）山对（哟）山，
层层（哟）叠叠的宝山。
望（么）别人成双（是）我孤单，
阿哥（么哟）活下的可怜。
白崖（么）头上的鸽子（哟）窝，
你看是（呀）公鸽嘛母鸽。
我一晚上想你（是）睡不（呀）着，
天上的星星（哈）数着。

我过去全部教养教给我关于爱情的观念，和我现在沉浸于其中的爱情是那么不同，甚至截然相反。那种爱情是温柔缱绻的，含蓄隽永的；美妙的情趣带有几分伤感的忧郁，就像一朵带露珠的嫩弱的康乃馨。而她歌声里表达的爱情，却是直率的、明朗的、粗犷的，盛满了浓得化不开的激情。其中的情意有如旷野的风，叫人难以抵挡。

尔舍在她的歌声中睡着了。她轻手轻脚地爬下炕，抻了抻棉袄，两手在脑后拢了拢头发，向我嫣然一笑。我觉得她脸上第一次出现了娇羞的表情，两颊红扑扑的。她的皮肤较黑，红得就更加浓烈。在她两手顺向脑后的时候，腰肢略向后倾，整个神态在我眼里是被爱情摧残的慵倦。

“咋？是你脱了呢，还是咋钉？”她笑着问我。

她手拿着穿好的针线，站在我身边，那南国女儿脸颊上的大红大紫使我心慌意乱。我支吾着说：“哦，哦……还是穿在身上钉吧，我里面没有衣服，没法脱……”

“你哟！”她吃吃地笑着，把我从土坯凳子上拉起来，“真是遭罪哩。以后得给你缝件汗褡儿……那你就把带子解开吧，还等啥？”

她用命令式的语气跟我说话，语调里饱含着妻子般的深切的关心。我非常自然地、毫无惭愧之感地解开腰带，站在她面前。我感到我能把自己交给她是我的幸福，心中充溢着对她的信赖和对她的温情。

她不用低头，刚好在我颌下一针针地钉着扣子。她的黑发十分浓密，几根没有编进辫子里去的发丝自然地卷曲着，在黄色的灯光下散射着蓝幽幽的光彩。她的耳朵很纤巧，耳轮分明，外圈和里圈配合得很匀称，像是刻刀雕出的艺术品。我从她微微凸出的额头看到她的眉毛，一根一根地几乎是等距离地排列着，沿着非常优美的弧形弯成一条迷人的曲线。她敞着棉袄领口，我能看到她脖子和肩胛交接的地方。她的脖子颀长，圆滚滚的，没有一条皱褶，像大理石般光洁；脖根和肩胛之间的弯度，让我联想到天鹅……此时，那种强烈的、长期被压抑的情欲再也抑制不住了，以致使我失去了理性，就和海喜喜把我悬空抡起来的时候一样，于是，我突然地张开两臂把她搂进怀里。

我听见她轻轻地呻吟了一声，同时抬起头，用一种迷乱的眼光寻找着我的眼睛。但是我没敢让她看，低下头，把脸深深地埋在她脖子和肩胛的弯曲处。而她也没有挣扎，顺从地依偎着我，呼吸急促而且错乱。但这样不到一分钟，她似乎觉得给我这些爱抚已经够了，陡然果断地挣脱了我的手臂，一只手还像掸灰尘一般在胸前一拂，红着脸，乜斜着惺忪迷离的眼睛看着我，用深情的语气结结巴巴地说：

“行了，行了……你别干这个……干这个伤身子骨，你还是好好地念你的书吧！”

二十六

啊！……

我踉踉跄跄地跑回“家”。我头晕得厉害，天旋地转。我摸到墙边，没有脱棉袄，也不顾会把棉花网套扯坏，拉开网套往头上一蒙，倒头便睡。

不久，小土房里其他人也睡下了。老会计在我头顶上灭了灯，唏唏溜溜地钻进被窝。万籁俱寂。我想我大概已经死了！

死，多么诱惑人啊！生与死的界限是非常容易逾越的。跨进一步，那便是死。所有的事，羞耻、惭愧、悔恨、痛苦……都一死了之。

我此刻才回忆起来，在此之前，我什么都设想过，甚至想到她会拒绝，打我一耳光，但绝没有想到她会说出那样一句话把我带有邪气的意念扑灭。

“你还是好好地念你的书吧！”这比一记耳光更使我震撼。灵魂里的震撼。这种震撼叫我浑身发抖。

死了吧！死了吧！……

我真的像死了一般，刚才那如爆炸似的激情的拥抱，仿佛已耗去了我全部的生命。但是，我的灵魂还在太阳穴与太阳穴之间的那一片狭窄的空间里横冲直撞，似乎是满怀着憎恨地要撕裂自己的躯壳。我不敢回顾过去二十多天里我的行为举止，然而像是有意惩罚我似的，有一张银幕在我眼帘内部显示出我的种种劣迹，我眼睛闭得越紧，银幕上的影子却越清晰。海喜喜愤怒地指着我的鼻子尖：“你驴日的没少吃！”像闪电之前的雷声叫我战栗。我是靠谁的施舍恢复健康的啊！在那段时间，我就像《梨俱吠陀》里说的，“木匠等待车子坏，医生盼人腿跌断，婆罗门希望施主来”，心怀恶意地扮演着乞讨者的角色。我出主意给她修炕，我跑去给她说故事，我……目的只是在那一碗杂合饭。我清楚地认识到了，我表面上看来像个苦修苦炼的托钵僧，骨子里却是贵公子落魄时所表现出来的依赖性。歌德曾把“不知感激”称为德行：“不愿意表示感激的脾气是难得的，只有一般出众的人物才会有。他们出身于最贫寒的阶级，到处不得不接受人家的帮助；而那些恩德差不多老是被施恩者的鄙俗毒害了。”但在我却是相反，是我的鄙俗把施恩者毒害了。在我逐渐强壮起来的身体里钻出来一个妖魔，和从海滩的瓶子中钻出来的那个魔鬼一样，要把从瓶子里放出他的施恩者吃掉。这原因在哪里呢？这原因就在于我不是“出身于最贫寒的阶级”；公子落难，下层妇女搭救了他，他只要一脱险，马上就想着占有这个妇女，并把这种举动当成一种报答，这不是一种千篇一律的古老的故事吗？

这时，昨天夜里在我脑子里幻想出来的种种欲念，成了佛教密宗里的毗那夜迦，兽头人身的怪物，而马缨花就在这个邪恶的、面目狰狞的怪物手中挣扎！

是的，她最后的那句话，将她给我的食物中注入了仁爱，注入了精神力量。这样，就更叫我无地自容了。

我想忏悔，我想祈祷，但我才发觉，对一个唯物主义者来说，对一个无神论者来说，对现在的我来说，最大的悲哀莫过于忏悔和祈祷都找不到对象。我不信神，所有的神我都不信！我经历过一次“死”以后，全部宗教都在我眼前失去了它们的神圣性质！那么，我能向谁来忏悔，来祈祷呢？人民吗？人民早已把我开除出他们的行列——“你活该吧！你现在的行为正证明了我们把你开除出去是对的！那不是某个领导的意志，而是我们全体人民的意志！你已经永远被钉在耻辱柱上了！”

“嘘嘘嘘……嘘嘘嘘……”墙角响起了一阵阵可疑的声音，好像是从一个极其阴暗的世界传来的。但我知道，那不是上帝，也不是魔鬼，那是死的召唤。我很早就对死有一种莫名的迷恋，和酷爱生一样酷爱死。因为那是一个我活着永远不能知道，并且也是一个任何人都不知道的东西。永恒的谜就是永恒的诱惑。很多人都忽视了，死其实是生活的一个重要内容；热爱生活的人最不怕死。尤其，对一个无神论者来说，对现在的我来说，死是最轻松的解脱。一切都会随生命的停止而告终。那么，我就制造了一个永恒的秘密。明天早晨，太阳照样地升起，风照样地刮，云儿照样地飘，农工们照样地出工，而我却变成了一堆没有生气的骨头和肉，就像一只死羊，一条死狗。我的悔恨，我的羞愧，我良心的责备，在这世界上留不下一点痕迹。我死了，我带走了一个秘密，我销毁了我制造的秘密，难道这个秘密还不是永恒的吗？

我在死亡的边缘时极力要活、要活、要活下去，我肚子吃饱了却想死。过去，在没有灵感的时候，在创作苦闷的时候，毒药、绳子、利器、高度和深度都曾对我有过吸引力。现在，我在黑暗中摸索着她给我的那根用布头编的带子。布带柔软而有弹性，它的长度、宽度、耐拉强度都会使我的脖子感到非常舒适。世界上的事是多么奇妙，多么不可思议啊！昨天晚上她给我带子的情景历历在目，她是为了我暖和，为了我活得好，可恰恰我要在这根带子上结束我罪孽深重的一生；她说我连根绳子也没有，是出于对我的同情和爱怜，可恰恰似乎是有意地要送我一个结束生命的工具，我想象我拥抱着她时是多么美好，可恰恰是我拥抱了她以后却悔恨欲死……于是，一种对自己命运的奇怪的念头在脑子里产生出来：我这个没落的阶级家庭出生的最后一代，永远不能享受美好的东西；一切美好的东西在我身上都会起到相反的作用……那么，只有死，才能是最后的解脱了。

于是，我死了！

我全身只剩下头颅，在一片黑茫茫、莽苍苍的大森林里游荡。因为失去了身躯，失去了四肢，头颅只能在空间飞翔。我飘呀，飘呀……飞呀，飞呀……四周是像墙一般密密层层的巨树，高不见顶，遮天蔽日，但茂密的枝叶从不会刷在我的脸上。我的头游在哪里，它们就会像水草似的荡开。我不知道我要往哪里飞，我只觉得有一股力量在托浮着我，推动着我，或是吸引着我，一会儿向这儿，一会儿向那儿飞去……黑暗是透明的，发出蓝幽幽的光；巨树不是立体的，全像舞台上的道具，是一片片的平面竖在四面八方。大森林没有尽头，没有边缘。在这大森林里，所有的树木都是静止的，只是因为我头颅的位移才使它们不断地移动，时而向我逼近，时而远离开我……它们并不特别阴森可怖，阴森可怖是从我自己的脑子里喷射出来的，于是蓝色的黑暗和巨大的树木之间都弥漫着阴森可怖的浓雾。这里绝对没有音响，但我头颅上毕竟有耳朵。这时，有一种雷鸣般洪亮的声音在大森林里庄严地响起来：

"你为什么要死——死——死——死——"

"死"的余音不绝如缕，在巨树之间缭绕，发出"咝咝"的金属声。

我冷笑了。我谁也不怕，既然连死也不怕，还怕什么？！

"这正是我要问你的！"我的头颅大张开嘴，翻起眼睛向四面八方搜寻。

但那声音不是发自哪一方，而是在整个森林中回荡。我大声地问那声音：

“我为什么要活——活——活——活——”

“活”的余音也不绝如缕，在巨树之间缭绕，发出“哗哗”的金属音。

沉默了！那个声音沉默了，像被狂风噎住了嗓子。哈哈！我的问题“你”能回答吗？

我继续在大森林里横冲直撞。我享受到了死的乐趣。

可是，那一株株阴森的巨树越来越稠密了，枝丫纵横，像张在我上上下下的一面没有缝隙的巨网。并且，它们从周遭逐渐逐渐地收拢来，我头颅的天地越来越小了。最后，我头颅只能不动地悬浮在空中，两眼不住地骨碌碌乱转；我大张着嘴，喘着粗气。我没有胳膊，我不能抵挡；我没有腿脚，我不能蹬踢。我等待着：难道死了还会遇到什么鬼花样！

那个声音又像山间的回声似的响了起来，带着鬼魂特殊的嗓音，瓮声瓮气地：

“到天堂去吧！到天堂去吧——去吧——去吧——”

“天堂在哪里？”我头颅上淌着冷汗，但我脑子里并没有一丝恐惧，“天堂在哪里？”我用责问的语气大声地喊，“哪里有什么天堂？我不信什么鬼上帝！”难道我死了还要受欺骗！

“超越自己吧——超越自己吧——超越自己吧……对你来说，超越自己就是你的天堂——天堂——天堂——超越自己吧——超越自己吧——超越自己吧——”

这一句话，突然使我流泪了。浑浊的泪水滴滴答答地滚落到我头颅下的浓雾中。是的，“超越自己吧！”这声音不是什么鬼魂的声音，好像是我失落了的那颗心发出的声音。

“超越自己吧！超越自己吧！超越自己就是天堂——天堂——天堂——”

“啊！我怎么样才能超越自己呢？”我绝望地哭叫，“在这穷乡僻野，这个地方和我一样，好像也被世界抛弃了！我怎么样才能超越自己呢？”

“要和人类的智慧联系起来——要和人类的智慧联系起来——联系起来——联系起来——那个女人是怎么说的——怎么说的——怎么说的——”

那个声音越来越小，好像离我越来越远，最终完全消失了。我的头颅大汗淋漓，像一颗成熟的果子似的力不可支地坠入浓雾下面，仿佛刚才是那个声音使我的头颅悬浮在空中一样。我觉得我的头颅掉在一片潮湿的泥地上，柔软的、毛茸茸的苔藓贴着我的面颊；还有清露像泪水似的在我脸上流淌。那冰凉的湿润的空气顿时令我十分舒畅。

而这时，巨大的森林里重归宁静，浓露也逐渐消散，树冠的缝隙开始透下一道阳光，像一把金光灿灿的利剑，从天空直插到地上。与此同时，大森林里不知从什么方向，轻轻地响起了03 33|1̇–|02 22|7̣–|7̣–|……的钢琴声。啊！那是命运的敲门声！好像是惊惶不安，又好像异常坚定。一会儿，圆号吹出了命运的变化，一股强大的、明朗的、如阳光下的海涛般的乐声朝我汹涌而来，我耳边还响起了贝多芬的话："我要扼住命运的咽喉，他不能使我完全屈服……啊！能把生命活上几千次该有多美啊！"

……我完全清醒了。我发觉我泪流满面，泪水浸湿了我头下的棉网套。在棉网套下，我摸到了一本精装的坚硬的书——《资本论》。

二十七

第二天，果然太阳照样地升起，风照样地刮，云儿照样地飘……黄色的耀眼的阳光透过窗户上的旧报纸，给小土房里的墙壁和干草上更增添了许多排列成行的斑点。有那么一会儿，我想着我昨天好像做了一件非常丢人的事，犯了非常大的错误，因而有一种不愉快的、烦恼的情绪。但很快就被另一个念头代替了；如果房子里的人一早起来发现我死了，他们除了惊奇和忙乱一阵外，还有什么呢？也许他们上午会不出工，张罗着埋我。可是埋完了，他们照样还是要去出工的。我的死，除了使遥远的母亲悲痛，大概再不会给其他人一丝震动；死，对我是一件大事，而对别人不过是小事一桩，至多编出几个鬼故事来打发漫漫的冬夜。这样的死，有什么价值呢？

"营业部主任"先打了饭回来，一个人用两肘霸占着炉子，还不住地朝手上呵气："真冷，真冷！这狗日的天真冷！"老会计两手小心翼翼地捧着饭盒，踏着悄无声息的步子，走到自己铺位上盘腿坐下。先脱下手套，再摘去帽子，像做祷告一般全神贯注地端详饭盒里的稗子米汤，然后才不声不响地吃起来。他绝对不到炉子旁边去沾火的光，连自己吃饭的声响也怕打扰人家，或者说是连一点吃饭的声响也不愿给人家。看着他作茧自缚和与世无争的模样，我都不忍心在死后给他添麻烦。

中尉前两天去镇南堡恰好碰上邮政代办所休息，这时正骂骂咧咧地做着再一次远行的准备。“那些王八犊子，他们坐着办公还要休息！”他忘记了他过去坐着办公也是要休假的。报社编辑和其他几个人的神态、动作都一如往常，和一幅木刻印在一本日历上一样，天天都没有一丝变化。我非常奇怪：他们竟然对我昨夜的内心风暴没有一点觉察。可见，不管是我的死也好，我的内心风暴也好，我成为死人也好，我成为新人也好，对一些只关心着自己的人的影响其实是非常微弱的。这里的人们的神经似乎被一种停滞不动的生活磨钝了。在一堆麻木的神经中间，我要悄悄地开始另一种生活是非常容易的。这种想法蓦地使我振奋起来。我把棉花网套一掀，一骨碌爬起，用湿毛巾擦了擦脸就去打饭……

莽荡苍凉的田野，以它毫无粉饰的雄浑气概，又使我感动得热泪盈眶：把你严峻雄伟的气魄给我一点吧！哪怕我有那一块泥土疙瘩的淳朴性，我就能够站起来，并超越自己！“死狗派儿”车把式慢慢地赶着车，随牲口的意逍逍遥遥地向田里走去。到处沐浴着冬日的阳光。白脯子喜鹊喳喳地欢叫，跟在大车后面啄着马粪。谷场上的草垛黄得炫目，垛顶上，散射着一种金属般的流动的光。向东极目望去，三十里路外的火车徐徐地吐着青烟，在天际布下一条带状的雾霭，久久不散。在翻滚着的雾霭的边缘，青色逐渐转为紫色，在蓝天下变得异常绚丽。没有风，空气中飘浮着干枯的冰草、芨芨草和马莲草的气味，又掺杂着飞扬起来的干燥的尘土味。太阳的热力沉沉地罩在我身上，使我昏昏欲睡。活着的幸福感不在人完全清醒的时刻，恰恰在似睡非睡之间。

内心的风暴平静下去，从心底开始升起一片颂歌：和谐、明朗、纯朴、愉快，好像置身在鸟语花香的田野里，呼吸着清新的空气。死固然诱惑人，但生的诱惑力更强；能感觉本身就是幸福，痛苦也是一种感觉，悔恨也是一种感觉，痛苦和悔恨都是生的经历，所以痛苦和悔恨也都是生的幸福。“叽喳、叽喳”，麻雀从我头顶上飞过去，一边扇动着小小的翅膀，一边还东张西望，向那更高处飞去。啊！这样一个小生命也在想超越自己。

超越自己吧！超越自己吧！……

这天吃完晚饭，我没有去马缨花家，在自己的草铺上坐下来，靠在卷起的棉花网套上，拿出我二十多天没有翻，一直当作枕头用的《资本论》。

中尉研究完了家里寄来的挂号信，信上一定有叫他高兴的消息，他很客气地把马灯送回来，还替我拧大了一点。我没有敢当即翻开，默默地、有点惶恐地摸着淡黄色的硬纸面。现在，这本书就是我能“超越自己”的唯一凭借了；如果说“超越自己就是天堂”，那么我面前只有这样一条通向“天堂”的道路。她是不是真正能教给我一点什么？是不是真正能使我“超越自己”？我的艺术的细胞是不是能吸收这些用抽象的概念构成的营养？……过去我虽然没有读过《资本论》，但在例行的政治学习中学过“干部必读”的苏联人列昂节夫的《政治经济学》。那时候，我认为那书里都是些枯燥的、和现实无关的教条和概念，读起来特别乏味。

现在，当我重又翻开《资本论》时，至少，我的肚子不会干扰我的脑子了。我怀着困惑的虔敬的心情，翻到《第三章货币或商品流通》，也就是二十多天前中断了的“注51”的地方。组里几个人用一种沉闷的、勉强的声调在聊天。“营业部主任”给老会计提供了一个“偏方”，说治睡觉磨牙最好的方法是把牙全部打掉。即使这个残酷的笑话也没有引起人们一点笑声。但不久，房里所有的声音我都听不见了，因为我开始发现，马克思在阐述深奥的经济学问题时，使用的是一种非常形象、非常生动、非常漂亮的文体。我还没有完全弄懂他说的意义，但他那明快流畅的文学性的美就紧紧地攫住了我：每一页都有令我叫绝的句子。他的思维逻辑是严密的，而阐述时采用的却是写诗的大跳手法和意指手法。比如，他说：“一个商品如要实际发生交换价值的作用，它就必须先放弃它的自然形体，由想象的金，转化为现实的金——虽然这种变质作用之于商品，比由必然到自由的推移之于黑格尔哲学，比甲壳的脱弃之于蟹，比旧亚当的脱离之于教父喜埃洛尼玛斯，还要难。”下面，他又极有风趣地这样说：“假令铁的所有者，竟向某一个俗气的商品所有者，把铁的价格当作货币形态来说明，这个俗气的商品所有者，就会像圣彼得答复那个向他背诵使徒信条的但丁一样，答复他说：‘这个铸币的重量成色，已经十二分合格，但告诉我，你钱袋中有没有它？’”

只有横溢的才华加革命领袖的雄伟气魄，文风才会如此流宕、潇洒，不受任何抽象概念的内涵的拘束。一个人具有艺术上的通感，在我看来就是天才了。我发现马克思竟具有一种思想上的“通知”——我一时想不出确切的词来表达这个意思。也就是说，他具有一种能够把人类各个不同的知识领域相互沟通起来，并融汇为一体的奇妙的本领。我越往下读，越深切地感到马克思的书是浓缩了的人类智慧：政治的、经济的、历史的、艺术的、文学的，甚至还包括诗！有许多地方，凭我脑子里的溶剂还不能把这种浓缩的知识结晶溶解。但它并不使我困惑；它是一个迷人的谜，解开它就能得到一笔财富。

他还引证了大量的材料，书页下的注解与正文的印证妙趣横生。我前面看过的“舌头”不必说了，他还把莎士比亚和梭福可士的戏剧与诗来作商品向货币转化的旁证，于是，这一抽象的命题即刻以一种戏剧性的具体过程跃然纸上。我睡的这间充满着干草味、老鼠味和煤烟味的小土房，顿时变成了一座历史剧的舞台，商品所有者与货币所有者都以鲜明的面目生动地表演起来。读到这里，我已经完全忘记了我现在在什么地方。

在论述每一个问题时，他也一条条地举出资产阶级经济学家对这一问题的看法，有的地方指出继承和发展的关系，表现了他绝不掠人之美的大师风度。在另一些地方，却用极其幽默和尖刻的语言毫不留情地、一针见血地把那些资产阶级的伪科学驳得体无完肤，又显示出一个思想斗士的面貌。这样，他书里的每一页都闪烁着历史的精华。透过每一页的字里行间，都可以看到人类历史和思想史的演进过程。啊，当我看到马克思居然还引用了咸丰年间任户部侍郎的王茂荫向皇帝上的条陈时，一阵亲切之感油然而生。马克思的目光注意到了我们；他写这部巨著的时候，他创立马克思主义的时候，就有意识地把我们这个东方的古老国度包容进去了！

“家”里的人都睡着了。灯光很昏暗，我并不妨碍谁。老会计仍在拼命地磨牙，中尉打着响亮的呼噜，报社编辑在说梦话……而我被巨大的逻辑力量和广博深刻的智慧弄得醉醺醺的。能艺术地、形象地、从具体生活出发来表达理性思维的结果，是思想家艺术家难能可贵的本领，而马克思在这方面达到了顶峰。我这时开始认真读马克思的书，倒多半是把她当作艺术的珍品；她里面的每一句话都值得我玩味。语言文字是能够创造奇迹的。它们创造的奇迹是在人的心灵里。它们能把读者固有的思想击碎、分裂，然后再重新排列组合。

艺术会使人陶醉，思想也会使人陶醉。如果艺术和思想都是上品，那么这就是双料的醇酒。尽管我一时还不能完全品尝出这酒的妙处，但醇酒自然会发挥作用。那瘸子保管员养的公鸡叫头遍时——其他人家的公鸡早被吃掉了，我把《第二篇》全部读完了。那最后一页的文字，再没有那样清楚地说明了资产阶级人文主义理性王国的全部动听的观念是怎么一回事！马克思这样说：

> 劳动力的买卖，是在流通领域或商品交换领域的限界内进行的。这个领域，实际是天赋人权之真正的乐园。在那里行使支配的，是自由、平等、所有权和边沁。自由！因为一种商品（如劳动力）的买者和卖者，只是由他们的自由意志决定。他们是以自由人、权利平等者的资格，订结契约的。契约是最后结果，他们的意志就在此取得共同的法律表现。平等！因为他们彼此都以商品所有者的资格发生关系，以等价物交换等价物。所有权！因为他们都只处分自己的东西。边沁！因为双方都只顾自己的利益。使他们联合并发生关系的唯一的力，是他们的利己心，他们的特殊利益，他们的私利。正因为每一个人都只顾自己，不顾别人，所以每一个人都由事物之预定的调和，或在什么都照顾到的神的指导下，只做那种相互有益，共同有用，或全体有利的工作。

马克思已经剖析得如此明明白白，我真恨相见太晚，同时奇怪后人还要不厌其烦地连篇累牍地写出那么多文章来揭露资产阶级理性王国的虚伪性。这些文章加起来可以塞满一个庞大的书库，却抵不上马克思这段不足三百字的文字。并且，一九五七年对我进行的批判，竟也没有一个人使用这段文字来把我从所谓人道主义文学的睡梦中唤醒。我有点愤慨了，我愤慨的不是他们对我的批判，而是对我没有做像样的批判，把批判变成了一场大喊大叫的可笑的闹剧，从而使我莫名其妙，也只好变得可笑地玩世不恭起来。

那最后一段话，更使我在这荒村的小土房里一个人忍俊不禁。马克思是那么妙不可言地用几笔就勾画出资本家与工资劳动者的关系：

> 离开简单流通或商品交换的领域……剧中人的形象似乎就有些改变了。原来的货币所有者，现今变成了资本家，他昂首走在前面；劳动力的所有者，就变成他们的劳动者，跟在他后头。一个是笑眯眯，雄赳赳，专心于事业；别一个却是畏缩不前，好像是把自己的皮运到市场去，没有什么期待，只期待着剥似的。

在睡下以后，这一幅生动的画面还在我脑海中萦绕，不过它变成了这副样子：走在前面的，是我的伯父、父亲，和他们崇拜的“专心于事业”的摩根们；跟在他们后面的，是一大群他们所雇佣的工人。但这幅画一瞬间又变成了另一副样子：现在，工人走在前面了，“笑眯眯，雄赳赳，专心于事业”，而原来走在前面的却跟在后面，“畏缩不前，好像是把自己的皮运到市场去，没有什么期待，只期待着剥似的”。而我呢，一个穿着烂棉袄、蓬头垢面的乞丐似的人物，既无法和走在前面的工人一样“笑眯眯，雄赳赳，专心于事业”，也没有什么再可“剥”的了，所以只得踟蹰在二者之间，进退不得……

二十八

经历了强烈的激动之后，我睡得特别香甜。第二天早晨醒来，我神清气爽，好像服了一剂什么兴奋剂一样。并且，在这样一群人中间，我突然有了一种带有优越感的宽容精神。

大家打完饭回来，“营业部主任”因为炊事员给他的稗子面馍馍缺了一个角，情绪很不好，组里的人都在各自的铺位上埋头吃饭的时候，他趴在炉子旁边，一边翻来覆去地观察他的馍馍，一边骂炊事员。又说，以后要早点熄灯睡觉，不然影响别人休息。他嘟哝着：“那损失的精神头儿，半个稗子面馍馍都补不过来……”人们抬头看看我，我知道这是不点名地批评我了。这里的人就是这样，哪怕你深更半夜跑出去放火他都不管，可你别妨碍他的利益。

他的批评并没惹恼我。今天我虽然也在这间土屋里，也坐在一堆干草上，也和大家一样吃着土黄色的稗子面馍馍，然而我仿佛觉得，有一种深奥的、超脱这种尘世的思想，使我的心从我借以寄托的躯体中游离了出来。好像外界对我施加的侮辱、嘲笑、蔑视，只不过是针对我的躯体的，与“我”无关。

去马号等车把式套车的时候，听大车组长向谢队长报告说，海喜喜请了几天假，“逛城里去了”。谢队长沉着脸，薄薄的嘴唇在浓密的胡楂里撇了撇，对大车组长的报告不置可否。海喜喜的大车停在那里，他的几匹牲口有滋有味地在槽头嚼着干草。有个车把式想让自己的牲口歇歇，去牵海喜喜的牲口来套车。谢队长瞪着眼睛喊道：“你驴日的干啥？干啥？照拴上！也该让它缓缓了。”汉语语音里的“他”“它”不分，我想，可能是谢队长也认为海喜喜该“缓缓”了吧。海喜喜走了，“逛城里去了”，他为什么会突然想去“逛”呢？原来，他不是每天晚上都到马缨花家去“逛”的么？我蓦地有点怅惘。不论是什么形式的爱情，是什么样人的爱情，得到爱情和失去爱情，全是人的命运，都不能漠然置之。海喜喜这个有独特性格的人，归根到底不由得引起我的关心和同情。我隐隐地感觉到，即使他和我现在处于这样一个对立的状态，我还是不能摆脱他对我的吸引力。

可是，在马缨花看来，世界上的事却要简单得多。

下午，我们大车回来，她还是等在马号的肥堆前面，做手势叫我去。我的近视眼只看见她带着笑脸，但看不清那究竟是嘲笑、讪笑、顽皮的笑还是善意的笑。

我阅世不深，年纪又轻，总是根据自己所读的书本来推测别人，想象爱情。我以为，经过那天我失礼的举动以后，我们再在一起，一定会非常尴尬。吃完晚饭，我又看了一会儿书，但已开始心不在焉：去，还是不去？我一直犹豫到天黑沉沉了以后，才到她家去。

今夜没有月亮，走出房门就投入深不见底的黑暗，寒气藏在暗夜之中，砭人肌骨。然而天上却星光璀璨。这是冬夜的特色：天上亮，脚下黑，仿佛寒气把光也阻隔了似的。

我缩着脖子，心里有一丝不快，好像要去挨打的样子。

她仍像往常一样，在炕头上坐着补衣服——她有补不完的衣服。后来我才知道，她是帮着娃娃多的妇女补她们男人的衣服——见我进来，轻盈地跳下炕，掸掸衣裳，笑着问：

“你‘怎——么’昨夜黑不来？”

奇怪！她一句戏谑的话，就把我内心的一切矛盾、犹豫、惶惑吹得烟消云散。看着她轻松的，尤其是在学我说“么”字时如荷叶边噘起的嘴唇，我不禁啼笑皆非。我可以向她道歉，我可以向她忏悔，我可以向她袒露心曲，但一看到她毫不在乎的模样，我又觉得一切都是不必要的。我开始轻松下来。

“你不是要我好好念书吗？”我说，“我就在屋里念书呐！”

“傻——瓜——瓜！你要念书，不会在这达儿念？”她亲昵地在我脸上拧了一下，“我昨夜黑趴在你们门缝里看你来着。”她吃吃地笑着，两手合上，往下一蹲，“就跟一个菩萨一样！”

我脸红起来。她亲昵的动作，热情的语气，似乎又将引起我内心汹涌的浪潮。但她整个的神态，又毫无挑逗意味，而是孩子般的无忌的天真。于是转念一想，我为自己的心思而羞愧得更加脸红了。我过去接受的教育，读的书，总是指导我把人分成各种类型，即使是纯客观的心理学，对人也有所谓黏液质、胆汁质、多血质等等之分；至于文艺作品，那更不用说了，那里面有形形色色的人：稳重的、轻狂的、放荡的、严肃的……现在我才明白，人，除了马克思指出的按经济地位来划分成为阶级的人之外，世界上没有绝对的关于人的类型的概念。比如她吧，她就是她，一个活生生的人！一会儿稳重，一会儿轻狂，一会儿开怀大笑，一会儿又严肃认真——而上次的严肃认真，差点使我羞愧得自尽。理解人和理解事物好像不同，不能用理性去分析，只能用感情去感觉。我从这里，开始理解马克思在《初版序》中说的：“我绝非要用玫瑰的颜色来描写资本家和地主的姿态。这里被考察的一切人，都不过是经济范畴的人格化，是一定的阶级关系和利益的负担者。”在同一个经济范畴，同一个阶级之中的每一个具体的人，都是活生生的人，那可以用“玫瑰的颜色来描写”；而作为一个经济范畴，作为“一定阶级关系和利益的负担者”，那就是一个事物了，那就要用理性去分析。这里，就是文学和经济学的不同点。

这个念头只是一霎间产生出来的。这种联想好像很可笑，但我自己认为我仿佛从生活中获得了某种“通知”。于是，我不仅轻松，而且有点兴奋了。

我吃着杂合饭。她从炕里边拉出一条崭新的棉绒毯，跟我说，今天，她托去镇南堡的人买来这条毯子，七块多钱，准备给我做条绒裤，剩下的，还可以给尔舍做一套绒裤褂。她拍拍毯子，扬扬得意地说：“咱们也跟城里人一样了，要穿绒衣裳！”她絮絮叨叨地跟我讲，他们那个地方的人，只穿毛褐衣。这是用极为原始的方法，在骨制的捻锤上把生羊毛一点点地捻成毛线，再织成的毛衣。她给我看了她的一件这种毛褐衣，灰白色的，没有线条，像一个毛口袋。没有经过熟制的生羊毛，会穿透衬衫扎到皮肤上去的。我想象一根根粗糙的生羊毛扎着她细嫩的皮肤，又不禁脸红了。同时，还有一种近乎悲哀的同情从心底涌出来：她把绒衣都当作城里人穿的奢侈品，毛线衣就更不必说了。恐怕她活了二十多年也没有见过一件真正的毛线衣，而她又是这样一个美丽的、善良的女人！我儿时的生活，她是不能够想象的。也许正因为这点，她才在开始时对我产生了同情和怜悯吧；她不可能和我一样，看到一个历史的因果关系。

她抖开棉绒毯。我看到，这就是镇南堡那个小商店的货架上堆着的那种带红条的灰色绒毯。她用拇指和中指拃量着，嘴唇翕动着，在无声地计算。灯光照着她如鸟翼一般扇动着的睫毛，以及她明亮的、凝神于内心计算的眼睛。由于这对眼睛，她整个面庞散射着一种迷人的、令人心旷神怡的光辉。而她又是一个连毛衣也没穿过、把绒衣也当作奢侈品的女人！在我拘于过去的习惯和见识的狭隘心里，怎么也无法把我观念中的美和她这个现实中的美调和起来，就像无法把一株桃金娘移植到这干旱寒冷的沙漠边缘里来一样。

吃完饭，我想起了海喜喜，我说："我听说，海喜喜请假了，到城里逛去了。"

"谁希待他！"她还在计算着，头也不抬，"他爱上哪达儿逛就上哪达儿逛去！"

一切都是这样的简单！我暗暗地想，这两天我的自我折磨好像都是多余的。她对人和生活显然有另一种虽然粗糙却是非常现实的态度。旷野的风要往这儿刮，那儿刮，你能命令风四面八方全刮一点吗？

知识分子对人和生活的那种虽然纤细，却是柔弱的与不切实际的态度，是无法适应如狂飙般的历史进程的。在以后的一生中，我都常常抱着感激的心情，来回忆她在潜移默化间灌输给我的如旷野的风的气质。

二十九

此后，我每晚吃完伙房打来的饭，就夹着《资本论》到她那里去读——"营业部主任"总该满意了吧。她把油灯从墙上取下来，放在土台子的罐头筒上。"高灯远照。"她说。房里果然显得明亮了许多。尔舍是个很乖的女孩子，除了有时缠着她，要她唱个歌，一点也不吵闹。她从没有问过我看的是本什么书，为什么要念书，也没有跟我说那天晚上从我手臂中挣脱出来时，劝我"好好地念你的书吧"的道理。她似乎只觉得念书是好事，是男人应该做的事，是一种高尚的行为，但脑子里却没有什么目的性。这方面，和那哲学讲师给我的教导就不完全相同了。

“我爷爷也是念书人。”她说，“我记性里，我小时候老见他念书，跟你一样，这么捧着，也是这么老厚老厚的一本。”过了一会儿，她又说，“喜喜子这个没起色的货，放着书不念，倒喜欢满世里乱跑。我就不希待他！……”

这里，我仿佛窥见她不“希待”海喜喜而“希待”我的秘密。从她比画她爷爷念的书本的版式，我猜测是一部宗教经典。可是在她的思想里，却没有一点宗教的观念；一个乐观的、开朗的、活泼的、热情的人被生活磨炼了以后，就不会对生活本身再有什么神秘的看法了。

在灯光下，我抱着头读书。她和尔舍唧唧哝哝地在炕上说话。灯光把我头颅的影子投射到她们身上。尔舍好像也受到一种庄重的气氛的感染，嬉笑的声音也是悄悄的。我有时停下来，谛听着她们的笑声，完全能体味到她们给我的亲切的温暖。这间奇妙的小屋，几乎盛不下我们之间的绵绵的温情。它常常使我联想到航行在静静的海面上的一条精致的小船，联想到一个童话。

尔舍睡觉以后，她就跪在炕上剪裁我那条“跟城里人一样”的绒裤。剪子沙沙地在绒毯上剪着。那沙沙声也是奇妙的、轻柔的，像一阵阵温暖的细雨飘洒在绿色的灌木丛里。她缝纫的时候，也不跟我说话。我偶尔侧过头去，她会抬起美丽的眼睛给我一个会意的、娇媚的微笑。那容光焕发的脸，表明了她在这种气氛里得到了一种精神上的享受；她享受着一个女人的权利。后来，我才渐渐感觉到，她把有一个男人在她旁边正正经经地念书，当作由童年时的印象形成的一个憧憬，一个美丽的梦，也是中国妇女的一个古老的传统的幻想。

一天工夫，绒裤就缝好了。这条灰色的棉绒毯，两头有三条红道。现在，那一头的三条红道正横在我两条大腿上。穿着这种“跟城里人一样”的绒裤，活像马戏团里的小丑。尔舍见了我这副模样，拍着小手笑起来：

“布娃娃！布娃娃！……”

“不许这么叫！叫‘爸爸’！”她在尔舍头上轻轻地拍了一下，又蹲下去，给我抻展裤腿，捋平针脚。我看不见她的脸。她这一句使我怦然心动的话，在她匆匆忙忙的动作中，像一阵轻风，嗖地就飘忽过去了，我捉摸不定她的含意。

“好，好！正合适！”随后她站起来，捂着嘴笑着说，“我还给你缝了顶帽子哩！”

她告诉我，这是她照着跟我睡在一起的老汉——老会计的帽子，用剩下的棉绒毯缝的。我一看，原来是一顶上海人冬天戴的那种"罗宋帽"。帽顶上，还剪下一块红道团成球，栽了一个大红缨了。

"也难为你想得出来。"我笑着戴在头上，"我小时候就戴这种帽子上学的。"

晚上，我就穿着这条"布娃娃"式的绒裤——她把我的棉裤拆洗了，戴着她手缝的"罗宋帽"，开始读《第三篇绝对剩余价值的生产》。我从头到脚都是暖和的，肚子也很饱。我依稀记起恩格斯这样说过，人们首先必须吃、喝、住、穿，然后才能从事政治、科学、艺术、宗教，等等；马克思就是从这一简单的事实发现了历史的发展规律的。这话的确在宏观和微观上都具有不可颠扑的真理性。现在，我真正地感觉到有一种渴求探索奥秘的精神力量，在我脑海里跃跃欲试了。当我读到马克思这段话时，我更无比地兴奋起来，因为我此刻的精神状态，使我的思想如闪电一般快地从这段似乎与我的现实无关的话中，理解了我应该怎样来看待目前的生活以及怎么确立今后的生活目标。

马克思是这样说的：

> 人以一种自然力的资格，与自然物质相对立。他因为要在一种对于他自己的生活有用的形态上占有自然物质，才推动各种属于人身体的自然力，推动臂膀和腿，头和手。但当他由这种运动，加作用于他以外的自然，并且变化它时，他也就变化了他自己的自然。他会展开各种睡眠在他本性内的潜能，使它们的力的作用，受他自己统制。

那么，所谓人的改造，首先倒是这个人要改造自然，改造他的外在存在；人的改造不过是在人对自然与社会环境的改造过程中，自然与社会环境对于人的反作用。人只有在改造自然与社会环境的同时，自身才能受到改造；人不发出对外界的行动，不先改造自然和社会环境，自身便不能受到改造。过去的四年多里，因为我在不断地改造着自然，所以我也在被改造着。但那是不自觉的，甚至可以说是荒唐的改造；强制着我用原始的、粗蛮的方法来改造自然，因而我也几乎被改造成原始的、粗蛮的人。只有自觉地、用合乎规律的方法来改造自然和社会环境，自身的改造才能达到具有自觉的目的性。要自觉，要能够使用合乎规律的方法，只有通过学习，“和人类的智慧联系起来”。一个人改造得完美的程度，就取决于他对自然与社会环境改造的深度与广度。从这里，我联想到浮士德“智慧的最后结论”：

要每天每日去开拓生活和自由，
然后才能够作自由与生活的享受。

这样，我大可不必为自己的命运悲叹了，不必感叹“我怎么会落到这步田地”了。因为生活中的痛苦和欢乐，竟然到处可以随时转换。我记得但丁说过：“一件事物愈是完整，它所感到的欢乐和痛苦也愈多。”如果具有自觉性，人越是在艰苦的环境，释放出来的能力也越大。我的经验已经证明，人的潜力是惊人的，只有死才是它的极限。遗憾的是，在我没有自觉性的时候，释放出来的只是一种求生的本能。而一旦具有了自觉性，我相信，当人为了应付各种各样艰苦的条件，“展开各种睡眠在他本性内的潜能”时，他就会发展了自己，“超越自己”！欢乐也从此而来，自己的人生也就“完整”了！

我的神思飞快地运转着。我还不能明确地说出我在这一刹那间的想法，但思想上像电击一般感受到了一道灵光。我相信“顿悟”说有一定的科学道理。它指的是思维过程中由量变到质变的飞跃。我因为感受到了这道灵光而战栗起来。我的眼眶里又充溢着泪水。我几乎要像浮士德临终认识到“智慧的最后结论”时一样喊道：“你真美呀，请停留一下！”

这时，她悄悄地走过来，伏在我背后，一只手放在我头上，目光越过我的肩膀，仿佛要探究一下是什么神奇的文字使我如此激动。可是，我不愿意她从书本上意识到我与她之间有一种她很难拉齐的差距。不知怎么，我觉得那会破坏她，也会破坏我此时这种令人微醉的快感。我蓦地感觉到我这时正处在一个一生中难得的如幻觉般奇妙的境界：经济学概念和人生，理性与感性，智慧的结晶和激情的冲动，严酷的现实和超时空的梦境，赤贫的生活和华丽的想象，一连串抽象的范畴和一个活生生的美丽的女友……统统搅和在一起，因而一切都变得模模糊糊，朦胧不清，闪烁不定，飘忽无形。但一切又都是实实在在的，如同一块流水下的卵石，一轮游云中的圆月，一座晨雾里的小桥。

我把她的手从我头上慢慢拿下来。她的手刚在碱水里浸过，手掌通红，茧子发白，与其说劳动使她的手变得粗糙，不如说是厚实、有力、温暖而有光泽。掌中的纹路清晰简单，和她的人一样展示了一种乐观主义者的明朗。我一一地谛视她的指纹，果然，她的中指是一个“罗”！我心头一颤，理性的激情即刻化成了一股爱的柔情，脑海里蓦然响起了拜伦这样的诗句：

> 我要凭那松开的卷发，
> 每阵爱琴海的风都追逐它，
> 我要凭那长睫毛的眼睛，
> 睫毛直吻着你桃红的面颊，
> 我要凭那野鹿似的眼睛誓语，
> 你是我的生命，我爱你。

这种柔情是超脱了骚动不宁的情欲的。像喧闹奔腾的溪流汇入了大河，我超越了自己一步，胸中就有更大的容积来盛青春的情欲。这时的爱情是平静的，然而更为深刻，宛如河湾中的回流。我怀着轻柔如水、飘忽如梦的欢悦之情，把她的手贴在我的嘴唇上。我一一地轻吻着她的拇指、食指、中指、无名指和小指尖。然后，握着她的手捂住我的脸。当我把她的手放开时，一颗泪珠也滚落下来。我心中充溢着一种静默的感动：为她感动，为爱情感动，为“超越”了的“自己”感动。我情不自禁地说：

“亲爱的，我爱你！”

她一直立在我的身后，丰腴的、富有弹性的腹部靠在我的背脊上。她的手始终温情脉脉地、顺从地让我把握着，另一只手不停地抚摩着我的肩膀。在我吻她指尖的时候，她两手的手指都突然变得怯生生的、迟迟疑疑的、小心翼翼的。那种颤抖，既表现了惊愕不已，又不胜娇羞。我感觉到她同样也以一种静默的，然而又觉得十分陌生的心情，在享受爱情的幸福。我说了那句话后，她忽然抽出了她的手，整个上身扑在我的肩膀上，脸贴着我的脸，不胜惊喜地问：

“你刚才叫我啥？”

“叫你……叫你‘亲爱的’呀。”

“不，不好听！”她搂着我的头，嘻嘻地痴笑着。

“那叫你什么呢？”我诧异地问。

“你要叫我‘肉肉’！”她用手指戳着我的太阳穴教导我。

我想起了海喜喜唱的民歌，不禁微笑了。

“那你叫我什么呢？”我用戏谑的口吻又问道。

“我叫你‘狗狗’！”

“狗狗”这个表示疼爱的称谓，虽然也令我叹服，使我叫绝，但立刻也使我感到与我一贯所向往的那种“优雅的柔情”迥然相异。我既然已经成为正常人，既然已经续接上了过去的回忆，她这种爱情的方式和爱情的语言，就隐隐地令我觉得别扭，觉得可笑。我虽然不愿意她发现我与她之间，有着她不可能拉齐的差距，但我却开始清醒地意识到了这种差距。

三十

表面看来，《资本论》里所阐述的一切，都和我目前所处的现实毫不相关。马克思开宗明义就说，资本主义生产方式，表现为“一个惊人庞大的商品堆积”，而在这个沙漠的边缘，却是惊人的商品匮乏，连一条绒裤都买不到。在书本上，货币的形式已发展到了世界货币，“还原为贵金属原来的条块形态”，而在此时此地，土豆和黄萝卜，黄萝卜和浪琴表还做着以物易物的交换，货币作为价值记号是极不可靠的……但是，恰恰因为如此，我便无法把她当作教条来看待。我越往下读，越感到马克思的书在训练着我一种思想方法，一种世界观的方法。我可以把“商品”“货币”“资本”等等概念都当作X、Y、Z……等代数字母，随着马克思对各个概念的分析和运用，我脑子里自然而然地会形成一种思维的方程式，一种思想的格局。这种思维的方程式或思想的格局，可以套用在对任何外在事物的分析上。把握这种世界观的方法并不困难。这里需要的是信仰，就是坚定不移地相信这种世界观的方法是符合事物发展的规律的。

同时，《资本论》里所有的概念对我来说并不陌生。我出身在一个资产阶级家庭，在交易所经纪人和工厂资本家的抚养下长大，现在倒有助于我理解马克思的理论。有许多概念，我甚至还有感性知识，比如使用价值与交换价值的区别，金银相对价值的变动，货币流通以及商品的形态变化，货币之作为流通手段、贮藏、支付手段、世界货币的各种机能等等，这都是我在儿时，常听我那些崇拜摩根的父辈们说过的。我记得，我第一次知道有《资本论》这部书，还是我在十岁的时候，在那间绿色的客厅里，偶尔听四川大学的一位老教授向我父亲介绍的。他说，要办好工厂，会当资本家，非读《资本论》不行。可见，只要是客观真理，她对任何人都有用。正如肯尼迪会研究“毛泽东的游击战术”一样——这是不久前我从一个去镇南堡买盐的农工那里知道的。那包盐的包装纸是《参考消息》，而在报头上赫然地印着“注意保存”的字样。

这样，马克思的书在我眼里就没有一点枯燥的晦涩的地方，我读着她，种种抽象的概念都会还原为具体的形象，每一页书都是鲜明而生动的世界的一个片断。每天晚上我都在马缨花家里如饥似渴地汲取着这种精神的享受。然而，随着我“超越自己”，我也就超越了我现在生存的这个几乎是蛮荒的沙漠边缘。有时，在我眼睛看累了的时候——在昏暗的油灯下看书，眼睛是容易疲乏的，我常常抬起头来看着她。我渐渐地觉得她变得陌生起来。她虽然美丽、善良、纯真，但终究还是一个未脱粗俗的女人。她坐在炕上，也带着惊异的、调皮的、笑意的眼光看着我。那笑意在眼角和嘴角的细纹中荡漾，似乎马上会泛滥成一场大笑。这说明我的目光和表情这时一定是很可笑的。但是，我知道她根本不会看出此刻我对她的心理状态。这种心理状态连我自己都有点害怕。既然她还是一个未脱粗俗的女人，既然我又恢复了过去的记忆，而成为一个“知识分子”，可是我现在又还受着她的恩惠，那么，我和她，目前是一种什么关系呢？

每一个人都只能从回忆中，搜罗出来种种经验和知识，与眼前的事物相比较，相对照，从比较和对照中认识眼前的事物。她，当然不能说是芳汀、玛格丽特、艾丝梅哈尔达这类我所熟悉的沦落风尘的女子的艺术形象，但是，那“美国饭店”一词总使我耿耿于怀，总使我联想到杜牧、柳永一类仕途失意而寄迹青楼的“风流韵事”。在她把热腾腾的杂合饭端到土台子上，放在我的书旁边的时候，在她对着尔舍轻轻地唱那虽然粗犷，却十分动听的“花儿”的时候，我会很自然地联想到称道“维扬自古多佳丽”的无聊文人所写的诗，什么“红袖添香夜读书”，“小红低唱我吹箫”之类的意境。

我开始“超越自己”了，然而对她的感情也开始变化了。这时，如歌德在《浮士德》里说的：“两个灵魂，唉！寓于我的胸中。”一方面，我在看马克思的书，她要把我的思想观点转化到劳动者那方面去；一方面，过去的经历和知识总使我感到劳动者和我有差距，我在精神境界上要比他（她）们优越，属于一个较高的层次。

三十一

我们没有日历牌——这个队家家都没有日历牌。据说原来队部办公室有一份，但在我们没有来时就被偷跑了。后来想买也买不到，因为日历牌是六月份丢的——六月里，哪家商店还有日历卖呢？谢队长跟我们说："那驴日的会偷，把一百八十天光阴都偷跑了。再没比他更厉害的贼娃子了！"大家估计，那个贼娃子也不是为了看日子，而是偷去卷烟抽了。谢队长办事，会计记账，就靠三两天到队上来一趟的场部通讯员"捎日子"。有时，谁要上场部办事，去镇南堡买东西，或是走别的队串亲戚，谢队长碰见了就会朝他喊："喂，把日子捎来呀！""捎日子"，成了每个外出农工的义务：看看今天阳历是几月几号，阴历是几月几号，是什么"节气"，离重大节日还有多少天。星期几是不用看的，我们从来没有在星期天休息过；发工资的第二天准休息。因为没有星期的概念，所以去镇南堡办事的人经常白跑——人家可是按星期休息的。

去年没有日历牌，过了元旦仍然没有日历牌。大概不照日历过日子已经习惯了，瘸子保管员年前去城里采购工具和办公用品，独独忘了买这样东西。谢队长骂他："你驴日的怕见老哩，总想过去年的皇历是不是？你他妈买本皇历来，也能挑个你娶媳妇的好日子呐！"骂得他脸一红一白的。他老婆死了好几年，至今没有续上弦，人却快四十岁了。

这样也好，日子不知不觉地就过去了。直到有人"捎日子"来，我们才惊喜地发现："哟！又要过春节了。"

其实，春节和元旦一样，在这困难的年代里，农场并没有什么特殊供应。但人们体内那只生物钟，总使人到这时候就不由自主地兴奋起来，农工们脸上都洋溢着节日的喜气。并且，农村人看重春节，每个队私下里都有所表示。能给农工们多少东西，那要看这个队有什么可以拿出来的和这个队领导的为人了。这几天干活的时候，男女农工们议论的话题就是羊圈要宰几只羊，一家能分多少肉，下水轮着谁家了。因为羊下水没办法按斤论两地分，只好当作额外供应，三家给一副羊下水——包括肠、肚、心、肝、肺和头、蹄，让他们拿回家去自己分。但一次一次宰羊的间隔时间太长，谁也记不准确这次轮到谁家了，额外供应又无账可查。于是，一场比联合国大会的辩论还要激烈，还要复杂，还要冗长的辩论就在马号、羊圈、田头上展开了。不过，气氛还是活泼愉快的。

羊肉也好，羊下水也好，是没有我们单身职工的份的。如有，也要由伙房的炊事员做熟了给我们分，顶多有指头大的三两块肉。所以我们对此漠不关心。况且，组里大部分人的户口、工作、粮食关系都有了着落：中尉已经和我们告别了，这时候大概正在自己家里准备过节哩；“营业部主任”家在省城，那边郊区农场的准迁证前些日子就开出来了，只等着这个农场批准，他早宣称要回家去过春节的。

还有三天就是春节。下午，阴霾的天空下起了小雪。冰凉的雪花飘进我们的脖领里，落在我们的铁锹把上。一会儿，锹把湿漉漉的，握着它的棉手套也浸透了。谢队长习惯地抬头看看天，无可奈何地骂了声“驴日的”，喊叫道：“收工吧！”今天我们在田里铲土盖肥，工地离村子比较远，谢队长一声令下，都拔起腿往家里跑。

雪越下越大。我不紧不慢地走着。土路上转眼就均匀地铺上了一层干燥的雪花；鸟雀们费力地扇动着淋湿的翅膀，急急忙忙投进落光了叶的小树林里，然后用喙慢条斯理地梳理着羽毛，一边梳理，一边也和谢队长似的，抬起小脑袋无可奈何地看看阴沉沉的天。

西北的雪落地也不化，即使落在手背上，也能看到它从云端上带来的那种只有天工才会绣出的花纹。它在手背上化成水，也顽强地保持着花纹的图形。

乌云冻结住了，天却更亮了。天地之间漾着黄昏的回光。地平线大大地开阔了。在遥远的天幕下，火车的青烟在纷纷扬扬的雪片中黑得耀眼夺目。它在天边逶迤着，像是一支神奇的画笔在地平线上加了一条平行线，会把人的情思引到虚渺的远方。

我回到村子，马号前面已经没有人了，马缨花当然也早跑回家去了。整个村子沉寂在深邃的严冬当中。我们的土房里非常暖和，没有出工的报社编辑把炉子捅得通红，火苗乱蹿。还有一件高兴的事：在伙房吃饭的单身职工受到破格优待，年前每人就发了半斤真正的小麦面。炊事员剁了一些黄萝卜，调了葱和盐，给我们包了一顿饺子！

大家快分别了，即将天南海北，各奔前程，今生恐怕是再难得见面了。所以这几天组里的人都很和气，老会计特别照顾我，把我的一份饺子打了回来，放在炉子旁边热着。

大家吃着饺子，欢欢喜喜地谈论着回到家第一件事干什么。“营业部主任”最大的愿望是“美美地吃一顿羊肉揪面片”；老会计计算回到上海，大约要在正月十五了，那是吃元宵——上海人叫“汤团”——的时候；报社编辑的家在兰州，亲戚已经给他在一家街道工厂联系好了工作，现在正兴高采烈地给我们介绍兰州小吃的风味……

“每逢佳节倍思亲。”我既回不了家——其实也无家可归，去看一趟妈妈也不可能。从省城到北京，慢车的硬席票也要二十多块钱。可是我这里，那条做绒裤的棉绒毯的钱，还没有还给马缨花哩；现在，她手头上又在给我做鞋子。虽然我知道我即使有钱还她，她也不会要，但正因为如此，我就面临着一种抉择：我们这样的关系，往什么方向发展呢？

和马缨花结婚，在农村成立个小家庭，这个念头曾经是那样强烈地诱惑过我，一度在我眼里，还仿佛是我的一个不可攀及的目标。可是现在，在我清醒地意识到的差距面前，我已经退缩了。

当然，我还是天天到她家去，几乎把那里当作自己的家。尔舍已经和我很熟了。我也不再说那些只有成人才能听得懂的童话故事，读《资本论》读累了，也逗着她玩一会儿。她白天在寒风黄沙、冰天雪地里玩耍，营养比一般孩子好，所以看起来像个男孩子，而又没有男孩子那种莽撞的调皮劲儿，还保持着女孩子文文静静的天性。她喜欢我拉下“罗宋帽”，光露出一对眼睛来吓唬她。这样，她就咯咯地笑个不停。

但是，马缨花仍一如既往，从来没有明确地表示过要和我或是和其他人结婚的意愿。后来，尔舍又一次笑着叫我“布娃娃”，她还像上次一样骂尔舍，叫她喊我“爸爸”。我注意看了一下，她脸上并没有什么意味深长的表情，仍是带着她那特有的、开朗的、佯怒的微笑。她是有意识地用微妙的方式来调情，还是遵循着一种什么粗鄙的乡俗？抑或是她本性就是爱自由的鸟儿？我搞不清楚。有时，她对我的感情使我很困惑。

在深夜，我从睡梦中醒来的时候，她和我的关系，常是我考虑的内容。当我意识到我已经成了正常人，已经开始“超越自己”，我就不能再继续作为一个被怜悯者、被施恩者的角色来生活。我可以住在这间简陋不堪的土屋里，我可以睡在这一堆干草上，我可以耐着性子听老会计磨牙……我觉得这些我都可以忍受。因为我一旦“和人类的智慧联系起来”，从马克思的书中得到了“顿悟”，我生命中就仿佛孕育出了一个新的生命。这个生命顽强地要去追求一个愿望。愿望还不太明确，因为任何人，包括马克思，也没有把共产主义社会描绘得很具体周详。这个愿望还只是要去追求光辉的那种愿望，要追求充实的生活以至去受更大的苦难的愿望。

可是，我在她的施恩下生活，我却不能忍受了，我开始觉得这是我的耻辱，我甚至隐隐地觉得她的施舍玷污了我为了一个光辉的愿望而受的苦行。于是，事情就到了这一步：不是断绝我和她这样的交往，就是结合成为夫妻。

但是，我能娶她作为妻子吗？我爱她不爱她？在万籁俱寂的深夜，我冷静地分析着自己的情感，在那轻柔似水、飘忽如梦的柔情下，原来不过是一种感恩，一种感激之情。我对她的爱情，其实只是我过去读过的爱情小说，或艺术作品中关于爱情的描写的反光。我感到她完全不习惯我那表达爱情的方式，从而我也认为她不可能理解我的爱情，不可能理解我。我和她在文化素养上的差距是不可能弥补的……总而言之，尽管我心里也暗自感到不安，但我仍然觉得：她和我两人是不相配的！

不过，吃完了饺子，我还是到马缨花家去了。

天昏暗下来了。雪花比下午时分更加稠密。在灰糊糊的天空、灰糊糊的田野、灰糊糊的村庄上，到处飞着洁白、闪亮的雪花。雪花不像雨点，它不是直落向下的，而是像小虫虫一样，上下左右地乱飞，弄得我更加心烦意乱。

她家门大开着。她站在门口围头巾，好像要出门；尔舍也穿得厚厚的，手里拿着一块饼子，呆呆地站在旁边等她。她见了我，笑着往门边让了让，示意我进去。我进了门，一眼就看见那土台子上放着一大盘生饺子，绝不是我们三个人能吃得完的！我认识那盘子，它经常放在我们伙房的案板上。

我心里本来就思虑重重，现在更增添了一丝不知是冲着谁的愤懑。我阴沉着脸问：“这饺子是哪儿来的？”

“哪达儿来的？人家给的呀。”她匆匆地系着头巾，漫不经心地回答。

"谁？是谁给的？"我在土坯凳子上坐下来，一手把那盘饺子推得远远的。

"谁？谁爱给我谁就给。"她的眼睛在头巾下斜睨着我，鼻翼翕动着，满不在乎地笑道。

"好吧。"我冷冷地一笑，"我可不吃！"话一出口，我就觉得我的火气很可笑。我怎么能干预她的生活方式呢？我究竟是她的什么人？什么也不是！同时，我心里也在暗暗地说："完了！我们只能到此为止了！"

"好好好！不吃不吃，咱们拿它喂狗去！"她用哄孩子的语气嘻嘻地笑道。在她的脑子里，好像从来就没有什么严重的、大不了的事情。有许多次，我的思虑、顾忌、犹豫，都在她这种嘻嘻哈哈的神态面前冰释了。我拿她毫无办法。

"嘿，好事来了！"她又向我眨眨眼睛，嬉笑着说，"队上要宰羊，宰十只哩！白天宰怕人去接羊血，那羊圈就该挤破啦；场部知道了也要找谢胡子的不是。谢胡子叫连夜宰，接下的羊血给伙房——便宜了你们！瘸子叫我帮忙去哩。你看这还不是好事？你等着，回来我给你煮羊头羊杂碎吃……饭在锅里哩，你先吃点饭。十只老乏羊，又要宰，又要剥，又要剁开，一家一家地分成份儿，我怕是要干到天亮才回来，尔舍我带到羊圈去睡，那达儿也有热炕。"

我呆呆地坐着。那盘饺子肯定是瘸子保管员从我们嘴上刮下来送给她的了！"美国饭店哟！美国饭店哟！……"我心里愤愤地反复这样念叨。尽管我知道马缨花在剥羊、做饭上都是一把快手，队上有这类事，总是派她去，但我仍然怀疑她和保管员有某种"交易"，不然为什么会把这种"好事"给她？"真是个不可救药的风尘女子啊！"我心里又念叨了一句。

"那你干活去吧，"我站起来，不悦地说，"我回组里去了。"

"你这是干啥？"她睁着美丽的大眼睛，不解地问，"你先吃点饭，念会儿书。等不及我了，就回去睡。走时候把门锁上……我的傻狗狗哟！"

她噘起下嘴唇，用疼爱而又带几分揶揄的神情在我脸上拧了一下，旋即一把把我搡到炕上，抱起尔舍跨出房门，像一阵风似的跑了。

三十二

我坐在炕上发愣。炕墙上，富翁阿尔狄诺夫向漂亮的安娜飞着愚蠢的媚眼，可是那模样却仿佛在嘲笑我。房里十分冷清，甚至可以说是一种凄凉。马缨花母女俩都不在，我才感到她们已成了我生活中不可缺少的一部分；没有她们在这里，这房子顿时就失去了温暖。我究竟该怎么办呢？……唉，她又是这样一种女人……我茫无头绪地思忖了一会儿，无精打采地站起来，点燃灯，掀开锅盖，笼屉上果然放着一盆杂合饭，还冒着热气。我快快地吃完饭，翻开书本。这时，羊圈方向传来了咩咩的羊叫声，大概他们开始宰羊了。

当我读到第900页，马克思摘引贺拉斯的一句诗"辛酸的命运，使罗马人漂浪着"的时候，门陡然像被一股狂风刮开了似的，"砰"的一声大敞开了。油灯光倏地一闪，进来了一条大汉。

来的人竟是海喜喜!

我大吃一惊，本能地猛地站起来，摆出一副迎战的姿态，不出声地盯着他。

"我知道马缨花去羊圈了。我以为你在家哩，我去家找过你。"海喜喜和谢队长一样，脑子里没有"宿舍"的概念，谁睡在哪儿，哪儿就是谁的"家"。"小章，我找你有点事。这事儿只能跟你说。"

他异常温和的语气使我镇定下来。他的神情没有一丝敌意。他好久没有到马缨花家来过了，像我头一次到这间土房里来时一样，四处看了看。在昏暗的灯光下，我也能发现他眼睛里有股怅惘的神色。

"那就坐下来说吧。"我像主人似的，指了指炕。

"到我家去吧。我屋门没锁，屋里还有东西。"他没向我解释前嫌，也没跟我说什么"你别怕"之类的话，好像我们一直是朋友一样，可正是这种不记夙怨的男子汉作风得到了我的信任。

"好吧。"我夹上书本，"咱们走。"

海喜喜和我打完架，去省城逛了好几天，元旦过后才回来。回到队上，和从前一样埋头赶车，神情蔫蔫的，一句话也不说。在路上碰见我或是马缨花，眼睛也不抬，仿佛从来不认识似的。而我对他却一直怀着一种歉意，这大概是在情场上的得胜者的普遍心理吧；在马缨花面前，我也不好意思提起海喜喜。马缨花有时倒说起他，但语气则是平淡的，不带感情的。今天，他不找马缨花，却单单要找我说话，会说什么话呢？从他低着头，迈着沉重的步子来看，一定是件很严重的事情。我既紧张又好奇地跟在他后面。

雪一直下着，凛冽的冷空气搅动着白色的雪，在漆黑的暗夜，使人眼花缭乱。我们高一脚低一脚地走到马号，肩膀上和帽子上已落满一层白雪了。

“进来吧。”他推开马号旁边的一个小门。我们一前一后地跨进去。房子很矮，也很小，大约只有六七平方米。房中间还支着一根柱子，柱子上挂着一盏明亮的马灯。

我们两人拍打着帽子和衣裳。他自己先脱掉沾满泥雪的鞋，蹬上炕，盘腿坐下。“上炕，上炕。”他一边招呼我，一边伸手拎过一只在炕炉上吱吱作响的大黑铁壶，冲了两杯茶。茶杯显然是他早准备好的。

“尝尝，这他妈是真正的茶叶，我还放了红糖哩。”

我也跟他一样上了炕，和他面对面地坐下。炕上有一张破旧的但擦得很光洁的红漆炕桌，地下虽然没有一件家具，只堆放着笼头、缰绳、鞭杆、皮条，但收拾得也十分干净。

他不说话，皱着眉头，噘着嘴，在杯子边缘咝咝地吸茶，仿佛全神贯注地要品尝出茶的味道。我也端起杯子喝了一口，当真很甜。一时，土房里非常安静，只听见隔墙咚咚地响着牲口的刨蹄声。他咝咝地吸了半杯茶，才放下杯子。看上去他心情激动，而又竭力自持。他用巴掌抹了抹嘴唇，眼睛瞅着一个角落，说：

“小章，我要走了哩。”

“走？到哪儿去？”他把我当作很知心的朋友，使我不由得要担心他的命运，“为什么要走呢？”

“妈的！这穷窝窝子没待头！”他沮丧地摆摆手，“我有技术，有气力，到哪达儿挣不了这三十块钱？！跟你说实话，我一来这达儿就没想待久，只是后来认识了……认识了马缨花……”

他停住了。提起马缨花，我也不便说什么。我红着脸看着他。隔墙的马儿又咚咚地刨起蹄子来。他两手撑在膝盖上，肘子像鹰的瘦削的翅膀似的奓着，目光凝然不动。一个粗豪的、暴躁的人一下子变得如此严肃和深沉，我看了很感动。我心里蓦地起了一个念头：干脆把马缨花让给他吧，他们倒是挺合适的一对！但我又很快地意识到，在这伪善的谦让下面，实际上隐藏着一种卑劣的心地，一种对马缨花的感情的背叛，于是我只好默不作声了。

沉默了一会儿，他的痛苦似乎平静了下去。他掉过脸看着我说："我有一麻袋黄豆，有一百多斤，留给你跟马缨花吃去。还有这张炕桌，也是我的，你明天早上来拿。麻袋我照旧塞在那垛干草后面，就是你上次看见的地方。白天别拿，到夜黑去背，小心别让人看见，懂不懂？"

"这，这……"我不知道是接受好，还是不接受好。我理解他的好意，理解他的豪侠气概，理解他的男子汉的宽怀大度，但这却使我非常羞愧。我再也不愿做受人恩惠的人了。

"你放心，这不是偷来的。"他误会了我犹豫的原因，说，"我知道你们念书人不吃偷来的东西。你不知道，我跟你实说了吧：我一来这达儿，就在两边荒地上种了一大片豆子。熊！这达儿荒地多得很。到秋上，我足足收了三四百斤哩。这事儿谢胡子知道，可他没跟场部说。这熊，还是个好人！所以我服他。"

他们总是把我看得很高尚——"不吃偷来的东西"——只有我自己知道我并不像他们想象的那样。我想起我怎么骗老乡的黄萝卜，怎么去搞伙房的稗子面，怎么去蹭马缨花的白食……我情愿去骗，去蹭，而海喜喜却是凭自己的力气去开荒，这里面存在着多么大的差别啊？我和他，究竟谁高尚呢？我皱着眉头这样想。

"那么，你带走不好么？"我诚心诚意地为他着想。

"我不带！我走到哪达儿都短不了吃的。不像你们，一个女子，一个念书人……"他又指了指炕角，"你看，我还有这么一大堆铺盖哩。"

我才发现，我们俩现在是坐在光光的炕席上，炕里面的一角，摞着一卷打好的行李，跟一个白木箱子捆在一起。两头扎的是西北人常用的背绳结，弯下腰一背就能走的。

"怎么？"我诧异地问，"你现在就要走么？"

"现时不走啥时辰走？"他鼻孔里嗤笑一声，"你当是我能大天白日里走啊？！我告诉你，我不比你们，你们有户口、粮食关系。你们要走，办好手续就行。我他妈是个盲流，又有点本事，这个穷窝窝子抓还抓不来哩。他们就想着我留下给他们使力气。我大摇大摆走，他们非派人拦我不行，弄不好还要捆我一绳子。去年……现时说是前年的话了，好些个跑的人都挨过他们的绳子……"

“那么，你到哪儿去呢？”

“到哪达儿去？中国大得很！我跑了不少地界。我告诉你，”他啪啪地拍了两下胸脯，自豪地说，“我喜喜子有技术，有力气，哪个地界都欢迎我。我这先到山根下我姑妈家去，过了年，翻过山就到内蒙古了。那个地界也有农场，工资还高哩！这话，你跟谁也别说。”

我点点头：“你放心，我不会跟人说的。不过，你老这样下去也不是个长久之计呀。我听谢队长说过，你过去就跑过很多地方……”

他突然又垂下头，目光阴沉而呆滞地盯着炕桌，表现出不愿再听我说下去的模样。我知道，他这样粗犷而自信的人，一旦做出了自己的决定，是没有什么人能劝止他的。

大铁壶吱吱地叫着；牲口在隔壁悲愁地叹着鼻息。我们不说话，小屋里顿时充塞着沉闷的空气。他又端起杯子咝咝地吸茶，一直吮到茶底。然后，他啪地放下杯子。仿佛他刚才喝的不是茶水，而是酒，醉醺醺似的晃了晃脑袋，眨巴眨巴眼睛，用大巴掌抹了抹脸。接着，一种压抑的、苍凉的歌声从他胸腔中徐徐地响了起来：

甘肃嘛凉州的好吃（呀）喝，
为什么嘴脸儿坏了？
嘴脸儿坏了我知（呀）道：
尕妹妹把我害了！

唱完，他使劲地一拍大腿，沉重地叹息一声：“唉！女子爱的是年轻人！”

我懂得歌里所唱的“嘴脸儿”是“面子”“名誉”的意思，更深一层说，还有男子汉的自尊心。他的表情和歌声，带有一种在命运面前无能为力的悲剧色彩，使我的心紧缩成一团。他本来是可以在这里定居的，成家立业，娶妻生子，然而他现在又要去漂泊了。而他这次去漂泊，却和我有极大关系；我成了他命运中的一个破坏因素。我也沉痛地低着头，好像有一条鞭子在我头上晃悠。

沉默了好大一会儿，他又深深地叹了口气，摆了摆手，像赶蚊子一样想把所有的苦恼都赶走。随后，很快就从那种醉意中清醒过来，振作起精神，拎起大铁壶给两个杯子都续上水，挪了挪屁股，靠近我说：

“喂，小章，你跟我说实话，你念的是啥书？我看那像一本经哩。我告诉你，我趴在她家后窗户上看了好几次，都看见你在念书。实话跟你说，我小时候也念过经。”

马缨花没有问过我的问题，他倒注意到了。我很高兴有这样一个机会使我们都轻松下来。我拍拍《资本论》对他说，这不是“经”，是马克思写的书。他又问我，念这本书有啥用呢？我说，念了这本书可以知道社会发展的自然法则；我们虽然不能越过社会发展的自然法则，但知道了，就能够把我们必然要经受的痛苦缩短并且缓和；像知道了春天以后就是夏天，夏天以后就是秋天，秋天以后就是冬天一样，我们就能按这种自然的法则来决定自己该干什么。我说：“社会的发展和天气一样，都是可以事先知道的，都有它们的必然性。”

“必——然——性。”他侧着头，用方音念叨着，眯缝的眼睛里跳动着思索的光芒，“必——然——性。我懂。咱们也有这个说法，咱们叫‘特克底勒尔’，就是真主的定夺。世上万事万物该是啥样子，都是‘特克底勒尔’……”

“哦，那是不一样的……”我准备向他解释。

“一样，一样！”他执拗地摆摆手，用不容置辩的口气武断地说，“有‘特克底勒尔’，那是真主的定夺，就是你说的‘必——然——性’。可还有‘依赫梯亚尔’，这是，这是……我闹不清你们叫啥，反正就是‘依赫梯亚尔’。比方说吧，我本来是满拉，学成了能当阿訇的，可我不好好学，满世里跑，这就是我的‘依赫梯亚尔’。要是我干了坏事，不做好人，受了刑罚，那跟真主的定夺没关系，跟‘特克底勒尔’没关系，那是我自己‘依赫梯亚尔’的。要不的话，那真主对我的惩罚就没道理了。我不能把罪过推到真主身上，说是真主让我去干的。‘特克底勒尔’是真主的决定，‘依赫梯亚尔’是自己的决定……”

他这番表述得并不很清楚的话，不知怎么，在一瞬间却使我的思想受到一种冲击。这使我大为惊奇。“芝麻开门”，本来是句毫无意义的咒语，却也能打开一扇沉重的石门。唯心主义哲学和唯物主义哲学对同一事物分别使用的不同的概念，总有可以沟通的共同因素。我明白他说的“依赫梯亚尔”，在唯物主义者说来，应该是“人的选择”的意思。那么，我虽然出身在一个命定要灭亡的阶级，“特克底勒尔”要灭亡的阶级，可是这里面还有我的“依赫梯亚尔”，还有我个人选择的余地！与此同时，他的话，也启发了我应该怎样去理解最近以来一直令我困惑的问题：马克思主义指出了社会发展的自然法则，她的科学性和真理性质是我深信不疑的，但另方面，我们现在怎么又会搞得挨饿呢？原来这里面还有个“依赫梯亚尔”，如果人犯了错误，不按社会的客观规律办事而受到挫折，是与马克思主义无关的！人的暂时的错误和暂时的挫折，绝对无损于马克思主义的正确性……

我沉浸在自己的思索里。他还在饶有兴味地说着。但下面的话全是他当满拉时学的宗教词语了。也许他是要排遣心中的苦闷，暂时摆脱尘世的烦恼，想到他想象的天国里去遨游一番吧。他越说越兴奋，然而也越说越荒诞了。

羊圈那边又传来咩咩的惨叫声。这不知是宰第几只羊了。马号离羊圈不远，咩咩的叫声更为凄厉。听到羊叫声，他不知想起了什么，陡然失去了说话的兴致，垂头不语了。

马灯的光焰跳了两下，骤然暗淡下去。“熊！快没油了。”他跳起来骂了一句，把灯芯拧长了点。擦得干干净净的玻璃罩里顿时冒出一股黑烟，即刻把灯罩熏出一道道污黑的花纹。他欠过身去想把它拧小点，但大概又想起很快就要走了，于是又缩回手去，仍在我对面坐下。

“哎，小章，你跟马缨花成家吧！”他忽然没头没脑地跟我这样说。

“哦，我……”我没想到他会提出这个建议，愣了一愣。

“我跟你说，马缨花是个好女子。”他说，“啥‘美国饭店’，那都是人胡谝哩！我知道，那鬼女子机灵得很，人家送的东西要哩，可不让人沾她身。真的，你跟她成家吧。你跟她过，是你尕娃的福气。”

“我……”我支支吾吾地说，“我还没想过这件事……”

“啥没想过！”他气恼地一拍膝盖，瞪起眼睛，“你尕娃别人模狗样的！你以为你是个念书人，人家配不上你是不是？我跟你说实话，有一次，我趴在她后窗户上看她洗澡，嗬嗬！她那个奶子，还有那个腰……嘿嘿，娃的福气哩……”

他一下子从想象的天国又坠入地狱，神性和鬼气混杂于他一身了。他总有叫我意想不到的言谈举止。我情不自禁地失声笑了起来。不过，我还是感到了他的真挚、诚恳和关心；从他的话里也证明了马缨花至少在这个队上是清白的。同时我也明白了，有一次马缨花说到他时，陡然停住了话题是什么意思；她肯定发现了他的这种荒唐行径。此后尽管他对马缨花很好，关怀备至，而她却总说他是个“没起色的货”，原因就在这里！

“咋样？”他最后问我，“你还想咋样？现时又不考秀才，你就是满肚子书，人不用你还是白搭！那女子可是针线锅灶都拿得起、放得下，田里的活也能干。跟了你，只怕还亏了她哩！……”

羊圈又响起咩咩的羊叫声时，他说他要走了。他一口气喝干了茶，把大铁壶从炉台上提开，让我帮他背起那一大摞行李。

“背得动么？”我担心地问他。

“背得动！到山根下三十里路，抬脚就到。”他颠了颠沉甸甸的铺盖，没跟我道别，没跟我握手，只嘱咐我把灯吹灭，把房门锁上，再去槽头添一抱草。然后他转过身，左一蹭，右一蹭，挤出了狭窄的房门，投进外面风雪茫茫的黑夜之中。

我从马号出来，只看见整个世界是浓密的、飞舞着的雪花……

马缨花还在羊圈。我回“家”去睡觉了。

三十三

……我钻进破棉花网套，还没睡着，谢队长就在窗户外面叫我：

“章永璘，章永璘！小章，小章……”

他急促的叫声使我心头一沉，立刻想到是海喜喜出事了！我没有应声，装着已经熟睡了，脑子里却在思忖应该怎样回答领导的盘问。谢队长还一个劲儿地叫：“小章，章永璘……”

老会计用肘子捅捅我：“小章，叫你哩！”

我慢吞吞地爬起来，用带着睡意的腔调问：“什么事啊？”

“快，快，到队部办公室开会去。”

我想，不会这么快就发现海喜喜跑了吧；“开会”，大概是商量分羊肉的事，可能我们这几个单身农工也有一份。我赶紧穿上衣裳，跑到队部办公室。

各组的组长都在办公室里。每个人手上都有一支自卷的烟卷，满屋子烟雾腾腾。原来，办公桌上有一笸箩烟叶子，这是队部免费供给组长们开会时吸的自种烟叶。“劳驾，给我一张纸。”我也挤进去卷了一根，和别人一样，话也顾不上说就呼呼抽了起来。

一会儿，谢队长提着一个面口袋回来了，气咻咻地一屁股坐在办公桌前。办公桌上有盏马灯，照着他满手血迹。我吃了一惊，烟卷差点从嘴上掉下来。这种场景使我联想到福尔摩斯探案里的描写，我想到海喜喜，想到马缨花……身子几乎僵直了。

幸好，谢队长只是说，海喜喜那“驴日的”跑了。是喂牲口的老汉——就是那“死狗派儿”车把式——发现的。老汉去马号添草，看见他的门锁着——我真不该锁门！——拿马灯隔着玻璃窗一照，“炕上啥也没有，比水洗的还干净”，就去羊圈报告了谢队长。谢队长说，一定要把那“驴日的”追回来，眼看要春播了，没人摆耧哪行？！“那驴日的哪怕过了春播再跑哩！”他叫我们几个组长分头去追。他像运筹帷幄的将军似的调兵遣将：谁谁谁去北边那条路，谁谁谁去南边那条路，谁谁谁去镇南堡，谁谁谁朝东北方向追。他说我穿得单薄，叫我沿着东边的大路走，到三十里外的小火车站去挡海喜喜。他特地跟我讲：“那站上有个炉子，你烤着火，我去羊圈安顿一下，随后就来。”

我才想起来谢队长手上的血是羊血，并且，他单单没有注意到去山根的那条羊群踏出来的小路。我浑身轻松下来。尤其是，他解开面口袋，又发给每人两个冻得瓷瓷实实的稗子面馍馍。“大家都辛苦点，这算是加班粮。”他这样说，我更高兴了。

会散了，组长们出了办公室。“熊！这大雪天的，哪达儿追去哩，回家睡去吧！”他们悄悄地议论着，也果真朝各自家门的方向散开了。我不能不到火车站去，谢队长一会儿还要来和我会合哩。

雪下得更大了。东边、西边、北边、南边，到处是白茫茫、灰糊糊的一片。雪花打得眼睛都难以睁开。这种鬼天气，不迷路才怪哩！我有点为海喜喜担心起来：他何必选在这样的夜晚跑呢？可是转念一想，这也正是他的聪明所在，那几个组长不是回家睡觉去了吗？

我只能朝着那条大路走。幸亏大路两边栽着一株株柳树，走在两行柳树中间总不会迷路的。我把棉绒毯子缝的“罗宋帽”从头上拉下来，我的鼻子、脸颊都立即感到了马缨花的温暖。我又想起海喜喜临走时的建议，心里虽然还在矛盾着，但也感受到海喜喜的无私的友情。我觉悟到：善良、同情、怜悯……

人的美好的感情，本不是像我原来认识的那样，被饥饿和艰辛的鞭子驱赶得一干二净了，而恰恰是越在这种条件下，越显现出她的光辉。命运啊命运，既然把我从象牙塔里拽出来，难道就对我没有一点好处吗？我所享受到的最深切的温情，人生遭遇中最难得到的东西，不正是在这种时刻、这种条件下吗？……

一时，我感到我是十分幸福的。现在不知是几点钟，总该是半夜了吧！我只听见雪花柔和的沙沙声和自己呼哧呼哧的鼻息。雪夜静谧得令人的魂魄似乎都会脱离自己的躯体。前面，在两行柳树中间，蓦地出现了一座小桥，弓着背，一副忍辱负重的驯顺的样子。我陡然想起来，两个多月前，仅仅六十多天前，海喜喜赶着大车和我们几个就业人员曾经经过这里。那时，我还满田里找黄萝卜吃，而他，却威风凛凛地坐在大车上，唱着那动听的深情的民歌。脑子里，肯定萦绕着马缨花的影子，一心想早点赶回去跟她见面。可是，转眼之间，起了多么大的变化啊！现在他成了一个失恋者，一个逃亡者，而我，这个得胜的情敌却厚颜无耻地扮演着追捕者的角色。我想象海喜喜在这茫茫的雪夜中，背着沉甸甸的行李，一步一步艰难地向山根下跋涉的情景，幸福感顿时消失得无踪无影。因为这种情景使我非常清晰地看见，我的幸福是建立在他的痛苦之上的。我又不禁回忆起海喜喜对“月黑雁飞高，单于夜遁逃，欲将轻骑逐，大雪满弓刀”的评论，才悟到卢纶的妙处：他的这幅画面在描绘唐将浑瑊的英雄气概之下，透露出单于的悲壮色彩。怪不得海喜喜会从这首诗里得出与一般评论全然不同的看法。在一千多年以后，在我们已经组成了一个民族的大家庭以后，难道我们还不允许他这样地想吗？是的，他本人就是个外表看起来粗豪不羁、暴躁蛮横而心地却是纯朴的、多情的、具有悲壮性格的少数民族兄弟！

我得到了纯朴的劳动者的同情、友情和无私的关心，他们总把我想象得很好、很高尚，而我又奉献给他们些什么呢？什么也没有，除了痛苦之外！

我呆呆地在小桥上停了片刻，垂着头，俯视着片片雪花坠入桥下的黑暗里。深刻的忏悔，固然是由于自己造成了别人的不幸，而被害者不但宽容了自己，还尽其最后的可能，再次施与了他的恩惠，那自己就不仅是忏悔，而是一种镂心的痛苦了。啊！海喜喜，海喜喜，亲爱的朋友，我怎样才能报偿你呢？

三十四

火车站的确非常小，我是看见铁路边的一盏红灯才摸索到的。车站没有站台，在两条铁轨旁边盖了一间比警察的岗亭大不了多少的土房子。房顶上积满厚厚的白雪，在寥廓的雪原上像一个孤独的大蘑菇。房子里没有灯，漆黑一团。我推开用板条钉成的门，走了进去。里面，果然如谢队长说的，有一个用大汽油桶改装的火炉，煤已经快燃尽了。我抖净身上的雪，借着炉箅下透出的一点微弱的红光，找到一根铁通条。我拿起铁通条在地上横扫着，终于在墙角碰到一小堆煤。我加足了煤，把炉子捅好，在一张木条凳上坐下来。然后脱下破棉鞋，刮掉泥雪，用鞋面扫干净炉面，把两个稗子面馍馍和棉鞋一起放在炉子上烤着。

炉子很快就旺起来，火苗蹿出了炉口，小屋里一闪一闪地亮着红光。我的脚底板像手掌一样抱着热烘烘的铁皮炉底，不一会儿，全身都暖和了。我一边翻动着稗子面馍馍，一边打量四周。四面墙上都涂抹着乱七八糟的壁画，全是候车旅客的即兴创作，我如同到了在非洲某处发现的一个原始狩猎部落居住过的洞穴。奇怪的是这里没有卖票的窗口，啊，我才想起报社编辑曾经告诉我们：这不是个车站，而是个乘降点，只有逢站必停的慢车才在这里停一分钟。慢车要在凌晨四点开来，那么，我至少要在这里等到四点钟。

等就等吧。我吃着稗子面馍馍，想着海喜喜，如果路上顺利，他现在也该到他姑妈家了。我真诚地祝他过好春节，真诚地祝他以后生活幸福！

我在暖烘烘的火炉前打起盹来了。不知迷糊了多长时间，板条门外响起了嚓嚓的踏雪声。随着，谢队长哐地一下推开门进来。

“驴日的，好大雪！”他跺着脚，拍打着衣裳帽子，龟缩的脖子伸了出来，连声地咳嗽着说，“咳！……你还在这达儿，咋样？这达儿到底好一点，咳……那些人在雪地里撵，一夜里可遭罪哩！咳……”

他还不知道“那些人”并没有在雪地上撵，早跑回家睡觉去了。我有点可怜他，同时也有点敬佩他。他对我毕竟是关怀照顾的；他自己也是负责的。

我让他坐在我旁边，把剩下的一个烤好的稗子面馍馍给他吃。他拿起来看了看，说我会烤，烤得好，但他没有吃，又放在炉子上。他说羊圈熬了一大锅羊骨头汤，撒上稗子面，做了顿“羊汤糊糊”，去羊圈加班的人都喝了两碗。我想，马缨花和尔舍也吃上了吧，身上更加感到暖和了。

“谢队长，”我问他，“能抓到海喜喜吗？”

“抓个熊！那驴日的可能哩，他要跑，谁能抓得住他！”他抹抹鼻子，眼睛瞅着炉火说。

“既然知道抓不住他，怎么还要叫我们追呢？”我诧异了。

“唉！”他叹了口气，“不追追他，场部知道了不行：‘人跑了，你老谢也不管，是干啥吃的？！’又该挨头儿的剋了。我到车站来，就等着搭四点钟那趟车去场部报告哩。”

他告诉我，咱们队朝东三十里是这个车站，朝南二十里是场部，铁路是条斜线，下一站离场部不远，下了车走两里路就到了。看来他的安排还挺巧妙，既装装样子追了海喜喜，又趁便搭上火车去场部。

“他是不是犯了什么错误，怎么场部非要抓他呢？”我不解地问。

“他犯个熊错误！那驴日的就是太能了，谁都不愿意放他。你不知道，你光看见他赶车，其实那熊耕耙犁锄，扬场赶磙，砌砖盖房，样样都能。现时哪达儿去找这样的劳力？！”

哦——海喜喜果真说得不错。我又问：“那么，要是抓住他，会怎么处理呢？”

“啥‘处理’，保证下次不跑了就行了呗！还咋‘处理’？人家又没偷没抢！”

他两肘撑在火炉边上，脸映得通红。脸上的皮肤松弛下来，火光照着他满面的皱纹，这是常年在户外劳动的痕迹。他一定害着严重的沙眼，眼睛里不断淌出浑浊的泪水。我估计他的实际年龄，要比他外表年轻得多，但这时，他整个面孔上，又像第一次和我单独谈话时一样，显出了老人那种特有的宽容的神情。我很受感动，并且也因为想和海喜喜在一起劳动，差点要告诉他海喜喜就在山根下他姑妈家里，去把他找回来吧。但又一想，还是不要自作聪明，失信于海喜喜的好。

我问：“你想他能跑到哪儿去呢？”

“哪达儿去？准跑内蒙古了。山根下，他还有个姑妈在那达儿，保准他跑去过年了。”

我暗暗一惊。他不派人往那去山根下的羊道上追，看来似乎是有意的。

“唉！”他抹了抹眼泪，虽然他并不是伤心，可是好像一副伤心的表情，“就是把他抓回来，拴得住他的身子，拴不住他的心。那驴日的，我知道，没个好女子，没个家，他哪达儿都待不长。今天把他抓回来，明天他还得跑。腿长在他身上，谁能看得住他？！……原先，他在咱们队上待着，是有想头的哩。”

我不敢多嘴了，我怀疑他洞察所有的事情。我低下头，局促地翻动着烧得焦黄的稗子面馍馍。

雪大概停了，听不到外面的沙沙声。世界一下子陷入了一种紧张的沉默，炉膛里劣质煤的哔剥声更增添了不安的气氛。

“哎，”他忽然侧过脸跟我说，“小章，说真的，你跟马缨花结婚吧。”

这是我今晚上听到的第二次建议，而且出自两个人的嘴里。我明白他是怎样从海喜喜身上联想到这件事的。我惶惶然地不置可否。

“马缨花是个能干的女子。”他说，“有时候和男人胡调哩，可那有啥？一个女子领着个娃娃，一个月十八块钱，又碰上这个饥荒的年景，你叫她咋整？你们结了婚，她就收心了。”

我想朝他喊：马缨花并没有跟“男人胡调”！可是，四年的劳改生活和至今仍被专政的身份，使我鼓不起勇气跟谢队长争辩。我仍然低着头沉默不语。

“你别嫌弃她。”停了一会儿，他又说，“好些女子在年轻的时候都上过当哩，后来正正经经嫁了人，都是好样的。你也别听啥‘美国饭店’的话，我知道，那几个月她就跟海喜喜一个人好，可不知为啥，她不希待海喜喜……我看你们俩倒是挺合适，你劳动好，年龄也相当。她还能给你生娃娃。以后，就在农场里拉扯着过吧。两个人过日子总比一个人过日子轻省。这饥荒眼看就快过去了，日子总会一天天地好起来。听说，就在这个月，中央在北京要开啥大会哩[①]，前几年的政策看来要变一变。日子好了，在哪达儿过不一样呀？非得像你们组那几个一样，跑回城里去？……说实话，干啥都是一辈子，过去的事，就拉倒吧！”

他没有跟我说大道理，同时谨慎地避开我特别敏感的出身、错误、身份这

① 指一九六二年一月召开的有七千人参加的扩大的中央工作会议。

些问题，还把在我这时看来是非常机密的党内消息告诉给我。他的语气非常温和，我很久没有听过一个党员干部用这种语气跟我说话了。他的年龄比我大得多，通红的炉火照着他疲乏的、早衰的脸，使他的面部显现出一种父辈般的慈祥。一个人不论如何粗俗，没有文化，只要他有真挚的感情，能洞达事理，他自然而然就会显得高大和庄严。在这静悄悄的夜里，在热烘烘的火炉旁，在洞穴一般的小屋中，我与他之间的隔膜，被他的抚慰和关切之情融化了。我的泪水止不住地流出眼眶，在通红通红的火光映照下，像一滴一滴鲜红的血滴在炉台上。

他看了看我，再没有说什么，袖着手，稍往后仰了一点，侧身靠在炉台上打开了瞌睡。

三十五

这是一列客货混装的列车，暗绿色的客车厢里没有一盏灯，黑黝黝的；平板货车上不知装的什么，巨大的篷布上覆盖着污秽的积雪。老式的机车头好像害了哮喘病，吭哧吭哧地停下来。谢队长乘上了客车厢，火车又吭哧吭哧地走了，慢慢地隐没在一团白雾当中。白雾散尽，四周又归于沉寂；雪停了，连雪花飞舞的喧闹声也消失了，整个世界仿佛凝固了一般：上面是青蓝色的天，下面是白茫茫的地。我离开蘑菇似的小土屋，跨过铁轨，向那条两边有柳树的大路走去。

咔嚓、咔嚓、咔嚓……我踽踽而行，心里怀着一种宁静的温情。这一夜，人，“筋肉劳动者”和世界，一下子在我眼前展现出那么美好、那么富有诗意的一面。现实，竟会超过幻想；人心里，竟有那么绚丽的光彩！他们鲁莽的举止，粗鄙的谈吐，破烂的衣衫，都毫不能使他们内心的异彩减色。

我一路走，一路沉思。我又发现，在我们的文学中，在哺育我的中国文学和欧洲文学中，这样鄙俗的、粗犷的、似乎遵循着一种特殊的道德规范，但却是机智的、智慧的、怀着最美好的感情的体力劳动者，好像还没有占上一席之地。命运给了我这样的机缘发现了他们，我要把他们如金刚钻一般，一颗一颗地记在心里。

天蒙蒙亮了，天地间呈现出一片凝重的银色的光辉。路边一根柳树枝咔嚓一声被雪压断了，空中飞舞着水晶似的粉末，又如一树梨花落英缤纷，四周，还仿佛响起了银铃敲击的乐声，我像是穿行在一个童话的境界里。我被这种美的想象噎得透不过气来，同时感应到一种自然的冲击力。这种冲击力激发起我大脑的功能，在一瞬间产生了难得的灵感。我突然领悟到：即使一个人把马克思的书读得滚瓜烂熟，能倒背如流，但他并不爱劳动人民，总以为自己比那些粗俗的、没有文化素养的体力劳动者高明，那这个人连马克思主义者的一根指头也不是！资本家不是也学《资本论》吗？肯尼迪不是也研究“毛泽东的游击战术”吗？是的，“劳动人民”绝不是抽象的，他们就是马缨花、谢队长、海喜喜……这样的人！尽管他们和那些文学艺术作品中的劳动者的庄严高大形象相差甚远。

我怀着顿然窥见了人生的底蕴的那种狂喜，向隐没在雪原那边的、小得叫人心疼的村庄大步赶去。我并不冷，我感到热乎乎的。那里，有一个我所亲、所爱、可以与之相依为命的人在等着我。我还这样想，我和她结婚，还能改变资产者的血统，让体力劳动者的新鲜血液输在我的下一代身上。

赶到村子，天已经大亮了。但雪地上还没有一个足迹，农工们都没有起床。我径直向马缨花家走去。

她大概也是从羊圈回来不久，刚收拾完羊头羊下水。地上放着瓦盆瓦罐，锅里冒着腾腾的水蒸气，房子里郁积着一股浓烈的羊膻味。尔舍沉沉地睡在炕上。她蓬着头发，一脸倦容，还在瓦盆瓦罐之间忙碌着。但见我进来，顿时精神一振，两眼闪着喜悦的光芒，却用埋怨的口气说：

“你咋傻乎乎地真跑去追？那几个熊都回家睡觉去了哩。”

她已经知道了这件事，但对海喜喜又去漂泊却无动于衷，这使我有点恼火：我不喜欢我的妻子没有同情心。我说：“我怎么能不去追？是谢队长派去的。”

“‘怎——么’，‘怎——么’！”她用嘲讽的声调学我，“要是真追上了，你还把他拽回来？”

“当然要把他拽回来。”我生气地说，“你知不知道，海喜喜是个好人哩！”

“我也没说他坏呀！”停了停，她脸上泛起不悦的表情，“你听，你眼里就没有我……”

“哎呀，这说得上吗？”我焦躁起来，“你知道海喜喜临走的时候跟我说了些什么？”

“跟你说了些啥我咋知道？”她收拾着地上的盆盆罐罐，带着几分警惕的神情反问我，但一瞬间，又嘻嘻地笑起来，“我‘怎——么’知道？”

我怎么求婚？在她眼里好像从来就没有庄严的事情，神圣的事情。我可能不懂得女人的复杂的微妙的心理。我总感到，她，比海喜喜和谢队长难理解得多。

“他，他劝我……跟你结婚。”

我只好嗫嚅地说出来。但一经说出口，我才发觉，这句话完全不像我在路上想象的那样充满激情，那样富于诗意，那样罗曼蒂克，而是和一团豆腐渣一样，嚼在嘴里干巴无味，不但打动不了她，连我自己也没有被感动。

“他操的心还怪多的！”她虽不再像小猫似的警惕了，却换上了一副装模作样的冷淡。这使我惊愕不已：难道我想错了，难道她并不爱我？

既然话已经出口，只能继续说下去。我又说：“在火车站上，谢队长也是这样说的。他说，两个人过日子总比一个人好……”

“他也是咸吃萝卜淡操心！”她倏地从地上站起来，腰肢挺得直直的，把洗干净的盆子往土台上一蹾，决断地说，“咱们的事不要人多嘴！我有我的主意。”

这场可笑的求婚是彻底地失败了。生活刚刚展示出另外一面，但倏忽即逝，一下子又翻转过来，仍然是严酷的、没有诗意的现实。我怎么也搞不清楚：她对我无微不至的关怀和热情是出自爱情，还是风尘女子的那种轻狂的逢场作戏？我愣愣地站在门旁边：究竟是拂袖而去好，还是留在这里把她的“主意”搞明白？

这时，门外又响起瘸子走路的那种一轻一重的脚步声。她急忙把我拨开，从我身后拿起顶门棍顶上门，随即偎在我的胸前，缩了缩脖子，伸了伸舌头，一脸调皮的微笑，和孩子捉迷藏一般静等着保管员来叫门。

“马缨花，马缨花，”保管员推了推门，接着压低嗓子又叫，“马缨花，马缨花……”

她没有立即回答，停了一会儿，才用懒洋洋的腔调问：“谁呀？”问完了，昂起脸朝我皱起鼻子笑了笑。

“我呀，马缨花，是我。”

"睡下啦！"她拖长声音说，她的声调和她的表情恰恰相反，"我困得很，要是还有营生，等我睡起来再干。"

"哎，不是叫你干活。你起来，羊圈靠西第三根柱子上头，我还给你藏着一副羊下水哩，你起去拿。"他给她东西，可那语气，倒仿佛是求她施舍给他一些东西似的。

"那好呀，"她又朝我做了个鬼脸，"等会儿我起去拿。"

保管员仍舍不得走，左右地捯着脚，在门外磨蹭着。在他们隔着门对话的那一刻，我比上一次更加紧张。上次我和她之间还有一截距离，现在，她紧紧地贴在我的怀里，一面调侃保管员，一面用手指头玩我棉袄上的扣子。虽然我为了要弄点吃的，曾经冒过许多次险，被人发现的可能性要比这次大得多，但这种充满暧昧意味的尴尬我还是第一次碰到。我不安得有点发冷。她朝我笑，朝我做鬼脸，我却笑不起来，一点也不觉得好玩。恍恍惚惚地不知有多长时间，保管员才拖着一轻一重的步子快快地走了，门外再没有一点声息。

"嘻嘻！"她在我怀里扭了一下，把正面向着我，"那个傻熊还想打我主意哩！待会儿我去拿，不吃白不吃。"

"唉！"我说不出什么话，吸了一口气。生活的美丽的色彩又渐渐褪色，而褪了颜色的生活是十分难看的。

"你看你，冷成这熊样子。"她摸摸我的手，把我的一双手分开，围在她的腰间，撩起棉袄下襟，将我的手插在里面，"来，让我给你焐一焐。"

隔着薄薄的布衫，我能感到她肉体的温暖，甚至是灼热。那柔软的富有弹性的腰肢，就在我两手之间，然而这却激不起我的一点情欲。我怀疑我把人、把生活又整个地看错了。她刚才的冷淡和现在的爱抚，到底哪个更为可信？

"傻狗狗，你咋这么傻吵！"她仰着脸跟我说，"啥'两个人过日子总比一个人好'！你不想想，咱们成了家，你就得砍柴火，你就得挑水，家里啥活你不得干？有了娃娃，你还得洗尿席子，一天烟熏火燎的，苦得你头上都长草咧！你十八块钱，连自己都顾不住哩，还能再添半个人的吃穿？你还能像现时这样，来了就吃，吃完嘴一抹就念书？你呀，你这狗狗真傻！"

我这才恍然大悟。她说她自有主意，原来就是这种为了爱情、为了我的献身精神。而我在她面前究竟有什么价值，值得她做这样的牺牲呢？世界和人、和没有文化素养的体力劳动者，又在我眼前恢复了绚丽的色彩。我想，我之所以难于理解她，恐怕就是因为在我身上，从来没有过为了别人、为了所爱的人而献身的精神，从来没有！

我的心里只有我自己，即使想“超越自己”也是为了自己。这就是我和她之间最大的差距。

我把她搂进怀里，我现在才觉得我是真正地爱她，不是感恩，不是感激之情。我热情地喃喃地说：“马缨花，我们还是结婚吧！别人怎么过，我们也怎么过；让我来分担你的负担不好么？”

“‘怎——么’，‘怎——么’！”她略略推开我，深情地凝视着我的眼睛，而用嗔怒的口气说，“我不能让你跟别人家男人一样‘老婆孩子热炕头’，那最是个没起色的货！你是念书人，就得念书。只要你念书，哪怕我苦得头上长草也心甘情愿。我要你‘分担’啥？你能‘分担’啥？咱们一结了婚，那些傻熊还会给我送东西来么？你看，我不出手，羊下水就给我搁在那儿了。你呀，傻狗狗，你就等着吃吧，这还不好么？……”

她还是要我念书，而为什么要我念书，她始终也没有说出个所以然来。在她脑子里，似乎认为念书就是我的本分，我的天职，像养着猫一定要它捉老鼠一样。我心里蓦然有种幽默感，同时，也不得不承认她的这种想法倒很现实。“女人的心计啊，女人的心计啊……”我默默地念叨着。

可是，这无疑又是我的耻辱。难道我能靠一个女人的姿色来过比较温饱的生活？来“念书”？这样做，我就更降低了我自己。“不！”我重复地说，“不！我们还是结婚吧，我不能让你那样做！我们还是结婚吧……”

“哎，傻狗狗。”她说，“我又没有说不跟你结婚，我早就想着哩，要不，我这是干啥呢？等这‘低标准’一过，日子过好了点，咱们就去登记，让那些傻熊看了干瞪眼……”

“不，不……”我执拗地说，“我不能让你那样做，那你不等于骗了人家？”

“谁骗谁呀？傻狗狗。”她安抚我，“你不想想，他们给我的吃食，哪些是他们自己腰包里掏出来的？我不要，他们拿回去自己吃了，还不如咱们吃掉哩。告诉你，这个队上，管事的就谢胡子一个人是好人，连那个烧饭的伙夫都不是好熊！”

我被她独具匠心的、现实的、冷静的盘算弄得晕晕乎乎的：我究竟应该遵循哪种道德规范来生活？她并没有考虑到这一点：我们要照她那样的安排来度过困难，我就失去了一个男人的尊严。在她认为，这是非常时期可以采取的一种权宜之计，而我，身体恢复了健康——正是在她权宜之计的安排下恢复的健康，并且重新“念书”之后，我的羞耻心和道德观都强烈地阻止我这样做。

“不！”我仍然固执地说，“不！你别那样做。我们还是结婚吧，谢队长也同意了，我们马上就登记去。”

“你是不是不相信我，怕我跟了别人？”她说，口气和神色都带着少有的严肃。显然，她把我今天迫不及待地要求结婚领会错了。于是她又钻进我怀里，踮起脚尖，用脸颊摩擦着我的脸，柔声地说：“要不，你现时就把它拿去吧，嗯，你要的话，现时就把它拿去吧。”

她忙碌了一夜，现在脸色还是疲倦的。美丽的大眼睛下那一圈淡青色更深重了，她这种行动，纯粹是女人为了爱情的一种献身的热忱，一点也没有个人的欲念。我感受到了一种令人心酸的、致命的幸福。是的，是致命的幸福！我胸中陡然涌出了这种情感，像一首弦乐合奏的无词歌从心里汩汩地流淌出来：不是情欲，甚至也不是一般的爱情，而是一种纯洁的、神圣的感情。有限的爱情要求占有对方，无限的爱情则只要求爱的本身。神是人创造的，在人创造神的过程中，一定曾经怀有过这种感情因素吧。我谦恭地吻了她一下，然后轻轻推开她。

“不，”我说，“我们还是等结婚以后吧。”

“那好。”她即刻从我的怀中离开，仰起脸，用清醒的、决断的语气说，“你放心吧！就是钢刀把我头砍断，我血身子还陪着你哩！”

“就是钢刀把我头砍断，我血身子还陪着你。”有什么优雅的海誓山盟比这句带着荒原气息的、血淋淋的语言更能表达真挚的、永久的爱情呢？

啊，生活啊生活，艰辛得和美丽得都使我战栗！

三十六

睡到中午，我被一个组长叫醒了。这个组长就是头一天领我们出工的那个面目阴沉、总像是郁郁寡欢的农工。他简单地告诉我，谢队长叫他套上毛驴车送我到场部去，带上自己的铺盖，大概是春节期间场部忙，要我去干几天活。

我匆匆爬起来。铺盖没有什么难收拾的，一卷就行了。我去马缨花家拿她给我做好的鞋，推推门，她还睡着哩。没关系，回来再穿吧，我脚上这双棉鞋还能凑合穿几天。那个组长又给了我四个稗子面馍馍，说是谢队长叫他去伙房领的，让我带着路上吃。我和他坐上毛驴车，颠踬着向场部跑去。

我还是头一次到场部。场部不过比我们一队大一点，有几幢砖瓦房，还有一个粮食加工厂，一个比较大的商店。我还看到一个拖拉机站。车库外面有两个银色的油罐，横卧在雪地上。那个组长赶着车，把我送到一间办公室前面。"吁——"他吆喝毛驴停下来，回过头对我说，"就这达儿，你把铺盖拿进去吧。"

屋里已经有了五个人，看样子全是各个队抽调来的农工，有的坐在椅子上，有的蹲在地上，身旁都放着自己的行李。见我进来，也不跟我搭话，各自埋头想自己的心思。不知怎么，我突然感觉到室内有一种不祥的气氛，我不安地望望窗外，那个组长早把毛驴车赶走了。

一会儿，一个场部干部拿着一张纸走进屋来，后面还跟着一个驾驶员模样的小伙子。干部皱起眉头看着单子把名字点了一遍，对小伙子说：

"好，都齐了，你送他们去吧。"

我们夹着行李随小伙子走到车库前面，在一辆"德特-24"轮式拖拉机旁边站住。小伙子拍着沾满油污的无指手套，挨个儿打量着我们，最后朝我问道：

"喂，你们谁是在省干校教书的那个'右派'？"

我向前跨了一步："我，不过那是好多年以前的事了。"

"我知道。"小伙子会意地笑笑，头一摆，"你坐在驾驶室里边。其余的，喂！听着没有？统统上车，都给我坐在斗子里！"

那五个人纷乱地爬上车斗，骂骂咧咧地用芨芨草把子扫下盈尺厚的积雪。我坐进铁皮焊成的驾驶室里，把一卷棉花网套塞在座位后面。小伙子等他们安顿好，检查完挂钩，在车头用一根油腻腻的皮绳拉燃发动机，爬上车来，突突突地开着车走了。

拖拉机走上向西去的一条乡间土路。到处是皑皑的冰雪，路边的树枝垂下来，像一根根水晶制的流苏。太阳光冲破密集的云层，在银色的雪原上投下一块块金色的斑点。喜鹊和乌鸦哇哇地飞着，徒然地四处觅食。路很难走，车轮经常打滑。小伙子聚精会神地开着车。他年龄大约跟我相仿，嘴唇上已有了淡淡的胡髭，鼻梁稍嫌矮些，眼睛却炯炯有神。

车到了比较平坦的路面，他略向后靠了些，瞥了我一眼，说："我爸爸认识你。他在干校念过书，你教过他。"

"哦。"我应了一声，但没有问他爸爸是谁，现在问这些还有什么意义呢？过去的已经过去了。而今天，拖拉机载着我，在这一片茫茫的雪原上向隐没在云雾中的、仿佛神秘莫测的山根下开去，又会有什么样的命运呢？

"你知道咱们到哪达儿去不？"他转动着方向盘问我。

"不知道。"我说，"我刚想问问你。"

"唉！"小伙子叹息了一声，用同情的口吻说，"场里叫我把你们送到山根下那个队去。那个队，你大概听说过，是专门整治人的窝窝子……你们这几个，全是场里认为调皮捣蛋的。本来，没你的事儿的，今天一大早，你们队来了个办户口的——一个瘦老汉，迁到省城去的，你肯定认识，跟你住一个屋的——他跟人保科干部说，你们队昨夜黑跑了一个人，这个人跟你关系挺好，你每天夜黑都跑到这个人家去，他临跑以前，还来宿舍找过你，肯定你们俩在搞啥阴谋。人保科一查，你出身不好，帽子还没有摘，几个干部一商量，临时把你的名字给添上了。这我亲眼见的。你们那个胡子队长还跑到人保科吵了半天，他保证你没事，说你是好人，可让人家剋了一顿，说他没一点儿警惕性，把一个好劳力放跑了，这会儿又护着一个报纸上都批判过的有名的'右派'！还要叫他回去写检讨哩……咱们这个农场，过年过节都要整顿一次，好像坏人专拣着过年过节的日子捣乱一样。这不是？元旦前我送去四个人，今天，又送去你们六个……到了那达儿，你得多加小心，那可是个叫你掉几层皮的地方……"

奇怪，他这番话并没有使我感到意外。我并不惊愕，更不惶然失措，甚至我还认为，我跟马缨花还在一个农场，这就很好，不久以后总能见面的。我只是感到愤恨——"营业部主任"临走时还不放过我。人是非常美好的，但也有的人非常狞恶。如果不是这样，人便不会在创造神祇的同时创造出鬼怪来。这种愤恨压倒了我对马缨花的留恋，还鼓起了我一种抵抗压力的激情。我凝神望着前方，那是广袤的白茫茫的雪原，一道阳光终于冲破了山顶的浓云，宛如一把利剑插到山脚下，迸出一片耀眼的亮光。这种情景我好像很熟悉，仿佛在一个梦中见到过。现在，我健康了，我觉得能够理解马克思的书了，我相信我不论走到哪里，我都有一种新的力量来对付险恶的命运。

拖拉机颠簸着，小伙子一心又放在开车上了。我突然想起来，我还没有告诉马缨花，海喜喜留下了一张炕桌和一麻袋黄豆。炕桌不知会被谁抄走；那埋麻袋的地点只有我知道，这场雪一化，气温再一转暖，黄豆就会浸得发芽了吧。

果然如那小伙子说的，我到山根下这个队，连请假出来的权利和与外面的非直系亲属见面的权利也被剥夺了。两个月以后，一个留在队上的病号悄悄告诉我，这天有个“挺标致的小娘儿们”夹着一个小包来找我，让队上的干部盘问了半天，结果还是被训了回去，小包也不许留下。这天，我在渠口上抬了十小时石头，累得筋疲力尽，我只可怜她走了这么远的路，还没来得及思念她就沉沉入睡了。不久，提出了“阶级斗争要年年讲，月月讲，天天讲”，我以“书写反动笔记”的罪名被判三年管制。“社教运动”中，我又以“右派翻案”的罪名被判三年劳教。劳教期满，回到农场，正遇上“文化大革命”，我升级成为“反革命修正主义分子”，被群专起来。一九七〇年，我被投进农场私设的监狱。那种监狱，不属于公安机关管辖，没有一条现代监狱的规章，纯粹是中文版的罗马宗教裁判所。

一九六八年，我劳教期满回到农场，才得知在我前面那段被管制期间，马缨花一直没有结婚。我被送去劳教后，她就带着尔舍到县城找她哥哥去了，没有多长时间，她和她哥哥全家都回到了青海。据说她哥哥也犯了什么错误。

一九七一年，在那座农场私设的监狱里，连《毛泽东选集》也不让我们“犯人”看，说是我们的主要任务就是劳动改造，看了《毛泽东选集》会学到和农场当局斗争的策略。有一天，我被派到农场子弟学校的教研室砌炉子。教员们上课去了，我如饥似渴地到处翻找有什么可看的书，但办公桌上全是学生的作业簿，只有一本《辞海》放在案头上。我翻到“马缨花”这一条。这一条是这样解释的：

植物名。学名Albizzia julibrissin。一名“合欢”。豆科。落叶乔木。二回偶数羽状复叶，小叶甚多，呈镰状，夜间成对相合。夏季开花，头状花序，合瓣花冠，雄蕊多条，淡红色。荚果条形，扁平，不裂。主要产于我国中部。喜光，耐干旱瘠薄。木材红褐色，纹理直，结构细，干燥时易裂，可制家具、枕木等。树皮可提制栲胶。中医学上以干燥树皮入药，性平、味甘，功能安神、解郁、活血，主治气郁胸闷、失眠、跌打损伤、肺痈等症。花称“合欢花”，功用相似。又为绿化树。

啊！这条目下所有解释的文字，没有一点不和她相似的：“喜光，耐干旱瘠薄”，不就是她的性格吗？

可是，这一晚上我却失眠了——她作为药物的功能没有起到作用。“绿化树！绿化树！……”我眼前总是一株株绿化树，最后变成了一片绿色的海洋……

三十七

整整二十年过去了。二十年，五分之一世纪！我们国家和我都摆脱了厄运，付清了历史必须要我们付的代价。还是在那种多雪的春天，我和省文化厅的负责人及制片厂的同志，分乘两辆“丰田”小轿车，带着一部根据我写的长篇小说拍摄的彩色宽银幕影片，到这个农场来举行答谢演出。电影放映完了，场长、书记们把我们送回招待所。我问场长，谢队长在哪里，他甚至不知道有谢队长这个干部；他是一九七八年调来的，大概谢队长早就离开这个农场了吧。

但是，在深夜，我还是从设备很好的招待所里悄悄走出来。月色朦胧，夜凉如冰。我没有惊动司机，独自一人踏上了通往一队的大路。

白皑皑的雪，还是那种白皑皑的雪，把我居住过的一队整个罩住，羊圈那边传来阵阵狗吠，除此之外，夜静得像梦幻一般。我伫立在桥头，往事如烟如雾，从小桥那边漫卷而来。我耳边分明响起了她的歌声，她的“花儿”，那么清晰，那么悠扬，那么婉转，那么情深：

金山银山八宝山，
檀香木刻下的地板；

若要咱俩的姻缘散，

十二道黄河的水干！

我清清楚楚地看见她向我笑盈盈地迎过来。她飘飞着，雪地上没有留下一点足迹。她仍然是那样美丽，那样健康，那样开朗，那样容光焕发。到我面前，她嘻嘻一笑——啊，那种笑我是多么熟悉！——说：

“就是钢刀把我头砍断，我血身子还陪着你哩！”

……可是，还是静悄悄的夜，还是白茫茫、灰糊糊的雪。除了我，四周没有一个人，没有一点声息……我发觉，一颗清凉的泪水，在我久已干涸的眼眶中流了出来。它是从记忆的深处渗出来的，冰得真如古井中渗出的水滴。是的，人不应该失去记忆，失去了记忆也就失去了自己。我虽然在这里度过了那么艰辛的生活，但也就是在这里开始认识到生活的美丽。

马缨花、谢队长、海喜喜……虽然都和我失去了联系，但这些普通的体力劳动者心灵中的闪光点，和那宝石般的中指纹，已经溶进了我的血液中，成了我变为一种新的人的因素。

一九八三年六月，我出席在首都北京召开的一次共和国重要会议。军乐队奏起庄严的国歌，我同国家和党的领导人，同来自全国各地各界有影响的人士一齐肃然起立，这时，我脑海里蓦然掠过了一个个我熟悉的形象。我想，这庄严的国歌不只是为近百年来为民族生存、国家兴盛而奋斗的仁人志士演奏的，不只是为缔造共和国而奋斗的革命先辈演奏的，不只是为保卫国家领土和尊严而牺牲的烈士演奏的……这庄严的乐曲，还为了在共和国成立以后，始终自觉和不自觉地紧紧地和我们共和国、我们党在一起，用自己的耐力和刻苦精神支持我们党，终于探索到这样一条正确道路的普通劳动者而演奏的吧！他们，正是在祖国遍地生长着的“绿化树”呀！那树皮虽然粗糙、枝叶却郁郁葱葱的“绿化树”，才把祖国点缀得更加美丽！

啊，我的遍布于大江南北的、美丽而圣洁的“绿化树”啊！

黄金时代

王小波

《黄金时代》是改革开放四十年来罕有的确立了不可动摇的文学经典地位的作品，王小波牢牢地抓住了小说的本质，他所达到的境界远远超越了人们对当代文学的习惯认知和评判。他把生活和小说本应共有的精髓，用最有趣的最朴素的方式表达出来，同时赋予人物和故事妙不可言的意义。如果我们在当代文学中寻找伟大的作家，王小波肯定应该算上一位：如果要寻找伟大的中国小说，《黄金时代》无疑也要列入其中。

台湾《联合报》1991年连载

一

我二十一岁时，正在云南插队。陈清扬当时二十六岁，就在我插队的地方当医生。我在山下十四队，她在山上十五队。有一天她从山上下来，和我讨论她不是破鞋的问题。那时我还不大认识她，只能说有一点知道。她要讨论的事是这样的：虽然所有的人都说她是一个破鞋，但她以为自己不是的。因为破鞋偷汉，而她没有偷过汉。虽然她丈夫已经住了一年监狱，但她没有偷过汉。在此之前也未偷过汉。所以她简直不明白，人们为什么要说她是破鞋。如果我要安慰她，并不困难。我可以从逻辑上证明她不是破鞋。如果陈清扬是破鞋，即陈清扬偷汉，则起码有一个某人为其所偷。如今不能指出某人，所以陈清扬偷汉不能成立。但是我偏说，陈清扬就是破鞋，而且这一点毋庸置疑。

陈清扬找我证明她不是破鞋，起因是我找她打针。这事经过如下：农忙时队长不叫我犁田，而是叫我去插秧，这样我的腰就不能经常直立，认识我的人都知道，我的腰上有旧伤，而且我身高在一米九以上。如此插了一个月，我腰痛难忍，不打封闭就不能入睡。我们队医务室那一把针头镀层剥落，而且都有倒钩，经常把我腰上的肉钩下来。后来我的腰就像中了霰弹枪，伤痕久久不褪。就在这种情况下，我想起十五队的队医陈清扬是北医大毕业的大夫，对针头和钩针大概还能分清，所以我去找她看病，看完病回来，不到半个小时，她就追到我屋里来，要我证明她不是破鞋。

陈清扬说，她丝毫也不藐视破鞋。据她观察，破鞋都很善良，乐于助人，而且最不乐意让人失望。因此她对破鞋还有一点钦佩。问题不在于破鞋好不好，而在于她根本不是破鞋。就如一只猫不是一只狗一样。假如一只猫被人叫成一只狗，它也会感到很不自在。现在大家都管她叫破鞋，弄得她魂不守舍，几乎连自己是谁都不知道了。

陈清扬在我的草房里时，裸臂赤腿穿一件白大褂，和她在山上那间医务室里装束一样，所不同的是披散的长发用个手绢束住，脚上也多了一双拖鞋。看了她的样子，我就开始琢磨：她那件白大褂底下是穿了点什么呢，还是什么都没穿。这一点可以说明陈清扬很漂亮，因为她觉得穿什么不穿什么无所谓。这是从小培养起来的自信心。我对她说，她确实是个破鞋，还举出一些理由来：所谓破鞋者，乃是一个指称，大家都说你是破鞋，你就是破鞋，没什么道理可讲。大家说你偷了汉，你就是偷了汉，这也没什么道理可讲。至于大家为什么要说你是破鞋，照我看是这样：大家都认为，结了婚的女人不偷汉，就该面色黝黑，乳房下垂。而你脸不黑而且白，乳房不下垂而且高耸，所以你是破鞋。假如你不想当破鞋，就要把脸弄黑，把乳房弄下垂，以后别人就不说你是破鞋。当然这样很吃亏，假如你不想吃亏，就该去偷个汉来。这样你自己也认为自己是个破鞋。别人没有义务先弄明白你是否偷汉再决定是否管你叫破鞋。你倒有义务叫别人无法叫你破鞋。陈清扬听了这话，脸色发红，怒目圆睁，几乎就要打我一耳光。这女人打人耳光出了名，好多人吃过她的耳光。但是她忽然泄了气，说：好吧，破鞋就破鞋吧。但是垂不垂黑不黑的，不是你的事。她还说，假如我在这些事上琢磨得太多，很可能会吃耳光。

倒退到二十年前，想象我和陈清扬讨论破鞋问题时的情景。那时我面色焦黄，嘴唇干裂，上面沾了碎纸和烟丝，头发乱如败棕，身穿一件破军衣，上面好多破洞都是橡皮膏粘上的，跷着二郎腿，坐在木板床上，完全是一副流氓相。你可以想象陈清扬听到这么个人说起她的乳房下垂不下垂时，手心是何等的发痒。她有点神经质，都是因为有很多精壮的男人找她看病，其实却没有病。那些人其实不是去看大夫，而是去看破鞋。只有我例外。我的后腰上好像被猪八戒筑了两耙。不管腰疼真不真，光那些窟窿也能成为看医生的理由。这些窟窿使她产生一个希望，就是也许能向我证明，她不是破鞋，有一个人承认她不是破鞋，和没人承认大不一样。可是我偏让她失望。

我是这么想的：假如我想证明她不是破鞋，就能证明她不是破鞋，那事情未免太容易了。实际上我什么都不能证明，除了那些不需证明的东西。春天里，队长说我打瞎了他家母狗的左眼，使它老是偏过头来看人，好像在跳芭蕾舞，从此后他总给我小鞋穿。我想证明我自己的清白无辜，只有以下三个途径：

1.队长家不存在一只母狗；2.该母狗天生没有左眼；3.我是无手之人，不能持枪射击。

结果是三条一条也不成立。队长家确有一棕色母狗，该母狗的左眼确是后天打瞎，而我不但能持枪射击，而且枪法极精。在此之前不久，我还借了罗小四的气枪，用一碗绿豆做子弹，在空粮库里打下了二斤耗子。当然，这队里枪法好的人还有不少，其中包括罗小四。气枪就是他的，而且他打瞎队长的母狗时，我就在一边看着。但是我不能揭发别人，罗小四和我也不错。何况队长要是能惹得起罗小四，也不会认准了是我。所以我保持沉默。沉默就是默认。所以春天我去插秧，撅在地里像一根半截电线杆，秋收后我又去放牛，吃不上热饭。当然，我也不肯无所作为。有一天在山上，我正好借了罗小四的气枪，队长家的母狗正好跑到山上叫我看见，我就射出一颗子弹打瞎了它的右眼。该狗既无左眼，又无右眼，也就不能跑回去让队长看见——天知道它跑到哪儿去了。

我记得那些日子里，除了上山放牛和在家里躺着，似乎什么也没做。我觉得什么都与我无关。可是陈清扬又从山上跑下来找我。原来又有了另一种传闻，说她在和我搞破鞋。她要我给出我们清白无辜的证明。我说，要证明我们无辜，只有证明以下两点：

1.陈清扬是处女；2.我是天阉之人，没有性交能力。

这两点都难以证明。所以我们不能证明自己无辜。我倒倾向于证明自己不无辜。陈清扬听了这些话，先是气得脸白，然后满面通红，最后一声不吭地站起来走了。

陈清扬说，我始终是一个恶棍。她第一次要我证明她清白无辜时，我翻了一串白眼，然后开始胡说八道，第二次她要我证明我们俩无辜，我又一本正经地向她建议举行一次性交。所以她就决定，早晚要打我一个耳光。假如我知道她有这样的打算，也许后面的事情就不会发生。

二

我过二十一岁生日那天，正在河边放牛。下午我躺在草地上睡着了。我睡去时，身上盖了几片芭蕉叶子，醒来时身上已经一无所有（叶子可能被牛吃了）。亚热带旱季的阳光把我晒得浑身赤红，痛痒难当，我的小和尚直翘翘地指向天空，尺寸空前。这就是我过生日时的情形。

我醒来时觉得阳光耀眼，天蓝得吓人，身上落了一层细细的尘土，好像一层爽身粉。我一生经历的无数次勃起，都不及那一次雄浑有力，大概是因为在极荒僻的地方，四野无人。

我爬起来看牛，发现它们都卧在远处的河岔里静静地嚼草。那时节万籁无声，田野上刮着白色的风。河岸上有几对寨子里的牛在斗架，斗得眼珠通红，口角流涎。这种牛阴囊紧缩，阳具直挺。我们的牛不干这种事。任凭别人上门挑衅，我们的牛依旧安卧不动。为了防止斗架伤身，影响春耕，我们把它们都阉了。

每次阉牛我都在场。对于一般的公牛，只用刀割去即可。但是对于格外生性者，就须采取锤骟术，也就是割开阴囊，掏出睾丸，一木锤砸个稀烂。从此后受术者只知道吃草干活，别的什么都不知道，连杀都不用捆。掌锤的队长毫不怀疑这种手术施之于人类也能得到同等的效力，每回他都对我们呐喊：你们这些生牛蛋子，就欠砸上一锤才能老实！按他的逻辑，我身上这个通红通红、直不愣登、长约一尺的东西就是罪恶的化身。

当然，我对此有不同的意见，在我看来，这东西无比重要，就如我之存在本身。天色微微向晚，天上飘着懒洋洋的云彩。下半截沉在黑暗里，上半截仍浮在阳光中。那一天我二十一岁，在我一生的黄金时代。我有好多奢望。我想爱，想吃，还想在一瞬间变成天上半明半暗的云。后来我才知道，生活就是个缓慢受锤的过程，人一天天老下去，奢望也一天天消失，最后变得像挨了锤的牛一样。可是我过二十一岁生日时没有预见到这一点。我觉得自己会永远生猛下去，什么也锤不了我。

那天晚上我请陈清扬来吃鱼，所以应该在下午把鱼弄到手。到下午五点多钟我才想起到戽鱼的现场去看看。还没走进那条小河岔，两个景颇族孩子就从里面一路打出来，烂泥横飞，我身上也挨了好几块，直到我拎住他们的耳朵，他们才罢手。我喝问一声：

鸡巴，鱼呢？

那个年纪大点的说：都怪鸡巴勒农！他老坐在坝上，把坝坐鸡巴倒了！

勒农直着嗓子吼：王二！坝打得不鸡巴牢！

我说：放屁！老子砍草皮打的坝，哪个鸡巴敢说不牢？

到里面一看，不管是因为勒农坐的也好，还是因为我的坝没打好也罢，反正坝是倒了，戽出来的水又流回去，鱼全泡了汤，一整天的劳动全都白费。我当然不能承认是我的错，就痛骂勒农，勒都（就是那另一个孩子）也附和我，勒农上了火，一跳三尺高，嘴里吼道：

王二！勒都！鸡巴！你们姐夫舅子合伙搞我！我去告诉我家爹，拿铜炮枪打你们！

说完这小兔崽子就往河岸上蹿，想一走了之。我一把薅住他脚脖子，把他揪下来。

“你走了我们给你赶牛哇？做你娘的美梦！”

这小子哇哇叫着要咬我，被我劈开手按在地上。他口吐白沫，杂着汉话、景颇话、傣话骂我，我用正装京片子回骂。忽然间他不骂了，往我下体看去，脸上露出无限羡慕之情。我低头一看，我的小和尚又直立起来了。只听勒农啧啧赞美道：

“哇！想日勒都家姐啊！”

我赶紧扔下他去穿裤子。

晚上我在水泵房点起汽灯，陈清扬就会忽然到来，谈起她觉得活着很没意思，还说到她在每件事上都是清白无辜。我说她竟敢觉得自己清白无辜，这本身就是最大的罪孽。照我的看法，每个人的本性都是好吃懒做，好色贪淫，假如你克勤克俭，守身如玉，这就犯了矫饰之罪，比好吃懒做、好色贪淫更可恶。这些话她好像很听得进去，但是从不附和。

那天晚上我在河边上点起汽灯，陈清扬却迟迟不至，直到九点钟以后，她才到门前来喊我：王二，混蛋！你出来！

我出去一看，她穿了一身白，打扮得格外整齐，但是表情不大轻松。她说道：你请我来吃鱼，做倾心之谈，鱼在哪里？我只好说，鱼还在河里。她说好吧，还剩下一个倾心之谈。就在这儿谈罢。我说进屋去谈，她说那也无妨，就进屋来坐着，看样子火气甚盛。

我过二十一岁生日那天，打算在晚上引诱陈清扬，因为陈清扬是我的朋友，而且胸部很丰满，腰很细，屁股浑圆。除此之外，她的脖子端正修长，脸也很漂亮。我想和她性交，而且认为她不应该不同意。假如她想借我的身体练开膛，我准让她开。所以我借她身体一用也没什么不可以。唯一的问题是她是个女人，女人家总有点小气。为此我要启发她，所以我开始阐明什么叫作“义气”。

在我看来，义气就是江湖好汉中那种伟大友谊。水浒中的豪杰们，杀人放火的事是家常便饭，可一听说及时雨的大名，立即倒身便拜。我也像那些草莽英雄，什么都不信，唯一不能违背的就是义气。只要你是我的朋友，哪怕你十恶不赦，为天地所不容，我也要站到你身边。那天晚上我把我的伟大友谊奉献给陈清扬，她大为感动，当即表示道：这友谊她接受了。不但如此，她还说要以更伟大的友谊还报我，哪怕我是个卑鄙小人也不背叛。我听她如此说，大为放心，就把底下的话也说了出来：我已经二十一岁了，男女间的事情还没体验过，真是不甘心。她听了以后就开始发愣，大概是没有思想准备。说了半天她毫无反应。我把手放到她的肩膀上去，感觉她的肌肉绷得很紧。这娘们随时可能翻了脸给我一耳光，假定如此，就证明女人不懂什么是交情。可是她没有。忽然间她哼了一声，就笑起来。还说：“我真笨！这么容易就着了你的道儿！”

我说：“什么道儿？你说什么？”

她说：“我什么也没有说。”

我问她我刚才说的事儿你答应不答应？她说呸，而且满面通红。我看她有点不好意思，就采取主动，动手动脚。她搡了我几把，后来说，不在这儿，咱们到山上去。我就和她一块到山上去了。

陈清扬后来说，她始终没搞明白我那个伟大友谊是真的呢，还是临时编出来骗她。但是她又说，那些话就像咒语一样让她着迷，哪怕为此丧失一切，也不懊悔。其实伟大友谊不真也不假，就如世上一切东西一样，你信它是真，它就真下去；你疑它是假，它就是假的。我的话也半真不假。但是我随时准备兑现我的话，哪怕天崩地裂也不退却。就因为这种态度，别人都不相信我。我虽然把交朋友当成终生的事业，所交到的朋友不过陈清扬等二三人而已。那天晚上我们到山上去，走到半路她说要回家一趟，要我到后山上等她。我有点怀疑她要晾我，但是我没说出来，径直走到后山上去抽烟。等了一些时间，她来了。

陈清扬说，我第一次去找她打针时，她正在伏案打瞌睡。在云南每个人都有很多时间打瞌睡，所以总是半睡半醒。我走进去时，屋子里暗了一下，因为是草顶土坯房，大多数光从门口进来。她就在那一刻醒来，抬头问我干什么。我说腰疼，她说躺下让我看看。我就一头倒下去，扑到竹板床上，几乎把床砸塌。我的腰痛得厉害，完全不能打弯。要不是这样，我也不会来找她。

陈清扬说，我很年轻时就饿纹入嘴，眼睛下面乌黑。我的身材很高，衣服很破，而且不爱说话。她给我打过针，我就走了，好像说了一声谢了，又好像没说。等到她想起可以让我证明她不是破鞋时，已经过了半分钟。她追了出来，看见我正取近路走回十四队。我从土坡上走下去，逢沟跳沟，逢坎跃坎，顺着山势下得飞快。那时正逢旱季的上午，风从山下吹来，喊我也听不见。而且我从来也不回头。我就这样走掉了。

陈清扬说，当时她想去追我，可是觉得很难追上。而且我也不一定能够证明她不是破鞋。所以她走回医务室去。后来她又改变了主意去找我，是因为所有的人都说她是破鞋，因此所有的人都是敌人。而我可能不是敌人。她不愿错过了机会，让我也变成敌人。

那天晚上我在后山上抽烟。虽然在夜里，我能看见很远的地方。因为月光很明亮，当地的空气又很干净。我还能听见远处的狗叫声。陈清扬一出十五队我就看见了，白天未必能看这么远。虽然如此，还是和白天不一样。也许是因为到处都没人。我也说不准夜里这片山上有人没人，因为到处是银灰色的一片。假如有人打着火把行路，那就是说，希望全世界的人都知道他在那里。假如你不打火把，就如穿上了隐身衣，知道你在那里的人能看见，不知道的人不能看见。我看见陈清扬慢慢走近，怦然心动，无师自通地想到，做那事之前应该亲热一番。

陈清扬对此的反应是冷冰冰的。她的嘴唇冷冰冰，对爱抚也毫无反应。等到我毛手毛脚给她解扣子时，她把我推开，自己把衣服一件件脱下来，叠好放在一边，自己直挺挺躺在草地上。

陈清扬的裸体美极了。我赶紧脱了衣服爬过去，她又一把把我推开，递给我一个东西说：

会用吗？要不要我教你？

那是一个避孕套。我正在兴头上，对她这种口气只微感不快，套上之后又爬到她身上去，心慌气躁地好一阵乱弄，也没弄对。忽然她冷冰冰地说：

喂！你知道自己在干什么吗？

我说当然知道。能不能劳你大驾躺过来一点？我要就着亮儿研究一下你的结构。只听啪的一声巨响，好似一声耳边雷，她给我一个大耳光。我跳起来，拿了自己的衣服，拔腿就走。

三

那天晚上我没走掉。陈清扬把我拽住，以伟大友谊的名义叫我留下来。她承认打我不对，也承认没有好好待我，但是她说我的伟大友谊是假的，还说，我把她骗出来就是想研究她的结构。我说，既然我是假的，你信我干吗。我是想研究一下她的结构，这也是在她的许可之下。假如不乐意可以早说，动手就打不够意思。后来她哈哈大笑了一阵说，她简直见不得我身上那个东西。那东西傻头傻脑，恬不知耻，见了它，她就不禁怒从心起。

我们俩吵架时，仍然是不着一丝。我的小和尚依然直挺挺，在月光下披了一身塑料，倒是闪闪发光。我听了这话不高兴，她也发现了。于是她用和解的口气说：不管怎么说，这东西丑得要命，你承不承认。

这东西好像个发怒的眼镜蛇一样立在那里，是不大好看。我说，既然你不愿意见它，那就算了。我想穿上裤子，她又说，别这样。于是我抽起烟来。等我抽完了一支烟，她抱住我。我们俩在草地上干那件事。

我过二十一岁生日以前，是一个童男子。那天晚上我引诱陈清扬和我到山上去，那一夜开头有月光，后来月亮落下去，出来一天的星星，就像早上的露水一样多。那天晚上没有风，山上静得很。我已经和陈清扬做过爱，不再是童男子了。但是我一点也不高兴。因为我干那事时，她一声也不吭，头枕双臂，若有所思地看着我，所以从始至终就是我一个人在表演。其实我也没持续多久，马上就完了。事毕我既愤怒又沮丧。

陈清扬说，她简直不敢相信这件事是真的：我居然在她面前亮出了丑恶的男性生殖器，丝毫不感到惭愧。那玩意儿也不感到惭愧，直挺挺地从她两腿之间插了进来。因为女孩子身上有这么个口子，男人就要使用她，这简直没有道理。以前她有个丈夫，天天对她做这件事。她一直不说话，等着他有一天自己感到惭愧，自己来解释为什么干了这些。可是他什么也没说，直到进了监狱。这话我也不爱听。所以我说：既然你不乐意，为什么要答应？她说她不愿被人看成小气鬼。我说你原本就是小气鬼。后来她说算了别为这事吵架。她叫我晚上再来这里，我们再试一遍。也许她会喜欢。我什么也没说。早上起雾以后，我和她分了手，下山去放牛。

那天晚上我没去找她，倒进了医院。这事原委是这样：早上我到牛圈门前时，有一伙人等不及我，已经在开圈拉牛。大家都挑壮牛去犁田。有个本地小伙子，叫三闷儿，正在拉一条大白牛。我走过去，告诉他，这牛被毒蛇咬了，不能干活。他似乎没听见。我劈手把牛鼻绳夺了下来，他就朝我挥了一巴掌。我当胸推了他一把，推了他一个屁股蹲儿。然后很多人拥了上来，把我们拥在中间要打架。北京知青一伙，当地青年一伙，抄起了棍棒和皮带。吵了一会儿，又说不打架，让我和三闷儿摔跤，三闷儿摔不过我，就动了拳头。我一脚把三闷儿踢进了圈前的粪坑，让他沾了一身牛屎。三闷儿爬起来，抢了一把三齿要砍我，别人劝开了。

早上的事情就是这样。晚上我放牛回来，队长说我殴打贫下中农，要开我的斗争会。我说你想借机整人，我也不是好惹的。我还说要聚众打群架。队长说他没想整我，是三闷儿的娘闹得他没办法。那婆娘是个寡妇，泼得厉害。他说此地的规矩就是这样。后来他说，不开斗争会，改为帮助会，让我上前面去检讨一下。要是我还不肯，就让寡妇来找我。

会开得很乱。老乡们七嘴八舌，说知青太不像话，偷鸡摸狗还打人。知青们说放狗屁，谁偷东西，你们当场拿住了吗？老子们是来支援边疆建设，又不是充军的犯人，哪能容你们乱栽赃。我在前面也不检讨，只是骂。不提防三闷儿的娘从后面摸上来，抄起一条沉甸甸的拔秧凳，给了我后腰一下，正砸在我的旧伤上，登时我就背过气去了。

我醒过来时，罗小四领了一伙人呐喊着要放火烧牛圈，还说要三闷儿的娘抵命。队长领了一帮人去制止，副队长叫人抬我上牛车去医院。卫生员说抬不得，腰杆断了，一抬就死。我说腰杆好像没断，你们快把我抬走。可是谁也不敢肯定我的腰杆是断了还是没断。所以也不敢肯定我会不会一抬就死。我就一直躺着。后来队长过来一问，就说：快摇电话把陈清扬叫下来，让她看看腰断了没有。过了不一会儿，陈清扬披头散发眼皮红肿地跑了来，劈头第一句话就是：你别怕，要是你瘫了，我照顾你一辈子。然后一检查，诊断和我自己的相同。于是我就坐上牛车，到总场医院去看病。

那天夜里陈清扬把我送到医院，一直等到腰部X光片子出来，看过认为没问题后才走。她说过一两天就来看我，可是一直没来。我住了一个星期，可以走动了，就奔回去找她。

我走进陈清扬的医务室时，身上背了很多东西，装得背篓里冒了尖。除了锅碗盆瓢，还有足够两人吃一个月的东西。她见我进来，淡淡地一笑，说你好了吗？带这些东西上哪儿？

我说要去清平洗温泉。她懒懒地往椅子上一仰说，这很好。温泉可以治旧伤。我说我不是真去洗温泉，而是到后面山上住几天。她说后面山上什么都没有，还是去洗温泉吧。

清平的温泉是山坳里一片泥坑，周围全是荒草坡。有一些病人在山坡上搭了窝棚，成年住在那里，其中得什么病的都有。我到那里不但治不好病，还可能染上麻风。而后面荒山里的低洼处沟谷纵横，疏林之中芳草离离，我在人迹绝无的地方造了一间草房，空山无人，流水落花，住在里面可以修身养性。陈清扬听了，禁不住一笑说：那地方怎么走？也许我去看看你。我告诉她路，还画了一张示意图，自己进山去了。

我走进荒山，陈清扬没有去看我。旱季里浩浩荡荡的风刮个不停，整个草房都在晃动。陈清扬坐在椅子上听着风声，回想起以往发生的事情，对一切都起了怀疑。她很难相信自己会莫名其妙地来到这极荒凉的地方，又无端地被人称作破鞋，然后就真的搞起了破鞋。这件事真叫人难以置信。陈清扬说，有时候她走出房门，往后山上看，看到山丘中有很多小路蜿蜒通到深山里去。我对她说的话言犹在耳。她知道沿着一条路走进山去，就会找到我。这是无可怀疑的事。但是越是无可怀疑的事就越值得怀疑。很可能那条路不通到任何地方，很可能王二不在山里，很可能王二根本就不存在。

过了几天，罗小四带了几个人到医院去找我。医院里没人听说过王二，更没人知道他上哪儿去了。那时节医院里肝炎流行，没染上肝炎的病人都回家去疗养，大夫也纷纷下队去送医上门。罗小四等人回到队里，发现我的东西都不见了，就去问队长可见过王二。队长说谁是王二？从来没听说过。罗小四说前几天你还开会斗争过他，尖嘴婆打了他一板凳，差点把他打死。这样提醒了以后，队长就更想不起来我是谁了。那时节有一个北京知青慰问团要来调查知青在下面的情况，尤其是有无被捆打逼婚等情况，因此队长更不乐意想起我来。罗小四又到十五队问陈清扬可曾见过我，还闪烁其词地暗示她和我有过不正当的关系。陈清扬则表示，她对此一无所知。

等到罗小四离开，陈清扬就开始糊涂了。看来有很多人说，王二不存在。这件事叫人困惑的原因就在这里。大家都说存在的东西一定不存在，这是因为眼前的一切都是骗局。大家都说不存在的东西一定存在，比如王二，假如他不存在，这个名字是从哪里来的？陈清扬按捺不住好奇心，终于扔下一切，上山来找我来了。

我被尖嘴婆打了一板凳后晕了过去，陈清扬曾经从山上跑下来看我。当时她还忍不住哭了起来，并且当众说，如果我好不了要照顾我一辈子。结果我并没有死，连瘫都没瘫，这对我是很好的事，可是陈清扬并不喜欢。这等于当众暴露了她是破鞋。假如我死，或是瘫掉，就是应该的事，可是我在医院里只住了一个星期就跑出来。对她来说，我就是那个急匆匆从山上赶下去的背影，一个记忆中的人。她并不想和我做爱，也不想和我搞破鞋，除非有重大的原因。因此她来找我就是真正的破鞋行径。

陈清扬说，她决定上山找我时，在白大褂底下什么都没穿。她就这样走过十五队后面的那片山包。那些小山上长满了草，草下是红土。上午风从山上往平坝里吹，冷得像山上的水，下午风吹回来，带着燥热和尘土。陈清扬来找我时，乘着白色的风。风从衣服下面钻进来，流过全身，好像爱抚和嘴唇。其实她不需要我，也没必要找到我。以前人家说她是破鞋，说我是她的野汉子时，她每天都来找我。那时好像有必要。自从她当众暴露了她是破鞋，我是她的野汉子后，再没人说她是破鞋，更没人在她面前提到王二（除了罗小四）。大家对这种明火执仗的破鞋行径是如此的害怕，以致连说都不敢啦。

关于北京要来人视察知青的事，当地每个人都知道，只有我不知道。这是因为我前些日子在放牛，早出晚归，而且名声不好，谁也不告诉我，后来住了院，也没人来看我。等到我出院以后，就进了深山。在我进山之前，总共就见到了两个人，一个是陈清扬，她没有告诉我这件事。另一个是我们队长，他也没说起这件事，只叫我去温泉养病。我告诉他，我没有东西（食品、炊具等等），所以不能去温泉。他说他可以借给我。我说我借了不一定还，他说不要紧。我就向他借了不少家制的腊肉和香肠。

陈清扬不告诉我这件事是因为她不关心，她不是知青。队长不告诉我这件事，是因为他以为我已经知道了。他还以为我拿了很多吃的东西走，就不会再回来。所以罗小四问他王二到哪儿去了时，他说：王二？谁叫王二？从没听说过。对于罗小四等人来说，找到我有很大的好处，我可以证明大家在此地受到很坏的待遇，经常被打晕。对于领导来说，我不存在有很大的便利，可以说明此地没有一个知青被打晕。对于我自己来说，存在不存在没有很大的关系。假如没有人来找我，我在附近种点玉米，可以永远不出来。就因为这个原因，我对自己存不存在的事不太关心。

我在小屋里也想过自己存不存在的问题。比方说，别人说我和陈清扬搞破鞋，这就是存在的证明。用罗小四的话来说，王二和陈清扬脱了裤子干。其实他也没看见。他想象的极限就是我们脱裤子。还有陈清扬说，我从山上下来，穿着黄军装，走得飞快。我自己并不知道我走路是不回头的。因为这些事我无从想象，所以是我存在的证明。

还有我的小和尚直挺挺，这件事也不是我想出来的。我始终盼着陈清扬来看我，但陈清扬始终没有来。她来的时候，我没有盼着她来。

四

我曾经以为陈清扬在我进山后会立即来看我，但是我错了。我等了很久，后来不再等了。我坐在小屋里，听着满山树叶哗哗响，终于到了物我两忘的境界。我听见浩浩荡荡的空气大潮从我头顶涌过，正是我灵魂里潮兴之时。正如深山里花开，龙竹笋剥剥地爆去笋壳，直翘翘地向上。到潮退时我也安息，但潮兴时要乘兴而舞。正巧这时陈清扬来到草屋门口，她看见我赤条条坐在竹板床上，阳具就如剥了皮的兔子，红通通亮晶晶足有一尺长，直立在那里，登时惊慌失措，叫了起来。

陈清扬到山里找我的事又可以简述如下：我进山后两个星期，她到山里找我。当时是下午两点钟，可是她像那些午夜淫奔的妇人一样，脱光了内衣，只穿一件白大褂，赤着脚走进山来。她就这样走过阳光下的草地，走进了一条干河沟，在河沟里走了很久。这些河沟很乱，可是她连一个弯都没转错。后来她又从河沟里出来，走进一个向阳的山洼，看见一间新搭的草房。假如没有一个王二告诉她这条路，她不可能在茫茫荒山里找到一间草房。可是她走进草房，看到王二就坐在床上，小和尚直挺挺，却吓得尖叫起来。

陈清扬后来说，她没法相信她所见到的每件事都是真的。真的事要有理由。当时她脱了衣服，坐在我的身边，看着我的小和尚，只见它的颜色就像烧伤的疤痕。这时我的草房在风里摇晃，好多阳光从房顶上漏下来，星星点点落在她身上。我伸手去触她的乳头，直到她脸上泛起红晕，乳房坚挺。忽然她从迷梦里醒来，羞得满脸通红。于是她紧紧地抱住我。

我和陈清扬是第二次做爱，第一次做爱的很多细节当时我大惑不解，后来我才明白，她对被称作破鞋一事，始终耿耿于怀。既然不能证明她不是破鞋，她就乐于成为真正的破鞋。就像那些被当场捉了奸的女人一样，被人叫上台去交代那些偷情的细节。等到那些人听到情不能持，丑态百出时，怪叫一声：把她捆起来！就有人冲上台去，用细麻绳把她五花大绑，她就这样站在人前，受尽羞辱。这些事一点也不讨厌。她也不怕被人剥得精赤条条，拴到一扇磨盘上，扔到水塘里淹死。或者像以前达官贵人家的妻妾一样，被强迫穿得整整齐齐，脸上贴上湿透的黄表纸，端坐着活活憋死。这些事都一点也不讨厌。她丝毫也不怕成为破鞋，这比被人叫作破鞋而不是破鞋好得多。她所讨厌的是使她成为破鞋那件事本身。

我和陈清扬做爱时，一只蜥蜴从墙缝里爬了进来，走走停停地经过房中间的地面，忽然它受到惊动，飞快地出去，消失在门口的阳光里。这时陈清扬的呻吟就像泛滥的洪水，在屋里蔓延。我为此所惊，伏下身不动。可是她说，快，混蛋，还拧我的腿。等我“快”了以后，阵阵震颤就像从地心传来。后来她说她觉得自己罪孽深重，早晚要遭报应。

她说自己要遭报应时，一道红晕正从她的胸口褪去。那时我们的事情还没完。但她的口气是说，她只会为在此之前的事遭报应。忽然之间我从头顶到尾骨一齐收紧，开始极其猛烈地射精。这事与她无关，大概只有我会为此遭报应。

后来陈清扬告诉我，罗小四到处找我。他到医院找我时，医院说我不存在，他找队长问我时，队长也说我不存在，最后他来找陈清扬，陈清扬说，既然大家都说他不存在，大概他就是不存在吧，我也没有意见。罗小四听了这话，禁不住哭了起来。

我听了这话，觉得很奇怪。我不应该因为尖嘴婆打了我一下而存在，也不应该因为她打了我一下而不存在。事实上，我的存在乃是不争的事实。我就为这一点钻了牛角尖。为了验证这不争的事实，慰问团来的那一天，我从山上奔了下去，来到了座谈会的会场上。散会以后，队长说，你这个样子不像有病。还是回来喂猪吧。他还组织人力，要捉我和陈清扬的奸。当然，要捉我不容易，我的腿非常快。谁也休想跟踪我。但是也给我添了很多麻烦。到了这个时候我才悟到，犯不着向人证明我存在。

我在队里喂猪时，每天要挑很多水。这个活计很累，连偷懒都不可能，因为猪吃不饱会叫唤。我还要切很多猪菜，劈很多柴。喂这些猪原来要三个妇女，现在要我一个人干。我发现我不能顶三个妇女，尤其是腰疼时。这时候我真想证明我不存在。

晚上我和陈清扬在小屋里做爱。那时我对此事充满了敬业精神，对每次亲吻和爱抚都贯注了极大的热情。无论是经典的传教士式，后进式，侧进式，女上位，我都能一丝不苟地完成。陈清扬对此极为满意。我也极为满意。在这种时候，我又觉得用不着去证明自己是存在的，从这些体会里我得到一个结论，就是永远别让别人注意你。北京人说，不怕贼偷，就怕贼惦记。你千万别让人惦记上。

过了一些时候，我们队的知青全调走了，男的调到糖厂当工人，女的到农中去当老师。单把我留下来喂猪，据说是因为我还没有改造好。陈清扬说，我叫人惦记上了。这个人大概就是农场的军代表。她还说，军代表不是个好东西。原来她在医院工作，军代表要调戏她，被她打了个大嘴巴。然后她就被发到十五队当队医。十五队的水是苦的，也没有菜吃，待久了也觉得没有啥，但是当初调她来，分明有修理一下的意思。她还说，我准会被修理到半死。我说过，他能把我怎么样？急了老子跑他娘。后来的事都是由此而起。

那天早上天色微明，我从山上下来，到猪场喂猪。经过井台时，看见了军代表，他正在刷牙。他把牙刷从嘴里掏出来，满嘴白沫地和我讲话，我觉得很讨厌，就一声不吭地走掉了。过了一会儿，他跑到猪场里，把我大骂了一顿，说你怎么敢走了。我听了这些话，一声不吭。就是他说我装哑巴，我也一声不吭。然后我又走开了。

军代表到我们队来蹲点，蹲下来就不走了。据他说，要不能从王二嘴里掏出话来，死也不甘心。这件事有两种可能的原因，一是他下来视察，遇见了我对他装聋作哑，因而大怒，不走了。二是他不是下来视察，而是听说陈清扬和我有了一腿，特地来找我的麻烦。不管他为何而来，反正我是一声也不吭，这叫他很没办法。

军代表找我谈话，要我写交代材料，他还说，我搞破鞋群众很气愤，如果我不交代，就发动群众来对付我。他还说，我的行为够上了坏分子，应该受到专政。我可以辩解说，我没搞破鞋。谁能证明我搞了破鞋？但我只是看着他。像野猪一样看他，像发傻一样看他，像公猫看母猫一样看他。把他看到没了脾气，就让我走了。

最后他也没从我嘴里套出话来。他甚至搞不清我是不是哑巴。别人说，我不是哑巴，他始终不敢相信，因为他从来没听我说过一句话。他到今天想起我来，还是搞不清我是不是哑巴。想起这一点，我就万分的高兴。

五

最后我们被关了起来，写了很长时间的交代材料。起初我是这么写的：我和陈清扬有不正当的关系。这就是全部。上面说，这样写太简单。叫我重写。后来我写，我和陈清扬有不正当关系，我干了她很多回，她也乐意让我干。上面说，这样写缺少细节。后来又加上了这样的细节：我们俩第四十次非法性交。地点是我在山上偷盖的草房。那天不是阴历十五就是阴历十六，反正月亮很亮。陈清扬坐在竹床上，月光从门里照进来，照在她身上。我站在地上，她用腿圈着我的腰。我们还聊了几句，我说她的乳房不但圆，而且长得很端正，脐窝不但圆，而且很浅，这些都很好。她说是吗，我自己不知道。后来月光移走了，我点了一根烟，抽到一半她拿走了，接着吸了几口。她还捏过我的鼻子，因为本地有一种说法，说童男的鼻子很硬，而纵欲过度行将死去的人鼻子很软，这些时候她懒懒地躺在床上，倚着竹板墙。其他的时间她像澳大利亚考拉熊一样抱住我，往我脸上吹热气。最后月亮从门对面的窗子里照进来，这时我和她分开。但是我写这些材料，不是给军代表看。他那时早就不是军代表了，而且已经复员回家去了。不管他是不是代表，反正犯了我们这种错误，总是要写交代材料。

我后来和我们学校人事科长关系不错。他说当人事干部最大的好处就是可以看到别人写的交代材料。我想他说的包括了我写的交代材料。我以为我的交代材料最有文采。因为我写这些材料时住在招待所，没有别的事可干，就像专业作家一样。

我逃跑是晚上的事。那天上午，我找司务长请假，要到井坎镇买牙膏。我归司务长领导，他还有监视我的任务。他应该随时随地看住我，可是天一黑我就不见了。早上我带给他很多酸琶果，都是好的。平原上的酸琶果都不能吃，因为里面是一窝蚂蚁，只有山里的酸琶果才没蚂蚁。司务长说，他个人和我关系不坏，而且军代表不在。他可以准我去买牙膏。但是司务长又说，军代表随时会回来。要是他回来时我不在，司务长也不能包庇我。我从队里出去，爬上十五队的后山，拿个镜片晃陈清扬的后窗。过一会儿，她到山上来，说是头两天人家把她盯得特紧，跑不出来。而这几天她又来月经。她说这没关系，干吧，我说那不行。分手时她硬要给我二百块钱。起初我不要，后来还是收下了。

后来陈清扬告诉我，头两天人家没有把她盯得特紧，后来她也没有来月经。事实上，十五队的人根本就不管她。那里的人习惯于把一切不是破鞋的人说成破鞋，而对真的破鞋放任自流。她之所以不肯上山来，让我空等了好几天，是因为对此事感到厌倦。她总要等有了好心情才肯性交，不是只要性交就有好心情。当然这样做了以后，她也不无内疚之心。所以她给我二百块钱。我想既然她有二百块钱花不掉，我就替她花。所以我拿了那些钱到井坎镇上，买了一条双筒猎枪。

后来我写交代材料，双筒猎枪也是一个主题。人家怀疑我拿了它要打死谁。其实要打死人，用二百块钱的双筒猎枪和四十块钱的铜炮枪打都一样。那种枪是用来在水边打野鸭子的，在山里一点不实用，而且像死人一样沉。那天我到井坎街上时，已经是下午时分，又不是赶街的日子，所以只有一条空空落落的土路和几间空空落落的国营商店。商店里有一个售货员在打瞌睡，还有很多苍蝇在飞。货架上写着"吕过吕乎"，放着铝锅铝壶。我和那个胶东籍的售货员聊了一会儿天，她叫我到库房里看了看。在那儿我看见那条上海出的猎枪，就不顾它已经放了两年没卖出去的事实，把它买下了。傍晚时我拿它到小河边试放，打死了一只鹭鸶。这时军代表从场部回来，看见我手里有枪，很吃了一惊。他唠叨说，这件事很不对，不能什么人手里都有枪。应该和队里说一下，把王二的枪没收掉。我听了这话，几乎要朝他肚子上打一枪。如果打了的话，恐怕会把他打死。那样多半我也活不到现在了。

那天下午我从井坎回队的路上，涉水从田里经过，曾经在稻棵里站了一会儿。我看见很多蚂蟥像鱼一样游出来，叮上了我的腿。那时我光着膀子，衣服包了很多红糖馅的包子（镇上饭馆只卖这一种食品），双手提包子，背上还背了枪，很累赘。所以我也没管那些蚂蟥。到了岸上我才把它们一条条揪下来用火烧死。烧得它们一条条发软起泡。忽然间我感到很烦很累，不像二十一岁的人。我想，这样下去很快就会老了。

后来我遇上了勒都。他告诉我说，他们把那条河岔里的鱼都捉到手了。我那一份已经晒成了鱼干，在他姐姐手里。他姐姐叫我去。他姐姐和我也很熟，是个微黑俏丽的小姑娘。我说一时去不了。我把那一包包子都给了勒都，叫他给我到十五队送个信，告诉陈清扬，我用她给我的钱买了一条枪。勒都去了十五队，把这话告诉陈清扬，她听了很害怕，觉得我会把军代表打死。这种想法也不是没有道理，傍晚时我就想打军代表一枪。

傍晚时分我在河边打鹭鸶，碰上了军代表。像往常一样，我一声不吭，他喋喋不休。我很愤怒，因为已经有半个多月了，他一直对我喋喋不休，说着同样的话：我很坏，需要思想改造。对我一刻也不能放松。这样的话我听了一辈子，从来没有像那天晚上那么火。后来他又说，今天他有一个特大好消息，要向大家公布。但是他又不说是什么，只说我和我的"臭婊子"陈清扬今后的日子会很不好过。我听了这话格外恼火，想把他就地掐死，又想听他说出是什么好消息以后再下手。他却不说，一直卖着关子，只说些没要紧的话，到了队里以后才说，晚上你来听会吧，会上我会宣布的。

晚上我没去听会，在屋里收拾东西，准备逃上山去。我想一定发生了什么大事，以致军代表有了好办法来收拾我和陈清扬，至于是什么事我没想出来，那年头的事很难猜。我甚至想到可能中国已经复辟了帝制，军代表已经当上了此地的土司，他可以把我锤骟掉，再把陈清扬拉去当妃子。等我收拾好要出门，才知道没有那么严重。因为会场上喊口号，我在屋里也能听见。原来是此地将从国营农场改做军垦兵团。军代表可能要当个团长。不管怎么说，他不能把我阉掉，也不能把陈清扬拉走。我犹豫了几分钟，还是把装好的东西背上了肩，还用砍刀把屋里的一切都砍坏，并且用木炭在墙上写了："×××（军代表名），操你妈！"然后出了门，上山去了。

我从十四队逃跑的事就是这样。这些经过我也在交代材料里写了。概括地说，是这样的：我和军代表有私仇，这私仇有两个方面：一是我在慰问团面前说出了曾经被打晕的事，叫军代表很没面子；二是争风吃醋，所以他一直修理我。当他要当团长时，我感到不堪忍受，逃到山上去了。我到现在还以为这是我逃上山的原因。但是人家说，军代表根本就没当上团长，我逃跑的理由不能成立。所以人家说，这样的交代材料不可信。可信的材料应该是，我和陈清扬有私情。俗话说，色胆包天，我们什么事都能干出来。这话也有一点道理，可是我从队里逃出来时，原本不打算找陈清扬，打算一走算了。走到山边上才想到，不管怎样，陈是我的一个朋友，该去告别。谁知陈清扬说，她要和我一起逃跑。她还说，假如这种事她不加入，那伟大友谊岂不是喂了狗。于是她匆匆忙忙收拾了一些东西跟我走了。假如没有她和她收拾的东西，我一定会病死在山上。那些东西里有很多治疟疾的药，还有大量的大号避孕套。

我和陈清扬逃上山以后，农场很惊慌了一阵。他们以为我们跑到缅甸去了。这件事传出去对谁都没好处，所以就没向上报告，只是在农场内部通缉王二和陈清扬。我们的样子很好认，还带了一条别人没有的双筒猎枪，很容易被人发现，可是一直没人找到我们。直到半年以后，我们自己回到农场来，各回各的队，又过了一个多月，才被人保组叫去写交代。也是我们流年不利，碰上了一个运动，被人揭发了出来。

六

人保组的房子在场部的路口上，是一座孤零零的土坯房。你从很远的地方就能看见，因为它粉刷得很白，还因为它在高岗上，大家到场部赶街，老远就看见那间房子。它周围是一片剑麻地，剑麻总是暗绿色，剑麻下的土总是鲜红色。我在那里交代问题，把什么都交代了。我们上了山，先在十五队后山上种玉米，那里土不好，玉米有一半没出苗。我们就离开，昼伏夜行，找别的地方定居。最后想起山上有个废水碾，那里有很大一片丢荒了的好地，水碾里住了一个麻风寨跑出来的刘大爹。谁也不到那里去，只有陈清扬有一回想起自己是大夫，去看过一回。我们最后去了刘大爹那里，住在水碾背后的山洼里，陈清扬给刘大爹看病，我给刘大爹种地。过了一些时候，我到清平赶街，遇上了同学。他们说，军代表调走了，没人记着我们的事。我们就回来。整个事情就是这样的。

我在人保组里待了很长时间。有一段时间，气氛还好，人家说，问题清楚了，你准备写材料。后来忽然又严重起来，怀疑我们去了境外，勾结了敌对势力，领了任务回来。于是他们把陈清扬也叫到人保组，严加审讯。问她时，我往窗外看。天上有很多云……

人家叫我交代偷越国境的事。其实这件事上，我也不是清白无辜。我确实去过境外。我曾经打扮成老傣的模样，到对面赶过街。我在那里买了些火柴和盐，但是这没有必要说出来。没必要说的话就不说。

后来我带人保组的人到我们住过的地方去勘查。我在十五队后山上搭的小草房已经漏了顶，玉米地招来很多鸟。草房后面有很多用过的避孕套，这是我们在此住过的铁证。当地人不喜欢避孕套，说那东西阻断了阴阳交流，会使人一天天弱下去。其实当地那种避孕套，比我后来用过的任何一种都好。那是百分之百的天然橡胶。

后来我再不肯带他们去那些地方看，反正我说我没去国外，他们不信。带他们去看了，他们还是不信。没必要做的事就别做。我整天一声不吭。陈清扬也一声不吭。问案的人开头还在问，后来也懒得吭声。街子天天有好多老傣、老景颇背着新鲜的水果蔬菜走过，问案的人也越来越少。最后只剩了一个人。他也想去赶街，可是不到放我们回去的时候，让我们待在这里无人看管，又不合规定。他就到门口去喊人，叫过路的大嫂站住。但是人家经常不肯站住，而是加快了脚步。见到这种情况，我们就笑起来。

人保组的同志终于叫住了一个大嫂。陈清扬站起来，整理好头发，把衬衣领子折起来，然后背过手去。那位大嫂就把她捆起来，先捆紧双手，再把绳子在脖子和胳膊上扣住。那大嫂抱歉地说，捆人我不会呀。人保组的同志说，可以了。然后他再把我捆起来，让我们在两张椅子上背靠背坐好，用绳子拦腰捆上一道，然后他锁上门，也去赶集。过了好半天他才回来，到办公桌里拿东西，问道：要不要上厕所？时间还早，一会儿回来放你们。然后又出去。

到他最后来放开我们的时候，陈清扬活动一下手指，整理好头发，把身上的灰土掸干净，我们俩回招待所去。我们每天都到人保组去，每到街子天就被捆起来，除此之外，有时还和别人一道到各队去挨斗。他们还一再威胁说，要对我们采取其他专政手段——我们受审查的事就是这样的。

后来人家又不怀疑我们去了国外，开始对她比较客气，经常叫她到医院去，给参谋长看前列腺炎。那时我们农场来了一大批军队下来的老干部，很多人有前列腺炎。经过调查，发现整个农场只有陈清扬知道人身上还有前列腺。人保组的同志说，要我们交代男女关系问题。我说，你怎知我们有男女关系问题？你看见了吗？他们说，那你就交代投机倒把问题。我又说，你怎知我有投机倒把问题？他们说，那你还是交代投敌叛变的问题。反正要交代问题，具体交代什么，你们自己去商量。要是什么都不交代，就不放你。我和陈清扬商量以后，决定交代男女关系问题。她说，做了的事就不怕交代。

于是我就像作家一样写起交代材料来。首先交代的就是逃跑上山那天晚上的事。写了好几遍，终于写出陈清扬像考拉熊。她承认她那天心情非常激动，确实像考拉熊。因为她终于有了机会，来实践她的伟大友谊。于是她腿圈住我的腰，手抓住我的肩膀，把我想象成一棵大树，几次想爬上去。

后来我又见到陈清扬，已经到了九十年代。她说她离了婚和女儿住在上海，到北京出差。到了北京就想到，王二在这里，也许能见到。结果真的在龙潭湖庙会上见到了我。我还是老样子，饿纹入嘴，眼窝下乌青，穿过了时的棉袄，蹲在地上吃不登大雅之堂的卤煮火烧。唯一和过去不同的是手上被硝酸染得焦黄。

陈清扬的样子变了不少，她穿着薄呢子大衣，花格呢裙子，高跟皮靴，戴金丝眼镜，像个公司的公关职员，她不叫我，我绝不敢认，于是我想到每个人都有自己的本质，放到合适的地方就大放光彩。我的本质是流氓土匪一类，现在做个城里的市民，学校的教员，就很不像样。

陈清扬说，她女儿已经上了大二，最近知道了我们的事，很想见我。这事的起因是这样的：她们医院想提拔她，发现她档案里还有一堆东西。领导上讨论之后，认为是“文革”时整人的材料，应予撤销。于是派人到云南外调，花了一万元差旅费，终于把它拿了出来。因为是本人写的，交还本人。她把它拿回家去放着，被女儿看见了。该女儿说，好哇，你们原来是这么造的我！

其实我和她女儿没有任何关系。她女儿产生时，我已经离开云南了。陈清扬也是这么解释的，可是那女孩说，我可以把精液放到试管里，寄到云南让陈清扬人工授精。用她原话来说就是：你们两个混蛋什么干不出来。

我们逃进山里的第一个夜晚，陈清扬兴奋得很。天明时我睡着了，她又把我叫起来，那时节大雾正从墙缝里流进来。她让我再干那件事，别戴那劳什子。她要给我生一窝小崽子，过几年就耷拉到这里。同时她揪住乳头往下拉，以示耷拉之状。我觉得耷拉不好看，就说，咱们还是想想办法，别叫它耷拉。所以我还是戴着那劳什子。以后她对这件事就失去了兴趣。

后来我再见陈清扬时，问道，怎么样，耷拉了吧？她说可不是，耷拉得一塌糊涂。你想不想看看有多耷拉。后来我看见了，并没有一塌糊涂。不过她说，早晚要一塌糊涂，没有别的出路。

我写了这篇交代材料交上去，领导上很欣赏。有个大头儿，不是团参谋长就是政委，接见了我们，说我们的态度很好。领导上相信我们没有投敌叛变。今后主要的任务就是交代男女关系问题。假如交代得好，就让我们结婚。但是我们并不想结婚。后来又说，交代得好，就让我调回内地。陈清扬也可以调上级医院。所以我在招待所写了一个多月交代材料，除了出公差，没人打搅，我用复写纸写，正本是我的，副本是她的。我们有一模一样的交代材料。

后来人保组的同志找我商量，说是要开个大的批斗会。所有在人保组受过审查的人都要参加，包括投机倒把分子，贪污犯，以及各种坏人。我们本该属于同一类，可是团领导说了，我们年轻，交代问题的态度好，所以又可以不参加。但是有人攀我们，说都受审查，他们为什么不参加。人保组也难办。所以我们必须参加。最后的决定是来做工作，动员我们参加。据说受受批斗，思想上有了震动，以后可以少犯错误。既然有这样的好处，为什么不参加？到了开会的日子，场部和附近生产队来了好几千人，我们和好多别的人站到台上去。等了好半天，听了好几篇批判稿，才轮到我们王陈二犯。原来我们的问题是思想淫乱，作风腐败，为了逃避思想改造，逃到山里去。后来在党的政策感召下，下山弃暗投明。听了这样的评价，我们心情激动，和大家一起振臂高呼：打倒王二！打倒陈清扬！斗过这一台，我们就算没事了，但是还得写交代，因为团领导要看。

在十五队后山上，陈清扬有一回很冲动，要给我生一群小崽子，我没要。后来我想，生生也不妨，再跟她说，她却不肯生了，而且她总是理解成我要干那件事。她说，要干就干，没什么关系。我想纯粹为我，这样太自私了，所以就很少干。何况开荒很累，没力气干。我所能交代的事就是在地头休息时摸她的乳房。

旱季里开荒时，到处是热风，身上没有汗，可是肌肉干疼。最热时，只能躺在树下睡觉。枕着竹筒，睡在棕皮蓑衣上，我奇怪为什么没人让我交代蓑衣的事。那是农场的劳保用品，非常贵。我带进山两件，一件是我的，一件是从别人门口顺手拿来的。一件也没拿回来。一直到我离开云南，也没人让我交还蓑衣。

我们在地头休息时，陈清扬拿斗笠盖住脸，敞开衬衣的领口，马上就睡着了。我把手伸进去，有很优美的浑圆的感觉。后来我把扣子又解开几个，看见她的皮肤是浅红色。虽然她总穿着衣服干活，可是阳光透过了薄薄的布料。至于我，总是光膀子，已经黑得像鬼一样。

陈清扬的乳房是很结实的两块，躺着的时候给人这样的感觉。但是其他地方很纤细。过了二十多年，大模样没怎么变，只是乳头变得有点大，有点黑。她说这是女儿作的孽。那孩子刚出世，像个粉红色的小猪，闭着眼一口叼住她那个地方狠命地吃，一直把她吃成个老太太，自己却长成个漂亮大姑娘，和她当年一样。

年纪大了，陈清扬变得有点敏感。我和她在饭店里重温旧情，说到这类话题，她就有恐慌之感。当年不是这样。那时候在交代材料里写到她的乳房，我还有点犹豫。她说，就这么写。我说，这样你就暴露了。她说，暴露就暴露，我不怕！她还说是自然长成这样，又不是她捣了鬼。至于别人听说了有什么想法，不是她的问题。

过了这么多年我才发现，陈清扬是我的前妻哩。交代完问题人家叫我们结婚。我觉得没什么必要了。可是领导上说，不结婚影响太坏，非叫去登记不可。上午登记结婚，下午离婚。我以为不算呢。乱秧秧的，人家忘了把发的结婚证要回去。结果陈清扬留了一张。我们拿这二十年前发的破纸头登记了一间双人房。要是没有这东西，就不许住在一间房子里。二十年前不这样。二十年前他们让我们住在一间房子里写交代材料，当时也没这个东西。

我写了我们住在后山上的事。团领导要人保组的人带话说，枝节问题不要讲太多，交代下一个案子吧。听了这话，我发了犟驴脾气：妈妈的，这是案子吗？陈清扬开导我说：这世界上有多少人，每天要干多少这种事，又有几个有资格成为案子。我说其实这都是案子，只不过领导上查不过来。她说既然如此，你就交代吧。所以我交代道：那天夜里，我们离开了后山，向作案现场进发。

七

我后来又见到陈清扬，和她在饭店里登记了房间，然后一起到房间里去，我伸手帮她脱下大衣。陈清扬说，王二变得文明了。这说明我已经变了很多。以前我不但相貌凶恶，行为也很凶恶。

我和陈清扬在饭店里又做了一回案。那里暖气烧得很暖，还装着茶色玻璃。我坐在沙发上，她坐在床上，聊了一会儿天，逐渐有了犯罪的气氛。我说，不是让我看有多耷拉吗，我看看。她就站起来，脱了外衣，里面穿着大花的衬衫。然后她又坐下去，说，还早一点。过一会儿服务员来送开水。他们有钥匙，连门都不敲就进来了。我问她，碰上了人家怎么说？她说，她没被碰上过。但是听说人家会把门一摔，在外面说：真他妈的讨厌！

我和陈清扬逃进山以前，有一次我在猪场煮猪食。那时我要烧火，要把猪菜切碎（所谓猪菜，是番薯藤、水葫芦一类东西），要往锅里加糠添水。我同时做着好几样事情。而军代表却在一边喋喋不休，说我是如何之坏。他还让我去告诉我的臭婊子陈清扬，她是如何之坏。忽然间我暴怒起来，抡起长勺，照着梁上挂的盛南瓜子的葫芦劈去，把它劈成两半。军代表吓得一步跳出房去。

如果他还要继续数落我，我就要砍他脑袋了。我是那样凶恶，因为我不说话。

后来在人保组，我也不大说话，包括人家捆我的时候。所以我的手经常被捆得乌青。陈清扬经常说话。她说：大嫂，捆疼了。或者：大嫂，给我拿手绢垫一垫，我头发上系了一块手绢。她处处与人合作，苦头吃得少。我们处处都不一样。

陈清扬说，以前我不够文明。在人保组里，人家给我们松了绑。那条绳子在她的衬衣上留下了很多道痕迹。这是因为那绳子平时放在烧火的棚子里，沾上了锅灰和柴草末。她用不灵活的手把痕迹撣掉，只撣了前面，撣不了后面。等到她想叫我来撣时，我已经一步跨出门去。等到她追出门去，我已经走了很远，我走路很快，而且从来不回头看。就因为这些原因，她根本就不爱我，也说不上喜欢。

照领导定的性，我们在后山上干的事，除了她像考拉那次之外，都不算案子。像我们在开荒时干的事，只能算枝节问题。所以我没有继续交代下去。其实还有别的事。当时热风正烈，陈清扬头枕双臂睡得很熟。我把她的衣襟完全解开了。这样她袒露出上身，好像是故意的一样。天又蓝又亮，以致阴影里都是蓝黝黝的光。忽然间我心里一动，在她红彤彤的身体上俯身下去。我都忘了自己干了些什么了。我把这事说了出来，以为陈清扬一定不记得。可是她说，“记得记得！那会儿我醒了。你在我肚脐上亲了一下吧？好危险，差一点爱上你。”

陈清扬说，当时她刚好醒来，看见我那颗乱蓬蓬的头正在她肚子上，然后肚脐上轻柔地一触。那一刻她也不能自持。但是她还是假装睡着，看我还要干什么。可是我什么都没干，抬起头来往四下看看，就走开了。

我写的交代材料里说，那天夜里，我们离开后山，向作案现场进发，背上背了很多坛坛罐罐，计划是到南边山里定居。那边土地肥沃，公路两边就是一人深的草。不像十五队后山，草只有半尺高。那天夜里有月亮，我们还走了一段公路，所以到天明将起雾时，已经走了二十公里，上了南面的山。具体地说，到了章风寨南面的草地上，再走就是森林。我们在一棵大青树下露营，拣了两块干牛粪生了一堆火，在地上铺了一块塑料布。然后脱了一切衣服（衣服已经湿了），搂在一起，裹上三条毯子，滚成一个球，就睡着了。睡了一个小时就被冻醒。三重毯子都湿透了，牛粪火也灭了。树上的水滴像倾盆大雨往下掉。空气里飘着的水点有绿豆大小。那是在一月里，旱季最冷的几天。山的阴面就有这么潮。

陈清扬说，她醒时，听见我在她耳边打机关枪。上牙碰下牙，一秒钟不止一下。而且我已经有了热度。我一感冒就不容易好，必须打针。她就爬起来说，不行，这样两个人都要病。快干那事。我不肯动，说道：忍忍吧。一会儿就出太阳。后来又说：你看我干得了吗？案发前的情况就是这样的。

案发时的情形是这样：陈清扬骑在我身上，一起一落，她背后的天上是白茫茫的雾气。这时好像不那么冷了，四下里传来牛铃声。这地方的老傣不关牛，天一亮水牛就自己跑出来。那些牛身上拴着木制的铃铛，走起来发出闷闷的响声。一个庞然大物骤然出现在我们身边，耳边的刚毛上挂着水珠。那是一条白水牛，它侧过头来，用一只眼睛看我们。

白水牛的角可以做刀把，晶莹透明很好看。可是质脆容易裂。我有一把匕首，也是白牛角把，却一点不裂，很难得。刃的材料也好，可是被人保组收走了。后来没事了，找他们要，却说找不到了。还有我的猎枪，也不肯还我。人保组的老郭死乞白赖地说要买，可是只肯出五十块钱。最后连枪带刀，我一样也没要回来。

我和陈清扬在饭店里作案之前聊了好半天。最后她把衬衣也脱下来，还穿着裙子和皮靴。我走过去坐在她身边，把她的头发撩了起来。她的头发有不少白的了。

陈清扬烫了头。她说，以前她的头发好，舍不得烫。现在没关系了。她现在当了副院长，非常忙，也不能每天洗头。除此之外，眼角脖子下有不少皱纹。她说，女儿建议她去做整容手术。但是她没时间做。

后来她说，好啦，看吧，就去解乳罩。我想帮她一把，也没帮上。扣在前面，我把手伸到后面去了。她说看来你没学坏，就转过身来让我看。我仔细看了一阵，提了一点意见。不知为什么，她有点脸红，说，好啦，看也看过了，还要干什么？就要把乳罩戴上。我说，别忙，就这样吧。她说，怎么，还要研究我的结构？我说，那当然。现在不着急，再聊一会儿。她的脸更红了，说道：王二，你一辈子学不了好，永远是个混蛋。

我在人保组，罗小四来看我，趴窗户一看，我被捆得像粽子一样。他以为案情严重，我会被枪毙掉，把一盒烟从窗里扔进来，说道：二哥，哥们儿一点意思，然后哭了。罗小四感情丰富，很容易哭。我让他点着了烟从窗口递进来，他照办了，差点肩关节脱臼才递到我嘴上。然后他问我还有什么事要办，我说没有。我还说，你别招一大群人来看我，他也照办了。他走后，又有一帮孩子爬上窗台看，正看见我被烟熏得睁一眼闭一眼，样子非常难看。打头的一个不禁说道：耍流氓。我说，你爸你妈才耍流氓，他们不流氓能有你？那孩子抓了些泥巴扔我。等把我放开，我就去找他爸，说道：今天我在人保组，被人像捆猪一样捆上。令郎人小志大，趁那时朝我扔泥巴。那人一听，揪住他儿子就揍。我在一边看完了才走。陈清扬听说这事，就有这种评价：王二，你是个混蛋。

其实我并非永远是混蛋。我现在有家有口，已经学了不少好。抽完了那根烟，我把她抱过来，很熟练地在她胸前爱抚一番，然后就想脱她的裙子。她说：别忙，再聊会儿，你给我也来支烟，我点了一支烟，抽着了给她。

陈清杨说，在章风山她骑在我身上一上一下，极目四野，都是灰蒙蒙的水雾。忽然间觉得非常寂寞，非常孤独。虽然我的一部分在她身体里摩擦，她还是非常寂寞，非常孤独。后来我活过来了，说道：换换，你看我的，我就翻到上面去。她说，那一回你比哪回都混蛋。

陈清扬说，那回我比哪回都混蛋，是指我忽然发现她的脚很小巧好看。因此我说，老陈，我准备当个拜脚狂。然后我把她两腿捧起来，吻她的脚心。陈清扬平躺在草地上，两手摊开，抓着草。忽然她一晃头，用头发盖住了脸，然后哼了一声。

我在交代材料里写道，那时我放开她的腿，把她脸上的头发抚开。陈清扬猛烈地挣扎，流着眼泪，但是没有动手。她脸上有两点很不健康的红晕。后来她不挣扎了，对我说，混蛋，你要把我怎么办？我说，怎么了？她又笑，说道：不怎么。接着来。所以我又捧起她的双腿。她就那么躺着不动，双手平摊，牙咬着下唇，一声不响。如果我多看她一眼，她就笑笑。我记得她脸特别白，头发特别黑，整个情况就是这样的。

陈清扬说，那一回她躺在冷雨里，忽然觉得每一个毛孔都进了冷雨。她感到悲从中来，不可断绝。忽然间一股巨大的快感劈进来。冷雾，雨水，都沁进了她的身体。那时节她很想死去。她不能忍耐，想叫出来，但是看见了我她又不想叫出来。世界上还没有一个男人能叫她肯当着他的面叫出来。她和任何人都格格不入。

陈清扬后来和我说，每回和我做爱都深受折磨。在内心深处她很想叫出来，想抱住我狂吻，但是她不乐意。她不想爱别人，任何人都不爱；尽管如此，我吻她脚心时，一股辛辣的感觉还是钻到她心里来。

我和陈清扬在章风山上做爱，有一只老水牛在一边看。后来它哞了一声跑开了，只剩我们两人。过了很长时间，天渐渐亮了。雾从天顶消散。陈清扬的身体沾了露水，闪起光来。我把她放开，站起来，看见离寨子很近，就说：走。于是离开了那个地方，再没回去过。

八

我在交代材料里说，我和陈清扬在刘大爹后山上作案无数。这是因为刘大爹的地是熟地，开起来不那么费力。生活也安定，所以温饱生淫欲。那片山上没人，刘大爹躺在床上要死了。山上非雾即雨，陈清扬腰上束着我的板带，上面挂着刀子。脚上穿高筒雨靴，除此之外不着一丝。

陈清扬后来说，她一辈子只交了我一个朋友。她说，这一切都是因为我在河边的小屋里谈到伟大友谊。人活着总要做几件事情，这就是其中之一。以后她就没和任何人有过交情。同样的事做多了没意思。

我对此早有预感。所以我向她要求此事时就说：老兄，咱们敦敦伟大友谊如何？人家夫妇敦伦，我们无伦可言，只好敦友谊。她说好。怎么敦？正着敦反着敦？我说反着敦。那时正在地头上。因为是反着敦，就把两件蓑衣铺在地上，她趴在上面，像一匹马，说道：你最好快一点，刘大爹该打针了。我把这些事写进了交代材料，领导上让我交代：

1. 谁是“敦伦”；

2. 什么叫“敦敦”伟大友谊；

3. 什么叫正着敦，什么叫反着敦。

把这些都说清以后，领导上又叫我以后少拽文，是什么问题就交代什么问题。

在山上敦伟大友谊时，嘴里喷出白汽。天不那么凉，可是很湿，抓过一把能拧出水来。就在蓑衣旁边，蚯蚓在爬。那片地真肥。后来玉米还没熟透，我们就把它放在捣臼里捣，这是山上老景颇的做法。做出的玉米粑粑很不坏。在冷水里放着，好多天不坏。

陈清扬趴在冷雨里，乳房摸起来像冷苹果。她浑身的皮肤绷紧，好像抛过光的大理石。后来我把小和尚拔出来，把精液射到地里。她在一边看着，面带惊恐之状。我告诉她：这样地会更肥。她说：我知道。后来又说：地里会不会长出小王二来——这像个大夫说的话吗？

雨季过去后，我们化装成老傣，到清平赶街。后来的事我已经写过，我在清平遇上了同学，虽然化了装，人家还是一眼就认出我来。我的个子太高，装不矮。人家对我说：二哥，你跑哪儿去了？我说：我不会讲汉话哟！虽然尽力加上一点怪腔，还是京片子。一句就露馅了。

回到农场是她的主意。我自己既然上了山，就不准备下去。她和我上山，是为了伟大友谊。我也不能不陪她下去。其实我们随时可以逃走，但她不乐意。她说现在的生活很有趣。

陈清扬后来说，在山上她也觉得很有趣。漫山冷雾时，腰上别着刀子，足蹬高筒雨靴，走到雨丝里去。但是同样的事做多了就不再有趣。所以她还想下山，忍受人世的摧残。

我和陈清扬在饭店里重温伟大友谊，说到那回从山上下来，走到岔路口上。那地方有四条岔路，各通一方。东西南北没有关系，一条通到国外，是未知之地；一条通到内地；一条通到农场；一条是我们来的路。那条路还通到户撒。那里有很多阿伧铁匠，那些人世世代代当铁匠。我虽然不是世世代代，但我也能当铁匠。我和那些人熟得很，他们都佩服我的技术。阿伧族的女人都很漂亮，身上挂了很多铜箍和银钱。陈清扬对那种打扮十分神往，她很想到山上去当个阿伧。那时雨季刚过，云从四面八方升起来。天顶上闪过一缕缕阳光。我们有各种选择，可以到各方向去。所以我在路口上站了很久。后来我回内地时，站在公路上等汽车，也有两种选择，可以等下去，也可以回农场去。当我沿着一条路走下去的时候，心里总想着另一条路上的事。这种时候我心里很乱。

陈清扬说过，我天资中等，手很巧，人特别浑。这都是有所指的。说我天资中等，我不大同意，说我特别浑，事实俱在，不容抵赖。至于说我手巧，可能是自己身上体会出来的，我的手的确很巧，不光表现在摸女人方面。手掌不大，手指特长，可以做任何精细的工作。山上那些阿伧铁匠打刀刃比我好，可是要比在刀上刻花纹，没有任何人能比得上。所以起码有二十个铁匠提出过，让我们搬过去，他打刀刃我刻花纹，我们搭一伙。假如当初搬了过去，可能现在连汉话都不会说了。

假如我搬到一位阿伧大哥那里去住，现在准在黑洞洞的铁匠铺里给户撒刀刻花纹。在他家泥泞的后院里，准有一大窝小崽子，共有四种组合形式：

1. 陈清扬和我的；

2. 阿伧大哥和阿伧大嫂的；

3. 我和阿伧大嫂的；

4. 陈清扬和阿伧大哥的。

陈清扬从山上背柴回来，撩起衣裳，露出极壮硕的乳房，不分青红皂白，就给其中一个喂奶。假如当初我退回山上去，这样的事就会发生。

陈清扬说，这样的事不会发生，因为它没有发生，实际发生的是，我们回了农场，写交代材料出斗争差。虽然随时都可以跑掉，但是没有跑。这是真实发生了的事。

陈清扬说，我天资平常，她显然没把我的文学才能考虑在内。我写的交代材料人人都爱看。刚开始写那些东西时，我有很大抵触情绪。写着写着就入了迷。这显然是因为我写的全是发生过的事。发生过的事有无比的魅力。

我在交代材料里写下了一切细节，但是没有写以下已经发生的事情：

我和陈清扬在十五队后山上，在草房里干完后，到山涧里戏水。山上下来的水把红土剥光，露出下面的蓝黏土来。我们爬到蓝黏土上晒太阳。暖过来后，小和尚又直立起来。但是刚发泄过，不像急色鬼。于是我侧躺在她身后，枕着她的头发进入她的身体。我们在饭店里，后来也是这么重温伟大友谊。我和陈清扬侧躺在蓝黏土上，那时天色将晚，风也有点凉。躺在一起心平气和，有时轻轻动一下，据说海豚之间有生殖性的和娱乐性的两种搞法，这就是说，海豚也有伟大友谊。我和陈清扬连在一起，好像两只海豚一样。

我和陈清扬在蓝黏土上，闭上眼睛，好像两只海豚在海里游动。天黑下来，阳光逐渐红下去。天边起了一片云，惨白惨白，翻着无数死鱼肚皮，瞪起无数死鱼眼睛。山上有一股风，无声无息地吹下去。天地间充满了悲惨的气氛。陈清扬流了很多眼泪。她说是触景伤情。

我还存了当年交代材料的副本，有一回拿给一位搞英美文学的朋友看，他说很好，有维多利亚时期地下小说的韵味。至于删去的细节，他也说删得好，那些细节破坏了故事的完整性。我的朋友真有大学问。我写交代材料时很年轻，没什么学问（到现在也没有学问），不知道什么是维多利亚时期地下小说。我想的是不能教坏了别人。我这份交代材料不少人要看。假如他们看了情不自禁也去搞破鞋，那倒不伤大雅，要是学会了这个，那可不大好。

我在交代材料里还漏掉了以下事实，理由如前所述。我们犯了错误，本该被枪毙，领导上挽救我们，让我写交代材料，这是多么大的宽大！所以我下定决心，只写出我们是多么坏。

我们俩在刘大爹后山上时，陈清扬给自己做了一件筒裙，想穿了它化装成老傣，到清平去赶街。可是她穿上以后连路都走不了啦。走到清平南边遇到一条河，山上下来的水像冰一样凉，像腌雪里红一样绿。那水有齐腰深，非常急。我走过去，把她用一个肩膀扛起来，径直走过河才放下来。我的一边肩膀正好和陈清扬的腰等宽，记得那时她的脸红得厉害。我还说，我可以把你扛到清平去，再扛回来，比你扭扭捏捏地走更快。她说，去你妈的吧。

筒裙就像个布筒子，下口只有一尺宽。会穿的人在里面可以干各种事，包括在大街上撒尿，不用蹲下来。陈清扬说，这一手她永远学不会。在清平集上观摩了一阵，她得到了要扮就扮阿伧的结论。回来的路是上山，而且她的力气都耗光了。每到跨沟越坎之处，她就找个树墩子，姿仪万方地站上去，让我扛她。

回来的路上扛着她爬坡。那时旱季刚到，天上白云纵横，阳光灿烂。可是山里还时有小雨。红土的大板块就分外的滑。我走上那块烂泥板，就像初次上冰场。那时我右手扣住她的大腿，左手提着猎枪，背上还有一个背篓，走在那滑溜溜的斜面上，十分吃力。忽然间我向左边滑动，马上要滑进山沟，幸亏手里有条枪，拿枪拄在地上。那时我全身绷紧，拼了老命，总算支持住了。可这个笨蛋还来添乱，在我背上扑腾起来，让我放她下去。那一回差一点死了。

等我刚能喘过气来，就把枪带交到右手，抡起左手在她屁股上狠狠打了两巴掌，隔了薄薄一层布，倒显得格外光滑。她的屁股很圆。鸡巴，感觉非常之好的啦！她挨了那两下登时老实了。非常的乖，一声也不吭。

当然打陈清扬屁股也不是好事，但是我想别的破鞋和野汉子之间未必有这样的事。这件事离了题，所以就没写。

九

我和陈清扬在章风山上做爱时，她还很白，太阳穴上的血管清晰可见。后来在山里晒得很黑。回到农场又变得白皙。后来到了军民共建边防时期，星期天机务站出一辆大拖拉机，拉上一车有问题的人到砖窑出砖。出完了砖再拉到边防线上的生产队去，和宣传队会齐。我们这一车是历史反革命，贼，走资派，搞破鞋的，等等，敌我矛盾人民内部都有，干完了活到边境上斗争一台，以便巩固政治边防。出这种差公家管饭，武装民兵押着蹲在地上吃。吃完了我和陈清扬倚着拖拉机站着，过来一帮老婆娘，对她品头论足。结论是她真白，难怪搞破鞋。

我去找过人保组老郭，问他们叫我们出这种差是什么意思。他们说，无非是让对面的坏人知道这边厉害，不敢过来。本来不该叫我们去，可是凑不齐人数。反正我们也不是好东西，去去也没什么的。我说去去原是不妨，你叫人别揪陈清扬的头发，搞急了老子又要往山上跑。他说他不知道有这事，一定去说说。其实我早想上山，可是陈清扬说，算了，揪揪头发又怎么了。

我们出斗争差时，陈清扬穿我的一件学生制服。那衣服她穿上非常大，袖子能到掌心，领子拉起来能遮住脸腮。后来她把这衣服要走了。据说这衣服还在，大扫除擦玻璃她还穿。挨斗时她非常熟练，一听见说到我们，就从书包里掏出一双洗得干干净净用麻绳拴好的解放鞋，往脖子上一挂，等待上台了。

陈清扬说，在家里刚洗过澡，她拿我那件衣服当浴衣穿。那时她表演给女儿看，当年怎么挨斗。人是撅着的，有时还得抬脸给人家看，就和跳巴西桑巴舞一样。那孩子问道：我爸呢？陈清扬说：你爸爸坐飞机。那孩子就咯咯笑，觉得非常有趣。我听见这话，觉得如有芒刺在背。第一，我也没坐飞机。挨斗时是两个小四川押我，他俩非常客气，总是先道歉说：王哥，多担待。然后把我撅出去。押她的是宣传队的两个小骚货，又撅胳膊又揪头发，照她说的好像人家对我比对她还不好，这么说对当年那两个小四川不公平。第二，我不是她爸爸。等斗完了我们，就该演节目了。把我们撵下台，撵上拖拉机，连夜开回场部去。每次出过斗争差，陈清扬都性欲勃发。

我们跑回农场来，受批判，出斗争差，这也是一阵阵的。有时候团长还请我们到他家坐，说起我们犯错误，他还说，这种错误他也犯过。然后就和陈清扬谈前列腺。这时我就告辞，除非他叫我修手表。有时候对我们很坏，一礼拜出两次斗争差。这时政委说，像王二陈清扬这样的人，就是要斗争，要不大家都会跑到山上去，农场还办不办？平心而论，政委说的也有道理，而且他没有前列腺炎。所以陈清扬书包里那双破鞋老不扔，随时备用。过了一段时间，不再叫我们出斗争差，有一回政委出去开会，团长到军务科说了说，就把我放回内地去了。

有关斗争差的事是这样的：当地有一种传统的娱乐活动，就是斗破鞋。到了农忙时大家都很累。队长说，今晚上娱乐一下，斗斗破鞋。但是他们怎么娱乐的，我可没见过。他们斗破鞋时，总把没结婚的人都撵走。再说，那些破鞋面黑如锅底，奶袋低垂，我不爱看。

后来来了一大批军队干部，接管了农场，就下令不准斗破鞋。理由是不讲政策。但是到了军民共建时期，又下令说可以斗破鞋，团里下了命令，叫我们到宣传队报到，准备参加斗争。马上我就要逃进山去，可是陈清扬不肯跟我走。她还说，她无疑是当地斗过的破鞋里最漂亮的一个。斗她的时候，周围好几个队的人都去看，这让她觉得无比自豪。

团里叫我们随宣传队活动，是这么交代的：我们俩是人民内部矛盾，这就是说，罪恶不彰，要注意政策。但是又说，假如群众愤怒了，要求狠狠斗我们，那就要灵活掌握。结果群众见了我们就愤怒。宣传队长是团长的人，他和我们私交也不坏，跑到招待所来和我们商量：能不能请陈大夫受点委屈？陈清扬说，没有关系。下回她就把破鞋挂在了脖子上，但是大家还是不满意。他只好让陈清扬再受点委屈。最后他说，大家都是明白人，我也不多说。您二位多担待吧。

我和陈清扬出斗争差的时候，开头总是待在芭蕉树后面。那里是后台。等到快轮到我们时，她就站起来，把头上的发卡取下来衔在嘴里，再一个个别好，翻起领口，拉下袖子，背过双手，等待受捆了。

陈清扬说，他们用竹批绳、棕绳来捆她，总把她的手捆肿。所以她从家里带来了晾衣服的棉绳。别人也抱怨说，女人不好捆。浑身圆滚滚，一点不吃绳子。与此同时，一双大手从背后擒住她的手腕，另一双手把她紧紧捆起来，捆成五花大绑。

后来人家把她押出去，后面有人揪住她的头发，使她不能往两边看，也不能低下头，所以她只能微微侧过头去，看汽灯青白色的灯光。有时她正过头来，看见一些陌生的脸，她就朝那人笑笑。这时她想，这真是个陌生的世界！这里发生了什么，她一点不了解。

陈清扬所了解的是，现在她是破鞋。绳子捆在她身上，好像一件紧身衣。这时她浑身的曲线毕露。她看到在场的男人裤裆里都凸起来。她知道是因为她，但为什么这样，她一点不理解。

陈清扬说，出斗争差时，人家总要揪着她头发让她往四下看，为此她把头发梳成两缕，分别用皮筋系住，这样人家一只手提住她的手腕，另一只手揪她的头发就特别方便。她就这样被人驾驶着看到了一切，一切都流进她心里。但是她什么都不理解。但是她很愉快，人家要她做的事她都做到了，剩下的事与她无关。她就这样在台上扮演了破鞋。

等到斗完了我们，就该演文艺节目了。我们当然没资格看，就被撵上拖拉机，拉回场部去。开拖拉机的师傅早就着急回家睡觉，早就把机器发动起来。所以连陈清扬的绑绳也来不及松开。我把她抱上拖车，然后车上颠得很，天又黑，还是解不开。到了场部以后，索性我把她扛回招待所，在电灯下慢慢解。这时候陈清扬面有酡颜，说道：敦伟大友谊好吧？我都有点等不及了！

陈清扬说，那一刻她觉得自己像个礼品盒，正在打开包装，于是她心花怒放，她终于解脱了一切烦恼，用不着再去想自己为什么是破鞋，到底什么是破鞋，以及其他费解的东西：我们为什么到这个地方来，来干什么，等等。现在她把自己交到了我手里。

在农场里，每回出完了斗争差，陈清扬必要求敦伟大友谊。那时总是在桌子上。我写交代材料也在那张桌子上，高度十分合适。她在那张桌上像考拉那样，快感如潮，经常禁不住喊出来。那时黑着灯，看不见她的模样。我们的后窗总是开着的，窗后是一个很陡的坡。但是总有人来探头探脑，那些脑袋露在窗台上好像树枝上的寒鸦。我那张桌子上老放着一些山梨，硬得人牙咬不动，只有猪能吃。有时她拿一个从我肩上扔出去，百发百中，中弹的从陡坡上滚下去。这种事我不那么受用，最后射出的精液都冷冰冰。不瞒你说，我怕打死人，像这样的事倒可以写进交代材料，可是我怕人家看出我在受审查期间继续犯错误，给我罪加一等。

十

后来我们在饭店里重温伟大友谊，谈到各种事情。谈到了当年的各种可能性，谈到了我写的交代材料，还谈到了我的小和尚。那东西一听别人谈到它，就激昂起来，蠢动个不停。因此我总结道，那时人家要把我们锤掉，但是没有锤动。我到今天还强硬如初。为了伟大友谊，我还能光着屁股上街跑三圈。我这个人，一向不大知道要脸。不管怎么说，那是我的黄金时代。虽然我被人当成流氓。我认识那里好多人，包括赶马帮的流浪汉，山上的老景颇，等等。提起会修表的王二，大家都知道。我和他们在火边喝那种两毛钱一斤的酒，能喝很多。我在他们那里大受欢迎。

除了这些人，猪场里的猪也喜欢我，因为我喂猪时，猪食里的糠比平时多三倍。然后就和司务长吵架，我说，我们猪总得吃饱吧。我身上带有很多伟大友谊，要送给一切人。因为他们都不要，所以都发泄在陈清扬身上了。

我和陈清扬在饭店里敦伟大友谊，是娱乐性的。中间退出来一次，只见小和尚上血迹斑斑。她说，年纪大了，里面有点薄，你别那么使劲。她还说，在南方待久了，到了北方手就裂。而蛤蜊油的质量下降，抹在手上一点用都不管。说完了这些话，她拿出一小瓶甘油来，抹在小和尚上面。然后正着敦，说话方便。我就像一根待解的木料，躺在她分开的双腿中间。

陈清扬脸上有很多浅浅的皱纹，在灯光下好像一条条金线。我吻她的嘴，她没反对。这就是说，她的嘴唇很柔软，而且分开了。以前她不让我吻她嘴唇，让我吻她下巴和脖子交界的地方。她说，这样刺激性欲。然后继续谈到过去的事。

陈清扬说，那也是她的黄金时代。虽然被人称作破鞋，但是她清白无辜。她到现在还是无辜的。听了这话，我笑起来。但是她说，我们在干的事算不上罪孽。我们有伟大友谊，一起逃亡，一起出斗争差，过了二十年又见面，她当然要分开两腿让我趴进来。所以就算是罪孽，她也不知罪在何处。更主要的是，她对这罪恶一无所知。

然后她又一次呼吸急促起来。她的脸变得赤红，两腿把我用力夹紧，身体在我下面绷紧，压抑的叫声一次又一次穿过牙关，过了很久才松弛下来。这时她说很不坏。

很不坏之后，她还说这不是罪孽。因为她像苏格拉底，对一切都一无所知。虽然活了四十多岁，眼前还是奇妙的新世界。她不知道为什么人家要把她发到云南那个荒凉的地方，也不知为什么又放她回来。不知道为什么要说她是破鞋，把她押上台去斗争，也不知道为什么又说她不是破鞋，把写好的材料又抽出来。这些事有过各种解释，但没有一种她能听懂。她是如此无知，所以她无罪。一切法律书上都是这么写的。

陈清扬说，人活在世上，就是为了忍受摧残，一直到死。想明了这一点，一切都能泰然处之。要说明她怎会有这种见识，一切都要回溯到那一回我从医院回来，从她那里经过进了山。我叫她去看我，她一直在犹豫。等到她下定了决心，穿过中午的热风，来到我的草房前面，那一瞬间，她心里有很多美丽的想象。等到她进了那间草房，看见我的小和尚直挺挺，像一件丑恶的刑具。那时她惊叫起来，放弃了一切希望。

陈清扬说，在此之前二十多年前一个冬日，她走到院子里去。那时节她穿着棉衣，艰难地爬过院门的门槛。忽然一粒沙粒钻进了她的眼睛。这是那么的疼，冷风又是那样的割脸，眼泪不停地流。她觉得难以忍受，立刻大哭起来，企图在一张小床上哭醒。这是与生俱来的积习，根深蒂固。放声大哭从一个梦境进入另一个梦境，这是每个人都有的奢望。

陈清扬说，她去找我时，树林里飞舞着金蝇。风从所有的方向吹来，穿过衣襟，爬到身上。我待的那个地方可算是空山无人。炎热的阳光好像细碎的云母片，从天顶落下来。在一件薄薄的白大褂下，她已经脱得精光。那时她心里也有很多奢望。不管怎么说，那也是她的黄金时代，虽然那时她被人叫作破鞋。

陈清扬说，她到山里找我时，爬过光秃秃的山岗。风从衣服下面吹进来，吹过她的性敏感带，那时她感到的性欲，就如风一样捉摸不定。它放散开，就如山野上的风。她想到了我们的伟大友谊，想起我从山上急匆匆地走下去。她还记得我长了一头乱蓬蓬的头发，论证她是破鞋时，目光笔直地看着她。她感到需要我，我们可以合并，成为雄雌一体。就如幼小时她爬出门槛，感到了外面的风。天是那么蓝，阳光是那么亮，天上还有鸽子在飞。鸽哨的声音叫人终生难忘。此时她想和我交谈，正如那时节她渴望和外面的世界合为一体，溶化到天地中去。假如世界上只有她一个人，那实在是太寂寞了。

陈清扬说，她到我的小草房里去时，想到了一切东西，就是没想到小和尚。那东西太丑，简直不配出现在梦幻里。当时陈清扬也想大哭一场，但是哭不出来，好像被人捏住了喉咙。这就是所谓的真实。真实就是无法醒来。那一瞬间她终于明白了在世界上有些什么，下一瞬间她就下定了决心，走上前来，接受摧残，心里快乐异常。

陈清扬还说，那一瞬间，她又想起了在门槛上痛哭的时刻。那时她哭了又哭，总是哭不醒。而痛苦也没有一点减小的意思。她哭了很久，总是不死心。她一直不死心，直到二十年后面对小和尚。这已经不是她第一次面对小和尚。但是以前她不相信世界上还有这种东西。

陈清扬说，她面对这丑恶的东西，想到了伟大友谊。大学里有个女同学，长得丑恶如鬼（或者说，长得也是这个模样），却非要和她睡一个床。不但如此，到夜深人静的时候，还要吻她的嘴，摸她的乳房。说实在的，她没有这方面的嗜好。但是为了交情，她忍住了。如今这个东西张牙舞爪，所要求的不过是同一种东西。就让它如愿以偿，也算是交友之道。所以她走上前来，把它的丑恶深深埋葬，心里快乐异常。

陈清扬说，到那时她还相信自己是无辜的。甚至直到她和我逃进深山里去，几乎每天都敦伟大友谊。她说这丝毫也不能说明她有多么坏，因为她不知道我和我的小和尚为什么要这样。她这样做是为了伟大友谊，伟大友谊是一种诺言。守信肯定不是罪孽。她许诺过要帮助我，而且是在一切方面。但是我在深山里在她屁股上打了两下，彻底玷污了她的清白。

十一

我写了很长时间交代材料，领导上总说，交代得不彻底，还要继续交代。所以我以为，我的下半辈子要在交代中度过。最后陈清扬写了一篇交代材料，没给我看，就交到了人保组。此后就再没让我们写材料。不但如此，也不叫我们出斗争差。不但如此，陈清扬对我也冷淡起来。我没情没绪地过了一段时间，自己回了内地。她到底写了什么，我怎么也猜不出来。

从云南回来时我损失了一切东西：我的枪，我的刀，我的工具。只多了一样东西，就是档案袋鼓了起来。那里面有我自己写的材料，从此不管我到什么地方，人家都能知道我是流氓。所得的好处是比别人早回城，但是早回来没什么好，还得到京郊插队。

我到云南时，带了很全的工具，桌拿子、小台钳都有。除了钳工家具，还有一套修表工具。住在刘大爹后山上时，我用它给人看手表。虽然空山寂寂，有些马帮却从那里过。有人让我鉴定走私表，我说值多少就值多少。当然不是白干。所以我在山上很活得过。要是不下来，现在也是万元户。

至于那把双筒猎枪，也是一宝。原来当地卡宾枪老套筒都不稀罕，就是没见过那玩意儿。筒子那么粗，又是两个管，我拿了它很能唬人。要不人家早把我们抢了。我，特别是刘老爹，人家不会抢，恐怕要把陈清扬抢走。至于我的刀，老拴在一条牛皮大带上。牛皮大带又老拴在陈清扬腰上。睡觉做爱都不摘下来。她觉得带刀很气派。所以这把刀可以说已经属于陈清扬。枪和刀我已说过，被人保组要走了。我的工具下山时就没带下来，就放在山上，准备不顺利时再往山上跑。回来时行色匆匆，没顾上去拿，因此我成了彻底的穷光蛋。

我对陈清扬说，我怎么也想不出来在最后一篇交代里她写了什么。她说，现在不能告诉我，要告诉我这件事，只能等到了分手的时候。第二天她要回上海，她叫我送她上车站。

陈清扬在各个方面都和我不同。天亮以后，洗了个冷水澡（没有热水了），她穿戴起来。从内衣到外衣，她都是一个香喷喷的 lady。而我从内衣到外衣都是一个地道的土流氓。无怪人家把她的交代材料抽了出来，不肯抽出我的。这就是说，她那破裂的处女膜长了起来。而我呢，根本就没长过那个东西。除此之外，我还犯了教唆之罪，我们在一起犯了很多错误，既然她不知罪，只好都算在我账上。

我们结了账，走到街上去。这时我想，她那篇交代材料一定淫秽万分。看交代材料的人都心硬如铁，水平无比之高，能叫人家看了受不住，那还好得了？陈清扬说，那篇材料里什么也没写，只有她真实的罪孽。

陈清扬说她真实的罪孽，是指在清平山上。那时她被架在我的肩上，穿着紧裹住双腿的筒裙，头发低垂下去，直到我的腰际。天上白云匆匆，深山里只有我们两个人。我刚在她屁股上打了两下，打得非常之重，火烧火燎的感觉正在飘散。打过之后我就不管别的事，继续往山上攀登。

陈清扬说，那一刻她感到浑身无力，就瘫软下来，挂在我肩上。那一刻她觉得如春藤绕树，小鸟依人，她再也不想理会别的事，而且在那一瞬间把一切都遗忘。在那一瞬间她爱上了我，而且这件事永远不能改变。

在车站上陈清扬说，这篇材料交上去，团长拿起来就看。看完了面红耳赤，就像你的小和尚。后来见过她这篇交代材料的人，一个个都面红耳赤，好像小和尚。后来人保组的人找了她好几回，让她拿回去重写，但是她说，这是真实情况，一个字都不能改。人家只好把这个东西放进了我们的档案袋。

陈清扬说，承认了这个，就等于承认了一切罪孽。在人保组里，人家把各种交代材料拿给她看，就是想让她明白，谁也不这么写交代。但是她偏要这么写。她说，她之所以要把这事最后写出来，是因为它比她干过的一切事都坏。以前她承认过分开双腿，现在又加上，她做这些事是因为她喜欢。做过这事和喜欢这事大不一样。前者该当出斗争差，后者就该五马分尸千刀万剐。但是谁也没权力把我们五马分尸，所以只好把我们放了。

陈清扬告诉我这件事以后，火车就开走了。以后我再也没见过她。

风景

方方

《风景》出现在1987年，现在看来是非常难得的。对于方方自己来说也是难以逾越的高峰。《风景》展现的生活场景我们后来称为“底层叙事”，但方方的境界远远高于“底层叙事”的境界。她是用悲悯的人道的情怀来打量这个世界。她选择的亡婴这样独特叙事人，就是寻求某种“零度”的可能性。而之后的“底层叙事”则充满了道德优越感，与现代小说的本质渐行渐远。《风景》对苦难叙事那样一种距离感，是浑然天成、妙手偶得，几乎是难以复制的。在叙事形态上，《风景》是现代的，又是写实主义的，所以成为“新写实”标志性的作品。

李昌鹏

《当代作家》1987年5期

……在浩漫的生存布景后面，在深渊最黑暗的所在，我清楚地看见那些奇异世界……

——波特莱尔

一

七哥说，当你把这个世界的一切连同这个世界本身都看得一钱不值时，你才会觉得自己活到这会儿才活出点滋味来，你才能天马行空般在人生路上洒脱地走个来回。

七哥说，生命如同树叶，来去匆匆。春日里的萌芽就是为了秋天里的飘落。殊路却同归，又何必在乎是不是抢了别人的营养而让自己肥绿肥绿的呢？

七哥说，号称清廉的人们大多为了自己的名声活着，虽未害人却也未为社会及人类做出什么贡献。而遭人贬斥的靠不义之财发富的人却有可能拿出一大笔钱修座医院抑或学校，让众多的人尽享其好处。这两种人你能说谁更好一些谁更坏一些么？

七哥只要一进家门，就像一条发了疯的狗毫无节制地乱叫乱嚷，仿佛是对他小时候从来没有说话的权利而进行的残酷报复。

父亲和母亲听不得七哥这一套，总是叫着“牙酸”然后跑到门外。京广铁路几乎是从屋檐边擦过。

火车平均七分钟一趟，轰隆隆驶来时，夹带着呼啸而过的风和震耳欲聋的噪音。在这里，父亲和母亲能听到七哥的每一个音节都被庞大的车轮碾得粉碎。

依照父亲往日的脾气，七哥第一次这么干时，父亲就会拿出刀割下他的舌头。而现在父亲不敢了。七哥现在是个人物。父亲得忍住自己全部的骄傲去适应这个人物。

七哥已经很高很胖了。他脸上时常地泛出红油油的光。肚子恰如其分地挺出来一点点。很难想象支撑他这一身肉的仍然是他早先的那一副骨架。我怀疑他二十岁那次动手术没有割去盲肠而是换了骨头。否则就不好解释打那以后他越长越胖这个事实了。七哥穿上西装打上领带便仪表堂堂地像个港商。后来又戴了副无框眼镜便酷似教授抑或什么专家。七哥走在大街上常有些姑娘忍不住含情脉脉地凝视他。七哥在外面说话毫无疯狗气。文质彬彬地卖弄他那些据说是哲人也得几十年修炼才能悟出的思想。

七哥住过晴川饭店。起先父亲不信。父亲每天到江边溜达都能看到那高白高白的房子。父亲在汉口活了偌些年从来还没见过这么高的房子，便咬定只有毛主席或者是周总理这个级别的人才能住。这时是一九八四年。

七哥解释不清，便说那大楼里的“晴川饭店”写得像“暗川饭店”，不信你们去查证。

父亲和母亲自然是不敢设想自己有机会去那里瞧瞧。直到有一天报上登着个体户住进晴川饭店的消息后，五哥和六哥各带一千块钱去了一趟，第二日回来对父亲说小七子的确在那里住过，那字真的写得像“暗”川饭店。

七哥说去那里总是坐“的士”，每回都有穿红衣服的小侍者为我打开车门，然后还鞠个躬，说：“欢迎您的光临。”

五哥和六哥是坐公共汽车去的，下了大桥，还走了好远的路，无法证实七哥的话。但父亲母亲不必做何证实也完全相信了。

父亲再往江边转悠时，遇见熟人便忍不住说：“那个晴川饭店也就那样，我小七子住过好些回数。”

“哦？就是睡床底下的那个小七子？”熟人常惊叹着问。

父亲说：“是呀，是呀，硬是睡出个人物来了。”父亲说这话时，脸上充满慈爱和骄傲之气。

其实，过去父亲总怀疑七哥不是他的儿子。在母亲肚皮隆起时，父亲才知道有这么回事。父亲蹲在门口推算日期。算着算着便抓过母亲扇了两嘴巴。父亲说那时候他跟一只货船到安庆去了。一个老朋友要死了想再见他一面。他前后去了十五天，而母亲却在这段日子里怀上了七哥。母亲风骚了一辈子，这一点父亲是知道的。他一走半月，母亲如何能耐得住寂寞？父亲觉得隔壁的白礼泉最为可疑。白礼泉精瘦精瘦，眼珠滴溜溜地不怀好意，薄嘴皮能言会道勾引女人还有富余。而最关键的是父亲亲眼见过他和母亲打情骂俏。父亲越想越觉得真理在握。为此在母亲生七哥坐月子的时间里，父亲看都不看七哥一眼，若无其事地坐在屋门口大口喝酒，把下酒的炒黄豆嚼得"巴喀巴喀"地响。

服侍母亲的事全是大哥干的。大哥那时已经十七岁了。他十分庄严地照料这个小肉虫一样软软的七弟。半年后父亲头一次看了七哥。他看得很仔细，然后像扔个包袱一样把七哥朝床上一甩。七哥瘦瘦巴巴的，全然不似高高壮壮的父亲的骨肉。父亲揪住母亲的头发，追问她七哥到底是谁的儿子。母亲声嘶力竭地同他吵闹，骂他是野猪是恶狗瞎了眼的魔鬼，说他到安庆去为他过去的情人送终还有脸回家吵架。父亲和母亲的喉咙都大得惊人。平均七分钟一趟的火车都没能压住他们的喧闹。于是左邻右舍来看热闹，那时正是晚饭时候，一个个的观众端着碗将门前围得密密匝匝。他们一边嚼着饭一边笑嘻嘻地对父亲和母亲评头论足。母亲朝父亲吐唾沫时，就有议论说母亲这个姿势没有以前好看了。父亲怒不可遏地砸碗时，好些声音又说砸碗没有砸开水瓶的声音好听。不过了解内情的人会立即补充说他们家主要是没有开水瓶，要不然父亲是不会砸碗的。所有人都能证明父亲是这个叫河南棚子的地方的一条响当当的好汉。

这个问题毋庸置疑，父亲的确是条好汉。全家人都崇拜父亲，母亲自然更甚。母亲一辈子唯一值得她骄傲的就是她拥有父亲这么个人。尽管她同他结婚四十年而挨打次数已逾万次，可她还是活得十分得意。父亲打母亲几乎是他们两人生活中的一个重要内容。母亲需要挨完打后父亲低三下四谦卑无比且极其温存的举动。为了这个，母亲在一段时间没挨打后还故意地挑起事端引得父亲暴跳如雷。母亲是个美丽的女人，自然风骚无比。但她的确从未背叛过父亲。她喜欢在男人们面前挑逗和卖弄那是她的天性，仅此而已。母亲说难道世界上还会有比父亲更像男人的吗？母亲说如果有那才是真的见鬼了。母亲说除非父亲先她而死她才会滚到另一个男人怀里。母亲说这话时才二十五岁，而现在她已六十了，父亲仍然健在。母亲毫无疑问地履行着她的诺言。所以父亲怀疑七哥是隔壁白礼泉的崽子显然是不讲道理。白礼泉比母亲小十八岁，母亲常忍不住去逗弄他，偶尔也动手动脚，但七哥绝对无误是父母的儿子。因为只有父亲这样的人才可能生出七哥这样的儿子。这个道理直到二十五年后七哥突然一天说他被调到团省委当一个什么官了之后父亲才想明白。父亲从七哥那里听说团省委的人下一步就是去党省委，有运气到中央也是不难的。父亲几乎有点接受不了这个事实。父亲这辈子连县一级的官都没见过。父亲跟他认识的同样对方也认识他的最大的官员——搬运站的站长——一共只说过两句半话。有半句是站长没听完就接电话去了。而现在，他的小七子居然比站长大好些级别且还只有二十来岁。鉴于这点，对七哥一进家门就狂妄得像个无时无刻不高翘起他的尾巴的公鸡之状态，父亲一反常规地宽容大度。

二

父亲带着他的妻子和七男二女住在汉口河南棚子一个十三平米的板壁屋子里。父亲从结婚那天就是住在这屋。他和母亲在这里用十七年时间生下了他们的九个儿女。第八个儿子生下来半个月就死掉了。父亲对这条小生命的早夭痛心疾首。父亲那年四十八岁。新生儿不仅同他一样属虎而且竟与他的生日同月同日同一时辰。十五天里，父亲欣喜若狂地每天必抱他的小儿子。他对所有的儿女都没给予过这样深厚的父爱。然而第十六天小婴儿突然全身抽筋随后在晚上咽了气。父亲悲哀的神情几乎把母亲吓晕过去。父亲买了木料做了一口小小的棺材把小婴儿埋在了窗下。那就是我。我极其感激父亲给我的这块血肉并让我永远和家人待在一起。我宁静地看着我的哥哥姐姐们生活和成长，在困厄中挣扎和在彼此间殴斗。我听见他们每个人都对着窗下说过还是小八子舒服的话。我为我比他们每个人都拥有更多的幸福和安宁而忐忑不安。命运如此厚待了我而薄了他们这完全不是我的过错。我常常是怀着内疚之情凝视我的父母和兄长。在他们最痛苦的时刻我甚至想挺身而出，让出我的一切幸福去与他们分享痛苦。但我始终没有勇气做到这一步。我对他们那个世界由衷感到不寒而栗。我是一个懦弱的人为此我常在心里请求我所有的亲人原谅我的这种懦弱，原谅我独自享受着本该属于全家人的安宁和温馨，原谅我以十分冷静的目光一滴不漏地看着他们劳碌奔波，看着他们的艰辛和凄惶。

那时是一九六一年。九个儿女都饿得伸着小细脖呆呆地望着父母。父亲和母亲才断然决定终止他们年轻时声称的生他一个排的计划。

小屋里有一张大床和一张矮矮的小饭桌。装衣物的木盆和纸盒堆在屋角。父亲为两个女儿搭了个极小的阁楼。其余七个儿子排一溜睡在夜晚临时搭的地铺上。父亲每天睡觉前点点数，知道儿女们都活着就行了。然后他一头倒下枕在母亲的胳膊上呼呼地打起鼾来。

父亲说这地方之所以叫河南棚子就是因为祖父他们那群逃荒者在此安营扎寨的缘故。河南棚子在今天差不多是在市中心的地盘上了。向南去翻过京广铁路便是车站路。汉口火车站阴郁地像个教堂立在路的尽头。走出车站路向右拐，便上了中山大道。这一段中山大道，几乎有门即是店。铁鸟照相馆老通城饭店首家服装厂扬子街江汉路六渡桥诸如此类汉口繁华处几乎占全。父亲每天越过中山大道一直走到滨江公园去练太极拳。父亲总是骄傲地对他的拳友们说他是河南棚子的老住客。而实际上老汉口人提起河南棚子这四个字如果不用一种轻蔑的口气那简直是等于降低了他们的人格。

父亲说祖父是在光绪十二年从河南周口逃荒到汉口的。祖父在汉口扛码头。自他干上这一行后到四哥已经是第三代干这了。三哥总说爷爷若一来便当兵，没准参加辛亥革命，没准还当上一个头领，那家里就发富多了。说不定弟兄姐妹都是北京的高干子弟。父亲便吼放屁。父亲说人若不像祖父那样活着那活得完全没有意思。祖父是个腰圆膀粗力大如牛有求必应的人。祖父老早就加入了洪帮。那时“打码头”风气极盛，祖父是打码头的好手。洪帮所有的龙头拐子都对他倍加赏识。祖父认朋友而不认是非，每有所唤都狂热地冲在最前面。父亲说他十四岁就跟着祖父打码头。他亲眼见过祖父是何等的英勇和凶悍。后来祖父在一次恶战中负了重伤。肋骨被打断了好几根，全身血流如注宛若红布裹着一般。祖父被抬到家时已经奄奄一息。尽管如此祖父却一直带着微笑。父亲说大头佬殷其周专门派人为祖父送来了云南白药。殷其周是当时汉口最有名的“码头皇帝”。父亲至今提起他的名字还激动得战栗不已。不过那药仍然没能救活祖父。祖父把手在父亲的肩上拍了两下便咽了气。那时父亲正跪在祖父面前垂泪。他见祖父头一歪便号叫一声扑在他身上。立即所有人都知道祖父已经走了。啜泣声便如远天滚过的雷。为祖父洒泪哀伤的人几乎是一望无边。父亲至今也没想明白究竟是怎么回事。父亲猜测大约是祖父善打码头的缘故。父亲时年二十岁，除了身子比祖父稍稍单薄一点以外差不多同祖父一模一样。父亲安葬了祖父的第三天便被头佬叫去打码头。他虎视眈眈地往那儿一站，对方的人立即目瞪口呆。竟有人颤着声问他是人还是鬼。

父亲每回说到这里都要仰面哈哈大笑。笑罢又大饮一口酒，把十来颗黄豆扔进嘴里嚼得“巴喀巴喀”响。

父亲每回喝酒都要没完没了地讲述他的战史。这时刻他所有的儿子都必须老老实实坐在他的身边听他进行“传统教育”。有一次二哥想上他的朋友家去温习功课以便考上一中，不料刚走到门口，父亲便将一盘黄豆连盘子扔了过去。姐姐大香和小香立即尖声叫起。黄豆撒了一地，盘子划破了二哥的脸，血从额头一直淌到嘴角。父亲说：“给老子坐下，听听你老子当初是怎么做人的。”从此，逢到父亲这种时候谁也不敢把屁股挪动一下。七哥有几回都把尿憋了出来，湿了一裤。

最喜欢听父亲说往事的只有母亲。母亲记忆力比父亲强多了。父亲忘却的日期地点人名字全靠母亲提醒，如果母亲也忘记了，父亲就得使劲地搔着脑袋想，想得一脸痛苦表情。父亲不想出来是绝不往下讲的。遇到这种意外，父亲的儿女们才如同大赦。有一回父亲为了想民国三十六年轰动武汉的徐家棚码头之争的日期整整地想了一星期。一星期后仍没想起便只好用季节代替日期重新召拢他的听众。父亲说那是民国三十六年的冬天，日本人刚跑掉，粤汉铁路通了车，徐家棚码头业务大增油水肥厚，一些头佬都眼馋得发疯，相互寻衅械斗好几次都没有结果，洪帮头子王理松托人约了父亲。父亲那几日正手痒，便一口应允了。父亲为了打徐家棚码头凌晨三点就起了床，过江的时候天还漆黑，凛冽的风横吹过来刺得脸皮一阵阵发麻。父亲穿一件黑袄，搭肩往腰间一扎，显得威风凛凛。他上船前喝了至少八两酒，酒精把他的血烧得一窜一窜的周身痒痒，故而他对挤进骨缝的寒风感到莫名的欢喜。他望着浩渺长江，脸上像拿破仑一样毫无惧色。父亲手上拿的是扁担，父亲每次用的都是这根，深棕色油光油光的。他挥动起来得心应手，他觉得这玩意儿不比关公的青龙偃月刀逊色。父亲的同伴熊金苟坐在船舱里瑟瑟发抖。父亲指着他的腿笑得全身抽搐，然后说：“老子恨不得把你这个熊包扔到江里喂鱼。”江水浑浊不堪，小船咿呀地摇着一支很媚人的歌，在浅黑色的凌晨显得清丽幽婉。熊金苟总是哆嗦。不管父亲怎么辱骂他都不停止这个活动。这使得他旁边的几个人都一块儿干起这活儿来。熊金苟有个瞎眼的老母和三个细弱如草的小姑娘，第四个又把他老婆的肚子撑得老高老高了。父亲他们抵岸时天还没亮。他们捷足先登立即抢占了徐家棚的上中下码头。父亲他们全都剽悍体壮，吓得对方手足发软。当有人发现华清街的哑巴打手队之后，更是屁滚尿流地边跑边哀号爹妈何故只给了两条腿。华清街的哑巴是鲁老十豢养的一群打手。那时说起“华清街之虎”鲁老十，人们会情不自禁地发抖。他的打手心毒手辣且从来不问为什么出手便打。不过他们也的确不会问为什么。父亲与鲁老十从无交情，哑巴中倒有一二曾崇拜过祖父。父亲他们那次自然打赢了。天亮以后他们把对方丢下的尸体绑上石头沉入江底。父亲是给一个姓张的人系的石头。父亲说他认识这个人。他们在一个码头干过活。父亲记得他曾经在父亲趔趄一下时扶了父亲一把。父亲晓得张是很老实的，但不晓得这回死在乱棒之下的怎么恰恰是他。想来想去父亲还是说这是命。父亲的腿在那一天被铁棍撕了个三角口，血流如喷。父亲对流血已经很习惯了，他只用土擦了一下，第二天就去码头干活。那道伤痕至今还染着泥土的色彩留在父亲的腿上。打赢了的头佬总是在当夜便灯红酒绿地频频举杯祝捷。而那时，父亲们却在自己的茅棚中擦洗伤口抑或为受伤的同伴寻医为死去的朋友落泪。打哆嗦的熊金苟连轻伤都没负。他把父亲搀到屋里然后笑盈盈地走了。父亲说没打死他实在是件遗憾的事，因为半个月后的又一次械斗，他被头佬定为“打死”对象。头佬们为了扛着尸体打赢官司悄悄派手下人在混乱中将熊金苟打死了。父亲亲眼看见一根铁棍砸向熊金苟的。父亲喊了他一声，结果在他迟钝地一扭头时，铁棍正砸在他天灵盖上。他连哼也没哼便“噗”地倒地，血浆流淌着把他的头变得像个新品种西瓜。

父亲那一晚喝得酩酊大醉。他揍了母亲一顿然后起誓说他再不去打码头了。不过，父亲自然是要食言的。他打架斗殴像抽了鸦片一样难得戒掉。

父亲的精力过剩。他不这么消耗便会被堵塞在体内而散发不出的精力折磨而死。

那一幕幕悲壮的往事总是能让父亲激动得手舞足蹈。他有时还大口地喝着酒然后叫喊道：“儿子们你们什么时候能像老子这样来点惊险的事呢？”

三

父亲现在落寞得有些痛苦了。而像父亲这样的人能为什么事情产生痛苦感那的确不是件很容易的事。毋庸置疑的是父亲确实痛苦了。父亲还是住在老房子里，而他的儿女们却一个个飞了出去。地铺上起伏的鼾声和讨厌的骚动以及阁楼上无端的娇笑，统统被寂静所替代。房子倒显得空荡起来。过年时，每个儿女各出十块钱为他买了一个沙发。沙发靠着墙壁，父亲从来不坐它。父亲说坐了屁股疼。晴天的时候，父亲便去马路边打牌，而雨天里便靠在床上长吁短叹。父亲说:“只有小八子陪我了。”父亲说这话时让我感动了好几天。后来父亲在我的覆身之土上种了些一串红。父亲对母亲说像小八子的头发。

苍凉的冬天到来的时候，父亲便闷着头默默地喝他的酒。北风吹得门板和窗哐哐地响。火车蓦然鸣一下整个房子在颤动中几乎意欲醉倒。母亲用她满是眼屎的目光凝望父亲。父亲退休之后就再也没揍过母亲，这使得母亲一下子衰老了起来。父亲和母亲之间已经没什么话好谈了，他们只是默契地生活。语言成了多余的东西。

回家次数最多的是七哥。七哥还没有成家。他总是在星期六回来。这天晚上偶尔也有其他弟兄拖儿带女地过来小坐片刻。父亲对他花团锦簇且粉团团的孙辈们毫无兴趣，父亲说人要像这么养着就有一天会变成猪。这话使父亲所有的媳妇对他恨之入骨。父亲说她们懂个屁。看我们小七子，不就是老子的拳脚教出来的么？要当个人物就得过些不像人的日子。

父亲每次这么说都令七哥心如刀绞。七哥不想对父亲辩白什么。他想他对父亲的感情仅仅是一个小畜生对老畜生的感情。是父亲给了他这条命。而命较之其他的一切显然重要得多。七哥总是在星期天一早就走，他厌恶这个家。他不想看父亲喝酒骂人然后“叭”地在屋中央吐一口浓绿浓绿的痰。他看不惯骨瘦如柴的母亲一见男人便做少女状，然后张嘴便说谁家的公公与媳妇如何，谁家的岳母勾引女婿。小屋里散发着永远的潮湿气，这气息总是能让七哥不由自主地打寒噤。

七哥在星期天一早出门时多半手里拿根渔竿。有熟人路遇便说“你可真有闲情逸致啊”，七哥只是笑笑。七哥从河南棚子穿巷走街，总摆一副富态高雅的架势，以显示他并非此地土著。七哥的外貌变化之大如沧海桑田以至于人们绝不可能想象他就是十几年前常在这一带转悠着拾破烂捡菜叶的小七子。

七哥表面上很是平静。他抿着嘴一副神态自若的样子。但他的眼睛里却充填着仇恨。倘若仔细地盯着他三分钟，你就会发现他的眼珠宛若两颗炸弹随时可能起爆。而他的生命则正是为了这起爆而存在。

七哥捡破烂的时候是五岁。那是孪生的五哥六哥在一天偷吃了水果铺腐烂的苹果同时患急性痢疾送进医院时，七哥主动提出的。当时父亲正暴跳如雷。住院那一笔开销将他三个月所有的工资贴进去还远不够数。七哥蹲在门槛上看父亲吐着唾沫骂人。七哥感到喉咙痒了便轻咳了一声。父亲听见一步上前，一脚把他踢翻在门外。父亲说你再咳我掐死你。七哥说我不是咳我是想说我去捡破烂。父亲说你早就该去了。老子养了你五年，把你养得不如一条狗。

七哥对于他五岁就敢在河南棚子穿梭于小巷小道中拾破烂的胆略极其诧异。大香姐姐的孩子五岁还每天要叼着大香姐姐的奶头而小香姐姐的孩子五岁却还不会自己蹲下撒尿。七哥记得他捡的第一件东西是一块破了角的手绢。手绢上有些黏黏糊糊的东西。七哥用舌头舔了一下，是甜的，便又舔了好多下，直到那手绢湿漉漉的。七哥相信他至死都不会忘记他蹲在墙根下虔诚地舔手绢的模样。七哥很少说话，有大人指着他的小篮子说些什么他也从来不理。七哥每天要把小篮子装到他提不动为止。他拾的破烂都堆在窗口下。那里因为埋了他的弟弟而有一块空地。七哥见过他的这个小弟弟，见过父亲亲他的小脸。那一刻七哥还摸了摸自己的脸，他不记得父亲在他这儿亲过没有。七哥对小弟弟能永远安宁地躺在那下面羡慕至极。他看见父亲把小弟弟放进一个盒子里然后又盖上了土。他很想让父亲也给他一个盒子让他老是睡在里面动也不动。然而他不敢开口。

七哥常常很饿很饿，看见别人吃东西便忍不住涎水往下巴那儿流。久而久之，下巴处流了两道白印子。那天七哥走过天桥到了火车站。又往前一点还走进了儿童商店。那里面有很多打扮得像画上一样的小娃娃。他们在买衣服和皮鞋。七哥对衣服皮鞋毫无欲望，他看见一个穿粉红衣的小姑娘在吃桃酥。她嚼得沙沙直响。七哥走到她身边，他闻到了那饼的香味，那香使七哥的胃和肠子一起扭动起来。七哥便一伸手抓住了那桃酥。小姑娘“妈呀”一叫松了手，桃酥便在七哥手上了。小姑娘的妈妈瞪着眼说了句“小要饭的”便拉走了她的女儿。七哥简直不敢相信这块小饼归他所有了。他战战兢兢咬了一口，没有任何人干涉，的确是他的。便发了疯一样吞咽下去。七哥从来没有过这样的幸福时刻，那一瞬间获得的快感几乎使他想奔跑回去告诉家里的每一个人。七哥后来就常去儿童商店。他从任何一个小孩手上抓来的东西都归他所有。他吃了许多他根本想不出来应该叫什么名字的东西。儿童商店给了七哥童年中最璀璨的岁月。

七哥七岁上了小学。这是父亲极不情愿的事。父亲自己不识字，但他觉得自己活得也很自在也很惬意。父亲说世界上总得有人不识字才行。要不那些苦力活谁去干呢？父亲说这话是针对二哥的。二哥初中毕业坚持要考高中而不肯去帮父亲拉板车。二哥说读完了中学又去扛包完全是浪费人才。二哥同父亲吵了三夜，三哥也为二哥帮忙，父亲才气哼哼地向儿子妥协。这是在父亲做人的历史上极少出现的事情。父亲说政府怎么糊里糊涂的？让人都学了文化码头还办不办？凭良心说父亲的认识还是深刻的。码头要办下去就得有人扛码头。而读过书的人都不肯干这活儿，可不就是得让一些人不读书专门充实码头么？父亲是不会知道科学能发展到用金属做一个机器人出来的。

七哥终于在政府的要求下去上小学了。七哥对上学不感兴趣。他头一天衣衫褴褛地走进教室就听到有声音说怎么来了这么个脏狗。后来，全班人都叫他脏狗。七哥对学校和同学的厌恶便从第一天就开始了。

七哥不再捡破烂。母亲说破烂卖不了什么钱不如去黑泥湖捡点菜回来。七哥便去捡菜了。七哥每天下午都逃学。一吃过中饭他就挎上篮子往郊外走。他要走过黄浦路从黄家墩穿刘家庙然后到黑泥湖一带。这里地多人少，到处是农民的菜园。有时只走到刘家庙就能拾到很好的菜叶。夏天的时候七哥还得带上叉子。父亲说每天都得叉一串青蛙回来给他下酒。七哥喜欢叉青蛙。他在河沟边跳来跳去敏捷而迅疾地叉中一个青蛙时总是高兴得想笑出声来。七哥在家里却从来没笑过。所有认识他的人都说这孩子天生缺少笑神经。

那一天，七哥走到刘家庙附近，见农民们都坐着小凳在田里给白菜间秧，七哥便静静地蹲在了一个大嫂身后。大嫂间一把秧往自己篮子里扔去时，手边总是要漏掉几棵。这便是属于七哥的了。七哥捡了半篮之后，大嫂身后又跟了一个小姑娘。七哥厌恶地瞥瞥她。她的手比七哥利索，总是先将大嫂漏下的拾进自己的小篮子。七哥几乎为此想砍掉她的手。这时刻大嫂回了头。大嫂问你们这是何苦呢？就这几棵菜？小姑娘说不捡菜就没有吃的。七哥说我也是。大嫂说你们就不累？小姑娘说累比挨打好受多了。七哥说我也是。那大嫂便叹口气扯下许多很好的菜秧给了七哥和小姑娘，把他们的篮子装得满满的。小姑娘高兴得笑个不停。七哥没笑，但心里也高兴极了。

后来七哥认识了小姑娘。她叫够够。够够说她住三眼桥。她是老五。生下她时她父亲一看是个女孩气得大吼她母亲一声："你够没够？"她母亲慌忙回答："够，够。"两人吵了一架后，就给她起个名字叫够够。尽管有了够够，她父亲却还是没让她母亲停止生产。够够又添了两个妹妹。够够说她妈妈又要生了，这回大家都说生男孩。她家已有七仙女了。就是八仙过海也得有一个异性。

七哥常常能碰上够够，碰上够够就约她一起走，于是他们总是在铁路边碰头。够够小嘴灵得像鸟儿，七哥总怀疑她是鸟变的。够够叽叽喳喳起来没个完，七哥便安静地听着，刚开始时有些不耐烦，后来就习惯了，再后来就喜欢听她讲。七哥想要是小香姐姐也能像够够这样该多好。够够和七哥的小香姐姐一样大，都比七哥大两岁。小香姐姐却从来不理睬七哥。她要是想起七哥时就是七哥倒霉的时候到了。那天晚上父亲喝酒喝得高兴，小香姐姐连忙凑上去对父亲说七哥见到白礼泉就一面哭一面喊爸爸，还从白礼泉手上接过一块糖。父亲一听勃然大怒，他使劲地放下酒杯，吼着七哥："给老子过来！"七哥已经吓得站不起来了。他如狗一般爬到父亲脚下。父亲用大脚趾抬起他的下巴，骂道："你这个杂种。"然后一脚蹬翻了他。父亲令五哥提起七哥，将七哥推到墙壁前面壁而立。之后又指示六哥扒下七哥的裤子，用竹条抽打五十下，五哥和六哥乐呵呵地干这些。父亲赏识他们时才会让他们干这些活儿。小香姐姐坐在床沿边让大香姐姐用红药水给她染指甲。她俩尖声地笑着。七哥忍着全部的痛苦去听她们笑得如歌一般流畅。父亲又坐下喝酒了，嘴唇咂得"叭叭"地响。而母亲自始至终地低头剪着脚指甲，还从脚掌上剪下一条条的破皮。母亲喜欢看人整狗，而七哥不是狗，所以母亲连头都没抬一下。火车轰隆隆从门外驰过。雪亮的光一闪一闪。和它们叠在一起的是竹条以及它挥舞出来的音响。这一切成为七哥脑海中永恒的场景。

铁道线不知从何而来。伸延前去，又不知指向何处。够够在哪儿呢？或许她的灵魂一直在这儿漂荡，引得七哥无法克制自已而一次次走向那里。

这日子，是七哥最美丽和善良的日子。它在无数黑浓黑浓的日子里微弱地闪烁几星绚烂的光点。

四

只要大哥在家的日子，七哥就用他迷迷蒙蒙的眼睛一眨不眨地盯着大哥。大哥不理他，大哥不编造谎言让父亲的拳脚砸得他透不来气。大哥不用最刻薄的语言诅咒他，大哥不把他当白痴般玩物当一头要死没死的癞狗。小时候七哥以为大哥是他的父亲，后来才弄清他只是大哥。大哥和父亲是两类完全不同的东西。

大哥对七哥现在这副不可一世的模样从心底生厌。时间简直是个魔术师。当年睡在父亲床底下的七弟居然蜕掉了他那副可怜巴巴的外表而人模狗样地在小屋中央指手画脚。每逢大哥在家，七哥若酸溜溜地炫耀他的哲言，大哥必定会暴吼一声："小七子，你再动一下嘴皮看我割了你的舌！"

可惜大哥在家时间少极了，少极了。七哥从记事起就知道大哥从来不在家睡觉。弟兄们一天天长大，地铺上已经挤不下七条汉子了。父亲便一脚把七哥踢到了床底下，而大哥则开始成日成月成年地上夜班。

大哥总是在星光灿烂的时刻推门而出。他手里提着一个饭盒，里面有半斤米和一小碟咸菜。清早大哥回到家时，父亲和母亲都上班了，大哥便一头栽到床上呼呼地睡到太阳落山，然后起来同一家人一起吃晚饭。到星光灿烂父亲打长长的呵欠时，大哥便又推门而出，手里拎着那个饭盒。日复一日。年复一年。

大哥小学四年级没读完就进工厂了。大哥曾经留过两级。他跟二哥同了一年学之后又跟三哥同学。大哥比三哥大四岁，几乎高出三哥一个整头。班上同学都如三哥般弱小。他们管大哥叫"刘大爷"。起先大哥还乐呵呵地答应，后来三哥说那是骂他留级生大爷哩，大哥这才一听人如此叫唤便翻下虎脸。大哥打架出奇勇敢，出手迅猛有力，打在兴头上敢抡刀杀人。这是父亲最赏识他的地方。所有的同学对大哥都畏之如虎。其实大哥很少揍他的同学。他们太弱了。大哥不屑于对这种"小萝卜"——大哥的话——动手。大哥说他绝不学父亲。他不打比自己弱小的人。而父亲，打起自己的妻子和儿女像喝酒一样频繁且兴奋。

大哥是被学校开除的。那天上体育课，体育老师油头粉面的，他让大哥抬了跳箱又抬垫子。垫子是给女生翻跟斗的。大哥说他不抬。体育老师便说刘大爷不抬谁又会去抬呢？大哥便走上前，挥起小臂给了老师一肘，只一会儿，那白粉捏的一样的鼻子便淌出了两道红血。所有的学生都吓傻了，女生还嘤嘤地有人哭泣。大哥扫了他们一眼扬长而去。学校原本不想开除大哥，因为在场同学都证明老师骂了大哥大哥才动的手。晚上，那老师灰着脸跟在教导主任身后来到了河南棚子。父亲在门口堵住了他们。教导主任说是来向大哥道歉并也希望大哥向老师道歉的。父亲一瞪眼骂了几句直指祖宗的脏话然后说："幸亏你撞在我儿子手下，他实在比老子小时候窝囊。换了我，莫说你的鼻子，叫你的牙都一颗剩不下。"父亲说完笑得洪钟一样嘹亮。教导主任和体育老师都不约而同地发起抖来。然后他们连退几步。大惶大惑的一副神态望着父亲，踉跄着远去。

大哥从此不再上学了。这是他第一天背起书包就盼望的事。大哥刚满十五岁。父亲把他送进了铁厂当学徒。大哥当了锻工。父亲说干这行拿钱多而且练身体。果然没多久大哥的胳膊就粗了起来，浑身黑油油的闪着乌光。大哥二十岁的时候已经像父亲那样粗壮了。他的下巴上浮出毛茸茸的胡子。大哥有时就用他这一点可怜的胡子扎七哥的脸。七哥一直等待着大哥的胡子长长。他常想如果长长了不是也可以像小香姐姐那样扎起小辫子吗？

大哥过了二十岁以后，脾气就变大了。晚饭时动不动就发火。进家门总是用大脚轰然一下踢开。大哥对父亲母亲都吵过架，吵得天翻地覆的。七哥总是爬进床底一动不敢动，他不明白大哥为了什么。后来有一天，大哥同父亲打了一场恶架，那以后家里就平安了好多。

大哥和父亲打架，说起来完全是隔壁白礼泉的责任。白天里大哥是回家睡觉的。中午的饭总是母亲从她工作的打包社回来做。那时五哥六哥都刚上小学不久，而七哥还在从事拾破烂的事业。

母亲打包的手脚极利索。母亲的舌头嘴唇都仿佛是蜜做的。打包社的领导都吃她那一套，额外让母亲每天提前半个钟头回家弄饭。母亲洗菜时得去公用水管。母亲在那里经常碰得到白礼泉。白礼泉在武钢上班。三班倒的工作让人觉得他总在家里。母亲跟男人说话老使出一股子风骚劲。她扭腰肢的时候屁股也一摆一摆的像只想下蛋的母鸡。母亲的眼光很独特。从那里面射出来的光能让全世界的男人神魂颠倒。母亲在白礼泉面前从无顾忌。白礼泉的老婆漂亮苗条是他手掌上的明珠。但明珠生不出一个孩子而母亲却一气生了九个。这使得母亲常常嘲笑白礼泉而且一直要笑到他无地自容为止。无地自容的结果便是抬起头来同母亲调情。那天母亲洗完菜同白礼泉一起嘻嘻哈哈地走回屋里。白礼泉调侃着跟在母亲身后也嘻嘻地笑。白礼泉的手指细长细长跟父亲短粗短粗的手指感觉完全不一样。母亲弯下腰切菜时，她的乳房便像两只布袋一样垂了下来。白礼泉站在母亲背后将双手绕着母亲，然后细长的手指便捏揉起那两只布袋。母亲不理会他的动作，只是嘴里假骂道馋猫馋狗馋猪之类。白礼泉挨着骂手指却依然熟练而快速地运动。他的手越来越灵活，活动的地域也越来越广，母亲不由得兴奋地咯咯大笑。就在这个时候躺在床上的大哥醒了。大哥没吭气只是长长地打了一个呵欠。

母亲说:“贱货！这时间了还不起？”大哥说:“贱货也是你生的。全都一块儿贱也不错。”白礼泉说:“哎呀，老大白天就这么睡？下午小五小六小七几个不闹翻天？”大哥说:“摊上这样的爹娘，只给了这一点地方，有什么法子。”白礼泉忙说:“你要不嫌弃，白天可以睡我屋里。我两口子都上班，你去睡觉还可以看个门。我那个收音机是五灯的，不放心得很哪。”大哥说:“这主意倒不坏。”母亲说:“那太谢谢你白叔叔了。”

白礼泉倒是言行一致。果然，大哥在白天住到他家里去了。先一段时间日子也过得相安无事。后来那天三八妇女节放假半天，白礼泉的老婆枝姐在家休息，于是日子便有异峰突兀而起了。枝姐在半天的休息时间里要把房间重新摆布一下，大哥便上前帮了忙。一阵折腾，大哥汗流浃背顺手脱下外衣。他露出黧黑的臂膀，凸起的肌肉在黑皮肤下鼓胀。阳光从窗口斜射进来，落在大哥熠熠发光的肩膀上。大哥有几次都不小心碰着了枝姐，让枝姐心里颤抖了好几回。在架床的时候，枝姐的手指叫床板夹了一下，疼得她尖声叫起，眼睛里一下子涌出泪花。大哥便一步上前捉住她的手将她的手指放进嘴里。大哥用他厚软的舌在枝姐手指上舔来舔去。大哥说这是止痛的祖传秘方。枝姐全信了。这之后她就老是夹着手，每次都要大哥动用祖传秘方。

枝姐比大哥大九岁，早过三十了。可是枝姐因为没有生小孩便依旧一副粉脸含春的少女模样。枝姐珠黑睛亮，眉若新月，随意瞟人一眼，便见得柔情如水似的娇羞。这对于青春勃发的大哥自然如铁遇磁。

从那天起，枝姐老是上半天班。不是病假就是调休什么的。最先察觉的是母亲。母亲一字不识但直感却像所有杰出的女人那样灵敏。母亲对大哥说："你小心那骚狐狸。她要勾引你哩。"大哥说："就不会说我在勾引她？"母亲说："你这王八蛋小子简直和你父亲一个样。"大哥说："那女人简直跟你一样。"母亲说："怎么跟我一样？"大哥说："见男人就化了。巴不得上钩。"母亲说："你小心点，她男人别看骨瘦如柴，倒也不是个好惹的货。"大哥说："未必比我父亲还厉害一些？"母亲说："你那天看见了什么？"大哥说："什么都看见了。女人不值钱。"母亲便身体后倾着朗声大笑起来："好小子，有出息。你老娘可没让他占多少便宜。你得比白礼泉高明点才行。"大哥也笑了，说："那当然。我儿子大概已经在她肚子里了。"母亲惊喜地问："真的？"

大哥和白礼泉的女人不干不净弄得邻近的人家都晓得了。那都是母亲在外面说的。母亲逢人就夸口，说是别看白礼泉的女人一扭三摆的妖精样，可在我大小子怀里比猫还乖哩。父亲好晚才知道，只是说想不到儿子也到了偷鱼吃的年岁了。

白礼泉最后一个听说。他不敢在枝姐面前逞凶便找上门来同大哥对骂。大哥说："你再骂一句，我叫枝儿跟你离婚。她现在听我的。"白礼泉说："我离了你想要她？"大哥说："那当然。""好吧。那房子是我的，我要收回。你娶她吧，让她住在你们那个猪窝里。跟你的父亲住一起，跟你的弟兄住一起。让你全家人把她从头发根到脚丫都看个一清二楚。还顺便看你俩是怎么过夜的。"白礼泉的话便是砸在大哥胸口上的石头。大哥突然脸色苍白，眼泪差点没落下来。这副熊样子不光被白礼泉看到了也被刚干完活下班回家的父亲以及看热闹的观众们看到了。白礼泉阴险地笑出了声。他嘴上继续说一些刻毒且下流的话。而大哥却默然不语。父亲上前"叭"地扇了大哥一个耳光，大骂大哥窝囊得不如一条虫。然后说："白礼泉的女人看上你这种东西那成色也就跟拉客的窑姐儿没什么两样。"大哥听完父亲的话便猛虎一样扑向父亲和父亲扭打成一团。大哥咒骂父亲，说世界上像父亲这样愚蠢低贱的人数不出几个。混了一辈子，却让儿女吃没吃穿没穿的像猪狗一样挤在这个十三平米的小破屋里。这样的父亲居然还有脸面在儿女面前有滋有味地活着。

这场架打得灰尘四起，旁观者皆避之不及。父亲的脸被大哥拳头打得青肿满是，而大哥的门牙叫父亲打脱了，手臂也被父亲用刀砍了一道深口，缝了十四针。

第二日白礼泉没去上班，中午乐滋滋地到家里来对大哥说上午他陪枝姐一起去了医院，只一会儿，就把她肚子里的胎儿打掉了。白礼泉说他虽然想要个小孩，但也不能养着个野种。大哥怒目圆睁暴吼了一声："给老子滚！"

从此大哥再也没理睬枝姐，每当两人路遇，枝姐忧戚戚地频频顾盼大哥，大哥则抱拳当胸，傲然而去。

到大哥同大嫂结婚已是十年以后的事了。十年间，他除了自己家里的女人外，对全世界的女人都摆出一副不屑一顾的架势。母亲曾打算给他说门亲。大哥说："你只要带她进这个家门我就杀了她。"

这十年中的第九年里，枝姐上班时被卡车压断大腿，流血而尽死去。在场的人都听见她一直叫着"大根"的名字。人们以为那是她丈夫。而实际上，"大根"是大哥的名字。

五

七哥最痛恨他的姐姐大香和小香。七哥从记事起就没同她们说过话。七哥记得他很小很小的时候尿湿了裤子，姐姐大香便用指甲拼命地掐他的屁股。大香为了学有钱人家的女孩，总是把指甲留得尖尖的。而小香更毒。只要她在家里，她就不许七哥站起来走路。小香说七哥是狗投生的，必须爬行。七哥忍气吞声，从不敢违抗。晚上吃饭时，小香则多半会指着七哥的黑膝盖告诉父亲说七哥故意学狗爬不学人走。小香长得像父亲又像母亲。小香伶牙俐齿活泼爱笑却心狠手辣，父亲宠爱她，每次为了让她高兴不惜惩治七哥。小香比七哥大两岁，出生在双胞胎五哥和六哥之后，在家排行也算老八了，故而娇得鼻眼不正。七哥在父亲的拳脚下奄奄一息，而小香则捂着嘴"吃吃"笑个不停，还把七哥麻木地忍受的姿态学给大香看。小香干这样的事一直干到七哥下乡那天。

在大哥同父亲打架之后，家里能给七哥一点温暖的就是二哥了。很久很久，七哥对二哥都没什么印象。二哥总是和三哥一起进出。七哥在他眼里似乎有又似乎无。七哥不记得二哥同他说过话没有，直到那件事发生之前。

那是一个夏天，七哥被父亲揍过之后便爬回到大床底下。他只有到这个黑洞洞的充满他熟悉的潮湿气的地方才感到几分安全。七哥那天浑身火辣辣地疼。他趴在那里一动也不想动。伤疼和闷热闷热的天气几乎让他觉得自己快要死了。他这样趴了一天一夜。屋外每过一列火车都仿佛从他身上碾过。轰隆隆的声音使劲地撞击着他的脑袋，撞得似乎就要爆炸，他想爬出来，可一动弹大腿内侧便如刀剜割一样。七哥想干脆让我死吧，便“呵”了一声死了过去。

等他醒来之时，七哥感到自己被人抱着。他的腿依然如刀剜割。他睁开眼睛见到一个陌生的脸庞，恍惚之中听到滴水之声。水滴了很长时间，七哥才渐渐看清那陌生的脸庞原来是二哥。二哥用毛巾擦着他的身体。七哥温顺地倚在二哥怀中一动不动。他第一次感到生命的安全，第一次认识到人体的温暖。晚上直到父亲回来的时候二哥仍小心地抱着七哥。“怎么搞得像个小少爷？”父亲说。

二哥将七哥放在床上，撩开盖在他腿上的布，对父亲说：“他还是条命。你也不要太狠了。他的腿伤口烂了，长了蛆。你要想让他活，就不能让他再睡床底下。里面又湿又闷，什么虫都有。”父亲看了七哥，冷冷地说：“他是老子养出来的，用不着你来教训。”二哥说：“正因为他是你的儿子也是我的弟弟，我才要求你好好爱护他。”父亲顺手重重地给了二哥一耳光。父亲说：“让你读点书你就邪了，在老子面前咬文嚼字。你给我滚。”

二哥愤怒地盯了父亲一眼，一跺脚出去了。七哥自然又回到了床底下，把他的小棉絮弄成弯的，他想象那是二哥的手臂，他躺在那手臂里宛如在二哥的怀中。

以后，二哥便格外地关照七哥了。每天吃饭时，二哥都有意坐在七哥旁边。二哥一筷子一筷子为七哥夹菜。而在此之前，七哥几乎全靠吃白饭填肚子，尽管家里的菜几乎全都是他捡来的。

那年冬天，七哥差不多满十二岁了。母亲说原先小五小六到这时候总能挖一些藕回来，小七子倒好，只会捡些烂菜叶。二哥说何必哩，捡什么吃什么好了。小香立刻叫道妈妈我要吃藕。七哥便用极干瘪的声音说我明天就去挖藕。

第二天刮风，寒飕飕的。七哥一出家门就被风吹斜了身子。他斜斜地行走，小竹篮里还搁了一条麻袋。他一路走一路在算计哪一块藕塘比较好。风把七哥的脸吹得红通通的。左脸颊上的冻疮又鼓胀了起来。七哥并不觉得这日子有什么特殊的苦，他已经习惯这样的生活了。万一哪一天让他安安逸逸地享受一天，他倒是会惊恐不安地以为出了什么大事。七哥在铁路边碰上了够够。够够当时正迎着风尖起嗓门唱歌。那歌子的词是七哥一辈子忘不了的。“美丽的哈瓦那，那里有我的家，明媚的阳光照进屋，门前开红花。”够够总是唱这支歌，一遍又一遍地对七哥说如果有一个新家在哈瓦那，门口种满了鲜艳的花朵那该多好哇。讲得他俩都极羡慕哈瓦那了。

藕塘里的水已经抽干了。大人们已经仔细地挖过一遍。七哥绕着藕塘四周看了看，然后迅疾地扒下棉衣棉裤，等不及够够冲上来劝阻，他便下到了塘里。泥浆一下子淹到了他的胸部。七哥太矮小了。他的脸上现出恐惧状，吓得够够惊呼大叫快来人救命呀。几个路过的中学生把七哥扯了出来，然后把他送进一个牛棚里。牛棚里有一个独眼的老头。他给七哥倒了一杯滚烫的开水。七哥浑身筛糠一般颤抖。够够像大人一样用生气的口吻令七哥脱下泥浆浸透的衣裤。七哥穿着空心棉衣棉裤，和独眼老头一起蜷在屋角的稻草堆中。七哥看着够够拿着脏衣服往湖边走去。在风中她像一只奇怪的大虾，弓着背越走越远。够够为他洗净泥浆，然后在牛棚中的火盆前为他烘烤。她的脸焕发出一层奇特的红光，眼珠嵌在红光之中宛若两块宝石。七哥呆呆地看着她。外面的风刮得干枝干叶噼噼啪啪地响。时而几声呼啸在长天中一划而过。七哥突然感到眼睛潮湿了。他觉得这时刻如若能痛哭一场该是多么愉快。够够无意识地瞟了七哥一眼，七哥便立即装作一副平常的神态。七哥从来不曾把他的心向任何人袒露过。七哥从不愿意让别人能猜测出他心里正想些什么。

天全黑了，够够才将七哥的衣裤烘干。七哥穿上后说了句很舒服。但他心里知道，今天又难逃过一顿毒打了。出门时，独眼老人叹着气从屋里拿出两节藕，分给七哥和够够。

七哥一路无言。分手时，够够将那一节藕也给了七哥说我家里不爱吃藕。七哥默默地接过放入麻袋。够够说你这个人怎么总是有心事的样子。七哥憋了半天终于说明天再告诉你。

七哥刚跨入家门，小香便叫：“爸、妈，野种回来了。”母亲冲上来揪住七哥的耳朵吼道：“你还晓得回家？你玩得好快活，害得你二哥一晚上去黑泥湖了。”七哥未缓过劲来，迎面又挨了一嘴巴，这是父亲扇过来的。父亲说：“你怎么不死？回家干什么？铁路又没有栏杆。为你这个小臭虫全家人都睡不成觉。你以为我们都像你这样舒服？”父亲骂了又打。七哥不语。他挨打从来都不语。他以往常想着长大了他将首先揍父亲还是首先揍母亲这个问题。而这回，他一直在回忆牛棚中红红的火光中够够的脸庞和眼睛。他的表情竟出奇的平静，这使得父亲极为恼怒。小香说："爸，你看他还在笑。"父亲立即一脚踢向七哥的小腿，七哥轰然摔倒在地。红光在他的眼前烧成一片红云，腾腾地升起。所有的一切：人、物及声音，都在这红云中弥漫和溶化。七哥真的不禁咧嘴笑了一笑。

七哥的腿红肿得无法迈步。他一步也不能行走。几乎在床底下躺了三天。他的视线里的红云依然漂浮和升腾，七哥这三天过得安静极了。二哥几次唤他出来要带他去医院，七哥都没答应。七哥说我是在休息哩。

第四天父亲说我家里的儿子命贱，没有人生病躺好几天这事。母亲弯下腰对着床下叫："你还弄得像个阔少爷哩，你再不去捡菜就休想吃一颗米。"

父亲和母亲上班之后，七哥爬了出来，他摇晃着走出门。他走到那次同够够碰面的那一段铁路上。他坐在铁轨上一边等，一边想把什么都对够够说。等了好久好久，够够没来，七哥只好自己独自捡菜去了。

回来的路上，七哥又遇到牛棚。他想见见那独眼老人，想再去那稻草堆中蜷缩着看奇特的红光。七哥进去时，老人愣了一愣，然后问："跟你一起的小姑娘呢？"七哥说："她没来。我等了她好半天。"老人说："前两天你们都一起回去的？"七哥说："前两天我病了没出来。"老人说："前天下午，一个女孩被火车碾了，不晓得是不是她。"七哥立即呆了。世界上所有的女孩都死掉也不能死够够。七哥拼了全身力气疯狂地向铁路边奔跑。他一声声呼唤"够够"的声音像野地里饿狼凄厉地嚎叫。

那出事的地方已经看不出有什么血迹了。只有在路坡底下，七哥看到一截竹篮上的提把，提把上拴着一根白纱布做的小绳子。这是够够编的，是很久前的一天七哥亲眼看见她编的。

够够永远消失了。七哥为此大病一场，几乎一星期昏迷不醒。这场病耗去了家里很多钱。父亲答应给大香和小香一人买一条围巾的钱；答应给五哥六哥一人买一双凉鞋的钱；答应为母亲买一双尼龙袜子的钱以及大哥存了多年打算买手表的钱全部被七哥这场病消耗一空。所有人都沉下脸不理睬七哥。连大哥都阴郁着面孔一句话不说。

此后七哥每天还是沿着他和够够的路线去捡菜。他每天都在够够死去的地方默默地坐十几分钟。他坐在这里用心向够够诉说他的一切。

八年的捡菜史给至今二十八岁的七哥留下了深深的印记。他曾尽情地怀念过够够和享受过完全归他所有的孤独。七哥大学毕业回来的第二天便不知不觉去了一趟黑泥湖。那里变化惊人。昔日的菜地上几乎全部覆盖着高低不等的房子。他已经无法辨认哪条路通向哪里了。只有一个地方无论发生什么变化，七哥也能一眼认出。七哥喜欢独自地坐在那里。七哥想够够该有三十了。说不定够够能成为他的妻子。尽管够够比他大两岁，可这又算得了什么呢？只要是够够，就是大十岁大一百岁七哥也不在乎。然而够够永远只能是十四岁。

铁轨纠缠一起又分离开来，蜿蜒着扭曲着延伸向远方。七哥不知道它从何处而来又将指向何处。七哥常想他自己便是这铁轨般的命运。

六

当七哥觉得家里唯一能同他对话的人只有二哥时，二哥却已经死了。七哥想起二哥的死因，心底里总是升出一股冰凉的怜惜之感。

父亲却对二哥的死愤愤然至极。每逢二哥忌日父亲便大骂二哥是世界上最没出息的男人，混蛋一个，却装得像个情种。然后接下去必然骂这都是读书读木了脑袋。父亲骂二哥时若遇三哥在场二人便有一场恶战。

三哥和二哥关系好得让人难以思议。三哥是个粗鲁得像父亲一般不打人就难受的人，而二哥却文质彬彬的不像是父亲的儿子。二哥只比三哥大一岁。他俩共睡一个枕头几乎直到二哥死去的前夜。二哥是个极细瘦的人，个子高得不那么顺眼。父亲对二哥这副骨架非常之不满，常愤愤然说这哪里像我哪里像我？然后捶着三哥的胸脯说真货是这样的是这样的。母亲为此跟父亲怄过好多回气。母亲疼爱二哥超过她另外六男二女，这原因是二哥救过母亲一条性命。那时二哥才三岁，摇摇晃晃地刚学会小跑步。一天母亲牵着二哥去买盐。行至路口遇见父亲搬运站的几个朋友。母亲便挑逗着同他们打情骂俏。搬运工男女相遇常有骇人之举，这便是扒下对方裤子或伸手到对方裤裆。虽是下流无比却也公开无遗。母亲撇下二哥同他们疯打到一辆货车旁，笑得长一声短一声接不上气。突然二哥颠颠地小跑到母亲身边，极怪异地大叫：“妈妈，我要撒尿！”那正是初冬时分，二哥若湿了裤子便没有了穿的。于是母亲立即抱着二哥往背风处跑。母亲刚一跑开，货车上的绳子便断了。货箱垮下来砸死了那群男人中的三个，其中之一刚喊完母亲的绰号还没来得及说完下面的话便脑浆四溅。母亲听得身后巨响如爆几乎魂飞魄散。她抱起二哥放肆地号啕大哭起来。二哥这时说："妈妈，要回家。不尿尿了。"事后母亲想起二哥是临出门时才撒的尿，按正常情况那时他不应该叫撒尿的。而且那声音怪异使母亲在回忆时还感到几丝丝毛骨悚然。父亲说看来是有些莫名其妙。

二哥是一个言语极少的人。他的眼睛凹入脸庞显得阴郁而深沉。倘若不是他的鼻梁挺拔且嘴角的线条很好看的话，他那双眼睛就令人不堪入目了。恰恰上帝给了他相应那对眼睛的鼻子和嘴，这使得他显示出一种很独特的漂亮。邻人常夸双胞胎五哥和六哥算得上河南棚子最英俊的小伙子，而七哥，还有我都认为：五哥六哥同二哥相比还差一个等级。五哥六哥一肚子浅俗的人生哲学和空洞洞的眼睛使他们脸庞上那漂亮的组合毫无生气。

二哥用眼神就能治服父亲用拳头都难以治服的三哥，对这一点父亲始终感到是一种耻辱。尽管耻辱，他却不能不接受这一事实。二哥和三哥结成的是钢铁同盟。这使得父亲想揍他们中的一个时不能不踌躇再三。为此二哥和三哥挨打次数极少。五哥六哥先是嫉妒后来则是献媚，意欲加入二哥三哥的联盟。二哥不置可否而三哥却严辞拒绝了。三哥说不能让小七子一个人挨打，你俩得分担一些。三哥是家中的"二霸王"。这绰号是大香姐姐起的。"大霸王"自然是指父亲。三哥比大香姐姐大两岁。在一次争吵中大香姐姐脱口叫出"二霸王"三个字。三哥听了很得意，竟不再与大香姐姐吵闹且俨然是她的一个什么保护人。三哥在相当长一段时间充当河南棚子小年轻的"拐子哥"，名气一直蔓延到球场街及西马路一带。所有知道他的人都尽可能不去惹他。三哥手下有一帮小喽啰。他们在百姓面前虎狼般凶煞恶极蛮不讲理，但在三哥面前却低三下四如同猪狗。他们都知道三哥的厉害。三哥曾跟一个走江湖卖狗皮膏药的师傅学过几年武艺。那师傅是父亲早年拜把子的兄弟，对三哥的教导极为尽心。三哥一巴掌砍下能使三块砖同时断裂是河南棚子的小哥们儿亲眼所见。三哥赤手空拳能使十个像他一样粗壮的小伙子在进攻他时全都仰翻在地。三哥威武有力鲁莽无比却能屈服于二哥的眼神。三哥跟二哥好得像一个人。而二哥却是同三哥全然不同的人。

其实若不是一件偶然的事改变了二哥的命运，二哥是不会同家里人有什么质的变化的。那件事的出现使二哥步入一条与家里所有人全然不同的轨道。二哥愉快地在这轨道上一滴一滴地流尽鲜血而后死去。

那一瞬间发生的事还是在七哥刚出生的年月。二哥和三哥每天都去铁路外抑或货场偷煤。家里的煤从来都是这样弄来的。偷窃者对于这么干是否合法不予考虑。家里要煤烧而家里又无钱买煤，无条件地向外界索取便成了自然而然的事。二哥和三哥从多大开始干这活儿已经记不清了，只知道初始只是拾煤渣而已，而后是三哥进行了改革才发展成为后一阶段的用麻袋偷。冬天里，煤块烧得哔哔剥剥响时，父亲便放口称赞三哥聪明能干，是块好料。

那天火车经黄浦路道口时放慢了速度。三哥一挥手便扒了上去。二哥略一迟疑，也上了去。火车轰隆隆地向前开着。他俩在车上将煤装了满满一麻袋。快进煤厂时，三哥将麻袋往下一扔，然后自己飘然而下。二哥又迟疑了一下。待他小心翼翼跳下来时，却没能见到三哥的影子。二哥沿铁路往回走。当他走到一个池塘附近忽听见一个女孩惊恐万状的声音："救命呀！哥哥，你可别死呀！"二哥便朝那声音奔了去。我知道，就是这个惊恐的颤抖的声音改变了二哥整个的人生，使他本该活八十岁的生命在三十岁时戛然中断，把剩余的五十年变成蒙蒙的烟云，从情人的眼前飘拂而去，无声无息。

池塘里一双手挣扎的姿势像一个优秀的舞蹈演员在用空间线条感召他的观众们。二哥连鞋也没脱便跳了下去。二哥的游泳技术是没话说的，从河南棚子翻过天桥到长江边至多只要半个钟头。夏天里的中午和黄昏，二哥三哥以及许多他们这样的人常去那里玩水。他们游到对岸然后再游回来简直像吃完饭用手抹抹嘴一样容易。尽管每年都有一两个伙伴沉入江底而成为长江的儿子，但这种悲剧一点也没影响他们畅游长江的情绪和兴致。二哥在同伴之中不是游得最好但也不差。这个小池塘对他来说便有澡盆之嫌了。二哥只几下就扑到了溺水者身边。那家伙性急而死死地勒住了二哥的脖子。二哥便只好凶狠地给了他一拳然后托着他的头从容地游到岸边。那家伙的肚子隆得圆圆像个孕妇。二哥拍了拍便一屁股坐在上面一松一压。女孩子尖叫道你不要弄死他你不要弄死，然后去撕扯二哥衣服，二哥只好又给了她一巴掌。那一下委实重了一点，女孩苍白的脸上顿时起了五条红杠。女孩"哇"地大哭掉头跑了，这动作使二哥呆愣了好一会儿。

女孩再来时身后跟了两个张皇失措的大人。女孩说这是她的父母。他们的儿子此刻已经苏醒了，只是疲惫不堪地躺在地上不想动弹。他见到父母的第一句话是："没有他我就完了。"然后将目光移向二哥。那眼光中的感激、钦佩、真诚、温情一下子竟使二哥的心好一阵战栗。二哥从来没见过这样的眼光。

二哥以恩人的姿态出现在这个家庭里自然成为最受欢迎的人。溺水的男孩跟二哥一样大，叫杨朦。他的妹妹小三岁，叫杨朗。他们的父亲是市里一所大医院的著名的医生而他们的母亲则是中学里的语文教员。为此他们的家庭显得极洁净且极雅致。他们住在天津路英租界的一幢红楼房里。他们有七间房子，整整占据了一层楼。仅保姆许姨住的房间都比二哥家的屋子大两个平米。他们一家四口人住四间屋子还剩下一间客厅和一间贮藏室。杨朦说这房子是他的外祖父留下来的。他的祖父的一幢房子更漂亮，前面还有花园，但他父亲老早就把它贡献给国家了。

说实话，这个家庭对二哥来说仿佛是外星来客。二哥是河南棚子长大的。他几乎都认定夫妻打架，父子斗殴，兄妹吵闹是每个家庭中最正常的现象。只有这些纠纷，才使家像个家，使自家人像自家人。否则跟公共场所有什么区别？而杨家却全然另一种活法。一家人这般地相亲相爱，这般地民主平等，这般地文质彬彬，这般地温情脉脉。二哥初次进杨家门时差不多不知道手如何动作脚如何迈步，两三个月后才稍稍适应过来。二哥完全被杨家的气氛所陶醉了。他觉得只有到了这儿他的心才感觉到它是为一个真正的人在跳动。他不知不觉地三天两头闯进杨家。

杨朦准备考到男一中去读高中。他是学校的尖子，胜利在握。而就学于民办中学的二哥学习成绩却平平淡淡。杨朦对自己的恩人极诚恳热情，谈话亦十分投机。于是二人结为莫逆之交。二哥渐渐地学会了喝咖啡。开始他以为那深褐色的水是中药，是杨大夫给他消毒的。后来才明白那玩意儿叫咖啡，上等人都爱喝它。二哥在杨家品尝到许多他从未吃过或见过的东西。有一天喝银耳汤，杨朗牙疼不喝多出一碗。杨朦硬叫二哥喝了。结果二哥一夜浑身燥得无法入睡。半夜里还怀疑汤里是不是放了什么怪药。问杨朦时，叫杨朦哈哈大笑了一阵。

二哥也打算考到男一中去。杨朦帮他补习了几天功课说凭二哥的智力今后考清华问题不大。这使得二哥的生活中陡然地树起了一个目标。

晚上，做完功课，语文老师常常拿出一本书来，轻言慢语地朗读给大家听。她的声音极柔美。缓缓的，像是从天上飘下来的。与二哥幻觉中神仙的声音完全一样。二哥常想母亲若也能这样那该是多么好呵。母亲说话仿佛有只手在她喉管里拼命地撑大她的声音。母亲唾沫横飞常使她旁边的人不得不时时用衣袖抹抹脸。母亲从来不读书，但母亲绝顶聪明。母亲会从许多语言中挑出最俏皮最刻毒且下流得让人发笑的话来骂人，令对方哭笑不得左右不是。而语文老师和她的儿女连最一般的粗话都不曾讲过。有一回二哥讲家里的玻璃窗被人砸了的事时不留意带出一句“他妈的”，立即让一屋人都皱上了眉头。杨朗还捂着耳朵说：“难听死了，像小流氓一样。”二哥当即脸红得像抹了彩，好半天抬不起头来。没人再说他什么，自此他在杨家不敢吐一个脏字。二哥听语文老师读过高尔基的《海燕》，朱自清的《荷塘月色》以及但丁的《神曲》。一个星期六，月亮很好。月光穿透窗外的树影把屋里映得斑驳一片。杨朗让大家都坐在这碎月零光之下，然后把留声机上足发条。音乐轻缓地升起时，杨朗着一身白裙，赤着脚飘然上前，对着月光低吟：

> 我看见，那欢乐的岁月、哀伤的岁月——我自己的年华，把一片片黑影连接着掠过我的身。紧接着，我就觉察（我哭了）我背后正有个神秘的黑影在移动，而且一把揪住了我的发，往后拉，还有一声吆喝（我只是在挣扎）：“这回是谁逮住你？猜！”“死。”我答话。听那，那银铃似的回音：“不是死，是爱！”

她最后一句爆发出热烈的欢笑，然后房间里的灯大亮。所有人都被她美丽的表演所感染，杨朦跳了起来，大叫：“朗朗太了不起了！”

二哥被月光下飘动的那条白色之影震惊了。那一句一句的诗将他的心一层一层缠绕得紧紧。最外一层显赫地裸露着“不是死，是爱”五个字。在热烈的掌声鼓完后的那一刹那，二哥从心底涌出无限无限的忧伤。这忧伤之泉直到他死都不曾停止过喷涌。二哥咽气的最后一瞬还说的是“不是死，是爱”，然后才垂下他的头。他的眼睛是杨朦去关上的。那两口深奥的洞穴中装着没有人能够理解的忧伤。

二哥开始发奋。借着复习功课的名义，他三天两头到杨家去。他只要一进这家的大门，骚动的心立即变得安宁而平和。

二哥这么做使得三哥颇为不满。三哥不想读书，也觉得二哥犯不着读。三哥说父亲没文化不也活得挺快活？二哥说可他的儿女们活得并不快活。三哥说我觉得还蛮好嘛。二哥说我觉得像狗一样，特别是小七子，连狗都不如。二哥说这话时，七哥正一脸污垢地坐在门口，把鼻涕往嘴里抹，嘴还啧啧地咂响。

三哥对杨家有一种天生的厌恶。尤其对杨朗。他说这女孩子完全是妖精投胎。他说头一回时二哥只是瞪了他一眼。说第二回时，是二哥在路上碰到杨朗之后。那天是二哥和三哥在去偷煤的路上遇到杨朗和杨朦的。杨朦见二哥和三哥手里拿着麻袋便问你们去哪里。二哥支吾说去弄些煤。二哥回避了偷字也回避了捡字。杨朦说需要我帮忙吗？杨朦话音刚落，杨朗就拽着他的衣服说："那怎么行？脏死了，脏死了。"三哥这时板着脸对二哥说："我一个人先走。"二哥忙对杨氏兄妹说了声："我走了。"便同三哥匆匆而去。三哥脱口骂了句"臭妖精"。二哥立即站定，眼睛里喷着火，他咬牙切齿说："你这是第二次骂了，如果我再听到第三次，我跟你的兄弟关系从此了结。"三哥莫名其妙，委屈得很。只得嘴上连连喊叫几句："我怎么啦？我怎么啦？"

过了好多天，杨朗说"脏死了"的话被她母亲——语文老师——知道了。语文老师要杨朗向二哥赔礼道歉。杨朗说"请原谅"时倒是大大方方而二哥却"刷"地一下红了脸。二哥嗫嚅着向语文老师说他和弟弟实际是去偷煤的。语文老师没说什么只是长叹了一口气。那叹声显得那般沉重以致二哥的心被压迫得一阵阵发疼。那一晚复习功课老是走神。临走前，语文老师第一次把二哥送上了马路。月光铺在沥青路上泛起一片白色。语文老师说："我知道你家里很困难，但人穷要穷得有骨气。这一点你应该理解。"二哥使劲地点了点头。

二哥错就错在他不该把语文教师的话原版说给父亲听。父亲气得当即把手里的酒瓶朝地上一砸，怒吼道："什么叫没有骨气？叫她来过过我们这种日子，她就明白骨气这东西值多少钱了。"二哥吓得不敢吭气。父亲说："你小子再敢去什么羊家猪家的，老子定砍了你的腿。"母亲也说："哼，他们那种人不就是靠我们工人养活的吗？他们是吸我们的血才肥起来的。"二哥说："他们家是医生，又不是资本家。"母亲说："你若替他们讲话，就跟他们姓杨好了。"父亲说："小子，什么叫骨气让我来告诉你。骨气就是不要跟有钱人打交道，让他们觉得你是流着口水羡慕他们过日子。"

二哥叫父亲说得一脸羞愧。他觉得自己的确有点像流着口水的角色。二哥果然一连几天没去杨家。他很难受，心口像坠着许多石头沉甸甸地在胸膛内摆来摆去。第七天，二哥和三哥背着煤回来时，遇到了杨朗。杨朗迎上前，说："你怎么不来了呢？"二哥张了张嘴，答不出。杨朗说："你恨我了是不是？我不是已经承认错误了吗？"二哥凝神望了她几秒才偏过头低沉地回了一句："我不配去。"杨朗随二哥进了屋，她第一次看清了这是一个什么样的家。杨朗说："你晚上还去吧，要不哥哥又要责怪我了。"二哥说："你告诉杨朦，我家里有事，这几天不能来。"杨朗说："好吧。"她退出去的时候，手不小心碰着了正往屋里走的七哥。她尖叫一声，迅速跳到门外，然后掏出小手绢一边走一边使劲地擦。直到她人影消失前的最后一个动作还是在擦手。

二哥最终还是没去杨家。他也没能考上一中。但这实在不能怪他没努力。好长一段时间他总是在路灯下复习功课，而临考前的一个星期，天一直下着雨。这使他根本找不到一块读书的地方。只得在家里窝在众弟兄中，一遍又一遍地听父亲讲他当年的故事。八点钟和全家人一起睡觉。

二哥被录取到八中。这在我们家已经是第一个了。如果不是七哥在极偶然的情况下去上了大学，那么，二哥这个高中生就算是家里学历最高的人了。杨朦自然上了一中。这也是二哥早料到的。假期中，杨朦曾经到家里玩过几次。他和二哥坐在门口看着一辆辆火车从眼边掠过，两人谈了很多很多。开学之后，渐渐二哥与杨家日益淡泊以致完全没有了往来。

二哥是一个出色的学生。他的派头和说话的口气同家里人越来越不一样了。他对父亲说他要上大学，他想当一个建筑师。他要让父亲和母亲住进他亲手设计的世界上最美丽的房子里。他说这些话时，深凹的眼睛里放射的光芒能照进所有人的心。父亲和母亲像被电击了一般呆望了他好一会儿。屋外一阵汽笛长鸣，小屋在火车的轰隆中摇摆时，父亲才一下子醒悟。父亲一反常态像一个小孩子一样狂喜狂叫道："我儿子有出息。像我的种。"然后把二哥横看竖看拍拍打打了好半天。那一天全家人都兴奋至极，只有七哥一如往日小狗般爬进床底睡得死沉。

二哥上大学当建筑师的梦自然和许多许多人的梦一样，叫一场"文化大革命"冲得粉碎。二哥尽可以当红卫兵司令，但他仍然感到心灰无比。他没参加任何一派，他被父亲指示回来干活。他有一排半截子大的弟妹，他得为生活劳碌。父亲给二哥弄了一辆板车，二哥每天到黄浦路货场往江边拖货，他能挣不少钱。冬天的时候，他让他的弟妹们都穿上了线袜子。

一天晚上，家里人全都睡下了。家里人总是睡得很早，因为明天要干活也因为不睡下小屋里便拥挤不堪嘈杂不堪。在屋里的鼾声此起彼伏时，突然门被敲得轰响。所有人都在同一刻被惊醒。这似乎是记忆中未曾有过的事情。父亲首先喊骂起来："魂掉了？哪有这样个敲法？"不料答话的竟是杨朦。二哥从地铺上一跃而起，他显然有些紧张，仿佛预料到了什么。二哥开了门，他看见杨朦的右手紧紧揽着杨朗而杨朗全身哆嗦着两眼红肿。二哥急问："出了什么事？"杨朦脸色很冷峻，说话时却很悲哀。他说他们的父母下午双双出去，到现在尚未回来。他们兄妹等到晚上觉得奇怪，便到父亲卧室里看看有没有什么纸条。结果发现父母联名给杨朦的信。信上要杨朦对家里所有发生的事都不要太吃惊。他唯一的责任就是照顾好妹妹。然后在最后一行写下"别了，亲爱的孩子们"几个字。杨朦的话还没说完，屋里的父亲立即吼了起来："蠢猪，还慢慢说什么？他们去找阎王爷了。还不快去找。"杨朦说："朗朗已经受不了了，许姨上个月就被赶回了老家。我想请你照顾她一下。"二哥说："我去替你找，你照顾朗朗。"杨朦说："那怎么行？"此刻父亲已经下了床。他用脚踢着正趴在地铺上听杨朦说话的三哥四哥五哥六哥，嘴上说："起来起来，今晚都去找人。"父亲转身对杨朦说："让二小子陪姑娘，这几个小子都派给你，你尽管指使他们。"杨朦说："伯伯我该怎么感谢您呢？"父亲说："少说几句废话就行了。"

二哥几乎是将杨朗背回去的。她软弱得无法走路，嘴上喃喃地说些二哥完全听不清楚的话。二哥三天三夜没有合眼。杨朗到家之后便发起了高烧。她的眼泪已经哭干了。脸烧得通红通红，嘴唇上的燎泡使她的模样完全变了。二哥为她请医生为她煮稀饭喂药然后小心地趴在床边哀声求她一定要坚强些。

第四天杨朦精疲力竭回来说父母找到了。他俩双双跳了长江。他母亲结婚时的一条白纱绸将他们的腰紧紧扎在一起。尸体在阳逻打捞出时已经肿胀得变了形。杨朦说完这些，双腿一软跪在地上痛苦地呕吐起来。他几天没吃什么，呕出一些黄水。脖子上的青筋扭动和鼓胀得令二哥无法直视。如果不是二哥急中生智，突然伏在他耳边说："千万别这样，朗朗见了，就完了。"杨朦恐怕也挺不住了。朗朗正在屋里昏睡，一切情况都尽可能瞒着她。

一个星期后，丧事在二哥三哥及诸兄弟共同帮助努力下，算是比较顺利地办完了。医生和语文老师的骨灰合放入一口小小的白坛之中。父亲帮忙在扁担山寻了一块墓地，于是他们便长眠在那座寂寥的山头。二哥站在坟边，望着满山青枝绿叶黑坟白碑，心里陡生凄惶苍凉之感。生似蝼蚁，死如尘埃。这是包括他在内的多少生灵的写照呢？一个活人和一个死者这之间又有多大的差距呢？死者有没有可能在他们的世界里说他们本是活着的而世间芸芸众生则是死的呢？死，是不是进入了生命的更高一个层次呢？二哥产生一种他原先从未产生过的痛苦。这便是对生命的困惑和迷茫而导致的无法解脱的痛苦。这痛苦后来之所以没能长时间困扰他并致使他消沉于这种困扰之中，只是因为他几乎在产生这痛苦的同时也产生了爱情。爱情的强烈和炽热熔化了他的生命。在爱情的天空之下，他活得那么坚强自如和坦然。直到一个阴天里爱情突然之间幻化为一阵烟云随风散去，他的生命又重新凝固起来。他的为生命而涌出的痛苦才又顽固地拍击着他的心。他想起扁担山上那幅青枝绿叶黑坟白碑的图景，也蓦然记忆起自己关于生命进入高一层次的思考。那个夜晚他便用刮胡子刀片割断了手腕上的血管。他将手臂垂下床沿，让血潺潺地流入泥土之中。同他挤在一床的三哥到清晨起床时才发现他已命若游丝了。闻讯而来的杨朦杨朗惊骇地看着一地的血水。杨朗失声叫道："为什么非得去死呢？"二哥那一刻睁开了眼睛，清晰地说了一句"不是死，是爱！"然后头向一边歪去。

这是一九七五年在江汉平原东荆河北岸发生的事。迄今业已十个年头了。

七

七哥现在想起来当年他听到二哥的死讯之时完全像听到一个陌生人之死一样，表情很淡泊，尽管二哥曾有一段时间待他相当不错。七哥那时下乡也有一年了。他在大洪山中一座被树围得密密实实的小山村里。他一直没有回去。大哥歪歪倒倒的几个字告诉他二哥已死这个消息。这是他收到家中的唯一的一封信。他没有回信。

七哥下乡那天家里很平静。他一个人悄悄走的。走到巷口时，遇到小香姐姐同一个黑胡子男人。小香姐姐正同那男人搂搂抱抱地迎面而来。这是小香姐姐的第几个男人七哥已经搞不清了。只是不久前听母亲对父亲说小香姐姐要嫁给这个男人。一来她可以不下乡了，二来她已经有了他的孩子。小香姐姐已经不能再打胎了，要不她以后就根本不能生育。这是医生对陪小香姐姐去检查的母亲说的。小香的风骚劲同当年母亲的一模一样。唯一不同的是小香的男人换了许多而母亲的男人却只有父亲一个。七哥见到小香姐姐时忙谦卑地站到路边，让她嬉笑着过去然后自己再踽踽而行。小香姐姐仿佛根本没见到七哥一样，连瞟都没瞟他一眼。七哥最仇恨家里的三个女性，尤其以小香姐姐为最。七哥曾发过一个毒誓：若有报复机会，他将当着父亲的面将他的母亲和他的两个姐姐全部强奸一次。七哥起这个誓时是十五岁。原因是那一天他在床底下睡觉时五哥六哥带了一个女孩到屋里来。一会儿七哥听见那女孩子挣扎着哭泣，床板在七哥上面咯吱咯吱地响得厉害。七哥不知出了什么事便伸出了头。七哥看见五哥和六哥都赤裸着下身。五哥伏在女孩身上而六哥则按着她分开的腿。六哥看见七哥便使劲照他的头击了一下，吼道："你什么也没看见，说！"七哥嗫嚅着说："我什么也没看见！"然后缩回床底。他听见那女孩一阵阵的呻吟声，那呻吟中的痛苦使七哥感到浑身刺痛。他觉得只有眼见着世界灭亡的人才能发出那样的痛苦之声。当即他便想他得让他仇视的人：他的母亲和他的姐姐们也这么痛苦一次。

七哥的誓言当然成了他嘲笑自己的材料。当他后来有无数机会之时，他却毫无这种报复的欲望。

七哥是孤独一人进的小山村。这是七哥自己挑的地方。这里下了汽车还得走整整一天的山路。七哥就是想到这么一个地方，让所有人都不知道他在哪里。

七哥和他房东的儿子共睡一张床。这是他有生以来第一次在正经八百的床上睡觉。油污的床单下垫着玉米秆和稻草。满屋里散发着一股植物的香味。屋后有三棵香果树。七哥仰躺着。两尺之外的空间不再有黑压压的床板和父母翻身而引起的吱嘎之声。三步开外没有他并排躺在地铺上的一排兄长起伏的鼾声和梦呓。空间很大，有老鼠从梁上"刷"地跑过。月光白惨惨地从屋瓦的缝里泄了下来。云遮云开，那光如在屋子里飘忽。七哥突然感到万分恐惧。房东的儿子睡在那一头，死寂一般毫无声响。这让七哥觉得他正躺在人类之外的另一个世界。他从未想到过的关于死的问题在那一晚却想了数次。七哥想是不是他已经死了而他本人还不知道。人们把他埋在这里并告诉他这是到农村去而实际上却是在阴间的一个什么地方。七哥一连许多天都这么想个不停。他还试图在男人中找到他的弟弟——我。他想他的弟弟很可能是在这群人里，只不过他们分别已久彼此认不出来了。七哥他很高兴自己知道很多别人悟不到的东西。他明白他周围的人都是先他而来的阴魂。这些阴魂也不知道自己死了。他们很自豪地认定自己在阳世而且活得很舒服。七哥想只要看他们走路那种飘来飘去的劲儿，就知道换了世界。

七哥不同村里任何一个人交往。不到非说话不可的时候他绝不开口。他像一条沉默的狗，主人叫舔哪儿就乖乖地去哪儿舔上几口。村里人开始都说七哥老实透了，后来又说七哥其实是阴险至极。不叫的狗最为厉害这是老幼皆知的古训。最后大家还是一致认为七哥是个怪物。七哥对那些纷纷繁繁的议论充耳不闻。七哥认定正常的死人是不说话的。

七哥到村里住了三个月后听说村里最近开始闹鬼了。七哥觉得好笑，我们自己不都是鬼吗？七哥对那些越说越惊心动魄的鬼的故事毫不理会。但他倒是希望自己能碰上那鬼。说不定那是小八子，七哥这么想。

房东的儿子每天吃饭时都带回鬼的故事。那鬼是极瘦的。喏，像他那样。他指了指七哥。走起路来像飘一样。鬼每天围着村口的银杏树飘三圈然后就进林子。进了林子鬼就变成了白的。从一棵树飘到另一棵树。每飘到一棵树下就发出一阵凄厉的叫声。那声音极古怪。从林子上空缓缓越过村子然后转一个弯又回到林子里。就这么一直到下半夜，鬼才化作一股烟气消散。

过几日房东儿子又说：鬼现在要在林子很深很深的地方尖叫。那里的野兽都吓跑了。猎民在那里连一只野鸡都打不到。

再几日，房东儿子又报道：村头老鱼头的女儿回娘家，上山时崴了脚，半夜才跛到家。她在林子边遇见了鬼。起先她没发现，是鬼先飘到她跟前的。她吓得使劲把鬼一推拔腿就跑。到家后她说鬼是滑溜溜的。

村里到处都是鬼影，奇怪的是鬼并没有干恶事。便有人商讨是不是把鬼抓来看看究竟是什么样的。这主意自然是青年人出的。七哥原本也想去看看鬼到底是怎么回事，但他那天实在太困便在天一擦黑时倒床睡下了。

那天夜里没有月亮。七八个年轻人都伏在林子里。房东的儿子也去了。他们个个都发着抖。抖得一边的灌木都不断发出簌簌的声音。子夜时分，鬼就围着树绕圈子了。果然极瘦，果然飘一般地走路。走入林子之后发现它果然是白色的。年轻人胆怯着不敢动手。终于其中一个干过猎人的小伙子抛了一根圈套，一下圈住了鬼。鬼凄厉地叫了。一连三声，又长又亮。全村人都听见了。

它叫完之后，轰然倒下，不再声响。年轻人用绳子捆住了鬼。手摸上去，那鬼果然滑溜溜的。抬到村边亮处，才发现是一个活人。他均匀地呼吸着，沉睡一般。房东的儿子点了火，他失声叫了起来。人们都认出了，这是七哥。七哥浑身赤裸着。他身上的肌肤极白，他依然平稳地呼吸着，还很随意地翻了一个身。

有人照七哥屁股上狠踢了一脚。七哥“哎哟”一声，突然醒了。他莫名其妙地看着一圈又一圈围着他的男人和女人，眨了眨眼，低下头又发现自己一丝不挂。他低吼一句：“你们要干什么？”那声音沉闷而有力，仿佛是从远天穿过无数山脊之后落在这儿的。于是有人问七哥你是不是天神派来的。七哥说不是，我一直在阴间里老老实实做真正的死人。七哥是按自己的思路回答的，却叫所有的人毛骨悚然。天亮了，人们惶惶惑惑地散去。房东的儿子找回七哥的衣裤，极恭敬和谦卑。

七哥好久不明白到底他那一晚出了什么事。“鬼”仍然每夜出来在林子里飘荡。

七哥是一九七六年突然被推荐上大学的。他去的那所学校叫“北京大学”。在此前，七哥几乎没听过这所学校的名字，更不知道北京大学是中国最了不起的学府。七哥走的是狗屎运。七哥的父亲是苦大仇深的码头工人，这使其他知青望尘莫及。再加上村里人一直吵闹着要将七哥送走，鬼气在他们的生活中已日见浓郁了，为此他们不能再忍受下去。北大不怕鬼，却极欣赏七哥苦大仇深的家史。父亲自七哥出生那天起就与他为敌，这会儿却不期然为他办了件好事。

七哥惆怅着走出那树林密绕的小山村。七哥觉得自己在那里已经活了一个世纪，眼下他又重新投胎回到人间了。七哥走上公路时，太阳已经当顶，光线明亮得让他感到一阵阵晕眩。一阵风过，路旁的树扬起轻松的呼呼声。鸟也叫得十分轻快。七哥喘了口气。他摸摸心口，觉得心跳动得比原先要响亮多了。

七哥要去北京，而且要堂堂正正坐火车去北京，而且火车要耀武扬威地从家门口一驰而过，这消息使得全家人都愤怒得想发疯。就凭癞狗一样的七哥，怎么能成为家里第一个坐火车远行的人呢？七哥到家那晚，父亲边饮酒边痛骂。七哥默默地爬到他的领地——床底下，忍着听所有的一切。

七哥走的那天下着大雨。七哥只有一双洗得发白的球鞋。他怕到了学校没有鞋穿所以光着脚上的路。父亲和母亲一早都上班了，他们连一句话都没说，仿佛眼中并没有七哥这么个人。大哥把七哥送到巷口，然后给了他一毛钱，说雨太大了你坐一段公共汽车吧。七哥没有坐车。他淋着雨穿过大街小巷。他的行李越来越重，衣服紧紧贴在身上。他的骨头凸了出来使得七哥很有立体感。七哥想得很清楚，棉絮打湿了是没什么关系的，夏季的太阳一个下午就能把它晒干。

七哥一走三年未归。家里人简直不知他的死活。没人打听他，他也未曾写信。直到三年后七哥神采奕奕地出现在家门口时，所有在家里见到他的人都大吃了一惊。

“怎么都发呆了？还不是和你们一样的一个脑袋上七个孔。”七哥说。

归来的七哥已经完全是另一副样子了。

八

三哥宽肩细腰上身呈倒三角形，是女人尤为欣赏的体形。三哥在夏日里脱去汗衫，光膀子摇着大蒲扇坐在路边歇凉时，所有路过的女人都忍不住心跳要将他多看几眼。三哥袒臂露胸，肌肉神气活现地凸起，将皮肤撑得饱满。邻居白礼泉那天看了美国电影《第一滴血》后回来吹嘘说：“嗬，那个美国佬好块头，简直快赶上隔壁的小三子了。”弄得河南棚子好些人争相去看史泰龙的好块头。结果回来都说真不错，是快赶上小三子的块头了。但是三哥的相貌不及史泰龙，这也是公认的。三哥原先倒也长得像父亲年轻时一样英俊。但三哥脸上老是露一副凶相，渐渐地，便长出父亲所没有的横肉。那横肉便使三哥的模样不容易叫人接受。

父亲说，心里没有女人的男人才生长出这种霸王肉来。

三哥心里是没有女人的。三哥对女性持有一种敌视态度。三哥尽管已经过了三十五岁几乎奔四十了他却仍然没有结婚。他根本不想结婚。常常有女人去找他去向他献殷勤。三哥也不拒绝，在她们愿意的情况下三哥也留她们过夜。三哥怀着一股复仇的心理与她们厮混。三哥发泄的全是仇恨而没有爱。而女人们要的是三哥的身体倒并不在乎感情是怎样的色彩。三哥是在二哥死后招到航运公司的。二哥的死给了三哥生命中最沉重的一击。二哥是三哥在人间一睁开眼就朝夕相处的亲哥哥。他爱他甚于超过爱自己是因为三哥清楚记得他小时候莽莽撞撞干的许多坏事都被二哥勇敢地承担了。二哥为此遭过不少毒打但在他长大后从来没对三哥提过一句。三哥把这一切都牢记在心里。三哥正是这样一种人：谁要真心对他好，他也是肝脑涂地以心相报。而二哥除此外，还是与他一脉相承的兄长。二哥却被女人折磨死了。女人从那天起便像一把匕首插在三哥的心口上，使得三哥一见女人心口便痛得渗出血来。他常常愤怒地想女人怎能配得上男人的爱呢？男人竟然愚蠢到要去爱一个女人的地步了么？每当在街上他看见男人低三下四地拎一大堆包跟在一个趾高气扬的女人身后抑或在墙角和树下什么的地方看见男人一脸胆怯向女人讨好时他都恨不得冲上去将那些男女统统揍上一顿。这种事三哥不是没干过。一天晚上他送醉了酒的他的船长回家，返回时他抄近道走的是龟山上的小路。月光如水，山静如死。三哥打着饱嗝跌撞着乱窜，忽然他看见一棵树下的两个人影。他原本走过去视而不见的。不料人影中之一扑通一下跪到地上。他听见那是个男人的声音。那男人可怜巴巴地说：“求求你答应我。没有你我活不下去。”另一个人影只是用鼻子“哼”了一声，这果然是个女人。三哥七孔都冒出怒火。他连犹豫都没有，大吼一声冲上去，朝那熊包一般的男人拳打脚踢。然后回过身将吓傻的女人胸口抓住，用全力横扫几巴掌。巴掌在女人脸颊上撞击得啪啪响。声音清脆悦耳。三哥的心这才舒坦了许多。如此他才丢下那对男女继续打着饱嗝下山了。

三哥在驳船上当水手。他的船长十分赏识他。三哥安心住在船上从不觉得水手是份丢人的职业。三哥身高力大干起活儿来从不耍滑。三哥还能陪船长喝酒。这是船长感到最兴奋的事。船长说三哥是他有生以来最默契的酒友。他们俩在一起能将两斤白酒喝得瓶底朝天。夏天的时候，船长常会冒出些疯狂念头。他叫驳船继续行驶而自己拉了三哥跳入长江一路游去。船长和三哥游泳的本事也不相上下。他俩胆大包天，在长江里宛如两条棕色的龙。船长对三哥说如果掉进旋涡就平摊开身体不要动，旋涡就会把你自动地甩出来。三哥故意激他，说是你又没进去过怎么倒向我传授经验？船长急了说你不信？这是老水手都清楚的。三哥说我没见过的都不信。船长突然指着一个旋涡说那我就叫你见一次。没等三哥阻止他便几下冲了进去。三哥大汗淋漓呆愣愣地踩着水不敢往前。旋涡转得比想象的要快，三哥看不清船长在什么地方。但是一会儿他听见了呼叫。是船长在他的侧面嘻嘻地招手。当三哥游过去后船长说险些丢了命。

三哥说如何？船长说像是有许多手把你往江底拽。我已经觉得完了的时候一下子被放出来了。船长说平摊着不动也不行，得看什么时候动。三哥默然不语。忽而他见到一个旋涡立即对船长说了句看我的，便一头扎了进去。三哥在旋涡里身不由己。他被许多只巨手像掷球一样掷来掷去。他的肚皮上有另一种磁力将他往水底吸去。三哥不由失声叫了起来："救命呀。"他没有叫完又喝了好几口水。三哥瞬间想也好，进阴曹地府可能还能见到二哥哩。这一刻三哥被一只手轰地一下抛了出来。三哥傻瓜一样不明了方向。直到船长游到他跟前他才清醒。船长游过去扇了三哥几耳光，大声训斥道："小命也是可以开玩笑的？你死了，我还要受处分哩。"三哥的脸上火辣辣的但他感到很舒服。三哥说："我以旋涡报答旋涡。"

晚上抛锚后船长和三哥在甲板上饮酒。船长敬了三哥三杯酒，连声说一条好汉一条好汉一条好汉。

船长和三哥在甲板对酌时常叹说要有女人就好了。船长有老婆和两个小子，夜里也牵肠挂肚地想。三哥唯在这点上与船长不投。三哥说酒比女人好。最便宜的酒也比最漂亮的女人有味道。三哥说时常咂咂嘴连饮三杯。江上清风徐来，山间明月笼罩。取不尽用不竭。三哥说人生如此当心满意足。船长说你没有女人为你搭一个窝没有女人跟你心贴着心地掉眼泪你做人的滋味也算没尝着。三哥不语。

三哥想他宁愿没尝着做人的滋味。女人害死了他的二哥，他还能跟女人心贴着心么？三哥说这简直是开玩笑。当年二哥对杨朗好到什么地步几乎没人想得出来。二哥原本可以不下乡然而杨朗下乡二哥也就下了。他把板车交给了四哥。三哥为了二哥也一块儿下到杨朗的队里。二哥几乎把该杨朗干的活儿全部揽下了，连杨朦都插不上手。那时间杨朗绕着二哥又是说又是笑。两人在河边草滩上抱着打滚连三哥都不好意思多看几眼。二哥一分一分地存钱。他要买最漂亮的家具布置新房。他要把家弄得像杨朗过去的家一样舒适。三哥也为这个目的同二哥一起奋斗着。一次又一次招工，没有杨朗。二哥一次又一次放弃自己的机会。三哥也陪伴着。每年修水利，二哥一星期都要回村一次。几十里路连夜走哇，只是为了看一眼他心爱的人。每年如此每星期如此。到有一天杨朗终于拿到了表格。杨朗填了表到县里去了。她一去就是三天。回来告诉大家这次必走无疑。职业是护士。二哥几乎将全公社的知青都请来喝了酒。有人告诉他杨朗是用贞操换来的职业。二哥呆愣了，手上的酒瓶落在地上。杨朦转身而去。他揪住了他妹妹的头发。杨朗承认了。但她没说那男人是谁。三哥手上已经拿了刀。三哥准备杀人去的。杨朗说她既然把身子交给了那个男人就打算和那人结婚。二哥让杨朦松开了他的手。他忍受不了他心爱的人被她哥哥揪扯住头发。二哥一缕一缕替杨朗理顺发丝，颤着声说："我知道你是迫不得已。我不怪你。我不计较那些。但你不能同那人结婚。那是个禽兽。"杨朗说："你就死了心吧。我不可能嫁给你了。"二哥惊问为什么，杨朗说："我从来就没爱过你。我只是看你可怜才应付你一下。你千万不要当真。"二哥脸色煞白，他长啸一声冲出门去。三哥扔下刀追了出去。三哥把二哥拖到自己的屋里，他让半昏迷的二哥躺下了。他自己也躺在一边。三哥的怒火一蹿一蹿，他想去狠狠教训一顿杨朗，然而他寸步不敢离开二哥。他知道这给他的二哥是致命的一击。他知道二哥活不长了。三哥忧郁地想着迷迷糊糊睡了过去。他没料到他的二哥失去了爱情连一夜都不打算活。

杨朗终于走了而杨朦留了下来。他在二哥的坟前盖了个草棚。他说他将陪伴他的朋友直到他死。他替他的妹妹赎罪。三哥为此扔掉了那把准备杀死杨朗的刀子。这兄妹俩迥异的表现使三哥猜不透究竟是什么原因。三哥只能去设想：女人天生阴毒。

船长对三哥听说的一切不置可否。他只是对三哥说等你有一天碰上一个好女人时，你就知道男人跟女人比简直是臭虫一个。

可惜船长没能见到三哥碰到好女人的日子。船长对三哥说那一番话不久，驳船在青山岬水道翻了。一船人都沉到江底包括船长而唯独三哥逃了出来。

这是一九八五年的初春时节。三哥从此不敢上船，连游泳都不敢了。于是他辞了职。他像一个孤魂飘飘荡荡来无影去无踪。好多天好多天后，三哥申请了一个执照，添置了一套工具。每天坐在地下商场侧门，见人买了皮鞋便追着问："钉个掌怎么样？"

九

七哥成天里忙忙碌碌，又是开这个会又是起草那个文件又是接待先进典型又是帮助落后青年。每晚一头倒下床脑袋里混沌一片。他不知道自己究竟在干些什么事和干这些事的意义何在。他只知道如此这般卖命干了就能博得领导好印象。好印象的结果是提拔。而提拔的结果是有社会地位有权力。而有权力的结果是工资高加房子分到手福利优厚以及来自四方的尊敬。如此，一个人的命运才能得到最为彻底的改变。七哥觉得他活着的目的就是为了改变命运。他想象不出来如果不上大学他将是什么样子。

七哥到学校第一个晚上梦游时就被同寝室的同学抓到了。

七哥睡的是上铺。下床时他蹬倒了床边的方凳子。他的下铺立即醒来。他看见七哥一件件脱下背心短裤然后赤裸着往外走，心里甚是骇然。七哥出门后，他便叫醒全屋人一起悄然跟上。他们跟着七哥出了宿舍楼，七哥看见树就绕圈子。绕了几圈后便发出令人毛骨悚然的尖啸。几个同学由害怕到不解，继而终有人悟出，说恐怕是梦游。于是一起上前，几双手拼命摇撼七哥。七哥睁开眼猛眨几下，身体一惊颤，说你们干什么？一同学说：你梦游了，我们想叫你回去。七哥茫然四顾，再低头看自己一身，突然醒悟。他挣脱同学的手，疯狂地奔进房间，爬上床铺，一动不动。七哥想起曾经有过的关于鬼的故事。他想这么说来村子里白色的皮肤光滑的鬼就是他自己了。

七哥自小卑微惯了，入校后依然眉眼中露出怯生生之气，一副极委琐的样子。梦游的事成为全体同学的话柄，这使七哥愈加缩头缩脑自惭形秽。七哥每天三点一线。宿舍——教室——食堂。无人睬他他也懒睬旁人。如此相安无事几乎一年。

学校的生活自是清苦。而对于七哥却是好得不得了的日子。七哥削尖的脸由此而圆润起来。七哥毕竟是父亲的儿子。父亲所有儿子中没有一个不是身架均匀五官搭配极佳的好男儿。七哥委琐归委琐，但相貌在那儿搁着。班上有极风流俊雅的女生叹惜说七哥如果有三分洒脱也可称全系的美男子。而七哥却嗫嗫嚅嚅的完全与洒脱无缘。美男子的称号只得落在七哥的下铺身上。

七哥的下铺是从苏北一个乡下来的。苏北佬在公社读高中时很能写文章。曾写过好几篇公社书记的先进事迹报道。这些报道通过有线广播弄得全县人都知道了那书记的大名。出了名的书记便在苏北佬毕业一年后乐呵呵地将他推荐到了大学。临走前欢送会上又开了他的入党宣誓会。为此，苏北佬一到学校便成了班上党支部的宣传委员。苏北佬白白净净典型的江南小生模样，大眼小唇温文尔雅故而很得那些女生的喜爱。班上女生大多高干子弟或女干部。自己泼辣能干张牙舞爪成性却对温顺柔弱的男人有兴趣。这当然也是奇怪之至的事情。苏北佬被几个豪放过人的女孩子追得狗一样乱窜却不见他对其中某个产生兴趣。这劲头弄得女生泪眼涟涟男生醋意十足。

不料一日系里召集全系大会，在会上宣读了一封来信。信写得情真意切。写信人是一位女清洁工，说是她因患骨癌对生活感到绝望之时遇上了田水生。七哥想田水生不就是苏北佬？是田水生诚恳的谈话使她放弃了死的计划。这之后田水生常常去看望她鼓励她。陪她去长城饱览万里河山去香山欣赏深秋红叶，教会了她很多做人的真理。于是他们俩相爱了，爱得很深很深。但是近半年来，她的病情恶化得很厉害。癌细胞已遍布全身。水生却对她忠心耿耿百般照顾。为了使她享受到做人的幸福，水生已答应同她结婚。信中说："我即将告别这个世界走向死亡那遥远的甬道。在我踏上那甬道之前，我有责任将这个青年美好的灵魂展现出来。我渴望向全世界人宣布我的丈夫是一个了不起的人。"

来信引起的反响不啻有人在图书馆放了炸弹且准时爆响了。苏北佬一下子成了英雄。报社记者络绎不绝。每一篇报道都催人泪下。苏北佬出去讲用过好多次。据说每一次讲用效果皆佳。动人心弦的故事给命运套上了极艳丽的花环。苏北佬同清洁工结婚了。半年不到，她死了。而她给苏北佬带来的花环却依然栩栩如生大放异彩。

七哥却从苏北佬极诚挚的语言和极慷慨的激情之后看出那一丝丝古怪而诡谲的笑意。那笑意随着女人的离世而愈加明朗。一天早上起来苏北佬竟拿着小梳子对着小圆镜梳头发而嘴里却哼着一支极欢快的歌子。房间里同学都去早锻炼了。七哥刷牙回来听见这歌子不由直勾勾地盯着他。苏北佬放下镜子看见了七哥也看见了七哥直勾勾的目光。他尴尬地假咳两声逃也似的出了房门。那女清洁工死了才二十三天。这数字是七哥掐指算了好一会儿才算出的。

苏北佬知道七哥已勾去了他的真正的魂灵。苏北佬对七哥一下子亲善起来。七哥得了阑尾炎住院动了手术。这期间只有苏北佬天天来看望他。七哥从来没领教过时时被人记挂的感觉。面对苏北佬的殷勤和关心，七哥苍白的脸上不由自主浮出许多感激之情。苏北佬总是淡然一笑说没什么没什么。

七哥的伤口快合拢的那一天，七哥斜躺在病床上看书。那一堆书都是苏北佬带给七哥解闷的。七哥过去几乎没读过几本文学书籍，倒是这次住院开了一点眼界。窗外干风吹打着树枝啪啪地响。劈栅栏木条的人居然成为美国总统这一事使七哥激动不安，以致苏北佬进门来时七哥仍满额汗珠手指颤抖。

苏北佬坐在七哥床边，无言地也用那直勾勾的目光看着七哥。七哥感到他的魂灵也要被这目光勾走了。七哥突然说我理解了你。苏北佬说理解了就好。七哥说我应该怎么办？苏北佬说换一种活法。七哥说怎么活？苏北佬说干那些能够改变你的命运的事情，不要选择手段和方式。七哥说得下狠心是么？苏北佬说每天晚上去想你曾有过的一切痛苦，去想人们对你低微的地位而投出的蔑视的目光，去想你的子孙后代还将沿着你走过的路在社会的低层艰难跋涉。

七哥果然想了整整一夜。往事潮水一样涌来而又卷去。七哥惊恐地叫出了声。护士来时他正大汗淋漓地打着哆嗦。伤口又崩裂了。一丝一线地渗着血。护士说：“做噩梦了？”七哥说：“是，做噩梦了。”

一场噩梦已过。当太阳高升之时，七哥突然感到生命的原动力正在他周身集聚感到血液正欢快而流畅地奔涌感到骨骼为了他的青春正巴格巴格地作响，他感到由衷的解脱和由衷的轻松。

那一年，七哥二十岁。两年后他分回了武汉。他在汉口一所普通的中学教书。七哥明白这里绝不是他的久留之地。七哥对寂然地活着已经腻味了。七哥渴望着叱咤风云而这种机会只要去寻找和创造总归还是会出现的。

十

七哥现在最难见到面的是他的四哥。七哥对四哥无好感亦无恶感。四哥对七哥也是这般。

四哥是个哑巴。他在六个月时发高烧而父亲那天打码头负了伤母亲为父亲忙碌去了。高烧之后四哥虽然活了下来却丧失了听和说的能力。四哥能吃能喝心情愉快地在这个家庭中生长。只有他从来没挨过父亲的拳脚。这使得四哥对父亲格外亲热。只有四哥在看见父亲下班后才会欣喜地迎上前用他混浊不清的话叫着“爸”……“爸”。四哥只会叫这一个字，他不会叫妈。为此母亲并不因为他的残疾而格外怜爱他。

四哥十四岁就出去干零工了。他先跟泥瓦匠打下手。后来二哥随杨朗下乡后把他名下的板车交给了四哥，四哥便当了装卸工。一直稳定地干到今天。

四哥的经历平凡而顺畅。四哥二十四岁便和一个盲女子结了婚。四哥有眼而她有灵敏的耳和灵巧的嘴。这是一个完整人的家庭。四哥分了间十六平方米的房子。这比父母住了一辈子的那间还要大一点。四哥便在这里和他的妻子生儿育女。四哥先生了一个女儿后来又生了一个儿子。四哥是赶在只许生一个的前面生的这个儿子。四哥的儿女漂亮如父聪明如母。这使得四哥每日咿咿哦哦地兴奋不已。四哥家里已添置了电视机和洗衣机。四嫂说电冰箱的钱也快攒齐了。

七哥到四哥家里去过一次。他看见四哥家的墙壁上贴满了各种奖状。那全是四嫂和侄儿侄女的。没有四哥一张。七哥问四嫂：为什么没有四哥的呢？四嫂说他又不会说甜言蜜语。人家选先进时他又不晓得是干什么。四哥四嫂留七哥吃了饭。四哥拿出一瓶洋河大曲。四哥在这点上同父亲一模一样。只是四哥酒后绝不打他的儿女。七哥想这大约是四哥从未挨过打的缘故吧。

能有几人像四哥这样平和安宁地过自给自足的日子呢？这是因为嘈杂繁乱的世界之声完全进入不了他的心境才使得他生活得这般和谐和安稳的么？

四哥又聋又哑呵。

十一

七哥在该恋爱的年龄里就自然而然地恋爱了。那女孩比七哥小两岁，长得眉清目秀的。连父亲都诧异万分，说小七子还真有能耐，把这样的姑娘都弄到了手。这是有七哥以来父亲夸奖他的第一句话。女孩教英语，外语学院毕业的。女孩的父亲是大学里的教授。儒雅之家使得女孩天生一股娴静悠然落落大方的风度。这气质使七哥大为倾倒。七哥同她恋爱了两年，便将自己也熏染得如教授之子般温文尔雅。七哥已经同他的女朋友一起商量买家具的事了。但因学校里一直没有房子，买家具和结婚的事就搁了下来。按照工龄和级别，七哥还得等上三年才能有一个小小的单间。这怨不了谁。学校里的老教师也不过如此，更何况小字辈。七哥几乎快没了耐心。

暑假里，七哥出了一趟差，到上海去观摩学习了二十天。回来时船逆流而行，时间极枯燥难熬。七哥认识了他的上铺，一个眼角已叠起鱼尾纹的女士。女士穿着很时髦谈吐不凡与七哥的女朋友比又有另外一番大家气派。三天的路程，七哥同她很聊得来。下船时，她给七哥留了地址和她家的电话号码。七哥看着她写下“水果湖”几个字就知道他遇上的不是一个普通人家的女性，及至她写下电话号码时，七哥心里猛然划过一道闪电。这电光刺得他的心有些隐隐作疼而疼过之后蓦地生出许多的兴奋。七哥含笑说去你那里玩儿欢迎吗？女士说大门永向有识之士敞开。

三天后，七哥给女士打了一个电话。她说她一直在等七哥电话。七哥的心陡地动了一动。于是七哥开始约她散步或吃饭她也约七哥看内部电影或看演出。

七哥已经知道了她的父亲是何许人物。她比七哥大八岁，是老三届的学生。她父亲倒霉时她下了乡。她为了赎罪拼命地干活。结果她得了病。她丧失了生育能力。那是一个暴风雨的日子，她不顾月经来临而坚持上大堤抢险。在堤坝有裂缝时她像男人一样跳进水里同大家手挽手地阻止了洪水的冲击。最后她昏倒在了浪里。人们将她拖出来后她住了一个月的医院。出院时医生告诉了她这个对于女人来说最不幸的消息。她当时二十二岁，还没想过找男朋友的事为此对生育问题更不介意。她只是淡淡地笑了笑。随着年龄的增长，这个问题才显得越来越严重。每次结识一个男朋友她都把这个情况诚实地告诉对方。大多人都叹口气终止了同她的交往。她过了三十五岁后，心灵上的创伤已经无法愈合。她想如果四十岁她还是这样孑然一身地生活那么她就到当年使她丧失她最宝贵东西的大堤上去自杀。就在她把这个问题一遍又一遍地考虑时，她认识了七哥。她愿意同七哥接触的初衷仅仅是像所有女人一样喜欢同外貌漂亮而又显得有知识的男人接触，喜欢同陌生的异性谈自己心里深处的东西。但她万没料到半个月后她遭到七哥猛烈的追求。她在告诉七哥她不能为他生育时七哥连惊异的表示都没有，一如既往地出现在她身边，陪她买东西喝咖啡走亲友，在人烟稀少的地方把手臂揽在她的腰上偶尔还微笑着在她额上留一个吻。在她的充满女性气息的房间里七哥总是拥抱着她使她气都喘不上来。这种充满热烈之情的拥抱使她感到迷醉而她的心底却痛苦不堪。在情绪稍稍平静时就有一个声音警钟似的呼叫这个男人感兴趣的不是你而是你的父亲。她想摆脱这个警钟而这声音却响得愈加频繁。

有一天她终于忍不住了。她问七哥：“如果我父亲是像你父亲一样的人，你会这样追求我吗？”七哥淡淡一笑，说：“何必问这么愚蠢的问题呢？”她说："我知道你的动机、你的野心。"七哥冷静地直视她几秒，然后说："如果你还是一个完整的女人你会接受我这样家庭这样地位的人的爱情吗？"她低下了头。

几天后，七哥把她带到了河南棚子，带到了我们的家。七哥掀开床板指着那潮湿幽暗的地方告诉她他曾在那儿睡到他下乡的前一日。七哥搬开新添的沙发用脚划出一块地盘说那是他的五个哥哥睡觉的地方。七哥说他的大哥因为没有地方住便成年累月上夜班。

屋里除了多出一架长沙发和小方桌上的一台黑白电视机外，一切都还是老样子。小屋的窗子因搭厨房而封死了，为此只剩得屋顶上嵌着的那片玻璃瓦。屋里全部的光线都是由那儿透入。墙壁还是当年的报纸糊的。泛黄的纸上还展示着昔日那些极有趣的文章。七哥说："你如果在这样的地方生活过一年，你就明白我所做的一切是多么重要。我选择你的确有百分之八十是因为你父亲的权力。而那百分之二十是为了你的诚实和善良。我需要通过你父亲这座桥梁来到达我的目的地。"七哥说："我还可以告诉你在我认识你之前我有过一个女朋友。她父亲是个大学教授。我同她的关系已经很深了。我在几乎快打结婚证时碰到了你。你和你父亲比她和她父亲对我来说重要得多。"七哥说在中国教授这玩意儿毫不值钱。"他对我就像这些过时的报纸一样毫无帮助。所以我很果断地同原先那个女友分了手。我是带着百倍的信心和勇气走向你的。我一定要得到。"七哥的话语言之凿凿掷地作金石声。她惊愕得使那张青春已逝的脸如被人扭了一般，歪斜得可怖。她跨了一步给了七哥一个响亮的耳光然后抽身逃去。

七哥淡淡地笑了笑没说什么。七哥怀着无限的自信等待她的回心转意。七哥知道她需要他比他需要她更为强烈。有人写了一部小说叫悲剧比没有剧好。七哥没看过那小说但他觉得那题目起得棒极了。有魔鬼比什么都没有要好。七哥想她最终会得出这么个结论的。

七哥的判断像诸葛亮一样准确无误。三天刚过，她红肿着眼泡来找七哥了。她没有别的男人可找。她只有七哥。况且七哥的确还不是个很差的角色。她对七哥说她是一时冲动，没能从七哥的角度去理解七哥。她请求七哥谅解。七哥一言未发，只是上前吻了吻她。她激动得热泪盈盈。七哥固然利用她达到自己的目的而她也一样地利用七哥去获得全新的生活。七哥当天就把她所渴望的给了她。那种生命最彻底的快感使她衰败下去的容颜又焕发出光彩。当她神采奕奕出现在她的朋友们的面前时，人们几乎没法将她同昔日的形象相比。这是七哥为她创造的青春。由此她对七哥更是死心塌地和严加看管。

其实七哥全然不是寻花问柳之辈。七哥全部的用心不在那上面。如果认识不到这一点那就实在小看了七哥。七哥觉得把情欲看得很重是低能动物的水平。七哥不属于这些。七哥的目的在于进入上层社会，做叱咤风云的人物做世界瞩目的人物做一呼百应的人物。七哥想将他的穷根全部斩断埋葬，让命运完整地翻一个身。七哥想拯救自己。他觉得他有责任使自己像别人一样过上极美好的日子。否则他会因为感到世界亏待了他而死后阴魂不散。

七哥调到了团省委，这是七哥提出的去处。七哥看过一张统计表，那上面记有解放以来历届团干离任后的情况。七哥记不得他们各自都干了些什么具体职业。但他唯一的印象是：从那扇门出来的人几乎全部升上了高处而且还在继续上升着。那些相当级别的职位一个挨一个排列着如一条冰凉的蛇从七哥心头爬过。七哥打了个寒噤然后欣喜若狂。七哥知道他已经找到了他的终南捷径。

七哥分到了很宽敞的房子。在他原先的学校拥有三十年教龄的老师也没资格住上七哥现在的这房子。七哥的房子布置得像宫殿。落地的双层窗帘，先锋的组合音响，遥控的彩色电视还有松软宽大的席梦思。七哥结婚前夕，父亲和母亲相携着去过一次。父亲坚持说那床一定要睡坏骨头的，而母亲则生气地说那窗帘浪费了好几件褂子的衣料。

七哥的蜜月是在广州和深圳度过的。七哥住在深圳湾大酒店的那几夜几乎夜夜都失眠。他的全身如火灼一般难受而又如火灼一般兴奋。他在他的妻子睡着之后还忍不住一次次把脸埋进她的胸脯里。七哥对她感激涕零。七哥有一种预感，那就是她给他带来的幸运，很可能在某一个日子超出他的想象。

那一段日子七哥纵情享受恣意欢笑如入天堂之门，却有另一个女孩子把眼泪哭干了把嘴唇咬破了。她的老父老母只能咬牙切齿地痛骂几句“小人”之类无伤大雅的话然后陪着伤心欲绝的女儿长长地叹气。

十二

五哥辞职干个体户时并不知道六哥也辞职干个体户了。他俩碰面时是在轮船上。五哥进餐厅吃晚饭时看见了正在端菜的六哥，五哥惊叫了一声以致六哥手一滑菜盘掉在了地上。他俩相视片刻哈哈大笑了。五哥到南京去订购一批汗衫而六哥则去南通进货棉纱长袜。

五哥和六哥是一对双胞胎。他俩的心似乎是沟通的。五哥想到的东西六哥也能想到。五哥感冒六哥百分之百也要伤风流鼻涕。最奇特的是小学时一次语文考试，三个造句，他俩造得完全一样而实际上他俩的座位却隔得很远。五哥六哥自小是一对坏种。打架骂人偷盗玩女孩无恶不作。直到各自娶了老婆添了儿子才走上正轨，像模像样地过开了日子。

五哥第一次带女朋友到家里来时，父亲和母亲正在吵架。那是为了母亲买回来的酒是兑过水的，父亲一怒之下连酒壶都扔到了铁路上。恰巧一列火车开过，酒壶碾成了薄铁皮。于是母亲便横着嗓子同父亲吵开了。五哥的女朋友如同巡视大员般，毫不把父亲和母亲放在眼里，只傲慢地将屋子环视一遍，说："就这屁点破屋？"五哥未曾来得及答话，父亲却撇开母亲朝这边吼开了。父亲说："嫌老子屋破，这里还没你的地盘哩。"那女朋友也不示弱："这老家伙吃错了药，怎么见什么人就吼什么人？"说罢扬长而去。气得五哥跳起来对父亲乱叫了一通便又噔噔噔地去追赶那女朋友。父亲发了一会儿呆，摇摇头说："日月颠倒了，颠倒了。"然后自己找了个空瓶，长吁短叹地打酒去了。

结果是，五哥的女朋友再也不肯来家了，五哥只好做了上门女婿。五哥的女朋友是汉正街的。六哥常陪五哥去那里，于是六哥也找了个汉正街的姑娘。六哥知趣，不敢带女朋友回家，主动对父亲说想要倒插门。父亲大手一挥："去去去，少废话。你俩反正是一对。"六哥如获大赦，轻松地告别了这个家，住进了老婆屋里。五哥和六哥几乎同时（只差三天呀）各得一子。肥墩墩的，让岳父岳母们欢天喜地。五哥六哥当女婿比当儿子舒服多了。渐渐地不太记得河南棚子的老父老母。

汉正街自古便是商贾云集之处。以谦祥益商店为中心，上至武圣路下至集家嘴，沿街经商的个体户而今已经达两千多户。长街小摊，百货纷呈。五哥问清楚几乎有一千家已经成万元户，立即心慌意乱头脑混沌了。五哥是建筑队的泥瓦工，工资不算低。即使不低，细细想来辛辛苦苦一个月还不及个体户一天赚的钱多。五哥觉得自己活得窝囊，他得赚大钱过富日子才不枉做人一遭。五哥连同老婆商量一下的情绪都没有，当天便打了辞职报告。六哥只比五哥早一天。六哥的邻居仅从一百五十元的资金起家，不到一年已成了万元富户。这变化是六哥亲眼所见。六哥眼珠都快突出来了，他想了一夜，辞去了运输公司汽车修理工的职务。

五哥订购的汗衫原本就是积压货。五哥订了一万件但却只销出了一千五。钱周转不了，五嫂夜夜指着五哥的鼻尖骂祖宗。五哥怕老婆，五哥在这一点上完全不像父亲。连日里五哥东奔西跑得下巴都尖了，汗衫还是积压着。

那天五嫂又砸杯子扔碗地骂祖宗了，五哥只好溜之乎也。五哥信步溜达到航空路。航空路到商场一带是“飞虎队”的地盘。“飞虎队”是市民给那些流动小贩们的绰号。“飞虎队”的小贩们拉起生意来可以说是死皮赖脸。抬高价短斤两是他们的拿手好戏。圈套也做得像真的。五哥看见几个女子围着一个小贩高声议论羊毛衫的价格。五哥一眼看出他们都是一伙的。假卖假买地哄来一些真正的顾客。一个红衣女子的眉眼不断地向路人扫来扫去。她看到了五哥。她叫了声：“哎呀，这羊毛衫要是让这个男的穿上简直可以成为三镇第一美男子。”五哥笑了笑，走过去。问小贩：“多少钱一件？”小贩说：“看你穿着肯定合适，我心里高兴，就便宜点卖给你，二十六吧，别人我都是卖三十呢。”五哥用手捏了捏，深知毛线中腈纶多于羊毛，便又笑笑说：“出厂价，十六块，这我清楚。”然后意味深长地丢下一声笑，甩手而去。他听见小贩和几个女子冲着他的背脊骂骂咧咧的声音。五哥从来都不是好惹的家伙。五哥在家以外的地盘上还从来没输过。这回自然也是。五哥心里暗笑一下，拐到一个稍清静的地方，然后放开嗓子爆喊一声：“工商局的人来了！”

这声喊宛如扔下一枚炸弹。五哥的眼前炸窝了。抢收衣服的，逃窜的，装作顾客若无其事地混杂入人群的，互相叮咛的，应有尽有丑态万千。一忽儿，“飞虎队”无踪无影，只丢些空纸盒在路上。五哥看得有趣，不由倚在墙根下捧腹大笑。待五哥笑得上气难接下气时，他的肩膀被一只手拍了一下。五哥回过头，认出了是红衣女子。五哥一笑，说：“怎么不跑？”红衣女子冷冷地说：“想看看你还有几手。”五哥说：“闹着玩玩，何必当真。”红衣女子说：“闹着玩也得看地方看人。”五哥呵呵一笑：“你们拉客过后又骂人也没有看人看地方呀。”红衣女子打量了一下五哥，说：“你还像个人物呀。”五哥说：“当然。河南棚子的儿子汉正街的女婿，堂堂正正是个人物。”红衣女子说：“汉正街的？万元户？”五哥说：“万元户还得过两年。”红衣女子说：“这么说是同行了？

何必拿一路人开心，不都是端这个饭碗的？”五哥说：“那我就道声对不起了。要不要去云鹤酒楼压惊？”红衣女子说：“哥们儿还痛快，去就去。”

五哥同红衣女子一道上了三楼，红衣女子拿起菜谱就点。心狠手辣地完全不顾及五哥腰里并没带几块钱。烧甲鱼炖海参炒虾米白斩鸡外带一碗三鲜汤和四瓶青岛啤酒。点得五哥暗叫苦也。

红衣女子问五哥生意做得如何。五哥灌几口啤酒长叹一气说正在倒霉。红衣女子问缘故。五哥便如实说了汗衫的滞销。红衣女子说：“再不好销的东西，只要想好了办法，总是能赚到钱的。”五哥说：“有什么好点子？”红衣女子说：“就这么白给你出？”五哥说：“当然给好处。”红衣女子说：“怎么讲？”五哥伸出右手：“五十张。”红衣女子说：“半千还算钱？如果让你一件汗衫赚一块钱，那你得了多少？给我了多少？简直小气得不像男人。”五哥说：“未必给你一千！”红衣女子说：“说良心话，这我还不一定要呢。做生意眼光要放长远一点。”五哥默然不语。见啤酒已尽，说：“我再去要两罐啤酒来。”五哥在服务台拿了啤酒刚转身欲回饭桌，见红衣女子正背对服务台，不禁心头一转，将啤酒装进裤兜里，自言自语道“再去买两盘冷菜”，便悠悠然地下了楼。五哥下了楼便直奔一路汽车站，一口气坐到了六渡桥，打着饱嗝到朋友家推了一夜麻将，第二日凌晨才摇摇晃晃地回到了家。

五嫂开门第一件事便是送给了五哥几耳光。五哥不动气，慢慢说：“跟你讲件滑稽事。”便添油加醋地将昨日白吃一顿的事细细讲述了一遍。五嫂不由得笑得倒在了床上，大骂女人的愚蠢和男人的狡猾。骂声中不禁为这男人是自己的丈夫而感到自豪起来。五哥这时则歪在沙发上呼呼地大睡开了。

一清早六哥大汗淋漓奔来时五哥还没起来。六哥将五哥打起，愤怒地叫道：“今天无论如何帮兄弟一把。”五哥忙问什么事。六哥说：“我一早刚把摊子摆出去，一个女的带了几个人，二话不说砸了我的摊子。他们人多，我又不敢对抗。临了，那女的丢下这件汗衫说一千块准备好，我到时来取。”五哥跳起来抓过汗衫细细查看。汗衫的胸前用圆珠笔勾勒了一个霍元甲打拳的形象。五哥心头豁然一亮，眉头舒展，连声叫：“妙极了妙极了。”倒将六哥弄得莫名其妙。五哥方将昨日之事一五一十说了一遍，拍着胸脯对六哥说：“你今天的损失我负责加倍赔你。绝不放空屁。”

五哥将他积压的近万件汗衫五千件印上了霍元甲三千件印上了陈真。电视连续剧刚放过不久，人们对这二人印象颇深。五哥拿出二十件送给玩武术的小伙子，不到三天，五哥的摊前购者如云。五哥暗暗又抬了三次价，汗衫依然畅销。五哥发了财，五嫂每日见五哥都眉开眼笑，又端茶又打扇还撒娇般地在五哥面前扭来扭去。五哥脑子里却抹不掉那红衣女子的模样。但是那女人却一直没有出现。

三个月后，五哥从广州回来，刚出汉口火车站，一个女人朝他嫣然一笑。蓦然他认出那是红衣女子，只不过红衣被一件橄榄绿的棒针衫所代替。五哥立即向她迎去。红衣女子说:“怎么，还认识?”五哥说:“恩人嘛，当然不敢忘。”红衣女子说:“我家在这附近，要不要去坐坐?”五哥说:“当然想，只要你瞧得起。”红衣女子笑道:“你一表人才又聪明又能干，我巴结都来不及哩。”五哥说:“我唯一佩服的女人就是你。”红衣女子眼一斜说:“是吗?”五哥被那一眼望得心乱了。五哥觉得这女人同他老婆比简直像仙女同讨饭婆相比一样。五哥想要是能同这女人享受一场那么他也就宛若神仙了。五哥说:“你家里……还有谁?”红衣女子说:“就我一个。我丈夫到深圳去了。”五哥说:“我刚从南边回。我提前了两天。我老婆还当我是后天到哩。”红衣女子笑了笑。五哥趁机把手放在了她的腰上。

五哥跟着她拐弯抹角。五哥满心欢喜。他几乎是怀着甜蜜的感情打量他身边这个女人的一切，眼睛眉毛嘴唇以及胸脯。五哥都有点按捺不住了。

五哥刚跟红衣女子走进家门，后脚便跟进几个彪形大汉。五哥觉出有些不对，忙堆起笑，说:“上次你帮了大忙。我准备了两千块钱酬劳你。”红衣女子冷笑一声:“我说一千就只要一千。钱我已经从你兄弟那儿取来了。不过事情还不那么简单。”五哥出汗了，说:“还有什么，尽管说，尽管说。”红衣女子说:“你姑奶奶不是随便让人耍的。冒充工商局的，是耍第一次;在云鹤酒楼一拍屁股开溜是耍第二次;今日一路不怀好意是耍第三次。我明白告诉你，我今天只想叫人揍你一顿，叫你记清楚闹着玩玩得看人看地方。”

五哥无言以对。五哥自然也不会轻易讨饶。五哥毕竟是父亲的儿子。父亲说过做男人就是把刀架在脖子上也要硬着筋骨。五哥此刻便硬着了筋骨。五哥见几条大汉脱下了衣服，每人都露一件由他摊上卖出去的印有霍元甲的汗衫，不由得心一沉。突然，五哥说:“朋友，我讲几句话。”红衣女子说:“有屁快放。”五哥说:“我们是一账还一账，所以今天这顿打我认了。打伤了我看病，打残了我躺床，打死了我不怪。不过这笔账了结后，我们井水不犯河水，不必死结冤家。生意兴旺靠朋友，互相拆台栽跟头。”红衣女子说：“你还是条汉子。你放心。你死不了残不了。血还是要放一点的。拆台的事我不做，其他的人我不保证。”

红衣女子说罢出了门。五哥立即被拳脚包围了。很快五哥便人事不知地瘫倒在地。五哥醒的时候，天已黑了。屋里亮着灯。红衣女子正哗啦哗啦地滑动着编织机织毛衣。五哥艰难地站起来，一言不发，向门外走去。五哥快要跨出大门。忽飘来那女子软软的声音：“代我跟你兄弟道个歉。说那天我认错了人。”

五哥回家时叫了出租车。一家人见他血淋淋的模样都惊呼大叫。五哥没敢说也没脸皮说挨打之故，只说在汽车上同流氓争吵结果动起手来。五哥躺了整一星期。父亲闻知后，鼻子一嗤说五哥是笨蛋加癞皮狗一个。笨在居然能被人打到这种地步。癞在居然还大大方方地躺上七天。父亲委实感叹一代不如一代。

一切都恍如梦般。五哥伤好之后生意照常做了下去。五哥担心还会有人前来挑衅，结果，一连几个月都相安无事。五哥不由从心底服了那女子。他曾到处打听过红衣女子的下落。五哥想同她交个朋友。可惜五哥至今仍未打听到。

五哥现已是汉正街万元户之一了。六哥自然也不例外。汉正街的万元户说起来只千来户人家而其实远远不止。潜伏在地底下的万元户们至少也有几百。五哥和六哥这种人，发富之后学会的第一桩事便是赌钱。起先是麻将。后来嫌麻将太磨人也太费脑子，便掷骰子。有人读过金庸的小说《鹿鼎记》，知道那里面有个善赌的韦小宝，便在摇骰子时爆喊一声：“韦小宝来啦！”五哥六哥均不知韦小宝为何物，但每次轮到他们掷时，也长长地吆喝：“韦小宝哇！”

偶尔五哥回河南棚子看看父亲母亲时，见父亲端端地坐在小凳上与一帮老朽们以一毛两毛钱这样的数目打牌，脸红脖子粗地叫喊这个是臭牌那个是霉星，便也如父亲嗤他一样对父亲嗤一鼻子。五哥说他们现在下赌注根本不数钞票的张数。父亲不服便傲然问道那怎么算账？五哥说把钱摞起来用尺量厚薄。五哥说我下得最凶的一次赌注是十个厘米。父亲说十个厘米有多少？未必比一百块还多？五哥说压紧一点也就差不多一千块。父亲“呸”地朝五哥吐了一口浓痰，怒道：“吹牛找你孙子去莫找你老子。”五哥大骂着父亲混蛋透顶而去。而同父亲一起的牌友们直到五哥走得没影儿了惊愕的面孔还没复原。

这回父亲怀疑五哥和六哥是不是他的儿子了。

十三

七哥瞧不起五哥和六哥到了极点。七哥常在肚子里用最恶毒最尖刻的话骂五哥和六哥。童年时代五哥和六哥给七哥的伤害令七哥永生难忘。但七哥在组织个体户们座谈时却每一次都以自豪的口吻提到他有两个哥哥都是个体户。七哥说他对他的这两个哥哥极其敬重，因为他们全靠自己的勤劳和智慧创造自己的生活。七哥鼓励个体户青年不要自卑要自信，要认识到自己这个职业的高尚和伟大。七哥还诙谐地说他们这些搞政治工作的人只能靠嘴皮吃饭，别的什么本事都没有。假如有一天我干腻了这一行就辞职去干个体户。七哥说起码可以到深圳广州跑几趟而这两处他还没去过哩。七哥的话让那些常往南边跑的个体户们都笑了起来。个体户们都纷纷称赞七哥说这个人难得，便将七哥视为知音。而实际上他们都不知道七哥度蜜月在深圳住了二十天。

元旦时，七哥回了一趟家。恰恰五哥六哥也携子来家了。五哥六哥自小就没把七哥放在眼里，到现在依然是。他们完全不顾七哥是广大个体户的知音这一事实。五哥和六哥你一言我一语大声讥刺七哥费心思往上爬不如费心思赚点钱，然后故意把儿子的胖脸亲得“叭叭”地响。那响声在七哥的心上像是锤子砸下一样，一锤一锤地让他痛苦。

父亲对七嫂极不满意。父亲想这女人大概有妖术，要不凭她那年龄和不能生儿子这罪该万死的毛病怎么能把七哥给勾引上呢？父亲想没有男人愿意讨一个不会生孩子的女人。而女人生不下孩子，父亲想，那还有什么用？父亲说不孝有三无后为大。父亲说现如今又不能讨小，看小七子你今后怎么办？父亲说不如把你那个休掉，再找个年轻漂亮的。七哥说瞎吵什么，你懂个屁。七哥一句话噎得父亲说不上来了。父亲在七哥面前显得很谦卑。父亲常想着七哥是省里头的人。

元旦刚过几天，父亲突然颠颠赶到武昌来找到七哥。父亲说大香和小香都要请七哥吃饭，叙叙姐弟之情。七哥听得大吃一惊，那惊愕的程度不亚于听说里根总统请他赴宴。片刻，七哥冷笑一声：“黄鼠狼给鸡拜年，哪有好心。”父亲说：“她们当不了黄鼠狼，你也不是鸡。”七哥说：“我从来都只当没有姐姐的。”父亲说：“你们都是我养的。都是从你妈一个人肚子里钻出来的，有没有姐姐由不得你。”七哥又是一声冷笑。七嫂说既然请，那就去吧。何况父亲又老远跑来了。七哥听七嫂的，便淡淡地回父亲说：“请就请。有吃的何乐而不为？”

小香姐姐住在黄孝河边。小香姐姐当年嫁的那个黑胡子男人是个无业游民。小香姐姐跟他结婚三个半月后生了一个女孩。那黑胡子要的是男孩而小香姐姐却没有办到。小香姐姐在七哥面前可以为所欲为地打骂撕咬，却不能将她的丈夫奈何下去。没等女孩满两岁黑胡子假称回老家将小香卖到了河南。河南乡下的日子清苦，这使小香一次又一次地逃跑，终于三年后跑了回来。到家里怀里又抱着一个男孩。那天母亲几乎以为她是个讨饭的。直到小香姐姐凄苦地喊了声妈妈，母亲才认出这是她的小女儿。

小香姐姐一年不到又结了婚。没有男人小香姐姐是活不下去的。甚至只有一个男人她也依然觉得日子难熬。小香姐姐为这回的丈夫生了一个儿子。小香的丈夫是菜农，因为妻子生了一个女孩而一怒之下与之离婚。这回小香称了他的心愿，便万事百事由着小香姐姐。儿子已经有了，老婆的意义就不大了。逗儿子逗得高兴时，即使小香领了情人来家调情他也无所谓。他抱着儿子给小香做菜还殷勤地问客人味道如何。

小香姐姐有了一女二子。河南带回的那个连户口都没有。小香姐姐想起了七哥。

几乎同时，大香姐姐也在想七哥了。大香结婚甚早。大香有三个小老虎似的儿子。小的也都初中毕业了，而大的业已开始了待业。大香姐姐十八岁就结了婚。大香姐姐丈夫是木匠，木匠比大香大十岁。大香姐姐小日子过得十分富足。大香常常在休假之日坐在门口晒太阳，嗑着瓜子同一帮老娘儿们扯三拉四地聊天。星期天则提一点吃的或酒回河南棚子看望父母亲。大香姐姐住在三眼桥，这也是汉口下层人历来所居之地。

父亲告诉大香和小香，说是七哥答应去她们那里吃饭。大香说那就先去我那儿吧。小香说不不不，先去我那儿。大香说你那破地方，七弟怎么能踏得进脚。小香说你不要什么都想得到手，你的日子过得够好的了。大香说就是日子过得好了，才要多为子孙后代想。小香说我则是一心为七弟着想。大香说你心肠好，怎么小时候不为七弟想？小香说你比七弟大那么多却从不照顾他。大香姐姐和小香姐姐争吵得互相骂了祖宗，倒没想到她俩是同一个祖宗下的儿女。

父亲说吵个什么名堂，就在我这儿吧。你们俩一起做东，打点好酒来。老子陪小七子喝酒，你俩有什么屁就在饭桌上放。父亲的话令两个女儿皆大欢喜。

七哥那天进门时见到大香姐姐和小香姐姐的笑容几乎当场呕吐。火车依旧哐啷哐啷地从门前开过，震得房子微微颤动。小桌放在了屋中央。桌面上加了一层圆桌面。扩大了的桌面上已摆上了香肠卤牛肉花生米之类冷盘。酒是黄鹤楼牌的。父亲眯着眼边闻边咂着嘴唇。桌上倒了三杯酒。父亲把大哥也叫来了。七哥父亲大哥，三个男人坐在桌旁。而所有的女人——母亲大香小香——都在他们身边忙碌，谦卑地问七哥菜如何酒如何。七哥不知道到底为了什么事。他只觉得自己仿佛在一个陌生人家里做客。

父亲在三杯酒下肚后，舌头便又润滑了起来。父亲说："小七子你这辈子不能光你两口子过。"七哥说："您这是什么意思？"父亲说："得有儿子。要不你费老命奔的前途有谁能接着走下去？"大哥说："小七子，爸爸的话说得对。你的社会地位再高，你一死百事全了。还是得有儿子继承才是。"七哥没言语。他觉得父亲和大哥的话倒是不错。七哥想自己把自己的命运彻底地翻了个面，可又怎么样呢？没有儿孙为自己的这番奋斗自豪。亦没有儿孙能享受到自己的成果。这岂不是有些枉然？父亲说："小七子，你可以过继一个儿子。"小香姐姐立即说："我的老二，你晓得的，身体又结实，长相也不错，为了弟弟到老有依靠，我豁出去把他交给你了。"七哥吃了一惊："你儿子？"小香姐姐夹了一只鸡腿给七哥，说："是呀，那是个好小子。"大香姐姐说："小七子别听她的。那小子是她跟河南乡下农民养的，蠢头蠢脑。我那个老三，一表人才，年龄虽大了点，不过，过继给你也合适。"七哥又一惊："你说三毛？"大香姐姐说："是呀，三毛常说他最佩服的人就是他七舅哩。"小香姐姐说："三毛十五岁了怎么合适？"大香姐姐说："那也比杂种要好呀。"大香姐姐和小香姐姐又一顿好吵。七哥心烦意乱毫无吃兴。一桌酒菜便如毒药般让他汗毛耸起。七哥站起来，对父亲和大哥说："我不吃了。"父亲喝息了大香和小香的战火对七哥说："再坐坐，你不陪你老子也陪陪你大哥。"大哥说："七弟要走就让他走。不过话还是得跟你说明白。你小时在家里受够了苦，这我清楚。吃得苦中苦方为人上人。现如今你出息了，再出息的人也得有子嗣。大香和小香的儿子是你的外甥。你们血缘亲近，你过继哪一个可以挑，但最好还是要过继有血缘关系的。否则，我们家不承认那个孙子。”七哥说：“我得想想。”七哥一出家门，大香姐姐和小香姐姐的声音便在身后炸起。走了老远，还能听到她俩尖锐的叫喊。这一切使七哥恍若又回到了他过去的日子。七哥恐惧地加快了脚步，而心底里却一忽儿一个寒噤。七哥终于忍不住了，他扶着一棵树，勾下头将适才的饭菜呕吐一尽。他想将心底的恐惧和寒气一起呕出去。吐完，七哥望着灰蒙蒙的天空，想：家里过去又在什么时候承认过我这个儿子的呢？

三天后七哥回家了一趟。七哥告诉父亲：他已到孤儿院领了一个小男孩子，那孩子刚一岁。七哥说：“不管你们承认不承认他是你们的孙子，但我得说，他是我的儿子！”七哥说完扬长而去。七哥的行为叫父亲目瞪口呆。父亲想骂人而终未骂出。父亲不敢骂七哥。父亲心里的七哥是政府的儿子而不是他的。

十四

河南棚子盖起了好些新房子。那些陈旧的板壁屋便如衣衫褴褛的童养媳夹杂在青枝绿叶般的新娘子之间。据说新火车站要修到建设大道的方向去，教堂般的汉口火车站从此结束它的使命。穿越城市的铁路要改为高质量的公路，公路两边的破旧房屋全部拆除，重新起盖高楼大厦。

邻居们都欢呼雀跃，纷纷盘算旧屋该折价多少，如何向政府讨价还价多分几套房子。只有父亲愁眉不展。父亲说没火车叫他是睡不着觉的。父亲说住楼房沾不到地气人要短寿。父亲说小八子怎么办？那几日父亲常坐在窗口下唠唠叨叨地说：“我只有一个小八子还留在身边。”

我知道我再也不可能和父亲母亲一起了。二十多个幸福的岁月，我享受到了无比无比多而热烈的亲情之爱。那温暖的土层包裹着我弱小的身躯。开放在这热土之上的一串红火一般的艳丽。火车雄壮地隆隆而过，那播撒的光芒雪亮地照耀父亲的小屋。很难想象没有父亲这小屋会是什么样子。

父亲把我挖出的那天是个大晴天。太阳刺眼地照射着大地。父亲叫来了三哥。三哥将小木盒置入一个大纸盒里，然后用绳子捆绑好。三哥说：“我把他埋到二哥旁边吧，有个伴儿。”三哥把纸盒架在自行车后，左脚一蹬，右脚飞越过纸盒踩上踏板。三哥的车铃丁零按响的时候，父亲和母亲，相拥着望着我们远去。他们像一对恩爱的老夫妻慈善着面孔望了很远很远，然后一起颓然地坐在门槛上。这一天我才发现，父亲和母亲已经非常苍老非常憔悴非常软弱了。

三哥将我埋在二哥身边，然后抚着二哥的墓碑，阴着面孔长舒了一口气。直到天黑三哥才缓缓地向山下走去。他的脚步是那么沉重和孤独，一声声敲打着地心仿佛告诉这山头所有的朋友，他累极了累极了。

星星出来了。灿烂的夜空没能化解这山头上的静谧，月光惨然地洒下它的光，普照着我们这个永远平和安宁的国土。

我想起七哥的话。七哥说生命如同树叶，所有的生长都是为了死亡。殊路却是同归。七哥说谁是好人谁是坏人直到死都是无法判清的。七哥说你把这个世界连同它本身都看透了之后你才会弄清你该有个什么样的活法。我将七哥的话品味了很久很久，但我仍然没有悟出他到底看透了什么到底作怎样的判断到底是选择生长还是死亡。我想七哥毕竟还幼稚且浅薄得像每一个活着的人。

而我和七哥不一样。我什么都不是。我只是冷静而恒久地去看山下那变幻无穷的最美丽的风景。

你别无选择

刘索拉

《你别无选择》在传递时代情绪上所形成的独特魅力，可以说是前无古人、后无来者。刘索拉也是以少量的作品而在人们心目中不会被遗忘的重要作家。她的创作与其说来源于西方现代派的启示和影响，不如说是那个年代现实真切的变形让作家发现了存在的荒诞。《你别无选择》就是当代文学史上的《麦田守望者》和《在路上》，刘索拉也就是二十世纪八十年代中国的塞林格和凯鲁亚克。

《人民文学》1985 年 3 期

一

李鸣已经不止一次想过退学这件事了。

有才能，有气质，富于乐感。这是一位老师对他的评语。可他就是想退学。

上午来上课的讲师精神饱满，滔滔不绝，黑板上画满了音符。所有的人都神志紧张，生怕听漏掉一句。这位女讲师还有一手厉害的招数就是突然提问。如果你走神了，她准会突然说："李鸣，你回答一下。"

李鸣站起来。

"请你说一下，这道题的十七度三重对位怎么做？"

"……"

"你没听讲，好，马力你说吧。"

于是李鸣站着，等马力结巴着回答完了，在一片莫名其妙的肃静中，李鸣带着满脸的歉意坐下了。他仔细注意过女讲师的眼睛，她边讲课边不停地注意每个人的表情。一旦出现了走神的人，她无一漏网地会叫你站起来而坐不下去。

有时李鸣真想走走神，可有点儿怕她。所有的讲师教授中，他最怕她。他只有在听她的课和做她布置的习题时才认真点儿。因为他在做习题时时常会想起她那对眼睛。结果，他这门功课学得最扎实。马力也是。他旷所有人的课，可唯独这门课他不敢不来。

自从李鸣打定主意退学后，他索性常躲在宿舍里画画，或者拿上速写本在课堂上画几位先生的面孔。画面孔这事很有趣，每位先生的面孔都有好多“事情”。画了这位的一二三四，再凭想象填上五六七八。不到几天，每位先生都画遍了，唯独没画上女讲师。然后，他开始画同学。同学的脸远没先生的生动，全那么年轻，光光的，连五六七八都想象不出来。最后他想出办法，只用单线画一张脸两个鼻孔，就贴在教室学术讨论专栏上，让大家互相猜吧。

马力干的事更没意思，他总是爱把所有买的书籍都登上书号，还认真地画上个马力私人藏书的印章，像学校图书馆一样还附着借书卡。为了这件事，他每天得花上两个钟头，他不停地购买书籍，还打了个书柜，一个写字台，把琴房布置得像过家家。可每次上课他都睡觉，他有这样的本事，拿着讲义好像在读，头一动不动，竟然一会儿就能鼾声大作。

宿舍里夜晚十二点以前是没有人回来的。全在琴房里用功。等十二点过后，大家陆陆续续回到宿舍，就开始了一天最轻松的时间。可马力一到这时早已进入梦乡。他不喜欢熬夜，即使屋里人喊破天，他还是照睡不误。李鸣老觉得会突然睡死掉，所以在十二点钟以后老把他推醒。

“马力！马力！”

马力腾地一下坐起，眼睛还没睁开。李鸣松了口气，扔下他和别人聊天去了。

“今天的题你做完了吗？”

“没有。太多了。”

“见鬼了，留那么多作业要了咱们老命了。”

“又要期中考试了。”

“十三门。”

“我已经得了腱鞘炎。”同屋的小个子把手一伸，垂下手背，手背上鼓出一个大包。

马力对什么都无动于衷，他从不开口，除了他的本科——作曲得八十分，别的科目都是“中”。

李鸣跑到王教授那儿请教关于退学问题的头天晚上，突然发生了地震。全宿舍楼的人都跑出站在操场上。有人穿着裤衩，有人披着毛巾被。女生们躲在一个黑角落里叽叽喳喳，生怕被男生看见，可又生怕人家不知道她们在这里。据说声乐系有两个女生到现在还在宿舍里找合适的衣服，说是死也要个体面。站在操场上的人都等再震一下，可站了半天，什么事也没发生。后来才知道，根本没地震，不知是谁看见窗外红光一闪，就高喊了一声地震，于是大家都跑了出来。

第二天，李鸣就到王教授那儿向他请教是否可以退学。王教授是全院公认的"神经病"，他精通几国语言，搞了几百项发明，涉及十几门学问，一口气兼了无数个部门的职称。他给五线谱多加了一根线，把钢琴键重新排了一次队，把每个音都用开平方证实了。这种发明把所有人都能气疯。李鸣最崇拜的就算王教授了。尽管听不懂他说的话，也还是爱听。

"嗯。"

"我不学了。我得承认我不是这份材料。"

"嗯。"

"就这样，我得退学。"

"嗯。"

"别人以为自己是什么就是什么，我以为我不行。"

"嗯。"

"也许我干别的更合适。"

"嗯。"

"我去打报告。"

"嗯。"

李鸣站起来，王教授也站起来：

"你老老实实学习去吧，傻瓜。你别无选择，只有作曲。"

二

现在唯一的事情就只好是做题。无数道习题，不做也得做。李鸣只做上两分钟，就想去上厕所或者喝水。更多的时候是找旁边235琴房管弦系的女孩站在236琴房门口聊天。边聊天那女孩边让弓子和琴弦发出种种噪音，气得236

琴房的石白猛砸钢琴。

和石白，李鸣永远也处不好。一道和声题要做六遍，得出六种结果。他已经把一本“和声学”学了七年，可他的和声用在作曲上听起来像大便干燥。但在课上老师要是讲错了半个字，他都能引经据典地反驳一气。

“不对，老师。在 275 页上是这样说的……”他站起来说。

这时同班的女生就会咳嗽，打喷嚏。

“我不愿和你们这些人在一起。”石白对所有的人说。他不参加任何活动，碰上人家在那儿“撞拐”，他就站在一旁拉小提琴。他学了十五年琴，可还走调。

“你得像个作曲家！”他对小个子说，“作曲家要有风度，比方说吧……”

连个儿都没长全的小个子只能缩缩肩膀从他的眼皮下溜走。要是玩起“撞拐”来，小个子还老占大家上风。

石白对“撞拐”这事气得嘴唇直哆嗦。他在一首自作的钢琴曲谱旁边注上“这首乐曲表达了人生的最高理想境界”。这结果就是使一个作曲系的女生写了同样长短的一首钢琴曲来描写石白，一连串不均等节奏和不谐和音。这曲子在全系演奏，所有人都听得出来它说的是什么。

李鸣住的宿舍是一间房子四个人。屋子里有发的存衣柜、写字台和钢琴，还有马力自己打的家具，弄得宿舍里不能同时站四个人。原来石白和他们一个宿舍，后来石白申请到理论系睡觉去了，因为理论系的人到了夜里两点谈话的内容仍是引经据典。这使他觉得脱了俗。于是指挥系的聂风搬进李鸣宿舍，他以一种与作曲系迥然不同的风度出现在这间屋里，头发烫成蓬松的花卷，衬衣雪白，胸脯笔挺。随着他的到来，女孩子就来了。本来四个人已站不下的屋子，现在要装八个人不止。一到晚上，全宿舍的人自动撤出，供聂风指挥女孩子们的重奏小组用。从此，晚上十二点以后回到宿舍，大家都能闻见女孩子们留下的满屋香气。

隔壁的四个全是作曲系的。戴齐钢琴弹得出众，人长得修长苍白，作品中流露出肖邦的气质，可女孩们爱管他叫“妹妹”。留了大鸟窝式长发的森森，头发永远不肯趴在头上，就像他这个人一样。他不洗衣裳不洗澡，有次钢琴课上把钢琴老师熏得憋气五分钟。那是个和蔼的教授老太太，终于她命令森森脱下衣服，光着膀子离开琴房。一个星期后，管邮件的女生收到一个给森森的包裹，当众让他打开一看，是那件脱给老太太的衬衣，已经洗得干干净净，连扣子也钉上了。有个女生当场说，为这事，如果全世界只剩下森森一个男人，她也不会理他。森森当场反驳说，如果全世界只剩下他和她，他就干脆自杀。

三

李鸣一人躲在宿舍里，不打算再去琴房了，他宁可睡在被窝里看小说，也不愿到琴房去听满楼道的轰鸣。琴房发出的噪音有时比机器噪音还可怕。即使你躲在宿舍里，它们照样还能传过来，搅得你六神无主。刚入学的时候，也不知是哪位用功的大师每天早晨四点起来在操场上吹小号，像起床号似的，害得所有人神经错乱。李鸣甚至有几个星期夜晚即使在梦中仍听见小号声。先是女生打开窗户破口大骂，然后是管弦乐的男生把窗户打开，拿着自己的乐器一齐向楼下操场示威，让全体乐器发出巨大的声响，盖住了那小号。第二天，小号手就不再起床了。可又出现了一个勤奋的钢琴手，他每天早晨五点开始练琴，弹琴和弦连接时从来不解决，老是让旋律在“7”音上停止，搞得人更别扭。终于有位教授（那时教授还没搬进新居，也住在大楼道里）忍不住了，在弹琴人又停止在“7”音上时，他探出脑袋冲着那琴房大吼了一声“i —”，把“7”解决了。所有人的感觉才算一块石头落了地。

李鸣把不去琴房看成神仙过的日子，他躺在被子里拿着一本小说。

“喂，哥们儿，借琴练练。”森森推开门，大摇大摆走到钢琴那儿，打开琴盖就弹。

“你没琴房？”

“没空。我要改主科。”

“少出声。”

“知道。”

可是森森不仅没少出声，而且他的作品里几乎就没有一个和弦是协和的，一大群不协和和弦发出巨大的音响和强烈的不规律节奏，震得李鸣把头埋在被子里，屁股撅起来冲天，趴了足有半小时，最后终于把头从被子里伸出来：

“行行好吧。”

“最后四小节，最后四小节。”

“我已经神经错乱了。”

“因为我在所有的九和弦上又叠了一个七和弦。”

“为什么？”

“妈的力度。”森森得意扬扬。他说完就用力地砸他的和弦，一会儿在最高音区，一会儿在最低音区，一会儿在中音区，不停地砸键盘，似乎无止无休了。李鸣看着他的背影，想拿个什么东西照他脑后来一下，他就不会这么吵人了。

“妈的力度。”森森砸出一个和弦，“还不够。我发现有调性的旋律远远不如无调性的张力大。”

“你的张力就够大了，我已经变成乌龟了。”

森森看着被子里的李鸣大笑：“你干吗要睡觉？”

“我讨厌你们。”

“你小子少不谈正业。”

“你把十二个音同时按下去非说那是个和弦，那算什么务正？”

“我讨厌三和弦。”

“可你总不能让所有的人听了你的作品都神经分裂吧？”

“我不想，可他们要分裂我也没办法。但我的作品一定得有力度。不是先生说的那种力度，是我自己的力度，我自己的风格。”说完他又砸出一串和弦。

李鸣了解森森，他想干什么谁也阻挡不了。不像孟野。孟野的才气不在森森之下，可一天到晚让女朋友缠住不放。经常莫名其妙地失踪好几天。有几次都是面临考试时失踪的。孟野也长得太出众了点儿，浓密的黑发和卷曲的胡子，脉脉含情的眼睛老给人一种错觉，由此惹得女生们合影时总爱拉上他，被他女朋友发觉免不了要闹个天翻地覆。有一次那姑娘追到学校把孟野大骂了一顿，然后哭着跑到街上，半夜不归，害得作曲系女生全体出动去叫她。她坐在电线杆子底下，扭动着肩膀，死活不肯回去。最后还是李鸣叫马力戴上保卫组的红袖章，走过去问：“同志，你是哪儿的？”她才一下子从地上站起，跟着大家回去了。

“你这讨厌鬼。”李鸣对森森骂道。森森砸完最后一节和弦，晃着肩膀走了。他一开门，从外面传来一声震天的巨响，那是管弦系在排练孟野作品中的一个高潮。

每次作曲系的汇报演出，都能在院里引起不小的骚动。教十个作曲系的主科教授只有两位，一位是大谈风纪问题的贾教授，一位是才思敏捷的金教授。贾教授平时不苟言笑，假如他冲你笑一下，准会把你吓一跳。他的生活似乎只有一件事情就是讲学。他从不作曲，就像他从不穿新衣服，偶尔做出来的曲调也平庸无奇，就像他即使穿上件新衣服也还是深蓝涤卡中山装一样。但所有人都得承认他的教学能力，循序渐进，严谨有条，无一人可比。但在有些作曲系学生眼里，贾教授除了严谨的教学和埋头研究古典音乐之外，剩下的时间就是全力以赴攻击金教授。金教授太不注意“风纪”，一把年纪的人总爱穿灯芯绒猎装，劳动布的工裤，有时甚至还散发出一股法国香水的味道。以前他在上大课时总爱放一把花生米在讲台上，说几句就往嘴里扔一颗。自从他无意中扔进一颗粉笔头之后，就再也没看见他吃过花生米了。

金教授在讲课时，几乎不会慷慨陈词，老是懒洋洋地弹着钢琴。如果你体会不到他手下的暗示，你就永远也不明白他讲的是什么。随便几个音符的动机他都能随意弹成各种风格的作品，但他懒得讲，有时自己一弹起来，就谁也不理了。马力是贾教授的学生，有次破天荒跑到金教授班上听课，结果什么也没听懂，打了个长长的呵欠。金教授腾地从琴凳上站起来，冲马力鞠了个躬，笑着说：“祝您健康。”然后又坐下去弹起琴来。从此马力就不爱在贾教授班上听课了。

每次作曲系学生汇报会，实际也是这二位教授的成就较量。自从金教授的学生在一次汇报会上演出了几首无调性的小调后，贾教授大动肝火，随即要给全体作曲系学生讲一次关于文艺要走什么方向的问题。开会的事情是让李鸣去通知的，李鸣本来连学也要退的，更不愿开什么会，于是，在黑板上写了一个通知，即某日某时团支部与学生会组织游园，请届时参加，等等。于是害得贾教授在教室里等了学生一下午，又无法与团支部学生抗争。

为了弥补这次会议，贾教授呼吁全体作曲系教员要开展对学生从生活到学习的一切正统教育，不仅作品分析课绝不能沾二十世纪作品的边儿，连文学作品讲座也取消了卡夫卡。同时，体育课的剑术多加了一套，可能是为了逻辑思维，长跑距离又加了三圈，为了消耗过剩的精力。搞得男生们脸色蜡黄，女生们唉声叹气，系里有名的“懵懂”——因为她能连着睡三天不起床，中间只起来两次吃饭，两次上厕所——自从贾教授的体育运动开展后，躺在床上大叫“我宁可去劳改！”

李鸣先撕了一本作业，然后去找王教授。

“没劲，没劲。”他边说边在纸上画小人。

“你为什么不学学孟野？你听过亨德米特的《宇宙的谐和》吗？”

李鸣走回去把作业本又拼起来了。

孟野这疯子，门门功课都是五分，可就是不照规章办事。他的作品里充满了疯狂的想法，一种永远渴望超越自身的永不满足的追求。音程的不协和状态连本系的同学都难接受。可金教授还是喜欢他。

“孟野的结构感好，分寸把握好。”金教授对“懵懂”说，“所以他可以这么写，你不行。”

“懵懂”正想模仿孟野，也写个现代化作品。

孟野一说起自己的作品来就滔滔不绝，得意非常。长手指挥上挥下，好像他正在指挥一个乐队。有时他的作品让弦乐的音响笔直地穿过人们的思维，然后让铜管像炸弹似的炸开，打击乐像浓烟一样剧烈地滚动。这可以使乐队和听众都手舞足蹈。而李鸣却不考虑乐队和听众对自己作品的看法，他只想着写完了就算解放了。

“这地方和声是不是这样？”圆号手问。

“什么和声？”李鸣在自己谱子上根本找不到圆号手吹的是哪儿，他早走神了，“随你便吧，管它呢。”

于是圆号手和长号手吹的不在一个和弦里，演奏完了，竟有人说李鸣也搞现代派。

“你们把握不住就不要这样写，”金教授说，“孟野的基本功好。”

孟野用手指勾住大提琴的弦，猛然拨出几个单音，然后把弦推进去、拉出来；又用手掌猛拍几下琴板，突然从喉咙里发出一种非人的喊叫。森森大叫：“妈的力度！”然后把两只手全按在钢琴键上，李鸣捂着耳朵钻进被窝。

楼道里充满了孟野像狼一样的嚎叫。

宇宙的谐和。疯了。李鸣想。

四

李鸣觉得董客这人，踏实得叫人难受。可因为孟野和森森太疯，他只好去找董客聊天，但在董客眼里，李鸣也是不正常，他竟然放着现成的大学不愿上。

“请坐，please。”董客彬彬有礼地让李鸣。好像他身后有一张沙发。

李鸣坐在床上。董客端上一小杯咖啡。他这人很讲究，尽管脚臭味经常在教室里散发。咖啡杯是深棕色的，谁也弄不清它到底有多卫生，李鸣闭着眼把咖啡吞下去。

“西方现代化哲学的思维是非客观与主观形式的相交。”董客老爱说这种驴唇不对马嘴的话，他一张嘴就让人后悔来找他，“和声变体功能对位的转换法则应用于……”

李鸣想站起来，他觉得自己走进一个大骗局里了。

“人生的世故在于自己的演变，不要学那些愚昧的狂人，你必须为自己准备一块海绵，恐怕你老婆也愿意你是个硕士。”

李鸣站起来就走。董客为他打开门：

“please。”

关于创作方向问题的会议到底还是开了。贾教授特地请来团支部书记和学生会主席。这个专题讨论会要每星期开一次。这使学生每星期失去一个晚上做习题，所以大多数人都拿着作业来讨论。照例是先让贾教授讲两小时的话，讲的是什么谁也不知道。下面的笔在唰唰响，教室的秩序极好。可紧接着团支书作了一个提议，建议开始自由发言，并请贾教授回去休息由他来主持会议。贾教授只好摆摆手，坐到后面墙角处去了。团支书是管弦系的乐队队长，他说的第一个问题是关于在排练时作曲系男生冲乐队女生挤眼睛的问题。

“这样就会分散她们的注意力，不去看指挥。”

作曲系的男生大来情绪。

“谁呀？”

“让我去当指挥不就解决问题了？”

“什么？”

“你们管弦系女生压根就不想好好给我们排练。”

“我的竖琴手说反正是不协和和弦，怎么弹都是对的。她就从来不照谱子弹。”

“管弦系的小姐呀，难伺候。”

“还要我们怎么样？”

“娶过来？”

“你？”

贾教授已经坐不住了。

董客突然说了一句：

“人生像沉沦的音符永远不知道它的底细与音值。”

大家一齐回头冲他看，但谁也不知道他要说什么。

“假如，”董客接着说下去，“三和弦的共振是消失在时空里只引起一个微妙的和谐幻想，假如你松开踏板你就找不到中断的思维与音程延续像生命断裂，假如开平方你得出了一系列错误的音程平方根并以主观的形象使平方根无止境地演化，试想序列音乐中的逻辑是否可以把你的生命延续到理性机械化阶段与你日常思维产生抗衡与缓解并产生新的并非高度的高度并且你永远忘却了死亡与生存的逻辑还保持了幻想把思维牢牢困在一个无限与有限的机合中你永远也要追求并弄清你并且弄不清与追不到的还是要追求与弄清……”

贾教授大喊一声：“好了！”他的长手臂向前伸出来，有点儿哆嗦，“你们的讨论就到这儿。”他走到讲台前，眼神变得游移不定。他提出一道思考题：试想二十世纪以来搞现代派作曲的人物有哪个是革命的？

大家谁也没说话。等散了会，森森大声在楼道里唱了一声：“勋——伯——格！”贾教授回头看了一眼。他又喊了一声“勋伯格”然后手舞足蹈地大叫：“I çannot remember everything！ I must have been unonscious of the time！”

“全疯了。”马力嘟哝着。

“干吗他们要缠住创作方式问题争执不休？”

“这事还是挺有意思。”

“真的？”

“全部意义就是拖延时间。”

“最好是不想。”

“你说到底有什么意思？”

“你真想抽烟？”

“想戒戒不掉。”

“愁什么？写不出教书。”

“噗……”

“他们干吗要缠住创作方式问题争执不休？”

“还不明白？不干这个还干什么？”

五

戴齐的钢琴确实弹得太好了。他可以不像别人那样，每天必练两小时琴，一学期参加两次钢琴考试。可他并不能因此轻松，即使不练琴，各门功课的作业堆在桌上，好像永远也做不完。他把作业放在左边，做完的放在右边，还没等左边的都到右边去，右边的已经又变成了左边的。为此他经常看聂风带着管弦系女孩子排四重奏，更喜欢把自己写的协奏曲拿去和小提琴手姑娘们协奏一番。他喜欢凑到姑娘堆里，因为在男生那儿他老占不了上风。

“你不灵，小个子，像个小爬虫似的。”他在食堂里和小个子开玩笑。食堂是最开心的地方，男女生凑在一桌上吃饭，是该出风头的时候。小个子一下急了:“有能耐出去！操场上见！”戴齐一下子不作声，低头吃起饭来。

他的气质不适合和男生交往。他苍白、清秀、修长的手指可以和女性的手指媲美，鼻梁挺直，端正的嘴唇说起话来快得像个女人。只要一下课，他必得走到钢琴前弹奏一段什么，假如是弹他自己的作品，肯定会使人赞叹不已，而假如他弹个什么名作，则就会蹦出个女生和他较量。这也是作曲系的女生，外号叫“猫”。因为只要她不愿做习题就像猫一样喵喵叫。“猫”和戴齐的较量是古典音乐和爵士音乐的较量。“猫”把戴齐从琴凳上挤下来，把他刚弹过的曲子改成爵士，一开始弹，“懵懂”就从座位上蹦起来，边跳边笑。只有在听爵士的时候她不想睡觉。

这个班上有三个女生，已经把全班搅得不亦乐乎。为此，后面几届的作曲班就再也没招进女生。主要是贾教授大为头疼。风纪、风化，都被这三个女生搅了。“猫”是个娇滴滴女孩，动不动就能当着所有人咧开嘴大哭，哭起来像个幼儿园的孩子一样肆无忌惮。这使老师也拿她没办法。遇到她做不好的习题，她把肩膀一扭，冲老师傻呵呵地咧嘴一笑，老师就放她过关了。“懵懂”一天到晚只想睡觉。她能很快弄懂老师讲的，又能很快把它们忘掉，她当天听，就得当天做题，还得当天给老师改，否则过了几天，她就会否认这道题是自己做的。你再告诉她对错都是白搭，她早忘了准则。

一次，“懵懂”去上金教授的个别课。整整两小时，金教授在改她的作品，她一句话没听进去。下了课她走出课堂，冲着等在外面的“猫”说:“今天金教授洒了那么多香水。”说完就回去睡觉了。“猫”夹着谱子走进教室，金教授又埋头修改她的作品，“猫”把头凑过去闻了闻金教授身上的香水，正好教授一抬头，吓得“猫”冲着教授“喵”的一声。“你这里写得好，音响丰满。”金教授一本正经地说。“当然，那是森森帮我写的。”过后“猫”对李鸣说。

第三个女生是女生中的楷模，由此得了个“时间”的封号。她精确非常，每天早晨六点铃声一响，腾地就从床上坐起来，中午和晚上无论那两个人说什么她都能马上入睡。“这家伙简直是机器！”“猫”对“懵懂”说。“嘘！她能听见。”“她早睡着了。”“你们在骂我。”“时间”嘟哝了一声。

她认真做所有课程的笔记，连开一次班会也要掏出本来。没有一门功课她不认真。作曲系的学生通常是同时开十门课，她则是连运动会也要拿个名次。本来这样的女生是不会使贾教授后悔的，但当同时有两个男生追求“时间”，并且“时间”全不拒绝时，贾教授的气真是不打一处来。

入学一年后，天下大乱。晚上八点钟，李鸣找“时间”谈话，九点钟董客就挤进来把“时间”叫走了。十点钟“时间”回到琴房开始用功。十一点钟，查夜的保卫组来了，勒令所有人都回宿舍睡觉，只见“猫”噌地一下从琴房蹿出来，咔嗒一声，把琴房锁了。等保卫组走后，又打开锁溜了进去，那里面坐着森森。

至于孟野因为和“懵懂”跳了一场舞，被人拍了照拿回家去，招惹出的麻烦已经使人啼笑皆非。

贾教授几乎对这个班的学生感到绝望。但他不能表示出无能，他得管，可又一点儿办法没有。他既说不出办法，又觉得绝望，这使他的脸变得乌黑。他的衣服穿得更破，到后来两个裤腿已经不一样长了。可还是一点儿办法也没想出来。

六

石白对这些人与贾教授无形的对抗又气又恼。他凭直觉认为贾教授是无所不知的圣人。并且他学了七年的和声学，假如在作品中去打破它，不是存心和自己过不去？巴赫的赋格他从来没背下来过，即使考试时他也总不得已地照谱子弹，为此被减了很多分。但那是圣经中的圣经，是不可企及的，既然不可企及，就不要多想。人家已经干过了不可企及的事，你就不要想再去干什么新的了，你再干也是白费，也超不过巴赫。超不过巴赫你就成不了大师，成不了大师你就超不过巴赫。超不过巴赫你就只有惭愧，你只有惭愧但不能超过巴赫。石白觉得自己对这些问题理解得比森森孟野透彻得多。争执是无聊的，所谓“创新”也毫无意义。你认为的创新不过是西方玩儿剩下的东西，玩儿剩下的再玩儿就未免太可笑，玩儿没玩儿过的又玩儿不出来，不如去背巴赫，反正模仿巴赫不会受到方向性抨击。

石白是个心跳本不剧烈但每天去追求剧烈心跳的天才。谁都说他呆，但他对音乐的任何一本理论书都狂热地崇拜。他对音乐的狂热似乎全球无一人可比，他从不迈出琴房去做无意义的聊天，但他每门成绩都勉强得“良 +”或“良 -”。他既不参加班会也不参加任何活动，更不去无目的地游山玩水，即便看完一场电影，坐在食堂里，他也要神情严肃地和你讨论电影的主题展开、时代背景、作家生辰、演员技巧。他在这方面的知识少得可怜，但说起来又字字铿锵有力。那股认真劲只能使人毛骨悚然。

他除了音乐书，别的什么书也不看，但每部作品前又都要加上文学语言注释。李鸣每次看到他那么苍白消瘦地追求狂热，都禁不住要可怜他。

那次钢琴考试他又得了四分，大概又是因为背不下巴赫。他大为恼火，问李鸣为什么他得了四分而李鸣不常练琴却能得五分？这问题让“懵懂”帮着解答了。在下一次钢琴考试前，她带着他去逛了四个美术馆，看了十个当代最新画展。第二天他满怀激情与信心走进钢琴考场，结果又得了个四分。为这事，他发誓再不与“懵懂”打交道。

小个子对他的行为大为诧异：“你怎么能这样？”他们那时是在去“采风”的路上，搜集民歌并游览名胜。

“别管我。”石白只是看着自己的游览图，把上面的名胜用笔圈起来，每走到一个地方，不管刮风下雨，掏出照相机就照，甚至连光圈距离都不调。

“难道不是名胜，再好看的风景也不照了？”小个子怒气冲冲，他没带相机，指望着和石白一起照相。

“别废话，你懂个屁。”石白嚓的一声按动快门，然后用笔在游览图的某一个圈上又打了一个对钩。

“你简直是胡闹。”小个子嘟嘟哝哝，“这个人真怪，天下第一白痴。”

“你才是白痴，只知道浪费胶卷。”

小个子气得直跺脚。当游艇在一个著名的河上开时，石白根本无兴致和大家说笑。河两边的名胜与讲解员的滔滔不绝，使他无暇顾及天空和脚下，只是抬眼看看岸边，又低头写下讲解员的话，然后匆匆看一眼游览图上的圈，打个对钩。

为此，有个叫莉莉的小提琴手爱上了他。说他从身上能闻到一股神圣的气味。并且据说石白长得有点儿像聂耳，不过可能比聂耳要高十几厘米。

莉莉长得像个运动员，肩宽腰细，两腿细长笔直。整天穿着一双回力鞋，没有什么事她不敢干。她常常夜里十二点钟从学院的高围墙上翻下来，偷偷溜回宿舍，或者晚上在阳台上只穿着胸罩短裤练习体操。那个阳台设在女生宿舍与琴房之间，因此总有男生要路过。每当男生走来，她就用浴巾围住身体，只露出个瘦瘦的肩膀和长长的细腿，站在那儿一动不动。到了夏天，她的裙子短得不能再短，有时在琴房就索性只穿胸罩和短裤练琴。

她和石白的相识也是从这儿开始的。那是个炎热的夏天中午，莉莉正穿着她的“三点式”练琴，没锁门，门突然被石白推开了。石白和莉莉是一个琴房的，他是来取谱子，结果被吓了一大跳，连忙退了出去。莉莉想他反正不会再回来，就接着拉琴，没想到石白又把门推开，恭敬地说了声“对不起”，然后飞快地缩回脑袋把门关上，气得莉莉冲着门连踢了两脚，大骂：“傻瓜蛋！”

事后只要一提此事，石白就推推眼镜，连连给她鞠躬。

自从他们成了朋友，莉莉总是说：“陪我出去玩儿玩儿吧。”

“我没时间，真的。”石白央求她，“我快考试了。”

石白不愿去陪莉莉，但愿意让莉莉陪着他，可又不许莉莉出声。搞得莉莉觉得很窝囊。有一次，他让莉莉给他试奏他的小提琴曲，莉莉为了让他在视觉上也满意，特意穿着演出服，一身黑色的长裙和高跟鞋来为他试奏。搞得石白只顾看她站在那儿边拉琴边摇头晃脑地自我表现，根本没听清楚自己的作品。石白一肚子气恼，把眼睛捂住。

“为什么不看着我？”莉莉问。

“你为什么要穿这么一身衣服试奏？为什么要穿这么高的鞋子？”石白喊起来。

“这又碍你什么事？”

“碍了！碍了！我听不见我的作品！”

莉莉把高跟鞋一甩，就甩到石白眼前的钢琴键上。然后光着脚哭着跑到操场去了。

“跟他吹了！”“懵懂”愤愤不平地看着莉莉，她穿着拖地长裙光着脚站在风里，眼睛都哭肿了。

此后莉莉就把琴房里的所有家当都搬到戴齐的琴房里去了。

七

又要考试了。贾教授当众公布了考试时间、科目，又是十门。一下课，马力就嘟哝了一句“×”，从此身上老带着一盒清凉油。

所有人桌上的谱子又高出了一尺。每个人的体重都在下降。脸色由白变成青。早晨的出操成了下地狱，连孟野也停止了洗冷水浴。早晨六点钟，“时间”腾地从床上蹦起，跳到地上，飞快地跑到琴房，然后到天黑也没见出来。“猫”一睁眼，先伸手在钢琴上按了一个“A”音，以校正自己的耳朵，然后大声唱视唱练耳的习题。“懵懂”为了让自己醒过来，闭着眼就把录音机打开了，跟着迪斯科的节奏穿好衣服、洗好脸，可却无论如何不能使习题也跟着节奏走。

全校的学生都在准备考试，琴房里一片嘈杂声，气得作曲系的学生骂声乐系是叫驴，是一群只长膘不长脑子的家伙，而声乐系骂作曲系是发育不全的影子。作曲系学生为了躲开噪声，就找了个僻静的大课堂，作为复习基地，一到晚上大家就躲在这儿。可是不知是谁，在这课堂的黑板上贴了个大大的功能圈。T—S—D。这个功能圈大得足以使全体同学恐惧。李鸣想把它撕了，可小个子拦住不让。小个子跳上讲台，告诉大家，牢记功能圈，你就能创作出世界上最最伟大的作品，世界上最最伟大的作品就离不开这个功能圈。结果谁也不敢把它撕下来，只好天天对着它准备考试。

“当然，你们不要把考试看得过分严重，成绩好坏是小事，重要的是你们掌握了没有。你们在复习上要有所偏重，你的体育再好，也进不了体育学院。”贾教授说。

“可是，体育不达标准，要补考，什么时候及格了，才能通过。你永远不及格，就永远要补考。”体育教员说。

“不懂得文艺理论你算什么艺术家？从第一章背到第二十三章。”

“四十位哲学家的生平及主要观点与十位自然科学哲学家的主要科学成就及基本哲学思想，这就是我们的考试内容。”

“背下所有不规则动词。”

“连鼗字都不认识，你们还算什么大学生？有字当什么讲？”

……

晚上，阳台上又多了几个穿“三点式”的姑娘，都在练剑术和拳术。

“背剑术比背谱子还难。”

“难多了。”

“我刚发现我是进了体育学院。”

“不，是北大文科。”

“经济学院。”

“气——贯——丹——田。”

阳台下传来嗒嗒的脚步声和呼哧呼哧的喘息。

“八千米的长跑，跑死他们。”“猫”探头看着下面围着楼绕圈子的男生。

“喂，有字是什么意思？”一个男生抬起头冲她喊。

“喵。”“猫”尖叫一声把身子缩回去。

“他们太累了。”金教授温和地说。

“可我们作曲系历来就是很累的，否则还叫什么作曲系？英国皇家音乐学院今年根本没有作曲系本科生，就是因为太累。”贾教授骄傲地说。

“那一定要考了？”金教授无可奈何地问。

“一定要考。而且还要严格。”贾教授从眼镜后面盯着金教授。

金教授召集了他的全体学生上大课。“要看你们的真本事了。不要用钢琴，当场写出一首三部结构的作品，关于动机的展开，你们要去多分析诸如肖邦、舒曼之类的作品，不要走远了，不要照你们平时的方式写，尤其是你们！”他指指孟野和森森，“至于和声——”

“功能圈。”“懵懂”接了一句。

“功能圈？”金教授问。

“功能圈。”“猫”说。

“噢，对，功能圈吧。”

八

真的考试来了，恐慌也就变成了平静。一声不响的平静。所有的人都懒得多说一句话，低着头匆匆地走路，脑子飞快地转动。

“噢！什么时候完呀？”“猫”在快进考场前伸了个懒腰。

石白赶快捂住耳朵，转过身去。

视唱练耳的考试被一个音乐系的男高音搅了。听写已经考了两小时，和弦都听完了，只剩下最后一条长长的有临时离调的三声部复调，这道题占分最多。这是全体考生最最紧张的时候。可这时，隔壁声乐系教室的门打开了，放出来一个刚考完语文的男高音。他痛痛快快地唱了一句很高很高的“妈——”。这下，作曲系教室里就有好几个人耳朵随着这声“妈”走调了。再也想不起刚才教师在琴上弹的是什么调，再也想不起标准音。甚至有人把这声“妈”也算成了最高声部。

大家希望有哪科教员突然病倒或者是家里着火什么的。结果有个语文教员真让车撞了，但语文考试并没停止，而且换了个更厉害的监考官。为了缓和气氛学校决定拖延考试期，把每科考试的间隔再拉长一点，可这么越拖延，大家越紧张。越紧张，就越希望考试索性快点来临，哪怕在一天里全考完，全不及格也行。准备复习用的小卡片上写满了各科的复习题，已经背得串了行。“懵懂”在艺术理论考卷上写道：“冇：没有。”

小个子手上的腱鞘炎鼓包又大了。他弹琴的时候总让人以为他手背上有个核桃。他一边弹一边吸冷气，一边弹一边骂娘。终于到了钢琴考试那天，他飞快地弹完肖邦的左手练习曲，这曲子正是那只有腱鞘炎的手当主力。弹完以后，他趴在琴上就不起来了。等考官哄他退场时，他一出门就跑到声乐系的视唱练耳考场外，大声唱了一个“妈——”。

李鸣在民族戏曲考场上，刚摇头晃脑地唱完：“李白斗酒……酒中仙……”没等老师点头，他就匆匆跑到操场上，冲着体育老师大叫：“来吧，八千米！”于是气喘吁吁地围着楼绕圈子。体育老师还算好说话，天天拿着跑表和剑等在操场上，任何人只要有时间就可随时参加考试。

终于只剩作曲考试一关了。还有一天的时间，可全体作曲系的人都不再去琴房，躺在床上一声不出。只有石白终于跳起来，跑进琴房，砰地关上门，开始分析作品。

“谁能让这整个一天都变成黑夜？”李鸣在被窝里问。

“能。”马力爬起来，把一床毯子用钉子钉在窗户上。

“哎呀，天永远不亮就好了。”小个子高兴地叫。

可第二天早晨铃声一响，所有人都迅速跳下床，连早饭都顾不上吃，就跑进琴房，几乎毫无头绪地在那儿分析作品。等考试的铃声一响，“猫”的牙齿已经发出嗒嗒的颤音。“懵懂”过来把她搂在怀里，贾教授见了很奇怪，“她发烧了吗？”

“我也发烧了。”“懵懂”的牙也抖起来。

空白的五线纸一拿在手上，李鸣觉得精力集中得全分散了，怎么也不能思考。有张纸上写着五个动机，你可以任意挑一个发展成一首三部结构的作品。他把每一个动机全发展了，可看每一个都不顺眼。他想谨慎行事，可耳朵里全是拥挤的噪音，无论哪个和声都听起来不顺耳。任何一个和弦都可能是错的，谁知道对的标准是什么？他硬着头皮挑了一个动机写下去，写着写着就进了一个混沌的圈套。一个反功能的圈套。他不顾一切地想把功能扭过来，但脑子里却是一团糟。功能圈。功能圈。他想。有人开始抽烟了。他急得直想上厕所。关键在于不知道对错，根本不知道对错。写着写着，他脑袋里开始出现了一个长音，一个总是不变音高，高得不能再高的长音。这长音抹掉了他一系列的构思，他赶也赶不走，抽烟的人越来越多。他把它横着写了八遍，竖着又写了八遍。抽烟的人咳嗽起来。突然，他在一瞬间看透了什么他妈的对错。根本无所谓对错，反正你永远也无法让贾教授说对，这样一想，他就心花怒放，浑身轻松，跑到厕所里痛痛快快地撒了一泡尿。

考试一直进行到晚上八点钟，大家才陆陆续续交了卷。这一天除了上厕所、吃饭，谁也没出考场，更不许把作品带出去，以防用琴校对。好歹算是结束了，尤其是谱面写得漂亮的，看着还很得意。

贾教授站在那儿收谱子。一边收谱子，一边通知要走的人："明天八点准时还到这儿来。"

"干什么？"

"再考一次。"

九

第二天的考试内容是歌曲作曲。"懵懂"一拿到歌词，就失去了全部勇气。那上面写着："青山绿水小村庄，革命精神大发扬，条条渠水绕山间，金光大道直向前。"并且有好几段。她不知道这到底算是民谣还是诗词，到底用大调还是用小调，到底写成民歌还是宣传歌曲或艺术歌曲。而且还要求配上钢琴伴奏。她看着歌词先发了两个小时的呆，然后写了十种方案，全都难听得要了人的命。

"这是什么东西呀？"一直到晚上，她还拿着那十种方案发呆，"这是个什么破东西呀？！"

"别叫，怎么啦？"马力走过来。

"这十首歌是谁写的？"

"这不是你写的吗？"

"我一辈子也不可能写出这样的破玩意儿。"

"不是你写的是谁写的？"

"我不可能写出这首歌词。不是我。"

"为什么？"

"噢，我写不出来，写不出来！"

"哎呀，女的就是不行，啧啧。"石白不耐烦地跺着脚。

这时考场上已经没几个人了。连贾教授都困得不得不回去睡觉了。临走时他留下话，不写完不许出这屋子，但时间不限。

“你这首写得挺好，把这儿改成这样就行。”马力看看“懵懂”的谱子。

“为什么？”

“告诉你这么改你就这么改。”

“为什么？”

已经夜里十点钟了，一股凉意从窗外扑来。“懵懂”向马力要了一根烟。

“我不明白为什么要这么改？”

她把烟点着，看着那十种方案发呆。石白已经走到钢琴旁弹起来了，苍白的脸显得更瘦削，看上去虚弱不堪。“懵懂”冲他大叫：“别弹琴！别弹琴！”

石白瞪了她一眼。

“懵懂”凑过去看他的谱子，除了歌词，那上面还标着各种石白的文字注解，使谱子看上去像篇带音符的散文：“优美如歌，好像看到一缕青烟从村庄飘起……啊，祖国的山河多么壮丽……如醉如痴、意志坚定地……”

“你写作文哪？！”“懵懂”冲他大喊了一句。

石白瞪了她一眼，把耳朵堵上了。

“懵懂”用双手在钢琴上使劲一按。然后又跑到马力那儿叫起来：“我为什么要那么改？”

“你干脆回去睡觉吧。”

“为什么？”

马力把自己的谱子写好了，把兜里的烟全掏出来留给“懵懂”。

“懵懂”并不抽烟，她把烟一根接一根地点燃。看着它们一根一根地消耗，然后闭着眼睛把十种方案每种抽出一句凑成一首歌，配上钢琴伴奏。那是首哪句和哪句都没关系，横竖全没关系的曲子。她毫不客气地让人声跨了三个八度，精心设计了一个谁弹起来都会痛苦不堪的钢琴伴奏。第二天早晨五点钟，她把谱子交给石白，石白还坐在钢琴旁，研究自己的文字注解是否有光彩。然后她把铅笔、橡皮、尺子和余下的谱纸统统从窗户中扔出去了。

这是个空气清新的早晨，阳光已经柔和地照在她那张发青的脸上，她想让自己精神起来，可就是不行。她使劲揉眼睛，按太阳穴，太阳穴两边就像有两个铅砣在夹击她。她觉得满脑子都是那十种方案赶也赶不走，并且随便一凑就又是一首蹩脚的旋律。她只好开始跑步，想把它们甩开。但没跑几步，她就睡着了。一下子跪在地上，然后就趴在那儿进入梦乡，直到天又重新黑下来，作曲系课堂里传来放得很响的迪斯科音乐。

十

作曲系课堂迪斯科放得山响。全体同学都凑在这里庆祝考试结束。森森醉醺醺地凑到李鸣面前，说他最近又发现了一个新的音响，名字叫“原始张力第四型”。

“原始张力第四型？”

“就是把所有可能的有力度的音型都叠在一起，分成四十八个声部，还可以变成复调。”森森说得唾沫星乱飞，指手画脚，直立的头发直抖。李鸣边喝着啤酒边说：“你行行好，让我把这首迪斯科听完。”“猫”突然跳过来，抓住森森的后脖领子，把他抓到跳舞的行列里去了。

“这算什么音乐？这算什么音乐？”小个子有点儿坐立不安。

“你说的是森森还是迪斯科？”

小个子没回答，咕嘟咕嘟地喝啤酒。

森森像个原始人一样扭动着身躯。孟野边跳边找机会倒立。他们谁也不跟着拍子，有时比拍子快，有时慢，有时让脚步老和音乐差半拍。他们疯狂地扭动，旁若无人，气喘吁吁，汗流满面。突然，“懵懂”在他俩中间出现了，她一出现，全场都喝起彩来，因为她把自己打扮得像个非洲土著，精确地踏着节奏，使三人的舞姿一下就融成一体了。

“嘿！”聂风和管弦系的男生女生突然闯进来。“乌拉！”作曲系的人眼睛一亮。管弦系的女孩子一个个光彩夺目，每人手里还拿着一份作曲系写的谱子。“你们的谱子太难啦。”“我再也不拉了。”“真见鬼了。”“可是真带劲！”她们把谱子纷纷扔在地上，然后她们围着它们跳起舞来。管弦系的男生拿着铜管，聂风手一挥，突然，一个震天动地的和弦使全屋的人都痛苦不堪。当这声音结束时，长号手抱歉地对森森说：“对不起，我们没吹出你要的力度来。”“猫”跳过来，冲着森森喊道：“你写的东西都像臭狗屎！我一辈子也没听过这么讨厌的音响，简直讨厌透了！要是你变成一把琴弦，我一定把它折断！”森森边跳边说：“何必，何必！”然后冲着地上的谱子哈哈大笑。孟野正躺在地上，把谱子往自己的身上盖。

小个子还在咕嘟咕嘟喝啤酒。

“你可喝得太多了。”李鸣提醒他。

“你最好别管我。”

“你这个糊涂虫。”

“你这个懒虫。”

“好，你喝吧。”李鸣又给他拿来一瓶啤酒。

孟野自从躺在谱子下面后再没动，外面的世界已经和他无关了，谁要是翻动一下谱纸，他就会骂一声：“滚，臭猪！”于是谁也不理他了。他闭起眼睛听着震天响的迪斯科，跳舞的人把尘土都踢起来了，楼板也随着节奏抖动。他突然感到一阵烦躁，他必须去看看女朋友了。

她比他大两岁，是个神经质并患有歇斯底里症的女人。也许是由于这种特殊的素质，她擅长文学写作，在一所文科大学里上学。不知是他们谁更崇拜谁，使他俩一见如故，然后就发誓“白头到老”。她喜欢戏剧性，什么事都想追求戏剧化。比如她看了部爱情片，在电影院哭一场还不够，出电影院门后还要耸着肩模仿片里的女主角走路，而且整整一天都要陶醉在女主角的气氛里。那时你要是和她搭一句话，保你背过气去。

“你饿吗？”孟野问她。

“为什么？为什么？！”她肩膀一耸，眉毛挑起来，眼睛露出绝望的神色。

孟野只好在心里背总谱。

假如在孟野的音乐会上，她必得四处周旋，出人头地，像收入场券的招待员一样忙个不停。假如在同学聚会时，她必得满口成语地滔滔不绝，使作曲系的学生深恨自己没文化。假如她笑，她必得大睁着眼睛，不会使眼睛也随着肌肉抽动而小下来。假如她坐着，只要不是在上课，她必得把两腿扭向一边，使身体侧卧倾斜，显出线条来。

总之，她是个非凡的女性，是个女才子。能从诗经一直背到郭沫若，而且还在背下去。她不能容忍孟野轻易地和“懵懂”跳了舞，拍了照，和那么一个头脑简单的东西。

“你爱她？”

“不。”

“你爱她。”

“没有。”

“你爱她！”

“我不是。”

“世界如此黑暗，人是如此轻薄，你爱她你不承认，卑鄙，卑鄙，卑鄙，卑鄙！”

她把照片用剪子剪碎，扔进马桶里冲了。

她喜欢用剪子这个工具，它可以把任何东西在一会儿时间就毁掉。自己看不上的手稿、男性的情书、新做的连衣裙、还没冲出来的胶卷……

每次一看到她哆嗦着用亮闪闪剪子咔嚓咔嚓地破坏这一切时，孟野就想晕过去。剪着剪着，她已经从气愤变成一种专心致志的工作，最后看看一堆碎片，她就得意起来了。孟野一想到说不定哪天他也会出现被一剪刀一剪刀地剪成这样，一想到剪他时她脸上可能会出现的表情，他真想晕过去。

“远岸收残雨，雨残稍觉江天暮。拾翠汀洲人寂静，立双双鸥鹭。”那次他俩一起旅游，她紧紧挽着他的手臂，把头靠在他肩上，“刚断肠，惹得离情苦……”她抬眼看看孟野，孟野眼神迷茫地看着远处。“此去何时见也？襟袖上，空惹啼痕……”她又看看孟野，孟野仍望着远处。“我们结婚吧。”她冲着孟野的耳朵轻轻地说。

“你说什么？”孟野好像吓了一跳。

“你真没听见？”

“真没听见。”孟野一脸诚实。

“那你在想什么？”

“我在想我最近的作品已经不能使我满意了，在下部作品里我得抛弃那种手法。”

“啊？你原来在想这些？你原来爱音乐胜于爱我，我恨你的音乐！恨你的音乐！”她用手撕着书包。

又有人在揭谱纸。

“孟野在想那位——文学家？”

“音乐，音乐，再大点儿声。”

“这音乐永远也不要停。”

“音乐——音乐——音乐——”

“再喝吧。”

“音乐——音乐——音乐——”

“干杯！”

“音乐——音乐——音乐——”

十一

自从李鸣躲进宿舍不打算再去琴房，他给自己找了很多理由。其中最大的理由是他觉得自己生了病，病症之一是身体太健康，神经太健全。这使他只能躲在宿舍里躺着。在宿舍里没人会使他想起他的神经太健全，没人会使他想起乐谱与疯狂的竞争，没人会使他想起关于有调性与无调性、三和弦与空五度的争执。在宿舍他可以什么都忘掉，忘掉功能的走向，忘掉作品分析时的错误，忘掉乐器配置法，忘掉九度三重对位引起的神经错乱。什么都忘掉了，可就是忘不了马力。马力在那次考试后，回家探亲让塌方的窑洞给砸死了。

“小力子！”他娘一定这么叫。

“我的儿！”他爹一定哭得像个稻草人。可是他什么也不会听见，早就变成一团血肉，甚至直接就变成了一堆黄土。马力，马力，一声不吭，站在那儿像个黑塔的马力，可就是不爱吭声，像个空五度在一个极沉闷的音区撞了一下就再没发展下去。他的床和铺盖原封不动地放在这儿，似乎生怕人把他忘掉。没人来搬它们，这样李鸣就只有想着马力。想马力不用考虑和声，不用考虑结构，你可以无休无止地想下去，没人会说你对错，说你该不该终止。这比去教室面对那个大功能圈要好受得多。

功能圈已经被人正式用镜框挂在了墙上，挂在黑板的正上方。功能圈是在一块雪白的的确良上画的。用黑漆涂的 TSD 三个大的符号上又涂了一层金粉。每个字有人头大小。正上方是 T，左面是 D，右面是 S。这三个符号用一个极圆的圆圈连起来，金粉在阳光下晃人眼睛。镜框是黑色的，玻璃被小个子擦得锃亮，能把全班人在上课时的动作都反映下来，结果全班人都不敢抬头看它，也不敢在课上轻举妄动。只有在回答问题时才敢冲它翻翻眼睛。

“我觉得有一天它得活过来。”戴齐飞快地说，“早知道这样我就转到钢琴系去了。”

"行了，小个子，你有劲头不如给贾教授洗衣服。"

当时小个子正站在讲台桌上卖劲地用一块棉纸在镜框上擦，边擦边呵气。自从马力死后，他就和这个镜框交上朋友了。

"它不妨碍你们任何人。"他眯起一只眼，踮起脚，歪着头观看那玻璃。

"它都跟你说什么了？"

"说得多了。你们这些俗人懂个屁。"

"懵懂"把嘴里的口香糖用手指一下弹到镜框玻璃上，小个子吓了一跳。

"谁干的？"

"孟野。"

小个子回头看看。

"'懵懂'，你别老把罪过往孟野身上栽，什么事情都会有报应。"

"狗屁。""懵懂"又往嘴里塞进一块巧克力。

"别装疯卖傻了，你他妈给我下来。"李鸣冲小个子说，"你去擦宿舍的玻璃吧。"

李鸣是宿舍长，管着小个子。小个子只好从讲台桌上跳下来。

"我看擦擦功能圈比擦玻璃有价值，人生所负原则众多，生命的代价在于注意事项的严密周到。"董客突然慢慢地说。

没注意到的原则太多了，李鸣要是仔细想起来就会糊涂。做和声题时你想着三十个和弦，等作曲时你就得想着三百个。你从第一个音开始唱起，中途转了八次调，到了最后一个音，你已经走调得一塌糊涂，你必定没脸再活下去。还有那首长得不能再长的二胡曲，没完没了地发展，像胡思乱想一样让背的人摸不着头脑，可你还得背，还得硬说它写作有规律。再没规律的东西教授也能说它有规律，只要他们认为是好的。如果他们知道李鸣是怎么想马力的，如果他们认为李鸣那些关于马力的想法有发表价值，他们也一定能划出结构来。

小个子继承了马力的事业，不仅把自己的书全盖上了图章写上书号、填上借书卡，而且把一生该注意的准则都写在一张张卡片上。

"你应该背背常用食品营养表。"李鸣告诉他。

"为什么？"

"我担心你这些准则过几天都得变。"

李鸣确实担心这些准则要变。所以他想永远这么躺着，哪怕躺到毕业，躺到老，躺到死。他可以这么舒服地躺着，不管门外发生了什么变化，不管森森与贾教授的争执，不管孟野与女友的纠纷，不管董客拐弯抹角要说什么，不管石白对所有人的敌视。他不理解小个子怎么不能分辨出那些准则从第一次出现时就已经走了样，反复出现后已经面目全非，也许到最后出现时，到了大家都不需要它们时，它们才可能回到本来面目。但是他又担心他们永远不会需要它们。

十二

一天，“懵懂”一进钢琴课教室，就抱怨说手疼。

“你要这样用力度。”教钢琴的教授老太太挥手就打了她一拳，她身子一晃倒在钢琴上，撞得钢琴轰轰响。

“我知道要这样。”她冲老太太比画着。

“你不知道，要这样。”老太太打了她一拳，“而不是这样。”又打了她一拳，“假如你不是这样而是这样，”她又打了她一拳，“你就手疼。”

“懵懂”坐下弹起来。“可是我还手疼。”

“你的手指简直像面条。你要像打篮球那样跑呀跑呀，跑呀跑呀，然后三步上篮儿，嗐，就这样，”老太太飞快地在键盘上弹奏，“到了这儿，你就要这样用力，就像打人一拳，不是这样打，而是这样打。”她转过身又打了她一拳，“懂了吗？”

“懂了，是这样打。”“懵懂”打了老太太一拳。

“对，就是这样！现在你可以弹了。”

“干吗非要练琴呢？”晚上“懵懂”委屈地问“时间”。

“作曲家嘛。”

“干吗不能拿跑步代替练琴？”

“作曲家嘛。”

“干吗不能拿跑步代替音乐？”

“作曲家嘛。”

“干吗不能拿跑步代替作曲？”

“嗯？”“时间”正埋头抄一份总谱。

"好。""懵懂"一下把录音机打开，震天的摇滚乐突然充满宿舍。"时间"的动作一下变得有节奏起来。她边抄边有节奏地点着头，抄错了，就有节奏地用刀片刮着谱纸，又在一个强拍上吹去了纸屑。这一切使"懵懂"高兴得发狂，在纸上画满了跳舞的小猫，把这种纸贴了一墙。突然，她把灯关掉，头发披散开，用手电打亮自己的下巴，冲着门口，一动不动。这时"猫"夹着谱子一推门，看见这情景，"喵"的一声撒腿就跑。"懵懂"追出去："回来，不吓你了。""我晚上会做噩梦的。"她还是跑个不停，上身不动，跑得飞快。眼看她一拐弯就进了森森的琴房。

"懵懂"没办法，只好转身推开孟野琴房的门。孟野正匆匆把谱子拿到钢琴上，可是钢琴处的光线太暗。钢琴上有一个小台灯，孟野想拉开台灯，才发觉没插插头。他想插插头，才发觉插座板在写字台上，正插着写字台上的台灯插头。他想拉过插座板，才发觉写字台的台灯电线太短。他只好把写字台上的台灯插头拔了，把插座板从写字台拉到钢琴上，插上钢琴上的台灯插头，开始在钢琴上弹刚才的总谱。"懵懂"凑过去，看着总谱，一会儿模仿小号，一会儿模仿小提琴地乱唱，唱着唱着，她突然大叫："绝了！绝了！"然后大声模仿乐队的效果，孟野也越弹越兴奋，手上弹着嘴里还唱着另一声部，"懵懂"手舞足蹈起来。

"轰！"音乐突然停止了。孟野匆匆又把钢琴上的台灯插头拔掉，把插座板拉到写字台上，把写字台上的台灯插头插上，开始继续写谱子。

"懵懂"双手在钢琴上一砸："你懂礼貌不懂？"

孟野连忙把写字台上的台灯插头拔了，把插座板拉到钢琴上，把钢琴上的台灯插头插上。他坐在钢琴旁，斜眼看着"懵懂"："你真讨厌。"

她笑起来。

"你真讨厌透了。"

她笑得更厉害。

"真讨厌讨厌讨厌透了。"

"懵懂"笑得脸直抽筋，她用手揉着脸："哎哟——哎哟——"

"你笑什么？"

"谢谢你夸我。哎哟——哎哟——噢——"

"我说你讨厌。"

“你说我可爱。”

“你是个混蛋。”

“我没说嫁给你。”

“我想让你现在马上出去。”

“我没时间留在这儿。”

“我想让你留在这儿。”

“试试看吧。”

等“懵懂”回到宿舍，“猫”正冲着墙上所有的猫跳舞。

十三

贾教授是个不屈不挠、刻苦不倦的人。因为他一辈子兢兢业业地研究音乐，而几乎无一创新，他尤为恨那些自命不凡没完没了地搞创新的家伙。因为他在四十岁时才找到了一个年轻的妻子，他尤为恨那些二十岁就开始谈恋爱的“小流氓”。他表面上很学究气，是个不拘小节、不修边幅的学者，内心却常因为别人的一点儿小事或流言蜚语气得发抖，因此他活得很紧张，心情老是烦躁。在他看来，金教授什么都不懂，只会作曲，是个肤浅的家伙，而无论国内国外的作曲家会议又老是邀请金教授，这更是肤浅之举。当二十世纪的作曲技术冲击着古典音乐时，他正年轻，还没来得及反应过来，就有人告诉他，那些鬼东西不屑一顾。他在自己的金字塔中研究了大半生，毫不怀疑任何与他不同的研究都是堕落。他庆幸没人否定过他，没有人战胜过他，没有人对他提出过疑问，即使是金教授也没有对他形成巨大的威胁。但，老了老了，突然蹦出这么几个学生，他们偏偏要在课堂上提出无数的问题来使你措手不及，他们偏偏要违反几百年的古老常规，而去研究那些早已过时并被否定甚至遭唾弃的二十世纪现代技法，这使他不仅担心自己的金字塔，而且担心全国、全世界都必堕落无余了。当在某国举行的国际青年作曲家比赛的通知送到他手上时，他皱起眉头，心事重重地找金教授商量。

“你有什么具体想法？”他指着通知。

“主要看学生们，让他们自愿报名参加，由我们把关把最好的作品送出去。”

“什么算是最好的作品呢？”

“当然从各方面来看。”

“难道那些鬼哭狼嚎、歇斯底里、毫无美学可言的东西也可以参加评选吗？”

“歇斯底里这词不能乱用，那是妇科病的专用词。”

“为什么不能搞一些美好的作品，比如有着明确的旋律线，严格的声部进行，完整的曲式构思，充分显示我们教学的成就？要么，就鼓励他们学习柏辽兹，写出充满激情的作品来，但决不许学现代派。”

“柏辽兹？好吧，让他们写出十一部柏辽兹的交响乐来。这也不愧为壮举了。”

“你对柏辽兹有意见？”

“没有。”

“你真的认为要随他们的意写？”

“嗯。”

“你能对音乐的前途负责吗？”

“嗯？”

“你能对音乐的前途负责吗？”

“要么放弃比赛，要么让世界知道他们。”

“无聊。”贾教授站起身来要走，“你不知道你的想法有多无聊。”

比赛的事情在班会上正式公布。贾教授一字一板地公布了比赛日期、程序、要求，等等。全班人屏住呼吸连眼睛也不肯眨一下。等最后一个字从贾教授嘴里吐出来，课堂上轰的一下像放出一窝苍蝇。石白啪地拍了一下大腿，然后手捧住下巴开始沉思。戴齐看着他，叫了一声“嗬——”然后扑哧笑出声来。石白没理他，仍在那儿沉思，腿也有节奏地抖着，森森和孟野越说声音越大，突然发出一声大笑。李鸣“嘘——”的一声，使全场安静了一秒钟。当发现“嘘”者是李鸣，孟野就反过来“嘘”他。

“嘘——”李鸣也不让步。

“嘘——”戴齐跟着起哄。

“嘘——”“猫”和“懵懂”也加入进来。

“啧啧啧啧啧啧啧！”“时间”无可奈何地冲着他们。

石白又啪地拍了一下桌子，瞪了所有人一眼。这一拍把贾教授倒吓了一跳，贾教授气哼哼地瞪着石白，又看着其他人。这一拍倒使全场安静下来。贾教授从这种现象中更证实了他以前的想法：这帮人是干不出好事来的，他们是一批无可救药的人。

"怎么回事？"他瞪着石白，石白吓得端坐不动。

"你们使我很失望，很痛心，你们太没教养，你们平时的作品就证实了这点。你们分不清好坏，你们不知道准则，你们没长脑子，你们无知无识，你们……"贾教授把一肚子怒气撒出来一半，咽下去一半，接着讲参加比赛的重要意义以及他个人所希望大家遵守的法则。

十四

"出了什么事？"所有的人都围在系办公室门口向里观望。马力的母亲坐在办公桌旁不停地抹眼泪，马力的父亲两只手平放在膝盖上，坐立不安地咳嗽。小个子两眼肿得像烂桃似的从人群中挤出办公室。他径直走到教室，爬上讲台，把功能圈擦了又擦。在宿舍里，马力的铺盖已经捆好只等着人来扛走了。李鸣用锤子叮叮当当地把马力的书箱钉死，他敲进最后一个钉子时松了口气，才突然意识到马力确实不在了。

董客推门进来："我打扰吗？"

"不。"李鸣让他坐，"我不明白，你搞的是什么名堂？"

"你是指什么？"

"你要参加比赛的作品。"

"命运命运。"

"怎么？"

"我准备给贾教授的是一部古典作品，而请金教授过目的是序列音乐，评委主席喜欢印象派我已经准备好了，全部乐队的大抒情我在一部浪漫派的作品中已经充分发挥了。"

"哪部是你的个人特点？"

"个人特点一文不值。"

"你要的是什么？"

“获奖。”

“可决定发奖的不在这儿。”

“但决定谁去参加比赛的在这儿。”

“你想把你的所有风格的作品都送出去？”

“可能。你为什么不写？”

“我不感兴趣。看马力这个书箱多大。”

“获了奖你就获得了一切，哪怕人生充满重压……”

“别说了，我不感兴趣。”

“其实那不是一切也只不过是一半儿。”董客有点儿尴尬。

李鸣没有理他，继续在箱子上涂上马力的名字。

董客的各种风格作品在全院到处排练，充满了各个角落，已经成为作曲系的众矢之的。因为管弦系的骨干都被他拉走，私下签了“合同”，要保证他的作品排练时间之余才能给别人排练。大家不明白他是用了什么诀窍使乐队对他心悦诚服。他还教会乐队首席一套话：“古希腊柏拉图的美学在当今的作品中得到反映的为数甚少，我们在追求各种形式的至善至美。”

这套话专用在有人来阻止他们无休无止地排练董客作品的时候。比如有一次石白抱着自己的总谱和分谱，前脚刚跨进排练厅，嘴还没来得及张开，乐队首席已经把这套话大声说了三遍，弄得石白不知是该把自己的谱子扔了还是也给董客充当一名小提琴手更合适。

可是有一次“时间”把自己的谱子拿给乐队时，首席刚要说那套话，被“时间”一声冷笑给压回去了：“这么搞太庸俗了吧？再说这些作品……啧啧啧。”

董客一夜未眠，连夜又写了一部新的。这是一部混合了各种风格的作品，让所有的人在短短十五分钟里就能够跨越几个时代体验各种人的情绪。这部作品一拿给乐队，就把乐队整得满脸鼻子眼睛乱爬。

“你难道不知道你要参加的是国际比赛而不是大杂烩？你为什么不看看别人怎么写作？你为什么拿乐队试奏当儿戏？”“时间”问。

“别人？他们太固执而不知所云。是国际比赛我知道。但你不知道谁会买下这些作品谁是这些作品的主人谁会拥有比你更大的权力来掌握这些作品的命运我不知道你更不知道你知道吗？”

“你真是俗气得不可救药。”“时间”看也不看他一眼。

董客突然变得坐立不安起来。那天天气闷热，他不停地抹去脸上的汗污，大口大口喘着粗气。眼睛里很快就充满了泪水，又很快变成汗水滴下来。他直盯盯地望着“时间”。“你看看，看看吧，看看它们！”他把一沓沓总谱扔到地上，“我费了多少心血，花了多少夜晚，我是在玩儿吗？难道它们一钱不值？全是破烂？全是小市民、商人的玩意儿？不值得他们演奏？这儿，全是艺术艺术！全是高尚的心灵！全是超脱尘世包含无限的音响！从没有人去演奏、欣赏，甚至是指责它们，连我自己也不知道它们是什么声音。你不知道它们的价值，连我自己也不知道它们的价值，不知道，没把握，这能怪我吗？”

总谱堆在地上，多得令人吃惊。却没人知道它们，的的确确没有人知道它们。“我也有很多总谱我不知道声响。”“时间”跪下来把它们捡起来。

“谁让你们写那么难的作品？活该！”圆号手边吃饭边说。那时大家凑在食堂里。

“演奏起来吃力不讨好。”一个乐队队员插话。

“我的手拉得快抽筋了，可台下的人像木瓜一样坐着。”莉莉说。

“台下的人百分之八十是傻瓜蛋，你别理他们，他们是要让广播员给解说完了才会恍然大悟的那种人。”聂风手一挥。

“可你不觉得演奏作曲系的作品不如演奏贝多芬？贝多芬有唱片供参考，可他们的作品你根本摸不着头脑，不知道他们想的是什么，等你好不容易弄明白了，台下的人却一辈子也弄不明白。”乐队首席说。

“我愿意演奏新作品。其实世界名曲指挥好更不容易。不过，看着台下坐满了白痴一样的脸可真不舒服。”这时候，食堂里的立体声音箱中播放出拉赫玛尼诺夫的第二钢琴协奏曲，聂风情不自禁地动起来：“像这种通俗易懂的东西，来得多轻松。”他的手臂轻轻划动着。

为此，董客采取了最科学的方法，就是连一分钟也不让乐队停止给他的作品排练。他从家里要来一笔钱，每顿饭都请乐队大吃一顿，还用火车托运来一筐筐新鲜水果，买了橘子汁、糖果、糕点，使乐队在排练中提神。这样乐队只好把别人的作品搁在一边来给董客排练。

“你真是疯了，何苦这么破费？”

董客不理别人的劝说，最后把自己的录音机和手表全卖了。

“你太缺德了，这样别人也得学你的样子。”

董客毫不理会。乐队的人疯狂地给他排练，各种风格的作品搞得他们晕头转向，好不容易排完一遍，大家刚想停下来喘喘气，就听董客说：“不行，重来。”“重来？！”“你们根本没拉出音乐的本质。”首席无可奈何地架起弓子：“本质是什么？”“本质，本质。比如这首贯穿理性的序列作品是哲学思维的根结。哲学是什么？大地是什么？人类是什么？”首席被问得毛骨悚然。决不敢再问下去。

自从董客开创了这种自费排练的方法，作曲系人人效仿。这样一来，离学校最近的一家委托商店就开始买卖兴隆了。

李鸣让董客和他一起把马力的箱子抬到桌子上，然后他钻进被窝，只露出个脑袋。

“你干吗老在被子里思索？是在追求孤独？”董客自作聪明地问。

“我不愿意去琴房。”

“超脱？”

“我累。”李鸣把身子往被子里又拱了拱。

“如果我再写一部关于死亡与永恒主题的交响诗你看如何？”

“为什么？”

“给马力。”

“马力不需要。”

“为什么？”

“马力真的不需要死亡与永恒主题的交响诗。”

“他真的让窑洞塌方压死了？”

李鸣没说话，又往被子里缩了缩。

“为什么不写个交响诗纪念他？”

“你饶了他吧，他不需要。”

“你不信任我？”

“我不是不信任你。什么死亡与永恒，对马力有什么用？如果有用，你为什么不写一部关于你自己的音乐是如何包罗万象、如何至高无上的交响诗来让全世界知道呢？”

“我想写，可是没用，没用。”

“不过你别灰心，还是能有用。”

“真的马力不需要死亡与永恒主题的交响诗？”

十五

比赛的事情公布后，森森一直在自己的作品中徘徊。他对自己最近追求的和声效果不太满意，但又没想出更好的。他甚至难以容忍自己的音响。

他除了音乐对什么都漠不关心。包括自己的饮食起居。如果说他留长发，那是他忘记了剃头。常常忘记吃饭，又使他两腮消瘦。他衣冠不整，但举止洒脱。苍白的脸上有一双聪明的黑眼睛，明朗开阔的额头与他整个五官构成一副很自信的面孔。他唯一遗憾自己的就是手指短了点儿。

这是个遗传学上的错误。他是个天才的大音乐家，却长着十根短手指。他知道这无法补救，因此常常看着“猫”的修长而秀丽的手指在钢琴上流动出神。但更多的出神是因为钢琴上滚动出来那些谐和美妙的音响使他越来越纯粹地感到他自身需要的不是这种音响。他需要的是比这更遥远更神秘更超越世俗但更粗野更自然的音响。他在探索这种音响。他挖掘了所有现代流派现代作品，但写出来的只是那些流派的翻版。

这种探索不断折磨他。有没有一种真正属于他自己的音响？他自己的追求在哪儿？他自己的力度在哪儿？从谐和到不谐和，从不谐和又返回谐和，几百年来，音乐家们都在忙什么？音乐的上帝在哪儿？巴托克找到了匈牙利人的灵魂，但在贾教授的课上巴托克永远超不过贝多芬。匈牙利人的灵魂是巴托克找到的，但也许匈牙利人更懂得贝多芬。这是最让森森悲哀的事。森森要找自己民族的灵魂，但自己民族的人也会说森森不如贝多芬。贝多芬，贝多芬，他的力度征服了世界，在地球上竖起了一座可怕的大峰，靠着顽固与年岁，罩住了所有后来者的光彩。

那天，孟野在森森的琴房，悠长地哼着一首古老简单的调子。森森问孟野：“你感到没感到这里面的力度？”孟野把大提琴拿过来，深深地拉动琴弓，这首古老简单的曲调骤然变得无比哀伤。森森觉得呼吸都急促了，他拿起小提琴用双弦拉出几个刺耳的和弦，又拉出一连串民间打击乐的节奏。他想和孟野合力去体验那种原始的生存与神秘。他明显地感到他与孟野有一种共同但又不同的追求。他比孟野更重视力度，而孟野比他更深陷于一种原始的悲哀中。孟野就像一个魔影一样老是和大地纠缠不清。尽管他让心灵高高地趴在天上，可还是老和大地无限悲哀地纠缠不清。而森森想表现的是人。是人的什么？他其实说不清，也许是哪块肌肉的抽动？

他喜欢“猫”。“猫”能把他从那种混浊的探索中拉出来，使他得到片刻的休息。“猫”手底下能生出各种动听简单的音乐，听到这种音乐他甚至想放弃任何探索。世界上有那么简单动人的声音，要那些艰涩难懂的音响干什么用？就像这个不爱动脑子的女孩子一本正经地弹着小品，单纯、年轻，修长的手指使他相形见绌。他坐在这儿彻头彻尾是个动荡不安混沌不堪的怪物。所以他不能爱她。可是他又真想爱。

就在森森为自己的种种追求苦恼时，小个子有一天突然对他说：“我求你别摘那个功能圈。”

“为什么？”森森觉得离奇古怪。

“因为我要走了。”

“我并没有要摘它的意思。”

“那我就放心了。”

“你上哪儿？”

“出国。”

“干什么去？”

“去找找看。我在这儿什么也找不到。”

“怎么可能呢？”

小个子低下头，由于老用水擦功能圈把手指都泡白了，像干了好多家务的主妇一样粗糙。森森突然感到这种举动有种神圣的所在。他开始尊重小个子了。

“你一个人走吗？”

“嗯。”

“谁照顾你？”

“走到哪儿都会有女人。”

森森苦笑了一下：“如果你什么也找不到呢？”

“我就不找了。”小个子坦白地说。

小个子对他说的这些使他又感到一种震动。他更觉得有许多事情得做，尽管贝多芬矗立在这儿。也许贝多芬压根没见过用方块表达文字的人。音乐的上帝在哪儿？他自己的力度在哪儿？真正属于他的音响在哪儿？也许他一辈子也不会忘记小个子抠着泡白了的手指对他说的话："去找找看。"

十六

戴齐把自己关进琴房已经三天了。他想酝酿一个充满他内心渴望的作品，但始终写了上句没了下句，每想一个音符都像抠肠扒肚一样吃力。他想得多写得少。直到崇拜他的莉莉听得连连打哈欠，他才深深感到歉意。他从没见过这么忠实的听众。

莉莉自从到戴齐琴房之后，经常和戴齐合作协奏曲。她相信戴齐完全有才能写出世界第一流的优美作品，有时她听着戴齐的钢琴小品就感到像浸在纯净的空气和水中一样。但自从戴齐想投入比赛后，戴齐却什么像样的句子都没写出来。莉莉天天坐在那里听，失望之余又觉得筋疲力尽。但她仍旧坚持坐在那里，在戴齐需要时就拿起提琴。她替戴齐买饭打水，照顾得无微不至，可戴齐还是老重复着一个很美的乐句。

"这不是很好吗？为什么不进行下去？"莉莉奇怪地问。

"进行不下去。"戴齐哭丧着脸，又弹了一遍这个乐句。

"我已经可以倒着唱它了。"莉莉疲倦地打个哈欠。

戴齐把这句倒着弹了一遍，然后茫然地在琴键上摸索。

"真奇怪。"莉莉坐在椅子上伸直长腿，"怎么这么难？"

"我已经死了。"

"什么？"

"我已经死了。"戴齐指指脑袋，"全僵死了。不能动了。"

"你是不是觉得冷？"莉莉摸摸戴齐的头。

"可能吧，反正在作曲史上这个人已经没了。"

"你这是神经失常，你的头是温的，"莉莉使劲摇着戴齐的脑袋，"你别装蒜了，你必须写出第二句来。"

戴齐在琴上又倒着弹了一遍那个乐句："这就是第二句。"

"扯淡！"莉莉大叫一声。

戴齐哀伤地弹起一首德彪西的曲子。聂风推门而入。

"怎么样？进展如何，肖邦？"聂风一进门就带来一股活力。

戴齐摇摇头，接着弹他的德彪西。

"他说他已经死了。"莉莉说。

"我看他真死了。"聂风的手在琴上给戴齐捣乱，"你要是真死了，我会想你的，不过你死了我还挺高兴的。"

戴齐仍旧弹他的德彪西。

"你得相信你自己，肖邦。"聂风大声说。

戴齐全力以赴弹那串儿固定低音。

"我给你指挥，保你满意。"聂风冲着戴齐耳朵喊。

戴齐的手指飞快地在琴键上滚动，吵得莉莉心烦意乱。"别弹了！别弹了！你这个神经病！"她大叫。

两只手全飞快地弹奏琴键，像一群苍蝇一样讨厌。莉莉捂住耳朵。但很快她就松开手，仔细去倾听，那滚动出来的旋律注入了戴齐的灵魂。戴齐的全身充满了活力，他手上飞快地弹奏，脚下飞快地换着踏板，这些动作加上那些穿透一切的音响，使他从头到脚都仿佛浸透了透明的音符。

"我去钢琴系。"戴齐轻轻弹下最后一组和弦。

戴齐真的去了钢琴系。他的演奏即使在钢琴系也出类拔萃，因为他全身充满了乐感。在舞台上，他端坐在三角钢琴前，灯光打出他的脸侧部的秀美轮廓，他的手无论是表现力与外形都令人惊叹。"简直就是肖邦。"大家说。戴齐也觉得自己是肖邦再世。

"你算个什么？"莉莉问。

戴齐从三角钢琴前抬起头。他们正在排练，莉莉指着空旷黑暗的观众席："你真想让他们觉得你是肖邦？"

戴齐得意地看了一眼台下。

"其实你狗屁都不是。"

"谁说的？"

"我说的。你不是钢琴王子。"

"那是什么？"

“一个逃犯。神经病院里逃出来的逃犯。”莉莉笑起来，“人家都说你们作曲系全是神经错乱。”

“我现在不是了。”

“更是。”

“为什么？”

“你应该继续来你的神经错乱，因为你本来就是。”

“我不愿意。”

“所以你更是神经错乱，是个胆小的神经错乱。”莉莉用弓子拉出一声怪叫。

“噢，你别管我的事！”戴齐把耳朵堵上。

十七

小个子擦功能圈比以前次数多了十倍，另外还拼命打扫宿舍和马力的床铺。马力的铺盖卷还没有被拿走，他就把它们又打开铺好了。他把马力的床完全照老样子铺来铺去，甚至在睡觉前还要帮马力铺好被窝，起床后再把它们叠起来。他把宿舍的窗户擦得几乎像没玻璃一样，把地板擦得像打了一层蜡。然后在上面又垫上一层报纸，生怕别人的鞋印会把它们踩脏。这使李鸣烦得不得了，因为地板反而显得更脏更乱。李鸣好不容易劝小个子把报纸取消了，可这样一来，小个子就不停地擦地板，害得李鸣连脚都不敢沾地，也就更不愿起床了。

“来，吃块糖吧。”小个子把巧克力糖盒端到李鸣面前，笑着看李鸣。李鸣看着小个子，伸手取了一块巧克力。

“你别，”他把巧克力塞进嘴里，带着央求的口气说，“别再擦地板了。”

“我想擦。”小个子固执地说。

“你每天擦五十次地板有什么意义？”

“意义就在这儿。”小个子咽下一块糖，“你不是宿舍长吗？你不愿意让宿舍是最干净的？”

“可我没法下地。”

“反正你也不需要下地。”

“可我要上厕所。”

“你买把夜壶就行了。”小个子狡猾地笑着。

“你这个小混蛋。”李鸣探出身子揪住他脖领，“你真是个混蛋。”

“这儿离厕所太近。如果擦不干净地板，屋子里就老有一股厕所味儿，你不觉得？”小个子认真地说，“我想把这一块地板擦成新的，就不会有厕所味儿了。还有门、窗，如果我把它们擦得永远再沾不上灰就好了。那你们住在这儿多安逸。”

“你不是也住在这儿？”

“我？我住不长了。”小个子神秘地看着马力的床，“我要走了。”

李鸣吃惊地看着小个子：“你去哪儿？”

“我要出国了。”小个子小声说。

“出国留学？”

“嗯。可也说不定。”

“那你要离开我们了？”

“嗯。我不太愿意。可是你瞧，马力老也不回来，该不该去找找？”小个子笑起来。

“你别胡说了。出国是好事。”

“怎么见得？”

“当然是好事。”

“你想知道我为什么老擦功能圈吗？”

“你说吧。”

“哼！”小个子眯起眼睛看着马力的床一笑，进入一种自我状态。

李鸣知道他不会说什么，也就不再问了。李鸣看着宿舍的玻璃窗、地板、马力的床铺。连书桌和椅子、钢琴都是小个子擦干净的。好像他感兴趣的只有擦洗东西。也许他出国后就不再擦洗什么了。也许他还会长高、长胖、长成男人模样。

“你猜我想什么？”小个子问李鸣。没等他回答就说：“我想为什么你们不让我擦功能圈。”

“你说为什么？”

“不知道。可是我爱那个镜框。”

“你可以把它带走。”

“不，我带不走。你不知道，我带不走，也许还会再带回一个来。”小个子笑起来。

“我希望你带回一个姑娘而不是一个功能圈。”

“谁知道呢？”小个子笑着。

小个子临走时，在桌子上留下张纸条，没让任何人去送他。李鸣一点儿也不觉得小个子真的走了。马力的床还铺在那儿，好像晚上还是有人把它们打开，早晨又把它们叠好。窗户的玻璃还是一尘不染，教室里的功能圈黑白分明地端挂在黑板正上方，所有的地方都有小个子的痕迹。李鸣打了很多开水等小个子晚上从琴房回来之后好洗脸洗脚。早晨，开水被聂风倒走了一大半。直到李鸣看着擦得锃亮的地板上人们来回走动的脚印越来越多，才感到小个子是真的走了。

十八

全体作曲系参加比赛的作品在礼堂进行公演，由专家鉴定，决定送谁的作品出去。莉莉死拉活拽才把戴齐从琴房揪出来让他去听。李鸣破例从床上爬起来坐在最后一排最边上的一个角落。音乐会正常进行，有的作品充满激情但思绪混乱，有的作品逻辑严谨但平淡无味。倒是董客的几种风格的作品引起大家注意。但他毕竟照顾不周，每部作品都有些地方能让人感到天才作曲家的手忙脚乱。随后是森森的五重奏。这部作品给人带来了远古的质朴和神秘感，生命在自然中显出无限的活力与力量。好像一道道质朴粗犷的旋律在重峦叠嶂中穿行扭动、膨胀。李鸣听着听着突然产生一种向前伸手抓住琴弦的欲望。一种想让肌肉紧张的欲望。他龇牙咧嘴地发出无声的傻笑。

当森森的作品演奏完，全场竟无一人鼓掌。所有的人都不想说话，只想抓住什么揍一顿。森森被人们包围住，正要尝受那些激动的拳头袭击，孟野的大提琴协奏曲响起来了。

弦乐队像一群昏天黑地扑过来的幽灵一样语无伦次地呻吟着。大提琴突然悲哀地反复唱起一句古老的歌谣。这句歌谣质朴得无与伦比，哀伤得如泣如诉。把刚才人们听森森作品引起的激动全扭成了一种歪七扭八的痛苦。好像大提琴这个魔鬼正紧抱着泥土翻来滚去，把听众搅得神志不安。“懵懂”哭了起来了。李鸣想哭可哭不出来，一个劲张大嘴呵气。森森走到孟野坐的地方，掐住孟野的脖子，孟野看了他一眼，死命握住森森的手腕。

全体乐队情绪高涨，铜管劈天盖地地铺下来，把所有高山巨石所有参天古树一齐推倒让它们滚落，而那魔鬼似的大提琴仿佛是在这大地的毁灭中挣扎，挣扎出来又不停地给万物唱那首质朴的古老曲调。

“噢！——”演奏会结束了。台上台下的学生叫成一片。有人把森森举到台上打算再扔到台下去，有人想把孟野一弓子捅死。谱纸被抛得满天飞。“猫”飞奔到台上，飞快地吻了森森一下，随后就被大家扔到台下去了。

只有戴齐没有上台，他离开礼堂，跑进琴房，拿起肖邦的谱子飞快地往教学楼跑，越跑越快。他爬上教学楼的最高层，冲着操场大叫起来，然后把肖邦的谱子拼命扔向操场，正好砸在莉莉的头上。莉莉一看是本肖邦曲集，就抱着头坐在地上不起来了。

演奏会的当天晚上，孟野不见踪影。

十九

演奏会大大震动了贾教授。董客毕竟走得太远，作得又过于聪明，但他还是有一部作品接近海顿。至于森森和孟野，那简直不像话，纯粹在蹂躏音乐，是音乐世界的大破坏者。

森森和孟野。这两个学生的名字是两个危险，是神圣的世界的污点。贾教授一想起那两部作品就怒不可遏。竟然会有那种音响！在堂堂的音乐学府。

他们想表达什么？

贾教授想在全院会议上说说这件事，有必要让全国人也知道知道。这是非同小可的事，竟然出现了这种音乐。你能说什么？法西斯、杀人犯。这两种词全用不上，贾教授绞尽脑汁想批评这两部作品。

“你想改变自己的风格？”贾教授对石白在上课时提出的要求感到诧异，“为什么？”

石白推推眼镜：“这次演奏会就证实了我的风格已经过时了，森森孟野的作品更受欢迎。”

“他们不过用二十世纪一些过时的手法再加上他们自己想的一些鬼花招，而你可是承袭了十七世纪以来最古典最正统的作曲技法。”

石白摇摇头：“光把和声题做好是不够的。”

“当然，但你是怎么想的呢？”

“和他们竞争。”

“争什么？”

“作曲技法。”

“如果我不同意呢？”

“恐怕他们这样做是对的。作曲家的创作不应局限。”

贾教授皱了皱眉：“你学和声几年了？”

“七年了。”

“真的？”

“真的。七年了，没有长进。”

“不，很好。你学了七年和声，你认为你学好了吗？”

“不，没有。”

“问题就在这儿。你学了七年和声，尚且不够，还谈什么别的呢？”

“但……”

“当然我不强迫你，你想没想过他们这样做的危险性？”

“危险？”

“他们那样做是很危险的。”

“为什么？”

“那是种法西斯的音乐。”

“？”

“可他们却沉浸在那种荒谬反动的狂热里，那种虚荣心！”

“我也激动。”

“法西斯是什么？就是杀人犯。杀人犯的音乐。充满疯狂，充满罪恶，充满黑暗，充满对时代的否定。”

石白忙把这些话写在五线谱上。

“我说得不会错。石白，你要听我的话，你现在搞的绝不比他们差，而且比他们要高明得多。你要成为一个真正的音乐家，一个神圣的、有教养的、规规矩矩的音乐家。你还要向他们这种做法挑战！”

“？！”

“你要写文章批评他们，好让他们改过来。”

“可是……”

“你不能袒护错误。”

“可是……”

“你这是帮助同学。”

“可是……”

“杀人犯音乐。”

石白急忙回去绞尽脑汁写了篇文章把贾教授的原话抄上去。那文章在校刊上发表后，引起了全院的轰动，但却无一人响应石白，反而在下面冲着石白开起火来。石白一看形势不对，就使出浑身解数替自己辩解，他有口说不清，本来是贾教授的原话却又自己重复了一遍，本来是自己想的反倒说成是贾教授的。一怒之下，他去砸贾教授家里的门，可教授夫人说贾教授没时间接见任何人。他觉得自己是一头扎在一个无底深渊里了，笨重的头朝下旋转，即使是掉下去溅起一个巨大的蘑菇云来也无人问津。

二十

石白的批评文章在关键时刻发挥了作用。在评选委员会考虑送出国参加比赛的作品中撤销了孟野的作品。因为“法西斯音乐”这个说法不可不信也不可全信，于是保留了森森的作品。董客也算如愿以偿，他的几部各种风格的作品全部被送了出去，照贾教授的意思是“用以来证实我们的教学”。但孟野的作品被撤销也不能全怪石白，孟野在音乐会当天失踪，而后院方就收到了一封控告信，写信人是孟野的妻子。

孟野已经迫于女朋友爱情的压力和她偷偷结了婚，但他拒绝把音乐的位置和妻子颠倒过来。音乐就是音乐。没有音乐他就不存在，没妻子他照样存在。这是他的想法，女作家写了五篇短文申明女性的重要地位仍没有把孟野的想法给颠倒过来。在妻子写控告信之前，他已经练习倒着走和她散步，这样可以少听几句“空惹啼痕”之类的诗词。结果有一天他无意中漏出一句：“有人说我的音乐中缺少升华。”“谁说的？”“懵懂。”孟野这句话刚一落地，女作家就伤心地尖叫了一声，拿起一把剪刀向他冲过来。他们是住在妻子父母家，房间很小，孟野无处躲闪，只能紧贴墙角站着。

“又是她又是她！”

“我是在说音乐。”

“又是她又是她！”她的剪刀直冲着他的腮帮子。孟野破天荒地用手抓住她一只手，使劲向她背后扭，直到剪刀掉在地上。她全身不停地抽动：“你就这样对待我吗？”

孟野松开手：“你要怎么样？”

她的泪水像快干涸了的小瀑布一样淌下来。她的头发披散着，手指痉挛。她扑通一声跪在地上，眼巴巴看着孟野，孟野一下受了大感动，忙也跪下抱住她的头：“对不起，我是在说音乐。”哪知她的手在地上摸索起来，终于摸到了那把剪刀，而且一下把孟野的衣服剪成了一面旗子。

孟野“噢”的一声跳起来，他想抡起拳头揍她一顿，可又怕把她打死。只得恶狠狠地脱下那件变成旗子的外衣扔到她面前，拔腿就往外跑。

她一下扑上去拽住他的腿轻轻地哭泣。

孟野不知如何是好，他走回来，弯下腰，把她从地上搀起，伤感地吻着她的肩膀。她神志恍惚，哭得凄凄凉凉，令人可怜，更显得骨瘦如柴。孟野一把将她抱到床上，想用爱抚使她平静下来。“别哭，别哭。”这使他陡然想起在乐队里他也是用这种口气对大提琴手说：“Piano，Piano！”那时大提琴手就会心领神会地使演奏弱下来，全体乐队就会沉浸在一种宁静的气氛中。“别哭，别哭，别哭，别哭。”

她可能累了，把头靠在他胳膊上安静了一会儿。突然她凑到他耳边说：“再不要提。”“不提了。”孟野闭着眼睛。“不要提你们班！”“不提。”“不要提你们学校。”“不提！”“不要提你们的音乐。”“不提。”“不要提音乐。”孟野睁开眼睛。“不要提音乐！”孟野站起来。“不要提音乐！”

“你想让我变成什么？”

“变成我的。”

孟野一动不动地站在那儿。

她大睁着两眼，每一字都加重了语气：“我能为你牺牲一切，我什么都可以不要，学位，名誉，我都不在乎。我只求和你在一起，什么人都不见，什么都不想，只有你，只有你在我眼前。如果你需要我现在放弃学习，做你的主妇，我马上就可以退学；如果你需要我和你一起逃走，逃到荒无人烟的地方去，我马上就收拾东西。”

“逃走？为什么要逃走？”

“因为我爱你，我需要你，而你需要你的音乐。”

“逃走就可以忘掉音乐了？”

“逃到没有音乐的地方去。”

“没有没有音乐的地方。”

她痛苦绝望地捂着脸，自言自语地说：“为什么没有没有音乐的地方？为什么没地方可逃？”

孟野走过去吻着她的头发：“因为我选择了音乐。”

“要是我让你改变呢？”她抬眼望他。

“谁也没法改变。”

“但你又选择了我。”她的眼睛露出决断的神色。

孟野惊恐地向后退了一步，然后拔腿就跑出门。

在孟野妻子给学院写来的控告信中，列举了大量事实足以使孟野被开除学籍。首先，他违反了校方规定而私自结婚，这是规定中绝不允许的。再者，他不仅非法结婚，还在学校与别的女生闹作风问题，比如跳舞、拍照，甚至在一起游泳，等等。作为妻子，她要求学院严厉惩办孟野这种破坏校规的学生，以端正校风。作为妻子，为了维护学风，她宁可牺牲丈夫，牺牲自己的前途，与丈夫一同流放边疆。

二十一

戴齐的那个优美的乐句有了新发展。这使他欣喜若狂。他钻进琴房，一张谱纸一张谱纸地写下去。越写乐思越多，越写越觉得自己整个都铸在里面了。莉莉坐在旁边看着他，只见他嘴角微微抽动，手指不停地在桌子上敲打。他的头发垂在前额，形容憔悴，他更不爱说话，还把莉莉撵出琴房，说等写好了再让她听。于是莉莉完全不知道他在写什么，只看到他每天进出琴房时，两眼都闪着一种病态的光芒。

戴齐的钢琴协奏曲是由聂风指挥的。第一次排练时，钢琴手被谱子上的临时升降号和无调性的主题搞得莫名其妙，完全找不着感觉。乐队更是怨气冲天。刚试奏一遍，乐队就开始跺脚、唉声叹气、叽叽喳喳怨个不停。

“安静，安静！”聂风对乐队说，“这是一首很美的曲子。是给聪明人演奏的作品。我想你们应该知道怎么办。”他用指挥棍敲敲谱台，“好，从头开始。”他手一挥。

弦乐队安静而悠长地引出了钢琴的主题。这主题像诗而不像歌，无调而有情。它是用一种极弱极轻柔的力度演奏出来的。莉莉坐在弦乐队中刚听完一乐段就被深深打动了。这时，竖琴突然蹩脚地蹦出几个音来。聂风一打手势，乐队全体停下来。

“竖琴要像流水，要像流水。”聂风说，“好，开始。”聂风手一挥。竖琴像流水一般洒下来。伴着梦一样的弦乐队，钢琴骤然清晰悦耳，一串流畅委婉的无调性旋律在人耳边伸延。莉莉边拉琴边把脸上的泪水往胳膊上蹭。乐队越来越沉浸在一种肖邦般优美与典雅但具有典型的现代气质的热情中。

当戴齐这部作品在学院正式公演时，有人感动得前仰后合，有人百思不得其解。但他拒绝报幕员在演出前对作品作文字解释的要求。演出后他也一句话不说。于是理论系的学生只好就“竖琴要像流水”这一指挥家的启示去请教聂风。

“竖琴就是竖琴。怎么能是流水呢？竖琴就是竖琴。”聂风手一挥。

孟野没有按妻子的意思被流放。学校对他从宽处理，劝他中途退学。他草草收拾完行装，到森森琴房去告别，门没有推开，也许森森正在里面创造新的音响。孟野不再敲门，路过“懵懂”琴房时，他犹豫了一下，就径直走过去了。他一下楼来到操场，就开始倒退着走路，尽量让整个校园慢慢和自己拉开距离。有人说这个学校就像一座旧工厂。新的礼堂正在建设，到处堆着砖瓦、木料，还有一座现代化的教学楼刚刚动工，推土机把旧平房推成一片废墟，机器的轰鸣和敲打声整天跟音乐捣乱。他在这里已经待了四年半，再有半年就正式毕业了。现在他只得作为一名肄业学生离开这里。刚入学时校门不是冲这个方向开，而是在相反的方向。他来到传达室，那儿坐着看门的老头。

“我走了。”孟野把背包扔在椅子上，坐在火炉边。

"分哪儿啦？"老头热情地问。

"回去。"

"分回去啦？"老头喝了口茶。

孟野没说话，拿起当天的报纸。

"你们这就毕业啦？"老头又喝了一口茶。

孟野冲他笑了一下。

"你看快不快，转眼你们已经毕业了。"

"晚上不再来敲您的门了。"

"可不，该给他们开门了。"老头指着刚出去的两个学生。他们很年轻，刚入学不久，走起路来像要跳高似的。

孟野仿佛一下看到几年前的自己，接到录取通知书那天，满脸通红在地上倒立了五次，然后莫名其妙地跟着公共汽车跑了两站地才停下来。那天有几个像他那样的幸运儿呢？今天又有几个像他这样的倒霉鬼？这也许是结局？也许说不上结局？他想起在假期里曾爬上峨眉山看到佛光下有一层深蓝的云雾，从那时起，他就从没对自己失去过信心。他是生来就注定要创造音乐的，把他这一生的好与坏、幸与不幸都加在一起，再减掉，恐怕就只剩下音乐了。没有没有音乐的地方。他拿起背包走出传达室。看门老头看了看闹钟，伸手按了下电铃。顿时全校各个角落里都充满了铃声。

二十二

新年到了，"猫"提前几天就买了各种五光十色的糖果。"懵懂"把教室从这头到那头都装上彩灯。"时间"带着几个男生去街上跑来跑去采购食品和礼品。

这个冬天来得很早，十一月份就开始下雪了，因此到了年底冷风刺骨，窗户被风刮得砰砰响。所有宿舍都糊上了窗户缝，只有教室的玻璃没有封上，一夜就落上一层风沙。功能圈的镜框不再那么亮了。不知是怎么搞的，镜框向一边倾斜下来。所有人都装没看见，觉得总会有小个子去把它扶正。可小个子没来扶，所有人就只好装没看见。镜框就这么在冷风中倾斜地摇曳。

乘新年之机，大家都想高兴一下，吃过晚饭，作曲系管弦系就要一起在教室开联欢会。教室被布置得灯红酒绿。为了扮成圣诞老人，一个管弦系小伙子闯进李鸣宿舍，非要把马力的红被面拆下来作外衣，被李鸣一拳打了个趔趄。李鸣堵住门，不让任何人到他的宿舍来捣乱，连聂风也不让进门。他把钢琴推到门后，又把书桌顶上。他把马力的被窝铺好，用棉花纸擦了擦地板，然后自己钻进被窝。

在教室，联欢会开得热闹非常。莉莉和"猫"、"懵懂"和"时间"四人表演了"双簧"。演的是一个小伙子向姑娘表白爱情遭到了拒绝，绝望之余自杀了。全场被这个古老的故事逗得哈哈大笑。藏在"时间"后面的"懵懂"在扯"时间"的假头发时把她脸上的胡子也扯掉了。吹圆号的胖子和吹黑管的瘦子表演莫索尔斯基的《两个犹太人》时，胖子边吹圆号边在脚下跳着天鹅湖，瘦子则哆哆嗦嗦地满地找烟头，然后吃掉了一张结婚证书。乐队首席让啤酒像喷泉一样从他嘴里冒出来，谁也不知道他是真喝多了还是在变戏法，酒流了一地，他一跟头又摔在上面。这时，圣诞老人拿着无数礼品出场了，所有的人都乱成一团去抢礼品。

"噢！"

"我要那个！"

"别挤。"

"扔过来！"

"你这个笨蛋！这儿！"

"别挤！别挤！"

"懵懂"被推了一个跟头，随后腿又被人踩了一脚。戴齐一下绊倒了，摔在她身上，紧跟着后面几个人都摔倒了。压在最下面的"懵懂""噢"的一声哭起来。

"呜——""猫"一看见她哭，也跟着哭。

"呜——"森森也起哄。

"呜——"

"呜——"

全教室里的人都"呜呜"起来，好像变成了一种很大的乐趣。管弦系的女孩用琴拉出"呜呜"的声音，圆号和长号也"呜呜"起来，"呜呜"声越来越大，震耳欲聋，致使好几个人真的哭起来。"懵懂"已经哭得伤心至极，好像她的腿断了一样。最后还是圣诞老人用小号尖叫了一声，把这“呜”声骤然中止了。

“我要吃蛋糕。”“猫”说。

“我也要吃蛋糕。”莉莉说。

聂风端来了一个他去定做的大蛋糕，奶油上用巧克力挤出几个字：T、S、D。

“懵懂”一看见这个蛋糕就尖叫起来。大家不约而同地往黑板上方看。那个镜框在冷风中摇啊摇，“懵懂”跑过去就想把它摘下来。

“别动。”森森止住她。

“全是它，全是它干的。”

“别动！”森森抓住她的胳膊。

“全是它，全是它干的。”“懵懂”扭着胳膊。

“别去动它！”

“你别管！全是它，全是它干的，全是它干的！”“懵懂”挣开森森的手，咬牙切齿地冲“镜框”跑去，爬上讲台桌，伸手去揪那个“镜框”。

森森在下面一下把讲台桌撤了。“懵懂”从讲台桌上滚下来。她躺在地上，泪流满面。森森扶着她肩膀一个劲儿说：“对不起对不起。为了小个子你别摘它。对不起对不起。”“懵懂”捂住眼睛，让眼泪从指缝里流出来。

二十三

又是一个夏季，作曲系这班学生的毕业典礼快开始了。森森在国际作曲比赛中获奖的事恰在毕业典礼前公布。当那张布告一贴上墙，作曲系全体师生无论在干什么，都跳起来了。连李鸣也从被窝里钻出来，跑到森森琴房打了森森一顿。森森简直不相信这是发生在自己身上的事，他想揪住李鸣问个明白，可李鸣打完他就大笑着溜走了。森森的手心出了一层冷汗，他狠狠揪了揪自己的前额头发，对着在镜子里龇牙咧嘴的脸使劲打了一拳。然后捂着发疼的脸跑出来看布告。等他发现这是事实时，他就跑进琴房，把门锁上了。

李鸣为了森森的作品获奖之事从被窝里钻出来后，就再不打算钻进去了。他把马力的铺盖重新捆好，整整齐齐地和马力的书箱摆在一起。明天就会有人来取它们，这次是真的。但李鸣仍不放心，还是写了个条子在上面：“请你爱护它们。”李鸣坐在马力床上，想起马力最后一次在宿舍的情景。那是假期的前一天，晚上不到九点，马力就钻进被窝。李鸣想叫他起来打扑克，他死活不肯出来。“你放了假有的是时间睡觉。”李鸣隔着被子打他，他还是死活不肯出来。床下放着的全是他要带走的书，从西洋音乐史一直到梅兰芳京剧曲谱。李鸣怀疑他带这么多书回去是否看得完。“你想在这儿把觉睡够，回家去看书？”马力没理他，鼾声大作。李鸣站起来，走到钢琴旁，想用琴声吵醒马力，可脚下又被绊了一下。他低头一看，是马力的另一个书包，那里面又是书，全是精装的总谱和音乐辞典。李鸣把那书包拎起来，一下放在马力身上，然后把所有马力的书包都堆在他身上。现在想起来，李鸣真后悔。那天晚上，李鸣拿书活埋了马力。可马力却是让黄土压死的。但李鸣还是觉得对不起马力。要是他不把书放在马力身上多好。要是他把马力从被窝里叫出来多好。马力，马力。他干吗老睡觉？死亡可不管你醒过多长时间，它叫你接着睡，你就得接着睡。它叫你消失你就得消失，它叫你腐烂你就得腐烂。马力，马力，你干吗老睡觉呢？毕业典礼就要开始了，毕业典礼一结束，大家就各奔东西。李鸣急于想去的就是教室。他想在典礼前去摘下那个功能圈。这是他唯一想带走的东西。他走到教室，新年拉的红纸条还留在那儿。功能圈的镜框还是歪斜着。他登上讲台桌，伸手去取那镜框，突然小个子的话在他耳边响起来：“不，我带不走。”李鸣的手缩回来。他想了想，随后把镜框摆正，掏出手绢擦了擦，跳下讲台桌。

毕业典礼开始时，森森还在琴房里。楼道里空无一人。这个充满噪音的楼道突然静下来，使空气加了分量。森森戴着耳机，好像已经被自己的音响包围了半个世纪了。他越听思路越混乱，越听心情越沉重。一股凉气从他脚下慢慢向上蔓延。他想起孟野；想起“懵懂”冲着功能圈为孟野大哭；想起小个子到处给人暗示；想起李鸣从来不出被窝……所有的人在他眼前掠过，像他的重奏那种粗犷的音响一样搅扰他。他把抽屉打开，用手无目的地翻来翻去。还有一支香烟，可火柴已经没了。有半张总谱纸躺在里面，还够起草一道复调题。他把整个抽屉都抽出来，发现最里面有一盘五年都不曾听过的磁带，封面上写着：《莫扎特朱庇特 C 大调交响乐》。他下意识地关上了自己的音乐，把这盘磁带放进录音机。登时，一种清新而健全、充满了阳光的音响深深地笼罩了他。他感到从未有过的解脱。仿佛置身于一个纯净的圣地，空气中所有混浊不堪的杂物都荡然无存。他欣喜若狂，打开窗户看看清净如玉的天空，伸手去感觉大自然的气流。突然，他哭了。

玉米

毕飞宇

《玉米》是世纪之交中国文学的标志性作品，一代人的生活经历从一个女性成长的瑰丽向往和粗粝困扰中被具体而特别地审美细化。乡野花朵的蓓蕾初绽之美无比迷人，而成熟开放之际的凋零过程又令人无比痛惜。梦想与现实经过漫长的较量，不是顺从，也不是抗争，而是担负，压倒了亭亭玉立的茎叶，而只能做玉米的认命并非就是结局，玉米以及玉米们的命运之上，留下的是永恒的清芬和依然带着花容对他人和未来的企望。

施战军

《人民文学》2001 年 4 期

再往前二十年或三十年，在江苏北部的乡村，一个瘦的、黝黑的孩子，他注视着无边无际的田野，泪水涌上他惊喜的眼睛，我听到他说："玉米。"

一 施桂芳生了小八子

出了月子施桂芳把小八子丢给了大女儿玉米，除了喂奶，施桂芳不带孩子。按理说施桂芳应该把小八子衔在嘴里，整天肉肝心胆的才是。施桂芳没有。坐完了月子施桂芳胖了，人也懒了，看上去松松垮垮的。这种松松垮垮里头有一股子自足，但更多的还是大功告成之后的懈怠。施桂芳喜欢站在家门口，倚住门框，十分安心地嗑着葵花子。施桂芳一只手托着瓜子，一只手挑挑拣拣的，然后捏住，三个指头肉乎乎地翘在那儿，慢慢等候在下巴底下，样子出奇的懒了。施桂芳的懒主要体现在她的站立姿势上，施桂芳只用一只脚站，另一只却要垫到门槛上去，时间久了再把它们换过来。人们不太在意施桂芳的懒，但人一懒看起来就傲慢。人们看不惯的其实正是施桂芳的那股子傲气，她凭什么嗑葵花子也要嗑得那样目中无人？施桂芳过去可不这样。村子里的人都说，桂芳好，一点官太太的架子都没有。施桂芳和人说话的时候总是笑着的，如果正在吃饭，笑起来不方便，那她一定先用眼睛笑。现在看起来过去的十几年施桂芳全是装的，一连生了七个丫头，自己也不好意思了，所以敛着，客客气气的。现在好了，生下了小八子，施桂芳自然有了底气，身上就有了气焰。虽说还是客客气气的，但是客气和客气不一样，施桂芳现在的客气是支部书记式的平易近人。她的男人是村支书，她又不是，她凭什么懒懒散散地平易近人？二婶子的家在巷子的那头，她时常提着丫叉，站在阳光底下翻草。二婶子远远地打量着施桂芳，动不动就是一阵冷笑，心里说，大腿叉了八回才叉出个儿子，还有脸面做出女支书的模样来呢。

施桂芳二十年前从施家桥嫁到王家庄，一共为王连方生下了七个丫头。这里头还不包括掉掉的那三胎。施桂芳有时候说，说不定掉走的那三胎都是男的，怀胎的反应不大同，连舌头上的淡寡也不一样。施桂芳每次说这句话都要带上虚设往事般的侥幸心情，就好像只要保住其中的一个，她就能一劳永逸了。有一次到镇上，施桂芳特地去了一趟医院，镇上的医生倒是同意她的说法，那位戴着眼镜的医生把话说得很科学，一般人是听不出来的，好在施桂芳是个聪明的女人，听出意思来了。简单地说，男胎的确要娇气一些，不容易挂得住，就是挂住了，多少也要见点红。施桂芳听完医生的话，叹了一口气，心里想，男孩子的金贵打肚子里头就这样了。医生的话让施桂芳多少有些释怀，她生不出男孩也不完全是命，医生都说了这个意思了，科学还是要相信一些的。但是施桂芳更多的还是绝望，她望着码头上那位流着鼻涕的小男孩，愣了好大一会儿，十分怅然地转过了身去。

王连方却不信邪。支部书记王连方在县里学过辩证法，知道内因和外因、鸡蛋和石头的关系。关于生男生女，王连方有着极其隐秘的认识。女人只是外因，只是泥地、温度和墒情，关键是男人的种子。好种子才是男孩，种子差了则是丫头。王连方望着他的七个女儿，嘴上不说，骨子里头却是伤了自尊。

男人的自尊一旦受到挫败反而会特别地偏执。王连方开始和自己犟。他下定了决心，决定排除万难去争取胜利。儿子一定要生。今年不行明年，明年不行后年，后年不行大后年。王连方既不渴望速胜，也不担心绝种。他预备了这场持久战。说到底男人给女人下种也不算特别吃苦的事。相反，施桂芳倒有些恐惧了。刚刚嫁过来的那几年，施桂芳对待房事是半推半就的，这还是没过门的时候她的嫂子告诉她的。嫂子把她嘴里的热气一直哈到施桂芳的耳垂上，告诫桂芳一定要夹着一些，捂着一些，要不然男人会看轻了你，看贱了你。嫂子用那种晓通世故的神秘语气说，要记住桂芳，难啃的骨头才是最香的。嫂子的智慧实际上没有能够派上用场。连着生了几个丫头，事态反过来了，施桂芳不再是半推半就，甚至不是半就半推，确实是怕了。她只能夹着，捂着。夹来捂去的把王连方的火气都弄出来了。那一天晚上王连方给了她两个嘴巴，正面一个，反面一个。“不肯？儿子到现在都没叉出来，还一顿两碗饭的！”王连方的声音那么大，站在窗户的外面也一定能听得见。施桂芳“在床上不肯”，这话传出去就要了命了。光会生丫头，还“不肯”，绝对是丑女多作怪。施桂芳不怕王连方打，就是怕王连方吼。他一吼施桂芳便软了，夹也夹不紧，捂也捂不严。王连方像一个笨拙的赤脚医生，板着脸，拉下施桂芳的裤子就插针头，插进针头就注射种子。施桂芳怕的正是这些种子，一颗一颗地数起来，哪一颗不是丫头？

老天终于在一九七一年开眼了。阴历年刚过，施桂芳生下了小八子。这个阴历年不同寻常，有要求的，老百姓们必须把它过成一个“革命化”的春节。村子里严禁放鞭炮，严禁打扑克。这些严禁令都是王连方在高音喇叭里向全村老少宣布的。什么叫“革命化”的春节，王连方自己也吃不准。吃不准不要紧，关键是做领导的要敢说。新政策就是做领导的脱口而出。王连方站在自家的堂屋里，一手握着麦克风，一手玩弄着扩音器的开关。开关小小的，像一个又硬又亮的感叹号。王连方对着麦克风厉声说：“我们的春节要过得团结、紧张、严肃、活泼。”说完这句话王连方就把亮铿铿的感叹号揿了下去。王连方自己都听出来了，他的话如同感叹号一般，紧张了，严肃了，冬天的野风平添了一股浩荡之气，严厉之气。

二　玉米长大了

初二的下午王连方正在村子里检查春节，他披着旧大衣，手上夹了半截子飞马牌香烟。天气相当地阴冷，巷子里萧索得很，是那种喜庆的日子少有的冷清，只有零星的老人和孩子。男将们不容易看得到，他们一定躲到什么地方赌自己的手气去了。王连方走到王有庆的家门口，站住了，咳了几声，吐出一口痰。王有庆家的窗户慢慢拉开一道缝隙，露出了王有庆老婆的红棉袄。有庆家的面对着巷口，越过天井敞着的大门冲王连方打了一个手势。屋子里的光线太暗，她的手势又快，王连方没看清楚，只能把脑袋侧过去，认真地调查研究。这时候高音喇叭突然响了，传出了王连方母亲的声音，王连方的老母亲掉了牙，主要是过于急促，嗓音里夹杂了极其含混的气声，呼噜呼噜的。高音喇叭喊道："连方啊连方啊，养儿子了哇！家来呀！"王连方歪着脑袋，听到第二遍的时候听明白了。回过头去再看窗前的红棉袄，有庆家的已经垂下了双肩，脸却靠到了窗棂口，面无表情地望着王连方，看上去有些怨。这是一张好看的脸，红色的立领裹着脖子，对称地竖在下巴底下，像两只巴掌托着，格外地媚气了。高音喇叭里杂七杂八的，听得出王连方的堂屋里挤的都是人。后来唱机上放上了一张唱片，满村子都响起了《大海航行靠舵手》，村里的空气雄赳赳的，昂扬着，还一挺一挺的。有庆家的说："回去吧你，等你呢。"王连方用肩头簸了簸身上的军大衣，兀自笑起来，心里说："妈个巴子的。"

玉米在门口忙进忙出。她的袖口挽得很高，两条胳膊已经冻得青紫了。但是玉米的脸颊红得厉害，有些明亮，发出难以掩饰的光。这样的脸色表明了内心的振奋，却因为用力收住了，又有些说不出来路的害羞，绷在脸上，所以格外地光滑。玉米在忙碌的过程中一直咬着下嘴唇，就好像生下小八子的不是母亲，而是玉米她自己。母亲终于生儿子了，玉米实实在在地替母亲松了一口气，这份喜悦是那样地深入人心，到了贴心贴肺的程度。玉米是母亲的长女，而从实际情况来看，不知不觉已经是母亲的半个姐妹了。事实上，母亲生六丫头玉苗的时候，玉米就给接生婆做下手了，外人终究是有诸多不便的。到了小八子，玉米已经是第三次目睹母亲分娩了。玉米借助于母亲，目睹了女人的全部隐秘。对于一个长女来说，这实在是一份额外的奖励。二丫头玉穗只比玉米小一岁，三丫头玉秀只比玉米小两岁半，然而，说起晓通世事，说起内心的深邃程度，玉穗玉秀比玉米都差了一块。长幼不只是生命的次序，有时候还是生命的深度和宽度。说到底成长是需要机遇的，成长的进度只靠光阴有时候反而难以弥补。

玉米站在天井往阴沟里倒血水，父亲王连方走进来了。今天是一个大喜的日子，王连方以为玉米会和他说话的，至少会看他一眼。玉米还是没有。玉米没穿棉袄，只穿了一件薄薄的白线衫，小了一些，胸脯鼓鼓的，到了小腰那儿又有力地收了回去，腰身全出来了。王连方望着玉米的腰身和青紫的胳膊，意外地发现玉米已经长大了。玉米平时和父亲不说话，一句话都不说。个中的原委王连方猜得出，可能还是王连方和女人的那些事。王连方睡女人是多了一些，但是施桂芳并没有说过什么，和那些女人一样有说有笑的，有几个女人还和过去一样喊施桂芳嫂子呢。玉米不同。她嘴上也不说什么，背地里却有了出手。这还是那些女人在枕头边上告诉王连方的。好几年前了，第一个和王连方说起这件事的是张富广的老婆，还是个新媳妇。富广家的说："往后我们还是轻手轻脚的吧，玉米全知道了。"王连方说："她知道个屁，才多大。"富广家的说："她知道，我知道的。"

富广家的没有嚼蛆，前两天她和几个女的坐在槐树底下纳鞋底，玉米过来了。玉米一过来富广家的脸突然红了。富广家的瞥了玉米一眼，目光躲开了。再看玉米的时候玉米还是看着她，一直看着她。就那么盯着。从头到脚，又从脚到头。旁若无人，镇定得很。那一年玉米才十四岁。王连方不相信。但是没过几个月，王大仁的老婆吓了王连方一大跳。那一天王连方刚刚上了王大仁老婆的身，大仁家的用两只胳膊把脸遮住了，身子不要命地往上拱，说："支书，你用劲，快弄完。"王连方还没有进入状态，稀里糊涂的，草草败了。大仁家的低着头，极慌张地擦换，什么也不说。王连方叉住她的下巴，再问，大仁家的跪着说："玉米马上来踢毽子了。"王连方眨巴着眼睛，这一回相信了。但是一回到家，玉米一脸无知，王连方反而不知道从哪儿说起了。玉米从那个时候开始不再和父亲说话了。王连方想，不说话也好，总不能多了一个蚊子就不睡觉。然而今天，在王连方喜得贵子的时刻，玉米不动声色地显示了她的存在与意义。这一显示便是一个标志，玉米大了。

王连方的老母垂着两条胳膊，还在抖动她的下嘴唇。她上了岁数，下嘴唇耷拉在那儿，现在光会抖。喜从天降对年老的女人来说是一种折磨，她们的表情往往很僵，很难将心里的内容准确及时地反映到脸上。王连方的老爹则沉稳得多，他选择了一种平心静气的方式，慢慢地吸着烟锅。这位当年的治保主任到底见过一些世面，反而知道在喜上心头的时刻不怒自威。

"回来啦？"老爹说。

"回来了。"王连方说。

"起个名吧。"

王连方在回家的路上打过腹稿，随即说："是我们家的小八子，就叫王八路吧。”

老爹说：“八路可以，王八不行。”

王连方忙说：“那就叫王红兵。”

老爹没有再说什么。这是老家长的风格。老家长们习惯于用沉默来表示赞许。

三 玉米的心事

接生婆又在产房里高声喊玉米的名字了。玉米丢下水盆，小跑着进了西厢房。王连方看着玉米的背影，她在小跑的过程中已经知道将两边的胳肢窝夹紧了，而辫子在她的后背却格外地生动。这么多年来王连方光顾了四处莳弄，四处播种，再也没有留意过玉米，玉米其实也到了谈婚论嫁的岁数了。玉米的事其实是拖下来的，王连方是支书，到底不是一般的人家，不大有人敢攀这样的高枝。就是媒婆们见到玉米通常也是绕了过去。皇帝的女儿不愁嫁，哪一个精明的媒婆能忘得了这句话。玉米这样的家境，这样的模样，两条胳膊随便一张就是两只凤凰的翅膀。

农民的冬天并不清闲。用了一年的水车、槽桶、农船、丫叉、铁锹、钉耙、连枷、板锨，都要关照了。该修的要修，该补的要补，该淬火的要淬火，该上桐油的要上桐油。这些都是事，没有一件落得下来。最吃力气、最要紧的当然还是兴修水利。毛泽东主席都说了，水利是农业的命脉。主席做过农民，他老人家要是不到北京去，一定还是个好把式。主席说得对，水、肥、土、种、密、保、管、工，“八字方针”水为先。兴修水利大多选择在冬天，如果摊上一个大工程，农民们恐怕比农忙的时候还要劳累一些。

冬天里还有一件事是不能忘记的，那就是过年。为了给过去的一年做一道总结，也为了给下一个来年讨一个吉祥，再懒散、再劳苦的人家也要把年过得像个样子。家家户户用力地洗、涮、炒花生、炒蚕豆、炒瓜子、爆米花、掸尘、泥墙、划糕、蒸馒头，直到把日子弄得香气缭绕的，还雾气腾腾的。赶上过年了当然又少不了一大堆的人情债、世故账，都要应酬好。所以，到了冬天，主要是腊月和正月，农活是没有了，人反而更忙了。“正月里过年，二月里赌钱，三月里种田”。这句话说得很明白了。农民们真正清闲的日子其实也只是阴历的二月，利用这段清闲的日子走一走亲戚，赌一赌自己的手气。到了阴历的三月，一过了清明，也就是阳历的四月五号，农民们又要向土地讨生活了。别的事再重要、再复杂，但农民的日子终究在泥底下，开了春你得把它翻过来，这样才过得下去。城里的人喜欢伤叹“春日苦短”，那里的意思要文化得多，心情里修饰的成分也多得多。农民们说这句话可是实打实的，说的就是这二三十天。春天里这二三十天的好时光实在是太短暂了，连伤叹的工夫都没有。

整个二月玉米几乎没有出门，她在替她的母亲照料小八子。没有谁逼迫玉米，带小八子完全出于玉米的自愿。玉米是一个十分讷言的姑娘，心却细得很，主要体现在顾家这一点上，最主要的一点又表现在好强上。玉米任劳，却不任怨，她绝对不能答应谁家比自家过得强。可是家里没有香火，到底是他们家的话把子。玉米是一个姑娘家，不好在这件事情上多说什么，但在心里头还是替母亲担忧着，牵挂着。现在好了，他们家也有小八子了，当然就不会留下什么缺陷和把柄了。玉米主动把小八子揽了过来，替母亲把劳累全包了，不声不响的，一举一动都显得专心致志。玉米在带孩子方面有些天赋，一上来就无师自通，没过几天已经把小八子抱得很像那么一回事了。她把小八子的秃脑袋放在自己的胳膊弯里，一边抖动，一边哼唧。开始还有些害羞，一些动作一下子做不出来，但害羞是多种多样的，有时候令人懊恼，有时候却又不了，反而叫人特别地自豪。玉米抱着小八子，专门往妇女们中间钻，而说话的对象大多是一些年轻的母亲。玉米和她们探讨，交流一些心得，诸如孩子打奶嗝之后的注意事项，婴儿大便的颜色，什么样的神态代表了什么样的需求，就这些，很琐碎，很细枝末节，却又十分地重大，相当地愉悦人心。抱得久了，玉米抱孩子的姿势和说话的语气再也不像一个大姐了。她抱得那样妥帖，又稳又让人放心，还那么忘我，表现出一种切肤的、扯拽着心窝子的情态。一句话，玉米通身洋溢的都是一个小母亲的气质。而“我们”小八子似乎也把大姐搞错了，只要喝足了，并不贪恋施桂芳。他漆黑的眼珠子总是对着玉米，毫无意义，却又全神贯注，盯着她。

玉米和“我们”小八子对视着，时间久了，平白无故地陷入了恍惚，憧憬起自己的终身大事。玉米习惯于利用这样的间隙走走神，黑灯瞎火地谋划一下自己的将来。这是身不由己的。玉米至今没有婆家，村子里倒是有几个不错的小伙子，玉米当然不可能看上他们。但是他们和别的姑娘有说有笑，玉米一掺和进来，他们便局促了，眼珠子像受了惊吓的鱼，在眼眶子里头四处逃窜。这样的情形让玉米多少有些寥落。老人说，门槛高有门槛高的好，门槛高也有门槛高的坏，玉米相信的。村子里和玉米差不多大的姑娘已经“说出去”好几个了，她们时常背着人，拿着鞋样子为未来的男人剪鞋底。玉米看在眼里，并不笑话她们，习惯性地偷看几眼鞋底，依照鞋底的长宽估算一下小伙子的高矮程度。这样的心思在玉米的这一头实在有点情不自禁。好在她们在玉米的面前并不骄傲，反而当了玉米的面自卑了。她们说：“我们也就这样了，还不知道玉米会找怎样好的人家呢。”玉米听了这样的话当然高兴，私下里相信自己的前程更要好些。但终究没有落到实处，那份高兴就难免虚空，有点像水底下的竹篮子，一旦提出水面都是洞洞眼眼的了。这样的时候玉米的心中不免多了几缕伤怀，绕过来绕过去的。好在玉米并不着急，也就是想想。瞎心思总归是有酸有甜的。

四　长女持家

不过母亲越来越懒了。施桂芳生孩子一定是生伤了，心气全趴下了。她把小八子交给玉米也就算了，再怎么说也不该把一个家都交给玉米。女人活着为了什么？还不就是持家。一个女人如果连持家的权利都不要了，绝对是一只臭鸡蛋，彻底地散了黄了。玉米倒没有抱怨母亲，相反，很愿意。做姑娘的时候早早学会了带孩子、持家，将来有了对象，过了门，圆了房，清早一起床就是一个利索的新媳妇、好媳妇，再也不要低了头，从眼眶的角落偷偷地打量婆婆的脸色了。

玉米愿意这样还有另外一层意思，玉穗、玉秀、玉英、玉叶、玉苗、玉秧，平时虽说喊她姐姐，究竟不服她。老二玉穗有些憨，不说她。关键是老三玉秀。玉秀仗着自己聪明，又会笼络人心，不管是在家里还是在村子上，势力已经有一些了。还有一点相当要紧，玉秀有两只双眼皮的大眼睛，皮肤也好，人漂亮，还狐狸精，屁大的委屈都要歪在父亲的胸前发嗲，玉米是做不出来的，所以父亲偏着她。但是现在不同，玉米带着小八子，还持起了家，不管管她们绝对不行了。母亲不撒手则罢，母亲既然已经撒了手了，玉米是老大，年纪最大，放到哪里说都是这样。

玉米的第一次掌权是在中午的饭桌上。玉米并没有持家的权利，但是，权利就这样，你只要把它握在手上，捏出汗来，权利会长出五根手指，一用劲就是一只拳头。父亲到公社开会了，玉米选择这样的时机应当说很有眼光了。玉米在上午把母亲的葵花子炒好了，吃饭之前也提好了洗碗水。玉米不声不响的，心里头却有了十分周密的谋划。家里人多，过去每一次吃饭母亲都要不停地催促，要不然太拖拉，难收拾，也难免鸡飞狗跳。玉米决定效仿母亲，一切从饭桌上开始。

中饭到了临了，玉米侧过脸去对母亲说："妈，你快点，葵花子我给你炒好了，放在碗柜里。"玉米交代完了，用筷子敲着手上的碗边，大声说："你们都快点，我要洗碗的，各人都快一点。"母亲过去也是这样一边敲打碗边一边大声说话的。玉米的话产生了效应，饭桌上扒饭的动静果真紧密了。玉秀没有呼应。咀嚼的样子反而慢了，骄傲得很，漂亮得很。玉米把七丫头玉秧抱过来，接过玉秧的碗筷，喂她。喂了两口，玉米说："玉秀，你是不是想洗碗？"玉米说这话的时候并没有抬头，话说得也相当平静，但是，有了威胁的力量。玉秀停止了咀嚼，四下看了看，突然搁下饭碗，说："等爸爸回来！"玉米并没有慌张。她把玉秧的饭喂好了，开始收拾。玉米端起玉秀的饭碗，把玉秀剩下的饭菜倒进了狗食盆。玉秀退到西厢房的房门口，无声地望着玉米。玉秀依旧很骄傲，不过，几个妹妹都看得出，玉秀姐脸上的骄傲不对称了，绝对不如刚才好看。

玉秀在晚饭的饭桌上并没有和玉米抗争，只是不和玉米说话。好在玉米从她喝粥的速度上已经估摸出玉秀的基本态度了。玉秀自然是不甘心，开始了节外生枝。她用筷子惹事，很快和四丫头玉英的筷子打了起来。玉米没有过问，心里却有了底了，一个人如果开始了节外生枝，大方向首先就不对头，说明她已经不行了，泄气了，喊喊冤罢了。玉英的年岁虽然小，并不示弱，一把把玉秀的筷子打在了地上。玉米放下手里的碗筷，替玉秀捡起筷子，放在自己的碗里，用粥搅和干净，递到玉秀的手上，小声告诫的却是玉英："玉英，不许和三姐闹。"玉米当着所有妹妹的面把玉秀叫作"三姐"，口气相当地珍重，很上规矩。玉秀得到了安抚，脸上又漂亮了。这一来委屈的自然是玉英。玉米知道玉英委屈，但是怪不得别人，在两强相争寻找平衡的阶段，委屈必然要落到另一些人的头上。

玉秀第一个吃完了。玉米用余光全看在眼里。狐狸精的气焰这一回彻底下去了。不要看狐狸精猖獗，狐狸精有狐狸精的软肋。狐狸精一是懒，二是喜欢欺负比她弱的人，这两点你都顺了她，她反而格外地听话了。所有的狐狸精全一个样。玉米要的其实只是听话。听了一次，就有两次，有了两次，就有三次。三次以后，她也就习惯了，自然了。所以第一次听话是最最要紧的。权利就是在别人听话的时候产生的，又通过要求别人听话而显示出来。放倒了玉秀，玉米意识到自己开始持家了，洗碗的时候就有一点喜上心头，当然，绝不会喜上眉梢的。心里的事发展到了脸上，那就不好了。

五　玉米的无声通告

阴历的二月，也就是阳历的三月，玉米瘦去了一圈。她抱着王红兵四处转悠了。

王红兵也就是小八子，但是，当着外人，玉米从来不说“小八子”，只说“王红兵”。村子里的男孩一般都不用大号，大号是学名，只有到了课堂上才会被老师们使用。玉米把没有牙齿的小弟弟说得有名有姓的，这一来特别地慎重、正规，和别人家的孩子区分开来了，有了不可相提并论的意思。玉米抱着王红兵的时候，说话的腔调和脸上的神色已经是一个老到的母亲了。其实也不是什么无师自通，都是她在巷口、地头、打谷场上从小嫂子们身上学来的。玉米是一个有心的人，不论什么事都是心里头先会了，然后才落实到手上。但是，玉米毕竟还是姑娘家，她的身上并没有小嫂子们的拉挂、邋遢，抱孩子抱得格外地好看。所以玉米的腔调和神色就不再是模仿而来的，有了玉米的特点，成了玉米的发明与创造。

玉米带孩子的模样给了妇女们极为深刻的印象。她们看到的反而不是玉米抱孩子抱得如何好看，说来说去，还是玉米这丫头懂事早，人好。不过村子里的女人们马上看出了新苗头，玉米抱着王红兵四处转悠，不全是为了带孩子，还有另外一层更要紧的意思。玉米和人说着话，毫不经意地把王红兵抱到有些人的家门口，那些人家的女人肯定是和王连方上过床的。玉米站在他们家的门口，站住了，不走，一站就是好半天。其实是在替她的母亲争回脸上的光。

富广家的显然还没有明白玉米的深刻用意，冒失了，她居然伸出胳膊想把王红兵从玉米的怀里接过去，嘴里还自称“姨娘”，说：“姨娘抱抱嘛，肯不肯吗？”玉米一样和别人说话，不看她，像是没有这个人，手里头抱得更紧了。富广家的拽了两下，有数了，玉米这丫头不会松手的。但是当着这么多的人，又是在自家的门口，富广家的脸上非常下不来。富广家的只好拿起王红兵的一只手，放到嘴边上，做出很香的样子，很好吃的样子。玉米把王红兵的手抢回来，把他的小指头含在嘴里，一根一根地吮干净，转脸吐在富广家的家门口，回过头去呵斥王红兵：“脏不脏！”王红兵笑得一嘴的牙床。富广家的脸却吓白了，又不能说什么。周围的人一肚子的数，当然也不好说什么了。

玉米一家一家地站，其实是一家一家地揭发，一家一家地通告了。谁也别想漏网。那些和王连方睡过的女人一看见玉米的背影禁不住地心惊肉跳，这样的此地无声比用了高音喇叭还要惊心动魄。玉米不说一句话，却一点一点揭开了她们的脸面，活活地丢她的人，现她的眼。这在清白的女人这一边特别的大快人心，还特别的大长志气。她们看在眼里，格外地嫉妒施桂芳，这丫头是让施桂芳生着了！她们回到家里，更加严厉地训斥自己的孩子。她们告诫那些“不中用的东西”：“你看看人家玉米！”“你看看人家玉米”，这里头既有“不怕不识货，就怕货比货”的意思，更有一种树立人生典范的严肃性、迫切性。村子里的女人比以往的任何时候都更喜欢玉米了，她们在收工或上码头的路上时常围在玉米的身边，和玉米一起逗弄王红兵，逗弄完了，总要这样说：“不知道哪个婆婆有福气，能讨上玉米这样的丫头做儿媳。”妇女们羡慕着一个虚无的女人，拐了一个弯子，最终还是把马屁结结实实地拍在玉米的身上。这样的话玉米当然不好随便接过来，并不说什么，而是偷偷看一眼天上，鼻尖都发亮了。

人家玉米已经快有婆家啦！你们还蒙在鼓里呢！玉米的婆家在哪里呢？远在天边，近在眼前，就在七里远外的彭家庄。“那个人”呢，反过来了，近在眼前，却又远在天边。这样的事玉米绝不会随随便便让外人知道的。

六　丫头该有婆家了

春节过后王连方多了一件事，一出去开会便到处托人——玉米是得有个婆家了。丫头越来越大了，留在村子里太不方便。急归急，王连方告诉自己，一般的人家还是不行。女孩子要是下嫁了，委屈了孩子还在其次，丢人现眼的还是父母。依照王连方的意思，还是要按门当户对的准则找一个做官的人家，手里有权，这样的人家体大力不亏。王连方在四周的邻乡倒是打听到几个了。王连方让桂芳给玉米传了话，玉米那头没有一点动静。王连方猜得出，玉米这丫头心气旺得很，有他这样的老子，她对做官人家的男人肯定不放心。后来还是彭家庄的彭支书说话了，他们村子里的箍桶匠家有个小三子。王连方一听到"箍桶匠""小三子"就再也没有接话，不会是什么人高马大的人家。彭支书解释说："就是前年验上飞行员的那个。全县才四个。"王连方咬紧了下嘴唇，"嘶"了一声。这一来不同寻常了。要是有一个飞行员做女婿，他王连方也等于上过一回天了，他王连方随便撒一泡尿其实就是一天的雨了。王连方马上把玉米的相片送到彭支书的手上，彭支书接过照片，说："是个美人嘛。"王连方说："要说最标致，还要数老三。"彭支书默无声息地笑了，说："老三还太小。"

箍桶匠家的小三子把信回到彭支书那边去了。这封信连同他的相片经过王连方、施桂芳的手，最后压在了玉米的枕头底下。小伙子叫彭国梁，在名字上面就已经胜了一筹，因为他是飞行员，所以他用"国家的栋梁"做名字，并不显得假大空，反而有了名副其实的一面，顶着天，又立着地，听上去很不一般。从照片上看，彭国梁的长相不好。瘦，有些老相，滑边眼，眯眯的，眼皮还厚，看不出他的眼睛有什么本领，居然在天上还认得回家的路。嘴唇是紧抿的，因为过于努力，反而把门牙前倾这个毛病突现出来了，尽管是正面像，还是能看出拱嘴。然而，彭国梁穿着飞行服，相片又是在机场上拍摄的，画面上便有了常人难以想象的英武。彭国梁的身旁有一架银鹰，也就是飞机，衬托在那儿，相当容易激活人的想象力。玉米的心思跨过了彭国梁长相上的不足，心气已经去了大半，自卑了，无端端地自惭形秽。说到底人家是一个上天入地的人哪。

玉米恨不得一口就把这门亲事定下来。彭国梁在信封上写了一个详细到最小单位的地址，意思已经很明确了。玉米知道，她的终身大事现在完全取决于自己的回信了。这件事相当大，不能有半点马虎。玉米原计划到镇上再拍几张相片的，想了一想，彭国梁肯给彭支书回信，说明他对自己的长相已经满意了，没有必要节外生枝。现在的问题就是信本身了。彭国梁的信写得相当含混，口气虽然大，好像自己也不太有底。他只是强调自己“对家乡很有感情”，然后强调他在飞机上“恨不得飞到家乡，看看家乡的人民”，最露骨的一句话也只是表扬了“彭叔叔”，说“彭叔叔看上的人”，他“绝对信得过”。但是，到底没有把话挑破了，更没有完完全全地落实到玉米的身上。所以是不能一上来就由玉米挑破了的。那样太贱。不好。一点不说更不行，彭国梁要是误解了麻烦反而大了，挽回的余地都没有。彭国梁近在眼前，毕竟远在天边。遥远的距离让玉米自豪，到底也是伤神的地方。

玉米的信写得相当低调。玉米想来想去决定采取低调的办法。她简单地介绍了自己，用笔是那种适当的赞许。然而，笔锋一转，玉米说：“我一点点也比（配）不上（你）。你们在天上，天上的先（仙）女才比（配）得上。我没有先（仙）女好，没有先（仙）女好看。”玉米的话说得一点都不失体面。一个人说自己没有仙女好看，毕竟是应该的。信的最后玉米说：“我现在天天看天上，白天看，晚上看。天上是老样子，白天只有太阳，夜里只有月亮。”信写到这儿已经相当抒情了，关键是玉米的胸中凭空涌起万般眷恋，结结实实的，却又空无一物，很韧，很折磨人。玉米望着自己的字，竟难以掩抑，无声地落泪了，心中充满了委屈。玉米想说的话其实不是这些，她多想让彭国梁知道，自己对这一门亲事是多么满意。要是有一个人能替自己说，把彭国梁全说明白了，让彭国梁知道她的心思，那就太好了。玉米封好信，寄了出去。玉米在寄信的时候多了一分心思，她留的是王家庄小学的地址，“高素琴老师转”。信是寄出去了，玉米却活生生地瘦去了一圈。

七　书记王连方的斗争史

有了儿子，王连方的内心松动多了。施桂芳他是不会再碰她的了，攒下来的力气都给了有庆家的。要是细说起来，王连方在外面弄女人的历史复杂而又漫长。第一次是在施桂芳怀上玉米的时候。老婆怀孕对男人来说的确是一件伤脑筋的事。施桂芳刚刚嫁过来的那几十天，两个人都相当地贪，满脑子都是熄灯上床。可是问题立即来了，第二个月桂芳居然不来红了。怎么说好景不长久的呢。桂芳自豪得很，她平躺在床上，两只手护着肚子，拿自己特别地当人，说：“我这是坐上喜，就是的，我知道的，我肯定是坐上喜，就是的。”自豪归自豪，施桂芳并没有忘记给王连方颁布戒严令。施桂芳说："从今天起，我们不了。"王连方在黑暗中板起了面孔。他还以为结了婚了就能够甩开膀子七仰八叉的，原来不是，结婚只是老婆怀孕。施桂芳把王连方的手拉过来，放到自己的肚子上去。王连方无声地叹了一口气，指头却活动得很，在施桂芳的肚子上蠕动。蠕动了几下，手指头全挺起来了，忍不住往下面去。施桂芳抓住王连方的手，用力掐，是那种建功立业之后特有的放肆。王连方很急，却又找不到出路。这种急还不容易忍，你越忍它反而越是急，跳墙的心思都有。

王连方忍了十来天。他再也没有料到自己会有胆量做那样的事，他在大队部居然把女会计摁在了地上，扒开来，睡了。王连方睡她的时候肯定急红了眼了，浑身都绷着力气，脑子里却一片空。相关的细节还是事后回忆起来的。王连方拿起了《红旗》杂志，开始回忆，后怕了。那是中午，他怎么突然起了这份心的？一点过渡都没有。女会计大他十多岁，长他一个辈分，该喊她婶子呢。女会计从地上爬起来，用搌布擦了擦自己，裤子提上来，系好，捋了捋头发，前前后后掸了掸，把搌布锁进了柜子，出去了。她的不动声色太没深没浅了。王连方怕的是出人命。一出人命他这个全公社最年轻的支书肯定当不成了。那天晚上王连方在村子里转到十一点钟，睁大了眼睛四处看，竖起了耳朵到处听。

第二天他一大早就到大队部去了，把所有的屋梁都看了一遍，没有尸体挂在上面。还是不放心。大队部陆续来了一些人，到了九点多钟，女会计进门了，一进门客客气气的，眼皮并不红肿。王连方的心到了这个时候才算放下了，发了一圈香烟，开始了说笑。后来女会计走到了他的身边，递过一本账本，指头下面却压着一张纸条。小纸条说："你出来，我有话说给你。"因为是写在纸上的，王连方听不出话里话外的语气，一点好歹都没有，刚刚放下来的心又一次提上去了，还咕咚咕咚的。王连方看着女会计出门，又隔着窗棂远远地看着女会计回家去了。王连方很不安。熬了十几分钟，很严肃地从抽屉里取出《红旗》，摊开来，拉长了脸用指头敲了几下桌面，示意人们学习，出去了。

王连方一个人来到了会计家。王连方作为男人的一生其实正是从走进会计家的那一刻开始的。作为一个男人，他还嫩。女会计辅导着他，指引着他。王连方进入了前所未有的好光景，他算什么结了婚的男人？这里头绪多了。王连方和女会计开始了斗争，这斗争是漫长的，艰苦卓绝的，你死我活的，危机四伏的，最后却又是起死回生的。王连方迅速地成长了起来，女会计后来已经不能辅导了。她的脸色和声音都很惨。王连方听到了身体内部的坍塌声、撕裂声。

在斗争中，王连方最主要的收获是锻炼了胆量。他其实不需要害怕。怕什么呢？没有什么需要害怕的嘛。就算她们不愿意，说到底也不会怎么样。女会计在这个问题上倒是批评过王连方，女会计说："不要一上来就拉女人的裤子，就好像人家真的不肯了。"女会计晃动着王连方裆里的东西，看着它，批评它说："你呀，你是谁呀？就算不肯，打狗也要看主人呢，不看僧面看佛面呢。"

长期和复杂的斗争不只是让王连方有了收获，还让王连方看到了意义。王连方到底不同于一般的人，是懂得意义和善于挖掘意义的。王连方不仅要做播种机，还要做宣传队，他要让村里的女人们知道，上床之后连自己都冒进，可见所有的新郎官都冒进了。他们不懂得斗争的深入性和持久性，不懂得所有的斗争都必须进行到底。要是没有王连方，那些婆娘们这一辈子都要蒙在鼓里。

关于王连方的斗争历史，这里头还有一个外部因素不能不涉及。十几年来，王连方的老婆施桂芳一直在怀孕，她一怀孕王连方只能"不了"。施桂芳动不动就要站在一棵树的下面，一手扶着树干，一手捂着腹部，把她不知好歹的干呕声传遍了全村。施桂芳十几年都这样，王连方听都听烦了。施桂芳呕得很丑，她干呕的声音是那样的空洞，没有观点，没有立场咋咋呼呼，肆无忌惮，每一次都那样，所以有了八股腔。这是王连方极其不喜欢的。她的任务是赶紧生下一个儿子，又生不出来。光喊不干，扯他娘的淡。王连方不喜欢听施桂芳的干呕，她一呕王连方就要批评她："又来作报告了。"

八　彭国梁回信了

王连方虽然在家里"不了"，但是并没有迷失了斗争的大方向。在这个问题上施桂芳倒是个明白人，其他的女人有时候反而不明白了。她们要么太拿自己当回事，要么太忸怩。王裕贵的老婆就是一个例子。王连方一共才睡了裕贵家的两回，裕贵家的忸怩了，还眼泪鼻涕的一把。裕贵家的光着屁股，捂着两只早就被人摸过的奶子，说："支书，你都睡过了，你就省省，给我们家裕贵留一点吧。"王连方笑了。她的理论很怪，这是能省下来的么？再说了，你那两只奶子有什么捂头？过门前的奶子是金奶子，过了门的奶子是银奶子，喂过奶的奶子是狗奶子。她还把她的两只狗奶子当作金疙瘩，紧紧地捂在胳膊弯里。很不好。王连方虎下了脸来，说：“随你，反正每年都有新娘嫁过来。”这个女人不行。后来连裕贵想睡她她都不肯，气得裕贵老是揍她。深更半夜的，老是在床上被裕贵揍得鬼叫。王连方不会再管她了。她还想留一点给裕贵，看起来她什么也没有留。

十几年过去了，眼下的王家庄最得王连方欢心的还是有庆家的。除了把握村子里阶级方面的问题，王连方其余的心思全扑在有庆家的身上。十几年了，王连方这一回算是遇上真菩萨了。有庆家的上床之后浑身上下找不到一块骨头，软塌塌地就会放电。王连方这一回绝对遇上真菩萨了。一九七一年的春天，王连方的好事有点像老母猪下崽，一个跟着一个来。先是儿子落了地，后是玉米有了婆家，现在，又有了有庆家的这么一台发电机。

彭国梁回信了。信寄到了王家庄小学，经过高素琴，千里迢迢转到了玉米的手上。玉米接到回信的时候正在学校那边的码头上洗尿布。玉米以往洗尿布都是在自家的码头，现在不同，女孩子的心里一旦有了事，做任何事情都喜欢舍近求远了。玉米弯着身子，搓着那些尿布片。每一片尿布都软软的，很苍白，看上去忧心忡忡。玉米的手上在忙，心里想的其实还是彭国梁的回信。她一直在推测，彭国梁到底会在信上和她说些什么呢？玉米推测不出来。这是让玉米分外伤怀的地方，说到底命运捏在人家的手上，你永远不知道人家究竟会说什么。

高素琴后来过来了，她来汰衣裳。高素琴把木桶支在自己的胯部，顺着码头的石阶一级一级地往下走。她的步子很慢，有股子天知地知的派头。玉米一见到高老师便是一阵心慌，好像高老师捏着她的什么把柄了。高素琴俯视着玉米，只是笑。玉米看见高素琴的笑脸，预感到将要发生什么事。但是高老师光是笑，并不说什么。这一来还是什么事都没有了，相当地惆怅人。玉米也只能赔着笑，还能怎样呢。要是说起来，高老师是玉米最为佩服的一个人了。高老师能说普通话，她在阅读课文的时候，能把教室弄得像一个很大的收音机，她就呆在收音机里头，把普通话一句一句播送到窗户外面。她还能在黑板上进行四则混合运算。玉米曾亲眼看见高老师把很长的题目写在黑板上，中间夹杂了许多加、减、乘、除的标记，还有圆括号和方括号。高老师一个步骤一个步骤地，一连写了七八个等于，结果出来了，是“0”。三姑奶奶说：“高老师怎么教这个东西，忙了半天，屁都没有。”玉米说：“怎么没有呢，不是零嘛。”三姑奶奶说：“你倒说说，零是多少？”玉米说：“零还是有的，就是这样一个结果。”

高老师现在就蹲在玉米的身边，微笑着，脸上的皱纹像一个又一个圆括号和方括号。玉米吃不准高老师的心里在怎样地加、减、乘、除，结果会不会也是“0”呢？

高老师终于说话了。高老师说：“玉米，你怎么这么沉得住气？”玉米一听这话心都快跳出嗓子了。玉米故意装着没有听懂，咽了一口，说：“沉什么气？”高老师微笑着从水里提起衣裳，直起身子，甩了甩手，把大拇指和食指伸进口袋里，捏住一样东西，慢慢拽出来。是一封信。玉米的脸吓得脱去了颜色。高老师说：“我们家小二子不懂事，都拆开了——我可是一个字都没敢看。”高素琴把信递到玉米的面前，信封的确是拆开了。玉米又是惊，又是羞，又是怒。更不知道说什么了。玉米在大腿上一正一反擦了两遍手，接过来，十个指头像长上了羽毛，不停地扑棱。这样的惊喜实在是难以自禁的。但是，这封宝贵的信到底被人拆开了，玉米在惊喜的同时又涌上了一阵彻骨的遗憾。

九　示范性的恋爱

玉米走上岸，背过身去，一遍又一遍地读彭国梁的信。彭国梁称玉米“王玉米同志”，这个称呼太过正规、太过高尚了，玉米其实是不敢当的。玉米第一次被人正经八百地称作“同志”，内心涌起了一股难言的自爱，都近乎神圣了。玉米一看到“同志”这两个字已经喘息了，胸脯顶着前襟，不停地往外鼓。彭国梁后来介绍了他的使命，他的使命就是保卫祖国的蓝天，专门和帝修反做斗争。玉米读到这儿已经站不稳了，幸福得近乎崩溃。天一直在天上，太远了，其实和玉米没有半点关系。现在不同了，“天”和玉米捆绑起来了，成了她的一个部分，在她的心里，蓝蓝的，还越拉越长，越拉越远。她玉米都已经和蓝蓝的天空合在一起了。最让玉米感到震撼的还是“和帝修反做斗争”这句话，轻描淡写的，却又气壮如牛。帝、修、反，这可不是一般的地主富农，它太遥远、太厉害、太高级了，它既在明处，却又深不见底，可以说神秘莫测，你反而不知道他们究竟在哪里了。你听一听，那可是帝、修、反哪！如果没有飞机，就算你顿顿大鱼大肉你也看不见他们在哪儿。

彭国梁的信几乎全是理想和誓言，决心与仇恨。到了结尾的部分，彭国梁突然问：你愿意和我一起，手拉手，和帝修反做斗争吗？玉米好像遭到了一记闷棍，被这记闷棍打傻了。神圣感没有了，一点一点滋长起来的却是儿女情长。开始还点点滴滴的，一下子已经汹涌澎湃了。“手拉手”，这三个字真的是一根棍子，是一根擀面杖，玉米每读一遍都要从她松软的身子上碾过一遍。玉米的身子几乎铺开来，十分被动却又十分心甘情愿地越来越轻、越来越薄。玉米已经没有一点力气了，面色苍白，扶在树干上吃力地喘息。彭国梁终于把话挑破了。这门亲事算是定下来了。玉米流出了热泪。玉米用冰凉的巴掌把滚烫的泪水往两只耳朵的方向抹。但是，抹不干。玉米泪如泉涌。抹干一片立即又潮湿了一片。后来玉米索性不抹了，她知道抹不完的。玉米干脆蹲下身去，把脸埋在肘弯里头，全心全意地往伤心里头哭。

高素琴早就汰好衣裳了。她依旧把木桶架在胯部，站在玉米的身后。高素琴说：“玉米，差不多了，你看看你。”高素琴，向河边努了努嘴，说：“玉米，你看看，你的木桶都漂到哪里去了。”玉米站起来，木桶已经顺水漂出去十几丈远了。玉米看见了，但是视而不见，只是僵在那儿。高素琴说：“快下去追呀，晚了坐飞机都追不上了。”玉米还过神来了，跑到水边，顺着风和波浪的方向追逐而去。

当天晚上玉米的亲事在村子里传开了。人们在私下里说的全是这件事。玉米“找了”一个飞行员，专门和帝修反做斗争的。玉米这样的姑娘能找到一个好婆家，村子里的人是有思想准备的，但是“那个人”是飞行员，还是大大超出了人们的预料。这天晚上，每一个姑娘和每一个小伙的脑子里都有了一架飞机，只有巴掌那么大，在遥远的高空，闪闪发亮，屁股后面还拖了一条长长的气尾巴。这件事太惊人了。只有飞机才能在蓝天上飞翔，你换一只老母猪试试？要不换一头老公牛试试？一只老母猪或一头老公牛无论如何也不能冲上云霄，变得只有巴掌那么大的。想都没法想。那架飞机不仅改变了玉米，肯定也改变了王连方。王连方过去很有势力，说到底只管着地上。现在，天上的事也归王连方管了。王连方公社里有人，县里头有人，如今天上也有人了。人家是够得上的。

玉米的“那个人”在千里之外，这一来玉米的“恋爱”里头就有了千山万水，不同寻常了。这是玉米的恋爱特别感人至深的地方。他们开始通信。信件的来往和面对面的接触到底不同，既是深入细致的，同时又还是授受不亲的。一来一去使他们的关系笼罩了雅致和文化的色彩。不管怎么说，他们的恋爱是白纸黑字，一竖一横，一撇一捺的，这就更令人神往了。在大多数人的眼里，玉米的恋爱才更像恋爱，具有了示范性，却又无从模拟。一句话，玉米的恋爱实在是不可企及。

人们错了。没有人知道玉米现在的心境。玉米真是苦极了。信件现在是玉米的必需，同时也成了玉米没日没夜的焦虑。它是玉米的病。玉米倒是读完初小的，如果村子里有高小、初中，玉米当然也会一直读下去。村子里没有。玉米将将就就只读了小学三年级，正经八百地识字只有两年。过了这么多年，玉米一般地看看还行，写起来就特别地难了。谁知道恋爱不是光“谈”，还是要“写”的呢。彭国梁一封一封地来，玉米当然要一封一封地回。这就难上加难了。玉米是一个多么内向的姑娘，内向的姑娘实际上多长了一双眼睛，专门是向内看的。向内看的眼睛能把自己的内心探照得一清二楚，所有的角落都无微不至。现在的问题是，玉米不能用写字的方式把自己表达在纸上。玉米不能。那么多的字不会写，玉米的每一句话甚至每一个词都是词不达意的。又不好随便问人，这太急人了。玉米只有哭泣。要是彭国梁能在玉米的身边就好了，即使什么也不说，玉米会和他对视，用眼睛告诉他，用手指尖告诉他，甚至，用背影告诉他。玉米现在不能，只能把想象当中见面的场面压回到内心。玉米压抑住自己。她的一腔柔情像满天的月光，铺满了院子，清清楚楚，玉米一伸手地上就会有手的影子。但是，玉米逮不住它们，抓一把，张开来还是五只指头。玉米不能把满天的月光装到信封里去。玉米悄悄偷来了玉叶的《新华字典》，可是这又有什么用？字典就在手头，玉米却不会用它。那些不会写的字全是水里的鱼，你知道它们就在水的下面，可哪一条也不属于你。这是怎样的费心与伤神。玉米敲着自己的头，字呢！字呢？——我怎么就不会多写几个字的呢？写到无能为力的地方，玉米望着纸，望着笔，绝望了，一肚子的话慢慢变成了一脸的泪。她把双手合在胸前，说：“老天爷，可怜可怜我，你可怜可怜我吧！”

十　恋爱被公开了

玉米抱起了王红兵，出去转几圈。家里是不能呆的。一呆在家里她总是忍不住在心里“写信”，玉米恍惚得很，无力得很。“恋爱”到底是个什么东西？玉米想不出头绪。剩下来的只能是在心里头和他说话了，可是，说得再好，又不能写到信上去，反而堵着自己，叫人分外难过。玉米越发不知道怎样好了。玉米就觉得愁得慌，急得慌，堵得慌，累得慌。好在玉米有不同一般的定力，并没有在外人面前流露过什么，人却是一天比一天瘦了。

玉米抱着王红兵来到了张如俊的家门口。如俊家的去年刚生了孩子，又是男孩，所以和玉米相当地谈得来。如俊家的长得很不好，眼睛上头又有毛病，做支书的父亲是不会看上她的。这一点玉米有把握。一个女人和父亲有没有事，什么时候有的事，逃不出玉米的眼睛。如果哪个女人一见到玉米突然客气起来了，反而提醒了玉米，玉米会格外地警惕。那样的客气玉米见多了，既心虚，又巴结，既热情周到，又魂不附体。一边客气还要一边捋头发，做出很热的样子。关键还是眼珠子，会一下子活络起来，什么都想看，什么都不敢看，带着母老鼠的鼠相。玉米想，那你就客气吧，不打自招的下三滥！再客气你还是一个骚货加贱货。对那些骚货加贱货玉米绝不会给半点好脸的。说起来真是可笑，玉米越是不给她们好脸她们越是客气，你越客气玉米越是不肯给你好脸。你不配。个臭婊子。长得好看的女人没有一个好东西，王连方要不是在她们身上伤了元气，妈妈不可能生那么多的丫头。玉秀长得那么漂亮，虽说是嫡亲的姊妹，将来的裤带子也系不紧。

人家如俊家的不一样，虽说长得差了点，可是周正，一举一动都是女人样，做什么事都得体大方，眼珠子从来不躲躲藏藏的，人又不笨，玉米才和她谈得来。玉米对如俊家的特别好还有另外的一层，如俊不姓王，姓张。王家村只有两个姓，一个王姓，一个张姓。玉米听爷爷说起过一次，王家和张家一直仇恨，打过好几回，都死过人。王连方有一次在家里和几个村干部喝酒，说起姓张的，王连方把桌子都拍了。王连方说：“不是两个姓的问题，是两个阶级的问题。”当时玉米就在厨房里烧火，听得清清楚楚。姓王的和姓张的眼下并没有什么大的动静，风平浪静的，看不出什么，但是，毕竟死过人，可见不是一般的鸡毛蒜皮。死去的人总归是仇恨，进了土，会再一次长出仇恨来。表面上再风平浪静，再和风细雨，再一个劲地对着姓王的喊“支书”，姓张的肯定有一股凶猛的劲道掩藏在深处。现在看不见，不等于没有。什么要紧的事要是都能看见，人就不是人了，那是猪狗。所以玉米平时对姓王的只是一般地招呼，而到了姓张的面前，玉米反而用“嫂子”和“大妈”称呼她们了。不是一家子，才要像一家子对待。

玉米抱着王红兵，站在张如俊的院子门口和如俊嫂子说话。如俊家的也抱着孩子，看见玉米过来了，把自己的孩子送进里屋，拿出了板凳，却把王红兵抱过去了。玉米不让，如俊家的说：“换换手，隔锅饭香呢。”玉米坐下了，向远处的巷头睃了几眼。如俊家的看在眼里，知道玉米这些日子肯到她这边来，其实是看中了她家的地段，好等邮递员送信呢。如俊家的并不点破，一个劲地夸耀王红兵。千错万错，夸孩子总是不错。扯了一会儿咸淡，如俊家的发现玉米直起了上身，目光从自己的头顶送了出去。如俊家的知道有人过来了，低了头仔细地听，没听到自行车链条的滚动声，知道不是邮递员，放心了。身后突然响起了一阵哄笑，如俊家的回过头，原来是几个年轻人过来了，他们把脑袋攒在一处，一边看着什么东西一边朝自己的这边来，样子很振奋，像看见了六碗八碟。

慢慢来到了张如俊的家门口，小五子建国抬起了头，突然看见了玉米。小五子招了招手，说：“玉米，你过来，彭国梁来信了。”玉米有些将信将疑，走到他们的面前。小五子一手拿着信封，一手拿着信纸，高高兴兴地递到了玉米的面前。玉米看了一眼，上头全是彭国梁的笔迹。是自己的信。是彭国梁的信。玉米的血冲上了头顶，羞得不知道怎样才好，好像自己被扒光了，被游了好几趟的街。玉米突然大声说：“不要了！”小五子看了一眼玉米的脸色，连忙把信叠好了，装进了信封，再用舌头舔了舔，封好了递过去。玉米一把又把小五子手上的信打在了地上，小五子捡起来，解释说：“是你的，不骗你，是彭国梁写给你的。”玉米抢过来，再一次扔在地上。玉米说：“你们一家都死光！”巷子里僵持住了。玉米平时不这样，人们从来没有发现玉米动过这么大的脾气。事态已经很严重了。

麻子大叔一定听到巷子里的动静，挺了一只指头，走到小五子的面前，捡起信，对着小五子拉下了脸。麻子大叔厉声说：“唾沫怎么行？你看看，又炸口了！”麻子大叔用指头上的饭粒把信重新封好，递到玉米的面前，说：“玉米，这下好了。”玉米说：“他们看过了！”麻子大叔笑了，说：“你兴旺大哥也在部队上，他来信了我还请人念呢。”玉米说不出话了，只是抖。麻子大叔说：“再好的衣裳，上了身还是给人看。”麻子大叔说得在理，笑眯眯的，他一笑滚圆的麻子全成了椭圆的麻子。可是玉米的心碎了。高素琴老师拆过玉米的两封信，玉米关照过彭国梁，往后别再让高素琴转了。这有什么用？难怪最近一些人和自己说话总是怪声怪气的，一些话和信里的内容说得似是而非，玉米还以为自己多心了，看来不是。彭国梁的信总是全村先看了一遍，然后才轮到她玉米。别人的眼睛都长到玉米的肚脐眼上了，衣裳还有什么用？玉米小心掖着的秘密哪里还有一点秘密！麻子大叔宽慰了玉米几句，回去了。玉米的脸上已经了无血色，而两道泪光却格外地亮，在阳光下面像两道长长的刀疤。如俊家的都看在眼里，一下子不知所措，害怕了。连忙侧过身去，莫名其妙地解上衣的纽扣，刚露出自己的奶子，一把把王红兵的小嘴摁了上去。

十一　有庆家的柳粉香

有庆家的是从李明庄嫁过来的。李明庄原来叫柳河庄，一九四八年出了一个烈士，叫李明，后来国家便把柳河庄改成了李明庄。有庆家的姓柳，叫粉香，做姑娘的时候是相当有名气的。主要是嗓子好，能唱，再高的音都爬得上去。嗓子好了，笑起来当然就具有号召力，还有感染力。而她的长相则有另外一些特点，虽说皮肤黑了一些，不算太洋气，但是下巴那儿有一道浅浅的沟，嘴角的右下方还有一颗圆圆的黑痣，这一来她笑起来便有了几分的媚。最关键的是，她的目光不像乡下人那样讷，那样拙，活动得很，左盼右顾的时候带了一股眼风，有些招惹的意思。人们私下说，这是她在宣传队的戏台上落下的毛病。柳粉香微笑的时候先把眼睛闭上，然后，睫毛挑了那么一下，睁开了，侧过脸去接着笑。关于柳粉香的笑，李明庄的人们有个总结，叫作听起来浪，看上去骚，天生就是一个下作的坯子。

柳粉香的名气大，不好的名声当然也跟着大。人们私下说：“这丫头不能惹。”话说得并不确切，反而让人浮想联翩，听上去黏糊得很，有了“母狗不下腰，公狗不上腚”的意思，也许还有摊上谁就是谁的味道。有些话就这样，不说则罢，只要说了，越看反而越像，一刀子能捅死人。不管怎么说，柳粉香是带着身子嫁到王家庄来的，这一点毋庸置疑。眼力老到的女人曾深刻地指出："至少四个月！"屁股在那儿呢。柳粉香肚子里的孩子到底是谁的，不容易弄得清。尖锐的说法是，柳粉香自己也弄不清。那阵子柳粉香在各个公社四处汇演，身子都让男人压扁了。身子扁了下去，肚子却鼓了起来。女人就这样，她们的肚子和她们的嘴巴一样，藏不住事。柳粉香被她的肚子弄得声名狼藉，赔大了。但是王家庄的王有庆却赚了，可以用喜从天降和喜出望外来双倍地形容。柳粉香办婚事的速度比她肚子的成长速度还要快，称得上雷厉风行，真是说时迟，那时快。才听说王有庆刚刚订了婚了，一转眼，柳河庄的柳粉香已经在王家庄变成有庆家的了。柳粉香连一套陪嫁的衣裳都没有捞到，就算王有庆置得起，以她现在的腰身，还浪费布证做什么。

有庆家的并没有把孩子生下来。她结结实实地摔了一跤，当晚见红，当夜小产了。据说，只能是据说了，谁也没有亲眼看见，是她的婆婆"一不小心撞了她的屁股"，把她从桥上推了下去。那还是有庆家的过门不久的日子，有庆家的和她的婆婆一起过桥，两个人在桥上说说笑笑的，像一对嫡亲的母女。快到岸边的时候，婆婆一个趔趄，冲到她的屁股上了。婆婆站稳了，有庆家的却栽了下去，一屁股坐在了河岸上。有庆家的一躺就是一个月，婆婆屋里屋外地伺候，有庆家的还吃了半斤红糖，一只鸡。婆婆对人说："我们家的粉香把小腰闪了。"婆婆真是精明得过了分了，精明的人都有一个毛病，喜欢此地无银。谁还不知道有庆家的躺在床上坐小月子呢。

不过有庆家的说起来也怪，带着身孕过门的，过了门之后却又怀不上了。转眼都快两年了，有庆家的越来越苗条。最先沉不住气的还是婆婆。婆婆相当地怨。她在有庆的面前嘟囔说："我算是看出来了，这丫头当着不着的，是个外勤内懒的货。"有庆听了这话不好交代，委屈得很，但是有庆太老实，只能在床上加倍地刻苦，加倍地努力。然而，忙不出东西。可是有庆他不该在老婆的面前搬弄母亲的话。有庆家的一听到"外勤内懒"这四个字脸都气白了，她认准了是婆婆在嚼舌头。有庆老实巴交的样子，放不出这样阴损毒辣的屁。有庆家的发了脾气，大骂有庆，一字一句却是指桑骂槐而去。有庆家的一不做，二不休，勒令王有庆和寡母分了家。"有她没我，有我没她。"有庆家的把婆婆扫地出门之前留下了一句狠话。"× 老了，别想夹得死人！"其实婆婆说那句话是事出有因的，有庆家的总是生不出孩子，外面的话开始难听了，好多话都是冲着有庆去的。做母亲的怎么说也要偏着儿子，所以才对儿媳有怨气。外面是这样看待有庆的："有庆也不像是有种的样子。"

有庆家的心里头其实有一本明细账，她是生不出孩子来了。只不过有庆太死心眼，在床上又是那样地吃苦，不忍心告诉他罢了。她小产的那一次伤得太重，医生已经说得很明白了。有庆家的自己当然也不肯甘心，又连着吃了三四个月的中药，还是没有用。说起中药，有庆家的最怕了。倒不是怕中药的味道，而是别的。按照吃中药的规矩，药渣子要倒到大路的中央去，作践它，让千人踩，万人跨，这样药性才能起作用。有庆家的不想让人知道她在吃药，不想让人知道她有这样的把柄，很小心地瞒着。好在有庆家的在宣传队上宣传过唯物主义，并不迷信，她把药渣子倒进了河里。但是瞒不住，中药的气味太大，比煨了一只老母鸡味道还传得远。只要家里头一熬药，过不了多久，天井的门口肯定会伸头伸脑的，门缝里挤进来的目光绝对比砒霜还要毒。这一来有庆家的不像是吃药了，而像在家做贼，吃药的感觉上便多了一倍的苦。有庆家的后来放弃了，哑巴苦当然是不吃的好。

十二　有庆家的和王连方

有庆家的和王连方的事并不像外面传说的那样。事实上，他们没有事。王连方真正爬上有庆家的身，还是在一九七〇年的冬天。时间并不长。要是细说起来，有庆家的坐完小月子不久就和王连方在路口上认识了。王连方和蔼得很，目光甚至有点慈祥。但是有庆家的只看了他一眼，立即看出王连方的心思来了。有了一官半职的男人喜欢这样，用亲切微笑来表示他想上床。有庆家的对付这样的男人最有心得。她冲王连方很不好意思地笑了笑，知道被他睡是迟早的事，什么也挡不住的。有庆家的心里并不乱，反而提早有了打算。无论如何，这一次她一定要先怀上有庆的孩子，先替有庆把孩子生下来。这一条是基本原则。还有一点不能忘记，既然是迟早的事，迟一步要比早一步好。男人都是贼，进门越容易，走得越是快。有庆家的在这个问题上有教训，历史的经验不能忘。

但是王连方急。有庆家的认识王连方的时间不算长，已经感受到这一点了。他在寻找和创造与她单独见面的机会。不管怎么说，当着外人的面王连方还是不好太冒失。猫都知道等天黑，狗还知道找角落里呢。王连方要是逛到她家的天井里来了，有庆家的热情得很，嗓门扯得像报幕，还到隔壁去讨开水，高声说："王支书来了，看我们呢。"王连方很窝火。但是你不能对人家的热情生气，只能亲切，再加上微笑。有庆家的大大方方的，把一切全做在明处。这和胆小慎为和时刻小心的女人大不相同了，你反而不好下手。你不能像公鸡那样爬上去就摁母鸡的脑袋。王连方有一次都跟她把话说破了，说："有庆这个呆子，我哪一天才享到有庆那样的呆福。"有庆家的心口咯噔了一下，都有点心动了。但是有庆家的装出一脸的没心没肺，嗓子还是那么大，反而把王连方弄得提心吊胆了。

不过有庆家的却拿捏着分寸，决不会让王连方对她绝望。王连方要是对你绝望了，到头来你一定比他更绝望。有庆家的知道自己，懒。懒的人必须有靠山，没靠山只能是等死了。那一回生产队长已经摊派有庆家的沤肥去了。沤肥是一个又脏又累的活儿，工分又低。生产队长这样摊派有庆家的，显然是给她颜色了。有庆家的扛着钉耙，夹在男人堆里一路说说笑笑地向田里去。迎面却走来了王连方，一起招呼过了，走出去十来步，有庆家的却回过身，来到王连方的面前。她把王连方衣领上的头皮屑掸干净，随后扯出一根线头。有庆家的没有用手，而是把脸俯上去，用牙齿咬住了，咬断，在舌尖上打成结，很波俏地吐了出去。有庆家的小声说："死样子，一点不像支书，替我沤肥去！"有庆家的没头没脑地丢下这句话，王连方被弄得魂不守舍，幸福得两眼茫茫。有庆家的当然没有和那些男人一起沤肥，她只是在地头站了一会儿，把绿格子方巾从头顶上摘下来，窝在手里头，说"不行"，说她得"先回去"。有庆家的当着队长的面扛上钉耙打道回府了。屁股一扭一扭的，像拖拉机上的两只后轮。没有人敢拦她。谁知道她什么"不行"了呢？谁知道她"先回去"干什么呢？

到了一九七〇年的冬天，有庆家的对自己彻底死了心了。她不可能再怀上。有庆似乎也放弃了努力，他忙不出什么头绪来。一赌气，有庆上了水利工地。大中午王连方来了。有庆家的刚刚哭过，想起自己的这一生，慢慢地有了酸楚。她不知道自己错在哪儿，怎么会落到这一步的。有庆家的当初是一个心气多旺的姑娘，风头正健，处处要强，现在却处处不甘，处处难如人意了，越想越觉得没有指望。王连方进门了，背着手，把门反掩上了。人是站在那儿，却好像已经上了床了。有庆家的并没有吃惊，立起身，心里想，他也不容易了，又不缺女人，惦记着自己这么久，对自己多少有些情意，也难为他了。再说了，作为男人，他到底还是王家庄最顺眼的，衣有衣样，鞋有鞋样，说出来的话一字一句都往人心里去，牙也干净，肯定是天天刷牙的。有庆家的这么一想，两只肩头松了下去，望着王连方，凄凉得很。眼泪无声地溢了出来。有庆家的慢慢转过身，走进屋里，侧着身子缓缓地拿屁股找床沿，揿下头，脖子拉得长长的，一颗一颗地解。解完了，有庆家的抬起头，说："上来吧。"

有庆家的到底是有庆家的，见过世面，不惧王连方。就凭这一点在床上就强出了其他女人。王连方最大的特点是所有的人都怕他。他喜欢人家怕他，不是嘴上怕，而是心底里怕。你要是咽不下去，王连方有王连方的办法，直到你真心害怕为止。但是让人害怕的副作用在床上表现出来了。那些女人上了床要不筛糠，要不就像死鱼一样躺着，不敢动，胳膊腿都收得紧紧的，好像王连方是杀猪匠，寡味得很。没想到有庆家的不怕，关键是，有庆家的自己也喜欢床上的事。有庆家的一上床便体现出她的主观能动性，要风就是风，要雨就是雨。没人敢做的动作她敢做，没人敢说的话她说得出，整个过程都惊天动地。做完了，还侧卧在那儿安安静静地流一会儿眼泪，特别地招人怜爱，特别地开人胃口。这些都是别别窍的地方。王连方一下子喜欢上这块肉了。王连方胃口大开，好上了这一口。

十三　玉米最恨之入骨的女人

这一回王连方算是累坏了，最后趴在了有庆家的身上，睡了一小觉。醒来的时候在有庆家的腮帮子上留下了一摊口水。王连方拖过上衣，掏出小瓶子来，倒出一只白色的小药片。有庆家的看了一眼，心里想，准备工作倒是做得细，真是不打无准备之仗呢。王连方笑笑，说："乖，吃一个，别弄出麻烦来。"有庆家的说："凭什么我吃？我就是要给王家庄生一个小支书——你自己吃。"从来没有人敢对王连方说这样的话，王连方又笑，说："个要死的东西。"有庆家的歪过了脑袋。不吃。无声地命令王连方吃。王连方看了看，很无奈，吃了一颗。有庆家的也吃了一颗。王连方看了看有庆家的，把药片吐出来了，放在了手上。接着笑。有庆家的抿了嘴，也是无声地笑，慢慢把嘴唇咧开，两排门牙的中间咬着一颗小白片。王连方很幸福地生气了，是那种做了长辈的男人才有的懊恼，说："一天到晚和我闹。"赌气吃下去一颗，张开嘴，给她普查。有庆家的用舌尖把小白片舔进去，喉头滚动了一下，吐出长长的舌头，伸到王连方的面前，也让他普查。她的舌头红红的，尖尖的，像扒了皮的小狐狸，又顽皮又乖巧，挑逗得厉害。王连方很孟浪地搂住了有庆家的，一口咬住了。有庆家的抖了一下，小药瓶已经给打翻在地，碎了，白花花地散了一屋子，像夏夜的星斗。两个人都吓得不轻，有庆家的说："才好。"王连方急吼吼的，却又开始了。有庆家的吐出嘴里的药片，心里想，我就不用吃它了，这辈子没那个福分了。这个突发的念头让有庆家的特别地心酸。是那种既对不起自己又对不起别人的酸楚。但是有庆家的立即赶走了这个念头，呼应了王连方。有庆家的一把勾紧了王连方的脖子，上身都悬空了，她对着王连方的耳朵，哀求说："连方，疼疼我！"王连方说："我在疼。"有庆家的流出了眼泪，说："你疼疼我吧！"王连方说："我在疼。"他们一直重复这句话，有庆家的已经泣不成声了，直到嘴里的字再也连不成句子。王连方快活得差一点发疯。

王连方尝到了甜头，像一个死心眼的驴，一心一意围着有庆家的这块磨。有庆在水利工地，正是一寸光阴一寸金，寸金难买寸光阴。可是有些事情还真是人算不如天算，那一天中午偏偏出了意外，有庆居然回来了。有庆推开房门，他的老婆赤条条的，一条腿架在床框上，一条腿搁在马桶的盖子上，而王连方也是赤条条的，站在地上，身子紧贴着自己的老婆，气焰十分地嚣张。有庆立在门口，脑子转不过来，就那么看着，呆在那儿。王连方停止了动作，回过头，看了一眼有庆。王连方说："有庆哪，你在外头歇会儿，这边快了，就好了。"

有庆转身就走。王连方出门的时候房门、屋门和天井的大门都开在那儿。王连方一边往外走一边把门带上。王连方对自己说："这个有庆哪，门都不晓得带上。"

玉米现在的主攻目标是柳粉香，也就是有庆家的。有庆家的现在成了玉米的头号天敌。这个女人实在不像话了，把王连方弄得像新郎官似的，天天刮胡子，一出门还梳头。王连方在家里几乎都不和施桂芳说话了，他看施桂芳的眼神玉米看了都禁不住发冷。施桂芳天天在家门口嗑葵花子，而从骨子里看，施桂芳已经不是这个家的人了。在王连方的那一边，施桂芳一生下小八子这个世上就没有施桂芳这么一个人了。王连方有时候都在有庆家的那边过夜了。玉米替母亲寒心。但是这样的状况玉米只能看在眼里，不可以随便说。这一切都因为什么？就因为有了那只骚狐狸！这一切全是骚狐狸一手做的鬼！玉米对有庆家的已经不是一般的恨了。

关于有庆家的，玉米的感觉相当复杂。恨是恨，但还不只是恨。这个女人的身上的确有股子不同寻常的劲道。是村子里没有的，是其他的女人难以具备的。你能看得出来，但是你说不出来。就连王连方在她的面前都难免流露出贱相。这是她出众的地方、高人一头的地方。最气人的其实也正是这个地方。比方说，她说话的腔调或微笑的模样，村子里已经有不少姑娘慢慢地像她了。谁也不会点破，谁也不会提起。这里头无疑都是她的力量。也就是说，每个人的心里其实都有一个柳粉香。而男人们虽说在嘴上作践她，心里头到底喜欢，一和她说话嗓子都不对，老婆骂了也没用，不过夜的。玉米嘴上不说，心里还是特别地嫉妒她。这是玉米恨之入骨的最大缘由。

十四　彭国梁要来相亲

玉米一直想把王红兵抱到她的家门口去，但是有庆家的并没有躲躲藏藏的，她和王连方的事都做在明处，还敢和王连方站在巷口说话，那样做就没什么意思了。这个女人的脸皮太厚，小来来羞辱不了她。不过玉米还是去了。玉米想，你生不出孩子，总是你的短处。你哪里疼我偏偏要往哪里戳。玉米抱上王红兵，慢悠悠地来到有庆家的门口。一起跟过来很多人。一些是无意的，一些是有意的。她们的神情相当紧张，又有些振奋。有庆家的看见玉米来了，并没有把门关上，而是大大方方地出来了。她的脸上并没有故作镇定，因为她的确很镇定。她马上站到这边和大家一起说话了。玉米不看她。她也不看玉米。甚至没有偷偷地睃玉米一眼。还是玉米忍不住偷偷瞄她了。玉米还没有开口，有庆家的已经和别人谈论起王红兵了。主要是王红兵的长相。有庆家的认为，王红兵的嘴巴主要还是像施桂芳，如果像王连方反而更好。她对王连方嘴巴的赞美是溢于言表的。不过长大了会好一点，有庆家的说，男孩子小时候像妈，到了岁数骨架子出来了，最终还是像老子。玉米都有点听不下去了。而王红兵的耳朵也有问题，有些招风。其实王红兵不招风，反而是有庆家的自己有点招风。玉米侧过身，看着她，毫不客气地对着她的脸说："也不照照！"玉米的出手很重了，换了别的女人一定会惭愧得不成样子，笑得会比哭还难看。但是有庆家的没听见。话一出口玉米已经意识到上了这个女人的当了，是自己首先和她说话的。

有庆家的还是不看她，和别人慢慢拉呱。这一回说的是玉米，反而像说别人。有庆家的说："玉米这样漂亮的女孩子，就是嘴巴不饶人。"有庆家的没有说"漂亮的丫头""漂亮的姑娘"，而是说"漂亮的女孩子"，非常的文雅，听上去玉米绝对是鸡窝里飞出的金凤凰。她的话锋一转，却帮着玉米说话了，她说："我要是玉米我也是这个样子。"她很认真地说了这句话。玉米没法再说什么了，反而觉得自己厉害得不讲方寸，像个泼妇了。而她偏偏就说玉米漂亮，她这么一说其实已经是定论了。有庆家的又和别人一起评价起玉秀的长相了，有庆家的最后说："还是玉米大方。玉米耐看。"口气是一锤子定音的。玉米知道这是在拍自己的马屁，但她的脸上没有一点巴结玉米的神色，都没有看自己，完全是有一说一，有二说二的样子。看来是真心话。玉米其实蛮高兴的，这反而气人。玉米最不能接受的还是这个女人说话的语气，这个女人说起话来就好像她掌握着什么权力，说怎样只能是怎样，不可以讨价。这太气人了。她凭什么？她是什么破烂玩意儿！玉米"哼"了一声，挖苦说："漂亮！"口气里头对"漂亮"进行了无情打击，赋予了"漂亮"无限丰富和无限肮脏的潜台词。都是毁灭性的。玉米说完这句话走人了。这在看客的眼里不免有些寡味。玉米和有庆家的第一次交锋其实没有什么实质性的成绩。充其量也就是平手。不过玉米想，日子长呢，你反正是嫁过来的人。你有庆家的有把柄，你的小拇指永远夹在王家庄的门缝里头。

彭国梁原计划在夏忙的季节回家探亲，他的爷爷却没有等到那个时候，开春后匆匆地咽了气。真是黄泉路上不等人。一份电报过去，彭国梁探亲的日程只好提前。彭国梁已经回到彭家庄了，玉米的这边还没有半点消息。彭国梁没有能够和爷爷见到最后一面，他走进家门的时候爷爷做死人已经做到第三天了。爷爷入了殓，又过了四天，烧好头七，彭国梁摘了孝，传过话来，他要来相亲。

玉米失措得很。这件事是不好怪人家的。彭国梁这个时候回来，本来就是一件意外。问题是，玉米连一件合适的衣裳都没有。玉米打算穿上过年的新衣裳，试了一下，那是加在棉袄上的加褂，上身之后大了一号挂在身上，有点疯疯傻傻的，很不好看。重做吧，还要到镇上扯料子，无论如何来不及了。玉米惆怅得很，心情相当地压抑，老是想哭，但到底心里头是欢喜，一直没哭出来。这反而更压抑了。

十五　家里来了解放军

玉米没有料到有庆家的会把她拦在路口。看上去好像前几天她们一点也没有发生过什么事，都好像没有见过面。有庆家的把玉米叫住，还没等玉米开口，有庆家的先说话了。有庆家的说："玉米，你恨我的吧。"玉米没有料到有庆家的先把话题挑开来，一时嘴更笨了。玉米想，这个女人的脸皮是厚，换了别人把裤子穿在脸上也不敢这样说话。有庆家的说："飞行员快来相亲了，你这身衣裳怎么穿得出去。"玉米盯着有庆家的，想一想，说："你都有人要，我怎么会嫁不出去。"有庆家的显然没想到玉米说出这样的话。这句话打脸了。玉米自己都觉得过分了。但这个女人脸太厚，不这样不足以平民愤。有庆家的从胳肢窝里取下小布包，用方巾裹着，递到玉米的手上。她一定预备了好多话的，但是玉米的话究竟让有庆家的有些乱，一时忘了想说的东西，所以手上的动作分外地快。

有庆家的说："这件衣裳是我在宣传队上报幕时穿的，没用处了。"这个举动大大出乎玉米的意料。有些出格。但是不管她是什么用意，她的东西玉米怎么可能要。玉米没有打开，推了回去。有庆家的说："玉米，做女人的可以心高，却不能气傲，天大的本事也只有嫁人这么一个机会，你要把握好。可别像我。""天大的本事也只有嫁人这么一个机会"，这句话玉米听进耳朵里去了。有庆家的又把包裹塞到玉米的怀里，回头便走。走出去四五步，有庆家的突然回过头，冲着玉米笑。她的眼眶里头早就贮满泪光了，闪闪烁烁的，心碎的样子。"可别像我。"玉米没有想到有庆家的会说这样的话。看起来这个女人并不气盛，没想到她对自己的评价这样低。玉米再也没有料到这个女人心中盘着那样的怨结，差一点心软了。有庆家的这一个回头给了玉米极其疼痛的印象。玉米这一回算是大胜了有庆家的，但是胜得有点寡味，不知道是哪里出了毛病了。玉米站在那儿，望着手里的衣裳，脑子里一直翻卷的都是有庆家的那句话："你要把握好，可别像我。"

玉米想扔了的，但是，毕竟是有庆家的“报幕”时穿的，这件衣裳一下子有了特殊的诱惑。这是一件小开领的春秋衫，收了一点腰身。虽说玉米的体形和有庆家的有点类似，可是玉米还是觉得紧了一些。玉米走到大镜子前，吓了自己一大跳。自己什么时候这样洋气、这样漂亮过？乡下的女孩子大多挑过重担，压得久了，背部会有点弯，含着胸，盆骨那儿却又特别地侉。玉米不同，她的身体很直，又饱满，好衣服一上身自然会格外地挺拔，身体和面料相互依偎，一副体贴谦让又相互帮衬的样子。怎么说人靠衣裳马靠鞍呢。最惊心动魄的还在胸脯的那一把，凸是凸，凹是凹，比不穿衣服还显得起伏，挺在那儿，像是给全村的社员喂奶。柳粉香当年肯定正是那样，挺拔四方，漂亮得不像样子。玉米无法驱散对柳粉香当年的设想，可是，设想到最后，玉米却设想到自己的头上去了。这个念头极其危险了。玉米相当伤感地把衣服脱了下来，正正反反又看了几回。想扔，舍不得。玉米都有点恨自己了，什么事她都狠得下心，为什么在一件衣裳面前她反而软了？玉米想，那就放在那儿，绝对不可以上身。

彭国梁被彭支书领着，来到了玉米家的大门口，施桂芳正站在门框旁边，看见彭支书领着一个当兵的冲着自己的大门走来，心里有数了。她把葵花子放进口袋，做出站相，微笑也预备好了。彭支书来到施桂芳的面前，喊过“嫂子”，彭国梁跨上来一步，立正，“啪”，一个军礼。施桂芳的胳膊一阵乱动，把客人请进了堂屋。施桂芳很欢喜，只是毛脚女婿的军礼让她觉得事态过于重大了，光会赔笑，不会说话了。好在施桂芳是支书的娘子，处惊不乱。她打开广播，对着话筒说：“王连方，请你立即回到家里来，家里来了解放军！请你立即回到家里来，家里来了解放军！”

广播也就是通知。只是一会儿工夫，玉米家的大门口立即挤满了人，男男女女老老少少高高矮矮胖胖瘦瘦的。“解放军”是什么意思，不用多说了。后来王连方过来了，大步流星，一边走一边系下巴底下的风纪扣。人们让开了一条道。王连方来到彭支书的面前，握过手。彭国梁起立，立正，“啪”，再一个军礼。王连方掏出香烟，给了彭支书一根，也给了彭国梁一根。彭国梁再一次起立，立正，“啪”，又一个军礼。彭国梁说：“报告首长，彭国梁不吸烟。”王连方笑起来，说：“好。好。”气氛相当客气，但是有点肃穆，甚至紧张。王连方大声说：“你回来啦？”这句话其实是废话。彭国梁说：“是。”门外围观的人们似乎也受到了感染，他们不说话。他们相当崇拜彭国梁的军礼，他的军礼很帅，行云流水，却又斩钉截铁。

十六　万事开头难

玉米的到来把故事推向了高潮。玉米被人们拖回来了。王红兵早就被女人们抢过去抱走了。人们同样给玉米让开了一道缝隙。这一幕人们盼望已久了。只有这一幕看到了，大伙儿才能够放心。玉米被人拥着，推着两条腿一左一右地在地上走，其实是别人的力量，她的身子几乎后仰了。到了家门口，玉米胆怯了，不走。两个胆子大的闺女把玉米一直推到彭国梁的面前，人们以为彭国梁又要给玉米敬军礼了，没有。四周静悄悄的。彭国梁不仅没有敬礼，甚至没有立正，差不多也没了站相，只是不停地咧嘴，又不停地吃力地抿上。玉米迅速地瞥了一眼彭国梁，看到了他的神情，玉米放心了，但是人已经羞得不成样子。腰那一把像蛇。玉米的脸庞红彤彤的，把眼珠子衬得更黑，亮闪闪地到处躲。可怜极了。门外的人再也没有想到玉米会这样扭捏，一点都不像玉米。他们想，到底还是个姑娘家。门外的人一起哄了几声，高潮过去了，气氛轻松下来了。他们为彭国梁高兴，但主要的还是为了玉米。

王连方来到门口敬烟，是男人都有份儿。王连方最后给张如俊的儿子也敬了一根，如俊的儿子被如俊家的抱在怀里，傻头傻脑的。王连方把香烟夹到他的耳朵上，说："带回去给你老子抽。"人们没有想到王支书这样客气，都说笑话了。门口响起了一阵大笑。气氛相当地好。王连方对着门外掸了掸手，人们散去了。王连方关上门，深深地吸了一口气。

施桂芳安排彭国梁和玉米烧水去了。作为一个过来人，施桂芳知道厨房对于年轻男女的重要意义。初次见面的男女都这样，生疏得很，拘谨得很，两个人一同坐到灶台的后面，一个拉风箱，一个添柴火，炉膛里的火把两个人烤得红红的，慢慢会活络的。施桂芳带上厨房的门，把玉英玉秀她们都哄了出去。这几个丫头不能留在家里，她的七个女儿，除了玉米，别的都是人来疯。

玉米烧火的时候彭国梁给了玉米第二份见面礼。第一份是按照祖传的旧规矩预备的，无非是面料和毛线那一路的东西。彭国梁到底有不同凡俗的地方，另外又准备了一份。一支红管英雄牌铱金笔，一瓶英雄牌蓝黑墨水，一札四十克信笺，二十五只信封，外加领袖的夜光像章一枚。这一份礼物更有了私密性，同时兼备了文化和进步的特征。彭国梁把它们放在风箱上，旁边还有他的军帽。军帽上有一颗红色五角星，鲜红鲜红的，发亮，是闪闪的红星。这几样东西组合在一起，此时无声胜有声了。彭国梁拉着风箱，他的每一个动作都要反映到炉膛里的火苗上。在他做推手的动作时，东倒西歪的火苗立即竖了起来，像一根柱子，相当有支撑力。玉米则把稻草架到那根火柱子上，这一来他们的手脚暗地里有了配合，有了默契，分外地感人。稻草被火钳架到火柱子上去，跳跃了一下，柔软了，透明了，鲜艳了，变成了光与热，两个人的脸庞和胸口都被炉膛里的火苗有节奏地映红了，他们的喘息和胸部的起伏也有了节奏，需要额外地调整与控制。空气烫得很，晃动得很，就好像两个人的头顶分别挂了一颗大太阳，有点烤，但是特别的喜庆，是那种发烫的温馨。就是有点乱，还有一点催人泪下的成分，不时在胸口一进一出的。玉米知道，自己恋爱了。玉米望着火，禁不住流下了热泪。彭国梁显然看见了，还是不说什么，只是掏出了他的手帕，放在玉米的膝盖上。玉米拿起来，没有擦眼泪，却捂住了鼻子。手帕有一股香皂的气味，玉米一闻到这股气味差一点哭出了声音。好在玉米即刻忍住了。泪水却是越忍越多。他们到现在都没有说一句话，没有碰一下手指头。玉米想，这就对了，恋爱就是这样的，无声地坐在一起，有些陌生，但是默契；近在咫尺，却一心一意地向遥远的地方憧憬、缅怀。就是这样的。

玉米望着彭国梁的脚，知道了是四十二码的尺寸。这个不会错。玉米知道了彭国梁所有的尺寸。女孩子的心里一旦有了心上人，眼睛就成了卷尺，目光一拉出去就能量，量完了呼啦一下又能自动收进来。

按照旧规矩，玉米过门以前，彭国梁不能在王家庄这边住下来。但是王连方破字当头，主张移风易俗。王连方发话了，住。王连方实在是喜欢彭国梁在他的院子里进进出出的，总觉得这样一来他的院子里就有了威武之气，特别地无上光荣。施桂芳小声说："还是不妥当。"王连方瞪了施桂芳一眼，极其严肃地指出："形而上学。"

彭国梁在玉米的家里住下了。不过哪里也没有去。除了吃饭和睡觉，几乎都是和玉米呆在了灶台后面。灶台的背后真是一个好地方。是乡村爱情的圣地。玉米和彭国梁已经开始交谈了，玉米有些吃力，因为彭国梁的口音里头已经夹杂了一些普通话了。这是玉米很喜欢的。玉米自己说不来，可是玉米喜欢普通话。夹杂了普通话的交谈无端端地带上了远方的气息，更适合于爱情，是另一种天上人间。炉膛里的火苗一点一点暗淡下去。黑暗轻手轻脚地，笼罩了他们。玉米开始恐惧了，这种恐惧里头又多了一分难言的企盼与焦虑。当爱情第一次被黑暗包裹时，因为不知后事如何，必然会带来万事开头难这样的窘境。两个人都相当地肃穆，就生怕哪儿碰到对方的哪儿。是那种全神贯注的担忧。

十七　终于手拉手了

彭国梁握住了玉米的手。玉米终于和彭国梁“手拉手”了。虽说有些害怕，玉米等待的到底还是这个。玉米的手被彭国梁“拉”着，有了大功告成的满足。玉米在内心的最深处彻底松了一口气。玉米其实也没有拉着，只是伸在那儿，或者说，被彭国梁拽在那儿。彭国梁的手指开始很僵，慢慢地活了，一活过来就显得相当地犟。它们一次又一次地往玉米的手指缝里抠，而每一次似乎又是无功而返的，因为不甘，所以再重来。切肤的举动到底不同一般，玉米的喘息相当困难了。彭国梁突然搂住玉米，把嘴唇贴在了玉米的嘴唇上。彭国梁的举动过于突然，玉米明白过来的时候已经晚了，赶紧把嘴唇紧紧地抿上。玉米想，这一下完蛋了，嘴都让他亲了。但是玉米的身上一下子通了电，人像是浮在了水面上，毫无道理地荡漾起来，失去了重量，只剩下浮力，四面不靠，却又四面包围。玉米企图挣开，但是彭国梁的胳膊把她箍得那样紧，玉米也只好死心了。

玉米相当害怕，却反而特别地放心了。玉米渐渐把持不住了，抿紧的双唇失去了力量，让开了一道缝，冷冷的，禁不住地抖。这股抖动很快传遍全身了，甚至传染给了彭国梁，他们搅在一起抖动，越吻越觉得吻的不是地方，只好闷着头到处找。其实什么也没有找到。自己的嘴唇还在自己的嘴上。这个吻差不多和傍晚一样长，施桂芳突然在天井里喊：“玉米，吃晚饭了哇！”玉米慌忙答应了一声，吻才算停住了。玉米愣了好大一会儿，调息过来了。抿着嘴，无声地笑，就好像他们的举动因为特别地隐蔽，已经神不知鬼不觉了。两个人从稻草堆上站起身，玉米的膝盖软了一下，差一点没站住。玉米捶了捶腿，装着像是腿麻了，心里想，恋爱也是个体力活儿呢。玉米和彭国梁挪到稍亮一点的地方，相互为对方掸草屑。玉米掸得格外仔细，一丝一毫都不肯放过，玉米不能答应彭国梁的军服上有半根草屑。掸完了，玉米从彭国梁的身后把他抱住了，整个人像是贮满了神秘的液体，在体内到处流动，四处岔。人都近乎伤感了。玉米认定自己已经是这个男人的女人了。都被他亲了嘴了，是他的人，是他的女人了。玉米想，都要死了，都已经是"国梁家的"了。

第二天的下午彭国梁突然把手伸进玉米的衣襟。玉米不知道彭国梁想干什么，彭国梁的手已经抚住玉米的乳房了。虽说隔着一层衬衫，玉米还是吓得不轻，觉得自己实在是胆大了。玉米和他僵持了一会儿，但是，彭国梁的手能把飞机开到天上去，还有什么能挡得住？彭国梁的搓揉差点要了玉米的命，玉米搂紧了彭国梁的脖子，几乎是吊在彭国梁的脖子上，透不过气来。可是彭国梁的指头又爬进玉米的衬衫，直接和玉米的乳房肌肤相亲了。玉米立即摁住彭国梁的手，央求说："不能，不能啊。"彭国梁停了一会儿，对着玉米的耳朵说："好玉米，下一次见面还不知道是哪一年呢。"这句话把玉米的心说软了，说酸了。一股悲恸涌冲进了玉米的心窝，无声地汹涌了。玉米失声痛哭。顺着那声痛哭脱口喊了一声"哥哥"。这样的称呼换了平时玉米不可能叫出口，而现在完全是水到渠成了。玉米松开手，说："哥哥，你千万不能不要我。"彭国梁也流下了眼泪，彭国梁说："好妹子，你千万不能不要我。"虽说只是重复了玉米的一句话，但是那句话由彭国梁说出来，伤心的程度上却完全不同了，玉米听了都揪心。玉米直起身，安静地贴了上来。给他。彭国梁撩起玉米的衬衫，玉米圆溜溜的乳房十分光洁地挺在了他的面前。彭国梁含住了玉米的左乳。咸咸的。玉米突然张大了嘴巴，反弓起身子，一把揪紧了彭国梁的头发。

最后的一个夜晚了。第二天的一早彭国梁要回到彭家庄去，而下午他就要踏上返回部队的路。玉米和彭国梁一直吻着，全心全意地抚摸，绝望得不行了。他们的身体紧紧地贴在一起，困苦地扭动。这几天里，彭国梁与玉米所做的事其实就是身体的进攻与防守。玉米算是明白了，恋爱不是由嘴巴来"谈"的，而是两个人的身子"做"出来的，先是手拉手，后是唇对唇，后来发展到胸脯，现在已经是无遮无掩的了。玉米步步为营，彭国梁得寸进尺，玉米再节节退让。说到底玉米还是心甘情愿的。这是怎样的欲罢不能，欲罢不能哪。彭国梁终于提出来了，他要和玉米"那个"。玉米早已是临近晕厥，但是，到了这个节骨眼上，玉米的清醒与坚决却表现出来了。玉米死死按住了彭国梁的手腕。他们的手双双在玉米的腹部痛苦地拉锯。“我难受啊。”彭国梁说。玉米说：“我也难受啊。”“好妹子，你知道吗？”“好哥哥，我怎么能不知道。”彭国梁快崩溃了，玉米也快崩溃了。但是玉米说什么也不能答应。这一道关口她一定要守住。除了这一道关口，玉米什么都没有了。她要想拴住这个男人，一定要给他留下一个想头。玉米抱着彭国梁的脑袋，亲他的头发。玉米说：“哥，你不能恨我。”彭国梁说：“我没有恨你。”玉米说到第二遍的时候已经哭出声音了，玉米说：“哥你千万不能恨我。”彭国梁抬起头，想说什么，最后说：“玉米。”

玉米摇了摇头。

十八　有庆家的怀上了

彭国梁最后给玉米行了一个军礼，走了。他的背影像远去的飞机，万里无云，却杳无踪影。直到彭国梁的身影在土圩子的那头彻底消失，玉米才犯过想来，彭国梁，他走了。刚刚见面了，刚刚认识了，又走了。玉米刚才一直都傻着，现在，胸口一点一点地活动了。动静越来越大，越闹越凶，有了抵挡不住的执拗。但是玉米没有流泪，眼眶里空得很，真的是万里无云。她只是恨自己，后悔得心碎。说什么她也应当答应国梁、给了国梁的。守着那一道关口做什么？白白地留着身子做什么？还能给谁？肉烂在自家的锅里，盛在哪一只碗里还不都一样？“我怎么就那么傻？”玉米问自己，“国梁难受成那样，我为什么要对他守着？”玉米又一次回过头，庄稼是绿的，树是枯的，路是黄的。“我怎么就这么傻。”

有庆家的这两天有点不舒服，说不出来是哪儿，只是闷。只好一件一件地洗衣裳，靠搓洗衣裳来打发光阴。衣裳洗完了，又洗床单，床单洗完了，再洗枕头套。有庆家的还是想洗，连夏天的方口鞋都翻出来了，一左一右地刷。刷好了，有庆家的懒了下来，却又不想动了。这一来更加无聊了。王连方又不在家，彭国梁前脚离开，他后脚就要开会去。他要是在家或许要好一点。有庆家的以往都是这样，再无聊，再郁闷，只要和王连方睡一下，总能顺畅一点。有庆现在不碰她，都不愿意和她在一张床上睡。村里的女人没有一个愿意和她搭讪，有庆家的现在什么都没有，反而只剩下王连方了。有时候有庆家的再偷一个男人的心思都有，但是不敢。王连方的醋劲大得很。有庆家的和别人说几句笑话王连方都要摆脸色。那可是王连方的脸色。你说女人活着为什么？还有什么意思？就剩下床上那么一点乐趣。说到底床上的乐趣也不是女人的，它完全取决于男人在什么时候心血来潮。

有庆家的望着洗好的东西，一大堆，又发愁了。她必须汰一遍。可她实在弯不下腰了。腰酸得很。有庆家的只好打起精神，拿了几件换身的衣裳，来到了码头。刚刚汰好有庆的加褂，有庆家的发现玉米从水泥桥上走了过来。从玉米走路的样子上来看，肯定是刚刚送走了彭国梁。玉米恍惚得很，脸上也脱了色。她行走在桥面上，像墙上的影子，一点重量都没有。玉米也真是好本事，她那样过桥居然没有飘到河里去。有庆家的想，玉米这样不行，会弄出毛病来的。有庆家的爬上岸，守候在水泥桥头。玉米过来了，有庆家的堆上笑，说："走啦？"玉米望着有庆家的，目光像烟那样，风一吹都能拐弯。玉米冷得很，不过总算给了有庆家的一点面子，她对着有庆家的点一下头，过去了。有庆家的一心想宽慰玉米几句，但是玉米显然没有心思领她的这份情。有庆家的一个人侧在那儿，瞅着玉米的背影，她的背影像一个晃动的黑窟窿。有庆家的慢慢失神了，对自己说，你还想安慰人家，再怎么说，人家有飞行员做女婿——离别的伤心再咬人，说到底也是女人的一分成绩，一分运气，是女人别样的福。你有什么？你就省下这份心吧，歇歇吧，拉倒吧你。

玉米离开之后有庆家的跑到猪圈的后面，弯下身子一顿狂呕。汤汤水水的，竟比早上吃下去的还要多。有庆家的贴在猪圈的墙上，睁开眼，眼睫挂了细碎的泪。有庆家的想，看来还是病了，不该这么恶心。这么一想有庆家的反而想起来了，这两天这么不舒服，其实正是想吐。有庆家的弯下腰，又呕出一嘴的苦。有庆家的闭上眼，兀自笑了笑，心里说，个破烂货，你还弄得像怀上小支书似的。这句作践自己的话却把有庆家的说醒了，两个多月了，她的亲戚还真是没有来过，只不过没敢往那上头想罢了。转一想，有庆家的却又笑了，挖苦自己说，拉倒吧你，你还真是一个外勤内懒的货不成。

医生说，是。有庆家的说，这怎么可能。医生笑了，说你这个女的少有，这要问你们家男人。有庆家的又推算了一次日子，那个月有庆在水利工地上呢。有庆家的眼睛直了，有庆再木咕，但终究不是二憨子，这件事瞒得过天，瞒得过地，最终瞒不过有庆。要还是不要。有庆家的必须给自己拿主张。

有庆家的炒了一碗蛋炒饭，看着有庆吃下去。掩好门，顺手从门后拿起了捣衣棒。有庆家的把捣衣棒放在桌面上。有庆家的说：“有庆，我能怀的。”有庆还在扒饭，没有听明白。有庆家的说：“有庆，我怀上了。”有庆家的说：“是王连方的。”有庆听明白了。有庆家的说：“我不敢再堕胎了，再堕胎我恐怕真的生不出你的骨肉了。”有庆家的说：“有庆，我想生下来。”有庆家的说：“有庆，你要是不答应，我死无怨言。”有庆家的看着桌面上的捣衣棒，说：“你要是咽不下去，你打死我。”有庆最后一口饭还含在嘴里，他把筷子拍在了桌子上，脖子和目光一起梗了。有庆站起身，拿起捣衣棒。有庆把捣衣棒握在掌心，胳膊比捣衣棒还要粗，还要硬。有庆家的闭上了眼睛。再睁开的时候有庆已经不在了。有庆家的慌了，出了门四处找。最后却在婆婆的茅棚里找到了。有庆家的追到茅棚的门口，看见有庆跪在婆婆的面前，有庆说：“我对不起祖宗，我比不上人家有种。”有庆嘴里的那口蛋炒饭还含在嘴里，这刻儿黄灿灿的喷得一地。有庆家的身子骨都凉了，和婆婆对视了一眼，退了回来。回到家，从笆斗里翻出一条旧麻绳，打好活扣，扔到屋梁上去。有庆家的拽了拽，手里的麻绳很有筋骨。放心了。有庆家的把活扣套上脖上，一脚蹬开脚下的长凳。

婆婆却冲开门进来了。婆婆多亮堂的女人，一看见儿媳的眼神立即知道要出大事了。婆婆一把抱住有庆家的双腿，往上顶。婆婆喊道：“有庆哪，快，快！”有庆已经被眼前的景象弄呆了，不知道前后的几分钟里他都经历了什么。木头木脑的，四处看。有庆把媳妇从屋梁上割下来，婆婆立即关上了屋门。老母亲兴奋异常，弯着腿，张开胳膊，两只胳膊像飞动的喜鹊不停地拍打屁股。她压低了嗓子，对儿媳说：“怀上就好，你先孵着这个，能怀上就好了哇！”

十九　出了大事

春风到底是春风，野得很。老话说“春风裂石头，不戴帽子裂额头”，说的正是春风的厉害。一年四季要是说起冷，其实倒不在三九和四九，而在深秋和春后。三九四九里头，虽说天冻地冻，但总归有老棉袄老棉裤裹在身上。又不怎么下地，反而不觉得什么。深秋和春后不一样，手脚都有手脚的事，老棉袄老棉裤绑在身上到底不麻利，忙起来又是一身汗，穿戴上难免要薄。深秋倒是没什么风，但是起早贪黑的时候大地上会带上露水的寒气，秋寒不动声色，却是别样的凛冽。春后又不一样了，主要是风。春风并不特别地刺骨，然而有势头，主要是有耐心，把每一个光秃秃的枝头都弄出哨声，像嚎丧，从早嚎到晚，好端端的一棵树像一大堆的新寡妇。春寒的那股子料峭，全是春风捣的乱。

麦子们都返青了。它们一望无际，显得生机勃勃。不过细看起来，每一片叶子都瑟瑟抖抖的，透出来的还是寒气。春天里最怕的还是霜。只要有了春霜，最多三天，必然会有一场春雨。所以老人们说，“春霜不隔三朝雨”。虽说春雨贵如油，那是说庄稼，人可是要遭罪。雨一下就是几天，还不好好下，雾那样，没有瓢泼的劲头，细细密密地缠着你，躲都躲不掉。天上地下都是湿漉漉的，连枕头上都带着一股水汽，把你的日子弄得又脏又寒。

王家庄弥漫着水汽，相当濡。风一直在吹。人们睡得早，起得迟，会过日子的人家赶上这样的光景一天只吃两顿。这也是先辈的老传统了。青黄不接的时候，多睡觉，横着比竖着扛饿。吃得少，人当然要懈怠了，这就苦了猪圈里的猪。它们要是饿了不可能躺下来好好睡觉的，它们会不停地喊。猪喊得很难听，不像鸡，叫起来喜喜庆庆的；也不像狗，狗的叫声多少有那么一点安详，远远地听上来让人很心安。猪让人烦，天下所有的猪都是饿死鬼投的胎。一天到晚就知道喊冤。

天上没有太阳。没有月亮。天黑了，王家庄宁静下来了。天又黑了，王家庄又宁静下来了。

出大事了。

王连方被堵在秦红霞的床上事先没有一点预兆。王家庄静悄悄的，只有公猪母猪的饿叫声。烧晚饭的光景，家家户户的屋顶上都冒着炊烟，炊烟缠绕在傍晚的雾气里头，树颠的枝杈上都像冒着热气。其实蛮祥和的。突然来了动静，王连方和秦红霞一起被堵在了床上。怪只怪秦红霞的婆婆不懂事，事后人们都说，秦红霞的婆婆二百五，真是少一窍！你喊什么？喊就喊了，你喊“杀人”做什么？王连方要是碰上一个聪明的女人，肯定过去了，偏偏碰上了这样一个二百五。一切都好好的，秦红霞的婆婆突然喊：“杀人啦，杀人啦！”村子里的水汽重，叫喊的声音传得格外远，分外地清晰。左邻右舍们抄起了家伙，一起冲进了秦红霞的天井。秦红霞的男将张常军在河南当炮兵，去年秋天在部队上解决了组织问题，到了今年秋天差不多该退伍了。张常军不在，邻居们平时对红霞一家还是相当照顾的，她的婆婆喊“杀人”，这样重大的事，不能不出面。秦红霞的婆婆站在天井的中央，上气不接下气，光会用手指头指窗户。窗户已经被秦红霞的婆婆拉开了，半开着，门却捂得极死。天井里站的全是人。拿扁担的小心翼翼地来到了窗户跟前，而扛着钉耙的急不可耐，一脚把门踹开了。王连方和秦红霞正在穿戴，手上忙得很，却是徒劳，没有一个纽扣扣得是地方。王连方虽说还能故作镇静，到底断了箍，散了板了。他掏出飞马香烟说：“抽烟，大家抽。”

这怎么抽。

形势很严峻。平时人家给王连方敬烟，王连方还要看看牌子。现在王连方给别人敬的是飞马，他们都不抽。形势很严峻了。

当天晚上王家庄像乱葬岗一样寂静，真的像杀了人了，杀光了那样。而王连方已经来到了镇上，站在公社书记的办公桌前。公社的王书记很生气。王书记平时和王连方的关系相当不一般，但是现在，他对着王连方拍起了桌子：“怎么搞的！弄成这样嘛！幼稚嘛！”王连方很软了，双眼皮耷拉下来，从头到脚都不景气。王连方很小心地说：“要不，就察看吧。”王书记正在气头上，又拍桌子：“你呕屎！军婚，现役嘛！高压线嘛！要法办的！”形势更严峻了。王连方不是不知道，这件事弄不好就“要法办的”，但是第一次没有事，第二次也没有事，最终到底出事了。现在王书记亲自说出“要法办的”，性质已经变了。王书记解开了中山装，双手叉腰，两只胳膊弯把中山装的后襟撑得老高。这是当领导的到了危急关头极其严峻的模样，连电影上都是这样。王连方望着王书记的背影，王书记一推窗户，对着窗外摊开了胳膊：“都被人看见了，你说说，怎么办？怎么办嘛！”

事情来得快，处理得也快。王连方双开除，张卫军担任新支书。这个决定相当英明，姓王的没有说什么，姓张的也不好再说什么。

二十　王连方家倒了

日子并不是按部就班地过，它该慢的时候才慢，该快的时候却飞快。这才几天，王连方的家就这么倒了。表面上当然看不出什么，一砖一瓦都在房上，一针一线都在床上，但是玉米知道，她的家倒了。好在施桂芳从头到尾对王连方的事都没有说过什么。施桂芳什么都没有说，只是不停地打嗝。作为一个女人，施桂芳这一回丢了两层的脸面。她睡了好几天，起床之后人都散了。这一回的散和刚刚出了月子的那种散到底不同，那种散毕竟有炫耀的成分，是自己把自己弄散的，顺水而去的，现在则有了逆水行舟的味道，反而需要强打起精神头，只不过吃力得很，勉强得很，像她开口说话嘴里多出来的那股子馊味。

玉米现在最怕的就是和母亲说话。她说出来的话像打出来的嗝，一定是沤得太久了。让玉米心寒的还有玉穗，小婊子太贱，都这个岁数了，还有脸和张卫军的女儿在一起踢毽子，每一回都输给人家。张卫军的女儿小小的一个人，小小的一张脸，小鼻子小眼的，小嘴唇又薄又嚣。姓张的的确没一个好货。她踢的毽子那还能算毽子？草鸡毛罢了。玉穗肯输给她，看来天生就是吃里扒外的坯子。玉米算是看透她了。

玉米把一切都看在眼里，反而比往常更沉得住。就算彭国梁没有在天上开着解放军的飞机，她玉米也长不出玉穗那样的贱骨头。被人瞧不起都是自找的。玉米走得正，行得正，连彭国梁的面前她都能守得住那道关，还怕别人不成？玉米照样抱着王红兵，整天在村子里转。王连方当支书的时候别人怎么过，她玉米就能怎么过。王玉米的“王”摆到哪儿都是三横加一竖，过去不出头，现在也不掉尾巴。

最让玉米瞧不起的还是那几个臭婆娘，过去父亲睡她们的时候，她们全像臭豆腐，筷子一戳一个洞。现在倒好，一个个格格正正的，都拿了自己当红烧肉了。秦红霞回来了，小骚货出事之后带着孩子回娘家去了，一去就是十来天。返村的时候秦红霞的脸上要红有红，要白有白，弄得跟回娘家坐月子似的。她还有脸回来！河面上又没有盖子，她硬是没那个血性往下跳，做做样子都不敢。秦红霞走在桥上，还弄出不好意思的样子，好像全村的男人一起娶她了。秦红霞快下桥口的时候不少妇女都在暗地里看玉米，玉米知道，她们在看她。她们想看看玉米怎么面对这件事，怎么面对那个人。秦红霞过来了，玉米抱着王红兵，站起来，换了一下手，主动迎了上去。玉米笑着，大声说：“红霞姨，回来啦！”所有的人都听到了。过去玉米一直喊秦红霞“红霞姐”，现在喊她“姨”，意味格外地深长了，有了难以启齿的暗示性。妇女们开始还不明白，但是，只看了一眼秦红霞的脸色，领略了玉米的促狭和老到。又是滴水不漏的。秦红霞对着玉米笑得十分别扭，相当地难看。一个不缺心眼的女人永远不会那样笑的。

王连方打算学一门手艺。一家子老老少少，十来张嘴呢。从今年的秋后开始，不会再有往年那样的分红了。和社员们一起做农活，王连方没有那个身板了，主要还是丢不下那个脸面。王连方对自己有一个基本的认识，虽说支书不当了，但他这一辈子睡过那么多的女人，够本了，值得。回过头来再和自己的老部下一起挑大粪、挖墒沟、插秧割麦，很不成体统。妥当的办法是赶紧学一门手艺。王连方做过很周密的思考，他时常一手执烟，一手叉腰，站到《世界地图》和《中华人民共和国地图》的面前，把箍桶匠、杀猪匠、鞋匠、篾匠、铁匠、铜匠、锡匠、木匠、瓦匠放在一起，进行综合、比较、分析、研究，经过去粗取精、去伪存真、由里而外、由现象到本质，再联系上自己的身体、年纪、精力、威望等实际，决定做漆匠。漆匠有这样几个好处：一、不太费力气，自己还吃得消；二、技术上不算太难，只要大红大绿地涂抹上去，别露出木头，终究难不到哪里；三、成本低，就一把刷子，不像木匠，锯、刨、斧、凿、锤，一套一套的，办齐全了有几十件；四、学会了手艺，整天在外面讨生活，不用呆在王家庄，眼不见为净，心情上好对付一些；五、漆匠总归还算体面，像他这样的身份，做杀猪那样的脏事，老百姓看了也会寒心，漆匠到底不同，一刷子红，一刷子绿，远远地看上去很像从事宣传工作。主意定下来，王连方觉得自己的方针还是比较接近唯物主义的。

二十一　玉米成了家长

有庆家的这边王连方有些日子不来了。时间虽说不长，毕竟是风云变幻了。王连方中午喝了一顿闷酒，一直喝到下午两三点钟。王连方站起来，决定在离家之前再到有庆家的身上疏通一回。别的女人现在还肯不肯，王连方心里没底。不过有庆家的是王连方的自留地，他至少还可以享一享有庆的呆福。王连方推开有庆家的门，有庆家的正在偷嘴，嚼萝卜干。有庆家的背过身，已经闻到了王连方一身的酒气。王连方大声说："粉香啊，我现在只有你啦。"话说得虽然凄凉，但在有庆家的这边还是有几分的感动人心的，反而有了几分温暖了。王连方说："粉香啊，下次回来的时候你就喊我王漆匠吧。"有庆家的转过脸，王连方的脸上有了七分醉了，特别地颓唐，有庆家的想安慰他几句，却不知从哪里说起。虽说秦红霞的事伤了她的心，到底还是不忍看见王连方这副落魄的样子。有庆家的当然知道他来做什么。如果不是有了身孕，有庆家的肯定会陪他上床散散心的。但现在不行。绝对不行。有庆家的正色说："连方，我们不要那样了——你还是出去吧。"王连方却没有听见，直接走进西厢房，一个人解，一个人脱，一个人钻进了被窝。等了半天，王连方说："喂！"又等了半天，王连方说："——喂！"王连方一直听不到动静，只好提着裤子，到堂屋里找。有庆家的早已经不在了。

王连方再也没有料到这样的结果，两只手拎着裤带，酒也消了，心里滚过的却是世态炎凉。王连方想，好，你还在我这里立牌坊，早不立，晚不立，偏偏在这个时候立，你行。王连方一阵冷笑，自语说："妈个巴子的！"回到西厢房，再一次扒光了，王连方重新爬进被窝，突然扯开了嗓子。王连方吼起了样板戏。是《沙家浜》。王连方睡在床上，一个人扮演起阿庆嫂、胡传魁和刁德一。他的嗓门那么大，那么粗，而他在扮演阿庆嫂的时候嗓子居然捏得那么尖，那么细，直到很高的高音，实在爬不上去了，又恢复到胡传魁的嗓音。王连方的演唱响遍了全村，所有的人都听到了，但是没有一个人过来，好像谁都没有听见。王连方把《智斗》这场戏原封不动地搬到了有庆的床上，一字不差，一句不漏。唱完了，王连方用嘴巴敲了一阵锣鼓，穿好衣裳，走人。

其实有庆家的哪里也没有去。她进了厨房，站在厨房的门后面。有庆家的再也想不到王连方会来这一手，吓得魂都掉了。稍稍镇定下来，有庆家的涌上了一股彻骨的悲伤，只觉得自己这半年的好光景还是让狗过了。有庆家的手脚一起凉了。她摸着自己的腹部，恨不得用指头把肚子里的东西挖出来。可又不忍。有庆家的颤抖了，她低下头，看着自己的肚子，对自己的肚子说："狗杂种，狗杂种，狗杂种，个狗杂种啊！"

王连方四十二岁出门远行，出去学手艺去了。一个家其实就交到了玉米的手上。家长不好做。不做当家人，不知柴米贵，玉米现在算是知道这句话的厉害了。当家难在大处，说起来却也是难在小处。小处琐碎，缠人，零打碎敲，鸡毛蒜皮，可是你没有一样能逃得过去，你必须面对面，屁大的事你都不能拍拍屁股掉过脸去走人。就说玉叶，虚岁才十一岁的小东西，前几天刚刚在学校里头砸烂了一块玻璃，老师要喊家长；现在又把同学们的墨水瓶给打散了，泼得人家一脸的黑，老师又要喊家长了。玉叶看上去没什么动静，嘴巴慢，手脚却凌厉，有些嘎小子的特征。这样的事要是换了过去，老师们会本着一分为二的精神来看待玉叶的。现在有点不好办，老师毕竟也有老师的难处。

玉米是作为“家长”被请到学校里去的，第一次玉米没说什么，只是不停地点头，回家抓了十个鸡蛋放在了老师的办公桌上。第二次玉米又被老师们请来了，玉米听完了，把玉叶的耳朵一直拎到办公室，当着所有老师的面给了玉叶一嘴巴。玉米的出手很重，玉叶对称的小脸即刻不对称了。玉米这一次没有把鸡蛋抱到学校，却把猪圈里的乌克兰白猪赶过来了。事情弄大了，校长只好出面。校长是王连方多年的朋友，看了看老师，又看了看玉米，手心手背都不好说什么。校长只好看着猪，笑起来，说：“玉米呀，这是做什么，给猪上体育课哪？”噘着嘴让工友把乌克兰猪赶回去了。玉米看着校长和蔼可亲的样子，也客气起来，说：“等杀了猪，我请叔叔吃猪肝。”校长慢腾腾地说：“那怎么行呢。”玉米说：“怎么不行，老师能吃鸡蛋，校长怎么不能吃猪肝？”话刚刚出口，玉叶老师的眼睛顿时变成了鸡蛋，而一张脸却早已变成猪肝了。

玉米一到家就摊开了四十克信笺，她要把满腔的委屈向彭国梁诉说。玉米现在所有的指望都在彭国梁那儿了。玉米没有把家里的变故告诉彭国梁，那件事玉米不会向彭国梁吐露半个字的。玉米不能让彭国梁看扁了这个家。这上头不能有半点闪失。只要国梁在部队上出息了，她的家一定能够从头再来，玉米对着信笺说：“国梁，你要提干。”玉米看了看，觉得这样太露骨，不妥当。玉米把信撕了，千叮咛、万嘱咐，最后变成了这样一句话：“国梁，好好听首长话，要求进步！”

二十二　妹妹被糟蹋了

公社的放映队又来了。这些天施桂芳老是喊心窝子疼，玉米不打算看电影去了。玉米其实是爱看电影的，母亲倒是从来不看。那时候玉米还在心里头嘀咕，怎么人到了岁数连电影都不想看了呢。现在玉米算是明白了，母亲不愿意往人多的地方去，再说了，电影也实在是假得很，那么多的人挤在一块白布里头过日子，就一块白布，它知道什么是暖，什么是冷？这么一想玉米也觉得自已到了岁数了，只是觉得自己的心也冷了。心冷一次岁数自然要长一次。人就是以这种方式一次又一次地长大的，心同样也是这样一次又一次地死掉的。这和年月反而没有什么关系了。

刚吃过晚饭，玉秀偷了一把葵花子想早点出去，玉米把她拦住了。玉米不让玉秀这么早出去有玉米的道理，以往放电影，玉秀都要去抢位置。大白布还没有扯上去，玉秀扛着板凳已经把放映机前最好的位置抢下来了。玉秀每次能抢到地盘，当然不是玉秀的能耐，说到底还是人家让着她。现在玉秀再指望有人让她显然就太不知趣了，弄不好又是一番口舌。玉米不怕口舌，可是以现在的光景，多一事当然不如少一事。玉米得拦着，不要找不自在。玉秀没有听玉米的，却撂过来一句话，说："你烦不烦，你看看我有没有带板凳？"玉秀是个聪明人，这丫头还是知道深浅的。玉米说："那你也得把玉叶带上。"玉秀说："我不带，她自己又不是没长腿。"玉米说："你带不带？要不哪里也别想去。"玉米现在绝对是家长了，声音一大肯定是说一不二。玉秀这一回没有顶嘴，顺手又多抓了两把葵花子。老三玉秀带着老五玉叶，老二玉穗带着老六玉苗，老四玉英自顾自，老七玉秧留在家里睡觉。

这样安顿完了，玉米点上煤油灯，抱着王红兵来到了母亲的床前。母亲瘦了，然而，这种瘦倒没有体现在脸盘的大小上，而是反映在面部的皱纹上。施桂芳脸上的皱纹一条一条地都挂了下来，呈现出水往低处流的格局。一句话，一副哭丧相。玉米把新炒的葵花子端到母亲的面前，施桂芳说："玉米，往后别炒了。"玉米说："为什么？"施桂芳说："别丢那个人了。"玉米看着自己的母亲，厉声说："妈，你不能不吃。"母亲说："这是怎么说的？"玉米说："吃给别人看。"施桂芳笑笑，想说什么，但终于没有开口，只是把手放在了玉米的手背上，拍了两下。玉米感觉出来了，母亲的拍打有劝解的意思，更多的却还是认命的意思。玉米站起来了，说："妈，为了我们，你就当药吃。"施桂芳拍了拍床沿，示意玉米坐下来。虽说天天在一个屋子里头，但是这样安心地和玉米说说话，还真是少有的光景。再怎么说，有这样一个女儿和自己说说话，打通打通心里的关节，多少能够去痰化瘀。

夜很静了，是那种清心寡欲的静，施桂芳听了一会儿，却听出了孤儿寡母的那种静。王红兵已经睡着了，在玉米的怀里乖巧得很。施桂芳接过来，端详了好大的工夫，他倒是睡得安稳，没心没肺的憨样。施桂芳抬起头来再看玉米。灯芯照亮了玉米的半张脸，玉米的半个面侧被油灯出落得格外标致，只不过另外的半张脸却陷入了暗处，使玉米的神情失去了完整性，有了见首不见尾的深不可测。这时候外面吹过了一阵风，把电影里枪炮的声音吹到这边来了。玉米伸长了脖子，侧着耳朵，十分仔细地从枪炮声中分辨飞机俯冲的声音。施桂芳猜得出玉米这一刻的心思，说："去看看吧。"玉米没有动，只是望着灯芯，目光专注而又恍惚。施桂芳长长地叹了一口气，灯芯顺着施桂芳的叹息扭了一下腰肢，好像也躲着她了，心思早已经坐飞机了。房间里黯淡了一下，玉米半张明亮的脸即刻也暗淡下去了。施桂芳突然直起了上身，打了一连串的饿嗝，同时用力拍打着床面，说："还是这样好，还是这样好哇。"母亲的突发性举动没有一点由头，没有一点过渡，吓了玉米一跳。玉米看了看母亲，"呼"地一下吹灭了煤油灯，说："早点睡吧。"

玉穗带着玉苗回家的时候玉米已经偎在枕边睡了一小觉了。接下来回家的是玉英。玉米坐在床沿，关照她们几个用水。玉米要等的其实是玉叶，玉叶这丫头真是个假小子，懒得很，你要是不逼着她她就是不肯用水，钻进被窝一焐，一双脚臭得要了命，身上还臊烘烘的。玉叶由玉米带着睡，除了玉米，谁还肯和玉叶的那双臭脚裹一个被窝？电影已经散了，玉叶还不回来，一定是玉秀拉着玉叶在外头疯。玉米知道玉秀的心思，有玉叶陪着，回家之后她才好把屎盆子往别人的头上扣。等了一会儿，外面已经没什么动静了，玉秀和玉叶还没有回来。玉米生气了。玉米披上棉袄，拔上两只鞋后跟，怒冲冲地出门去了。

玉米最后在打谷场的大草垛旁边找到玉秀和玉叶，电影早就散场了，大草垛的旁边围了一些人，还亮着一盏马灯。玉米大声喊："玉秀！玉叶！"没有声音回应。草垛旁边的脑袋却一起转了过来。四周黑漆漆的，只有转过来的脸被马灯的光芒自下而上照亮了，悬浮在半空，呈现出古怪的明暗关系。他们不说话，几张脸就那么毫无表情地嵌在夜色之中，鬼气森森的。玉米怔了一下，一股不祥的预感在胸口迅速地飞窜。玉米走上去，人们让开了，玉秀和玉叶的下身一丝不挂，傻乎乎地坐在稻草上。玉秀玉叶的身上到处都是草屑，草屑缀满了乱发、牙缝和嘴角。玉秀一动不动，眼睛在眨巴，但目光却已经死了。玉米已经明白发生什么了，张大了嘴巴，望着她的两个妹妹。围在旁边的人看了看玉米，丢下马灯，一个又一个离开了。他们的背影融入了夜色。夜色里空无一人，但更像站满了人。

二十三　最后的支柱

玉米跪在地上，给她们穿上裤子。玉秀和玉叶的裆部全是血，外加许多黏稠的液汁。她们的裤子上洋溢着一股陌生而又古怪的气味。玉米用稻草帮她们擦干净，拉紧她们的手，左手一个，右手一个。玉米拽着自己的两个妹妹，在黑色的夜里往回走。马灯还放在原来的地方。漆黑的夜色中，巨大的草垛被马灯照出了一轮金色的光轮。一阵夜风吹了过来，吹乱了玉米的头发，几乎盖在了脸上。玉秀和玉叶都哆嗦了一下。她们在夜风的吹拂下像两个摇摆的稻草人。玉米突然立住，蹲在玉秀的面前，一把揪紧了玉秀的双肩。

玉米问："告诉我，谁？"玉米扳着玉秀的肩头，拼命摇晃，大声问："是谁？"玉米摇晃玉秀的时候自己的头发却汹涌澎湃，玉米吼道："——谁？！"

玉叶接过了问话，玉叶说："不知道。好多。"

玉米一屁股坐在了地上。

彭国梁远在千里之外，然而，村子里的事显然没有瞒得过彭国梁。彭国梁来信了，他的来信只有一句话，"告诉我，你是不是被人睡了？！"虽然远隔千里，玉米还是感受到了彭国梁失控的体气，空气在晃动。玉米差不多被这句话击倒了，全身透凉，没有了力气。玉米无端地恐惧了。玉米看到了一只手，这只手绕过了玉秀还有玉叶，慢慢伸向她玉米了。阳光普照，但那只手却伸手不见五指。玉米知道了，村子里的人不仅替玉米看彭国梁的信，还在替玉米给彭国梁写信。玉米怎么回答彭国梁呢？这样的问题玉米如何说得出口呢？玉米实在不知道怎样回答这个问题。人都想呆了。彭国梁现在是玉米和玉米家最后的一根支柱，他这架飞机要是飞远了，玉米的天空真是塌下来了。

玉米把四十克信笺摊在桌面上，团了好几张，又撕了好几张。玉米发现这一刻自己只是一张纸，飘飞在空中，无论风把她抛到哪儿，结果都是一样的，不是被撕毁，就是被踩满了脚印。哪一只脚能放过地上的一张纸呢。脚的好奇心决定了纸的命运。夜深人静了，玉米把红管英雄牌铱金笔捏在手上，她其实并不想写信，只是以这种空洞的方式和彭国梁说说话。玉米愸了很久，却发现信笺上已经写着一行话了，这句话把玉米自己都吓了一跳。玉米自己也不知道是什么时候写的，特别地大胆，特别地放纵。信笺上写道：“国梁哥，我的心上人，你是我最亲最爱的人。”玉米只觉得自己的脸皮也已经厚了，这样的话也有胆子说了。

玉米想了想，壮起胆子，又写下了一行：“国梁哥，我的心上人，我的亲人，你是我最亲最爱的人。”写到第二遍，玉米的胸脯拼命地向外鼓了。她望着灯芯，拿灯芯当彭国梁，好让彭国梁亮亮地、暖暖地在她的面前立正。玉米又写了一行：“国梁哥，我的心上人，我的亲人，你是我最亲最爱的人。”玉米说不出别的什么来了，前前后后就是这一句。这是玉米心中藏得最深的一句，需要加倍地吃力才敢说得出。玉米从来没敢说过，玉米终于把它说出来了。别的还有什么呢？就是从头再说，玉米还是这一句，只有这一句，就是这一句。玉米一口气写了五页纸，因为信笺只有最后的五页了。五页纸上写的全是同样的一句话。第二天的上午玉米把这五页纸横着竖着又看了几遍，看到最后玉米自己都不敢再看了，一页一页的泪。玉米告诉自己，要是心底的话国梁哥还是听不见，那只能是山太高，水太长，说什么也是白说了。玉米把信寄了出去。信件寄出去之后玉米还想找点什么事情做做，但是没有找到。那就坐下来歇歇吧。玉米坐在那儿，后来睡着了。玉米睡着了，坐在那儿。

等信的那几天玉米把王红兵交给了玉穗，她要亲自到桥头慢慢地等候。她现在对彭国梁的回信没有一点把握。要是彭国梁不要她了，说什么也不能让这封信丢到别人的手上。玉米丢不起那个人，谁要是有胆子把玉米的这封信拆开来，玉米会让他吃刀子，玉米守在桥头，等，没有等到彭国梁的来信，却等来了一个包裹。那是玉米的相片，还有玉米写给彭国梁的所有信件。全是玉米的笔迹，很难看。玉米望着自己的相片、自己的笔迹，不知道怎么弄的，并没有预想的那样难过，却特别地难为情。不知道怎么弄的，特别地难为情。太难为情了，就想一头撞死。

二十四　了断自己

有庆家的偏偏在这个时候出现了。玉米想把手里的东西掖紧一些，一不小心却弄掉了一样东西，是玉米的相片。相片躺在地上，一副不知好歹的下作相，居然还有脸面笑。玉米想用脚踩住，还是迟了，有庆家的已经看在了眼里，她的脸上已经明白了。玉米羞愧得连有庆家的都不敢看了。有庆家的捡起相片，一抬头便从玉米的眼里看到了危险。玉米的眼睛特别地坚决，是那种随时都可以面对生死才有的沉着和坚定。有庆家的一把抓住了玉米的胳膊，拽起来就往自己的家里跑。有庆家的把玉米一直带进自己的卧房，卧房的光线很不好，但是玉米的目光却出奇的亮，出奇的硬。然而配着一脸的痴，那种亮和硬分外地吓人了。有庆家的拉过玉米的手，央求说："玉米，你要是还拿我当人，你就哭！"

这句话把玉米的目光说松动了，玉米的目光一点一点地移过来，望着有庆家的，嘴角撇了两下，轻声说："粉香姐。"玉米的声音并不大，听上去却像是喷涌出来的，带着血又连着肉，给人以血光如注的错觉，有庆家的呆住了，她再也没有料到玉米会喊她"粉香姐"。嫁到王家庄这么长时间了，她有庆家的算什么？一条母猪、母狗。谁拿她当过人？有庆家的被玉米的"粉香姐"打翻了五味瓶，竟比玉米还要揪心了。有庆家的没有能够憋住，一口放开了嗓子。有庆家的一把扑在了玉米的肩头，顺便把嘴巴捂在了玉米的胸前。这时候她的肚子里面却是一阵动，有庆家的感觉到了，那是小王连方在踢她的肚子了。有庆家的一想起自己的肚子气又短了，不敢再出声了——要是没有王连方，她和玉米不知道会成为多好的姊妹。可她偏偏就是王连方的大女儿。这个想法把有庆家的塞住了，说都没法说。有庆家的调息了半天，总算把自己收拢回来了。

有庆家的抬起头，抹去了眼泪，却发现玉米已经在看着她。没事的样子。又吓了有庆家的一跳。玉米的脸上虽然没有一点血色，可神情已经恢复得近乎平常了。有庆家的有些不相信，可玉米的样子在那儿呢，这是装不出来的。有庆家的到底不放心，小心地说："玉米。"玉米的头让开了，说："我不会去死。我倒要好好看看——你别给我说出去，就算帮过我了。"玉米说这句话的时候居然还笑了一下，虽说不太像，但是嘲讽的意思全有了。有庆家的想，玉米这是怨我多事了。玉米脱下自己的上衣，把相片与信件包裹起来，什么也没有说，开门出去了。有庆家的一个人被丢在卧房里，僵在那儿。有庆家的想，这下好了，多事有事，这件事要是传出去，玉米又要恨自己一个洞。

玉米睡了一个下午，夜深人静时分，玉米来到了厨房，一个人躺在了灶台后面。她把自己解开来了，轻轻地抚摸自己的乳房。手虽然是玉米自己的，但是，那种感受和国梁给她的并无差异。就是手是自己的，这一点太遗憾了。玉米的手慢慢滑向了下身，当初国梁的手正是到了这儿被玉米挡住的，现在，玉米要替国梁哥做他最想做的事。玉米无力地瘫在了稻草上，身子慢慢地烫了，越来越烫，难以按捺，只好吃力地扭动。但是不管怎样扭，总觉得哪儿不对，特别地心愿难遂，更需要加倍地扭动了。玉米的手指再怎么努力都是无功而返，就渴望有个男人来填充自己，同时也了断自己。不管他是谁，是个男人就可以了。夜深人静，后悔再一次塞满了玉米。玉米在悔恨交加之中突然把手指头抠进了自己。玉米感到一阵疼，疼得却特别地安慰。大腿的内侧热了，在很缓慢地流淌。玉米想，没人要的 ×，你还想留给洞房呢！

二十五　过日子要有权

不幸的女人都有一个标志，她们的婚姻都是突如其来的。正是三夏大忙的时候，农民们都在和土地争抢光阴。谁也没有料到玉米会把她的喜事办在这个节骨眼上。麦子们大片大片地黄在田里，金光灿烂的，每一颗麦粒上都立着一根麦芒，这一来每一只麦穗都光芒四射，呈现出静态的喷涌之势。这个时节的阳光都是香的，它们带着麦子的气味，照耀在大地上，笼罩在村庄上。但是农民们在这个时候顾不上喜悦，因为这个时候的大地丰乳肥臀，洋溢着排卵期的孕育热情。它们按捺不住，它们在阳光下面松软开来了，一阵又一阵地发出厚实而又圆润的体气，它们渴望着借助于铁犁翻个身，换个体位，让初夏的水弥漫自己，覆盖自己。它们在得到灌溉的刹那发出欢娱的呻吟，慢慢失去了筋骨，满足了，安宁了，在百般的疲惫中露出了回味的憨眠。土地换了一副面孔，它们是水做的新媳妇，它们闭着眼睛，脸上的红润潮起潮落，这是无声的命令，这还是无声的祈求："来，还要，还要。"农民不敢懈怠，他们的头发、衣襟和口腔里全是新麦的气味。他们把新麦的气味放在一边，欢欣鼓舞，强打精神，手忙脚乱，他们捏住了秧苗，一棵一棵地，按照土地的意愿把秧苗插到土地最称心如意的地方。农民们弓着身子，这里面没有偷工减料，每一棵秧苗的插入都要落实到农民的每一个动作上。十亩，百亩，千亩，秧苗一大片一大片的，起先是蔫蔫的，软软的，羞答答的，在水中顾影自怜。而用不了几天大地就感受到身体的秘密了。大地这一回彻底安静了，懒散了，不声不响地打起了它的小呼噜。

就在这个手忙脚乱的时候玉米办起了喜事。回过头来看看，玉米把自己嫁出去实在是太过匆忙了，就像柳粉香当初的那样。不过玉米婚礼的排场柳粉香就不能比了，玉米是被公社干部专用的小快艇接走的，驾驶舱的玻璃上贴着两个鲜红的纸剪双喜。

说起来给玉米做媒的还是她的老子王连方。清明节刚刚过去，天气慢慢返暖了，正是庄稼人浸种的时刻，王连方从外面回到王家庄，他要拿几件换身的衣裳。王连方吃过晚饭，一时想不起去处，坐在那儿点香烟。玉米站在厨房的门口把王连方叫出来了。玉米没有喊“爸爸”，而是直呼其名，喊了一声“王连方”。

王连方听见了玉米的叫喊声，他听到了“王连方”，心里头怪怪的。掐掉烟，王连方慢悠悠地走进了厨房。玉米低了眼皮，只是看地，两只手背在背后，贴住墙。王连方找了一张小凳子，坐下来，重新点上一根烟，说：“你说说，什么形势？”玉米静了好半天，说：“给我说个男人。”王连方闷下头。知道了玉米那边所有的变故，不说话了，一连吸了七八口香烟，每吸一口，香烟上的红色火头都要狠狠地后退一大步，烟灰翘在那儿，越拉越长。玉米仰起脸，说：“不管什么样的，只有一条，手里要有权。要不然我宁可不嫁！”

玉米的相亲进行得十分保密，款式也相当新鲜，选择在县城的电影院，一上来便有了非同一般的一面。傍晚时分玉米被公社的小汽艇给接走了，王家庄的许多人都在石码头上看到了这个壮丽景象。小汽艇推过来的波浪十分地疯狂，一副敢惹是、敢生非的模样，没头没脑地拍打王家庄的河岸，把那些可怜的小农船推搡得东倒西歪的。因为这条小汽艇，玉米走得相当招摇，但是她出去做什么，谁也弄不清。王家庄的人只是知道，玉米“到县里去了”。

玉米到县城里相亲来了。她要见的人其实不在县里工作，而是在公社。姓郭，名家兴，是分管人武的革委会副主任，职务相当的高了。玉米在小汽艇上想，幸亏她在父亲的面前发了那样的毒誓，要是按照一般的常规，她玉米决不会有这样的机会的。玉米肯定是补房，郭家兴的年纪肯定也不会小了，这一点玉米有准备。刀子没有两面光，甘蔗没有两头甜，玉米无所谓。为了自己，玉米舍得。过日子不能没有权。只要男人有了权，她玉米的一家还可以从头再来，到了那个时候，王家庄的人谁也别想把屁往玉米的脸上放。在这一点上玉米表现得比王连方更为坚决。王连方肯定是过分考虑了年龄方面的问题了，他在玉米的面前显得吞吞吐吐的，有些欲言又止的样子。玉米把王连方想说的话拦在了嘴里。他要说什么，玉米肚子里亮堂。说什么都是放屁。

玉米第一次踏进县城，已经天黑了，马路的两侧全是路灯，尽管是晚上，还是欣欣向荣的好景象。玉米走在路上，心里相当地杂，有点像无头的苍蝇。玉米对自己没有一点信心，但是无论如何，玉米要拼打一回，争取一回，努力一回。说到底现在的玉米不是那时的玉米了，心气已经大不如过去，但是，却比以往更坚决、更犟。路过一家水果店的时候，玉米站住了，水果们一个个半悬在空中，却没有滚下来。玉米愣了半天总算弄明白了，是镜子斜放在上面，悬挂在上面的都是水果的影子。但是玉米马上从镜子中间看到了自己，玉米的穿戴土得很，在营业员的面前一比较全出来了。玉米真是后悔，说什么也应该把柳粉香的那一身演出服穿出来的。司机看了一眼玉米，以为玉米想吃水果，抢了要买。玉米一把把他拉回来。司机笑着说："你这位小社员力气大得很嘛。"

二十六　秘密相亲

关键时刻再一次来到了。玉米来到了新华电影院的门口。电影院的高墙上挂着一幅红色的横幅，"热烈祝贺全县人武工作会议胜利召开！"玉米知道了，原来郭家兴是在县里头开会呢。司机把电影票交到玉米的手上，说："我在外面等你。"玉米想，你真是会拍领导的马屁，要你等什么？我还没嫁过来呢。不过玉米转又想，你想等那就等，有机会我会给你说几句好话的。电影已经开映了，玉米掀开布帘，放映大厅里黑咕隆咚的，彩色宽银幕却大得吓人，一个公安人员正在银幕上吸烟，他的鼻孔比井口还要大。电影真是不可相信，一个人想大就大，想小就小，哪里有这样便宜的事。玉米捏着票，四处看了几眼，有点紧张了，不知道下一步要做什么。好在过来了一个女的，她拿着一把手电，把玉米送到座位上去了。

玉米的心口疯狂地跳跃了。好在玉米有过相亲的经验，很快把自己稳住，坐了下来。左边是一个男的，五十多岁；右边也是一个男的，六十多岁。两个人都在看电影。玉米不敢动，弄不清一左一右到底是哪一个，又不好乱看。玉米想，到底是公社的领导，在女人的面前就是沉得住气。王连方要是有这样的定力，何至于落到这般田地。玉米告诉自己，郭家兴不愿在这样的地方和自己说话，肯定有他的道理。还是不要东张西望的好。

玉米的这场电影看得真是活受罪，有一搭没一搭的。好在光线很暗，她可以不停地用余光察看左右。总的说来，玉米对五十多岁的那一个印象要稍好一些。如果玉米能够选择，玉米还是希望郭家兴是年轻的这一个。但是他的那一头一直没有动静。他哪怕用脚碰一碰玉米也好哇，那样玉米也好有个数。玉米望着彩色宽银幕，心里头没有一点底，又慌又急。玉米想，你就碰一碰我又怎么样？不能算什么作风问题。但是不管怎么说，要是郭家兴是六十多岁的那个，玉米也还是会答应的。过了这个村就没这个店了。做官的男人打光棍的可不多。不过呢，总还是五十多岁的好一些。玉米就像摸彩的时候等手气那样看完了整场电影，累得想喘。电影上说了什么，玉米一点都不知道。反正结尾也不复杂，就是那个最像坏人的人终究不是好人，被公安局拉走了。

灯亮了，电影结束了。五十多岁的向左走，六十多岁的向右走，玉米被丢在了座位上。这样的结果玉米始料未及。怎么连一声招呼都没有。玉米突然明白过来了，人家第一眼就没有看上自己，自己还在这儿挑，还在这儿东一榔头西一棒呢。玉米羞愧万分。难怪司机都要说在外面等着她，人家司机早都看出来了。

玉米一个人走出电影院，自尊心又扒光了一回。司机一直守候在柱子旁边。玉米再也不好意思看司机了。司机说："都给你安排好了。"玉米相当疲惫，只想早一点躺下来，玉米厚着脸对司机说："你还是送我回家吧。"司机没有表情，说："郭主任怎么说，我怎么做。"

玉米躺在人民旅社的315房间。玉米恍恍惚惚的，早就睡下了。好像睡着了，又好像一直没有睡。要不就是在做梦。大约十点钟的光景，房门响了。外面说："在吗？我姓郭。"玉米被吓得不轻，有些疑神疑鬼的。门又响了。玉米不敢迟疑，打开灯，小心翼翼地拉开一道门缝。一个陌生的男人已经推着门进来了，一脸的寒气，没有任何表情。好在玉米已经看见他胸前的会议出入证了，上面有他的名字：郭家兴。玉米一阵狂喜，既像绝处逢生，又像劫后余生，原来郭家兴没有去看电影哪。玉米低下头，这才想起来还没有穿外衣呢。玉米瞥了一眼郭家兴，刚想穿衣服，但是郭家兴的脸色立即让玉米不踏实了，郭家兴从头到脚看不出"相亲"的风吹草动，像一个路过客人。玉米的心提上来了，在嗓子那儿跳。郭家兴坐到椅子上，说："倒杯水。"玉米一时没有了主张，因为没有了主张，所以格外地听从指挥。郭家兴接过水，玉米傻站在郭家兴对面，忘了穿了。

二十七　紧张初夜

郭家兴端着杯子，目光既不看玉米，也不回避玉米。玉米注意到他的眼珠子是褐色的，对着正前方，看，十分地专注，却又十分地漠然。郭家兴一口一口地喝，喝完了，玉米说："还要不要？"郭家兴没有接玉米的话，而是把杯子放在了桌面上，这就是不要了。因为找不到合适的话，玉米只好继续站在郭家兴的跟前，反而拿不定是穿还是不穿。他怎么这么冷静？他怎么就这么镇定？什么也不说，什么也不做，脸上布置得像一个会场。玉米禁不住紧张了。玉米想，完了，人家没看上。可是也不对。郭家兴的脸上没有满意，说到底也没有不满意。或许他觉得这门亲事已经妥当了呢？这应该是领导的作风，不管什么事，只要他觉得行，事情就定下来了，没有必要再咋咋呼呼。这就更不像了，玉米好歹还是个姑娘，哪里是木头？这里又没有人，他不该一点动静都没有的。玉米傻站了半天，居然也冷静下来了。玉米自己也觉得奇怪，怎么自己也这么冷静，像是参加人武会议了。但是冷静归冷静，玉米实实在在已经害怕了郭家兴了。

郭家兴说："休息吧。"

郭家兴站起身，开始解自己的衣裳。郭家兴好像是在自己的家里面，面对的只是自己的家人。郭家兴说："休息吧。"玉米明白过来了，他已经坐到床上了。玉米这一下子更慌神了，脑子却转得飞快，但是不管什么样的决定都是不妥当的。郭家兴虽说解得很慢，毕竟就是几件衣服，已经解完了。郭家兴上了床，是玉米刚才睡的那张床，是玉米刚才睡的那个地方。玉米还是站在那儿。郭家兴说："休息吧。"口气是一样的，但是玉米听得出，有了催促的意思。玉米不知道该怎么弄。玉米这一刻只盼望着郭家兴扑过来，把她撕了，就是被强奸了也比这样好哇。玉米还是个姑娘，为了嫁给这个人，总不能自己把自己扒光了，再自己爬上床——这怎么做得出来呀？

郭家兴看着玉米，最后还是玉米自己扒光了，自己爬进了被窝。玉米觉得自己扒开的不是衣裳，而是自己的皮。只能这样。柳粉香说过，女人可以心高，但女人不可以气傲。玉米赤条条的，郭家兴也赤条条的。他的身上散发出淡淡的酒精味，像是医院里的那种。玉米侧卧在郭家兴的身边，郭家兴用下巴示意她躺开。玉米躺开了，他们开始了。玉米紧张得厉害，不敢动，随他弄。起初玉米有一点疼，不过一会儿又好了，顺畅了。看来郭家兴对玉米还是满意了。他在半路上说了一句话，他说："好。"到了最后他又重复了一遍："好。"玉米这下放心了。不过事情有了一些周折，郭家兴检查床单的时候没有发现什么颜色。郭家兴说："不是了嘛。"这句话太伤人了。玉米必须有所表示，但是，表示轻了不行，表示重了也不行，弄得不好收不了场。玉米想了想，坐起来穿衣服。其实这样的举动等于没做，也只能安慰一下自己。玉米自己都知道自己的心里虚了一大块。玉米直想哭，不太敢。郭家兴闭上眼睛，说："不是那个意思。"

玉米重新躺下了，卧在郭家兴的身边。玉米眨巴着眼睛，想，这一回真的落实了。玉米应该知足了。不过玉米突然又想起彭国梁来了。要是给了国梁了，玉米好歹也甘心了，一直留到现在，这样打发了，一股说不出的自怜涌上了心房。好在玉米忍住了，到底有所收成，还是值得。郭家兴抽了两根烟，再一次翻到玉米的身上，因为是第二次，所以舒缓多了。郭家兴的身体像办公室的抽屉那样一拉一推，一边动一边说："在城里多住两天。"玉米听懂了他的意思，心里头更踏实了。她的脑袋深陷在枕头里，侧在一边，门牙把下嘴唇咬得紧紧的。玉米点了几下头，郭家兴说，"医院里我还有病人呢。"玉米难得听见郭家兴说这么多话，怕他断了，随口问："谁？"郭家兴说："我老婆。"玉米一下子正过脸，看着郭家兴，突然睁大了眼睛。郭家兴说："不碍你的事。晚期了，没几个月。她一走你就过来。"玉米的身上立即弥漫了酒精的气味。就觉得自己正是垫在郭家兴身下的"晚期"老婆。玉米一阵透心的恐惧，想叫，郭家兴捂住了。玉米的身子在被窝里疯狂地颠簸。郭家兴说："好。"

棋王

阿城

作为“寻根文学”的重要作品，《棋王》不仅有特定历史语境所赋予的时代意义，也有作为独立文本所具备的审美价值。小说中王一生痴迷“下棋”这一行为具有丰富的可阐释性，被投射以深厚的民族精神意义和文化内涵，而对“吃”浓墨重彩的描写，则传递出阿城朴素的唯物之道。其语言冲淡平实却呈奇崛之姿，故事疏密相间虚实相生，游走山野市井不离不即，体现了阿城独树一帜的文体自觉和美学追求，使得《棋王》在剥离宏大历史的光环后，仍然具有文学的经典性。

欧逸舟

《上海文学》1984 年 7 期

第一章

车站是乱得不能再乱，成千上万的人都在说话。谁也不去注意那条临时挂起来的大红布标语。这标语大约挂了不少次，字纸都折得有些坏。喇叭里放着一首又一首的语录歌儿，唱得大家心更慌。

我的几个朋友，都已被我送走插队，现在轮到我了，竟没有人来送。父母生前颇有些污点，运动一开始即被打翻死去。家具上都有机关的铝牌编号，于是统统收走，倒也名正言顺。我虽孤身一人，却算不得独子，不在留城政策之内。我野狼似的转悠一年多，终于还是决定要走。此去的地方按月有二十几元工资，我便很向往，争了要去，居然就批准了。因为所去之地与别国相邻，斗争之中除了阶级，尚有国际，出身孬一些，组织上不太放心。我争得这个信任和权利，欢喜是不用说的，更重要的是，每月二十几元，一个人如何用得完？只是没人来送，就有些不耐烦，于是先钻进车厢，想找个地方坐下，任凭站台上千万人话别。

车厢里靠站台一面的窗子已经挤满各校的知青，都探出身去说笑哭泣。另一面的窗子朝南，冬日的阳光斜射进来，冷清清地照在北边儿众多的屁股上。两边儿行李架上塞满了东西。我走动着找我的座位号，却发现还有一个精瘦的学生孤坐着，手拢在袖管儿里，隔窗望着车站南边儿的空车皮。

我的座位恰与他在一个格儿里，是斜对面儿，于是就坐下了，也把手拢在袖里。那个学生瞄了我一下，眼里突然放出光来，问：下棋吗？倒吓了我一跳，急忙摆手说：不会！他不相信地看着我说：这么细长的手指头，就是个捏棋子儿的，你肯定会。来一盘吧，我带来家伙呢。说着就抬身从窗钩上取下书包，往里掏着。我说：我只会马走日，象走田。你没人送吗？他已把棋盒拿出来，放在茶几上。塑料棋盘却搁不下，他想了想，就横摆了，说：不碍事，一样下。来来来，你先走。我笑起来，说：你没人送吗？这么乱，下什么棋？他一边码好最后一个棋子，一边说：我他妈要谁送？去的是有饭吃的地方，闹得这么哭哭啼啼的。来，你先走。我奇怪了，可还是拈起炮，往当头上一移。我的棋还没移到，他的马却啪的一声跳好，比我还快。我就故意将炮移过当头的地方停下。他很快地看了一眼我的下巴，说：你还说不会？这炮二平六的开局，我在郑州遇见一个高人，就是这么走，险些输给他。炮二平五当头炮，是老开局，可有气势，而且是最稳的。嗯？你走。我倒不知怎么走了，手在棋盘上游移着。他不动声色地看着整个棋盘，又把手袖起来。

就在这时，车厢乱了起来。好多人拥进来，隔着玻璃往外招手。我就站起身，也隔着玻璃往北看月台上。站上的人都拥到车厢前，都在叫，乱成一片。车身忽地一动，人群嗡的一下，哭声四起。我的背被谁捅了一下，回头一看，他一手护着棋盘，说：没你这么下棋的，走哇！我实在没心思下棋，而且心里有些酸，就硬硬地说：我不下了。这是什么时候！他很惊愕地看着我，忽然像明白了，身子软下去，不再说话。

车开了一会儿，车厢开始平静下来。有水送过来，大家就掏出缸子要水。我旁边的人打了水，说：谁的棋？收了放缸子。他很可怜的样子，问：下棋吗？要放缸的人说：反正没意思，来一盘吧。他就很高兴，连忙码好棋子。对手说：这横着算怎么回事儿？没法儿看。他搓着手说：凑合了，平常看棋的时候，棋盘不等于是横着的？你先走。对手很老练地拿起棋子儿，嘴里叫着：当头炮。他跟着跳上马。对手马上把他的卒吃了，他也立刻用马吃了对方的炮。我看这种简单的开局没有大意思，又实在对象棋不感兴趣，就转了头。

这时一个同学走过来，像在找什么人，一眼望到我，就说：来来来，四缺一，就差你了。我知道他们是在打牌，就摇摇头。同学走到我们这一格，正待伸手拉我，忽然大叫：棋呆子，你怎么在这儿？你妹妹刚才把你找苦了，我说没见啊。没想到你在我们学校这节车厢里，气儿都不吭一声。你瞧你瞧，又下上了。

棋呆子红了脸，没好气地说：你管天管地，还管我下棋？走，该你走了。就又催促我身边的对手。我这时听出点音儿来，就问同学：他就是王一生？同学睁了眼，说：你不认识他？哎呀，你白活了。你不知道棋呆子？我说：我知道棋呆子就是王一生，可不知道王一生就是他。说着，就仔细看着这个精瘦的学生。王一生勉强笑一笑，只看着棋盘。

王一生简直大名鼎鼎。我们学校与旁边几个中学常常有学生之间的象棋厮杀，后来拚出几个高手。几个高手之间常摆擂台，渐渐地，几乎每次冠军就都是王一生了。我因为不喜欢象棋，也就不去关心什么象棋冠军，但王一生的大名，却常被班上几个棋篓子供在嘴上，我也就对其事迹略闻一二，知道王一生外号棋呆子，棋下得神不用说，而且在他们学校那一年级里数理成绩总是前数名。我想棋下得好而且有个数学脑子，这很合情理，可我又不信人们说的那些王一生的呆事，觉得不过是大家寻逸闻鄙事，以快言论罢了。后来运动起来，忽然有一天大家传说棋呆子在串连时犯了事儿，被人押回学校了。我对棋呆子能出去串连表示怀疑，因为以前大家对他的描述说明他不可能解决串连时的吃喝问题。

可大家说呆子确实去串连了，因为老下棋，被人瞄中，就同他各处走，常常送他一点儿钱，他也不问，只是收下。后来才知道，每到一处，呆子必要挤地头看下棋。看上一盘，必要把输家挤开，与赢家杀一盘。初时大家见他其貌不扬，不与他下。他执意要杀，于是就杀。几步下来，对方出了小汗，嘴却不软。呆子也不说话，只是出手极快，像是连想都不想。待到对方终于闭了嘴，连一圈儿观棋的人也要慢慢思索棋路而不再支招儿的时候，与呆子同行的人就开始摸包儿。大家正看得紧张，哪里想到钱包已经易主？待三盘下来，众人都摸头。这时呆子倒成了棋主，连问可有谁还要杀？有那不服的，就坐下来杀，最后仍是无一盘得利。

后来常常是众人齐做一方，七嘴八舌与呆子对手。呆子也不忙，反倒促众人快走，因为师傅多了，常为一步棋如何走自家争吵起来。就这样，在一处呆子可以连杀上一天。后来有那观棋的人发觉钱包丢了，闹嚷起来。慢慢有几个有心计的人暗中观察，看见有人掏包，也不响，之后见那人晚上来邀呆子走，就发一声喊，将扒手与呆子一齐绑了，由造反队审。呆子糊糊涂涂，只说别人常给他钱，大约是可怜他，也不知钱如何来，自己只是喜欢下棋。审主看他呆相，就命人押了回来，一时各校传为逸事。后来听说呆子认为外省马路棋手高手不多，不能长进，就托人找城里名手近战。有个同学就带他去见自己的父亲，据说是国内名手。名手见了呆子，也不多说，只摆一副据说是宋时留下的残局，要呆子走。呆子看了半晌，一五一十道来，替古人赢了。名手很惊讶，要收呆子为徒。不料呆子却问：这残局你可走通了？名手没反应过来，就说：还未通。呆子说：那我为什么要做你的徒弟？

名手只好请呆子开路，事后对自己的儿子说：你这同学倨傲不逊，棋品连着人品，照这样下去，棋品必劣。又举了一些最新指示，说若能好好学习，棋锋必健。后来呆子认识了一个捡烂纸的老头儿，被老头儿连杀三天而仅赢一盘。呆子就执意要替老头儿去撕大字报纸，不要老头儿劳动。不料有一天撕了某造反团刚贴的“檄文”，被人拿获，又被这造反团栽诬于对立派，说对方“施阴谋，弄诡计”，必讨之，而且是可忍，孰不可忍！对立派又阴使人偷出呆子，用了呆子的名义，对先前的造反团反戈一击。一时呆子的大名王一生贴得满街都是，许多外省来取经的“革命”战士许久才明白王一生原来是个棋呆子，就有人请了去外省会一些江湖名手。交手之后，各有胜负，不过呆子的棋据说是越下越精了。只可惜全国忙于“革命”，否则呆子不知会有什么造就。

这时我旁边的人也明白对手是王一生，连说不下了。王一生便很沮丧。我说：你妹妹来送你，你也不知道和家里人说说话儿，倒拉着我下棋！王一生看着我说：你哪儿知道我们这些人是怎么回事儿？你们这些人好日子过惯了，世上不明白的事儿多着呢！你家父母大约是舍不得你走了？我怔了怔，看着手说：哪儿来父母，都死球了。我的同学就添油加醋地叙了我一番，我有些不耐烦，说：我家死人，你倒有了故事了。王一生想了想，对我说：那你这两年靠什么活着？我说：混一天算一天。王一生就看定了我问：怎么混？我不答。

待了一会儿，王一生叹一声，说：混可不易。一天不吃饭，棋路都乱。不管怎么说，你父母在时，你家日子还好过。我不服气，说：你父母在，当然要说风凉话。我的同学见话不投机，就岔开说：呆子，这里没有你的对手，走，和我们打牌去吧。呆子笑一笑，说：牌算什么，瞌睡着也能赢你们。我旁边儿的人说：据说你下棋可以不吃饭？我说：人一迷上什么，吃饭倒是不重要的事。大约能干出什么事儿的人，总免不了有这种傻事。王一生想一想，又摇摇头，说：我可不是这样。说完就去看窗外。

一路下去，慢慢我发觉我和王一生之间，既开始有互相的信任和基于经验的同情，又有各自的疑问。他总是问我与他认识之前是怎么生活的，尤其是父母死后的两年是怎么混的。我大略地告诉他，可他又特别在一些细节上详细地打听，主要是关于吃。例如讲到有一次我一天没有吃到东西，他就问：一点儿都没吃到吗？我说：一点儿也没有。他又问：那你后来吃到东西是在什么时候？我说：后来碰到一个同学，他要用书包装很多东西，就把书包翻倒过来腾干净，里面有一个干馒头，掉在地上就碎了。我一边儿和他说话，一边儿就把这些碎馒头吃下去。不过，说老实话，干烧饼比干馒头解饱得多，而且顶时候儿。他同意我关于干烧饼的见解，可马上又问：我是说，你吃到这个干馒头的时候是几点？过了当天夜里十二点吗？我说：噢，不。是晚上十点吧。他又问：那第二天你吃了什么？我有点儿不耐烦。讲老实话，我不太愿意复述这些事情，尤其是细节。我觉得这些事情总在腐蚀我，它们与我以前对生活的认识太不合辙，总好像是在嘲笑我的理想。我说：当天晚上我睡在那个同学家。第二天早上，同学买了两个油饼，我吃了一个。上午我随他去跑一些事，中午他请我在街上吃。晚上嘛，我不好意思再在他那儿吃，可另一个同学来了，知道我没什么着落，硬拉了我去他家，当然吃得还可以。怎么样？还有什么不清楚？他笑了，说：你才不是刚才说的什么“一天没吃东西”。你十二点以前吃了一个馒头，没有超过二十四小时。更何况第二天你的伙食水平不低，平均下来，你两天的热量还是可以的。我说：你恐怕还是有些呆！要知道，人吃饭，不但是肚子的需要，而且是一种精神需要。不知道下一顿在什么地方，人就特别想到吃，而且，饿得快。他说：你家道尚好的时候，有这种精神压力吗？恐怕没有什么精神需求吧？有，也只不过是想好上再好，那是馋。馋是你们这些人的特点。我承认他说得有些道理，禁不住问他：你总在说你们、你们，可你是什么人？他迅速看着其他地方，只是不看我，说：我当然不同了。我主要是对吃要求得比较实在。唉，不说这些了，你真的不喜欢下棋？何以解忧？唯有象棋。我瞧着他说：你有什么忧？他仍然不看我，没有什么忧，没有。“忧”

这玩意儿，是他妈文人的佐料儿。我们这种人，没有什么忧，顶多有些不痛快。何以解不痛快？唯有象棋。

我看他对吃很感兴趣，就注意他吃的时候。列车上给我们这几节知青车厢送饭时，他若心思不在下棋上，就稍稍有些不安。听见前面大家拿吃时铝盒的碰撞声，他常常闭上眼，嘴巴紧紧收着，倒好像有些恶心。拿到饭后，马上就开始吃，吃得很快，喉结一缩一缩的，脸上绷满了筋。常常突然停下来，很小心地将嘴边或下巴上的饭粒儿和汤水油花儿用整个儿食指抹进嘴里。若饭粒儿落在衣服上，就马上一按，拈进嘴里。若一个没按住，饭粒儿由衣服上掉下地，他也立刻双脚不再移动，转了上身找。这时候他若碰上我的目光，就放慢速度。吃完以后，他把两只筷子吮净，拿水把饭盒充满，先将上面一层油花吸净，然后就带着安全到达彼岸的神色小口小口地呷。有一次，他在下棋，左手轻轻地叩茶几。一粒干缩了的饭粒儿也轻轻地小声跳着。他一下注意到了，就迅速将那个饭粒儿放进嘴里，腮上立刻显出筋络。我知道这种干饭粒儿很容易嵌到槽牙里，巴在那儿，舌头是赶它不出的。果然，待了一会儿，他就伸手到嘴里去抠。终于嚼完，和着一大股口水，咕的一声儿咽下去，喉结慢慢地移下来，眼睛里有了泪花。他对吃是虔诚的，而且很精细。有时你会可怜那些饭被他吃得一个渣儿都不剩，真有点儿惨无人道。我在火车上一直看他下棋，发现他同样是精细的，但就有气度得多。他常常在我们还根本看不出已是败局时就开始重码棋子，说：再来一盘吧。有的人不服输，非要下完，总觉得被他那样暗示死刑存些侥幸。他也奉陪，用四五步棋逼死对方，说：非要听“将”，有瘾？

我每看到他吃饭，就会想起杰克·伦敦的《热爱生命》，终于在一次饭后他小口呷汤时讲了这个故事。我因为有过饥饿的经验，所以特别渲染了故事中的饥饿感觉。他不再喝汤，只是把饭盒端在嘴边儿，一动不动地听我讲。我讲完了，他呆了许久，凝视着饭盒里的水，轻轻吸了一口，才很严肃地看着我说：这个人是对的。他当然要把饼干藏在褥子底下。照你讲，他是对失去食物发生精神上的恐惧，是精神病？不，他有道理，太有道理了。写书的人怎么可以这么理解这个人呢？杰……杰什么？嗯，杰克·伦敦，这个小子他妈真是饱汉子不知饿汉饥。我马上指出杰克·伦敦是一个如何如何的人。他说：是呀，不管怎么样，像你说的，杰克·伦敦后来出了名，肯定不愁吃的，他当然会叼着根烟，写些嘲笑饥饿的故事。我说：杰克·伦敦丝毫也没有嘲笑饥饿，他是……他不耐烦地打断我说：怎么不是嘲笑？把一个特别清楚饥饿是怎么回事儿的人写成发了神经，我不喜欢。我只好苦笑，不再说什么。可是一没人和他下棋了，他就又问我：嗯？再讲个吃的故事？其实杰克·伦敦那个故事挺好。我有些不高兴地说：那根本不是个吃的故事，那是一个讲生命的故事。你不愧为棋呆子。大约是我脸上有种表情，他于是不知怎么办才好。我心里有一种东西升上来，我还是喜欢他的，就说：好吧，巴尔扎克的《邦斯舅舅》听过吗？他摇摇头。我就又好好儿描述一下邦斯舅舅这个老饕。不料他听完，马上就说：这个故事不好，这是一个馋的故事，不是吃的故事。邦斯这个老头儿若只是吃而不馋，不会死。我不喜欢这个故事。他马上意识到这最后一句话，就急忙说：倒也不是不喜欢。不过洋人总和咱们不一样，隔着一层。我给你讲个故事吧。我马上感了兴趣：棋呆子居然也有故事！他把身体靠得舒服一些，说，从前哪，笑了笑，又说，老是他妈从前，可这个故事是我们院儿的五奶奶讲的。嗯——老辈子的时候，有这么一家子，吃喝不愁。粮食一囤一囤的，顿顿想吃多少吃多少，嘿，可美气了。后来呢，娶了个儿媳妇。那真能干，就没说把饭做糊过，不干不稀，特解饱。可这媳妇，每做一顿饭，必抓出一把米来藏好……听到这儿，我忍不住插嘴：老掉牙的故事了，还不是后来遇了荒年，大家没饭吃，媳妇把每日攒下的米拿出来，不但自家有了，还分给穷人？他很惊奇地坐直了，看着我说：你知道这个故事？可那米没有分给别人，五奶奶没有说分给别人。我笑了，说：这是教育小孩儿要节约的故事，你还拿来有滋有味儿地讲，你真是呆子。这不是一个吃的故事。他摇摇头，说：这太是吃的故事了。首先得有饭，才能吃，这家子有一囤一囤的粮食。可光穷吃不行，得记着断顿儿的时候，每顿都要欠一点儿。老话儿说半饥半饱日子长嘛。我想笑但没笑出来，似乎明白了一些什么。为了打消这种异样的感触，就说：呆子，我跟你下棋吧。他一下高兴起来，紧一紧手脸，啪啪啪就把棋码好，说：对，说什么吃的故事，还是下棋。下棋最好，何以解不痛快？唯有下象棋。啊？哈哈哈！你先走。我又是当头炮，他随后把马跳好。我随便动了一个子儿，他很快地把兵移前一格儿。我并不真心下棋，心想他念到中学，大约是读过不少书的，就问：你读过曹操的《短歌行》？他说：什么《短歌行》？我说：那你怎么知道何以解忧，唯有杜康？他愣了，问：杜康是什么？我说：杜康是一个造酒的人，后来也就代表酒，你把杜康换成象棋，倒也风趣。他摆了一下头，说：啊，不是。这句话是一个老头儿说的，我每回和他下棋，他总说这句。我想起了传闻中的捡烂纸老头儿，就问：是捡烂纸的老头儿吗？他看了我一眼，说：不是。不过，捡烂纸的老头儿棋下得好，我在他那儿学到不少东西。我很感兴趣地问：这老头儿是个什么人？怎么下得一手好棋还捡烂纸？他很轻地笑了一下，说：下棋不当饭。老头儿要吃饭，还得捡烂纸。可不知他以前是什么人。有一回，我抄的几张棋谱不知怎么找不到了，以为当垃圾倒出去了，就到垃圾站去翻。正翻着，这老头儿推着筐过来了，指着我说：你个大小伙子，怎么抢我的买卖？我说不是，是找丢了的东西，他问什么东西，我没搭理他。可他问个不停：钱，存折儿？结婚帖子？我只好说是棋谱，正说着，就找到了。他说叫他看看。他在路灯底下挺快就看完了，说这棋没根哪。我说这是以前市里的象棋比赛。可他说，哪儿的比赛也没用，你瞧这，这叫棋路？狗脑子，我心想怕是遇上异人了，就问他当怎么走。老头儿哗哗说了一通棋谱儿，我一听，真的不凡，就提出要跟他下一盘。老头让我先说。我们俩就在垃圾站下盲棋，我是连输五盘。老头儿棋路猛听头几步，没什么，可着子真阴真狠，打闪一般，网得开，收得又紧又快。后来我们见天儿在垃圾站下盲棋，每天回去我就琢磨他的棋路，以后居然跟他平过一盘，还赢过一盘。其实赢的那盘我们一共才走了十几步。老头儿用铅丝扒子敲了半天地面，叹一声，你赢了。我高兴了，直说要到他那儿去看看。老头儿白了我一眼，说，撑的？！告诉我明天晚上再在这儿等他。第二天我去了，见他推着筐远远来了。到了跟前，从筐里取出一个小布包，递到我手上，说这也是谱儿，让我拿回去，看瞧得懂不。又说哪天有走不动的棋，让我到这儿来说给他听听，兴许他就走动了。我赶紧回到家里，打开一看，还真他妈不懂。这是本异书，也不知是哪朝哪代的，手抄，边边角角儿，补了又补。上面写的东西，不像是说象棋，好像是说另外的什么事儿。我第二天又去找老头儿，说我看不懂，他哈哈一笑，说他先给我说一段儿，提个醒儿。他一开说，把我吓了一跳。原来开宗明义，是讲男女的事儿，我说这是“四旧”。老头儿叹了口气，说什么是旧？我这每天捡烂纸是不是在捡旧？可我回去把它们分门别类，卖了钱，养活自己，不是新？又说咱们中国道家讲阴阳，这开篇是借男女讲阴阳之气。阴阳之气相游相交，初不可太盛，太盛则折，折就是折断的折。我点点头。太盛则折，太弱则泻。老头儿说我的毛病是太盛。又说，若对手盛，则以柔化之。可要在化的同时，造成克势。柔不是弱，是容，是收，是含。含而化之，让对手入你的势。这势要你造，需无为而无不为。无为即是道，也就是棋运之大不可变，你想变，就不是象棋，输不用说了，连棋边儿都沾不上。棋运不可悖，但每局的势要自己造。棋运和势既有，那可就无所不为了。玄是真玄，可细琢磨，是那么个理儿。我说，这么讲是真提气，可这下棋，千变万化，怎么才能准赢呢？老头儿说这就是造势的学问了。造势妙在契机。谁也不走子儿，这棋没法儿下。可只要对方一动，势就可入，就可导。高手你入他很难，这就要损。损他一个子儿，损自己一个子儿，先导开，或找眼钉下，止住他的入势，铺排下自己的入势。这时你万不可死损，势式要相机而变。势势有相因之气，势套势，小势开导，大势含而化之，根连根，别人就奈何不得。老头儿说我只有套，势不太明。套可以算出百步之远，但无势，不成气候。又说我脑子好，有琢磨劲儿，后来输我的那一盘，就是大势已破，再下就是玩了。老头儿说他日子不多了，无儿无女，遇见我，就传给我吧。我说你老人家棋道这么好，怎么干这种营生呢？老头儿叹了一口气，说这棋是祖上传下来的，但有训——为棋不为生，为棋是养性，生会坏性，所以生不可太盛。又说他从小没学过什么谋生本事，现在想来，倒是训坏了他。我似乎听明白了一些棋道，可很奇怪，就问：棋道与生道难道有什么不同么？王一生说：我也是这么说，而且魔怔起来，问他天下大势。老头儿说，棋就是这么几个子儿，棋盘就是这么大，无非是道同势不同，可这子儿你全能看在眼底。天下的事，不知道的太多。这每天的大字报，张张都新鲜，虽看出点道儿，可不能究底。子儿不全摆上，这棋就没法儿下。

我就又问那本棋谱。王一生很沮丧地说：我每天带在身上，反复地看。后来你知道，我撕大字报被造反团捉住，书就被他们搜了去，说是“四旧”，给毁了，而且是当着我的面儿毁的。好在书已在我脑子里，不怕他们。我就又和王一生感叹了许久。

火车终于到了，所有的知识青年都又被用卡车运到农场。在总场，各分场的人上来领我们。我找到王一生，说：呆子，要分手了，别忘了交情，有事儿没事儿，互相走动。他说当然。

第二章

这个农场在大山林里，活计就是砍树，烧山，挖坑，再栽树。不栽树的时候，就种点儿粮食。交通不便，运输不够，常常就买不到煤油点灯。晚上黑灯瞎火，大家凑在一起臭聊，天南地北。又因为常割资本主义尾巴，生活就清苦得很，常常一个月每人只有五钱油，吃饭钟一敲，大家就疾跑如飞。大锅菜是先煮后搁油，油又少，只在汤上浮几个大花儿。落在后边，常常就只能吃清水南瓜或清水茄子。米倒是不缺，国家供应商品粮，每人每月四十二斤。可没油水，挖山又不是轻活，肚子就越吃越大。我倒是没有什么，毕竟强似讨吃。每月又有二十几元工薪，家里没有人惦记着，又没有找女朋友，就买了烟学抽，不料越抽越凶。

山上活儿紧时，常常累翻，就想：呆子不知怎么干，那么精瘦的一个人。晚上大家闲聊，多是精神会餐。我又想，呆子的吃相可能更恶了。我父亲在时，炒得一手好菜，母亲都比不上他，星期天常邀了同事，专事品尝，我自然精于此道。因此聊起来，常常是主角，说得大家个个儿腮胀，常常发一声喊，将我按倒在地上，说像我这样儿的人实在是祸害，不如宰了炒吃。下雨时节，大家都慌忙上山去挖笋，又到沟里捉田鸡，无奈没有油，常常吃得胃酸。山上总要放火，野兽们都惊走了，极难打到。即使打到，野物们走惯了，没膘，熬不得油。尺把长的老鼠也捉来吃，因鼠是吃粮的，大家说鼠肉就是人肉，也算吃人吧。我又常想，呆子难道不馋？好上加好，固然是馋，其实饿时更馋。不馋，吃的本能不能发挥，也不得寄托。又想，呆子不知还下棋不下棋。我们分场与他们分场隔着近百里，来去一趟不容易，也就见不着。

转眼到了夏季。有一天，我正在山上干活儿，远远望见山下小路上有一个人。大家觉得影儿生，就议论是什么人。有人说是小毛的男的吧。小毛是队里一个女知青，新近在外场找了一个朋友，可谁也没见过。大家就议论可能是这个人来找小毛，于是满山喊小毛，说她的汉子来了。小毛丢了锄，跌跌撞撞跑过来，伸了脖子看。还没等小毛看好，我却认出来人是王一生——棋呆子。于是大叫，别人倒吓了一跳，都问：找你的？我很得意。我们这个队有四个省市的知青，与我同来的不多，自然他们不认识王一生。我这时正代理一个管三四个人的小组长，于是对大家说：散了，不干了。大家也别回去，帮我看看山上可有什么吃的弄点儿。到钟点儿再下山，拿到我那儿去烧。你们打了饭，都过来一起吃。大家于是就钻进乱草里去寻了。

我跳着跑下山，王一生已经站住，一脸高兴的样子，远远地问：你怎么知道是我？我到了他跟前说：远远就看你呆头呆脑，还真是你。你怎么老也不来看我？他跟我并排走着，说：你也老不来看我呀！我见他背上的汗浸出衣衫，头发已是一绺一绺的，一脸的灰土，只有眼睛和牙齿放光，嘴上也是一层土，干得起皱，就说：你怎么摸来的？他说：搭一段儿车，走一段儿路，出来半个月了。我吓了一跳，问：不到百里，怎么走这么多天？他说：回去细说。

说话间已经到了沟底队里。场上几只猪跑来跑去，个个儿瘦得赛狗。还不到下班时间，冷冷清清的，只有队上伙房隐隐传来叮叮当当的声音。

到了我的宿舍，径直进去。这里并不锁门，都没有多余的东西可拿，不必防谁。我放了盆，叫他等着，就提桶打热水来给他洗。到了伙房，与炊事员讲，我这个月的五钱油全数领出来，以后就领生菜，不再打熟菜。炊事员问：来客了？我说：可不！炊事员就打开锁了的柜子，舀一小匙油找了个碗盛给我，又拿了三只长茄子，说：明天还来打菜吧，从后天算起，方便。我从锅里舀了热水，提回宿舍。

王一生把衣裳脱了，只剩一条裤衩，呼噜呼噜地洗。洗完后，将脏衣服按在水里泡着，然后一件一件搓，洗好涮好，拧干晾在门口绳上。我说：你还挺麻利的。他说：从小自己干，惯了。几件衣服，也不费事。说着就在床上坐下，弯过手臂，去挠背后，肋骨一根根动着。我拿出烟来请他抽。他很老练地敲出一支，舔了一头儿，倒过来叼着。我先给他点了，自己也点上。他支起肩深吸进去，慢慢地吐出来，浑身荡一下，笑了，说：真不错。我说：怎么样？也抽上了？日子过得不错呀。他看看草顶，又看看在门口转来转去的猪，低下头，轻轻拍着净是绿筋的瘦腿，半晌才说：不错，真的不错。还说什么呢？粮？钱？还要什么呢？不错，真不错。你怎么样？他透过烟雾问我。我也感叹了，说：钱是不少，粮也多，没错儿，可没油哇。大锅菜吃得胃酸。主要是没什么玩儿的，没书，没电影儿。去哪儿也不容易，老在这个沟儿里转，闷得无聊。他看看我，摇一下头，说：你们这些人哪！没法儿说，想的净是锦上添花。我挺知足，还要什么呢？你呀，你就叫书害了。你在车上给我讲的两个故事，我琢磨了，后来挺喜欢的。你不错，读了不少书。可是，归到底，解决什么呢？是呀，一个人拼命想活着，最后都神经了，后来好了，活下来了，可接着怎么生活呢？像邦斯那样？有吃，有喝，好收藏个什么，可有个馋的毛病，人家不请吃就活得不痛快。人要知足，顿顿饱就是福。他不说了，看着自己的脚趾动来动去，又用后脚跟去擦另一只脚的背，吐出一口烟，用手在腿上掸了掸。

我很后悔用油来表示我对生活的不满意，还用书和电影儿这种可有可无的东西表示我对生活的不满足，因为这些在他看来，实在是超出基准线上的东西，他不会为这些烦闷。我突然觉得很泄气，有些同意他的说法。是呀，还要什么呢？我不是也感到挺好了吗？不用吃了上顿惦记着下顿，床不管怎么烂，也还是自己的，不用窜来窜去找刷夜的地方。可是我常常烦闷的是什么呢？为什么就那么想看看随便什么一本书呢？电影儿这种东西，灯一亮就全醒过来了，图个什么呢？可我隐隐有一种欲望在心里，说不清楚，但我大致觉出是关于活着的什么东西。

我问他：你还下棋吗？他就像走棋那么快地说：当然，还用说？我说：是呀，你觉得一切都好，干吗还要下棋呢？下棋不多余吗？他把烟卷儿停在半空，摸了一下脸说：我迷象棋，一下棋，就什么都忘了。待在棋里舒服。就是没有棋盘，棋子儿，我在心里也能下，碍谁的事儿啦？我说：假如有一天不让你下棋，也不许你想走棋的事儿，你觉得怎么样？他挺奇怪地看着我说：不可能，那怎么可能？我能在心里下呀！还能把我脑子挖了？你净说些不可能的事儿。我叹了一口气，说：下棋这事儿看来是不错。看了一本儿书，你不能老在脑子里过篇儿，老想看看新的。下棋可不一样了，自己能变着花样儿玩。他笑着对我说：怎么样，学棋吧？咱们现在吃喝不愁了，顶多是照你说的，不够好，又活不出个大意思来。书你哪儿找去？下棋吧，有忧下棋解。

我想了想，说：我实在对棋不感兴趣。我们队倒有个人，据说下得不错。他把烟屁股使劲儿扔出门外，眼睛又放出光来：真的？有下棋的？嘿，我真还来对了。他在哪儿？我说：还没下班呢。看你急的，你不是来看我的吗？他双手抱着脖子仰在我的被子上，看着自己松松的肚皮，说：我这半年，就找不到下棋的。后来想，天下异人多得很，这野林子里我就不信找不到个下棋下得好的。现在我请了事假，一路找人下棋，就找到你这儿来了。我说：你不挣钱了？怎么活着呢？他说：你不知道，我妹妹在城里分了工矿，挣钱了，我也就不用给家寄那么多钱了。我就想，趁这工夫儿，会会棋手。怎么样？你一会儿把你说的那人找来下一盘？我说当然，心里一动，就又问他：你家里到底是怎么个情况呢？

他叹了一口气，望着屋顶，很久才说：穷。困难啊！我们家三口儿人，母亲死了，只有父亲、妹妹和我。我父亲嘛，挣得少，按平均生活费的说法儿，我们一人才不到十块。我母亲死后，父亲就喝酒，而且越喝越多，手里有俩钱儿就喝，就骂人。邻居劝，他不是不听，就是一把鼻涕一把泪，弄得人家也挺难过。我有一回跟我父亲说：你不喝就不行？有什么好处呢？他说：你不知道酒是什么玩意儿，它是老爷们儿的觉啊！咱们这日子挺不易，你妈去了，你们又小。我烦哪，我没文化，这把年纪，一辈子这点子钱算是到头儿了。你妈死的时候，嘱咐了，怎么着也要供你念完初中再挣钱。你们让我喝口酒，啊？对老人有什么过不去的，下辈子算吧。他看了看我，又说：不瞒你说，我母亲解放前是窑子里的。后来大概是有人看上了，做了人家的小，也算从良。有烟吗？我扔过一支烟给他，他点上了，把烟头儿吹得红红的，两眼不错眼珠儿地盯着，许久才说：后来，我妈又跟人跑了，据说买她的那家欺负她，当老妈子不说，还打。后来跟的这个是什么人，我不知道，我只知道我是我妈跟这个人生的。刚一解放，我妈跟的那个人就不见了。当时我妈怀着我，吃穿无着，就跟了我现在这个父亲。我这个后爹是卖力气的，可临到解放的时候儿，身子骨儿不行，又没文化，钱就挣得少。和我妈过了以后，原指着相帮着好一点儿，可没想到添了我妹妹后，我妈一天不如一天。那时候我才上小学，脑筋好，老师都喜欢我。可学校春游、看电影我都不在，给家里省一点儿是一点儿。我妈怕委屈了我，拖累着个身子，到处找活。有一回，我和我母亲给印刷厂叠书页子，是一本讲象棋的书。叠好了，我妈还没送去，我就一篇一篇对着看。不承想，就看出点儿意思来。于是有空儿就到街下看人家下棋。看了有些日子，就手痒痒，没敢跟家里要钱，自己用硬纸剪了一副棋，拿到学校去下。下着下着就熟了。于是又到街上和别人下。原先我看人家下得挺好，可我这一跟他们真下，还就赢了。一家伙就下了一晚上，饭也没吃。我妈找来了，把我打回去。唉，我妈身子弱，都打不痛我。到了家，她竟给我跪下了，说：小祖宗，我就指望你了！你若不好好儿念书，妈就死在这儿。我一听这话吓坏了，忙说：妈，我没不好好儿念书。您起来，我不下棋了。我把我妈扶起来坐着。那天晚上，我跟我妈叠页子，叠着叠着，就走了神儿，想着一路棋。我妈叹一口气说，你也是，看不上电影儿，也不去公园，就玩儿这么个棋。唉，下吧。可妈的话你得记着，不许玩儿疯了。功课要是落下了，我不饶你。我和你爹都不识字儿，可我们会问老师。老师若说你功课跟不上，你再说什么也不行。我答应了。我怎么会把功课落下呢？学校的算术，我跟玩儿似的。这以后，我放了学，先做功课，完了就下棋，吃完饭，就帮我妈干活儿，一直到睡觉。因为叠页子不用动脑筋，所以就在脑子里走棋，有的时候，魔怔了，会突然一拍书页，喊棋步，把家里人都吓一跳。我说：怨不得你棋下得这么好，小时候棋就都在你脑子里呢！他苦笑笑说：是呀，后来老师就让我去少年宫象棋组，说好好儿学，将来能拿大冠军呢！可我妈说，咱们不去什么象棋组，要学，就学有用的本事。下棋下得好，还当饭吃了？有那点儿工夫，在学校多学点儿东西比什么不好？你跟你们老师们说，不去象棋组，要是你们老师还有没教你的本事，你就跟老师说，你教了我，将来有大用呢。啊？专学下棋？这以前都是有钱人干的！妈以前见过这种人，那都是身份，他们不指着下棋吃饭。妈以前待过的地方，也有女的会下棋，可要的钱也多。唉，你不知道，你不懂。下下玩儿可以，别专学，啊？我跟老师说了，老师想了想，没说什么。后来老师买了一副棋送我，我拿给妈看，妈说，唉，这是善心人哪！可你记住，先说吃，再说下棋。等你挣了钱，养活家了，爱怎么下就怎么下，随你。我感叹了，说：这下儿好了，你挣了钱，你就能撒着欢儿地下了，你妈也就放心了。王一生把脚搬上床，盘了坐，两只手互相捏着腕子，看着地下说：我妈看不见我挣钱了。家里供我念到初一，我妈就死了。死之前，特别跟我说，这一条街都说你棋下得好，妈信。可妈在棋上疼不了你。你在棋上怎么出息，到底不是饭碗。妈不能看你念完初中，跟你爹说了，怎么着困难，也要念完。高中，妈打听了，那是为上大学，咱们家用不着上大学，你爹也不行了，你妹妹还小，等你初中念完了就挣钱，家里就靠你了。妈要走了，一辈子也没给你留下什么，只捡人家的牙刷把，给你磨了一副棋，说着，就叫我从枕头底下拿出一个小布包来，打开一看，都是一小点儿大的子儿，磨得是光了又光，赛象牙，可上头没字儿。妈说，我不识字，怕刻不对。你拿了去，自己刻吧，也算妈疼你好下棋。我们家多困难，我没哭过，哭管什么呢？可看着这副没字儿的棋，我绷不住了。

我鼻子有些酸，就低了眼，叹道：唉，当母亲的。王一生不再说话，只是抽烟。

山上的人下来了，打到两条蛇。大家见了王一生，都很客气，问是几分场的，那边儿伙食怎么样。王一生答了，就过去摸一摸晾着的衣裤，还没有干。我让他先穿我的，他说吃饭要出汗，先光着吧。大家见他很随和，也就随便聊起来。我自然将王一生的棋道吹了一番，以示来者不凡。大家都说让队里的高手脚卵来与王一生下。一个人跑了去喊，不一刻，脚卵来了。脚卵是南方大城市的知识青年，个子非常高，又非常瘦。动作起来颇有些文气，衣服总要穿得整整齐齐，有时候走在山间小路上，看到这样一个高个儿纤尘不染，衣冠楚楚，真令人生疑。脚卵弯腰进来，很远就伸出手来要握，王一生糊涂了一下，马上明白了，也伸出手去，脸却红了。握过手，脚卵把双手捏在一起端在肚子前面，说：我叫倪斌，人儿倪，文武斌。因为腿长，大家叫我脚卵。卵是很粗俗的话，请不要介意，这里的人文化水平是很低的。贵姓？王一生比倪斌矮下去两个头，就仰着头说：我姓王，叫王一生。倪斌说：王一生？蛮好，蛮好，名字蛮好的。一生是哪两个字？王一生直仰着脖子，说：一二三的一，生活的生。倪斌说：蛮好，蛮好。就把长臂曲着往外一摆，说：请坐。听说你钻研象棋？蛮好，蛮好，象棋是很高级的文化。我父亲是下得很好的，有些名气，喏，他们都知道的。我会走一点点，很爱好，不过在这里没有对手。你请坐。王一生坐回床上，很尴尬地笑着，不知说什么好。倪斌并不坐下，只把手虚放在胸前，微微向前侧了一下身子，说：对不起，我刚刚下班，还没有梳洗，你候一下好了，我马上就来。噢，问一下，乃父也是棋道里的人么？王一生很快地摇头，刚要说什么，但只是喘了一口气。倪斌说：蛮好，蛮好。好，一会儿我再来。我说：脚卵洗了澡，来吃蛇肉。倪斌一边退出去，一边说：不必了，不必了。好的，好的。大家笑起来，向外嚷：你到底来是不来？什么“不必了，好的”！倪斌在门外说：蛇肉当然是要吃的，一会儿下棋是要动脑筋的。

大家笑着脚卵，关了门，三四个人精着屁股，上上下下地洗，互相开着身体的玩笑。王一生不知在想什么，坐在床里边，让开擦身的人。我一边将蛇头撕下来，一边对王一生说：别理脚卵，他就是这么神神道道的一个人。有一个人对我说：你的这个朋友要真是有两下子，今天有一场好杀。脚卵的父亲在我们市里，真是很有名气哩。另外的人说：爹是爹，儿是儿，棋还遗传了？王一生说：家传的棋，有厉害的。几代沉下的棋路，不可小看。一会儿下起来看吧。说着就紧一紧手脸。我把蛇挂起来，将皮剥下，不洗，放在案板上，用竹刀把肉划开，并不切断，盘在一个大碗内，放进一个大锅里，锅底蓄上水，叫：洗完了没有？我可开门了！大家慌忙穿上短裤。我到外边地上摆三块土坯，中间架起柴引着，就将锅放在土坯上，把猪吆喝远了，说：谁来看看？别叫猪拱了。开锅后十分钟端下来。就进屋收拾茄子。

有人把脸盆洗干净，到伙房打了四五斤饭和一小盆清水茄子，捎回来一棵葱和两瓣野蒜、一小块姜，我说还缺盐，就又有人跑去拿来一块，捣碎在纸上放着。

脚卵远远地来了，手里抓着一个黑木盒子。我问：脚卵，可有酱油膏？脚卵迟疑了一下，反身回去。我又大叫：有醋精拿点儿来！

蛇肉到了时间，端进屋里，掀开锅，一大团蒸气冒出来，大家并不缩头，慢慢看清了，都叫一声好。两大条蛇肉亮晶晶地盘在碗里，粉粉地冒蒸气。我嗖的一下将碗端出来，吹吹手指，说：开始准备胃液吧！王一生也挤过来看，问：整着怎么吃？我说：蛇肉碰不得铁，碰铁就腥，所以不切，用筷子撕着蘸料吃。我又将切好的茄块儿放进锅里蒸。

脚卵来了，用纸包了一小块儿酱油膏，又用一张小纸包了几颗白色的小粒儿，我问是什么，脚卵说：这是草酸，去污用的，不过可以代替醋。我没有醋精，酱油膏也没有了，就这一点点。我说：凑合了。脚卵把盒子放在床上，打开，原来是一副棋，乌木做的棋子，暗暗的，发亮。字用刀刻出来，笔画很细，却是篆字，用金丝银丝嵌了，古色古香。棋盘是一幅绢，中间亦是篆字：楚河汉界。大家凑过去看，脚卵就很得意，说：这是古董，明朝的，很值钱。我来的时候，我父亲给我的。以前和你们下棋，用不到这么好的棋。今天王一生来嘛，我们好好下。王一生大约从来没有见过这么精彩的棋具，很小心地摸，又紧一紧手脸。

我将酱油膏和草酸冲好水，把葱末、姜末和蒜末投进去，叫声：吃起来！大家就乒乒乓乓地盛饭，伸筷撕那蛇肉蘸料，刚入嘴嚼，纷纷嚷鲜。

我问王一生是不是有些像蟹肉，王一生一边儿嚼着，一边儿说：我没吃过螃蟹，不知道。脚卵伸过头去问：你没有吃过螃蟹？怎么会呢？王一生也不答话，只顾吃。脚卵就放下碗筷，说：年年中秋节，我父亲就约一些名人到家里来，吃螃蟹，下棋，品酒，作诗。都是些很高雅的人，诗做得很好的，还要互相写在扇子上。这些扇子过多少年也是很值钱的。大家并不理会他，只顾吃。脚卵眼看蛇肉渐少，也急忙捏起筷子来，不再说什么。

不一刻，蛇肉吃完，只剩两副蛇骨在碗里。我又把蒸熟的茄块儿端上来，放少许蒜和盐拌了。再将锅里热水倒掉，续上新水，把蛇骨放进去熬汤。大家喘一口气，接着伸筷，不一刻，茄子也吃净。我便把汤端上来，蛇骨已经煮散，在锅底唰啦唰啦地响。这里屋外常有一二处小丛的野茴香，我就拔来几棵，揪在汤里，立刻屋里异香扑鼻。大家这时饭已吃净，纷纷舀了汤在碗里，热热的小口呷，不似刚才紧张，话也多起来了。

脚卵抹一抹头发，说：蛮好，蛮好的。就拿出一支烟，先让了王一生，又自己叼了一支，烟包正待放回衣袋里，想了想，便放在小饭桌上，摆一摆手说：今天吃的，都是山珍，海味是吃不到了。我家里常吃海味的，非常讲究，据我父亲讲，我爷爷在时，专雇一个老太婆，整天就是从燕窝里拔脏东西。燕窝这种东西，是海鸟叼来小鱼小虾，用口水粘起来的，所以里面各种脏东西多得很，要很细心地一点一点清理，一天也就能搞清一个，再用小火慢慢地蒸。每天吃一点，对身体非常好。王一生听呆了，问：一个人每天就专门是管做燕窝的？好家伙！自己买来鱼虾，熬在一起，不等于燕窝吗？脚卵微微一笑，说：要不怎么燕窝贵呢？第一，这燕窝长在海中峭壁上，要拼命去挖。第二，这海鸟的口水是很珍贵的东西，是温补的。因此，舍命，费工时，又是补品，能吃燕窝，也是说明家里有钱和有身份。大家就说这燕窝一定非常好吃。脚卵又微微一笑，说：我吃过的，很腥。大家就感叹了，说费这么多钱，吃一口腥，太划不来。

天黑下来，早升在半空的月亮渐渐亮了。我点起油灯，立刻四壁都是人影子。脚卵就说：王一生，我们来下一盘？王一生大概还没有从燕窝里醒过来，听见脚卵问，只微微点一点头。脚卵出去了。王一生奇怪了，问：嗯？大家笑而不答。一会儿，脚卵又来了，穿得笔挺，身后随来许多人，进屋都看看王一生。脚卵慢慢摆好棋，问：你先走？王一生说：你吧。大家就上上下下围了看。

走出十多步，王一生有些不安，但也只是暗暗捻一下手指。走过三十几步，王一生很快地说：重摆吧。大家奇怪，看看王一生，又看看脚卵，不知是谁赢了。脚卵微微一笑，说：一赢不算胜。就伸手抽一颗烟点上。王一生没有表情，默默地把棋重新码好。两人又走。又走到十多步，脚卵半天不动，直到把一根烟吸完，又走了几步，脚卵慢慢地说：再来一盘。大家又奇怪是谁赢了，纷纷问。王一生很快地将棋码成一个方堆，看看脚卵问：走盲棋？脚卵沉吟了一下，点点头。两人就口述棋步。好几个人摸摸头，摸摸脖子，说下得好没意思，不知谁是赢家。就有几个人离开走出去，把油灯带得一明一暗。

我觉出有点儿冷，就问王一生：你不穿点儿衣裳？王一生没有理我。我感到没有意思，就坐在床里，看大家也是一会儿看看脚卵，一会儿看看王一生，像是瞧从来没有见过的两个怪物。油灯下，王一生抱了双膝，锁骨后陷下两个深窝，盯着油灯，时不时拍一下身上的蚊虫。脚卵两条长腿抵在胸口，一只大手将整个儿脸遮了，另一只大手飞快地将指头捏来弄去。说了许久，脚卵放下手，很快地笑一笑，说：我乱了，记不得。就又摆了棋再下。不久，脚卵抬起头，看着王一生说：天下是你的。抽出一支烟给王一生，又说：你的棋是跟谁学的？王一生也看着脚卵，说：跟天下人。脚卵说：蛮好，蛮好，你的棋蛮好。大家看出是谁赢了，都高兴松动起来，盯着王一生看。

脚卵把手搓来搓去，说：我们这里没有会下棋的人，我的棋路生了。今天碰到你，蛮高兴的，我们做个朋友。王一生说：将来有机会，一定见见你父亲。脚卵很高兴，说：那好，好极了，有机会一定去见见他。我不过是玩玩棋。停了一会儿，又说：你参加地区的比赛，没有问题。王一生问：什么比赛？脚卵说：咱们地区，要组织一个运动会，其中有棋类。地区管文教的书记我认得，他早年在我们市里，与我父亲认识。我到农场来，我父亲给他带过信，请他照顾。我找过他，他说我不如打篮球。我怎么会打篮球呢？那是很野蛮的运动，要伤身体的。这次运动会，他来信告诉我，让我争取参加农场的棋类队到地区比赛，赢了，调动自然好说。你棋下到这个地步，参加农场队，不成问题。你回你们场，去报名就可以了。将来总场选拔，肯定会有你。王一生很高兴，起来把衣裳穿上，显得更瘦。大家又聊了很久。

将近午夜，大家都散去，只剩下宿舍里同住的四个人与王一生、脚卵。脚卵站起来，说：我去拿些东西来吃。大家都很兴奋，等着他。一会儿，脚卵弯腰进来，把东西放在床上，摆出六颗巧克力，半袋麦乳精，纸包的一斤精白挂面。巧克力大家都一口咽了，来回舔着嘴唇。麦乳精冲成稀稀的六碗，喝得满屋喉咙响。王一生笑嘻嘻地说：世界上还有这种东西？苦甜苦甜的。我又把火升起来，开了锅，把面下了，说：可惜没有调料。脚卵说：我还有酱油膏。我说：你不是只有一小块儿了吗？脚卵不好意思地说：咳，今天不容易，王一生来了，我再贡献一些。就又拿了来。

大家吃了，纷纷点起烟，打着哈欠，说没想到脚卵还有如许存货，藏得倒严实，脚卵急忙申辩这是剩下的全部了。大家吵着要去翻，王一生说：不要闹，人家的是人家的，从来农场存到现在，说明人家会过日子。倪斌，你说，这比赛什么时候开始呢？脚卵说：起码还有半年。王一生不再说话。我说：好了，休息吧。王一生，你和我睡在我的床上。脚卵，明天再聊。大家就起身收拾床铺，放蚊帐。我和王一生送脚卵到门口，看他高高的个子在青白的月光下远远去了。王一生叹一口气，说：倪斌是个好人。

王一生又待了一天，第三天早上，执意要走。脚卵穿了破衣服，肩了锄来送。两人握了手，倪斌说：后会有期。大家远远在山坡上招手。我送王一生出了山沟，王一生拦住，说：回去吧。我嘱咐他，到了别的分场，有什么困难，托人来告诉我，若回来路过，再来玩儿。王一生整了整书包带儿，就急急地顺公路走了，脚下扬起细土，衣裳晃来晃去，裤管儿前后荡着，像是没有屁股。

第三章

这以后，大家没事儿，常提起王一生，津津有味儿地回忆王一生光膀子大战脚卵。我说了王一生如何如何不容易，脚卵说：我父亲说过的，寒门出高士。据我父亲讲，我们祖上是元朝的倪云林。倪祖很爱干净，开始的时候，家里有钱，当然是讲究的。后来兵荒马乱，家道败了，倪祖就卖了家产，到处走，常在荒野店投宿，很遇到一些高士。后来与一个会下棋的村野之人相识，学得一手好棋。现在大家只晓得倪云林是元四家里的一个，诗书画绝佳，却不晓得倪云林还会下棋。倪祖后来信佛参禅，将棋炼进禅宗，自成一路。这棋只我们这一宗传下来。王一生赢了我，不晓得他是什么路，总归是高手了。大家都不知道倪云林是什么人，只听脚卵神吹，将信将疑，可也认定脚卵的棋有些来路，王一生既然赢了脚卵，当然更了不起。这里的知青在城里都是平民出身，多是寒苦的，自然更看重王一生。

将近半年，王一生不再露面。只是这里那里传来消息，说有个叫王一生的，外号棋呆子，在某处与某某下棋，赢了某某。大家也很高兴，即使有输的消息，都一致否认，说王一生怎会输棋呢？我给王一生所在的分场队里写了信，也不见回音，大家就催我去一趟。我因为这样那样的事，加上农场知青常常斗殴，又输进火药枪互相射击，路途险恶，终于没有去。

一天脚卵在山上对我说，他已经报名参加棋类比赛了，过两天就去总场，问王一生可有消息，我说没有。大家就说王一生肯定会到总场比赛，相约一起请假去总场看看。

过了两天，队里的活儿稀松，大家就纷纷找了各种借口请假到总场，盼着能见着王一生。我也请了假出来。

总场就在地区所在地，大家走了两天才到。这个地区虽是省以下的行政单位，却只有交叉的两条街，沿街有一些商店，货架上不是空的，即是展品概不出售。可是大家仍然很兴奋，觉得到了繁华地界，就沿街一个馆子一个馆子地吃，都先只叫净肉，一盘一盘地吞下去，拍拍肚子出来，觉得日光晃眼，竟有些肉醉，就找了一处草地，躺下来抽烟，又纷纷昏睡过去。

醒来后，大家又回到街上细细吃了一些面食，然后到总场去。

一行人高高兴兴到了总场，找到文体干事，问可有一个叫王一生的来报到。干事翻了半天花名册，说没有。大家不信，拿过花名册来七手八脚地找，真的没有，就问干事是不是搞漏掉了。干事说花名册是按各分场报上来的名字编的，都已分好号码，编好组，只等明天开赛。大家你望望我，我望望你，搞不清是怎么回事儿。我说：找脚卵去。脚卵在运动员们住下的草棚里，见了他，大家就问。脚卵说：我也奇怪呢。这里乱糟糟的，我的号是棋类，可把我分到球类组来，让我今晚就参加总场联队训练，说了半天也不行，还说主要靠我进球得分。大家笑起来，说：管他赛什么，你们的伙食差不了。可王一生没来太可惜了。

直到比赛开始，也没有见王一生的影子。问了他们分场来的人，都说很久没见王一生了。大家有些慌，又没办法，只好去看脚卵赛篮球。脚卵痛苦不堪，规矩一点儿不懂，球也抓不住，投出去总是三不沾，抢得猛一些，他就抽身出来，瞪着大眼看别人争。文体干事急得抓耳挠腮，大家又笑得前仰后合。每场下来，脚卵总是嚷野蛮，埋怨脏。

赛了两天，决出总场各类运动代表队，到地区参加地区决赛。大家看看王一生还没有影子，就都相约要回去了。脚卵要留在地区文教书记家再待一两天，就送我们走一段。快到街口，忽然有人一指：那不是王一生？大家顺着方向一看，真是他。王一生在街口另一面急急地走来，没有看见我们。我们一齐大叫，他猛地站住，看见我们，就横街向我们跑来。到了跟前，大家纷纷问他怎么不来参加比赛？王一生很着急的样子，说：这半年我总请事假出来下棋，等我知道报名赶回去，分场说我表现不好，不准我出来参加比赛，连名都没报上。我刚找了由头儿，跑上来看看赛得怎么样。怎么样？赛得怎么样？大家一迭声儿地说早赛完了，现在是各县代表队的比赛，夺地区冠军。王一生愣了半晌，说：也好，夺地区冠军必是各县高手，看看也不赖。我说：你还没吃东西吧？走，街上随便吃点儿什么去。脚卵与王一生握过手，也惋惜不已。大家就又拥到一家小馆儿，买了一些饭菜，边吃边叹息。王一生说：我是要看看地区的象棋大赛。你们怎么样？要回去吗？大家都说出来的时间太长了，要回去。我说：我再陪你一两天吧。脚卵也在这里。于是又有两三个人也说留下来再耍一耍。

脚卵就领留下的人去文教书记家，说是看看王一生还有没有参加比赛的可能。走不多久，就到了。只见一扇小铁门紧闭着，进去就有人问找谁，见了脚卵，不再说什么，只让等一下。一会儿叫进了，大家一起走进一幢大房子，只见窗台上摆了一溜儿花草，伺候得很滋润。大大的一面墙上只一幅主席诗词的挂轴儿，绫子黄黄的很浅。屋内只摆几把藤椅，茶几上放着几张大报与油印的简报。不一会儿，书记出来，胖胖的，很快地与每个人握手，又叫人把简报收走，就请大家坐下来。大家没见过管着几个县的人的家，头都转来转去地看。书记呆了一下，就问：都是倪斌的同学吗？大家纷纷回过头看书记，不知该谁回答。脚卵欠一下身，说：都是我们队上的。这一位就是王一生。说着用手掌向王一生一倾。书记看着王一生说：噢，你就是王一生？好。这两天，倪斌常提到你。怎么样，选到地区来赛了吗？王一生正想答话，倪斌马上就说：王一生这次有些事耽误了，没有报上名。现在事情办完了，看看还能不能参加地区比赛。您看呢？书记用胖手在扶手上轻轻拍了两下又轻轻用中指很慢地擦着鼻沟儿，说：啊，是这样。不好办。你没有取得县一级的资格，不好办。听说你很有天才，可是没有取得资格去参加比赛，下面要说话的，啊？王一生低了头，说：我也不是要参加比赛，只是来看。书记说：那是可以的，那欢迎。倪斌，你去桌上，左边的那个桌子，上面有一份打印的比赛日程。你拿来看看，象棋类是怎么安排的。倪斌早一步跨进里屋，马上把材料拿出来，看了一下，说：要赛三天呢！就递给书记。书记也不看，把它放在茶几上，掸一掸手，说：是啊，几个县嘛。啊？还有什么问题吗？大家都站起来，说走了。书记与离他近的人很快地握了手，说：倪斌，你晚上来，嗯？倪斌欠欠身说好的，就和大家一起出来。大家到了街上，舒了一口气，说笑起来。

大家漫无目的地在街上走，讲起还要在这里待三天，恐怕身上的钱支持不住。王一生说他可以找到睡觉的地方，人多一点恐怕还是有办法，这样就能不去住店，省下不少钱。倪斌不好意思地说他可以住在书记家。于是大家一起随王一生去找住的地方。

原来王一生已经来过几次地区，认识了一个文化馆画画儿的，于是便带了我们投奔这位画家。到了文化馆，一进去，就听见远远有唱的，有拉的，有吹的，便猜是宣传队在演练。只见三四个女的，穿着蓝线衣裤，胸撅得不能再高，一扭一扭地走过来，近了，并不让路，直脖直脸地过去。我们赶紧闪在一边儿，都有点儿脸红。倪斌低低地说：这几位是地区的名角。在小地方，有她们这样的功夫，蛮不容易的。大家就又回过头去看名角。

画家住在一个小角落里，门口鸡鸭转来转去，沿墙摆了一溜儿各类杂物，草就在杂物中间长出来。门又被许多晒着的衣裤布单遮住。王一生领我们从衣裤中弯腰过去，叫那画家。马上就乒乒乓乓出来一个人，见了王一生，说：来了？都进来吧。画家只是一间小屋，里面一张小木床，到处是书、杂志、颜色和纸笔。墙上钉满了画的画儿。大家顺序进去，画家就把东西挪来挪去腾地方，大家挤着坐下，不敢再动。画家又迈过大家出去，一会儿提来一个暖瓶，给大家倒水。大家传着各式的缸子、碗，都有了，捧着喝。画家也坐下来，问王一生：参加运动会了吗？王一生叹着将事情讲了一遍。画家说：只好这样了。要待几天呢？王一生就说：正是为这事来找你。这些都是我的朋友。你看能不能找个地方，大家挤一挤睡？画家沉吟半晌，说：你每次来，在我这里挤还凑合。这么多人，嗯——让我看看。他忽然眼里放出光彩来，说：文化馆里有个礼堂，舞台倒是很大。今天晚上为运动会的人演出，演出之后，你们就在舞台上睡，怎么样？今天我还可以带你们进去看演出。电工与我很熟的，跟他说一声，进去睡没问题。只不过脏一些。大家都纷纷说再好不过了。脚卵放下心的样子，小心地站起来，说：那好，诸位，我先走一步。大家要站起来送，却谁也站不起来。脚卵按住大家，连说不必了，一脚就迈出屋外。画家说：好大的个子！是打球的吧？大家笑起来，讲了脚卵的笑话。画家听了，说：是啊，你们也都够脏的。走，去洗洗澡，我也去。大家就一个一个顺序出去，还是碰得叮当乱响。

原来这地区所在地，有一条江远远流过。大家走了许久，方才到了。江面不甚宽阔，水却很急，近岸的地方，有一些小洼儿。四处无人，大家脱了衣裤，都很认真地洗，将画家带来的一块肥皂用完。又把衣裤泡了，在石头上抽打，拧干后铺在石头上晒，除了游水的，其余便纷纷趴在岸上晒。画家早洗完，坐在一边儿，掏出个本子在画。我发觉了，过去站在他身后看。原来他在画我们几个人的裸体速写。经他这一画，我倒发觉我们这些每日在山上苦的人，却矫健异常，不禁赞叹起来。大家又围过来看，屁股白白的，晃来晃去。画家说：干活儿的人，肌肉线条极有特点，又很分明。虽然各部分发展可能不太平衡，可真的人体，常常是这样，变化万端。我以前在学院画人体，女人体居多，太往标准处靠，男人体也常静在那里，感觉不出肌肉滚动，越画越死。今天真是个难得的机会。有人说羞处不好看，画家就在纸上用笔把说的人的羞处涂成一个疙瘩，大家就都笑起来。衣裤干了，纷纷穿上。

这时已近傍晚，太阳垂在两山之间，江面上便金子一般滚动，岸边石头也如热铁般红起来。有鸟儿在水面上掠来掠去，叫声传得很远。对岸有人在拖长声音吼山歌，却不见影子，只觉声音慢慢小了。大家都凝了神看。许久，王一生长叹一声，却不说什么。

大家又都往回走，在街上拉了画家一起吃些东西，画家倒好酒量。天黑了，画家领我们到礼堂后台入口，与一个人点头说了，招呼大家悄悄进去，缩在边幕上看。时间到了，幕并不开，说是书记还未来。演员们化了装，在后台走来走去，伸一伸手脚，互相取笑着。忽然外面响动起来，我拨了幕布一看，只见书记缓缓进来，在前排坐下，周围空着，后面黑压压一礼堂人。于是开演，演出甚为激烈，尘土四起。演员们在台上泪光闪闪，退下来一过边幕，就喜笑颜开，连说怎么怎么错了。王一生倒很入戏，脸上时阴时晴，嘴一直张着，全没有在棋盘前的镇静。戏一结束，王一生一个人在边幕拍起手来，我连忙止住他，向台下望去，书记不知什么时候已经走了，前两排仍然空着。

大家出来，摸黑拐到画家家里，脚卵已在屋里，见我们来了，就与画家出来和大家在外面站着。画家说：王一生，你可以参加比赛了。王一生问：怎么回事儿？脚卵说，晚上他在书记家里，书记跟他叙起家常，说十几年前常去他家，见过不少字画儿，不知运动起来，损失了没有？脚卵说还有一些，书记就不说话了。过了一会儿书记又说，脚卵的调动大约不成问题，到地区文教部门找个位置，跟下面打个招呼，办起来也快，让脚卵写信回家讲一讲。于是又谈起字画古董，说大家现在都不知道这些东西的价值，书记自己倒是常在心里想着。脚卵就说，他写信给家里，看能不能送书记一两幅，既然书记帮了这么大忙，感谢是应该的。又说，自己在队里有一副明朝的乌木棋，极是考究，书记若是还看得上，下次带上来。书记很高兴，连说带上来看看。又说你的朋友王一生，他倒可以和下面的人说一说，一个地区的比赛，不必那么严格，举贤不避私嘛。就挂了电话，电话里回答说，没有问题，请书记放心，叫王一生明天就参加比赛。

大家听了，都很高兴，称赞脚卵路道粗，王一生却没说话。脚卵走后，画家带了大家找到电工，开了礼堂后门，悄悄进去。电工说天凉了，问要不要把幕布放下来垫盖着，大家都说好，就七手八脚爬上去摘下幕布铺在台上。一个人走到台边，对着空空的座位一敬礼，尖着嗓子学报幕员，说：下一个节目——睡觉。现在开始。大家悄悄地笑，纷纷钻进幕布躺下了。

躺下许久，我发觉王一生还没有睡着，就说：睡吧，明天要参加比赛呢！王一生在黑暗里说：我不赛了，没意思。倪斌是好心，可我不想赛了。我说：咳，管它！你能赛棋，脚卵能调上来，一副棋算什么？王一生说：那是他父亲的棋呀！东西好坏不说，是个信物。我妈妈留给我的那副无字棋，我一直性命一样存着，现在生活好了，妈的话，我也忘不了。倪斌怎么就可以送人呢？我说：脚卵家里有钱，一副棋算什么呢？他家里知道儿子活得好一些了，棋是舍得的。王一生说：我反正是不赛了，被人作了交易，倒像是我占了便宜。我下得赢下不赢是我自己的事，这样赛，被人戳脊梁骨。不知是谁也没睡着，大约都听见了，咕噜一声：呆子。

第四章

第二天一早儿，大家满身是土地起来，找水擦了擦，又约画家到街上去吃。画家执意不肯，正说着，脚卵来了，很高兴的样子。王一生对他说：我不参加这个比赛。大家呆了。脚卵问：蛮好的，怎么不赛了呢？省里还下来人视察呢！王一生说：不赛就不赛了。我说了说，脚卵叹道：书记是个文化人，蛮喜欢这些的。棋虽然是家里传下的，可我实在受不了农场这个罪，我只想有个干净的地方住一住，不要每天脏兮兮的。棋不能当饭吃的，用它通一些关节，还是值的。家里也不很景气，不会怪我。画家把双臂抱在胸前，抬起一只手摸了摸脸，看着天说：倪斌，不能怪你。你没有什么了不得的要求。我这两年，也常常糊涂，生活太具体了。幸亏我还会画画儿。何以解忧？唯有——唉。王一生很惊奇地看着画家，慢慢转了脸对脚卵说：倪斌，谢谢你。这次比赛决出高手，我登门去与他们下。我不参加这次比赛了。脚卵忽然很兴奋，攥起大手一顿，说：这样，这样！我呢，去跟书记说一下，组织一个友谊赛。你要是赢了这次的冠军，无疑是真正的冠军。输了呢，也不太失身份。王一生呆了呆：千万不要跟什么书记说，我自己找他们下。要下，就与前三名都下。

大家也不好再说什么，就去看各种比赛，倒也热闹。王一生只钻在棋类场地外面，看各局的明棋。第三天，决出前三名。之后是发奖，又是演出，会场乱哄哄的，也听不清谁得的是什么奖。

脚卵让我们在会场等着，过了不久，就领来两个人，都是制服打扮。脚卵作了介绍，原来是象棋比赛的第二、三名。脚卵说：这位是王一生，棋蛮厉害的，想与你们两位高手下一下，大家也是一个互相学习的机会。两个人看了看王一生，问：那怎么不参加比赛呢？我们在这里待了许多天，要回去了。王一生说：我不耽误你们，与你们两人同时下。两人互相看了看，忽然悟到，说：盲棋？王一生点一点头。两人立刻变了态度，笑着说：我们没下过盲棋。王一生说：不要紧，你们看着明棋下。来，咱们找个地方儿。话不知怎么就传了出去，立刻嚷动了，会场上各县的人都说有一个农场的小子没有赛着，不服气，要同时与亚、季军比试。百十个人把我们围了起来，挤来挤去地看，大家觉得有了责任，便站在王一生身边儿。王一生倒低了头，对两个人说：走吧，走吧，太扎眼。有一个人挤了进来，说：哪个要下棋？就是你吗？我们大爷这次是冠军，听说你不服气，叫我来请你。王一生慢慢地说：不必。你大爷要是肯下，我和你们三人同下。众人都轰动了，拥着往棋场走去。到了街上，百十人走成一片。行人见了，纷纷问怎么回事，可是知青打架？待明白了，就都跟着走。走过半条街，竟有上千人跟着跑来跑去。商店里的店员和顾客也都站出来张望。长途车路这里开不过，乘客们纷纷探出头来，只见一街人头攒动，尘土飞起多高，轰轰的，乱纸踏得嚓嚓响。一个傻子呆呆地在街中心，咿咿呀呀地唱，有人发了善心，把他拖开，傻子就倚了墙根儿唱。四五条狗窜来窜去，觉得是它们在引路打狼，汪汪叫着。

到了棋场，竟有数千人围住，土扬在半空，许久落不下来。棋场的标语标志早已摘除，出来一个人，见这么多人，脸都白了。脚卵上去与他交涉，他很快地看着众人，连连点头儿，半天才明白是借场子用，急忙打开门，连说可以可以，见众人都要进去，就急了。我们几个，马上到门口守住，放进脚卵、王一生和两个得了名誉的人。这时有一个人走出来，对我们说：高手既然和三个人下，多我一个不怕，我也算一个。众人又嚷动了，又有人报名。我不知怎么办好，只得进去告诉王一生。王一生咬一咬嘴说：你们两个怎么样？那两个人赶紧站起来，连说可以。我出去统计了，连冠军在内，对手共是十人，脚卵说：十不吉利的，九个人好了。于是就九个人。冠军总不见来，有人来报，既是下盲棋，冠军只在家里，命人传棋。王一生想了想，说好吧。九个人就关在场里。墙外一副明棋不够用，于是有人拿来八张整开白纸，很快地画了格儿。又有人用硬纸剪了百十个方棋子儿，用红黑颜色写了，背后粘上细绳，挂在棋格儿的钉子上，风一吹，轻轻地晃成一片，街上人也嚷成一片。

人是越来越多。后来的人拼命往前挤，挤不进去，就抓住人打听，以为是杀人的告示。妇女们也抱着孩子们，远远围成一片。又有许多人支了自行车，站在后架上伸脖子看，人群一挤，连着倒，喊成一团。半大的孩子们钻来钻去，被大人们用腿拱出去。数千人闹闹嚷嚷，街上像半空响着闷雷。

王一生坐在场当中一个靠背椅上，把手放在两条腿上，眼睛虚望着，一头一脸都是土，像是被传讯的歹人。我不禁笑起来，过去给他拍一拍土。他按住我的手，我觉出他有些抖。王一生低低地说：事情闹大了。你们几个朋友看好，一有动静，一起跑。我说：不会。只要你赢了，什么都好办。争口气。怎么样？有把握吗？九个人哪！头三名都在这里！王一生沉吟了一下，说：怕江湖的不怕朝廷的，参加过比赛的人的棋路我都看了，就不知道其他六个人会不会冒出冤家。书包你拿着，不管怎么样，书包不能丢。书包里有……王一生看了看我，我妈的无字棋。他的瘦脸上又干又脏，鼻沟也黑了，头发立着，喉咙一动一动的，两眼黑得吓人。我知道他拼了，心里有些酸，只说：保重！就离了他。他一个人空空地在场中央，谁也不看，静静的，像一块铁。

棋开始了。上千人不再出声儿。只有自愿服务的人一会儿紧一会儿慢地用话传出棋步，外边儿自愿服务的人就变动着棋子儿。风吹得八张大纸哗哗地响，棋子儿荡来荡去。太阳斜斜地照在一切上，烧得耀眼。前几十排的人都坐下了，仰起头看，后面的人也挤得紧紧的，一个个土眉土眼，头发长长短短吹得飘，再没人动一下，似乎都把命放在棋里搏。

我心里忽然有一种很古怪的东西涌上来，喉咙紧紧地往上走。读过的书，有的近了，有的远了，模糊了。平时十分佩服的项羽、刘邦都目瞪口呆，倒是尸横遍野的那些黑脸士兵，从地下爬起来，哑了喉咙，慢慢移动。一个樵夫，提了斧在野唱。忽然又仿佛见了呆子的母亲，用一双弱手一张一张地折书页。

我不由伸手到王一生书包里去掏摸，捏到一个小布包儿，拽出来一看，是个旧蓝斜纹布的小口袋，上面绣了一只蝙蝠，布的四边儿都用线做了圈口，针脚很是细密。取出一个棋子，确实很小，在太阳底下竟是半透明的，像是一只眼睛，正柔和地瞧着。我把它攥在手里。

太阳终于落下去，立即爽快了。人们仍在看着，但议论起来。里边儿传出一句王一生的棋步，外面的人就嚷动一下。专有几个人骑车为在家的冠军传送着棋步，大家就不太客气，笑话起来。

我又进去，看见脚卵很高兴的样子，心里就松开一些，问：怎么样？我不懂棋。脚卵抹一抹头发，说：蛮好，蛮好。这种阵式，我从来也没有见过，你想想看，九个人与他一个人，九局连环！车轮大战！我要写信给我的父亲，把这次的棋谱都寄给他。这时有两个人从各自的棋盘前站起来，朝着王一生鞠躬，说：甘拜下风。就捏着手出去了。王一生点点头儿，看了他们的位置一眼。

王一生的姿势没有变，仍旧是双手扶膝，眼平视着，像是望着极远极远的远处，又像是盯着极近的近处，瘦瘦的肩挑着宽大的衣服，土没拍干净，东一块儿，西一块儿。喉结许久才动一下。我第一次承认象棋也是运动，而且是马拉松，是多一倍的马拉松！我在学校时，参加过长跑，开始后的五百米，确实极累，但过了一个限度，就像不是在用脑子跑，而像一架无人驾驶飞机，又像是一架到了高度的滑翔机，只管滑翔下去。可这象棋，始终是处在一种机敏的运动之中，兜捕对手，逼向死角，不能疏忽。我忽然担心起王一生的身体来。这几天，大家因为钱紧，不敢怎么吃，晚上睡得又晚，谁也没想到会有这么一个场面。看着王一生稳稳地坐在那里，我又替他睹一口气：死顶吧！我们在山上扛木料，两个人一根，不管路不是路，沟不是沟，也得咬牙，死活不能放手。谁若是顶不住软了，自己伤了不说，另一个也得被木头震得吐血。可这回是王一生一个人过沟坎儿，我们帮不上忙。我找了点儿凉水来，悄悄走近他，在他跟前一挡，他抖了一下，眼睛刀子似的看了我一下，一会儿才认出是我，就干干地笑了一下。我指指水碗，他接过去，正要喝，一个局号报了棋步。他把碗高高地平端着，水纹丝儿不动。他看着碗边儿，回报了棋步，就把碗缓缓凑到嘴边儿。这时下一个局号又报了棋步，他把嘴定在碗边儿，半晌，回报了棋步，才咽一口水下去，咕的一声儿，声音大得可怕，眼里有了泪花。他把碗递过来，眼睛望望我，有一种说不出的东西在里面游动，嘴角儿缓缓流下一滴水，把下巴和脖子上的土冲开一道沟儿。我又把碗递过去，他竖起手掌止住我，回到他的世界里去了。

我出来，天已黑了。有山民打着松枝火把，有人用手电筒照着，黄乎乎的，一团明亮。大约是地区的各种单位下班了，人更多了。狗也在人前蹲着，看人挂动棋子，眼神凄凄的，像是在担忧。几个同来的队上知青，各被人围了打听。不一会儿，王一生、棋呆子、是个知青、棋是道家的棋，就在人们嘴上传。我有些发噱，本想到人群里说说，但又止住了，随人们传吧，我开始高兴起来。这时墙上只有三局在下了。

忽然人群发一声喊。我回头一看，原来只剩了一盘，恰是与冠军的那一盘。盘上只有不多几个子儿。王一生的黑子儿远远近近地峙在对方棋营格里，后方老帅稳稳地待着，尚有一士伴着，好像帝王与近侍在聊天儿，等着前方将士得胜回朝；又似乎隐隐看见有人在伺候酒宴，点起尺把长的红蜡烛，有人在悄悄地调整管弦，单等有人跪奏捷报，鼓乐齐鸣。我的肚子拖长了音儿在响，脚下觉得软了，就拣个地方坐下，仰头看最后的围猎，生怕有什么差池。

红子儿半天不动，大家不耐烦了，纷纷看骑车的人来没有，嗡嗡地响成一片。忽然人群乱起来，纷纷闪开。只见一老者，精光头皮，由旁人搀着，慢慢走出来，嘴嚼动着，上上下下看着八张定局残子。众人纷纷传着，这就是本届地区冠军，是这个山区的一个世家后人，这次出山玩玩儿棋，不想就夺了头把交椅，评了这次比赛的大奖，直叹棋道不兴。老者看完了棋，轻轻抻一抻衣衫，跺一跺土，昂了头，由人搀进棋场。众人都一拥而起。我急忙抢进了大门，跟在后面。只见老者进了大门，立定，往前看去。

王一生孤身一人坐在大屋子中央，瞪眼看着我们，双手支在膝上，铁铸一个细树桩，似无所见，似无所闻。高高的一盏电灯，暗暗地照在他脸上，眼睛深陷进去，黑黑的似俯视大千世界，茫茫宇宙。那生命像聚在一头乱发中，久久不散，又慢慢弥漫开来，灼得人脸热。众人都呆了，都不说话。外面传了半天，眼前却是一个瘦小黑魂，静静地坐着，众人都不禁吸了一口凉气。

半晌，老者咳嗽一下，底气很足，十分洪亮，在屋里荡来荡去。王一生忽然目光短了，发觉了众人，轻轻地挣了一下，却动不了。老者推开搀的人，向前迈了几步，立定，双手合在腹前摩挲了一下，朗声叫道：后生，老朽身有不便，不能亲赴沙场，命人传棋，实出无奈。你小小年纪，就有这般棋道，我看了，汇道禅于一炉，神机妙算，先声有势，后发制人，遣龙治水，气贯阴阳，古今儒将，不过如此。老朽有幸与你接手，感触不少，中华棋道，毕竟不颓，愿与你做个忘年之交。老朽这盘棋下到这里，权作赏玩，不知你可愿意平手言和，给老朽一点面子？

王一生再挣了一下，仍起不来。我和脚卵急忙过去，托住他的腋下，提他起来。他的腿仍是坐着的样子，直不了，半空悬着。我感到手里好像只有几斤的分量，就暗示脚卵把王一生放下，用手去揉他的双腿。大家都拥过来，老者摇头叹息着。脚卵用大手在王一生身上，脸上，脖子上缓缓地用力揉。半晌，王一生的身子软下来，靠在我们手上，喉咙嘶嘶地响着，慢慢把嘴张开，又合上，再张开，啊啊着。很久，才呜呜地说：和了吧。

老者很感动的样子，说：今晚你是不是就在我那儿歇了？养息两天，我们谈谈棋？王一生摇摇头，轻轻地说：不了，我还有朋友。大家一起来的，还是大家在一起吧。我们到、到文化馆去，那里有个朋友。画家就在人丛里喊：走吧，到我那里去，我已经买好了吃的，你们几个一起去。真不容易啊。大家慢慢拥了我们出来，火把一团儿照着。山民和地区的人层层团了，争睹棋王风采，又都点头儿叹息。

我搀了王一生慢慢走，光亮一直随着。进了文化馆，到了画家的屋子，虽然有人帮着劝散，窗上还是挤满了人，慌得画家急忙把一些画儿藏了。

人渐渐散了，王一生还有一些木。我忽然觉出左手还攥着那个棋子，就张了手给王一生看。王一生呆呆地盯着，似乎不认得，可喉咙里就有了响声，猛然哇的一声儿吐出一些黏液，呜呜地说：妈，儿今天……妈——大家都有些心酸，扫了地下，打来水，劝了。王一生哭过，滞气调理过来，有了精神，就一起吃饭。画家竟喝得大醉，也不管大家，一个人倒在木床上睡去。电工领了我们，脚卵也跟着，一齐到礼堂台上去睡。

夜黑黑的，伸手不见五指。王一生已经睡死。我却还似乎耳边人声嚷动，眼前火把通明，山民们铁了脸，肩着柴火林中走，咿咿呀呀地唱。我笑起来，想：不做俗人，哪儿会知道这般乐趣？家破人亡，平了头每日荷锄，却自有真人生在里面，识到了，即是幸，即是福。衣食是本，自有人类，就是每日在忙这个。可囿在其中，终于还不太像人。倦意渐渐上来，就拥了幕布，沉沉睡去。

1978—2018

改革开放40年
最有影响力的40部小说

中篇小说卷 Ⅱ

《小说选刊》杂志社　选编

王　干　主编

中国言实出版社

今夜有暴风雪

梁晓声

《今夜有暴风雪》是一部描写知识青年大返城的中篇小说。作品通过对北大荒知青生活、成长的具体描绘，刻画了曹铁强、刘迈克、裴晓云等知青形象，讴歌了他们垦荒戍边、建设边疆的生活、战斗风貌以及崇高的献身精神。围绕“知青返城”，作者把一场近乎疯狂的混乱抗争，升华为一曲豪迈的英雄赞歌。他极力渲染“暴风雪”的象征意义，表达了自己对一个时代的深刻反思。作品气势雄浑、沉郁悲壮，富有深刻的悲剧意义，被视为“知青小说”里程碑式的作品。

《青春》1983年1期

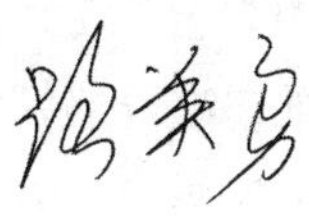

一

公元一千九百七十九年，春节后，东北松嫩平原，仍然寒凝大地，千里冰封，万里雪飘。

一辆从黑河开往嫩江的长途汽车驶入孙吴县境内不久，突然刹住了。一头羊站在公路正中，拦住了汽车。司机不停地按喇叭，它，一动也不动，像具石雕。司机只得跳下车去赶它，走近才发现，它用三条腿站立着！这显然是一只被狼伤害过的羊！它失去了整条后腿，胯上血肉模糊。司机不禁骇然地倒退一步。羊，却突然僵硬地倒下了。它已经死了。一位乘客也跳下了车，走到司机身旁，踢了死羊一脚，肯定地说："是兵团的羊。"

司机愕然地看着他。

乘客抬起手，朝远处一指："都走光了，放羊的小伙子连羊群都没顾上移交。"

司机朝乘客指的方向望去，雪原上，几排泥草房的低矮的轮廓，不见炊烟，不见人影，死寂异常，仿佛一处游迁部落的遗址——那里曾经是黑龙江生产建设兵团的一个连队。几天前还是。

乘客瞧着那只死羊："奇怪，狼怎么没把它整个吃掉呢？"看了司机一眼，又说："不捡白不捡，够吃几顿的。羊皮也小不了。我帮你搬到车上？"

“别，别……”司机皱起了眉，他觉得不是好预兆，用手势叫乘客把死羊拖到公路边去……

这辆长途汽车又开动了。

它开出不到一个小时，第二次被拦住。

手提包和行李捆连接一起，在公路上“筑”了两道“路障”。十几个人站在公路边，从衣着一眼就可以看出，是兵团的知识青年，有男有女。

司机只得将车缓缓停下。

知识青年们，有的搬开了“路障”，有的围住了汽车。

司机打开驾驶室车门，用商量的口气对他们说：“你们人不少，东西又多，先别急着上车，车上已经没有空地方了，等我动员一下乘客，给你们腾出点地方……”

一个男知识青年感激地说：“那你可真是个好人！”

司机呼地关上驾驶室车门，见“路障”已搬开，却呼地将车开过去了。

乘客中有人扭转身，朝后车窗看了一眼，说：“何必呢，大家互相挤一点，就可以让他们都上来了！”

“让他们上来，一路准没好事！”司机嘟哝一句，加快了车速。

司机忽然从车镜里看到有人骑马从后面追赶，顿时神色惊慌，骑马的人转眼赶上来，却并没有拦车，超车奔驰而去。

司机暗暗吁了口气。

汽车顺公路刚拐过一个山脚，几乎所有的乘客都和司机同时发现，三台拖拉机并列在公路上！四个人站在拖拉机前，三个抱着肩膀，一个牵着马，都眈眈地从车前窗瞪着司机。

这里附近也有一个生产建设兵团的连队。

“糟了！”司机叫苦一声，刹住车，双手从驾驶盘垂下，无可奈何而又忐忑不安地朝驾驶座上一靠。

一辆马车这时也从后面赶了上来，车上是刚才被甩下的十几个男女知识青年和他们的行李捆、手提包。

牵马的人走到车头前，拉开驾驶室车门，对司机怒吼一声：“下来！”他是那十几个知识青年中的一个。

司机脸色苍白，十分惧怕，不敢下去。

有一个知识青年走过来，推开了那个牵马的，对司机说："别害怕，他吓唬你。我们不会把你怎么样的。请你打开车门让我们上车吧！车上有我们，再碰到拦车的知识青年，我们会保你平安无事，顺利通过！"

羊剪绒的帽子底下，露出两条短辫。一双俊秀的大眼睛恳求地望着司机。是个姑娘。

车门打开了……

汽车又路过了一个被遗弃在雪原上的生产建设兵团的连队。

又路过了一个……

当这辆长途汽车开到嫩江火车站，天黑了。十几个知识青年拎上手提包和行李捆，跳下汽车，奔进了车站。

那个姑娘临走时还对司机说了声："谢谢！"

车站内，站台上，候车室里，几百名知识青年在等待着列车。他们随身所带的手提包、行李捆，像小山，这里那里堆在站台上。焦急、茫然、惆怅、沉思、冷漠、凄凉、庆幸、肃穆、严峻……各种各样的神色和表情，呈现在一张张男女知识青年疲惫的脸上。他们有的人从连队到这里，需要四五天。和伙伴们失散了的，大声呼喊着，奔来跑去。丢掉了什么东西的，在别人的手提包或行李堆中翻找着，惹起一片片斥责，争吵。

托运处更加混乱。吹毛求疵的手续，认真过分的查看。咒骂，哀求，抗议，威胁……

角落里，在破碎了镜子的立柜旁，一个知识青年和一个身份不明的旅客正做着一笔买卖：

"三十元……"

"三十元？！我从连队辛辛苦苦折腾到这儿，要不是无法托运，我才舍不得……"

"三十五！再多一元也不加！"

"好，好，三十五就三十五！"

卖了立柜的知识青年，接过钱就走。刚走了几步，又转回来，还给对方钱，大声说："不卖了！"抬腿一脚，大头鞋将立柜踢了个窟窿。接着又是一脚，又一个窟窿……

一个怀里抱着孩子的女知识青年跑过来，阻拦着，用上海口音嚷叫着：

"你疯了！好端端立柜，泄啥气咪！"

"哇！……"孩子哭了……

列车进站了。

几百名知识青年像狩猎一只庞大的野兽般，包围了每一节车厢的车门，窗口。

手提包，行李捆，纷纷从打开的窗口塞进车厢。

等不及从车门挤上车的，就从窗口爬。

"孩子别从窗口……"

已经塞进去了。

车厢里传出孩子的哭声……

另一个窗口，一场难舍难分的离别！

姑娘在站台上，小伙子在车厢内。小伙子从窗口探出身，姑娘拽住他的胳膊，哭着，喊着："我不放你走！我不放你走！我不放你……"

小伙子泪流满面！

几个知识青年同情地望着他们。

有人摇着头，轻轻地说："北大荒姑娘……"

车站上的广播喇叭响了："各位旅客请注意，本次列车，晚点四小时……下面广播天气预报，嫩江地区，零下二十四度。黑河地区，气温继续下降，受西伯利亚寒流影响，今夜有暴风雪……"

……

这是北大荒四十余万知识青年大返城期间的一个夜晚，在东北最北边陲，在驼峰山上，黑龙江生产建设兵团某师三团工程连战士裴晓芸，今夜第一次在边境哨位上站岗。

"六号坐标"矗立在积雪皑皑的驼峰山顶。它被寒冬包裹了一层霜的外壳，远远望去，通体反射着镀银般的冷冽的光。

月，凝冻在夜空，似一面冰块磨成的圆镜，刚用雪擦过，连蟾宫的虚影也擦去了。夜空澄净。澄净得异常，令人感觉到潜伏着某种不祥，仿佛大自然正暗暗汇集威慑无比的破坏力量。偶尔，纱绢一样的薄云从夜空疾迅掠过，云影在苍茫的雪原上匆惶地追随着。稀寥的星怯视着大地。大地上的一切都显出畏惧，屏息敛气。没有风。伸出雪面的蒿草的枯叶，树木细弱的秃枝，都是静止的。荒原紧张地沉寂着。驼峰山两峰之间的山沟里，狼嗥声不绝，引起近处村子里阵阵狗吠。狗吠声过后，愈加沉寂。这种凛峻的沉寂，是北大荒暴风雪前虚伪的征兆。

裴晓芸肩枪站在哨位上。她摘下棉手套，借着月光看手表——差七分九点。今天是她的生日。九点是她的诞生时刻。二十七年前，这一天，这一时刻，她从母腹中降生。刚生下来不会哭，护士倒提着她的身子，在她屁股上打两巴掌，她才哇地哭响。在她对这个世界发出第一声啼哭的同时，母亲猝然离开了人间，没来得及看她一眼，也许听到了她那一声哭啼……

是父亲告诉她的。在她的第五个生日。那天，父亲从幼儿园接她回家，她一路哭着闹着向父亲要一个妈妈。幼儿园的孩子们都有妈妈，为什么单只她没有妈妈呢？那是她幼小心灵首次意识到比别的孩子缺少什么，首次感到生活对她不公正，首次向生活提出抗议，用跟父亲哭闹的方式。她不愿比别的孩子缺少什么。她要一个妈妈，正如向父亲要一个布娃娃。回到家里，她哭闹得乏了，噘着小嘴生闷气。不吃饭，不睡觉，不理睬父亲。父亲是大学哲学系讲师，在社会科学方面，是辩证唯物主义的忠实宣传者。但在解释自身生活时，又是个带有宿命论色彩的人。

“别哭，”父亲对她说，“从小失去妈妈的孩子，生活中不只你一个。告诉我，你为什么忽然想要一个妈妈呢？”

“小朋友都说，妈妈比爸爸好。”

父亲呆呆地注视着她，许久无言。

“爸爸，我要一个妈妈，就要！”

父亲默默地从床下拖出皮箱，打开来，找到旧相集，把她抱在膝上，一页一页翻给她看。

所有照片，都是一个年轻而美丽的女人的照片。

父亲合上相集后，说：“她就是妈妈。”

妈妈？妈妈多年轻！妈妈多美丽！每张照片上的妈妈，都面露着温柔的婉雅的微笑。那种微笑告诉别人，也告诉自己的女儿——我曾在这个世界上非常幸福地生活过。

“妈妈在哪呀？为什么从来不回家？”

“妈妈在另一个世界。”

“我要到那里去。我要去找妈妈！”

父亲苦笑了。

“孩子，我们每一个人迟早都是要到那个世界去的。但我们现在不能去找妈妈。我在这个世界上还有许多没做完的事，而你呢，还没有开始做什么……”

她不明白父亲的话。

“妈妈……死了……”

死——她明白。

她哭了。

“记住，妈妈是为生下你而死的。”父亲轻轻抚摸着她的头，向她讲述了在她出生那一天妈妈所经受的痛苦。

“妈妈是歌唱家，你想听妈妈唱的歌儿吗？”

泪珠从她的小脸蛋上滚落下来，落在花兜兜上，落在父亲手上。

> 宝贝，你爸爸参加游击队，
> 正在过着那动荡的生活……

唱片缓缓旋转，播放出妈妈唱的动听的歌声。

她觉得唱片就是父亲说的“另一个世界”。妈妈就生活在那里。在那里天天都唱歌。

妈妈的歌声冲淡了死这个严峻的字在她那颗幼小心灵中造成的阴霾。

父亲收起唱片时说：“孩子，挑选一张妈妈的照片吧，由你自己珍藏。”

她凭孩子的意识得出判断，那些照片，不，妈妈，对于她也许还不如对于父亲那么重要。她从中挑选了一张最小的二寸照片。从那一天开始，她那儿童的心理和情感世界，比一般孩子更早地趋于成熟，趋于丰富了。

以后，她经常在小朋友们面前声明：“我也有妈妈。”

“你妈妈在哪儿上班呀？”

“你妈妈怎么从来没到幼儿园接过你呀？”

“你是个撒谎的孩子！撒谎就不是好孩子！”

“骗人！狼来啰！狼来啰！……”

被羞辱所包围时，她就从兜里取出妈妈的照片，大声说："喏，你们看，我妈妈！"

大声地说出这句话，她获得一种朦胧的安慰，一种空泛的满足。

渐渐长大，她才愈来愈体会到，母亲对一个人，尤其对一个人的童年和少年时期，何等重要！人，首先是从母亲身上来洞察生活，认识生活的。也首先是从母爱之中体验到自己的存在价值的。父亲往往教会孩子用理智的眼睛去看世界，母亲则往往教会孩子用情感的眼睛去看世界。从小失去母爱的孩子，生活在其短浅的视野中难以展现全貌。仅仅这一点，就意味着不幸。

上体操课，她从平衡木上摔下来，左腿骨折，在家中躺了一个多月。父亲给她洗脸，洗手，洗脚，梳头。甚至给她剪手指甲和脚指甲。有天，父亲给她朗读《海涅诗选》，她突然说："爸爸，给我擦擦身子吧！"父亲怔怔地瞧了她一会儿，没有回答，没有任何表示，合上了诗集。晚上，她的三个女同学来到家里。父亲预先烧好了一大盆热水，备好了毛巾和香皂，找出了她需要换的内衣，而后对三个女同学说："麻烦你们了。"便转身走出她的房间。门，被一个女同学轻轻从里面插上了。她们开始七手八脚地给她脱衣服，脱得一丝不挂……

同学走后，她无声地哭了。她虽然感谢她们，虽然觉得身体清洁爽适了，但内心却受到一种不能明言的挫伤，萌生了一种复杂的委屈……

父亲走进房间，她用被子蒙上了头。

父亲默默地在她床边站立许久才离去。她听到了父亲离去之前轻微的叹息，不知是为他自己，还是为她……

那一年，她十三岁。

从此，夜晚九点这一时候，对她来说就变成神圣的时刻了。每到这一时刻，她就凝视着大挂钟。久久地凝视着。她那少女的心灵便超越了时间和空间，与另一个世界中的不曾见过面的母亲的心灵贴近了，融合了，合而为一……

少女的心灵具有特殊功能，愈是感到缺少什么，愈容易靠想象来弥补。想象总是比生活本身更完美更迷人。对母爱的殷殷向往和饥渴，使她对仅有的父爱更加感到不满足。

而不久之后，父亲也被从这个世界上夺走了，那是在十年动乱的第一年……

她成了一个情感方面的赤贫者。对于情感需求极其细腻，内心世界稚嫩而丰富的少女，这种赤贫状态是足以风化灵魂的。幸而，她熬过来了。

灵魂熬过来了。

灵魂孕育着对生活的一点点的希望，便不会像肝脏一样硬化……

此刻，裴晓芸又看一眼手表——九点。

这大概是她第一百次独自膜拜这一神圣时刻了。她摘下手套，一只手伸进内衣兜，摸出一个小小的塑料夹，里面夹着母亲那张二寸照片。端详着母亲的照片，二十七岁的上海姑娘情不自禁跪下了，月光将她肩枪的身影，清晰地映在雪地上。

她心中有许多许多话要对母亲说，在这个夜晚，在这一时刻。

她想说："亲爱的妈妈，今夜我是这么高兴！我被批准为战备分队的战士了！今夜我第一次站岗……"

她想说："亲爱的妈妈，我肩上这支枪，得来可真不易啊！别人一早就发给了枪。而我，在不久前才获得这样的信任……"

她想问："妈妈，我，是同别人一样离开北大荒，还是留下呢？离开，这里有我感情上难割舍的东西。留下，我会感到孤独，感到被遗弃……"

她想问："妈妈，即使我回到上海，谁又是我的亲人呢？上海有我可以得到关怀可以完全信赖的人吗？……"

她想问……

忽然，觉得有什么东西触碰她——一只狗。一只体大如豹的狗。浑身黑毛，在月光下闪着黑缎般的光。粗颈，方头，大耳，阔嘴，样子十分凶猛。

她没受惊吓。这只狗对她有特殊的感情。它叫"黑豹"，名字是工程连的知青们起的。它的母亲一共生下六只小狗崽，连它在内。老母狗一天跟着砍柴的马车上山，被猎人设下的野猪套套住，活活喂了狼。六只小狗崽因断奶饿死五只，"黑豹"被男知青排排长曹铁强抱回宿舍，像哺喂婴儿般，养活了下来。它是男女知青们的宠物。它长大以后，看仓库，守麦场，报答知青们的恩泽。有人带它到哨位来站过一次岗，它便又增加了一项义务，每到深夜，自觉跑来，和站岗的人做伴，直至天明。

"黑豹"认出裴晓芸，两只前爪扑在她身上，伸着脖子要舔她脸，讨她的喜爱。她拍拍“黑豹”的头，又捧着它的阔嘴巴往自己冻红了的脸颊上贴一下，推开它，缓缓站起来。因刚才跪在雪地上，即使在“黑豹”面前她也难为情了。她心中顿时萌发了哨兵的神圣责任感和战士的英武气概。

“黑豹”要着活泼劲纠缠她。

“‘黑豹’，不许跟我胡闹！”她严厉地呵斥它，挺直身，肩正枪，目光巡视着冰封的黑龙江江面。“黑豹”听话地卧在她脚边，昂头专注地望着天空中的一颗星。

一会儿，她感到寒冷了。她后悔没穿棉大衣。棉大衣太肥，平时就不爱穿。何况今夜她第一次站岗，臃臃肿肿的，有失一个哨兵的英姿！可是毕竟感到寒冷了。又看一次表，过两个小时，就会有人来接岗。坚持得了。她双手都摘下手套，放在嘴边哈了一阵，又搓了一阵，解开一个衣扣，交叉地伸进棉衣里，紧紧地夹在腋下取暖。脚也冻得有些疼了。她轻轻跺踏着。“黑豹”披着毛皮大氅，似乎并不寒冷，卧在雪窝里一动也不动，不再望星星，侧头瞧着她，眼睛流露出对她的嘲意。

“坏东西！”她骂它一句，转身向山下望去。团部机关一片漆黑，一幢幢砖房和机关食堂的高大烟囱，轮廓分明。只有团部会议室的四扇窗子，透射出灯光。

她不禁想到了他。他下午四点就到团部去开紧急会议，显然到现在这个会还没散。不知这是一次什么样的重要会议？为什么开到这样晚？

他，或许在发言吧？

或许，发过言了，正从窗口朝外望，想望到她？

傻瓜！他根本望不到她！

她微笑了……

二

全团各连连长、指导员聚集在团部会议室。室内烟雾缭绕，空气污浊得令人窒息。几个烟灰缸插满烟蒂，像小盆景中的假山石。不少人继续吞云吐雾。

会议从下午四点开到六点，吃过晚饭，接着开到现在。每个人都意识到，这是一次严峻的会。

团长马崇汉，比任何一个人都更加清楚这次会议的严峻性。知识青年大返城的飓风，短短几周内，遍扫黑龙江生产建设兵团。某些师团的知识青年，已经十走八九。四十余万知识青年返城大军，有如钱塘江潮，势不可当。一半师、团、连队，陷于混乱状态。唯独三团，由于地处最北边陲，交通不便，消息阻隔，返城飓风的势头还没有真正席卷到这儿。三团的知识青年们，近几天才刚刚开始从亲友、同学和家书中获得返城信息。各种迹象表明，他们也在暗中骚动起来了。

兵团总部下发了一个紧急文件：为缩短从兵团体制恢复到农场体制的过渡时期，为尽快稳定各师团的混乱局面，组建起各师各团连队新的领导机构，重新形成生产秩序，确保春播，知识青年的返城手续，必须在三天以内办理完毕。逾期冻结。

急件被马崇汉扣押，不向连队传达。

三天，三个二十四小时，只要拖延过三个二十四小时，全团八百余名知识青年，就可能被永久地钉在各连队的花名册上了！他曾同政委孙国泰就这一点交换过看法，却遭到老农场干部孙国泰的坚决反对。

“我们没有权力扣压兵团总部的急件。没有权力。”政委严肃地回答他。

“当然，我一个人是没有权力这样做的，因此才同你商量嘛。你，和我，如果我们两个人的意见统一了，在特殊情况下是可以代表党委的嘛。”马崇汉温良恭俭让地说。

凭着与对方多年共事的经验，孙国泰知道，对方越是在他面前表现得温良恭俭让，越证明根本没把他的意见当成一回事。虽然他是政委。孙国泰也明白，马崇汉所以要在决定八百余名知识青年命运的这一严峻大事上“征求”自己的意见，无非是企图要自己表明一种态度，表明一种“赞同”的态度。有了他这种态度，哪怕是一种含糊的态度，不，哪怕是缄口不言，那么，这件严峻的事情，这一首先从马崇汉头脑中产生出来的个人意志，便可以被对方也被别人认为是“党委的决定了”。

“党委也没有权力做出这样的决定。”老政委态度鲜明。

“政委同志！”马崇汉语气强硬起来，“别忘了，你是一位团级领导，是一位思想工作者，在当前这种局面下，为生产建设兵团保留一部分青年力量，是你我的共同责任！”

老政委被激怒了！政委同志？他曾被对方当作同志看待过么？思想工作者？多么尊重的称谓！可是在这方面，对方曾允许他充分发挥过作用么？说什么为兵团保留一部分青年力量，说什么共同责任，真是冠冕堂皇！好听的话都叫你马崇汉挑着说了！难道你心里就一点都不感觉对这些知识青年们有愧么？

他压下怒气，说："团长同志，你不觉得为生产建设兵团思考得晚了些么？许多知识青年是怎样来到北大荒的，你应该比我心里更清楚！"

"你！……"马崇汉一时说不出话来。

兵团组建的第二年，马崇汉作为兵团代表，乘飞机来往于各大城市之间，作了一场又一场的精彩演说式的动员报告：正规部队的性质，不但发军装，还发特别设计的领章帽徽，居住砖瓦化，生活军事化，生产机械化……如此这般天花乱坠，欺骗了多少知识青年啊！

马崇汉立了一功，但他也被多少知识青年诅咒啊！……

此刻，老政委孙国泰盯着团长马崇汉那张刮得发青的五官分散的脸，不禁又想到了十年前就是在这个会议室里为他召开的"欢迎会"上的情形。那次"欢迎会"也是由团长马崇汉主持的。马崇汉向全团机关工作人员介绍他时，十分钟大摆他的老资格和革命经历，三十分钟大批他在农场时期犯下的种种"路线罪行"。

他当时猛然站起来，声音洪亮地说："马团长对我的介绍，等于为我树了一个碑，立了一个传，盖棺定论。千秋功罪，自有历史评说。据我所知，我们共产党没有为活人树碑立传的惯例，马团长这番话，就算是我的悼词吧！既然我还没有死，追悼会现在结束吧！"

从那一天开始，他就意识到，团长马崇汉是要故意在他们之间造成一种领导地位上的悬殊差异的。但十年之中，在每一个无论大小的原则问题上，他从没有向对方妥协过。虽然他是从一批被罢官撤职了的老农场干部中幸运地获得"解放"的，时时有从领导地位上再次被打翻下去的可能。

从开会到现在，他还一句话没说，坐在角落里，一支接一支地吸烟。

马团长今天格外沉得住气。参加会议的人们沉默着，他这个主持会议的人也沉默着。他扫视着人们的脸，想从每个人的表情上，探测他们的内心活动。

公务员小张又一次走了进来，交给他一条"牡丹"烟。他将包烟纸扯开，东甩一盒，西抛一盒，将一条烟顷刻分光，自己仅留下一盒。他抽出一支烟，在桌面上笃笃顿了半天，却没有点燃，而拿起了暖水瓶，往茶杯里倒水。只倒出半杯水。

“小张！”

小张应声而至。

他用下巴朝暖水瓶示意，小张领会地默默拎起几只空暖水瓶去打水。

坐在马团长对面的，是工程连指导员郑亚茹，她看了马团长一眼，说：“我表个态吧！”

大家的目光都集中在她身上。

团长马崇汉轻轻咳嗽了一声。

“我认为……目前……对于我是一个考验关头。我……赞同团长……不，赞同团党委……”大家都听得出来，这几句话，她说得并不轻松。

团长嘴角浮现了一丝不易被人察觉的微笑，向她投去极为满意的一瞥。

她刚抬起头，一接触到团长的目光，立刻又将头低了下去，掏出手绢擦汗。她是出汗了。细密的汗珠沁聚在她那清秀的眉宇间和端正的鼻梁上。

老政委孙国泰站了起来，用纠正的口气缓慢地说：“不，不是团党委的决定。团党委没有做出过这样的决定。”

马团长怔了一下，随即大声说：“不错，党委是没有来得及做决定。”他用一种特别加以强调的语调说出“没来得及”四个字，之后也站了起来，肩膀一耸，将披在肩上的大衣抖落在椅背上，接着说：“不过，今天在座的，除了我和孙政委，还有几位也是党委委员，其他同志，都是各连队的连长和指导员，我看，这次会就算是一次党委扩大会议也未尝不可嘛！”说到这，他将脸转向郑亚茹，换了一种亲切的安抚的口吻说：“你刚才的发言很好嘛，态度很明确嘛，你就算代表工程连党支部第一个表态了！”

“郑指导员只能代表她自己，不能代表我们工程连党支部。”在最后一排座位上，有人说话了。大家的脸一齐转向这个人。说话的是工程连连长曹铁强。

郑亚茹尴尬而不知所措地瞧着他。

马崇汉从桌上拿起刚才想吸而没吸的那支烟，已经划着根火柴，听罢曹铁强的话，脸色沉了下来。燃烧的火柴在手中晃了晃，熄灭了，被狠狠地插在烟灰缸里。

“这么说，你，是反对的啰？如果是这个意思，也算一种表态嘛！”他说这话时，并不看曹铁强。说完，紧接着喊："小张，倒烟缸！"

小张立刻悄无声息地走进会议室，从桌上拿起烟灰缸。

"叫你打开水，你怎么没打来？"马崇汉又一次拿起水杯。

"开水房锁着门。"小张讷讷地回答。

"再去打一趟！"马崇汉口气中流露出愠怒。

曹铁强瞅了团长一眼，又瞅了小张一眼，待小张走出去，才说："是的，我反对。"

郑亚茹的脸红得像要渗出血来。

马崇汉的目光如伤人利器，咄咄地射向工程连连长。对于这个东北小子，他心中耿耿于怀地记着一笔账。此时此刻，这笔账的账簿子又翻开了……

全兵团大搞"公物还家"运动那一年，马崇汉亲自带着工作组，坐镇工程连抓试点。他是个很善于总结各种运动经验的人。在这一点上，能力要比政委孙国泰高一筹。几天内，他就总结出了一套"三字经"——一看、二查、三搜。就是：各家各户的天棚地窖要看看，所有知识青年的箱子要查查，凡属公家的东西，一针一线，都要搜回来。"三字经"通过电话线，由马团长亲口传达到全团三十几个连队，指示照办推广之。"运动"得全团鸡犬不宁。

一天，马崇汉来到男知青宿舍，发现大火炕炕头一床褥子底下，垫着三块杨木板。他亲自动手将木板抽了出来。木板着炕的一面已经烤黄。

"是谁垫在褥子底下的？"中午召开了全连大会，马崇汉指着三块搬到会场的木板，严厉追究。

"团长，是我……"小瓦匠单书文怯怯地站了起来。

"你为什么要把公家的木板垫在褥子底下？"团长瞅定他的脸，字字拖长地问。军大衣很有派头地披在团长高大魁梧的身上，风度如革命样板戏《智取威虎山》中的"二〇三"首长。

"我……我……我怕烤着了褥子……"小瓦匠脑袋耷拉在胸前，不敢正眼看团长。

"抬起头！"

小瓦匠的头沉重地抬了起来，眼睛却盯着自己的衣扣。

"你自己的褥子烤着了，你心痛。公家的木板烤着了，你就不心痛。这叫什么？这就叫——损、公、利、己！"团长的大手掌啪地在桌子上拍了一下。

小瓦匠浑身一颤。

“岂有此理！限你明天早饭以前，把检查交到工作组来，不得少于五千字！”

团长声色俱厉。

……

晚上，小瓦匠从炕洞里往外扒炭火，一锨锨端到宿舍外，倒在雪地上。

“哎，你这是干什么？”有人抗议了，“我褥子底下还冰凉呢！”

“将就点吧！”从不跟任何人发生口角的小瓦匠，憋了一肚子的气，都通过这四个字发泄出来。

抗议者二话不说，从炕上蹦下来，往炕洞里塞满了木柴。

出身于封建官僚家庭的小瓦匠由于背着个甩不掉的包袱，甘做人下人，是知青中的弱者，对别人一向逆来顺受，不敢也没有能力维护自己的尊严。他不敢再从炕洞里往外扒火，默默地卷起自己的褥子，无法睡觉，便将一只小肥皂箱搬到地上，坐着个木墩写检查。

写了撕，撕了写，写写撕撕，撕撕写写，一本信纸转眼扯去了大半本。五千字！自己把自己往高得不能再高的纲上线上联系，搜肠刮肚，抓耳挠腮，却无法写满一页纸！

当年的男知青排排长曹铁强从外面查岗回来，见状问：“你怎么还不睡？”

“你叫我怎么个睡法？”小瓦匠可怜巴巴地反问一句。

曹铁强摸了一下炕面，不再说什么，转身又走出去了。

一会儿，他从外面扛进了那三块杨木板。

“垫上吧！”

“我……不敢……”

“叫你垫上你就垫上，明早再扛回原处去，没人知道。”

“万一……”

“我顶着！”

马团长是一位最讲“认真”二字的共产党员。当男宿舍响起一片鼾声时，他又神不知鬼不觉地来了。

他是为那三块杨木板而来。

拉亮电灯，见三块杨木板又被垫在了小瓦匠的褥子底下，马团长愤慨极了。他不唯最讲"认真"二字，而且最讲"服从"二字。军队使他养成了坚决服从首长一切命令的习惯，他要将这一点作为优良传统灌输到知识青年们的脑袋里去。他最不能容忍对首长的命令阳奉阴违。在他本人即首长，阳奉阴违者又是他的战士的情况下，更不能容忍。

他猛地掀掉小瓦匠的被子，拽着小瓦匠的胳膊，将小瓦匠扯到了地上。

小瓦匠穿着衬衣衬裤，光脚站在地上，揉开蒙眬的睡眼，半睁半闭的，也没看清对方是谁，啪地甩手给了对方一记耳光："开你妈的什么玩笑！"

马团长被这一耳光打愣，呆呆地站在小瓦匠对面。

小瓦匠跳上炕，钻进被窝，又蒙头睡去。

马团长一声未吭，转身就走。

这一幕，被排长曹铁强躺在被窝里看得分明。马团长一出门，他立刻爬起来，跨过几个人的身子，推醒了小瓦匠。

"你知道你刚才打了谁一记耳光？"

"打谁谁挨着！"

"你打了团长！"

"别……逗了……"

"你看，地上是谁的大衣？"

小瓦匠爬起，探身朝地上一瞧，心中不由暗暗叫苦。地上果然有件军大衣，不是团长的是谁的！

"快起来，把木板撤下！"

曹铁强帮他的忙，二人慌乱地从褥子底下抽木板。其他人被惊醒，一个个翻身趴在被窝里，莫名其妙地瞧着他俩。

"深更半夜，你们搞什么名堂！"不知哪一个，从地上拎起一只大头鞋，朝他俩扔过去。大头鞋打在小瓦匠后脑勺上，小瓦匠"哎哟"一声，双手倒捂着后脑勺，仰躺在炕上。

"谁打的？谁？！"曹铁强厉声喝问。

几颗脑袋畏惧地缩进了被窝。

这时，外面进来三个人，都是团警卫排的。是跟马团长一块儿来到工程连的。为首的，是警卫排排长刘迈克。他们，虽不属于工作组成员，但在工程连战士们面前，却显示出一种优越感。这种优越感似乎在时时表明，他们，即使算不得“高级知青”，起码也是“特别知青”。因为他们是“拿枪杆子”的。因为他们是经常跟随各级团首长的。因为他们是半享受职业军人待遇的。

刘迈克一进大宿舍，首先从地上捡起马团长的军大衣，拍拍土，然后踢了踢小瓦匠垂在炕沿的赤脚：“起来起来，跟我们走。”

小瓦匠坐起，一见是三个警卫排的，顿时变了脸色，讷讷地问：“到哪儿去？”

“连部。马团长有请。”警卫排长一副闹着玩的样子。

“我……我不去……”小瓦匠往曹铁强身后躲。

“不去？那哪成啊！”小瓦匠的胆怯使警卫排长开心，他用命令的口气对另外两个警卫排的战士说：“带走。”

那两个便上前去拖小瓦匠。

他们被曹铁强推开了。

曹铁强抢先一步，身子挡在宿舍门口，冷冷地说：“你们，简直成了马团长养的狗了，叫你们咬谁就咬谁？”

刘迈克愣了一下，后退一步，眯缝起眼睛，咄咄地盯住曹铁强的脸，一字一句地反问：“你说什么？我没听明白。”

曹铁强讥讽地说：“你腰里扎条武装带不伦不类，劝你还是解下来的好。”

“你看不惯？”刘迈克真的缓缓解下了武装带，在手中摇晃着。

“别碰着我！”曹铁强又说了一句。

刘迈克刷的一声将武装带朝他抽过去。

曹铁强一偏头，武装带的铁卡子抽在门框上。他朝门框瞥了一眼，门框上留下了一道痕迹。

“别怕，吓唬吓唬你，闪开吧！”刘迈克的武装带仍在手中摇晃。

曹铁强动也不动。武装带第二次抽了过来。这一次，他躲闪未及，肩头挨了一下，白衬衣绽破，立刻渗出血来。

他捂着肩头，从门旁闪开了。

刘迈克也不看他，悍然往外就走。

曹铁强出其不意，照他下巴猛击一拳！这一拳那么有力，刘迈克踉跄倒退，撞在脸盆架上。一排脸盆翻落，一只漱口缸子滚到红火彤彤的炕洞里。

刘迈克爬起，惯于争凶斗狠的脸扭歪了，扑过来与曹铁强扭打作一团。

小瓦匠吓傻了，瞪大惊骇的眼睛，像只耗子似的缩在墙角。

另外两个警卫排的战士，同时上前，对曹铁强拳打脚踢。

刘迈克的霸悍早已激起工程连知青们的公愤，这时眼见自己的排长要吃亏，哪里还按捺得住！他们发声喊，纷纷从火炕上跳下地，一个个赤腿露胸地投入了恶斗。从地上打到炕上，从炕上滚到地上。战斗结束后，警卫排长和他的两个战士被结结实实地捆了起来。

刘迈克凶恶地说："曹铁强，你不计后果是不是？"

"啪！"有人给了他一耳光。

连部里，团长马崇汉坐在椅子上吸烟。

他好生恼火！

身为团长，被知识青年打了一记耳光，简直是奇耻大辱！

对于知识青年，从正规部队到生产建设兵团那一天起，他就产生了一种敌对情绪。不，也许用敌对心理这个词更准确。

什么生产建设兵团？用他自己的话说，参加革命多年，到头来落了个"七〇（零）八三（散）的装甲（庄稼）部队"的团长当！幸而，没脱掉军装。当上三团团长后，了解到这个团原先不过是个劳改农场，更令他替自己愤愤不平！这么个团长和"草头王"有什么两样？

然而，"草头王"却并不那么好当。知识青年，既不同于"一切行动听指挥"的正规部队的战士，也不同于"向解放军学习，向解放军致敬"的革命群众。他们到底算什么呢？在他眼中，他们简直是"蝗祸"，是"洪水猛兽"，是从城市蔓延到边疆的"瘟疫"！可他们毕竟是成千上万，几万,十几万，几十万，浩浩荡荡的四十多万！一批又一批地涌来了，卷来了。是戴着大红花，敲锣打鼓地被从城市欢送来的。一来就声明："我们要做北大荒的新主人！"不错，"最高指示"说他们是来"接受再教育的"，而且"很有必要"。但实际上，他们的马列主义水平高不可攀。要问共产主义运动发展史？巴黎公社失败的经验教训？当前中央路线斗争的营垒划分和斗争焦点？他们都能侃侃而谈。在这方面，每一个都有资格当他这位团长的教师！他们不但了解过去，而且仿佛能预知未来。中国革命和世界革命，整个儿装在他们发热的头脑里！他们是经过风雨，见过世面的，根本不把他一个小小的团长放在眼里！连中央首长，他们也敢炮轰，也敢油炸，何况他马崇汉！

他深知自己缺少驾驭他们的能力。恰如一个人，完全没有信心和气魄，但又被命运所捉弄，不得不驾驭一匹难驯的劣马。

多可悲!

有时扪心自问，他承认，他们中的一些人，是被他骗到北大荒的。但他自己不也是被骗来的么？何况说到四十万的话，那可没他的干系。他马崇汉没这么大本事！那是一场运动的力量。

他所有郁闷在胸，积压在胸的怨气，怒气，预备痛痛快快地发泄在小瓦匠身上。他要好好调教“它”，当成一匹牲畜调教。当然，犯不上用鞭子的。

听到外面的脚步声，他坐得更端正，表情更威严，目光更冷峻，咄咄地盯着连部的门。

门开处，第一个进来的是警卫排排长刘迈克。鼻青脸肿，浑身灰土，双臂被反绑着。衣领撕掉了，衣扣只剩下了一颗。第二个进来的，是警卫排战士。第三个进来的，是警卫排战士。一个排长两个战士，他派去传带小瓦匠的，都成了狼狈不堪的“俘虏兵”。

他霍地站了起来!

跟在三个“俘虏兵”后面走进连部的，是曹铁强。

“他们，据说奉了你的命令去绑我排战士单书文的。我反对这样做。他们不听我的阻拦，首先动武。我命令我的战士教训了他们一顿。现在我把他们给您带回来了。我自己，明天听从你的发落。”

曹铁强说完就走。已经走出门外，又转过身，对团长点了一下头。那意思好像是说:“祝您晚安！”

……

曹铁强一回到大宿舍，就被他的战士们团团围住。

“我早就瞧着警卫排这三个家伙狐假虎威的样子不顺眼，今天可让他们知道咱们工程连的人不好惹了！”

“刘迈克在‘文化大革命’中欠了我一笔账，今天我才出了口恶气！”

“这就叫不是不报，时候未到。时候一到，一切都报……”

七言八语，激昂兴奋。

小瓦匠满面阴云，一言不发，默默叠被子，卷褥子，叠好卷好，用毯子包上，用行李绳捆。

“你这是干什么？”曹铁强问。

“干什么？今天的事，全是我惹起来的。马团长能放过我吗？我今天夜里就扛着行李到团部警卫排去投案自首，当二劳改！”

这话，像一盆冷水，兜头盖脸朝大家泼来。

曹铁强沉默了一会儿，在小瓦匠后脑勺轻轻拍了一下，说：“你犯什么案了，自首去？你别怕，我一人做事一人当。”

男宿舍女宿舍是一栋房子，中间被过道分隔开。这时女知青们也都来了，询问刚才发生的事。

有人问、有人答的时候，裴晓芸挤到曹铁强跟前，神色慌张地说：“不好了！马团长给团部警卫排打电话，说咱们工程连的男知青聚众闹事，要警卫排立刻派三十个人来，还说，还说……”

曹铁强追问：“还说什么？”

“还说……全副武装，一级战斗准备……”

“你怎么知道？”

“我今天夜里看麦场，刚才经过连部门口！”

身材瘦弱娇小的裴晓芸，替男知青们担惊受怕得瑟瑟发抖。

沉默。

各种表情在一张张脸上变化着。每个人都预感到面临着威胁。

“你们……快躲起来吧！”裴晓芸比谁都焦急不安。

所有人的目光，同时集中在排长曹铁强身上。那些目光是复杂的。

“躲？……”他被这个字激怒了。这个字从一个姑娘嘴里说出来，而且分明是主要针对他说的，他觉得当众受辱。

“听着，”他对全排战士说，“事态是我扩大的。我还是刚才那句话，一人做事一人当。你们可以预先把我捆起来，等警卫排的人到了，将功折罪！”

言辞刚烈，语气豪壮。这番话，是从小说里读到过的，还是看了什么电影印象太深记住了，连他自己也闹不清楚。

大家被感动了。由感动而敬佩。由敬佩而义愤。由义愤而激发起一种类似“同仇敌忾”的情绪。这种情绪抵消了年轻人们本来就易于丧失的理智。而丧失理智有时是件痛快的事。

“排长你说的算什么话！把我们都看得胆小如鼠吗？！”

“警卫排有什么了不起？比这严重的事件我们经历得多了！”

“与其在这儿瞎嚷嚷，等着警卫排的人来，像抓犯人似的一个个把我们抓走，莫如跟他们大干一场！”

“对！咱们去打他们的埋伏！”

于是，在一种“文攻武卫”中培养起来的盲目英雄主义的驱使下，他们匆匆穿好衣服，拥出了大宿舍，各人找到可以当作武器的物件，集合起来，向村外面去。女知青们也不肯错过这一表现英雄主义的机会，纷纷跟了去。只有几个没有去，她们赶紧跑向连长和指导员那儿报信。

离连队十几里远的山坡下，他们埋伏在公路两旁的小树林中。

不久，一辆卡车从山路上缓驶下来，工程连的战士齐声呐喊，冲出树林，包围了卡车。车下，铁锨钢叉，横握竖举。棍棒锄头，左右相逼。车上，警卫排的枪口，也指向了工程连的战士们。双方剑拔弓张。

一触即发的关头，有人策马从山上飞奔而下。

来人是老政委孙国泰。马头几乎碰上了车头，他才猛勒马嚼，勒得那马竖起前蹄，打了个立桩。

“给我把枪都放下，奶奶的！”他两眼闪亮，样子十分可怕。警卫排的枪是纷纷挎到肩上去了，但有人还不服气，说：“我们是奉团长的命令……”

“现在命令你们的是我政委孙国泰！谁再啰嗦，我叫他就地挺尸在这里！”老政委从腰间嗖地拔出了枪，用枪筒在卡车驾驶室的铁顶上砸了一下，向司机喝道：“你给老子把车开回团部去！”

司机乖乖地掉转车头，卡车顺原路开回去了。

老政委长长地吁了口气，跳下马，扫视着工程连的战士们，问：“谁带的头？”

“我。”曹铁强低声回答。

老政委走到他跟前，目光牢牢地盯在他脸上，又问：“你是谁？”

“工程连男知青排排长。”声音更低了。

啪！一记耳光打在他左脸上。他的手刚捂住左脸，右脸又挨了一记耳光！

又有人骑马从连队的方向赶到这里，跳下马，双膝跪在雪地上，说出一句震动人心的话：“你们都是离家千里的孩子，你们要互相动武，就先打死我！……”

是指导员，当地剿匪战斗中立过一等功的英雄……

铁锨钢叉，木棍锄头，从一双双手中落地。

一片哭声惊扰了林中的宿鸟。

政委孙国泰一迈进工程连连部，就指着团长马崇汉大吼："马崇汉！老子毙了你！"

……

这件事虽然发生在知识青年刚到边疆不久，但曹铁强却永远也无法忘记。每每回想起，总还会产生不寒而栗的后怕。那时，自己多么缺少理智，多么鲁莽啊！他曾不止一次半夜三更从噩梦中醒来，浑身冷汗淋漓地想到，如果老政委那天夜里迟一步赶到，自己还会不会躺在这个知青大宿舍的火炕上？还有他们，他排里的战士，是不是也还会躺在火炕上，发出那么安然的鼾声？如果他和他们中的某些人，成了那次"英勇行动"中的不幸者，幸存的人今天将会怎样谈到他，谈到那次"英勇行动"呢？

他们会恨他的。

不幸者的父亲和母亲们也会恨他的。

如果别人成了不幸者而他自己是个幸存者呢？

那更加可怕，对他来说。

每天清晨出早操，他站在全排战士的面前，望着他们的脸，心中便会产生一种对他们的深深的内疚和愧意。恨不得跪在他们面前，请求他们的饶恕。

这种负罪感竟折磨了他的心灵若干年。虽然他的任何一个战士都没有在他面前提起过当年那件事。也许大家都忘记了，也许谁也没有忘记，而是有意不提。但他自己却经常想在某一种场合，某一种时机，重提当年那件事。目的只有一个，希望大家痛骂他一顿，甚至暴打他一顿。

理智是年轻人在成熟过程中攻克的最后一个堡垒。攻克了，他们便成为能够掌握自己命运也能对别人的命运施加影响的生活中的强者。这是要付出代价的。不过有人付出的代价惨重，相比之下有人付出的代价轻微罢了。付出代价的同时，他们也必然会丢掉对他们来说是十分有害的东西——轻举妄动和不计后果。

曹铁强正是从当年那件事中发现了自己危险的弱点。也正是从那件事之后，他成熟起来了。

当年的男知青排长成为今天工程连的连长，从某种意义上讲，“袭击警卫排事件”对他来说是一次“淬火”。经过这次“淬火”，他才成为一个具有钢一样的弹性和硬度的人。

但是其中的哲学，是不会从团长马崇汉的头脑中产生的。马崇汉因为当年那件事，受到了党内记大过的处分，而且被通报全兵团。如果将他今天主持召开紧急会议的动机再深剖一层，也是和当年那件事分不开的。

他希望，为兵团保留八百余名青壮年劳动力，能够被上级赞赏，取消干部档案中的处分。而这关系到，兵团解体之后，他能不能重新回到部队去。档案中带着一次处分，他是没指望重返部队的。不能重返部队，他便只能落到一种无可奈何的境地——由团长变为一个农场场长。这无疑更加可悲。八百余名知识青年一走而光，将他这位团长弃留在北大荒，那岂不等于是命运对他的一种恶意捉弄和冷酷惩罚么?

他今天的内心活动，可以用八个字概括——瞻念前程，意冷心灰。不过这种内心活动并没从他脸上暴露丝毫。

他此时恍然醒悟，到会者们沉默的原因只有一个——在这么严峻这么重大的问题上，他们要首先知道政委是什么态度。

他意识到，自己十年来那种在任何事情上都能左右局面，举足轻重的威信，今天面临了公开的挑战！甚至怀疑他自以为曾有的威信，根本就没存在过！

他感到一种惆怅和悲哀。

而政委孙国泰刚才的发言又是对他那么不利！

工程连连长曹铁强又分明不把他这位团长的意志放在眼里！

他现在毕竟还是团长！纵然八百余人的去留他决定不了，一个连长的命运他还是可以决定的！“交代工作”，只消他一句话，就可以拖住这个哈尔滨的小子三天，叫他终身后悔！

难道这哈尔滨的小子就毫无顾忌吗？他怎么敢？！……

马崇汉盯着曹铁强正要说句什么有分量的话，一个女人突然闯进会议室，身后跟进两个女孩。

是他的妻子和女儿。

马崇汉好不惊诧！四天前他打发她们回老家，怎么这会儿又做梦似的出现在他面前了?

“把宿舍钥匙给我。”妻子向他伸出一只手。

“你……车票丢了？”他怔怔地问。

“根本就没买到火车票！”妻子大声嚷嚷，“要不是在黑河碰上个熟人，连长途汽车票也别想买到！我们娘儿仨好不容易挤上一辆长途汽车，开出黑河镇不到两小时就被知识青年给截住了！嫩江县城、火车站，返城知识青年像逃荒！连大车店都住满了！我们娘儿仨……火车站蹲了两天……跟你来到兵团，可倒了八辈子霉！待不下，走不了，亏你还大小是个团长呢！呜呜呜……”

团长妻子放声哭起来。

公务员小张拎着几只暖水瓶走进。马崇汉心烦意乱，拿起水杯朝小张递过去。好像胸膛内有干柴烈火在燃烧，他觉得口焦舌燥。

“水房锁着，到处也找不见烧开水的人。”小张嘟哝地说明没打来水的原因。

“岂有此理！”马崇汉手中的水杯高高举起，狠狠摔在地上，啪的一声粉碎了。

小张一反往常对团长的敬畏，大声说：“少来这套！我不侍候你了！”说罢扬长而去。

马崇汉脸色青了。他的目光又瞪向妻子，从衣兜里掏出串钥匙，扔在她脚边。妻子怯怯地瞄他一眼，赶紧弯腰捡起钥匙，扯着两个孩子离开会议室。

电话铃响了。

郑亚茹也瞄了团长一眼，走过去拿起听筒，低声问：“找谁？……”接着把听筒递给团长。

马崇汉皱着眉头接过听筒。

对方问：“你是马团长本人吗？”

“我是马崇汉！”他粗声粗气地回答。

“马崇汉，听着！你召开的这个紧急会议，不必再开下去了！”就这么两句，口气像“最后通牒”。一说完，对方就挂上了电话。

马崇汉拿话筒的手剧烈地抖动。许久，他才扫视着大家，嘎哑地说：“有人把我们开这次会的内容泄露了。”接着，严厉地问：“谁会议期间打过电话？或者，接过电话？”

“我接过一次电话。不过，是长途。”曹铁强回答。他这时站了起来。

“长途？……”马崇汉根本不相信地追问。

“是长途。”曹铁强很镇定地回答。

尽管他很镇定，尽管大家对召集这样一次会议内心各持己见，但目光还是同时质疑地射向了他。政委孙国泰，也严肃地望着他。

“好像……有什么情况！”郑亚茹突然离开窗口，走到会议室门前，同时推开了两扇门。

一股寒风灌进来，将雪粉扬在人们脸上。几扇没插上的窗子被这股寒风顶开了。开会的人们，或从窗口向外望，或从门口向外望，但见不计其数的火把，分成几队，从山坡上，从荒原上，从公路上，从四面八方，朝团部汇聚而来……

三

裴晓芸站岗两个多小时了，再过一小时，就该下岗了。

但她这会儿就已经快被冻僵了。

“黑豹”也感到了寒冷，它开始在雪地上兜着圈子奔跑。它身上发出的热量结成霜，染白了黑皮毛。

“‘黑豹’！”裴晓芸把狗唤到身边，弯下腰对它说：“回去吧，‘黑豹’，回去吧，回到连队去吧！到大宿舍去，趴在炕洞前，那多舒服，多暖和，何苦陪着我一块儿挨冻呢？啊？”她简直是在哄劝它，像在哄劝一个人。

“黑豹”瞪着那双善于和人交流情感的眼睛瞅她，分明听懂了她的话。它的眼睛追随着她的目光，也朝连队的方向望去。

“瞧，最南边那一排灯光，就是大宿舍！”她又低下头对它说了一句。

“黑豹”却一动也不动。它的身子忽然抖了一阵，又开始在雪地上奔跑。

她望着它，拿它毫无办法地摇摇头。

月亮好像挂在原来的地方，一寸也没移动。但月面已不那么明净，变得朦胧了。夜空的蓝色加深了。深蓝混合着漆黑。夜空似乎被来自宇宙之外的某种自然力量压低了。

起风了。这风是突然刮起的，异常猛烈，而且辨不清方向，朝她迎面横扫过来。她侧转身子，弯下了腰。

风过之后，四野顿时迷茫了。

“黑豹”在奔跑中突然站住，昂着头，略显不安地瞭望着荒原。

在荒原的尽头，在寒夜神秘而威严的幽远处，一场大暴风雪狰狞地注视着生产建设兵团的女战士和这只狗。

然而她并没有预感到什么威胁。她在瞧着那只狗。

“黑豹”使她又想到了他……

也许因为她和他不是同一个城市的知识青年？也许因为她和他不是同一批来到北大荒的？也许因为她是全连姑娘中最其貌不扬最沉默寡言的一个？也许因为她是一个政治上有“特嫌”的歌唱家和一个大学里的“反动讲师”的女儿？……他不曾注意过她。而她，也从来不敢主动接近他，主动跟他说一句话。因为他是威信很高的男知青排排长。因为他是全连最英俊的小伙子。

年轻人们，小伙子也罢，姑娘也罢，总是希望从自己身上发现某种值得自信的东西——高于别人的威望，渊博的知识，受人赞扬的品质，友好相处的人缘，家庭出身好，政治有前途，甚至，包括俊美的容貌，等等，等等。一点儿值得自信的东西也没有，这样的年轻人便会离群索居，产生自卑感。

裴晓芸在所有人的面前都会产生这种自卑感。

她有时甚至自己鄙视自己。

她身上半点值得自信的东西也没有。连一个少女最可自慰最起码的那点儿自信——容貌方面的自信都没有。

她到北大荒以后，从来也没有像其他的姑娘那样，偷偷拿面小镜子自己端详自己，欣赏自己。

她认为自己是个半点可爱之处都没有的丑姑娘。一只丑小鸭。

是呵，她的身材那么瘦弱，小手小脚的，像是发育不良没长开似的。她那张小女孩般的脸上，永远地笼罩着哀哀的愁云，一接触到什么人的目光，她便会情不自禁地立刻垂下睫毛，掩护住那双怯生生的眼睛。

一方面，她因为自己是那么不引人注意而自卑。另一方面，她又但愿任何人在任何场合下都不注意到她的存在。有天中午下暴雨，男女知识青年跑出大宿舍，遮盖土坯。苫席不够用，她把自己身上披的雨衣也盖到土坯上了。她在暴雨中浇成了一只落水鸡。衣服裤子紧紧地贴在身上，模样滑稽而可怜。他不禁多看了她几眼，她竟像被一只大猩猩所注视似的，吃惊地呆愣了一刻，转身而逃，令他大惑不解。那天他才知道，女知青排还有这么个叫裴晓芸的上海姑娘，才十六岁，在全连知青中年龄最小。但她也并没有从此引起他多注意一点。而她，后来则更加有意地处处回避他。

就在那一年冬季的一天半夜里，全连紧急集合，男女知青都拉出了连队，一气儿跑了十多里路远。演习紧急集合，大宿舍里是不许开灯的，手电筒也不许打亮。

跑步急行军途中，又演习了一次“围山搜敌”。

曹铁强是演习行动的总指挥，在大家都已经搜索到半山腰时，他回头望了一眼，见有人刚跑到山脚下，艰难地踩着没膝的深雪向山上攀登。

“那是谁？快跟上来！”他大声喊。

落伍者摔倒了，而且没有立刻爬起。

他跑到那人跟前才认出，是她。

“跑一段路就受不了啦？别那么娇气！都像你这种样子，打起仗来怎么办？”他有些生气，对她大加训斥。他拉着她的一只手，将她从雪窝里拽起来，也不管她跟得上跟不上，几乎是粗暴地拖着她往山上跑。

她一声不响地被他拖着跑了一段山路，又一个跟头跌倒在雪中。

“你！别装熊！快起来！自己跟上去！”他更加生气了，索性放开她的手，那语气完全像在战斗中呵斥一个无能的士兵。

“我……我的脚……”

“你的脚怎么了？”

她扒开埋住双腿的厚雪，甩掉两只手上的棉手套，双手攥成拳，使劲擂自己的双脚。

借着月光，他这才发现，她穿的竟是一双网球鞋！

他怔住了。半天才说出话：“你……怎么穿着这样一双鞋？”

她没有回答。她不再擂自己的脚了。她的双手忽然捂住了脸。她的肩头开始轻轻耸动着。她无声地哭了。

他猛地弯下腰，将她再次拉起，强行背上，朝山下就跑。

“不，不，我不！冻掉双脚，我也要……”她挣扎着，拳头擂着他的背。

他并没有放下她，任她的拳头一下接一下地在自己背上擂打。他背着她深一脚浅一脚地跑下山，接着跨开大步朝连队跑。十几里路，他的脚步毫不减慢，越跑越快，径直背着她跑进女宿舍，将她放在火炕上，拉亮了灯。

她那张小脸哭得如同泪人儿一般。泪水在她脸上结成薄冰，一缕鬓发冻在她的脸颊上。

他呼哧呼哧地大口喘气，汗湿透了衬衣和绒衣。

“别动！”他对她说，摘下帽子，扔在炕上，拿起一只脸盆，转身奔出宿舍。

他从外面端进一盆雪，她果然一动未动地垂着双腿坐在炕沿上。网球鞋和她的双脚冻在一块儿了。他无法替她脱下来。

“剪刀！”

她茫然地瞧着他。

“你的嘴巴也冻住了吗？我问你有没有剪刀！”

她默默地朝摆在窗台上的一只小木箱指了指。

从小木箱里取出一把剪刀，他从她脚上剪下了那双网球鞋。接着，小心翼翼地剪下了她的袜子。他将她的双脚按在雪盆中，迅速地用雪搓起来。

他一边搓她的脚，一边抬起头，瞧着她的脸，低声问：“疼么？”

她垂下了睫毛，只吐出一个字：“不……”

“不疼才糟糕！”他更快地用雪搓她的脚。

一盆雪搓化了。

“这会儿开始疼了吧？”

“不……”

“还不？有没有……像被火烧一样的感觉？”

“有……一点点……”

“冻掉双脚，在北大荒可不是没有过的事！小时候我的脚也冻过，我妈妈就像这样子给我搓。”他从毛巾绳上扯下条毛巾，要替她擦脚。

“别，那不是我的毛巾。”她用轻微的声音说，这时才怯生生地看了他一眼。

他的目光不禁注视在她脸上，心中实在不可理解，这种时候，她为什么还会对生活中的这般小事如此认真。

“那是我们排长的擦脸巾。”

“那又怎么样？”

“她会生气的。”

“是你自己这样认为吧？”

她摇了摇头：“她真会生气的。她对我和对别人不一样。”

“为什么？”

“因为……因为我和别人不一样。”

他不再问她什么了。他心中明白了。他缓缓地将郑亚茹的毛巾搭在毛巾绳上。

“边上第三条毛巾是我自己的。”

他取下了她自己的毛巾。

“让我自己……”她向他伸出一只手要毛巾。

他没给她。他轻轻地替她擦干了双脚，慢慢解开自己的衣扣，撩起绒衣和衬衣，半裸出宽阔的结实的胸膛，将她的双脚暖在自己胸上。

“啊！不，不！……”

她慌乱起来。她骇然了。她欲缩回自己的双脚。他用绒衣将她的双脚包裹住，紧抱在怀里。

“别动！”语气那么严厉，同时瞪了她一眼。

她挣动了几下，没有挣回双脚。他的手那么有力！

她的脸红极了。她一下子用双手捂上了脸。

“当年我妈妈对我也是这样做的。”第二次提到他的妈妈，他的语调中流溢出一种深情。

她还能再有何种表示呢？还能再说什么呢？

她一动也没再动。双手依旧捂着脸。

渐渐地，她感到自己的两只脚恢复了知觉，温暖了。也开始疼了。他胸膛里那颗年轻人的心强有力地跳动，传导到她的心房。她自己那颗少女的稚嫩的心，也仿佛刚从一种冷却状态中复苏，怦怦地激跳。

许久许久，他们之间没有再说一句话。

一滴泪水，从她的指缝中滴落下来。随即，又是一滴，又是一滴……

是因为过分受感动？是的。当然是。但泪水绝不仅仅是因为受感动而倾涌，还因为……他提到了他的母亲。用那样一种深情的语调提到他的母亲。

而她却从未领受过母爱的慈祥和温柔。为了领受一次，她宁肯自己的双脚被冻掉！

同样的做法，这北方的小伙子从他母亲那里学到，施加于她。诚挚之中带有几分强迫。

如果是母亲的话，她起初心理上怎会产生慌乱和骇然？

区别就在于此。虽然深受感动但也触碰到了她的隐衷。

她那颗少女的心不但稚嫩，而且那么细腻。所有细腻的情感都被她的双唇封锁在心里。因此她的内心世界比别的姑娘更加丰富，也更加充满矛盾和变化。

这样的一颗心当然不是他所易于了解的。他发现她在落泪，问："你怎么又哭起来了？"

这时，外面响起一片纷乱的脚步声，夹杂着吵嚷。紧接着，门开处，女排的姑娘们拥进宿舍。她们一见他在女宿舍中，他和她那种不寻常的样子，都呆呆地站立住，用猜疑的目光望着他们。

在众人的目光之下，她显出无地自容的样子，仿佛自己是个小偷，被当场逮住。她猛地从他怀中收回双脚，窘迫而羞涩。

"用被子包上脚。"他平静地对她说。转过身，问姑娘们："你们这样看着我干什么？"

没有谁回答他的话。

"简直是拿着弟兄们开玩笑！演习演习，半路上丢了战备演习指挥员！"

"不是丢了，咱们大排长准是叫敌人俘虏啦！"

男宿舍传来发牢骚的怪话和嘻嘻哈哈的笑声。

郑亚茹最后一个走进宿舍，她的目光在曹铁强身上差不多停住了半分钟，然后缓缓地转移到裴晓芸身上。

裴晓芸已经坐到火炕上，用被子包住了双脚。她低着头，不敢瞅姑娘们。

"哼！真丢人！"郑亚茹大声说了一句。

"你说谁？"曹铁强有点恼火了。

"我说谁，你心里明白！"郑亚茹向裴晓芸瞪了一眼。

他的同班同学，当着所有姑娘们的面，对他说出这般带有侮辱性的话，使他感到格外不能容忍。他几步跨到她面前，咄咄地盯着她的脸，质问地说：

“我不明白！你今天非得当着大家的面对我讲清楚不可！”

“讲清楚就讲清楚！我说的不是别人，就是你！还有她！你们俩！趁着大家演习，你们两个跑回来，在宿舍里搞什么见不得人的勾当！”

“你……混蛋！”曹铁强大吼一声，对郑亚茹扬起了拳头。但他毕竟克制住了自己，拳头并没有落下去。如果不是当着所有姑娘们的面，这一拳也许会落下去的。

“裴晓芸穿了一双网球鞋就跑了出去你们知道不？她的脚冻伤了，如果不是我把她背回来……可你们，都想到什么地方去了！”

郑亚茹怔住了。

曹铁强指着一个姑娘说：“你，去把那盆雪水倒了！”又指着另一个姑娘说：“你，去把卫生员找来！”

两个姑娘不知是慑服于他的恼怒，还是出于同志之间的义务感，彼此望了一眼，一个服从地去倒那盆雪水，另一个立刻转身去找卫生员。

其余的姑娘，都向裴晓芸围拢过去。

郑亚茹独自站在原地，显得极尴尬。

“你和我的关系，并不比别人特殊，不过曾经是同班同学，你没有资格像刚才那样对待我！”曹铁强冷冷地对她说完这番话，愤愤地离开了女宿舍。

郑亚茹慢慢走到自己的铺位前，呆立了一会儿，突然扑倒在火炕上，抱着自己叠得四四方方的被子，哇的一声大哭起来。

“排长，都是……都是我不好，就算他刚才的话，是对我说的……”裴晓芸望着排长，心里感到无比内疚。

“你别装好人！”郑亚茹倏地坐起身，对裴晓芸狠狠地嚷了一句，之后又倒下去抱着被子哭。

有几个姑娘赶紧过来劝排长。

从那一天起，女排所有的姑娘都看得出来，排长对裴晓芸更加冷漠了，好像排里从此不存在裴晓芸这个人了似的。她们也看得出来，她们的排长和男排排长之间以前那种比别人亲近的同学关系中，出现了一道看不见的屏障。

而裴晓芸和曹铁强之间，又恢复到了那种几乎谁都不接触谁的关系。

然而裴晓芸多想找个时机对曹铁强说句感激的话啊！即使仅仅从情理上讲，这样的话也是应该对他说一句的。可是每当她和他单独在一起，还没来得及开口，郑亚茹便会忽然出现。能够和他单独在一起的机会又是那么难得！

春节前，连里不知出于何种安排，对每一个请假回城市探家的知识青年，都毫无例外地批准。也许是出于对知识青年的体贴和关怀吧！知识青年先后离开连队。最后，男排只剩下了一个人——曹铁强。女排只剩下了两个人——郑亚茹和裴晓芸。裴晓芸知道，排长所以迟迟没有动身离开连队，一定是想和曹铁强结伴探家，同去同归。可曹铁强为什么迟迟不回城市探家呢？他舍不得他养的那只小狗？也许是的。他那么喜爱那只狗？她哪里知道，出于对她的同情，他决定放弃那次探亲假了。他不忍心将知识青年中的一个小阿妹，孤独地撇在连队。

她和排长两个人住在空荡的宿舍里，却谁也不理睬谁。在排长郑亚茹面前，裴晓芸更自卑。排长是一位军队干部的女儿，正牌的“红五类”；排长是老初三毕业生，在学校成绩优异，据说不是因为“文化大革命”，学校要保送她上重点高中呢；排长是市红代会常委，来到北大荒之后，还被请回城市参加过一次红代会常委会；排长在全排姑娘们眼中是具有男性威严的；排长是在全团名声响亮的人物；排长是很美的，高于一般姑娘们的个子，飒爽的身姿，乌黑而浓密的短发，裹着一张椭圆形的五官端正的脸，两条眉毛不但细而长，还很英气，一双丹凤眼，总是投射出自信的矜傲的目光。

女排的姑娘们，谁都知道，她们的排长在暗暗地爱着男排排长曹铁强。天生一对，地产一双，大家都这么认为。但也有姑娘对两位排长之间的关系发表过预言性的看法：“两个自尊心都太强的人，是无法结为生活伴侣的。”这话是背地里谈论过的。

姑娘们都不能理解的是，她们的排长明明爱着人家，又总是随时随地有意无意在她们面前扮演一个无穷烦恼的被追求者的角色。尽管这种角色她扮演得极成功。

裴晓芸在这一点上却自以为是能理解排长的。“不会高傲，就不懂得爱情的艺术。”她忘记了自己过去曾从哪一本小说里读到这句话的。排长一定也读过这本小说。因为排长既会高傲，必然也就对爱情的艺术深通谙达了。

她非常希望排长也能理解她，哪怕一点点。非常希望自己能和排长处好关系——一般的战士和排长的关系，对她来说就很知足了。她不敢奢望比这更进一步的友好关系。她觉得自己不配，排长是什么样的人物！

两个人，按照同样的时刻，早、午、晚活动在大宿舍里，却彼此不说一句话，不正视一眼，这是多么别扭！有几次，她想主动张口和排长说话，排长却好像能够猜度到她的心思，每每在这时候走出去了。

其实，她最想对排长说的，无非只有一句话："排长，我是敬佩你的呀！我心甘情愿处处听你的吩咐，服从你的命令！"

就像一粒砂子含在河蚌体内，久经揉磨，变成了珍珠。这句话也是许许多多话在她内心经过无数次筛选的结果；这句话无论从任何意义上都是她的心里话。

排长竟不给她说出这句话的机会。

有天晚上，排长不知到哪里去了。她一个人百无聊赖地坐在火炕上，坐在窗前，把嘴贴在玻璃上，一口接一口地用哈气暖化玻璃上的霜花。

玻璃上渐渐哈出了一个可见夜色的小洞。从这个小洞，她朝外面窥望。有两个人在月辉下向宿舍走来，分明是排长和他——曹铁强。他们走到宿舍门前那棵大杨树下，同时站住了，对望着。

她向他走近了一步。他也向她走近了一步。

他们拥抱在一起了。

他们的嘴唇相吻了。

裴晓芸的脸倏地从窗前侧转开，双手下意识地捂上了那个小小的霜洞。

少女的心狂跳不已。

这是她第一次亲眼看到男女之间的情爱举动。她仿佛看到了自己所绝不应该看到的，愧怍极了，不安极了。虽然是无意中看到的。

她赶紧展开被子，钻进了被窝，用被子蒙上了脸。

一会儿，听脚步声，知道排长走近了宿舍。

又过了一会儿，灯熄了。

第二天，当她醒来时，见排长在捆行李。

"你醒了吗？"排长说。

她没有回答，一时不能相信排长是在对自己说话。

排长转身看了她一眼，又说："帮我捆一下行李可以吧？"

不是在对她说话又是在对谁说话呢！她立刻从被窝里爬起来，顾不上穿衣服，也顾不上蹬鞋子，光着脚就跳到了地上。

"你先穿好衣服，别冻着。"

排长这种从来没有施舍给她的关心，令她深深地感动了。

她匆匆忙忙地穿上衣服，趿着鞋走过去帮排长捆行李。一根绳子，一人手里攥一头。

"用不着勒太紧，捆上点就行。"排长一边勒绳子，一边说，"我也要回去探家了，今天就走，和他一起走。"

她知道排长说的"他"是谁。

内心的欢喜反射在排长的脸上和眼睛里。排长的眼睛比以往更明亮，脸上焕发着娇红的光彩，洋溢着少见的柔情。排长的心境一定像早晨的花园一样！

而她自己的内心里，却感到一种空旷和苍凉。

从今天起，两个大宿舍，只剩我一个人了！她心中不禁这么想。

别人都有家可归。

她没有家了。

也没有亲人。在大上海，连一个亲人也没有。

帮排长捆好行李，他来到了女宿舍，怀里抱着小狗"黑豹"。

"我们今天也要离开连队了，大宿舍就剩下你一个人了，我把它托付给你。"他像将什么贵重之物至诚相托。

她从他怀里接过"黑豹"，抚摸着，一句话也没说，只是值得信任地点点头。

他默默地环视着女宿舍，问："你怎么不回上海呢？"

"我……回去没意思。"她故意用一种平淡的语调回答他，并且，对他微微笑了一下。

她不愿因自己的凄婉处境破坏他们此刻的良好心境。但她的微笑并没有如她所愿。因为他从她那一现即逝的微笑中分明细心地观察到了一种苦涩的意味。

"也许，'黑豹'和你在一起，会减少一点你的孤寂的。"他对她这么说，目光是怜悯的。

听了他的话，她不禁低下头，将脸贴在小狗身上。

她抱着小狗，站在大宿舍门口，久久地目送他们所坐的马车离开了连队。

从那一天，大宿舍里就只剩下了她一个人，和一只小狗。白天，她并不感到特别孤独，因为她还要和老职工们一起劳动。他们对她表示了种种关怀。他们，只有他们，才公正地、平等地把她看作几十万来到北大荒的知识青年中的一个。一个从小生长在城市而如今远离城市的女孩子。到了夜晚，那种孤独之感，才咄咄逼人。当外面呼啸起西北风，小“黑豹”就跃上火炕，往她被窝里钻。它也感到了孤独。

刚过完春节，他就从城市返回连队了，是全连第一个回来的知识青年。

那天中午，她正在宿舍里独自吃饭，忽听外面有人叫：“‘黑豹’！‘黑豹’！”接着，是一声口哨。

“黑豹”愣怔了一下，立刻像支箭一般蹿到宿舍外面去了。她跟了出去，看见他拎着提包，站在男女宿舍之间的过道里。

“他在叫狗，并没有叫我。”见他将“黑豹”抱起，亲爱地抚摸着，她这样想。

他对她笑笑：“我应该感谢你，小狗长大了不少！离开这么几天，我还真想它呢！”

同样是离别，他心中想的只是狗，一句话也不问到她。

她的心被挫伤了。她习惯地在他面前垂下了睫毛，一声不响地退回宿舍。

一会儿，他来到了女宿舍，送给她一些从家中带回来的糖、花生、瓜子。

“我不要。你自己留着吃吧。”她拒绝收下。她把这些东西视为他给予她的报酬，因为她替他喂养了几天小狗。

“这是我的一点心意。”他把那些东西放在火炕上，转身就走。

那天深夜，外面又刮起了西北风，像是一头怪兽在嘶叫。她躺在被窝里，难以安然入睡。她心中产生了一种莫名其妙的委屈，仿佛又受到了什么人的欺负。她哭了。开始哭声还很低微，后来哭声渐渐大起来，无法克制。

第二天早晨，她端着脸盆走到宿舍外面倒洗脸水，他跑步回来，拦住她，问：“你昨天夜里为什么哭？”

“我没哭。”她低下头，想绕过他身边走进宿舍。

他挡在宿舍门口，固执地问：“是不是你一个人在连队的几天里，有谁欺负你了？你不告诉我，我就不让你进去！”

她摇了摇头。

他又说：“你为什么不能信任我呢？像信任一个大哥哥似的。你……简直不像一个女知识青年，像一个小女孩。我是很愿意在什么事情上帮助你的，真的！”

她还是默默不语。

“世界上有一样东西，对任何人都越多越好，那就是友情。”

听了他这句话，她渐渐抬起头，第一次那么勇敢地面对面地正视他的脸。

她的目光中既有信任，也有疑问。

他脸上的表情是真挚而坦率的。

于是她喃喃地说：“我……怕……”

“怕？……怕什么？”

“怕……夜晚……”

“夜晚有什么可怕的？你不是已经一个人度过了好多夜晚吗？”

“那些夜晚，有小狗和我做伴。现在你回来了，连小狗也不肯和我做伴了。”

他的心弦被她低声说出的话语拨动了。对面前这个出于怜悯而想给予一些关照的少女，他是多么缺乏理解啊！

当天，他在男女宿舍的墙上各凿了一个小孔，将一根绳子穿过小孔，伸到女宿舍来。

“你要干什么？”她瞪大眼睛看着他在这样做，很奇怪地发问。

他将绳子引到她的铺位前，绳子的一端交在她手中，说：“我在绳子那头拴了一个小铃铛，朝大车老板要的，马铃铛，就吊在我头顶上。你睡时，手里握着绳子，做噩梦也不会感到害怕了，梦中我肯定会像天神一样降临你的身边，解危救难！”他因为自己竟想出这样一个哄小孩的主意，说完有点不好意思地笑了。

“你……真逗……”她也笑了。

她果然天天晚上手里握着那根绳子睡觉。她果然从此不感到孤独，也不怕夜晚，不怕西北风的呼啸了。

知识青年们陆陆续续地返回连队了。绳子被她收起来了。小铃铛他送给了她。

他依然是男排的排长。

她依然是女知青中最沉默寡言的一个姑娘。

生活又回到了原来的样子。

虽然如此，她还是真实地感觉到生活对自己来说发生了些什么变化。这感觉是朦胧的。正因为是朦胧的，似乎发生了但又似乎并没发生的变化，才既令她入迷，又令她感到新奇。她是怀着连自己都难以解释清楚的微妙的心理，去细细体验这种新奇的变化的。她战栗地期待着更重要的变化某一天突然发生。她究竟期待的是什么呢？期待着一种什么意义上的变化呢？将会发生什么呢？怎样发生呢？……她什么都不能回答自己，然而她又的确体验到了什么，的确在期待着什么，的确被什么诱惑了。也许什么变化都没有发生？也许什么都不存在？也许令她内心骚动的不过是虚幻缥缈不可捉摸的憧憬？……

女排排长郑亚茹最后一个返回连队。她超假半个月。一回到连队，她就立即向党支部补交了一张诊断书。她在探家期间生病了。诊断书证明这一点。但女排的姑娘们却都看得出来，排长绝没有生过病。并不是从排长的外在精神状态得出的结论，而是她处处不自禁地有所流露的内心情绪的真实色彩告诉了她们。一个姑娘若被许多姑娘加以研究，那她内心是难以隐藏住什么秘密的。何况女排排长早就成为她的战士们的重点“研究项目”了，何况她们在对她加以诸方面的研究之后已经积累了不少经验呢！经验告诉她们，排长准是在爱情方面获得了极大成功！不，更准确一点说，是在爱情的“拉锯战”中获得了决定性的胜利。那被征服了的一方，当然是男排排长曹铁强了。她们既替曹铁强惋惜（未免被攻克得太轻松了些罢！），同时也不无对郑亚茹的嫉妒。瞧她不论说什么话做什么事时那种自信劲儿！瞧她那双被内心的爱情之火燃烧得多么明亮的眼睛！瞧她浮现在脸颊上的那种幸福的红晕！瞧她独自呆坐，凝眸出神时那暗暗得意的模样！唉！唉！哈尔滨的小伙子那种刚愎和高傲哪去了？怎么就招架不住姑娘的一二回合呢？在她们面前他对郑亚茹像块百炼钢，说不定背人时就变成了绕指柔呢！小伙子们差不多都是这德行吧！

曹铁强的确是被征服了。被情愿地征服了。在和郑亚茹一块儿探家的短短十几天中被她征服了。有谁会想到，小伙子刚愎高傲的性格的茧衣内，包裹着一颗充满情感矛盾的心呢？又有谁能真正理解小伙子对北大荒的开拓事业那种特殊的崇敬呢？他的父亲和母亲，都是北大荒的第二代创业者。父亲原是东海舰队某舰的轮机班长。母亲原是哈尔滨军事工程学院医务所的护士长。父亲是随着十万转业官兵的行列来到北大荒的，当上了进发雁窝岛的第一支垦荒队的队长。为了给垦荒队踏查出一条道路，他牺牲在绵亘的大沼泽里，连遗体也无法寻到。母亲哭了三天。三天后，将刚刚背上小学生书包的儿子寄养在老上级家中，自己也登上了北去的列车。母亲一到北大荒，就坚决要求到以父亲的名字命名的那支垦荒队去。她不久成为中国最早的几名女拖拉机手之一。她驾驶着父亲生前驾驶的那台拖拉机，追随着垦荒队，驰骋在北大荒。艰苦并没有把这个刚强的女性从男子汉们的队列中甩掉。她终于像父亲一样赢得了他们的敬佩，担任了父亲生前的职务——垦荒队队长。她是中国第一名女垦荒队队长。她曾出国参加世界劳动妇女联欢节。以后，她成为中国第一名女农场场长。曹铁强永远也忘不掉九岁时看过的一部影片——《英雄战胜北大荒》。他当时比看任何电影都更加被吸引、被激动。虽然，他没有从银幕上看到爸爸和妈妈，但顶着暴风雪向荒原挺进的垦荒队出现在银幕上时，他相信其中有一台拖拉机一定就是爸爸妈妈驾驶过的。他对北大荒的向往，他对垦荒者们的崇敬，就是从那时开始的。一个五六岁的小女孩，用手绢兜着种子，跟在父亲身后，向肥沃的土地点种……这是影片的一个镜头。他对那小女孩多么羡慕多么嫉妒啊！他在寄给妈妈的信中写上了这样一句话："妈妈，我要到北大荒去！"妈妈的回信很短："孩子，你要学好文化知识，你要长大以后再来！妈妈在北大荒等待着你！"他没有因为妈妈的信写得这样短而沮丧。他完全能够理解，刚刚建立起来的农场，需要创业者们做多少事情啊！何况妈妈不但是创业者，而且是农场场长……

他长大了。每天都带着一种迫切希望自己早些长大的心理一年年地长大了。母亲那封信至今他仍保留着。但母亲，却已长眠在地下数载了。

批判会。批判修正主义建场路线。批判"黑劳模"。批判中国第一个女农场场长。第一个，这本身就是一种罪过！哥白尼是第一个向全人类大声说"地球是绕着太阳转"的人，于是他遭到了教会的残酷迫害。除了耶和华，教会是不能容忍人类还在其他某方面产生什么"第一个"的。中国人虽然相信上帝的不多，原来却有人同样具有不能容忍"第一个"的劣根性。

对中国第一个女农场场长的批判形式是别出心裁的。父亲生前开过的那台英雄的拖拉机被用黑漆划上了"×"。母亲被强令驾着这台拖拉机来到批判会场接受批判。拖拉机像坦克一般冲乱了会场，碾过会台。母亲将拖拉机一直开到山崖畔，她纵身跳下了山崖……

这就是中国第一位女农场场长的结局！这就是十年动乱中发生在北大荒的一幕悲剧！

刚满十八岁的曹铁强没有哭。他在全校第一个报名要求到北大荒去。他要见识见识北大荒那一片吞没了他父亲的沼泽！他要知道母亲是从哪一座山崖跳下去的！他要擦掉父亲和母亲都开过的那台拖拉机上的黑“×”！他要告诉每一个北大荒人，他是谁的儿子，他来了！

他的要求竟没有被批准。

他哭了。只因为此。

代替父母像抚养自己的儿子一样抚养了他十年的恩人，母亲生前的老上级，哈尔滨军事工程学院一位当时也遭到政治厄运的副院长，陪同他第二次来到黑龙江生产建设兵团驻哈联络处。

老人大声质问：“你们为什么不批准他？”

得到的回答是：“因为他母亲的问题……还没有最后作结论，我们政审很严。”

“可他也是他父亲的儿子啊！他父亲的烈士碑还立在北大荒！”老人的手杖使劲捣着地板。

接待人员搓着手说：“我们……做不了主啊！”

“烈士的儿子，竟连继承烈士遗志的权利都被剥夺了！”老人叹息一声，突然拉起他的手，愤慨地大声说：“我们走！北大荒不要你，我带你到‘五七干校’去！”

“等等！”那接待人员叫住了他们，走到他跟前，拍着他的肩说：“如果你决心到北大荒去，不批准你也可以去嘛！当年转战北大荒的十万官兵，都知道你的父母，都非常怀念他们……”

得到这种暗示，几天之后，他混在第一批奔赴北大荒的知识青年中间，乘上了开往最北边陲的列车……

虽然他是“混”到北大荒来的，但并没有因此被哄回城市去。北大荒用沉默的诚意接收了他。只有他，才能体察到这种沉默胜过热情的诚意。一下火车，多少人在那一批知识青年中寻找他，握他的手，对他说“好好干”或者“别给你爸爸妈妈丢脸”。他们，有的认识他的父母，有的并不认识他的父母。他们都是《英雄战胜北大荒》中的那一代创业者。他们从十几里，几十里，甚至几百里地外赶来，只是要在火车站见到他，握一下他的手，对他说一两句话。他一个也不认识他们。他连他们之中一个人的名字都没有记住。

他要求把自己分到雁窝岛。他的要求没费口舌便如愿以偿。可是，雁窝岛并不仍像他在《英雄战胜北大荒》中所见的那么荒凉了。那里已经建立起了农场。荒原已经被征服。吞没了父亲的那片沼泽，已经变成水库。来到雁窝岛的第一天傍晚，他独自伫立在水库闸坝上。赤红的晚霞燃烧着淡蓝色的水面。水面浮现出了父亲的容貌。父亲生前经常用口琴吹奏《水兵之歌》，他耳旁仿佛又听到了这支歌那充满火热激情的欢快节拍。口琴是父亲任何时候都揣在衣兜里的爱物，肯定和父亲一起沉没在当年的沼底了。父亲的碑就立在水库闸坝的一端。他沿着闸坝走到碑前，仰望着碑顶那台石雕的翘首的拖拉机，心中默默地说："爸爸，我来了！"他心中突然产生一种悲哀的遗憾。他但愿眼前没有这水库，而仍是一片狰狞的沼泽！对于吞没了他父亲的那一片沼泽，他心中是有种强烈无比的挑战，甚至可以说是复仇般的征服意志的啊！但它却已经被征服了。不是被他，而是被别人！他扑倒在岩石碑座下，痛哭了一场。附近没有一座山。不必问什么人他也知道，母亲并非是在这里遭到了那次不公正的批判。有人主动带他来到了机车库，告诉了他哪一台是他父母生前开过的拖拉机。它已经旧了，但保养得很精心。在并列的十几台拖拉机中，它最洁净。黑"×"被擦掉了，还看得出被什么东西认真刮过的痕迹。

带他来到机车库的陌生人告诉他："这台拖拉机仍保持着当年的作业效率。"

此话对他是多么大的宽慰啊！

第二天，他悄悄地告别了雁窝岛。

他要在北大荒做一个像父母那样的创业者，而不甘仅仅做一个继业者！

于是他被重新分配到了最边远的刚刚开始组建的三团……

他也像所有的知识青年一样想念过家么？想念过的。不唯想念。更其惦念。虽然军事工程学院的老副院长并非他的父亲，虽然老院长的女儿并非他的妹妹。但他们与他有着父子一样的兄妹一样的感情。多少个不眠之夜，他担虑着那善良而正直的老人将会进一步遭到什么迫害，担虑着那脆弱的，因小儿麻痹而残遗了一条腿的异姓妹妹的处境。

和郑亚茹一块儿探家回到城市后，他才得知老人确诊为肝硬化后期。他不忍离开他们了。假期一天天接近，他烦躁，他彷徨，他不知道自己应该做出怎样的决定才对。一天晚上，在省军区大院郑亚茹的家中，在她的房间里，在她关心而温柔的询问下，他向她讲起了自己的父亲，母亲，讲起了老院长父女，讲起了他对他们的感恩之情，倾吐了他内心的矛盾。他想要留在城市照料老院长父女，但又怕连队里的任何一个人都不会理解他，把他视为北大荒的“逃兵”。

他讲完才发现，她早已泪流满面。她忽然像个小孩子似的哭了。她是深深地被他讲述给她听的这一切所打动了。他第一次向她讲述了这么多这么多，而且讲述的都是内心最真实的。她不仅感动，同时感激。同学三年，她那一天才知道，他有那样的父亲，那样的母亲！他能够把这一切都毫无隐瞒地告诉她，这足以证明，她在他心目中的位置，毕竟高于所有那些他所认识的姑娘们!

她擦干眼泪，盯着他，问：“今天你对我讲的这些，从没有对任何人讲过吗？”

他发誓般地回答：“没有。”

“如果不是我，换一个人，比如，另外一个你认识的姑娘，你也会把这一切统统告诉她么？”

他沉默片刻，摇摇头：“不，绝不会……”

她对他的回答非常满意，低下头微笑了。

当她送他走出家门时，说：“你明天有时间的话，我希望能和你一块儿到江畔去走走。”见他犹豫，她又补充了一句：“我有重要的事和你商量。”

第二天，两人徐徐漫步在松花江畔。她默默地和他并肩来回走了许久，才靠着一根栏杆站住，告诉他，省里的几所大学已经开始试行招收工农兵学员。她要尽一切努力为他争取到一个名额。如果争取到了，他就可以有三年的时间一边在城市学习，一边照料他的恩人父女了。他感激得紧紧握住她的手，不知说什么话才能表达自己的心情。

她听凭他握住自己的手，将脸侧转向松花江，望着冰封的江面，说：“你应该明白，我是因为爱你才这样做的。”

他没有回答她这句话，但他在自己心中暗暗立下了誓言：我今后要开始爱这个姑娘！我再也不能挫伤她对我的爱情！全连只有他一个人知道，郑亚茹超假半个月，是为他在城市多方奔走。

不久，连里收到了由团部转来的一份哈尔滨医科大学的录取通知书。

曹铁强要离开北大荒，去上大学了！消息在全连传开，所有的知识青年都感到意外。他们从那一天开始用另外一种眼光审视他了。那种目光向他表明，他们怀疑他过去是否值得受到他们那么多的尊敬。

他是怀着一种悲凉的心情离开连队的。

只有一个人为他送行——郑亚茹。

当夜住在团部招待所里，已经十点多了，忽然有人敲门。

他打开门，见门外站着一个陌生的知识青年。

“你是曹铁强？”

他点点头。

对方走进房间，说：“我想和你谈几句话。你是接到了一份哈尔滨医科大学的录取通知书吗？”

他迟疑了一下，点点头。他觉得并没有隐瞒的必要。

“你热爱医生这种职业吗？”

“……”

“你愿意毕业后还回到北大荒吗？”

“……”

“你能够成为一名北大荒所需要的出色的医生吗？”

他生气了。反问：“你是谁？我根本不认识你。你有什么权利这样质问我？”

对方缓慢地从兜里掏出一盒烟，缓慢地抽出一支，叼在嘴上。缓慢地擦着火柴，缓慢地吸了几口，眯起眼镜后面一双沉静的眼睛瞧着他，用缓慢的语调说：“我叫匡富春，团部的卫生员。谈到权利，我不但认为我有这种权利，而且认为，任何一个北大荒人都有这种权利。北大荒需要医生，需要出色的医生。争取到一个上医科大学的名额是很不易的，如果被一个对医生毫无职业感情的人，或者被一个仅仅想利用上大学的机会离开北大荒回到城市去的人占有了这个名额，那未免太令人失望和遗憾了！”

对方的表情和语气，都流露出毫不掩饰的嘲讽甚至侮辱。但对方所说的这番话，又是那么理直气壮，令人丝毫也不能怀疑这番话有任何不光明磊落的企图或动机。

他虽然感到受了难以容忍的嘲讽和侮辱，但他还是容忍了。他第一次觉得在别人面前心中有愧。

对方又开口说："这个名额本是我争取到的。我曾给医科大学写过一封信，向他们反映了北大荒缺少医生的实际情况，并向他们提出请求，允许我去自费学习。我的祖父和父亲都是医生，而且是很出色的医生。我从小热爱医生这一职业。我向他们提出请求，没有任何个人目的。我只是想成为北大荒所需要的一名出色的医生。我相信给我一次学习的机会，我可以成为一名好医生。他们回信答应了我的请求。可是最近他们给我的又一封信中解释，由于某种原因，答应了我的名额，被我们团里的另外一个人顶替了……"

他怔怔地望着对方，一句话都说不出来。

"我并不想责怪你。更不想和你吵架。我只是来对你说，不管你是否已决定将来当一名医生，我希望你能珍惜这一次学习机会，希望你三年后还能回到北大荒来。北大荒需要出色的医生……"对方看了他一眼，缓慢地抬起手，用食指朝鼻梁上推了一下眼镜，没有任何告别的表示，一转身走出了房间……

第二天，他又回到了连队。

可想而知，郑亚茹对他这样做恼怒到何种程度！无论他怎样向她解释，都不能求得她的谅解。

他几乎是把匡富春对他所说的话一字不差地复述给她听，一遍又一遍。但却只能愈加激起她的恼怒。

"你多高尚啊！可我是为了谁？我在城市四处奔波，拉关系，挖路子，走后门，求爷爷告奶奶，就差没给别人下跪了！整整半个月，两条腿都跑细了，舌头都磨短了，为了谁？！团长心里记着你一笔账呢，根本就不同意让你上大学！也是我一次次跑到团部替你说情，装哭，耍赖，连一个姑娘的自尊心都不顾惜了，可你！你倒成了无比高尚的人，我倒成了顶顶卑劣的人了！高尚不过是一种自我表现欲，这一套我也会！我从明天起要每月给这个匡富春寄拾元钱，写一封信，要写得情意缠绵，鼓励他为北大荒好好学习！他会比感激你更加感激我！……"

她果然说到做到，第二天就给匡富春寄出了一封信和拾元钱。不过信中写了些什么，是否情意缠绵，他却不知道了。

他和她又一次闹僵了……

发枪了！

随着边境局势的恶化，全团几个重点连队，包括工程连，组建了“战备分队”。真枪实弹，代替了每天清晨出操训练时的木枪木手榴弹。枪，比镰刀，比锄头，比拖拉机和收割机更使生产建设兵团的知识青年感觉到他们不同于一般下乡插队知识青年的特殊价值。

这种特殊价值是他们每个人自我意识的支撑点。

他们早已不满足于一年四季仅仅播种和收获了。他们渴望着浴血战场报效国家的机会！

因为他们是生产建设兵团——战士！

当初，他们中许许多多的人，正是为了这两个字，放弃了到离家较近，生活条件较好的农村插队的机会，而千里迢迢奔赴北大荒的。

他们不怕死，只要能做英雄。

他们就怕平凡的生活。艰苦他们已经习惯了。习惯了的就是平凡的。而“平凡”对他们来说是一种软性的挑战。他们没有足够的耐力应付这种挑战。渐渐冷却的政治兴奋在他们身上转化成追求那种惊天地，泣鬼神的英雄壮歌的激情。

但，并不是每一个人都有资格获得战斗武器。

枪，只能发给“红五类”。

这是内定的原则，但战备形势报告会上的动员令，却是向每一个知识青年发出的。

于是一份份申请书由班排长递交到连部。连部讨论通过的申请书，附上鉴定和意见，密封后报到团军务股审批。

裴晓芸也写了申请书。

那不是一般的申请书。

那是用指血写成的申请书。

别人，钢笔写的字句，尽可表达对党对祖国对人民的忠诚和献身精神。但她不可以，她是入了“另册”的，她十分清楚这一点。

只有用血来表达。她想。一腔血都洒在战场上，乃是她心甘情愿的。在烈士的队伍中，也许是没有“另册”的吧？她这样相信。

她没有按正常程序将申请书交给排长郑亚茹。

晚上，连部开会，讨论确定“战备分队”的战士名单。

老指导员一份接一份地翻阅申请书，忽然问郑亚茹：“裴晓芸没写？”

女排排长点点头。

指导员又问：“是不是写了没交？”

能不能被批准为“战备分队”的战士，和有没有这种要求，意义是并不相同的。每一份申请书，都要作为一种忠诚的证物入档案的。

“根本没写，或者写了没交，对她还不是一回事吗？”女排排长不以为然地回答指导员的话。

“这不一样。”指导员很严肃。

“你有必要去问问她。”曹铁强看着郑亚茹说。

“我认为没有必要。”郑亚茹顶了他一句，坐着不动。

裴晓芸就在这时走进连部，将申请书交给指导员，立刻低着头转身走了出去。

指导员看着她的申请书，脸色肃穆起来。

申请书从指导员手中传到曹铁强手中，又从曹铁强手中传到郑亚茹手中。

“我们就最先来讨论这份血书吧！”指导员说完这句话，开始卷烟。这是他内心不平静时的习惯动作。

郑亚茹许久都没有放下那份申请书。虽然纸上仅写着五个字：我要一支枪。

曹铁强的目光盯着郑亚茹，举起了一只手。

指导员随即举起了手。

郑亚茹仿佛受到迫使，也缓缓地举起了自己的手。

第二天，曹铁强在食堂门口碰见裴晓芸时，对她低声说了一句话：“连队通过了。”

裴晓芸的脸色霎时苍白，连薄薄的嘴唇也哆嗦起来。

她呆呆地望着他，半天才说：“别骗我啊！”

“真的！”曹铁强对她微笑着，肯定地点点头。

然而发枪仪式那天，公布完了战备分队战士的名单——竟没有她的名字。

眼看着别人从指导员手中接过一支支枪，没等发枪仪式举行完毕，她悄悄地转身离开了。

她一跑回大宿舍，就哇的一声哭了。

曹铁强也跟在她身后来到了女宿舍，他想安慰她，却找不出能够安慰她的话。

一个在伤心地哭，一个呆呆地陪坐在炕沿上。

一会儿，女排的姑娘们都回到宿舍里了。被批准为战备分队的姑娘们，兴奋地哼唱着，说笑着，一个个将枪栓拉得哗哗响。

郑亚茹拿着两支枪走到曹铁强跟前，说："给你枪，我替你领了！"

他双手接枪时，她一字一句地说："我判断的果然不错，那里是庄严的发枪仪式，这里是默默的儿女情长。"

"就算你说的一点不错，那又怎么样？"他瞪着她。

"我能把你怎么样？你就是爱上她了，我也管不着！"

他站了起来，将枪朝肩上一挎，走到裴晓芸面前，说："打起仗来，我要用这支枪，从敌人手里为你缴获一支枪！"

裴晓芸转身欲朝宿舍外跑，被曹铁强拦住了。他扳住她的双肩，盯着她的眼睛，说："我爱你，听明白了？我爱你！"说罢，他在她唇上吻了一下，这才放开她，挑衅地扫了郑亚茹一眼，走出女宿舍。

他刚出门，裴晓芸晕倒了……

她接连在床上躺了三天，三天内没吃一口饭。卫生员来看过她几次，认为她没有生病，但心理受到了严重刺激。三天内，她憔悴得像一株枯黄的小草。

第四天，她起来了，吃饭了，和大家一起出工了。但不说一句话，像哑巴了。

曹铁强为此深感不安和懊悔。女宿舍只有她一个人在的时候，他来到女宿舍，内疚地对她说："请你相信，我那天对你并无恶意，半点恶意也没有，我……"

"你当众侮辱了我！"她凌厉地打断他的话，"你并不爱我，你只不过是同情我，怜悯我，仅凭这一点，你就以为自己有权当众吻我了么？就算你真爱我，你也没有这种权利！你曾问过我，我是否爱你么？"

他像是在被审讯，狼狈极了。

她又说："虽然你的同情曾使我感激，但从今以后，我不再需要你的同情了，更不需要你的怜悯。"

“我……我……”他情不自禁地握住她的一只手，要进行解释。

“别碰我！”她严厉地叫了一声，从他手中抽出了自己的手。

他默默地注视了她一会儿，退出了女宿舍。郑亚茹站在过道里，显然什么话都听到了，脸上浮现着幸灾乐祸的神情，对他冷笑……

夜里，他翻来覆去，难以入睡。

是呵，我爱她么？爱这个瘦弱的，阴郁的，内心的自卑和高傲都那么强烈的上海姑娘么？

同时他想到了郑亚茹。她是爱他的，这一点他毫不怀疑。和许多姑娘比，她身上自然有不少超群压众之处。他曾经以为自己是爱她的，他甚至无数次地迫使自己爱她。然而他却渐渐感觉到这样的爱竟成了一种沉重的负担。他总觉得她身上缺少些什么，也许还是最重要的什么。她并不缺少姑娘的温情。尽管别人都如此认为，但那是不公正的。她曾给予过他多少温情啊！天地良心！她也绝不缺少美，缺少魅力。他不能不承认，她是个美丽的姑娘。即使和一百个姑娘站在一起，她也还是会吸引任何一个小伙子的目光。他也不能不承认，她身上具有某种特殊的魅力。更不能不承认，这种魅力常常令他心动。那么她身上究竟缺少的是什么呢？他还思考不清。她似乎像一幅大写意山水画，只可远瞻，不能近观，更不能细细审看。他与她几次和好，又几次疏远，却仍对她很茫然……

这一夜晚，裴晓芸也同样多思少眠。

她为自己对他说的话而追悔莫及。

她是爱他的呀！

我的话对他是不是太过分了呢？如果我不对他说那些话，这爱情会不会变为可能的呢？如果仅仅因为我已说出口的话，伤了他的自尊心，可能而变为不可能，那我是一个多么愚蠢多么不幸的姑娘啊！他多么可恨！他为什么没有想到我也是有自尊心的呢？仅凭这一点就足以证明，他根本不爱我，绝不会爱我。啊，我太自作多情了，我和他之间根本没有什么可能……

回忆，这是一种特殊的精神享受，如果谁确有值得回忆的经历。内心的痛苦，感情的折磨，不公平的处境，破灭的希望，萌发的希望，种种希望变为种种失望后心灵受到的极猛烈的冲击，这些经历，便是回忆对人具有的非凡魅力。尤其在谁认为自己获得了幸福之后。

今天，站在哨位上的裴晓芸，充满信心地认为自己是一个获得了幸福的人。尽管此刻她正受到寒冷的威胁。

突然，她发现了出现在山林中，荒原上，公路上那几队火把。

“黑豹”竖起了耳朵……

四

最先进入团部区域的，是一辆马车。坐在马车上的人们举着数支火把，火焰被风朝后拉扯成不规则的三角形，仿佛像一面面燃烧的小旗。团部会议室门前宽阔的大道与公路相连。马车从公路拐上大道，马铃哗哗，毫不减速，带股来势汹汹，横冲直撞的劲头，有如驰骋沙场的古战车。它直抵会议室门口，老板子才高喝一声“吁”，猛刹住车，险些闯进了会议室。

二十几个青年跳下马车。火把的光在夜的胶卷上耀映出一张张若明若暗的脸，每一张脸的表情都那么严峻而冷峭，分不清男女。他们与从会议室走出来的人们对峙着：

三匹马，马腹剧烈地起伏着，喘息声短促而厚重，鼻孔喷出团团热气。它们贪婪地舔着雪。

政委孙国泰，走到一匹马跟前，在马身上摸了一下，像洗了把手似的。马身上汗如雨淋。

“你们，是哪个连队的？”他问。

他们谁也不回答。

“把马累成这样，你们于心何忍？”

仍没有人回答。

沉默，既流露出含蓄的敌意，也分明对他显示出客气。

他回头对站在身后的几位连长和指导员说：“你们认认，是不是自己连队的马车？”

“是我们三连的马车。”三连的大胡子连长说着走上前来。

“你们会后悔的！你们要对今天的行为所造成的后果负责任！你们每一个人！”他对他的战士们大声吼。

“到了这种关头，我们还考虑什么后果？”

“连长，别吓唬我们，我们不怕。”

“我们什么都不怕，我们豁出去了！”

……

这些话，在另外几位连长和指导员听来，简直等于挑战！等于公开蔑视他们所有人在连队中的威望，而且是当着团政委的面！他们都气愤了。

无论在任何情况之下，当对一个人的放肆，代表对一种领导权力的挑战时，被领导者们就将领导者们的意志统一起来了。

“我提醒你们，你们现在还是兵团战士，我现在还是你们的连长！在你们的返城手续上，还要我签字的！”三连长暴跳如雷。虽然，他不是一个知识青年，可刚才在会议上，他是准备为知识青年，为本连战士们的命运大声疾呼地发言的。没想到，他的战士们此刻当众往他脸上抹黑！

“连长，你敢不签字，我们就剁掉你的手！”他的一个战士，慢言慢语地说出这话。说得那么从容镇定，说得那么轻松。但只有白痴才可能会把这样的话当成玩笑。

“住口！”三连指导员也从会议室走了出来，呵斥道：“兵团最高军事法庭还没有解散呢！”

“我把你捆起来！”三连长朝那个扬言剁掉他手的战士怒冲冲地走过去。

“对，把他捆起来！他既然能说出这种话，就能做出这样的事！”另外两个连干部上前欲助三连长一臂之力。

“太不像话！”政委孙国泰突然极其严厉地说。

三连长站住了，转过身看着政委，不明白政委是在说自己，还是在说自己那个混蛋战士。

“三连长，你把马卸了，牵到团部马号去喂料。”孙国泰低声对三连长吩咐。

三连长和指导员对视一眼，服从地去卸马。

孙国泰又对三连的战士们说：“大家熄灭火把，都进会议室来吧！”

他们互相望着，犹豫着。

“政委，你们不是还在开会吗？”一个细小的声音问，听得出是个姑娘。

“会议室容得下我们二十几个，容得下全团八百余名知识青年么？”又一个声音紧跟着说，语调中不无嘲讽。

"我们没有必要进会议室！"第三个声音很强硬，口吻中透露着威胁。

政委沉吟着。他意识到，作为一个团领导，他平定眼前这种严峻局面的个人能力，也许比自己估计的还要渺小得多。

又有几路人，坐着马车，拖拉机牵引的木爬犁，卡车和28型轮胎式拖拉机拖曳的挂斗，顺着团部大道朝这里汇聚而来。人嚷声，马嘶声，各种发动机的轰响声，粉碎了夜的暂时的宁静，搅乱了整个团部。

曹铁强发现三连的战士中有一个自己认识，便走上前低声问："我们工程连也有人来吗？"

"全团知识青年统一行动，你们工程连的人会不来？"对方朝团部大道尽头小桥那里指了指，随后低声问他，"结果如何？"

"什么结果？"

"你们开的会……"

"无可奉告。"他应付了一句，匆匆朝小桥的方向走去。

是谁泄露了会议的内容呢？他边走边想，无论用多么充分的理由解释，这个人也要对今夜这场骚乱负责！可是他自己却成了最被怀疑的人！开会期间，他接了一次电话。因为是长途，他才违犯了会前宣布的纪律。电话是妹妹从哈尔滨打来的。先打到了连队，由连队转到团部电话总机，又由总机转到会议室隔壁的宣传股。是宣传股的小尤把他从会议室叫出去的。妹妹在电话里告诉他，父亲住院，病情险恶，很想念他，要他无论如何赶快回家一次，动身晚了，也许老人就见不到他了……虽然是长途，他也听得出，妹妹是一边哭着一边和他通话的。他很后悔刚才在会上没有向大家做一番解释。在会上错过了解释的机会，便意味着永远错过了解释的机会。明天和后天，生产建设兵团将会在它的最后一页历史上记载些什么呢？……

小瓦匠是工程连第一个知道团部紧急会议内容的人。

他当时握着电话听筒呆住了。他立刻想到了家中无人照看的体弱多病的老母亲，半天说不出话来。

"哥哥，你倒是有什么办法没有啊！"

"消息……可靠么？"

"绝对可靠！"

绝对可靠！他多年来连做梦都实现过无数次的返城希望，完全破灭了。

他……能有什么办法呢?

弟弟向他讨办法,莫如向自己的脚后跟讨办法!

从连部回到大宿舍,他失魂落魄地坐在炕沿上,如痴如呆。

"小瓦匠,你这又是怎么了?想老婆了吧?"

"老婆?他丈母娘还不知道在谁的腿肚子里转筋呢!"

"在我腿肚子里!"

"哈哈哈哈!……"

大家拿他逗乐开心。

"你们还笑,我这会儿想哭都哭不出来……"他的眼泪顿时刷刷地落……

生活是一个大舞台,每人都是这舞台上的角色。人与人之间的关系,按照生活的规定情景经常重新排列组合。

小瓦匠如今和刘迈克结下了亲如手足的友情。

当年的团警卫排排长,现在是工程连的事务长了。生活本欲捉弄他一次,却启迪了他对生活的悟性。团长马崇汉因为在工程连耍弄军阀作风受到兵团总部的党纪处分之后,警卫排长刘迈克也成了被奚落讥诮的对象,在团部抬不起头来。团党委会上,政委孙国泰直截了当地提出,刘迈克不适合担任警卫排排长职务。并且严肃批评马崇汉用人不当。马崇汉自己也觉得,刘迈克的确成事不足,败事有余。继续将他留在警卫排,或者安排在团部机关,说不定今后还会给自己招惹什么是非。于是找他谈了一次话,婉言暗示,希望他自己能主动提出到基层连队去"锻炼锻炼"。并且向他保证,"锻炼"一个时期之后,还会把他再调到团部来。刘迈克不是傻瓜,听了团长的话,明白自己受到团长信任和器重的日子结束了。他只说了一句话:"团长,您随便安置我好了!"第二天,就同时交了两份报告。一份提出辞职,一份要求下连队。收下两份报告,马崇汉内心很歉疚,他毕竟是挺赏识挺喜爱自己提拔起来的警卫排长的。他希望刘迈克参加全团排以上干部军事常识训练班之后再考虑具体到哪一个连队去,以此表示安抚。这样做,他觉得心头的歉疚轻松一些,面子上也亮得过去。自己提拔起来的警卫排长这么一个重要角色,岂能悄无声息地就被从团部拨拉到随便哪一个连队去?那也太有损于自己的威望了。作为一个领导者,威望乃是树立自己形象的基础,全部领导艺术的内核。只能不断增强,绝不能稍有逊减。尤其是在自己刚刚受到处分这一段"非常时期"内。刘迈克清楚团长的良苦用心，也很能体谅团长的处境。他违心地参加了军事常识训练班。训练班结束那一天，马团长做完总结报告后，似乎临时想到地说："有件与训练班无关的事，也在这里向诸位连长指导员们讲一下，警卫排排长刘迈克，主动提出要求下连队去锻炼锻炼。你们哪个连队缺少骨干，当场声明一下。晚了，小刘可就是待嫁的大姑娘，有主了！"他以为自己的话定会造成一种"争夺骨干"的气氛。朝坐在身旁的政委孙国泰瞟了一眼，心中暗想：你不是要把我提拔起来的人捋到连队去，借此机会在团机关塌我的台，不轻不重地整治我一下么？那么就让你亲眼看到，我提拔起来的人，是很受各连队欢迎的哩！不料他的话说完良久，那些连长和指导员们，竟没有一位应声而起的。刘迈克这个知识青年，鲁莽成性，桀骜不驯，他们早有所闻。何况他又无形中成了团长所推荐的人物，要了而不重用，等于驳了团长的面子。委以重任，又肯定会给自己添麻烦。权衡利弊，还是"礼让"了的好。

各连的连长和指导员，都沉默"礼让"起来，团长马崇汉在台上如坐针毡，顿时尴尬了。

"李连长，小刘到你们连队去怎么样啊？"马崇汉点起九连连长，慢吞吞地问。

九连连长站起来打着哈哈说："团长，我们连……这个……这个……不是我们不欢迎，实在是这个……这个……"他并没有说出个什么来，就又坐了下去。

马崇汉皱起了眉头。

"许指导员，你们连呢？"马崇汉又点起了十四连指导员。

"我们连？团长，我们连的骨干力量还比较强，是不是优先考虑一下其他连队？"十四连指导员姿态很高似的回答，连站都没往起站一下。如果团长"推销"的不是刘迈克这个知识青年，而是一台拖拉机，哪怕是台破的，或者一匹马，哪怕是匹瘸的，他也准不会有这么高的姿态。

这两个连队干部平时最听马团长的话，此刻却"拒人千里"，他坐在台上不能自持了。

"老马，这件事以后考虑吧！"政委孙国泰用商量的口吻对他说，分明在给他垫一块踏脚石，扶他下台阶。

他却不领这个情。他觉得自己不能当众领这个情。如果是别人从尴尬局面中解脱了他，他会很感激的。但对政委孙国泰，他非但不感激，而且产生了误解。认为政委不是在“拯救”他，是在有意刺激他，当众“将”他的“军”。

“小刘，刘迈克，你站起来。你自己说，你想到哪个连队去吧？你说到哪个连队，你今天就是哪个连队的人了，这个主我还是做得了的！”他不理睬政委，却把刘迈克也点了起来。

刘迈克本已处在一种如同当众受刑的地步，这时又不得不站起来。他感到自己像一件卖不出去的什么东西，在被团长“压价拍卖”。明明是“压价”也卖不出去的了，又要拿他强加于人！他紧闭双唇，一句话也不说，脸上红一阵白一阵。自尊心，被当众煎烤着。他过去以为自己是知识青年中一个非凡人物的那种骄矜的自信，在这一刻彻底被从心理上切除了！

曹铁强忽然站起来说：“刘迈克，我们工程连欢迎你！”

这句话从曹铁强口中说出，使马团长大出所料。使所有的人都大出所料。连在台上点燃了烟斗的政委，也拿着烟斗忘记了吸，显出愕异的表情。马团长的目光，一会儿落在刘迈克身上，一会儿又落在曹铁强身上，他感到这么一来自己反而难于做主了。

曹铁强站起来说出这句话，也顿时后悔了。第一，他不是连长，也不是指导员，从职务上讲，他无权说这句话。连长指导员就坐在他身后，他说出这句话，既对他们很不尊重，又会使他们很被动。第二，刘迈克会怎样理解呢？所有的人会怎样理解呢？虽然，他绝非出于半点不良动机。作为一个知识青年，他不忍看到另一个知识青年当众受辱。他觉得那也是对他自己的一种侮辱，是对所有知识青年的一种侮辱。他必须维护知识青年的共同的人格不受亵渎。他是经常用这把尺子度量自己也度量每一个知识青年的品格高下的。

刘迈克终于开口说话了：“团长，我到工程连，其他任何一个连队也不去！”

说完，他离开了会场……

聚餐的饭桌上，刘迈克和工程连的连排干部们坐在了一起。他是心里憋着股劲，偏要和他们坐在一起的。而且偏要坐在曹铁强对面。但他并不看曹铁强一眼，像对面根本没有坐着曹铁强这个人。他的脸冷如冰霜，毫无表情。在聚餐气氛之下，这种毫无表情的表情，恰恰是一种与周围气氛形成反差的异常特殊的表情。这一桌，因为他在座，使每个人都感到很不自在。而这正是他坐到这一桌要达到的意图。给你们制造一点小小的不愉快，他心中暗暗报复地想。我刘迈克到哪儿也是刘迈克，今后领教你们!

当天下午，工程连的马车赶到公路口，有人在路边拦住了车——是刘迈克，身旁放着一只旧木箱，箱子上是行李。他将箱子和行李放到马车上，自己坐在马车最后边，不跟他今后的连长指导员说一句话，更没有理睬曹铁强，呆滞地望着团部渐渐离远……

马车进入连队，首先停在大宿舍门口。指导员对曹铁强说："小曹，你负责在大宿舍给他安排个铺位。"

"不必劳驾。"刘迈克扛着箱子，提着行李，一脚踹开宿舍门，猝然而入。

像从外面闯进来一个强盗，宿舍里的人看见他，立刻停止正做着的事，将目光投射到他身上。他们先是愕然，继而诧然，继而漠然，继而悻悻然陶陶然。他分明是被"革职发配"，落魄到此。他们看出来了。他们觉得生活的安排真好玩。这令他们满意极了。

刘迈克谁也不看，如入无人之境。他那双蛮性未泯的眼睛，从北炕炕头扫到炕尾，又缓慢地转向南炕，从南炕炕尾扫到炕头。身子，未动一动。

只有南炕，还空二尺宽的位置，在炕头。那是小瓦匠的铺位。小瓦匠挪到炕尾挤了个能铺下半条褥子的地方。

刘迈克先放下箱子，接着把行李放在箱子上。走到那个空铺位前，摸了一下炕面，热得像炭火上的平底锅。炕席，蛛网似的，只剩几条席筋残连。

他犹豫着。

曹铁强走进来，他们默默对视。

"那地方好，预先给你空出来的！"谁冷冷地说这么一句。

刘迈克下了决心，将行李提起，放在炕上，慢慢解行李绳。

曹铁强看他一会儿，转身走出去了。

刘迈克刚铺下褥子，曹铁强又走进来，扛着三块木板。

"把木板垫上。"他低声说。

是小瓦匠单书文在褥子底下垫过的三块杨木板。

刘迈克有点茫然地凝视着曹铁强……

工程连的男知青们，并不像他们的排长那样宽厚地对待"公敌"。晚上，一盆洗脚水从门顶扣下来，扣在刘迈克头上。

“昨晚是谁干的那件事？”第二天出早操，曹铁强向全排战士追究。

大家列队在他面前，没人承认。

“鬼干的？！”他目光咄咄地扫视着他们。

一个个都像聋哑人。

刘迈克从队列中站了出来。

“我，没必要挨冻吧？”他不卑不亢地说。

“你可以回宿舍。”曹铁强平静地回答。

望着刘迈克不慌不忙地朝大宿舍走去，曹铁强皱起了眉头。

“没有人承认，我就不解散你们！”把脸转向他们时，他又说。谁都从他的语气听出来，排长的犟劲儿发作了。

半个小时过去，有人开始搓手，跺脚，捂耳朵。

“立正！”排长高喊一声口令。

大家顿时肃立不动。

“排长……”小瓦匠怯怯地从队列跨出一步。

“你？”

“我……”

“行啊！你也从被人欺负学会欺负人了？”

“我……”

“归队！”

小瓦匠忐忐忑忑地退回到队列中。

“全排听口令，向右转，目标——宿舍，齐步——走！”

人人疑惑，不知排长会怎样惩罚小瓦匠，暗暗替他担心。

全排进入宿舍，南北两列，站立炕前。

刘迈克坐在两列之间火炉前的一块劈柴上，烤破毡袜。毡袜散发一股难闻的怪味。他眼皮都不撩一下。

炉盖上放只脸盆，哪条懒汉洗完脸没倒水，一截烟蒂绕着盆边做圆周运行。显然水在由凉渐热。

曹铁强将宿舍门敞开一半，从炉盖上端起那盆水，很悬乎地架在门框上。

刘迈克没抬头，目光从眼角瞥视着曹铁强，仍一动未动。

“你，去开门。”曹铁强盯着小瓦匠说。

小瓦匠朝架在门框顶上的脸盆瞅了一眼，怔怔地瞧着排长。

排长神色无情。

小瓦匠一步一步向门走去。走到门前，站住，缓缓地扭回头，眼中流露出哀求。

曹铁强表情凛然不变。

小瓦匠慢慢伸出一只手推门。

“住手！”曹铁强厉喝一声。

小瓦匠伸出的那只手没立刻收回，他像木偶似的僵立。

“把脸盆端下来！”排长又对他吼了一句。

小瓦匠一声不响地搬个木墩踏着，小心翼翼，双手把脸盆从门框顶上端下来。

“放回原处！”

小瓦匠端着脸盆一步一步走到炉前，轻轻将脸盆放在炉盖上。

“入列！”

小瓦匠看了排长一眼，站到队列中去。

所有的人都舒了口气。

“大家听着，再发生类似的事，我就以其人之道，还治其人之身！”停顿片刻，排长接着说，“我们不是被流放到北大荒的乌合之众，我们是兵团战士！以后，绝不允许谁敌视谁，绝不允许谁欺负谁，绝不允许谁坑害谁！我们应该学会自己管理自己。我们谁的父母不为我们操心？让父母和亲人少为我们操点心吧！解散！”

“哎呀，什么东西烤着了！”几个人同时叫起来。

刘迈克用木棍掀开炉盖，将烤着了的毡袜塞进炉膛……

挨饿……

兵团战士挨饿了。

一评小镰刀战胜机械化。

二评小镰刀战胜机械化。

三评小镰刀战胜机械化。

四评——小镰刀就是能战胜机械化。

第二年麦收时节，正值报纸发表社论——《发扬延安精神》，团麦收指挥部提出响亮口号——靠小镰刀夺丰收！

“靠小镰刀，可以兼收并得，既获粮食丰收，同时也获思想丰收。南泥湾时期有机械化吗？没有。解放区军民靠什么丰衣足食？靠镰刀！南泥湾精神今天过时了么？没过时！我们就是要发扬光大南泥湾精神，通过劳动，体力劳动，而非机械化，改造我们的世界观！小镰刀和机械化相比，我们每一个兵团战士要付出更多汗水的！流汗是大好事，种种非无产阶级思想，都会和汗水一起从我们体内排出。也许有人认为，这是自讨苦吃！但这种自讨苦吃的精神，是光荣的精神，革命的精神，应该千秋万代永远继承的精神！自讨苦吃的精神万岁！……”

在麦收誓师大会上，马团长的动员报告气吞山河。广播线将他充满革命激情革命信心的高昂而雄浑的声音，传送到各个连队。据说，又是政委孙国泰为首的几名党委委员，坚决反对。因此才产生了“四评”。又据说，文章是团长的秘书起草，团长亲自动笔修改过才定稿的。每天天刚亮，《东方红》乐曲结束之后，团部女广播员甜美的声音便开始广播：“全团指战员注意，全团指战员注意，下面广播重要文章，一评……”

从“一评”至“四评”，每天一评。政委孙国泰为首的反对派，就这样被彻底评倒了。小米加步枪，不是战胜了飞机加大炮吗？小镰刀究竟能不能战胜机械化问题上存在的种种“糊涂思想”，就这样被评得人人明白了。机械收割，伸手调拨拖拉机，成了很不体面的事。

《小镰刀万岁！》。

团宣传队配合麦收下连演出，场场少不了这样一个赶排出来的节目。五男五女，十个宣传队员，手握镰刀，左翻右舞，伴以歌唱：

小镰刀，就是好，就是好，
思想革命化，谁也离不了，
发扬好传统，
它是一个宝，一、个、宝……

麦收战役，在《小镰刀万岁！》的歌舞中揭开了序幕。

喜看稻菽千重浪，

遍地英雄下夕烟……

汗，为播种洒下的汗水，为丰收洒下的汗水，兵团战士的汗水，廉价的汗水，渗透进北大荒的土地里。

这片土地，曾是荒凉的土地。

这片土地，也是肥沃的土地。

这片土地，吸收劳动者的汗如海绵吸水。

这片土地，报答劳动者的汗慷慨无限。

那是怎样的丰收在望的壮丽画卷啊！麦海泛金，一望无边，波翻浪涌，接天铺地。清晨，红日从麦海中跃出。傍晚，夕阳在麦海中沉落。

那是多么喜人的麦子啊！饱满的完全成熟的麦粒，整齐地排列在茁壮的麦秆上。连麦芒，也向收割者们显示出诱惑力。

那是怎样的收割啊！一人一把镰，一人一条“收割带”，用丈量尺划分。宽——一米。长——一百米？一千米？一里？一公里？两公里？……五公里，十里，最大的地块。一个连队的百十号人，分散在这样的麦地里，一到中午，赤日炎炎，前后左右，不见人影，但见麦海无边！谁也接应不了谁。手臂机械地挥动着镰刀，腰，弯得酸了，疼了，麻木了。然而，谁也不敢直起腰或者躺下歇一会儿。

都怕“打浪”——成为落在最后的一个。

一旦落在最后，那你就会面对丰收，产生绝望，甚至产生恐惧。你会觉得被麦海所吞。尽管你不停地割、割、割，尽管一片又一片的麦子在你眼前倒下、倒下、倒下，但麦海仍然是无边无际的。你别指望有人接应你。谁也顾不了你。谁都在拼命地机械地割。即使有人只超你十米，你也休想赶上！劳动在每个人的心理上只造成一种体验——刑罚。劳动只剩下了单一的目的——摆脱这种劳动！你始终在割。你始终在追赶别人。你无论如何追赶不上。你永远是最后一个。你哭也罢，你喊也罢，你怒也罢，你骂娘也罢，你在地上打滚也罢，随你怎么样！分给你的那条“收割带”，你是必须收割完的。它那么长，那么长！你望不到头！仿佛你在不停地割，它在不断地延长！于是你会感到人的渺小，可悲，可叹，可怜，你会诅咒大丰收！你被这种惩罚式的劳动彻底异化了！

小镰刀，它像孩子抻牛皮筋一样，拽扯着人的意志。意志失去了弹性。

工程连也被拉到了麦收第一线。他们第一次参加麦收。他们握惯了锨、镐、钢钎和大锤的手，拿起小镰刀，眺望着无边无际的麦海，简直不知所措。他们割了半个月，连一块麦地的地头还没啃下来！这样的麦地划分给他们四块！

小瓦匠可悲地成为全连"打浪"的一个。第二十几天早晨，全连队都来到麦地边，一个个瘫软地坐在或者躺在麦捆子上，谁也不想第一个走入麦海。

不知哪连机务排的十几个人走过来，其中一个对他们说："小镰刀不是能打败我们的机械化嘛！这会儿熊了吧？"

小瓦匠跳起来，破口大骂："放你妈的狗臭屁！是我们提出来小镰刀打败机械化的？"他是在发泄。

而他们，拖拉机手和收割机手们，何尝不更想找个时机发泄一下？他们也是和别人一样手握小镰刀战麦海的呀！他们认为他们更有理由发泄！

"这小子骂人！教训他！"他们围住小瓦匠，七手八脚将他抬起，抛向空中。小瓦匠落在几捆麦堆上，他们又将他抬起，又一次将他抛向空中。

小瓦匠爬起来，紧闭两眼，挥舞镰刀，朝他们乱砍乱劈！他们哄笑着逃走了。

小瓦匠继续发泄，从地上拖起一个个麦捆，东甩西扔。却没人制止他。大家都用呆滞的目光瞧着他。

曹铁强实在看不过眼，喝了一句："你疯了！"

小瓦匠一屁股坐在麦捆上，呼呼喘粗气。

有几个姑娘哼唱起来：

昏暗的油灯下，
我们想念着爸和妈，
迎着太阳出，
顶着月儿归，
劳累得像牛马，

谁来可怜我们这些城市娃？
爸爸和妈妈呀，
后悔当初不听你们的阻留，
到如今只有沉重地修理地球，
命运像苦酒，没有欢乐只有愁，
何日是个头？
何日是个头……

这支歌，当年曾在北大荒知识青年中怎样地流行过啊！它是知识青年自己谱写的。后来被批判为“反动歌曲”，便没人敢唱了。

所有的姑娘们都肆无忌惮地跟着哼唱起来。

只有裴晓芸没跟着唱，但她的嘴唇也分明在动！

一个男知青扯着嗓子仰天怪叫：“啊！呀！呀！呀……”

“哈哈哈哈！哈哈哈哈！哈哈……”几个男知青搂抱在一起，狂笑着，在地上打滚，扑滚散了一捆捆麦子。

小瓦匠突然用镰刀往自己手上砍！边砍边发狠地嘟哝：“叫你割！叫你割！叫你割！……”

曹铁强倏地跳起，一把夺下小瓦匠的镰刀。

鲜血从小瓦匠手上涌出！

“我受不了啦呀！……”小瓦匠嘶哑地喊出一句，号啕大哭，像孩子般跺着两脚。

“卫生员！卫生员……”曹铁强寻找着卫生员。

卫生员没来。他“自己解放自己”了。

曹铁强立刻从衬衣上撕下一条布，包扎小瓦匠的手。

他鼻子一阵发酸，眼泪刷地淌下来！

这时，姑娘们慌乱起来。郑亚茹呕吐一阵之后，昏倒了。

她这几天正是“例假”期……

全团耕地面积上的小麦，刚有百分之几收获到各个连队的麦场上，连绵的雨季开始了。实践证明了一条荒谬的“真理”，小镰刀打败了机械化，彻底打败了机械化。几台企图发挥作用的拖拉机，一开进麦地边，就陷入了。像被剁掉了四条腿的蛤蟆，寸步难移。手持镰刀的收割者们，在每一步都深陷到膝盖的麦地里，艰难地跋涉着，抢收着。麦地一片汪洋！割下的泡湿了的麦子，只好用毯子、褥单兜回连队，摊在各家各户和大宿舍的火炕上。

收割者们眼睁睁地看着小麦在麦秆上发芽！

金色的麦海违反季节地变成了绿色的麦海！

放弃小麦！抢收大豆！麦收指挥部不得不改变原定的麦收方案，采纳了政委孙国泰的措施。

就在当天夜里，下雪了。

第二天，全团几百垧大豆被盖在雪被下。白茫茫一片大地好干净……

工程连，从麦收第一线撤下来了。知识青年们，一个个都折腾垮了。从精神到肉体。休息了两天，他们又接受了修筑战备公路的任务。繁重的体力劳动继续考验着他们的意志。抵御零下三十几度严寒的体内热量，靠的是每天三个馒头勉强供应着。面粉，是发了芽的潮湿的麦子，在团部加工厂连壳磨的。蒸出的馒头，是黑绿色的。生时揉不成形，熟了拿不成个，而且像切糕一样粘手。掉在泥土中，是不太容易寻找到的。

慰问信从各个兄弟团寄到三团党委。需要援助吗？精白面粉会无偿地从各条公路上运到三团来的。

不。不需要援助。

“我们绝不吃亏心粮！我们不能够靠兄弟团养活！我们要勒紧皮带！”

三团党委，代表它的指战员们，用如此有志气而豪迈的词句回答兄弟团的慰问。

马团长带头勒紧了自己的皮带。他每天都节约一顿饭。他明显地消瘦了。但是，他那革命乐观主义的精神，并没有稍减。

每天清晨，他都极准时地来到团部广播室，亲口对着广播器朗读同一条语录：“我们的同志，在困难的时候，要看到成绩，要看到光明，要提高我们的勇气！”接着，播放这首语录歌。怨言，每个人都发过的。骂娘的人也不少。但同甘共苦，这种精神上和心理上的特效稳定剂，抵消掉了人们的抱怨情绪，阻碍了人们大脑的正常思考。

一天，兵团副司令员来到工程连施工工地视察。视察之后，将全连战士集合在一起，作了一次简短讲话。

副司令员说："同志们，你们修筑的是一条很重要的公路。我亲眼看到，你们的劳动是很繁重很艰苦的。也亲眼看到了，你们吃的是什么。我，钦佩你们。我向你们致以军人的崇高敬意！"白发苍苍的副司令员，庄严地举起右手，向大家长久地敬军礼。

大家被深深地感动了。在那一时刻，大家忽然觉得，他们所受的一切苦和累，都是不值一提的了。

副司令员问："哪位是刘迈克同志？"

刘迈克局促地站了起来。

"谢谢你，谢谢你向兵团总部反映了情况。"副司令员又向刘迈克敬军礼……

第二天起，各个连队的大喇叭里就不再听得到马团长朗读"最高指示"了。生活中忽然缺少了这种声音，人们也似乎并不觉得怎样寂寞。

第三天，一辆兄弟团的卡车开上山，车上满载一袋袋面粉和蔬菜。

公路中段，半山腰，要开凿出一个山洞，做战备油库。炸药代替了镐头。两人一组，轮番爆炸。不知曹铁强是不是有意的，将刘迈克和小瓦匠分在一组。排长这样分了，小瓦匠只好服从，不过心里挺别扭。

下班前最后一次爆炸，点了七炮，响了六炮。两人在山洞外等了许久，第七炮还没响。

"我去看看。"刘迈克钻进了山洞。

山洞里，烟雾刚消散出去，但还弥漫着火药味。刘迈克找到第七个炮眼的位置，见炮眼被炸下的乱石埋住了。

小瓦匠也跟进了山洞，冒冒失失地搬起一块埋住炮眼的大石头。已经燃烧掉一截的导火索，被乱石之间锐利的棱角切压住了，但并没完全死灭。小瓦匠刚搬起那块石头，它又哧地冒烟了。

"危险！"刘迈克大叫一声。

小瓦匠扔下石头，拔腿就朝洞外跑，被另一块石头绊倒。他发蒙了，不立刻爬起，反而闭上眼睛，双手捂着耳朵，身子贴地不动。

小瓦匠不知自己在地上趴了多久，却没听到爆炸声。他睁开双目，见刘迈克扑在炮眼上，口中咬着导火索。

小瓦匠赶紧跳起来，小心地抠出雷管，拔下了导火索。

刘迈克额头上立时沁出一层冷汗。他浑身瘫软，再也没有一点力量站起来了。他脸色苍白，头，一下子抵在乱石堆上。

小瓦匠也一屁股坐在地上，怔怔地看着刘迈克。过了许久，他才慢慢站起，去搀刘迈克。

刘迈克从口中吐掉导火索，看了小瓦匠一眼，说："这件事你告诉任何一个人，我就揍你！"

一出山洞，刘迈克的双唇和半边脸就肿了起来。小瓦匠扶着他回到帐篷，大家见状围住了他们，七言八语地询问。刘迈克不理睬众人，一步步走到自己的铺位前，将身子沉重地仰面躺倒，扯下枕巾盖上了自己的脸。

小瓦匠呆立了一会儿，转身跑出帐篷去找卫生员。

卫生员跟在小瓦匠身后赶来，从刘迈克脸上掀开枕巾，倒吸了一口冷气。

"被火药烧的……"卫生员的脸转向了小瓦匠，"怎么搞的？怎么……会烧到嘴？……"

"我……"小瓦匠不知如何回答是好。

刘迈克瞪着小瓦匠。他脸上冷汗淋漓，眉头拧在一起。

曹铁强走进帐篷，走到刘迈克铺位前，俯下身看着刘迈克。

刘迈克在他的注视下，又用枕巾盖上了自己的脸。

曹铁强抓住小瓦匠的一只手，扯着小瓦匠走到帐篷外。

"说！"

小瓦匠哇的一声哭了。

他心中是多么羞惭啊！扑在炮眼上的应该是他！受伤的应该是他！掩护别人的应该是他！应该是他小瓦匠！他不是对自己那么自信过，在危险的时刻，自己肯定会表现得像个英雄人物吗？他不是曾经希望过生活为自己创造一次这样的时刻，让自己有机会表现出英雄的行为么？他不是曾经对自己说过许多不怕死的话么？这类豪言壮语不是都工整地写在自己的日记上了么？他不是曾经那么神往地想象过，假如某一天自己英勇壮烈地牺牲了，他小瓦匠的日记，也会像张勇、金训华等烈士的日记一样，被千百万知识青年满怀敬意地去读么？这种想象曾给他带来过多少不被人知的安慰！

小瓦匠啊小瓦匠，这个常常受到别人揶揄和奚落的弱者，这个在现实中常常对自身的价值产生悲哀的心灵苦闷孤寂的人儿，仅仅是靠着这样一种对英雄人物和英雄行为的想象，才能够在心理上获得一点点和别人平等的自我意识啊！

可是今天，连这一点点稳定自己心理天平的虚幻而又真实的东西，他都丧失了！

他的整个心理天平倾斜了。

他对自己彻底绝望了。

在危险的时刻，他成了一个可耻的逃生者，做出英雄行为的时机被别人占有了。

他简直觉得无地自容！

他哭得那么悲哀！

那是一种对自己悔恨到极端的大的悲哀。

可是排长并不能理解他的心情。

“别哭！”排长吼了一句。

小瓦匠猛然跑进帐篷，跑到刘迈克跟前，扑在他身上，边哭边说：“迈克，迈克，我一辈子也不会忘记，是你救了我的命！从今往后，你，就是我的亲哥哥。我，就是你的亲弟弟。我们俩这一辈子都是亲兄弟！我要是做一件对不起你的事，天打五雷轰！……”

刘迈克的双臂，一下子紧紧搂抱住了小瓦匠。

盖在刘迈克脸上的枕巾微动着，他也哭了……

半个月后，刘迈克嘴角带着永不消退的伤疤，从团部医院回到了筑路工地。

小瓦匠对他说的第一句话就是：“我把咱俩的铺位连在一起了！”

他会心地笑了。

来到工程连之后，他第一次露出这样的笑容。

曹铁强走进来之后，大家仿佛意识到了什么，纷纷退出帐篷。

帐篷里只剩下曹铁强和刘迈克两个人，他们面对面站着，默默地、长久地注视着对方。

谁也不清楚，是自己脸上的表情首先发生微妙的变化，感染了对方，还是被对方所感染。

他们同时很难为情地笑了。

生活，有时像一位父亲，有时像一位母亲，有时严厉，有时慈祥，有时不免粗暴，有时感情细腻，但它总是不忘自己的责任，开导着它年轻的孩子们。

……

马团长并没有彻底遗忘掉刘迈克。两年前，团里曾调过刘迈克一次，要他当团部招待所所长。他没有离开工程连。他已经和一个老农场职工的女儿组成了工程连的第一个知识青年家庭……

今天晚上，他怀了孕的妻子秀梅，安闲地靠墙坐在火炕上，一针一线地缝做小衣小裤。他自己，在给未出世的孩子做木马。他的木工手艺很不错呢。

一阵很重的敲门声将这个小家庭的宁静气氛破坏了。刘迈克放下手中的工具，开了门。

在他的小院里，站着全连的男女知识青年。他从他们脸上的表情判断出发生了什么事情，但并没有开口问话，而是等待着他们说明情况。

“事务长，连长和指导员都在团里开会，你是唯一的一个知识青年连队干部，因此我们来告诉你，我们现在就要到团里去，都去。我们觉得……不告诉你不对。”

瞅着说话的人，他仍闹不明白到底发生了什么事，问：“为什么都要到团里去？”

小瓦匠回答他：“迈克，我们大家都正在被蒙骗啊！”

“蒙骗？谁蒙骗我们？”

“团里。再过三天，就停止办理知识青年返城手续了。可是团里要封锁这个消息，不让全团的知识青年知道。连长和指导员在团里开的就是这个会。对我们大家，只有明后两天的时间了！”

刘迈克不禁“哦”了一声，他想了想，又问：“团里不太可能这样做吧？”

“迈克……你，对任何事情总是习惯于朝好的方面去思考……已经有好几个连队给咱们连的知识青年打了电话。今晚，每一个连队的知识青年都会到团部去的，这是一次统一行动。我，今天晚上要代表咱们连队每一个知识青年的意志……”

“你？……”刘迈克看着小瓦匠，一时不知自己对这样一件事该表示什么样的态度。

“是的。”小瓦匠点了一下头，“迈克，你知道，我是……非常懦弱的。但团里这样做，对我们知识青年太不公正了！你难道想象不到这意味着什么吗？会有多少像我这样的知识青年，他们家里正有像我的母亲一样的老母亲，或者老父亲，正在眼巴巴地盼望着他们回到父母身边，给予父母一些照顾啊！今天，我要代表大家的意志，并非是因为受了大家的怂恿。不，完全不是。我是自愿的。迈克，你能理解我此刻的心情吗？能吗？……”小瓦匠很有感情地说出了这番话，他显得有些激动。

“我……理解……”刘迈克的目光，从小瓦匠脸上移开，逐一地注视着站在小瓦匠身后的每一个知识青年的脸。他们脸上，也都流露出希望得到他理解的表情。

“你们……需要我怎样做呢？”他终于找到了一句适当的话。

“好迈克，大家预先就猜到了你会说这句话的，我们什么都不需要你做，我们只不过来告诉你，因为你是事务长。而我自己，是希望得到你的理解。你理解我，我……谢谢你！”小瓦匠说完，立刻低下头，转过身，对大家说：“现在咱们走吧！”

他第一个走出了刘迈克家的小院，走得很快，头也不回。好像他怕一回头，就会被刘迈克叫住，加以阻拦似的。

“事务长，我们走了。”

“事务长，天挺冷的，你快进屋去吧！”

“事务长，不管我们到团里去的结果如何，回连队后，我们一定再上山给你砍一车柴！”

他们一齐走出了他的小院。

刘迈克呆呆地站在小院里，望着他们走远。

他推开家门，见妻子只穿着袜子站在门旁。

“你下地干什么？你这样子会着凉的！”

妻子退到炕沿前，缓缓地坐下了。目光，却胶着在他脸上，一刻也不离开。

他拿起刨子，又放下了，呆呆地看着没有做成的木马。

“他们，都要走吗？”妻子小声问。

他抬头看了一眼妻子，似乎不明白她的话，反问：“什么走不走的？”

“我全听到了。”妻的声音更细小了。

他没有回答，将木匠工具一件件归拢起来，塞到桌子底下去了。然后，他走到窗前，出神地朝外面望去。

“我刚才问你话呢，你聋了？”

他仍然一声不响。

妻不再问什么，默默地拿起炕上的小衣小裤，接着做。但只缝了一针，便放下了，轻轻地叹了口气，不安地瞅着他。

他忽然转过身来，从炕上拿起棉衣，匆匆地穿上，衣扣也没扣好，帽子也没戴，就大步往外走。

“你……上哪儿去？”

“你都听到了还问什么？我要到团里去！”他的语气中流露出内心的烦乱。

妻从墙钉上摘下他的帽子，递给他。

他走回到妻身边，无言地接过了帽子。妻，又默默地替他将衣扣扣好。

他想说什么，但张了张嘴，却什么话也没说出来。

他戴上帽子，走出了家门。

工程连的知识青年们，刚走出连队不远，刘迈克开着28型拖拉机挂斗车从后面赶了上来。

“糟糕，事务长要来截我们回去了！”一个男青年对小瓦匠说。

“咱们等他一下，也许他还有什么话。”小瓦匠第一个站住了。

大家也都站住了。众人对他的话这样服从，很出他的意外。消息是他第一个知道的，也是他告诉大家的。因此他才无形中成了众人这次行动的组织者。十年来，他第一次体验到，能够代表许多人的意志，每一句话都能够被众人服从，这种感受是多么不一般！

然而这是一次怎样的带头行动啊！内心充满自信的同时，又是那么空泛，甚至有点苍凉，有点苦涩。

迈克果真会是来阻拦我们的么？倘若他很坚决地阻拦，我将如何对待他呢？

他这样想，自信动摇，内心开始矛盾着。

挂斗车开到他们身旁，停住了。坐在驾驶座上的刘迈克对他们说：“都上车吧，我开车送你们！”

小瓦匠一挥手，大家都爬上了车。

刘迈克将车开出一段路，忽然在野地里兜了个圈子，掉转车头，朝连里开。

“事务长，你开大家的玩笑吗？”车斗里有人嚷起来。

“迈克，你……”和刘迈克并坐在驾驶座上的小瓦匠，也不免吃惊。

刘迈克一边开车，一边大声说：“我得回家一次，跟秀梅说句话。”

“什么话，那么要紧？”小瓦匠很难相信。

“非常要紧的话！”刘迈克将变速杆推到了快挡的位置上。挂斗车开进连队，直开到刘迈克家的小院外。他跳下驾驶座，几大步就跨进了家门。

妻仍像他临出家门时那样子坐在炕沿上，显然都不曾动过一动，低垂着头，黯然神伤，独自落泪。

“秀梅……”他轻轻叫了妻一声。

妻倏地抬起头，有些意外，赶紧侧转身，掩饰地拭去泪水。

“秀梅，我回来对你说句话。”他走到了妻身边。

“你，你别说了……我知道你要说什么，求求你，别说了！我不怪你就是了，真的！我绝不埋怨你抛弃了我，更不会记恨你的。我不是那样的女人……知识青年都走了，你留下也会感到孤单的……只是，只是，只是你要……给咱们的孩子起个名……”喃喃的话语变成了伤心的呜咽，妻向墙壁转过身去。

刘迈克用双手扳住了妻的肩头，将妻的身子扳正了过来，盯着妻的眼睛，说：“我不走。”

“别骗我。”泪水模糊了妻的眼睛。

刘迈克大声说：“我不骗你。我不走。我骗过你一次吗？我就是回来告诉你这句话的。即使所有的知识青年都走了，我也不走。”

泪水从妻的眼中溢了出来，然而那对眸子，还凝聚着疑惑。“我不能不和他们一块儿到团里去，我不放心。我是事务长，连长和指导员不在连队的情况之下，我对他们每一个人都负有责任啊！可是，我又无权阻拦他们……”

妻终于相信了他的话。妻含着泪微笑了。

“去吧，快去吧，别让他们等急了。”妻低声说，轻推着他。

他双手捧着妻的脸，俯下头，在妻挂着一滴泪珠的唇上狠狠地亲起来……

曹铁强来到桥头，见“28”已经过了桥面，挂斗却脱了钩，栽在公路旁。他的战士们，或蹲或站，围聚一起。

他走上前，分开众人——刘迈克紧闭双眼坐在雪地上。小瓦匠和另一个战士，扳着刘迈克的一条腿，活动着刘迈克的膝关节。活动一下，刘迈克皱一次眉头，吸一口冷气。

“怎么回事？”他尽量用平静的语气问。

众人都不作声。

小瓦匠抬头看连长一眼，嘟哝：“事务长摔伤了。”

刘迈克睁开眼睛，低声骂了句什么话，被小瓦匠扶着站了起来。发现曹铁强，他顿时停止呻吟，默默地瞅着连长，仿佛有意等待对方首先开口。他已不再是多年前的刘迈克了。生活已经把他磨砺成熟了。他今天夜晚格外理智。心机格外慎细。他觉得连长此刻出现在大家面前，对连长是很不利的。倘若自己说出一句不适当的话，都可能无意之中将连长推到极被动的地位上。

不料曹铁强如此问道：“是你开车把大家拉来的？”

他点了一下头。

曹铁强紧接着说了一句欠思索的话：“你也来凑这份热闹！”语气中不无恼怒。

刘迈克默然良久，才低声回答：“我能不来吗？”

从他的表情，从他的语调，曹铁强立刻领悟到，他在违心地扮演着一个多么不轻松的角色！

他惭愧了，于是又低声问：“你……伤得重不重？”

刘迈克摇了摇头。

“连长，你……你们……果然开的是那样一个会么？”

黑暗中，不知是谁大声问了一句。

曹铁强转过身，一一扫视着他的战士们，似乎想寻找出那个问话的人。但他实际上，是在心中暗暗点了一次名。全连三十二名知识青年，此刻站在他周围的是三十一个人。只有一人没来。虽然，月色朦胧，辨不清这三十一人的脸面，但他知道，没来的那个人一定是她——裴晓芸。他抬起手腕，仔细看了一下表——她该下岗了。可是这沉默的一分钟，就等于他对刚才的问话做了回答。而这种形式的回答，当然不令大家满意。

有人愤怒地大声说：“我们还在这儿浪费时间干什么？去砸了军务股，各人拿走各人的档案！”

"对！一不做，二不休！"

"走哇！"

"谁打退堂鼓，就他妈的是知青叛徒！"

在互相怂恿和互相鼓动下，大家一哄而走。

"站住！"曹铁强猛然喝了一声。

大家，都站住了。一个个，缓慢地回转过身。一双双眼睛，在月辉下闪烁着不驯的，甚至是敌意的目光。这一双双咄咄地盯着自己的目光，使曹铁强意识到，今天夜晚，他，和他们——自己朝夕相处的战士们之间的关系，是异乎寻常的。他们随时都可能将他——他们每一个人平时都很信任很敬重的连长，视为共同的敌人。正是由于清醒地意识到了这一点，他瞬忽间觉得，内心产生了一种奇异的自信力。他仿佛觉得，自己的身体倏然高大了许多，高大得完全有足够的力量担负今夜可能面临的无论多么严峻的事件。

"这里是生产建设兵团的团部，不是夹皮沟。你们，也不是土匪。我更不是土匪头子，而是你们的连长。我绝不允许你们每一个人胡作非为。"这番话他说得很镇定。镇定中显示出凛然的刚勇。语势中暗示出明显的潜台词——今夜我是怎样说就要怎样做的！

"今夜不服从连长命令的人，绝没有好下场！"刘迈克冷冷地说出了这句话。

曹铁强向刘迈克投去感激的一瞥，接着改换一种缓和了的语气说："也许，今天夜晚，就是兵团史上的最后一页。兵团的历史，就是我们兵团战士的历史。我们每一个人，都应该尊重这段历史。不论今后社会将要对生产建设兵团的历史做出怎样的评价，但我们兵团战士这个称号，是附加着功绩的！是不应受到侮辱的！……"

他不能准确地判断自己的话是否打动了他的战士们。但没有人反驳，这便使他对自己的话增强了自信。他受到这种自信心的鼓舞，大声说："听我的口令，整队集合！"

大家在犹豫状态之下迟缓地排成了并不整齐的队形。他走到队形前，面对面地望着他们，问："你们每一个人，是不是都已经做出了决定，要离开北大荒？"

"连长，这还用问吗？"是小瓦匠说出了这句话。大家用沉默表示，这句话代表他们作了回答。

“既然如此，你们到团部来，就只有一个目的，办理返城手续。我相信，团里是会做出正确的决定的。现在，全体向右转，齐步走。”

工程连的战士们，在其他各个连队的混乱人群和车辆之间，列队向团部机关区走去。

曹铁强走在大家后面，刘迈克一拐一拐地紧随在他身旁。许久，两人之间没说一句话。只听无数双脚踩着积雪，发出沙沙的响声。

刘迈克首先打破沉默：“团里怎么能够召开这样的会呢？”

曹铁强没有回答。

刘迈克又问：“连长……也要走的吧？”

曹铁强这才回答：“留下来就真的那么可怕？”

刘迈克理解了连长的话，他感到慰藉地说：“连长，咱俩今后就是伴儿了。”

这句话，使曹铁强的心感到异常温暖。他情不自禁地伸出一只手，轻轻搀扶着刘迈克。

一辆马车从他们身旁飞奔过去……

全团八百余名知识青年，从各个连队来到了团部。远的，几十里。近的，十几里。他们围聚在团部会议室外面，数百支火把，将团部机关区映照得如同白昼。没有叫嚷声，没有示威声。他们默默地静立在凛冽的严寒中。

团长马崇汉披着军大衣出现在八百余名知识青年面前。

“知识青年同志们！……”他用作报告时那种洪亮的嗓音说，但却不知道接下去该说什么，于是又重复了一遍，“知识青年同志们，我保证……”却同样不知道自己应该保证什么。

“滚你妈的！”

一个声音从八百余名知识青年中突然地迸发出来。

“我们不听！我们不受你的骗了！”数百人几乎是异口同声地说出这句话。

马团长愣怔了一秒钟，仅仅一秒钟，便低下头，转身走进了会议室。在这一秒钟里，他意识到，自己被知识青年们视为团长的历史，过去了。永远。他心中产生了一种悲哀。一种大悲大哀。但仅仅是悲哀，绝不是悔悟。悔悟是反思的结果。任何虔诚的反思，都是在一秒钟内不会萌发的。

从会议室外走入会议室内，几步路，他却觉得脚下无根，步步艰难。他感到自己仿佛像一棵大树骤然被雷电击倒了。

他若有所失地走到政委孙国泰面前，第一次用真正恳切的语调说："孙国泰同志，我……请求你……以一个共产党员的……"他无法用语言明确地将自己的意思表达清楚。

政委孙国泰伸出一只手，像是要把对方轻轻推开去。他用这样的手势告诉对方，他完全理解了对方的话。请求他站出来扭转眼前的局面，对方要说的无非就是这句话。请求？他感到这个词对他带有一种侮辱性，尽管他相信对方是恳切的。难道不用这样的词，他会袖手旁观，幸灾乐祸么？那他还算是一个老共产党员么？不，连一个北大荒人都算不上了！至于能否扭转这种局面，怎样扭转，他并无把握，更缺少自信。不错，在知识青年当中，他深知自己有着比团长马崇汉牢固的根基。十年来，他的足迹遍布全团二十几个连队。他熟悉他们，爱护他们，关心他们，甚至，还很有些同情他们。他骂过他们，也挨过他们的骂。他的耳膜曾被他们的牢骚话几度磨起茧子，他也时时将自己胸中的郁闷烦愁借机朝他们发泄过。这种正常而又畸形的沟通，在他和他们之间架起了理解和谅解的桥梁。可是今天夜晚……

他犹豫片刻，稳步走出了会议室，目光深沉地望着知识青年们，良久，终于开口说出三个字："孩子们……"

他是情不自禁地说出这三个字的。

没有用"知识青年们"，没有用"同志们"或"兵团战士们"这样的称谓，而对他们说："孩子们……"使他们被深深地感动了。他们极安静地望着老政委。

"孩子们，"老政委说，"你们，在北大荒度过了整整十年，你们是当之无愧的一代北大荒人。我，以一个老北大荒人的资格对你们说，我感谢你们，因为，你们将你们的青春贡献给了北大荒！……"停了一刻，他接着说，"如果来得及，我要为你们开隆重的欢送会，欢送你们……离开北大荒……你们相信我的话么？"

经久的鸦雀无声之后，有人大声说："政委，我们相信你，但我们不相信团党委！"

"对，我们不相信！"

"我们相信你又有什么用？"

……

老政委被震撼了！相信一个共产党员，但不相信党的一级组织！这是多么可悲的现实，这是怎样的错误啊！

他略加思索，转身走入会议室内，对团长马崇汉和各连的连长指导员们说："我要求给我代表团党委的权利！"

连长指导员们的目光，都集中在马崇汉身上。

马崇汉的腮帮子抽动了一下，用记录速度的缓慢语调说："一切都听政委的……"

老政委第二次走出会议室，对知识青年们大声说："现在，我代表团党委宣布，为了尽快办理每一个人的返城手续，各连队选派两名代表，组成一个临时小组，我任组长……"

这时，暴风雪开始从荒原上向团部区域猛烈袭击了……

五

像台风在海洋上掀起狂涛巨浪一般，荒原上的暴风雪的来势是惊心动魄的。人们最先只能听到它可怕的喘息，从荒原黑暗的遥远处传来。那不是吼声，是尖利的呼啸，类似疯女人发出的嘶喊。在惨淡的月光下，潮头般的雪的高墙，从荒原上疾速地推移过来，碾压过来。狂风像一双无形的巨手，将厚厚的雪被粗暴地从荒原上掀了起来，搓成雪粉，扬撒到空中，仿佛有千万把扫帚，在天地间狂挥乱舞。大地上的树木，在暴风雪迫近之前，就都预先妥协地尽量弯下了腰。不甘妥协的，便被暴风雪的无形巨手折断。暴风雪无情地嘲弄着人们对大地母亲的崇拜，而大地，则在暴风雪的淫威之下，变得那么乖驯，那么怯懦……

八百余名知识青年被突如其来的暴风雪震慑住了。许多人从连队匆匆出发，穿戴得并不暖和。一路上，差不多已经冻透了。而现在，暴风雪的无形的触手只从他们身上一抚而过，就带走了他们身体内的最后一丁点儿热量。火把，顿时熄灭了半数。

人群骚乱起来。

“别让火把都灭了啊！”

“快将没灭的火把扔到一起！”

“点火堆！”

……

几条具有号召力的粗犷嗓门疾呼大喊。

火把，一支，两支，三支……纷纷投聚到一起。

篝火，一堆，两堆，三堆……熊熊燃烧起来了。

有人不知从哪儿拎来一桶柴油，浇在火堆上。光焰升腾着，蹿跃着，在暴风雪中“垂死”挣扎着。

人群分散开，围向十几堆篝火旁。

一阵折裂声，一棵大树扑通倒下。又一棵，又一棵……有人在锯团部大道两旁的杨树——也许就是他们当年亲手栽下的杨树。劈砍声。砰……砰……嘭……听声音，不像是用的利斧，而是用的大锤。也许根本不是大锤，而是别的什么铁器。一截截树骸连带枝杈被拖向火堆。

篝火旺烈起来。

小瓦匠见大家围在火堆旁，一个个也还是寒冷得瑟瑟发抖，忽然说：“跳舞吧！”

“跳舞？哪有这份闲情逸致！”

“大家跳吧！跳什么舞都行，比如，‘忠字舞’……”小瓦匠在火堆旁跳起了“忠字舞”。跳得极其认真，像是在台上“献忠心”。

也许是受到他的蛊惑，也许是由于抵抗不住寒冷了，大家先后跟着小瓦匠跳起舞来。起先跳的还算是“忠字舞”，后来跳的便什么舞都谈不上了。

围在其他火堆旁的人们，也跳起来。

所有火堆旁的人们，都跳起来。

在这个暴风雪夜，在严寒和篝火的环形夹缝之间，动作古怪地跳动着八百余名被冻得半僵的躯体。生产建设兵团团部笼罩着一种中世纪非洲土人部落的野蛮、原始而神秘的气氛。

“他妈的！这些代表们，怎么还没研究出个结果来？”有人开始咒骂。

“关系到八百余名知识青年命运的大事，总得给他们点时间啊！跳吧！不要停下来……”小瓦匠像一个消防队员，谁刚刚冒出点怒火，他就立刻说一句息事宁人的话。

哐……哗啦！

是玻璃破碎的脆响。

接着，是一阵门窗的木框被劈砍的声音。

“听！……”小瓦匠停止了“跳舞”。

大家都伫立住了。

又是一阵玻璃破碎的脆响。

“有人在砸机关食堂的门框和窗框。”一个男知青判断地说。

“准是为了往火堆里烧！”一个女青年说，“这也太过分了！”

“我们去看看！”小瓦匠朝机关食堂跑去。

“这是什么时候，还管闲事！”一个小伙子嘟哝了一句，却第一个跟在小瓦匠身后，也朝机关食堂跑去。

“他俩别吃亏啊！”到底是一个连队的，有人担心了。

“男的都去，女的留下，继续跳你们的舞吧！”

于是工程连的男知青们，都离开火堆，朝机关食堂跑去。

机关食堂的门被撬开了。知识青年们在食堂里翻找吃的东西。有人掀开蒸笼，叫起来：“包子！”大家同时围了上去。几十双手在黑暗中抢夺着。

“生的！”

“呸！呸！呸！……”

“点火！蒸熟它！”

“别费那事，连蒸笼一块儿抬到火堆去，吃烤包子！”

“好主意！抬！”

几个人将蒸笼抬出了食堂。

“咸菜要不要？”

“要！凡是能吃的，都要！”

于是有人捧起咸菜坛子往外走，被门槛绊倒，坛子掉在地上，碎了。咸菜疙瘩滚了一地。

后来的几个人，什么吃的都没翻找到，狠狠地骂：“这伙自私的强盗，扫荡了个一干二净！”

“嘿！发面缸里还有发的面！”

"有发面也不错，火堆上烤酸面包吃！"

他们把发面团也用衣襟兜走了。

小瓦匠跑到食堂，果然看见有几个人在砸食堂的门窗。

小瓦匠跑到他们跟前，大喊一声："住手！"

他们中的一个，身材高大魁梧，半截黑塔似的，不屑地扫了小瓦匠一眼，高高举起手中的大斧，继续劈砍窗框。

"你们这是搞破坏！土匪！"小瓦匠扑了过去。

对方一拳，就将他打得倒退数步，一屁股坐在雪地上。

小瓦匠呼地跳起，骂道："你奶奶的！这机关食堂是我们工程连一砖一瓦盖起来的，老子今天就是不许你们破坏！"他被激怒了，又毫不畏惧地朝对方扑了过去。

他胸前又挨了狠狠一拳，又跌倒了。

"这小子找不自在，揍他！"他们团团围住了他。

工程连的男知青们赶到，一见小瓦匠果然吃亏了，纷纷动起手来。

正打得难解难分，老政委孙国泰走到了这里，喝止住了他们。

两伙知识青年虽然不再厮打，却虎视眈眈。老政委横身在他们之间，厉声问："怎么回事？"

小瓦匠一指机关食堂的窗子，狠狠地说："你问他们。"

老政委这才发现被砸毁的门窗，心中立刻明白了，问那几个破坏者："你们是哪个连队的？"

"我们，我们……"为首那个彪悍魁梧的，嘴里讷讷着，一转身想跑。

其余的几个也想跟着跑。

"都给我站住！"老政委猛喝一声。

都乖乖地站定了。

"说！哪个连队的？"

"木柴加工厂的。"声音低得勉强能听见。

老政委从地上捡起一截被砸散的窗框木，盯着为首的那个破坏者，问："要投进火堆？"

对方畏怯地点了一下头。

"这不是你们木材加工厂做的么？"

“是……”

“亲手破坏自己的劳动成果？要离开北大荒了，就一点值得北大荒人怀念的都不留下？”

“……”

“我本有权将你们一个个当作破坏分子逮起来……可是，我不想这样做。拿去吧，烧吧，烧你们自己的劳动成果吧！当它燃烧的时候，你们好好想想你们的行为吧……”

“……”

“拿去，拿去烧吧！今天夜晚别让我再看见你们可耻的几个，滚！”

他们一个个默默地转过身，渐渐地走开。

“站住！”

他们站住了。

“把它拿走！”

他们犹犹豫豫地互相望着，终于有一个人扛起了那扇砸毁的窗架子。

他们走远了，消失在黑夜之中了。老政委将注视着他们的目光收回，望着身旁的这一伙知识青年，问：“你们是哪个连队的？”

小瓦匠回答：“我们是工程连的。”

老政委“哦”了一声，又问：“你叫什么名字？”

“我……单书文……”

“小瓦匠？……我知道你！想不到我们会在这样的一天认识……”他伸出一只手。

小瓦匠迟疑了一下，握住了老政委那只大手，他感到了那只手的劲力和厚厚的茧子。

“让我说一句俗话吧，后会有期！”

老政委苦笑了一下，放开了小瓦匠的手，对其他人点点头，说：“多谢了！”大步走开。

暴风雪以更加猛烈的来势扫荡着团部区域，几堆篝火一下子就熄灭了。受到严寒威胁的人们立刻分散开，围聚到仍在燃烧的火堆旁。他们像羊群似的，互相紧紧靠拢着。与其说火堆的存在才不至使他们冻僵，莫如说他们是用身体组成围墙，守护着火堆不被暴风雪所扑灭。而暴风雪是那么嚣张！它嘶叫着，想将八百余名知识青年们从大地上扫荡起来，扬到空中！

聚在篝火旁的人的围墙渐渐缩小着，缩小着。

最里层的人喊："别挤了！要把我们挤倒在火堆上了！"

"我的衣服烧着了！让我挤出去！让我挤出去！"

最外层的人，却呻吟着，蜷缩着，蹲下去了，卧倒下去了。

又一堆篝火熄灭了，引起一片恐惧的骚乱。

"有人昏倒了！"

"快！快背到火堆旁来！"

昏倒的是个女知识青年。

"她都快被冻僵了！得把她背到谁家里去！"

于是有人背起她朝附近的一幢房子跑去。

砸门声，狗咬声，喊叫声……

团军务股长就是当年工程连的老指导员，他和老连长调到团部后，曹铁强和郑亚茹才被任命为工程连的连长和指导员。他家住在靠山坡的最后一排干部宿舍。

他没有睡，站在家中窗前，一支接一支地吸着卷烟。卷了一支，吸上几口，就扔在地上，踏灭，再卷一支。他出神地望着外面一堆堆篝火的光焰。

他老婆也没睡，坐在炕沿上，陪伴着他。

"你，睡吧！"他说，并没有对女人转过身。

女人被烟呛得咳了起来，边咳边说："我看，你……今晚还是找个地方躲躲吧！……"

军务股长一动也不动。

"你不听我的，要是有个三长两短，叫我和孩子们……"女人抽泣起来。

"别来这个！"股长不耐烦地吼了一声，仍不转身。

女人止住了抽泣。她从墙上摘下股长的手枪，走到股长身边，轻轻推了股长一下："要不你身上带着这个……"

股长这才看了女人一眼，见她递给他的是枪，顿时火了，一掌将女人推了开去："你叫我拿枪对付知识青年？！"

"你……他们来找你的时候，你也好吓唬吓唬他们呀……"

"胡说！你给我把枪挂到墙上！"

“别的团里，知识青年不是割掉过一个军务股长的两只耳朵么？”

“谣言！”

“你亲口对我讲过的！”女人也火了。

“我……我……我揍你！”股长凶狠地对女人挥起了拳头。

“你，你打吧！给你打！用枪打！打死我！……”女人委屈地哭起来，往股长跟前凑，将手枪塞在股长怀中。

股长不得不接住了枪。

“你开枪呀！你先打死我呀！别让我亲眼看见你叫知识青年们……”女人的声音越来越高。

啪！股长打了女人一记耳光。

女人哇地放声大哭。

炕上的孩子被惊醒了，也“爸爸”“妈妈”地喊叫着哭起来。

就在这时，门开了。刘迈克首先一步跨进屋来，后面跟着两名知识青年。三人肩上都背着步枪。

他们出现得这么突然！而且连门也不敲一下。

女人马上不哭了，从炕上拖过孩子，紧紧搂抱在怀里，目瞪口呆，神色惊恐地瞅着三个不速之客。

股长也愣了一下，随即镇定，若无其事地将枪挂到墙上，之后，从容而端正地坐在一把椅子上。

“股长，对不起，我们没敲门就……”刘迈克开口道歉。

股长看着他，问：“什么事？”

“请你立刻就去打开档案柜，为知识青年办理返城手续。”

“是你们请我？”

“不，是政委。”

“政委？他为什么不亲自来？”

“这……我有政委亲笔写给你的纸条命令。”刘迈克从兜里掏出折叠着的纸条，递给股长。

股长接过纸条，看了一眼，慢慢从椅子上站了起来。刚站起，又坐下去，问：“你们是靠枪从政委那里得来的这张纸条么？”

刘迈克赶紧解释：“股长，枪，是政委同意发给我们十几个人的。今天夜晚情况特殊，我们十几个人组成了一支纠察小队。”

股长摇摇头：“刘迈克，我不相信你。”

刘迈克急了：“股长，你……你这是跟政委过不去呀！你不跟我们走，我们可要……”

“要怎么样？”股长瞪起了眼睛，“要用枪逼着我跟你们走？”

广播喇叭忽然响了。

“全团机关工作人员注意，我是政委孙国泰，我现在代表党委讲话，我命令你们，将知识青年接到你们各家各户去。机关食堂、礼堂、招待所，所有办公室，今夜都要容纳他们。我同时命令你们，立即担负起各自的职责，做好明晨七点开始办理知青返城手续的种种准备，不得有误。全团机关工作人员注意，我是政委孙国泰，我现在代表党委……”

股长注意地聆听着政委的每一句话，从政委的声音里，没有听出违心或被胁迫的屈服语调，他暗暗吁了口气。

“我们走吧！”股长第二次从椅子上站起，披上大衣之后，想了想，从墙上摘下手枪，对刘迈克说：“我也算你们那十几个人中的一个。”

股长跟着刘迈克他们出了门，股长女人抱着孩子随到门外，不安地目送他们。

四人从宿舍区往机关区大步匆匆地走。刘迈克走在最后，和股长三人相隔十几步远。他的左腿开始疼痛了。从挂斗车上摔下来时受的伤并不轻，流了不少血，棉裤和伤处被血粘在一起，每迈一步，都撕扯着伤处，他都吸一口冷气。

他忽然想到了秀梅，她准是还没睡，在等待着他从团部回去。也想到了自己还未出世的孩子，别人都说她怀的是个男孩，他也希望是个男孩。男孩才似乎更对得起“北大荒人”这几个字。他，一个城市知识青年，将要在北大荒的土地上扎下自己生活的根，并且为北大荒增添了一个小北大荒人，这不是一件寻常的事情。他这么认为。不管别人对这件事如何看法。别人都离开了，他要留下来。他在城市里的所有亲友都会替他惋惜，甚至责骂他。随他们去吧！反正他不能将妻和孩子抛弃在北大荒，只身回到城市去。他刘迈克生来就不是这样的人，做不出这样的事。

何况她对他那么好，婚后两人还没有红过一次脸呢！他不能想象，没有了她，生活还有幸福可言。他留恋北大荒，他崇拜北大荒，崇拜它的荒凉和广袤，崇拜它的严峻和粗犷，崇拜它春天的朴素，夏天的烂漫，秋天的实惠，冬天的气魄。而她，就像是整个北大荒的化身，当他拥抱她的时候，亲吻她的时候，心中也会肃然起敬，对她产生崇拜之情。她并不漂亮，但她健壮，充满了青春气息，充满了生命力，充满了对他和对生活的爱情。她又是那么温柔，那么善于体贴人，那么能吃苦，能劳作……他，一个矿工的儿子，能够找到这样一位妻子，还有什么不称心如意的呢？

而更主要的是，在他最孤独的时候，在他被许多人视为“公敌”的时候，她是第一个同他接近的人。她，用北大荒姑娘纯朴而富有同情感的心，融化了他对工程连每一个人都怀有的敌意。她，重新设计了他。她像给小孩子洗脸一样，洗去了他个性上的种种劣质，使他懂得了如何尊重自己和尊重别人，使他获得了人们的信任……

不但是爱情，而且是恩情啊！

这样的妻子怎能遗弃？怎能舍得遗弃？

当！……当！……当！

物资仓库方向，突然响起急促的钟声。

刘迈克抬头望去，见库房升腾起一股浓烟和火焰。股长三人，已经蹽开大步朝那里跑去了。他追在他们后边跑了几步，左腿的伤处一阵剧烈疼痛，使他不由得站住了。他跪下右腿，双手紧紧按压住左腿膝盖，想借此减轻一点疼痛。被血痂粘住的棉裤里子和伤处扯开了，他感觉到血又涌了出来，顺着小腿往下淌。

“妈的！”他咬紧牙关，站了起来。

忽然，他发现一幢房子里有光亮从漆黑的窗上一掠。分明是手电筒的光亮。

那幢房子是团部银行。他警觉起来。他顿时忘记了疼痛，朝银行走去。走到门前，轻轻推了一下门，门虚掩着，被无声地推开了。

他一步跨进屋去，大声喝问：“谁在这里？！”

他头上猛然挨了重重的一击！但他并没有立刻倒下去，他的身子摇晃了一下，靠在墙上。同时，他的一只手下意识地抓住了步枪枪带。他没来得及从肩上取下步枪，匕首的寒光在他眼前一晃，刺进了他的胸膛。接着，又刺进了他的腹部。

他缓缓地贴着墙滑倒下去了。

然而，意识并没有从他头脑中消失。他心中十分清楚，自己遇到了什么事情。他看见了一个人影从自己身上跨过，蹿出门去。他双手扶着墙壁，从地上跪了起来。又拄着枪，挣扎着站了起来。一步，两步，三步，他艰难地走到了门外。月光下，银白的雪地上，一个人影慌慌张张向后山跑，拎着一只大手提包。

“妈的，跑不掉你！”他靠着门框，举起了步枪。步枪变得很沉重，手臂颤抖着，瞄不准。他遗憾地放下步枪，托枪的那只手，在衣服上擦了一下，擦到了一种温热的黏糊糊的东西。他知道，那是自己的血。

血，自己的血，令他愤怒了。愤怒使他倏然产生了一种力量。他第二次举起步枪，手臂不再颤抖了。人影被步枪的准星牢牢地咬住了。

他很有把握地勾了一下枪机。

砰！枪声很脆。

那家伙一跟头栽倒了，手提包落在雪地上。

一丝冷冷的微笑，浮现在他嘴角上。

他瞄的是后脑勺。

“妈的……老子打发你……”他嘟哝着，拄着步枪，像老人拄着拐杖一样，每一步都很吃力地朝那个倒在雪地上的家伙走去。

走近被击毙者身边，他首先看到的，是一双眼睛，一双瞪大的眼睛，目光已经凝滞，但全部地摄录了一颗灵魂的最后欲念——贪婪。月辉反射在这双眼睛里，使它们发出幽冷的光。接着，他看清了一张和自己差不多年龄的脸，咧着嘴，仿佛在临死前要喊叫出什么。

羊剪绒的棉帽子，拆洗过的黄棉袄，崭新的大头鞋……

他不禁倒退一步。

他打死了一名知识青年。

拄在手中的步枪，失落在雪地上。

他愣了片刻，转过身去寻找手提包。手提包离他仅有几步远，但他已走不过去了。他扑倒在雪地上，一寸寸地爬了过去，张开双臂，紧紧搂抱住了手提包。他曾听人说过，临死前抱住不放的东西，死后也不会放开。

“抱紧，抱紧，抱紧……我要抱得紧紧的……”对自己的生命下达了最后一次命令，他的头，蓦然地垂了下去，垂在手提包上……

六

暴风雪最初的淫威发作过了，天地间从混沌状态澄清下来，四野暂时恢复了寂静。严寒，则愈加肆虐地折磨着大地上的生命。

站在哨位上的裴晓芸被冻僵了。她感觉不出身体仍是属于自己的，只有人脑还能按照神经讯号进行思想。

此刻，她想到了那个著名的童话——《卖火柴的小女孩》。她真希望衣兜里装有一盒火柴，不，哪怕仅仅是一根火柴！她明知这是自己的幻觉，但意志受这种幻觉的诱惑，迫使她那戴手套的被冻得硬邦邦的手，在衣兜外面碰了一下。衣兜里什么也没有。她苦笑了。她以为自己苦笑了，其实并没有任何一丝表情呈现在她脸上。

严寒“凝结”了这张脸。

要进行思想。不论想什么都可以，但一定要进行思想。要保持住意识的清醒。千万千万不要让意志也被严寒所“催眠”！这是此刻她整个人的唯一生命火种了。她一遍遍地这样警告和命令着自己。

为什么还没有人来换岗呵！……

她想转过身朝团部的方向望一眼，但她的双脚像被大地焊住了一样，无法转动。

火，团部那里有火。有熊熊的篝火。到团部去，到篝火旁去，或者，回到连队去，回到大宿舍去……有一个人的声音，像是她自己的声音，又像是别的什么人的声音，在她耳畔催促着，劝说着。

不，不能够。我是哨兵。我站在边境哨位上。今夜是我第一次站岗。

她冷酷无情地答复了自己生命的求存的呼叫。

“今夜是你第一次站岗，你会感到害怕么？”

“不，不怕。我很兴奋。”

“等你下岗，我来接你，在白桦林旁……”

“不……你不是要到团里去开会吗？”

“我从团部来。我有话对你说……”

“什么话呢？现在不能对我说？”

“好多话，现在……来不及了……”

她回想着上岗之前曹铁强和她的对话。

她知道他要对自己说什么。他要说的话早该对她说了。可他却非要等到今夜来接她的时候才说。为什么当时不对她说呢？好多话？不，不，她只要听一句话就够了。

他要说的话，不是应该在两年前就对她说的么？不是应该在驼峰山上那顶帐篷里就对她说的么？

她真恨他！

哦，那是一个多么美好的夜晚呵！那烧得彤红的大火炉！棉帐篷里，只有他和她。整个驼峰山上，只有他和她。整个世界……仿佛也只有他，和她。

那条战备公路上，洒下了工程连队的多少劳动汗水啊！

为他掌钎，那是她最愉快的劳动。他抡动着十八磅的大锤，一下接一下砸在钢钎上，声音那么有力，那么有节奏。在她听来，那简直是一种音乐。虎口都被震裂了，手都被震麻木了，手指从早到晚紧握钢钎，放下钢钎，都伸不直了。吃饭的时候，都端不住碗，拿不住筷子了。然而劳动中的心情是多么欢畅啊！她真希望那条公路无止境地向前伸延，他天天抡大锤，她天天为他掌钎。双手磨起了多少血泡？一点水也不敢沾。洗脸的时候，只能叫别人替拧一把湿毛巾，胡乱地擦擦脸了事。可是她和他一块采下了多少路石啊？十几吨？几十吨？上百吨？从秋季一直到第二年夏季，绝不会比女娲补天的石头少！虽然没有计算过。

那一次她是多么……神经过敏啊！

当他拄着锤柄，撩起肮脏的衣襟擦汗时，她放下了钢钎，抬头望着他。一块巨石就悬在他头顶上，瞬间就要塌落下来。她尖叫一声，朝他猛扑过去，一下子将他扑倒了，搂抱住他，在刚刚铺好石头的路面上滚出十几米远。大家都被她这一迅猛的举动惊得目瞪口呆！当她和他从地上爬起，巨石并没有塌落下来。这时她才看清，巨石是不会塌落下来的，它连着半面山壁，除非用十公升以上的炸药炸。险情不过是她的幻觉。人们哄然大笑。她尴尬极了，狼狈极了。

他哭笑不得地对她说了一句：“神经过敏！”

“我……”在周围的哄然大笑中，她觉得自己像是一只耍了什么可笑把戏的猴子。她一扭身跑开了。一直盲目地跑到山背后，蹲下身，双手捂着脸，哭了。

她觉得自己心底里对他的最隐秘的情感，滑稽地暴露给众人了。

而这正是她最最不愿被人所知的啊！

他竟也不能够理解她！

大家的哄笑对她是多么不公平啊！

姑娘的心受到了多么严重的羞辱啊！

虽然大家的笑声里并没有恶意，也没有嘲弄的成分，不过是劳动休息时一种驱除疲累的无谓的大笑而已……

公路一直修到第二年冬季才竣工。

最后一天，大家都从山上撤回连队去了。只剩下了一顶帐篷，没吃完的粮食、蔬菜，没用光的炸药，工具。

她没有和大家一块下山。她主动要求留下来看守东西。她内心里有一个小小的个人打算。她要一个人留在山上，将帐篷烧得暖暖的，痛痛快快地洗一个澡。她预先就物色好了一个大口油桶，用雪刷干净，在里面是可以洗得很舒服的。从第一年秋季到第二年冬季，全连哪一个人也没有洗过澡。山中有一口小泉眼，但那是炊事班做饭用水的“井”。洗脸水是按供给制限量的，每人每天一盆。在炎热的夏季也不放宽供给。冬季，大家都是用雪来擦脸的。

她，却已经整整七年都没有洗过一次澡了。知识青年返城探家，最大的享受是什么？——洗澡。谁也不会放过多在城市的浴堂里洗一次澡的机会。到家的第一天，往往最迫切要实现的愿望，便是洗澡。离开城市的那一天，最愿意再获得一次享受的，也是洗澡。

她七年内没有探过一次家……

可是，在她那一天晚上将帐篷里的温度烧暖了，并将那只大铁桶费尽气力从外面挪进帐篷，认真仔细地刷干净，和大铁炉并靠在一起后，他却回到山上来了。

那天，他清早就搭一辆顺路的汽车到团里去汇报筑路工程。她以为他会住在团里一天，或者直接赶回连队去的。所以当他走进帐篷，出现在她面前，她意外得有些沮丧。

“你……怎么又回到山上来了？”

“我以为大家不会都回连队的呢，怎么就你一个人留下来？”

“我……看守东西。”

“山上又不会有贼，真是多此一举。”

“排长……排长说……需要留下一个人。”

他在大铁炉旁坐下了，看她一眼，然后摘下棉手套，一边烘烤，一边问：“于是她就指定你留下来？”

她从他的语调中分明听出对排长郑亚茹的某种积压已久的不满，赶紧解释：“不，不是。是我自己主动要求留下的。”

他沉默了。一会儿，朝她的铺位瞅了一眼，用商量的口气问：“可不可以……把你褥子底下的草分一半给我？”

“当然，当然可以……”她走到铺位前，掀起了褥子。

“我自己来吧。”他立刻站起，走到她身边，抱起一抱麦秸草，似乎觉得抱的过多了，又放下一些，说，“足够了，这就足够了。”

他抱着草转过身，目光在整个帐篷里扫视一遍，走到帐篷口旁堆放劈柴的一个角落，将草铺在地上，满意地点点头，扭头对她问道：“我就睡这儿，不……妨碍你吧？”

她没有立刻回答，也从自己的铺位上抱起一大抱草，铺在离火炉不远的地方，然后说：“你该睡在这儿，帐篷口很冷。”

“不，我就睡这儿。”他在自己铺好的草上坐了下去，身子靠着柴堆，摆出一副舒适的样子。

“随你的便。”她一转身走到自己的铺位前，放下褥子，背朝着他坐在褥子上，从枕头下摸出笔记本和钢笔，开始写什么。

“你还写日记吗？”

听见他问，她抬起头来，侧转过身，发现他已将帐篷口那抱草抱到了火炉旁铺下，正坐在上面吸烟。

“我从来不写日记，没事儿在纸上随便画……你别乱扔烟头，烧了帐篷我可要负责任的。”她合上了笔记本，重又压在枕头下。

她和他差不多是面对面地坐着，之间距离不到三步远。她却一时找不到什么话对他说，连自己也感觉得出，自己的一举一动都极不自然。

“有什么吃的没有？”他终于又问了一句。

“有……”她从枕头旁拿起书包，从书包里掏出两个馒头，接着从兜里掏出小刀，将馒头细心地切成片，走到火炉前，放在炉盖上烤。

他显然是没吃晚饭，已经饿极了，几片馒头顷刻便被他狼吞虎咽了下去。吃罢，脱了棉袄，往草上侧身一躺，将棉袄蒙头往身上一盖，似乎就要这么睡了。

忽然，他猛地掀掉棉袄，坐了起来，对她问道：“有毯子吗？”

她一声不响地从自己的褥子底下抽出毯子，递给他。

他站起来，将毯子展开，搭在毛巾绳上。

毯子成为一道“墙”，将他和她分隔开了。

她站在“墙”这边，问：“有这种必要么？”

他站在“墙”那边，回答：“这样不是对你……方便些吗？”

她将毯子拉下来，抛给他：“你盖在身上不是更好吗？”

他似乎想说什么，但只张了张嘴，并没有说出一个字。他又躺下了，将毯子盖在身上。

她，将马灯的光亮拧暗，退回自己的铺位，缓缓地坐下，从枕头底下再次摸出笔记本，可是并没有打开，拿在手中一会儿，又塞在枕头底下了。她深长地叹了口气，双手捧着腮，郁郁的目光呆滞地凝视着炉膛内闪烁的火亮，脸上呈现出淡淡的忧情苦绪。

他朝她看了一眼，欠起身，盯着她的脸，低声问：“你想什么呢？”

“我……真想洗次澡啊！”她回答，声音同样很低微。这句话是情不自禁地说出来的。话一脱口，她觉得自己的脸倏地火热起来。什么话呀！她追悔莫及。

他又缓缓地坐起来了。

她窘迫地避开他的目光，垂下了头。

他随即站起身，走到炉前，拨弄炉火，将炉火拨得又红又旺。他又走到柴堆前，抱了一抱劈柴，轻放在火炉旁，一块接一块地往炉膛里塞。塞满炉膛之后，他拿起脸盆，一声不响地走出了帐篷。一会儿，他从外面端进来一盆雪，倒进她刷干净了的那个大铁桶里。

“你……这是做什么？”她明知故问。

“雪很快就会化。”他这样回答，拿着脸盆又走出了帐篷。

他第二次从外面端进一盆雪倒进铁桶里时，她又问：“为我？……”

他点点头。

“我不会……”她本想说：“我不会当着你的面跳进桶里去的。”但出口的话却是：“我不过随便说了那么一句，你别当真。”

“你不洗，我自己洗。”他大步走了出去。

他一次又一次出出进进，终于将铁桶里倒满了雪。

雪在桶内渐渐融化着。

他们都保持着沉默，仿佛各自想着心事，谁也不愿主动开口似的，目光也都尽量不去注意对方。

不知过了多久，桶内发出了水热时的响声。终于，热雾弥漫，帐篷里的空气由干燥而潮湿了。

他走到大铁桶跟前，一只手伸进桶内，试了一下水温，弯腰从铺地草上拎起棉袄，转身向帐篷外走。

她倏地站起来，抢先几步走到帐篷口，回转身，面对面地拦住他，说：“既然是你自己想洗，那么应该出去的是我。”

他不回答，默默地盯着她的脸，分明用目光对她说：“你心里是知道的，我并不是为自己，而是为你。别这样对待我真诚的好意吧！”

在他这种目光的注视下，她不忍再与他僵持了，从帐篷口闪开了身子。

于是他脸上浮现出一种战胜了她的颇得意的表情，一步跨到帐篷外面去了。

她呆呆地站立着，心中忽然竟有些生他的气。他在强迫我。他！分明是的！我为什么要对他妥协呢？我这傻瓜！

然而要痛痛快快地洗一次热水澡的欲念竟那么强烈！她简直无法抗拒桶内冒着蒸汽的热水的诱惑。她情不自禁地走到桶前去，一根手指伸进水里泡了一会儿。水，热度正好。她挽起衣袖，整只手都伸进热水里去了。泡了一会儿，她感到自己的那只手，似乎溶解在水中了似的。

她忽然从桶内收回手，走到铺位前，开始急迫地脱衣服。衣服一件一件地从身上脱下来，外衣、绒衣、内衣……胡乱地扔在褥子上。

当她光着双脚，全身赤裸地站在地上之后，她一时间对自己产生了一种莫名的惊惧。马灯的昏黄的光亮，将她的身体涂上了一层橘黄色。她那线条优美的裸体的身影，被清晰地投射在帐篷的帆布墙上。看到自己的身影，她仿佛看到了可怕的魔怪，几乎失声惊叫，下意识地从褥子上扯起一件衣服，围罩在身上。同时，她那恐惧的目光，迅速朝帐篷口一瞥。

只有清冷的月辉从外面洒进帐篷。

仿佛只在这时她才发觉，周围的世界是多么宁静。一种神秘的宁静。帐篷里是多么暖和！炉火烘烤着她的身体，像夏日的阳光照耀着她。

围罩着身体的衣服无声地落在地上了。像跳舞似的，她用脚尖走到铁桶前……

呵！……

在这个夜晚，在这座山林中，在这顶棉帐篷里，在一只铁桶内，颗粒状的陈雪融化并加热的水，浸泡了她七年没有洗过一次澡的身体。

她瘫软在水中了。

水没过她的肩部。头枕在桶边上，下面垫着毛巾——一次真正的“盆浴”！

她娴静地闭着眼睛，微微张开着嘴唇，双手交替地，动作极轻缓地搓洗着身体。好像生怕将水搅浑，生怕将一滴水溅到桶外似的。她从容地，不断地朝肩上，脸上，头上撩泼着水。

她真实地体验到人的一种似乎是极端快乐的享受。

她快乐得想唱歌，想欢叫。

“啊！……”

但是从她口中只发出了一种类似叹息，类似轻微的呻吟般的声音。

她突然深吸了一口气，两臂抱着双膝，将头也沉没到水中了。她在水中潜了足有半分钟才冒出头来，身体贴着桶壁喘息了一阵，开始漂洗自己的黑发……

她洗了好久好久才恋恋不舍地出水。穿好衣服，在火炉边烤干头发，往褥子上仰面一躺，展放开四肢，她就一动也不想动了。她产生了一种奇特的感觉，好像自己的身体失去了重量，在空中飘浮着，比一根羽毛还轻……

她竟那样渐渐地睡着了。

她睡了将近一个小时，身体感到冷了，才猛然醒来。

哦！天啊！他……

她一下子跳了起来，跑到帐篷外。月光之下，她看见他站在离帐篷挺远的地方，没有戴帽子，双手捂着耳朵，跺踏着两脚。

她呆住了。

两人一同走进帐篷后，他首先走到炉前，将落架了的炭火拨旺，塞进炉膛几块劈柴，这才站起身，瞧着她的脸，问："洗的还好吗？"

她很难为情地回答："好极了！"

他，微笑了。

那是非常亲近的微笑。

他第一次对她流露出这样的微笑。

她感激地望着他，说："如果今天夜里这件事，让连里其他任何一个人知道，不知会对我……和你，作何想法？"

他那双也在瞧着她的眼睛里有某种奇特的亮光闪过。

他用平静的语调说："如果有第三个人知道，那么一定是你自己告诉这个人的。"停顿片刻，他又说："生活中有些事情，还是永远只有两个人知道的好。"

他这句话使她的脸红了。

他走到马灯前，要拨亮灯芯。

"别……就这样，挺好。"她轻声制止他。说完这句话，她觉得脸上更加火热了。心，也无缘无故地急跳起来。她掩饰地拿起脸盆，走到铁桶边去了。

"还是我来吧！"他走到她身旁，从她手中轻轻夺下了脸盆，说，"你刚洗完澡，冷风一吹，会感冒的。"

"不，不，这……太过分了！"她要把脸盆从他手中夺回来。

他伸出一只胳膊挡住了她的手。

"难道都不给我一次报答你的机会吗？你曾救过我的命。"她知道他提起的是哪件事，低下了头，讷讷地说："可是，那一次……并没有危险……"

"难道那块石头果然塌落下来，我才应该对你说感激的话么？"

"……"

"有些事情，只有过后思考，才会理解究竟意味着什么。"

她慢慢抬起头，可一接触到他的目光，又立刻将头低下了，许久没有勇气再抬起头正视他一眼。

他的眼睛那一个夜晚好明亮！

他不再和她说什么，开始一盆接一盆地往外倒水。

当她坐在自己的铺位，他坐在草上，默默相对时，炉火旺起来了。

她毫无困意。他也分明躺下也是睡不着。

外面起风了。帐篷帘被吹得啪啪响。

“我们谈点什么不好么？”他终于主动开口说，语调中带着恳求，仿佛此时此刻的沉默对他是一种难以忍受的折磨。

她用勉强能令他听到的细小声音问：“谈……什么呢？”

“你觉得，你们排长是个怎样的人？”

“这……你应该比我更了解她。”

“你为什么会这样认为呢？”

“大家……都是这样认为的。”

“大家……”

“我们女排的姑娘们……”

他忽然生起气来，大声说：“可是我并不了解她！我曾想努力去了解她，却很难做得到！如果她是你，我相信自己早就了解她了！……”

她抬起头，吃惊地瞪着他：“你……”

他不容她打断自己的话，继续说：“我是一个烈士的儿子，我父亲是在这块土地上牺牲的，我在生活中处处受到另眼相看，就是犯了错误也会得到庇护，即便做了蠢事也会得到原谅，但我厌烦这个！我是我自己，我要走我自己的生活道路！我不是烈士，我不过是烈士的儿子！可是她却经常对我说这样的话：‘你太不会利用你的政治资本了！你是一个政治上的浪费者！’而且摆出一副苦口婆心，谆谆教诲的样子！我不能忍受这种教诲！……”

她突然叫起来：“你不要再说下去了！”

他顿时哑然了。

“求求你，不要说了，不要对我说这些话，不要对我说到她，我不想听，我今天什么也没有听到……”她忽然双手捂住脸，侧转身，低声哭了起来。

他不能理解自己说的这些话为什么会伤害了她，他怔怔地注视了她一会儿，站起来，慢慢走到她身边，握住她的双手，将她的双手从脸上移开。

她不肯仰起脸来，满怀苦衷地摇着头。

他不放开她的双手，将她拉了起来。

“不，不……”她仍在摇着头，想从他手中抽出自己的双手，但他将她的双手握得那么紧，那么紧。

“我……我……我……”他的呼吸那么急促！她甚至清楚地听到了他的心在胸膛内嗵嗵地跳！

“放开……我……”她呻吟般地喃喃地说。她全身都失去了力量。她几乎要昏倒了。

他终于放开了她的手，扶住她，使她慢慢坐下去。

“我……我……也许，我是不该对你说……这些话……”他的语调中带有几分歉疚和慌栗。

她将头垂得很低很低，交换地轻轻地抚摸着自己的手背。双手被他握得很疼。手背上留下了他的浅浅的指印。一滴眼泪落在她的手上，接着，又是一滴……自己的泪。

她感到内心里委屈极了。虽然他并没有伤害她。她紧咬着嘴唇，控制住自己没有放声哭出来。

“我并没欺负你呀！”他的话显出急躁来。

“别理我。我也不知道自己这是怎么了，过一会儿就好了。”她轻声说，抬起头看了他一眼，凄婉地一笑。

他一动不动地在她面前站了片刻，猛然转身走开了，并随手拧灭了马灯。

帐篷内黑暗了。黑暗中，她听到他在草上躺下去的声音。

一声粗重的叹息之后，黑暗邀请来了寂静。

她，也轻轻地躺下了。然而，她无法入睡。

一阵窸窣之声告诉她，他又爬了起来。炉中闪耀的火光，映照出了他的身影。他在拨火，加柴。他站起身了。他呆立了一会儿。他向她走来。他在她的铺位前站定了。他，小心翼翼地替她盖上了被子，大概以为她睡着了。他……双膝跪了下去。她立刻闭上了眼睛，一动不动。凭直觉，她判断他正在俯视着自己。她的脸上感到了他的呼吸。男性的缓重的呼吸。这呼吸扑到她脸上，使她心慌意乱。然而她屏息静气，仍然一动也不动。她的双唇，却微微张开了，本能地要求承受某种接触……

竟什么事情也没有发生。她感觉到他慢慢地站起来了，轻轻地离开了她。

又是一阵他重新躺在草上的窸窣声……

当她从沉睡中睁开眼睛，天已经亮了。炉火还在燃烧着。帐篷里依旧很暖和。她的毯子，盖在她的被子上面。

他已经不在帐篷内了。

她匆匆地穿好衣服，走出帐篷。昨夜下了一场大雪，松软的雪地上，留下了一行朝山下而去的脚印……

排长郑亚茹和另外两个女知青跟车到山上来拉载最后一批物品。

排长见了她的面，没跟她打招呼。她和她们共同往车上搬东西。她并非由于过分敏感才觉察到，排长异常的目光不止一次地在她身上扫来扫去。

“你昨天夜晚一个人留在山上怕不怕？”

“睡得踏实吗？”

另外两个姑娘在排长不注意她的时候，一人一句，几乎是同时问她。问过之后，似乎并不想得到她的回答，相互交换着含意玄妙的微笑。

她什么话都没有回答她们，只是默默地一件接一件地往卡车上搬装东西。

装完车，两个姑娘钻进了驾驶室。她爬上了卡车车厢。

“排长，你坐驾驶室吧？我坐车厢！”一个姑娘见郑亚茹还站在车下，打开驾驶室的门，对排长讨好，但又空卖人情，并未跳下来。

“不，我要坐在车厢上。”郑亚茹说着，爬上了车厢，坐在她对面的一捆麻绳上。

汽车开动了。她和排长虽然面对面地坐着，却谁也不瞧谁一眼。

当汽车在下坡的山路上减慢了速度，排长忽然开口问：“他昨天夜晚，和你一块儿在山上？”犀利的目光冷冷地盯在她脸上。不待她回答，排长又说：“雪地上留下了他的脚印。”和这句话同时说出的潜台词是：“你无法否认的。”

她以同样的目光迎视着排长，只简短地回答了两个字：“是的。”也附带着一句潜台词：“那又怎样？”

“他……和你……睡一顶帐篷里？”完全是逼问的口气，但吞吞吐吐。

“山上不就剩一顶帐篷了吗？”她故意用反问的语气回答，并为自己做出这样的回答感到满意。

“这一夜……你们是……怎么度过的？”

“审讯吗？”

“回答我！我有权利问你！你知道我和他是怎样的关系！虽然现在不像我们刚到北大荒的头几年那样……约束严格了，但对道德败坏的事连里还是要追查的！”排长羞恼了，语势中含着威胁。

“无耻！”她冷冷地吐出了两个字。

“你！……”排长那张好看的脸扭歪了。

她也被自己的胆量所震慑了，立刻将眈眈的目光从排长脸上移开，茫然地瞭望着冬天的荒野和远山的银色轮廓。她内心里却感到一种从来没有过的畅快。

汽车在公路上飞快地疾驰，她们时时被颠起来，碰撞在一起，彼此却再没说一句话……

回到连队，他几次迎面碰到她，都侧脸而过，不理睬她。这严重地伤了她的心。

一天，全连都在大食堂看电影，只有他一个人坐在连部守着电话机，记录电话会议。

她突然闯进了连部。

他手里拿着电话机，吃惊地瞪着她。

“我……我有话和你说。”

“我在记录。”他生硬地回答。

她扑到他跟前，一下子从他手中夺下电话听筒，使劲摔在桌上，大声嚷：“你……我恨你！”

“岂有此理！”他霍地站了起来。

她呆呆地站在他面前，胸脯剧烈地起伏着，嘴唇抖动着，目光盯着他，两只眼睛里渐渐盈满了泪水。

那是从心底的感情之泉涌出的泪水。

他不知如何是好了，张了几次嘴，才低低叫出她的名字：“晓芸……”

他第一次在称呼她的时候将她的姓省略了。

她猛地扑在他怀里，像一个受尽了委屈的孩子，放声大哭。

“别，别这样……”他拥抱着她，抚摸着她。

她却止不住自己的哭声。

他冲动地双手捧住她的脸，疯狂般地吻她。吻她的嘴唇，吻她的眼睛，吻她的额头……

他的双唇封住了她心中的泪泉。

桌上的电话铃嘟嘟地响着。

他冷静下来了，朝电话机看一眼，替她拭干眼泪，轻轻将她推开。

她，也理智了，难为情地背转过身。

“喂，是我。我守着电话机呢！刚才……一个家属，和丈夫吵架了，对，两口子吵架。我已经把他们劝走了……”他已经坐在椅子上，又拿起了听筒。

她转过身来看了他一眼，扑哧笑了。

他对她眨了眨眼睛。

她凝视了他一刻，悄悄地退出了连部。

……

第三天，他带着一队人到师部参加水利大会战去了。她，则留在了连队。一次长久的分离——两年半。通信是保持的，但仅仅几封。几封很短的信，他告知她水利会战的工程情况，她在信上对他讲述连队发生的种种事情……

再后来呢？再后来，再后来，再后来……

站在哨位上的裴晓芸，什么也不能够再回忆起来了。

水……

多热的水啊！

炉火……

熊熊的炉火！

她觉得自己此刻身在两年前大山林中那顶帐篷里，泡在那只大铁桶里，又潜没到雪化的热水中去了……

突然，她的两只眼睛异常明亮起来。她清清楚楚地看见他站在面前。不是别人，正是他！她的他！

啊！他到哨位上来接她了！

她向他扑过去，紧紧地搂抱住了他。

“啊！亲爱的，亲爱的，亲爱的……水太热了！真烫啊！不，冷……我真寒冷啊！我眼看就要冻僵了！抱紧我，抚摸我，吻我……我觉得我的双唇好像两块冰一样冻在一起了，用你的嘴唇融化了它吧！吻我，吻我，吻……”

其实她一个单音也没有发出来。

然而她感觉到了他的拥抱，他的抚摸，他的亲吻……听到了他的声音，像就是在她的耳畔喃喃絮语，又像是从相当遥远处，从太空对她呼唤：“晓芸，亲爱的姑娘！……”

她挺立在哨位上，像“六号坐标”一样。月辉将她的黑色身影，投映在边疆大地银白色的底片上。

她面对黑龙江，大睁双眼，枪上的刺刀闪耀着寒光……

她脸上浮现着微笑……

“黑豹”像跑马场上进入亢奋状态的一匹赛马，以疯狂的速度跑回了连队，直奔知青大宿舍。它如猛兽般，扑开男宿舍的门，冲了进去。空无一人……它呆立了一刻，腾跃起来，在空中反身，又蹿了出去，扑进女宿舍。女宿舍也空无一人……它在男女宿舍间蹿来蹿去，往返数次，发出呜呜的低吠。它彻底失望了，焦急地摇动着尾巴，站在大宿舍的过道走廊里，怒吼了两声。它发现了团部方向的火光，一动也不动了。突然，它箭一般向团部奔去……

在团部，在八百余名知识青年中，在十几堆篝火间，在物资库的救火现场，在每一处有人群的地方，这只狗横冲直撞，寻找着工程连的知识青年。

“嘿！这狗真肥！捉住它，捉住它！烤狗肉吃！”围聚在一堆篝火旁的几个男知识青年，四面围住了它。有的握着刀子，有的持着木棍，有的拿着石头。他们要结果它的性命，要剥下它的皮，要肢解它肌腱发达的身体，放在火上烤熟，吃掉。

他们是又冷又饿。

不知哪一个首先朝它扔出了石头，击在它头上。它嗷地叫了一声，向后退，而后胯上又挨了狠狠一棍。它摇摆了一下身子，栽倒了。他们立刻围上去，一个绳套套住了它的脖子，勒紧了，把它拖拽到一棵树下，吊了起来。求生的本能和兽性在这只驯良的狗身上勃发了！它侧头一口咬住了绳子，用锐利的牙齿将绳子咬断，从半空掉在雪地上。

他们又朝它围上去。它像一头真正的豹子一般跃起，扑向离它最近的一个人，它扑倒了他，朝他的脖子咬下去。他用手一挡，它咬住了他的手。一声惨叫，它觉得自己从那只手上咬下了什么。它口中含着咬下的东西，龇着白森森的利牙，呜呜低吠，竖起了脖颈上的长毛，伺机再扑。

他们惧怕了，退缩了。

两根手指从它嘴里吐在雪地上。

它突破包围，向救火现场奔去。

在那里，它在纷乱的救火人群中第一个发现的是它的主人。他扛着一箱手榴弹从火海中冲出来，刚刚放在安全的地方，它立刻蹿过去咬住了他的裤角不肯松口。他低头看见是它，骂了一声："滚开！"用另一只脚将它踢得翻了个身。

"工程连，跟我来！赶快扛手榴弹箱！"他大喊着，又冲进了火海。

十几条人影跟随在他身后，也冲进了火海。

"黑豹"又发现了小瓦匠，蹿上去咬住了小瓦匠的裤角。

小瓦匠蹲下身，拍着它的头说："'黑豹'，你到这里来干什么？你帮不了一点忙，去吧，去吧，回连队去吧！"

它迷惑地松了一下口，小瓦匠挣脱裤角，也冲进火海去了。

"工程连的，组成人墙！"

火海中，它辨听出了主人的大喊声。

一道人墙隔立在火海之中。他们手挽着手，靠得那样紧密！火舌舔着他们的后背。更多的人在他们的掩护下去搬扛手榴弹箱。"黑豹"也想冲进火海去，但大火的烈焰令它害怕。它在大火外围来来回回地奔跑着，奔跑之中俯下头啃了几口雪。它突然又朝驼峰山上的哨位奔去……

刘迈克怀孕的妻子在家中期待着他。她安静地坐在炕上，一针接一针给未出世的孩子缝做小衣服。

孩子不会见不着父亲了！这将在北大荒出生的小生命！他在她腹中轻轻地动弹呢！她为孩子而庆幸。也为自己感到了幸福。她那颗将要做母亲的心，此刻踏实极了。她内心充满了对生活的信赖和深情，也充满了感激。

听到狗叫声和狗爪子的扒门声，她愣了一下，放下手中的小衣服，下地开了门。门刚打开一条缝，"黑豹"就挤了进来，口中叼着一只棉手套。

"'黑豹'？……"她从它口中取下手套，立刻认出，是裴晓芸的。在全连的女知青中，她和裴晓芸最要好。她是连队后勤班班长，裴晓芸曾是后勤班的唯一一个知识青年。缺少友谊的上海姑娘，把她当姐姐一样看待。

裴晓芸上岗之前，还背着枪来到她家里，笑盈盈地问她："秀梅姐，你看我像一个哨兵吗？"

这只手套破了个洞，是她当时给补好的。

"黑豹"围着她转，咬住她的衣服，将她向外面拽扯。

一种不祥的预感立刻遍布她的全身。

她慌忙地穿上大衣，扎上围巾，跟着"黑豹"走出家门。

她跑到马号，拉出一匹马，跨上马背，还没坐稳，就喝马朝驼峰山飞驰。

来到哨位上，她跳下马，见裴晓芸朝她伸着双手，似乎在迎接她。

她几步跨到裴晓芸身前，握住了她的双手，但立刻又缩回了自己的手。裴晓芸那只失去了手套的手，像岩石一般硬！

她呆住了。

"晓芸，晓芸，晓芸……"她喃喃着。

微笑依然呈现在裴晓芸脸上。

"裴晓芸！……"她失声大喊。

泪水顿时蒙住了她的两只眼睛！

她又向裴晓芸扑过去。

可是……女哨兵颓然地、僵直地朝后倒了下去，倒在铺雪的大地上，恋恋地瞪视着夜空。

"裴晓芸……"她扑在女友身上，泣不成声地呼唤着。

"黑豹"发出一声悲怆的哀吠……

七

黎明的曙色从驼峰山顶显现出来了。隔夜间，驼峰山耀眼的银铠甲不知被暴风雪卷到这世界的哪一个角落去了，裸露出灰色的岩质的嶙峋峰体。北面半山坡，暴风雪推到一起的积雪，顺坡呈现着波浪般的层次明显的叠状，像一位巨人缠在腰间的衣裾。"六号坐标"仍然竖立得那么笔直，这大地的立体指南，被无数次的暴风雪和暴风雨挥发尽了体内代表生命的水分，由一棵树成为一根枯杆。荒原上，鬼使神差地出现了一堆堆的雪堆，小则如坟，大则如丘。太阳也从驼峰山后面庄严而矜持地升起来了，在驼峰山巅滞停了片刻，仿佛有弹性似的，轻轻一跃，便悬在半空中了。于是灿烂的霞光普照大地，白雪闪耀着宝石一样的红色的柔和的光芒。

团部区域，一堆堆篝火已熄灭，但仍冒着袅袅的青烟。冬晨清新而充满冷意的空气中，飘漫着燃烧后产生的松脂的特殊气味。十几辆马车、挂斗车、拖拉机，随心所欲地停在各处。昨夜没有卸套的马，身上披着霜，像古战场上的银甲马，舔着雪，或者猪一样地拱食着雪下的枯草。

在一片平坦的雪地上，苫布蒙盖着从火中抢搬出来的物资。桶、扁担、锹、镐，分类整齐地堆放着。

知识青年们，此刻都聚集在干部股、组织股、财物股……有纪律地办理返城手续。只有会议室空无一人，门敞开着，对流风横穿室内，将烟灰、烟头、烟盒、报纸刮落满地。小公务员在独自打扫着。他在履行自己最后的职务，他办理完了返城手续。

礼堂里，舞台上，并放着两张桌子，一摞摞的档案，将要在这里改变它们过去十年中的人格化的价值。今后它们记载些什么，那要由知识青年返城后的命运所决定了。

军务股长，郑重地坐在一张桌子后面。知识青年们在此办理最后一道返城手续——领取各自的档案。他要在他们的密封的档案袋上和准迁卡上盖章，这是他最后一次为他们履行职务。他见人到的不少了，站起来，大声说："现在，我开始办公。首先，你们必须按照我的要求，分成两排。"说罢，他从侧梯上走下来，走到他们之中，指点着他们说："你，站到左边。你，站到右边。你，左边。你，左边。你……也左边去。你，右边。左边，左边，右边……"

他们很快被他分成两排。一排人多，一排人少。

他环视着两排人，说："左排优先办理。"他把"优先"两字说得很重。说罢，一转身大步朝台上走去。

"你这是什么意思？有没有个先来后到了？我早就在这里等候你办公了！"右排中，有谁嚷叫起来。

"对！说清楚！"

"别以为公章在你手里握着，就可以独断专行！"

……

右排的人附和着，抗议着，甚至威胁着。

军务股长在舞台侧梯上站住了，缓缓地转过身，目光盯向右排，用冷峻的语气说："你们睁大眼睛，看看左排的每一个人，然后再互相看看你们自己！"

右排的人，将狐疑的愤愤不平的目光投向左排——他们的脸，一个个都是黑的，肮脏的。还有带着伤痕的。他们的裤筒，鞋上，挂着水湿后冻结的冰。他们的衣服上，这里那里尽是烧破的洞……他们的样子都是那么狼狈不堪。

右排的人，一个个显得比左排的人更加狼狈起来。他们互相一看就明白，他们昨夜没有救火。

这是一种对比明显的排列组合。弟兄、姐妹、好朋友、同班同排同连队的，彼此有着各种关系的知识青年，被这种排列组合分隔开了。右排的人不得站到左排去。左排的人绝不会愿意站到右排去。他们只能面对面地望着。

在这种默默的持续的对望中，股长站在台上又大声说："我要求你们保持肃静。如果有谁大叫大嚷，我提议你们，就将他轰出去！"

他在办公位置坐下了，拿起一张卡，一字一字地念道："一连……李庆丰……"

右排的人，谁都无法经受等待的寂寞和左排的注视，他们先后退出了礼堂。退出时每个人都低垂着头，脸上不无惭愧。

左排的人，他们保持着一种持久的，近似庄严的肃静。连咳嗽声，都是控制着的。没人交谈。熟悉的也罢，陌生的也罢。他们用目光彼此表达着淡微的敬意和……庆幸。此时此刻，他们昨夜自发的救火行动，受到这种特殊形式的重视，他们怎能不感到莫大的欣慰？一有人走入礼堂，他们便纷纷将目光投射到那个人身上。如果他或她身上，和他们有相似之处，他们便点头致意，打手势叫他或她排到队列中来。如果他或她的脸不是黑的，衣服是完好无损的，他们的目光，便是他或她怯于正视，难以承受的。那种目光是极其复杂的，内含着质询、谴责、惋叹，甚至包容着同情。

他或她如果不是反应迟滞的，就会意识到什么，愧然退出。

站在队列中的小瓦匠，瞧着那些领到准迁卡和档案的人欢天喜地的样子，心中产生了一种淡淡的忧郁和不满。他认为他们不应是这种样子离开。应是怎样呢？……他自己也不知道。

他觉得需要和别人交谈一下，随便交谈些什么，心情才会轻松点。于是他问身旁的一个小伙子："你是哪个连的？"

“三连的。”对方好像也和他有同样需要。

“你们连……也都走光了？”

对方肯定地点点头：“文书、会计、卫生员、小学教员……三十二名知识青年，一锅端。”

“哪年来的？”

“我？六八年。六月十八日，正是‘六·一八’指示那一天到的北大荒。我们问带队的，毛主席对兵团的指示才传达下来，你们怎么会提前一个多月在对我们宣传动员时，就打出了兵团的旗号呢？带队的回答：‘宣传是为了目的嘛’！他居然不怕落个编造主席指示的罪名！”

“那你是第一批到北大荒的了？”

“当然！我们那一批是北大荒的知青元老！我们都是自愿报名的。我报名后一直瞒着父母，到临走的前一天才告诉他们。母亲哭闹得天昏地暗，可我还是走了……我是独生子。后来想返城也回不去了。你呢？哪一年？”

“七一年。”

“‘一片红’那一年？”

“是的，当时我母亲正瘫痪在床上，街道上山下乡动员组的人有天敲锣打鼓将光荣花送到我们家。我和弟弟说：‘我们没报名呀！’他们说：‘没报名也批准了！’……”

“‘一片红’，‘一片红’，从城市走得干净，也从北大荒走得干净……四十多万啊！不知道留下来的会有多少？”

“想不到，我们会是这么离开的。别的都不讲，就拿我们团来说，全团百分之九十的农机具手都是知识青年，都走了，怕是今年开春连小麦大豆都播种不下去……仔细想想也真有点觉得对不起北大荒！”

“是啊，政委还说要给我们开欢送会呢，我看还是不要开的好。”

小瓦匠忽然看见弟弟走进了礼堂。弟弟身穿一件军大衣。军大衣过肥过长，弟弟穿着太不合适。脸，弟弟的脸——是清洁的。为什么是清洁的？！为什么不是肮脏的？！

他自己，他们所有这些脸上肮脏的人的目光，都投射到弟弟身上。

小瓦匠心中替弟弟难受极了！他将身子转过去了。可是弟弟已经发现了他。弟弟不理会投射到身上的那些目光。弟弟向他走过来，走到他身边站住，轻轻叫了声："哥……"

大家默默地注视着他们兄弟二人。

小瓦匠猛地转过身，吼道："别叫我哥！"

弟弟吃惊地不解地瞪着他。

"你！……你不是我的弟弟！你给我滚出去！"

"我……"

"我揍你！"小瓦匠猛地抓住了穿在弟弟身上的军大衣的领口。刚才和他交谈的那个小伙子，用胳膊架住了他挥起的拳头。他使劲一推，弟弟跌倒在地上。

那小伙子上前扶起了弟弟，看了当哥哥的一眼，对弟弟说："现在办理手续的，都是昨天夜里救过火的。你……过会儿再来吧。"

弟弟的眼睛呆望着哥哥，一只手，一颗一颗地解开了军大衣的衣扣。肥大的军大衣，从弟弟瘦而窄的肩头落到地上。弟弟完全变成了另一副样子，棉袄面和棉花差不多烧光了，穿在身上的不过是破棉袄里子。裤子，膝盖以上烧得和棉袄一样，一条包皮电线穿着裤里，勉强将棉裤子吊挂在皮带上……

小瓦匠怔住了。

所有的人都怔住了。

弟弟那双瞪着哥哥的眼睛，渐渐充满了委屈的泪水。

军务股长不知何时停止办公，从台上走下来，走到了弟弟身边。他捡起军大衣，拍去灰土，轻轻披在弟弟肩上，说："这是马团长的大衣吧？"

弟弟点了一下头，嘟哝："他命令我穿的。"

"快穿好，别冻着。"军务股长的手搭在弟弟肩上，目光却责备地看着当哥哥的。

小瓦匠走到弟弟跟前，像给小孩子穿衣服一样，将军大衣穿好在弟弟身上，替弟弟扣上了纽扣。

"跟我来。我现在就给你办理手续。"股长拉住弟弟的一只手，和弟弟一块走上了舞台……

党委办公室里，政委孙国泰背对着曹铁强和郑亚茹，用极低极沉重的语调说："你们可以走了……"

隔夜之间，他苍老了那么多！两眼网满了血丝，脸上的每一条皱纹都加深了。

悲痛像一双无形的大手，挤压着他那颗在战争年代，在艰苦的农垦创业时期锻炼得非常刚强的退伍老战士的心。

有不少人为开发和建设北大荒献出了生命。这些人的名字，有的他还铭记着，有的他已经忘却了。将身躯埋葬在北大荒土地上的知识青年，也绝不止两个。但昨夜两个知识青年的死，在他心灵中造成的却是一种混合着负罪感的悲痛。

他们死了。一个上海姑娘和一个哈尔滨市的小伙子。一个三十一岁。一个二十六岁。一个，还没有结婚，没有来得及成为妻子，甚至也许——还没有来得及爱过。他这样猜想。另一个，撇下了年轻的妻子，和妻子腹中还没有出世的儿子，也许是女儿。一个，刚被连队团支部讨论通过为共青团员不久。但不知为什么，团里还没有正式批准下来。这些共青团团委的干部们！在他们看来，批准一个共青团员，似乎比批准一位中央委员还要严格！而另一个，迫切要求加入党组织而生前并没有成为一名中国共产党党员，却仅仅是由于他自己随口说出的一句话。“对于像刘迈克这样的知识青年的入党问题，审查要严，考验要久。”一句话使工程连党支部三次呈送到团里的发展党员的报告，都被团组织股长久地压了下来……对于当年的团警卫排长，他的成见是那么深！在今天以前是那么难于改变……

对于他们的死，谁来承担责任呢？是暴风雪，还是昨夜的混乱？是团长马崇汉，还是他们的连长和指导员？或者是……他自己。作为政委，他觉得自己有推卸不掉的责任。责任……即使每一个活着的人都愿意承担什么责任，甚至处罚，他们……也还是丧失了生命。

一个死得……悲惨。一个死得……庄严。一个死得……英烈。一个死得……神圣。一个的死，换得了可见的代价。一个的死，升华了兵团战士的称号……

曹铁强和郑亚茹一齐走进党委办公室，便一言未发。刘迈克和裴晓芸的死，使他的心由于悲痛而麻木了。是郑亚茹回答了政委提出的一切问题。政委问一句，她回答一句。

郑亚茹见政委不再问什么，缓慢地站起身，朝外面走。她走到门口，站住了，忽然扑在门框上，哇的一声大哭起来。

老政委走到她身边，低声说："坚强些。"

郑亚茹突然扑到曹铁强跟前，双膝跪地，痛哭着说："我有罪啊！会议的内容是我泄露的，混乱是我造成的！刘迈克的死，是我造成的！裴晓芸的死，也是我造成的！我……我没有指定人换她的岗……我……"

她突然跳起来，疯了一般冲出党委办公室。

曹铁强一下子伏在桌上，额头抵着桌面，双拳不停地狠狠地擂着桌子。许久，一声呻吟才伴随着他的哭声爆发出来。

"我……我为什么不早一天明明确确地告诉她……我……是爱她的……"

这句话像是从他破裂了的心灵迸发出来的，带着心灵伤口的血。

老政委这才真正理解，知识青年连长的悲痛，远比自己预想的要巨大得多!

可是，他却找不出一句话来安慰这年轻人。

让这年轻人痛痛快快地大哭一场吧!

他走出了党委办公室，站立在门外。泪水这时才从他眼中淌出来，溢满了脸上深深的皱纹。见两名团委的干部远远朝他走来，他掏出手绢擦了擦眼睛。

"政委，你派人找过我们？"他们走到他跟前，低声问，表示出他们以往对他的尊敬并未丧失的样子。

他问："你们的返城手续办理完了？"

"办完了。"他们仍然低声回答，就像他所问的是某件工作。

他眯起眼睛，注视了他们一会儿，极平静地说："既然你们的返城手续办完了，那么我现在就有理由宣布，解除你们共青团组织者的一切职务。"

他们互相看了一眼，以为政委派人把他们找来，就是为了当面向他们宣布这一点。他们缓缓转过身，各自怀着复杂的心情要离去。

"等一下。"政委叫住他们。

老政委又说："我以团党委的名义命令你们，在正式移交共青团组织工作之前，批准工程连上海知识青年裴晓芸为中国共产主义青年团团员。"

两位共青团的干部又互相看了一眼，同时点点头。

"我的话还没完。"当他们第二次要离去时，老政委又把他们叫住了，接着说，"所有本连队团支部已经通过的知识青年的入团志愿书，我都要求你们在移交工作之前，全部批准，并代他们办理好组织关系，交给他们本人，不许有任何差错！”

……

办理完了最后一道返城手续的知识青年们，有些一拿到档案和准迁卡，就迫不及待地赶回连队去了。他们需要筹划种种返城的准备。更多的人没有回到连队去，仍留在团部。他们要等待开欢送会。因为这是老政委说过的。他们并不希望为他们召开多么隆重多么有场面的欢送会，他们只是希望在离开北大荒之前，有人能够代表北大荒对他们说些什么。他们每个人都很想通过一种仪式，哪怕是最简单的仪式，集体向北大荒告别。有没有这样的仪式，对他们来说，并不是无所谓的。

此时此刻，他们对北大荒是怀着一种由衷的留恋之情的。或者换一种说法，他们是对他们的青春，对他们当年的热情，对他们付出的汗水和劳动，对他们已经永远逝去的一段最可宝贵的生命，怀着由衷的留恋之情。

留恋，但却要离开。

多么矛盾啊！

但这是时代的矛盾在一代人身上、思想上和心理上的折射。

谁不能客观分析我们过去了的那个时代的矛盾，不能得出正确的结论，便无法理解他们将要离开北大荒时的复杂心情，无法理解他们对北大荒那种眷眷的留恋。

除了工程连的少数几个人之外，他们都还不知道，就在昨天夜里，有两个知识青年长眠了……

九点整，团部的广播喇叭传出了集合号声。各个连队，在礼堂外的广场上排好了队列。

礼堂的门，从里面缓缓打开了。

他们一进入礼堂，都惊诧得呆住了。首先映入他们眼中的，是一条横幅挽幛——

知识青年刘迈克、裴晓芸千古

老政委臂戴黑纱，肃穆地站立在舞台上。他望着大家，用流溢着感情的目光望着大家，许久才开口说道：“兵团战士们，这是我最后一次这样称呼你们了！我相信，今后，在许多年内，在许多场合，这个称呼，将被你们自己，也被别人，多次提到。这是值得你们感到自豪的称呼，也是值得和你们没有共同经历的同代人、下几代人充满敬意的称呼。虽然，你们就要离开北大荒了，生产建设兵团的历史，结束了，但开发和建设边疆的业绩并没有结束，也是不会结束的！我代表北大荒，要大声对你们说，感谢你们——兵团战士们！因为你们，在北大荒的土地上，留下了垦荒者的足迹！因为你们，十年内打下过何止千百万吨的粮食！因为你们，今天是要回到城市去，而不是，要跑到黑龙江的那一边去！我相信，今后在全国各个大城市，当社会评论到你们这一代人中最优秀的青年时，会说到这样一句话：‘他们曾在北大荒生活过！’……”

无数双眼睛，一眨不眨地注视着老政委。

老政委那般激动！

他接着说：“我昨天答应你们，要为你们开欢送会。我真心实意地想到，要像你们当年被欢迎来北大荒一样，敲锣打鼓地欢送你们离开北大荒。你们是有功绩的，虽然，这功绩不见得会被书写在历史上，但它是会被历史所公正地承认的！十年中，有不少知识青年，为北大荒献出了生命。就在昨天夜里，你们之中的两位知识青年，你们的两位兵团战友……你们要永远铭记他们的名字！他们叫……刘迈克……裴晓芸……北大荒将永远怀念他们……”

老政委垂下了白发苍苍的头。

所有的人，都垂下了头。

广播喇叭传出了哀乐声。

曹铁强、小瓦匠和工程连的两名战士，抬着用白布罩起的自己兵团战友的遗体，从外面缓缓地走入礼堂，走上舞台，将战友的遗体，轻轻地平放在桌子上。放得那么轻，像怕惊醒了他们的睡眠。

“大家，向烈士告别吧！”

老政委的话音刚落，立刻有人失声哭了起来。哭声响成一片！

这些知识青年们，在近几年中，为领袖，为敬爱的周总理，为朱委员长，为许许多多老一辈革命家的逝世，如此痛哭过。今天，为两个知识青年，为两位兵团战友，他们又一次痛哭了……

数百人组成的送葬队伍，没有戴黑纱，没有戴白花，连一只花圈也没有抬着，从礼堂出发，沿着团部大道，缓慢地走向驼峰山。

镐头刨开了冰冻得铁一般硬的土层，一把铁锨，在数百人手中传递着。北大荒的土，掩埋了两个知识青年。北大荒的土地上，又堆起了，也遗留下了，两个知识青年的新坟。

排枪响了三次。

这是工程连的战士们，遵照连长曹铁强的话做的安葬仪式。裴晓芸这个刚刚被批准为战备分队战士的上海姑娘，生前还没有机会放过一枪。排枪声震动了穹空，三次回音在驼峰山谷之间回鸣，绕着山峰，长久不断地延续。

一支黑色的箭从半山腰的哨位上朝这里射来——是“黑豹”……

郑亚茹没参加安葬。她没有勇气。她独自一人来到石锦河边，坐在一棵树干曲扭的大柳树下。她的头脑很乱。准迁卡和档案袋放在书包里，书包背在身上。但回到城市去，还是留在北大荒，她内心充满了矛盾，犹豫不决。而容许她进行选择的时间，竟是那么短，那么紧迫。

这里静悄悄。每次到团里来开会或参加干部集训学习班，她一有空就喜欢独自到这里来，消磨一点余暇。无论冬夏春秋。老柳树昨夜之前缀满树挂，像一株巨大的银珊瑚。冰冻的河面在暴风雪前如镜子一般光洁。这里曾令人勾留忘返。然而暴风雪一夜间将这里的美好彻底破坏了。老柳树的枝条光秃得像丑怪的豪猪，河面被苍凉的厚雪所覆盖。望着驼峰山蜕了一层皮似的山峰，她对自己今后要走的人生道路那么茫然。

她明白，自己站在一个十字路口。

在昨夜之前，她对自己的生活之途充满信心。她是全团仅有的三个女知识青年提拔起来的正连职干部中的一个，是唯一的一个知识青年团党委委员。在全团培养团一级青年干部的名单中，她是名列第一的。虽然，她也同许多知识青年一样，对城市，对城市生活，时时产生情不自禁的眷恋。但更多的时候，她是压制着这种眷恋，不像别人那样随时随地流露出来。她不。她从没如此过。她不允许自己那样。在对种种离开兵团的途径和去向都思考过，对比过，暗中尝试过之后，她曾放弃了返城的念头。只要默默耕种，总会有收获。她相信这一点。谁知再过十年之后，她不会成为生产建设兵团的女团政委甚至师政委呢？那时，她也不过才人到中年。那么再过十年呢？她五十岁的时候呢？生产建设兵团总部的领导们，是部长级，是大军区级。一切都非梦想。一切都不是不可能。一切都只有留在兵团，留在北大荒才会实现。在任何一座城市里，都不会为一个二十九岁的女青年创造这样的条件，提供这样的机遇。可是突然她和所有知识青年一样，被推到了走与留的十字路口。她根本没有来得及思考，就作了后一种选择。甚至可以说，不能算是一种选择。而只是一种身不由己的盲目的附随。后悔了么？也许是的，的确是的。返回城市之后，她和全团八百余名知识青年，和几千几万几十万几百万全国几千万知识青年的命运，还会有什么不同？城市会像久别的情人一样张开双臂拥抱她么？待业、临时工……她能够心平气和地忍受这些吗？不错，父母会尽快为她安排一个较理想的职业，在这一点上，她可能会比别的知识青年幸运些。以后呢？结婚、生孩子、贤妻良母加先进生产者。在北大荒的种种荣誉和资本，都将是过了时的纪录。一切都得从新的起跑线上再次开始。对于这种人生途程上的竞赛，她已经感到疲倦了。她已经竞赛了整整十年啊！……何况，她已经二十九岁了。一个老姑娘。城市对于一个二十九岁的返城的姑娘，绝不会是含情脉脉的。她不由得想到了曹铁强，想到了十年来她和他之间的关系。她是爱他的，现在仍爱，可以对天盟誓！可是他究竟为什么不爱她呢？她至今不明白。他一度曾想把爱情双手奉献给她，在这一点上他并没有欺骗她。她自己也不是一个容易感情迷乱，容易被装虚作假的人所欺骗的姑娘。不，不，他不是一个玩弄姑娘感情的人！尽管她已永远不可能获得他的爱情了，她却不能够允许自己诋毁他，不能够允许自己诽谤她和他之间过去的，那种似爱情然而又被什么东西与爱情所分割的关系。

爱情曾经环绕在她身边，她却没有捕捉住。她那么希望和企图获得，但终于还是失去了。

他把爱情给予了别人。给予了一个在自己看来完全没有可能得到的姑娘！却真实地甚至可以说慷慨地给予了！

是生活本身犯了错误？是他错了？还是她自己错了呢？错在哪里呢？

大前年探家的时候，她就开始意识到，她和他的关系中出现了最严重的一次“危机”。可是他们并没有发生争吵啊！应该说，那一次探家还是很有收获的。她温柔地哄劝他，恳求他，甚至要了一些小小的计谋，编造了种种借口，领着他一家又一家地登门拜访自己父亲的老战友，老领导，老下级，从省军区司令员到某某副市长，从某某局长到某某区长。不错，都是纯礼节性的拜访。但这种纯礼节性的拜访，难道不是可以积累成亲近的感情吗？难道与这些人物之间缔结下的感情韧带，可以被愚蠢地认为是没有必要，没有意义，没有价值的么？白痴才会那么认为！不论任何一个人，要生活得比别人更充满自信，要实现比别人更大的作为，要在同代人中出类拔萃，都必须在生活中借助别人的力量。谁的生活能摆脱得了在社会上的傍依性？谁？即便非凡的人物！何况，她仅仅只是为了她自己么？难道不也是为了他么？不是为了她和他共同的将来么？

如果是在这一点上他不理解她、轻蔑她、鄙视她，他是公正的么？将来总有一天她要寻找机会质问他的！她要和他辩论明白的！他可以不爱她，但她有权要求回答。她不能既失去了，又糊涂着啊！

她又想到了团部卫生院的主治医生匡富春，收到他从哈尔滨医科大学寄给她的第一封回信，她当时多么惶然！从那封信的字里行间，她看得出来，他被她深深地感动了，他对她充满由衷的感激之情。感激一个不相识的姑娘对他的经济资助和真诚勉励。而她给他写信，寄给他拾元钱，不过是出于和曹铁强赌气！而且过后她就把这件事忘了。既然收到了回信，就不能不认真对待了。那太卑劣了！几经犹豫和思考，下个月她又给他寄出了一封信和拾元钱。当然，她又收到了回信。复信，寄钱，复信，寄钱……感激之词和“希望你刻苦学习”一类在来往书信中渐渐被剔除了。她觉得寻找到了一个可以向对方倾吐自己内心许多忧烦苦闷的人。她也体验到了被别人信任，由信任而得到一种友情，同时给予别人信任，给予别人友情是生活中一件多么美好的事！他在信中表示，盼望和她早日相见一面了。

在又一次探家期间，他们相见了。

假期结束，他送她上火车时，郑重地交给她一封信，他向她求爱了。

那正是她和曹铁强之间的关系令她最苦恼最绝望的一段时期。

她站在列车两节车厢的过道，背着陌生的人们哭了一场。

一返回连队，她就给匡富春写信。在信中告诉他，他上医科大学的机会，当初差点是被她所断送。告诉他，她曾热烈地爱过另一个小伙子……

她是怎样地盼望着他的回信呵！不久便收到了回信。信纸上只写了一行字：因为你是一个如此坦率的姑娘，所以你更值得我爱。

……

今天，她不禁向自己发问：我爱他么？究竟爱他到什么程度呢？他是卫生院受人普遍尊敬的医生，长得也不错。和曹铁强比较，一个英俊，一个文秀。他爱自己的职业不亚于爱她。他比曹铁强能够理解她，虽然不见得事事赞同她。

只有他，才能医治曹铁强在她心灵上造成的爱情伤痕。只有他，才能在她心目中和曹铁强并列。也只有能够和曹铁强并列的人，才能在她心目中取代曹铁强！才能最后占据她的整个心！她心目中是有一种被别人整个占据的愿望的啊！……

我为什么要想到爱情？在这里，在这个时候？

她又抬起头向驼峰山看去。那里，在进行安葬，而我坐在这里……多么可鄙啊！

“留下，还是离开？我必须在半个小时内做出最后的决定。”

她看了一眼手表，从雪地上抓起一把雪。雪的冰冷的刺激，使她打了个寒战，也使她的心绪稳定了些。

“在半小时内，如果我手中的雪还没有融化，我将离开……如果融化了，我将留下……”

一滴雪水顺着她的指缝慢慢淌着，终于滴落在雪地上，在雪壳表面冻结成一颗小珍珠。

不到十分钟，她手中的雪便融化尽了。

手，太热了。

留下？……八百余名都走了，四十余万都走了，自己留下来？选择和大多数人相逆的生活之路，别人的经验告诉她，那是太冒险了！一个孤独的女知识青年，难道还要在北大荒经历无数次像昨夜那么猛烈的暴风雪？！不，不，不！那太可怕了！何况，此后她的双脚踏在这块土地上，心灵会感到时时不安宁的。因为这里埋下了刘迈克和裴晓芸，在今天。

一想到这一点，她的心像是被放在炭火上烧烤着。

她同时想到了不久前的一件事：

连里有天突然收到了兵团总部的公函，上面用打字机打着十几行字——所谓裴晓芸的母亲是外国特务的疑案，纯属“四人帮”对爱国华侨的政治迫害。她父亲的政治问题，也获得彻底的平反昭雪。她在国外的姨父母，要求批准她到国外去继承遗产。如本人同意出国，连队要举行欢送会。欢送会作为一项政治任务，必须举行……

当把公函给裴晓芸看时，裴晓芸哭了。

“我在国内一个亲近的人都没有了，我需要亲人！……”

凭裴晓芸的这句话，郑亚茹主持召开了欢送会。

她是这样说开场白的：“今天，我们为裴晓芸女士，召开出国欢送会。我们希望，裴晓芸女士到了国外，能够做一个红色资本家。这就算我代表全连对裴女士的临别赠言……”

这开场白是用笔起过草，背过的。为什么要用“女士”这样的称呼？话中有没有讥刺和嘲讽？她无法否认这一点。

她讲完话之后，裴晓芸站起来说：“我需要亲人，需要关心我爱我的人，但我不愿离开祖国，不愿离开北大荒！我相信在北大荒我会寻找到关心我爱我的人……”说完，便离开了会场。

欢送会没开成。人们纷纷散去，最后只剩下了她和曹铁强。曹铁强瞧着她，想说什么，却什么话都没说，只是摇了摇头，也撇下她走了。就是从那一天，她意识到，不但失去了爱情，同时也失去了友情。他对她责备的话都不愿说了。

想到这件事，郑亚茹站了起来，匆匆朝团部走去。她要去找匡富春。

她下了走的决心。

“没有十字路口，”她在心里对自己说，“对于我，只剩一种选择，离开北大荒。”她明白，曹铁强是不会离开北大荒的了。在昨夜以前，她和他既是领导着一个连队的两个合作者，又是生活道路上的两个竞争者。就像运动场上的两个竞走运动员，比的是在北大荒坚持下去的耐力和毅力。只有爱情才能改变他们之间这种关系，而爱情早已在他们之间死亡了。剩下的，只是怨恨，也许更甚，是仇恨。难道有谁可以原谅导致他所爱的姑娘死亡的人吗？即使他亲口对她说出原谅的话，她也不能相信。即使她相信了他，她也不能饶恕自己。

离开，离开……绝不留下……要和匡富春一同离开。和匡富春一同。

走在半路，她忽然放慢了脚步。她终于……站住了。她终于……转变了方向。她朝驼峰山走去。

她来到了埋葬刘迈克和裴晓芸的地方。她久久地站立在两堆新坟前。她在雪地上跪了下去。她用双手扒开积雪的硬壳，扒得露出了地面，十指在地面上使劲抠着。扒开的雪接受到阳光，化了。坚硬的地面潮湿了一点儿。她终于抠起了极小的一捧土。指甲劈裂了，十指鲜血淋淋，她却并不觉得疼。她双手捧起这一小捧土，缓缓地站了起来，虔诚地将土分撒在两座坟头上。

她在心中乞求："刘迈克，裴晓芸，你们饶恕我……"

团部紧急会议的内容，是她透露的。会前，马团长找她单独谈了一次话，指示她开会时要首先发言，表明态度。并答应她，她如果想离开北大荒，全部手续包在他身上。趁团长出去了一会儿，她急忙抓起电话，将关系到知青命运的这一重要情况告诉了在水利连当文书的自己的表姐，敦促对方赶紧采取对策……

当她转过身准备离开时，发现曹铁强站在几步远处，正望着她。

两人默默地对峙了片刻，她迎视着他的目光，向他一步步走去，走到他面前，说："你惩罚我吧，我请求你……"

他摇摇头："不，我的拳头从来也没有落在悔过的人身上……"

"打我吧，打吧，打呀，我求你……"泪水从她眼中流了出来。

"不，我不能够……我知道，你是要离开的了。希望你，今后在回想起，在同任何人谈起我们兵团战士在北大荒的十年历史时，不要抱怨，不要诅咒，不要自嘲和嘲笑，更不要……诋毁……我们付出和丧失了许多许多，可我们得到的，还是要比失去的多，比失去的有分量。这也是我对你的……请求……"他说完这番话，注视了她良久，一转身大步走了。

她望着他的背影，又回头望着两堆新坟，双手缓慢地抬起来，捂住了脸……

老北大荒人的女儿躺在团部卫生院的病床上，面如白纸。昨夜，她骑马驮着裴晓芸狂奔到团部，半途便在鞍上流产了。马到卫生院门前，她便昏了过去，滚落地上……

她在流泪。为失去了没出生的孩子和女友而流泪。在情感和心理方面，她都已具有了细微悱恻的母性的特征。而此种从未承受过的悲痛，像轰击宇宙的大雷电，猛烈地横扫着她的内心世界。

工程连的知识青年们来到了卫生院里。他们在走廊里被医生匡富春拦住，不许他们都进入病房。

"我只能允许两个人进入病房。"他双手插在白大褂的衣兜里，用没有商量余地的口吻说，“其他的人，请都自觉到外面去。”仿佛他是一位国王，而这里是他的宫殿。

“连站在病房门外看看也不行吗？”有谁嘟哝了一句。

他没有回答，朝贴在墙上的“病房秩序”翘翘下巴。

小瓦匠大声说：“这是什么时候，还来这一套？”

他看了小瓦匠一眼，回答：“现在正是我值班的时候，我是医生，我有责任履行我的职权。”

大家都无可奈何地望着曹铁强。

曹铁强说：“那么请允许我进入病房。”

匡富春上下打量着曹铁强认出了他。

小瓦匠赶紧从旁说：“他是我们连长。”又对曹铁强说：“连长，我和你一块儿进去吧！”

曹铁强点了一下头。

匡富春闪开了，对两人说：“十分钟。我看着表。提醒你们，不要谈到那个对她很不幸的事件。”

“大家，就都……这么走了么！”当曹铁强和小瓦匠走入病房，走到秀梅的病床前，她这样问，含泪的两眼望着他们。

“不，不是都走了。我留下，我不走。”曹铁强说，“大家都要来看你，被医生拦住了。”

“连长，我谢谢你。迈克有个知识青年做伴了。”秀梅说。又问：“他为什么不来看我？他在哪里？我多么需要他来看看我……”

曹铁强情不自禁地握住了她的一只手：“他在做着很重要的事情……他要我对你说，别因此生他的气……”

秀梅微微地笑了一下，将脸转向小瓦匠，友好地说：“小瓦匠，回到城市里，别忘了给我和事务长写信。要经常写信。不然他一定会对我骂你的。他对你像对亲弟弟一样……”

小瓦匠紧紧地咬住嘴唇，点了点头。

……

卫生院的值班室里，郑亚茹和匡富春之间，也在进行着一场谈话。

他问：“你的返城手续全办好了？”

她点了一下头，反问："你呢？"

他摇摇头。

"为什么？为什么还不去办理？"

"我……当初的决定，在今天，也还是没有改变。"

"你？……别跟我开这样的玩笑，我怕，我怕从你口中听到这样的话！"她望着他的那双眼睛瞪大了，眸子里闪现出恐惧。

他摇着头："不，不是玩笑。"

"你……你怎么可以仍不改变你当初的决定？你不能这样！这太轻率了！你将后悔一辈子的！"她扑到他跟前，双手死死地揪住了他白大褂的衣襟。

他理智地分开她的手，退后一步，抚平白大褂，说："也许会的，但那肯定是将来的事。可现在我还没有后悔，所以我还不能动摇我的决定。是兵团送我上了医科大学，是兵团为我创造了从事医生这一职业的条件。毕业的时候，我本来有可能留在大学。只因为我想到了这一点，我才回到北大荒。回来之后，我多么希望在我所生活的北大荒的这一片土地上，会盖起一所很像样子的医院！现在，这样一所医院盖起来了，我对这里的条件感到满意。我时常因为意识到自己是这所医院里很重要的一名医生而感到自豪。更重要的是，我对这所医院里的一切都产生了感情……"

"不，不，我不听！我不听这些！……"她绝望地叫起来，双手捂上了耳朵。

看了她一眼，他接着说："你不要捂上耳朵，你应该听。否则，你无法理解我……昨天夜里到今天上午，我一直在值班。当我巡视病房的时候，我从病人们的眼中看出，他们都希望用那种默默的目光挽留住我。我被他们感动了。我忽然问自己，我究竟为什么要离开这里，离开我的病人们回到城市去？一个医生不是应该在最需要医生的地方起作用吗？难道北大荒不是全中国最需要医生的地方之一吗？在我向自己提出这样的问题之后，我决心永远留在北大荒了。你刚到北大荒的时候，难道没有听说过女人因为一般性难产，男人因为生阑尾炎就发生死亡的事吗？……我不能承认我的决定是轻率的……"

她慢慢地放下了捂住耳朵的双手。她怔怔地望着他，一动不动，完全呆住了，像雕塑一般。她的双眸顿时变得异常灰暗了。

"我知道，我这样决定，会令你非常难过的。我……很内疚，觉得对不起你。我希望，能够得到你的原谅……”她那副样子，使他心里很难受。他向她跨近一步，握住她的双手，直视着她的眼睛，低声但充满感情地说：“原谅我吧！”

她忽然紧紧抱住了他，仰起脸，怀着最后一线希望哀求道：“别让我伤心！别叫我绝望！我需要你和我一起离开北大荒！我不能失去你，我爱你！我不能什么都遗失在北大荒啊！我在北大荒付出了那么多，失去了那么多，我一定要带着什么离开这里！我要带着你！我要带着爱情回到城市！……”她的声音颤抖不已，她的话说得那么急切，她眼睛里那种哀求的目光令他不忍迎视。

但他还是轻轻推开了她，摇摇头，说：“你们连队的人都在外面……”他忽然想起了什么，看了一眼手表，又说：“你等我一会儿，我就回来。”说罢，便撇下她走了出去。

当他从秀梅的病房有礼貌地“请”走了曹铁强和小瓦匠，立即匆匆回到值班室。

她，却已经不在了。

他在门口呆立了一刻，慢慢地走到桌子前，慢慢地坐了下去，慢慢地用一只手撑住了额头……

他极轻微而又极痛苦地说出了两个字：“亚茹！……”

中午，一辆小吉普车从团部开出，开向公路。车内坐的是团长马崇汉、他的爱人和两个女儿。车开到公路口，司机首先看见政委孙国泰站在公路边上，减慢了速度，扭回头问：“团长，要跟政委告别一声吗？”

马团长像没有听见司机的话，阴郁的脸上毫无反应。

司机也不再说什么，加快车速，吉普车从政委身旁驰过。

马团长忽然在司机肩上拍了一下：“停……”

吉普车偏向路边，停住了。马团长打开车门，跳下车，朝政委大步走去。

老政委刚刚送走一批团部直属连队的知识青年，他们是乘长途公共汽车走的。有的连铺盖和箱子都丢弃不要了。行程长达九个小时，当今夜的定更星出现之后，他们便会从此脱离了北大荒的土地。

他心中涌起了一种对他们无限依恋的眷情，和一种……失落感。

北大荒毕竟是多么需要他们呵！

马团长走到他身旁，叫了一声：“老孙……”

他转过身，见是团长，有些意外。团长的那身崭新的草绿色军装上，也留下了昨夜救火时被烧的处处破绽。

马团长向他伸出了一只手：“我也决定要走了。已经向师部发出了转业申请报告，要求回地方老家……今天先送家属走……”

老政委没有说什么，默默地握住了他的手。

马团长苦笑了一下，又说：“我的错误，我不会推卸给别人的。我接受组织给我的任何处分……我的检查已经写好了，放在我的办公桌上……”

老政委还是没有说话。

“老孙，十年来，我们之间在工作上配合得很不好……反思许多往事，我很惭愧。我……有些事情，积十年的教训，往往还不能一下子使人认识到自己的错误，但一次严峻的事态发生之后，便会使人猛省。昨夜的混乱没有到不堪设想的地步，我……感谢你！……”他将政委的手使劲握了一下，放开后，转身就走。

老政委完全相信，对方的这番话，是由衷的，是诚恳的。可是他却不知道自己在此时此刻应该向对方说些什么。当团长走回到吉普车前，他才叫了一声：“老马！……”大步赶过去。

“老马，我有句话对你说，并且希望你能够记住。”他走到团长身边，用深沉的目光注视着对方，“无论在总结经验方面还是在总结教训方面，我们都不能把个人的作用估计过重，结合时代的错误来认识我们个人的错误，这也许才更客观一些。”

马团长沉重地叹了口气。

老政委又说：“知识青年的返城浪潮，绝不是我们个人的意愿所能遏止的。无论我们的意愿是良好的……还是……你，我，每一个兵团干部的最后义务和责任，不应该是想方设法阻拦知识青年返城，而应该是，认真总结各方面各种因素的经验和教训，把它记载到边疆的农垦发展史上。”他沉默了一会儿，似乎觉得还应该说几句道别的话，但又觉得最重要的话已经说了，道别的话在此刻反而会显得很不相宜，便缄口不语了。

马团长掏出烟盒，取出一支烟，递到老政委面前。

老政委本不想接，他口中仿佛刚嚼过苦艾，苦涩得很，但见对方脸上是一种“临别敬赠”的庄重表情，意识到了这支烟在此刻有非同寻常的价值，便接在手中。

马团长自己也叼上了一支，随后掏出打火机，首先给老政委燃着了烟。不知为什么，团长自己却不想吸了，取下叼在嘴上的烟，放进了烟盒。他那沉思着的缓慢的动作，使老政委觉得，似乎他这一次合上烟盒，有可能永远不再打开了。

口唇不但苦涩，而且干燥。老政委只吸了两口烟，便将烟掐灭了。

老政委替团长打开车门，马团长的目光在老政委脸上最后凝视了一秒钟，高大魁梧的身材很不灵便地钻进了小吉普车。

老政委发现，坐在车内的女人和两个女孩的脸上，流露着微微的不安。他对女人笑了笑，在小女孩的头上抚摸了一下，见小女孩没戴头巾，摘下自己的围脖，围在了小女孩颈上。

老政委轻轻地替这一家人关上了车门。他久久地站在公路边上，望着小吉普车疾驰而去，拐弯后消失在驼峰山脚下。

他转过身，面对团部的方向，从这里至通往团部区域的大道上，留下了混乱后的残迹：雪地上纷杂的脚印和交叉的各种车辙、道旁被砍倒并劈烂的杨树，显然是从车上被甩下或丢弃不要的知识青年们的种种用物……

他顿觉心中那么惆怅那么空荡！

老政委回到团部，刚走进办公室，军务股长也走了进来，双手捧着一摞档案袋。

军务股长说："政委，这是三十九份档案，他们从我手中领走，又交回到我手中……"见政委一时没有明白他的话，又说："三十九名知识青年表示要留在北大荒。"

老政委双手接过这三十九份档案袋，像双手接过一锭世界上最大的金块，觉得此刻无论有一杆什么样的秤，都无法称出这三十九份档案袋的宝贵的重量。

他，落泪了。

他说："不是三十九名，是四十一名，是四十一名知识青年，留在了北大荒的这一片土地上。我要重新盖起我们农场的场史馆，那两份知识青年的档案，要放在场史馆，和为了开发北大荒而献身的烈士们的遗物摆放在一起。"沉默了一刻，他继续说："我还要建议，为两名知识青年修建一座碑，碑上要饰有石雕的象征，交叉的麦穗和枪，托举着一台拖拉机。这是四十余万知识青年希望实现而始终没能实现的兵团战士服的帽徽设计，也是当初兵团曾向四十余万知识青年许下过的诺言。过去的十年中，曾有许多向知识青年们许下的诺言成为空话，我要为两名知识青年，实现其中的一个诺言。"

军务股长说："政委，我第一个赞同你的建议。"

"你，替我深深地感谢这三十九名知识青年。"

"他们，也要我转告你，他们感谢你。感谢你给予他们的评价……"

这时，电话铃响了。

"是我，我是政委孙国泰。我？……是，我服从组织决定……"老政委缓慢地放下电话听筒，转过身，注视着军务股长。

"哪儿打来的电话？"

"兵团总部。"

"什么事？"

"调我到三师去任师长职务，他们的师长……回部队了。"

"那……那么我们团……"

"现在不同平常，我任命你为代理团长兼政委。"

"我？……"

"现在不是推辞的时候。从今天起，你就接替我和马团长的工作吧！不久，兵团就要恢复到农场的体制了。你，大概和我一样，是要把骨头埋在北大荒的吧？"

股长默默地点了一下头。

两位北大荒的第一代创业者，彼此用目光说出了要向对方说的许多话……

工程连的"28"型拖拉机挂斗车，最后才离开团部。离开之前，他们将团部区域的混乱残迹清除得干干净净。

小瓦匠的弟弟找到了他，问他何时动身返城。

他回答："为什么要跟我一起走？你不能自己先走吗？你又不是三岁的小孩子，路上需要我照顾你！"

当弟弟的，无法理解哥哥为什么发火。

曹铁强将小瓦匠的弟弟拉到一旁，说："我请求你一件事，我的养父现在病情很严重，正住在市立一院，我妹妹看护着他老人家。他们虽然不是我的亲父亲亲妹妹，但他们非常爱我，我也非常爱他们。你一下火车，先不要回自己家，先要赶到医院去，告诉他老人家，就说我请求他老人家，千万要坚持住，几天内我就会回到他老人家身边。可是我现在不能离开连队，我是连长……”

“需要我告诉他们，你决定留在北大荒么？”

他摇了摇头：“不，只有我自己告诉他们，他们才会理解。”

……

“28”型拖拉机挂斗车行驶在荒原上。像一艘驳船行驶在夜的海面上。

每一个人，都无语地沉思着。

不知是谁问了一句：“咦，咱们指导员呢？”

没有人回答。

郑亚茹，这时坐在长途汽车上。她不要铺在连队大宿舍里的被褥和那只伴随她十年的木箱子了。

她临登上长途汽车，从北大荒的土地上装了一牙具缸雪。雪，已经化成了水。可她双手仍捧着牙具缸。

哦，北大荒的雪呀，这表现在北大荒版画上是那么美那么迷人的雪，但一离开北大荒的土地，竟是这么迅速地融化了！汽车里的温度不是和外面一样寒冷吗？她不明白，是她的手温将雪融化了。

难道我连一捧雪都带不走吗？既然带不走，就归还给北大荒的土地吧！让这雪水再冻结成冰，让这冰在春天再融化，渗进北大荒的土地吧！

她轻轻摇下一半车窗，将那半牙具缸雪水洒到了窗外，连同她落进雪水中的几滴泪水……

“驳船”仍在夜的荒原上行驶。北大荒的荒原啊，如果你也有思想，也有语言，你将对十年和两个不平静的夜晚，做怎样的评说呢？

荒原的夜“海”是那么沉寂！

坐在车上的小瓦匠，从兜里掏出什么，背着人悄悄撕碎了。

几片白色的纸片从他手中飘落在雪地上。

驼峰上，又传来一声怆凉的狗吠——那是“黑豹”的声音。

荒原是那么沉寂，那么沉寂，那么沉寂……

原载《青春》增刊 1983 年第 1 期

中国作家协会 1983—1984 年全国优秀中篇小说

美食家

陆文夫

陆文夫的《美食家》是一部世情小说、文化小说，也是一部苏州的符号性文本，它不仅使苏州作为人间天堂再次以文学的方式得到确认，也为陆文夫赢得了“陆苏州”的美誉。它的出现使得中国当代小说出现了新的叙事方向，极大地拓宽了中国当代文学的疆域，拉近了文学与世俗生活的距离，显示了日常生活在社会历史与人的精神世界上本体性价值。陆文夫在作品中展现出从容不迫的叙事风度和洞察世道人心的智慧，在近四十年的接受史上，《美食家》不断生长出新的意义，从而表现出了经典的典型品格。

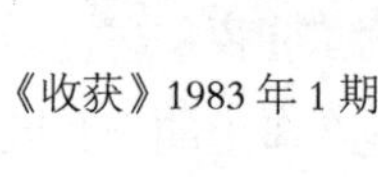

《收获》1983 年 1 期

汪政

一　吃喝小引

美食家这个名称很好听，读起来还真有点美味！如果用通俗的语言来加以解释的话，不妙了：一个十分好吃的人。

好吃还能成家！这是我万万没有想到的。想到的事情往往不来，没有想到的事情却常常就在身边；硬是有那么一个因好吃而成家的人，像怪影似的在我的身边晃荡了四十年。我藐视他，憎恨他，反对他，弄到后来我一无所长，他却因好吃成精而被封为美食家！

首先得声明，我决不一般地反对吃喝；如果我自幼便反对吃喝的话，那么，当我呱呱坠地之时，也就是一命呜呼之日了，反不得的。可是我们的民族传统是讲究勤劳朴实，生活节俭，好吃历来就遭到反对。母亲对孩子从小便进行“反好吃”的教育，虽然那教育总是以责骂的形式出现：“好吃鬼，没有出息！”好吃成鬼，而且是没有出息的。孩子羞孩子的时候，总是用手指刮着自己的脸皮：“不要脸，馋痨坯，馋痨坯，不要脸！”因此怕羞的姑娘从来不敢在马路上啃大饼油条；戏台上的小姐饮酒总是用水袖遮起来的。我从小便接受了此种“反好吃”的教育，因此对饕餮之徒总有点瞧不起。特别是碰上那个自幼好吃，如今成“家”的朱自冶以后，见到了好吃的人便像醋滴在鼻子里。

朱自冶是个资本家，地地道道的资本家，绝不是错划的。有人说资本家比地主强，他们有文化，懂技术，懂得经营管理。这话我也同意。可这朱自冶却是个例外，他是房屋资本家，我们这条巷子里的房屋差不多全是他的。他剥削别人没有任何技术，只消说三个字：“收房钱！”甚至连这三个字也用不着说，因为那收房钱的事儿自有经纪人代理。房屋资本家大概总懂得营造术吧，这门技术对社会也是很有用的。朱自冶对此却是一窍不通，他连自家究竟有多少房屋，坐落在哪里，都是稀里糊涂的。他的父亲曾经是一个很精明的房地产商人，抗日战争之前在上海开房地产交易所，家住在上海，却在苏州买下了偌大的家私。抗日战争之初，一个炸弹落在他家的屋顶上，全家有一幸免，那就是朱自冶——到苏州的外舅家来吃喜酒的。朱自冶因好吃而幸存一命，所以不好吃便难以生存。

我认识朱自冶的时候，他已经快到三十岁。别以为好吃的人都是胖子，不对，朱自冶那时瘦得像根柳条枝儿似的。也许是他觉得自己太瘦，所以才时时刻刻感到没有吃够，真正胖得不能动弹的人，倒是不敢多吃的。好吃的人总是顾嘴不顾身，这话却有点道理。尽管朱自冶有足够的钱来顾嘴又顾身，可他对穿着一事毫无兴趣。整年穿着半新不旧的长袍大褂，都是从估衣店里买来的；买来以后便穿上身，脱下来的脏衣服却“忘记”在澡堂里。听说他也曾结过婚，但是他的身边没有孩子，也没有女人。只有一次，看见他和一个妖冶的女人合坐一辆三轮车在虎丘道上兜风，后来才知道，那女人是雇不到车，请求顺带的，朱自冶也毫不客气地叫那女人付掉一半车钱。

朱自冶在上海的家没有了，独自住在苏州的一座房子里。这房子是二十年代末期的建筑，西式的，有纱门、纱窗和地毯，还有全套的卫生设备。晒台上有两个大水箱，水是用电泵从井里抽上来的。这座两层楼的小洋房坐落在一个大天井的后面，前面是一排六间的平房，门堂、厨房、马达间、贮藏室以及佣人的住所都在这里。

因为我的姨妈和朱自冶的姑妈是表姐妹，所以在抗战后期，在我的父亲谢世之后，便搬进朱自冶的住宅，住在前面的平房里。不出房钱，尽两个义务：一是兼做朱自冶的守门人，二是要我的妈妈帮助朱自冶料理点家务。这两个义务都很轻松，朱自冶早出晚归，有家没务，从来也不要求我妈妈帮他干什么。

倒是我的妈妈实在看不过去，要帮他拆洗被褥，扫扫灰尘，打开窗户。他不仅不欢迎，反而觉得不胜其烦，多此一举。因为家在他的概念中仅仅是一张床铺，当他上铺的时候已经酒足饭饱，靠上枕头便打呼噜。

朱自冶起得很早，睡懒觉倒是与他无缘，因为他的肠胃到时便会蠕动，准确得和闹钟差不多。眼睛一睁，他的头脑里便跳出一个念头："快到朱鸿兴去吃头汤面！"这句话需要作一点讲解，否则的话只有苏州人，或者是只有苏州的中老年人才懂，其余的人很难理解其中的诱惑力。

那时候，苏州有一家出名的面店叫作朱鸿兴，如今还开设在怡园的对面。至于朱鸿兴都有哪许多花式面点，如何美味等等我都不交代了，食谱里都有，算不了稀奇，只想把其中的吃法交代几笔。吃还有什么吃法吗？有的。同样的一碗面，各自都有不同的吃法，美食家对此是颇有研究的。比如说你向朱鸿兴的店堂里一坐："喂！（那时不叫同志）来一碗 ×× 面。"跑堂的稍许一顿，跟着便大声叫喊："来哉，×× 面一碗。"那跑堂的为什么要稍许一顿呢，他是在等待你吩咐做法的——硬面，烂面，宽汤，紧汤，拌面；重青（多放蒜叶），免青（不要放蒜叶），重油（多放点油），清淡点（少放油），重面轻浇（面多些，浇头少点），重浇轻面（浇头多，面少点），过桥——浇头不能盖在面碗上，要放在另外的一只盘子里，吃的时候用筷子搛过来，好像是通过一顶石拱桥才跑到你嘴里……如果是朱自冶向朱鸿兴的店堂里一坐，你就会听见那跑堂的喊出一大片："来哉，清炒虾仁一碗，要宽汤、重青，重浇要过桥，硬点！"

一碗面的吃法已经叫人眼花缭乱了，朱自冶却认为这些还不是主要的，最重要的是要吃"头汤面"。千碗面，一锅汤。如果下到一千碗的话，那面汤就糊了，下出来的面就不那么清爽、滑溜，而且有一股面汤气。朱自冶如果吃下一碗有面汤气的面，他会整天精神不振，总觉得有点什么事儿不如意。所以他不能像奥勃洛摩夫那样躺着不起来，必须摸黑起身，匆匆盥洗，赶上朱鸿兴的头汤面。吃的艺术和其他的艺术相同，必须牢牢地把握住时空关系。

朱自冶揉着眼睛出大门的时候，那个拉包月的阿二已经把黄包车拖到了门口。朱自冶大模大样地向车上一坐，头这么一歪，脚这么一踩，叮当一阵铃响，到朱鸿兴去吃头汤面。吃罢以后再坐上阿二的黄包车，到阊门石路去蹲茶楼。

苏州的茶馆到处有，那朱自冶为什么独独要到阊门石路去呢？有考究。那爿大茶楼上有几个和一般茶客隔开的房间，摆着红木桌、大藤椅，自成一个小天地。那里的水是天落水，茶叶是直接从洞庭东山买来的，煮水用瓦罐，燃料用松枝，茶要泡在宜兴出产的紫砂壶里。吃喝吃喝，吃与喝是一个不可分割的整体，凡是称得上美食家的人，无一不是陆羽和杜康的徒弟的。

朱自冶登上茶楼之后，他的吃友们使陆续到齐。美食家们除掉早点之外，决不能单独行动，最少不能少于四个，最多不得超过八人，因为苏州菜有它一套完整的结构。比如说开始的时候是冷盆，接下来是热炒，热炒之后是甜食，甜食的后面是大菜，大菜的后面是点心，最后以一盆大汤作总结。这台完整的戏剧一个人不能看，只看一幕又不能领略其中的含意。所以美食家们必须集体行动。先坐在茶楼上回味昨天的美食，评论得失。第一阶段是个漫谈会。会议一结束便要转入正题，为了慎重起见，还不得不抽出一段时间来讨论今日向何方？是到新聚丰、义昌福，还是到松鹤楼。如果这些地方都吃腻了，他们也结伴远行，每人雇上一辆黄包车，或者是四人合乘一辆马车，浩浩荡荡，马蹄声碎，到木渎的石家饭店去吃鲃肺汤，枫桥镇上吃大面，或者是到常熟去吃叫花子鸡……可惜我不能把苏州和它近郊的美食写得太详细，生怕会因此而为苏州招来更多的会议，小说的副作用往往难以料及。

二　与我有涉

如果朱自冶仅仅自我吃喝而与我无关的话，我也不会那么强烈地厌恶他。他当他的美食家，我当我的穷学生，本来是能够平安相处的。可是我在前面的一节中只说到朱自冶吃早点，吃中饭，他还有一顿晚饭没有吃呐！

朱自冶吃罢中饭以后，便进澡堂去了。他进澡堂并不完全是为了洗澡，主要是找一个舒适的地方去消化那一顿丰盛的筵席。俗话说饿了打瞌睡，吃饱跑勿动。朱自冶饱食一顿之后双脚沉重，头脑昏迷，沉浸在一种满足，舒畅而又懒洋洋的神仙境界里。他摇摇晃晃地坐上阿二的黄包车，一阵风似的拉到澡堂里，好像是到医院里挂急诊似的。

朱自冶进澡堂只有举手之劳，即伸出手来撩开门帘。门帘一掀，那坐账台的便高声大喊："朱经理来哉！"天晓得，朱自冶哪一天当过经理的，对资本家应该喊一声老板才对。不过，老板这种尊称那时已经不时髦了。一是缺少点洋味，二是老板有大有小，开爿夫妻老婆店也能叫作老板的。经理就不同了，洋行经理，公司经理，买卖大，手面阔，给起小账来绝不是三块两块的，五十元的关金券用不着找零头！所以那跑堂的一听到朱经理来哉，立刻有两个人应声而出，一边一个，几乎是把个朱自冶抬到头等房间里。这头等房间也和现在的高级招待所有点相似，两张铺位，一个搪瓷澡盆，有洗脸池，有莲蓬头。只是整个的面积较小，也没有空调设备。不碍，冬天有蒸气，夏天有一只华生老牌的大吊扇，四块木板在头顶上旋个不歇。

朱自冶向房间里一坐，就像重病号到了病房里，一切都用不着自己动手。跑堂的来献茶，擦背的来放水，甚至连脱鞋也用不着自己费力。朱自冶也不愿费力，痴痴呆呆地集中力量来对付那只胃，他觉得吃是一种享受，可那消化也是一种妙不可言的美，必须潜心地体会，不能被外界的事物来分散注意力。集中精力最好的方法是泡在温水里，这时候四大皆空，万念俱寂，只觉得那胃在轻轻地蠕动，周身有一种说不出的舒坦和甜美，这和品尝美食有异曲同工之妙，但是二者不能相互代替。他就这么四肢不动，两眼半闭地先在澡盆里泡上半个钟头。泡得迷迷糊糊、昏昏欲睡的时候，那擦背的背着一块大木板进来了。他把朱自冶从澡盆里拉出来，把木板向澡盆上一盖，叫朱自冶躺上“手术台”，开始了他那擦背的作业。读者诸君切不可把擦背二字作狭义的理解，好像擦背就是替人家擦洗身上的污垢。不对，朱自冶天天一把澡，有什么可擦的？这擦背对他来说实在是一种古老的按摩术，是被动式的运动。饭后百步走被认为是长寿之道，但是奉行此道者需要自己迈开双腿。擦背则不同，只消四肢松弛地躺在“手术台”上，任人上摩下擦，伸拳屈腿，左转右侧，放倒扶起，同样受到运动的功效，却用不着自己花力气。真正的美食家必须精通消化术，如果来个食而不化，那非但不能连续工作，而且也十分危险！

朱自冶的此种运动时间也不太长，大体上不超过半个钟头。然后便在卧榻上躺下，开始那一整套的繁文缛节，什么捏脚、拿筋、敲膀、捶腿。这捶腿是最后的一个节目，很可能和催眠术有点关系，朱自冶在轻轻的拍打中，在那清脆而有节奏的响声中心旷神怡，渐渐入睡。这一觉起码三个钟头，让那胃中的食物消化干净，为下一顿腾出地位。

当朱自冶快要醒来时，我也从学校里下学归来。书包一放，妈妈便来关照：

"今天还在元大昌，快去！"

妈妈的话只有我懂，那朱自冶还有一顿晚饭没有吃呐！

朱自冶吃晚饭也是别具一格，也和写小说一样，下一篇绝不能雷同于上一篇。所以他既不上面馆，也不上茶馆，而是上酒店。中午的一顿饭他们是以品味为主，用他们的术语来讲叫"吃点味道"。所以在吃的时候最多只喝几杯花雕，白酒点滴不沾，他们认为喝了白酒之后嘴辣舌麻，味觉迟钝，就品不出那滋味之中千分之几的差别！晚上可得开怀畅饮了，一醉之后可以呼呼大睡，免得饱尝那失眠的苦味，因此必须上酒店。

苏州的酒店卖酒不卖菜，最多各有几碟豆腐干，兰花豆，辣白菜之类。孔乙己能有这些便行了，君子在酒不在菜嘛。美食家则不然，因为他们比君子有钱，酒要考究，菜也是马虎不得的。既不能马虎，又不能雷同，于是他们便转向苏州食品中的另一个体系——小吃。提到苏州的小吃我又不愿多写了，除掉如前所述的原因外，还因为它会勾起我一段痛苦的回忆，我被一个我所厌恶的人随意差遣！

苏州的小吃不是由哪一爿店经营的，它散布在大街小巷，桥堍路口。有的是店，有的是摊，有的是肩挑手提沿街叫卖的。如果要以各种风味小吃来下酒的话，那就没有一个跑堂的能对付得了，必须有个跑街的到四下里去收集。也许是我的腿长吧，朱自冶便来和我妈商议：

"你家高小庭蛮机灵，阿好相帮我做点事体，我也勿会亏待伊。"

妈妈当然答应啰，她住了人家的房子不给钱，又没有什么家务可料理，心里老是过意不去，巴不得能为朱自冶做点事，以免良心受责备。可怜的妈妈不知道剥削二字，只承认一切现存的社会法规。她教育儿子不能好吃，却对朱自冶的好吃不加反对，她认为那是一种"吃福"，好吃与吃福是两回事体。可我却把它当作一回事，怎么也不愿意去替朱自冶当跑街的。堂堂的一个高中生怎么能去给一个好吃鬼当小厮呢！

妈妈又哭了，父亲谢世后家境贫困，是靠我的大哥当远洋水手挣点钱："去吧小庭，我们头顶人家的天，脚踏人家的地，住了人家的房子不出房租，又不交水电费，算起来相当于全家的伙食费。只要朱经理说个不字，你就念不成书，我们一家就会住在露天里。只怪你爸爸走得早啊，我求求你……"

我只好忍辱负重了，每天提着个竹篮去等候在酒店的门口。等到华灯初上，霓虹灯亮满街头的时候，朱自冶和他的吃友们坐着黄包车来了。一长串油光锃亮的黄包车，当当地响着铜铃，哇哇地揿着喇叭，像游龙似的从人群中夺路而来，在酒店门口徐徐地停下。他们一个个洗得干干净净，浑身散发着香皂味，满面红光，春风得意。朱自冶的黄包车总是走在前面，车夫阿二也显得特别健壮而神气。阿二替朱自冶掀掉膝盖上的毡毯，朱自冶一跃落地，轻松矫捷。在酒店门口迎接他们的不是老板，也不是跑堂的，而是两排衣衫褴褛，满脸污垢，由叫花子组成的仪仗队。乞丐们双手向前平举，嘴中喊着老爷，枯树枝似的手臂在他的左右颤抖。朱自冶似乎早有准备，手一扬，一张小票面的钞票飞向叫花子头："去去。"

叫花子呼啦一声散开，我这个手提竹篮，倚门而立，饥肠辘辘的特殊叫花子便到了朱自冶的面前。这个叫花子所以特殊，是因为他知道一点地理历史，自由平等，还读过"三民主义"；他反对好吃，还懂得人的尊严。当叫花子呼啦一声散开而把我烘托出来的时候，我满腔怒火，汗颜满面，恨不得要把手中的竹篮向朱自冶砸过去！可是我得忍气吞声地从朱自冶的手中接过钞票，按照他的吩咐到陆稿荐去买酱肉，到马咏斋去买野味，到采芝斋去买虾子鲞鱼，到某某老头家去买糟鹅，到玄妙观里去买油氽臭豆腐干，到那些鬼才知道的地方去把鬼才知道的风味小吃寻觅……

我提着竹篮穿街走巷，苏州的夜景在我的面前交替明灭。这一边是高楼美酒，二簧西皮，那霓虹灯把铺路的石子照得五彩斑斓；那一边是街灯昏暗，巷子里像死一般的沉寂，老妇人在垃圾箱旁边捡菜皮。这里是杯盘交错，名菜陆陈，猜拳行令；那里却有许多人像影子似的排在米店门口，背上用粉笔编着号码，在等待明天早晨供应配给米。这里是某府喜事，包下了整个的松鹤楼，马车、三轮车、黄包车在观前街上排了一长溜，新娘子轻纱披肩，长裙曳地，出入者西装革履，珠光宝气；可那玄妙观的廊沿下却有一大堆人蜷缩在麻袋片里，内中有的人也许就看不到明天……"朱门酒肉臭，路有冻死骨"这句众所周知的诗句常在我的头脑里徘徊。

朱自冶倒是不肯亏待我，常常把买剩的零钱塞在我的口袋里："拿去！"那神情和给叫花子是差不多的。

我睁眼、僵立。感到莫大的侮蔑。

"拿去吧，是给你奶奶买肉吃的。"

侮蔑被辛酸融化了。我是有个老祖母，是她把我从小带大的，那时已经七十六岁，满嘴没牙，半身不遂，头脑也不是那么清楚的。可是她的胃口很好，天天闹着要吃肉，特别是要吃陆稿荐的乳腐酱方，那肉入口就化，香甜不腻。她弄不清楚物价与货币的情况，在她的头脑中一切都是以铜板和银圆计算的。她只知我的哥哥每月要寄回来几千块钱（能买一百多斤米），为什么不肯花二十六个铜板给她称一斤肉回来呢？三百个铜板才合一块钱！她把这一切都归罪于我的妈妈，骂她忤逆不孝，克扣老人，而且牵牵连连地诉述着陈年八代的婆媳关系，一面骂一面流眼泪。妈妈怎么解释也没用，只好一面在配给米里捡石子，一面把眼泪洒在淘米箩里。我在这两条泪河之间把心都挤碎！

当我用朱自冶的零钱买回几块肉来，端到奶奶的床前时，他一面吃，一面哭，一面用颤巍巍的手抚摸着我的头："好孙子，还是你孝顺，奶奶没有白带你……"

我一听这话眼泪便簌簌地往下流，我想大哭，大喊，想问苍天！可是我拼命地哽住喉咙，俯伏在奶奶的床头，把头埋在棉被里。既然在侮蔑中把钱接过来了，为什么不能让奶奶得到一点安慰！

"上有天堂，下有苏杭"啊！这句老话不知道是谁发明的，而且大言不惭地把苏州放在杭州的前面。据说此种名次的排列也有考究，因为杭州是在南宋偏安以后才"春风熏得游人醉，错把杭州作汴州"的。而苏州在唐代就已经是"十万夫家供课税，五千子弟守封疆"了。到了明代更是"翠袖三千楼上下，黄金十万水东西"。近百年间上海崛起，在十里洋场上逐鹿的有识之士都在苏州拥有名第，购置产业，取其进可以攻，退可以守。苏州不是政治经济的中心，没有那么多的官场倾轧，经营的风险；又不是兵家的必争之地，吴越以后的两千三百多年间，没有哪一次重大的战争是在苏州发生的；有的是气候宜人，物产丰富，风景优美。历代的地主官僚，官商大贾，放下屠刀的佛，怀才不遇的文人雅士，人老珠黄的一代名妓，等等，都欢喜到苏州来安度晚年。这么多有钱有文化的人集中在一起安居乐业，吃喝和玩乐是不可缺少的，这就使苏州的园林可以甲天下，那吃的文化也是登峰造极！风景不能当饭，天天看了也乏味，那吃却是一日三顿不可或缺的。苏州所以能居于天堂之首，恐怕主要是因为它的美食超过了杭州。这也许是苏州人的骄傲吧，可我那时简直觉得这是一种罪恶，是人间最最不平的表现！我不知道地狱里可有"天堂"，可我知道“天堂”里确有地狱，而且绝大多数的人都在地狱的边缘上徘徊。说老实话，当我开始信仰共产主义的时候，我没有读过《资本论》，也没有读过《共产党宣言》，多半是由朱自冶他们促成的；他们使我觉得一切说得天花乱坠的主义都没有用，只有共产才能解决问题！如果共掉了朱自冶的房产，看他还神气不神气！

我偷偷地唱着一支从北平传来的歌：

山那边呀好地方，
穷人富人都一样，
你要吃饭得做工呀，
没人为你作牛羊。
……

这支歌的曲调很简单，唱起来也用不着关起嗓门儿费死力，可它却使我从“朱门酒肉臭，路有冻死骨”中找到了出路，出路就在山那边！

我决定到解放区去了，那已经是一九四八年的冬天。我不知道解放区的形势，总以为国民党还很强大，还有美国的原子弹什么的。无产阶级要夺取全国胜利，恐怕还要经过几年、几十年的浴血奋斗！我读过《铁流》与《毁灭》，知道革命的艰难困苦，知道那是血与火的洗礼。所以当时的心情很悲壮，准备去战死沙场。“风萧萧兮易水寒，壮士一去兮不复还！”当时的心情很有点像荆轲辞别高渐离。

我的高渐离便是苏州，是这个美丽而又受难的城市叫我去战斗！临行之前我上了一趟虎丘山，站在虎伏阁上把这美丽的城市再看一遍：再见吧，你的儿子将用血来洗尽你身上的污垢！傍晚，我照样去替朱自冶买小吃，照样买了一块乳腐酱方送到奶奶的床前：吃吧，奶奶，孙子从屈辱中接过钱来为你买肉，这恐怕是最后的一回！我的判断没有错，当奶奶发觉最孝顺的孙子失踪之后，她哭喊了三天便与世永别。

年轻时的记忆多么深刻啊！“文化大革命”期间的挂牌、游街、屈辱、受罪如今已经淡忘了，仿佛那是一场不屑一顾的游戏。可是三十多年前离家别井，暗中告别亲人，向着黑暗猛冲的情景却点滴不漏地保存在记忆里。也许我是欢喜记着光荣而忘掉屈辱吧，可又为什么不把三四十年前的屈辱也忘记？每当我在电影或电视中看到受伤的战士从血泊中爬起来，举起枪，高喊着报仇的口号向敌人猛扑过去的时候，我的心便会向下一沉，两眼含着泪水。虽然这种镜头看得太多了也觉得老一套，可是这种话我不许孩子们说，孩子们一说我就要骂："小赤佬，你懂什么东西！"

三　快乐的误会

没想到我进入解放区已经太晚了，淮海战场上的硝烟已经消散，枪炮声已经沉寂。解放区的军民沉浸在欢乐的高潮中，准备打过长江去！我们这些从蒋管区去的学生被半路截留，被编入干部队伍随军渡江去接管城市。我从苏州来，当然应该回到苏州去，因为我熟悉那里的大街小巷以及那种好听而又十分难懂的语言，带个路也方便。至于回到苏州去干什么，谁也没有考虑，如果那时有人提出什么前途、专业、工资、房子，等等，我们这一伙"小资产"便会肯定他是国民党派来的！革命就是革命，干什么都可以，随便。我们的组织部长却不肯随便，一定要根据各人的特长和志趣来分配，因此就出现了十分快乐的场面：

组织部长把我们二十多个学生兵招集到一个祠堂里。祠堂的正中摆着方桌，桌上放着档案和纸笔，二十多人分坐在两边。

组织部长是个大知识分子，早年毕业于交通大学的机械系。他对我们这些小知识分子十分熟悉："现在要给大家分配工作了，组织上尽量照顾各人的特长和志愿，希望你们在回答问题之前好好地考虑，分定之后就不许犯自由主义。"

当时的气氛本来很严肃，却被我的老同学，诨号叫丁大头的人弄得豁了边。丁大头的头其实也不大，可是他的知识很广博，天文、地理、历史、哲学他样样都懂一点。因为他的脑子里包容的东西太多，所以看起来他的头好像比平常的人大了点。他第一个被部长叫起来：

"你想干什么呢？"

"随便。"丁大头回答得很爽气。

部长翻了翻眼睛："随便是个什么东西？说得具体点。"

“具体点……那也随便。”

人们哄堂大笑了：“他什么都懂，可以随便！”

部长也笑了，翻翻档案：“什么都懂的人到什么地方去呢？……我问你，你对什么东西最感兴趣？”

“看书。”

“那你为什么不早说呀，到新华书店去。”

丁大头被一句定终身，后来在某地的新华书店当经理，而且是个很称职、很懂行的经理。

第二个被叫起来的是个女同学，苏州姑娘，长得很美，粗布的列宁装和八角帽使得她在秀丽中透出矫健的气息。

部长向她看了一眼便问：“你会唱歌吗？”

“会。”

“来一段《白毛女》试试。”

“北风那个吹……”女同学拉开嗓子便唱。那时我们天天唱歌，谁也不会扭捏。

“好了，好了，到文工团去！”

这位女同学的命运也不坏，“文化大革命”前唱民歌，很有点名气。如今听不见她唱了，这小老太婆也可能是在哪里教徒弟。

轮到我的时候便糟了，我怎么也想不起最欢喜什么，除掉反对好吃之外，我好像对什么都欢喜。我没有任何特长，连唱起歌来都像破竹子敲水缸。

部长等得不耐烦了：“难道你一样事情都不会干？”

“会会，部长，我会替人家买小吃，熟悉苏州的饮食店。”我决不能承认万事不通呀，可这一通便出了问题！

“挺好，干商业工作去，苏州的食品是很有名的。”

“不不，部长，我对吃最讨厌！”

“你讨厌吃？很好，我关照炊事班饿你三天，然后再来谈问题！下一个……”

完了，命运在一阵哄笑声中决定了。可我当时并不懊丧，也不想犯自由主义，扬子江在怒号，南岸的人民在呼喊，要拯救劳苦大众于水深火热之中，要推翻那人吃人的旧社会；再也不能让朱自治他们那种糜烂的寄生虫式的生活延续下去！朱自冶呀，朱自冶，这下子可由不得你了。我们决不会让你饿肚子，至少得让你支起个炉灶来烧东西。也不能老是让阿二拉着你，你自己有两只脚，应该是会走路的。

风萧萧兮江水寒，壮士一去兮又复还。我又回到苏州来了，几经转折之后又住在朱自冶的门前。朱自冶对我刮目相看了，他称我同志，我喊他经理；他老远便抱出“三炮台”香烟递过来，我连忙摸出双斧牌香烟把它挡回去。少跟我来这一套，你那高级烟浸透了人民的血汗，抽起来有股血腥味。朱自冶在解放之初有点儿心虚，生怕共产党会把他关进监牢，那牢饭可不是好吃的！

隔了不久，朱自冶便镇静自若了，因为我们取缔妓女，禁大烟，反霸，镇反，一直到“三反”“五反”都没有擦到他的皮。他不抽大烟不赌钱，对妓女更无兴趣，除掉好吃之外什么事儿也没有干过。镇反挨不上他，他不开工厂不开店，谈不上五毒俱全和偷税漏税。所以他经常竖起大拇指对我说：“共产党好，如今没有强盗没有小偷，没有赌场没有烟铺，地痞、流氓、妓女都没有了，天下太平，百姓安定，好得很！”他说的可能是真话，可我把他上下打量，心里想，你为什么不说没有赌吃嫖遥呢？赌和嫖你沾不上，吃和遥你是少不了的。等着吧，现在是新民主主义！

朱自冶并没有消极地等待，还是十分积极地吃东西，照样坐着阿二的黄包车上面店，上茶楼，照样找到另一个人帮他跑街买吃的。

那时候我的工作很紧张，没有什么上下班的时间，也没有星期天，没早没晚地干，运动紧张的时候便睡在办公室里。可那朱自冶比我还积极，我起床的时候他已经坐着黄包车走了；我睡得迷迷糊糊的时候才听见他的黄包车到了门前。他每逢到家的时候都要踩一下铃铛，那铜铃的响声在深夜的小巷里像打锣似的。他有时候也不回家，仲夏之夜吃饱了老酒，干脆就睡在公园的凉亭里，那里风凉，还有一阵阵广玉兰的香气。他渐渐地胖起来了，居然还有个小肚子挺在前面。妈妈对他说：“朱经理，你发福了，人到了四十岁左右都会发胖的。”可他却说：“不对，我这是心宽体胖。现在用不着担心那些强盗和流氓了，别看我有几个钱，从前的日子也是很难过的。生日满月，四时八节，我得给人家送礼，一不小心得罪了人，重则被人家毒打一顿，轻则被人家向黄包车上掷粪便。就说那个上饭店吧，以前也是提心吊胆的。有一次我们几个人吃得正高兴，忽然有个人走到我们的房间里来，要我们让座位。我不知道他是什么人，拌了几句嘴，结果得罪了流氓头子，被他的徒子徒孙们打了一顿，还罚掉了四两黄金的手脚钱！现在好了，那些家伙都看不见了，有的进了司前街（苏州的监狱所在地），有的到反动党团特登记处登了记，一个个都缩在家里。饭店里也清净得多了，人少东西多，又便宜，我吃饱了老酒照样可以在公园里打瞌睡，用不着防小偷！”朱自冶拍拍小肚子：“你看，怎么能不发胖呢！”

我听了朱自冶的话直翻眼，怎么也没有想到，革命对他来说也含有解放的意义！

当我深夜被朱自冶的铃声惊醒之后，心头便升起一股烦恼，这苏州怎么还是他们的天堂？劳苦大众获得解放的时候，那寄生虫也会乘汤下面，养得更肥！我没有办法触动朱自冶，可我现在有了公开宣传共产主义的权利，便决定首先去鼓动拉黄包车的阿二。

阿二住在巷子的头上，在那口公井的旁边。他和我差不多的年纪，却比我生得高大、漂亮、健壮。小时候我和他在巷子里踢皮球，皮球踢上房顶之后总是他去爬屋面。他的老家是苏北，父亲也是拉车的；父亲拉不动了才由儿子顶替。阿二每天给朱自冶拉三趟，其余的时间可以另找生意。他的那辆车是属于“包车”级的，有皮篷，有喇叭，有脚踏的铜铃，冬春还有一条毡毯盖住坐车的膝头。漂亮的车子配上漂亮的车夫，特别容易招揽生意。尤其是那些赶场子的评弹女演员，她们脸施脂粉，细眉朱唇，身穿旗袍，怀抱琵琶，那是非坐阿二的车子不可。阿二拉着她们轻捷地穿过闹市，喇叭嘎咕嘎咕，铜铃叮叮当当，所有的行人都要向她们行注目礼；即使到了书场门口，阿二也不减低车速，而是突然夹紧车杠，上身向后一仰，嚓嚓掣动两步，平稳地停在书场门口的台阶前，就像上海牌的小轿车戛然而止似的。女演员抱着琵琶下车，腰肢摆扭，美目流眄，高跟鞋橐橐几声，便消失在书场的珠帘里。那神态有一种很高雅的气派，而且很美。试想，如果一个标致的女演员，坐上一辆破旧的硬皮黄包车，由一个佝偻蹒跚的老人拉着，吱吱嘎嘎地来到书场门口，那还像个什么样子呢！人们由于在生活中看不到、看不出美好与欢乐，才甘心情愿地花了钱去向艺术家求教的。

由于上述的种种原因，所以那阿二虽然是拉黄包车，家庭生活还是过得去的。我去动员的时候，他们一家正在天井里吃晚饭。白米饭，两只菜，盆子里还有糟鹅和臭豆腐干，他的老父亲端着半斤黄酒在吱吱咂咂地。我寒暄了几句之后便转入正题：

"阿二，现在解放了，你觉得怎么样呢？"

阿二是个性情豪爽的人，毫不犹豫地说出了他的体会："好，现在工人阶级的地位高了，没有人敢随便地打骂，也没人敢坐车不给钱。"

我听了把嘴一撇："哎呀，你怎么也只是看到这么一点点，工人阶级是国家的主人，绝不是给人家当牛作马的！"

"我没有给人家当牛作马呀！"

"还没有，你是干什么的？"

"拉车。"

"好了，从古到今的车子，除掉火车与汽车之外，都是牛马拉的！"

"小板车呢？"

"那……那是拉货的，不是拉人的。人人都有两条腿，又没病又不残，为什么他可以架起二郎腿高坐在车子上，而你却像牛马似的奔跑在他的前面！这能叫平等吗？你能算主人吗？还讲不讲一点儿人道主义！"

阿二吸了口气。"唏，这倒是真的。"

阿二的爸爸叹了口气："没有办法呀，他给钱。"

"钱！……"我把钱字的音调拉了个高低，表示一种轻蔑："你可知道朱自冶他们的钱是从哪里来的？他们榨取了劳动人民的血汗，你拿了一点血汗之后又把他服侍得舒舒服服的！"

阿二的眉毛竖起来了："可不，那家伙坐车很挑剔，又要快，又怕颠。"

我趁热打铁了。"问题还不在于朱自冶呐，我们年轻人的目光要放远点，你看人家苏联……"我滔滔不绝地讲起苏联来了，就和现在的某些人谈美国似的，"苏联的工人阶级，一个个都是国家的主人，不管什么事儿，没有他们举手都是通不过的。他们的工作都是开汽车，开机器，开拖拉机，没有一个是拉黄包车的。"我向阿二爸爸的酒杯乜了一眼，"拉车弄几个钱也作孽，仅仅糊个嘴。人家苏联的工人都是住洋房，坐汽车，家里有沙发，还有收音机！半斤黄酒有什么稀奇，人家都喝伏特加哩！"我的天啊，那时我根本不知道伏特加是什么，若干年后才喝了几口，原来是像我们在粮食白酒里多加了点水！

阿二和他的爸爸更不知道伏特加了，他们听到这个名词还是第一回。那老头儿还咂咂嘴，他以为伏特加总是和茅台差不多的。

阿二也心动了："哦……呃，那才有奔头。爸爸，我们也不要拉车了，你也当了一世的牛马啦！"阿二当然不是为了伏特加，我知道，他是想开汽车。那时候，年轻的人力车工人最高的理想便是当司机。

阿二的爸爸把酒杯向起一竖："唏……快吃饭吧，吃完了早点睡，明天一早要去拉朱自冶上面店。"白搭，我说了半天他等于没听见。老头儿的思想保守，随他去！

我抓住阿二不放，约他到我家来玩，继续对他讲道理，而且现身说法，拿自己作比："你看我，高中毕业的时候，有个同学约我到西山去当小学教员，每月三担米，枇杷上市吃枇杷，杨梅上市吃杨梅，不要钱。还有个同学约我到香港去上大学，他的爸爸在香港当经理，答应每月给我八十块钱港币，毕业以后就留在他的公司里当职员。我为什么不去呐，人活着不都是为了吃饭，更不能为了吃饭就替资本家当马牛！"除了讲道理以外，我还借了一大堆《苏联画报》给他看，对他进行形象化的教育，说明我们青年人要为这么一种伟大的理想去奋斗。说实在，我所以能讲苏联如何如何，也都是从画报里看来的，画报总是美丽的！

阿二的觉悟果然提高了，也和他的父亲闹翻了，坚决不再拉车，另找职业。我在旁边使劲儿打气："好，你这一步走得对，最好是进厂，当产业工人去！"

隔了不久，阿二垂头丧气地来找我："我把苏州都跑穿了，别说工厂啦，连饭店里都不收跑堂的！"

我连忙说："千万要坚持，不要泄气。"

"气倒没有泄，可是肚皮不争气，没饭吃了！"

我听了也着急："啊，这倒是个严重的问题，再克服一下，我去帮你想想办法。"

我给了阿二几个钱，立刻到民政局去找一位同志，他是和我一起渡江过来的。

那位同志一听就啧嘴："你这位老兄毛里毛糙的，做事也不考虑考虑，现在有些资本家消极怠工，抽逃资金，不关门就算好的了，你还想到哪里去找职业？"

"好好，我检讨。可你总不能见死不救呀，想想办法吧。"

那位同志沉吟了一下：“这样吧，我正在搞失业工人登记，准备以工代赈，先解决他们的吃饭问题。”

以工代赈的项目是疏浚苏州城里的小河浜，这个工作很辛苦，但也很有意义。旧社会给我们留下了很多污泥浊水，我们要把浊水变清流，使这个东方的威尼斯变得名副其实，使这个天堂变得更加美丽，这是我们革命的一个方面。

阿二听说这也是革命工作，二话没说，不讲价钱，天天去挖污泥，抬石头，工作比拉车辛苦几倍，但是每天只有三斤米。

阿二的爸爸也没有办法，为了吃饭，只好在门口摆起一个卖葱姜的小摊头。因为他家就住在公井的旁边，人们往往在洗菜的时候才发现忘了在菜场上买葱姜，所以生意还是不错的，只是那一碟糟鹅和半斤黄酒从此绝迹。那老头儿每天见到我时总是虎着眼睛把头偏过去。我的心里也有歉意，总是在暗中安慰着老头：“老伯伯，你别生气，总有一天会喝上伏特加的！”我把老头儿的虎眼当作一根鞭子，每天抽一下自己：“下劲儿干，争取社会主义的早日胜利！”每当我深夜拖着沉重的双腿走过这空寂无人的小巷时，都要看一看阿二家的窗口，默默地叨念：“老伯伯，我高小庭总算对得起你，我没有怕苦，也没有怕累，我和你家阿二都在为明天而奋斗！”

为了阿二的事情，妈妈可生了我的气：“你这个不识好歹的东西，朱经理哪一点亏待过我们？人家花钱坐车碍你个屁事呀，你硬要和人家作对，弄得阿二家衣食不周，弄得朱经理出入不便，早晚都要街上去叫车，有时候淋得像个落汤鸡，你这个缺德的东西！”

我决不和妈妈争辩，解放以后再也不能让她流眼泪。何况她的道德观点和我也没法统一，她还相信三从四德，还认为京戏里的那种老家奴十分了不起。只是我听了妈妈的责骂以后，再也不敢去鼓动那个为朱自冶跑街的了，那人是个老头，抬不动石头。

朱自冶对我也有感觉了，再也不喊我高同志，再也不请我抽香烟，在门口碰到我时便把头一低，擦身而去。看不出他的眼神，不知道他对我是恨呢，还是忌？不管怎么样，他的手里总算有了一样东西，一个草提包，包里有双套鞋，包口上横放着一把洋伞。他黎明出门时估不透天气，所以都带着雨具，以免叫不到车时淋成落汤鸡。我看了暗中高兴：“你迟早得自食其力，应该一样样地学会。”

四　鸣鼓而攻

也许是组织部长在我的档案里写了点什么，所以我的工作转来转去都离不开吃的。全行业公私合营的时候派不出那么多的公方代表，我也只好滥竽充数，被派到某个有名的菜馆里去当经理。

这个菜馆我很熟悉，但在解放前从来没有进去过，只是在门口看见有许多阔绰的人进进出出，看见有许多叫花子围在门前，看见那橱窗里陈列着许多好吃的东西，在霓虹灯的照耀下使人馋涎欲滴。我读过安徒生的童话《卖火柴的小女孩》，总觉得那卖火柴的女孩就是死在这个菜馆的橱窗前。我进店的时候正是冬天，天也常常飘雪，早晨踏着积雪跑到店门口时，我的心便突然紧缩，生怕真的有个卖火柴的女孩倒在那里，火柴儿撒满了一地。

我在店里也坐不稳，特别看不惯那种趾高气扬和大吃大喝的行为。一桌饭菜起码有三分之一是浪费的，泔脚桶里倒满了鱼肉和白米。朱门酒肉臭倒变成是店门酒肉臭了，如果听之任之的话，那我还革什么命呢！

我首先发动全体职工讨论，看看我们这种名菜馆究竟是为谁服务的？到我们店里来大吃大喝的人，到底有多少是工人农民，有多少是地主官僚和资产阶级？用不着讨论，这不过是一种战斗的动员而已。每个职工都很清楚，农民根本不敢到我们的店里来，他们一看那富丽堂皇的门面就害怕，不知道一顿要花几石米！还不如到玄妙观里去坐小摊，味道也不错，最多三毛钱。工人一生之中能来几回？除非他有特殊的事体。可是谁都认识朱自冶，都知道他们的吃法和口味。每一个服务员都背得出一大串老吃客的名单，在那长长的名单中没有一个是无产阶级。其中有几个高级职员的成分难以划定，据老跑堂的张师傅反映，他们有的是老板的亲戚，有的是老板手下的红人，而且都有股份。当然，每天来吃的人并不全是老顾客，你也不能叫所有的吃客都填登记表，写明前六项。可是，老的服务员对判断吃客的身份都很有经验，他们能从衣着、举止、神态，特别是从点菜的路数上看得出，来者绝大部分都不是工人农民，至少曾经有过一段并非工农的经历。

实行对私改造的那段时间，资本家的心情并不全是兴高采烈，也不都想敲锣打鼓，有些人从锣鼓声中好像看到了世界的末日，纷纷到我们的店里来买醉。他们点足了苏州名菜，踞案大嚼，频频举杯。待到酒酣耳热时便掩饰不住了："朋友们，吃吧，吃掉他们拖拉机上的一颗螺丝钉！"这话是一种隐喻，因为那时候我们把拖拉机当作社会主义的标志。一讲到社会主义的农业便是像苏联那样，大农场，拖拉机。"吃掉他们拖拉机上的一颗螺丝钉！"当然是对社会主义不满，气焰嚣张，语气也是十分刻毒的！

我把收集的材料，再加上我对朱自冶他们的了解，从历史到现状，洋洋洒洒地写了一份足有两万字的报告，提出了我对改造饭店的意见，立场鲜明，言辞恳切，材料生动确凿，简直是一篇可以当作文献看待的反吃喝宣言！

领导上十分欣赏我的报告，立即批准在本店试行，取得经验后再推向全行业。

我放手大干了！

首先拆掉门前的霓虹灯，拆掉橱窗里的红绿灯。我对这种灯光的印象太深了，看到那使人昏眩的灯便想起旧社会。我觉得这种灯光会使人迷乱，使人堕落，是某种荒淫与奢侈的表现。灯红酒绿的时代早已一去不复返了，何必留下这丑恶的陈迹？拆！

店堂的款式也要改变，不能使工人农民望而却步。要敞开，要简单，为什么要把店堂隔成那么多的小房间呢，凭劳动挣来的钱可以光明正大地吃，只有喝血的人才躲躲闪闪。拆！拆掉了小房间也可以增加席位，让更多的劳动者有就餐的机会。

服务的方式也要改变。服务员不是店小二，是工人阶级，不能老是把一块抹布搭在肩膀上，见人点头哈腰，满脸堆笑，跟着人家转来转去，抽了抹布东揩西拂，活像演京戏。大家都是同志嘛，何必低人一等，又何必那么虚伪！碗筷杯盏尽可以放在固定的地方，谁要自已去取，宾至如归嘛，谁在家里吃饭时不拿碗筷呀，除非你当老爷！

以上的三项改革，全店的职工都没有意见，还觉得新鲜，觉得是有了那么一点革命的气息。可是当我接触到改革的实质，要对菜单进行革命时就不那么容易了。

我认为最最主要的是对菜单进行改造，否则就会流于形式主义。什么松鼠鳜鱼、雪花鸡球、蟹粉菜心……那么高贵，谁吃得起？大众菜，大众汤，一菜一汤五毛钱，足够一个人吃得饱饱的。如果有人还想吃得好点，我也不反对，人的生活总要有点变化，革命队伍里也常常打牙祭，那只是一脸盆红烧肉，简单了点。来个白菜炒肉丝、大蒜炒猪肝、红烧鱼块、青菜狮子头（大肉圆）……够了吧，哪一个劳动者的家里天天能吃到这些东西？

反对的意见纷纷而来，而且都是从老年职工那里来的。

跑堂的张师傅反对了。他说话有点嬉不溜溜的："啊哈，这下子名菜馆不是成了小饭铺啦！高经理，索性来个彻底的改革吧，每人发两块木板，让我们到火车站去摆荒饭摊。"

我听了把眼睛一抬："同志，有意见可以提，态度要严肃点，这是革命工作，不是和吃客们打哈哈的！"我知道他和资产阶级的老爷太太们周旋了几十年，说话不上路，所以特地点了他一点。

"好好，没意见，这样做我们也可以省点力。"张师傅服了。

管账的也提意见了："高经理，我的意见也可能不正确，只是我有点担心……喏，这样做当然是对的了，可那赢利是不是会有问题？"他说起话来唑唑缩缩，因为他和原来的老板是亲戚，"三反""五反"时曾经擦破点皮。

"你的担心我也考虑过，可是社会主义的企业是为人民服务，绝不能像资本家那样唯利是图！"

"对对，对对对。"管账的马上服帖。

死不服帖的是那几位有名的厨师，如果用现在的职称来评定的话，他们不是一级便是二级。他们可以著书立说，还可以到外国去表演。可我那时并没有把这种宝贵的技术放在眼里，他们也可能没有把我这样的外行放在眼里，特别是那个杨中宝，好像我剜了他的肉似的。

"这不是都卖点儿家常便饭了吗？"

"家常便饭有什么不好呀？"

"家常便饭家家会做，何必上饭店？"

"出门的人哪有背着锅子走路的？"

"出门的人都想尝尝天下的名菜，噢，苏州的名菜就是红烧狮子头？"

"那要看是什么人？"

"什么人都有，包括像你这样的干部在内！"

"我出差每天三毛钱伙食，两毛钱伙补，一顿吃掉五毛钱，还有早晚两顿没有着落哩！"

"不是所有的人都和你一样，他们自己贴。"

"贴，拿什么贴？不少人就是因为出差时嘴馋，才贪污了公款。"

"如果人家请客呢？"

"为什么要请客，拉拉扯扯的。'三反''五反'的教训还不够吗？不少人被资本家拉下水，就是从请客吃饭开始的，说不定那些见不得人的勾当，就是在我们楼上的小房间里干出来的！"

"人家结婚呢？"

"结婚更不能铺张浪费，买几斤糖，开个联欢会，我们机关里就是这样干的。"

杨中宝火了："高经理，你说的都是外行话，机关是机关，饭店是饭店。请你把我调到机关里去当炊事员吧，保证没意见！"

我看着杨中宝直翻眼，把到了嘴边的话咽回去。我不能对个老工人发脾气，他的工龄和我的年龄差不多，是地地道道的无产阶级，而我的本人成分是学生，属于小资产阶级，再怎么革命也是革不掉的，只好暂时忍耐一点。何况他们所以反对也有道理，因为这一改他们就没有用武之地了。白菜炒肉丝不需要什么高超的手艺，连我都会……是呀，他们的技术不能发挥，也很可惜。调到机关里去当炊事员虽然是气话，调到交际处去当炊事员倒是很合适的……

会场沉寂。

我要设法打开僵局，目光便向青年人投射过去。那时候我已懂得，如果遇事打不开局面，最好是鼓动青年人起来带头。他们不保守，有闯劲，闯过了警戒线也无妨，然后再向回拉一点。矫枉必须过正，也许就是这个道理。

"青年同志们谈谈嘛，你们也是店里的主人，未来是属于你们的，谈谈。"

年轻的职工们只是笑，看看老师傅又看看我，两边都为难，一时拿不定主意。内中有个小伙子，名字叫作包坤年，跑堂的，虽然还没有满师，讲话却是很有水平的：

"同志们，我们的店必须改革，必须彻底地改革！再也不能为那些老爷们服务了，要面向工农兵。面向工农兵绝不是一句空话，要拿出菜单来作证明。烧什么菜，就是为什么人。蟹粉菜心不仅工农兵吃不起，而且还要跟着老爷们受罪！为什么，菜心都给他们吃了，菜帮子都到了工农兵的碗里！生炒鸡丁要用鸡脯，鸡头鸡脚都卖给拉黄包车的，这分明是对工农兵的瞧不起。农民进店来点只豆腐汤，有人竟然回生意：‘嘿，吃豆腐汤到玄妙观去吧，那里的豆腐汤又好又便宜。’玄妙观只卖豆腐花，分明是捉弄乡下人的。要是朱自冶他们来了就不得了，从堂口到厨房，都是忙得飞飞地。鱼要活的，虾要大的，一棵青菜剥剩了手拇指那么一点点……”

包坤年这么一带头，人们就跟着发表意见，纷纷揭露我们的浪费，以及重视筵席而看不起小生意。这些情况我以前都不了解，听了十分生气，把手指在桌面上敲敲：“你看，你们看，不改革怎么得了呢！”

跑堂的张师傅低头不语了，回掉农民的生意可能就是他干的。几个厨师也不讲话了。苏州名菜选料精细，浪费肯定是有的；围着朱自冶之类的人转也不假，名厨要靠吃家，要靠他们扬名，要靠他们品出那千分之几的差别。最好能碰上孔夫子，孔子曰：“食不厌精，烩不厌细！”

改革方案就这么定下来了，包坤年是立了功的，他后来表现得也十分积极，我指向哪里他打向哪里。我也为他的进步创造了很多有利的条件。至于他在“文化大革命”中把我打得半死，那是后话，暂且不提……

我当时把全部精力都扑在改革上，每晚回家都在十一点之后。我改了店堂，换了门面，写了大红海报张贴街头，还向报馆里投了稿，标题是：名菜馆面向大众，大众菜经济实惠！

开张的那一天，景象是十分壮观的。老头老太结伴而来，还搀着小孙子、小妹妹。那些拉车的、挑担的、出差的，突然之间都集中到店门口。门前的黄包车，三轮车，马车停了一长溜。这种车水马龙的情景解放前我也曾见过，可那是拉着老爷太太们来的；老爷太太们美酒高楼，拉车的人却瑟缩在寒风里。如今瑟缩的人们都站起来了，昂首阔步地进入店堂，把楼上楼下两个像会场似的堂口都挤得满满的。一时间板凳桌子乒乓响，人声鼎沸如潮水，看起来有点混乱，可那气氛实在热烈！服务员上菜也很迅速，大众菜，大众汤，都用不着现做，汤装在木桶里，菜装在大锅里，一勺一大碗，川流不息地送出去。店门口的行人要靠右走，进去连成两条线，如果用门庭若市来形容，那是十分贴切的。

朱自冶和他的吃友们居然也来了，很好，我倒要看看你们今天想吃点什么东西！谁知道他们先在门口看看广告，再到店堂里瞧瞧热闹，俯下身去看看大众菜，鼻子翕了那么几翕，然后带着不屑一顾的神情走出去，还相互拍拍打打地发笑哩！我见了义愤填膺："反对吧，先生们，我改革的目标就是要叫你们反对！"

老头老太的反应可就不同了："啊哟，以前只听说这家菜馆有名，越有名越不敢来，今天可算见了世面！"

挑菜的农民也说了："这菜馆我以前来过几回，都是挑着青菜进后门，一直送到厨房里，从来不敢向店堂里伸头！"

多么深刻的写照呀，多么自豪的语言，人民的称赞使我忘记了疲劳，感动得心都发抖。不管将来的历史对我这一段的工作如何评价（放心，它无暇顾及），可我坚信，当时我决无私心，我是满腔热忱地在从事一项细小而又伟大的事业！

当时，我们的领导也到了现场，看了也很满意，虽然秩序有点混乱，那也是前进中的缺点，要我们好好地总结提高，然后推向全行业。

五　化险为夷

这一下朱自冶可就走投无路了！尽管我们的经验很难推开，许多名菜馆都是敷衍了事，弄几只大众菜放在橱窗里装装门面。可是风气一开那苏州名菜便走了味，菜名不改，价钱不变，制作却不如从前那么精细。朱自冶有一张什么样的嘴啊，他能辨别出味差的千分之几哩！一吃便摇头，便皱眉，便向人家提意见。朱自冶看错皇历了，这时候再也没有人把他当作朱经理，资本家三个字也不是那么好听的。有钱又怎么样，不许收小费，你爱吃便进来，嫌丑请出去，反正营业额的大小和工资没有关系。如果依了你朱自冶的话，还要落得个为资产阶级服务的臭名气！

朱自冶怎么受得了呀，他每吃一顿便是一阵懊丧，一阵痛苦，一阵阵地胃里难过。每天都觉得没有吃饱，没有喝够，看到酒菜又反胃。他精神不振，毫无乐趣，整天在大街上转来转去，时常买些糕点装在草包里，又觉得糕点也不如从前，放在房间里都发了霉，被我的妈妈扫进垃圾堆。那个很有气派的小肚子又渐渐地瘪了下去。

有一天晚上，朱自冶居然推门而入，醉醺醺站在我的面前："高小庭，我……我反对你！"

资产阶级开始反扑了，这一点我早有准备：“请吧，欢迎你反对。”

“你把苏州的名菜弄得一塌糊涂，你你，你对不起苏州！”

“这是你的看法，菜碗没有打翻，一塌糊涂是谈不上的。是的，我对不起苏州的地主和资产阶级，对苏州的人民我可以问心无愧！”

“你你……你对不起我！”

“是的，应当对不起你，因为你自己也是资产阶级！”

“小庭啊，人可要凭点儿良心，这些年来我可没有亏待过你！”

朱自冶语无伦次了，他竟然想揭下伤疤当膏药贴，这就惹得我火起：“朱经理，我是对不起你，也对不起你的朋友；你的朋友中有三个是地主，有两个是在反动党团特的册子上登过记的，还有三个是拿定息的，包括你自己在内。别以为定息可以拿到老，这资产阶级总有一天要被消灭！”

朱自冶吓了一跳，以为我们的政策又要改变。对他来说吃当然重要，消灭却是性命攸关的。他的酒意消掉一半，不由自主向后退，掏出一根前门牌塞过来，被我用飞马牌挡回去。他乘势把香烟一叼，吸了一口：“该死，今天托人到常熟去买了一只叫花子鸡，味道还和从前一样，不免多喝了几杯，这就糊里糊涂地跑到你家来了。咦，我是从哪个门里进来的呢？”朱自冶想夺门而走了。

“慢点！”

朱自冶站住了。

“朱经理，如果我有什么地方对不起你的话，那就是我没有告诉你一句最要紧的话：你再也不能这样下去了，要逐步地学会自食其力！”

“是是，我一定铭记。”

从此以后，我很少碰到朱自冶，他当然也不会再来向我表示反对。我对他倒是十分关心，常常向妈妈问起。妈妈说她也不清楚，经常不见朱自冶回家，房间里一股霉味。我想，朱自冶也许是去干什么了吧，吃是终身的必需，总不能是终身的职业。

隔了不久，包坤年来向我汇报——他经常向我汇报。

“不得了，杨中宝他们开地下饭店了，是专门为资本家服务的，每天晚上赚大钱！”

“可当真？”

"一点不假，是我亲眼看见的，地点就在你家东面的五十四号里，天天晚上有许多资本家在那里聚会，杨中宝烧菜，一个妖里妖气的女人收钱！"

包坤年说得有根有据，我怎能不问不理？立刻到居民委员会去调查，找杨中宝来谈话，一问一查又找到了朱自冶的踪迹。

朱自冶开始隐退了，他对饭店失望之后，便隐退到五十四号的一座石库门里。这门里共有四家，其中一家的户主叫作孔碧霞。孔碧霞原本是个政客的姨太太，这政客能做官时便做官，不能做官时便教书，所以还有教授的衔头。苏州小巷里的人物是无奇不有的。据说，年轻时的孔碧霞美得像个仙女，曾拜名伶万月楼为师，还客串过《天女散花》哩！可惜的是仙女到了四十岁以后就不那么惹人喜爱了。解放前夕，那政客不告而别，逃往香港，把个孔碧霞和一个八九岁的女儿遗弃在苏州。

孔碧霞年轻的时候打扮惯了，也可能是由于登过台的关系，所以举手投足、顾盼摆扭等都讲究个形体美。讲究得过了分便变成矫揉造作、搔首弄姿，特别是在无姿可弄而硬弄时便有点怪里怪气。苏州骂人也不是那么好听的，人家暗地里叫她"干瘪老阿飞"。

朱自冶一贯地不近女色，为什么突然之间和孔碧霞混到一起去呢？很简单，那孔碧霞烧得一手好菜！

孔碧霞数十年的风流生涯，都是在素手做羹汤中度过的。她丈夫的朋友都是政界、实业界、文化界的高雅得志之士，像朱自冶这样的人是休想登堂入室的。什么美食家呀，在他们看起来，朱自冶只不过是个肉头财主、饕餮之徒、吃食瘌皮。哪有一个真正考究吃的人天天上饭店？"大观园"里的宴席有哪一桌是从"老正兴"买来的？头汤面算得什么，那隔夜的面锅有没有洗干净呢！品茶在花间月下，饮酒要凭栏而临流。竟然到乱哄哄的酒店里去吃小吃，荷叶包酱肉，臭豆腐干是用稻草串着的，成何体统呢！高雅权贵之士，只有不得已时才到饭店里去应酬，挑挑拣拣地吃几筷，总觉得味道太浓，不清爽，不雅致。锅、勺、笊篱不清洗，纯正的味儿中混进杂味，而且总有那种无药可救的、饭店里特有的油烟味！朱自冶念念不忘的美食，在他们看起来仅仅是一种通俗食物而已。他们开创了苏州菜中的另一个体系，这体系是高度的物质文明和文化素养的结晶，它把苏州名菜的丰富内容用一种极其淡雅的形式加以表现，在极尽雕琢之后使其反乎自然。吃之所以被称作艺术，恐怕就是指这一体系而言的。

孔碧霞的烹调艺术，就是得之于这一派的真传。她在当年的社交界是个极其有名的姨太太，会唱戏，会烧菜，还会画几笔兰花什么的。二十多年间她家的庭院里名流云集，两桌麻将让八个男人消遣，一桌酒席由她来做精彩的表演。她家有一个高级的厨娘，这高级的厨娘也只能当她的下手！

朱自冶被逼得走投无路之后，偶尔听他的一位吃友谈起，说是五十四号里有个孔碧霞，此人当年如何如何，如何身怀绝技。

朱自冶一听便笑了："你老兄是说吃解馋的吧，好菜怎么能家里做呢。你没有那么多的作料、高汤，没有那么大的炉火与油镬，办不成的。"

"不信？那也没有办法，我请不动那位尊神。她根本就不把我们这些人放在眼里。解放前我想尽办法也没有打得进去……对了，近几年来听说她的家境不好，手头拮据，也许看了孔方兄的面上，能为我们操办一席。你家和她靠近，去试试。"

朱自冶病急乱投医了，他为了吃总会赶出一些冒冒失失的事体；他冒冒失失地去敲五十四号的大门，径直说明来意。

如果是在解放前的话，孔碧霞不把朱自冶赶出来才怪呐！可那孔碧霞不如朱自冶，她没有那么多的存款和定息，已经把房子租给了三家，还得靠变卖家具和首饰度日。同时她也多年不操此道，有点技痒难熬，很想重新得到别人的称赞，再现昔日的风流。她内心已经许诺，表面上还要搭搭架子：

"啊呀，朱先生，倷（你）是听啊里（哪里）一位老先生活嚼舌头根，倷尼（我们）女人家会做啥格（什么）菜呢，从前辰光烧点小菜，是呒没（没有）事体弄弄白相（玩儿）格！"这女人的一口苏白像唱歌似的好听，可惜写出来却不是那么好懂的。

朱自冶当然懂啰，涎皮搭脸地恳求着："行行好吧，不管你办什么我们都吃，总归要比饭店里好点。"

"饭店！……"孔碧霞十分轻蔑地拉长了声音，"你们男人家真没出息，闻了饭店的那股味道之后居然还吃得下东西！"

朱自冶目瞪口呆了，饭店里有什么味道？有的是美食的香味，闻了以后才胃口大开哩！"啊，是是，我们这些人都是凡夫俗子，吃了一世什么也不懂，赏个光吧，让我们开开眼界。"

"好吧，那就献丑了，你们几个人呢？"

朱自冶默算了一下，把食指一环："九个。"

"不行，最多只能七个，人多是没好食的。"

"那就八个，正好一桌。"

孔碧霞笑了："朱先生，你不懂规矩，那下手的一个位子是给烧菜的人留着的。"

"好好，对不起。"朱自冶醉里叫好，心里犯疑，哪有厨师上桌的？为了吃也只好迁就了，随即从身边掏出一沓钞票，数了五十元放在桌子上，心里盘算，这十块钱算是小费。

孔碧霞面有难色了："哎呀，这几个钱吃点什么呢？"

朱自冶把心一横，八十块全部豁出去，买个面子。

孔碧霞迟疑了半晌，好像在那里算账，最后乜了朱自冶一眼："好吧，不够的地方我也凑个份子。唉，你这人也实在可怜！"

事情就这样定下了，孔碧霞足足地准备了五天。据说还有一只红焖鳗没有来得及做，因为买回来的鳗鱼必须先用特殊的方法养一个星期，而那朱自冶又馋得等不及。

至于这一顿到底吃了些什么，我没有参加，不能乱吹。

杨中宝是参加了的。那一天他正好休息，在大街上碰到了朱自冶。朱自冶是去通知他的吃友们准时上阵的，没想到有位老友因病不起，需要另找候补的。看见杨中宝便说："走走，跟我去见见世面。"接着便把如何找到孔碧霞等等说了一遍。连说带吹，借以发泄对我们饭店的怨气。

杨中宝从来不服人，艺高人总有那么点傲气。名厨师都是男人，哪来这么个女的！可是，他也听他师傅说过，在清末民初的时候，苏州有一种堂子菜，是从高等妓院里兴起来的。做这种菜的全是聪敏漂亮的女人，连丑丫头都不许帮道，那做工细得像绣花似的。他反正闲着没事，那朱自冶又不用他出钱，何不趁此去监视监视，如果真有可取的话也可学点技术；如果言过其实的话也可把朱自冶揶揄一顿，煞煞他的锐气！

杨中宝只向我讲了事情的来龙去脉，说明他没有开地下饭店，同时对这种捕风捉影的小报告十分恼火，说是有人和他过不去。他一气之下就不谈孔碧霞了，而是缠着我把他调到交际处去。这事儿很快就办成了，所以我一直不知道那天晚上孔碧霞如何大显身手，讲究吃了些什么稀世的美味！读者诸君也不必可惜，在往后的岁月里我们还会见到她表演。“文化大革命”可以毁掉许多文化，这吃的文化却是不绝如流。

我当时只能从朱自冶的行动上来进行推测，肯定那天晚上的一桌菜是“此曲只应天上有，人间哪得几回闻！”

朱自冶一吃销魂，从此很少见到他的踪影。他再也不像没头苍蝇似的在街上乱转，再也听不到他清晨开门去赶朱鸿兴；他不食人间烟火了，一日三餐都吃在孔碧霞的家里。一个会吃，一个会烧；一个会买，一个有钱。两人由同吃而同居，由同居而宣布结婚，事情顺理成章，水到渠成。

朱自冶终于成家了，一个曾经有过无数房屋的人，到了四十五岁上才有了家庭！家庭是个奇妙的东西，它会使人变得有了关拦，言行举止也规矩了点。朱自冶稳重些了，注意言谈，也注意外表。衣着和过去大不相同。笔挺的中山装，小口袋里插着两支钢笔，颇有点学者风度，这恐怕是孔碧霞参照他前夫的形象加以塑造的。

那孔碧霞不仅会烧菜，治家也是能手。结婚以后她千方百计地调整住房，让朱自冶搬过去，把五十四号里的三户人家搬过来。三户人家的住房面积都有了扩大，她自己也不蚀本。因为那五十四号是个中式的庭院，有树木竹石，池塘小桥，空间很大，围墙很高，大门一关自成天地，任他们吃得天昏地黑也没人看见。那时候，像我这样的反吃战士比较多，还有反穿的；谁要是考究饭菜，讲究衣着，那就有被斥之为资产阶级的危险，或者说是和资产阶级的思想沾了边。所以有钱的人也不得不稍加隐蔽，关起门来吃，吃到肚子里谁也看不见！当然，完全看不见也不可能，人们每天早晨都看见朱自冶夫妇上菜场。两个人穿着整齐，一个拎篮，一个拎包，一个人的膀子套在另一个人的膀子里，惹得行人侧目而视，哧溜一声：“干瘪老阿飞！”

我的妈妈从来不说孔碧霞的坏话，她认为这个女人是行了件好事，使得一个败子回头。她买菜回来常常对我说：“又碰到朱经理啦，现在变好了，夫妻两个亲亲热热，像个过日子的。”

我听了只是哼哼，心里想：这叫变好？这是关起门来逃避改造！

六　人之于味

朱自冶逃避改造，我对他也无可奈何。他不到我们的店里来吃饭，我也不能冻结他在银行里的存款；说他有资产阶级的思想也白搭，他本来就是资产阶级。让他去吃吧，革命不是一次完成的，只要他规规矩矩，不再叫喊什么苏州菜不如从前，不再闯到我的房间里来提意见。

朱自冶当然不会提意见啰，偶尔碰到我时也是陌若路人，头也不点，挺着那重新凸起来的肚子扬长而去，像个得胜的公鸡，气得我两肺直扇！

更为气愤的是居然有人和朱自冶唱着一个调子，说我们的饭店是名存实亡，饭菜质量差，花色品种少，服务态度恶劣！而且说这种话的百分之九十以上都不是资产阶级。有干部，有工人，还有老头老太什么的。我听了很不服，改革才进行了一年多，你们怎么会从赞扬变成反对？两片嘴唇翻得倒快呐！我只好耐心地加以解释：

“老太太，少说两句吧，一年前你能到这里来吃饭，还算见了世面！”

“世面已经见过了，现在要吃好东西！”老太太晃着几张大钞票，“喏，儿子寄来的，他再三关照我要增加营养，高兴的时候便到你们店里来改善改善。改善个屁，还不如我自已烧的！”

“那就自已烧吧，自已烧的东西合口味。”我想起孔碧霞来了，不觉说漏了嘴。

老太太火了：“你……你这话像是开黑店的人说的，我能烧还要你们干什么，白养着你们拿薪水！”

包坤年挺身而出了：“什么叫开黑店，你嘴里放干净点！社会主义的企业是黑店？你诬蔑……”

我连忙拦阻：“好了。算了算了。老太太，你别生气，这菜如果没有动过的话，我们退钱。”

对干部模样的人我就不大客气了：“同志，你是出差的吧？”

“对，咱从北京出差到苏州，听说苏州菜名扬四海，你们的店很有名气，特地来品尝品尝，可你们却拿出这玩意儿！”

“同志，有这样的玩意儿已经不错了，你的伙补一天才几毛钱？”

“咱自已就不能补？现在不是包干儿的时代了，咱花得起！”

“艰苦朴素的作风还得保持。”

“对对，谢谢您的教导，早知如此应该背上一袋窝头上苏州，你们这家饭店嘛，存在也是多余的！”袖子一甩，走了。

我叹了口气，觉得这人的资产阶级思想也是很严重的，才拿了几天的薪金制，就这么财大气粗地当老爷！至于我们这家饭店的存在……唉，确实有了点问题。这两年国民经济大发展，农村连年丰收，工人调资定级，干部拿了薪水……那人民币又特别见花，肉才六毛多一斤，五香茶叶蛋五分钱一个，二两五的洋河大曲连瓶才两毛二分钱。许多人都阔绰起来了，看到大众菜便摇头，认为凡属“大众”都没有好东西，“劳动牌”也不是好香烟。我想为劳动大众服务，劳动大众却对我有意见。有人把意见放在桌面上，更多的人是不愿费口舌，反正有名的菜馆多的是，他们的改革本来就不彻底，临时弄点大众菜装装门面的。时过境迁连门面都不装了，橱窗里琳琅满目，各种名菜赫然在焉！他们乘着市面繁荣时拼命地掏人家的口袋，掏得人家笑嘻嘻的，那营业额像在寒暑表上哈热气，红线呼呼地升上去！我们也曾有过黄金时代啊！想那改革之初，营业额也曾一度上升，我还以此教育过管账的，说他是杞人忧天。隔了不久便往下降，降，降……降掉了三分之一，再降下去确实会产生能否存在的危机！

好吃的人们啊！当你们贫困的时候恨不得要砸掉高级饭店，有了几个钱之后又忙不迭地向里挤，只愁挤不进，只恨不高级。如果广寒仙子真的开了“月宫饭店”，你们大概也会千方百计地搭云梯！

一九五七年的春天是个骚动不安的季节，到处都在鸣放，还有闹事的。店里的职工开始贴我的大字报了，废报纸上写黑字，飘飘荡荡地挂在走廊里。我看了以后倒也沉得住气，无非是大众菜和营业额等等的问题。只有一张大字报令人气愤，说我是拿饭店的名声，拿职工的血汗来换取个人的名利，说那杨中宝是被我打击、排挤出去的！署名是“一职工”，可从那语气和那么多的形容词来看，肯定是包坤年写的。你这小子也太不应该了，当初改革时你也曾热情支持，说杨中宝开地下饭店也是你汇报的，怎么能把一堆屎都甩到我的头上来呢？当然，我也没有必要对此加以解释，只要有千分之一的正确性，都是应该接受的。

正当我惶惑不安、心情烦躁的时候，却来了我的老同学丁大头！

丁大头到北京开会，路过苏州，特地下车来看看我。转眼八年啦，真叫人想念！我情不自禁地叫起来："老伙计，我要好好地请你吃一顿，走，上我们的饭店去！"我叫过以后也觉得奇怪，这话可不像我说的，怎么见了面就想请客呢！

丁大头摇摇头："罢啦，你们的饭店我已经领教过了，还把大字报浏览了一遍。老伙计，你这些年都干了些什么呢？"

"干了点什么？等等，你等等。等会儿我会全部告诉你。"我连忙把我的爱人叫出来，向丁大头介绍："喏，这就是我的爱人。这就是我常常对你说起的丁大头。"

丁大头欠了欠身子："丁正，绰号大头……哎哎，这个雅号再也不能扩散了，我和你一样，大小也是个经理！"

我爱人掩着嘴笑，盯住丁大头看，好像要弄清楚那头是否比平常人大点。

我说："你别呆看了，快到小菜场去看看，买点儿什么东西。"丁大头对我们的饭店已经领教过了，带他到人家的饭店里去更是制造口舌。所以我想叫爱人随便弄点菜，晚上就在家里吃一点。谁知道我的爱人没手抓了，结婚两年多她还没有弄过饭哩！她只会替丁大头倒茶、递烟，说："你们先谈会儿吧，妈妈到居民委员会开会去了，等她回来再替你们准备吃的。"

我一听便急了，居民委员会开会是个马拉松，又拉又松，等到他们开完会，那小菜场肯定已经关门扫地。便说："你就烧一顿吧，不能样样事情都依赖妈妈。"

我爱人来话了："怎么，你把说过的话都忘啦，你说年轻人如果把业余时间都花在小炉子上，肯定不会有出息。"她把双手一摊："你看，我这个有出息的人还不知道油瓶在哪里！"

丁大头哈哈地笑起来了："对，我可以证明，这话肯定是他说的，一切后果由他负责！"

我连忙摆摆手："好了，你到居民委员会去一趟，就说家里来了人，让妈妈早点拔签。"

爱人出去以后，我便滔滔不绝地倒苦水，从头说到尾："……那些大字报你都浏览过了，进行人身攻击的不谈，那是一个年轻人跟着人家起哄的。可是我的改革有什么错？旧社会的情景你也见过的，就是为了消灭那种不平才去战斗。我不会忘记，临离开这个城市的时候我曾经对她发过誓言。当然，那只是一种壮志，个人的力量是很微薄的，可是在我力所能及的范围内绝不能让那些污泥浊水再从阴沟里冒出来，决不能让那些人还生活在他们的天堂里！他们可以关起门来逃避，但是不能让我们的同志在吃的方面去向资产阶级学习。当年我们遥望江南，为的是向旧世界冲击；曾几何时，那些飘飘荡荡的大字报却对着我冲击了！冲吧，我问心无愧！”

丁大头沉默了，直抽烟，他的心情大概也是很不平静的。

“说话呀，你的知识比我广博，这些年又在新华书店工作，整天埋在书堆里，你可以随便抽出一本书来敲敲我的头，最好是那些布面烫金的，敲起来有力！”

丁大头笑了：“那不行，敲破了头是很难收拾的，我只是想告诉你一个奇怪的生理现象，那资产阶级的味觉和无产阶级的味觉竟然毫无区别！资本家说清炒虾仁比白菜炒肉丝好吃，无产阶级尝了一口之后也跟着点头。他们有了钱之后，也想吃清炒虾仁了，可你却硬要把白菜炒肉丝塞在人家的嘴里，没有请你吃榔头总算是客气的！”

我跳起来了：“你你……你也不能天天吃清炒虾仁呀！”

“谁天天到饭店吃炒虾仁的，他有那么多工资吗？”

“可也不少呀，同志，你不能低估这种潮流！”

“是你把大众低估了。大众是个无穷大，一百个人中如果有一个来炒虾仁，就会挤破你那饭店的大门！你老是叨念着要解放劳苦大众，可又觉得这解放出来的大众不如你的心意。人家偶尔向你要一盘炒虾仁，不白吃，还乐意让你赚点，可你却像沙子丢在眼睛里。”

“不不，我对大众没意见。”

“我知道，你是对那个朱什么冶有意见，他闭门不出了，你到哪里去揪他呢！”

“也不是全躲在家里。”

“当然，肯定会有许多人跟着劳动大众去吃虾仁。告诉你吧，即使将来地主和资本家都不存在了，你那吃客之中还会有流氓与小偷，还有杀人在逃的，信不信由你。”

我信了。我早就发觉过这一点，住旅馆需要工作证和介绍信，吃饭只要有钱便可以。我只好叹气了："唉，你的话也不无道理，可我总觉得勤俭朴素是我们民族的美德，何必在吃的方面那么顶真呢？"

"说得对，这对你个人来说是一种美德，希望你能保持下去，可你是个饭店的经理，不能把个人的好恶带到工作里。苏州的吃太有名了，是千百年来劳动人民创造出来的文化，如果把这种文化毁在你手里，你是要对历史负责的！"

我一听便凉了。我在学校里读过历史，知道那玩意儿可不是好惹的，万一被它钉住了，死都逃不脱的！可我也怀疑，这吃的艺术怎么会是劳动人民创造的呢，说得好听罢了，这发明权分明是属于朱自冶和孔碧霞他们的。

也怪我的妈妈太热情，这天的晚饭竟然是五菜一汤，汤是用活鲫鱼烧的，味道鲜美。

丁大头眉开眼笑了："你看，这社会风气已经渗透到你的家庭中来了，注意！"

七　南瓜之类

丁大头走后，我仔细地检查了我的行为。一个老朋友来了，为什么立即想到要去买菜呢？很简单，这是一种乐趣，也含有尊重与慰劳的意味。过去为什么不是这样呢？记得渡江后和他在无锡分手时，我也曾为他送行，花了五分钱在摊头上吃了一碗小馄饨，他十分满意，我也情意绵绵。今天为什么不能那样做，一顿花掉五块多钱！也很简单，那时的五分钱是我全部流动资金的十分之一，而我今天的工资是七十五，加上我爱人的工资，再扣去家庭的开支，那五块钱也就等于五分钱。物质和精神的砝码一样大，情谊的天平是平平的。如果我今天还请丁大头吃小馄饨，即使他不介意，我又有什么必要让他忆苦思甜！如果让妈妈和爱人知道的话，肯定要把我一顿臭骂："这些年你一直惦记个丁大头，来了以后只肯花五分钱，你还像不像个人呢！"

我当然像个人，而且自以为像个很好的人，不随波逐流，不见异思迁……可我有没有感到时间在流去，生活在变迁？我只知道忘记了过去就等于背叛，却不知道忘记了变化也和背叛是差不多的，同样是违反了人民的心意。不去管什么朱自冶了，让他在小庭院里快活几天！

正当我想转弯的时候，反右斗争开始了。这个运动没有碰到我，差点儿我还成了英雄哩。谁都承认我立场坚定，方向对头，早就以实际行动打击了资产阶级的“今不如昔”。只是由于我的心中有鬼，说话吞吞吐吐，行动也不积极，白白错过了一个提拔的机会，是个扶不起的刘阿斗。

我想转弯也来不及了，因为跟着便是“大跃进”，“大跃进”之后便是困难年。“大跃进”的时候人人都顾不上吃饭，困难年人人都想吃饭了，却又没有什么东西可吃的；酱油都要计划供应了，谁还会对大众菜有意见？连菜汤都是一抢而空，尽管那菜汤是少放油，多放盐。凡是能吃的东西人民都能下肚，还管它什么滋味不滋味！

这就苦了朱自冶啦！他吃了四十多年的饭，从来就不是为了填饱肚皮，而是为了“吃点味道”。这味道可是由食物的精华聚集而成的。吃菜要吃心，吃鱼要吃尾，吃蛋不吃黄，吃肉不吃肥，还少不了蘑菇与火腿。当这一切都消失了的时候，任凭那孔碧霞有天大的本领也难以为炊。

人也真是个奇怪的动物，有得吃的时候味觉特别灵敏，咸、淡、甜、嫩、老，点点都能区别。没得吃的时候那饿觉便上升到第一位，饿急了能有三大碗米饭（不需要上白米）向肚子里一填，那愉快和满足的感觉也是难以形容的。朱自冶尽管吃了一世的味道，却也难逃此种规律。他被饥饿从小庭院中逼出来了，又拎着个草包成天在街上兜。这一次不是寻找美味了，只要看见哪里围着人，便拼命地向里钻，企图能买到一点红薯、萝卜或花生米之类，不管什么价钱。无奈，他经常总是提着个空包回来，神情沮丧，疲惫不堪地走过我家的门前。我第一次见到他财大并不气粗，他也许是第一次感到金钱并不是万能的。照理说那朱自冶也饿不了，城市不比农村，他有定量供应。“大跃进”之前他家的定量吃不了，经常向外调剂，现在虽说捐献掉两斤，那也不至于饿肚皮。奇怪，一旦缺少了副食品和油之后，那粮食就好像是棉花做的，一天八两一顿下肚，还不知道是塞在哪个角落里！何况那思想也有问题，一顿不饱十顿饥，眼睛一睁便想吃东西。朱自冶以前是眼睛一睁便想吃头汤面，现在却老是睁着眼睛看住桌上的饭碗，总觉得他碗里的饭比孔碧霞女儿少了点。孔碧霞也没好气：

“是你的肚子里有鬼！”

“我有鬼还是你有鬼？一个是空的，一个是实的！”

孔碧霞一把夺过女儿的饭碗："给你，都给你，反正女儿也不是你养的！"

孩子哇的一声哭起来了，夫妻俩吵得不可开交。吵到后来实行分食制，一只煤炉两只锅，各烧各的。在吃上凑合起来的人，终于因吃而分成两边。再也看不见他们两个套着膀子走路了，再也听不见孔碧霞嗲声嗲气地叫喊："老朱嗳，你来嘘！"

资产阶级的家庭关系本来就是建筑在金钱上的，当金钱处于半失效的状态时，那关系也就会处于半破裂。我倒有点为朱自冶庆幸了，这下子他可以不再迷信金钱，也可以知道一粥一饭的来之不易，不要那么无休止地去寻求美味。

我这样想并不是幸灾乐祸，因为我和朱自冶同处于一个灾祸之中，他饿我也饿，同样地饿得难受。按说，我是一个饭店的经理，在吃的方面还是有点儿办法的，在这种特定的时刻，权力的作用会明显地超过金钱。可我一贯自认为是个很好的人，饿死事小，失节事大，不去搞那些鬼把戏。老实说，也没有饿到真的爬不起来的地步。况且我的家庭很巩固，妈妈和我的爱人拼命地保证重点。妈妈总是让我先吃："快吃吧，吃了上班去，我反正没事，等一歇。"我知道这"等一歇"是什么意思，总是偷偷地把饭拨掉点。我的爱人重点保证女儿，孩子读小学，正在长身体，放学回家等不及放书包，便喊肚子饿，不管给她多少，她都会呼呼啦啦地吃下去，哪像现在的孩子，吃饭都要大人逼！

我爱人的身体本来就不好，不久便发现腿也肿了，脸也泡了。这是当时的一种流行病，谁都会医，药方也很简单：一只蹄膀、一只鸡，加四两冰糖煎服便可以——到哪里去找呢？

我有点心事重重了，走路也闷着头。走过阿二家门前时，他在门内向我招手。

阿二早已不挖河道了。当年以工代赈时，每天只拿三斤米，他积极工作，毫无怨言，不愧为工人阶级。领导上十分器重他，安排他到搬运站去工作，现在是基层工会的主席。他对我很信任，总以为我说的话都是对的。可不，那黄包车已经进了博物馆，三轮车也不多见，他虽然没有当上司机，却也是司机的领导哩。

我进了阿二家的门，见阿二的爸爸也坐在天井里。这老头儿有好几年对我不予理睬，后来儿子当了干部，定了工资，讨了媳妇，阿三、阿四也都就了业。老头儿也不卖葱姜了，在那摆摊头的地方摆张小桌子，天天晚上弄点老酒抿抿，看见我总是笑嘻嘻地打招呼："来来，弄一杯！"如今的日子又不大好过了，小桌子又搬到天井里。我喊他一声老伯伯，他想笑却没有张开嘴。

阿二把我拉到一边："怎么样，我看见阿嫂的脸色有点不对！"

"是啊，有点浮肿。"

"这样吧，我们有两辆汽车到浙江去拉毛竹，毛竹没有拉到，却在哪个山沟里弄来两车南瓜。你准备一辆小板车，天不亮便到码头上去，我弄一车给你。"

"不不，我又不是你们单位里的人，怎么好分你们的东西，再说……"

"别说啦，我决不会做那种'狗皮搗灶'的事情，那南瓜有我的一份，你先拉去吃。我们经常有车子在外面跑，总比你活络点。"

"那……"

"那什么呀，去拉吧！"老头儿在旁边插话了："南瓜有什么稀奇，大农场，拖拉机，我还等着喝你的伏特加哩！"老头儿咧开嘴笑了，他是在挖苦我的。

我也笑了："老伯伯，你别挖苦我，我还没有翻你的老底呢。那时候阿二去挖河泥，你看见我连头也不点。后来怎么样啦，天天喊我弄一杯。别着急，目前是暂时的困难，好日子会回来的！"

老头儿真心地笑了，连连点头："对对，我相信，相信。"

千千万万个像阿二爸爸这样的人，所以在困难中没有对新中国失去信心，就是因为他们经历过旧社会，经历过五十年代那些康乐的年头。他们知道退是绝路，而进总是有希望的。他们所以能在当时和以后的艰难困苦中忍耐着，等待着，就是相信那样的日子会回头，尽管等待的时间太长了一点。我很后悔，如果当年能为他们多炒几盘虾仁，加深他们对于美好的记忆，那，信心可能会更足点！

我回家把这件事情告诉妈妈，妈妈谢天谢地，连忙四处奔走，去借小板车。

小板车借回来了，可那朱自冶却像幽灵似的跟着小板车到了我的家里！他的样子很拘谨，也很可怜。叫他坐也不坐，痴痴呆呆地站在门角落里。我暗自稀奇，现在来找我干什么，难道还对大众菜有意见！

妈妈对朱自冶一直很尊敬，硬拉朱自冶坐下，还替他倒了杯水：

“朱先生，有什么话你就说吧，是不是又和孔碧霞吵架啦！”

“哪有力气吵啊，你们看，瘦的！”朱自冶叹了口气，拍拍他那曾经两度凸出来的肚子，他那肚子是生活的晴雨表。

是啊，朱自冶那个颇有气派的肚子又瘪下去了，红油油的大脸盘也缩起来了，胖子瘦了特别惹眼，人变得像个没有装满的口袋，松松拉拉的全是皮。我说：“忍耐一下吧朱先生，这对你也是一种磨炼！”

“啊……也对，也对。”朱自冶迟疑着，想站起来，又坐下去。

妈妈是个饱经沧桑的人，她从朱自冶的神态上就已经看出，这是一种有求于人而又难以启口的表现。她在解放前被逼得无路可走时，也曾向朱自冶借过钱。她曾经对我说过，向人借钱的日子最不好过。失魂落魄地跑进门，开不出口来又跑出去，低声下气地不知道要兜几个圈子。她大概是不想让自己受过的罪再让别人受，便替朱自冶壮胆：

“朱先生，有什么话就说吧，说出来也好让我们帮助。人生一世，谁还没有个为难之处！”

“南瓜。”朱自冶没头没脑地开了口，“听说你家去拉南瓜，能不能分点给我，我……给钱。”

妈妈虽然知道朱自冶绝不是来借钱的，却没料到他是来讨南瓜，这事儿她不好做主，因为南瓜和我爱人的浮肿病有点关系，万一有个三长两短，那就说不过去。不答应朱自冶吧，她也觉得说不过去，因为她知道许多公子落难，义仆救主的故事，只好抬起头来看看我：“小庭，你看呐！”

用不着看了，朱自冶那可怜巴巴的样子就在眼前。从他趾高气扬地高踞在阿二的黄包车上，大摇大摆地出入茶馆酒肆，直到今天抖抖缩缩地向人家讨几只南瓜，天意的惩罚也是够受的啦！

我点了点头：“好，分点给你。”

朱自冶双手一合：“谢谢，谢谢，我给钱！”说着便把手伸进口袋，他并没有忘记钱的魔力。

我突然产生了反感：“不要钱，你要答应我一个条件！”

“什么条件？”朱自冶又惶恐了。

“跟我一起去拉板车。不劳动者不得食，总不能再叫人把南瓜送到你家里！”

“当然当然，我一定劳动！可……可我不会拉板车，弄不好会把车子拉到河里。”

我一想，这倒也是个实际问题：“你总会推吧，我在前面拉，你在后面推。”

“会，我一定用力推。”

“那好，明天早晨四点钟，你在巷头上烟纸店的门口等我，过时不候！”我给他把时间定死了，劳动者总要守点儿劳动纪律。

第二天早晨三点五十五分，我把小板车拉出了大门，在空寂的小巷里哐啷哐啷地向前滚。

果然不错，朱自冶站在那里哩。我本来的意思是叫他站在烟纸店的屋檐下，那里可以避一避深秋黎明时的寒露。可他却紧紧地裹着一件旧雨衣，像个电线木杆似的站在路灯的下面，为的是能让我一眼便看见。我看了很高兴，劳动是能改造人的，起码叫他懂得了准时准点。

“早啊，朱先生，叫你久等了吧。”

“可不是，我已经抽掉了五根香烟！”朱自冶说着便脱雨衣，弯下身来帮我推。

我连忙说：“穿上，空车是用不着推的。”我存心要教会朱自冶一点儿劳动的本领，便把车杠向上一提：“你看，只要前高后低，重心在后，它自己会向前滚的，费不了多少力。等会儿装了南瓜，也只要你在上坡下桥时帮我一把。到了平地，你只要一手搭住车帮，弯腰向前，把体重压到车帮上，跟着跑跑便可以。”

朱自冶嘘了口气，原来这推车也不费力！他把雨衣向手弯里一搭，甩打甩打走在我的身边。朱自冶东张西望，兴致勃勃，好像是第一次看到这黎明前的苏州，第一次看到清洁工人在路灯下扫地，第一次听到那粪车在巷子里辚辚地滚过去。

“高经理，现在几点啦，我怎么觉得还是在半夜里。”

“四点零三分。怎么，你没有表吗？”我有点奇怪了，朱自冶的时间怎么是用抽几支香烟来计算的？

“不瞒你说，读大学的那一年家里给了我一只浪琴金表，我戴了三天就不想要了，总觉得手腕上多了个东西，很不舒服。”

我差点儿笑出来了，那只浪琴金表大概早已下肚，放在肚子里是最舒服不过的。

“那你不要准时上课吗，迟到了也是很不舒服的。”

“迟到，嘿嘿，我根本就不到。野鸡大学，文凭也可以卖的。唉，书到用时方恨少呀，现在想看点儿书了，还有许多字不识呢！”

我对朱自冶刮目相看了，不会拉板车也罢，能看点儿书总是好的，开卷有益。

“都看点儿什么书呢？”

“喏，当然是关于吃的，食谱。这些时没有什么吃的了，晚上睡不着，想起自己一生吃过的好东西，好像那些大盘小碗，花花绿绿的菜肴就在眼前。不瞒你说，我在这方面的记忆力特别好，我能记得几十年前吃过的名菜，在什么地方吃的，是哪个厨师烧的，进口是什么味道，余味又是怎么样的……你别笑，吃东西是要讲究余味的，青橄榄有什么吃头？不甜不咸，不酥不脆，就是因为吃了之后嘴里有一股清香，取其余味。人真是万物之灵啊，居然能做出那么多好吃的东西！从天上吃到地下，从河里吃到海里。人要不是会钻天打洞地去吃的话，就不会存在到今天！恐龙只会吃草，那么巨大的东西如今又在哪里？……你别叹气。是的，我也觉得很可惜，当年吃过了也就算了，没有写日记，现在回想起来就不能全面，所以想看食谱，复习复习，还可以熬馋呢！……哎哎，你慢点走啊，听我说，那些食谱看了叫人生气，记载得很不详细，我认为最好吃的里面都没有，特别叫人生气的是看不起我们苏州的菜，都是些奇里古怪的东西，什么皇帝吃过的。皇帝有什么了不起，每天一百只菜，摆摆场面，还不知道有几只是可以吃的！乾隆皇帝为什么要三下江南呀，就是到苏州来吃的……”

实在熬不住了：“快走吧，拉南瓜去！”我把南瓜二字说得特别响，目的是让他的头脑清醒点。

“对对，我们决不能忽视南瓜，用南瓜照样可以做出上等的美味。你们的店里过去有一只名菜，名叫西瓜盅，又名西瓜鸡。那是选用四斤左右的西瓜一只，切盖，雕去内瓤，留肉约半寸许，皮外饰以花纹，备用。再以嫩鸡一只，在气锅中蒸透，放进西瓜中，合盖，再入蒸笼回蒸片刻，即可取食。食时以鲜荷叶一张衬于瓜底，碧绿清凉，增加兴味。”朱自冶背完了食谱，又摇摇头，“其实那西瓜盅也是假的，鸡里并没有多少瓜味。瓜甜鸡咸，二者不配，取其清凉之色而已。我们可以创造出一只南瓜盅，把上等的八宝饭放在南瓜里回蒸，那南瓜清香糯甜，和八宝饭浑然一体，何况那南瓜比西瓜更有田园风味！……”

够了。这一大篇吃经念下来，已经快到码头了。我也不想打断他的话，也不再希望他有什么转变，这人是本性难移！让你去画饼充饥吧，我可要改变主意。我本来想把南瓜分给他一半，现在重新决定：分给他三分之一！

八 殊途同归

万万没有想到，一个好吃的人和一个反好吃的人居然站到一起来了！“文化大革命”中我成了走资派，朱自冶成了吸血鬼，两个人挂着牌子，一起站在居民委员会的门口请罪。

朱自冶成为吸血鬼犹可说也，我成了走资派……也有道理。因为在困难年过去之后，我觉得时机已到，可以对过去的改革加以检讨，再也不能硬把白菜炒肉丝塞到人家的嘴里了。何况当时的形势和人们的要求也逼着我的转变。领导上提出要开高级馆子，卖高价菜，借以回笼货币，我们本来就是名菜馆，更是义不容辞的。人们在困难年中饿坏了，连我这个素以不馋而自居的人，也想吃点好东西。妈妈也到自由市场上去游转，五块钱一斤豆油，十块钱一只鸡，看了摇头惊呼，还是笑嘻嘻地拎一只回来，加水煎熬，放在我爱人的面前：“吃吧，孩子，这两年苦坏了你！”老人说这话的时候眼泪都掉下来了，其实我爱人的浮肿病早已消退。只有小女儿兴高采烈，到处宣扬：“我们家今天吃了一只鸡！”好像发生了什么惊天动地的事情！

高价菜又把朱自冶吸引到我们的店里来了，而且是和孔碧霞一起来的。两个人虽然没有套着膀子，却是合拎着一只大草包，一人抓住一个拎襻，相视而笑，十分亲热。那包里装满了高级糖，高级饼，两人刚刚剃过高级头，容光焕发，喜气洋溢，一股子高级香水味。金钱又发生作用了，那垂老的爱情当然是可以弥合的。

二十元一盆的冰糖蹄膀，朱自冶一下子便买了两只，分装在两个饭盒子里。我和朱自冶自从拉了那趟南瓜之后，见了面都要点头，说两句天气，以纪念那一段共同的经历。困难终于过去了，店里有了东西卖，我也觉得增添了几分光彩。看见朱自冶来买蹄膀摆弄和他搭话："好呀，老顾客又回来啦！"

朱自冶也高兴，笑着，拉拉我的手，可那话却是不好听的："没有办法呀，蹄膀和冰糖自由市场上没有，只好到你们店里来买老虎肉！"

"噢……那你为什么不趁热吃，带回去给孩子？"

"不不，你们的蹄膀没烧透，不入味。我们带回家去再烧一下，再用半斤鸡毛菜垫底，鲜红碧绿，装在雪白的瓷盘里，那才具备了色香味。你们的菜呀，还差得远呢！"

我听了有点懊丧，当时不该把南瓜分给他三分之一。可我也接受了教训，决不把这股气扩散到别人的头上去。六三、六四年的供应情况又和"大跃进"前差不多了，我要致力于炒虾仁，使人对这美好的日子留下更深刻的记忆，人总不能老是后悔。可这恢复工作比我当初的改革要困难百倍，从精细到粗放，从严格到马虎，从紧张到懒散，从谦逊到无理都是比较容易的，要它逆转可得费点劲儿哩！

包坤年早就不当"店小二"了，这是在我的启发下改变的。他的行政职务虽然还是服务员（对此他很有意见），服务的时候却像个会议的主持人，高坐在那会场似的店堂里。吃客拥进店堂时他便高声大喊："喂喂，不要乱坐，先把前面的桌子坐满！听见没有，你为什么一个人溜到窗子口？"

"同志，请你来一下。"

"要点菜吗？看黑板，都写着咧。"

"同志，我想要两只苏州名菜。"

"名菜？每一只菜都有名字，写得清清楚楚的。"

几乎每天都有吃客吵到我的面前："我们是来吃饭的，不是来受气的！"我忙着给人家赔不是，同时抓紧时间开会，做思想工作，订服务公约，批评别人，检查自己。还得感谢我们苏州的滑稽艺术家张幻尔——祝他安息。他那时编演了一个滑稽戏，名叫《满意勿满意》。这戏还真帮了我不少忙，我还请他到店里来做了一次报告，他的报告比我的报告有效，所以便招待了他一顿，没有收钱，是在宣传费用中报销的。

以上种种，到了"文化大革命"中自然就成了罪孽，说我是全面复辟了资本主义，伤天害理地强迫革命群众去服侍城市里的老爷！张幻尔的那一顿饭也不是好吃的，陪着我狠狠地被斗了一整天！

包坤年成了头头了，对准着我造反。他那时有一种错觉，认为打倒了局长便可以当局长，打倒了经理便可以当经理。局长已经被人家抢先打倒了，他也只好屈就点。他确实也具备了各种对我造反的条件：历史清白，一贯拥护革命路线，最最难得的是在一九六三年便抵制过我的复辟行为，遭到过我的残酷打击！这话也并非完全捏造，一九六三年我是批评过他，他那名菜都有名字的妙语，还被报纸上的一篇文章引用过，虽然没有点名，总会有点压力。所以他在控诉我的罪行时总是义愤填膺，热泪盈眶："那时候黑云压城城欲摧，我势单力薄，孤军奋斗，只好暂时屈服在他的淫威下面，我盼啊，盼啊……"包坤年经常在店堂里看小说，词儿是不少的，也不空洞，他对我的情况十分熟悉，重磅炸弹都捏在他手里。那时候他老是跟着我转，我也把他当作左右手，可算是无话不谈的。诸如我小时候曾经帮朱自冶买过小吃，住了他家的房子不给钱，等等。有些话是为了说明旧社会的不平，有些话纯属闲聊，并无目的。包坤年把这些事儿都串起来了，批道：

"这个死不改悔的走资派，从小便被资本家收买，眼看蒋家王朝的末日已到，便带着不可告人的目的混入我解放区。解放初期伪装积极向上爬，攫取了权力；一有机会便全面复辟资本主义，为他的主子效力！"这些话虽然不合事实，却也很有逻辑性。我是在蒋家王朝末日已到时到解放区去的，解放初期我是很努力，当了经理当然也有了权力，一有机会是改变过经营管理！任何事情只要先把它的性质肯定下来，怎么说都有理，而且是不需要什么学问的。"白马非马"，如果我首先肯定了你是只马，那就不管你是白的还是黑的，你怎么玄也休想滑得过去！要不然的话，世界上的黑白为什么会那样容易就被颠倒了呢？

也有人是处于一种好奇心理："是呀，哪有房屋资本家是不收房钱的？不是一天两天啊，一住几十年，这里面到底是什么关系？"这些人并无恶意，只是想知道人与人之间的秘密关系。

包坤年可要抓住这些关系做文章了，立刻通过居民委员会去外调。

这个朱自冶呀，没说头。他除掉好吃之外还有个致命的弱点——怕打。当包坤年把袖管一捋，桌子一拍，他就语无伦次，浑身发抖。

"说，你有没有收买过高小庭？"

“收……收买过的。”

“怎么收买的？”

“经常给他钱。”

“在什么地方给的？”

“在酒店里。”

“总共给了多少？”

“大……大约有几十万。”

“啊！这么多的钱你是怎么从银行里取出来的？”

“用，用不着取，是零钱，对对，是伪币。”

幸亏包坤年要比我的老祖母明白得多，如果他也只知道铜板和银圆的话，很可能要闹笑话。

“伪币？……伪币也是钱！快说，解放以后你们是怎么勾结的？”

“没有。解放以后他对我不大客气。”

“胡说，把他带走！”

“啊啊，我该死，我忘了，困难年他还给了我一车南瓜哩！”该死的朱自冶呀，他忘了说三分之一，为了这个数字，还害得我多挨了几拳头！

这下子不得了啦，证据确凿，罪行累累！更不得了的还在后面呢，三转两绕把个孔碧霞也牵出来了。她的前夫解放前夕逃在香港，困难年还从香港给她寄过罐头，秘密指令就藏在罐头里！她是潜伏特务，我和特务内外勾结，窃取国家机密……包坤年看的都是反特小说，看多了自己也会编。你看：天亮前的三点五十五分，朱自冶穿着一件美制的雨衣（那件破雨衣确实是美国货），歪戴着一顶鸭舌帽（没有戴），站在电灯柱下徘徊，连续不断地抽了五支香烟。准四点，高小庭拉着板车从巷子里出来，左右这么一看，轻轻地说了一声：“走……”故事的开头很有吸引力，因而十分畅销，到处请他去做批判发言。他没完没了地讲着，我弯成四十五度角站在那里，还要不时地回答问题：

“你有没有罪？”

“有罪，我有罪！”我确实承认自己有罪。当年包坤年听说杨中宝到孔碧霞家吃饭，便编造出杨中宝开地下饭店，而且还有个妖里妖气的女人收钱。我不但没有批评他，却从自己的需要出发，对他重用，加以鼓励。如果编造谎言能得到好处的话，那他为什么不编呢？好处越大，他就会编得更加离奇！

“回答，你是不是罪该万死！”

我拒不回答。我不想死，我要活。我有错误要纠正，还有那愿意为之牺牲的共产主义事业……

拳头又落到我的身上来了，打得并不重，却像刀尖刺在心头，我总觉得包坤年握着的刀柄，有一半儿是我做成的！

居民委员会也不能没有表示，可那批斗的事儿都给包坤年包了，他们捞不着，只好勒令我和朱自冶、孔碧霞早晨到居委会的门口请罪。我和朱自冶终于站到了一起！

挂着牌子站在居委会的门口请罪，那滋味比“押上台来！”更难受。押上台去向下一看，黑压压的一大片，也不知道有几个人是我认识的。站在居委会的门口就不同了，巷子里早晨进出的都是熟人。那拎着菜篮的老太是看着我长大的，那阿嫂结婚的时候曾经请我坐过席，那孩子嘛……前几天见了我还喊叔叔哩！我低着头不敢看人，人们也不忍看我。好端端的一个人，又不偷又不抢，怎么突然之间像个吊死鬼似的，一动不动地竖在那里！有人绕道走了，绕不掉的人便匆匆奔过去，装着没看见。偏偏我又能从他们的脚步和鞋袜上看得出是谁。看得最准确的当然是我的妈妈了，她小时候缠过足，后来才放开，那双半大的脚围着儿子转过多少回啊，如今是那么沉重而零乱，歪斜而迟疑。

只有阿二满不在乎，他走到我身边便高声咳嗽，轻轻地说：“别着急，先熬着点。”

孔碧霞可熬不住呀，她是个爱打扮而又讲风度的人，如今剃了个阴阳头，挂着个女特务的牌子站在那里。特务而加女字，更容易引起人们的注目和非议，因为谁都不会想到女特务会做菜，总是想到女特务会搞一些乱七八糟的男女关系。再加上那个该死的朱自冶，居然交代他曾经看到孔碧霞从外国罐头上剥下商标纸，一直压在玻璃台板里，破“四旧”的时候才烧毁。这使得包坤年的故事里又多了一个情节。这密码就在商标纸的背后！孔碧霞又羞，又恨，又急，站了不到半个小时便砰然一声倒地，满脸鲜血，不省人事。亏得居委会主任并不存心要和谁作对，便叫人把她搀了回去。

我对朱自冶更加反感了，请罪的时候都离他远点，表示我和他并非同类。你朱自冶好吃倒也罢了，在那样的情况下，好吃根本就算不了一回事。可你为什么那么怕打，为了一时的苟安，竟然不顾夫妻情义，提供那种不负责任的细节。由此我也得出结论，好吃成性的人都是懦弱的，他会采取一切手段，不顾任何是非，拼命地去保护、满足那只小得十分可怜而又十分难看的胃！

第二天一早，阿二带着二十多个搬运工人来了，一个个身强力壮，头上戴着柳条帽。队伍由一部大榻车开路，榻车上装着杠棒、绳索和铁钎。车子到了我们的面前时便往下一停，有人大喝一声："是谁叫你们站在这里的？"

朱自冶又吓了，慌忙回答："是居委会主任。"

阿二把手一挥："去几个人，把主任找来。"

五六个人同时拥进大门，把主任拉到了大门口。

"是你叫他们站在这里的？"

"是的，请问你们是哪一派的？"居委会主任感到有些来者不善。

"我们是杠棒派，告诉你，这里不许站人，妨碍交通！"说着便有人到榻车上抽杠棒，拿铁钎。

居委会主任连忙摆手："革命的同志们，这件事情可以商议，可以商议。"

阿二说："这样吧，如果你觉得不好交代的话，那就叫他们到拐弯的弄堂里去扫地。"

居委会主任是个很有社会经验的人，他立刻明白了阿二的用意，也没有必要冒挨打的风险，便对我们挥挥手："回去，各人回家去拿扫帚。"

阿二高兴地瞟了我一眼："不许偷懒，扫得干净点！"

我听了暗自发笑，那拐弯的弄堂是条死弄堂，总共不到三十米，划不了几扫帚。

可是我却无法和朱自冶分开，我扛着扫帚进弄堂，他也紧紧地钉在我后面，我扫他也扫，我歇他也歇，还要找机会向我表示谢意："还是你的朋友好，够交情！"

我忍不住叫出来了："我的朋友是不讲吃喝的！"

九　士别三日

其实并不是别了三日；三三得九，整整九年我没有见到过朱自冶，他大概还住在五十四号里，我与全家下放到农村去了九年。

九年的时间不算太短了，所见所闻再加上亲身的经历，足够我进一步思考吃饭的问题。在思考中度过了五十大寿。

过生日的那一天，妈妈杀了一只老母鸡，开后门弄来一斤洋河大曲，闷闷地喝了几杯。三杯下肚之后突然惶恐起来，怎么搞的，什么事儿还没有干呐，却已经到了五十岁！解放初期我和五十多岁的老先生一起开会，上下台阶都得看着他点。在我的印象中，年过半百已经是老人了；在农民的生活中，五十岁的人如果有儿有女而且儿女都很孝顺的话，他是不挑重担的。“一事无成两鬓斑，常使英雄泪满衫！”我虽然不是英雄，却也流下了几滴眼泪。我在泪眼与醉意中胡思乱想：如果能让我重新工作的话，我第一要……第二要……简直像在做梦似的。梦也是一种预感吧，它有时候也能实现，只是实现起来不如梦中那么容易。

灾难过去之后，我又回到了苏州。这一次可不是背着背包回来了，一家大小，瓶瓶罐罐，台凳桌椅，农具家什装满了一卡车。我对苏州城有点不习惯了，觉得它既陌生又熟悉。大街小巷都没有变，可是哪来的这么多人哩！苏州人没有事儿并不是游园林，而是荡马路。如今，你连过马路都得当心点！在大街上碰到多年不见的熟人时，只能站在人行道的边上讲话，讲话要提高嗓门，还不停地有人从你的肩膀上擦来擦去。大批下放并没有能减少城市的人口，却把个原来比较安静的城市涨得满满的。涨得我连个安身之处也没有了，只好借住在亲戚的家里。也好，这下子可以和那朱自冶离得远点，他在城东，我在城西。

组织部的同志找我去谈话，那位同志也和我差不多的年纪。当年要饿我三天的老部长早已不在了，祝他安息，在“文化大革命”中，他在另外一个城市里“自动跳楼”。什么都懂的丁大头也不在了，他就死在“什么都懂”的上面，而我这个什么都似懂非懂的人却活到了今天……

“组织上考虑，你还是回到原来的工作岗位，有什么意见？”

我什么意见也没有，只是感到一阵心酸，忍不住自己的眼泪。如果坐在我面前的还是老部长的话，我会和他抱头痛哭的！老部长啊，你再也用不着饿我三天了，我已经深深地懂得了吃饭的意义；放心吧，丁大头，我再也不会硬把白菜炒肉丝塞到人家的嘴里。我要拼命地干，我要把时间放大三倍，一份为了老部长，一份为了你……

“不要激动，过去的都过去了，困难还在前面。”

我点点头。这是用不着说的，每次灾难都是首先影响到吃饭；灾难过去之后第一个浪头便是向食品市场冲击，然后才想到打扮，想到电风扇和电视机。

我的估计没有错，但是还有两点没有估计在内。十年动乱以后乱是停止了，可那动却是大面积的！人们到处走动，纷纷接上关系。访战友，看亲戚，老同学，老上级，有的被关押了十年，有的从反右以后便失去了联系。人们相互打听，谁谁有没有死，谁谁又在哪里。“好呀，看看去！”几乎是每一个家庭都会发生一次惊呼：“啊呀，你怎么来啦……”我虽然反对好吃，可是在这种情况之下并不反对请客。我也是人，也是有感情的，如果丁大头还能来看我的话，我得好好地请他吃三天！

还有一点没有估计在内，那就是旅游的兴起。旅游这个词儿，以前我们不大用，一般地都叫作“游山玩水”，含有贬义。现在有新意了，是领略祖国的山河之美。不管是什么意思，我都不反对，人是动物，应该到处走走。特别是欢迎外国朋友们来走走，请他们看看我们民族的文化，顺便赚点儿外汇。别以为苏州的园林都是假山假水，人工造的，试问：世界上哪有一种文化不是人为的？真山真水虽然伟大，但那算不了文化，是上帝给的。何况苏州的园林假得比真的还典型，集中，完美，全世界独一无二，不是吹的！

苏州的饭菜呢？经理。在这个古老的天堂里吃和玩本来是并驾齐驱的，你既然不反对请客，不反对旅游，还欢迎外国朋友，那就不能落后，落后了是要挨打的。

可不是，开始的那阵子人们意见纷纷，什么吃饭难呀，品种少呀，态度坏呀。有人提意见，有人发牢骚，有人指着我的鼻子骂山门。那包坤年还和一帮青年人打了起来，真的挨了几拳头！没有办法，包坤年也需要有个恢复的过程。“文化大革命”期间他不是服务员，而是司令员，到时候哨子一吹，满堂的吃客起立，跟着他读语录，做首先……然后宣布吃饭纪律：一律到一号窗口拿菜，二号窗口拿饭，三号窗口拿汤；吃完了自己洗碗，大水槽就造在店堂里，他把我当初的改革发展到登峰造极！

别人对我发牢骚，我也对别人发牢骚，我的牢骚只能私下里发：“现在的事啊，难哪……”不能在店堂里发，如果伙着大家一起发的话，那不是要把店堂吵炸啦！我得注意点，年岁也不小了，不能那么毛毛躁躁。特别是对包坤年，得讲个团结，他整天都在等着我打击报复呢！不错，他在“文化大革命”

中打过人，但也只是打过我，没有打过别人。朱自冶招得快，没有挨过打，孔碧霞也不是他打的。他自己也是上当受骗，又没有能当上经理，牢骚要比我多几倍！

包坤年挨了人家几拳之后，便到办公室里来找我，面部的表情是很尴尬的："高经理，我……过去，对不起你……"

我连忙摇手："算了算了，过去的事情别提，那也不能完全怪你。如果你是来检讨的话，那就到此为止；如果你有什么事儿的话，那就直说，不必顾虑。"

包坤年翻翻眼睛，半信半疑："我想……"我这个人不适宜于当服务员，说话的嗓门儿都是两样的，容易惹人家生气。过去的那些年胡思乱想，都是不切实际。今后再也不能靠吵吵喊喊了，要凭本事吃饭，技术第一。所以我想好好地学点儿技术。

"你想离开饭店？"

"不，那也是不现实的。我想去当厨师，学烧菜。不管怎么样，我学起来总比别人方便。"

"噢……"我的脑子悠转着，考虑两个问题：一是包坤年的服务态度，恐怕一时难改，很难保证他在相当长的时间内不和人家打起来。二是厨房里确实也需要人，培养年轻的厨师已经成了大问题。我二话没说，马上同意。

包坤年十分满意，到处宣扬："放心，这个走资派是不会打击报复的，我那么打他，他都没有记仇，你贴了张把大字报，发过几次言有什么关系！"

别小看了包坤年的宣扬，还真起了点稳定人心的作用。人心思治，谁也不想再翻来覆去。牢骚虽多，可那牢骚也是想把事情做好，不是想把事情弄坏，只不过性急了一点。性急也是一种动力，总比漫不经心好些。

我和同志们仔细地研究了吃客的意见，发现除掉有关服务态度之外，要求也很不统一。有的要吃饱，有的要吃好；有的要吃得快（赶着去玩儿），有的不能催（老朋友相聚）；有的首先问名菜，有的首先问价钱；有人发火是等出来的，有人发牢骚是因为价钱太贵。不能把白菜炒肉丝硬塞在人家的嘴里，可那白菜炒肉丝也是不可少的，只是要炒得好些。

我的思想也解放了，不搞一刀切，还引进了一点洋玩意儿。不叫大众菜，叫"快餐"，一菜、一汤、一碗饭，吃了快去游园林，否则时间来不及。其实那快餐也和大众菜差不多，只是听起来还有点儿效率。否则的话，人家一看“大众”便上楼，谁都欢喜个高级。

我们把楼下改成快餐部，一律是火车座，皮靠椅，坐在那里吃饭也好像是在旅行似的。青年人，特别满意，带劲儿，又新鲜，又花不了他们几个钱。我年轻的时候只知道拖拉机，他们现在比我当年懂得多，还知道外国有种餐厅是会转的。怎么个转法我也不知道，反正在火车座儿里吃饭也有动的意味。当然，快餐的味道也不错，如果要添菜也可以，熏鱼、排骨、油爆虾、白斩鸡都是现成的。有个青年朋友吃得高兴起来还对着我打响指：“喂，最好来瓶威士忌！”这一点我没有同意，我担心那威士忌和伏特加也是差不多的。

楼上设立炒菜部，把会场似的店堂再改过来，分隔成大小不同的房间，一律是八仙桌，仿红木的靠背椅，人多可加圆台面，墙角里还放几盆铁树什么的。老年人欢喜怀旧，进门一看便点头，“唔，还是和过去一样的！”其实和过去也不一样了，如果真和过去一样的话，他们也会有意见：“怎么搞的，二十多年了，还是这样破破烂烂的！”

当我忙得满身尘土，焦头烂额的时候，背后也有人说闲话：“都是这个老家伙，当年拆也是他，现在隔也是他，早干什么的！”我听了心往下沉，什么，我也成了老家伙啦！老……老得还可以嘛，那家伙二字是什么含义？也罢，干活儿不能动手抓，总得使几样家伙的。何况我从拆到造也不是简单的重复，内中有改进，有发展，这就叫不破不立。遗憾的是从破到立竟然花去了二十多年，我的心里也是不好受的。

改造店堂和引进一点洋玩意儿都好办，要恢复传统的名菜，全面地提高质量就难了，难在缺少人才。杨中宝和他的同辈人都纷纷退休了，有的是到了年龄，有的是想尽办法提早退休，好让子女顶替。名菜虽然都有名字，有些菜名青年人连听也没有听到过，他们的心里也很急，纷纷要求学习，而且对杨中宝十分想念。许多人虽然没有见过杨中宝，但都听师傅说起过，说杨中宝的手艺如何如何，肯定也会说我当年对杨中宝是怎样怎样的。历史不仅是写在书中，还有口碑世代流传！

我决定去求见杨中宝，希望他不记前嫌，来为我们讲课，按教授待遇，每课给八块钱。

我去的那天天下大雨，大雨也要去！

杨中宝见我冒雨而来，十分感动："啊……你还没有忘记我！"

他确实老了，行动蹒跚，耳朵也有点不便。当我说明来意并作了检讨之后，他紧紧地握住我的手，拍拍我的手背："你呀，还说这些干什么呢，那些事我早就忘光了。我只记得那里是我的娘家，我在那里学徒，在那里长大。我发过几次狠了，临死之前一定要回娘家去看看兄弟姐妹。你请也要去，不请也要去，听说你们现在忙得不错哩！"

我听了很感动，这是一个老工人的胸怀，也是一个老工人的心意，他对我们的事业是有感情的，那感情比我深厚。

杨中宝来了，是由他的孙子陪同来的。他先把我们的店里里外外看了一遍，不停地点头叫好，说是和过去简直不能比。特别是那宽大的厨房，冰箱、排气风扇、炊事用具、雪白的灶头，他当年在交际处也没有这种条件。我把所有菜单都请他过目，他看得十分仔细。

杨中宝开讲的时候，全店上下都来了，把个小会场挤得满满的。我请他解放思想，放开来讲，多讲缺点。可是杨中宝讲得很有分寸，入情入理：

"我看了，你们工作得蛮好。要说苏州的名菜，你们差不多全有了，烧得也好。缺点是原料不足和卖得太多引起的。这事很难办，现在吃得起的人太多，十块八块全不在乎。据讲有些名菜你们连听也没有听见过，这也难怪，一种菜往往会有很多名字。比如说苏州的'天下第一菜'，听起来很吓人，其实就是锅巴汤……"

下面轰的一声笑起来了。

"就是锅巴汤，你们的菜单上天天有。有些名菜你们应该知道，但是不能入菜单，大量供应有困难。比如说鲃肺汤，那是用鲃鱼的肺做的，鲃鱼很小，肺也只有蚕豆瓣那么大，到哪里去找大量的鲃鱼呢？其实那鲃肺也没有什么吃头，主要是靠高汤、辅料，还得多放点味精在里面。鲃肺汤所以出名，那是因为国民党的元老于右任到木渎的石家饭店吃了一顿，吃后写了一首诗，诗中有一句，叫'多谢石家鲃肺汤。'从此石家饭店出了名，鲃肺汤也有了名气。有些名菜一半儿是靠怪，一半儿是靠吹。"

我向椅背上一靠，深深地透了口气。

"你们的缺点也不少，为什么把活鱼隔夜杀好放在冰箱里？为什么把青菜堆在太阳里？饭店里的东西除掉酒以外，其余的都得讲究新鲜。过去有一只菜叫活炒鸡丁，从杀鸡到上菜只有三分多钟，那盆子里的鸡丁好像还在动哩！”

包坤年举手发言了：“杨师傅，请你说说，这么快都有什么秘诀？”

“也没有什么秘诀，主要手脚快，事先做好一切准备，乘鸡血还未沥干时便向开水里一蘸，把鸡胸上的毛一抹，剜下两块鸡脯便下锅，其他什么也不管。这……这主要是供表演用的，也可以为厨师增加点名气。”

杨中宝为我们讲了两个多钟头，又到厨房里去实地操作表演。老人的兴致又高，不肯休息，回家后便犯老病，睡了十多天。

我本来想打报告，把杨中宝请回来当技术指导，补足他的原工资，外加讲课津贴。现在再也不敢惊动他了，让老人安度晚年。青年人的学习热情很高，不肯罢休，说是刚刚听出点味道来，怎么能停下呢！这话很对，我过去没有重视人才，更没有想到培养的问题，现在悔之未晚，得加倍努力！想来想去，想出了一个主意：出招贤榜！谁熟悉哪个烧菜的名手，都可以推荐，不管是在职的还是退休的，讲一课都是八块钱，年老体弱的人，可以叫出租汽车去接。

这一下可坏了，一张招贤榜又把个朱自冶引到了我的身边！

十　吃客传经

不知道是谁首先想起了朱自冶，一经宣扬以后人人都很同意。这使我十分吃惊，原来好吃也会有这么大的名气！

是的，请朱自冶来讲课的理由是很充分的。他从一九三八年开始便到苏州来吃馆子——这还没有把他在上海的“吃龄”计算在内，不间断地吃到了“大跃进”之前。三年困难之间虽然一度中断，但他从未停止在理论上的探讨，据外间流传，就是在那极其困难的条件下，他写成了一本食谱。“文化大革命”期间他什么都肯交代，唯有这份手稿却用塑料纸包好埋在假山的下面。此种行为的本身就可以跻身于科学家、理论家、文学家的行列，且不说他到底写了点什么东西。包坤年说得好：“只要他讲讲一生都吃了哪些名菜，就可以使我们大开眼界！”我同意了。我再也不能把个人的好恶带到工作里。何况我不见朱自冶已经整整十年，十年寒窗还能中状元，你怎么能把个朱自冶看死呢？可是我没有亲自登门求教，是包坤年叫了一部出租汽车去的。朱自冶六十八岁，符合我所说的坐车条件。包坤年说他想借此机会去向朱自冶和孔碧霞检讨，过去的事情是一时昏了头。我想也对，这个检讨由他去做比较适宜，谁欠的账谁还，我也不能包揽。

朱自冶讲课的那一天，也是我主持会议。他的吃经我已经听过一些了，特别是关于南瓜盅，我的印象是很深的，我要听听这些年他到底有了哪些发展。

朱自冶并不是很会讲话的人，尤其是到了台上，他总是结结巴巴，抖抖索索的。讲起吃来可大不相同了！滔滔不绝，而且方法新颖。他一登台便向听众提出一个问题：

“同志们，谁能回答，做菜哪一点最难？”

会场活跃，人们开始猜谜了：

“选料。”

“刀功。”

“火候。”

朱自冶一一摇头：“不对，都不对，是一个最最简单而又最最复杂的问题——放盐。”

人们兴致勃勃了，谁也没有料到这位吃家竟然讲起了连一个小女孩都会做的事体。老太太烧菜的时候，常常在井边上，一面淘米一面喊她的孙女儿：“阿毛，替我向锅子里放点盐。”世界上最复杂和最简单的事情都有最大的学问，何况我们的几个老厨师都在频频点头，觉得是说在点子上面。

朱自冶进一步发挥了：“东酸西辣，南甜北咸，人家只知道苏州菜都是甜的，实在是个天大的误会。苏州菜除掉甜之外，最讲究的便是放盐。盐能吊百味，如果在鲃肺汤中忘记了放盐，那就是淡而无味，即什么味道也没有。盐一放，来了，鲃肺鲜、火腿香、莼菜滑、笋片脆。盐把百味吊出之后，它本身就隐而不见，从来也没有人在咸淡适中的菜里吃出盐味，除非你是把盐多放了，这时候只有一种味：咸。完了，什么刀功、选料、火候，一切都是白费！”

我听了大为惊讶，这朱自冶确实有点道理！

朱自冶的道理还在向前发展：“这放盐也不是一成不变的。要因人、因时而变。一桌酒席摆开，开头的几只菜要偏咸，淡了就要失败。为啥，因为人们刚刚开始吃，嘴巴淡，体内需要盐。以后的一只只菜上来，就要逐步地淡下去，如果这桌酒席有四十个菜的话，那最后的一只汤简直就不能放盐，大家一喝，照样喊鲜。因为那么多的酒和菜都已吃了下去，身体内的盐分已经达到了饱和点，这时候最需的是水，水里还放了味精，当然鲜！”

朱自冶不仅是从科学上和理论上加以阐述，还旁插了许多有趣的情节。说那最后的一只汤简直不能放盐，是一个有名的厨师在失手中发现的。那一顿饭从晚上六点吃到十二点，厨师做汤的时候打瞌睆，忘了放盐，等他发觉以后拿了盐奔进店堂时，人们已经把汤喝光，一致称赞：在所有的菜中汤是第一！

整整的两个小时，朱自冶没有停歇，使人感到他的学识渊博，像冰山刚刚露了点头。他在掌声中走下台来，挺胸凸肚，红光满面，满头的白发泛着银光，更增加某种庄重的气息。包坤年从人群中挤上去，紧紧地拉住了朱自冶的手：“朱老，你讲得太好了，我都作了记录，只是记录得不全面，我想带只录音机到府上去拜访，请你再讲一遍。”

“这个嘛……可以，不过最好请你在下午三点以后，我吃了饭得睡一会儿。”

“当然当然，你以后的报告我一定当场录下来，不再麻烦你。我想根据录音再加整理。”

“不必了吧，我是随便讲讲的。”

“哪里，你的讲话太珍贵了，不留下来太可惜！”

“好吧，整理好给我看看。”

“一定，一定要请你过目的。”

朱自冶到底在野鸡大学里混过，老来颇有点教授风度；包坤年一贯重视收集材料，热情也是可掬的；我也向朱自冶发出邀请，请他下个星期继续讲下去。

朱自冶连续为我们讲了三课，包坤年借来一只四喇叭，把朱自冶的讲话全部录下。可惜的是讲到第二课大家便有点着急，讲了半天的盐，这盐怎么还没有放下去呢！厨师们不像我那么外行，放盐的重要性他们是知道的，他们更想知道朱自冶在放盐上有哪些绝技。朱自冶不像杨中宝，他只肯在台上讲，不肯到厨房里去表演。讲到第三课的时候便开始说故事了，说是哪一年和哪几个人去游石湖，吃了一顿船菜如何精美；哪一年重阳节吃螃蟹，光是那剔螃蟹的工具便有六十四件，全是银子做的。而且讲来讲去只有一个观点，现在的菜和过去不能比。他以前说皇帝不懂吃，现在又说清朝是如何的。我当然不能说他是宣扬今不如昔，却也产生了一点怀疑。饭菜不比文物，文物是越古的越值钱；

如果在山洞里发现了一幅原始社会的壁画，哪，了不起！可那山洞里的烤野牛是否也算是最好吃的？厨师们打哈欠了，有的干脆回家去睡觉，说是不听他吹牛。讲到第四课味道就不正了，把什么大姑娘唱小曲儿，卖白兰花，叫堂会等等都夹在菜里面。

我决定叫暂停，可那包坤年有意见，说是这样珍贵的材料如果不及时抢救，那是要对历史负责的！

我听到对历史负责就发怵，心里就没有个底。很难说啊，万一那朱自冶还有许多货真价实的东西没有讲出来，或者说他已经讲出来的东西我们并不理解，那倒真是要负责的！好在这一类的难题现在已经难不倒我了，我也学会了一套，即遇事拿不准时，千万不能说死，这里打一个坝，那里要留一个口，让他走着我瞧着，到时候再说话，总归是我对。

“这样吧，朱自冶的报告必须暂停，因为人们已经听不下去。抢救材料的事情当然不能停，反正你已经开始了，那就由你负责到底，我可以提供一定的条件。”

包坤年雀跃了：“买个四喇叭！”

“四喇叭不能买，那是属于集团购买力，要上面批。录音磁带你可以买，宣传费用中可以报销，也不要全买 TDK，买点儿国产的。”

包坤年十分满意：“高经理，谢谢你的信任，我一定把这个任务好好地完成。”

讲课就这样结束了，朱自冶前后讲了三课，三八二十四，外加出租汽车费。可是事情并没有结束，另外的一个口子还开着哩，那录音磁带不停地向外流。

包坤年每隔一个星期便要报销两盒磁带，而且全是 TDK，我在批发票的时候便问他：“你的任务什么时候才能结束呢？”

包坤年神气活现：“啊呀经理，现在的事情闹大了，到处都来请朱自冶做报告，而且都是找我联系，不会有结束的时候。我们也不想结束，决定成立一个烹饪学学会，对外联络可以有个正式的名义。朱自冶当会长，我当副会长，你也是发起人之一。考虑到你的工作忙，所以请你当理事长，挂挂名的。”

“啊！”我的脑袋嗡了一下，立刻产生了一种条件反射，那包坤年又成立战斗队！

“不不，我不能参加，我对烹饪学是一窍不通。”

“不需要你通，表示赞助而已。”

“不不，我赞助不起，我们没有那么多的宣传费，当年请张幻尔吃顿饭，也不过花了一盘磁带的钱。”

包坤年笑了：“经理呀，你也真是……赞助不等于要钱，钱我们有办法，可以印讲义。你看地摊上卖的《缝纫大全》，一本一块多，成本才几毛钱？穿的有人要，吃的还愁没有生意！何况我们可以趁做报告的时候往下发，用不着私人掏腰包，人家也有宣传费。”

我看着包坤年直翻眼，佩服。他实在比我还会做生意，我只想到掏私人的腰包，没想到要挖公家的宣传费。可以预料，那比掏私人的腰包更容易。我无权反对他们这样做，只好提一点忠告式的意见：

“讲义也不能瞎编呀，不能把那些大姑娘唱小曲儿等等的东西也编进去。”

“不不，讲义是我执笔的，它和小说不同，全谈学术，牵不到男女关系。”

我笑笑，在发票上签了个名：“拿去吧，下次请买国产的。”

包坤年拎起发票抖了抖：“放心吧，下次用不着你批了，我们还要买四喇叭，买计算机！”

说实在，我没有把包坤年的话全当真的，他们想得起劲罢了，成立个学会谈何容易！就凭包坤年这点儿烧菜的本领，再加上朱自冶讲放盐，又有多少学术可以研究呢，弄不成的。包坤年欢喜赶时髦，赶那么一阵子就要回头。

我想得太简单了，过分低估了包坤年的活动能力。不错，包坤年在烧菜方面的本领还没有学到家，可是他在估量形势，运用关系方面却很老练。饭店是个公共场所，什么人都有；有名的饭店当然会有有名的人物前来光顾，只要主动热情，多加照顾，帮着订菜订座，那关系便可以搭上去。老的搭不上便搭小的，通过小的也可以牵动老的，包坤年便可由此而登堂入室，看准时机，帮助人家操办家庭宴会。儿女婚事，老友相聚，用得着酒席的地方很多，花几个钱也不在乎，唯一困难的是缺少技术与劳力。包坤年精力充沛，技术虽然不太好，但他能请动技术很好的老师傅。老师傅会烧，朱自冶会吹，包坤年能跑腿，酒席价廉物美，包你满意。趁人家吃得高兴时，他们便宣传烹饪学学会的宗旨，请求赞助。如果他们是成立营养学学会的话，赞助的人可能不多，营养学虽然可以防病健身，延年益寿，但是很难懂，而且也不如烹饪学实惠，烹饪学是看得见摸得着的，硬是有一桌丰美的筵席放在你的面前！“学会”二字也很有吸引力，“反动学术权威”早已打倒了，现在人人都知道，任何学术总比不学无术好，赞助学术不会犯错误，即使错了，学术问题也是可以讨论的，讨论得越多越有名气！

朱自冶的名气越来越大了：一个老专家，在十年浩劫中写了一本书，某某经理看了佩服得五体投地，用小汽车接他去做报告，出两百块工资请他当顾问，他不去……

包坤年在外面活动的风声，朱自冶那越来越大的名声，呼呼地吹到我的耳朵里。“让他走着我瞧着，到时候再发表意见。”现在时候已经到了，我也无话可说了。我不能说朱自冶讲课是吹牛，大家别去听，听一次讲放盐还是可以的。我也不能揭朱自冶的老底，说他一贯好吃，死不改悔……正中，一个人要做出点学问来，必须终生不渝，坚持到底！对于包坤年我也不好说什么，我不能说他是开地下饭店，他再也不找我在发票上签字。唉，一切实用主义的工作方法都是自搬石头自砸脚，有的随搬随砸，有的从搬到砸要隔几十年！

十一　口福不浅

过了不久，我的老朋友阿二到店里来找我。我们两个人虽然不再住在一条巷子里，可是两家人家却经常来往。当我搬进新大楼的时候，他们一家都来道喜。连阿二的爸爸也由孙子们搀扶着爬上楼。他对我的妈妈说：“恭喜你呀老嫂子，你活了一生一世，从今以后再也不必担心房东会把你赶出去！”我的妈妈老迈了，回不出话来，只是擦眼泪。阿二更是经常到我家来，说说老话，坐一坐。有时候觉得老话也重复得太多了，便抽烟喝茶，无言相对，好像也是一种享受。他直接到店里来找我，这还是第一次。

阿二见了我便把手一举：“无事不登三宝殿，有件事情求求你。”

“什么事？”

“我家大男要结婚了，就在这个星期天。我想到你们店里订两桌酒席，可你们要排到三个星期之后！经理呀，能不能帮帮忙呢？”

我为难了：“哎呀，你何必来凑这种热闹，人家在饭店里摆酒是图排场，收人情，省事情。你也准备收人情吗，我应当送几十块呢？”

“去，我也不准备大请客。你家、我家、亲家，还有几个小朋友，总共不到二十人。”

“那好，两桌酒席你家摆不下吗，不能摆在天井里吗？你到店堂里去看看，闹哄哄的，想说几句高兴的话谁也听不见；到时候服务员要下班，拿着扫帚站在旁边，你能吃得安逸？”

“啧啧，哪有卖瓜的说瓜苦的。”

“瓜倒不苦，不是吹的，现在的几只菜都不推扳，表扬信收到了一大堆，可我总觉不如家宴随便。还有一个问题不好解决，我们有店规，凡属本店的工作人员，一律不得在本店与熟人同席，以免吃客们产生误会。你叫我怎么办，站在边上看！”

“嗬，那不能。这一次我要好好地请你喝两杯，当年如果不是你动员我参加失业登记，今天的情况也许就是两样的。”

“行，自家办。我可以帮助你请个好厨师，呱呱叫的手艺。”

阿二笑了：“那倒不必，我们家人手多，个个能动手。鸟枪换炮啦，伙计，人人都有一两样拿手菜哩！”

“更好，一人烧一只，我烧最后的一只汤。”

阿二拱拱手：“免了，你的汤我已经领教过了。星期天晚上早点来，等你。”

我的心里喜滋滋的，真的等着这桌酒席。我给他家惹过麻烦，害得阿二的爸爸摆葱姜摊头。也就是在那个天井里，阿二叫我去拉过南瓜，如今在那里摆上两桌酒啊！不吃也美！

正当我美的时候，包坤年蹦跳着进来了，看样子他也很美；我美他也美，这个世界才会变得更美。

包坤年高高地叫了一声：“经理，给！”把一张印着金字的大红请柬塞到了我手里。我把请帖翻过来一看：“为庆祝烹饪学学会成立，特订于二十八日中午（星期日）假座××巷五十四号举行便宴招待各界人士，务请大驾光临。”好，又是一顿酒席来了。我对这桌酒席的反应很快，不假思索地便说了出来：“抱歉，我星期天有个约会，要到人家吃喜酒去。”说着便把请帖向桌上一丢。

包坤年搔搔头皮：“你那是什么时候？”

“晚上六点。”我又不假思索地说了出来。

“好极了，不冲突，我们是中午十二点。”

我再把请帖拿起来看看，果然不错，中午二字明明白白地印在那里。我只好摆观点了：“不行，我没有参加你们的学会，也算不了是哪一界的人士，去是不合适的。”

“经理呀，正是因为你不肯当理事长，才使得我们的工作进行得十分顺利，空出一个理事长的位子来，解决了大问题！要不然的话，我们早就吵散啦，学会到今天也不能成立！”

“噢！”原来如此，参加是一种赞助，不参加还是更大的赞助！事物的因果关系实在微妙至极！

“去吧经理，某某某都去了，你不去是不像话的。又不是开大会，也不要你发言，纯粹是吃，一顿美餐，不去很可惜。”

“我不大欢喜吃。”

“那就少吃点，见识见识，对你来说也是一种业务学习。老实告诉你吧，这一桌酒席是百年难遇。朱自冶指挥，孔碧霞动手，我们几个人已经忙了四天。所有的理事都想参加，挤不进来大有意见。没有办法，孔碧霞有规矩，最多不得超过八人，再三商量才同意改用圆台面，连你十个。”

包坤年的话使我动摇了。当年杨中宝到孔碧霞家去吃饭，只听说吃得好上天，却一直不知道究竟吃了些什么东西。如今有了机会，不去见识一下是会终身遗憾的。何况我参加不参加都是赞助，如果再空出一个位子来，还不知道会引出什么后果哩！

“好吧，我去。”

“一言为定，不来接你了，五十四号你是熟悉的。”

“太熟悉了，我闭上眼睛也能摸到。”

五十四号我是很熟悉，读中学的时候我每天都要从那里经过，常常看见有许多油光锃亮的黄包车停在门口，偶尔还有一辆福特牌的小轿车驶过来，把巷子里的行人挤得纷纷贴上墙头。那两扇黑漆的大门终日紧闭着，门上有一条缝，一个眼。缝里投信件，眼里装有玻璃，据说这是一种窥视镜，里面能看清外面，外面看不见里面，叫花子是敲不开门的。那时候沿门求乞的人很多，差不多的人家都装有这种东西。我从来不知道那门里是什么样子，只是看见那高高的围墙上长满了爬墙虎，每到秋天便飘送出桂花的香气。如今的桂子又飘香了，我从一个孩子变成了“各界人士”，又到了五十四号的门前。

那两扇黑漆斑驳的大门敞开着，有一位年轻而漂亮的妇女站在门里面。她的穿着很入时，高跟皮鞋，直筒裤，银灰色的衬衫镶着两排洁白的蝴蝶边，衬衫也是束腰的。她笑嘻嘻地迎了上来，我以为是收入场券的，连忙把请柬掏出来给她看。她掩嘴，深深一鞠躬，左手向前一伸：“请进。”跟着便高声地叫喊：“妈妈，高经理来啦！”

噢……对了，她就是孔碧霞的女儿，是那个政客兼教授留下来的。姑娘也应该有这么大了，连我的女儿都有了孩子。我再回过头来看看她，活像孔碧霞。孔碧霞年轻的时候，也该是一代风流！

孔碧霞从那条铺着石子的花径上走过来了。我抬头一看，简直不认识了，她好像已经把原来的脸型留给了女儿，自己变成了一个半老的贵妇。现在不会有人喊她干瘪老阿飞了，她也发了胖，胖得丰满圆润，比站在居委会门前请罪时年轻得多。她的头发向上反梳着，在后脑上高高隆起。这种高，正好抵消了因发胖而造成的横向发展，所以不会造成人们视觉上的错误，好像发了胖的女人都比以前矮了一点。她的衣着并不花哨，时间已经使她懂得了打扮的真谛。年轻而漂亮的人不管穿什么衣裳都好看，淡妆浓抹都相宜；年老的人如果要打扮的话，主要是用衣着来表示某种风度和气质而已。所以孔碧霞的衣着很素净，一件普通的蓝色西装外套，做工考究，质地高贵，和她的年龄、体型都很相配。

孔碧霞对我很热情，像她这样精细的人，很难忘记细小的事情。

“高经理呀，就怕你不来呐。唷，也老了，当阿爹了吧？”

“没有，刚当上外公。”

“好，都是一样的。快请进，就等你开席。”

我跟着孔碧霞往前走，一个幽雅而紧凑的庭院展现在面前。树木花草竹石都排列在一个半亩方塘的三边，一顶石桥穿过方塘，通向三间面水轩。在当年，这里可能是那位政客兼教授的书房，明亮宽敞，临水是一排落地的长窗。所有的长窗都大开着。可以看得清楚，大圆桌放在东首，各界人士暂时都坐在西头。

包坤年从石板桥上走过来了，把我向各界人士一一引见。其中有两位是朱自冶的老吃友，我当年替他们买过小吃的。有一位是我的老领导，我年轻时便听过他的报告。其余的三位我都不熟悉，一个沉默寡言，两个谈笑风生，谈吐间流露出一股市侩气。

朱自冶穿着一套旧西装，规规矩矩地系着一条旧领带，领带塞在西装马甲里。这套衣裳不知道是从哪个箱子的角落里翻出来的，散发着浓重的樟脑味，可是朱自冶穿着并不显得滑稽，反而使我肃然而有敬意。好熟悉，这种装束是在哪里见过的？对了，我在读高中的时候，老师们的衣着基本上分为两大派。一派是长袍蓝衫，一派是西装革履。国文教员总是穿长袍，物理教师都是穿西装的。烹饪学属于科技，穿长袍蓝衫显得太陈旧，穿制服又没有特点，穿崭新的西装又显得没有根基，西装而是旧的，妙极！好像是一个潦倒多年的老科学家刚被重视，刚被发现！这一身打扮肯定是出于孔碧霞的大手笔，朱自冶穿衣裳一贯是很拆烂污的。

朱自冶多年不穿西装了，行动很不自然，碰碰撞撞地越过几张椅子，把一本烹饪学讲义塞到了我的手里。我拿着讲义在我的老领导的面前坐下，也觉得十分拘谨。解放初期当我还在工作队的时候，曾经和这位领导同志有过一段时间的接触，在我的印象中他是个不苟言笑，要求严格，对知识分子有点不以为然的人。我们那一伙“小资产”在他的面前都装得十分规矩而谨慎。今天在此种场合中相遇，还使我感到有点手足无措，最主要的是找不出话来说，只好把手中的讲义慢慢地翻阅。

“小高。”

“欸。”

老领导叫了我一声小高以后，也发现我的年纪已经不小了，立刻改了口：“老高呀，你要好好地看看这本书，多向人家学习学习。”

“是，我一定好好地拜读。”

“现在不能靠外行领导内行了，要好好地钻进去。”

“是的，我在这方面过去犯过错误。”

“知道错误就好，现在还来得及。”

我点点头，继续把讲义翻下去，发现这本由朱自冶口述，包坤年整理的大作并不是什么新鲜的东西，是从几种常见的食谱中抄录而来的，而且错漏很多，不知道是抄错的还是印错的。我抬起头来看看朱自冶，想向他提出一点问题，可那朱自冶却避开我的目光，双手向前划着，好像赶鸭子似的请大家入席。

人们鱼贯而出，互相谦让，彬彬有礼，共推我的老领导走在前面。

人们来到东首，突然眼花缭乱，都被那摆好的席面惊呆了。洁白的抽纱台布上，放着一整套玲珑瓷的餐具，那玲珑瓷玲珑剔透，蓝边淡青中暗藏着半透明的花纹，好像是镂空的，又像会漏水，放射着晶莹的光辉。桌子上没有花，十二只冷盆就是十二朵鲜花，红黄蓝白，五彩缤纷。凤尾虾、南腿片，毛豆青菽、白斩鸡，这些菜的本身都是有颜色的。熏青鱼，五香牛肉，虾子鲞鱼，等等，颜色不太鲜艳，便用各色蔬果镶在周围：有鲜红的山楂，有碧绿的青梅。那虾子鲞鱼照理是不上酒席的，可是这种名贵的苏州特产已经多年不见，摆出来是很稀罕的。那孔碧霞也独具匠心，在虾子鲞鱼的周围配上了雪白的嫩藕片，一方面为了好看，一方面也因为虾子鲞鱼太咸，吃了藕片可以冲淡些。

十二朵鲜花围着一朵大月季，这月季是用钩针编结而成的，很可能是孔碧霞女儿的手艺，等会儿各种热菜便放在花里面。一张大圆桌就像一朵巨大的花，像荷花，像睡莲，也像一盘向日葵。

人们从惊呆中醒过来了，发出惊讶的叹息：

“啊……”

“啧啧。”

还没有入席我就受到批评了：“老高，你看看，这才是学问呐！看你们那个饭店，乱糟糟的。”

我没有吭气，四面打量，见窗外树影婆娑，水光耀廊，一阵阵桂花的香气，庭院中有麻雀吱吱唧唧。想当年那位政客兼教授身坐书房……

朱自冶又把两手向前划着，邀请大家入席。同时把领带拉拉松，作即席讲说：

“诸位，今天请大家听我指挥，喝什么酒，吃什么菜，都是有学问的。请大家不要狼吞虎咽，特别是开始时不能多吃，每样尝一点；好戏还在后面，万望大家多留点儿肚皮……”

人们哈哈地笑起来了，心情是很愉快的。

“……吃，人人都会，可也有人食而不知其味，知味和知人都是很困难的，要靠多年的经验。等会儿我可以一一介绍，敬请批评指教。开席，拿酒杯。”

包坤年立即打开酒橱，拿出一套高脚玻璃杯，两瓶通化的葡萄酒。这一套朱自冶不说我也懂了，开始的时候不能喝白酒，以免舌辣口麻品不出味。可我就想喝白酒，我学会喝酒是在困难的时刻，没有六十四度不够味。

包坤年替大家斟满了酒，玻璃杯立刻变成了红宝石，殷红的颜色透出诱人的光辉。葡萄美酒夜光杯，那制作夜光杯的白玉之精也可能就是玻璃。

包坤年是副会长，斟完了酒总要讲几句的，为了要突出朱自冶，多讲了也不适宜，便举起筷子来带头："同志们请吧，请随意……"

朱自冶也不想为别人留点面子，煞有其事地制止："不不，丰盛的酒席不作兴一开始便扫冷盆，冷盆是小吃，是在两道菜的间隔之中随意吃点，免得停筷停杯。"说着便把头向窗外一伸，高喊："上菜啦！"

随着这一声叫喊，大家的眼睛都看住池塘的南面，自古君子远庖厨也，厨房和书房隔着一池碧水。

电影开幕了：孔碧霞的女儿，那个十分标致的姑娘手捧托盘，隐约出现在竹木之间，几隐几现便到了石板桥的桥头。她步态轻盈，婀娜多姿，桥上的人，水中的影，手中的盘，盘中的菜，一阵轻风似的向吃客们飘来，像现代仙女从月宫饭店中翩跹而来！该死的朱自冶竟然导演出这么个美妙的镜头，即使那托盘中是装的一盆窝窝头，你也会以为那窝窝头是来自仿膳，慈禧太后吃过的！

托盘里当然不是窝窝头，盖钵揭开以后，使人十分惊奇，竟然是十只通红的番茄装在雪白的瓷盘里。我也愣住了，按照苏州菜的程式，开头应该是热炒。什么炒鸡丁，炒鱼片，炒虾仁等等的，从来没见过用西红柿开头！这西红柿是算菜还是算水果呢？

朱自冶故作镇静，把一只只的西红柿分进各人的碟子里，然后像变戏法似的叫一声"开！"立即揭去西红柿的上盖：清炒虾仁都装在番茄里！

人们兴趣盎然，纷纷揭盖。

朱自冶介绍了："一般的炒虾仁大家常吃，没啥稀奇。几十年来这炒虾仁除掉在选料与火候上下功夫以外，就再也没有其他的发展。近年来也有用番茄酱炒虾仁的，但那味道太浓，有西菜味。如今把虾仁装在番茄里面，不仅是好看，请大家自品。注意，番茄是只碗，不要连碗都吃下去。"

我只得佩服了，若干年来我也曾盼望着多给人们炒几盘虾仁，却没有想到把虾仁装在番茄里。秋天的番茄很值钱，丢掉多可惜，我真想连碗都吃下去。

唔，经朱自冶这么一说，倒是觉得这虾仁有点特别，于鲜美之中略带番茄的清香和酸味。丁大头说得不错，人的味觉都是差不多的，不像朱自冶所说有人会食而不知其味。差别在于有人吃得出却说不出，只能笼而统之地说："啊，有一种说不出的好吃！"朱自冶的伟大就在于他能说得出来，虽然歪七歪八地有点近于吹牛，可吹牛也是说得出来的表现。在极力的享受和娱乐之中，不吹牛还很难使那近乎呆滞的神经奋起！

仙女在石板桥上来回地走着，各种热炒纷纷摆上台面。我记不清楚到底有多少，只知道三只炒菜之后必有一道甜食，甜食已经进了三道：剔心莲子羹，桂花小圆子，藕粉鸡头米。

朱自冶还在那里介绍，这种介绍已经引不起我的兴趣，他开头的一笔写得太精彩了，往后的情节却是一般的，什么芙蓉鸡片，雪花鸡球，菊花鱼等，我们店里的菜单上都有的。

人们的赞叹和颂扬也没有停歇：

"朱老，你的这些学问都是从哪里得来的？"

"很难说，这门学问一不能靠师承，二不能靠书本，全凭多年的积累。"

"朱老，你过了一世的快活日子，我们是望尘莫及。"

"哪里，彼此彼此，'文化大革命'和困难年也是不好过的。"

"算啦，那些事情都过去了，吃吃！"

"是呀，将来到了共产主义，我们大家天天都能吃上这样的菜！"

我听了肚里直泛泡，人人天天吃这样的菜，谁干活呢？机器人？也许可以，可是现在万万不能天天吃，那第五十八代的机器人还没有研制出来哩！

"老高。"

"欧。"

"你为什么不说话呀，像朱老这样的人才你以前一点儿也不知道吗？"

"知道，我很早便知道。"

"那你为什么不请他去指导指导，把你们的饭店搞搞好。"

"请……请过，我们请他讲过课。"

"那是临时的，没有个正式的名义。"

人们突然静下来，目光都集中在我的身上。我凝神了。在今天的这顿美餐里，似乎要谈什么交易？！

“名义……这名义就很难说了。”

“也是一种专家嘛！”

“叫什么专家呢？”我等待着人们的回答。科学家、文学家、表演艺术家，你哪一家都靠不上去！

“吃的……”说不下去了，“吃的专家”是骂人的。

“会……”会吃专家也不通，谁不会吃？

包坤年把筷子一举：“外国人有个名字，叫‘美食家’！”

“好！”

“对！”

“美食家，美食家！”

“来来，为我们的美食家干一杯！”

朱自冶踌躇满志了，忍不住把那旧西装敞开，举杯离座，绕台一周，特别用力地和我碰了碰杯，差点儿把那薄薄的玻璃杯都碰碎。是呀，他那吃的生涯如今才达到了顶点，辛辛苦苦地吃了一世，竟然无人重视，尚且有人反对。真正的价值还是外国人发现的！

我只恨自己的孤陋寡闻，一下子就败在包坤年的手里。我只知道引进“快餐”，却没有防备那“美食家”也是可以引进的。好吃鬼，馋痨坯等等都已经过时了，美食家！多好听的名词，它和我们的快餐一样，也可以大做一笔生意。如果成立世界美食家协会的话，朱自冶可当副主席；主席可能是法国人，副主席肯定是中国的！

人们在欢乐声中拨动了第十只炒菜，这时候孔碧霞走了进来，询问大家对炒菜的意见。人们纷纷道谢，邀请孔碧霞同饮一杯。我站起身来为孔碧霞斟满酒，举起杯：

“谢谢朱师母，你的菜确实精美，谢谢你，也谢孩子，她为我们奔走了半天。”我对孔碧霞也没有多少好感，但是我得承认，她的确是做菜的能手，二级厨师的手艺，应该由她来当烹饪学学会的主席或者是副主席。世界上的事情会做的往往不如会吹的，会烧的也不如会吃的！

孔碧霞很高兴：“哪里，能得到经理的称赞很不容易。”她举起杯来划了个大圈子，“怠慢大家了，几只炒菜连我也不满意，现在没有冬笋，只好用罐头。”

“啊，没说的。”

“来来，为美食家的夫人干一杯！”

一杯干了以后，包坤年开始收酒杯了，别以为宴会已经结束，早着呢，现在是转场，更换道具的。

朱自冶又拿出一套宜兴的紫砂杯，杯形如桃，把手如枝叶，颇有民族风味。酒也换了，小坛装的绍兴加饭、陈年花雕。下半场的情绪可能更加高涨，所以那酒的度数也得略有升高。黄酒性情温和，也不会叫人口麻舌辣。我向那酒橱乜了一眼，看见还有两瓶“五粮液”放在那里，可能是在喝汤之前用的。我暗自思忖，这桌饭不知是谁出钱，是朱自冶的银行存款呢，还是人家的宣传费？

孔碧霞告辞以后，下半场的大幕拉开，热菜、大菜、点心滚滚而来：松鼠鳜鱼，蜜汁火腿，“天下第一菜”，翡翠包子，水晶烧卖……一只“三套鸭”把剧情推到了顶点！

所谓三套鸭便是把一只鸽子塞在鸡肚里，再把鸡塞到鸭肚里，烧好之后看上去是一只整鸭，一只硕大的整鸭趴在船盆里。船盆的四周放着一圈鹌鹑蛋，好像那蛋就是鸽子生出来的。

人们叹为观止了。

“老高。”

“欧。”

“你看看，这算不算登峰造极？”

“算。”

“就凭这一手，让朱老到你们的店里去当个技术指导还不行，每月给个百二八十的。”

我明白了，这恐怕是今天的中心议题，连忙采取推挡术：“不敢当，我们的庙小，容不下大菩萨。”

“你们的庙也不小呀，就看庙主的眼力……”

幸亏那只三套鸭帮了忙，当它被拆开以后人们便顾不上说话了，因为嘴巴的两种功能是不便于同时使用的。

我看了看表，这顿饭已经吃了将近三个钟头，后面还要喝“五粮液”（我很想喝），还会有一只精彩的大汤作总结，还会有生梨或者是菠萝蜜。可我不敢终席了，因为终席之后便是茶话，那圈套便会绕到我的脖子上面。

“实在对不起，我下面还有一个约会，不能奉陪到底。谢谢朱先生，谢谢诸位，谢谢……”我不停地说谢谢，不停地向后退，退了五步便转身，径奔石板桥而去。过得桥来回头看，见那长窗里的人都呆在那里。

我觉得今天的举止很不礼貌，也不光彩，好像是逃出来的。如果不向女主人打个招呼，那孔碧霞会伤心，她是很要场面的。

孔碧霞和她的女儿还在忙着，听说我要走，有点儿扫兴：“啊呀，大概是我做的菜不好吧，不合你的口味！”

“哪里，你的菜做得确实不错，什么时候请你到我们的店里去讲讲，交流交流。”

孔碧霞笑了：“有什么好交流的，这些菜你们都会做，问题是你们没有这么多的时间，细模细样地做，还得准备个十几天……哎，你不能再坐会儿吗？还有一只大汤咧。”

十二　巧克力

出了五十四号向西走，到阿二家去。天啊，那里还有一桌酒席等着我哩！我什么也不想吃了，三套鸭不好消化，那一番谈话也值得回味。可我想和阿二、和他的爸爸干几杯，当然是白酒，六十四度，喝下一口之后像一条热线似的直通到肚里，哈的一声长叹，人间无数的欢乐与辛酸都包含在内。

秋天对每个城市来说，都是金色的。苏州也不例外，天高气爽，不冷不热，庭院中不时地送出桂花的香气。小巷子的上空难得有这么蓝湛，难得有白云成堆。星期天来往的人也不多，绝大部分的人都在忙家务，家务之中吃为先，临巷的窗子里冒出水蒸气，还听到菜下油锅时嗞啦一声炸溜。

从五十四号到阿二家，必须经过我原来住过的地方，这地方的样子一点儿也没有变。石库门，白粉墙，一排五间平房向里缩进一段，朱自冶住过的小洋楼就在里面。我仿佛看见阿二的黄包车就停在门前，朱自冶穿着长袍从门里出来，高踞在黄包车上，脚下铃铛一响，赶到朱鸿兴去吃头汤面。四十年来他是一个吃的化身，像妖魔似的缠着我，决定了我一生的道路，还在无意之中决定了我的职业。我厌恶他，反对他，想离他远点。可是反也反不掉，挥也挥不走，到头来还要当我的指导，每月给个百二八十的。百二八十是多少？加起来除以二，正好是一百元人民币！如果杨中宝能来当指导，我情愿在一百之外再加二十，奖金还不计算在内。可这朱自冶算什么，食客提一级最多是个清客而已，他可以指导人们去消遣，去奢糜，却和我们的工作没有多大的关系。美食家，让你去钻门子吧，只要我还站在庙门口，你就休想进得去！

一直走到阿二家，我心中的怨气才稍稍平息。这里是个欢乐的世界，没有应酬，没有虚伪，也谈不上奢糜。天井里坐满了人，在那里嗑瓜子，吃喜糖。我的一家都来了，包括我那个刚满周岁的小外孙在内。这孩子长得又白又胖，会吃会笑，还会做眯眼，捏捏小拳头和人表示再会。现在都是独生子女，一个娃娃可以有六个大人在他的身上花费物力和精力。满天井的人都以娃娃为中心，给他吃，逗他笑，从这个人的手里传到那个人的手里。

有人把硬糖塞到我那小外孙的嘴里，他立刻吐了出来。

“怎么，他不吃糖吗？”

“他呀，要吃好的！”

“试试，给他巧克力。”

有人拿了一条巧克力来，剥去半段金纸，塞到孩子的手里。

果然，这孩子拿了就往嘴里送，吃得嗞嗞咂咂地流口水。

人们哄笑起来了：“啊呀，这孩子真聪明，懂得吃好的！”

我的头脑突然发炸，得了吧，长大了又是一个美食家！我一生一世管不了个朱自冶，还管不了你这个小东西！伸手抢过巧克力，把一粒硬糖硬塞到小嘴里。

孩子哇的一声哭起来了……

满座愕然，以为我这个老家伙的神经出了问题。

高山下的花环

李存葆

中篇小说《高山下的花环》，在军事题材创作上，有着突破性的贡献。它以雄浑悲壮的故事呈现战争的残酷，以饱满丰富的情感塑造了一系列军人英雄群像，以现实主义手法揭示了人的精神世界的宽阔和复杂。这部发表于改革开放初期的小说，大胆地揭示了部队生活中的矛盾冲突，在紧张尖锐的矛盾冲突中完成了人物性格和命运的刻画，梁三喜、靳开来、赵蒙生等几位个性鲜明的英雄形象，以其崇高的思想品质和道德情操，感动和净化了一代人的心灵。

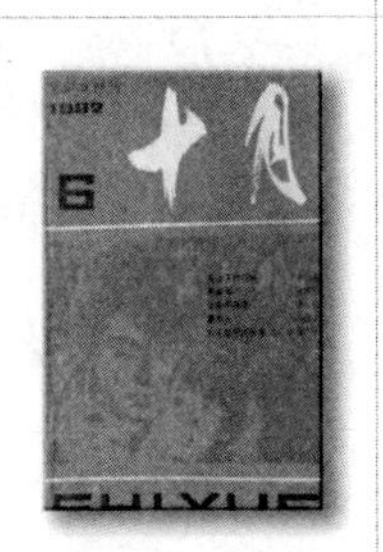

《十月》1982年6期

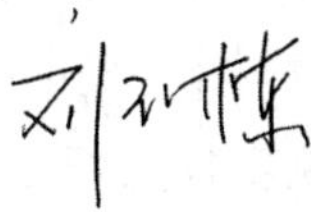

记不清哪朝哪代哪位诗人，曾写过这样一句不朽的诗——“位卑未敢忘忧国”。

——作者题记

引子

在哀牢山中某步兵团三营营部，在赵蒙生的办公室里，我和他相识了。

寒暄之后坐下来，便是令人难挨的沉默。赵蒙生是这三营的指导员。他出生于革命家庭，其父是位战功赫赫的老将军，其母是位“三八”式的老军人。三年前在对越自卫反击战中，他荣立过一等功。三年多来，他毫不艳羡大城市的花红柳绿，默默地战斗在这云南边陲。另外，他还动员他当军医的爱人柳岚，也离开了大城市来到这边疆前哨任职。

在未见到他之前，军文化处的一位干事简介了上述情况之后，对我说：“你要采访赵蒙生，难啊！他的性格相当令人琢磨不透。他的事迹虽好，却一直未能见诸报章，原因就是他多次拒绝记者对他的多次采访！”

脾气怪？搞创作的就想见识一下有性格的人物！

见我执意要去采访，文化处那位干事给赵蒙生所在团政治处打罢电话，又劝我说：“李干事，算了，别去了，去也是白跑路。团政治处的同志说了，三天前赵蒙生刚收到一张一千二百元的汇款单，那汇款单是从你们山东沂蒙山区寄来的。赵蒙生为那汇款单的事两宿未眠，烦恼极了！”

一张汇款单为啥会引起将门之子的苦恼，这里面肯定有文章！于是，我更是毫不迟疑地乘车前往。

此时，我虽见到了他，但他一句“没啥可谈”，便使我吃了“闭门羹”。

坐在我们一旁的是营部书记（注：营部书记是做文书工作的，相当于排职干部）段雨国。像是为了要打破这尴尬的局面，他起身给我本是满着的茶杯，又轻轻添进一丝儿水。

赵蒙生仍是一声不吭。他是个非常英武的军人。从体形到面容，都够得上标准的仪仗队员。显然是因为缺乏睡眠的缘故，此时他那拧着两股英俊之气的剑眉下，一双明眸里布满了血丝，流露着不尽的忧伤和悲凉。难道还是为那汇款单的事而苦恼？也许他也受不了这样的沉闷，他摘下了军帽。我这才发现他额角右上方有道二指多宽的伤疤。我正琢磨着该怎样打破这僵局，想不到他竟开口了：“听口音，您像山东人？”

“对，对。我老家离沂蒙山不远呢。”

“您在济南部队工作？”

“我是济南部队歌舞团的创作员。”

“那么，您怎么会来这云南……”

我连忙告诉他，三年前的初春，在总政文化部的统一组织下，我曾有幸来过这云南前线跟随参战部队，经历了那场世界瞩目的对越自卫还击战。我这次来的目的，是想访问一些三年前在战场上涌现出来的英雄人物，如今又是怎样生活和战斗的……

“噢。”他出于礼貌点了点头。

见采访火候已到，我忙说：“赵教导员，您能否给我谈一谈，您是怎样说服您的爱人柳岚同志来边疆的……”

“啥？让我瞎吹柳岚呀！那真是可悲可叹！”他连连摇头，自嘲地接上道，“柳岚休探亲假去了，她现已超假二十多天未归队！我们正准备打报告给她处分。小段，你证实，这可不是瞎说吧！”

书记段雨国约有二十三四岁，白皙皙的脸蛋上挂着书生气。他很是认真地对我说：“对。柳军医超假已二十二天了。可她有病假条。”

“那病假条绝对是骗人的鬼把戏！”赵蒙生愤慨地对我说，“柳岚军医大学毕业后分到我们这里还不到一年，就多次嚷着要脱军装转业，说这里绝对不是人住的地方。看来，要让她继续留在这边防，那是‘蜀道之难，难于上青天’！”

他说罢，又陷入了痛苦的沉思之中。

眼下是三月，我临离开济南时刚见过一场大雪，而这地处亚热带的滇边，竟是酷热难当了。屋外，树上知了的叫声响成一片，我心中涌起阵阵燥热。看来，我这次采访也将是毫无收获了。

过了会儿，他竟又开口了：“既然您是从山东来的，那么，先请您看看这……”

他递给我的，正是那张一千二百元的汇款单！汇款单是从山东沂蒙山区枣花峪大队寄来的。上面写有简短的附言：

> 蒙生：这是三年多来你寄给梁大娘的钱，现全部如数给你寄回，查收。

“汇款单是前天寄来的。我真搞不清梁大娘为啥把钱全部退给我……”赵蒙生用拳头捶了下头，脸抽搐着，痛苦异常。

沉默了一大会儿，他才静下心来对我说：“在自卫还击战前前后后，我有过非同寻常的经历。也许有了那段经历，我才至今未离开边防前哨。”稍停，他望着我，“您要有兴趣的话，我倒可以把那段经历讲给您听听。”

我连连点头：“好。您讲吧。”

他站起来：“先请您看一下这两幅照片——”

我这才发现，他的办公桌上方的墙上，并排挂着两帧带相框的照片。他指着左边的相片说：“这张放大了的六寸免冠照，是我要讲述的故事中的主人公。他名叫梁三喜，老家在山东沂蒙山。他原是我们三营九连连长，在还击战中壮烈殉国。当时，我是九连的指导员。”

还未等我仔细端详烈士的遗容，他又指着右面那张十二寸的大照片说：“这是梁三喜烈士一家在他墓前的留影，这衣服上打着补丁的白发老人，是烈士的母亲梁大娘。这身穿孝服的年轻媳妇，是烈士的妻子韩玉秀。玉秀怀中抱着的是梁三喜未曾见过面的女儿，名叫盼盼。”

我们又坐下来。赵蒙生的表情仍很沉重。

我从旅行包里取出小型录音机，轻轻装上了磁带。然而，赵蒙生却向我摆了摆手：“别急。在我讲述之前，我得向您提出三点要求，当您认为我的要求您能接受时，我才有可能对您讲下去。”

“哪三点呢？”我轻声问。

“其一，当您把我讲述的故事写给读者看的时候，我希望您不要用华丽的辞藻去打扮这个朴实的故事。要离部队的实际生活近些，再近些。文学是要有审美价值的，而朴实本身不就是美吗？”

想不到跟前这教导员竟如此有文学修养！他说的全乃行家之言，我当即点头同意。

“其二，当前读者对军事题材的作品不甚感兴趣。我看其原因是某些描写战争的作品却没有战争的真情实感，把本来极其尖锐的矛盾冲突磨平，从而失去了震撼读者心灵的艺术力量。别林斯基说过，缺乏戏剧性的长篇小说，是生气索然而沉闷的。这话有道理。但有的作者为追求戏剧性，竟凭空编造故事，读来则更令人感到荒诞不经。这里先请您放心，我的亲身经历，本身已具备了戏剧性。不过，在我进行必要的铺垫和交代时，您开始会感到有点儿沉闷，但希望您不要打断我的讲述。我请求您耐心地听下去。您最终便会知道，这个真实生活中发生的故事，即使石头人听了也会为之动情，为之落泪的！”说罢，他望着我，“您能不加粉饰地把它记录下来吗？”

我再次点头表示从命。

“其三，在这个故事中，我和我妈妈都扮演了极不光彩的角色。您必须如实描绘生活中的‘这一个’，如果您稍将‘这一个’加以美化的话，这个故事不是大减成色，便是不能成立了。因此，这是三点中至关紧要的一点。”

我大惑不解。

这时，书记段雨国对我说：“在教导员讲述的故事中，我也是个很不光彩的角色。但我也诚恳地企望，您切莫对我笔下留情！”

呵，又出来一位“这一个”，我更不解了！“我提的三点，尤其是第三点，您能接受吗？”赵蒙生催问我。

我急于听到下文，连忙点头同意。

以下，便是赵蒙生的讲述——

一

我记得非常清楚，那是一九七八年九月六日。

我离开军政治部宣传处，下到九连任指导员。我原来的职务是宣传处的摄影干事，那可是既美气又自在的差事呀。讲摄影技术，我不过是个“二混子”。加上我跟宣传处的几位同志关系处得也不太好，我要求下连任职，是他们巴望不得的事。

我不多的家当，两天前就由团后勤处的卡车捎到了九连。当团里用小车送我到九连走马上任时，我随身只带着个小皮箱。皮箱里装着一条大中华烟，还有一架“YASHIKA”照相机。那架进口照相机，是我八月份回家休假时，妈妈托人给我从侨汇商店里买的。当我把公家的照相机移交之后，高兴时我还可以玩玩这“YASHIKA”。

当时，九连的驻地并不在这边防前哨，离这里少说也有千里之遥。营房也是设在阒无人迹的深山沟里。

我和梁三喜及九连的排长们第一次见了面。

梁三喜两手紧紧握着我的手，煞是激动：“欢迎你，欢迎你！王指导员入校半年多了，我们天天盼着上级派个指导员来！”

看上去，梁三喜是个“吃粮费米、穿衣费布”的大汉，比我这一米七七的个头，少说要高出两厘米。那黝黑的长方脸膛有些瘦削，带着憨气的嘴唇厚厚的，绷成平直的一线。下颌微微上扬。一望便知，他是顶着满头高粱花子参军的。

他望着我：“指导员，有二十六七岁了吧？”

我说：“咱可不是‘选青’对象，都三十一啦！”

“这么说咱俩是同岁，都是属猪的。”他笑着，“可看上去，你少说要比我小七八岁呢！”

“连长，你也学会‘逢人减岁，遇货加钱’啦！”站在我身旁的一位排长对梁三喜说罢，又滑稽地朝我一笑，“行啦，一个黑脸，一个白脸，你俩这一对猪，今后就在一个槽子里吃食吧！”

梁三喜忙给我介绍说:“这是咱连的滑稽演员，炮排排长!”

“靳开来，靳开来!”炮排长靳开来握着我的手，“不是啥滑稽演员，是全团挂号的牢骚大王!”

梁三喜接着把另外三位排长一一给我介绍。

外表比我老气得多的梁三喜，又诚恳地对我笑着说:“行呀，今后你吹笛儿，我捏眼儿，一文一武，咱俩配个搭档吧!”少停，他叹口气，“咳!副连长进了教导队，副指导员因老婆住院回去探家了。这不，连里就我和这四员大将连轴转，你来了，就好了。要不然，今年我的假就休不成了!”

靳开来接上道:“连长，干脆，明天你就打休假报告，争取下个星期就走!别光给韩玉秀开空头支票了，让人家天天在家盼着你!”说罢，他转脸对我，“奶奶的，连队干部，苦行僧的干活!”

看来，我的搭档们都不是“唱高调”的人。这，还算是对我的心思。

紧急集合号声骤起。那刷刷的脚步声告诉我，要让我“宣誓就职”了。

“同志们!”梁三喜郑重地把我介绍给大家，“这是新来的赵指导员!”

如雷的掌声过后，队列里鸦雀无声。

我当摄影干事时曾下连拍摄过队列照片。但如此整齐的队列，我却第一次见到。四行队伍成四条笔直的一线，个个收颔挺胸，纹丝不动。连队是连长的镜子，我顿时觉得梁三喜可能是位带兵极严的连长……

“同志们，赵指导员是主动要求下到我们九连的!他从大机关里来，文化高，有水平!”他用威严的目光扫视了一下队列，与适才那轻言慢语的声调判若两人，“同志们不要有丝毫的误解，赵指导员既不是下连代职锻炼，更不是到这里来体验生活的，上级正式任命他为我们九连的指导员!他的行李和组织关系等等，全一锅端来了!今后，大家遇事要向他多请示，多报告。军人么，服从命令是天职，大家要坚决服从指导员的指挥!请指导员讲话。”

掌声又起。可爱的士兵们鼓掌也总是拿出拼刺刀的劲头!

“同志们!我……水平不高，我缺乏经验，我……愿和大家一起，把咱连的工作搞好。我……讲完了。”

我本是个侃侃而谈的人，但众目睽睽之下，我的“就职演说”却是如此简短。全连解散后，我仍觉得脸上热辣辣，心跳如鼓。柯涅楚克在《前线》一剧中塑造了一个绝妙的艺术典型客里空，眼下我在生活中正充当着客里空的角色。但我又缺乏客里空的演技——撒起谎来可以百倍认真而心不跳、脸不红。

演戏，我分明是在演戏！滑稽剧？恶作剧？还是真正的悲剧！指导员——党代表，我是在亵渎这神圣而光荣的称号啊！

有些城镇入伍的战士把参军当成“曲线就业”，我甘愿从军机关下到九连任职，玩的是“曲线调动”的鬼把戏。

我出生于军人之家。授衔时爸爸是少将，妈妈是中校。记得我上四年级时，我曾跟一位同龄的伙伴，为争论谁爸爸的官大而大动干戈：“赵蒙生，别瞎吹，再吹你爸爸也是一个豆！俺爸爸是‘双铁轨’，四个豆！”

“‘双铁轨’顶啥用！”我反驳说，“我爸爸一个豆是金豆，是将军豆！你爸爸四个豆是银豆，是校官豆。银豆比起金豆来，差远了！”

“你瞎吹！”

“瞎吹？你回去问问你爸爸，我爸爸让他立正，他不敢稍息！”

于是乎，拳来脚往，俺俩打得不可开交。

这事让我爸爸知道了，我挨了爸爸一顿好揍，我从来没见爸爸发那样大的火。我哭着到妈妈怀中撒娇，谁知妈妈竟也一把推开我，让我站好，严厉地训斥我：“什么官不官的，官再大也是人民的勤务员！记住，你是红军的后代，长大了要为人民服务！”……

那阵儿，爸爸妈妈对我要求极严。他们坐的小车从来都不让我坐，我穿的衣服也是姐姐穿下来之后改做的。妈妈经常给我讲述战争年代的艰辛生活和英雄人物，还有意识地给我买些这方面的画书。我印象最深的是《卓娅和舒拉的故事》，还有盖达尔的《帖木儿和他的伙伴们》。读了之后，我和小伙伴们便像帖木儿那样去做好事。清晨送身残的同学上学，放学后给烈军属买粮食，大冬天到教室里帮助工友生炉子。每逢暑假，老师便带我们到郊外过夏令营。面对熊熊燃烧的营火，我们憧憬着未来，崇拜卓娅和舒拉，更崇拜董存瑞……

六五年军衔取消了。然而，用童心可以拥抱生活的岁月却变得浑浊了。

六七年我参军时，爸爸已被关押起来。几经交涉，妈妈领我见到爸爸。妈妈悄声对爸爸说：“总算有门路了，蒙生可以当兵了！”

爸爸从铁栅栏里伸出手，颤抖地抚摸着我的脸：“孩子，莫哭，战士有泪不轻弹嘛。去吧，到有枪声的地方去锻炼！要记住你为啥叫蒙生，要记住你是军人的儿子！”

就这样，我来到了这个军。这个军是当年从山东南下过来的。军、师、团三级现任领导中，不少人是我爸爸的老部下。我曾洒泪感激正直豪爽的军中前辈，在爸爸蒙难之时，他们念及战争岁月的生死之交，对我精心关照……

十年动乱，摧残了多少人才。权力的反复争夺，又使多少人茅塞顿开，学得“猴精”呀！人为万物之灵，极具谋求生存的本领，是适应性最强的动物。在那你死我活的政治旋涡中，心慈的变得狠毒，忠厚的变得狡猾，含蓄的变得外露，温存的变得狂暴……造物主催化万物的奥妙，是在一个“变”字呀！

职位再高的人也是人，人都具有可塑性。妈妈本是军区卫生部副部长，不知从何时起，她已像“外交家”一样极善于周旋了。当五千年古国文明史上首屈一指的“演员”林彪摔死之后，我爸爸“华野山头黑干将”的问题澄清了，又恢复了职务。妈妈的“外交才华”，更是熠熠生辉……

妈妈的“外交内容”事无巨细，颇为繁杂。比如为老战友搞些难搞到的药品啦，补养品啦；又如哪位老同事想当候鸟，随着季节的变换要由北去南或由南去北疗养啦，妈妈便不遗余力地挂长途电话联系，把求上门来的老同事安排到称心之地……最能体现妈妈“外交才华”的是送女同胞参军。那阵儿，城里的父母们一面高呼“广阔天地，大有作为”，一面却在为子女们苦苦寻求出路。尤其是女孩子，不管是高墙深宅的闺秀还是普通人家的千金，大都把穿上军装当作梦寐以求的最高理想。我的姐姐是六二年凭考分进了上海军医大学的，用不着妈妈再操心。我的两个妹妹是同一天穿上军装的，我们家一下便成了“全家兵”……

有人暗中估算过，说通过我妈妈的关系穿上军装的姑娘，足能编一个“红色娘子军连”。这实在太夸张了。我了解实情，妈妈送走的女兵也就是十多个，最多能编一个“娘子军班”。

“送走几个孩子当兵犯什么法？保卫祖国是她们神圣的权利和义务！”妈妈常在人面前这样说，“现在北极熊到处挑衅，当兵是去准备流血牺牲的！杨家将，一齐上。打起仗来，让你们瞧瞧俺赵家的全家兵！”

我当然不再相信妈妈的话是出自内心。但我却常常为有妈妈这样的大树作为荫庇，感到莫大的幸福和自豪！

然而，大也有大的难处。因我爱人柳岚上大学的事，妈妈竟遇上了难劈的柴。

七七年夏天，S军医大学来我们军招生。名额只有两个。原则上是通过推荐和考试择优录取。柳岚在军门诊部工作，妈妈费了好大的劲才使柳岚刚刚由护士提升为医助。这时，她又想上大学。于是，远在外军区的妈妈打长途电话来，把柳岚推荐上了。参加考试的有二十多位“娘子军”，柳岚考了个倒数第三，却被录取了。“娘子军”可是不好惹，一旦她们发现自己仅仅是些“陪衬角色”时，她们联名写信到处揭发，说柳岚提医助就是走的关系，这次上大学又走后门。什么“这次招生根本不是才华与智慧的选拔，而是权力与地位的竞争”，言辞尖刻得很。有人提出要组成联合调查组，揭开这次招生的内幕，坚决把柳岚追回来……

妈妈接到我的告急电话之后，像基辛格往返中东搞穿梭外交那样，火速赶到军里。

听我说明事态后，妈妈显得有点紧张，转眼便神态自若。她带着我，先后看望了爸爸的两位老部下。

“……老干部活到今天容易吗？是不是有人嫌我和蒙生他爸挨斗挨得还不狠，受罪受得还不够？是不是军里有人生个法子想整我们？群众有情绪，可以开导教育吆。柳岚的事我是不管，你们看着办！”临别，妈妈朝对方笑了笑，“哎，忘了对您说了。您那老三在我们军区司令部干得很出色呐，群众威信蛮高咪。听说快提副科长了。”

妈妈对爸爸的另一位老部下说：“……柳岚考试分数是低了点，那还不是十年动乱造成的！她爸妈都是地方干部，前些年受的罪更是三天三夜也说不完。正因为柳岚文化差，才更应该让她上大学深造吆！不然，没有过硬的技术，怎能让她更好地为人民服务！这些话，你们当领导的得出面给同志们解释呀。”临别，妈妈握着对方的手，“呃，忘了跟您报喜了。您那四丫头在我们总院内二科，根本不用人操心，全凭自己干得好，前几天已入党了。对了，她可是到了找对象的年龄了。可怜天下父母心。这种事，我这当大姨的是得给你们老两口分点忧哪。放心，你们放心。”

一切都在谈笑之间。既不像低级说客那样赤裸裸地进行交易，更不像小商贩那样为头高头低去煞费苦心地拨弄秤砣。然而，我却深悉妈妈话中的潜台词：“外交关系”按惯例都是对等的，看来无往非礼也！

柳岚的事总算平息下去了。

前两年要不是活动和等待柳岚提升医助，我和她早就调回爸妈身边去了。当柳岚上大学之后，我的调动便列入了妈妈的“议事日程”。

谁知这时，人称“雷神爷”的雷军长在十年靠边站之后，又重新回到军里任军长了！

对他的到任，我曾喜出望外。因为妈妈给我讲过，在抗日战争期间，她曾拼死救过“雷神爷”的命。现在只要你“雷神爷”点个头，我赵蒙生可以大摇大摆地调回去！

哪知“雷神爷”一到军里，便电闪雷鸣，嘁里咔嚓，又是搞党委整风，又是抓机关整顿，那架势，即使是亲娘老子他也不买你的账！

团以下干部跨军区调动，在过去是极为罕见甚至是没有的事。可这些年，战士跨军区调动也不是奇闻了。按说，连职干部的跨军区调动，也是需要通过军区干部部的。可某些单位为了给某些人以方便，连职干部从师里便可直接调往外军区。这当然是违犯规定的。鉴于这种情况，有人在电话上给我妈妈出点子，说我要想调回去，得赶紧离开军机关，躲开“雷神爷”，千万不能在“雷神爷”眼皮底下干这种事！

干部处的花名册告诉我，这九连的指导员是空位。于是，通过关系，我便冠冕堂皇地来上任了。

这一切，连长梁三喜还蒙在鼓里呢！

吃过午饭，他领我围着营房到处转，看了连队的菜地、猪圈、豆腐房。边看他边给我当解说员。当他安排完下午各排的训练课目后，又回到连部给我介绍整个连队的思想状况……

他真的把我当成来九连扎根的指导员了！我俩面对面坐着，他轻言慢语地说，我装模作样地在小本上记……

不过，客里空的角色很难扮演，我真不知道这“曲线调动”的戏该怎样收场！

二

熄灯号响了。我和梁三喜隔着一张办公桌，各自躺在自己的铺上。

他告诉我：明天是星期二，早操课目是“十公里全副武装越野”。还说我乍从机关来到连队，怕一时难适应紧张的生活，他让我越野时只带上手枪就行，背包啥的就不必带了……

九连执行全训任务，是全团军事训练的先行连。步兵全训连队，往往比搞生产和打坑道的连队更艰苦，更消耗体力。对此，我当时既不甚了解，也没有吃大苦的思想准备。

我睡得正酣，猛觉有人在晃动我。听声是梁三喜："指导员，快，吹号了！"

我一骨碌爬起来，懵懵懂懂摸过军装穿上。想打背包也谈不上了，我连衣服扣儿都没顾上扣，提起手枪就蹿出连部。我已尽了最大努力，自认为动作也够麻利的了。可赶到集合点一看，梁三喜早已带着披挂整齐的战士们，像一队穿山虎一样嗖嗖远去了……

"指导员，连长让我留下等你。"说话还带着又尖又嫩的童音的司号员金小柱，边跑边不时回头呼唤我，"指导员，我认识路，快！"

启明星还没隐去，眼前黑魆魆的。蜿蜒山道，崎岖不平，看不清哪处高，哪处低。跑着跑着，我脚下打了个滑，一头摔倒了。全副武装的小金，不得不折回身来扶起我……

我在军机关里散漫邋遢是挂了号的。我天天早晨睡懒觉，有人开玩笑说我是政治部里的"一号卧龙"。我从来赶不上在机关食堂里吃早餐。柳岚从营养学的角度多次对我说，早饭特别重要。我也曾研究过人体每天需要多少热量，当然不会让自己的体内缺乏营养。每天睡足之后爬起来，先来一杯浓浓的橘子汁，再来两块美味巧克力或蛋糕啥的……咳！我"一号卧龙"啥时吃过眼前这种苦！不过，为了装装样子，我得咬紧牙关坚持一番……

当我跟在司号员小金身后，上气不接下气地爬到一架大山的半腰，离山顶还有一大截子路时，梁三喜已带着全连返回来了。

他在我面前停下，轻声对我说："比上次越野，又提前了两分多钟到达山顶。"

汗水已浸得我眼也睁不开。我抬起右臂用袖子抹了下脸，发现他携带着背包、挎包、手枪、水壶、小铁锹、指挥旗、望远镜等全副装备；另外，身上还挂着两支步枪，肩上还扛着一架八二无后坐力炮筒。

想不到这"瘦骆驼"样的连长，真能"驮"！

这时，三个掉队的战士赶到他身边，很难为情地把该属于他们携带的铁家伙，从连长身上取走了。

全连一个个都像刚从河里捞出来一般。梁三喜让炮排长靳开来头前带队，他和我走在队伍的后面。

“别着急，慢慢就适应了。”他谦和地对我说，“人么，总是各有特长。今后，军事训练方面我多抓些，你集中精力抓思想方面的工作。”

看来，他是个很能宽容人的人。

“行。”我有点受感动，点头答应着。

我身上仅带着一支手枪，返回连队途中，却直觉得双腿像灌满了铅，身子像散了架。出现了低血糖症状，热量已消耗殆尽。

后来，我精确计算过，在全副武装越野时，连里步兵班战士的负重尚不值得惊叹，八二无后坐力炮班的战士，每人负重是八十九斤！他们如牛负重，还得像战马一样火速驰骋，拼命冲杀呀……

在我下连之前，连里已进行了两周时间的轻武器射击预习。按规定，连里的干部也要参加射击考核，并须掌握本连的各种武器。

我既怕打得太差丢人现眼，也想过一次“枪瘾”，便耐着性子和战士们一起，胸贴大地背朝天，苦苦地熬了三天。

星期五这天，第三季度轻武器精度射击考核开始了。

梁三喜第一个上阵，取得了“全优”成绩。然而，战士们谁也没有感到惊讶。看来，这是连长的拿手戏，大家早已多次目睹。

我过去喜欢拨弄手枪，那不过是玩新鲜。眼下却使我没丢大丑。手枪射击我“猎”了个良好，除了轻机枪射击不及格，别的都及格了。

梁三喜脸上漾着笑：“指导员，你还行哩！就预习了三天，不错，打得还算不错！”

接着，从一排开始逐班进行考核。一班、二班打得很理想。临到三班打靶时，战士段雨国九发子弹，只打了十七环……

讲到这，赵蒙生转脸对段雨国：“喂，小段，你当时是个啥形象，你自己塑造一下吧。”

段雨国朝我笑了笑，说：“说起我当时的形象，那真是令人啼笑皆非。我是从厦门市入伍的，爸爸是工艺品外贸公司的经理，妈妈也在外事口工作。我当时哪能吃得了连队生活的苦哇！因我读过几部外国小说，便自命是连里的才子。甚至还曾妄想要当中国的雨果。我当时尤其看不起从农村入伍的兵，说他们身上压根没有半个艺术细胞，全身都是地瓜干子味。结果，大家便给满身'洋味'的我起了个绰号——'艺术细胞'。连里所有的人都不在我眼里。一次，王指导员给全连上政治课，我在下面听我的袖珍收音机，使课堂骚动不安。王指导员让我站起来，命令我关死收音机。我当即把收音机的音量放得更大，并油腔滑调地说：'听，这是中央台，是党中央的伟大声音！怎么，不比你指导员那套节目厉害得多吗？'……仅此一事，您就能想象出我当时是个啥德行！好啦，在这个故事中，我是一个很次要的小角色，还是让教导员接下去对您讲吧。"

赵蒙生淡淡一笑，继续讲下去——

当时，三班战士围着小段，一片讥讽。

"喂，请问'艺术细胞'，你把子弹艺术到哪里去啦？"

"新兵老秤砣，每次打靶都拽班里的成绩！"

"呸！这种玩意儿还叫人，脸皮比地皮都厚！"

"嘴干净些！"段雨国抹了把他那在全连里唯一的长头发，用蔑视的目光望着众人，"不就是飞了几发子弹吆，老子不在乎！再说，打不准也不怪我，是枪不好！"

梁三喜走过来："你的枪咋不好？"

"不好就是不好呗，准星歪了！"段雨国挑逗般地望着梁三喜，"怎么，能换支枪让咱再打一次吗？也像你们连干一样，过过子弹瘾！"

梁三喜那厚厚的嘴唇嚅动了几下，我猜他必该动怒了。

然而，他二话没说，一下从小段身上抓过那支步枪，把八发子弹压进弹仓。他没有卧倒在靶台上，举枪便对准靶子，采用的是更见功夫的立姿射击。

一声哨响，靶场寂然。

"叭！叭！叭叭……"他瞬间便射击完毕。

战士们眼睛不眨望着正前方，等待报靶员挥旗报靶。只见报靶员从隐蔽处跃到靶子前瞧了会儿，扛起靶子飞也似的跑过来……

“让，让中国的雨果先生……”报靶员气喘吁吁，“自己瞧瞧！”

战士们围着靶子，欢呼雀跃：“七十八环！七十八环！”

“喂，‘艺术细胞’，瞧瞧这是不是艺术呀！”

“可爱的雨果先生，过来，过来瞧瞧哟！”

面对战士们的讥笑，段雨国原地不动，故意把头歪在一边：“打八十环也没啥了不起！”

“你说啥？！”随着一声吼，只见炮排长靳开来拨开围成圈的战士们，像头发怒的狮子闯在段雨国面前。

靳开来中等偏上的个头，胖墩墩的。眉毛很浓，眼睛不大。眼神却像两道闪电似的，又尖又亮。他周身结实得像块一撞能出声的钢板，战士们说他是辆“轻型坦克”。他用两个指头点着段雨国的鼻尖儿：“段雨国，又有啥高见，冲我靳开来说！”

段雨国眼皮一耷拉，不吱声了。

“说呀！”靳开来把两个指头收回，攥成拳头，“亏你段雨国不在我炮排！要是你在我炮排，两天内我不治得你‘拉稀’，算我不是靳开来！”

是慑于“轻型坦克”的威力，还是识时务者为俊杰？段雨国乖乖地低下了头……

三

风吹日晒，摸爬滚打，我好不容易熬到星期六。

晚上，团电影组来连队放电影，片子是老掉牙的《霓虹灯下的哨兵》，我懒得去看。司号员小金帮我从伙房提来一大桶温水——再不冲个澡，我实在受不了啦！

下连六天来，尽管我流的汗水比连长梁三喜，甚至比战士段雨国都要少得多，但我的军装也是天天湿漉漉没干过。要不是昨天小金把我塞到床下的军装和内衣全洗了，眼下连衣服也没得换。

冲完澡，觉得身上轻松些了。我想把堆在地上的那全是汗碱的军装和内衣涮洗一下，但双臂酸疼懒得动手。我用脚把它们踢到床底下。也许明天小金又要抢去帮我洗，那就让他去学雷锋吧……

我晓得指导员应该是个艰苦朴素的角色。下连后我把抽烟的水平主动降低，由抽带过滤嘴的“大中华”降为“大前门”之类。趁眼下没人在，我打开我那小皮箱，先看了看那架“YASHIKA”照相机，又取出一盒“大中华”拆开。点上一支烟，我依在铺上吸起来。闭上眼，那五光十色“小圈子”里的生活，又频频向我招手……

前不久，七八月份。在军医大学的柳岚放暑假，我也趁机休假了。我和她同时回到了爸妈身边，回到了那令人向往的大城市。

孩提时的伙伴和朋友，纷纷登门邀请我和柳岚，到他们那个“小圈子”里光顾一番。

在部队里，我和柳岚已被人们视为“罗曼蒂克派”。可跟那“小圈子”里的红男绿女一比，才深感自惭形秽，才知道我俩还不是“阳春白雪”，仍是“土八路”“下里巴人”！

“穿‘黄皮’吃香的年代早过去了，快调回来吧！”

“喂，两位‘老解’，还在部队学雷锋呀，瞧瞧我们是怎样学的吧！”孩提时的伙伴们，很友好地戏谑我和柳岚。

“小圈子”里举行家庭舞会：探戈、伦巴、迪斯科、贴面舞……

“小圈子”里比赛家庭现代化：小三洋、大索尼、雪花电冰箱……

香水、口红、薄如蝉翼的连衣裙，使看破红尘的男女飘飘然；威士忌、白兰地、可口可乐，令一代骄子筋骨酥软……

我和柳岚眼花缭乱。她以“患流感”为由续假在家多玩了十天，我也以“发高烧”为借口晚十天才回到军里。

理性告诉我，那“小圈子”里的生活是餍足而又空虚，富足却又无聊。本能在向往：我和柳岚完全具备可以那样生活的条件，何乐而不为!

……

“指导员，快出来！”炮排长靳开来进屋便喊道，“来，甩老K！”

听来头是电影散场了。初来乍到，出于礼貌，我摸起一盒没开封的“大前门”烟，从内屋走出来。

梁三喜和另外三位排长，也都进来了。大家围着四张长方桌拼起来的大办公桌坐了下来。

“砰”，靳开来把两副扑克按在桌上，顺手摸起我的“大前门”抽出一支，又朝桌中间一拍："指导员抽烟的水平不低，弟兄们，都犒劳犒劳！"说罢，他从口袋里掏出一盒没启封的"三七"，也朝桌子中间一放："今晚两盒烟抽不完，这场老 K 不罢休！"

看来他很讲义气。我发现，这"轻型坦克"完全不是发怒时的样子了，面部表情很生动。

梁三喜早已点起一支小指头肚般粗的旱烟。他重重地吸了一口，说："算了吧，都挺累的，今晚上不甩了。"

"我知道看了这场电影，你就没心思甩老 K 了！"靳开来斜觑着梁三喜，"怎么，要早躺下梦中会'春妮'呀！"

梁三喜淡淡一笑，轻轻地吐着烟。

"指导员，你还不知道吧，要是《霓虹灯下的哨兵》在这里连放一百场，连长准会看一百次的。你知为啥？"靳开来先卖个关子，接上说，"别瞧连长这副穷样儿，命好摊了个俊媳妇。媳妇姓韩名玉秀，长得跟电影上演春妮的演员陶……陶啥来？"

"陶玉玲。"显得最年轻的一排长说。

"对。全连一致公认，韩玉秀长得跟陶玉玲似的。心眼哝，比电影上的春妮还好。"靳开来朝我使了个眼色，"喏，你瞧，一提春妮，连长的嘴就合不拢了。"

的确，梁三喜的脸上已漾起美滋滋的笑。下连以来，我首次发现他的笑容是那样甜美。

"奶奶的！陈喜也不撒泡尿照照自己，摊上春妮那样的好媳妇还闹离婚！"靳开来仍饶有兴味地谈论刚看的电影，"要是咱摊上春妮那模样又俊、心眼又好的人当媳妇，下辈子为她变牛变马也值得！哪像咱那老婆，大麻袋包，分量倒是有！"

一排长"嘻嘻"地笑着："这话要是叫你老婆听见……"

"听见咋啦？她充其量不过是公社社办棉油厂的合同工，我靳开来的每句话，对她都是最高指示！"他说罢，抓起扑克，"不谈老婆了。来，甩老 K！争上游，还是升级？"

见梁三喜和我都没有甩老 K 之意，勒开来把扑克又放下了。他一本正经地对梁三喜说："连长，别苦熬了，你是该休假了。"

梁三喜看看我："等指导员再熟悉一下连队情况，我就走。"

"要走你得早些走，韩玉秀可是快抱窝了。"靳开来笑望着梁三喜，掰着指头算起来，"小韩是三月份来连队的，四、五、六……嗯，她是十二月底生孩子。你等她抱窝时回去，有个啥意思哟！"他诡秘地一笑，骂道："奶奶的！夫妻两地，远隔五千里，一年就那么一个月的假，旱就旱死了，涝就涝死了！"

三位排长笑得前仰后合。

梁三喜说："炮排长呀，你说话就不能文明点儿！"

"甩老K你们不干，谈老婆你又说不文明。那么，这星期六的晚上怎么熬？好吧，我说正事儿。"靳开来站起来，郑重其事地对我说，"指导员，你刚来还不了解我，我正想找你谈谈心。现在当着大家的面，我把心里话掏给你。你到团里开会时，请你一定替我反映上去，下批干部转业，说啥我靳开来也得走！为啥！某些领导对咱看不惯，把咱当成'鸡肋'！鸡肋吆，吃起来没啥肉很难啃，嚼嚼没有味儿可又舍不得扔。我靳开来不想当这种角色，等人家嚼完了再扔掉！转业回去不图别的，老婆孩子在一块，热汤热水！算了，不说了，回去挺尸睡大觉！"说罢，"牢骚大王"扭头而去。

不欢而散；另外三位排长见老K甩不成，也都走了。

梁三喜对我说："炮排长这个人呀，别听说话脏些，作风很正派。他当排长快六年了，讲资格是全团最老的排长了。论八二无后坐力炮和四〇火箭筒的技术，在全团炮排长中是坐第一把交椅的。他对步兵连的战术，也是呱呱叫。管理方法虽说生硬了些，但他对战士很有感情。实干精神那更是没说的。"停了会儿，梁三喜叹了口气，"咳！这人就是爱发牢骚，爱挑上面的刺，臭就臭在那张嘴上。连里和营里多次提议，想让他当副连长，可上面就是不同意。"

我没吱声。梁三喜面部悒郁地愣了会儿神，说："以后慢慢就互相了解了。不早了，休息吧。"

我俩回到内间屋。他搬过一个大纸箱，打开翻弄着，说要找出衣服明天好换洗一下。

他连个柳条箱也没有，看来这是他的全部家当。纸箱里，他的两套军装全旧了，有一套还打着补丁。下连后我听战士们反映，步兵全训连队的军装不够穿，他这当连长的当然也不例外。我见他纸箱里有个大塑料袋，塑料袋里装着件崭新的军大衣，便问他："这大衣是刚换发的？"

"不是。是去年'十一'换发的。"

他这当连长的为啥连块手表也没有？他为啥总是抽黑乎乎的旱烟末儿？我已知道他老家是沂蒙山，而我也是在当年炮火连天的沂蒙山中出生的呀！按说，我们这一文一武有好多话题可闲聊。然而，既然他还不晓得我是高干子弟，压根还不知我为啥要颠到这九连来，我可懒得跟他去谈啥沂蒙山……

躺在铺上，我浑身酸疼睡不安宁。听他也不时轻轻翻身儿。他大概认为我睡着了，划火柴抽起烟来。像他这样的人并不怕吃苦，大概也是感到寂寞难熬吧？是想"春妮"了？我猜。

……我不知不觉地迷糊过去了。外面哗哗的雨声又将我唤醒。蒙胧中，我听见他下床了。那扎腰带的声音告诉我，他要冒雨去查铺查哨。

当他轻手轻脚地走出去后，我心中涌起阵阵恻隐之情。是的，像他这样的连长，以及那些土头土脑的战士，无疑都是忠于职守的。对他们，我可以表示同情，怀有怜悯，甚至还可以赞美他们！但是，要让我长期和他们滚在一块，我却不敢想象……

咳！这被称为"熔炉"的连队，这真正的"大兵"生涯！没有"苦行僧"的功夫，我该怎样继续熬下去！我又恨起"雷神爷"来，要不是为了躲开他，我何用"曲线调动"来九连"修炼"呀！

四

单兵爆破、土工作业、排连进攻、刺杀对抗、周末会操……团司令部下连按"操典"逐一进行验收，指导员竟毫无例外地要做一名战斗员接受考核。

文部建设、季度总结、"双学"评比、党团发展、谈心次数……团政治处要求政治工作渗透在练兵场，指导员的工作包罗万象，很难胜任。

最令我望而生畏的是每星期二，早晨那"十公里全副武装越野"，尽管我几次都没跑到过目的地，但每遭下来，小腿肚儿准转筋，有一次还差点虚脱过去。另外，可供转化为热量的一日三餐，也常使我感到度日如年。馒头、大米、玉米面倒可放开肚皮吃，就是副食太差。我真不晓得造物主赐给人的胃都一样，为啥梁三喜他们竟吃得那般香甜。我几次试图让炊事班长改善一下生活，炊事班长叫苦不迭。说伙食标准没增加，物价日见涨。要改善也只能做些“金银卷”（白面、玉米面合制），把碗中菜用皮儿包起来（大包子）。

连队驻在深山沟，我有钱也没处下馆子。一次，我到团部开会时从服务社买回两包点心。人面前不敢吃，每次都是趁人不在时慌忙吞两块，那滋味就跟偷了人似的……

掰着指头数日子，我下连差两天还不到一个月。照照镜子：脸黑了！摸摸腮帮：人瘦了！每次冲澡时我都发现，身上的皮一层一层朝下蜕……

我已两次给妈妈写信，让她尽快展开“外交攻势”。妈妈来信说，她那头好说，准备安排我到军区新闻科当摄影记者，只是我这头还不行。她已给师里有关领导同志写过信打过长途电话，得到的回音是：眼下不是前几年，调动之事切不可操之过急，过急了太显眼，太显眼容易出漏子。让我在连队干半年再调不迟……

天，半年？那我就熬成“瘦骆驼”了！

这天中午，我到营部开会回连，全连已吃过午饭。我到饭堂把炊事班留给我的饭菜胡乱吃了些，便回到宿舍倚在铺上想心事。

猛然间，紧急集合号响了。我忙扎好腰带，走出连部。

只见全连列队站在饭堂门前。梁三喜面对全连，脸上“乌云翻滚”：“……不像话！简直是不像话！”

想不到他的脾气竟是这样大，我第一次见他如此动怒。我不知连里出了啥不像话的事，便悄悄站在队列里洗耳恭听。

“馒头，有人把雪白的一个半馒头扔进了猪食缸！”他用手拍了拍心口窝，“同志们，扪心问一问，感情，我们还有没有劳动人民的感情？还有没有？！”

我呆了！适才我吃午饭时，炊事班给我留了三个馒头在碗里，我只吃了一个半，便把剩下的扔进了猪食缸……

“解散！”梁三喜怒吼着，把手一挥，“现场参观！”

战士们围着饭堂旁边的猪食缸，叽叽喳喳地议论着。

靳开来把目标对上了段雨国：“段雨国，你这花花公子，说，这是不是又是你干的！”

段雨国大眼一瞪：“吃柿子单拣软的捏，你就看我好欺侮！面对上帝起誓，谁扔的谁是乌龟蛋！”

三班长出面证实，说中午吃饭时没见段雨国扔馒头。靳开来才不吱声了。

梁三喜余怒未息："谁扔的，可个别找班长、排长讲一下。今晚各班都要召开班务会，好好议一下这种少爷作风！"

也许我对"公子""少爷"这样的字眼尤为敏感，我当下便认定是梁三喜借一个半馒头整我，是想转着圈子丢我的丑。我心中拱着一团火，扭头急步回到连部，气鼓鼓地倒在铺上。过了会儿，梁三喜进来了。我怒气冲冲地对他说："连长同志，要整我，明着来！不必效仿'文化大革命'来个发动群众！一个半馒头，是我扔的！"

"指导员，我……不知你去营部开会已回来了。我确实不知那馒头是你扔的。要知道是你，我会同你个别交换意见的。"梁三喜尴尬地解释。

我"腾"一下转过身去，把脸对着墙壁，又听他叹口气说："指导员，千万别为这事影响团结。我不是表白自己，我这个人……还没搞过那种背后插绊子的事。我和原来的王指导员共事三年多，俺俩争也争过，吵也吵过，有时也脸红脖子粗。但俺俩始终如同亲兄弟，团结得像一个人。"

我仍不吱声。停了阵，他讷讷地说："我这就让司号员小金去通知各班，晚上的班务会，不……不开了。"

为这事我三天没理梁三喜。

这事发生后的一天中午，三班战士段雨国趁梁三喜不在时溜进了连部。

"指导员，别理那'七撮毛'！"段雨国察言观色地望着我，"大上个月我把吃剩的一块馒头扔进了猪食缸，也是挨了'七撮毛'一顿好整！"

"什么'七撮毛'！"

"嘿嘿……是我用艺术手法给连长起的绰号。"段雨国得意地笑着。他从梁三喜那破旧的绿色军用牙缸里取出一支牙刷，"指导员，你瞧瞧，他用的这支牙刷像从垃圾堆里捡来的。一撮，两撮，三撮……哟，不是七撮，是九撮……这不，又掉下一撮来，那么，就叫他'八撮毛'吧！"

我没搭腔。和梁三喜一个月的相处，我虽没数过他用的牙刷还剩几撮毛，但我早已觉得他是个地地道道的乡巴佬，连一分钱也舍不得乱花。

"每月六十元钱的军官，他连支新牙刷都舍不得买！"段雨国把那"八撮毛"的牙刷扔进牙缸里，"攒钱，就知道攒钱，典型的小农民意识！世界已进入高消费的时代，听说日本人衣服穿脏了连洗都不洗，扔进垃圾堆里就换新的。可咱这里，‘八撮毛’竟然借一个半馒头整人，真是滑天下之大稽也！”

看来段雨国是来寻找“同盟军”，跟我搞“统一战线”来了。尽管我对梁三喜已怀有成见，但指导员这职务的最起码的约束，我也不会跟段雨国这样的战士搞在一起。

见我不吭气，他又搭讪道：“指导员，你还不赶快调走呀！”

我一惊：“你听谁说我要调走？”

他笑笑：“这还用谁说，我自己估计呗！”

我沉下脸来：“你……”

“这怕啥哟。”少停，他问我，“指导员，听说你爸爸的官挺大，是六级，还是七级？”

“你瞎说些啥！”我有些火了。

“嘿嘿……你的事我多少知道一点呢。”他仍嬉皮笑脸，“事情明摆着，咱们跟‘八撮毛’这些乡下佬在一起，哪有共同语言？哪有共同向往？年底，我就打报告要求复员！”他说罢，又跟我套近乎道，“指导员，你要买大彩电和收录机啥的，给我说一声就行。我爸妈都在外事口工作，买进口货对我段雨国来说，是小菜一碟！价格嘛，保准比市面上便宜一半……”

“我啥也不会托你买！请回吧。”

见我冷冰冰的样子，段雨国才怏怏而去。

……

十月中旬，梁三喜的休假报告批下来了。他几次打点行装要动身回沂蒙山，但几次又搁下了。

想走又觉得不能走，我看出他的心情是极为复杂和矛盾的。显然，他早已觉出我是个十二分不称职的指导员，他担心他走后我会把连队搞得一团糟……

这天，他去团部参加为期一天的军训会议，返回连里已是晚上八点多了。

灯下，他把军训会议的精神简要对我讲了一下，说转眼就是年终考核，劲可鼓不可泄。说罢，他望着我：“指导员，我想明天就动身休假。这样，回来还误不了年终考核。你看呢？”

“那就走呗！”我漫不经心地回答他。

他把黑乎乎的旱烟末卷起一支，吸了两口，很难为情地对我说：“指导员，我这个人有话憋在心里怪难熬的。前些日子我就听说过，这次去团部开会，我又听到关于你要调走的风言风语。”

我打了个愣。

他接上道：“我想，这也可能是有人瞎传。不过，你真要调走的话，这假我暂时不休了。如果没有那回事，那我明天就动身。”

事情既已点破，我也就不在乎了。我没好气地对他说：“休不休假，你自己看着办！至于有人议论我，舌头长在他们嘴里，我任凭他们说长道短！反正组织上还没通知我，让我调走！”

他没有再说啥。第二天，他没有动身。以后，他再也不跟我提休假的事了。

我和梁三喜以及连里其他干部之间的隔阂，越来越明显了。每逢星期六晚上，连部里空荡荡的，他们早就不愿和我凑到一块甩老 K、谈老婆，逗笑取乐了。

一天，这里进行正常性的战备教育。按团政治处拟定的教育内容是：把越寇近年来在我广西和云南边境多次进行的武装挑衅，综合起来给战士们讲一次，以激发大家的练兵热情。我便找来一些报纸，念了几篇有关这方面内容的消息、通讯，以及我外交部对越南当局的照会，等等。我毫无个人发挥，完全是照本宣读……

下课后，炮排长靳开来竟一本正经地对我说：“指导员，你讲得不错！飞机上挂暖瓶，你水平高得很咪！放心，啥时打起仗来，我们保证跟着你这当指导员的屁股后头，一个劲地往前冲！”

面对他的讥讽挖苦，我扭头而去……

我调动的事，妈妈抓得越来越紧了。每隔几天，我总会收到她的信。她在信中不断向我说明调动一事的进展，叹息她从来没遇到过这么难办的事……

我本想“曲线调动”的事连里是不会知道的。可世上没有不透风的墙。这时，尽管这里还没谁了解其全部内幕，但我来九连是为了调走这一点，不仅连里干部全知道，连消息灵通的部分战士也挤眉眨眼地晓得了。

我苦熬硬撑到十一月底。这天，我又收到妈妈一封信。她在信中告诉我，调动的事总算有眉目了。她让我一旦接到调令，务必尽快离开连队。她在信的结尾部分，煞是神秘地告诉我，说她听说我们这支部队可能有行动。但告诫我：切莫声张！切莫瞎传！

面对两个带叹号的“切莫”，我琢磨不透我们这支部队能有啥行动。不错，南边的形势是够紧张的，但那是小打小闹，枪声离我们这里还远着呢！我竟违背了妈妈的叮嘱，趁没人时悄悄把电话挂到师里那位帮我办调动的领导家里，当我把意思拐弯抹角地说明后，对方哈哈笑了起来，说他压根还没听到啥，说我妈妈的神经太过敏了……

我放心了。但我却一天也不愿在连队里熬了。我天天盼着调令来！

那是一个星期六的晚上，我心烦意乱地到山溪边散了会儿步返回营房。当我走到连部窗前时，听屋内梁三喜和靳开来在高声谈论，我便悄悄停下来。

靳开来：“连长，除了那件大衣是新的，你总共就那么点破家当，又穷鼓捣啥！”

梁三喜：“伙计，你也抽空拾掇拾掇吧，看来是快开拔了。”

靳开来：“开拔？见鬼，往哪开拔？”

梁三喜：“往南边！你不觉得该打一仗了？”

靳开来：“仗看来是要打的。可全国这么多军队，你咋知我们这支部队要往前开？”

梁三喜：“你别问了。等着瞧就行了。”

靳开来：“连长，是不是上面已给你透风了？……怎么，对咱还保密呀！”

梁三喜：“上面没谁给我透风。该咱连级干部知道的事，老百姓也差不多知道了。”

靳开来：“那，你是……”

梁三喜：“我是从指导员他母亲那里得来的消息。”

靳开来：“活见鬼，那老娘儿们能给你啥消息！”

梁三喜：“你真是个直肠子。你就没想想，为啥她对指导员的调动抓得那么急？我听团里的干部干事说，这些天指导员的母亲几乎天天往师里打电话……”

靳开来：“嗯。有道理！听说那老娘儿们神通广大，她知道消息要比师长、军长还早呢！”

梁三喜：“这不就得啦。我看部队在十天、八天之后要上前线！这事你千万要保密，决不能瞎嚷嚷。”

靳开来：“奶奶的！只要是共产党坐天下，那老娘儿们胆敢在部队上前线时把她儿子调回去，看我靳开来不自费告状到北京！”

……

十天之后我终于拿到了调令！

然而，想不到梁三喜竟能料事如神！当我就要离开连队时，一声令下，我们这支部队果真要上前线，要开拔！

当天，炊事班一下便宰了四头猪，但却来不及吃了！

进亦难，退更难。我处在万分矛盾当中！

“滚蛋，你给我赶快滚蛋！”忠厚人梁三喜一下变成靳开来，他面对我劈头盖脸地痛骂，“奶奶娘！你可以拿着盖有红印章的调令滚蛋，我可以再请求组织另派一位指导员来！但是，养兵千日，用兵一时！军人，你不会不知道你穿着军装！现在，你正处在一道坎上，上前一步还好说，后退一步你是啥？有的是词儿，你自己去想！你自己去琢磨！”

五

长龙般的专列闷罐车载着武器和士兵，昼夜兼程。在九连坐的两节闷罐子里，有我这拿到调令没敢退却的指导员。

不用梁三喜直着骂，我当然也晓得，军人效命沙场，当应义无反顾。倘若我在这种时候离开这支部队，那将是对军人称号的最大玷污！众口啐我是“逃兵”算是遣词准确，破口骂我是“叛徒”也毫不过分……

部队开到云南边防线，大家才知道这所谓边防实际上是有边无防。可红河彼岸，我们用肉眼便可看到一个挨着一个的永备性、半永备性的碉堡工事。如果拿起望远镜，即能清晰地看见那瞄准我们胸膛的黑洞洞的射击孔。而我们这边，多年来却一直高喊把自己的国土，当作对方“最辽阔的大后方”……

如今，在迫不得已的情况下进行还击，一切都显得紧迫而仓促。一下拥来这么多部队，安营首先成了大问题。团以上指挥机关挤进了地方机关的办公室。连队则分散在深山沟里，用青竹、茅草、芭蕉叶和防雨布，搭成了各式各样的“营房”。为防空防炮，还常常住进那刚挖的又潮又湿的猫耳洞……

当我们九连听了边民有家不能归的控诉，现场参观了河口县托儿所被越寇用机枪横扫后的惨状后，求战书像雪片一样飞到连部。尽管上级不提倡写血书，连里还是有几位战士咬破了中指……可我这个当指导员的，人虽跟着九连来了，心里却仍在打小鼓。我懊丧自己自作自受，我后悔当初不该放着摄影干事的美差不干，来到这九连搞啥“曲线调动”！眼下，我唯一的希望是离开这战斗连队，回到军机关……

于是，我便悄悄找军里和我要好的同志，让他们侧面反映一下，以工作需要为名，把我重新调回军机关。恰在这时，军党委做出一个十分严厉的决定：凡在连队和基层单位的高干子女，一律不准调到机关里来。已经调的要坚决送回基层，个别因有利于打仗确实需要调的，不管他是干部还是战士，均需军党委审批才能调动。否则，按战时纪律予以追究。

我听后，心里凉了半截。

梁三喜对我的态度倒还够意思。在他骂我滚蛋时我没还嘴，见我跟着连队来了又没离开连队，他不仅没再向我投来鄙视的目光，反而像我刚下连时那样主动找我商量工作。我还觉察到，他已给连里的其他干部做过工作了；当我们坐着闷罐车朝前线开时，一路上靳开来曾不时地说些风凉话给我听。扬言说战场上他将摽着我，一旦发现我有叛变的苗头，他会给我一粒“花生米”尝尝……而眼下，他见到我尽管脸还放不开，但大面上也总算说得过去了。

连队进入了临战前的突击性训练。为适应在亚热带山地丛林中作战，团里让我们九连练爬山，练穿林。这比那“十公里全副武装越野”，更够人喝一壶的。梁三喜累得嗓音嘶哑，眼球充血，嘴唇龟裂，那瘦削的脸膛更见消瘦了。就连被誉为“轻型坦克”的靳开来，脸颊也凹陷了。至于我，那就更不用提了。我累得晚上睡觉连衣服都懒得脱，常产生那种“还不如一颗流弹打来，便啥也不知道才好”的念头……

我和妈妈已有二十多天中断了联系。来到前线后，料她也无神通可施展了，我也就懒得再给她去信。这天，从后方留守处转来连队一批信件，其中有我三封。一封是柳岚从军医大学写来的，她在信中质问我为啥接到调令后还不回去，讥笑我是不是想当什么英雄了。她毫不掩饰地写道：现在的大学生宁肯信奉纽约伯德罗埃岛上的铜像（自由女神），也决不崇拜斯巴达克斯……另外两封信是妈妈写来的。头一封信她让我离开连队动身时给她拍个电报，她好派车到车站接我回家。第二封信她已觉出事情不妙，似乎也深知在这种时刻调我回去的利害关系。她问我是否因周围有不良反应才没走成，如果觉得实在不能调走，那就无论如何也得离开连队，重回军机关工作方为上策。

妈妈的“上策”和我的心思吻合了。

此时，我多么想赶快离开九连回军部啊！而重回军部的希望，只能寄托在雷军长身上。这时，我想起了妈妈多次给我讲过的她救过“雷神爷”一命的往事：

一九四三年秋。近三万名日寇纠合吴化文、刘桂堂（即刘黑七）等部的皇协军，对山东沂蒙山区进行大规模的拉网扫荡。当时，雷军长是山东军区独立团的一营营长，妈妈是团所属“地下医院”的指导员（因医院的所谓床位不过是一些堡垒户的炕头，故称地下医院）。一营在掩护山东分局机关和渤海银行机关转移时，被敌包围了。人称“雷神爷”的雷营长，率全营四百余众与敌展开血战。战斗从上午十时许打响直到黄昏，机关安全转移了。这时，“雷神爷”所率的四百余众尚存不足百人，而且大部挂了彩。“雷神爷”也多处负伤，奄奄一息倒在血泊中。担负救护伤员的妈妈，借着暮色的掩护，冒着纷飞的弹雨，在一片死尸堆里寻找还未死去的伤号。当妈妈用手一捂“雷神爷”的嘴，觉出“雷神爷”还有一丝呼吸，便将他背在身上，从死尸堆里一步一步爬了出来……

为躲过敌人的清剿，妈妈把“雷神爷”安置在一个非常隐蔽的山洞里。妈妈把一头乌发推成光头，从乡亲们那里借得一顶瓜皮式旧毡帽戴在头上，腰缠一根猪鬃绳腰带，扮成一个看山林的穷小子，日夜守护着“雷神爷”。妈妈千方百计地为“雷神爷”找药。没有绷带，她把自己唯一的一床被面用开水消毒后，撕成条条……

一个电闪雷鸣的雨夜，妈妈听到洞外有声声怪叫。出得洞来，借着一道闪电，妈妈发现有四五只狼睁着绿森森的眼睛，嗥叫着向洞口涌来。显然，是“雷神爷”的伤口腐烂，让野狼嗅到了味儿。妈妈将驳壳枪上了顶门火，但怕暴露目标又不敢鸣枪。她便抓过一把镐头立在洞口，与饿狼对峙，到天色破晓……

妈妈承受了一个女同胞极难承受的艰险，精心护理“雷神爷”，终于使“雷神爷”死而复生。

在“雷神爷”康复归队那天，他紧紧攥着我妈妈的手说：“有恩不报非君子，我雷神爷走遍天涯海角，也忘不了你这女中豪杰！”

这真是生死之交！没有妈妈，你“雷神爷”能活到今天当军长吗？！要知道，我是妈妈唯一的儿子，尽管你“雷神爷”摆出副“铁面包公”的架势，可妈妈在最关键的时刻求你点事，难道你真会不帮忙吗？再说，我本来就是军机关里的人，军机关也要参战，调我回去并不是啥出大格的事吆！只要你“雷神爷”说一句“这是工作需要”，那就名正言顺了！

想到这些，我忙给妈妈写了封信，火速发出。

我们在阵地上度过了春节。这时，各连的干部配备进行了较大的调整。我们九连的副连长调到团司令部侦察股任参谋去了。曾发牢骚说自己是“鸡肋”的炮排长靳开来，被任命为副连长……

一个星期又熬过去了。我估计妈妈已收到我的信，我盼着妈妈快写信给“雷神爷”！

战前的训练已停止，各连都在反复检查携带的装备，开始养精蓄锐了。

迟了！我调回军部的事看来是办迟了！

二月十四晚上（后来才知道，此时距十七日凌晨发起进攻，只有五十小时），师里组织排以上干部看内参电影《巴顿》。

看完电影，已是夜里十一点了。师参谋长通过扩音器大声宣布，说军长正忙着最后审定我们师的作战方案，让大家静坐等待，一会儿军长要来讲话。

“嗬，我们的巴顿要来讲话了！”不知是谁这样小声喊了一句。

我知道，在座的好多人看完《巴顿》后，是很容易把军长跟巴顿将军联想在一起的。

少顷，人们探头探脑地说军长来了。我一瞧，正是“雷神爷”驾到！

雷军长身高顶多有一米七〇出头，是个干练的瘦老头儿，绝没有巴顿将军的块头。但他却比巴顿更令他的同僚和部属敬畏。他平时走路也按“每步七十五公分”的“操典”进行，腰板笔直，目光平视，一举一动都显出军人的英武和豪迈，将军的自信和威严。

他捷步登上土台子，师参谋长忙把麦克风给他左右矫正了一下。

军长用目光环视了一下这设在山间的露天会场，那俯瞰尘寰的架势告诉人们，他，他统帅的这个军，永远是天下无敌的！

这时，只见他脱下军帽，“砰”地朝桌子上一甩，震得麦克风动了一下。

仅此一甩帽，会场便骤然沉寂。静得像无波的湖水，连片树叶儿落下也会听得见。

在我们军里，谁没听说过雷军长“甩帽”的轶事啊！

那是一九六七年“一月风暴”席卷神州之后，军机关所在地C市的左派要夺市委的大权，“中央文革”小组顾问康生亲自打电话给军里，让军方支持C市左派夺权，并指出军里可派一名主管干部，任C市“三结合”红色新政权的第一把手。在此之前，军里派出的支左观察小组已把得来的情况报告过军长，军长已知道参加夺权的那位造反派头头，是个偷鸡摸狗的人物；而准备参加“三结合”的那位革命老干部，则是军长早就一见就烦的“滑头派”……

军长主持召开军党委会，把军帽猛地朝桌上一甩：“不怕罢官者，跟我坐在这里开会！对那帮乌合之众要夺市委的大权，我雷某决不支持！怕丢乌纱帽者，请出去！请到红色新政权中去坐第一把交椅！”……

甩帽的后果：他丢了军长的职位，被押进了学习班。

C市左派夺权后搞得实在太不像话。一年之后，连“中央文革”也不喜欢他们了。军长这才从禁闭式的学习班回到军里。但是，军长的职位早有人占了，他便成了个无行政职务的军党委常委。接着，林彪抓什么“华野山头”，他又一次在军党委会上甩帽，为陈老总评功摆好……

根据军党委会议记录，十年中军长曾四次甩过军帽。对于甩帽的后果，有几句顺口溜作了描述：“军长甩军帽，每甩必不妙，不是蹲班房，就是进干校。”

眼前，这“雷神爷”为何又甩帽？人们目瞪口呆！

只见他在台上来回踱了两步又站定，双手抹腰，怒气难抑。

终于，炸雷般的喊声从麦克风里传出：“骂娘！我雷某今晚要骂娘！！”

谁也不晓得军长为啥这般狂怒，谁也不知道军长要骂谁的娘！

他狂吼起来：“奶奶娘！知道吗？我的大炮就要万炮轰鸣，我的装甲车就要隆隆开进！我的千军万马就要去杀敌！就要去拼命！就要去流血！！可刚才，有那么个神通广大的贵妇人，她竟有本事从几千里之外，把电话要到我这前沿指挥所！此刻，我指挥所的电话，分分秒秒，千金难买！可那贵妇人来电话干啥？她来电话是让我给她儿子开后门，让我关照关照她儿子！奶奶娘，什么贵妇人，一个贱骨头！她真是狗胆包天！她儿子何许人也？此人原是我们军机关宣传处的干事，眼下就在你们师某连当指导员！……”

顿时，我脑袋“嗡”地像炸开一样！军长开口骂的是我妈妈，没点名痛斥的就是我啊！

骂声不绝于耳：“……奶奶娘！走后门，她竟敢走到我这流血牺牲的战场上！我在电话上把她臭骂了一顿！我雷某不管她是天老爷的夫人，还是地老爷的太太，走后门，谁敢把后门走到我这流血牺牲的战场上，没二话，我雷某要让她儿子第一个扛上炸药包，去炸碉堡！去炸碉堡！！……”

排山倒海的掌声淹没了“雷神爷”的痛骂，撼天动地的掌声长达数分钟不息……

军长又讲了些啥，我一句也听不清了。

那一阵更比一阵狂热的掌声，送给我的是嘲笑！是耻辱！！是鞭笞！！！

我差点晕了过去。我不知是梁三喜还是谁把我扶上了卡车，我也不知下车后是怎样躺进连部的帐篷的。

当我从痴呆中渐渐缓过来，我放声大哭。

“哭啥，哭顶个屁用！”梁三喜愤慨地说，“不像话，你母亲实在太不像话！她走后门的胆子太大了！”

我仍不停地哭。梁三喜劝慰我说：“谁都会犯错误，只要你能认识到不对，就好。仗还没打，战场上有改正错误的机会。”

眼泪哭干了，我又处于痴呆的状态中。

天将破晓了，一片议论声又传进帐篷：“军长骂得好，那娘儿们死不要脸！”

“战场上谁敢后退，就一枪先崩了他！”

是谁们在这样说呵，声音嘈杂我听不真。

“奶奶的！说一千，道一万，打起仗来还得靠咱这些庄户孙！”是靳开来在大声咋呼，“小伙子们，到时候我这乡下佬给你们头前开路，你们尽管跟在我屁股后头冲！死怕啥，咱死也死个痛快！”

“哼，连里出了个王连举，咱都跟着丢人！”啊，那又尖又嫩的童音告诉我，说这话的是不满十七岁的司号员金小柱！我下连后，小金敬我这指导员曾像敬神一般！可自打我拿到调令那天起，他常噘着小嘴儿朝我翻白眼啊……

“别看咱段雨国不咋的，报效祖国也愿流点血！咱决不当可耻的逃兵！”啊，连“艺术细胞”段雨国也神气起来了……

我麻木的神经在清醒，我滚滚的热血在沸腾！奇耻大辱，大辱奇耻，如毒蛇之齿，撕咬着我的心！

我乃七尺汉子，我乃堂堂男儿！我乃父母所生，我乃血肉之躯！我出生在炮火连天的沂蒙战场上，我赵蒙生身上不乏勇士的基因！我晓得脸皮非地皮，我知道人间有廉耻！我，我要捍卫人的起码尊严！我要捍卫将军后代的起码尊严！！

我取出一张洁白的纸，一骨碌爬起来冲出帐篷。

我面对司号员小金：“给我吹紧急集合号！”

小金惊呆了，不知所措。

“给我紧急集合！”

梁三喜跟过来轻声对小金说：“吹号。”

面对全连百余之众，我狂呼：“从现在起，谁敢再说我赵蒙生贪生怕死，我和他刺刀见红！是英雄还是狗熊，战场上见！”

说罢，我猛一口咬破中指，在洁白的纸上，噌！噌！噌！用鲜血写下了三个惊叹号——“！！！”

说到这，赵蒙生两手捂着脸，把头伏在腿上，双肩在颤动。我知道，他已陷进万分自责的痛苦中。

“咔”的一声响，又一盘磁带转完了。过了会儿，我才轻轻取出录好的磁带，又装进一盘。

良久，赵蒙生才抬起头来，放缓了声调，继续对我讲下去……

六

我们团受领的任务是打穿插。即：在战幕拉开之后，全团在师进攻的正面上，兵分数路从敌前沿防线的空隙间猛插过去，楔入纵深断敌退路，在保证大部队全歼第一道防线之敌的同时，为后续部队进逼敌第二道防线取得支撑点。

我们三营任团尖刀营，九连受命为营尖刀连。这就使我们九连一下在全团乃至全师——居于钢刀之刃，匕首之尖的位置上！

上级交给我们九连的具体任务是：在战幕拉开的当天，火速急插，务必于当天下午六时抵达敌364高地前沿，于次日攻占敌364高地，并死死扼守该高地。

从地图上看：由无名高地和主峰两个山包组成的364高地，距我边境线直线距离有四十余华里。位于通往越南重镇A市的公路左侧，是敌阻击我南取A市的重要支撑点。

据情报得知：364高地上有敌一个加强连扼守，阵地前设有竹签、铁丝网，布有地雷，高地上有敌炮阵地，多梯次的堑壕和明碉暗堡……

是军长要实践他第一个让我炸碉堡的诺言，还是因九连是全团军事训练的先行连，才使这最艰巨的任务一下便落到我们九连的头上？（全营各连曾为争当尖刀连纷纷求战，而营、团两级几乎是毫无争议地便拍板定了我们九连，并说是军长点头让九连先上）对于这些，我不愿去琢磨了。

全连上下部为当上了尖刀连而自豪。但大家更明白：摆在我们九连面前的，将是一场很难想象的恶仗！按照步兵打仗前的惯例：全连一律推成了锃亮的光头，一是为肉搏时不致被敌揪住头发，二是为头部负伤时便于救治。

炊事班竭尽全力为全连改善生活，并宣布在国内吃的最后一顿饭将是海米、猪肉、韭菜馅的三鲜水饺。我发现，即使每月拿六元津贴的战士，会抽烟的也大都夹起了带过滤嘴的高级香烟。连从来都抽劣等旱烟末的梁三喜，竟也破例买了两盒“红塔山”。靳开来对我已明显表示友好，他不知从哪里买来两瓶精装的“五粮液”，硬拉我和其他连、排干部一起醺一口……

人之常情呵，这一切都在告诉我，大家都想到将去决一死战，都想到这次将会流血牺牲。而在告别人生之前，要最后体味一下生活赐予人的芳香！这里已决定一排为尖刀排。党支部再次开会，商定连干谁带尖刀排。

团里搞新闻报道的高干事列席了我们的支委会。当上级把尖刀连的重任交给我们连之后，他便来到连里搜集求战书和豪言壮语。显然，一旦我们九连打出威风，那将是他重点报道的对象。

支委们刚刚坐下，靳开来便站起来说：“这个会根本不需要再开吆！查查我军历史上的战例，副连长带尖刀排，已是不成条文的章程！既然战前上级开恩提我为副连长，给了我个首先去死的官衔，那我靳开来就得知恩必报！放心，我会在副连长的位置上死出个样子来！”

高干事没有往他的小本上记，这些牢骚话显然毫无闪光之处。

我沉痛表示：“执行军长让我第一个炸碉堡的指示吧！这尖刀排，我来带！”

“指导员，你……”梁三喜严肃地望着我，“咋又提起那件事？尖刀排，哪能让你带！”

靳开来接上道：“指导员，我靳开来已觉出你是个有种的人！已过去的事我不提了，也不准你再提起！从现在起，我们将患难相依，生死与共！指导员是连队的中枢神经，要死，第一个也轮不到你！”

他的话充满真诚的感情，我眼里一阵发热。

梁三喜刚提出要带尖刀排，就被靳开来大声喝住：“连长，少啰嗦，要带尖刀排，比起我靳开来，你绝对没有资格！”

我和高干事都一愣。

靳开来接上对梁三喜道：“当然，讲指挥能力，我靳开来从心里服你；论军事素质，你也比我靳开来高一筹！我说的资格是：我靳开来兄弟四个，死我一个，我老父老母还有仨儿子去养老送终，祖坟上断不了烟火。可你梁三喜，你家大哥为革命死得早，二哥为他人死得惨，惨啊！就凭这，不到万不得已，你梁三喜得活下来！”他转脸对我和高干事，“你们不知道连长家的事……咳！我这个人，就愿意把话说得白一些，尽管说白了的话怪难听。”

我心里沉甸甸的。下连这么久了，我竟对连长的身世一无所知！看来，连长家中不知遇到过啥样的不幸。而眼下我们已来不及去聊那些事了。

靳开来擦了擦发湿的眼睛：“连长，我说句掏心话，全连谁‘光荣’（前线战士把‘光荣’作为牺牲的代名词）了，我都不会过分伤心，为国捐躯，打仗死的呶！唯独你，如果有个万一……你那白发老母亲，还有韩玉秀怎么办……咳！小韩该是早已经生了，可你还不知她生的是男是女啊！”

梁三喜摆了摆手，声音有些颤抖：“副连长，别说那些了！”

我眼里阵阵发潮。怪我，都怪我这不称职的指导员，使连长早该休假却没休成！

“行了。别开马拉松会了。顺理成章，带尖刀排的事，听我的。”靳开来拍板定了音。

接着，我们又进一步设想行动后可能遇到的难题，议论着对付困难的办法。

散会时，靳开来对高干事笑了笑："喂，笔杆子！一旦我靳开来'光荣'了，你可得在报纸上吹吹咱呀！"说着，他拍了拍左胸的口袋，"瞧，我写了一小本豪言壮语，就在这口袋里，字字句句闪金光！伙计，怕就怕到时候我踏上地雷，把小本本也炸飞了，那可就……"

梁三喜："副连长！你……"

靳开来："开个玩笑吆！高干事又不是外人，怕啥？"……

一切都准备好了，但一切又是何等仓促。

二月十六日下午，从济南部队和北京部队调到我们团一大批战斗骨干，都是班长以下的士兵。团里照顾我们这尖刀连，一下分给我们十五名。显然，他们是从各兄弟部队风尘仆仆刚刚赶到前线。抱歉的是，我们既没有时间组织全连欢迎他们，甚至连他们的名字都来不及登记，就三三两两地把他们分到各班，让他们和大家一起去吃"三鲜水饺"去了！

夜幕降临，我们全连伏在红河岸边待命。

战斗打响前，最大权威者莫过于表的指针。人们越是对它迟缓的步伐感到焦急，它越是不肯改变它那不慌不忙的节奏。当它的时、分、秒针一起叠在十二点上时，正是十七日凌晨。

骤然，一声炮响，牵来万声惊雷，千百门大炮昂首齐吼！顿时，天在摇，地在颤，如同八级地震一般！长空赤丸如流星，远处烈焰在升腾，整个暗夜变成了一片深红色。瑰丽的夜幕下，数不清的橡皮舟和冲锋舟载着千军万马，穿梭往返，飞越红河……

此时，一种中华民族神圣不可侮的情感在我心中油然而生，我更感到自己愧为炎黄子孙！

全连在焦急的等待中迎来了破晓。早晨七时半，冲锋舟把我们送到红河彼岸。

刚过河，就看到从前沿抬下来的烈士和伤员，连里几个感情脆弱的战士掉泪了。

靳开来不知从哪里搞来一把傣家大刀。他把银灼灼的大刀当空一抡："掉啥泪？哭个球！把哭留给吃饱了中国大米的狗崽子们！看我们不揳得他们鬼哭狼嚎！”说罢，他转脸对为我们九连带路的华侨说：“老哥，你在身后给我指路，一排，跟我来！”

尖刀排沿两山间的峡谷朝前插去。梁三喜和我率领大家急速跟进。

刚插进不多远，便遇上一群被我正面攻击部队打散的敌兵。他们用平射的高射机枪、枪榴弹、冲锋枪，三面朝我连射击。

“卧倒！”梁三喜一把将我摁倒，厉声下达命令，“三排，占领射击位置，打！”

梁三喜手中的冲锋枪打响了。少顷，三排的轻、重机枪一齐“咕咕咕”叫起来。

我刚端枪瞄准敌人，梁三喜转脸对我喊道：“我带三排留下掩护，你带大家尽快甩开敌人！”

“我留下！”说着，我射出一串子弹。

“执行预定方案，少废话，快！”

梁三喜的话是不容反驳的！我的指挥能力，怎能同他相比啊！

我带二排和炮排匍匐前进躲过敌射界，纵身跃起，紧紧尾随尖刀排上前急插……

十时许，梁三喜才率三排跟了上来。他用袖子抹了抹满脸硝烟和汗水，沉痛地告诉我，有两名战士牺牲了，一名战士负了重伤。烈士遗体和伤号已交给担任收容任务的副指导员……

越南北部山区，草深林密，路少坡陡。杯口粗的竹子紧紧挤在一块，砍不断，推不倒，硬是像道道天然屏障。芭茅草、飞机草高达两米以上。草丛中夹着杂木，杂水中盘着带刺的长藤。节令刚过“雨水”，这里的气温竟高达三十四五度。这一切，都给我们急速穿插的尖刀连带来不可想象的困难。

我们心急火燎地沿无路可寻的山沟插进，只见尖刀排在前面停住了。跟上去一看，面前是三米多宽、两米多高的木薯林，钻过去无空隙，爬上去又经受不住人。靳开来手持傣家大刀，左右横飞，为全连砍通道路……

这时，营长在报话机中呼叫，问我们九连的位置，梁三喜忙展开地图，现地对照。一个扛着八二无后坐力炮的战士凑过来，瞧了几眼地图，一下用手在地图上指点说：“在这儿，错不了，这就是我们九连的位置。”

梁三喜点了点头，看了看眼前这位昨天下午刚补进我连的战士，便对着报话机向营长报告了九连所处的位置。

报话机中传来营长焦急的声音：“太慢！太慢！加快速度！要加快速度！”

“是！”梁三喜回答营长后，站定身对全连命令道：“把背包、多余的衣服，统统扔掉！尖刀排继续头前开路，二、三排和连部的同志，协助炮排携带弹药！”

战士们立即照办了。梁三喜的决定无疑是十分正确的。步兵排每人负重六十多斤，炮排每人负重九十多斤，要加快穿插速度，是得扔掉一些不急需的玩意儿才行呵！当这一切办完之后，梁三喜问眼前那位识图能力极强的战士：“你，是从哪个部队调来的？”

“北京部队。”

“叫啥名字？”

“嘿，说名字一时也记不准。我们刚补进来的十五名同志，就我自己是从北京部队来的。干脆，就叫我‘北京’好了。”

这自称“北京”的战士，稍高的个头，长得挺秀气，浓眉下的眼睛一闪一眨，热情，深邃，奔放。显得煞是机灵聪敏。

“那好。你就跟在我身边行军。”梁三喜说。显然，他已觉得身边极需这位很有一套的战士。

我们加快了穿插速度。在通过一道山梁时，又两次遇到小股敌人的阻击。仍是由梁三喜率三排断后掩护，我们很快就甩开了敌人，拼死拼活地往前插……

营长不时地在报话机中询问我们的位置，每次都嫌我们行动迟缓。

下午三时许，营长又一次呼叫我们。战士“北京”又很快在地图上找到了我们的位置。

梁三喜向营长报告后，报话机里的营长火了：“师、团首长对你们行动迟缓极不满意！极不满意！如不按时抵达指定位置，事后要执行战场纪律！执行战场纪律！！喊赵蒙生过来对话。”

梁三喜移动了一下，我蹲到报话机边。

“赵蒙生！赵蒙生！你战前的表现你清楚！刚才军长在报话机中向我询问过你的表现！你要当心，要当心！政治鼓动要抓紧，要抓紧！不然，战后你跳进黄河洗不清，洗不清！……”

我的头皮又嗖嗖发麻。梁三喜推开我。

“营长同志，政治鼓动很重要，很重要！但是我们没空多啰嗦！有啥指示，你快说！”

“梁三喜，你别嘴硬！战场纪律，对谁都是无情的！”

营长的喊话停止了。从尖刀排位置折回身来的靳开来，牢骚开了：“娘的！让他们执行战场纪律好了！枪毙，把我们全枪毙！他们就知道用尺子量地图，可我们走的是直线距离吗？让他们来瞧瞧，这山，是人爬的吗？问问他们，路，哪里有人走的路！……”

“副连长，少牢骚！”梁三喜额角上的青筋一鼓一跳地蠕动着。

梁三喜厉声对战士们命令：“武器弹药携带好，每人留下两顿饭的干粮，另外是水壶，水壶绝对不能丢！其余的，统统扔掉！”

……

没有亲身经历这场战争的人，压根儿想象不出我们这尖刀连在穿插途中的窘迫之状。为争取按时抵达指定地点，我们冒着热在亚热带高山密林中穿行，上山豁出命去爬，下山干脆坐下连滑加滚，一个个衣服全扯碎了，身上青一块、紫一块……

太阳沉下去了，四周影影绰绰，我已辨不出东西南北。腿早已不打弯了，我跟着大家死死地往前蹿。当听见梁三喜说已到达指定位置时，我一头栽倒了。

梁三喜架起我做惯性运动。我定了下神，见全连绝大部分战士也都倒在了地下。

梁三喜边架扶着我边命令：“都起来，互相协助，活动一下。”他突然松开我，轻声呼唤：“小——金，小金！”

我一看，只见司号员小金栽倒在面前的草丛中。

梁三喜晃动着小金：“小金！金小柱……”

听不见小金的声音。

我和梁三喜忙把小金身上的装备卸了下来：冲锋枪、子弹带、十二枚手榴弹、飘着红缨穗的军号、两包压缩饼干、水壶。另外，还有沉重的四发八二无后坐力炮弹——显然，这是他在穿插途中，遵照连长的指示，从炮排战友身上，背到了他的背上……

梁三喜坐下把小金扶起，让小金倚在他怀中。他取过小金的水壶晃了下，听见有点响声，便将水壶对上小金的嘴："小金，醒醒，喝点水……"

小金嘴唇紧闭，毫无反应。

我忙给小金做人工呼吸，但无济于事。

我用手一摸，小金的心脏已停止了跳动！

梁三喜眼中涌出滴滴泪珠。他用毛巾擦拭着小金脸上的泥垢和汗渍。小金那长长的睫毛垂了下来，胖乎乎的两腮上，各有一个浅浅的小酒窝……

他还没来得及为全连进攻吹响冲锋号，他没能杀敌立功，就这样安详地睡去了，永远地睡去了。

事后，我反复想过，如果小金不给炮排背那四发炮弹，他也许不会……也许因为他太年轻，也许他的心脏或身体的某个部位本来有点小毛病，使他承受不了如此剧烈的穿插。啊，这位不满十七岁的士兵是累死在战场上的！

此刻，我抚摸着他那圆鼓鼓的手，抽泣着。我下连后，就是这双手，曾天天早晨给我打好洗脸水，把牙膏都给我挤在牙刷上；就是这双手，曾给我一次次地洗军装；也是这双手，在那"十公里全副武装越野"时，将摔倒的我扶了起来……我年龄几乎比他大一倍，可我……小金呀，原谅我吧，我不会是个永远都不称职的指导员，更不会成为"王连举"！

战争期间，时间是以分秒计算的。当我们到达364高地前沿时，已是晚上八点零二分。比上级指定的到达时间，误了一百二十二分钟！

然而，我们九连是问心无愧的。

七

梁三喜命令各班检查了装备，武器弹药没有丢损。只是大部分战士已把水壶和干粮全扔在穿插途中了。他让各排把仅有的干粮和水集中起来分配。吃了一顿半饥不饱的共产式的"大锅饭"之后，全连基本上粮尽水绝了。

我的水壶和干粮也在穿插途中扔掉了。梁三喜塞给我半包压缩饼干我没接，我瞒他说自己还有吃的。他把小金留下的水壶硬是塞给了我。我怎忍心喝小金留下的水啊！我把那半壶水连同小金为炮排背来的四发炮弹，一起交给了炮排……

夜，黑得像看不到边、窥不见底的深潭。

山崖下的灌木丛中，梁三喜召集各班、排长围拢在一起，研究下一步的行动。他在暗夜中铺开地图，借着圆珠手电笔那圆圆的光点，用手点了点由无名高地和主峰两个山包组成的 364 高地。接着，他让那位带路的华侨，谈一谈 364 高地敌人设防的情况。

我们的向导，是位三十四五岁的庄稼汉。穿插途中，我们派两位体格最棒的战士空手拉扯着他，才使他和我们一起赶到目的地。他是在越南当局反华、排华时蒙难回国的，他原来的家离这 364 高地不远。但遗憾的是，他对敌军事方面的布防所知甚少。他仅告诉我们，从七四年春开始，就看到有越南鬼子在前面的两个山包上构筑碉堡和工事。别的，他啥也不知道了……

面对敌人苦心经营的 364 高地，大家思忖着。

梁三喜已把战士"北京"视为连里的"高参"。此时，他对挨在他身边的"北京"说："'北京'同志，先谈谈你的想法吧。"

"那好。我先谈点不成熟的设想，以便抛砖引玉。"战士"北京"说，"我连现已脱离大部队，孤军楔入敌腹。在缺乏强有力炮火支援的情况下，要攻占面前的两个山头，谈何容易！敌人居高临下，以逸待劳，颇有'一夫当关，万夫莫开之势'。这就决定了我们的打法，切莫强攻，必须巧取。"

"说得很有道理。"梁三喜催促，"继续说下去。"

"现在我连已断粮缺水，一时又不能补充，行动必须迅速。趁敌尚未察觉我们，我建议战斗不应在明日，而宜在今夜展开。先拉开一个小小的战斗序幕。"

"序幕？"梁三喜问。

战士"北京"接上说："对。孙子云，'知己知彼，百战不殆'。这小小的序幕是：一、先设法破坏敌阵地前沿的雷区，撕开一道豁口，以便全连接敌；二、以步兵排实施火力佯攻，引敌暴露火力点的位置；三、我炮排和步兵排的爆破组，借暗夜接近敌火力点。在隐蔽好自己的前提下，离敌火力点愈近愈佳。这样，待明晨拂晓，便可以迅雷不及掩耳之势，夺下无名高地，取得立足点。然后，才有可能考虑下一步。"

想不到这年轻的战士"北京"，竟对兵家之事如此谙熟，我颇有些折服了。

大家小声议了一阵，一致认为战士"北京"的设想，切实可行。

这时，“北京”又说：“入伍后，我一直在步兵连八二无后坐力炮班当战士。在北京部队时，我参加过几次师里组织的山地进攻实弹演习。要讲摧毁敌火力点，‘八二无’堪称一绝。它最大射程一千米，绝就绝在进行肩炮直瞄发射时，我们可以把炮口当刺刀！山地作战，每块岩石下都可隐蔽自己。我打过多次百米内肩炮射击，根本不需瞄准，其准确程度如同把枪口直指敌人的肚皮，百发百中。眼下，我们是山地攻坚，如果采用远射程射击，倘若一炮打不准，敌碉堡里的机枪饶不了冲锋的步兵战友！我看，四〇火箭筒也定要在百米，甚至是五十米、三十米的距离上发射，做到弹无虚发。可别小瞧越南鬼子，他们打了多年的仗，拼起来是些亡命徒！因此，我们非得冒风险，下绝法子治他们不可！”

梁三喜说：“‘北京’同志说得十分有理。‘八二无’和四〇火箭筒发射时要近些，再近些！必须做到一炮摧毁一个敌碉堡！不然，后果大家都清楚。一排长，行动还是从你们尖刀排开始，你们先用成捆的手榴弹，引爆敌人的地雷……”

靳开来急不可待：“娘的！说干就干！先来十捆手雷，每捆十枚！”

梁三喜按住要行动的靳开来，又周密地进行了具体分工。

末了，梁三喜对我说：“指导员，战斗要提前打响，按说应该报告营里。可在敌人鼻子底下用报话机呼叫，那就等于把我们的行动报告给了敌人。你看怎么办？”

我当即说：“不必报告了。两座山头反正得我们去攻，早攻下来总比晚拿下来好！”

战士“北京”说：“指导员说得极是。将在外，君命可有所不受。”

行动开始了。

靳开来率尖刀排把一捆捆手榴弹甩往雷区。随着手榴弹的爆炸，引来阵阵地雷的爆炸声……

迎着爆炸后呛人的梯恩梯味儿，全连在炸开的豁口上，迅速、安全地爬过了雷区。

这时，实施火力佯攻的三排，轻、重机枪早已一齐响起来。无名高地上敌各处的火力点喷吐出火舌。霎时间，山上山下一片枪声……

我默数着敌火力点，对梁三喜说：“十二个，有十二个敌火力点。”

“不，还多，最少是十三个。”

按打响前的分工，梁三喜和我各带炮排的两个班和步兵排组成的爆破组，从无名高地左右两侧朝前运动，去潜伏到敌人的碉堡下。

靳开来和我一起行动。有他在，我心里坦然多了。此时，他这炮排长出身的副连长，手握着火箭筒，身背着火箭弹，跃跃欲试要去炸碉堡了。

三排的轻重机枪打打停停，各处的敌碉堡不时喷吐出火舌，为人们指引着行动的目标……

我正向前爬着，靳开来扯扯我的衣服，悄声对我说：“别慌，你跟在我后面！”

近了，不时喷出火舌的碉堡，离我们越来越近了……

午夜时分，无名高地上完全静了下来。

“啾儿，啾儿……”“唧唧，唧唧……”纺织娘，金钟儿，蛐蛐儿，还有一些不知名的虫儿，轻轻奏起了小夜曲。

我和靳开来偎依在山岩下的茅草丛中。

他是个不甘寂寞的人。他贴着我的耳根问：“指导员，你，在想啥？”

“我……没想啥。”

他突然冒出一句：“你，没想你老婆吗？”

“这种时候，我可顾不上想她了。”

“你老婆肯定很漂亮吧？洋味的？”

“带点洋味。不过，还是土气点的厚道。”

过了会儿，他又悄声自言自语：“我那小男孩四岁了，长得跟我一个熊样。下月六号是他的生日。咳……真想能抱过他亲他几口。”

我们开始闭目养神。这时，我才觉出，被汗水多次浇透的军装已硬似铁甲，双腿沉得像两根木椽一样不能打弯，周身热辣辣地胀痛。

“叮零零……”头顶上传来电话铃声。接着是咿里哇啦的喊叫声。噢，是敌堡里的敌人打电话。神经一收缩，身上的疲惫感顿然消失了。

置身于敌人的碉堡之下，我才深深地感到，这里已绝对没有啥将军后代和农民儿子的区分了。我们将用同样的血肉之躯，去承受雷，去承受火，去扑向死神，去战胜死神，一起去用热血为祖国写下捷报！

八

乳白色的晨雾像纱幔一样轻轻飘散，东方显出了朦胧的光亮。三颗红色信号弹腾空而起，梁三喜发出了冲锋的信号！

这时，卧在我身边的靳开来早已跃起身，他倚在岩石一侧，肩扛四〇火箭筒，眨眼间便扣响了扳机。但闻“轰”的一声巨响，敌碉堡刚喷出一缕火舌，便腾空飞上了天！

几乎是同时，离我有三十余米远的战士“北京”也肩起“八二无”，只见他身子一动，肩后便喷出长长的火龙（八二无后坐力炮发射时两头喷火，从后面喷出的火柱长达二十五米）。

“指导员，隐蔽！”随着靳开来的喊声，我忙卧倒在岩石下。被炸碎敌碉堡水泥块儿，像雨一般刷刷落在四周。

一声声巨响接二连三地传来，无名高地上腾起一股股硝烟气浪。显然，从左侧接敌的梁三喜他们，也进展顺利……

靳开来和战士“北京”朝前跃进，我率火力掩护组迅速占领了有利地形。这时，无名高地顶端右侧，又有两个碉堡喷出火舌……

“打！”我趴在轻机枪后扫射着，掩护组一齐压制敌火力，把敌人的火力引过来了。

靳开来和“北京”各扛着自己的家伙，分别绕到敌堡一侧，真是炮口当刺刀，他们离敌堡都只有五十米左右的样子。只听两声巨响，又见两个敌堡飞上了天！

声声巨响过后，我们纷纷跃起身，饿虎扑食般冲上了无名高地。这时，从左侧出击的梁三喜他们也扑过来了。

扼守在堑壕中的敌人想负隅顽抗，我们劈头盖脸便是一顿猛扫，既来不及喊啥“诺松空叶”（缴枪不杀），也来不及呼啥“宗堆宽洪毒兵”（我们宽待俘虏），当敌人还没明白过是咋回事时，便死的死，窜的窜了……

战斗进行得如此干净利落，前后只用了十多分钟！梁三喜激动地拍着战士“北京”的肩说：“行！真不愧是从北京送来的战斗骨干！战后，我们首先为你请功！”说罢，他大声命令大家：“赶快清理阵地，进入堑壕，防敌反冲锋！”

大家立即进入敌人遗弃的堑壕，做好战斗准备。

我当时万万没想到，战斗从这时起便进入了极其残酷的时刻。事后，我们才清楚，仅这无名高地上就驻有敌一个加强连，而主峰上则是敌人的团属迫击炮连的炮阵地。

眼下，主峰上的敌人把一发发炮弹倾泻到无名高地上。炮弹呼啸着，在我们占领的堑壕周围炸开。浓密的烟雾，像一团团偌大的黑纱，遮住了太阳，遮住了蓝天。罩在我们头顶上。泥土、石块、敌人丢弃的枪支，合着炮弹片的尖叫声，狂飞乱迸……

每当炮击过后，敌人便从三面发起冲锋。

由于我们取得了立足点，敌人的头两次反扑被我们压下去了。但是，连里已有八名同志牺牲，十一名同志负了伤。

敌人又一次极为疯狂地炮击之后，第三次反扑开始了。

我和靳开来每人抱着一挺轻机枪，带领一排扼守在阵地西侧。这时，三十余名敌人在他们的火力掩护下，喊着、叫着，分梯次向我们扑来。

我们向敌猛烈扫射。因敌三次反扑的时间相隔太短，不大会儿，我们的枪管都打红了，不能继续射击了。

“快，拿手榴弹来！多，要多！”靳开来把帽子一丢，亮出了光头。

幸好，敌人丢弃的阵地上，到处是成箱的弹药和横七竖八的枪支，而且全是中国制造。我忙搬过一箱手榴弹，递给靳开来几枚。

“拧开盖，全给我拧开盖！”靳开来吼叫着，顺手便甩出了几枚手榴弹，“换枪，都快换枪！”

眼前有靳开来这样的勇士，懦夫也会壮起胆来！是的，越怕死越不灵，与其窝窝囊囊地死，倒不如痛痛快快地拼！我把手榴弹盖一个个拧开，靳开来两手左右开弓，把手榴弹“嗖嗖”甩向敌群。战士们抓紧时机换了枪……

敌人射来的子弹暴雨般在我们面前倾泻，蝗虫般在我们身边乱跳。有几个战士又倒在堑壕边牺牲了。每分钟内，我们都承受着上百次中弹的危险！

……战争，这就是战争！它把人生的经历如此紧张而剧烈地压缩在一起了：胜利与失败、希望与失望、亢奋与悲恸，瞬间的生与死……这一切，有人兴许活上十年、五十年。不见得全部经历到，而战争中的几天，甚至几小时、几分钟之内，士兵们便将这些全部体味了！

阵地前又留下一片横倒竖歪的敌尸，敌人的第三次反扑，又被我们打退了。

主峰上的敌人已停止炮击，战场沉寂下来。

我和靳开来走至堑壕中间地段，碰上了梁三喜，见他左臂上缠着绷带，便知他在刚才打退敌人反扑时挂花了。我和靳开来忙察看他的伤口，他抬起左臂摇了摇："还不碍事，子弹从肉上划了一下，没伤着骨头。"

战士们把烈士遗体一个个安放在堑壕里。初步统计，全连伤亡已接近三分之一……

没有人再流泪了。是的，当看惯了战友流血时，血不能动人了！当看惯了生命突然离开战友时，活下来的人便没有悲伤了！只有一个念头，复仇！！

这时，梁三喜见三班战士段雨国倚在三班长怀中，便问："怎么，小段也负伤了？"

"没有。"三班长说，"他晕过去了，渴的。嗨，小段也算不简单，拂晓进攻时，他只身炸了一个敌碉堡。"

"看不出这小子也算有种！"靳开来不无夸奖地说。

我们坐了下来。梁三喜把他的半壶水送给三班长："快，全给他喝下去。"

三班长不接，梁三喜火了："战场上，少给我婆婆妈妈的！"

三班长把水壶里的水慢慢流进段雨国的嘴里。过了会儿，段雨国苏醒了。

三班长对小段说："这是连长的水，全连就他这半壶水了！"

段雨国慢慢睁开眼，望着梁三喜。他的嘴嚅动着，泪水顺着脸上淌下来……

我们尝到了上甘岭上的那种滋味。

在敌人反扑的间隙，梁三喜已两次派出战士在这无名高地周围到处找水，找吃的。别处均没发现有水，就敌人营房旁边有口井，但是，经过卫生员化验，井中已放上毒了。敌人已撤离的营房里，大米倒不少，一麻袋一麻袋的，麻袋上全印着"中国粮"的字样。可没有水，要大米有啥用啊！

时已中午，赤日当头，烤得我们连喘气都感到困难了。

三班长望了望我和梁三喜，嗫嚅地说："山脚下……有一片甘蔗地……"

靳开来像是没听见三班长的话，朝我伸出手："指导员还有烟吗？娘的，我的烟昨天穿插时跑丢了！"

我摇了摇头。出发前我带着两条烟，穿插时被我扔掉了。

梁三喜掏出他的“红塔山”，一看，还剩两支。他递给靳开来一支，将另一支折一半给了我。

靳开来点起烟，贪婪地吸了两口：“指导员，是否让我去搞点‘战斗力’回来？”

我当然知道他说的“战斗力”是什么，便站起来说：“让我带几个战士去吧，搞它一大捆来！”

靳开来站起来把我按下：“还用你去！你当指导员的能有这个话，我就高兴！这犯错误的事，我哪能让你们当正职的去干！反正我靳开来没有政治头脑已经出名了，如果不死在这战场上，回国后宁愿背个处分回老家！”

战前，上级曾严厉地三令五申：进入越南后，要像在国内那样，坚决执行三大纪律八项注意，不准动越南老乡的一针一线。违者，要加倍严肃处理。

靳开来又牢骚开了：“自己的老百姓勒紧了裤腰带，却白白送给人家二百个亿！今天，奶奶的，我不信二百个亿就换不了一捆甘蔗。”说罢，他转脸对三班长，“带上三班，跟我走！”

靳开来跃出堑壕，带三班走了。

我和梁三喜有气无力地在堑壕里走着，察看各班、各排的情况。全连又有三个伤号，因流血过多和缺水牺牲了。活下来的同志们个个口干舌燥，偎依在烈日下的堑壕里，连说话的劲都没有了……

渴得要命。水，在这种情况下，不也可以说是战斗力的重要组成部分吗？！

梁三喜也坚持不住了，他和我坐下来。他倚在堑壕边上，长吁了口气。

猛然间，从高地右下方传来“轰”的一声响，我和梁三喜认为是主峰上的敌人又要进行炮击前的试射，忙一下站起来，让战士们进入射击位置，做好击退敌人反扑的准备。可等了会儿，却不见一点动静。

这时，三班长扛着一大捆甘蔗，跑进堑壕：“不，不好了！我们回来的路上，副连长踩响了地雷！他……他干啥事都非得他走在前头不行，他……”三班长放声哭了。

不大会儿，三班的战士们把靳开来抬到堑壕边沿，我和梁三喜忙上前把靳开来接进堑壕里。

他躺在地上，左脚被炸掉了，浑身到处是伤。我们忙为他包扎。

他极度痛苦地翻了下身，把我们推开："不，不用包扎了……我，不行了。让……让大家吃……甘蔗吧……"

"副连长，你……"梁三喜一头扑在靳开来身上，抽泣起来。

靳开来用手抓摸着梁三喜的肩："连长，你……多保重！我……死了也没事，还有他们弟兄三个……"

"副连长……"我呜咽着。

靳开来侧脸望着我："指导员，我……是个粗人，说话冲，你……多原谅……"

"副连长……"我哭出声来了。

他吃力地用手指了指他左胸的上衣口袋："指导员，帮我拿……拿出来，不是什么豪言壮语，是……是全家福……"

我脑中倏地闪过他跟高干事说过的话，忙将手伸进他的口袋，拿出一看，是一张照片。照片上有他、他的妻子和一个四岁左右的小男孩……

我含泪忙把照片拿到他眼前，他用颤抖的手接过照片："我……要去了，让我最后再……再看一眼……"

赵蒙生哽咽着，讲不下去了。

过了会儿，他擦了擦泪对我说："副连长靳开来就是这样牺牲的。现在想起他来，使我揪心难过的并不全在于他的死。"

段雨国插话："回国后评功评模，指导员多次向团里为副连长请功。但是，副连长连个三等功也没能立上！"

赵蒙生接上说："如果按个人取得的战果评的话，我们副连长绝对可以评为战斗英雄！如果他口袋里果真有一小本豪言壮语，那就更能宣扬出去！可当我们如实把他在战场上的英勇表现写成材料报到团里，团里有人说：'靳开来此人，思想境界一贯不高，是个'牢骚大王'。战前提他当副连长，他说让他去送死！再说，他是为一捆甘蔗死的，严重地破坏了三大纪律八项注意且不说，死得不值得吆！'"

"值得，他死得完全值得！"段雨国嚷起来，"是人都会有缺点，他发牢骚也不是没缘由的！不管别人怎么说，副连长在我们九连的心目中，永远是大义凛然的英雄！没有他搞来的那捆甘蔗，我们当时都渴晕了，我们能攻上364高地主峰吗？！”

我们仨人都沉默了。

过了一大阵子，赵蒙生长叹了口气，接下去讲述这场未完的战斗。

九

战斗愈来愈残酷了。

当我们每人分到的两根甘蔗刚刚嚼完，主峰上的敌人居高临下，又一次向我们实施炮击。这次炮击比前几次更疯狂，更凶狠，炮击持续了长达半小时之久。无名高地上，我们作为依托和立足点的堑壕，前后左右，到处弹坑累累。扑面的硝烟使我们睁不开眼，浓重的梯恩梯味儿呛得我们喘不出气。

炮击刚停，主峰山半腰的两个敌堡，用平射的高射机枪、轻重机枪，向我们这无名高地扫射……

显然，敌人是要从南面反扑了！

“三排，压制敌火力！”梁三喜大声喊道。

我们刚从堑壕里探出头，便见一群敌人已爬上堑壕前的陡崖，离我们只有十几米了！“打！”梁三喜边喊边端起轻机枪，对着敌群猛扫！全速奋起向偷袭过来的敌群开火，瞬间，阵地前的敌人便被我们打得如同王八偷西瓜，滚的滚，爬的爬……

这群敌人是从主峰上下来的。他们趁炮击时我们无法观察，便越过主峰和无名高地间的凹部，偷袭到我们的阵地前沿。真险啊，如果我们稍迟几秒钟发现他们，他们就扑进我们的堑壕里来了！

当敌人的反扑又被我们打退后，敌我双方又平静下来。

这时，报务员跑到梁三喜跟前，说营长在报话机中呼叫九连。

梁三喜极其简要地向营长报告了我们攻下无名高地的经过。营长在报话机中告诉我们：营指挥所和营所属另外三个连队，离我们这无名高地直线距离还有十公里左右。预定的穿插计划因战局发展被打乱，他们已不能按预定方案按时到达预定位置了。眼下，三个连队正分头扼守山口要道，阻截从第一线溃逃下来的敌兵，保证大部队全歼逃敌。因此，他们一时腾不出兵力来支援我们。营长还收回了他昨天对我们的批评，并传达了师、团首长对我们九连的嘉奖令，说我们昨天的穿插速度是相当惊人的！……

是的，当他们也在我们昨天的穿插路上走一走时，他们便会晓得我们九连为啥误了一百二十二分钟！

“困难，你们有啥困难吗？”营长问。

“伤亡已超过三分之一，断粮断水！”梁三喜喊道，“水，主要是缺水！”

“坚持，你们想办法坚持！要坚持到明天头午，我们才能上去！”少停，营长喊道，“团首长指示，如果攻下主峰有困难，你们就坚守在无名高地上，等我们上去再说！”

“不行，我们不能在这无名高地上坚持！要死，也只有到主峰上去死！”

“怎么？你是梁三喜还是靳开来，牢骚不轻呀！”

“报告营长，靳开来已经牺牲，我是梁三喜！”梁三喜脸色铁青，“主峰上有敌人的迫击炮阵地，一个点地朝我们头上打炮，如果在这无名高地上坚持到明天头午，九连必将全连覆没！”

跟营长通罢电话，梁三喜对我说：“指导员，召开个党员会吧。”

我忙通知党员开会。这时，一些不是党员的战士，也纷纷把他们早写好的火线入党申请书递到我手上，问我可不可以列席参加党员会。我眼里一热，忙说：“可以，绝对可以！”

此时要求入党，绝不是去领取一张谋取私利的通行证，而是准备向党献出一腔热血！

梁三喜对围拢过来的党员、非党员说：“我们不能再被动挨炮了，要主动出击！我提议组成党员突击队，去拿下面前的主峰，去占领敌炮阵地！”

战士“北京”接上说：“连长的话极有道理。看来主峰上敌兵力并不多，他们主要是靠炮来杀伤我们。只有我们站在敌炮阵地上，我们九连才能有点安全感。”

梁三喜望了望众人，宣布了两道命令，任命战前刚晋升的炮排长为代理副连长，任命战士“北京”为代理炮排长。

说罢，他问我：“来不及碰头商量了。指导员，你看怎样？”

我连连点头同意。眼下让谁升官，既不需升官者为自己“走后门”，更不需有人为升官者当说客，说文了叫“受命于危难之际”，说白了便是靳开来的话，给你个带头去死的差事！

战士“北京”对梁三喜说：“连长，这种时候我是不会说虚的。说实话，让我指挥一个炮排，我还是颇能胜任的。不过，我用‘八二无’去炸敌碉堡还有点绝招，因此，我觉得让我作为一名炮手去行动，更能见成效。”

梁三喜一听有理，点头同意了“北京”的要求。

以党、团员为主的突击队组成了。

梁三喜当即决定：由新任命的代理副连长和他带队，分头从主峰左右侧去攻占主峰。他让我和三排留下扼守无名高地，掩护他们出击……

“连长，你的胳臂已负过伤了！”我吼了起来，“如果你觉得我赵蒙生还有种，这突击队由我来带！”

“少废话！你有没有种，战场上大家不都看到了吗！”梁三喜的眼里射出不容分说的光，“可讲指挥能力，你还不过关！行了，趁敌还未炮击，要分秒必争！”他转脸对战士“北京”一挥手，“带足炮弹，你和弹药手们先是顺坡滑下去，速度越快越好！”

无名高地和主峰间是个“U”形，我阵地面前的坡崖坡陡七十多度，而坡崖又完全暴露在主峰之敌的射界下。当战士“北京”抱着“八二无”炮身，和弹药手们急速从坡崖上滑下去时，主峰山半腰的两个敌碉堡，便开始不停地封锁扫射……

“三排，压制吸引敌火力！”梁三喜命令。

三排对准敌碉堡开火，但狡猾的敌人并不理会，仍不时地朝我面前的坡崖实施拦阻扫射……

要通过这完全暴露在敌射界之下的坡崖，谈何容易啊！

梁三喜皱起眉头。稍停，他对突击队员们大声喊道：“看着点！都按我的样子办！”

说罢，只见他把一挺轻机枪抱在怀中，趁敌射击间隙，飞身跃出堑壕，猛地朝山下滚进，滚进……

我惊呆了！一个基层指挥员在战斗最紧要的关头，他把忠诚、勇敢和智慧所包含的全部内容变为沉着，继而从沉着中又产生出这果断而不惜赴汤蹈火的行动！

他成功了。

突击队员们学着他的样子，瞅准敌射击间隙，一个个先后“噌噌”跃出堑壕，滚进，急速朝坡崖下滚进……

过了会儿，敌人停止扫射。无名高地上安静无事，我心中越发不安。我问自己："你不是立誓要血洗自己的耻辱吗？那你为啥不像梁三喜那样去冲锋？！"

敌人又开始拦阻扫射了。我抓过冲锋枪抱在怀中，对三排喊道："你们坚守，我过去！"

我大步跨出堑壕，横身倒在坡崖上，拼命往山下滚进……

我当时想的是：都是爹娘生的，连长梁三喜是人，我也是人，他能去做的事，我这当指导员的也应照着去做，才算称职！

也怪，滚到山间，除了感到周身麻木外，竟觉不得疼。

主峰上下全是一人多深的芭茅草，一接近它，便躲过了敌人的射界。我火速爬着赶上了梁三喜他们。梁三喜见我来了，也没责怪我。

三排仍不时向敌人射击，敌人也不断还击。我们在草丛中攀缘而上，去接近敌堡……

爬了一大阵子，猫起腰便看见敌堡了。

战士"北京"对梁三喜说："连长，距离最多有五十米。放心，绝对不用打第二炮，干吧！"

梁三喜点头同意。

战士"北京"当即把炮弹装进炮膛。少许，他肩起"八二无"炮身，"噌"地站起来，勾动了扳机！然而，没见炮口喷火！

战士"北京"一下卧倒在地。敌人的子弹"嗖嗖"从我们头顶上飞过……

"怎么？是臭弹？"梁三喜问。

"嗯。是发臭弹。""北京"说着，忙把臭弹退出炮膛。弹药手赶忙又递给他一发炮弹，他又将炮弹装进了炮膛。

稍停，他又肩起炮，猛地站起身，又一次勾响了扳机，却又一次没见炮口喷火！

"哒哒哒哒……"敌人一串子弹射来，战士"北京"一头栽倒在地上！

"'北京'！'北京'同志……"我和梁三喜同声呼唤着。

一切都发生在瞬息之间！

战士"北京"倒在血泊中，身上七处中弹。中的是平射过来的高射机枪子弹，处处伤口大如酒盅，喷出股股热血……

呵，倒下了，一个多么优秀的士兵又倒下了！他连哼一声也没来得及，眨眼间便告别了人生！他二十出头正年轻，芬芳的生活正向他招手！他是那样机敏果敢，他是多么富有才华！昨天晚上，他还以将军般的运筹帷幄，为我们攻打无名高地献出了令人折服的战斗方案！可此刻，他竟这样倒下了！他从北京部队奔赴前线补到我们连，到眼下才刚刚两天，我们还不知道他叫啥名字啊！五十米的距离上，他不瞄准也绝对有把握一炮一个敌碉堡！可臭弹，该死的两发臭弹！！

梁三喜怒对爬到眼前的弹药手："他的死，你要负责任！"

弹药手沉下头不吱声。我知道，梁三喜这是由极度悲恸产生的激怒，而激怒又变为这无谓的埋怨！在同生共死的战场上，有哪位弹药手愿意出现臭弹啊！

"怎么两发都是臭弹？咹！"

"早晨打无名高地时，就已出现过一发臭弹。"弹药手伤心地回答梁三喜，"为啥是臭弹，你看看弹身上的标号就晓得……"

梁三喜从战士"北京"身下的血泊中，取过那发退出膛的臭弹看了一眼，递给了我。我一看，只见弹身上印着：一九七四年四月出厂。

弹药手嘟囔说："'批林批孔'的年月里出的东西，还能有好玩意儿？那阵儿，到处都停工停产搞大批判，军工的工人也都不上班……"

啊，我心里一阵冷飕飕！那令人不寒而栗的动乱年月，不仅给人们造成了程度不同的精神创伤，还生产出这样的臭弹！如今臭弹造成的恶果，竟让我们在这生死攸关的战场上来吞食！

"奶奶的！"梁三喜气得像靳开来那样骂娘了，"要是再为了争权夺利，今天你搞他，明天他整你，甚至连死了两千多年的孔老二也拉出来批，我们就没个好！不用敌人打咱们，自己就把自己搞垮了台！"

这时，山左侧传来一声令人振奋的巨响，不用问，那是新上任的代理副连长带着战友们，把敌碉堡炸掉了！我们上面敌堡中的枪又急骤地响起来，一串串子弹从我们头顶上掠过……

梁三喜问弹药手："还有几发炮弹？"

弹药手说："还有九发。有六发是七四年四月出厂的。"

“真他娘的见鬼！扔了，把那六发全给我扔掉！”梁三喜气极了，厉声对弹药手，“你动作快点，给我拿发好弹来！”

梁三喜从战士“北京”身下双手摸过血染的炮身，把那发还在炮膛中的臭弹猛一下退出来，忿然甩出老远！他接过弹药手递过来的炮弹，一下装进了炮膛。

梁三喜肩起炮身。说时迟，那时快，他猛地站起来，眨眼间便见炮口喷火！炮弹“轰”地炸开，敌碉堡被炸得粉碎……

碎石泥尘还在刷刷下落，我们便跃起身，迎着硝烟气浪上前扑去！

上来了！上来了！从左右两侧出击的突击队员，还有从主峰正面待机冲锋的步兵一排，一齐呐喊着，冲上了山顶！

我们，终于站在了364高地主峰上！

“注意搜索残敌！”梁三喜命令说。

我放眼望去，山顶上敌堑壕里一片狼藉，空无一人。位于山顶右侧的炮阵地上，有十几门横倒竖歪的120迫击炮，遍地是待发的炮弹，还有那一箱箱未开封的炮弹箱摆在周围……这时，我才更觉出梁三喜判断的准确，决策的正确！如果不攻占这炮阵地，我们坚守在无名高地上是会全连覆没的！

山顶上到处是巉岩怪石。我们沿着堑壕南边向西搜索。

段雨国兴冲冲地来到我和梁三喜身边：“连长，指导员，胜利啦，我们终于胜利啦！这次战斗，能写个很好的电影剧本！”

我望着段雨国那副乐样儿，真没想到他也攻上了主峰！

“隐——蔽！”只听身后的梁三喜大喊一声，接着我便被他猛踹了一脚，我一头跌进堑壕里！跟着传来“哒哒哒”一阵枪响……

当我从堑壕里抬头看时，啊！梁三喜——我们的连长倒下了！

我不顾一切地扑过去。

“连长！连长！”我一腚坐在地下，把他扶在我怀中……

他微微睁开眼，右手紧紧攥着左胸上的口袋，有气无力地对我说：“这里……有我……一张欠账单……”

一句话没说完，他的头便歪倒在我的胳臂弯上，身子慢慢地沉了下去，他攥在左胸上的手也松开了……

我一看，子弹打在他左胸上，打在了人体最要害的部位，打在了他的心脏旁！他的脸转眼间就变得蜡黄蜡黄……

“连长！连长！”战士们围过来，哭喊着。

“连——长！”段雨国扑到梁三喜身上号啕起来，“连长！怪我……都怪我呀……”

梦，这该是场梦吧？战斗就要结束了，梁三喜怎么会这样离开我们！当理智告诉我，这一切已在瞬息间千真万确地发生了时，我紧紧抱着梁三喜，疯了似的哭喊着……

讲到这，赵蒙生两手攥成拳捶打着头，泪涌如注。他已完全置身于当时的场景中了。

我用手擦着不知啥时流下的泪，为梁三喜的死感到极为惋惜和沉痛。

过了良久，赵蒙生才抬起泪脸，喃喃地对我说：“子弹，是一个躲在岩石后面的敌人射过来的。显然，梁三喜最先发现了敌人，如果他不踹我那一脚的话，他完全来得及躲开敌人，可是为了我，他……”

段雨国内疚地哽咽说：“怪我，都怪我啊！怪我当时让胜利冲昏了头脑，才使指导员先顾了跟我说话，才使连长他……”

停了会儿，赵蒙生接上说：“痛哭过后，我想起梁三喜临终前没说完的那句话，我从那热血喷涌的弹洞旁边，从他那左胸的口袋里，发现了这……”赵蒙生说着，从一本硬皮日记本里，拿出一片纸，用瑟瑟发抖的手递给我，“你……你看看……”

我接过一看，这是一张血染的纸条。这纸条是三十二开笔记本纸的小半页，四指见方。烈士的笔锋刚劲，字迹虽被血浸染过，但依然清晰可辨。只见上面写着：

我的欠账单

借：本连司务长 120 元

借：本团刘参谋 70 元

借：团后勤王处长 40 元

借：营孙副政教 50 元

……

梁三喜烈士留下的这张欠账单上，密密麻麻写着十七位同志的名字，欠账总额是六百二十元。

我顿感头皮麻嗖嗖的！眼下，我虽还不知梁三喜为啥欠了这么多的账，但我已悟出，为啥赵蒙生在前面的讲述中，一再讲到梁三喜抽的是黑乎乎的旱烟末，连块手表也没有，用的牙刷只剩“八撮毛”……

赵蒙生叹息了一声，对我说：“三年多来，这血染的欠账单一直像沂蒙山中那古老的碾盘一样，重压在我的心上。每每看到它，我便百感交集。我常常这样想，梁三喜临终前那句没说完的话是：‘这里有我一张欠账单，我欠的账还没偿还，还没偿还啊……’”

我们又陷入沉默中。

过了会儿，我问：“那么，最后战斗是怎样结束的？”

赵蒙生仍在擦泪，没有回答我。

段雨国说：“当时，一串子弹射来之后，我见连长倒在地上，我误认为连长是就地卧倒隐蔽。我抬头一望，见前面岩石上有个黑影，一晃便不见了。我跑过去一看，也没见敌人在哪里。这时，又过来几位战士，我们一齐搜索，才发现岩石右下侧有个洞口。我返回身来想报告连长时，见连长已牺牲在指导员的怀中。我扑上去就哭起来……当我含泪告诉指导员敌人已钻洞，指导员疯了般地站起来，喊着要手榴弹……”

赵蒙生摆手制止段雨国：“算了，算了！不必讲那些了！”

“实事求是吆！总得让如实记录这个故事的作者同志，对这场战斗有个大概的了解。”段雨国接上对我说，“……指导员把十几枚手榴弹捆在一起，谁也拽不住他，他像疯了一样跑到洞口边，一下就钻进洞去。过了会儿，我们先是听到一阵枪声，接着是闷雷般的巨响。当时大家心想，指导员肯定牺牲了。我们打着手电，一个个钻进洞中，先把指导员抬了出来，见他额角上流着血，臀部也负了伤，他人事不醒了。接着，我们呼啦啦拖出九具敌尸，洞中的九名敌人，全让指导员那捆手榴弹给报销了！……”

“行了，别塑造我的形象了！”赵蒙生内疚地说，“比比梁三喜、靳开来、战士‘北京’、司号员小金，我算个啥！我不过是让军长和战友们骂上战场的懦夫而已！如果说我还没有愧为炎黄子孙，那是烈士们用热血净化了我的灵魂。”停了停，他望着我，“不过，使我的心灵受到更大更剧烈震动的事情，还不是在战场上，而是在打完仗之后发生的。那石头人听了也会为之动情的故事，我当时万万想不到，你现在也绝对猜不到。让我给您继续讲下去吧——”

十

我们九连就打了这一仗。

当我抱着手榴弹闯进敌洞时，洞内漆黑啥也看不见。我贴着洞壁朝前摸，摸进十几米，才听见里面有动静。敌人显然也听到我进来了，射来一串子弹，却没有打中我。我便将一捆手榴弹拉了弦，扔了过去。之后，我就啥也不知道了。

后来，是代理副连长带领大家，像掏老鼠洞一样又掏了两个敌洞，又炸死了十三个敌人，战斗便胜利结束了。

我是被自己甩出去的那捆手榴弹炸晕的，伤得并不重。这时，我们营的七连奉命赶到364高地，接替了我们九连。

我先是被送到师战地医院，接着又转到国内。十几天后，我的伤就痊愈了。

整个部队班师回国，凯旋门前是人海鲜花，颂歌盈耳；庆功宴上是玉液琼浆，醇香扑鼻。当活下来的我重新体味生活的美好和芳香时，一想起连里殉国的英烈们，我的心情分外沉重。

部队展开了评功活动。军里决定报请军区，授予我们九连为“能攻善守穿插连”的荣誉称号。经过群众评议，我们九连党支部决定报请上级党委，分别授予梁三喜、靳开来，还有不知姓名的战士“北京”为战斗英雄称号……

对梁三喜和“北京”同志，团里没有争议。对靳开来，不管我们党支部怎样坚持，却连个三等功也不批！这时，有人竟提议授予我英雄称号，说我在战斗最困难的时刻，第一个只身闯进敌洞炸死九个敌人，称得上什么“模范指导员”！

我被刺眼的镁光灯和接踵来访的记者包围了。

记者们对我好像尤其感兴趣，连我的名字也具有特别的诱惑力。有位记者说我当年出生在沂蒙战场上，现在又在战场上立了功，很值得宣传。他以抢新闻的架势找到我，对我进行单独采访。并说他已想好了一篇通讯的题目：正题是《将门生虎子》，副题——记革命家庭熏陶下成长起来的英雄赵蒙生。他让我围绕着这个题目提供材料。我当即把我参战前后的情况如实给他说了一遍，一下打乱了他的构思。但他仍坚持要宣扬我，并说了一大套理由：什么报道要有针对性啦，用材料要去芜取精啦，因此不需面面俱到，要以正面表扬为主……

我坚决拒绝了他："要写，就真真实实地写，别做'客里空'式的文章！"

是的，战争刚刚打罢，烈士尸骨未寒，我怎敢用烈士的鲜血来粉饰打扮自己！

评功活动完结后，接着进行烈士善后工作。我们连在全团是伤亡最大的连队。团里派出专门的工作组，来帮助我们做这项工作。

烈士善后工作进行极为顺利。烈士的亲属们深知亲人是为国捐躯，个个深明大义，没有谁向我们提出过任何超出规定的要求。他们最关心的是亲人怎样牺牲的。我向他们一一讲述烈士的功绩，并把授给烈士的军功章捧献给他们……

但是，当我面对靳开来的妻子和那四岁的小男孩时，我为难了。我向烈士的遗妻和幼子，讲述了副连长怎样带尖刀排为全连开路，怎样炸毁了两个敌碉堡，又怎样坚守无名高地消灭敌人。当然，我省去了副连长带人去搞甘蔗的事，我只说副连长在阵地前找水踩响了地雷……

当靳开来的遗妻抬起泪眼望着我，对这位来自河南禹县一个公社社办棉油厂的合同工，我已无言安慰。所有烈士亲人都有一枚授予烈士的军功章（大部分是三等功）。唯独她没有……

我拭泪把我的一等功军功章双手捧给她："收下吧，这是我们九连授给一等功臣靳开来烈士的勋章！"

这位憨厚纯朴的女合同工，双手接过军功章捧在胸前凝望着。过了会儿，她才把这军功章连同靳开来烈士留下的那张全家福一起包进手帕，小心翼翼地珍藏起来。

她带着那四岁的小男孩，不声不响地离开了连队。

谢天谢地，她并不晓得连队是无权决定给谁立功的（哪怕是记三等功）！我默默祝愿，祝愿那枚军功章能使她在巨恸中获得一丝慰藉，也企望那四岁的孩童在晓明世事之后，能为父辈留给他的军功章而感到自豪！

烈士亲属们都一一返回了，唯独不见梁三喜和“北京”同志的亲属来队。团政治处已给山东省民政部门发了电报和函件，请他们尽快通知梁三喜烈士的亲属来队。战士“北京”的真实姓名，在部队回国后我们通过查找对号，得知他叫薛凯华。参战前一天从兄弟军区火速赶来的那批战斗骨干，团军务股存有一份花名册。当时把他们急匆匆分到各连后，几乎所有的连队都没有来得及登记他们的姓名。因此，全团有好几个连队都出现了烈士牺牲时不知其姓名的事情……

团、师、军三级党委，决定重点宣传梁三喜的英雄事迹。让我们连多方搜集梁三喜烈士的遗物、照片、豪言壮语以及有宣传价值的家信，等等，以便送到军区举办的英雄事迹展览会上展出。

当我着手组织搞这项工作时，确实作难了。

梁三喜的遗物，除了一件一次没穿过的军大衣外，就是两套破旧的军装。团里派人把两套旧军装取走了，因那打着补丁的军装，足能说明烈士生前身先士卒，带领全连摸爬滚打练硬功。团里听说梁三喜有支“八撮毛”的牙刷，又派人来连寻找，因那“八撮毛”的牙刷，足能说明烈士生前崇尚俭朴。然而，很可惜，在那拼死拼活的穿插途中，梁三喜已把牙刷、牙缸全扔在异国的土地上了……

至于照片，我们到处搜集，也没能找到梁三喜生前的留影。最后，我们从师干部科那里，从干部履历表中，才找到一张梁三喜的二寸免冠照。这为画家给烈士画像，提供了唯一的依据……

我是多么悔恨自己啊！我曾身为摄影干事，下连后还带着一架我私人所有的“YASHIKA”照相机，却未能为梁三喜摄下一张照片！

至于梁三喜写下的豪言壮语和信件，我们也一无所获。梁三喜是高中二年级肄业入伍的，按说他应该写下很闪光的文字。但是，我们只找到一本他平时训练用的备课笔记本，全是些军事术语，毫不能展现烈士的思想境界……

参战前后，他在戎马倥偬中为我们留下的，就是那张血染的欠账单！

这天，我把欠账单拿到团政治处，想让团领导们看一下。然而，无独有偶。团政治处的同志告诉我，这样的欠账单并不罕见。在全团牺牲的排、连干部中，有不少烈士欠着账。五连牺牲了四个干部，竟有三个欠账的。这些欠账的烈士，全是清一色从农村入伍的。他们欠账的数额不等，其中，梁三喜欠的账数额最多。

看来，我对从农村入伍的排、连干部，以及那些土里土气的士兵们的喜怒哀乐，还是多么不知内情啊！

时间又过去了几天，仍不见梁三喜烈士的母亲及妻子来队。我多次催团政治处打听联系。这天，政治处来电话告诉我，他们已数次给山东省民政部门去过长途电话，查问的结果是：梁三喜烈士的母亲梁大娘、妻子韩玉秀，她们抱着个刚出生三个多月的女孩，起程离家已十多天了。

呵，十多天了？乘汽车、坐火车，再乘汽车……我掰着指头算行程，她们祖孙三代早该赶到连队来了呀！莫不是路上出了啥事？那可就……

我后悔自己工作不细，恨当初为啥不建议团政治处，让连里派人赶往山东沂蒙山，去接她们祖孙三代来连队……

我们连驻地不远有公共汽车停车点，我派人到停车点接了几次没接到，我更是忧心忡忡，日夜不安……

这天中午，师里的丰田牌轿车开进连里。我一看，是妈妈来了！

我忙把妈妈迎进宿舍里，给她倒了杯水："妈……今天刚赶来？" 我不知说啥是好。

"咳！坐飞机，乘火车，师里派车在车站接到我，我到师里坐了一会儿，就来了。"

我与妈妈相对而视，沉默无语。

妈妈比我临下九连回家休假见她时，明显消瘦了。她脸上失去了往常那乐悠悠的神采，眼圈周围有些发乌。

"你……怎么不给妈写信？"

"回国后事情太多。"

"你……你知道妈这些日子是怎样熬过来的呀！" 妈妈眼泪汪汪，"妈是从报纸上……看到你们九连……妈才知道你没……"

我无言对答。

"那天晚上，妈要了三个多小时的电话，才……才好不容易要到'雷神爷'。谁知，竟挨了他一顿……臭骂，打那，妈就夜夜做噩梦，一会儿梦见'雷神爷'用手枪指着你，让你去……去炸碉堡，一会儿又梦见你满脸是血，呼唤着妈妈……”妈妈抹着泪，“妈知道在那种时候打电话也不应该，可‘雷神爷’他……他也太不讲情面了！妈是快往六十岁上数的人了，生来也不是怕死鬼！可妈就你这么一个儿子呀，要死，妈宁愿替你去死！”妈妈伤心地抽泣起来。

我该说啥呀？我没有资格责怪亲爱的妈妈！

妈妈的老家在皖北。早年间外祖父一家一贫如洗，妈妈八岁上就卖给了地主当丫头。一九三八年，国民党政府为躲过日寇南逃，炸开了花园口黄河大堤，造成了豫东、皖北骇人听闻的黄泛。咆哮的洪水使外祖父一家全部丧生。妈妈当时十六岁，她是抱着地主家一只洗衣的木盆，才大难未死！当年秋，她只身流浪到沂蒙山投身革命，后来当过团卫生队的卫生员、护士长、“地下医院”的指导员，师卫生科长……再后来她随大军打济南，战淮海，长驱南下……妈妈参加过上百次战斗，满满一手帕勋章闪耀着她光辉的历程。她那九死一生的传奇经历，能写一部比砖头还厚的书啊！……

而我，只不过刚刚参加了一次战斗！

我感到心中燥热难挨，便摘下了军帽。

“天！这……这是怎的？”妈妈发现了我额角上的伤疤，“是……是枪伤？”

“不是。是被手榴弹片儿划了一下。”

“天呀！一点点……只差那么一点点就……”妈妈的声音在打抖，“疼，还疼吗？”

我摇了摇头。

望着不时拭泪的妈妈，我心中像打翻了个五味瓶。妈妈是那样宠我，疼我，爱我，到眼下还把我当成小伢儿一般！我也曾为有这样的妈妈，感到无比自豪、幸福、温暖！可眼下，妈妈的一举一动，竟使我有种说不出的滋味。就连戴在妈妈手腕上那块“欧米格”坤表，和那熠熠生辉的表链，过去我觉得那样受看，眼下却觉得有些刺眼了。

“蒙生呀，咱不穿军装往回调啦，省得央这个，求那个！”妈妈擦干泪说，“血，你也为祖国流了，问心，咱也无愧了！边境线上看来还安稳不了，干脆就脱了军装转业吧！”

我摇了摇头。

妈妈吃惊地望着我："怎么？你……"

"……"我不知该如何回答妈妈。

此时，我只是觉得：母爱是神圣的，也是自私的！

十一

我妈妈来队的第二天傍晚，我正和妈妈一起在宿舍里吃晚饭，段雨国急匆匆地闯进来："指导员，快，连长的一家来队了！"

我扔下碗筷，赶忙跟着段雨国来到接待烈士亲属住的房子里。

战士们正你出他进地忙乎着。见我进来，梁大娘和韩玉秀站了起来。床上睡着那刚出生三个多月的女娃。

段雨国对梁大娘说："大娘，这是我们指导员！"

老人直朝我点头："唔，唔。让你们操心了……"

梁大娘看上去年近七十岁了。穿一身自织自染的土布衣裳，褂子上几处打着补丁。老人高高的个，背驼了，鬓发完全苍白，面孔干瘦瘦的，前额、眼角、鼻翼，全镶满了密麻麻的皱纹。像是曾患过眼疾，老人的眼角红红的，眼窝深深塌陷，流露出善良、衰弱、接近迟钝的柔光，里面像藏着许多苦涩的东西。如果是在别的地方偶然遇上，我怎会相信这就是连长的母亲啊！

我连忙双手扶着老人："大娘，您快坐下吧。"

我把大娘扶到床沿坐下，转脸对韩玉秀："小韩，您也坐下。"

玉秀刚坐下，床上的孩子醒了，哇哇直哭。玉秀忙转过身去给孩子喂奶，轻声哄着还啥事不知的孩子："盼盼，好闺女！莫哭，莫哭……"

"大娘，听说你们上路十几天了。怎么才到……"

没待我说完，段雨国贴着我的耳朵告诉我，大娘她们下了火车，是步行赶来连队的！

"啥？！"我心里打了个寒悸。

从火车站到连队驻地一百六十多华里，难道这祖孙三代是翻山越岭，一步一步挪来的？这时，我发现大娘和玉秀的鞋上、裤角上全沾满了南国殷红色的泥巴。昨天刚落过一场雨，路该是多难走哇！段雨国对梁大娘说："大娘，下了火车站不远就是汽车站，汽车能直接开到我们连的山脚下。怎么？你们没打听着有长途汽车站！”

玉秀小声说：“打听着了。”

大娘接过话：“庄稼人走点路，不碍事。”

“你们在路上走了几天呀？”段雨国又问。

“四天带一过晌。”玉秀边给孩子喂奶边说，“要不是老打听路，走得兴许还快些。”

我忙给段雨国递个眼色，不让他再问了。

在邀请烈士亲属来队时，团里已寄去了足够用的路费。这祖孙三代下了火车步行而来，是将路费用在别的事上了，还是为了省出几块钱？！梁三喜留下的那六百二十元的欠账单，足以使我晓得梁大娘一家的日子过得该是有多难……

炊事班长带着几个战士，端着刚出锅的面条和四碟儿菜走进来。他们把面条盛进碗里，让大娘和玉秀坐到桌前吃饭。

这时，大娘从床上摸过一个包干粮的包袱。包袱是用做蚊帐用的那种纱布缝的，沾满了旅途上的尘埃。大娘解开快空了的包袱，我一看，里面包着的是些黑乎乎的碎片儿，还有几个咸萝卜头。大娘用手抓着那些碎片儿，朝面条碗里放……

炊事班长上前抓住大娘的手：“大娘！别吃这烂瓜干做的煎饼了！瞧，都挤成碎渣渣了……”

“带在路上吃没吃完。孩子，吃了不疼撒了疼，用汤泡泡还能吃。”大娘说着，又把那煎饼渣儿往碗里捧……

我眼里湿了。此时，只有此时，我才真正明白，梁三喜生前为啥因我扔掉那一个半馒头而大动肝火啊！

……

大娘和玉秀安歇后，我打电话报告团政治处值班室，说梁三喜烈士一家已来到连队。

接电话的是搞报道的高干事。他告诉我，一个月前，团政治处已给梁大娘和韩玉秀去过两次信，让她们来队时一定带上梁三喜生前的照片和写的家信。高干事让我务必抓紧时间问一问照片和家信带来了没有。因为军区举办的“英雄事迹展览会”即将开馆展出，梁三喜烈士的照片和遗物都太少，军、师政治部已多次来电话催问此事……

次日早饭后，我又去看望大娘和玉秀。

屋内已坐着几位战士和几位班、排长。玉秀去年（七八年）三月间曾来过连队，他们跟她早就认识。

玉秀显得很是年轻，中上等的个儿，身段很匀称。脸面的确跟靳开来生前说的一样，酷似在《霓虹灯下的哨兵》中扮演春妮的陶玉玲。秀长的眉眼，细白的面皮，要不是挂着哀思和泪痕的话，她一定会给人留下一种特别温柔和恬静的印象。她上身穿件月白布褂，下身是青黑色的布裤，褂边和裤角都用白线镶起边儿，鞋上还裱了两绺白布（后来我才知道，她是按古老的沂蒙风俗，为丈夫服重孝）……

见我进屋，她站起来点了点头，脸上闪出一丝笑容，算是打招呼。然而，那丝笑就像在暴风雨中开放的鲜花一样，转眼便枯萎了，凋谢了，令人格外伤感。

大家都默默地抽烟，好像都不知该对烈士的老母和遗妻说啥才好。

昨天晚上，我已对全连讲过，关于梁三喜留下“欠账单”的事，谁要是有意无意地透露给烈士亲属知道，没二话都要受处分！大家含泪拥护我定的“军法令”……

此时，我琢磨着该怎样把话题引出来。我想应该先向大娘和玉秀介绍连长在战场上的英雄壮举，然后再问及照片和家信的事。但一看见床上躺着的那才三个多月的女娃和低头不语的玉秀，我的心就隐隐绞痛。

如果不是我下到九连搞“曲线调动”，上级派别的指导员来九连的话，梁三喜怎会休不成假啊！那样即使他在战场上牺牲了，他与妻子不也能最后见一面吗？再说，战场上梁三喜如果不是为了救我，他也不会……

“秀哪，队伍上不是打信说要三喜的照片啥的。”大娘对玉秀说，“你还不赶紧找出来。”

玉秀忙站起身，从床上拿过个蓝底上印着白点点的布包袱，从衣服里面找出半截旧信封递给我：“指导员，别的没有啥，他就留下过这两张照片。一张是他五岁那年照的，一张是他参军后照的。”

我接过半截信封，先摸出一张照片，一看是梁三喜的二寸免冠照，这和从他的干部履历表中找到的照片，无疑是一个底版。

当我取出第二张照片看时，那变得发黄的照片使我一怔：照片上有位三十五六岁的农家妇女，墨黑的头发，绾着发髻，慈祥的笑脸，健康丰满。在她的怀前，偎依着两个一般大的小男孩。照片上方有行字：

大猫、小猫和母亲合影留念 1953 年 5 月于上海

“啊！”我像触了电一样惊叫一声。这照片我不也有一张吗？就夹在我上高小时用的那本相册里……

我脑子嗡嗡响，转身对着梁大娘：“大娘，这照片上……”

大娘探过身来，用手指着照片：“这边这个孩子叫大猫，就是俺那三喜。那边那个孩子叫小猫，是队伍上的孩子。这照片，是大娘俺有一年到上海去送小猫时，抱着两个孩子照的……”

霎时，我觉得眼前一阵发黑，周身像处在飘悠悠的云端里！呵，命运之神，你安排过芸芸众生多少幕悲欢离合啊……

在我十几岁之前，妈妈不止一次对我讲过：那是一九四七年夏，国民党向山东沂蒙山区发动了重点进攻。孟良崮战役之后，为彻底粉碎敌人的进攻，我主力部队外线出击去了。

这时，我出生了。妈妈生下我第三天，她患了“摆子病”（沂蒙土话：即疟疾），一点奶水也没有。我饿得哇哇直哭。地方政府派人把妈妈和我送到蒙山（沂蒙山是由沂山和蒙山两道纵横几百里的山脉组成的）脚下的一个山村里。村中有位妇救会长，是当时鲁中军区的“支前模范”。她也生了个小男孩，那男孩比我大十天。就这样，那位妇救会长用两个奶头喂着两个孩子。为躲过还乡团的搜查，她把她的孩子取名大猫，叫我是小猫，说大猫小猫是她生的一对双胞胎……

妈妈也曾多次对我说过，那妇救会长待人可好啦，有奶水先尽我这小猫咂，宁肯让大猫饿得哭。妈妈在那妇救会长家中过了满月，治好了“摆子病”，接着又随军南下了……

直到我将近五岁时，那妇救会长才把我送到上海，送到爸妈身旁。当那妇救会长带着大猫悄悄走了之后，有十几天的时间，我天天哭着找娘，哭着找大

猫哥哥……

“指导员，你……”

“指导员，你怎么啦？”

恍惚中，我听见战友们在喊叫我。

“大娘！”我呐喊了一声，扑进了梁大娘怀中。

大娘轻轻推开我：“孩子，你……你这是咋啦？”

“大娘，我……我就是那个小猫！”

“啥？！”大娘一下放开我，用手擦擦红红的眼角，望望我，摇了摇头，“不，不会……吧。”

“是！大娘，我真是那个小猫！”我哭喊着。

“你……你真格是当年赵司令的孩子？”

“嗯。打孟良崮时，他是纵队司令员。”

“你妈姓吴？叫……”

“嗯。她名叫吴爽。”

大娘又愣了会儿，当我又伏进她怀中时，她用手抚摸着我的头，喃喃地说：“梦，这不是梦吧……”

我伏在梁大娘怀中，心潮翻涌：呵，梁大娘，养育我成人的母亲！呵，梁三喜，我的大猫哥！我们原本都不是什么龙身玉体，我们原本分不出高低贫贱！我们是吃一个娘的奶水长大的，本是同根生啊！……

十二

这意外的重逢，使我的心灵受到多么剧烈的震动，是可想而知的。

当我拿着那颜色变得发黄的照片让妈妈看时，她也蓦然惊呆了。

妈妈让我领她来到梁大娘一家住的房子里。

梁大娘慢慢站起来，和妈妈对望着。显然，她俩谁也很难认出谁了！

一九五三年五月，当梁大娘把我送交爸妈身边后，头几年我们两家还常常有书信往来。逢年过节，妈妈总忘不了给梁大娘家寄些钱。我家也常常收到梁大娘从沂蒙山寄来的红枣、核桃、花生等土特产。后来，妈妈给梁大娘家写信逐年减少。十年动乱开始以后，更是世态炎凉，人情如纸，两家从此便音讯杳然，互不来往了……

“梁嫂，您……”颇具“外交才华”的妈妈，此刻竟笨口结舌了。

“老吴，果真是老吴不成？”梁大娘满脸皱纹绽出了笑容，“当年，你管俺叫梁嫂，让俺喊你爽妹子，是吧？”

“是。”妈妈应着。

“老吴！”梁大娘上前挪动了两步，用枣树皮般的双手，激动地抚摸着我妈妈的两只膀臂，“前些年那么乱腾，你能好胳臂好腿地活过来，不易哪！那帮奸臣，天打五雷轰的奸臣，可把你们整苦了哇……”

妈妈无言以对。

梁大娘上下打量着我妈妈：“一晃眼快三十年没见了。嗯，你没显老，没显老呀。赵司令（她称的是我爸爸当年的职务），他也好吧？”

“嗯。好。”妈妈点头应着。往常，每当别人说起爸爸挨斗的事，妈妈可总是滔滔不绝呀。

“只要你和老赵都好，俺和村里人也就放心啦。”梁大娘叹口气，“咳！刚乱腾那阵，有人到俺那里调查你和老赵，问你们是不是投过敌，俺当场就没给他们好颜色！沂蒙山人嘴是笨些，可不会昧着良心说话呀。在俺那一块，谁不知你和赵司令！好人，你们是天底下难寻的好人呵。打天下那阵，你们流过多少血哪……唉……唉……”梁大娘撩起衣襟擦了擦眼睛。

“梁嫂……您，坐下吧。”妈妈扶着梁大娘坐下。

我和玉秀也坐了下来。

此时，我看出妈妈的神情是极其复杂的，梁大娘对我们越是无怨言，我和妈妈越觉不是味。

妈妈望着梁大娘：“梁嫂，您一家也都……”

“这不，俺一家子都来了。”梁大娘心平气静地说，“这坐着的是儿媳妇玉秀，那睡着的是孙女盼盼。”

沉默。

“咳——”梁大娘长叹一声，对我妈妈说，“俺那老大你没见过他，可你知道他。他小名叫铁蛋，当儿童团长时起大号叫大喜。大喜八岁就给咱八路跑交通，十二岁叫汉奸抓了去……”

梁大娘不朝下说了。

这时，我想起童年时，妈妈曾给我绘声绘色地讲述过那铁蛋送信的故事。铁蛋八岁就当小交通员，送过上百次信，没出一次差错，老交通和首长们常夸铁蛋机灵。铁蛋十二岁那年，一次送情报让汉奸发现了。当铁蛋把纸条儿搓成团吞进肚里时，让汉奸抓住了。鬼子逼铁蛋的口供，汉奸用锤子把铁蛋满口的牙一个个全敲掉了，铁蛋没吐一点风声。鬼子把刺刀戳在铁蛋的鼻尖上，说再不开口就挑死他。铁蛋挺着啥也没说，被鬼子用刺刀活活地挑死了……

呵，沂蒙山的母亲！你不仅用小米和乳汁养育了革命，你还把自己的亲骨肉一个个交给了民族，交给了国家，交给了战争啊！

半晌，妈妈又问梁大娘："梁嫂，您不是还有个比蒙生他们大两岁的儿子，叫……叫栓……"

"你说俺那栓牢呀，他大号叫二喜。"梁大娘转脸对玉秀，"秀儿，二喜他是哪一年没的？"

"六七年'反逆流'的时候，二喜哥他……"

"这流那流俺说不上来，反正是那年夏天。那阵沂蒙山中老虎拉碾，一下子乱了套！老干部一个个都挨批挨斗，越是庄户人觉得好的老干部，越是没个好。你要不是跟他们击反啥流，他们就把你往死里揳！庄户人看不过，便护着老干部，成群结队地沿着沂河往南奔，躲进了大南边的马陵山[①]……

"一天深夜，当年在俺家住过的张县长躲进俺家来了。家里哪能藏住他，二喜便护着他连夜走了。他俩白天藏，夜里赶，一块上了马陵山……

"没多久，从济南府用大卡车拉来了'棒子队'，说是要剿灭'上了马陵山的土匪'[②]。那'棒子队'多的看不到头，望不见尾。那架势，比蒋该死当年重

---

① 马陵山位于鲁南和苏北交界处。

② 1967年，篡夺了山东大权的第一把手，在全省发动了所谓"反逆流"运动，首先把黑手插进了临沂地区。一大批干部和群众被迫上了马陵山。当权者便把这些干部和群众诬蔑为"马陵山游击队土匪集团"，下令从山东各地抽调了大批武装起来的"棒子队"，开进了沂蒙山区。当权者提出的行动纲领是："不打则已，打则必歼。"据1978年12月2日《大众日报》载，当时临沂地区有四万多人被抓捕、关押、惨遭毒打，其中有五百多人被打死，有九千多人被打伤致残。当地驻军因不支持"反逆流"，有两千多名指战员也横遭毒打，有的被活活打死，有的被打伤致残。革命老根据地沂蒙山受到空前的浩劫，成为十年动乱中山东有名的"重灾区"。

点打咱沂蒙山半点也不差，甩了手榴弹，动了机关枪，也放了大炮。二喜是让人家用炮打死的。听说那一炮就打死了十多个庄稼汉，就地挖坑埋了。到现今，连二喜的尸首也不知埋在哪里……

“唉，不细说了。过去了，这些都过去了。唉……”

也许梁大娘的眼泪在早年间已经流尽，也许是因二喜的惨死已时隔十余年，老人轻声慢语讲这些事时，毫不像诉说她自己的命运，而像在讲述古老的《天方夜谭》。

妈妈用手帕擦了擦泪汪汪的眼。过了会儿，她声声发颤地对梁大娘说：“难道梁大哥他，他也是在……动乱中……”

“你说三喜他爹呀。他是在杀树挖坑那一年……”

玉秀轻声打断婆婆的话：“是‘批林批孔’，不是杀树挖坑。”

“不管是咋说法，反正是‘割尾巴’杀枣树那年春天，三喜他爹才得的气臌症。”梁大娘转脸对我妈妈说，“老吴，蒙生离开俺枣花峪时还小，记不得事。你知道俺枣花峪为啥叫枣花峪，就是仗着枣树多。光村南半山坡上那枣林子，就有两千三百多棵枣树。每逢枣花开时，喘口气都是香喷喷的。那片枣林子是俺村的命根子，当家的打油买盐指望它，大闺女小媳妇扯块花布也指望它呀……

“老吴，你知道，俺家三喜他爹推着小车往淮海运军粮时，腿上挨过蒋该死的炮弹片儿。办初级社后，他别的重活干不了，就一直在村南半山坡上看枣林子。那片枣林子，大炼钢铁时被伐了一些炼了铁，但还没有挖坑刨根。后来又栽上了枣苗，那片枣林子越长越喜人了……

“可到了杀树挖坑那年，上面派来了‘割尾巴’小分队，硬逼着俺们伐了枣树修大寨田。眼看着枣树一棵棵被伐倒，三喜他爹心疼地趴在地上嗷嗷大哭。山上有棵最老的枣树，是蒋匪军当年上山伐木修工事时漏下的，村里人都叫它‘老头树’。三喜他爹搂着那棵‘老头树’，说啥也不让人家伐，说他宁可跟‘老头树’一块遭斧头。结果，人家一脚把他蹬了个大轱辘子，他滚到一边就爬不起来了。他当场气晕了……

“左邻右舍用门板把他抬回家，打那他就得了气臌症。天天躺在炕上，‘噗——噗——’，一口一口，不停地朝外掏气……

“转年夏天，一场大雷暴雨下来，全村老少修了一年的那大寨田，被大雨冲了个溜溜光。泥土全随着雨水流进了沂河，别说再回过头来栽枣树，山坡上连棵草也不爱长了……

“这事，村里人谁也没敢告诉三喜他爹。他躺在炕上一个劲地掴气。他一病就是两年多，可把在队伍上的三喜拽拉苦了。三喜一心想把他爹的病治好，一次次邮钱来，让我给他爹去抓药。那阵，三喜跟玉秀还没成亲，可多亏了玉秀忙里忙外地跑呀。洋药吃了又吃中药，熬了多少中药，玉秀最清楚不过了。到头来，钱花够了，三喜他爹也咽了气……”

啊，直到眼下，我才明白，梁三喜为啥会留下那六百二十元血染的欠账单！

停了会儿，梁大娘对我妈妈说：“三喜他爹临死那阵还叨念，说杀枣树那当口，如果赵司令在就好了。按赵司令那脾气，准会给那帮人一顿匣子枪不可。”

我和妈妈都没作声。即使我爸爸当时在场，他又有啥法子呢？我清楚，这些年来，我爸爸也说过不少违心话，办过不少违心事啊！他当年那带棱角的“脾气”，早已在“大风大浪”中磨平了。像雷军长那样一次次敢“甩帽”的战将，毕竟是少见的啊！“老吴，一见面，俺不该给你提这些陈芝麻烂谷子的事，让你听了也伤心。”梁大娘望着我妈妈，“好啦，现在好啦！听说是毛主席过世时留下话要抓奸臣，托他老人家的洪福，共产党总算把奸臣抓起来了，一个个都抓起来了！往后，庄户人又有盼头，有盼头啦！”

这时，睡着的盼盼醒了，哭了起来。

玉秀忙起身把盼盼抱在怀里，给盼盼喂奶，盼盼仍不停地哭。

妈妈忙站起来：“怎啦，别是孩子生病吧？”

“不是生病。”玉秀说着，用手轻轻掂打着怀中的盼盼，“好闺女，莫哭，莫哭……”

梁大娘说：“是缺奶水。玉秀刚出满月，就听到了三喜的事。打那，奶水就不够孩子吃了。”

妈妈和梁大娘一家见面后，又看了梁三喜留下的欠账单，她难受得直掉泪。让我脱军装转业的事，她再没提起过。

对梁大娘一家，我和妈妈商量该怎样帮助她们。妈妈这次来，身上没带几个钱，因我一直想调回去，手头上也没有存款。

这天下午，炊事班长要到团后勤跟卡车进城拉菜，我便将我的“YASHIKA”照相机交给他，让他想法到委托商店里卖掉。我还让他以连队的名义先从团后勤借一千元现金，我有急用。

妈妈一再嘱咐炊事班长：“呃，别忘了，买十袋奶粉，买四瓶橘子汁，再买个奶锅、奶瓶。”……

新建的烈士陵园就在我们九连驻地的山腰间。梁大娘一家来队的第三天上午，我和连里的同志们，陪梁大娘祖孙三代去瞻仰了梁三喜烈士的墓。她们婆媳俩像所有的烈士亲属来队时一样，只是默默地站在亲人的墓前，没有当着我们的面流一滴眼泪。所不同的是，梁大娘和怀抱着盼盼的玉秀，像举行仪式那样，围着梁三喜的坟，左转了七圈，右转了七圈。后来，我才明白，那是她们按沂蒙山古老的祭俗，给亲人“圆坟”……

两天后，炊事班长回来了。他把从团后勤借来的一千元现金和买来的奶粉等物全交给了我。加上手头上还有的一点钱，我留出六百二十元准备为梁三喜烈士还账，又凑够五百元，准备交给梁大娘。

我和妈妈又来到梁大娘一家住的屋子里。

妈妈拿过一袋奶粉拆开，给玉秀讲着奶粉和水的比例应是多少。然后，她往奶锅里倒一点奶粉，开始调制。弄好后，她将奶装进奶瓶，试了试冷热是否合适，便抱起盼盼，给盼盼喂奶。

盼盼大口大口地咂奶……

梁大娘站在旁边，乐了：“在家时听他们年轻人说城里有这玩意儿，俺还不信哩。啧啧，这玩意儿是好……啧啧，人可真有本事，造的那奶头跟真的一样……啧啧，是好，是好……”

不大会儿，盼盼便咂饱了。妈妈把盼盼放在床上。盼盼睁着乌亮亮的眼睛望着我们，咧开小嘴，甜甜地笑了……

梁大娘更乐了，转脸对玉秀：“秀哪，这下可不愁了，不愁了！”

此时，梁大娘愈是高兴，我愈是心酸。毋庸讳言，现代文明离梁大娘她们，还是何等遥远啊！

过了会儿，我把那五百元钱拿出来，放在大娘面前：“大娘，这点钱，请您收下。”

“孩子，这……这可使不得！”梁大娘用那枣树皮样的手拿起钱，“使不得，这可使不得！”她硬是把钱塞回我的口袋里。

我三次把钱掏出，梁大娘十分执拗地又三次把钱塞还给我。

“梁嫂……”妈妈伤心地说，“您如果……还看得起我和蒙生，您就……把钱收下吧！”

“老吴呀，这你可就把话说远了！”梁大娘忙说，“你给盼盼买来了这么多奶粉，这就帮了俺的大忙了，哪好再花你们的钱。庄户人过日子好说，俺手头上还行，还行。不缺钱。”

当我和妈妈离开这屋时，我又把那五百元钱放在了床上。

玉秀火急地追出屋来：“指导员，不行，这可不行。不但俺婆婆不依，俺也不能收。快，您拿着……真的，俺还有钱，有钱。”

我回到自己的屋里，有种说不出的难受。

妈妈讷讷自语：“山里人，山里人的脾气哪……”

呵，山里人！难道我们不都是从山沟沟里出来的吗？我们的军队，是在山沟里成长壮大；人民的政权，是从山沟里走进高楼。山沟里养育出我们的一切啊！

前些年我曾一度把拜金主义当作圣经。此时，我才深深感到，人世间总还有比金钱和权势更珍贵的东西，值得我加倍去珍爱，孜孜去追求。

极度内疚中，我看了看另外那准备为梁三喜还账的六百二十元，我心中掠过一丝儿慰藉。然而，这慰藉很快又变为更难言状的悔恨。

是的，梁三喜烈士欠下的钱，我有财力悄悄替他偿还。可我和妈妈欠沂蒙山人民的感情之债，则是任何金钱珠宝所不能偿还的呀！

十三

这天下午，高干事骑着自行车来到连里。

一见面，他车子还没放稳，就很激动地对我说：“大有文章可做，大有文章可做呀！”

丈二和尚摸不着头脑，我不知他为何如此兴奋。

“战士‘北京’的亲属找到了！”

“在哪里？”我急问，“薛凯华的亲属来队了？”

“你先猜猜，你们的英雄战士‘北京’，也就是薛凯华烈士……”高干事非常神秘地望着我，“你猜他的爸爸是谁？”

我想破头不知。

“雷军长！薛凯华是雷军长的儿子！”

“啊！！”我大为震惊。过了会儿，我有些不解地问：“凯华咋姓薛？”

“军长的老伴姓薛呀，凯华是姓母亲的姓！”高干事滔滔不绝地说，“我听军里一位干事说，军长有四个女儿，只有凯华一个儿子。军长的大女儿和凯华姓薛，另外三个女儿姓雷。军长的大女儿姓薛，是因为战争年代，军长的家乡曾多次遭敌人的血腥屠杀，凡是军属都在劫难逃，所以他的大女儿便随了外祖父家的姓氏。至于凯华为啥姓薛，听说是因为军长对他唯一的儿子管教极严，当儿子上学取大名时，军长问儿子是喜欢爸爸还是喜欢妈妈，儿子毫不含糊地说喜欢妈妈。军长哈哈大笑了一阵，说：‘那好，像你大姐一样，你也跟你妈姓吧！’于是，便给儿子取名薛凯华……”说到这，高干事突然问我，“呃，军长到你们连来了。怎么，你还没见到他？”

“没有。”

“这就怪了。”高干事愣了会儿，“军长乘吉普车先到的团里，他离开团时说要到你们九连来，我是跟在他的吉普车后头，一个劲地蹬车赶来的！”

我一听，忙和高干事走出屋，围着营区转了一圈，既没见有吉普车，也没见军长的影子。

回到连部，高干事这才顾上蘸湿了毛巾，擦了擦满脸的汗。

“听说军长早就得知凯华牺牲了，但直到眼下，他还没把儿子牺牲的消息写信告诉老伴。”稍停，高干事接着对我说，“凯华同志留下了一纸遗书，遗书是师里烈士收容队在埋葬他的遗体时，从他的上衣口袋里发现的。因遗书上署名只有‘凯华’两字，当时谁也没想到他是军长的儿子。遗书原件现已在军长手里，这里有师宣传科的打印件。”说着，高干事拉开采访用的小皮夹，把一纸遗书递给我，“你看看吧，一纸遗书才华横溢，内涵相当深，相当深！”

我接过薛凯华的遗书，急切地读下去。

亲爱的爸爸：

我从北京部队赶赴前线，与您匆匆一见，未及细述。儿知道，爸爸战前的时间，可谓分秒千金也。

遵爸爸所嘱，我已来到这担任穿插任务的九连。等待我们九连的将是一场啥样的恶仗，现在不管对您还是对我们九连来说，都还是个“X”。

去年冬，爸爸在《军事学术》上读到我写的两篇千字短文，来信对我倍加鼓励，并夸我有可能是个将才。不，亲爱的爸爸，您的凯华不瞒您说，我不但想当未来的将军，更想成为未来的元帅！

嗬，您二十一岁的凯华口气多大呀！不管此乃“野心”也罢，雄心也好，反正我极推崇闻名世界的这一兵家格言：“不想成为将军的士兵不是好士兵。”诚然，绝非所有的士兵都能成为将军和元帅的。举目当今世界，眼花缭乱的现代物质文明，对我们这一代骄子有何等的诱惑力呀！但是，我的信条是：花前月下没有将军的摇篮，卿卿我我中产生不出元帅的气质；恋栈北京的士兵，则不可能成为未来的元帅！未来的元帅应出自深悉士兵含义的士兵，应来自血与火的战场！基于此种认识，我才请求离开京都，奔赴前线，来做一场“未来元帅之梦”。

亲爱的爸爸，您去年推荐我读的几部外国军事论著，我大都早已读过。爸爸年已五十有七，尚能潜心研究外军，儿感到可钦可佩。爸爸在写给我的信中云：“一介武夫，是不可能胜任未来战争的！”此语出自爸爸笔下，儿感到尤为振奋！有人把军人视为头脑最简单的人，错了，大错特错了！且不说张翼德的丈八蛇矛和关云长的青龙偃月刀，即便小米加步枪的时代也一去不返了！现代科学技术日新月异，世界列强又把科学尖端首先运用于军事。小小地球，日行八万里，转速何等惊人！现代战争，向我们的元帅和士兵，提出了多少全新的课题！如果我们的双脚虽已踏上波音747的舷梯，但大脑却安睡在当年的战马背上，那是多么危险呀！前些年儒家多遭劫难，但我却企望，我们的元帅和将军，个个都能集虎将之雄风和儒家之文采于一身！

亲爱的爸爸，写到这里，我不能不对我的父辈们怀有隐隐怜心。当新中国的礼炮鸣响之时，你们正值中年，如果从那时，你们便以攻克敌堡的精神去攻占军事科学高峰，那么，现在的你们则完全会是另一番风采！然而，一场场政治运动的角逐，一次次“大风大浪”的旋涡，既卷走了你们宝贵的年华，也冲走了中华民族多少物质的和精神的财富啊！更有甚者，有人乱中谋私利，把人民交付的权力当作美酒啜饮，那就更令人可悲可叹了！

爸爸，我知道，用牢骚去对待昨天是无济于事的。那么，让你们老一代带领我们新一代，赶紧去抢救明天吧！

亲爱的爸爸：马上就要集合了，您戎马生涯大半生，打仗意味着什么，毋庸儿赘言。如果战场上我作为一名士兵而献身，当然不需举国为我这“未来的元帅”举行葬礼。不过，能头枕祖国的巍巍青山，身盖南疆殷红的泥土，我虽死而无憾，也无愧于华夏之后代，黄帝之子孙了。

此次战争胜券稳操，凯旋指日可待。

祝爸爸健康长寿！

您的爱子：凯华敬上

1979 年 2 月 16 日下午四时

爸爸：参战前连里包的“三鲜”水饺，眼下尚未出锅，容我再赘几笔：假如我在战斗中牺牲，望爸爸缓一些日子再把我牺牲的消息告诉我最亲爱的妈妈。如果说爸爸那种“棍棒底下出孝子”的严厉父爱不会使儿沦为纨绔子弟的话，那么，妈妈的拳拳慈母之情，则更使儿倍觉人间的温暖。此时，一想起妈妈，儿就泪湿信笺，在爸爸蒙难之时，是妈妈带我闯过了生活的险关驿站！妈妈的心脏不太好，她实在承受不了更多的压力了。

另：妈妈曾多次让我改为父姓，一旦我牺牲，儿愿遵从母命。望爸爸转告组织。

再：当爸爸站在我墓前的时候，我望爸爸切莫为儿脱帽哀悼，只要爸爸对着儿的墓默默望几眼，儿则足矣！这是因为，爸爸脱帽容易使儿想起爸爸“甩帽”。“十年”中，爸爸每次“甩帽”都横遭罹难！儿在九泉之下，祝愿爸爸永远发扬“甩帽”精神，但儿却惧怕那常常惹爸爸“甩帽”的年月会卷土重来！不过，谁要再想给中华民族酝酿悲剧，历史已不答应，十亿人民也决不会答应。看来，我的担心又是多余的。

儿：凯华又及

一纸遗书，令我荡气回肠！“赵指导员，你……”高干事见我热泪滴滴，有些不解。我并非感情脆弱，我在战场上目睹了凯华的大智大勇，此时的激动，是局外人根本不能体会的呀！

屋外传来吉普车响。我和高干事出屋一看，正是军长坐的吉普车，却不见军长在车中。司机告诉我们，军长从团里又到了营里看了看，他现在已到烈士陵园去了，一会儿就到连里来。

我和高干事沿着新修起的路，直奔山腰间新建的烈士陵园。

只见军长站在写有“薛凯华烈士之墓”的石碑前，默默为薛凯华致哀。许是遵照儿子的遗言，他没有脱帽。过了会儿，他后退一步，庄重地抬起右手，为长眠的儿子致军礼。良久，他才把右手缓缓垂下……

我和高干事轻轻走过去，只见军长老泪横流，大滴大滴的泪珠洒落在他的胸前……

“遵照凯华的遗愿，你们给团政治处写份报告，把凯华的姓……改过来吧。”军长声音嘶哑地对我说，“另外，我拜托你们，给凯华换一块墓碑，把‘薛’字改为‘雷’字……”

我擦了擦泪眼，连连点头应着。

这时，高干事打开照相机，要为军长在烈士墓前拍照，被军长挥手制止了。

“你，是团里的报道干事？”

“是！”高干事立正回答。

“宣传凯华一定要实事求是。”

“是。”

“不要在凯华改随父姓上做文章，报道中还是称他为薛凯华。”

“是。”

“凯华就是凯华，文章中不要出现我的名字。半点都不要借凯华来吹捧我。”

“是。”

“关于九连副连长靳开来没有立功的问题，请你给我搞份调查报告。”

“是。”

“十天之内寄给我。”

“是。”

“战场上，靳开来打得不错吆。”

“是。”

“你俩先回去吧，”军长对我们说，“我在这里再停一会儿……”

我和高干事离开了烈士陵园。当我俩走十几步回头望时，只见军长低头蹲在凯华的墓前，一手按着石碑，浑身瑟瑟颤抖。当我们转身朝山下走时，隐隐约约听见军长在抽泣……

十四

我把凯华是军长之子的事告诉了妈妈，妈妈先是愕然，后是叹息，半晌没说一句话。

我从妈妈住的屋里走出来，站在营区外的路旁等候军长。不大会儿，军长从山上下来了。

军长先看望了梁大娘一家，才来到连部坐下。他让我向他汇报了梁大娘一家的遭遇，并看了梁三喜留下的欠账单。他指示让我抽空多跟梁大娘和韩玉秀唠唠家常，连里要尽量帮助梁大娘一家解决些具体困难，有些长期需要解决的问题，可通过部队组织反映给地方政府……

开晚饭时，军长亲自去把梁大娘一家请到连部里，陪着梁大娘一家吃饭。军长让我喊我妈妈一块来就餐，但妈妈推说她身体不舒服，没来……

吃过饭，军长让我带他到我妈妈住的屋里。

“吴大姐，大驾光临，有失远迎呀！”军长进门便嚷道，“不过，我知道你吴大姐是有意躲开我！”

半倚在床上的妈妈忙坐起来，朝军长点了点头。

“我这次到九连来，一是想在凯华的墓前站站，但主要还是想见见你这吴大姐！不过，有言在先，我老雷可不是来负荆请罪的！”军长说罢，坐了下来。

妈妈尴尬无语。

“吴大姐，老实对你说，我老雷早有思想准备。准备打完仗后，你哭着来跟我算账，跟我来要儿子！”军长点起一支烟，重重地抽了一口，“蒙生虽没死在战场上，但也是九死一生哝！”

“老雷，您别……”

“不。你听我把话说完。不错，我在电话上臭骂了你一通，我那是忍无可忍！你可以恨我‘雷神爷’不近人情，但我老雷至今不悔！吴大姐哪，你的胆量可真不小呀！你出面打电话，你为啥不让我那指挥千军万马的老首长跟我打交道？他可以给我下指示，让我执行哝！但是，我量他不会，也量他不敢！那种时候，你竟敢占用我前沿指挥所的电话，托我办那种事，你……你，你就没想想其中的利害关系吗？！”军长激动地用手指“咚咚”敲打着桌面。压了压火，他接上说，“要是时间后退三十几年，如果我‘雷神爷’托你大姐办那种军人最忌讳的事，你会咋办？骂我一通，扇我两耳刮子，那是轻的！给我一粒枪子，算我活该！当年是个啥样情景？‘妻子送郎上战场，母亲送儿打东洋’哝！那首歌，还是你吴大姐一句一拍教我唱会的，唱得热血沸腾哝！”

“老雷，您别说了……”妈妈啜泣起来。

“不。我今晚的话多着呢！你这次来，我满足你的要求。我老雷没有忘记我当年说过的话：有恩不报非君子！没有你吴大姐把我从死尸堆里背出来，我‘雷神爷’能活到今天当军长吗？！”军长一下拧死烟蒂，站了起来，“行呀！只要蒙生本人也同意，你这遭来可以把他领回去！穿着军装回去可以，脱掉军装回去也行！我老雷办事图干脆，这次，我签字！我画圈！”

“老雷……”妈妈哭出声来了。

“但是，签字画圈之后，我的吴大姐呀，我老雷得让你扪心问一问！那么办了，是报你的恩呢，还是把你往泥坑里推呢？那么办了，死去的烈士会不会答应？养育我们的人民能不能答应？！别的不说，单说四三年秋在沂蒙山的那场突围战，我带的那个营是整整四百人哪！可一仗下来，当吴大姐你把我从死尸堆里背回来后，活下来的有多少？只有四十三个幸存者，刚过十分之一呀……”

军长的声音沙哑了。他掏出手帕擦了擦发湿的眼睛，又坐了下来。他又点起一支烟，轻轻地喷吐着。

妈妈不停地拭泪，军长看看她，放缓了声调：“在延安整风的时候，我们曾学过郭老写的《甲申三百年祭》。那时候体会还不深。现在回过头来看，打天下，坐天下，居功骄傲，贪安逸，图享受，会毁掉一切的！前些年我靠边站，得空啃了几本古书，我反复诵读过杜牧的《阿房宫赋》，杜牧就秦王朝的灭亡，发出这样的感叹：‘秦人不暇自哀，而后人哀之。后人哀之而不鉴之，亦使后人而复哀后人也。’我们党作为工人阶级的先进部队，当然不可与历代农民起义相提并论。不过，两千多年封建特权的劣根性，资产阶级腐朽发霉的毒菌，在我们党内还是很有些市场呵！我们还有没有‘倒退’之虞呢？是否还要让我们的后人来‘哀’我们呢？这完全取决于我们自己！”军长抽了口烟，看看我，“经过十年动乱后，现在有人指责青年一代‘看破了红尘’。那么，我们这些老家伙中有没有所谓‘看破红尘’的？依仗权势，胡作非为，互开后门，损公肥己……发展下去，不得了哇！老百姓有句土话，叫作上梁不正下梁歪。我们这些老家伙不做出样子来，咋去教育青年一代？蒙生现在是功臣了，我不好再批评他。他过去之所以那样，固然有他自己的原因，可吴大姐呀，难道你这当妈妈的就没有责任吗？”

妈妈含泪点了点头。

军长望着我妈妈：“你八岁卖给地主当丫头，我七岁就给东家放牛。现在给青年人忆苦思甜，怕是起不到明显作用了。但我们这些老家伙常想想过去的苦，那还是很有好处的。‘忘记过去，就意味着背叛’，列宁算是把话说到家了！”军长弹了弹烟灰，又吸了口烟，“六五年我到北京开会时，和陈老总进行过一次长谈。当谈到我们当年在山东时，陈老总意味深长地说，在他进棺材之前，他忘不了山东父老！当然，我们的陈老总不单是指山东父老，他指的是人民！要说报恩，我们要一辈子报答人民的大恩大德，而不是把我们当成人民的救世主！革命，是人民用小米喂大的；胜利，是人民用小车推出来的呀！”

一弯月儿在窗棂上探出头来，投进点点银辉，屋内，静极了。

“今天见到梁大娘，别提我心里是啥滋味儿。”军长深沉地说，“吴大姐，你的蒙生是吃着梁大娘的奶长大的。可你看看梁大娘穿的那身衣裳，你再看看梁三喜留下的那欠账单，你就不难想象出，她们还过着啥样的日子啊……”

军长的眼里闪着泪光，妈妈也在抹泪。

“不错。吴大姐，十年动乱中，你我这些老家伙们都吃过苦，挨过整。可我要说，受苦受难最厉害的不是我们，是梁大娘那样的老百姓！不必隐讳，就是我在蹲班房时，我吃的用的也比梁大娘她们好得多，甚至可以说没法比……

咳！”军长喟然长叹一声，“我那凯华十五岁时和他四姐一起，到延安延川县插队，住在我当年的一个老房东家里。七七年春那阵我还没复职，我专程去米脂县看望我那老房东。谁会相信呀，老房东全家八口人，却只有五个吃饭的碗，他们连吃饭的黑碗都买不全。当时，我……延安，那更是养育革命的圣地啊！”

“老雷，别……别说了……”

“我……不说了。说起来我真想大哭一场！前些年老百姓身上的肉早已不多，可‘尾巴’倒不少，一个劲地割，割，割！自己‘出有车，食有鱼’，过得舒舒服服的，咋就不睁眼看看老百姓？别说党性了，问问我们的良心何在？！革命，共产党因为穷才革命。治穷，本是共产党人的天职呵……”

屋内的空气又凝结了，沉重得像铅块，压得我透不过气来。

我轻声对军长说：“这次打仗，我们团里有许多烈士留下了欠账单，他们都是从农村入伍的。”

“这件事情，我们是要向中央报告的。”军长说，“极‘左’路线，可把老百姓害苦了。”

过了五六分钟，军长的情绪才平静下来。这时，他问起我们九连的战斗情况，我一一作了汇报，并向他重点介绍了梁三喜和靳开来参战前后的表现……

军长听罢又站起来：“这真是位卑未敢忘忧国！像梁三喜他们，尽管十年动乱给他们留下了难言的苦楚，但当祖国需要他们的时候，他们一个个都以身许国！”军长激动地挥着右手，“我们的民族是伟大的，这就是伟大之所在！我们的事业是有希望的，这就是希望之所在！鲁迅说‘唯有民魂是值得宝贵的’，梁三喜他们，真正称得上是我们的民族之魂！”过了会儿，军长又坐下来，他看了看表，“不早了，夜深了。”

他又简单地问起凯华牺牲时的情况，我回答了他。但那两发臭弹的事，我却压根没敢告诉他。我不忍心让这位虎将再怒发冲冠地“甩帽”了。

这时，炊事班长推门进来，慌慌张张地对我说：“指导员，韩玉秀不见了！”

我一听，急忙奔出屋。见梁大娘站在院子里，我问她是咋回事，她说她打了个盹，拉开灯睁眼一看，就不见玉秀了……

边境线上时有越寇的特工队员潜进来活动。我顿时慌得六神无主。战士们也都起来了，我忙带大家在营区周围寻找，也没见玉秀在哪里。

“玉秀她，会不会到三喜的坟上去了。”梁大娘对我说，“自打听到三喜没了，玉秀怕俺伤心，她没敢当俺的面哭过……”

我忙带着几个战士赶到烈士陵园。

一钩弯月斜挂中天。当我们离梁三喜的坟还有十几米远时，见一个人趴在坟上。无疑，那是玉秀。我让大家停下来。

山崖下，竹林中，草丛里，传来虫儿的声声低吟，却听不见玉秀的哭声。

过了一大会儿，我们才轻轻走近梁三喜的坟前，只见玉秀把头伏在坟上，周身战栗着，在无声地悲泣……

“小韩，您……哭吧，哭出声来吧……”我呜咽着说，“那样，您会好受些……”

玉秀闻声缓缓从坟上爬起来：“指导员，没……没啥，俺觉得在屋里闷……闷得慌……”她抬起袖子擦了擦泪光莹莹的脸，“没啥。俺和婆婆快该回家了，俺……俺想来坟上看看……”

满天星斗像泪人的眼睛，一闪一眨。苍穹下的一切，在我面前全模糊了。

十五

次日，军长离开连队到军区开会去了。临行前他又一再嘱咐，让我们好好关照梁大娘一家。

梁大娘和韩玉秀在连里又住了一个星期，便说啥也待不住了，非要回去不可。我知道是无法挽留她们了。再说，住在连里，举目便是烈士新坟，这对她们也是精神的折磨。我想，一切留待今后从长计议吧，让她们早些回去，或许还好些。团里也同意我的想法。

梁大娘一家明天早饭后就要离开连队了。

这天下午，团政治处主任来到连里，一是来为梁大娘一家送行，二是要代表部队组织，问一下梁大娘家有哪些具体困难。因为，对于像梁三喜烈士这样不够随军条件的直系亲属及子女，抚恤的事需部队和地方政府联系商量。据我们了解，在农村中，对家中有劳力的烈士父母，一般是可照顾可不照顾；对烈士的爱人及子女，按各地生活水准不同，有的每月照顾五元，有的每月照顾八元……情况不等。团里想把梁大娘一家无依无靠的情况，充分向地方政府反映一下，以取得民政部门对梁大娘一家特殊的照顾。

梁三喜烈士没有给他的亲人留下什么遗产。他的两套破旧军装被作为有展览价值的遗物征集之后，团后勤又补发了两套新军装。再就是他生前用塑料袋精心保管的那件军大衣。

我拿着那件军大衣和两套新军装，准备交给韩玉秀。

当我和政治处主任走至梁大娘一家住的房前时，玉秀正坐在水龙头下洗床单和军衣。这些天，不管我和战士们怎样劝阻，玉秀不是帮炊事班洗笼屉布，就是替战士们拆洗被子，一刻也不闲着。

“小韩，快别洗了。”我对玉秀说，“快进屋来，主任代表组织，要跟您和大娘谈谈。”

玉秀不声不响地站起来擦擦手，跟我和主任进了屋。

我把那两套新军装和塑料袋里的军大衣，放在玉秀的床上：“小韩，这是连长留下的……”

玉秀用手一触那盛军大衣的塑料袋，“啊！”地尖叫一声，扭头跑出屋去。

我忙跟出来：“小韩，您……怎么啦？”

玉秀满脸泪花，两手插在洗衣盆里，用劲搓揉着盆中的衣服。

“小韩……您？主任要跟您谈谈。”

她上嘴唇紧咬着下嘴唇，没有回答我。

“蒙生啊，你让她洗吧。”屋内的梁大娘对我说，“早就跟同志们唠叨过，玉秀要干活，你们谁也别拦挡她。她啥时也闲不住的，让她闲着她心里更不好受。洗吧，让她洗吧。明日她想给同志们洗，也洗不成了……”

从玉秀身上，我看到了中国女性忍辱负重、值得大书特书的传统美德！可此时，梁三喜留下的军大衣为何引起她那般伤痛，我困惑不解……

“蒙生，别喊她了。有啥话，你们就跟俺说吧。”梁大娘又说道。

我和主任面对梁大娘坐了下来。

主任把组织上的意图，一一给梁大娘讲了。

大娘摇了摇头：“没难处，没啥难处。”

我和主任再三询问，大娘仍是摇头：“真的，没啥难处。如今有盼头了，庄户日子好说。”

面对憨厚而执拗的老人，我和主任无话可说了。

梁大娘望着我和主任："有件事，大娘想请你们帮俺说说。"

"大娘，您说吧。"主任打开小本，郑重地准备记下来。

"咳！"梁大娘叹了口气，"说起来，俺梁家真是祖上三辈烧过高香，才摊上玉秀那样的好媳妇呀！你们都见了，要模样她有模样，要针线她有针线。家里的事她拿得起，外面的活她拢得下。她脾气好，性子温，三村五疃都夸俺命好有福……"大娘撩起衣襟擦了擦眼，"可一说起玉秀，大娘心里就难受，俺这当婆婆的对不起她呀！她过门前，三喜他爹病了两年多，俺手头上紧……她过门时，别说给她做衣服，俺连……连块布头都没扯给她，她就嫁到俺梁家来了……"

梁大娘难受得说不下去了。

停了阵，梁大娘又断断续续地说："……去年入冬俺病了，病了一个多月。俺本想打封信让三喜回去趟，可玉秀怕误了三喜的工作，说来回还得破费，就没给三喜打信说俺病了。那阵玉秀快生了，是她拖着那重身子，到处给俺寻方取药，端着碗一口一口喂俺吃饭……又擦屎又端尿的……唉，大娘这辈子没有闺女，就是亲生的闺女又会怎样，也……也比不上她呀！眼下，媳妇待俺越是好，大娘俺心里越是难受……"

梁大娘不停地用衣襟擦着眼角，我心里涌起阵阵痛楚。良久，她抬起脸来看着我和主任："玉秀她今年才二十四岁，大娘俺不信老封建那一套。再说，三喜也留下过话，让玉秀她……可就是有些话，俺这当婆婆的不好跟媳妇说。你们在外边的同志，懂的道理多，你们帮俺劝劝玉秀，让她早……早寻个人家吧……"

"娘！您……"玉秀一下闯进屋，双膝"扑通"跪在婆婆面前，猛地用手捂住婆婆的嘴，哭喊着："娘！您别……别说……俺伺候您老一辈子！"

梁大娘紧紧抱着儿媳："秀哪，那话……当娘的早晚要……跟你说，娘想过，还是……还是早说了好……"

"娘！……"玉秀又用手捂着婆婆的嘴，把头紧紧贴在婆婆怀里，放声哭着。

"秀，哭吧……把憋在肚里的眼泪全……全哭出来吧……"梁大娘也流泪了，她抚摸着儿媳的头发，"哭出来心里就好受了……"

玉秀戛然止住哭声，抽泣起来。

主任已转过脸去不忍目睹，他手中的记事本和笔不知啥时落在了地上。我用双手捂着脸，只觉得泪水顺着指缝流了下来……

……

炊事班长三天前便得知梁大娘一家要回去，他借跟团后勤的卡车进城拉菜的机会，买回了连队过节也难吃到的海米、海参、木耳、冰冻对虾等，准备做一餐为梁大娘一家送行的饭。

是的，世上任何山珍海味，珍馐佳肴，大娘和玉秀都有权利享用，也应该让她们尝一尝！

翌日晨。团里派来吉普车，要把梁大娘一家直接送到火车站。

营首长来了。我妈妈也过来了。各班还选派了一个代表，和大娘一家一起就餐。桌子上摆着二十多盘子菜。炊事班长说“起脚饺子图吉利”，还包了不少水饺。

我妈妈替玉秀抱着盼盼，用奶瓶给盼盼喂奶。

我们不停地把各种菜夹到大娘和玉秀碗里，让大娘和玉秀多吃点菜。但是，夹进碗里的各种菜都冒出了尖，大娘和玉秀却没动一下筷子……

在场的人谁心里都明白，这桌菜并不是供大家享用的，其作用只不过是借劝饭让菜，来掩饰大家心中的伤感罢了。

在大家一再劝让下，大娘只吃了两个饺子，喝了几口饺子汤。玉秀只吃了一个饺子，喝了一口汤，便说她早晨吃不下饭，她不饿。她饱了。

战士们已陆陆续续来到连部，要为大娘一家送行。昨晚，我已给大家讲过，在大娘一家离开连队时，让大家把眼泪忍住……

这时，段雨国竟第一个忍不住抹起泪来。他一抹泪，好多战士也忍不住掉泪了。

梁大娘站起来：“莫哭，都莫哭……庄稼人种地，也得流几碗汗擦破点皮，打江山保江山，哪有不流血的呀！三喜他为国家死的，他死得值得……”

大娘这一说，段雨国更是哭出声来，战士们也都跟着哽咽起来。有人捅了段雨国一下，他止住了哭。大家也意识到不该在这种时候，当着大娘和玉秀的面流泪。

屋内静了下来。

"秀哪，时辰不早了。别麻烦同志们了，咱该走了。"停了停，大娘对玉秀说，"秀，你把那把剪子拿过来。"

玉秀从蓝底上印着白点点的布包袱里，拿出做衣服用的一把剪子，递给了梁大娘。

大娘撩起衣襟。这时，我们发现，大娘衣襟的左下角里面缝进了东西，鼓鼓囊囊的。大娘拿起剪子，几下便铰开了衣襟的缝……

我们不知大娘要干啥，都静静地望着。

只见大娘用瘦骨嶙峋的手，从衣襟缝里掏出一沓崭新的人民币，放在了桌上！

我们一看，那全是十元一张的厚厚一沓人民币，中间系着一绺火红的绸布条儿。

接着，又见大娘从衣襟缝隙里，摸出一沓发旧的人民币，也全是十元一张的……

大娘这是要干啥？我惊愕了！大娘身上有这么多钱，可她们祖孙三代下了火车竟舍不得买汽车票，一步步挪了一百六十多里！

大娘看看我，指着桌上的两叠钱说："那是五百五十块，这是七十块。"

这时，玉秀递给我一张纸条："指导员，这纸条留给您，托您给俺办办吧。"

我接过纸条一看，是梁三喜留给她们的欠账单！这纸条和那血染的纸条是一样的纸，原是一张纸撕开的各一半……

顿时，我的头皮嗖嗖发麻！

梁大娘心平气静地说："三喜欠下六百二十块的账，留下话让俺和玉秀还上。秀，你把三喜留下的那封信，也交给蒙生他们吧。"

玉秀把一封信递给了我。

呵，我们在此时，终于见到了梁三喜烈士的遗书！遗书如下：

玉秀：

你好！娘的身子骨也很壮实吧？昨天收到你的来信，内情尽知。因你的信是从部队留守处转到这里的，所以从你写信那天到眼下，已过去一个月的时间了。

你来信说你很快就要生了。那么，我们的小宝贝眼下该是快出满月啦。我遥遥祝福，祝福你和孩子都平安无事！娘看到她的小孙子（小孙女）呱呱问世，准是乐得合不拢嘴了。

秀：从去年六月开始，我每次给你写信都说我很快就回家休假，你也天天盼着我回去。然而，由于种种原因，眼下新的一年又过去一个月了，我并没能回去。尽管你在来信时对我没有丝毫的抱怨，但我从心里觉得，我实在对不起你！一个月前，我给你去信时说我们连要外出执行任务，别的没跟你多说。现在我告诉你，我们连离开原来的驻地，坐火车赶到这云南边防线来了。来到一看，越南鬼子实在欺人太甚，常常入侵我领土，时时惨杀我边民！我们国家十年动乱刚结束，实在腾不出人力、物力来打仗，但这一仗非打不可了！别说我们这些当兵的，就是普通老百姓来这里看看也会觉得，如再不干越南小霸一家伙，我们作为中国人的脸是会没处放的！

当你接到这封信时，我们就已经杀上自卫还击的战场了！

秀：咱俩出生在同一个山村枣花峪，你比我小八岁，虽说不上青梅竹马，可也是互相看着长大的。自咱俩建立关系和结婚以来，只红过一次脸。你当然会清楚地记得，那是去年三月你来连队后的一天夜里。我跟你开了个玩笑，说我说不定哪一天会上战场，会被一颗子弹打死的。想不到这话惹恼了你，你用拳头捶着我的胸膛，说我“真狠”，“真坏”！之后，你哭了，哭得是那样伤心。我苦苦劝你，你问我以后还说不说那样的话，我说不说了，你才止住了泪。你说：“两口人，谁也不能先死，要死，就一块死！”秀：我知道你爱我爱得那样无私，那样纯真，那样深沉！

但是，军人毕竟是战争的产儿，没有战争就不会有军人！秀：现在我可不是跟你开玩笑了，我不得不告诉你，这极有可能是我写给你的最后一封信了！

秀：咱俩结婚快三年了。连我回家结婚那次休假在内，我休过两次假，你来过一次连队。我们生活在一起的时间，总共还不到九十天！去年你来连队要回去的最后一个晚上，你悄悄抹了一夜泪（眼下看来，那很可能是我们最后一次见面和最后一次在一起了）。我知道你是那样舍不得离开我，我也很想让你多住些天。但你既挂着咱娘一个人在家不行，又惦着农活忙，还是起程了。当你泪汪汪一步三回头地上了车，我当时心里也说不出地难受。艰苦并不等于痛苦，平时连队干部的最大苦衷，莫过于夫妻遥遥相盼，长期分居两地呀！我当时想过，干脆转业回老家算了，咱不图在部队上多拿那点钱，那点钱还不如你来我往扔在路上的多！家中日子虽苦，咱们苦在一处，不是比啥都好吗？！但转念一想，如果都不愿长期在连队干，那咋行？兵总得有人带，国门总得有人守，江山总得有人保啊！秀：我赤条条来到这个人世间，吸吮着山村母亲的奶汁长大成人。如果从经济地位来说，我这“土包子”连长同他人站在一起，实在够“寒碜”人的了！但我却常常觉得我比他人更幸福，我是生活中的幸运儿！之所以有这样的感觉，那是因为有了你，我亲爱的秀！每当听到战友们夸奖和赞美你时，我心里就甜丝丝的。又岂止是甜丝丝的，你，是我莫大的自豪和骄傲！但是，每当想起你，阵阵酸楚也常常涌上我的心头。一是因为我家的那些遭遇，更是因为咱的家乡还太贫穷，你跟上我，没过一天宽裕日子呀！尽管我是被人们称为“大军官”的人，又是个月薪六十元的连职干部，可我却没能给你买过一件衣服，更别说什么像样的料子和尼龙了。然而，你却常常安慰我：“有身衣裳穿着就行了，比上不足，比下咱还有余呢！”……秀：此时想起这一切，我真不知该怎样感谢你，我只能说，你对我，你对俺梁家的高恩厚德，我在九泉之下也绝不会忘记的！头一次给你写这么长的信，但仍觉话还没有说尽。营里通知我去开会，回来抽空再接上给你写。

玉秀：如果我在战场上牺牲，下面的话便是我的遗嘱：

当我死后，你和娘作为老革命根据地的人民，深信你们是不会给组织和同志们添麻烦的。娘只有我这么一个儿子了，她本人也曾为革命做出过贡献，一旦我牺牲，政府是会妥善安排和照顾她的。她的晚年生活是会有保障的。望你们按政府的条文规定，享受烈士遗属的待遇即可。但切切不能向组织提出半点额外的要求！人穷志不能短。再说我们的国家也不富，我们应多想想国家的难处！尽管十年动乱中，有不少人利用职权浑水摸鱼已捞满了腰包（现在也还有人那么干），但我们绝不能学那种人，那种人的良心是叫狗吃了！做人如果连起码的爱国心都没有，那就不配为人！

秀：你去年来连队时知道，我当时还欠着近八百元的账，现在还欠着六百二十元（欠账单写在另一张纸条上，随信寄给你）。我原想三四年内紧紧手，就能把账全还上，往后咱们的日子就好过多了。可一旦我牺牲，原来的打算就落空了。不过，不要紧。按照规定，战士、干部牺牲后，政府会发给一笔抚恤金，战士是五百元，连、排职干部是五百五十元。这样，当你从民政部门拿到五百五十元的抚恤金后，还差七十元就好说了。你和娘把家中喂的那头猪提前卖掉吧。总之，你和娘在来部队时，一定要把我欠的账一次还清。借给我钱的同志们大都是我知心的领导和战友，他们的家境也都不是很宽裕。如果欠账单的名单中，有哪位同志也牺牲了，望你务必托连里的同志将钱转交给他的亲属。人死账不能死。切记！切记！

秀：还有一桩比还账更至关紧要的事，更望你一定遵照我的话办。这些天，我反复想过，我们上战场拼命流血为的啥？是为了祖国人民生活得更美好！在人民之中，天经地义也应该包括你——我心爱的妻子！秀：你年方二十四岁，正值芳龄。我死后，不但希望你坚强地活下去，更盼望你美美满满地去生活！咱那一带文化也是比较落后的，但你是个初中生，望你敢于蔑视那什么“忠臣不事二主，烈女不嫁二夫”的封建遗训，盼你毅然冲破旧的世俗观念，一旦遇上合适的同志，即从速改嫁！咱娘是个明白人，我想她绝不会也不应该在这种事上阻拦你！切记！切记！不然，我在九泉之下是不会瞑目的！！

秀：我除了给你留下一纸欠账单外，没有任何遗产留给你。几身军装，摸爬滚打全破旧了。唯有一件新大衣，发下两年来我还一次没穿过，我放在一个塑料袋里装着。我牺牲后，连里的同志是会将那件军大衣交给你的。那么，那件崭新的军大衣，就作为我送给你未来丈夫的礼物吧！

秀：我们连是全训连队，听说将担任最艰巨的战斗任务。别了，完全有可能是要永别了！

你来信让我给孩子起名儿，我想，不论你生的是男是女，就管他（她）叫盼盼吧！是的，“四人帮”被粉碎了，党的三中全会也开过了，我们已经看到了未来美好的曙光，我们有盼头了，庄户人的日子也有盼头了！

秀：算着你现在已出了月子，我才敢将这封信发走。望你替我多亲亲他（她）吧，我那未见面的小盼盼！

顺致

军礼！

三喜

1979年1月28日

捧读遗书，我泪涌如注，我怎么也忍不住，我号啕起来……

我用瑟瑟发颤的手拿起那五百五十元抚恤金，对梁大娘哭喊着："大娘，我的好大娘！您……这抚恤金，不能……不能啊……"

屋内一片呜咽声。在场的人们都已完全明白，是一桩啥样的事发生了！

段雨国大声哭着跑出去将他的袖珍收音机拿来，又一把撸下他手腕上的电子表，"砰"地按在桌子上："连长欠的钱，我们还！"

"我们还！"

"我们还！！"

"我们还！！！"

……泪眼中，我早已分不清这是谁，那是谁，只见一块块手表，一把又一把人民币，全堆在了我面前的桌子上……

当一片撕心裂胆的哭声渐渐沉下，我嗓音发哽地哀求梁大娘："大娘，我是……吃着您的奶长大的……三喜哥欠的钱，您就……让我还吧……"

梁大娘用手背抹了抹眼睛，苍老的声音嘶哑了："……孩子们，你们的好意，俺和玉秀……领了，全都领了！可三喜留下的话，俺这当娘的不能违……不然，三喜他在九泉之下，也闭不上眼……"

不管大家怎样哭劝，大娘说死者的话是绝对不能违的！她和玉秀把那六百二十元钱放下，上了车……

我妈妈已哭得昏厥过去，不能陪梁大娘一家上火车站了。战士们把东倒西歪的我，扶进了吉普车内……

走了！从沂蒙山来的祖孙三代人，就这样走了！

啊，这就是我们的人民，我们的上帝！

尾声

赵蒙生讲述的往事，已深深把我打动了。

我们啜泣着，谁也不再说话。

良久的沉默过后，赵蒙生擦了擦发红的泪眼，声音发涩地对我说："就是因为那些，三年多来，我一直把梁大娘视为亲娘。我每月领到薪金后的第一桩事，便是给梁大娘写一封问安的家信，并汇去三十元钱。自然，我是有条件一次给大娘汇去上百元，甚至几百元的，但我没有那样做。我知道梁大娘并不稀罕别人的钱，我所以这样，是为了让大娘得到些精神上的安慰，让她老人家时时知道，边防线上还有一个她当年用奶汁喂大的儿子，还月月没忘了向她老人家尽一点点孝心呀！可眼下，大娘她……"赵蒙生拿起放在桌上的那一千二百元的汇款单，用手拍了下头，"为啥？大娘为啥把钱全给我退回来了？难道大娘一家的生活，真的不需要点添补吗？不是，不是啊……"

段雨国望着我，轻声说："去年春天，我那阵还在九连当文书，连里推选我当代表，让我和教导员一起，专程去沂蒙山看望过梁大娘一家。由于实行了生产责任制，经济政策放宽了，梁大娘一家不再为吃犯愁了，穿得也比过去好些了。但是，我和教导员也都看到了，大娘家铺的炕席，竟有十几处补着蓝布补丁。大娘和玉秀，连领新炕席都舍不得花钱买呀！"

"为啥？这到底是为啥？"赵蒙生面对汇款单，又大声自问，"难道大娘是不宽恕我这不肖子孙吗？不会，不会的！再说，这三年多来，我没有啥事瞒着过大娘呀……"

"那是绝对不会的！"书记段雨国对赵蒙生说罢，转脸对我说，"李干事，你回山东后快去采访梁大娘吧，梁大娘真是有颗菩萨般的慈母心啊！去年春上，我和教导员去看望她老人家时，甭提大娘对我们有多好啦。吃，她怕我们吃不好；睡，她怕我们睡不宁。顿顿尽力给我们做好吃的，还悄悄把那下蛋的母鸡也宰了两只！不然，我和教导员还会多住两天的，怕再住下去把大娘累垮了，我们才不敢多停留。"

赵蒙生对段雨国说："小段，你再帮我琢磨琢磨，大娘她为啥把钱全给退回来啊？"

段雨国长长的睫毛忽闪了两下："前几天，我读过一篇小说。小说中的主人公说过：'接受施舍会使人变得卑微，被人怜悯是最痛苦的事情。'梁大娘和韩玉秀是很有骨气的人，会不会……"

"啥？！"赵蒙生霍地站起来，一把抓起段雨国胸前的衣扣，"你这小知识分子，你说的啥？！你……你……"

面对骤然狂怒的教导员，段雨国结结巴巴地说："教导员，我……我……"

赵蒙生放开段雨国，满脸火辣猩红："施舍？怜悯？别说我小小赵蒙生，我要放声问，谁，谁有权力施舍梁大娘？！谁，谁有资格怜悯梁大娘？！天经地义，她早就应该过上好日子，顺理成章，她有权利也有资格享受幸福的晚年！"

说罢，他一下坐在椅子上，两手按着额头，又痛苦地沉默了。

段雨国低下头，自责地说："教导员，我……我说错了。"

吃晚饭的时间早过了。这时，通信员进来送给赵蒙生几份报刊和一封信，催我们去吃饭。

赵蒙生拆开信看了会儿，把信递给我："你，看看这封信吧。"

信是赵蒙生的母亲吴爽同志寄来的。大意是：柳岚这次超假，确系患病。柳岚患的是急性肺炎，已住院二十天，绝不是通过关系开啥病假条欺骗组织。这，她当妈妈的愿以老党员的党性来证实。信中说柳岚现已病愈，近几天便可归队。但说柳岚的思想问题仍很严重，一心想脱军装回城市。当妈妈的希望赵蒙生不要光是吹胡子瞪眼，要多做柳岚的思想工作。吴爽同志还写道，她已办了离休手续，近些天她准备起程到沂蒙山，去看望梁大娘一家……

见我看完信，赵蒙生说："去年夏天，柳岚从军医大学毕业时，一心想分配到爸妈身边。我和她进行了反复的思想交锋，甚至闹到要离婚的地步，她才不情愿地来到这边防前哨。在这件事上，我妈妈还是起了好作用的，她提前把柳岚要回城市的后门全堵死了。我对柳岚的态度，也许有些过火。别说她，就是我本人又怎样呢？我也毕竟是生活在现实中的人啊！三年多来，在脱不脱军装转业回城的问题上，我也动摇过，彷徨过。但是，一想起牺牲的烈士们，一想起梁大娘一家，我就感到无地自容。不过，要让柳岚也住这里待下去，看来是难，难哪！"

我在营部住了一夜。九连的营房离营部只有一溪之隔。第二天，赵蒙生带我来到九连。头午，我召开了个座谈会。过午，全连停课采集花卉，我也参加了。

明天是清明节，九连要用鲜花扎成花环，敬献到烈士墓前。

云南边陲，四季花事不败。清明前后，又是花事最盛的时节。山上山下，路旁溪边，到处是花儿绽蕾舒萼。风里飘着幽香，空气里含着甜汁。傍晚时分，采集花卉的战士们汇集到溪边来了。

晚霞映照着从深山中流来的一泓清溪，溪中溢红流彩。大家坐在溪旁，用火红的攀枝，洁白的山茶，金黄的云槐，天蓝的杜鹃，还有一束束颜色各异的野花，扎成一个个五彩缤纷、群芳荟萃的花环。然后，大家把扎好的花环立在溪中，将一串串珍珠般的溪水，洒落在花环上……

段雨国从营部跑过来，对赵蒙生说："教导员，梁大娘来信了！信我已看了，那汇款单的事……干脆，让李干事先看看吧！"

我接过信，读起来：

蒙生：

你身体好，同志们的身体也都好吧！每次给你回信，都是玉秀写。这次因为大娘要说到她的事，就让俺村小学的孙老师给俺写这封信。

前两天，大娘托人到邮局把你三年多来汇给俺的钱给你寄回去了，总共一千二百元，你收到了吧？蒙生：俺村老少没有不夸你的，说你心眼好，一直没忘了你大娘。大娘把钱给你寄回去，你可别多心呀。

一是因为大娘家的日子，现在是确实好过了。公家每月发给俺、玉秀、盼盼每人五元钱，合起来就是十五元。加上现在搞责任田，大娘一家三口包的地，收的也不少。村里有拥军优属小组，你大娘家包的地，都是种时先种，收时先收，不等俺和玉秀动手，他们就抢着给干了。老解放区，有这么个传统。现在你大娘不但不欠钱了，左邻右舍急着用钱时，还常常从你大娘这里拿几块呢！

二是前线上一直还不安稳，你们风里雨里站岗放哨，多么不容易啊！三喜当连长回家时对俺说过，连里有不少战士有困难，家里遇上啥病呀灾的，有的战士就犯难。可三喜那时手头上紧巴，拿不出钱来帮他们救急。

所以大娘掂量来掂量去，还是把你三年多来寄来的这一大笔钱给你寄回去。万一哪个战士家遇上难处，你把这些钱铺排在他们身上，让他们安心保国，大娘觉得更合适。

蒙生：往后你可千万别再给大娘寄钱了。你心里有你这个大娘，大娘俺就觉得啥也有了。

另外，去年大娘打信跟你要柳岚的相片，你寄来了。大娘一瞧她那俊眉俊眼的模样，就喜得受不了，你来信说她在前线不安心，你说她的那些话，大娘俺不依你！你可别虎二呱叽地老训她。女人家比不上你们男子汉，夜里你可别让她去站岗！别说她是城里长大的，连俺玉秀都说，让她在那深山老林里住，她夜里都害怕。这些，你可得依着大娘的话去办！

再就是，这些日子大娘遇上了顶欢喜的事，玉秀的事已有着落，见眉目了。俺村里有个民办教师小陈，两年前他父母都过世了。小陈还没成家，他和俺玉秀是同岁。小陈心眼实，人长得也受看，配俺玉秀正合适。村里人撮合着要把玉秀许给小陈，小陈挺愿意，还说要上门来养俺的老。可就是玉秀心里还总惦念着三喜，一直不点头。也算巧了，你妈最近来信说她退休了，就要来看俺，俺本不想让你妈来回破费，但眼下俺盼着你妈来。她来了让她开导开导玉秀。只要你妈一来，大娘俺不管玉秀她点不点头，由俺和你妈给她做主，立时就欢欢喜喜地把她的婚事办了，到那时，你大娘这辈子就啥心事也没有了，没有了……

……

朝阳，头顶着一抹橄榄色的云冠，露出了慈祥的笑脸。霞光给青山绿水披上了斑斓的彩衣。

赵蒙生带领着九连全体同志和我，抬着一个个用鲜花编织成的花环，徐徐来到烈士陵园。

大家把花环一个个敬献在烈士墓前。

松柏掩映的烈士陵园里，到处有人工精心培育的花丛。在梁三喜烈士的墓前，是一簇叶茂花盛的美人蕉。硕大的绿叶之上，挑起束束俏丽的花穗，晨露在花穗上滚动，如点点珠玉闪光……

和梁三喜烈士的墓碑并排着的是：九连副连长靳开来烈士的墓碑、八二无后坐炮班战士雷凯华烈士的墓碑、不满十七岁的司号员金小柱烈士的墓碑……

默立在这百花吐芳的烈士墓前，我蓦然间觉得：人世间最瑰丽的宝石，最夺目的色彩，都在这巍巍青山下集中了。

……

世界上所有的夜晚

迟子建

作品以一次为排解丧夫之痛而进行的旅行作为主要内容，以未亡人回忆的口吻，在讲述旅行见闻，反映社会底层小人物现实困境的同时，发出对美好人性复归的深切呼唤，真诚告诉人们，正是由于人身上的弱点和人性中的丑陋，才摧残了世界上最可宝贵的生命，酿成了一个个人生无可挽回的悲剧，只有革除自私、贪婪、欺骗、报复等人性的丑陋，尊重生命、珍视生命，悲剧才可以避免。作者以诗意盎然的文字，完成了一次自我哀伤的化解，赋予人生以应有的温暖亮丽，表达了对底层平民生存困境的关注和悲天悯人情怀，让人们感受到生命的可贵与人生的美好。

梁鸿鹰

《钟山》2005 年 3 期

一　魔术师与跛足驴

我想把脸涂上厚厚的泥巴，不让人看到我的哀伤。

我的丈夫是个魔术师，两个多月前的一个深夜，他从逍遥里夜总会表演归来，途经芳洲苑路口时，被一辆闯红灯的摩托车撞倒在灯火阑珊的大街上。肇事者是个郊县的农民，那天因为菜摊生意好，就约了一个修鞋的，一个卖豆腐的，到小酒馆喝酒划拳去了。他们要了一碟盐水煮毛豆，三只酱猪蹄，一盘辣子炒腰花，一大盘烤毛蛋，当然，还有两斤烧酒。吃喝完毕，已是月上中天的时分了，修鞋的晃晃悠悠回他租住的小屋，卖豆腐的找炸油条的相好去了，只有这个菜农，惦着老婆，骑上他那辆破烂不堪的摩托车，赶着夜路。

这些细节，都是肇事后进了看守所的农民对我讲的。他说那天不怪酒，而是一泡尿惹的祸。吃喝完毕，他想撒尿，可是那样寒酸的小酒馆是没有洗手间的，出来后想去公厕，一想要穿过两条马路，且那公厕的灯在夜晚时十有八九是瞎的，他怕黑咕隆咚地一脚跌进粪坑，便想找个旮旯方便算了。菜农朝酒馆背后的僻静处走去。谁知僻静处不僻静，一男一女啧啧有声地搂抱在一起亲吻，他只好折回身上了摩托车，想着白天时走四十分钟的路，晚上车少人稀，二十多分钟也就到了，就憋着尿上路了。尿的催促和夜色的掩护，使他骑得飞快，早已把路口的红灯当作被撇出自家园田的烂萝卜，想都不去想了，灾难就是在这时如七月飞雪一样，让他在瞬间由温暖坠入彻骨的寒冷。

街上要是不安红绿灯就好了，人就会瞅着路走，你男人会望到我，他就会等我过去了再过。菜农说这话的时候，嘴角带着苦笑。

小酒馆要是不送那壶免费的茶就好了，那茶尽他妈是梗子，可是不喝呢又觉得亏得慌。卖豆腐的不爱喝水，修鞋的只喝了半杯，那多半壶水都让我饮了！菜农说，哪知道茶里藏着鬼呢！

菜农没说，肇事之后，他尿湿了裤子，并且委屈地跪在地上拍着我丈夫的胸脯哭嚎着说，我这破摩托跟个瘸腿老驴一样，你难道是豆腐做的？老天啊！

这是一位下了夜班的印染厂的工人、一个目击者对我讲的。所以第一个哭我丈夫的并不是我，而是“瘸腿老驴”的主人。

我去看这个菜农，其实只是想知道我丈夫在最后一刻是怎样的情形。他是在瞬间就停止了呼吸，还是呻吟了一会儿？如果他不是立刻就死了的，弥留之际他说了什么没有？

当我这样问那个菜农的时候，他喋喋不休地跟我讲的却是小酒馆的茶水、烧酒、没让他寻成方便的那对拥吻的男女、红绿灯以及那辆破摩托。这些全成了他抱怨的对象。

他责备自己不是个花心男人，如果乘着酒兴找个便宜女人，去小旅馆的地下室开个房间，就会躲过灾难了。他告诉我，自从出事后，他一看到红色，眼睛就疼，就跟一头被激怒的公牛一样，老想撞上去。

我那天穿着黑色的丧服，所以他看待我的目光是平静的。他告诉我，他奔向我丈夫时，他还能哼哼几声，等到急救车来了，他一声都不能哼了。

他其实没遭罪就上天享福去了，菜农说，哪像我，被圈在这样一个鬼地方！

我看你还年轻，模样又不差，再找一个算了！这是我离开看守所时，菜农对我说的最后一句话。他那口吻很像一个农民在牲口交易市场选母马，看中了一匹牙口好的，可这匹被人给提前预定了，他就奔向另一匹牙口也不错的马，叫着，它也行啊！

可我不是母马。

我从来不叫丈夫的名字，我就叫他魔术师，他可不就是魔术师么！十几年前，我还在一所小学教语文，有一年六一儿童节，我带着孩子们去剧场看演出。第一个出场的就是魔术师，他又高又瘦，穿一套黑色燕尾服，戴着宽檐的上翘的黑礼帽，白手套，拄一根金色的拐杖，在大家的笑声中上场了。他一登台，就博得一阵掌声，他鞠了一个躬，拐杖突然掉在地上，等到他捡起它时，金色的拐杖已经成了翠绿色的了，他诧异地举着它左看右看时，拐杖又一次“失手”落在地上，等他又一次捡起时，它变为红色的了。让人觉得舞台是个大染缸，什么东西落在上面，都会改变颜色。谁都明白魔术师手中的物件暗藏机关，但是身临其境时，你只觉得那根手杖真的是根魔杖，蕴藏着无限风云。

我大约就是在那一时刻爱上魔术师的，能让孩子们绽开笑容的身影，在我眼中就是奇迹。

奇迹是七年前降临的。

由于我写的几篇关于儿童心理学方面的论文在国家级学刊上发表了，市妇女儿童研究所把我调过去，当助理研究员。刚去的时候我雄心勃勃地以为自己会干一番大事业，可是研究所的气氛很快让我产生了厌倦情绪。这个单位一共二十个人，只有四名男的。太多的做学问的女人聚集在一起绝不是什么好事情，大家互相客气又互相防范，那里虽然没有争吵，可也没有笑声，让人觉得一脚踩进了阴冷陈腐的墓穴。由于经费短缺，所有的课题研究几乎很难开展和深入，我开始后悔离开了学校，我怀念孩子们那一张张葵花似的笑脸。研究所订阅了市晨报和晚报，报纸一来，人们就像一群饥饿的狗望见了骨头，争相传阅。我就是在浏览晚报的文体新闻时，看到一篇关于魔术师的访问，知道他的生活发生了变故的。原来他妻子一年前病故了，他和妻子感情深厚，整整一年，他没有参加任何演出。现在，他准备重返舞台了。我还记得在采访结束时，魔术师对记者所讲的那句话：生活不能没有魔术。

我开始留意魔术师的演出，无论是在大剧院还是小剧场的演出，我都场场不落。我乐此不疲地看他怎样从拳头中抽出一方手帕，而这手帕倏忽间就变为一只扑棱棱飞起的白鸽；看他如何把一根绳子剪断，在他双手抖动的瞬间，这绳子又神奇地连接到了一起。我像个孩子一样看得津津有味，发出笑声。魔术师那张瘦削的脸已经深深地雕刻在我心间，不可磨灭。

有一天演出结束，当观众渐渐散去，他终于向台下的我走来。他显然注意到了我常来看他的表演，而且总是买最贵的票坐在首排。他对我说的第一句话是，你想学魔术?

我没有学成魔术，我做了魔术师的妻子。

我们结婚的时候，他所在的剧团的演出已经江河日下，进剧场的人越来越少了。魔术师开始频繁随剧团去农村演出。最近几年，他又迫不得已到一些夜总会去。那些看厌了艳舞、唱腻了卡拉 OK 情歌的男人们，喜欢在夜晚与小姐们厮混得透出乏味时，看一段魔术。有时看到兴头上，他们就把钞票扬到他的脸上，吆喝他把钞票变成金砖，变成女人的绣花胸衣。所以魔术师这几年的面容越来越清癯，神情越来越忧郁。他多次跟剧团的领导商量，他不想去夜总会了，领导总是带着企求的口吻说，你是个男人，没有性骚扰的问题，他们看魔术，无非就是寻个乐子，你又不伤筋动骨的；唱歌的那些女的，有时在接受献花时还得遭受客人的“揩油”呢，人家顺手在胸脯和屁股上摸一把，她们也得受着。为了剧团的生存，你就把清高当成破鞋，给撇了吧!

魔术师只得忍着。他在夜总会的演出，都是剧团联系的。演出报酬是四六开，他得的是“四”，剧团是“六”。他常用得来的“四”，为我买一束白百合花，一串炸豆腐干或者是一瓶红酒。

月亮很好的夜晚，我和魔术师是不拉窗帘的，让月光温柔地在房间点起无数的小蜡烛。偶尔从梦中醒来，看着月光下他那张轮廓分明的脸庞，我会有一种特别的感动。我喜欢他凸起的眉骨，那时会情不自禁抚摩他的眉骨，感觉就像触摸着家里的墙壁一样，亲切而踏实。

可这样的日子却像动人的风笛声飘散在山谷一样，当我追忆它时，听到的只是弥漫着的苍凉的风声。

魔术师被推进火化炉的那一瞬间，我让推着他尸体的人停一下，他们以为我要最后再看他一眼，就主动从那辆冰凉的跟担架一样的运尸车旁闪开。我用手抚摸了一下他的眉骨，对他说，你走了，以后还会有谁陪我躺在床上看月亮呢! 你不是魔术师么，求求你别离开我，把自己变活了吧!

迎接我的，不是他复活的气息，而是送葬者像涨潮的海水一样涌起的哭声。

奇迹没有出现，一头瘸腿老驴，驮走了我的魔术师。

我觉得分外委屈，感觉自己无意间偷了一件对我而言是人世间最珍贵的礼物，如今它又物归原主了。

我决定去三山湖旅行。

三山湖有著名的火山喷发后形成的温泉，有一座温泉叫“红泥泉”，据说淤积在湖底的红泥可以治疗很多疾病，所以泡在红泥泉边的人，脸上身上都涂着泥巴，如一尊尊泥塑。当初我和魔术师在电视中看到有关三山湖的专题片时，就曾说要找某一个夏季的空闲时光，来这里度假。那时我还跟他开玩笑，说是湖畔坐满了涂了泥巴的人，他肯定会把老婆认错了。魔术师温情地说，只要人的眼睛不涂上泥巴，我就会认出你来，你的眼睛实在太清澈了。我曾为他的话感动得湿了眼睛。

如今独自去三山湖，我只想把脸涂上厚厚的泥巴，不让人看到我的哀伤。我还想在三山湖附近的村镇走一走，做一些民俗学的调查，收集民歌和鬼故事。如果能见到巫师就更好了。我希望自己能在民歌声中燃起生存的火焰，希望在鬼故事中找到已逝人灵魂的居所。当然，如果有一个巫师真的会施招魂术，我愿意与魔术师的灵魂相遇一刻——

哪怕只是闪电的刹那间。

二　蒋百嫂闹酒馆

我在乌塘下车了。不是我不想去三山湖，而是前方突降暴雨，一段山体滑坡，掩埋了近五百米长的路基，火车不得不就近停靠在乌塘。铁路部门说，抢修最快要两天时间。旅客们怨气冲天，一会儿找车长要求赔偿，一会儿又骂滑坡的山体是老妓女，人家路基并没想搂抱你，你往它身上扑什么呀。没人下车，好像这列车是救生艇，下了就没了安全保障似的。

在旅行中不能如期到达目的地，在我已不是第一次了，这里既有不可抗拒的天气因素，也有人为的因素。有一次去绿田，长途客车就在一个叫黑水堡的寨子停了整整十个小时。茶农因不满茶园被当地的高尔夫球场项目所征用，聚集在交通要道上，阻断交通，要向当地政府讨一个“说法”。茶农们席地而坐的样子，简直就是一幅乡野的夜宴图。他们有的吃着凉糕，有的就着花生米喝烧酒，有的啃着萝卜，还有的嚼着甘蔗。最后政府部门不得不出面，先口头答应他们的请求，他们这才离开公路。记得当地的交警呵斥他们撤离公路，说他们这样做是违法的时候，茶农理直气壮地说，霸占了我们茶园就不算违法了？领导先违法，我们后违法，要是抓人，也得先抓他们！

乌塘是煤炭的产地，煤窑很多，空气污浊。滞留在列车上的旅客开始向服务员大喊大叫，他们要免费的晚餐，那已是黄昏时分了。车窗外已经聚集了一些招揽生意的乌塘妇女，她们个个穿着质差价廉的艳俗的衣裳，不是花衣红裙粉鞋子，就是紫衣黄裤配着五彩的塑料项链，看上去像是一群火鸡。她们殷勤地召唤列车上的人下车，都说自己的旅店的床又干净又舒服，一日三餐有稀有干、荤素搭配，有几个男人禁不住热汤热水和床的诱惑，率先下车了。我正在犹豫着，邻座的一位奶孩子的妇女撇着嘴对她身旁的一个呆头呆脑的男人说，这火车也真不会找地方坏，坏在乌塘这个烂地方！人家说这里下煤窑的男人死得多，乌塘的寡妇最多。还真是啊，瞧瞧站台上那些个女的，一个个八辈子没见过男人的样子！她鄙夷地扫了一眼那些女人，然后垂头把奶头从孩子的嘴里拔出来，怨气冲冲地说，我这对奶子摊上你们爷俩儿算是倒霉，白天奶小的，黑天喂大的，没个闲着的时候！今晚有没有饭还两说着呢，小东西可不能把我给抽干了！她怀中的婴儿因为丢了奶头，哇哇哭闹着。妇女没办法，只得又把那颗黑莓似的奶头摁回婴儿的嘴里。婴儿立刻就止了哭声，咂着奶。女人骂，小东西长大了肯定不是个好东西，一个有奶就是娘的主儿！

乌塘寡妇多，而我也是寡妇了，妇女的话让我做了下车的决定。我将茶桌上的水杯收进旅行箱，走下火车。

脚刚一落到站台的水泥青砖上，就感觉黄昏像一条金色的皮鞭，狠狠地抽了我一下。在列车上，因为有车体的掩护，夕照从小小的窗口漫进车厢，已被削弱了很多的光芒，所以感受不到它的强度。可一来到空旷之地，夕阳涌流而来，那么的强烈，那么的有韧性。光与光密集的聚合与纠集，就有了一股鞭打人的力量。

七八条女人的胳膊上来撕扯我，企图把我拉到她们的店里去。我选中了独自站在油漆斑驳的栏杆前袖着手的一个妇女。她与其他女人一样打扮得很花哨，一条绿地紫花的裤子，一件粉地黄花的短袖上衣。她的头发烫过，由于侍弄得不好，乱蓬蓬的，上面落了一层棉花绒子，看来她先前在家做棉活来着。她脸庞黑红，皮肤粗糙，厚眼皮，塌鼻子，两只眼睛的间距较常人宽一些，嘴唇红润。她的那种红润不刺目，一看就不是唇膏的作用，而是从体内散发出的天然色泽。我拨开众人朝她走去的时候，她冲我笑笑，说，你愿意住我家的店么？我说是。她上下左右地仔细打量了我一番，说，我家的店不高级，不过干净。我说这就足够了。妇女又说，我没有发票开给你。我说我不需要。她这才接过我的旅行箱，引领我走出站台。

乌塘的站前广场是我见过的世界上交通工具最复杂的了。它既有发向下辖乡镇的长途客车，还有清一色的夏利牌出租车，以及农用三轮车和脚踏人力车。最出乎意料的，几挂马车和驴车也堂而皇之地停泊在那里。不同的是机械车排出的是尾气，而马车驴车排出的则是粪球。

妇女擤了一把鼻涕，把我领向西北角的一辆驴车。车上坐着一个仰头望天的瘦小男孩，也就八九岁左右的光景。妇女吆喝一声，三生，有客人了，咱回去吧！那个叫三生的男孩就低下头来，怯生生地看着我。他穿一条膝盖露肉的皱巴巴的蓝布裤子，一件黄白条相间的背心，青黄的脸颊，矮矮的鼻梁，一双豆荚似的细长眼睛透着某种与他年龄不相称的忧郁。妇女把箱子放在驴车上，把一张叠起的白毡子展开，唤我坐上去，而三生则拍了一下驴的屁股，说，草包，走了！看来“草包”是驴的名字。

草包拉着三个人和一只旅行箱，朝城西缓缓走去。我问妇女要走多久。她说驴要是偷懒的话，得走二十分钟；要是它顺心意，十分八分也就到了。看草包那不慌不忙的样子，我知道十分八分抵达的可能性是不存在了。不过，草包倒不像头要偷懒的驴，它并不东张西望，只是步态有些踉跄。它不是年纪大了，就是在此之前干了其他的活儿而累着了。在一个陌生的地方，我喜欢这种慢条斯理的前行节奏，这样我能够更细致地打量它的风貌。所以我觉得雄鹰对一座小镇的了解肯定不如一只蚂蚁，雄鹰展翅高飞掠过小镇，看到的不过是一个轮廓；而一只蚂蚁在它千万次的爬行中，却把一座小镇了解得细致入微，它能知道斜阳何时照耀青灰的水泥石墙，知道桥下的流水在什么时令会有飘零的落叶，知道哪种花爱招哪一类蝴蝶，知道哪个男人喜欢喝酒，哪个女人又喜欢歌唱。我羡慕蚂蚁。当人类的脚没有加害于它时，它就是一个逍遥神。而我想做这样一只蚂蚁。

乌塘的色调是灰黄色的。所有楼房的外墙都漆成土黄色，而平房则是灰色的。夕阳在这土黄色与灰色之间爬上爬下的，让灰色变得温暖，使土黄色显得亮丽。街巷中没有大树，看来这一带人注意绿化是近些年的事情，所以那树一律矮矮瘦瘦的，与富有沧桑感的房屋形成了鲜明对照。正值下班高峰，街上行人很多。有的妇女挎着一篮青菜急急地赶路，而有的老头则一手牵着放学的孩子，一手擎着半导体慢吞吞地走着。一家录像厅张贴的海报是一对男女激情拥吻的画面，从音像店传出流行歌曲的节拍。酒馆的幌子高高挑起，发廊门前的台阶上站着叉着腰的招揽生意的染着黄头发的女孩子。这情景与大城市的生活相差无二，不同的是它被微缩了，质地也就更粗粝些、强悍些。所以有家旅馆的招牌上公然写着“有小姐陪，价格面议”的字样，不似大城市的宾馆，上门服务是靠入住房间的电话联络，交易进行得静悄悄的。

草包穿城而过，渐渐地车少人稀，斜阳也凋零了，收回了纤细的触角。腕上的手表已丢失了二十分钟，驴车却依然有板有眼地走着。我知道妇女撒了谎，驴无论如何地疾走，十分八分抵达也是天方夜谭。妇女见我不惊不诧，倒不好意思了。她说，草包起大早拉了两小时的磨，累着了，走得实在是太慢了。我便问她驴拉磨是做豆腐还是摊煎饼，妇女说做豆腐呀！接着她告诉我住她家的基本是熟客，老客人喜欢闻豆子的气味。我明白她家既开豆腐房又开旅店，便称赞她生意做得大。妇女说，大什么大呀，不过一座小房子，前面当旅店，后面做豆腐房，赚个吃喝钱呗！我指着男孩问妇女，这是你儿子？妇女说，他是蒋百嫂的儿子，我家和他家是邻居。我儿子可比他大多了，我十八岁就偷着结婚了，我儿子都在沈阳读大学了！她说这话时，带着一种自得的语气，我的心为之一沉。我和魔术师没有孩子，如果有，也许会从孩子身上寻到他的影子。就像一棵树被砍断了，你能从它根部重新生出的枝叶中，寻觅到老树的风骨。

驴车终于停在一条灰黄的土路上，天色已经暗淡了。那是一座矮矮的青砖房，门前有个极小的庭院，栽种着一些杂乱无章的花草。路畔竖着一块界碑似的牌匾，蓝地红字，写着“豆腐旅店”四个字。妇女让男孩卸下驴，饮它些水，而她则提着旅行箱，引我进屋。

这屋子阴凉阴凉的，想必是老房子吧。空气中确实洋溢着一股浓浓的豆香气，房间比我想象的要好，虽然七八平方米的空间小了些，但床铺整洁，窗前还有一桌一椅。床下放着拖鞋和痰盂，由于没有盥洗室，门后放置着脸盆架。墙壁雪白雪白的，除了一个月份牌，没有其他的装饰，简洁而朴素。窗帘也不是常见的粉色或绿色，而是紫罗兰色的。没有想到这个女人在打扮屋子上比打扮自己有眼力。

妇女说，这是单间，一天三十块钱，厕所在街对面，晚上小解就用痰盂。饭可以在这里吃，也可以到街上的小饭馆。附近有五六个饭馆，各有各的风味。她向我推荐一个叫暖肠的酒馆，说是这家的鱼头豆腐烧得好。我答应着。她和颜悦色地为我打来一盆洗脸水。简单地梳洗了一番，我就出门去寻暖肠酒馆了。

天色越来越暗淡，这座小城就像被泼了一杯隔夜茶，透出一种陈旧感。酒馆的幌子都是红色的，它们一律是一只，要么低低地挂在门楣上，要么高高地挂在木杆上。一辆满载煤炭的卡车灰头土脸地驶过，接着一辆破烂不堪的面包车像个乞丐一样尘垢满面地与我擦肩而过。跟着，一个推着架子车的老女人走了过来，车上装着瓜果梨桃，看来是摆水果摊的小贩。我向她打听暖肠酒馆，她反问我买不买水果。我说不买。她就一撇嘴说，那你自己去找吧。我便知趣地买了两斤白皮梨，她这才告诉我，暖肠酒馆就在前方二百米处，与杂货店相挨着，不过“暖肠”的“肠”字如今被燕子窝占了半边，看上去成了“暖月”酒馆。

当我提着梨寻暖肠酒馆的时候，遇见了一条无精打采的狗。它瘦得皮包骨，像是一条流浪的狗。我摸出一只梨撇给它，它吃力地用前爪捉住，嗅了嗅，将梨叼在嘴中，到路边去了。它趴下来吃梨，而不是站着，看上去气息恹恹的。

一对老人路过这里，看见这狗，一齐叹了口气。老头说，它这又是去汽矿站迎蒋百去了，主人不回来，它就不进家门！老太太则感慨地说，一年多了，它就这么找啊找的，我看蒋百不回来，它也就熬干油了。哪像蒋百嫂，这一年多，跟了这个又跟那个，听说她前两天又把张大勺领回家了！你说张大勺摞起来没有三块豆腐高，她也看得上！蒋百要是回来，还不得休了她！看来还是狗忠诚啊！

未见蒋百嫂，却先见了她的儿子和她家的狗，这使我对蒋百嫂充满了好奇。

暖肠酒馆的“肠”字的右边果然被燕子窝占领了。窝里有雏燕，燕妈妈正在喂它们。雏燕从窝里探出光秃秃的脑袋，张着嘴等食儿。

未进酒馆，先被一股炒尖椒的辣味呛出了一个喷嚏，接着听得一个女人大声吆喝，再烫一壶酒来！我掀开门帘，进得门去。

酒馆的店面不大，只有六张桌子，两个大圆桌，四个小方桌。店里只有三个酒客，两男一女。两个男人年岁都不小了，守着几碟小菜对饮着。而坐在窗前方桌旁的女人则有好几盘菜伺候着。见我进来，她扬起一条胳膊召唤我，说，姐们，过来陪我喝两盅！

她看上去三十来岁，穿一件黑色短袖衫，长脸，小眼睛，眼角上挑；厚嘴唇，梳着发髻，胳膊浑圆浑圆的，看上去很健硕。她已喝得面颊潮红，目光飘摇。我以为碰到了酒疯子，没有理睬她，拣了一张干净的方桌坐下，这女人就被激怒了，她先是将酒盅摔在地上，然后又将一盘土豆丝拂下桌子。那地是青石砖的，它天生就是瓷器的招魂牌，酒盅和盘子立刻魂飞魄散。这时店主闻声出来说，蒋百嫂，你又闹了；你再闹，以后我就不让你来店里吃酒了！蒋百嫂咯咯笑了，她用手指弹了一下桌子，说，我要是陪你睡一夜，你就不这么说话了！店主看上去是个忠厚的人，他讪笑着摇头，说，公安局这帮人也真是饭桶，你家蒋百丢了一年多了，活不见人，死不见尸，他们至今也没个交代！蒋百嫂本来已经安静了，店主的话使她的手又不安分了，她干脆站了起来，抡起坐过的椅子，哐嚓哐嚓地朝桌上的菜肴砸去。辣子鸡丁和花生米四处飞溅，细颈长腰的白瓷酒壶也一命呜呼了。蒋百嫂边砸边说，我损了东西我赔，赔得起！那两位酒客侧过身子望了望蒋百嫂，一个低声说，可惜了那桌菜；另一个则叹息着说，女人没了男人就是不行！他们并不劝阻她，接着吃喝了，看来习以为常了。

蒋百嫂发泄够了，拉过一把干净的椅子，气喘吁吁地坐上去，像是刚逃离了一群恶狗的围攻，看上去惊魂未定的。店主拿着笤帚和撮子收拾残局，蒋百嫂则把目光放到了窗外。暮色浓重，有灯火萦绕的屋里与屋外已是两个世界了。蒋百嫂忽然很凄凉地自语着，天又黑了，这世上的夜晚啊！

三　说鬼的集市

旅店的女主人让我叫她周二嫂，因为她男人叫周二。我们研究所的萧一姝，是个女权主义者。她在一篇文章中说，中国妇女地位的低下，从称呼中就可以看出端倪。女人结婚生子后，虽然还有着自己的老名字，但是那名字逐渐被世俗的泥沙和强大的男权力量给淘洗干净了。她们虽然最终没有随丈夫姓，但称谓已发生了变化，体现出依附和屈服于男权的意味，她认为这是一种愚昧，是女性的一种耻辱。萧一姝原来叫萧玉姝，只因她丈夫的名字中也有一个“玉”字，便更名为“萧一姝”，她说女人接受由自己丈夫的姓氏得来的名字，就是一种奴性的体现。可我愿意做相爱人的奴隶。可惜没谁把我的名字依附在魔术师的名字上。

周二原先是矿工，一次瓦斯爆炸，他成了七人中唯一的幸存者，面部被严重烧伤，落了一脸的疤瘌。死里逃生的周二再也不肯下井，用工伤赔偿金和老婆开了豆腐店和旅店。周二做豆腐，挑到集市去卖，周二嫂则开旅店。周二每天凌晨三四点钟就要起来赶着驴拉磨，做上几板豆腐。周二卖豆腐，一卖就是一天。即使中午前他的豆腐担子空了，他也不回家，仍混在集市中。跟掌鞋的聊家常啦，和修自行车的忙里偷闲地下盘象棋了，等等。周二嫂听说我要搜集鬼故事，就对我说，你不用挨门挨户地寻，你跟着我家周二去集市，一天可以听上好几个鬼故事，那些出摊的小贩子最喜欢讲鬼故事了。周二眨巴着眼对周二嫂说，邢老婆子要在就好了，她说鬼说得好，可惜她也成了鬼了！史三婆也爱说鬼，不过比起邢老婆子那可差远了，不过是《聊斋》中狐仙鬼怪的翻版！

我跟着周二去集市了。

周二个子不高，虽然他有力气，但挑着一担豆腐还是晃晃悠悠的。我跟在他身后，不断地听见别人跟他打招呼，周二，卖豆腐去啊？周二总是回一句，卖豆腐去！也有人跟他开玩笑，说，周二你行啊，白天吃自己的豆腐，晚上吃老婆的豆腐，有福气啊！周二就啐一口痰，理直气壮地说，我白天黑天吃的都是自家的豆腐，又不犯法，你说三道四个啥？！

太阳已经出来了，但它看上去面目混沌，裹在乌突突的云彩中，好像一只刚剥好的金黄的橙子落入了灰堆中。空气中悬浮着煤尘，呛得人直咳嗽。周二对我说，乌塘一年之中极少有几天能看见蓝天白云，天空就像一件永远洗不干净的衣裳晾晒在那里。乌塘人没人敢穿白衬衫，而且，很多人的气管和肺子都不好。我问这附近有几座煤矿？周二龇着牙说，大大小小总有二十几个吧。我说政府不是加大力度清理小煤窑吗？周二一撇嘴说，电视和报纸上是那么说的，实际上呢，只要不出事，小煤窑是消灭不了的！开小煤窑的哪个不是头头脑脑的亲朋好友？那等于给自己家设着个小金库！矿工的命太贱了，前些年出事故死在井下的，矿长给个万把的就把事儿给平了；现在呢，赔得多了些，也不过两万三万的，比起命来，那算什么！人死了，只要给了钱，没人追究责任，照样还有人下井，他们也照样赚钱！

听说周二在井下挖了六年煤，我便问他下井是什么感觉？

周二说，啥感觉？每天早晨离开家，都要多看老婆孩子几眼，下了井就等于踏进了鬼门关，谁能料到自己是不是有去无回？阎王爷想勾你的名字，大笔一挥，你就得留在地下了！妈的！

周二边骂边撂下担子，一家小饭店的女主人吆喝住了他，要五块豆腐。女主人显然没有睡足，头发没梳理，趿拉着拖鞋，穿一件宽大的黄地蓝花的棉布睡袍，呵欠连天的。周二麻利地将豆腐撮进女人递过来的白铝盆中。豆腐肌肤润泽，它们"噗噗"地投入盆中，使盆底漫出一圈乳黄的水。女人忽然哈哈笑了起来，她对周二说，周二哥，你说蒋百嫂像不像这个盆子？它能装土豆又能盛豆腐，能泡海带也能搁萝卜丝，真是软的硬的、黑的白的全不吝！我听说她昨晚又闹了酒馆，把王葫芦叫到家里睡去了！你说王葫芦都满六十的人了，脸比驴还黑，天天捡破烂，一年到头洗不上一回澡，跟他睡，不是睡在厕所里又是什么！

周二听女人这样议论蒋百嫂，有些恼了，他说，你也不要把自己说得那么干净，你家刘争一跑长途，朱铁子不就老来你店里吃酒么，一吃就是一夜，谁不知道？！你们这些女人啊，就跟蚯蚓一样，不能让你们见天光，埋在土里你们安分守己；一挖出来，就学会勾引人了！

蚯蚓勾引的是鱼！那女人大声地辩驳。她受了奚落倒也不恼，只是不再呵欠连天了。她对周二说，我知道你对蒋百嫂好，都说你是蒋三生的干爹，一家人哪有不向着一家人的？！

周二挑起担子，冲女人撇撇嘴，走了。跟着他走的，有被汽车挟起的尘土、陈旧的阳光和我。也许还有匍匐的蚂蚁也跟着，只不过没有被我们注意到罢了。

乌塘有三个集市，周二说我来的集市规模居中，另两个集市，一个比它大，一个比它小。比它大的集市有服装和日用小百货卖，比它小的只卖些肉蛋禽类、蔬菜瓜果。

周二进了集市，就像一只鸟进了森林，自由而快活。他和老熟人一一打招呼，将担子卸在他的摊位上。已经有很多小商贩出现在集市上了，卖糖酥饼和绿豆稀饭以及油条和豆浆的摊位前人头攒动，生意红火。怪不得我要在旅店吃早饭时，周二对周二嫂说，她不是要跟着我去集市听鬼故事么，还不如在那儿吃呢！想吃枣泥饼有枣泥饼，想喝豆腐脑有豆腐脑，想吃水煎包有水煎包！当时周二嫂白了周二一眼，说，你吃惯了集市的早饭，嫌弃我的手艺了！周二连忙赔着笑脸说，哪能呢，你做的饭我这辈子吃不够，下辈子还想吃呢！周二嫂笑了，她拧了一把周二的脸，说，就你这一脸的疤瘌，也只能可着我的饭来吃了，别人谁得意你？他们满怀爱意的斗嘴使我想起魔术师，以往我们也常这样甜蜜地斗嘴，可那样的话语如今就像镌刻在碑上的墓志铭一样，成为永恒。

我到小食摊前吃了碗黑米粥和一个馅饼。有一个食客对着免费的咸菜大嚼大咽着，瘦削的摊主用眼睛白着他，说，不怕齁着啊？食客说，齁着就喝水！摊主说，水也得花钱啊。食客说，喝水便宜。摊主又说，喝多了水找公厕撒尿也得花钱啊。食客被激怒了，他把咸菜罐摔在地上，骂，免费的咸菜你不叫吃，干脆收费得了，别死要面子硬撑着，还叫男人吗？！摊主看着碎了的咸菜罐，居然委屈得落泪了。他穿件蓝背心，戴一条油渍斑斑的绿围裙，黑红的脸庞，看上去像是一只被做成了酱菜的细长的青萝卜，颜色暗淡，散发着一股陈腐的气息。他这一哭，食客倒了胃口，他放下筷子，将一张十元钱拍在桌子上，说，不用找了，就头也不回地走了。与他相邻的卖豆腐脑的说那摊主，你合适啊，这一顿早饭也就三块两块的，你一家伙得了十块，顶三个人吃的了，昨晚一定梦见金鲤鱼了吧？摊主抽搐着脸说，除了金秀，我还能梦见谁？卖豆腐脑的说，金秀又跑你的梦里去了？我看你赶快再找一个算了，她没了三年了，你天天睡凉炕，她当然记挂着你了！要是你娶了新的，她也就过她的阴日子去了，人家在那里也可以再找一个，你不找，也耽误人家啊！

听他们这一番话，我知道这个面容凄苦的男人死了老婆，而且他与老婆感情深笃。我便胆怯地问他，死了的人进了活人的梦中，会是什么样子？魔术师在时，我倒时常梦见他；可他永别我后，我的脑子一片混沌，没有什么具体的影像，他把我的梦想也带走了。

摊主泪眼朦胧地望了我一眼，嘴唇哆嗦了几下，说，死了的人回到活人的梦中，当然是活着时的样子了！她会嘱咐你风大时别忘了关窗，下雪了别忘了给孩子戴上棉帽子。唉，她也真是命苦，死了还得跟我操心！

来了两个身上挂满了石灰点的民工，摊主擦干眼泪，招呼他的生意去了。我回到周二那里，他正在吸烟。我问那个摊主的老婆是怎么死的？周二喷出一口青烟说，他老婆得了痢疾，就到家跟前的个体诊所打点滴。你说青霉素这东西也真是邪性，点了不出两小时，人就没气了！人家说，诊所的老周没有给她做过敏试验，人才死了。我看这女人也是命薄，拉肚子本不是大毛病，拉不死人，非要去诊所，这下好，因小失大，把命都搭上了！

诊所的那个姓周的呢？我问。

他呀，原先是个兽医，这些年得病的人比得病的牲畜要多，他就换下蓝袍子，穿上白大褂，挂上听诊器，开起了诊所！他也有点能耐，治好过一个偏头疼的女人，还治好过几个人的胃病，所以他没出事时，生意还挺红火的！

他一个当兽医的，怎么会拿到为人看病的行医执照呢？我问。

嗨，这世道的黑白你还看不清哇，有钱能使鬼推磨呗！周二吐了口唾沫，说，老周的连襟在卫生局当局长，拿个行医执照，就跟从自家的树上摘个果子一样轻而易举，有什么难的？出了事后，人家花了两万块，就把事平了！就说人不是点滴死的，是心脏病发作死的！

这男人也就同意了？我瞟了那摊主一眼。

不认又怎么着？打官司他打得起吗？反正他老婆已进了鬼门关，还不如弄俩钱，将来留着给孩子用！周二叹了口气，指着那摊主说，他原来是个挺乐和的人，老婆没了，就变得跟女人一样爱计较了，动不动还哭，哪还有点男人的样子！

老周呢？我心灰意冷地问。

他呀，在这儿混不下去了，早就走了。听说去了芜湖的亲戚家，不干这行了，养虾去了，谁知道呢？周二又叹了一口气，说，在这个集市上，辛酸的人海着去了，你要听鬼故事，随便逛逛就能听到。

我与周二闲谈的时候，已经有两个人买了豆腐走了。但凡做小本生意的，都是些眼疾手快的人，他们能心、手、口并用，嘴上抽着香烟并且与你讲着故事，手上麻利地打理着生意，什么也不耽误。

集市越来越热闹了。推着架子车、挑着货担的生意人越聚越多，先前还空着的摊床也就没有闲着的了。由于这集市有个长条形的顶棚，集市边缘的摊床点染着阳光，而中心地带则相对暗淡些，阳光未爬到那里就断了气。周二把我引向集市中央阴凉处的一个摊床，对一位坐着的袖着手的穿黑衣的老女人说，史三婆，这是我家客人，想搜集鬼故事，你给她讲几个吧！你知道那么多的鬼故事，不讲不就全烂肚子里了么？史三婆呸了周二一口，说，我的故事值钱，讲一个得给我十元！周二说，明天我给你炸包豆腐泡吃，顶了讲故事的钱了！史三婆上上下下地打量了我一番，说，你给哪里搜集鬼故事？我说为自己。史三婆就打了一个嗝对我说，你又不是从阴间来的，搜集那故事做啥？我想与她有个轻松的谈话氛围，就开玩笑说，谁说我不是从阴间来的？我这话没吓着史三婆，倒把与她相邻的卖笤帚的女孩给吓着了，她惊叫着说，史三婆，我一看她的样子就像个鬼，一身的黑衣服，瘦得全是骨头，脸上没血色，你可别让她靠近咱们呀！史三婆笑了，她从容不迫地说，鬼就是鬼，哪能让你看得着呢！你不用怕。史三婆让我到摊床里面去坐，不然我像根柱子似的戳在她面前，影响她的生意。我笑了笑，从通道旁的小便道走到摊床里面。也许是久已不笑了，我的笑不但使自己起了寒意，也让那个女孩打了个哆嗦。史三婆的摊床上，摆着形形色色的灭害剂，有毒鼠强、灭蝇水、驱蚊油、除蟑灵、敌杀死，等等。史三婆的鬼故事，就以毒鼠强为背景而开始了。

有个年轻的寡妇，她男人死于矿难的“冒顶”事件。她摊上个好吃懒做又心狠手毒的婆婆，一日伺候不周，婆婆就趁她熟睡时用针扎她的额头。寡妇受够了婆婆的气，就买了两包毒鼠强，炖了一锅肉，打算与婆婆同归于尽。那天下着大雨，电闪雷鸣的，寡妇早把孩子打发到姐姐家去了。她盛了肉，放在桌子上，又取了两个酒杯和两双筷子，唤婆婆喝酒吃肉。婆婆那时正站在窗前把一杯陈茶往窗外泼，听见儿媳唤她，她回身便骂，我知道你有贰心了，想今晚把我灌醉，好在我儿子睡过的炕上养汉！寡妇忍着，没有和婆婆顶嘴，想引诱她把肉吃了。这时外面的雷声越来越响，窗棂被震得跟敲锣似的，咣咣响，寡妇突然看见她丈夫从窗口飘了进来，就像一朵乌云。她刚叫了一声丈夫的名字，那朵云就化作一道金色的闪电，像一条绳子一样，勒住了她婆婆的脖子。婆婆倒地身亡，被雷电取走了性命。寡妇明白这是丈夫在帮助她，如果她也死了，孩子谁来管呢？从那以后，这寡妇就守着孩子过日子，没有再嫁。而她的孩子也争气，几年后考上了一所名牌大学。

史三婆的话使我联想到魔术师，他也会化作一道闪电吗？看来以后的雷雨天气我得敞开窗口了，也许我的魔术师会挟着一束光焰来照亮我晦暗的眼睛。

卖笤帚的女孩发现我对鬼故事确实有着与人一样的着迷，她不再怀疑我是鬼了，她接着史三婆，讲了另一个鬼故事。

我表哥在乌塘自来水公司当司机，他有一个朋友叫贾固，在法院工作，是法警。有一年冬天，贾固的车掉进雪窝里，唤我表哥帮他拖出来。我表哥和贾固怕耽误上班，凌晨三点就上路了。那辆车陷在一片坟地里，天落着雪，四周白茫茫的。表哥拖着拖着车，忽然见雪野中闪出一个人影，是个女人，她戴着白围巾，白帽子，脸盘素净，面容秀丽，说要搭我表哥的车进城。在那样一个荒僻的地方，突然出现这么一个女人，我表哥觉得蹊跷，就问她怎么这么早就来到野外？那女人只是笑，并不出声。再问她是人是鬼时，她摆摆手就消失了。表哥吓得腿直哆嗦，他们把车拖出来，再也不敢回头看一眼坟场。表哥跟贾固说，他当法警，一定是枪毙错了人，冤魂才会从坟地飘出来。贾固便把由他亲手毙掉的死刑犯一一过筛子，最后真的找到了那个面容如坟地上出现的女人的照片，她在七年前就被处决了。存档的卷宗说她红杏出墙，杀害了丈夫。贾固认为这案子判得肯定有不公之处，就暗中复查旧案。从此他寝食不安，衣冠不整，渐渐地精神不太正常了，常指着妻子叫老娘，指着馒头叫灵芝。前年冬天，他被一辆运煤的卡车撞死了。表哥说在贾固的葬礼上，他又看见了那个在坟地遇见的女人，她还是那么年轻，戴着白帽子，白围巾，一言不发。表哥想跟她说几句话，可她一转眼就在贾固的灵前消失了。直到今年春天，派出所抓到了一个盗窃犯，他交代出自己几年前因抢劫未果，杀了一个人，而那个人就是那个女人的丈夫。看来她确实是被屈打成招，含冤而死的。贾固杀了本不该被杀的人，她也就取走了他的性命。你说以后谁还敢当法警啊？

女孩讲故事的能力十分了得，而这个鬼故事则让我起了寒意。我夸赞她口才好，史三婆咳嗽了一声，说，她考上了大学，口才自然差不了！我便问她既然考上了大学，为什么不去上？女孩别过脸去，脸上现出凄凉的神色。史三婆说，还不是因为穷？她妈是个药篓子，他爸呢，常年下矿井，落了一身的病，如今风湿病重得连路都走不了，只能躺在炕上。一家两个病号，哪有钱供她上学呢？

那为什么不向社会寻求救助呢？我问。

像她这样上不起大学的孩子又不是一个，救助得过来么？史三婆说，这丫头出来做小买卖，说挣了钱供自己上大学。我看靠她卖笤帚，卖到人老珠黄了也上不起！还不如学那些来乌塘“嫁死”的女人，熬它个三年五载的，嘭的一声，矿井一爆炸，男人一死，钱也就像流水一样哗哗来了！要说什么是鬼，这才是鬼呢！史三婆气咻咻地拈起一瓶灭蚊剂，漫无目的地喷了一下，好像我是只吸人血的毒蚊似的。

女孩泪眼朦胧地对史三婆说，我才不“嫁死”呢！

我问，什么叫“嫁死”？

史三婆擤了把鼻涕，突然指着从不远处走来的一个染着棕红头发的穿花衣的女人说，这媳妇就是来乌塘“嫁死”的。可她嫁来三年了，她男人还活灵活现着！听人说她一个白天都在外面打麻将，晚上回家一看到她男人从井下平安回来了，她就叹气，连饭也不做给他吃。

我大惑不解，问，这是为什么？

史三婆鄙夷地看着那个走得愈来愈近的女人，说，你是外地人，当然就不知道“嫁死”是怎么回事了。乌塘不是矿井多，事故多么，这些年下井死了的矿工，家属得到的赔偿金多，一些穷地方的女人觉得这是发财的好门路，就跑到乌塘来，嫁给那些矿工。

她们给自家男人买上好几份保险，不为他们生养孩子，单等着他们死。我们私下里就管这样的女人叫“嫁死的”。前年井下出事故时，你看吧，那些与丈夫真心实意过日子的女人哭得死去活来的，而外乡来的那些“嫁死的”呢，她们也哭几嗓子，可那是干嚎，眼里没有泪，这样的女人真是鬼呀！

那个遭史三婆贬损的女人走到摊床前了，她拿起一瓶敌杀死，问，多少钱？史三婆说九块。那女人嘟囔道，不是六块么？史三婆抿了一下额前的头发，说，卖给你就是九块，爱买不买！女人撇下瓶子，说，又不是你一家卖敌杀死！她瞪了史三婆一眼，离开了摊床。我望着她的背影，看着她袅娜的腰肢和裸露着的性感的胳膊，有一种分外寒冷的感觉。

史三婆的生意在九点以后开始兴旺了。看来乌塘夏季的蚊蝇很多。买灭害药的百分之九十都是女人。史三婆没忘了见缝插针地给我讲故事，什么女人死后变成了狐狸，迷死了猎人；什么大姑娘睡在花树下，无缘无故地怀上了鬼胎，这孩子出生后是个混世魔王，无恶不作。可我对这些传说的鬼故事已经不感兴趣了。集市上人影憧憧，谁能想到有一些却是鬼影呢？！炸油糕与麻花的甜香气，与炸臭豆腐干的气息混合在一起；卖瓜果蔬菜的与卖粮油副食的争先恐后地吆喝着，地面渐渐地积了瓜子皮、纸屑、烟蒂、菜叶等遗弃物，当然还有人们随口吐出的痰。

蒋百嫂也出现在集市上了。史三婆告诉我，她男人蒋百失踪后，她就来集市卖油茶面儿了。她是集市中来得最晚的生意人，因为她夜晚老是喝酒后带男人回家鬼混，所以起得迟。她说蒋百嫂的油茶面生意还不错，男人们很喜欢猴在她的摊床前。蒋百嫂仍是一袭黑衣，绾着发髻，嘴里嚼着什么，胳膊上挎着一个木桶，木桶里装着油茶面。她看人时的目光是迷茫的、懒散的，步态微微踉跄，似乎还没醒酒的样子。她穿行在集市中，就像一股凛冽的风掠过湖面，泛起寒波点点，很多人都抬着眼望她，就像看戏中人似的。

四　失传的民歌

乌塘的雨是我见过的世界上最肮脏的雨了，可称为“黑雨”。雨由天庭洒向大地的时候，裹挟了悬浮于半空的煤尘，雨便改变了清纯的本色。乌塘人因而喜欢打黑伞。众多的打黑伞的人行走在纵横交错的街巷中，让人以为乌塘落了一群庞大的乌鸦。即便如此，雨过天晴，乌塘还是显得清亮了许多。

周二听说我想搜集民歌，就让我到回阳巷的深井画店去。他说画店的主人陈绍纯，最喜欢唱民歌了。不过他唱的歌有点悲，人们都说那是“丧曲”。他老婆不允许他在家唱，他就在画店唱。回阳巷的商贩，最不喜欢与他为邻了。你这边生意刚开张，那边就传来了他唱丧曲的声音，谁不忌讳呢。所以毗邻画店的商铺，从烧饼铺到狗肉店再到理发店，已经几易其主。如今与它相挨的，是家寿衣店。

周二嫂套上驴车，和蒋三生到火车站招揽生意去了。三生骑在家里的屋顶上，周二嫂喊他的时候，他激灵了一下，差点一个跟头从屋顶跌下来。周二嫂对我说，自从蒋百失踪后，这孩子就不爱待在屋里，他除了喜欢到旅店玩，还爱坐在自家的屋顶望天。有的时候他在屋顶一坐就是一下午，似乎在张望他父亲归来。

蒋百是如何失踪的呢？听周二说，蒋百在小鹰岭矿采煤，是个性情温顺的人。下矿归来，他爱喝上几盅酒，蒋百嫂因而练就了一手做下酒菜的好手艺。

小鹰岭是个大矿，一共有六个作业点，每个作业点都要有一到两个班次在作业，而每班次是十人。矿井出事那天，蒋百早晨时离开家去矿上了，可他傍晚没再回来。从蒋百所在的班次的事故工作面上找到了九具尸体，唯独没有蒋百的。矿长说，蒋百那天根本没有到小鹰岭，下井的是九个人。这么说，蒋百那天是去别的地方了。他虽然幸免于难，但是形迹杳然，没人知道他去哪儿了。大家对蒋百的失踪有多种猜测，有人说他抛弃了蒋百嫂，寻他中学时的相好去了；有人说蒋百被人害了，行凶者早已将他焚尸灭迹。还有更荒唐的说法，说蒋百厌倦了井下生活，到深山古刹做和尚去了。蒋百嫂原先是个羞涩的人，蒋百失踪后，她变了一个人似的，三天两头就去酒馆买醉，花钱大手大脚的，人也变得浪荡了，隔三岔五就领男人回家去住。乌塘的许多女人因而敌视蒋百嫂，怕自家男人被她勾引了去。蒋百嫂原来受雇于一家托儿所，给人看小孩子，蒋百失踪后，她就到集市卖油茶面去了。

周二告诉我，派出所曾对蒋百失踪的事，调查过一些人，问他们在矿难的那天是否见过蒋百？结果有两个人见过他，一个是粮库的退休工人老周头，一个是邮局的顾小栓，他们都说蒋百那天早晨穿着蓝色的工作服，戴着矿帽，去汽矿站搭乘矿车。蒋百身后，还跟着他家的狗。它每天早晨忠心耿耿地把蒋百送上矿车，黄昏时再跑到矿车停靠地，欢天喜地地把主人迎回来。所以蒋百失踪后，这狗就不入家门，依然在傍晚时去接主人。矿车一停下，它就凑上前，但下车的人总是让它失望。它以前威风凛凛的，如今却憔悴不堪，乌塘人因而喜爱这条忠实于主人的狗，一些饭馆的老板见它从街巷中走来，常撇一些香肠和牛肉给它。

回阳巷是一条幽长的巷子，深井画店就在这巷子的尽头，果然与一家寿衣店相邻着。画店很小，有一扇西窗，西北角的棚顶打着一个菱形木方，木方下垂下来几条铁链，钩着几幅画。我见过的画店，画都是悬挂在墙壁或者是倚在墙角的，没有像深井画店这样把画吊在棚顶下的，这做派倒有些像肉铺和洗染店了。画店的东北角，是个一丈见方的柜台，一个面容清癯的老人正俯在那儿画着什么。听见门响，他皱了一下眉，但并未抬头。我问他，您就是陈绍纯先生吗？他仍未抬头，而是抽了一下嘴角，微微点了点头。我凑到柜台前，见他正在画荷。那荷花没有一枝是盛开着的，它们都是半开不开的模样，娇弱而清瘦。我只能讪讪地自我介绍，说我想做点民俗学的调查，搜集民歌，听周二介绍他民歌唱得好，特来拜访。我说话的时候，他始终没有望我一眼，所以我觉得是隔着竹帘与他讲话。见他态度如此傲慢，我正想走掉，他突然放下画笔，没容我有任何心理准备，他一歪脖子，歌声就如倏忽而至的漫天大雪一样飘扬而起。我头一回听人唱没有歌词的歌，它有的只是旋律。那歌声听起来是那么的悲，那么的寒冷，又那么的纯净，太不像从大地升起的歌声了。

他的歌声起来得突然，走得也突然，当我还为着歌声的那种无法言说的美而陶醉时，它却戛然而止了。他低声问了句，这样的悲调你也想收集么？如今悲曲上不了台面，你没见电视中唱民歌的个个都是欢天喜地的？我说，我喜欢这悲调。我的话音刚落，一个穿着肥大裤衩、着一件油渍渍蓝背心的壮汉满面流汗地推门而入。他胖得两腮的肉直往下坠。他的腋下夹着一幅玻璃框风景山水画。他一进来就嚷嚷，陈老爷，我娘嫌这牡丹不鲜艳，你再给上上色，多涂点红啊粉啊的！

陈绍纯抬起头，对来人说，牛枕，你回去告诉你娘，牡丹涂红涂得重了，那不成了猴子的屁股了吗？我深井画店就是这么个画法，她又不是不知道！她要是不稀罕，我将画收回，钱一分不少还给她，你看行不行？

牛枕将画摆在柜台上，撩起背心一角，揩脸上的汗。他粗声大气地说，哎哟，陈老爷，我娘就认你的画，别人画的她还不得意呢！她瘫了三年了，整天看的是墙，我早就说要给墙挂上几张画让她看，可她嫌碍眼、累赘，今年她是头一回提出要看画，点着名要看你画的牡丹，她年岁大了，眼神哪比年轻人，常把猫看成老鼠，把人看成鸡毛掸子。你画的红牡丹，她看成了粉的；粉的呢，又看成白的了！我又没那两把刷子，不然我就给牡丹上色了。陈老爷，求您了，改天我割一块好肉来孝敬您！

陈绍纯叹了口气，说，再上色，可不就是糟践了那些牡丹么！你留下画吧，明天上午来取。

牛枕像小孩子一样兴高采烈地拍着手，说，谢谢陈老爷！我娘看的牡丹，就得是歌厅中那些坐台的小姐，脸上得擦上二两粉，头发抹上二两油，嘴唇涂上二两口红，浓浓的，艳艳的，不然她是不看的！

陈绍纯说，我看你在集市卖了两年肉，嘴皮子也练出来了。

牛枕说，我不学会吆喝，卖的就是天鹅肉，也得烂在摊床上，如今这世道，叫唤的鸟儿才有食儿吃呢。

陈绍纯对牛枕说，明天来取画，顺便为他在集市买两斤蒋百嫂卖的油茶面。

一提蒋百嫂，牛枕就眉飞色舞地诉说刚刚发生在集市的一件事，蒋百嫂把一个小媳妇的门牙打掉了，这是个来乌塘"嫁死的"外乡女人。那女人买油茶面，蒋百嫂不卖给她，说她的油茶面不能给黑心烂肺的人吃。小媳妇很厉害，她朝蒋百嫂身上吐了口唾沫，说乌塘有一个烂货，她男人失踪后，她熬不住了，连捡破烂的老头都能和她睡上一觉，这个烂货怎配指责别人？蒋百嫂便大打出手，咣咣几拳，将"嫁死的"打得鼻青脸肿，口吐鲜血，掉了颗门牙。小媳妇哭嚎着，打电话报了警。派出所的民警赶到集市后，见是蒋百嫂在惹是生非，就说她，你看乌塘哪个女人像你？闹了酒馆又闹集市，还有一点做女人的样子么？！蒋百嫂一生气，就把一碗刚冲好的油茶面泼到民警脸上，烫得民警跟挨宰的猪一样嗷嗷叫。牛枕说完，哈哈笑了起来。

陈绍纯说，蒋百嫂这回可闯了大祸了，那"嫁死的"小媳妇丢了颗门牙，还不得讹她个千儿八百的？

牛枕说，蒋百嫂有那么多男人供着，赔她个万把的也不在话下！再说了，派出所这帮吃闲饭的找不到蒋百，愧对蒋百嫂，也不敢把她怎么着！

看来在乌塘，蒋百嫂因为蒋百的失踪而成了新闻人物，你走到任何角落，都能听到她的消息。

牛枕走了，陈绍纯依然画他的荷花。他垂着头，全神贯注。也许在他眼中，我就是这画店的静物。我想也许他画完荷花，就有与我谈天的兴致了。

我走出深井画店时，觉得带着一身的雪花，是陈绍纯歌声中的音符附着在我身上了。太阳在厚薄不一的云中徘徊，遇到云薄的地方，它就浅浅微笑着，而到了云厚之处，它就像一个蒙面的修女，一脸的肃穆。大地也因此忽明忽暗着。我不知道我的魔术师是否在云层的后面，他仍如过去一样在温柔地注视着我么？太阳与月亮之所以永远光华满面，是不是容纳了太多太多往生者的目光？有一缕云，轻飘疏朗得特别像一片鹅毛，它令我想起婚姻生活中那些美好的日子。每当假日我垂着窗帘放纵地睡懒觉时，已经把早饭热了不知几遍的魔术师就会捏着一片雪白的鹅毛，轻轻地撩拨我的脸，把我叫醒。那片鹅毛是他变魔术的道具，他在舞台上，能用它变出手帕和棒棒糖。我被扰醒后，总是捏着他的鼻子不许他喘气，嗔怪他断送了我的美梦。魔术师就会旋转着鹅毛，大张着嘴吃力地对我说，你睡了一夜，睫毛都是眵目糊，我为你扫一扫还不应该啊？他是把鹅毛当成了笤帚，而把我的睫毛当成了庭院前的栅栏了。他去世后，那片鹅毛被我插在他的指缝间，随他一起火化了，因为再也不会有其他男人用这片鹅毛叫我苏醒了。

我在异乡的街头流泪了。只要想起魔术师，心就开始作痛了。一个伤痛着的人置身一个陌生的环境是幸福的，因为你不必在熟悉的人和风景面前故作坚强，你完全可以放纵地流泪。

我哭泣着，漫无目的地走着。一些行人发现我满面泪痕的样子，现出怪异的神色。

有两个人还关切地询问我，一个问我是不是丢了东西。一个问我是不是得了绝症。我回答他们的不是话语，而是绵绵不绝的泪水。我边走边看天，直到那片鹅毛般的云荡然无存了，才注意看脚下的路。过了回阳巷，是紫云街。我很喜欢乌塘街巷的名字，它没有那么大众的名字，比如很多城市都有的“前进路、中山路、胜利街、光芒巷、卫东巷”，等等，乌塘街巷的名字，很像一个坐在夕阳底下饱经风霜又不乏浪漫之气的老学究给起的，如青泥街、落霞巷、月树街等。除了紫云街外，我还喜欢月树街的名字。月树街上有几家歌厅，我踅进两间，问这里可有唱民歌的。经营者便问我，你想点民歌？他们盛情地从KTV包房中取出点歌本，向我推荐《山丹丹花开红艳艳》《走西口》《小放牛》《十送红军》《兰花花》《赶牲灵》等歌，我说我想听那种没有被流传下来的民歌，他们就像打量怪物一样对我说，那你走错地方了。

我确实走错地方了。虽然歌厅的营业高潮还未到来，但偶尔飘来的丝丝缕缕歌声，都是那些滥俗怪诞的流行歌曲。流行歌曲有两类最走红，一种是声嘶力竭地如排泄不畅地沙哑着嗓子吼，一种是嗲声嗲气地软着舌头跟蚊子一样地哼哼。这样的歌声在我听来就是人间的噪音。最后在一家名为“星星”的歌厅，总算听到一首三十年代的老歌《陋巷之春》，才让我获得了某种慰藉。唱它的是一个二十上下的女孩，虽然她模仿周璇的那种清纯甜美有些夸张，但那旋律本身的美好却像一条奔涌而来的清流一般，难以抵挡。我很喜欢它的歌词：

人间有天堂，天堂在陋巷。春光无偏私，布满了温暖网。树上有小鸟，小鸟在歌唱。唱出赞美诗，赞美青春浩荡。

邻家有少女，当窗晒衣裳，喜气上眉梢，不久要做新娘。春色在陋巷，春天的花朵处处香。我们要鼓掌，欢迎这好春光。

我坐下来，在光怪陆离的灯影下要了一杯奶茶，听完了这首歌。之后，又回到月树街。

月树街上的行人多了，黄昏已近，人们都在归家，街市比先前嘈杂了。我到一家面馆要了碗炸酱面，吃过后又进了一家茶馆，喝了杯绿茶。茶杯油渍渍的，让人觉得店主是开肉食店的而不是开茶馆的。等我再回到月树街时，天色已昏，歌厅的霓虹灯开始闪烁了，流动的商贩也出现了，他们卖的货色品种繁杂，有卖烧饼和牛肉的，也有卖棉花糖、头饰、背心短裤、果品以及二手手机和盗版书籍的。我买了一摞烧饼，一块酱牛肉，又到一家超市买了一瓶二锅头，朝回阳巷走去。我还想在这样的日落时分聆听几首民歌，再沾染一身雪花的清芬之气。

快到画店的时候，我见与它相邻的寿衣店走出来两个臂戴黑纱的人，他们抬出一只大花圈。那些紫白红黄的花朵被晚风吹得响，使我想起魔术师的葬礼。也有很多人送了花圈给他，可我知道他最不喜欢纸花了，我差人将他灵堂所有的花圈都清理出去。我知道有我为他守灵就足够了，我是他唯一的花朵，而他是这花朵唯一的观赏者。

我推开画店的门，见陈绍纯正坐在西窗下打盹，柜台上空空荡荡的，看来他已画完了荷花。店里光线虚弱，可他没有开灯。从他蹙眉的举止中，可看出他知道有人进来了，可他并未抬头，仍旧眯着眼。我轻轻走过去，将酒菜摆在他脚畔，说，该吃晚饭了。

他睁开眼，微微抬了抬头，看了看我，又看了看酒菜，叹了一口气，说，你就真想听我唱的那些悲曲？我点了点头。他再次沉重地叹了口气，说，你搜集这样的民歌，是没有出头之日的，谁听这样的民歌啊。

陈绍纯启开酒，唤我坐在他对面的小方凳上，直接对着瓶嘴饮起酒来。他对我说，他年轻的时候曾经历过一次死亡，有一天他被一挂受惊的马车掠倒，送到医院后，昏迷了二十多天。他说自己苏醒后，耳畔萦绕的就是凄婉的歌声，那种歌声特别容易催发人的泪水，从此之后，他就痴迷于这种旋律。那时他是一名中学语文老师，寒暑假一到，他就去乡村搜集民歌，整理了很多，还投过稿，但是没有一首能够发表。因为那词和曲洋溢的气息都太悲凉了。陈绍纯有一个朋友在文化馆工作，他曾把民歌拿给他看，他大加赞赏。两个人聚会时，常常悄悄吟唱那些民歌。“文革”中，这位朋友揭发了他，说陈绍纯专唱资产阶级的伤感小调，对社会主义充满了悲观情绪，陈绍纯开始了挨批生涯。他被打折过腿和肋骨，他们还把他整理的民歌撕成碎屑，勒令他吃下去，让这颓废的资产阶级的东西变成屎。他就得像一头忍辱负重的牛一样，把那些纸屑当草料一样嚼掉。陈绍纯说很奇怪，以前他并不能记住所有的旋律，可它们消亡在他体内后，他却奇迹般地恢复了对民歌的记忆，那些歌在他心底生根发芽、郁郁葱葱，他的内心有如埋藏着一片芳草地，他常在心底歌唱着。只是那些歌词就像蝴蝶蜕下的羽翼一样，再也寻觅不到了，所以他的歌是没有词的。而那样的词在那个年代，就像插在围墙顶端的碎玻璃屏障一样，虽然阳光把它们照得五彩斑斓的，但你如果真想贴近它，跨越它，就会被扎得遍体鳞伤。

陈绍纯说如果没有这些歌，他恐怕就熬不到今天了。“文革”结束后，他又回到学校当教师去了，退休后，就开了深井画店。他之所以开画店，就是为了唱歌方便。家人不允许他在家唱，有一回他唱歌，家里的花猫跟着流泪。还有一回他唱歌，小孙子正在喝奶，他撇下奶瓶，从那以后就不碰牛奶了，他只得在外面唱歌。

天色越来越暗了，陈绍纯的面容在我面前已经模糊了。他对我说，在乌塘，最爱听他歌的就是蒋百嫂。蒋百失踪后，蒋百嫂特别爱听他的歌声。她从不进店里听，而是像狗一样蹲伏在画店外，贴着门缝听。她来听歌，都是在晚上酒醉之后。有两回他夜晚唱完了推门，想出去看看月亮，结果发现蒋百嫂依偎在水泥台阶前流泪。

陈绍纯的歌声就是在谈话间突然响起来的。他的歌声一起来，我觉得画店仿佛升起了一轮月亮，刹那间充满了光明。那温柔的悲凉之音如投射到晚秋水面上的月光，丝丝缕缕都洋溢着深情。在这苍凉而又青春的旋律中，我看见了我的魔术师，他倚门而立，像一棵树，悄然望着我。没有巫师作法，可我却在歌声中牵住了他的手，这让我热泪盈眶。

我回到旅店时，天已经很黑很黑了。周二和周二嫂在吵嘴，原来周二嫂用驴车带回了一个瘸腿人，此人是个农民，他老婆进城打工，一去两年，音信皆无。他去寻，发现老婆已跟一家餐馆的大厨厮混上了，他跟大厨格斗，被打折了一条腿。他没钱医治腿，又没钱乘车，就一路拄着拐回他的老家去。周二嫂在站前广场遇见了这个衣衫褴褛、神情憔悴的人。她就把他扶上驴车，想让他来旅店睡宿好觉，喝碗热汤。不料周二对她的义举大为不满，说这个人病得快成灰了，万一死在店里，他的家人找来讹上我们，岂不是好心当成了驴肝肺？周二嫂觉得委屈，她说周二，我领回的要是个女人，你就不这么吹胡子瞪眼睛的了。周二气急了，他跺着脚说，你就是领回个天仙，我也只和你睡！

我回到房间，洗了把脸，关了灯，躺在床上。我的枕畔放着一个电动剃须刀盒，这是魔术师的。他在时，我常常在清晨睡意蒙眬时，听到他刮胡子的声音。那声音很像一个农民在开着收割机收割他的麦子。他永别我后，我将他遗落在枕畔的几根头发拾捡起来，珍藏在他变魔术用的手帕中。而这个剃须刀槽盖中，还存着他没来得及清理的被碾成了齑粉的胡须。我觉得那里仍然流淌着他的血液，所以也把它珍藏起来。我带着它出来，就是想让它跟我一起完成三山湖的旅行。对我而言，它就是一个月光宝盒。我抚摩着它，想着第二天仍然可以到深井画店倾听陈绍纯的歌声，便有一种伤感的幸福弥漫在周身。然而就在那个夜晚，陈绍纯永别了这世界沉沉的暗夜，他把那些歌儿也无声无息地带走了。

五　沉默的冰山

我是在凌晨跟周二寻找瘸腿人时，得知陈绍纯的死讯的。

周二如以往一样早起，套上驴来拉磨。他正往磨眼中填泡好的黄豆的时候，为客人烧洗脸水的周二嫂慌慌张张地闯进磨房，对周二说，不好了，那个腿坏了的人不见了！

住店的大都是周二嫂的老客人，譬如运煤的司机，拉脚的小贩或是收购药材的商人，周二嫂就把大家都吆喝起来，帮助她寻找那个失踪的人。

周二嫂带着一行人朝西南方向寻找，而我和周二则奔向东北方向。天虽然亮了，但不是那种透彻的亮，街巷中几乎不见行人，它们灰暗、陈旧得像一堆烂布条。空气比白天要清爽一些。周二边寻找边和我嘟囔，说周二嫂就是这么个爱管闲事的女人，她要做的事，你若是不依，她倒不和你频繁地吵闹，她治理你的办法就是在每日的餐桌上只摆上两碟咸菜和一盘馒头。周二在集市混了一天，最惦记的就是晚餐的烧酒和可口小菜，所以他轻易不敢拗着周二嫂行事。他说如果找不回那个人，周二嫂肯定会把酱缸中长了白醭的咸菜捞出来对付他。我宽慰周二,一个拄着拐的病人，他又能跑多远呢？谅他是不会出城的。

然而这个人确实消失得无影无踪了。凡是他能去的地方，比如公交车站、火车站、桥洞、居民区的自行车棚、垃圾箱、公园甚至公厕，我们都找过了。我对周二说，也许周二嫂他们已找回他了，正喝着热汤呢，于是就折回旅店。岂料周二嫂一行也是失望而归，这一大早晨撒出去的两片网均一无所获，周二嫂泪眼朦胧的。她责备周二,一定是昨晚她和丈夫吵嘴的话被那人听到了，他一想到男主人不欢迎他，就知趣地在夜半无人注意时悄悄离开。万一他死在半路上，周二就是杀人凶手。

周二不敢插言，唯唯诺诺听着。最后他说，他走不远，我再去找。

我和周二又回到街上。周二说，驴白白拉了磨，今早的豆腐做不成了，这一天的生意算是白搭了，我也去不成集市了。昨天我和谢老铁下的半盘棋还撂在那儿，想着今天下完，下一步棋该怎么走我昨晚都想好了，咳!

我宽慰他，没准一会儿就能找到那人。周二忍不住埋怨道，你说一个大男人，脸皮怎么就那么薄啊，听了两句难听的就开溜了，还趁着夜色，真是属老鼠的，这不是成心要我和老婆闹别扭嘛，妈的!

街巷中渐渐有了行人，天也亮了。在主干街道中，已出现了穿着橘黄背心扫街的环卫工人。我们向她们打听是否见着一个爬行着的人，她们都摇头说没见过。我们走过百货商场，走过医院，走过粮油店，从辉来街进入宽成街，又从宽成街插入月树街。灰蒙蒙的太阳升起来了，向阳的建筑物忍饥受冻了一夜，如今它们吮吸着阳光，看上去光洁而滋润。车声起来了，人语也起来了，街市也就有了街市的样子。我们顺着月树街自然而然来到回阳巷，远远的，就见深井画店不断有人进进出出。周二对我说，画店一定出事了，陈老先生从来不这么早开张，画店也不会在一大早来这么多人的。

我们加快了步伐，快接近画店时，周二碰到一个歪嘴的熟人，他说话有些含混不清，他告诉周二，陈老爷子死了，是让一幅画框给砸死的，如今正给他穿寿衣呢。周二拍了一下腿，说，陈老爷子怎么这么倒霉！歪嘴人说，听说他是让牛枕家的画框给砸死的，砸到脑壳上了！可能人老了，脑壳跟鸡蛋壳一样酥了，不经砸！歪嘴人说完，擤了一把鼻涕。

没有阳光跟着我们走进画店，因为深井画店在回阳巷的阴面。有四个人正抻着一块白布站在柜台里，从里面传来声音。其中一个人低沉地对周二说，别过来，正穿着衣服呢。周二和我就像两根柱子似的无言地立在那里了。过了一刻，有一个人直起腰来，是一张老女人的脸，她吩咐那四个撑着白布的人，把白布蒙在陈老爷子身上，看来死者衣裳已经穿好了。几个人纷纷走出柜台，蹲到窗前的一个脸盆里洗手，仿佛他们刚刚做完一件不洁净的事似的。洗完手，几个人直起身来吸烟。周二问那个老女人，顾婆婆，陈老爷子是几时没的？顾婆婆深深吸了一口烟，说，今儿一大早我出门泼洗脸水，听见他家的店门被风吹得哗哗响，像是没闩的样子，我就过来看看。那门真的没闩，我进去一看，陈老爷子躺在地上，人早就凉了，他的脑袋旁横着个画框，框没散，玻璃碎了，镶在里面的画也好好的。我认出了那是牛枕他娘要的牡丹。他这是要把画挂在钩子上，失手了，把自己给砸死了。顾婆婆又深深地吸了口烟，说，俗话说得真对呀，该着井里死的，河里死不了！一个镜框，要是砸只蚂蚁，未见砸得死；砸个大活人竟这么轻巧，只能说明他该着这么死么！

顾婆婆话音才落，牛枕一脸丧气地进来了。大家见了他都不说话，他也只是反复说着“这可怎么好”一句话。顾婆婆吸完那支烟，将烟头扔掉，进了柜台里面，很快把那张肇事的牡丹图取了出来。她就像公安人员让罪犯认证一件血衣一样，将它摊在地上，对牛枕说，这是不是给你娘画的？

牛枕抽泣了一下，点了点头，眼里泪光点点。

那牡丹图果然比昨日看上去要鲜艳多了，红色的红到了极致，粉色的粉得彻底，看来陈绍纯老人已经重新修饰过了这张牡丹图。顾婆婆又点了一支烟，对牛枕说，你说镶着这画的玻璃碎了不知多少块，可这张牡丹图呢，连个划痕都没有，真是奇了！

周二见牛枕看着画的那种哀愁欲绝的表情，就劝慰他说，如果陈老爷子不将画框悬在房梁下，而是像布店摆放布匹那样一匹匹地竖在柜台上，就不会出这样的事了。顾婆婆也说，陈老爷子也是怪，画又不是鱼干肉干，非要吊起来做什么，这下好，等于自己捉来个吊死鬼，被小鬼索了性命！

想到那些至纯至美的悲凉之音随着陈绍纯离开了这个世界，我流泪了。这张艳俗而轻飘的牡丹图使我联想起撞死魔术师的破旧摩托车，它们都在不经意间充当了杀手的角色，劫走了人间最光华的生命。有的时候，生命竟比一张纸还要脆弱。

顾婆婆就是与画店比邻的寿衣店的店主，她絮絮叨叨地对大家说，陈老爷子昨夜又唱他的丧曲了，唱了大半宿，她为了给张顺强家扎一对还愿用的纸牛纸马，闭店时快到午夜了，可陈老爷子还在唱歌。顾婆婆还说，她去陈老爷子家报丧时，陈老太婆好似睡着，被叫醒后听说她男人没了，一声都没哭，反倒打了一个呵欠，说，唱那种歌儿的，有几个好命的？她的儿孙们闻讯后也不显得特别悲戚，他们相跟着来到画店后，还争论这画店将来该做什么。大儿子说要开玩具店，小儿子说要开音像店，没谁掉眼泪。看他们那架势，用不上三天，他们就会把陈老爷子推进火葬场。

画店又涌进来几个人，他们拿着黑布、挽幛和几刀烧纸。其中一人的面容酷似陈绍纯，看来是他的儿子。顾婆婆问，你们就在画店布置灵堂啊？那个像陈老爷子的男子说，唔，我妈说了，不往家拉了，我爸喜欢画店，就让他从这儿上路。说完，他从兜里摸出五十元钱给顾婆婆，说这是赏给她的穿衣钱。顾婆婆显然对这个钱数不满，她谢也没谢，微微撇了一下嘴，将钱掖到裤兜里，说她店里没人照应，如果有事再去叫她，就出了画店。

我和周二也走出画店。周二走在前，我在后。我们出门时，牛枕还在哀愁地垂立着，看着那张牡丹图。周二回头对我说，看来牛枕今天跟他一样倒霉，他卖不成豆腐了，牛枕也别想着去集市卖肉了。

由于街巷的宽窄和深度不同，阳光投射下来的影子是不一样的。有的街道宽阔平坦，街两侧的建筑物又低矮，阳光的进入就活泼、流畅，街面上的光影就是明媚而柔和的。但如果是幽长而逼仄的小巷的话，再赶上巷子旁的房屋密集而挺拔，阳光的到来就颇为吃力，落在巷子中的光影就显得单薄而阴冷，回阳巷的阳光就是这样的。走在这样的小巷中，我越发有一种凄凉的感觉。周二见我失神，就不再回头与我搭话，他仍然不断地向行人打听拄拐人的下落，大家对他的回答总是说不知道。从周二疲沓的步态上，能明显感受到他的沮丧。

我们回到旅店，周二嫂已经心平气和地忙着早饭了。原来她碰见了一个运煤的跑长途的司机，他在离乌塘有五六里路的金平庄碰见了一个拄拐的人，他看上去比单脚立着的稻草人还要单薄，金平庄的一个养鸡户正张罗着给他搭便车，让他回家。周二嫂明白这个倒霉蛋碰上了好心人，心中也就安宁了，对周二的态度也和悦了，问他早餐想吃什么咸菜。周二一见周二嫂云开日朗，连忙回磨房做他的豆腐去了。赶不上上午的集市，他下午去也来得及。

周二嫂告诉我，通往三山湖的火车已经通了，问我什么时候离开乌塘。我对她说不急。她问我民歌和鬼故事搜集得怎么样了，我便把陈绍纯的死讯告诉她。她听了一惊，说，这老爷子身子骨挺硬朗的，竟然死在一张画上，这就是命啊。她说他儿子的名字还是陈绍纯给取的呢，“文革”结束后，陈绍纯还给上头写了信，建议恢复老街巷的名字，回阳巷和月树街这些一度被废弃的名字，又重新回到街市中。按周二嫂的说法，陈绍纯是乌塘最有文化的人，她说就冲陈绍纯给她儿子取了名字的情分上，她一会儿也要买上几丈白布去吊孝。她还说蒋百嫂要是知道陈老爷子死了，一定会难过的，她喜欢他的歌儿。

周二嫂感受到了我的抑郁，她说我做的事跟采山货一样，山货的出现是分年份和气候的，搜集民歌和鬼故事也是。赶上这个年月听民歌的人少了，采集起来当然就困难，她劝我不要太难过。她说这两年蒋百嫂没少听陈绍纯的歌，她在夜晚酒醉回家后，也常哼上几曲，估计都是从深井画店学来的，这样我完全可以从蒋百嫂那里挖掘陈绍纯掌握的民歌。她的话使我死寂的心又燃起一簇希望之火。不过周二嫂对我讲，去蒋百嫂家里不那么容易，她早晨起得晚，没人敢这时敲她的门，她也不喜欢客人去；白天呢，她在集市卖油茶面；晚上她倒是回家的，但没个定时，或早或晚，而且如果赶上她喝醉了，带回家的就不仅是一身酒气，可能还会有一个男人，这时候更不便打扰她了。

我说没关系，我可以慢慢等待机会。

周二嫂笑着说，我可不是要拖你的腿，想让你在我的旅店多住几天啊。

我哪会那么想你呢，我说，你对那个没钱的瘸腿人都那么好。

一提起瘸腿人，周二嫂又叹气了。她说那个人实在可怜，一夜能拐到金平庄，幸亏夜里没下雨。不过晚上寒气大，天又黑，他不知遭了多少罪！说着说着，她的眼睛湿了。她告诉我，乌塘还有一个爱唱歌的人，她专唱婚礼上的歌，叫肖开媚，在城东开了家婚介所。她劝我不妨去见见她，也许她唱的歌对我也有用。

吃过早饭，我就步行到城东去找那家婚介所，还真的好打听，一找就找到了。不过肖开媚不在，只有一个嗑着瓜子的肥胖女人守在那里。她对我说，肖开媚今天有活儿，开鞋店的老杨的儿子结婚，她主持婚礼去了。我问肖开媚是否会在婚礼上唱歌，那女人竟然操着一口港台腔对我说，当然啦，她是唱喜歌去的啦。乌塘的新媳妇，肖开媚要是不去给唱上几首喜歌，她们是不会入洞房的啦。她问我是不是也来预约婚礼的，我摇了摇头，她就兴高采烈地说，那你一定是登记找男友的啦，你喜欢医生吗，医生握着手术刀，又挣工资又拿红包，还不显山不露水的，安全！我这里刚刚登记了一个，他老婆得癌了，他让我先帮他物色着，他老婆是晚期癌症，挺不上几个月了。你喜欢警察吗，有个刚离婚的警察，带着个八岁的男孩，想找一个容貌说得过去的，我看你够标准啊！

她一边喋喋不休地说着，一边取来一个花名册，哗啦哗啦地翻着，为我物色着人选。那一刻我觉得她就是拿着生死簿子的专门勾人魂魄的阎王爷，而我正不知不觉地踏入了地狱之门。从这样的环境中飞出来的喜歌，肯定透露着铜臭之气，不会让人的内心产生真正的喜悦。在我看来，真正的喜悦是透露着悲凉的，而我要寻找的，正是如梨花枝头的露珠一样晶莹的——喜悦尽头的那一缕悲凉！

我失望地离开婚介所，漫无目的地回到街巷中。见到街角有人卖金鱼，就凑上去看两眼；见到一个乞丐从垃圾箱中往出翻腾东西，也凑上去看两眼。天色有些昏黄，丝丝缕缕的云彩看上去就像是一片荒草。我进了一家录像厅，厅里光线微弱，汗腥味很浓，像是误闯了鱼虾市场。录像是循环放映，画面上是一个女人酥胸半露、同时与两个男人调情的镜头。我看了两眼，就乏味了，歪在破烂不堪的椅子上睡着了。这一觉竟然睡得比在旅店还要沉迷。等我醒来，电影已转为枪战片，一队穿迷彩服的士兵与一队穿便服的人在丛林中激战正酣，哒哒哒的枪声和火光交替出现。我觉得肚子饿了，晃晃悠悠地步出录像厅，一看手表，已是午后一时了，便就近踅进一家小吃店，要了一碗米饭，一盘地三鲜。在等菜的时候，听见两个面色黎黑的食客在议论刚刚发生的一件事情。说是那个唱喜歌的肖开媚今天上午主持鞋店老杨的儿子的婚礼时，被矿工刘井发给打了。肖开媚介绍了一个外乡来的女子给这矿工，谁也不知道她是来乌塘“嫁死的”。刘井发和她过了两年，总不见她怀孕，让她去看病吧，这小媳妇反而污蔑刘井发，说他的种子不好使。刘井发起了疑心，砸开了小媳妇终日上着锁的箱子，结果发现了好几张关于他的人身意外伤害保险单，刘井发将她暴打一顿，要休了她，小媳妇倒也不在乎，她说自己结婚前就戴了环，根本就没想给他生个一男半女的。刘井发认为婚介所的肖开媚一定是和小媳妇串通好了，介绍了这么个毒蝎女人给他，就揣上一把斧头，闹了老杨儿子的婚礼，在肖开媚的背上砍了十几斧子。如今肖开媚被拉进医院急救，刘井发被警车带走，搅得婚礼没点喜庆的气氛，老杨哀叹自己卖鞋招来了“邪气”，连新媳妇敬的喜酒都不吃了。

咳，你说这新媳妇带着个环和人家结婚，等于往肚子里放了一张网，那刘井发撒下的鱼苗再好，也是个被擒的命！其中那个长着对招风耳的食客说。

另一个吃东西时发出响亮吧唧声的食客说，我要是娶了这样的媳妇，就把她捆上，让她天天跪在门槛上，每隔五分钟喊我一声“爷爷”，不喊就揍，我就不信弄不服帖她！他进而分析煤矿事故多的原因，那是由于地下是阎王爷居住的地方，活人天天下去采煤，等于掘阎王爷的房子，让他不得安生，他当然要大笔一挥，取出生死簿子，把那些本不该壮年死去的人的名字一一勾上，提早带走他们。所以死在井下的矿工，总是三五成群。

招风耳说，现在行了，下井的一班是九个人，上头不是有文件吗，超过十人以上的死亡事故才上报，死九个人，等于是白死！

王书记也真是命好，小鹰岭煤矿那次事故，要是蒋百也在井下，刚好是十个人，一上报他就得倒霉，还不得来个行政记大过处分？哪有日后被提拔的份儿！妈的，蒋百也真是甜和他！你说蒋百究竟去哪儿了，我估摸着他那天还是下井了，只不过没找到尸首罢了。不然他家的狗怎么天天还是去汽矿站迎他？狗从哪儿把人送走，自然是在哪儿等主人回来的！

他们接着慨叹被不明不白抛弃了的蒋百嫂，慨叹糊里糊涂没了爹的蒋三生，慨叹采煤不是人干的活儿。本来他们的饭已吃完了，慨叹来慨叹去，他们觉得世事难料，就说不如趁着休班，一醉方休，明天下了井，能不能回来，还两说着呢。我这才明白，他们也是矿工，难怪他们的脸那么黑呢，好像每一道皱纹里都淤积着煤渣。他们要了一斤烧酒，两个小菜，开始了新一轮的吃喝。在这种时刻，我也特别想喝上一点酒。我吆喝来店主，要他为我拿一壶酒，添上一碟五香花生米和一碟咸鱼。店主吃惊地看着我，半晌没有反应过来，他大约没有见过一个女人会来这里要酒喝，所以当他朝灶房走去的时候，不由自主地嘟囔道：又一个蒋百嫂——

两个矿工无所顾忌地聊着天，他们一会儿讲邻里间的事儿，一会儿又讲亲戚间的事儿和夫妻间床上的事儿，非常地放纵，又非常地快乐。我呢，对着几碟小菜独斟独酌着。小吃店的卫生状况很差，苍蝇络绎不绝地在杯盘碗盏间飞起落下，赶都赶不及，只好对它们听之任之，也算有生灵陪着我这孤独的酒客。

时光在饮酒的过程中悄然流逝了。裹挟在酒中的时光，有如断了线的珠子，一粒粒走得飞快。不知不觉间，天色已暗淡了，那两个矿工是什么时候走的我竟一无所知。我飘摇着向外走的时候，店主吆喝住了我，说，哎，你还没付账呢！看来我把这小吃店当成了自己的家。我掏钱买单的时候，店主问我，你不是乌塘人吧？我点了点头。店主把零钱找还我的时候，说，世上没有蹚不过去的河，遇事想开点！

我觉得自己轻飘得就像一片云。如果我真是一片云就好了，我能飞到天上，看看我的魔术师是否在云层背后、手持魔杖对我微笑？我叫了一辆人力三轮车回旅店。路过暖肠酒馆时，我看见了蒋百嫂的背影，她一定又去吃酒了。而她家的狗，正在路边有气无力地啃着一簇野草。

我回到房间倒头便睡，一条波光荡漾的大河出现在梦中。我站在此岸，望着对岸的青山，忽然看见一只鹰从青山中飞起。我的目光追随着这只鹰，它突然就幻化为一朵莲花形态的彩云；当我对着这云的娴雅之美而惊叹不已时，彩云又变为一只鹿，让人觉得天上也有丛林，不然这鹿缘何而生？正当我想要仔细察看鹿身后的天空是否有丛林时，它却变幻为一条摇头摆尾的鱼。而天空下面的青山，却依然是青山。我对着青山冥想之时，一阵哭闹声撕裂了我的梦境。睁眼一看，天已黑了，去拉灯，灯却依然黑着脸，像是与什么人生了气，不肯绽放笑容。我摸黑走出房间，见走廊尽头有一支蜡烛坐在花盆架上，它勃勃燃烧着，投下一带颤动的乳黄的光影。这光影于我来讲仿佛是一片片凋零的落叶，我小心翼翼地踩着它走过，踩出了一脚的苍凉。

正当我要走出屋子，想看看外面究竟发生了什么事时，背后传来了脚步声，回头一望，原来是周二擎着一盏油灯从磨房走了过来，他大概刚泡完豆子。黄豆不被泡软，是上不了磨盘，做不成豆腐的。

我问周二是谁在外面哭闹，听上去撕心裂肺的，怪吓人的。周二叹了一口气，说，能是谁啊？是蒋百嫂！她醉了，又赶上停电，她就闹，非说要用炸药包把供电局给崩了！

周二对我说，蒋百失踪后，蒋百嫂似乎特别怕黑暗，逢到停电的时刻，她就跟疯了似的四处奔走呼号，绝不肯在家里待一刻。周二嫂为此买了很多包蜡烛送她，可是她并不喜欢烛光，嫌它身上不带电。给她送油灯呢，她非说油灯睁的是鬼眼，不怀好意地看她。周二嫂就买来一盏电瓶灯送她。按理说电瓶灯发出的光与电没什么区别，可蒋百嫂仍是嫌弃它，说它把电藏在自己的肚子中，不能传输给别的电器，是个废物。邻居们都知道蒋百嫂受不了没电的时光，所以一遇停电，周二嫂不管手上忙着什么紧要活儿，都要立马放下，去安慰蒋百嫂。蒋百嫂在停电时刻暴躁不安，而一旦室内电灯复明，她就奇迹般地安静下来了。

周二把油灯摆在门口的鞋柜上，陪我出去看蒋百嫂。街面上没有车辆驶过，也没有行人，路灯一律黑着脸，只有两束锐利的手电筒光在蒋百嫂身上闪来闪去，使她看上去像个站在水银灯下拍夜景戏的演员。

周二嫂说，你回屋吧，蒋百嫂，夜里凉，你要是感冒了，谁心疼你啊？你回了屋，电也就来了。

蒋百嫂跺着脚哭叫着，我要电！我要电！这世道还有没有公平啊，让我一个女人待在黑暗中！我要电，我要电啊！这世上的夜晚怎么这么黑啊！！蒋百嫂悲痛欲绝，咒骂一个产煤的地方竟然还会经常停电，那些矿工出生入死掘出的煤为什么不让它们发光，送电的人还有没有良心啊。

我从未见过一个女人为了争取光明而如此激愤，而这光明又必须是由电而生的，这让我困惑不已。蒋百嫂哭叫着，周二嫂和另外两名妇女则好言劝解着，打算把她架回屋子，可她像头被激怒的公牛一样，没有回去的意思，不断地往前挣，声言要买两吨炸药，把供电局炸成一片废墟。正当大家一筹莫展之际，路灯就像长了腿似的跳了一下，电闪闪烁烁地来了。蒋百嫂打了个激灵，立刻安静下来了。

路灯亮了，居民区的灯也亮了。光明中蒋百嫂虽然也是一脸的悲凉，但她已恢复了理智。她对周二嫂等人说着对不起，然后领着一直在旁边打着哆嗦的蒋三生回家。

蒋百嫂走后，我随着周二和周二嫂回旅店。周二一进门就奔向油灯和烛台，忙不迭地“噗噗”将它们吹灭。周二嫂说，蒋百嫂确实怪，一停电就跟疯了似的，任谁也劝阻不了，除非是电回来了，她才恢复平静。我觉得这其中一定隐藏着什么秘密。周二说，能有什么秘密呢，男人就是女人的电，缺不了的；离了这个电，再好的女人也干枯了！

说着，十分自得地冲周二嫂挤着眼睛，似乎在提醒她，她身上的活力是他赋予的。周二嫂呸了周二一口，说，喂你的驴去吧，要不它明天早晨哪有力气拉磨！周二哼着小曲，乐陶陶地去磨房了。

在这样一个夜凉如水的夜晚，我特别想和蒋百嫂聊聊天。我没有征求周二嫂的意见，独自出了旅店，走进一家食杂店，买了两瓶二锅头，一包花生米、一袋酱鸡爪以及几个松花蛋，敲蒋百嫂家的门去了。

蒋百嫂的家门外挂着一盏灯，还吊着一串风铃，所以轻轻敲几下门，风铃就会跟着鸣响。那风铃很别致，一只彩色的铁蝴蝶下吊着四串铃铛，它们发出的声音非常清脆，看来蒋百嫂把它当门铃来用了。

开门的不是蒋百嫂，而是蒋三生。他见了我有些躲躲闪闪的。我问他，你妈在家吗？他先是说在，接着又说没在。他好像刚哭过，脸上的泪痕隐约可见。他立在那里，像个小门神，没有让我进屋的意思。

我认定蒋百嫂就在屋里，就说要进屋等她。蒋三生毕竟是个不谙世事的孩子，他噔噔地跑到一扇屋门前，说，是在周妈妈家住店的人，我说了你不在，可她还要进来等你！

我已经不请自进地跨进门槛了。一股香气扑鼻而来，是幽微的檀香气味，看来蒋百嫂在焚香。屋子素朴而整洁，陈设看上去规矩、得体，与我事先想象的零乱情景大不相同。有一点让我觉得奇怪，明明有两扇屋门，进门的小厅里却摆着一张小床，一看就是蒋三生的，蒋百嫂为什么不让他住在屋子里呢？

我把酒菜放在小厅的圆桌上。蒋百嫂推开一扇蓝漆门，提着一把黑沉沉的大锁头，赤红着脸走出来，反身把门锁上。她再次转过身来时连打了几个寒战，好像她刚从冰窖中出来。也许是刚才这一场哭闹消耗了她太多气力的缘故，她看上去有些疲惫，发髻也松垂了，几绺发丝像树杈那样斜伸出来，而她的唇角，漾着一点红，想必先前她暴怒之时不慎咬破了它。她有些木然地面对着我，久久无话，只是不断地伸出舌头舔舐唇角，微蹙着眉。那血迹被吸干后，慢慢地又洇了出来，好像她的唇角是个火山喷发口，金红的熔岩要不断涌现。

你找我有事么？蒋百嫂哀哀地看着我。

那天我来乌塘，在暖肠酒馆，你邀我喝酒，我不识相，今天特地带了酒来，想和你喝上几盅，说说话，也算赔罪了。我看着她背后那扇上了锁头的门说。我从没见过一个人在自家屋内还得上锁，那里一定隐藏着秘密。

我听周二嫂说，你是来搜集鬼故事和民歌的。蒋百嫂吁了一口气对我说，我不会说鬼，更不会唱民歌。

今晚我不想听鬼故事，更不想听民歌，我说，我只想跟你喝酒。我盯着她满怀哀愁的眼睛，说，今天晚上太冷太冷了。说完这话，我确实觉得寒冷，忍不住打了一个哆嗦。

那好吧。蒋百嫂指着桌子上我带来的酒菜说，厅里凉，去我的屋里喝吧。她吩咐蒋三生把我带来的东西拿到里屋的地桌上。蒋三生答应着，麻利地将酒菜兜在怀里，奔向里屋，那样子活像一个甩着长尾巴的小松鼠抱着松塔快乐地前行。

檀香的气息越来越浓了，我故作轻描淡写地对蒋百嫂说，从那屋里飘出来的香气可真好闻啊，我在佛诞日常去寺庙烧香，闻到的就是这种气味。

蒋百嫂淡淡地说，那里面供着祖宗的牌位，所以时常要上上香，说完，她率先朝屋里走去。

在跟着蒋百嫂朝屋里走去的时候，我在她身后悄悄贴近那扇蓝门，我听见一阵嗡嗡的轰鸣声，好像里面有什么机器在工作，这更令我疑惑重重。供奉祖宗，环境应该是清静的，为什么还会有这样的声音发出？

蒋百嫂的屋子也是整洁的，屋子的布置以蓝印花布为主，比如窗帘、床单、缝纫机以及电视机上，挂的、铺的、苫的都是蓝印花布，看上去素雅而美观。我很难想象蒋百嫂会在这样的屋子里和形形色色的男人鬼混。

蒋三生已经把吃食搬到窗前的桌子上了。那是一张一米见方的方桌，左右各摆着一把椅子，桌上放着两双筷子，两个白瓷酒盅，还有半瓶喝剩的酒、一袋青豆以及半袋牛肉干。看来蒋百嫂常在这里邀人同饮。

三生，你睡去吧，没你的事了。蒋百嫂说。

蒋三生答应着，乖乖回到门厅去了。

我问蒋百嫂，怎么给儿子取了这么个名字，听上去老气横秋的。

蒋百嫂说，我头一胎流产了，流下的是对双胞胎，照算命人的说法，我算是有过两个孩子了，他出生，排行就是老三了，当然得叫他三生了。

哦，流了产的孩子也算数啊，我说。

那不也是从自己身上掉下来的肉么，当然算数了。蒋百嫂问我，你有孩子吗？

我摇摇头。

蒋百嫂问，你没结婚？要不就是你不会养活？再不就是你男人不行？

我笑了，说，都不是。停顿了一刻，我告诉她，我正想要孩子的时候，我爱人离开了我，他不久前去世了。

蒋百嫂叹息了一声，哀怜地看了我一眼，说，咱姐俩原来是一个命啊。

我心中想，难道蒋百并不是失踪，而是死了？

蒋百嫂大概意识到失言了，她将我让到椅子上，说，我男人失踪了快两年了，没有一点音信，我这不也等于守活寡么？

见我没有附和，她又机智地引入先前的话题，说她怀的那对双胞胎之所以流产，是被丈夫给吓的。那年矿上发生透水事故，蒋百那天也下井去了，听到消息后，她认定蒋百已别她而去，一阵哭嚎，不想动了胎气，白白葬送了一对双胞胎的性命。其实那天出事的现场，并不在蒋百的作业点。蒋百安然无恙地回来了，可她的肚子却像一片破网似的瘪了。她慨叹做矿工的女人，肚里的孩子随时可能成为遗腹子。

蒋百嫂坐下来，她家的电话响了。电话被蒙在床单下，铃声乍响时，感觉床下有个妖怪在叫，吓了我一跳。蒋百嫂撩开床单接起电话，喂了一声，有些不耐烦地说，我在集市站了一天，腰疼，闩门睡了！说着，气咻咻地搁下听筒。我猜这或许是哪个男人想来这里讨便宜，反倒讨了个没趣。

蒋百嫂坐到我对面的椅子上，启开酒对我说，要是诚心跟我喝，得连干三盅。我答应了。她熟稔地斟酒，瓷盅里的酒荡漾着，不能再多一滴，也不能再少一滴的样子。三盅酒落肚，只觉得从口腔直至肚腹有一条火在寂静地燃烧，身上热乎乎的，分外舒展。蒋百嫂指着我的脸笑着说，这世上爱涂胭脂的人真是傻啊，酒可不就是最好的胭脂么！你瞧你，一喝上酒，黄脸就成了桃花脸，要多好看有多好看！

一喝上酒，我们就比先前显得亲密了。她问我，你男人是干什么的？怎么死的？我一一对她说了，蒋百嫂挑着眼角说，魔术师不就是变戏法的么？你嫁个变戏法的，等于把自己装在了魔术盒子里，命运多变是自然的了！

我是一个不愿意在人前流泪的女人，但在蒋百嫂面前，我泪水横流，因为我知道她的心底也流淌着泪水。蒋百嫂一盅一盅地斟着酒，我一盅一盅地啜饮着，我就是一堆冰冷的干柴，而这如火苗一样的酒，又把我燃烧起来。我絮絮叨叨地叙述魔术师离开我后，我怎样一次次在家里痛哭，怕惊扰了邻居，我就跑到卫生间，打开水龙头，将脸贴近它，让我的泪水和着清水而去，让我的哭声融入哗哗的水流中。我还讲了魔术师的葬礼，来了多少人，别人送的花圈又如何被我清理出去，甚至他将被推进火化炉前，我对他最后的乞求，乞求他把自己变活，以及我留在他冰冷的额头上的最后一个热吻，都对她毫无保留地倾诉了。很奇怪，蒋百嫂对我的这番话并没有抱之以同情，相反倒是一阵接着一阵的冷笑，好像我的哀伤不足挂齿，她这种冰冷的态度让我不寒而栗！

蒋百嫂沉默着，她启开另一瓶酒，兀自连干三盅，她的呼吸急促了，胸脯剧烈起伏着，她突然哇的一声大哭起来，说，你家这个变戏法的死得多么隆重啊，你还有什么好伤心的呢！他的朋友们能给他送葬，你还能最后亲亲他，你连别人送他的花圈都不要，烧包啊，有的人死了也烧包啊。你知不知道，有的人死了，没有葬礼，也没有墓地，比狗还不如！狗有的时候死了，疼爱它的主人还要拖它到城外，挖个坑埋了它；有的人呢，他死了却是连土都入不了啊！

她这番话使我联想到蒋百，难道蒋百已经死了？难道死了的蒋百没有入土？不然她何至于如此哀恸？

蒋百嫂彻底醉了，她一会儿哭，一会儿笑，一会儿诉说。她拍着桌子对我说，乌塘的领导最怕的是她，如果她想把领导从官椅上拉下来，那就跟碾死一只蚂蚁一样容易。

他们现在戴的是乌纱帽，可只要我蒋百嫂乐意，有一天这乌纱帽就会变成孝帽子！

蒋百嫂唱了起来，她唱的歌与陈绍纯的一样，是哀愁的旋律。不过那歌里有词，而歌词反反复复只是一句：这世上的夜晚啊——，听得我内心仿佛奔涌着苍凉而清幽的河水。她唱累了，摇摇晃晃地扑到床上，睡了。是午夜时分了，我毫无睡意，只是觉得头晕，如在云中。

蒋百嫂哼着翻了一下身，她的黑色棉线衫褪了上去，露出了腰肢，我看见她的腰带上拴着一把黄铜大钥匙，我认定它属于那扇上了锁的蓝漆屋门的，便悄悄走上前，取下那把钥匙。

我掂着那把钥匙走出去，小厅的灯关了，看来蒋三生已经睡了，依稀可见小床上蜷着个小小的人影。我镇定一番，打开那把锁，推开屋门。扑向我的是檀香气和光影，屋子吊着盏低照度的灯，它像一只蔫软的梨一样，散发出昏黄的光。这屋子只有七八平方米，没有床，没有桌椅，四壁雪白，拉得严严实实的窗帘也是雪白的，有一种肃穆的气氛。北墙下摆着一台又高又宽的白色冰柜，冰柜盖上放着一只香炉、一盒火柴、一包檀香以及供奉着的一盘水果。冰柜的压缩机正在工作，轰鸣声在寂静的夜里听上去像是一声连着一声的沉重的叹息，我明白先前听到的嗡嗡声就是这个大冰柜发出来的。蒋百嫂为什么会在冰柜上焚香祭祖，而却不见她祖宗的牌位？我觉得秘密一定藏在冰柜里。我将冰柜上的东西一一挪到窗台上，掀起冰柜盖。一团白色的寒气迷雾般飞旋而出，待寒气散尽，我看到了真正的地狱情景：一个面容被严重损毁的男人蜷腿坐在里面，他双臂交织，微垂着头，膝盖上放着一顶黄色矿帽，似在沉思。他的那身蓝布衣裳，已挂了一层浓霜，而他的头发上，也落满霜雪，好像一个端坐在冰山脚下的人。不用说，他就是蒋百了。我终于明白蒋百嫂为什么会在停电时歇斯底里，蒋三生为什么喜欢在屋顶望天。我也明白了乌塘那被提拔了的领导为什么会惧怕蒋百嫂，一定是因为蒋百以这种特殊的失踪方式换取了他们升官晋爵的阶梯，蒋百不被认定为死亡的第十人，这次事故就可以不上报，就可大事化小。而蒋百嫂一定是私下获得了巨额赔偿，才会同意她丈夫以这种方式作为他生命的最终归宿。他没有葬礼，没有墓地。他虽然坐在家中，但他感受的却不是温暖。难怪蒋百嫂那么惧怕夜晚，难怪她逢酒必醉，难怪她要找那么多的男人来糟践她。有这样一座冰山的存在，她永远不会感受到温暖，她的生活注定是永无终结的漫漫长夜了。

我悄悄将冰柜盖落下来，再把香炉、火柴、果盘一一摆上去。我锁上门，把钥匙拴回蒋百嫂的腰带上，走出她的家门。这种时刻，我是多么想抱着那条一直在外面流浪着的、寻找着蒋百的狗啊，它注定要在永远的寻觅中终此一生了。我很想哭，可是胃里却翻江倒海的，那些吞食的酒菜如污泥浊水一般一阵阵地上涌，我大口大口地呕吐着。乌塘的夜色那么混沌，没有月亮，也没有星星，街面上路灯投下的光影是那么的单调和稀薄，有如被连绵的秋雨沤烂了的几片黄叶。我打了一串寒战，告诉自己这是离开乌塘的时刻了。

六 永别于清流

我已经把脸涂上厚厚的泥巴，坐在红泥泉边，没人能看见我的哀伤了。比之乌塘，三山湖的阳光可说是来自天堂的阳光，清澈雪亮如泉水。涂了泥巴的身体被晒得微微发热，我觉得自己就是一块被放到大自然中等待焙制的面包，阳光用它的文火，丝丝缕缕地烤炙着我。泉边坐着一些如我一样浑身涂满了泥巴的人，他们也在享受阳光和清风，我无法看见他们脸上的表情，大家脸上的表情，都被那浓云一样密布的泥巴给遮蔽了，所以我不知道他们是哀愁呢还是快乐。

原来的红泥泉被划分为两个区域，男女各半，只要望见一群涂了泥巴的人中青烟缭绕着，那一定是男人所在的地方，这群泥人喜欢手里夹着香烟，边抽边享受阳光。后来红泥泉的生意不如其他的温泉，经营者分析这是把男女分开的缘故，于是两个区域又合二为一，男男女女可以混杂在一起。果然，生意又渐渐回潮。原来之所以将男女分开，是由于许多男宾客连短裤都不穿，说是泥巴已将私处严严实实裹上，短裤实在是多余。

而一些随意的女宾客，也喜欢裸露着乳房。男女混杂之后，规定是入红泥泉的客人必须要穿背心和短裤，但违规者大有人在，经营者权当看不见，听之任之。其实柔软的红泥已经是上帝赐予人类最好的遮羞布，客人的选择不是没有道理的。一群泥人坐在红泥泉边的情景，让我联想到上帝造人的情形。这种能治疗很多疾病的红泥，淤积在碧蓝的湖水深处，柔软细腻，一触摸便知是经过了造物主千万次的打磨、淘洗，又经过了千百年和风细雨的滋润，才酿得如此的好泥。

坐在泉边的，有许多对恋人。虽然身裹泥巴不方便讲话，但从他们手拉手的举止上，完全能感受到他们的脉脉深情。情侣们的目光，也就跟这光芒四射的阳光一样，火辣辣的。我是多么地羡慕这样的目光啊。如果魔术师坐在我身边，他也会拉着我的手的，可他却被一头跛足驴给接走了。我在心底轻轻呼唤他的名字，泪水奔涌而出。泪水使脸上的红泥更加润泽，融入红泥的泪水已经被调化为最养颜的膏脂了。

我通常上午时将通身涂满泥巴，坐在红泥泉边释放泪水，午后再去真正的温泉浸泡一两个小时。从温泉出来，换上便装，即可一身清爽地在三山湖景区闲走。

我喜欢逛卖火山石的摊床。那些火山石形态不一，被开发出的产品也就各不相同。

那些嶙峋峥嵘的因其妖娆之气而被作为盆景；细腻光滑的则被凿成笔筒和首饰盒；而纹理如蜂窝一样粗糙的，十有八九被当作了磨脚石。在卖磨脚石的摊床前，我遇见了一个七八岁左右的男孩，与其他赤膊、光头的男孩不同，他戴一顶宽檐草帽，穿着长袖衫，长裤，袖筒宽大，而且衣着的颜色是藏青色的，看上去老气横秋，他袒露于脸上的笑容，便有一种受挤压的感觉。他在摊床前招揽生意，而进行交易的，是一个面色黎黑的站在少年身后的独臂男人。男孩不像其他的生意人，采取的是花言巧语的吆喝或是围追堵截的兜售，他用变戏法的办法引起游客的注意。只见他手里握着一枚温泉煮蛋，把玩片刻后，这鸡蛋忽然幻化为一块磨脚石，当游人对着磨脚石惊叹不已时，他又把鸡蛋飞快地变回掌心中。游人喜爱这男孩，就是不买磨脚石，也要买上两枚鸡蛋，清瘦的独臂人的生意也就比其他卖火山石的摊床要好得多了。

经过摊床的次数多了，我知道独臂人姓张，男孩叫云领，他们是一对父子。因为其他的生意人跟他们说话时，对独臂人爱说，老张，你行啊，你家云领在前面变戏法，你后面收着银子！而对男孩说的则是，云领，你这小东西这么会变戏法，在三山湖可惜了，你该进大城市去！当然，也有人用鄙夷的目光瞟着男孩，撇着嘴说，手脚这么快，别出落成个贼！

云领变的戏法，明眼人能一眼望穿，他的那两条腕口紧束的宽大袖筒，因为预先放置了鸡蛋和磨脚石，沉甸甸地下垂着，仿佛里面藏着猫。但我喜欢看他带着一股大人的神色展览他的招数，他能让我想起魔术师。我三番五次地去，接二连三地买磨脚石，旅馆房间的旅行袋中，聚集了太多的火山石，好像我是个采集矿石标本的考古学家。

有一个下午，我又去了云领家的摊床。他显然对我已熟识了，见了我唇角浮出一缕笑容。那笑容很像晚秋原野上的最后的菊花，是那种清冷的明丽。我带了一条五彩丝线，先向他展示那丝线的完整，然后将它轻轻抖搂一下，丝线就断为两截了；当云领目瞪口呆时，我轻轻倒一下手，丝线又连缀到了一起。云领咽了一口唾沫，回身看了一眼父亲，很无助的样子。独臂人警觉地看着我，拈起一块磨脚石对我说，你天天来我家的摊位，这个白送给你，算是我的一点心意。我接过火山石，掂了掂，把它又还给独臂人。

云领不再变戏法了，他定定地盯着我，问我怎么也会干这个。好像我抢了他的饭碗，他的神情中带着浓浓的委屈和隐约的愤怒。我想告诉他一个魔术师的妻子做这点小把戏算不得什么，可我没有说。我鼓励沮丧的云领接着做生意，我不过是想逗逗他玩而已。独臂人这才对我和颜悦色，他送给我两枚泉水煮蛋。我拿着鸡蛋刚散步到另一个卖火山石的摊床前，云领追了过来，气喘吁吁地站在我面前，什么也不说，满怀乞求的样子。我问他，你爸爸让你讨要这两只鸡蛋的钱？他摇了摇头。我又问，你想让我再买几块磨脚石？他依旧摇了摇头。他犹豫了许久，才吞吞吐吐地问我住在哪座旅馆，说他散了摊儿后想去找我。我笑了，问，你想跟我学魔术？他的眼睛立刻就湿润了，他急切地问，你真的是魔术师？我笑着摇摇头，他似乎有些失望。不过当我告诉他我住的旅馆的名字和房间号码时，他还是显出热情，我说完后，他重复了两遍，以求记牢。

夜幕降临，泡温泉的人少了，去娱乐的人多了。三山湖景区的咖啡屋、餐馆、酒吧、按摩屋、歌厅、台球室和保龄球馆灯影灿烂、人声鼎沸。在景区的西北角，聚集着一群放焰火的游客。大多的游客来自禁放焰火的大都市，所以三山湖设置了这样一个自由放焰火的娱乐项目，深受游客喜爱。夜幕如一块巨大的沉重的画布，而在半空中明媚升腾变幻着的焰火则如滴滴油彩，将这块本无生气的画布点染得一派绚丽，欢呼声和着焰火的妖娆绽放阵阵响起。我远远地看了会儿焰火，就回客房等待云领。

云领不是自己来的，当敲门声响起，我打开房门后，发现站在昏暗走廊里的，还有独臂人。他们见了我并不说话，只是笑着。大人和孩子的笑都不是发自内心的，所以那几团笑容让我有望见阴云的感觉。我将他们让进屋门。

云领的装束与白天一模一样，连草帽还戴在头上，看来这草帽并不是为了遮阳的。

而独臂人则换下了白汗衫和蓝裤子，穿上了一套黄绿色的套装，这使瘦削的他看上去格外像一株已经枯黄了的草。云领比独臂人显得要大方一些，他不请自坐在窗前的沙发上，还欠着屁股颠了几下，大约在试探沙发的弹性。已经被无数客人压迫得老朽的沙发，发出喑哑的叫声。独臂人呢，他大约觉得沙发是奢侈品，他打量了它半晌，最后还是坐在了梳妆镜前的一把硬木椅子上，而且坐得很端正。我倒了两杯白水分别递给他们，独臂人慌张地站了起来，连连说他不渴，将水接过来后放在了梳妆台上；云领呢，他痛快地接过杯子，托在掌心旋转着，问我，你能把白水变成红水吗？我说不能。云领笑着说我能，他的手抖了一下，那杯水就是红色的了，不知他眼疾手快地往水里投了什么颜料。独臂人训斥儿子，云领，你不是来学习的吗？怎么这么不谦虚，白白糟践了一杯水！云领说，这是食用色素，药不死人，怎么就不能喝呢！说完，咕嘟咕嘟地将那杯水一饮而尽。

独臂人呵斥云领的那番话，已经让我明白他们来这里的意图了。果然，独臂人恳求我，希望我能教云领几套新的招数，因为他下午时见我能把五彩丝线断了又连接上，一看就身手不凡，是大地方来的魔术师。而云领会的招数，客人已经不觉得新鲜了。说完，他用那唯一的手从裤兜里掏出一百元钱，将它放在梳妆台上，说，就当是学费了，你别嫌少，你要是愿意，明儿再去我的摊子拿几块磨脚石！

到了这种时刻，我只能如实告诉他，我只会这点小把戏，真正懂魔术的是我丈夫，可他不久前去世了。独臂人啊啊地叫了两声，说着对不起，我没有想到会是这样。

他继而问我，魔术师是怎么死的？我告诉他是一辆破烂不堪的摩托车撞死了他。独臂人叹了一口气，说，这就是命啊，像云领他妈，一条小狗就要了她的命！

独臂人对我说，以前他和妻子一直在三山湖景区做工，他为客人放焰火，妻子则受雇在发廊工作，她剃头剃得好。来三山湖度假的都是些有钱人，他们不仅带着情人来，有的还抱来自家的宠物，非猫即狗。那些狗没有个头大的，一个个娇小玲珑，有的头上还扎着蝴蝶结，拾掇得比小女孩都漂亮。有一天，发廊来了一个抱着小狗的女宾客，云领他妈给她剪头发时，它还安安静静地待在主人怀里，可当她为客人喷摩丝时，小狗以为主人受到了威胁，跳起来咬了云领他妈的手，把手背给咬破了。女宾客倒也不是个吝啬的主儿，拿出二百块钱，让云领他妈去打狂犬疫苗。发廊的老板娘对云领他妈说，一只小狗，天天又洗澡，比人都干净，能有什么病菌啊，这钱不如分了算了。于是，老板娘留下一百，云领他妈拿回一百，觉得捡了个大便宜。那伤口好得很快，结痂后又长了新皮，可是几个月后，突然间变了个人似的，她整天暴躁不安，常常和客人大吵大闹，只要拿起剪刀，想的就是给客人剃光头，老板娘辞退了她。原想着她回到家后就会安静了，可她照例闹个不休，她最不能看见水，一见了水就会哆嗦在墙角。家人把她送到医院，诊断是患了狂犬病，没有多久，人就死了。独臂人说到这儿，声音哽咽了，云领大约也跟着难受了，他说要撒泡尿，跑到卫生间去了。

独臂人说，云领很忌讳别人说他妈妈死了，他总说她去了另外的地方了。他从不去妈妈的坟上，说是妈妈没有待在土里。这两年阴历七月十五的夜晚，他总是提着一盏河灯独自出门，说是单独去会他的妈妈，别人不能跟着。他去哪里放河灯，连他这个做父亲的都不知道。想必他走了很远很远的路，因为他回来时，总是午夜时分。独臂人说，后天又是七月十五了，云领那天晚上又得出门了。咳，我真不放心他一个人走夜路。

云领从卫生间出来了，他红着眼圈，似乎刚刚偷偷哭过，可脸上却做出无所谓的表情，他耸着肩，抱怨这家旅馆的卫生间小，没有其他湖畔山庄的大，做出一副见多识广的样子。我问他为什么晚上还要戴着草帽，他此时露出了真正属于儿童的天真笑容，说，我寻思你能教我变戏法呢，你看——云领摘下草帽，只见草帽的底部嵌着个镶着纱布的胶圈，将密封的胶圈轻轻一掀，就可看见藏在里面的红绸带、白手帕和火山石打磨出的项链等物件。不用说，这是他为变戏法而设置的一道机关，是他的魔术的后花园。

独臂人对云领说，阿姨不是魔术师，这下你死了心了吧？天晚了，阿姨该歇着了，咱回家吧。

云领答应着，将草帽扣回头上。我将梳妆台上的钱拿起，还给独臂人，他有些不好意思地接了，攥在手心中，说，明儿你去我那儿再选几块磨脚石，带回城里送人去吧。

我对独臂人说不必了。我转向云领，请求他七月十五放河灯时将我也带上。云领看了看父亲，又看了看我，最后盯着自己的鞋尖又看了半晌，才对我说，你要是给你家魔术师放河灯，我就带着你。我说当然了，我不会给别人放河灯的。云领又说，你别穿高跟鞋，路很远。我点了点头。云领就对父亲说，那你今年得多做一盏河灯了。

七月十五的夜晚，我早早就吃过饭，换上旅游鞋在房间里等云领。站在窗前，可望见升腾着的焰火。焰火是人世间最短暂又最光华的生命，欣赏它的辉煌时，就免不了为它瞬间的寂灭而哀叹。七点左右，云领来了，他仍然穿着藏蓝色的衣服，不过没戴草帽，这使他看上去显得高了一些。他挎着一只腰鼓形的竹篮，篮子上放着一束紫色的野菊花。我想河灯一定掩映在野菊花下。

月亮已经走了一程路了，它仿佛是经过了天河之水的淘洗，光润而明媚。我跟着云领走出三山湖景区，踏上一条小路。

明月中的黑夜就不是真正的黑夜了，不仅小路清晰得像一条闪着银光的缎带，就连路边矮树丛中的各种形态的树叶也能看得清楚。我问云领要走多远，他说到了地方你就知道多远了。我又问他，你爸的胳膊是怎么没了的？云领说，他不是在景区给游人放焰火么，我妈走了的第二年，有一个南方来的老板非让我爸手托着大礼花给他放，那天是那个老板的生日。礼花有一个纸箱那么大，值一千多块钱呢。我爸帮他放这个礼花，他给二百块钱。哪知道这礼花跟炸药包一样劲大，一点着火就把我爸掀了个跟头，焰火上天了，我爸的一条胳膊也跟着上天了。从那以后，他才带着我卖火山石的。

我叹息了一声，听着云领的脚步声，看着月光裹挟着的这个经历了生活之痛的小小身影，蓦然想起蒋百嫂家那个轰鸣着的冰柜，想起蒋三生，我突然觉得自己所经历的生活变故是那么那么的轻，轻得就像月亮旁丝丝缕缕的浮云。

穿过一片茂密的树丛后，云领问我听到什么没有？我停下来，谛听片刻，先闻几声鸟语，接着便是淙淙的水声。云领对我说，清流到了。

据云领讲，清流是离三山湖最远、也是最清澈的一条小溪。他妈妈曾对他讲，一个人要是丢了，只要到清流来，唤几声他的名字，他的魂灵就会回来。

月光下的清流蜿蜒曲折，水声潺潺。这条一脚就能跨过去的小溪就像固定在大地的一根琴弦。弹拨它的，是清风、月光以及一双少年的手。云领放下篮子，撩开野菊花，取出两盏河灯，又取出火柴，一一将它们点燃，将一盏莲花形的送给我。他对我说，他妈妈喜欢吃南瓜，所以他每年放的河灯都是南瓜形的。云领先把几枝野菊花放在清流上，然后怕我搅扰了他似的，捧着河灯去了上游。我打量着那盏属于魔术师的莲花形的河灯，它用明黄色的油纸做成，烛光将它映得晶莹剔透。我从随身的包中取出魔术师的剃须刀盒，打开漆黑的外壳，从中取出闪着银光的剃须刀，抠开后盖，将槽中那些细若尘埃的胡须轻轻倾入河灯中。我不想再让浸透着他血液的胡须囚禁在一个黑盒子中，囚禁在我的怀念中，让它们随着清流而去吧。我呼唤着魔术师的名字，将河灯捧入水中。它一入水先是在一个小小的旋涡处耸了耸身子，仿佛在与我做最后的告别，之后便悠然向下游漂荡而去。我将剃须刀放回原处，合上漆黑的外壳。虽然那里是没有光明的，但我觉得它不再是虚空和黑暗的，清流的月光和清风一定在里面荡漾着。我的心里不再有那种被遗弃的委屈和哀痛，在这个夜晚，天与地完美地衔接到了一起，我确信这清流上的河灯可以一路走到银河之中。

从清流返回的路上，我和云领都没有讲话。月亮因为升得高了，看上去似乎小了一些，但它的光华却是越来越动人了。我们才进三山湖景区，就望见独臂人像棵漆黑的椴树一样，候在月光下。我谢过这对父子，回到旅馆，换下旅游鞋，清清爽爽地洗了个澡，将装着剃须刀的盒子放在床头柜上，半倚床头，回味着这次旅行。突然，我听见盒子发出扑簌簌的声音，像风一样，好像谁在里面窃窃私语着，这让我吃惊不已。然而这声音只是响了一刻，很快就消失了。不过没隔多久，扑簌簌的声音再次传来，我便将那个盒子打开，竟然是一只蝴蝶，它像精灵一样从里面飞旋而出！它扇动着湖蓝色的翅膀，悠然地环绕着我转了一圈，然后无声地落在我右手的无名指上，仿佛要为我戴上一枚蓝宝石的戒指。

人到中年

谌　容

谌容的中篇小说《人到中年》将现实主义的思想内涵与现代主义的艺术技巧完美结合，开拓性地塑造了知识分子陆文婷的典型形象，坚实有力地抨击了七十年代末保守思想对知识分子的歧视和不公待遇，并发出了“尊重知识，尊重人才”的强烈呼声，从而引发整个社会对畸形现实的反思，并合力形成改革的思潮。小说结构严谨，现实与过去时空交织，回忆、想象、错觉、幻觉、梦境形成的涓涓意识之流和叙述与抒情的诗意结合，构成变化与平衡的完美结构。

《收获》1980 年 1 期

一

仿佛是星儿在太空中闪烁，仿佛是船儿在水面上摇荡。眼科大夫陆文婷仰卧在病床上，不知自己是在什么地方。她想喊，喊不出声来。她想看，什么也看不见。只觉得眼前有无数的光环，忽暗忽明，变幻无常。只觉得身子被一片浮云托起，时沉时浮，飘游不定。

这是在迷惘的梦中，还是在死亡的门前？

她记得，好像她刚来上班，刚进手术室，刚换上手术衣，刚走到洗手池边。对，她的好友姜亚芬是主动要求给她当助手的。姜亚芬的出国申请被批准了，他们一家就要去加拿大，这是姜亚芬跟自己一起做最后的一次手术了。

她们并肩站在一起洗手。这两个五十年代在医学院一起读书，六十年代初一起分配到这所大医院，同窗共事二十余载的好友即将天各一方，两人心情都很沉重。这种情绪在手术之前是不适宜的。她记得，自己曾想说些什么，调节一下这种离别前的惨淡的气氛。她说了些什么呢？对，她扭头问过：

“亚芬，飞机票订好了吗？”

姜亚芬说什么了？她好像什么也没有说，只是眼圈儿红了。

停了好久，姜亚芬才问了一句：

“文婷，你一上午做三个手术，行吗？”

她回答了吗？不记得了，好像是没有回答，只是一遍一遍地用刷子刷手。那小刷子好像是新换上的，一根根的鬃毛尖尖的，刺得手指尖好疼啊！她只看见手上白白的肥皂泡，只注视着墙上的挂钟，严格地按照规定，刷手、刷腕、刷臂，一次三分钟。她刷完三次，十分钟过去，她把双臂浸泡在消毒酒精水桶里。那酒精含量百分之七十五的消毒水好像是白色的，又好像是黄色的，直到现在，她的手和臂都发麻，火辣辣的。这是酒精的刺激吗？好像不是的。从二十年前实习时第一次上手术台到如今，她的手和臂几乎已经被酒精泡得发白，并没有感到什么刺痛呀？为什么现在这手好像抬也抬不起来了？

她记得，已经上了手术台，已经给病人的眼球后注射了奴佛卡因，手术就要开始了，这时，姜亚芬却悄悄问了一句话：

“文婷，你小孩的肺炎好了吗？”

啊！亚芬今天是怎么啦？难道她不知道一个眼科大夫上了手术台，就应该摒弃一切杂念，全神贯注于病人的眼睛，忘掉一切，包括自己，也包括自己的爱人、孩子和家庭。怎么能在这时候探问小佳佳的病呢？或许，亚芬正为她将去到异国而不安，竟至忘掉了她正在协助手术？

陆文婷几乎有些生气了，只答了一句：

“现在我除了这只眼睛，什么也不想。”

于是，她低下头去，用弯剪刀剪开了病眼的球结膜，手术就进行下去了。

啊！手术，手术，一个接着一个，这天上午怎么安排了三个手术呢？焦副部长的白内障摘除；王小嫚的斜视矫正；张老汉的角膜移植。从八点到十二点半，整整四个半小时，她坐在高高的手术凳上，俯身在明亮的灯下，聚精会神地操作。剪开，缝合；再剪开，再缝合。当她缝完最后一针，给病人眼睛上盖上纱布时，她站起身来，腿僵了，腰硬了，迈不开步了。

姜亚芬换好了衣服，站在门边叫她：

“文婷，走啊！”

“你先走吧！”陆文婷站住不动说。

“我等你。今天是我最后一次到医院来了。”

说着，姜亚芬的眼圈儿又红了。她那对漂亮的大眼睛水汪汪的，她是在哭吗？她为什么难过？

“你快回家收拾东西吧，刘大夫一定等你呢！”

“他都弄好了。”姜亚芬抬起头来，忽然叫道，“你，你的腿怎么啦？”

“坐久了，有点麻，一会儿就好了。晚上我去看你。”

“那，我先走了。”

姜亚芬走了，陆文婷退身到墙边，用手扶着白色瓷砖镶嵌的冰冷的墙壁，站了好一阵，才一步一步走到更衣室。

她记得，她是换了衣服的，是那件灰色的布上衣。她记得她走出医院的大门，几乎已经走进了那条小胡同，已经望见了家门口。可是忽然，她觉得疲劳，一种从来没有感到过的极度的疲劳。这疲劳从头到脚震动着她，眼前的路变得模糊了，小胡同忽然变长了，家门口忽然变远了，她觉得永远也走不到了。

手软了，腿软了，整个身子好像都不是自己的了。眼睛累了，睁不开了。嘴唇干了，动不了了。渴啊，渴啊，到哪里去找一点水喝？

她那干枯的嘴唇颤动了一下。

二

“孙主任，你看，陆大夫说话了！”一直守在病床边的姜亚芬轻声叫了起来。

眼科主任孙逸民正在翻阅陆文婷的病历，“心肌梗塞”四个字把他吓住了。他显得心事重重，摇了摇苍白的头，推了推架在高鼻梁上的黑边眼镜，不由联想到在他这个科里，四十岁左右的大夫患冠心病的已经不是一个了。陆文婷大夫才四十二岁，自称没病没灾，从来没有听说过她心脏不好，怎么突然心肌梗塞？这多么出人意料，又是多么可怕啊！

听到姜亚芬的喊声，孙主任转过高大的，有些驼背的身躯，俯视着面色苍白的陆文婷大夫。只见她双目紧闭，鼻息微弱，干裂的嘴唇动了一下，闭上了，又翕动了一下。

“陆大夫！”孙逸民轻轻地喊了一声。

陆文婷又一动不动了。她那瘦削的浮肿的脸上没有一点反应。

“陆大夫！文婷！”姜亚芬低声唤着。

陆文婷依旧没有反应。

孙逸民抬头望着阴森森竖在墙角的氧气筒，又盯着床头的心电监视仪。当他看到示波器的荧光屏上心动电描图闪现着有规律的 QRS 波时，才稍许放心。他又扭过头看了看病人，挥了挥手说：

“快去叫她爱人来！”

一个中等身材，面目英俊，有些秃顶的四十多岁的男同志跑了进来。他是陆文婷的爱人傅家杰。从昨天晚上开始他就守在床边，没有合过眼，刚才孙主任来，劝他到病房外边的长椅上去歇一会儿，他才勉强离开。

这时，孙逸民忙闪开床头的位置，傅家杰过来，俯身在陆文婷的枕边，紧张地盯着这张曾经那么熟悉，现在又变得那么陌生的白纸一样的脸。

陆文婷的嘴唇又微微动了一下。这无声的语言，没有任何人能听懂，只有她的爱人明白了：

“快拿水来！她说她渴！”

姜亚芬赶忙递过床头柜上的小瓷壶。傅家杰接过来，小心地绕过输氧的橡皮管，把壶嘴挨在那像两片枯叶似的唇边，一滴一滴的清水流进了这垂危病人的口中。

“文婷，文婷！”

傅家杰喊着，他的手抖着，瓷壶里的水珠滴到了那雪一般惨白的脸上，她似乎又微微动了一下。

三

眼睛，眼睛，眼睛……

一双双眼睛纷至沓来，在陆文婷紧闭的双眸前飞掠而过。男的，女的；老的，少的；大的，小的；明亮的，浑浊的，千差万别，各不相同，在她四周闪着，闪着……

这是一双眼底出血的病眼；

这是一双患白内障的浊眼；

这是一双眼球脱落的伤眼。

这，这……啊！这是家杰的眼睛！喜悦和忧虑，烦恼和欢欣，痛苦和希望，全在这双眼睛中闪现。不用眼底灯，不用裂隙镜，就可以看到他的眼底，看到他的心底。

家杰的眼底清澈明亮，就像天上金色的太阳。家杰的心底是火热的，他曾给过她多少温暖啊！

是他的声音，家杰的声音！那么亲切，那么温柔，却又那么遥远，好似从九天之外的另一个世界飘来：

> 我愿意是激流，
> ……
> 只要我的爱人，
> 是一条小鱼，
> 在我的浪花中，
> 快乐地游来游去。

这是在什么地方？啊，是在一片银白色的天地中。冰冻的湖面，水晶一般透明。红的、蓝的、紫的、白的身影在冰面上飞翔。那欢乐的笑声啊，好似要把这透明的宫殿震穿！她和他也手拉着手，穿梭在人流里。笑脸，一张张的笑脸，她都看不见，她只看见他。他们并肩滑翔着，旋转着，嬉笑着，那是多么快乐的日子啊！

银装素裹的五龙亭，庄严古老，清幽旷寂，她和他倚身在汉白玉的亭台栏杆旁。片片雪花打在他们脸上，戏弄着他们的头发。他们不觉得冷，四只手紧紧地握在一起，傲视着这冷峻无情的严寒。

那时她是多么年轻！

她没有幻想过飞来的爱情，也没有幻想过超出常人的幸福。从小，她就是个孤苦伶仃的女孩子。幼年父亲出走，母亲在困苦中把她抚养成人。她不记得曾有过欢乐的童年，只记得一盏孤灯伴着早衰的母亲，夜夜剪裁缝补，度过了一个个冬春。

进了医学院，她住女生宿舍，在食堂吃大锅饭。天不亮，她就起床背外语单词。铃声响，她夹着书本去听课，大课小课，密密麻麻的笔记。接着是晚自习，然后在解剖室待到深夜。她把青春慷慨地奉献给一堂接着一堂的课程，一次接着一次的考试。

爱情似乎与她无缘。姜亚芬是她同班同学，两人同住一间宿舍。姜亚芬有一双会说话的眼睛，有一张迷人的小嘴；有修长的身材，有活泼的性格。每个星期，她都会收到不能公开的来信；每个周末，她都有神秘的约会。而陆文婷却是茕茕孑立，形影相吊，没有来信，也没有约会。她似乎是一个被人遗忘的少女。

当她和姜亚芬一起被分配到这所具有一百多年历史的著名的大医院时，医院向她们宣布了一条规定：医学院的毕业生分配到本院先当四年住院医。在任住院医期间，必须二十四小时待在医院，并且不能结婚。

姜亚芬背后咒骂“这简直是修道院”，陆文婷却甘心情愿地接受了这种苛求。二十四小时待在医院，这算什么？她恨不得一天有四十八小时献给医院！四年之内不能结婚，这又算得了什么？医学上有成就的人，不是晚婚就是独身，这样的范例还少吗？小陆大夫把自己全身的精力投入了工作，兢兢业业地在医学的大山上登攀。

然而，生活总是出人意料的。傅家杰忽然闯进了她那宁静的，甚至是刻板的生活中来。

这是怎么回事？这事是怎么发生的？她一直闹不明白，她也没有去闹明白。他因为突然的眼病来住院了，恰巧是她负责的病人。她为他治好了眼睛。也许，就在她认真细巧的治疗中，唤起了他的另一种感情。这种感情蔓延着，燃烧着，使得他们两人的生活都改变了。

北国的冬天多么冷啊！那年的冬天对她又是多么温暖！她从来不曾想到，爱情竟是这样的迷人，这样的令人心醉！她简直有些后悔，为什么不早去寻求？那一年，她已在人世间经历了二十八个春天，算不得年轻，然而，她的心却是年轻的。她用整个纯洁的身心来迎接这迟到的爱情。

我愿意是荒林，
……
只要我的爱人，
是一只小鸟，

在我的稠密的
树林间做窝、鸣叫……

这简直不可思议。傅家杰是学冶金的。他在冶金研究所里专攻金属力学，据说是为“上天”研制新型材料的。他有点傻气，有点呆气，姜亚芬就说他是“书呆子”。可是，这个书呆子会念诗，而且念得那么好！

“这是谁的诗？”她问他。

“裴多菲，匈牙利的诗人。”

“真怪，你是搞科学的，还有时间读诗？”

“科学需要幻想，从这一点说，它同诗是相通的。”

谁说傅家杰傻？他回答得很聪明。

“你呢？你喜欢诗吗？”他问她。

“我？我不懂诗，也很少念诗。”她微笑着略带嘲讽地说，“我们眼科是手术科，一针一剪都严格得很，不能有半点儿幻想的……”

“不，你的工作就是一首最美的诗。”傅家杰打断她的话，热切地说，“你使千千万万人重见光明……”

他微笑着挨近她，脸对着脸，靠得那么近。她从未感到过的男人的热气，猛然地飘洒在她脸上，使她迷惑，使她慌乱。她觉得好像要发生什么事情，果然，他伸开双臂，那么有力地把她拥进自己的怀里。

这一切，来得那么突然。她惶恐地望着这双贴近的含笑的眼睛，张开的双唇。她心跳神驰，微仰起头，下意识地躲闪着，慌乱地紧闭了眼睛，承受着这不可抗拒的爱情的袭击。

雪中的北海，好像是专为她而安排。浓浓的雪花，纷纷扬扬，遮盖着高高的白塔、葱葱的琼岛、长长的游廊和静静的湖面，也遮盖着恋人们甜蜜的羞涩。

于是，出乎所有人的意料，在四年住院医的独身生活结束之后，陆文婷最先举行了婚礼。这只能说是命运的安排，谁能想到在她生活的路上会跳出一个傅家杰来？他要结婚，她怎么能拒绝呢？你看他多么固执地追求着，渴望着，愿意为她牺牲一切——

我愿意是废墟，

……

只要我的爱人，

是青春的常春藤，

沿着我荒凉的额，

亲密地攀缘上升。

多好啊，生活！多美啊，爱情！这久远的往事重现在脑际，使得垂危中的她似乎有了生的活力，她的眼睛微微启开了一下。

四

在服用了大量镇静和镇痛的药物之后，陆文婷大夫仍在昏睡。内科主任亲自来为她做了检查。他仔细听了她心脏和肺部的情况，看了心动电描图和病房记录，嘱咐值班大夫继续为病人静脉滴注极化液，注射罂粟碱和吗啡，密切监视心电变化，以防止梗塞面扩大和发生严重的合并症。

走出病房，内科主任对孙逸民说道：

"她的体质太弱了。我记得，陆大夫刚到我们医院的时候，身体很好嘛！"

"是啊！"孙逸民摇摇头，叹息着说，"她到我们医院，算来有十八年了。来的时候还是个小姑娘啊！"

十八年前，孙逸民已经是一位享有盛名的眼科专家了。他高超的医术和对工作一丝不苟的态度，赢得了眼科全体大夫的敬畏。这位年富力强、精力旺盛的教授，把培养年轻医生当作自己不容推卸的责任。每当医学院分来一批学生，他都要逐个考察，亲自挑选。他认为，要把这所医院的眼科办成全国最好的眼科，必须从挑选最有前途的住院医开始。

陆文婷是怎么被他挑上的呢？他记得很清楚。最初，这个二十四岁的医学院毕业生并没有给他留下很深的印象。

那天一上午，孙主任已经同五个新分配来的大学生谈了话，心里感到非常失望。这五个大学生，有的很适宜搞眼科，可是看不起眼科，表示不愿意在眼科工作；有的倒是愿意在眼科，可又把眼科看得很简单，以为这是很清闲的一科。当他拿起第六份档案，看到陆文婷这个名字时，他感到有点累，也并不期待还能出现奇迹。他心里想的是应该改进医学院的教学工作，使学生从一开始对眼科就有一个正确的看法。

这时，门悄悄地推开。一个苗条的女生轻步走了进来。孙逸民抬起头来，只见进来的这个女学生穿一身布衣布裤。袖口补着一圈新布边，长裤的膝盖处已经发白。她是朴素的，甚至显得有些寒碜。孙逸民望着档案袋上陆文婷三个字，又抬头漫不经心地打量了她一眼。这个女大学生看起来真像一个小姑娘。她小巧的身子，瓜子型的脸儿，一头乌黑透亮的好头发，短短地剪齐在耳垂下。她坐在对面的椅子上，安静得像一滴水。

孙主任照例问了一般学业上的问题。陆文婷一一回答了，但只限于回答，没有更多的话。

“你愿意在眼科吗？”孙逸民几乎决定草草结束这谈话了。他手臂撑在桌沿上，用手指揉着太阳穴，疲倦地问道。

“愿意。我在学校的时候就对眼科有兴趣。”她说话略带南方口音。

这个回答，使孙逸民那么高兴。他松开了按在太阳穴上的手指，好像额头不那么胀痛了。他立刻改变了主意，要把谈话认真地进行下去。他审视着这女学生，问道：

“为什么有兴趣呢？”

话一出口，他自己感到这个问题提得不好，叫人家太难回答了。不想，那女学生却不慌不忙地回答了：

“我们国家的眼科太落后了……”

“好，你讲讲看，怎么落后？”孙逸民简直是急急地在问了。

“我也讲不好，反正我觉得，有些手术，外国已经搞开了，我们还是空白。比如，用激光封闭视网膜破口。我觉得，我们也应该尝试的。”

“是啊！”孙逸民在心里已经给这个学生打了“五”分。他又问道：“还有呢？还有什么想法？”

“还有……嗯……用冷冻摘除白内障，也应该普遍推广。反正我觉得，有很多新的课题，值得研究。”

“好啊，你讲得很好。你能看外文资料吗？”

“查字典看，很吃力。我喜欢外语。”

“这太好了。”

孙逸民主任在一个新来的大学生面前连连赞好，这是绝无仅有的。过了几天，陆文婷和姜亚芬首先被眼科要了来。如果说姜亚芬以她的聪慧、热情、精干被孙逸民挑上；那么，陆文婷就是以她的朴实、深沉、敏锐而被选中。

第一年，她们做外眼手术，熟读眼科学。第二年，她们做内眼手术，读屈光学和眼肌学。第三年，她们能做比较精细的白内障之类的手术了。这一年，有一件事更使孙主任对陆文婷大夫另眼相看。

那是一个春天的早晨。星期一，孙主任查病房来了。穿白大褂的各级大夫跟了一群。病人怀着急切的心情，都早已坐好在床上，翘首盼望这位有名的教授给自己看上一眼。好像他的手一按到自己的眼睛上，那病就会好似的。

每到一个床位，孙主任总是接过从背后递上来的病历，一边翻阅着，一边听主治大夫或高年大夫汇报诊断与治疗的情况。有时他掰开病人的眼皮瞧上一眼，有时他拍拍病人的肩膀，嘱咐病人手术时不要紧张，然后转到下一个床位。

查完病房之后，照例有一个短会，交换意见，安排工作。在这样的会上，通常都是孙主任和主治大夫们发言，住院医只用心地在一边听着，谁也不敢说什么，怕说错了在这些眼科权威们面前出乖露丑，日后成为全科的笑料。这一次也是如此，该说的说完了，该布置的布置了。孙逸民准备走了，他站起来问：

“大家还有什么意见吗？”

这时，在屋子角落里，响起了一个很低的女同志的声音：

“四室三床的病人，请孙主任再看看片子。”

满屋的人都朝说话的方向转过头去。孙逸民也看清了，说话的是陆文婷大夫。她确实长得个子不高，而且很不显眼。刚才查房时，孙逸民就没有注意到尾随在自己身后的还有这个住院医。后来进了办公室，谈了这么长时间，他也没有注意到参加会的还有这个陆文婷大夫。

“三床？”孙逸民侧过脸望着总住院医生。

“三床是工伤。”总住院医答道。

“门诊收住院时，给他照过片子。”陆文婷说，“放射科的报告是未见金属异物。住院后，伤口缝合了，病人还是嚷痛。我又给他做了无骨照相，我认为确实有异物。请孙主任再看看。”

片子被取来了。孙主任看了，在场的总住院医和主治大夫们都轮流看着。

姜亚芬直拿大眼瞪自己的同学，心说：你不会等会后再给孙主任看，万一你判断错了，就在全科闹下话柄；就算你诊断对了，那也等于说人家门诊的大夫不够仔细，人家可是主治大夫呀！

“你的看法对，是有异物。”孙逸民又接过片子来，点着头。然后，他环视着在场的大夫说道：“陆大夫到眼科不久，肯钻研业务，对工作认真细致，这是很可贵的。”

听到这话，陆文婷反低下了头。她没有想到孙主任会当众表扬自己，一时脸红了。孙主任看着她那神情却微微笑了。他也很明白，这个住院医敢于对主治医的诊断怀疑，不仅要有对病人的高度责任心，还需要极大的勇气。

医院与别的单位不同，一级一级，等级森严。这倒也没有什么明文规定，然而，低年大夫要服从高年大夫；住院医要听主治医的；教授、副教授的意见则是不容辩驳的，如此等等。这个还算不上高年大夫的陆文婷竟然能对主治医的诊断提出不同看法，不能不引起孙逸民格外的重视。

“她是一个很有希望的眼科大夫。”从那时起，孙主任就对陆文婷下了这样的断语。

如今，转瞬之间十八年过去了。陆文婷、姜亚芬这批大夫，已经成为这所医院眼科的骨干。按规定，如果凭考试晋升，她们早就应该是主任级大夫了。可是，实际上她们不仅不是主任级大夫，连主治大夫都不是。她们是十八年一贯的住院大夫。“文化大革命”砍断了她们晋级的阶梯，粉碎“四人帮”后的春雨还没有来得及洒到这些多年住院医的身上。

“一茎瘦草！”望着奄奄一息的陆文婷，一种怜悯之情，从他心中油然而生。孙逸民拉住内科主任问道：

“你看她，还不至于……”

内科主任回头朝病房望了望，叹了口气，又摇着头低声说：

“孙老，只希望她很快脱离危险吧！”

孙逸民忧心忡忡地又回身往病房走来。他的步履变得沉重，看上去真是老态龙钟了。到门边，他一眼看见姜亚芬还偎在陆文婷枕边，就站住了，没有前去惊动这两个挚友。

深秋天气，昼短夜长。五点多钟，天已经暗了下来。秋风吹动着窗外的梧桐树叶，沙沙地响。一片、两片、三片……枯黄的叶儿在秋风中飘落了。

孙主任眼望窗外飘泊落下的黄叶，耳听那如泣如诉的沙沙沙的声响，感到一阵从来未曾有过的怅惘。他面前的这两位骨干，两名有造就的眼科医生，一个已经倒下去了，能不能再站起来，尚不可知；一个即将离去，能不能再回来，亦不可料。她们是支撑着这著名医院眼科的两根柱子。撤掉了这两根柱子，他感到整个眼科就如同那秋风中的梧桐，正在一天天地衰落下去。

五

蒙眬之中，陆文婷大夫觉得自己走在一条漫长的路上，没有边际，没有尽头。

这不是崎岖的山路。山路尽管险峻难攀，却是千回百折，令人意气风发。这也不是田间的小道。小道尽管狭窄难行，却有稻花飘香，令人心旷神怡。这是一步一坑的沙滩，这是举步难行的泥潭，这是无边无沿的荒原。极目远眺，人迹渺无，只有死一般的沉寂。啊！多么难走的路，多么累人的路！

歇下来吧，躺下来吧！沙滩是和暖的，泥潭是柔软的。让大地温暖你冰冷的身躯，让春光抚摸你劳累的筋骨。她好像听见死神在冥冥之中低声轻唤着她的名字：

“安歇吧，陆大夫！”

啊！这么歇下来多么好，永远歇下来。什么也不想，什么也不知道。没有烦恼，没有悲伤，没有劳累。

可是，不行啊！在那漫长道路的尽头，病人在等着她。她好像看见了，那病人正因双目刺痛辗转不安。她好像看见了，那病人在面临失明的威胁而暗自饮泣。她看见了，看见了一双双望穿秋水的焦急的眼睛，在等着她，等着她的来临。她耳边只听见病人在绝望中的呼喊：“陆大夫！陆大夫！”

这是神圣的召唤，这是不可抗拒的命令。她抬起麻木的双腿，继续在长长的路上艰难地行走。从家门到医院，从门诊到病房，从这个医疗点到那个巡回的地方，每天，每月，每年，走啊走啊……

“陆大夫！”

这又是谁在喊呢？好像是赵院长的声音。对了，是他来的电话。她记得，她在门诊护士长的台前放下了电话，把没有看完的病人交代给同诊室的姜亚芬，就向院长办公室走去了。

从眼科门诊到院长办公室，要经过一个小花园。她快步踏着园中小石子儿铺成的甬道，简直没有留心到那满园的菊花娇娜万朵，黄白争艳；也没有感到那从桂花树上飘来的阵阵清香；更没有看到那双双的蝴蝶在花丛中戏舞翩翩。她只想赶快走到院长办公室，赶快办完事，赶快回诊室。一上午要看完十七个病人，今天她才叫了七个号。明天就该轮到她去病房，门诊还有些病人需要交代安排。

她很快就到了院长办公室的门前，她记得自己好像没有敲门，就推开门径直往里走。立刻，她看见了迎面沙发上坐着的一男一女两位客人。她不由在门边站住了，以为自己来得不是时候，转眼才看见赵院长斜身坐在皮转椅上。

"陆大夫，请进来呀！"赵院长回身笑着招呼她。

她走了进去，在靠窗的一把皮靠背椅上坐下了。

那间屋子好亮啊！又清洁又宽敞。那间屋子好静啊！没有门诊部那种杂乱的脚步声、乱哄哄的说话声和小病人的哭叫声。坐在那窗明几净的房间里，她感到一种异样的，很不习惯的恬静。

坐在那里的人们，也是那么温文尔雅，安安静静。赵院长总保持着学者的风度，挺直的脊背，和蔼的面容，金丝眼镜后面一双含笑的眼睛，头发梳理得很整齐。雪白的衬衣，乌黑的皮鞋，一身笔挺的浅灰色中山服。

那坐在沙发上的男客身材颀长，两鬓斑白，戴一副茶色眼镜，使人看不见他的目光。但是陆文婷一望而知，这是一位眼科的病人。只见他斜倚在沙发靠背上，无意地摆弄着身边的手杖，心平气和，举止安详。

坐在他身旁的女客五十多岁的样子。尽管上了年纪，仍是眉清目秀。染过的黑发经理发师稍稍冷烫过，既蓬松又不显轻浮时髦，十分得体。身上穿的是普通式样的干部服，但质地考究，剪裁合身，显得很有精神。

她记得，从自己一站在门口，这位女客的目光就跟踪着自己，从上到下地打量。而反映在那女客脸上的则是一种明显的疑虑、不安和失望。

"陆大夫，我来给你介绍一下。这位是焦副部长焦成思同志。这位是成思同志的爱人秦波同志。"

焦副部长？部长？是啊，在她十几年的医生生涯中，她曾为多少部长、书记、主任治过眼睛。她没有注意到这职称，只是习惯地想：他的眼睛怎么了？好像是失明？

“陆大夫，你现在是在门诊还是在病房？”赵院长问。

“今天还在门诊，明天就该上病房了。”

“正好。”赵院长笑道，“陆大夫，焦部长想在我们这儿做白内障手术。”

病情就是敌情。这一句话就等于把任务交给她了。她开始问诊了：

“是一个眼睛吗？”

“一个。”

“哪只眼睛？”

“左眼。”

“完全看不见了吗？”

那病人点了点头。

“以前在医院检查过吗？”

她记得，病人说了一个什么医院的名字。她就站了起来，准备走过去看那只眼睛。可是，好像出了什么事，没有看成。为什么没有看成呢？记起来了，是坐在一旁的秦波同志客客气气地把她拦住了。

“陆大夫，你先坐，坐嘛，不要急。要检查，恐怕还要到你们的暗室里去吧！”秦波笑了笑，又扭头说，“赵院长，老焦的眼睛一有病，我也成半个眼科大夫了。”

就这样，当时没有给焦副部长诊断。可是，在那间办公室坐了那么久，谈了些什么呢？对，秦波同志问了好些问题，问得真仔细啊！

“陆大夫，你在医院工作几年了？”

几年？她一时算不清了，她只记得自己是哪年毕业的，就那么回答了：

“我是六一年来的。”

“啊，六一年，那也有十八年了。”

秦波屈指算着，十分认真的样子。

她问这些干什么？只听赵院长从旁说道：

“陆大夫临床经验很丰富，手术做得很漂亮。”

赵院长为什么要当着病人这么夸赞自己？这有什么必要呢？

秦波同志又问道：

“你身体好像不大好，陆大夫？”

这又是什么意思？她整天给别人治病，很少研究自己的健康。本院的保健科甚至没有她的病历档案，也从未有上一级的领导问过她的身体状况。怎么面前坐的这位初次见面的客人忽然关心起自己的身体来了？她迟疑了一下，记得是回答说：

“我身体很好。”

赵院长在一旁又说话了：

“她在我们这儿，就算身强力壮的了。陆大夫，我记得，你这几年一直是全勤。”

她没有回答。她闹不明白，全勤不全勤，身体好不好，和面前的这位夫人有什么关系呢？她记得，当时只是很着急，担心姜亚芬一个人看不完那些病人。

那夫人盯着她，笑了笑，又问道：

“陆大夫，对于白内障手术，你有把握吗？”

把握？又是一个叫人难以回答的问题。的确，在她做过的多少次白内障摘除手术中，还从来没有发生过意外的事故。可是，不怕一万，只怕万一，任何意外的情况都是可能发生的。如果病人配合得不好，或者麻醉的大意，都可能使眼内溶物脱出。

她不记得自己回答没有了，只记得秦波那一双包在皱褶里的眼睛，那双眼睛很大，闪着两道不信任的亮光，盯着自己一眨也不眨。这使她感到难以忍受。她接触过各式各样的病人，感到最难缠的就是一些高干夫人。不过，她接触得多了，也就习以为常。当她正考虑怎么委婉答复时，她记得，就在这时，焦副部长不耐烦地把身子在沙发上挪动了一下，朝秦波那边扭过头去。这一来，那夫人不说话了，眼睛也从自己身上移开了。

这场很难进行下去的谈话是怎么结束的呢？不记得了。对了，是姜亚芬跑来了，她探进半个身子，叫道：

“陆大夫，你约的那个张大爷又来了，他非等你不可。”

记得秦波立即客气地说：

“陆大夫有事，那就先忙去吧！”

她赶忙起身离开了这间明亮宽大的办公室，只感到这里的空气令人窒息，叫人透不过气来。

啊！多么憋闷！

六

赵天辉院长赶在下班前，匆匆忙忙来到内科病房。

“孙老，陆大夫身体一向不错，怎么突然就病倒了？”赵天辉两手插在白大褂的衣兜里，一边同孙逸民谈着，一边向病房走去。他比孙逸民小八岁，看上去却年轻得多，声音也洪亮得多。

“这是一个信号啊！”赵天辉摇摇头又说，“中年大夫，是我们医院的骨干力量，工作上担子重，生活负担也最重，身体素质一年不如一年，长此以往，一个个病倒了，你这位主任，我这个院长就没法办了。陆大夫家里几口人？住几间房？”

他侧身看了看心情沉重、面带愁容的孙逸民，又说：

“什么？四口人一间房？是啊，是啊，是这个情况。工资呢？工资多少？五十六块半？你看，你看，难怪人家说拿手术刀的不如拿剃头刀的，真是一点不假。嗯？去年调工资，怎么没给她调？”

“僧多粥少，调不过来。”孙逸民冷冷地说。

“唉！真是个问题啊！孙老，我看就请你和支部的同志商量一下，在眼科搞个中年大夫的调查，他们的工作情况，收入情况，生活情况，还有住房情况，搞个材料给我！”

“这有用吗？我记得这种材料，开科学大会的时候就让写过，交上去不也就完了。”孙逸民客气地反驳着，眼睛看着地面，不看身边的人。

“孙老，你就不要带头发牢骚了嘛！有个材料总比没有材料好。我拿了它去找市委，找卫生部去，见庙就烧香，见神就磕头。求爷爷，告奶奶，也要把这张状子递上去。中央三令五申，要珍惜人才，落实知识分子政策，改善科技人员待遇，总不能到了下边就变成一句空话吧！前天还传达市委开会的精神，要重视中年干部。我还是相信，有办法的，会解决的。”

赵天辉挽着孙逸民的手臂，跨进陆文婷的病房，才停了话头。

傅家杰早已站了起来，赵天辉冲他挥了挥手，就一直走近床边，弯下腰去，端详着病人的脸色，又从值班大夫手上接过病历。这时，他已经丢掉院长的身份，进入大夫的角色。

赵天辉是国内著名的胸科专家。全国解放时，他在国外学成归来，以自己精湛的医术服务于新生的中华人民共和国。他的政治热情很高，五十年代中期就被视为又红又专的典范，入了党，后来又被任命为院长。自从担任了这个行政职务，一大堆行政管理事务和会议压下来，使他除了参加重要的会诊，就很少有机会接触病人了。那十年，住"牛棚"、扫院子，自然谈不上发挥他的专长。这三年又处在拨乱反正的特殊历史时期，身为一院之长，每天处理成堆的问题，根本没有时间和精力上手术台了。

现在，赵院长亲自来到病房，显然是为陆大夫看病来了。内科病房的大夫都被吸引了出来，在他身后围了一圈，悄悄地观摩他的临床诊断。

然而，他似乎有些令人失望。他看完病房记录和心电图记录，又看了看心电监视仪的荧光屏，只嘱咐要继续密切监视心电变化，防止出现合并症，就回头问孙逸民：

"她爱人来了吗？"

孙逸民把傅家杰拉到前边来作了介绍，赵天辉才知道他原来就是陆大夫的爱人。他打量着傅家杰，一眼就看到他的秃顶和额前的皱纹，心里有点奇怪，这个面目清秀的中年人怎么已经开始秃顶？看来，他不大会保养身体，当然也就不会知道怎样爱护自己的妻子。

"你要多辛苦了。"赵天辉握了握他的手说，"陆大夫需要绝对静卧，不能让她动，大小便，翻身，都要人，应该二十四小时都有专人护理。你在哪儿工作？需要跟你们单位领导讲一讲，这几天你不能上班了。当然，你一个人也不行，还得有人替你。你们家还有什么人没有？"

傅家杰摇摇头说：

"有两个孩子，都还小。"

赵天辉回头问孙逸民：

"眼科能不能抽人值班啊！"

"一天两天，当然是可以的。"孙逸民说，"长期值下去，人力就安排不过来了。"

"先顾眼前吧！"

赵天辉又回头凝望着陆文婷苍白的瘦脸，心里简直不能明白，这个以精力旺盛著名的小陆大夫，怎么突然间就病成这样？

他脑子里闪过一个念头：会不会是给焦副部长做手术，心里过于紧张了？不可能呀！陆大夫不是一个新手，即便是个新手，也很少发生因手术时精神负担过重，导致心肌梗塞。更何况，心肌梗塞的发病常常来得很突然，不一定有什么诱发因素。

他想排除这种念头，但是，不行。不知为什么，焦部长的手术和陆大夫的病总是绞在一起，好像有什么必然的联系。他甚至有些后悔，当初不该竭力推荐她。而且事实上，那位副部长夫人从一开始就不愿意让她做手术。

"赵院长，我想问一下，陆大夫是副主任吗？"那天，陆文婷走后，秦波就是这样提出问题的。

"不是。"

"那么，她是主治大夫吗？"

"不是。"

"是党员吧？"

"也不是。"

"我的同志哟！"秦波不大客气地说，"我们都是共产党员，恕我直言，让一个普普通通的大夫来给焦部长动手术，这，是不是有些考虑不周……"

她的话被焦成思手杖"笃笃"戳地的声音打断了。焦副部长把头扭向他夫人这边，生气地说：

"秦波，你说些什么？听医院安排嘛！谁做不都一样。"

秦波并不屈服，她向焦成思开起连珠炮来：

"老焦，我就不赞成你这种无所谓的态度。这是对自己的眼睛不负责嘛！身体是革命的本钱。我们要对革命负责，对党负责！"

眼看老首长两口子要开战，赵天辉不得不过来劝解。他笑道：

"秦波同志，请你相信我们。陆大夫虽然只是一个普通的大夫，却是我们眼科的一把好刀。她做白内障手术是很有把握的，请放心吧！"

"不是我不放心。赵院长，也不是我替老焦考虑过多。"秦波叹口气说，"我在干校的时候，有个老同志，也是白内障。当时，不准他回北京，就在当地一个小医院开刀。结果，手术没做完，眼珠掉出来了。赵院长，老焦被‘四人帮’关了七年，刚出来工作不久，他可不能没有眼睛啊！”

“不会的，秦波同志，我们医院很少有这样的事故。”

秦波考虑了一下，还是力争着：

“赵院长，能不能请眼科孙主任亲自替老焦动这个手术？”

赵天辉摇摇头，笑了笑说：

“孙主任已经快七十了。他自己的眼睛也不行了。再说，他已经好几年没上手术台。他现在的任务是搞点学术研究，带好这一批中青年大夫，还有教学的任务。让他做手术，老实说，还不如让陆大夫做更有把握。”

“要不，请郭大夫做，行不行？”

“郭大夫？”赵天辉一愣。

看来，这位副部长夫人对这里的眼科很做了一番调查。她提示说：

“郭汝清。”

赵天辉两手一摊说：

“郭大夫出国了。”

秦波仍不罢休，她急切地问：

“他什么时候回国？”

“不回国了。”

“为什么？”秦波瞪大眼问道。

赵天辉把头摇了摇，叹道：

“郭大夫的爱人是个归国华侨。她父亲在东南亚开一间杂货铺，不久前病故了。两个月以前，他们申请出国继承遗产，被批准走了。”

“放着大夫不当，去当杂货铺老板，简直不可理解。”焦成思感慨地说。

“在卫生界，这已经不是个别的了。拿我们医院来说，已经批准出国和正在申请要走的，就有好几个了。而且，还都是我们医院的骨干，业务上拿得起来的呀！”

“这些人，真不知是什么想法？”秦波颇有些愤愤然了。

焦成思把手中的拐杖扬了扬，脸向着赵天辉，说道：

“五十年代初，你们这批知识分子，冲破重重阻力，回来为建设新中国服务。想不到七十年代末，我们自己培养的知识分子又往外跑，这个教训太深刻了。”

“这么下去怎么得了？”秦波说，“我看还是应该加强思想政治工作。我的同志哟，粉碎‘四人帮’以后，知识分子的地位大大提高了，随着四化的实现，生活条件、学习条件都会改善的嘛。”

“是啊。我们党委讨论的时候，也是这个看法。”赵天辉说，“郭大夫走之前，我代表党委找他谈过两次，再三表示挽留，可是没有用啊！”

秦波还想发点议论，焦成思晃了晃自己的手杖拦住她说：

“赵院长，我来找你们，倒不是非想找个什么专家教授。我对你们医院信得过，或者说有一种特殊的感情。前几年，我右边这只眼睛白内障，就是在你们医院做的，手术很不错。”

“哦！那是谁做的？”赵天辉忙问。

焦成思深为遗憾地说：

“可惜啊，我到现在还不知道她姓什么。”

“那好办，查一查病历就知道了。”

赵天辉拿起电话，他想，只要把那位大夫找来，焦副部长的夫人总该放心了吧！

焦成思对赵院长连连摆手说：

“你不用查了，你也查不到。那时是在你们门诊做的手术，根本没有病历。只记得，是个女同志，说话带南方口音。”

“这就不好找了。”赵天辉放下电话，笑道，“我们这里南方口音的女同志很多，陆大夫就是南方人。就让她做吧！”

当秦波扶着焦副部长站起来时，他们接受了赵院长的意见，让陆文婷大夫来给做这个手术。

也许，就因为这个手术使她心肌梗塞？赵天辉自己想着，又摇摇头，觉得不可能。这样的手术她做过上百次了，不会那么紧张。再说，那天手术前自己还亲自去了，他看见这位女大夫走上手术台时从容不迫，很有信心，精神也很好。怎么可能发生这样意外的不测呢？

赵天辉又把关切的目光停留在陆文婷脸上。他感到，即便是在这生死线上，陆文婷大夫的脸色仍是从容的，好像没有什么病痛，只是安安静静地酣睡在温柔的梦乡。

七

她素来是从容的，沉静的。想让陆文婷大夫生气，在眼科工作过的同志都知道，几乎是不可能的。

秦波对她的挑剔和轻侮，换了别人，十有八九会当面顶撞，即使不说出口，也会怒形于色，或者过后愤愤不平，耿耿于怀。陆文婷呢？她从院长办公室出来的时候心平似镜，一如往常。她没有把替焦副部长做手术，看作是不可多得的荣誉；也没有把秦波的刁难，视为难以忍受的凌辱。手术做不做，要看病人自愿，愿意做就做，不愿意做就不做，这有什么呢？

"怎么，又找你做手术，什么大官儿呀？"姜亚芬见她出来，便悄悄问道。

"还没定做不做呢。"

"快走吧！"姜亚芬拉着她说，"你约的那个老大爷，真难办，简直跟他讲不清，他坚决不做手术了。"

"那怎么行？他是外地来的，花了那么多路费，能治不治，我们也没尽到责任。"

"那你去说服吧！"

回到门诊部，穿过坐满了候诊病人的过道时，一些熟悉的病人早已站起来向她们致意。她俩含笑四顾，点头招呼着。陆文婷进到自己的诊室，正低声回答着一个年轻病人的问题，忽然从身后响起了一个洪亮的喊声：

"陆大夫！"

这一嗓子把病人和大夫的目光都吸引了过去。只见一个高大结实的汉子摸索着朝诊室门口走来。这病人身穿青布裤褂，头缠白色毛巾，肩宽腰圆，五十多岁的样子。他那比人高出一头的个子本来就引人注目，加上这一声喊，两边的人都给他让开了路。但他双目几近失明，不知这么多人在看自己，只伸出两只大手，迎着陆文婷说话的声音摸去。

陆文婷忙转身迎出去，双手扶住这盲人，说：

"张大爷，快坐下吧！"

"您坐，陆大夫！俺找您，说个情况。"

"说吧，坐下说。"陆文婷搀扶着老汉在长椅上坐下。

“陆大夫，是这么回事儿。我在这儿也住了不少日子了。我寻思，还是先回去吧，赶明儿再来……”

“那怎么行？张大爷，您这么远跑到北京，花了这么多路费……”

“谁说不是呢！”不等陆文婷说完，张老汉拍着自己的膝盖抢过话说，“我是想着，回去再干一秋活儿，挣点分儿。您别瞧我眼神不济，摸摸索索也能干，队上派活挺照顾我。陆大夫，我拿定主意先回去，可一想，怎么也得来跟您说一声儿。为俺这双眼睛，真没叫您少操心。”

张老汉患角膜溃疡多年，瘢痕很厚，久治不愈。陆文婷在那里巡回医疗时，曾建议他移植角膜。老汉就是为做这个手术来的。

“张大爷，您儿子花了这么多钱，让您到这儿治病，没治好就回去了，我们也过意不去啊！”

“嗐，有您这份儿心，啥都有了。”

陆文婷笑笑，拍着老汉的胳膊说：

“眼睛治好了，您干活就不用人家照顾了。您身体这么好，还能干它二十年呢！”

张老汉呵呵笑了起来，连声答道：

“那敢情！要不是两眼不争气，啥活儿也难不住我！”

陆文婷笑道：

“那就还是做吧！”

张老汉放低了声音，说道：

“陆大夫，我拿您也不当外人，俺就实话实说吧，俺愁的就是钱。俺这趟治病，全靠自个儿掏，老在北京住店，住不起呀！”

陆文婷愣了一下，马上又说：

“张大爷，您别着急，我已经查过预约本了，这回该轮到您了。这两天，只要有材料，就马上给您做手术，行吧？”

张老汉被说服了，陆文婷把他送到走廊外，转身回来时，被一个十一二岁的漂亮小女孩拦住了。

这孩子长得可真俊。圆鼓鼓红扑扑的脸儿，黑眉毛高鼻梁配上一个红嘴唇儿，一只双眼皮儿大眼睛滴溜溜水汪汪的。可惜，另一只眼却向外斜着。她穿着医院的白裤褂躲躲闪闪地叫：

“陆大夫！”

“王小嫚，你怎么跑出来了？”陆文婷向她走去。这是她昨天收进来的小病人。

“我害怕，我要回家！”说着，王小嫚抹起眼泪儿来了，“我，不做手术了。”

陆文婷搂住这女孩子的肩膀问：

“来，告诉阿姨，怎么又不想做手术啦？”

“我怕疼。”

“傻丫头！不疼。到时候我给你打麻药。保证一点儿都不疼！”陆文婷拍拍她的头，又弯腰凝视着这张小脸儿，像在惋惜地欣赏一件不小心弄坏了的艺术品似的，不无遗憾地说：“你看，就是这只眼睛！王小嫚，等阿姨给你矫正过来，跟那边的眼睛一样，你看，多好！快回病房去，听话，咳！医院不准乱跑的。”

王小嫚擦干眼泪走了，陆文婷才回到自己的诊桌，一个一个地叫号。

这两天病人很多。今天也一样。她必须抓紧时间，把刚才去院长办公室耽误了的时间补回来。她忘记了焦副部长，忘记了秦波，也忘记了自己，只一个接一个地看下去。问明情况，带到暗室，开药方，给预约号，一个接一个……

“陆大夫，你的电话！”护士跑来叫她。

“请你稍等一下。”陆文婷向病人打了招呼，跑过去拿起听筒。

“佳佳病了，昨天晚上就发烧。”托儿所的阿姨在电话里说，“我们知道你工作很忙，没敢告诉你，带她去看了急诊，打了针。可是，现在还不退烧，老哼哼，要找妈妈，你能不能来看看。”

“好的，我就来。”她放下了电话。

可是，她并没有去托儿所。这么多病人压着，怎么能丢下走开？她又拿起电话，拨通傅家杰机关的号码，那边告诉她傅家杰外出开会去了。她只好挂上了电话。

“谁来的电话？有事儿吗？”姜亚芬问。

“没什么。”她答道。

她从来不麻烦别人，也从来不麻烦组织。“先把病人看完了，再上托儿所也行。”她想着，又坐回到诊桌旁，继续看病。开始，哼哼的佳佳，哭喊妈妈的佳佳，还在她脑子里转。后来，一双双病人的眼睛取代了佳佳的位置，直到把所有的病人都看完了，陆文婷才急急忙忙赶到托儿所去。

八

“陆大夫，你怎么才来呀？”托儿所的阿姨抱怨地说。

她冲向隔离室，只见小佳佳一个人冷冷清清地躺在小床上。她的小脸蛋儿烧得通红，小嘴唇儿张着，小鼻子吃力地扇动着，眼睛却闭得紧紧的。

“佳佳，妈妈来了！”陆文婷扑到小床栏杆上。

佳佳的小脑袋在枕头上动了动。她沙哑地喊了一声：

“妈——妈——回家！”

“回家，回家！”她急忙抱起小佳佳，转回本院儿科看急诊。

“肺炎。”儿科的大夫同情地说，“陆大夫，要好好护理几天啊！”

她点点头，给佳佳打了针，取了药，走出儿科急诊室。

中午时，医院安静下来。门诊的病人走了，住院的病人睡了，医护人员也各自奔回家或者找地方休息去了。偌大的一个院子显得空落落的，只有一些不知疲倦的麻雀在梧桐树上叫着，逍遥自在地飞来飞去。原来，在这大楼林立、空气污染、充满噪音的市区，也还有大自然的造物在与人类争妍。陆文婷心中觉得奇怪，怎么天天在医院走来走去，竟没有发现这里还有鸟儿?

她抱着孩子站在院子当中，不知该往哪儿去。回托儿所吧，想到病成这样的孩子，独自单单地躺在隔离室，于心不忍。抱回家去吧，下午还要上班，谁来照顾她。

愣了片刻，她狠了狠心，朝托儿所走去。

伏在她肩上、垂着头的佳佳，忽然大哭起来：

“我不上托儿所，不上……”

“佳佳，乖，听话……”

“不，不，我回家！”佳佳两腿乱踢起来。

“好，回家，回家。”陆文婷只好抱着佳佳朝回家的路上走去。

从医院到家里，要穿过繁华的商业大街。新竖的巨幅时装广告，大街两旁琳琅满目的陈列橱窗，以及人行道上农民自由出售的活鸡活鱼，瓜子、花生等等稀缺的农副产品，陆文婷都一概视而不见。自从有了两个孩子，月月入不敷出，她就同高档商品无缘了。此刻她怀里抱着佳佳，心里惦着园园，更是目不斜视，行迹匆匆。

回到家里，已经快一点了。园园噘着嘴说：

“妈，你怎么才回来？”

“你没看见小妹病了吗？”陆文婷瞪了园园一眼，忙给佳佳脱了衣服，把她放在床上，替她盖上被子。

园园站在桌边，着急地说：

“妈，快做饭呀！要迟到了！”

陆文婷心烦意乱，不由得吼了一声：

“催！你就会催！”

园园又委屈又着急，眼圈儿一红，眼泪儿就在眼眶里打起转来。

陆文婷顾不上去理他，走出房门打开蜂窝煤炉。封闭了一上午的煤块已经奄奄一息，火是一时上不来了。她再掀开锅盖，打开碗橱，全都空空如也，连一点剩菜剩饭都没有了。

她又转身进屋，看见儿子仍站在那里伤心，心里感到内疚。孩子是无辜的，自己为什么拿他出气呢？

近年来，她越来越感到家务劳动的负担沉重。“文化大革命”那些年，傅家杰的实验室被造反的人们封闭了。他研究的专题也被取消了。他变成了“八九二三部队”的成员。每天八点上班，九点下班；二点上班，三点下班。他整天无所事事，把全部精力和聪明才智都用在家务上了。一日三餐他包了，还学会了做棉裤、织毛衣。这倒使陆文婷免去了后顾之忧。粉碎“四人帮”以后，科研工作要大上，傅家杰被视为骨干，他的科研项目被列为重点，又成了忙人。这样，家务劳动的重担又有很大一部分压到陆文婷肩上。

每天中午，不论酷暑和严寒，陆文婷往返奔波在医院和家庭之间，放下手术刀拿起切菜刀，脱下白大褂系上蓝围裙。可以毫不夸张地说，这是分秒必争的战斗。从捅开炉子，到饭菜上桌，这一切必须在五十分钟内完成。这样，园园才能按时上学，家杰才能蹬车赶回研究所，她也才能准时到医院，穿上白大褂坐在诊室里，迎接第一个病人。

一遇到今天的情况，全家就有面临饥饿的危险。她叹了口气，从抽屉里拿出点零钱说：

“园园，你自己去买个烧饼吃吧！”

园园接过钱，正往外走，又回过身来问：

“妈，你吃什么呀？”

“我不饿。”

“也给你买个烧饼吧！”

一会儿，园园给她送回一个烧饼，自己一边吃一边上学去了。

陆文婷啃着干硬的冷烧饼，呆呆地望着这间十二平方米的小屋。

对于生活，她和他都没有非分的企求。他们结婚的时候，就住在这间屋子里。房间没有沙发，没有大立柜，没有新桌椅，甚至没有新铺盖。两个人把自己平日的被褥集中到一起，就开始了新的生活。

他们的被褥是单薄的，他们的书籍是丰厚的。院里的陈大妈说：“一对书呆子，怎么过日子哟！”而他们觉得，日子美得很。一间小屋，足以安身；两身布衣，足以御寒；三餐粗饭，足以充饥。这就够了。

他们视为珍宝的，是属于自己支配的时间。每天晚上，这陋室里就铺开了两摊子。陆文婷占据了唯一的一张三屉桌，借助于外文词典，阅读国外眼科医学文献，贪婪地在自己的本子上记下有用的资料。傅家杰屈居于床边的一叠箱子上，把一本本参考书摊在床上，研究他的金属断裂专题。院里那些调皮的孩子们，常常来窥探这对新婚夫妇的秘密，他们看到的总是这样一幅夜读图。

对于他们来说，能够有一张平静的书桌读一点书，能够不受干扰地开一个夜车研究一点学问，这一天就过得非常充实。尽管没有地方给他们发夜班津贴，她和他天天工作到深夜，把一天变成两天，从不吝惜自己的健康和精力。夏天的晚上，邻居们在院子里乘凉。香茶、团扇，徐徐的晚风，明亮的星星，有趣的新闻，海阔天空的闲扯，都不能把这对“书呆子”从闷热的小屋里吸引出来。

啊！多么安宁的日子，多么充实的夜晚，多么难得的生活。它刚刚开始，却又匆匆离去。

两个新的生命，相继来到这间小屋。园园和佳佳，多么逗人疼爱的两个小人儿！不能说孩子的降临没有给这个小家庭带来欢乐，但是，他们也带来了混乱和灾难。小屋里挤进一张小孩床，后来又换成了单人床，几乎没有转身之地了。屋内空中挂起了“万国旗”，瓶瓶罐罐堆起来。孩子的哭声、嬉笑声、吵闹声，破坏了这小屋的宁静。

傅家杰是体贴的。他在屋里拉起一块绿色的塑料布，把三屉桌挪到布幔后面，希望能在这瓶瓶罐罐、哭哭啼啼的世界里，为妻子另辟一块安定的绿洲，使她能像以前一样夜夜攻读。这谈何容易！

但是，一个眼科大夫，不掌握各国眼科医学的新成果，怎么能开阔自己的眼界，结合自己的临床经验，做出新的贡献呢？她常常强迫自己躲在布幔后面，把自己隔离起来，直至深夜。

当园园成为一名小学生以后，这张珍贵的三屉桌的优先使用权属于了园园。只有等儿子功课做完了，腾出地方来，陆文婷才能打开自己的笔记本和借来的医学文献书籍。至于傅家杰，只好排在最后了。

啊！生活，你是多么艰难！

陆文婷啃着冷烧饼，望着窗台上的小闹钟：一点五分，一点十分，一点十五分了！怎么办？该上班去了？明天去病房，门诊还有好多事需要交代。可，佳佳交给谁？再给家杰打电话吗？附近没有电话。就算有电话，也不一定能找到他。再说，他已经耽误了十年，现在不该再占他的时间，不能再让他请假！

她双眉紧皱，一筹莫展了。

或许，一生的错误就在于结婚。不是人常说吗，结婚是恋爱的坟墓。那时候，自己是多么天真，总以为对别人说来，也许是如此。对自己来说，那是绝不可能的。如果当时就慎重考虑一下，我们究竟有没有结婚的权利，我们的肩膀能不能承担起组成一个家庭的重担，也许就不会背起这沉重的十字架，在生活的道路上走得这么艰难！

闹钟无情地嘀嗒着，已经一点二十分了！实在没办法，她只好找院里的陈大妈帮忙。陈大妈是街道积极分子，一向热心助人。以前每遇这种情况，也多亏了这位老大妈。可是，陈大妈坚持义务帮忙，从不接受任何形式的报酬，这使陆文婷总觉得于心有愧，也就尽量不去麻烦她。

今天又到了走投无路的时候，她只好去找这位好心肠的大妈。陈大妈满口答应：

“你尽管放心上班去，陆大夫！”

陆文婷把佳佳喜欢的小人书和积木放在小枕头边，又托付陈大妈按时给她喂药，便匆忙赶回医院。

她坐在诊桌旁时，心里还想着，一会儿跟护士长说一下，少叫几个号，我得早点回去。可是，病人一来，这一切又都忘了。

赵院长亲自打电话告诉她：焦副部长明天入院，请她准备手术。

秦波同志接连来了两次电话，询问手术前要注意什么事项，需要病人和病人家属做哪些配合，在精神上和物质上都需要做些什么准备?

这使她很难回答。她做过上百例这种手术，还很少有人向她提过这样的问题，只好答道：

“也没有什么要特别注意的。”

“嗯——怎么没有什么要特别注意的呢?我的同志哟，凡事预则立。思想准备充分一些总好嘛，是不是呀?我看，还是我来一下吧，咱们当面研究一次。”

陆文婷不得不赶忙挡驾，对着话筒说：

“我这里还有很多病人。”

“那明天我们到医院再谈吧！”

“好。”

放下这叫人头疼的电话，她又回到诊桌旁边，一直看完最后一个病人。这时，天已经擦黑了。

她赶回家去。走到窗户底下就听见陈大妈正唱着自己即兴创作的儿歌：

佳佳、佳佳
快长大，
赶明儿变个
科学家！

佳佳“咯咯”地笑了起来。陆文婷心中感激万分，忙进屋谢了大妈，又摸摸孩子的额头，烧也退了些，她才松了口气。

给孩子打完针，傅家杰回来了。跟着又来了两位客人——姜亚芬和她的爱人刘学尧大夫。

“我是来向你告别的。”姜亚芬说。

“你要上哪儿去呀？”陆文婷问。

“我们申请去加拿大，护照批下来了。”姜亚芬的眼睛埋下，望着地面说。

刘学尧的父亲在加拿大行医，陆文婷是知道的。他几次来信要刘学尧夫妇去国外，她也听说过。但是，他们真的要走，却是她意想不到的。

“去多久？什么时候回来？”她问。

“可能就一去不回了。”刘学尧做出轻松的样子耸了耸肩膀答道。

陆文婷盯着自己的好朋友问道：

“亚芬，为什么你早没告诉我？”

“怕你劝阻我，更怕我自己动摇。”姜亚芬仍是躲开陆文婷的目光，眼睛盯着地面，好像要把这地望穿。

刘学尧从提包里拿出一包一包的卤菜，最后拿出一瓶葡萄酒来，兴致勃勃地说：

“你们还没做饭吧？正好，我借贵方一块宝地，举行告别宴会。”

九

这是一次含泪的晚宴。

与其说他们喝的是酒，不如说他们咽下的是泪。与其说他们吃的是美味的菜肴，不如说他们嚼的是人生的苦果。

佳佳睡着了，园园上邻家看电视去了。刘学尧举起酒杯，望着杯中的酒，感慨万端地说：

“人生，人生，人生真是难以预料啊！我父亲是个医生，古文底子很厚。我从小喜爱诗词歌赋，一心想当文人，可是命中注定要我继承父业，一晃三十多年。家严一生为人谨慎，他处世的格言是‘言多必失’。可惜，这一点，我没有学来！我爱说，爱提意见，结果是祸从口出，每次运动都挨上。五七年毕业时差点成了右派，‘文化大革命’更不用说，又脱了一层皮。我是个中国人，不敢说有多么高的政治觉悟，可总还是爱国的，真心希望我的祖国富强起来。连我自己也想不到，在我快五十岁的时候，忽然会远离我的祖国。”

“不能不走吗？”陆文婷轻轻地说。

“是啊，为什么非走不可呢？我自己跟自己辩论过无数次了。”刘学尧晃动着手内半杯殷红的葡萄酒，又说，“我已经过了大半辈子，还能活几年？为什么要把骨灰扔进异国他乡的土壤？”

一桌人都默默不语，听着刘学尧抒发他的离别愁情。可是，他忽然缄口不言，仰脖把半杯剩酒一干而尽，才吐出一句话来：

“你们骂我吧！我是中华民族不肖的子孙！”

“老刘！别这么说，这些年你的遭遇，我们都知道的。”傅家杰给他酌上酒说，“现在黑暗已经过去，光明已经来到，一切都会好起来的。”

“这我相信。”刘学尧点点头，“可是，光明什么时候才能照到我家门前？什么时候才能照到我女儿身上？我等不及啊！”

“不谈这些吧！”陆文婷猜想刘学尧非要出国不可的理由，可能是为了他那唯一的女儿，觉得不便深谈，便岔开话说：“我从来不喝酒，亚芬和你要走了，今天我要敬你们一杯！”

“不，应该我敬你一杯！”刘学尧按住酒杯说，“你是我们医院的支柱，是中华医学的新秀！”

“你喝醉了！”陆文婷笑道。

“不，我没有醉。”

半天没有开口的姜亚芬，也举杯说道：

“我诚心诚意为文婷干一杯！为了我们二十多年的友谊，也为了未来的眼科专家！”

“哎呀！你们这是干吗？我算什么呀？”陆文婷连连摆着手说。

“算什么？”刘学尧真有点醉似的，愤愤地说，“像你这样身居陋室，任劳任怨，不计名位，不计报酬，一心苦干的大夫，真可以说是孺子牛，吃的是草，挤的是奶。这是鲁迅先生的话，对不对，傅家杰？”

傅家杰默默地独自喝着酒，点了点头。

“这样的人太多了，又不是我一个。”陆文婷仍笑着说。

“正因为这样，我们的民族才是伟大的民族！”刘学尧又喝了一杯。

姜亚芬望着熟睡在床上的佳佳，不无伤感地叹道：

“就是嘛，宁肯耽误自己孩子的病，也不肯误了给别人治病。”

刘学尧站起来，给所有人酌满酒，说道：

“这就是宁肯牺牲自己，也要普救天下。”

“你们今天怎么回事？专门抬我？”陆文婷笑着指指傅家杰说，“你问他，我最自私了。我把丈夫打入厨房，我把孩子变成了‘拉兹’，全家都跟着我遭殃。说实话，我是个不称职的妻子，也是个不称职的妈妈。”

“你是一个称职的医生！”刘学尧叫道。

傅家杰又喝了一口酒，放下杯子说：

“这一点，我对你们医院是有意见的。大夫也有家，也有孩子。大夫的孩子也会生病，为什么从来没人关心过？”

“老傅啊！”刘学尧打断他的话，叫了起来，“如果我是赵院长，我首先给你发勋章，还要给园园、佳佳发勋章！是你们做出了牺牲，才使我们医院有了这么好的大夫……”

傅家杰抢过话来说：

“我不求勋章，也不要表扬。我只希望你们医院了解，做一个大夫的爱人，是多么不容易。且不说巡回医疗，抗灾救灾，一声令下，抬腿就走，家里一摊全撂下不管；就连平常手术台上下来，踏进家门，精疲力竭，做饭连手都抬不起来！试问：这种情况下，我不进厨房谁进厨房？说来真要感谢‘文化大革命’，给了我那么多时间，也把我练出来了。”

“亚芬早就说要给你摘掉‘书呆子’的帽子。”刘学尧拍拍他的肩膀，笑道，“现在你是既能研究上天的尖端技术，又能深入厨房拳打脚踢，简直是一代共产主义新人在成长，谁说‘文化大革命’成绩不是主要的？”

傅家杰平日不沾酒，今天喝了一点，脸就红了。他拉着刘学尧的袖口笑道：

“对嘛，‘文化大革命’就是改造人的大革命。那几年，我不就被改造成家庭妇男了吗？不信，你们问文婷，我什么不干？什么不会？”

陆文婷听着这些含泪的笑谈，心里很苦。她不能制止他们。此时此刻，好像也只有这种过去的笑话才能冲淡离愁。见傅家杰含笑看着自己，只好勉强笑道：

“什么都会，就是不会纳鞋底。不然园园就不会老嚷买球鞋了。”

“这就是你的苛求了！”刘学尧一本正经地说，“傅家杰改造得再彻底，也不能像农村老太太那样，拿着鞋底到处转啊！”

“要不是粉碎了‘四人帮’，说不定我还真拿着鞋底到研究所批判大会上纳去。”傅家杰说，“你们想，那种状况继续下去，科学、技术、知识统统打倒，不就剩下纳鞋底了吗？”

然而，这样伤心的笑谈又能持续多久呢？他们谈到粉碎“四人帮”，谈到科学的春天到来，谈到“臭老九”变成了“穷老三”，谈到中年干部的疾苦，空气又沉闷起来。

“老刘，你认识的人多，可惜你要走了。”傅家杰又打起精神，拍着刘学尧的肩膀说，“我听说当保姆收入颇高。我真想托你打听一下，谁家要雇男保姆……”

“我走了不要紧。”刘学尧也拍着傅家杰的手说，“现在出了一张《市场报》，登待聘广告，你可以试一试。”

“那太好了！”傅家杰推了推宽边眼镜，嘻嘻哈哈地说，“本人大学毕业，精通两门外国语，擅长烹调蒸煮，缝纫洗涤，兼做男女粗细各种杂活。体格健壮，性情温和，勤劳勇敢，任劳任怨。最后一条，报酬面议。哈哈！”

姜亚芬默默地坐在一旁，不举杯，不动筷，看他们笑，自己也想笑，可是笑不出来。她碰了碰自己的丈夫说：

“别说这些了，有什么意思？”

“意思？这是一个普遍的社会现象啊！”刘学尧挥着手说，“中年，中年，现在从上到下，谁不说中年是我们国家的骨干？是各条战线的支柱？医院的手术靠中年大夫；重点科研项目压在中年科技人员身上；工厂的各种难活是中年工人顶着；学校的重点课程也要中年教师担当……”

“你少发点议论吧！一个大夫管那么多干吗？”姜亚芬打断他的话了。

刘学尧眯起眼，似醉非醉地说：

“陆放翁的名句：‘位卑未敢忘忧国’呀！我是个无名医生，可我不敢忘却国家大事。我请问：谁都说中年是骨干，可他们的甘苦有谁知道？他们外有业务重担，内有家务重担；上要供养父母，下要抚育儿女。他们所以发挥骨干作用，不仅在于他们的经验，他们的才干，还在于他们忍受着生活的熬煎，做出了巨大的牺牲，包括他们的爱人和孩子也忍受了痛苦，做出了牺牲。”

陆文婷呆呆地听着，轻轻说了一句：

“可惜，能看到这一点的人太少了！”

傅家杰愣了一下，给刘学尧斟上酒，笑道：

“老刘，你不应该当医生，也不应该当文人，你应该去研究社会学。”

刘学尧苦笑道：

“那我就是大右派了！研究社会学，必然要研究社会的弊病啊！”

“找到了弊病，加以改进，社会才能前进。这是左派，不是右派！”傅家杰说。

“算啦，左派右派我都不想当，不过，我对社会问题的确有兴趣。你比如说中年问题。”刘学尧两个胳膊肘趴在桌沿上，玩着空酒杯，又滔滔不绝起来，“旧社会有句话：‘人到中年万事休。’这反映了在那个社会里，我们的民族未老先衰。人才活到四十岁，就觉得这辈子完了，不能再有什么作为了。现在呢，可以改一个字，‘人到中年万事忙’。对吧？四五十岁的人，知识比较多了，经验比较多了，加上年富力强，正是担当重任的时候。这也反映在新社会里我们的民族年轻了，富有青春的活力了。中年人，正是大显身手的时候。”

“高论！”傅家杰赞道。

“你别忙叫好，我还有谬论。”刘学尧按住傅家杰的胳膊，谈兴更高了，“单从这方面看，我们这一代中年可以说是生逢其时的幸运儿了。其实不然，这一代的中年人又是不幸的。”

“话都叫你说了！”姜亚芬又打断他。

傅家杰拦住姜亚芬说：

“我倒很想听听这个不幸。”

“不幸在于他们最能出成果的黄金岁月，被林彪、‘四人帮’的动乱耽误了。”刘学尧长长叹了口气说，“像你吧，几乎成了无业游民。现在，这批中年人要肩负起‘四化’的重任，不能不感到力不从心，智力、精力、体力都跟不上，这种超负荷运转，又是这一代中年的悲剧。”

“你们这些人也真难伺候！”姜亚芬笑道，“不用你们吧，你们发牢骚：又是怀才不遇啦，又是生不逢时啦！重用你们吧，反倒又叫苦连天：又是担子太重啦，又是待遇太低啦！”

“你就没有牢骚？”刘学尧反问她。

姜亚芬低头不语了。

从刘学尧的这通议论里，陆文婷又感到，他之所以非出去不可，可能不全是为了他女儿，也为了他自己。

刘学尧又举起杯来，叫道：

“来！为中年干一杯！”

十

这天晚上，客人走了，孩子睡了，陆文婷刷了锅，洗了碗，回到屋里，只见傅家杰歪身靠在床头，摸着自己的额头发呆。

“家杰，你在想什么？”陆文婷站在他面前，望着他忧郁的神色，吃惊地问。

傅家杰没有回答她的话，却问道：

“你还记得裴多菲那首诗吗？”

“记得。”

“我愿意是废墟……”傅家杰把手从额上放下说，“我现在真成废墟了。我已经不像中年人，好像是老年了。你看，头顶秃了，头发白了，额头的皱纹多深了呀，我自己都能摸出来。真像一片残垣断壁，一片荒废景象。”

啊，真的，他变得多么苍老啊！陆文婷心酸地扑到他身旁，抚着他的前额说：

“都是我不好，让家务把你拖垮了，都怪我！”

傅家杰取下她的手，温柔地捏在自己手中说：

“不，这不怪你。”

“我太自私了，只顾自己的业务。”陆文婷的眼睛离不开那印着皱痕的前额，声音颤抖着，“我有家，可是我的心思不在家里。不论我干什么家务事，缠在我脑子里的都是病人的眼睛，走到哪儿，都好像有几百双眼睛跟着我。真的，我只想我的病人，我没有尽到做妻子的责任，也没有尽到做母亲的责任……”

“别说傻话。你做出了多大的牺牲，只有我知道。”他忍住涌上眼眶的泪水，不说了。

陆文婷依偎在傅家杰胸前，伤心地说：

“你老了，我，我真不愿意你老……”

“不要紧，‘只要我的爱人，是青春的常春藤，沿着我荒凉的额，亲密地攀缘上升’。”他轻声地吟着他们喜爱的诗句。

秋夜，静静的。陆文婷倚在爱人的胸前睡着了。泪珠还凝结在她黑黑的睫毛上。傅家杰抬起身子，轻轻地让她在床上睡好。她睁开眼问：

“我睡着了吗？”

“你疲劳了。”

“不，我一点也不疲劳。”

傅家杰斜躺在床边，一手撑着自己的头，望着她说：

“金属也会疲劳。先产生疲劳显微裂纹，然后逐步扩展，到一定程度就发生断裂……”

疲劳、断裂，是傅家杰研究的专题，他常常挂在嘴边，从陆文婷耳边飘过。只有这一次，这些专有名词仿佛有着千钧重量，给她留下了深深的印记。

啊，多么可怕的疲劳，多么可怕的断裂。她觉得，在这悄静的夜晚，在这大千世界，几乎每个角落都有断裂的声音。负荷着巍巍大桥的支架在断裂，承受着万里钢轨的枕木在断裂，废墟上的陈砖在断裂，那在荒凉的废墟上攀缘上升的常春藤也在断裂……

十一

夜深了。

病房中的大吊灯熄灭了，只有墙上的壁灯放出蓝幽幽的暗光。

陆文婷躺在病床上，只觉得眼前有两点蓝蓝的光，时而像夏夜的萤火虫在飞跃，时而像荒原的磷火在闪烁，待到定睛看时，又变成了秦波那两道冷冷的目光。

秦波的目光是严厉的。但是，在焦副部长住进医院的那天上午，她把陆文婷叫去的时候，目光却是亲切的，温和的。

“陆大夫，你来了，快，先坐一会儿！老焦做心电图去了，一会儿就回来。”

当陆文婷跨上一幢十分幽静的小楼，穿过铺着暗红色地毯的过道，来到焦副部长住的高干病房门前时，秦波正坐在靠门的沙发上，她立刻起身，堆满笑容地接待了陆文婷。

秦波把陆文婷让到小沙发上坐下，自己也隔着茶几坐下了。可她立刻又站起来，走向床边，从床头柜里拿出一小筐橘子，放到茶几上说：

“来，吃个橘子！”

陆文婷摆了摆手，连说：

“不客气！”

“尝一个吧！这是老战友从南方带来的，很不错的。”说着，秦波亲自拣了一个递过来。

陆文婷只好把这黄澄澄的橘子接在手里。尽管今天秦波态度和蔼，陆文婷还是觉得背后冷飕飕的。那天初次见面时秦波的眼光好像两支冷箭一样至今还插在她背上。

“陆大夫，白内障到底是怎么一种病啊？我听一些医生说，怎么有的白内障还不能做手术？”秦波竭力用谦逊的声调问，那声音里甚至还含有讨好的成分。

“白内障就是眼睛里的晶体变得混浊了。”陆文婷看着手上的橘子说，“我们把混浊的程度不同分为初期、膨胀期、成熟期、过熟期，一般认为在成熟期做手术比较好……”

“哦，哦。”秦波点着头，又问道，“要是成熟期不做手术，再拖一拖又会怎么样呢？”

“那样不好。”陆文婷解释说，“到了过熟期，晶体缩小，晶体内部的皮质溶化，悬韧带松脆，手术就比较困难了，因为这时候晶体很容易脱位。”

“哦，哦！”秦波答应着，又点着头。

陆文婷感到她并没有听懂，也并不想弄懂。她为什么要问这些她并不懂得，也并不打算真正弄懂的问题呢？消磨时间吗？自己还有那么多事情在等着。刚到病房，病人情况需要了解，好多问题堆在脑子里，她真有点坐不住了。可是，她不能走，焦副部长也是病人，他的眼睛手术前应该检查。他怎么还不回来呢？

“听说外国有一种人工晶体，”秦波想着，又说，“做完白内障手术，装上人工晶体，就可以不用配凸透镜了，是吧？”

陆文婷点头答道：

"对，我们也正在试验。"

秦波忙问：

"能不能给焦副部长装一个人工晶体？"

陆文婷微微一笑，说道：

"秦波同志，我才说了，这种手术我们正在试验阶段，给焦副部长装，合适吗？"

"那就算了。"秦波马上同意不在焦副部长身上做试验了。可是，她想了想，又问："你看，焦副部长这次手术，要采取一些什么措施？"

"采取什么措施？"陆文婷简直莫名其妙。

"我是说，要不要定一个什么手术方案。万一出现意外的情况，该怎么处理，事先安排好，免得到时候慌了手脚，乱了套。"秦波见陆文婷呆呆地望着自己，还不开窍的样子，就又补充说，"我看报上常登这方面的消息，有的还成立手术小组，先讨论方案嘛！"

陆文婷听到这里，不由笑道：

"这没有必要，白内障摘除是很一般的手术。"

秦波把头扭向一边，有点不高兴了。但她还是又把头转过来，心平气和地甚至笑了笑说：

"我的同志哟！不要轻敌嘛，唼？轻敌思想往往造成失败，这在我们党的历史上是有过的……"

秦波耐心地做了一番思想工作，又引导陆文婷大夫去设想在什么情况下白内障手术容易招致失败。

"如果病人有心脏病，或者血压很高，做手术就要考虑。"陆文婷说，"还有，要是病人有气管炎的话，也要治好咳嗽再做手术。要不然，伤口切开了，病人一咳嗽，眼内溶物很可能脱落出来。"

"我担心的就是这个啊！"秦波拍着沙发扶手，叫了起来，"焦副部长心脏不大好，血压也高。"

"手术前我们都要检查的。"陆文婷安慰她说。

"他还有气管炎。"

"这几天咳嗽厉害吗？"

"这几天倒没有，可是，万一上了手术台咳嗽呢？嗯？怎么办？"

这时，陆文婷真感到这位夫人不好对付了。你不知道她想什么，也不知道她哪来这么多担心？陆文婷看了一下手表，已经快下班了。她望着两扇落地式大玻璃窗旁一动不动的白纱窗帘，心中不免着急。她侧耳留神听着门外，一阵轻轻的脚步走来，又过去了。又过了好久，才看见门被推开，焦副部长披着蓝条子的毛巾睡衣，由保健护士搀着进来。

“怎么去了这么久？”秦波问。

焦成思同陆文婷握了握手，朝沙发上坐下去，有点疲倦地说：

“到了这里就要听医院的。抽血、透视、做心电图。我不用排队，够照顾的了。”

秦波赶忙递过一杯热茶，焦成思喝了一口，说道：

“其实，眼睛做个手术，也用不着这么兴师动众。”

陆文婷从护士手中接过病历，一边翻阅，一边说：

“胸部透视正常，心电图正常，血压稍高一点。”

“高多少？”秦波急忙问道。

“高压150，低压100，不妨碍做手术。”陆文婷又问，“焦副部长，你这几天咳嗽吗？”

“不咳嗽。”焦成思毫不犹豫地答道。

秦波马上盯问道：

“你能保证上了手术台一声不咳嗽？”

“这……”焦成思困惑了，不知该怎么回答。

“老焦，你可不要掉以轻心。”秦波严肃地说，“刚才陆大夫说了，上了手术台，你要是一咳嗽，眼珠就可能掉出来。”

“这，我怎么能保证呢？”焦成思转向陆文婷问道。

“也没有说得那么严重。”陆文婷说，“焦副部长，你是抽烟的吧？最好手术前不要抽烟。”

“这没有问题，我可以做到。”焦成思说。

秦波又马上盯问道：

“万一呢？万一你咳嗽起来怎么办？”

陆文婷笑道：

“秦波同志，这也不要紧。万一发生这种情况，我们可以立即把切口缝上，避免出危险。等咳嗽过后，打开再做。”

“对，对，”焦成思说，“我上次右边这只眼睛做的时候，也是打开，缝上，又打开的。不过，那倒不是因为我要咳嗽。”

“那是为什么？”陆文婷觉得很奇怪。

焦成思把茶杯往桌上一放，掏出烟盒，想起大夫刚才的话，又装了进去，叹了口气说道：

“那时候，我被打成叛徒。右眼看不见了，跑来做手术。刚开始手术，造反派就闯了进来，硬逼着大夫中断手术，说是决不能让叛徒重见光明。当时，我简直气晕了，浑身的血直往头上冲。多亏了那位大夫沉着冷静。她立刻把切口缝上了，避免了意外。她又把造反派赶了出去，才把手术做完了，唉！”

“啊……”陆文婷听了不由一怔，忙问道，“你右眼是在哪个医院做的？”

“就在你们医院。”

怎么，世界上会有这么雷同的事？她看了看焦成思，竭力想看出这个人是否曾经相识。可是，一点也看不出来了。

十年前，她曾给一个“叛徒”做过白内障摘除，在手术过程中也曾发生过造反派阻拦的事，情节和焦副部长说的一模一样。那个病人姓什么呢？对，也姓焦。是他，就是他！后来造反派串连了医院响当当的人物，给陆文婷刷了大标语：“陆文婷的手术刀为大叛徒焦成思服务，是对无产阶级彻头彻尾的背叛！”

啊，怎么会认不出来了呢？十年前的焦成思身披一件破旧棉袄，脸色憔悴，精神不振，孤身一人来挂普通门诊。陆文婷建议他做手术，开了预约单，病人如期到来。就在刚开始手术的一瞬，就听外面护士在嚷：

“这是手术室，谁也不准进！”

接着就听一阵乱叫乱吼：

“什么手术室？他是大叛徒！给叛徒做手术，我们就是要造反！造定了！”

“臭老九给叛徒大开方便之门，决不允许！”

“冲！往里冲！”

焦成思在手术床上听得清清楚楚。他气急地说：

“算了，瞎就瞎吧，不要做了，大夫！”

“你不要动！”陆文婷一边说，一边已经飞快地把切口的预置缝线结扎好了。

三个大汉冲进了手术室，还有几个胆小的在门口站着。陆文婷坐在手术台的床头一动不动。

刚才，焦副部长说是那位大夫“把造反派赶出去”的。这不对。陆文婷从来没有骂过人，也从来没有赶过人。当时，她身穿白色的手术袍，脚穿绿色的泡沫塑料拖鞋，头戴蓝色的布帽，脸上蒙着一个大口罩，只有两个眼睛和一双戴橡皮手套的手露在外面。也许是头一次看到这种陌生的装束；也许是头一次感到手术室异样庄严的气氛；也许是头一次见到手术台上雪白的有孔巾下露出的一只血淋淋的眼球，造反派们给吓住了。陆文婷大夫仍然坐在那只高凳上，只是从口罩底下吐出几个字来：

“请你们出去！”

几个造反派面面相觑，好像也感到这里确实不是一个造反的地方，转身走了。

当陆文婷又重新剪开缝线，继续工作时，焦成思说：

“还是不做了吧！就算你把我的眼睛治好了，他们还会把我整瞎的。而且，可能祸及于你。”

“不要说话！”陆文婷几乎是命令说，同时两手飞快地操作。等到手术完毕，为他缠上纱布时，才说了一句：“我是医生。”

就这样，陆文婷为焦成思在不寻常的情况下做了右眼的白内障手术。

当年，焦成思机关里的造反派到医院来给陆文婷刷大字报，也曾经轰动一时。但是，对陆大夫来说，这也算不得什么！无非是在“白专道路”“修正主义苗子”等原有的罪名之外，又新加一个“包庇叛徒”的罪名。这个罪名连同这个手术，她都没有往心里去，也都逐渐从她的记忆中隐退了。如果不是焦成思偶然提起，她已经完全忘记了这件事。

“陆大夫，我就佩服这样的医生，真是治病救人哪！”秦波感叹地说，“可惜那时没有病历，不知她姓什么叫什么。昨天我们还跟赵院长谈起，如果请她做手术，就放心了。”

陆文婷听了，脸上露出尴尬的神色，秦波一见，又忙说道：

“不过，陆大夫，你也不要见怪。赵院长对你是很信任的。我们，当然也是信任你的。希望你不要辜负领导对你的期望，要向上次给焦副部长做手术的那位大夫学习。当然，我们也要向她学习。你说，是不是啊？”

陆文婷只好把低着的头点了点。

“你还很年轻哟！”秦波又鼓励她说，“听说你还没有入党，是不是啊？要努力争取嘛，我的同志哟！”

“我家庭出身不好。”陆文婷老实地答道。

“唉——这个问题不能这么看嘛！家庭不能选择，道路可以选择。”秦波热情地滔滔不绝地说起来，“我们党的政策历来是有成分论，不唯成分论，重在表现。只要你真正同家庭划清界限，靠拢组织，对人民做出贡献，党的大门是对你开着的。”

陆文婷没有再说什么，走过去拉上窗帘，掏出眼底镜来给焦成思做检查。之后她说：

“焦副部长，如果你没有什么别的情况，我们后天就把手术做了吧！”

“行，早做完早出院。”焦成思痛痛快快地抢先答应了。

已经过了下班时间了，陆文婷告辞出来。秦波又追出来，喊住她：

“陆大夫，你是回家吗？”

“是呀！”

“用焦副部长的车送你回去吧！”

“不用，不用。”

陆文婷连忙摆着手走了。

十二

临近子夜，病房里没有一点声息，没有一点动静。壁上那盏蓝色的孤灯，依稀地照着吊瓶中的溶液在无声地滴着。一滴，一滴，缓缓地输进病人那青筋隆起的血管里。在这万籁俱寂的黑夜里，似乎只有它是唯一的信息，告诉人们：陆大夫还活着！

傅家杰呆坐在床头，痴痴地望着自己的妻子。在这纷乱的二十多个小时里，他还是第一次独自守护在她身畔。不，在十几年的共同生活中，似乎也是第一次这样地守在她身旁，这样地看着她。

记得有一次，大概还是热恋的时候，他也曾长时间目不转睛地看着她。可是她却歪着头问："你为什么这样看我？"他只好讪讪地把视线移开。现在，她不能歪过头去了，她也不能问话了。她好像被解除了武装，任凭他的目光在她脸上久久地停留，再也不能"抗议"了。

直到此刻，他才心惊地发现，她变得多么衰老了啊！原来漆黑的美发已夹杂着银丝，原来润泽的肌肉已经松弛，原来缎子般光滑的前额已刻上了皱纹。那嘴角，那小巧的嘴角也已经弯落下来。啊！她的生命似乎也已像耗尽了最后一滴油的灯芯，只剩下微弱的光和热了。他简直不愿相信，自己的妻子，一个如此坚强的女性，竟在昼夜之间变得这样虚弱！

他深知她不是一个弱女子。她生来苗条纤细，看上去弱不禁风，然而，她并不是弱不禁风的。她总是用瘦削的双肩，默默地承受着生活中各种突然的袭击和经常的折磨。没有怨言，没有怯懦，也没有气馁。

"你是一个很坚强的女人。"傅家杰常说。

"我？不，我很软弱哩！一点儿也不坚强。"她总是这样回答。

这一次，就在她病倒的头一天晚上，她又做出了一个被傅家杰称为坚强的决定——让他搬到研究所去住。

那天晚上，佳佳的病基本好了，园园的功课也做完了，兄妹俩相继睡去。小屋里得到片刻的安宁。

已是秋天了，阵阵秋风送来了寒意。托儿所通知家长们给孩子送棉衣了。陆文婷拿出佳佳去年穿的小棉袄，把它拆开，放大，接长袖子。她把棉袄铺在那张三屉桌上，为女儿过冬的棉衣絮上一层新棉花。

傅家杰从书架上取下他的一篇未完成的论文，在桌旁站了站，就歪身在床头坐下。

"等一会儿，我马上就絮完了。"陆文婷说着，没有回头，只加快了速度。

当陆文婷把絮好的棉袄撤走时，傅家杰说：

"什么时候再有半间房就好了。哪怕六平方米，五平方米也行，只要能搁下一张桌子。"

陆文婷坐在床边低头做活。她听着，没有答话。过一会儿，她忙忙地把没缝完的棉袄折起来，说：

"我得到医院去一下，桌子你尽管用吧！"

傅家杰回过头来问：

“这么晚了，还上医院？”

陆文婷一边穿上外衣，一边说：

“明天早上的两个手术，有些不放心，我得去看看。”

其实，陆文婷晚上跑到医院去是常有的事。为此，傅家杰常常笑她：“人在家中，魂在医院。”

“你多穿一件衣服吧，夜里冷。”

“我马上就回来。”陆文婷忙说，又带着歉意地笑道，“你不知道，明天的两个手术挺有意思。一老一小。一位副部长，他夫人老怕手术做不好，总是制造紧张空气，所以我得去看看他。小的是个女孩儿，娇得很，今天还缠着我说，她晚上尽做梦，睡不好……”

“行啊，我的大夫！快去快回吧！”傅家杰也笑道。

她走了。回来时见傅家杰还在灯下用功。她没有惊动他，过去给孩子掖了掖被子，说道：

“我先睡了。”

傅家杰见她躺下了，又埋头于稿纸和书本。过了一阵，他虽并不曾回身，却感觉到陆文婷还没有入睡。是不是灯光影响了她？傅家杰把台灯弯得更低些，又用一张报纸挡上，才继续工作。

又过了一阵，他听到她发出了轻轻的均匀的呼吸声。傅家杰心里很清楚，她并没有睡着。多少次，她都是用这种假意的鼾声，企图给他一种错觉和安慰，要他不必顾忌她能不能在灯光下入睡，而专心于自己的著作。其实，这个小小的“诡计”傅家杰早已识破，只是不忍心拆穿它。

再过了一阵，傅家杰站了起来，伸了伸腰说：

“算啦！我也睡吧！”

“你别管我！”陆文婷忙答道，“我已经进入半睡眠状态了。”

傅家杰双臂撑在桌沿上，望着未完成的论文，犹豫了片刻，还是噼噼啪啪扣上了一本本的书，下决心说：

“不干了！”

“你的论文怎么办？不抓紧晚上的时间，什么时候能写完？”

“损失了十年的时间，一夜也补不回来啊！”

陆文婷索性坐了起来，随手披上一件毛衣，靠在床头，很认真地对他说：

“你知道刚才我在想什么？”

“你什么也不该想！你应该快闭上你的眼睛，明天你还要给人家治眼睛……”

“你别打岔。你听我说，我想，你应该搬到研究所去住。这样，你就有时间了。”

傅家杰站在床前，瞪大眼睛望着她，只见她脸上放着光，眼睛是笑的，她显然被自己的想法兴奋着。

“我不是说着玩儿，我真的这么想。你应该是有所作为的，应该是科学家。是我和孩子拖累了你，影响你不能早出成果。”

“唉！不是这个问题……”

“是这个问题！”陆文婷打断他的话说，“当然，我们又不能离婚。孩子们不能没有爸爸，科学家也不能没有家庭。可是，我们可以想点办法，把你的八小时变成十六小时。”

“两个孩子，一大堆家务事，都压在你一个人身上，这怎么行？”傅家杰不同意。

“这怎么不行呢？离了你，我们家也在地球上转呀！”

他提出种种具体困难，她一一讲出解决的方案，最后她说：

“你不是常说我是一个坚强的女人吗？你就放心吧！我能挑起这副担子，你的儿子不会饿肚子，你的女儿不会受委屈。”

他被说服了。他们决定从明天起就试一试。

“在中国，要干一点事情真不容易啊！”傅家杰脱衣上床时说，“战争年代，老一辈为了革命的胜利做出了很多牺牲。我们这一代人，为了实现‘四化’，也在做出很多牺牲。只是这种牺牲，常常不被人看见……”

傅家杰独自说着，当他脱下衣服搭在椅背上，回头看时，陆文婷已经睡着了。这回是真的睡着了。她的脸上还留着笑意，好像在睡梦中还为自己的这个倡议感到欣喜。

唉！谁会料到，这个试验在第一天就失败了。

十三

她的试验是失败的，她的手术是成功的。

那天上午，当她照例提前十分钟来到病房时，孙逸民迎着她说道：

“陆大夫，我正等你呢！今天有角膜材料，能做移植手术吗？”

“太好了。我正有个病人，急等着要做呢！”陆文婷立刻高兴地答应。

“你上午已经安排两个手术了。身体能顶下来吗？”

“能。”陆文婷挺直了身子，笑了笑，好像要证明她身上蕴藏着无穷无尽的精力。

“好吧，那就做吧！”孙逸民决定了。

于是，陆文婷挽着姜亚芬的手臂，朝手术室走去。她精神愉快，步履轻捷，好像不是走向一个紧张的战场，而是走向一个可以安憩的地方。

这所医院的手术室占了整整一层楼，气派宏大。“手术室”三个大红字漆在乳白色的玻璃门上。当病人躺在活动床上，被护士推进这两扇玻璃门之后，他们的家属就只能徘徊于这森严的大门之外，提心吊胆地望着那神秘的、似乎是很可怕的地方。好像死神正在那里游荡，随时可以伸出魔爪夺走自己的亲人。

其实，手术室并不是死神的宫殿，它是一个给人以生的希望的地方。进入手术室宽阔的走廊，四周高大的墙壁刷成淡绿色，使屋内的光线变得很柔和。走廊两边分别是外科、妇科、耳鼻喉科、眼科的手术室。这里每个人都穿着白色消毒长袍，眉上都严严地戴着浅蓝色印有“手术室”字样的消毒布帽。人人眼下都是一个大口罩，只露出两只眼睛。这里的人没有美与丑之分，甚至也看不出男和女之别。这里只有医生、助手、麻醉师、器械护士。白色的人群轻轻地走来走去，他们的脚步是迅速的，又是轻盈的。这里没有笑语，没有喧哗，在这座每天涌入上千人的大医院里，手术室是最安静、最有秩序的一角。

焦成思被送进了手术室。他躺在高高的乳白色的铁架手术床上，被蒙在消毒的有孔巾下。他整个的脸都被蒙上了，只从那橄榄形的小孔内露出一只需要动手术的眼睛。

陆文婷早已换好衣服，高举起戴上橡皮手套的双手，在手术床头的圆形铁凳上坐下。这只活动的凳子，像自行车的车座似的，可以自由升降。陆文婷个子矮，每次手术都需要把凳子升高。今天没有调整，高矮却很合适。她扭头朝坐在一旁的姜亚芬看了一眼，心里明白，这是就要和自己分别的老同学放好的。

护士把手术床旁的托盘架推过来。那长方形的盘内有剪子、缝针、有牙镊、无牙镊、固定镊、持针器、蚊式止血钳、球后针头、晶体勺等小巧玲珑的手术器械。这个可以移动的托盘架，现在正放在焦成思胸前的上方。医生可以抬手取到自己所需要的用具。陆文婷大夫坐在床头手术凳上，面对托盘架，正好像一个食客坐在餐桌前，隔在餐桌与食客之间的只是下面的一只眼睛。

“我们开始了。你不要紧张。先给你打麻药，这样，你的眼睛就没什么感觉。一会儿手术就做完了。”陆文婷看着那只眼睛说。

听了这话，焦成思忽然叫道：

“等一等！”

怎么啦？陆文婷和姜亚芬都吃了一惊。只见焦成思一把扯下那有孔巾，竭力朝后仰起头，又伸出手来，叫道：

“陆大夫，我上次这只眼睛，就是你做的手术吧？”

陆文婷把双手举得高高的，怕病人的手碰着自己经过消毒的手，还未答话，只听焦成思又那么激动地叫道：

“是你，是你，一定是你！上次你也是这么说的，声调语气都一样！”

“是我。”陆文婷只好承认。

“你为什么不早告诉我？我应该好好感谢你啊！”

“那没有什么……”陆文婷找不到更多的话说了。她遗憾地望着扯下来的有孔巾，示意站在一旁的护士再换上一条。然后又说：“焦副部长，我们开始吧！”

焦成思连声叹息着，似乎一时很难安静下来。陆文婷又用命令的语气说：

“不要动，不要说话！我们开始了！”

说着，她熟练地在眼睛下方皮下注射了奴佛卡因。然后，把病眼的上下眼皮分别用针穿上，拉开固定在有孔巾上。这样，一只被白色混浊体挡住了视线的眼珠，就完全暴露在灯光下了。陆文婷此时已经完全忘了躺在面前的是什么人，她只看到一只有病的眼珠。

这样的手术，陆文婷大夫不知做过多少次了。可是，每当她一上手术台，面对一只新的眼睛，拿起手术刀时，她的感觉都好像是初次上阵的士兵。这一次，也是这样。当她小心翼翼地把眼球结膜剪开，再把角巩膜半切开时，在一旁的姜亚芬已把穿好线的针递了过来。陆文婷伸出两个细长的手指，拿起像小剪刀一般的持针器，夹住针头，朝巩膜扎下去。

咦？不知为什么扎不动？她把浑身的力气都凝聚到了手指上，扎了几下，还是扎不进去。姜亚芬在一旁低声问：

“怎么回事？”

陆文婷没有答话，只把针拿起来对着灯光照看。把这半圆形像钓鱼钩似的针审视了一会儿，她回头问道：

“这针是不是新换的？”

姜亚芬也不知道，回头问器械护士：

“是换了针吗？”

器械护士走过来悄悄地说：

“是新换的。”

陆文婷又看了看针头，小声说：

“这种针怎么能用？”

为医疗器械的不合规格，陆文婷和大夫们不知提过多少次意见。然而，这些不合规格的次品仍然经常出现在托盘里。没办法，陆文婷只好挑选使用。碰到好的刀、剪、针，她就请器械护士保存好，一用再用。

不知为什么，今天换了全新的一套手术包，偏偏碰上这么一个次品。每逢这种情况，一向温和的陆大夫就变了颜色，很严厉地责备器械护士。小护士虽有十分委屈，也不好辩白。是呀，一根针虽小，但在病人的巩膜上一扎再扎，不必要地延长手术时间，将会给病人增加多少不必要的痛苦！

此刻，陆文婷皱起双眉。病人正躺在床上，巩膜扎不动，她又不能让病人知道内情，只低声吩咐了一句：

“换一根针来！”

她的声音完全是命令式的，护士忙从消毒盒里把旧针拿了来。

手术室的护士们对陆文婷大夫七分佩服，三分畏惧。佩服的是陆大夫手术漂亮，怕的是她要求严格。眼科被称为手术科。眼科大夫的威望全在刀上。一把刀能给人以光明，一把刀也能陷人于黑暗。像陆文婷这样的大夫，虽然无职无权，无名无位，然而，她手中救人的刀就是无声的权威。

针换来了。陆文婷很快在巩膜上把预置线缝上，只等把白内障摘除后，把缝线结扎上，这手术就成功了。谁知，就在她把巩膜全切开时，有孔巾下的焦成思忽然身子一动。

“不要动！”陆文婷严厉地说。

姜亚芬也急忙在一旁说：

“不要动！你怎么回事？”

可是，一个瓮声瓮气的声音从有孔巾下传了出来：

“我……要咳，咳……嗽！”

啊！真被秦波说中了！怎么偏偏在这关键时刻要咳嗽？也许只是他的一种心理作用，一种条件反射吧？陆文婷问道：

“能忍一忍吗？”

“不……不行……”焦成思的胸部已经在不停地起伏了。

任何有经验的眼科大夫，在做这种手术时，当病人的眼珠被打开的一刹那，心情都是非常紧张的。而在这时，最忌讳的是病人咳嗽。

事不宜迟，陆文婷一面采取紧急措施，一面安慰着病人：

“等一下！你哈气，哈气，先别咳出来！”

她一边说，一边两手不停地忙着，把刚缝上的预置线结扎起来。焦成思在大口大口地哈气，胸口剧烈地起伏着，好像马上就要憋死过去。待最后一个结打完，陆文婷舒了一口气，说：

“你可以咳嗽了！轻一点！”

然而，焦成思并没有咳出声来。他的呼吸又慢慢恢复了正常。

“你咳吧，不要紧了。”姜亚芬在一旁说。

焦成思很抱歉地说：

“真对不起，我不想咳嗽了，你们做吧！”

姜亚芬瞪起大眼，几乎想说，这么大年纪了，还这么不能控制自己。陆文婷朝她看了一眼，她才没有说出来。两人却相视一笑。类似这种情况也是经常有的啊！

陆文婷又把结扎好的线剪掉，手术从头来起。这次很顺利地做完了。当陆文婷离开手术凳，坐在小桌前开处方时，焦成思已经被挪到活动床上，护士正准备把他推走，他叫道：

“陆大夫！”这微微带着颤抖的声音，很像出自一个做错事的男孩子口中。

陆文婷走到两眼缠着纱布的焦成思身旁，弯下腰问道：

“你怎么啦？”

焦成思伸出两手在空中摸着，抓到陆文婷还未脱去手套的手，他使劲握了握说：

“两次手术，都给你格外添了麻烦，真过意不去……”

陆文婷愣了一下，盯着这缠着十字形纱布的脸，安慰地说：

“没什么，你好好休息，过几天给你拆线！”

焦成思被护士推走了。陆文婷看了一下墙上的挂钟，本来四十分钟可以完的手术用了一个钟头。她脱下身上的这一件手术袍，摘下橡皮手套，又伸臂套上另一件刚从包里取出的消毒袍。当她转身等护士给她系上后面的腰带时，姜亚芬问道：

“接着做吗？”

“做。”

十四

“这个手术我来做，你休息一下，做下一个。”姜亚芬说。

陆文婷摇头笑道：

“还是我来吧。你不知道这个王小嫚，她害怕得要命。这两天跟我熟了，还好一些了。”

王小嫚不是躺在床上被推进来，而是被护士半拉半拽带进手术室的。她被罩在一套嫌大的白色病服里，扭扭捏捏不肯上手术床。

“陆阿姨，我害怕，我不做了，您出去跟我妈说！”

一见手术室里大夫和护士的打扮，王小嫚更紧张了，心跳得嘣嘣的，她求救似的朝陆文婷喊着，想挣脱护士的手。

陆文婷走到床头，笑着招呼她说：

“来呀，小嫚，我们不是讲好了吗？要勇敢呀！我给你打麻药，保证你一点儿都不疼！”

王小嫚从上到下打量着变了样的陆大夫，最后又直盯着她的眼睛。从那双温柔的含着笑意的眼睛里，孩子似乎找到了力量。她身不由主地上了手术台。护士给小病人罩上有孔巾。陆文婷示意护士把孩子的手腕用床两边的带子系上。王小嫚刚要反抗时，陆文婷坐在床头说：

"王小嫚，听话呀！谁都要捆上手的。你别动，一会儿就完了！"说着，就给注射麻醉剂，一边打一边说："我在给你打麻药了。打完了，你就一点儿也不疼了。"

这时，陆文婷不仅是一位手术医生，而且是一个溺爱孩子的妈妈，甚至是一名幼儿园的阿姨。她一边从姜亚芬手中接过适时递过来的剪子、镊子和各种特殊用处的手术针，一边细声细语地同小病人说着话。当她用小剪刀剪去眼里造成斜视的多余的肌肉时，牵动了神经，王小嫚哼哼起来，感到恶心。陆文婷忙说：

"有点恶心吧？不要紧，坚持一会儿。嗯，真听话！还恶心吗？好一点了吧？一会儿就做完了，真是好孩子！"

王小嫚就在这动听的催眠曲中，在一种似睡非睡的状态下，接受了手术。当她被缠上绷带推出手术室时，她清醒地记起了妈妈嘱咐的话，甜甜地说了一句：

"谢谢阿姨！"

手术室的大夫和护士都笑了。墙上挂钟的长针才走了半圈。

这时，陆文婷已经浑身是汗。额头渗出了汗珠，贴身的背心汗湿了，连手术袍的两腋也汗湿了。她自己也感到奇怪：天气并不热，怎么出这么多汗？她轻轻抡了一下胳膊，那由于长时间悬空操作的双臂，好像已经酸痛得麻木了。

当陆文婷再次脱下身上的长袍，伸出手臂去套另一件新袍的一刹那，她忽然感到眼前冒起一排金星。她把眼闭了一下，把头晃了几晃，然后慢慢地把手伸进袖子里。护士过来给她束好腰带后，忽然端详着她问道：

"陆大夫！你怎么嘴唇发白？"

正在一边换手术袍的姜亚芬回头一看，不禁也吃惊地问：

"真的，你怎么脸色这么难看？"

的确，陆文婷的脸色十分难看。青白的脸上两个乌黑的眼圈，好似上妆的演员用炭笔画出来的。上下眼皮都肿了起来，完全是一副病容。

见姜亚芬那么盯着自己，陆文婷笑了笑说：

“怎么啦？过一阵就好了。”

她不仅嘴上这么说，心里也确信自己是能够坚持下去的。多少年来不就是这样坚持下来的吗？

“手术还接着做吗？”护士站着不动。

“做呀！”

怎么能不做呢？角膜材料不能搁，病人不能久等，当然要做呀！

姜亚芬走上前去说：

“文婷，休息半个钟头再做吧！”

陆文婷抬头看了看挂钟，已经十点过了。推迟半小时，到食堂吃饭的同志就赶不上开饭时间，要吃凉菜；双职工也赶不上回家给孩子做饭了。

“接着做吗？”护士又问。

“做。”

十五

经特许来观摩移植手术的外院和本院的进修大夫们来了，正站在门外和陆文婷说话。

张老汉已又说又笑地被护士扶上了手术床。手术床对于这身材高大的老汉是太小了。他那一双穿着布袜子的大脚悬空搁在床外，两只胳膊也半悬在床侧。甚至于他浑身的精力也好似悬在四周。他真像一棵坚硬的橡树，那么高大，那么结实。他的嗓门真大，他一刻也憋不住，正和护士说着话儿：

“姑娘，您别笑话，要不是巡回医疗队去我们村，说死了我也不敢挨这一刀。您想，我的肉，你的刀，这一刀子下去，是好是歹谁知道呀！哈哈哈！”

年轻护士抿嘴儿笑了，又悄悄嘱咐他：

“老大爷，您小点声儿！”

“这我懂！姑娘，医院嘛，那可是个肃静的地方。”说是说，老汉的嗓门并不见小多少。他又抬起一只胳膊，比画着说：“唉，您不知道，一听说我这眼睛瞎了还能治好，我是又想哭又想笑。我爹就瞎了半辈子，临了就那么窝窝囊囊地入了土。没想轮到我这儿，瞎了还能见太阳。您说，是两个世道不是？说到哪儿，我也得说，社会主义好！”

小护士一边抿嘴儿笑着，一边给这兴奋得直要坐起来的病人蒙上有孔巾，一边又嘱咐说：

“老大爷，您可别动了，这是消了毒的，一碰就脏了！”

“那是！”张老汉十分认真地说，“入乡随俗。到哪儿听哪儿的，入了医院，就得守医院的规矩。”说是说，他那粗大的胳膊又想往上抬。

一旁的护士瞧着不放心，拿起拴在手术床旁的带子说道：

“老大爷，给您手腕系上点儿，这是医院的规矩！”

张老汉一愣，继而又哈哈笑道：

“您就捆吧，这还用说！说实话，姑娘，要不是这双眼治的我，我可不是那老实待着的主儿。就这，我在家还一天下两遍地。唉！生就的兔子脾气，就爱满世乱蹦跶，待不住呀！”

小护士又被他说得笑了起来，他自己也嘿嘿地笑了。当陆文婷刚一迈进来，他立即止住了笑，侧耳一听，就叫了起来：

“陆大夫！是您吗？我一听就听出来了。也怪，这眼一瞎，俩耳朵倒透着那么好使。没法子，耳朵当眼睛使了。”

陆文婷望着这充满活力的病人，听着他的话，也不由笑了。她坐下来，开始了手术前的准备工作。从托盘架上的一个小杯里取出珍贵的角膜材料，先缝在纱布的眼珠模型上。这工夫，张老汉又说话了：

“这眼珠子还能换，我可一辈子头回听说！”

姜亚芬笑道：

“不是换眼珠，是换眼珠上边的一层膜。”

“嗐，那都是一码事儿！”张老汉并不深究其详情，只自顾自地感叹着，“您说，这得多高的手艺！等我带俩好眼睛回去，村里人别说我遇了仙呢！哈哈哈！我得告诉他们，我遇见了陆大夫！”

姜亚芬“扑哧”笑了，冲着陆文婷直眨巴眼儿。陆文婷被他说得不好意思了，一边缝，说了一句：

“别的大夫也一样做的。”

“那是！”张老汉肯定地说，“闹着玩儿的吗？没能耐的大夫他也迈不进这大医院的高门槛儿呀！”

准备工作完毕，陆文婷用开睑器撑开了病人的眼睛，同时说道：

“我们开始了。你不要紧张。”

张老汉可不像一般病人那么默默地听着，他觉得大夫跟你说话，你不吭气儿是不够礼貌的。于是，他十分通情达理地答道：

“不紧张，不紧张，没事儿，疼点儿也没啥。您想这个理儿，动刀动剪子的还有个不疼的吗？您尽管放心动刀！我信得过您，再说……”

姜亚芬笑着拦住他说：

“老大爷，您可不准再说话了。”

张老汉这才不言语了。

陆文婷开始操作。她拿起像钢笔帽口那么小的环钻，轻轻地把病人坏死的角膜取下。又拿过那块缝在纱布上的材料，用同一环钻切下同样大小的一块，按在病人的眼珠上。然后拿起持针器，细心地一针一针地缝了。

在一块只有钢笔帽口那么点的角膜周围，需要缝上十二针。这不是在伏伏贴贴的布面上缝，是在溜滑菲薄的一层膜上缝。每缝一针，她似乎都把自己浑身的力量凝聚在手指尖上，把自己满腔的热血通过那比头发丝儿还细的青线，通过那比绣花针儿还纤小的缝针，一点一滴注入病人的眼中。此时，她那一双看来十分平常的眼睛放出了异样的智慧的光芒，显得很美。

手术极其顺利。最后一针缝好了，最后的一个结扎上了。那移植上去的圆形材料，严丝合缝地贴在了病人的眼珠上。如果没有四周黑色的线结，你简直认不出那是刚刚才换上去的。

“手术真漂亮！”围观的大夫们悄悄发出由衷的称赞。

陆文婷轻舒了一口气。旁边的姜亚芬抬起眼睛，感动地看了一眼自己的老同学，没有说话，把一沓厚厚的长方形纱布盖在病人的眼上。

张老汉被挪到活动床上往外推时，好像刚从梦中醒来。他顿时活跃起来，人到了门外，还用他那洪亮的声音喊了一声：

“陆大夫，让您受累了！”

手术结束了，陆文婷想站起来。可是，只觉得双腿发麻，站不起来。她停了停，又试图站起，这样好几次，才站了起来。一阵腰部的酸痛突然向她袭来，她反过一只手按住腰。这在她也是常有的事。每当她聚精会神地在这张圆凳上坐了几个小时，全部智与力都集中在手术时，她丝毫也不觉得身体的劳累。可是，当手术一结束，她就觉得浑身像散了架，连迈步都很困难了。

十六

这时，傅家杰正骑着自行车往家跑。

本来，他是不准备回家的。根据昨天晚上陆文婷的建议，傅家杰今天一早就把被褥打成包，捆在车后座上，带到研究所，准备开始新的生活。

到了中午下班时，他的决心动摇了。今天她在病房，手术能按时完吗？一想到她疲乏不堪地走进家门，又要手忙脚乱地做饭，总觉得过意不去。他还是蹬上车回家了。

就在他骑着车刚拐进胡同口时，一眼就看见陆文婷扶着墙站在那儿，好像走不动了。

“文婷！怎么啦？”傅家杰喊了一声，赶紧下车搀住她。

“不要紧，有点累。”陆文婷把胳臂搭在傅家杰肩上，一步一步走回家里。

她只说有点累，可是傅家杰见她脸色苍白，一头冷汗，不放心地问：

“要不要去医院看看？”

陆文婷闭着眼睛在床边坐下说：

“不用了。歇一会儿就好了。”

她指指床，好像没有力气再说话，也不愿再动了。傅家杰替她脱了鞋，脱了外衣，说：

“那你先躺一会儿，休息休息，我一会儿叫你……”

“不用叫，”她躺下时还说，“我反正睡不着，躺一躺就好了。”

傅家杰转身出去，坐上一锅水，又回到屋里来取挂面时，还听见陆文婷说：

“是该休息休息。这个星期天，我们带孩子到北海玩一趟吧！十多年没有去过北海了！”

“好呀，我赞成！”傅家杰口里答应着，心里却疑惑起来：十多年没去北海了，也没有动过去北海的念头，怎么她今天突然提起要去北海？

傅家杰不安地望了望躺着的妻子，转身出去煮面。他又切了点葱花、几片榨菜分放在碗里。当他端着面进屋时，陆文婷已经睡着了。他见她闭目静睡，没忍心叫醒她。园园回来，他们就一块吃起面来。

正在这时，陆文婷在床上呻吟起来。傅家杰忙撂下碗转身到床前，只见陆文婷面如白纸，一头冷汗，微微喘着叫道：

“不行了！”

傅家杰吓慌了，攥着她的指尖，忙问：

“你哪儿不舒服？哪儿疼？”

她只痛苦地挣扎着，指了指左胸，答不出话来。

傅家杰在屋里乱转。他一会儿打开抽屉找止疼片，一会儿想想不对，又去找安定片。

在难以忍受的疼痛中，陆文婷似乎还是冷静的。她用手势止住了傅家杰的慌乱，尽力说了三个字：

“上医院！”

傅家杰这才感到事态严重。他们共同生活十几年来，陆文婷虽然天天去医院上班，可从来没有自己提出来去医院看病。她显然病得不轻。傅家杰顾不得多想，回头就往外走，到门口又扭头说了一声：

“我去叫出租汽车！”

公用电话在胡同口上。他忙忙地拨了汽车公司的号码，接电话的人冷冷地说：

“现在没有车。”

“喂，喂，我是送病人呀！”

“那也要等半个钟头！”

傅家杰还想哀求，那边的电话已经挂上了。

他没办法，赶紧给陆文婷所在的医院打电话。眼科办公室没人接，他让总机接到汽车队。汽车队的一个同志回答他：

“没有领导批的条子，不能派车。”

他上哪儿去找领导批条子呢？

“喂，喂！”他冲话筒嚷着，那边已经没有声音了。

他又给医院政治处打电话。政治处总该过问一下这种事吧？

电话铃声响了半天，才有一个女同志来接。听完他的话，这位女同志很客气地答道：

"请你和行政处联系一下吧！"

他又请总机把电话转到行政处。总机的电话员都听出了他的声音，不耐烦地问："你到底要哪儿？"到底应该要哪儿呢？傅家杰也搞不清了。他只央求给接行政处。接通了，丁零零，丁零零响了半天，根本没有人接电话。

傅家杰彻底失望了。他放弃了叫汽车的念头，转而去找平板三轮车。胡同里有一家做纸盒的"五·七"工厂，常常用三轮车运货。他跑到工厂说明情况，那主事的老太太倒挺同情，可惜帮不上忙，厂里仅有的两辆平板三轮都派出去了。

怎么办？傅家杰站在胡同里，差点要急疯了。用自行车推吧？她看来坐都坐不住，怎么推？

这时，一辆浅灰色的"一三〇"小卡车开了过来。傅家杰来不及多想，就两步站到路中央，向司机举起手来。

车停了下来。从驾驶室探出一张满腮胡子的脸来，大眼珠瞪着拦车的人。可是，当他听说家里有人得了急病，需要立刻送医院时，二话没说，就把手一挥，招呼傅家杰上车。

"一三〇"开到傅家杰家门口停下。等傅家杰搀着陆文婷一步一挨地走到车边时，司机忙伸出大手来把陆文婷扶进驾驶室，一直小心地把车开到医院的急诊室。

十七

从来没有睡得这么久，从来没有睡得这么累。陆文婷觉得好像是从高高的云端摔落下来，跌得浑身疼痛难禁，没有一点力气了。这突然的静卧，四肢休息了，心也静了下来，脑海里几乎成了一片空白。

多少年来，她奔波在生活的道路上，没有时间停下来，看一看走过的路上曾有多少坎坷困苦；更没有时间停下来，想一想未来的路上还有多少荆棘艰难。如今，肩上的重担卸下了，种种的操劳免去了，似乎有足够的时间去寻找过去的足迹，去探求未来的路。然而，脑子里空空荡荡，没有回忆，没有希望，什么也没有。

啊！多么可怕的空白！

也许，这只是一个梦，一个寂寞的梦。过去，也曾有过这样的梦，也是这样孤独，这样悲凉……

那一年，她还是一个五岁的小姑娘。一个北风呼啸的夜晚，妈妈出去了，只留下她一个人。天黑了，妈妈还没有回来。她第一次感到孤单、感到恐怖。她哭着，喊着："妈妈……妈妈呀！"后来，这情景，常在她的梦中萦绕。那怒吼的风声，那被吹开了的房门，那昏暗的油灯，是如此逼真，竟使她长久以来分辨不清，是当真入梦，还是把梦当真。

不，这一回不是梦，是真的了！

自己是躺在病床上，家杰还守在自己身旁。看，他累了。他歪倒身子靠在床沿上睡着了。他会着凉的，应该把他叫醒。可是她试了几次，总听不见自己的嗓音。喉咙好像被什么卡住了，叫不出声来。她想伸过手去，拉一件衣服给他披上，可是手动不了，它好像不是属于自己的了。

她朝四周打量了一眼，发现自己是躺在单人病房里。这种"特殊照顾"通常都属于垂危的病人。她忽然感到一阵恐怖：难道我也……

瑟瑟的秋风叩打着门窗，沉沉的夜色吞蚀着病房。她出了一身冷汗，神志反而清醒了。她意识到眼前的一切真真实实，这确实不是梦。这是生的尽头，这是死的来临。

死亡原来是这样的，并不可怕，并不痛苦。它不过是生命逐渐地枯萎，意识逐渐地朦胧，它不过是缓缓地沉落，像一片飘在水中的叶儿，正随波逝去，终致淹没在水底。

她觉得一切都无可挽回地结束了。汹涌的波涛漫过了她的胸前，她正随水而去……

"妈妈……妈妈……"

她听见佳佳在呼喊，她看见佳佳沿着河岸追来。她忙回过头去，伸开双臂喊道：

"佳佳……我的女儿……"

流水把她席卷而去。佳佳的面容模糊了，沙哑的呼喊变成了可怜的抽噎：

"妈妈……我要梳小辫儿……"

为什么不给她扎小辫儿呢？她来到人间才六个年头，她对生活的希望，不过是扎上两个小辫儿。每逢看见那些扎着小辫、系着蝴蝶结的小姑娘，她是多么羡慕！可是，就连这一点小小的要求，她都不能满足她。她没有时间，星期一早上医院的病人也最多，哪怕一分钟的时间，对她来说都是宝贵的。

“妈妈……妈妈……”

她听见园园在呼喊，她看见园园沿着河岸追来。她忙回过头去，伸出双臂喊着：

“园园……园园……”

一个浪头把她打下去，她挣扎出水面，园园已经看不见了，只有他的声音从远处传来：

“妈妈……别忘了……白球鞋……”

各式各样的球鞋像装在万花筒里，在她面前转开了：白色的，蓝色的，高筒的，矮帮的，白色带红边的，白色带蓝边的。给园园挑一双吧，他脚上的鞋早已破了。给他买一双白球鞋吧，他会高兴一个月。可是，顷刻间，这样那样的球鞋都消失了。一张张标价牌迎面打来：三元一角，四元五角，六元三角……

家杰追来了。流水倒映出他狂奔的身影。他跑得那么急，他的声音在发抖：

“文婷，你不能走……”

她多么想停住，等他追来，拉自己一把。然而，流水无情，她身不由主随波逐流！

“陆大夫！陆大夫！”

两岸有多少人在呼喊她啊！穿着白大褂的亚芬、老刘、赵院长、孙主任，穿着病房衣服的焦成思、张老汉、王小嫚，还有许多认识和不认识的病人，都在喊着，喊着。

他们在喊我？我不能走，是不能走啊！在这世界上，我还有很多事情没有了结，还有很多责任没有尽到。我不能让园园和佳佳变成没有妈妈的孤儿。我不能让家杰遭到中年丧妻的打击。我离不开我的医院，我的病人。离不开啊，离不开这折磨人而又叫人难舍的生活！

我不能在这死亡之水中沉没。我要挣扎，我要反抗，我要留在人间。可，我怎么那么累呢？我没有力气反抗，没有力气挣扎，我正在沉下去，沉下去……

啊！永别了，园园！永别了，佳佳！你们还会想起妈妈吗？在这生命的最后一息，妈妈是带着对你们深深的眷恋离去的。我多么想念你们，让我紧紧地搂住你们，听我对你们说：孩子啊！原谅妈妈对你们爱得太少，原谅妈妈不得不一次次缩回向你们伸出的双臂，推开你们扑向我的笑脸，使你们在幼小的年纪就离开了妈妈的怀抱。

永别了，家杰！你为我付出了一切。没有你，我的生活寸步难行。没有你，我活在这世界上索然无味。啊，你为我作了多么大的牺牲！如果允许我忏悔，我将跪倒在你面前，请你原谅，原谅我没有能报答你对我无微不至的关怀和体贴，原谅我对你照顾得那么少，给你的那么少。多少次我想着，等我稍许空一点，我要多尽一点妻子的责任，我要按时下班回家，让你吃上一顿现成的晚饭。我要把三屉桌让给你，给你创造条件，写完你的论文。遗憾啊，晚了，我再也没有时间了。

永别了，门诊的病人！住院的病人！十八年来，我生活中最重要的部分属于你们。无论我行、走、坐、卧，回旋在我脑际的是你们，是你们的眼睛！你们不知道，每治好一只眼睛，你们给予我——一个医生，多么巨大的慰藉和快乐。可惜，这种快乐再也不会有了！

永别了，我的亲人！永别了，医院！永别了，我的病人！我是舍不得离开你们的啊！

我……

十八

“心动异常！”监视着荧光屏的大夫叫了起来。

“文婷，文婷！”傅家杰望着呼吸困难的妻子，尖声喊叫着。

值班室的大夫和护士们跑来了。

“静脉注射利多卡因！”值班大夫命令说。

护士飞快地把针头挑进病人的静脉。可是，刚注入一半，病人已经两手攥成拳、嘴唇发青、眼睛朝上翻去。可怕的阿斯氏综合征出现了。

陆文婷大夫的心脏停止了跳动。

紧张的抢救开始了。几个大夫轮流为病人进行人工心脏按摩。人工呼吸器也罩在病人脸上，发出“咕哒、咕哒”的声响。心脏去颤器打开了，当用这特殊的器械向病人胸部一击之后，病人的心脏又开始了跳动。

“准备冰帽！”值班大夫满头大汗地说。

陆文婷的头被套上了橡皮冰帽。

十九

窗外的天空泛出青色，天终于亮了。陆文婷大夫的生命挨过了危急的夜晚，也进到了新的一天。

接班的护士走来，轻轻拉开紧闭了一夜的百叶窗。一股清新的空气和着鸟儿欢乐的鸣叫一齐扑进病房，顿时冲淡了这里浓烈的药味和沉重的气息。黎明给垂危的生命带来了希望。

量体温的护士，送早饭的卫生员，接早班的大夫，川流不息地来了。在床上度过了一夜的病人似乎又重新燃起了生的希望，病房里呈现出新的生机。

王小嫚头上斜缠着纱布，包着那只经过手术的眼睛，向内科病房的护士苦苦哀求：

“让我去看看陆大夫！就看一眼！”

“不行。陆大夫昨晚上刚抢救过来，谁也不能进去！”

“阿姨！你不知道！她就是给我做手术，才病的呀！叫我去看看吧！我一句话都不说……”

“不行！”护士板起脸来。

“看一眼都不行呀？”王小嫚要哭了。这时，她一扭脸，看见张老汉正扶着他的小孙子走过来，忙扑上去叫道：“张大爷，您快跟她说说，她不让进……”

张老汉头上缠着纱布，被王小嫚拉到护士面前。他站定了说：

“同志啊！让我们进去瞧一眼吧！”

护士一见，又来了个老大爷，生气地嚷了起来：

“眼科的病人怎么到处乱窜啊！”

“嗐！瞧您说的，您咋不懂啊！”张老汉的嗓门可小多了，他低声下气地说，“您不知道这内里详情。陆大夫为啥病倒的？就为给我们开刀呀。唉！说实话，我瞧也是瞧不见。我寻思，在她床边站站，也算尽我这点心意。”

这护士心眼儿软，见大爷情真意切，只好耐心劝道：

“不是我不叫你们进去。陆大夫得的是心脏病，不能激动。你们不是为她好吗？你们去了一惊动，对她反而不好。”

“唉！是这个理儿。”张老汉长叹了一口气，在过道长椅子上歪身坐下，双手拍打着自己的膝盖，后悔不迭地埋怨自己，“都怪我这老头子，催呀催呀，催个没完，硬挤着要早点动手术。唉！真没想到……这，陆大夫要是有个好歹，这可怎么好啊！”

老汉说着，伤心地低下了头。

孙逸民也赶在上班前来看望陆文婷。他忙忙地走着，不意被王小嫚一把拉住。

“孙主任，您是去看陆大夫的吧？”

孙逸民点点头。

“带我进去看看吧！嗯？”

“过些日子吧，现在不行。”

张老汉也闻声站了起来，摸索着拉住孙逸民的袖口说道：

“孙主任，听您的，我们就不进去。可，我有句话，今儿不管您多忙，您得听我把话说完。”

孙逸民用另一只手拍着张大爷的胳膊说：

“好，您说吧！”

“孙主任！陆大夫可是个好大夫。你们当领导的，可得花本钱给她治啊！您把她救好了，她能救好些人哪！不是有那好药吗？给她吃，别舍不得！我跟人打听，吃那贵重的药得自个儿掏钱。陆大夫拉家带口的，这又一病，她能掏得起吗？医院这么大，能给她掏点不？”

张老汉住了嘴，两手拉着孙逸民，脸向着他，侧过耳朵，期待着回答。

孙逸民为人古板，从不喜怒形于色。但这一次，他被老汉的话打动了，激动地握着老汉的手说：

“我们一定尽一切努力给她治病！”

张老汉似乎才把心放下，又叫过孙子来，摸着他胳膊上的布书包，对孙逸民说：

“给，几个鸡蛋，您能进去，您给她带进去！”

孙逸民忙说：

“这个，不用了。”

张老汉顿时生气了，拉着孙逸民大声说：

“您不拿进去，今儿我就不走！”

孙逸民只好接过一书包鸡蛋，打算等会儿再叫护士给送回去，解释一下。谁知，张老汉却猜到了，又说道：

“孙主任，您要叫人送回来，我可不依您！”

孙逸民无法，只好拿着鸡蛋，直把这一老一小送下楼去。

这时，赵天辉陪着秦波朝内科病房走来。

“赵院长，我是官僚主义，不了解情况，你怎么也不了解情况哟？”秦波边走边说，神情非常激动，“要不是老焦把她认出来，我们都还蒙在鼓里呢！”

“那一段我也在干校啊！”赵天辉无可奈何地答了一句。

他们进入病房时，孙逸民也走了进来。内科大夫汇报了昨晚的险情和抢救情况。赵天辉又看了看病房记录，点头说：

“要继续密切监视。”

傅家杰见来了这么多人，忙站了起来。秦波根本没有看见他，抢上去就在那张圆凳上坐下说：

“陆大夫，你好一点吗？”

陆文婷双目微启，没有应声。

“焦部长都跟我讲了。”秦波叹息道，“他很感谢你。他本来要亲自来看你，我没让他来。我代表他来看你。你想吃什么，缺什么，有什么困难，尽管告诉我，我们帮你解决，不要客气，大家都是革命同志。”

陆文婷闭了闭眼睛。

“你还年轻，要乐观些。对待疾病嘛，既来之，则安之，这……”秦波还想说下去。

一旁的赵天辉拦住她说：

“秦波同志，让病人休息吧，她刚好一点。”

“行，行，你好好休息吧！”秦波一边抬身站起，一边说，“过两天我再来看你。”

走出病房，秦波又皱起双眉对赵天辉说：

“赵院长，我可要给你们提个意见呀，像陆大夫这样的人才，怎么平时不关心，让她病成这样呢？中年干部，现在是我们的骨干力量，我的同志哟，要珍惜人才呀！”

“对。”赵天辉答道。

望着她远去的身影，傅家杰小声问孙逸民：

“她是谁？”

孙逸民从镜片上方望着门，皱了皱眉头，答道：

“一个马列主义老太太！”

二十

这一天，陆文婷大夫的病情略有好转。她能不大费力地睁开眼睛了，她还喝了两匙牛奶和一点橘汁。但，她仰卧着，两个眼睛直视着一个地方，目光是呆滞的，没有任何表情，似乎对四周的一切幸与不幸都很淡漠，对自己的重病以及这给全家带来的厄运也很淡漠。她那无动于衷的可怕的呆滞，简直是对人生的淡漠了。

傅家杰从未看见过她现在的这种样子。他被吓坏了。他连连唤她，她只轻轻晃动了一下手掌，好像不愿让人惊动，好像她在那种令人担心的半麻痹状态中感到舒服，决心把自己永远禁锢在那里面。

时间一点一点地过去，傅家杰紧张地坐在陆文婷床边，已经两夜没有合眼了。他觉得自己也到了疲劳的顶点，也在断裂了。

又不知过了多久，忽然，一阵撕裂人心的哭叫声，震动着每一个病房，也把傅家杰从麻木的疲惫状态中惊醒。

只听见隔壁房间里一个女孩子的声音在厉声哭叫：“妈、妈妈呀！”接着是一个男子呜呜的哭声。再接着是一阵混杂的脚步声，好像很多人朝隔壁涌去。

傅家杰也奔到病房门口。他看见，先是一张病床从房里推了出来。床上严严地罩着一条白被单，蒙着一位死者的遗体。接着露出护士白色的身影，她轻轻地推着这活动床。一个十六七岁的姑娘，猛地从房中追了出来。她头发散乱，浑身颤抖，扑过来双手痉挛地抓住床沿，泪流满面地哀哀哭叫：

“别推她走！我妈妈睡着了！她会醒的，会醒的呀！”

往来探视病人的家属被堵塞在过道里。人们让开一条道，用静默来表示对这位陌生的死者的哀悼。所有的人都屏住呼吸，不敢移动脚步，似乎怕惊扰了被单下安息着的灵魂。

傅家杰也呆立在人群中，双脚像被钉子钉在那里了。他那明显变得消瘦的脸上，两个颧骨凸起。浓眉下布满红丝的眼睛里闪着泪花。他把汗湿的手掌紧紧捏成拳头，仍然克制不住周身簌簌地颤抖。他几乎想用手蒙住耳朵，不愿再听那凄厉的哭声。

“妈，妈妈呀！你醒醒，醒醒呀！他们要把你推走了！”那女孩子疯狂地喊着，扑过去要掀那被单，好不容易才被两旁的人拉住。

那个尾随在床边痛苦的中年男人，一边哭，一边反复喊着一句话：

“我对不起你呀！……我对不起你呀！”

这绝望的喊声像一把尖刀刺进傅家杰的胸膛。他睁着眼，紧盯着从他面前缓缓推过的这张床，紧盯着那无情的白被单下隆起的遗体。突然，他像触了电似的，猛然朝陆文婷的病房跑去。他一口气跑到她的床前，一头扑在她枕边，闭着眼，喘着气，嘴里只喃喃地重复着三个字：

“你活着！你活着！你活着！”

他那粗重的喘息声，惊醒了半睡中的陆文婷大夫。她睁开眼来，朝他望了望，又好像并没有看见他。

这呆滞的目光，使傅家杰浑身发抖，他失声喊道：

“文婷！……”

陆文婷的眼光又停留在傅家杰脸上，仍然是那种冷漠的眼光。这眼光令人胆寒心碎，使人感到她的灵魂已经飞离身躯，正在太空中遨游。

傅家杰不知该说些什么，做些什么，才能唤回她对生的热望。这是他的妻子，是他在世上最亲的亲人。从那年冬天和她漫游北海，给她念诗，到如今，多少个日日夜夜过去了，她一直是他最亲的人。他不能没有她。他要留住她！

诗！念诗吧！还像当年那样念诗吧！十多年前，是动人的诗句打开了她的心房。今天，再用同样的诗句唤起她最美好的回忆，唤起她对生的欲望和勇气吧！

于是，傅家杰半跪在她床前，含泪念道：

我愿意是激流，
……
只要我的爱人，
是一条小鱼，
在我的浪花中，
快乐地游来游去。

这诗句，好似惊动了她，她侧过脸久久地注视着自己的爱人，嘴唇动了动。傅家杰挨近她，听懂了她含混不清的话：

“我不能……游了……”

傅家杰忍下眼泪，又念道：

我愿意是荒林，
……
只要我的爱人，
是一只小鸟，
在我的稠密的
树林间做窝、鸣叫……

陆文婷又轻轻吐出几个字：

“我……飞不动了……”

傅家杰心痛难忍，但他仍含泪念下去：

我愿意是废墟，
……
只要我的爱人，
是青春的常春藤，
沿着我荒凉的额，

亲密地攀缘上升。

这时，陆文婷眼里滚出两行晶莹的泪珠，默默地顺着眼角滴到雪白的枕头上。她又吃力地说：

“我……攀不……上去了！”

傅家杰扑在她身上，像孩子似的哭起来：

“是我没有把你照顾好……”

他睁开泪眼，呆住了。只见陆文婷的眼光又像先前一样停在一个地方，呆呆地停着，似乎没有听见他的哭声，没有听见他的叫声，对身旁的一切都漠不关心了。

病房大夫闻声赶来，见这情景，对傅家杰说：

“陆大夫身体很弱，你，不要跟她多说话！”

傅家杰就这样无言地守了一个下午。黄昏时，陆文婷好像又好了一些，她把头转向傅家杰，双唇动了动，努力要说什么的样子。

“文婷，你想说什么呀？你说吧！”傅家杰攥住她的手哀求道。

她终于说了：

“给园园……买一双白球鞋……”

“我明天就去买。”他答着，泪水不自主地滴了下来，他忙用手背擦去。

她望着他，还想说什么的样子。半天，才又说出几个字来：

“给佳佳，扎，扎小辫儿……”

“我，给她扎！”傅家杰吞泣着。他透过泪水模糊的眼望着妻子，希望她把想说的话都说出来。可是，她闭上嘴，好像已经用尽了力气，再不开口了。

二十一

两天以后，傅家杰收到一封寄自首都机场的信。他打开看到——

文婷：

我不知道你能不能见到这封信。也许，它将是一封永远无法投递的信。我多么希望不会是这样的，我也相信绝不会是这样的。这次，你病得很重，但我总觉得你会好起来的。你还能干很多事情，你正是出成果的时候，你不应该这么早就离开我们！

昨晚，我和老刘去向你告别时，你还昏昏地睡着。我们本来准备今天上午再去看你，可是临行前的琐事太多了，实在抽不出时间。一想到昨夜一别，也许会成为我们最后的一面，我的心就发抖。同窗共事二十余年，知我者莫如你，知你者也莫如我，想不到我们竟是这样地分别了。

现在，我在首都机场候机室里给你写信。你知道我站在什么地方吗？就在二楼出售工艺美术品的柜台边上。这里没有人，只有玻璃柜里陈列的展品对着我。还记得吗？我们俩第一次坐飞机，也曾来过这里，还在这个卖工艺品的柜台前欣赏了半天。有一盆水仙做得那么逼真，那么姣好，细细的绿叶上还滴着露水珠。你说你最喜欢了。弯下腰一看标价，把我们俩都吓跑了。唉！现在我一个人站在这柜台前，又有一盆水仙，只不过花盆是另一种黄色的。那一盆，想必被人买走了。我望着这盆水仙花，不知为什么，只想哭。我忽然想到，一切都过去了。

记得傅家杰刚认识你的时候，有一次他到我们宿舍来，随口念了一句普希金的诗："一切过去了的都会变成亲切的怀念。"当时我直撇嘴，说这话不确切，还质问他："过去的不幸也怀念吗？"傅家杰笑笑，拒绝和我辩论。他心里一定认为我不懂诗。今天我忽然懂了！我觉得这句诗太确切了，简直是我此时此刻心情的写照，简直是为我写的！我真的觉得：一切过去了的都是那么亲切，那么让人怀念啊！

耳边又听得一阵隆隆声，又是一架飞机起飞了，不知要飞到哪里去？再过一个钟头，我也要登上舷梯，离开生我养我的祖国。一想到足踏在故国土地上只有六十分钟了，我忍不住泪水，我哭了，把信纸打湿了。可是，文婷，我没有时间换一张纸了，就这么写下去吧！

我不知道为什么这样伤心，我忽然觉得自己做了一件错事，我不该走的。我舍不得这里的一切，舍不得！舍不得我们的医院，舍不得我们的手术室，舍不得门诊室里我那一张小小的桌子！我常在背后说孙主任凶，不允许人家有一点错。现在，我愿再听一声他的斥责。他是个多么严厉的老师，没有他的苛求，我不会有今天这一手技术！

广播又响了起来，在祝愿旅客一路平安。能平安吗？想到就要上飞机了，我心里有一种空落落的感觉。我觉得自己像一个飘泊在天空的气球，不知将落在一个什么样的地方？在那里等待着我的又将是什么？我心神不定，甚至感到害怕！是的，是害怕！去一个陌生的国度，一个同我们社会完全不同的社会，我们能适应吗？怎么能不害怕呢？

老刘坐在那边的沙发长椅上发呆。他一直忙于收拾东西，不及思索，好像走的决心从来没有动摇过。但是昨天晚上，他把最后一件衣服塞进箱子里去，忽然说："从此以后，我们就是天涯孤客了！"后来，他就一直沉默不语。直到现在，还是一句话也没有说过。我知道他心里也很矛盾。

亚亚对这次走是最积极的。她甚至还表现出一种迫不及待的兴奋之情，我几次恨不得揍她一顿。但此刻，她站在候机室的大玻璃门前，望着忙忙碌碌的停机坪，也好像不愿离去了。

"不能不走吗？"我记得那天晚上在你家里，你曾这样问过。

我不能用一句话回答你，为什么我们非走不可。这几个月里，我和老刘几乎天天都在为走或不走烦恼着，争论着。促使我们下这决心的原因很多。为了亚亚，为了老刘，也为了我。但是，各式各样的理由，都不曾使我减少内心的痛苦，我们是不该走的。我们的国家正在开始一个新的时代，我们没有理由逃避历史（或许还该加上民族）赋予我们的使命。用造反派的语言来说，则是"工人农民的血汗把你们养大了，你们不应该背叛"！

同你相比，我是软弱的。我在这十年中受到的磨难比你少得多，但是我不能像你那样忍受。对于那些恶意的中伤，无端的诽谤，我常常爆发。这并不是我比你坚强，恰恰是我比你脆弱。我确实曾经想过，那么屈辱地活着不如死了好！只是为了亚亚，我才打消了这种念头。老刘作为"特嫌"被关起来那几年，我能熬过来，能活下来，亲眼见到粉碎"四人帮"的胜利，连我自己都意想不到。

当然，这些都是过去的伤心事了。傅家杰说得对，"黑暗已经过去，光明已经到来"。可惜的是，林贼、"四人帮"造成的一代人的偏见，绝不是短期内就能改变的。中央的政策来到基层，还要经过千山万水。积怨难除，人言可畏。我惧怕过去的噩梦，我缺少像你那样的勇气！

记得有一次批判白专道路，那些占领医疗卫生阵地的"沙子"，点了你的名，也点了我的名。会后，我们一起走出医院的大门。我说："我想不通，为什么刚有一点钻研业务的积极性，就要打下去？以后，再开这种会，我不参加，以示抗议！”而你却说：“何必呢！再开一百次我也参加。反正手术还得我们做。我回家照样钻研！”我问你：“这么批你，你不觉得冤吗？”你还笑了，你说：“我一天忙得晕头转向，没时间去想它！”当时，我真佩服你！只是快分手时，你却嘱咐我：“这种事，你别告诉傅家杰，他自己的事就够烦的了。”我们默默地走了一条街。我看到你的脸色是平静的，目光是自信的。你心里的想法是任何人动摇不了的。我也明白，你是用多么坚强的毅力抵抗着那些袭来的石子，走着自己生活的路。如果我能够有你一半的勇气和毅力，我也不会做出今天的抉择。

原谅我吧！我只能对你这样说。我走了，我把心留在你身边，留在我亲爱的祖国。不管我的双足走向何方，我都不会忘记故国的恩情。相信我吧！我只能对你这样说。相信我们会回来的。少则几年，多则十几年，等亚亚学有所长，等我们在医学上稍有成就，我们一定会回来的。

最后，衷心祝愿你早日恢复健康！经过这场大病，你应该接受教训，自己多照顾自己。这不是我劝你自私。你的不自私，是我历来敬佩的。我只希望你有一个健康的身体，我只希望中华医学的新秀能够吐出更多的芬芳！

别了，我的好友！

亚芬

匆匆于机场

二十二

一个半月以后，陆文婷大夫病体初愈，被允许出院了。

这几乎是一个奇迹。以陆文婷平日极为虚弱的身体，突然遭到这样一场大病的袭击，几次濒于死亡的边缘，最后竟能活了过来，内科大夫都感到惊异和庆幸。

这天上午，傅家杰怀着感恩的心情在妻子身边忙着。他替她穿上棉衣毛裤，又穿上一件蓝布棉猴，围上一条驼色大长毛围巾。

“家里怎么样了？”她问。

“挺好。昨天你们支部还派人去帮着收拾了。”

她立即想起那间小屋，那个罩着白布的大书架，那窗台上的小闹钟，那张三屉桌……

从死亡线上回来的她，虽然穿了这么多衣服，仍觉得身上轻飘飘的。当她站起来时，两腿打着哆嗦，很难支持身体的重量。她整个身子几乎全靠在丈夫身上，一手拽住他的衣袖，一手扶着墙，才迈出了步子。接着，一步又一步，她慢慢地走出了病房。

赵天辉院长、孙逸民主任，还有内科和眼科的一些同志们，跟在她身后，看着她一步一停地沿着长长的甬道，朝门外走去。

接连下了几天雨，一阵冷风吹得光秃的树枝呼呼地响。雨后的阳光格外的明媚，强烈的光束直射进这长长的长廊，冷风也呼啸着迎面吹来。傅家杰倍加小心地搀着妻子，迎着朝阳和寒风朝前走去。

门外石阶下停着一辆黑色的小卧车。那是赵院长亲自打电话给行政处要来的。

陆文婷大夫靠在丈夫臂上，艰难地一步一步朝门外走去……

1978—2018

改革开放40年
最有影响力的40部小说

中篇小说卷 III

《小说选刊》杂志社 选编

王 干 主编

中国言实出版社

人生

路遥

《人生》叙写了城与乡存在二元对立、新与旧处于变迁的特殊时代境遇中，高加林们的生活场景、奋斗图景与精神困境，体现了作者密切关注现实生活和社会发展路向，关切中国人生存处境和“精神性气候”，揭示社会生活本相和时代特质，呼唤改革社会现状的责任和担承。小说对广阔的社会生活具有敏锐深刻的洞察力，它对人生问题表达出来的丰富而沉重的思考，以及在审美艺术上所显示的着力追求和创造，使得这部长幅画卷般的小说具有了文学经典的品质。

《收获》1982 年 3 期

人生的道路虽然漫长，但紧要处常常只有几步，特别是当人年轻的时候。

没有一个人的生活道路是笔直的、没有岔道的。有些岔道口，譬如政治上的岔道口，事业上的岔道口，个人生活上的岔道口，你走错一步，可以影响人生的一个时期，也可以影响一生。

——柳青

第一章

农历六月初十，一个阴云密布的傍晚，盛夏热闹纷繁的大地突然沉寂下来；连一些最爱叫唤的虫子也都悄没声响了，似乎处在一种急躁不安的等待中。地上没一丝风尘；河里的青蛙纷纷跳上岸，没命地向两岸的庄稼地和公路上蹦窜着。天闷热得像一口大蒸笼，黑沉沉的乌云正从西边的老牛山那边铺过来。地平线上，已经有一些零碎而短促的闪电，但还没有打雷。只听见那低沉的、连续不断的嗡嗡声从远方的天空传来，带给人一种恐怖的信息——一场大雷雨就要到来了。

这时候，高家村高玉德当民办教师的独生儿子高加林，正光着上身，从村前的小河里蹚水过来，几乎是跑着向自己家里走去。他是刚从公社开毕教师会回来的，此刻，浑身大汗淋漓，汗衫和那件漂亮的深蓝的确良夏衣提在手里，匆忙地进了村，上了塄畔，一头扑进了家门。他刚站在自家窑里的脚地上，就听见外面传来一声低沉的闷雷的吼声。

他父亲正赤脚片儿蹲在炕上抽旱烟，一只手悠闲地捋着下巴上的一撮白胡子。他母亲颠着小脚往炕上端饭。

老两口见儿子回来，两张核桃皮皱脸立刻笑得像两朵花。他们显然庆幸儿子赶在大雨之前进了家门。同时，在他们看来，亲爱的儿子走了不是五天，而是五年，像是从什么天涯海角归来似的。

老父亲立刻凑到煤油灯前，笑嘻嘻地用小指头上专心留下的那个长指甲打掉了一朵灯花，满窑里立刻亮堂了许多。他喜爱地看着儿子，嘴张了几下，也没有说出什么来。老母亲赶紧把端上炕的玉米面馍又重新端下去，放到锅台上，开始张罗着给儿子炒鸡蛋，烙白面饼；她还用她那爱得过分的感情，跌跌撞撞走过来，把儿子放在炕上的衫子披在他汗水直淌的光身子上，嗔怒地说："二杆子！操心凉了！"

高加林什么话也没说。他把母亲披在他身上的衣服重新放在炕上，连鞋也没脱，就躺在了前炕的铺盖卷上。他脸对着黑洞洞的窗户，说："妈，你别做饭了，我什么也不想吃。"

老两口的脸顿时又都恢复了核桃皮状，不由得相互交换了一下眼色，都在心里说：娃娃今儿个不知出了什么事，心里不畅快？一道闪电几乎把整个窗户都照亮了，接着，像山崩地陷一般响了一声可怕的炸雷。听见外面立刻刮起了大风，沙尘把窗户纸打得啪啪价响。

老两口愣怔地望了半天儿子的背影，不知他倒究怎啦。

"加林，你是不是身上不舒服？"母亲用颤音问他，一只手拿着舀面瓢。

"不是……"他回答。

"和谁吵架啦？"父亲接着母亲问。

"没……"

"那倒究怎啦？"老两口几乎同时问。

"……"

唉！加林可从来都没有这样啊！他每次从城里回来，总是给他们说长道短的，还给他们带一堆吃食：面包啦，蛋糕啦，硬给他们手里塞；说他们牙口不好，这些东西又有“养料”，又绵软，吃到肚子里好消化。今儿个显然发生什么大事了，看把娃娃愁成个啥！高玉德看了一眼老婆的愁眉苦脸，顾不得抽烟了。他把烟灰在炕栏石上磕掉，用挽在胸前纽扣上的手帕揩去鼻尖上的一滴清鼻涕，身子往儿子躺的地方挪了挪，问：“加林，倒究出了什么事啦？你给我们说说嘛！你看把你妈都急成啥啦！”

高加林一条胳膊撑着，慢慢爬起来，身体沉重得像受了重伤一般。他靠在铺盖卷上，也不看父母亲，眼睛茫然地望着对面墙，开口说：“我的书教不成了……”

“什么？”老两口同时惊叫一声，张开的嘴巴半天也合不拢了。

加林仍然保持着那个姿势，说：“我的民办教师被下了。今天会上宣布的。”

“你犯了什么王法？老天爷呀……”老母亲手里的舀面瓢一下子掉在锅台上，摔成了两瓣。

“是不是减教师哩？这几年民办教师不是一直都增加吗？怎么一下子又减开了？”父亲紧张地问他。

“没减……”

“那马店学校不是少了一个教师？”他母亲也凑到他跟前来了。

“没少……”

“那怎能没少？不让你教了，那它不是就少了？”他父亲一脸的奇怪。

高加林烦躁地转过脸，对他父母亲发开了火：“你们真笨！不让我教了，人家不会叫旁人教？”

老两口这下子才恍然大悟。他父亲急得用瘦手摸着赤脚片，偷声缓气地问：“那他们叫谁教哩？”

“谁？谁！再有个谁！三星！”高加林又猛地躺在了铺盖上，拉了被子的一角，把头蒙起来。

老两口一下子木然了，满窑里一片死气沉沉。

这时候，听见外面雨点已经急促地敲打起了大地，风声和雨声逐渐加大，越来越猛烈。窗户纸不时被闪电照亮，暴烈的雷声接二连三地吼叫着。外面的整个天地似乎都淹没在了一片混乱中。

高加林仍然蒙着头。他父亲鼻尖上的一滴清鼻涕颤动着，眼看要掉下来了，老汉也顾不得去揩；那只粗糙的手再也顾不得悠闲地捋下巴上的那撮白胡子了，转而一个劲地摸着赤脚片儿。他母亲身子佝偻着伏在炕栏石上，不断用围裙擦眼睛。窑里静悄悄的，只听见锅台后面那只老黄猫的呼噜声。

外面暴风雨的喧嚣更猛烈了。风雨声中，突然传来了一阵“轰隆轰隆”的声音——这是山洪从河道里涌下来了。

足足有一刻钟，这个灯光摇晃的土窑洞失去了任何生气，三个人都陷入难受和痛苦中。

这个打击对这个家庭来说显然是严重的。对于高加林来说，他高中毕业没有考上大学，已经受了很大的精神创伤。亏得这三年教书，他既不要参加繁重的体力劳动，又有时间继续学习，对他喜爱的文科深入钻研。他最近在地区报上已经发表过两三篇诗歌和散文，全是这段时间苦钻苦熬的结果。现在这一切都结束了，他将不得不像父亲一样开始自己的农民生涯。他虽然没有认真地在土地上劳动过，但他是农民的儿子，知道在这贫瘠的山区当个农民意味着什么。农民啊，他们那全部伟大的艰辛他都一清二楚！他虽然从来也没鄙视过任何一个农民，但他自己从来都没有当农民的精神准备！不必隐瞒，他十几年拼命读书，就是为了不像他父亲一样一辈子当土地的主人（或者按他的另一种说法是奴隶）。虽然这几年当民办教师，但这个职业对他来说还是充满希望的。几年以后，通过考试，他或许会转为正式的国家教师。到那时，他再努力，争取做他认为更好的工作。可是现在，他所抱有的幻想和希望彻底破灭了。此刻，他躺在这里，脸在被角下面痛苦地抽搐着，一只手狠狠地揪着自己的头发。

对于高玉德老两口子来说，今晚上这不幸的消息就像谁在他们的头上敲了一棍。他们首先心疼自己的独生子：他从小娇生惯养，没受过苦，嫩皮嫩肉的，往后漫长的艰苦劳动怎能熬下去呀！再说，加林这几年教书，挣的全劳力工分，他们一家三口的日子过得并不紧巴。要是儿子不教书了，又急忙不习惯劳动，他们往后的日子肯定不好过。他们老两口都老了，再不像往年，只靠四只手在地里刨挖，也能供养儿子上学“求功名”。想到所有这些可怕的后果，他们又难受，又恐慌。加林他妈在无声地啜泣；他爸虽然没哭，但看起来比哭还难受。老汉手把赤脚片摸了半天，开始自言自语叫起苦来：

“明楼啊，你精过分了！你能过分了！你强过分了！仗你当个四大队书记，什么不讲理的事你都敢做嘛！我加林好好地教了三年书，你三星今年才高中毕业嘛！你怎好意思整造我的娃娃哩？你不要理了，连脸也不要了？明楼！你做这事伤天理哩！老天爷总有一天要睁眼呀！可怜我那苦命的娃娃啊！啊嘿嘿嘿嘿嘿……”

高玉德老汉终于忍不住哭出声来，两行浑浊的老泪在皱纹脸上淌下来，流进了下巴上那一撮白胡子中间。

高加林听见他父母亲哭，猛地从铺盖上爬起来，两只眼睛里闪着怕人的凶光。他对父母吼叫说："你们哭什么！我豁出这条命，也要和他高明楼小子拼个高低！”说罢他便一纵身跳下炕来。

这一下子慌坏了高玉德。他也赤脚片跳下炕来，赶忙捉住了儿子的光胳膊。同时，他妈也颠着小脚绕过来，脊背抵在了门板上。老两口把光着上身的儿子堵在了脚地当中。

高加林急躁地对慌了手脚的两个老人说："哎呀呀！我并不是要去杀人嘛！我是要写状子告他！妈，你去把书桌里我的钢笔拿来！”

高玉德听见儿子说这话，比看见儿子操起家具行凶还恐慌。他死死按着儿子的光胳膊，央告他说："好我的小老子哩！你可千万不要闯这乱子呀！人家通天着哩！公社、县上都踩得地皮响。你告他，除什么事也不顶，往后可把咱扣掐死呀！我老了，争不得这口气了；你还嫩，招架不住人家的打击报复。你可千万不能做这事啊……”

他妈也过来扯着他的另一条光胳膊，顺着他爸的话，也央告他说："好我的娃娃哩，你爸说得对对的！高明楼心眼子不对，你告他，咱这家人往后就没活路了……”

高加林浑身硬得像一截子树桩，他鼻子口里喷着热气，根本不听二老的规劝，大声说："反正这样活受气，还不如和他狗日的拼了！兔子急了还咬一口哩，咱这人活成个啥了！我不管顶事不顶事，非告他不行！”他说着，竭力想把两条光胳膊从四只衰老的手里挣脱出来。但那四只手把他抓得更紧了。两个老人哭成一气。他母亲摇摇晃晃的，几乎要摔倒了，嘴里一股劲央告说："好我的娃娃哩，你再犟，妈就给你下跪呀……”

高加林一看父母亲的可怜相，鼻子一酸，一把扶住快要栽倒的母亲，头痛苦地摇了几下，说："妈妈，你别这样，我听你们的话，不告了……”

两个老人这才放开儿子，用手背手掌擦拭着脸上的泪水。高加林身子僵硬地靠在炕栏石上，沉重地低下了头。外面，虽然不再打闪吼雷，雨仍然像瓢泼一样哗哗地倾倒着。河道里传来像怪兽一般咆哮的山洪声，令人毛骨悚然。

他妈见他平息下来，便从箱子里翻出一件蓝布衣服，披在他冰凉的光身子上，然后叹了一口气，转到后面锅台上给他做饭去了。他父亲摸索着装起一锅烟，手抖得划了十几根火柴才点着——而忘记了煤油灯的火苗就在他的眼前跳荡。他吸了一口烟，弯腰弓背地转到儿子面前，思思谋谋地说："咱千万不敢告人家。可是，就这样还不行……是的，就这样还不行！"他决断地喊叫说。

高加林抬起头来，认真地听父亲另外还有什么惩罚高明楼的高见。

高玉德头低倾着吸烟，一副老谋深算的样子。过了好一会儿，他才扬起那饱经世故的庄稼人的老皱脸，对儿子说："你听着！你不光不敢告人家，以后见了明楼还要主动叫人家叔叔哩！脸不要沉，要笑！人家现在肯定留心咱们的态度哩！"他又转过白发苍苍的头，给正在做饭的老伴安咐："加林他妈，你听着！你往后见了明楼家里的人，要给人家笑脸！明楼今年没栽起茄子，你明天把咱自留地的茄子摘上一筐送过去。可不要叫人家看出咱是专意讨好人家啊！唉！说来说去，咱加林今后的前途还要看人家照顾哩！人活低了，就要按低的来哩……加林妈，你听见了没？"

"嗯……"锅台那边传来一声几乎是哭一般的应承。

泪水终于从高加林的眼里涌出来了。他猛地转过身，一头扑在炕栏石上，伤心地痛哭起来。

外面的雨不知什么时候停了，只听见大地上淙淙的流水声和河道里山洪的怒吼声混交在一起，使得这个夜晚久久地平静不下来了……

第二章

高加林醒来以后，他自己并不知道时光已经接近中午了。

近一个月来，他每天都是这样，睡得很早，起得很迟。其实真正睡眠的时间倒并不多；他整晚整晚在黑暗中大睁着眼睛。从绞得乱翻翻的被褥看来，这种痛苦的休息简直等于活受罪。只是临近天明，当父母亲摸索着要起床，村里也开始有了嘈杂的人声时，他才开始迷糊起来。他蒙眬地听见母亲从院子里抱回柴火，吧嗒吧嗒地拉起了风箱；又听见父亲的瘸腿一轻一重地在地上走来走去，收拾出山的工具，并且还安咐他母亲给他把饭做好一点……他于是就眼里噙着泪水睡着了。

现在他虽然醒了，头脑仍然是昏沉沉的。睡是再睡不着了，但又不想爬起来。

他从枕头边摸出剩了不多几根的纸烟盒，抽出一支点着，贪婪地吸着，向土窑顶上喷着烟雾。他最近的烟瘾越来越大了，右手的两个手指头熏得焦黄。可是纸烟却没有了——准确地说，是他没有买纸烟的钱了。当民办教师时，每月除过工分，还有几块钱的补贴，足够他买纸烟吸的。

接连抽了两支烟，他才感到他完全醒了。本来最好再抽一支更解馋，但烟盒里只剩了最后一支——这要留给刷牙以后享用。

他开始穿衣服。每穿完一件，总要愣怔半天，才穿另一件。

好长时间他才磨磨蹭蹭下了炕，在水瓮里舀了一勺凉水往干毛巾上一浇，用毛巾中间湿了的那一小片对付着擦擦肿胀的眼睛。然后他舀一缸子凉水，到院子里去刷牙。

外面的阳光多刺眼啊！他好像一下子来到了另一个世界。天蓝得像水洗过一般。雪白的云朵静静地飘浮在空中。大川道里，连片的玉米绿毡似的一直铺到西面的老牛山下。川道两边的大山挡住了视线，更远的天边弥漫着一层淡蓝色的雾霭。向阳的山坡大部分是麦田，有的已经翻过，土是深棕色的；有的没有翻过，被太阳晒得白花花的，像刚熟过的羊皮。所有麦田里复种的糜子和荞麦都已经出齐，泛出一层淡淡的浅绿。川道上下的几个村庄，全都罩在枣树的绿荫中，很少看得见房屋；只看见每个村前的打麦场上，都立着密集的麦秸垛，远远望去像黄色的蘑菇一般。

他的视线被远处一片绿色水潭似的枣林吸引住了。他怕看见那地方，但又由不得看。在那一片绿荫中，隐隐约约露出两排整齐的石窑洞。那就是他曾工作和生活了三年的学校。

这学校是周围几个村子共同办的，共有一百多学生，最高是五年级，每年都要向城关公社中学输送一批初中学生。高加林一直当五年级的班主任，这个年级的算术和语文课也都由他代。他并且还给全校各年级上音乐和图画课——他在那里曾是一个很受尊重的角色。别了，这一切！

他无精打采地转过脸，蹲在垴畔上开始刷牙。

村子里静悄悄的。男人们都出山劳动去了，孩子们都在村外放野。村里已经有零星的吧嗒吧嗒拉风箱的声音，这里那里的窑顶上，也开始升起了一缕一缕蓝色的炊烟。这是一些麻利的妇女开始为自己的男人和孩子们准备午饭了。河道里，密集的杨柳丛中，叫蚂蚱间隔地发出了那种叫人心烦的单调的大合唱。

高加林刷牙的时候，看见他母亲正佝偻着身子，在对面自留地的茄子畦里拔草，满头白发在阳光下那么显眼。一种难受和羞愧使他的胸部一阵绞痛。他很快把牙刷从嘴里拔出来，在心里说：我这一个月实在不像话了！两个老人整天在地里操磨，我怎能老待在家里闹情绪呢？不出山，让全村人笑话！是的，他已经感到全村人都在另眼看他了。大家对高明楼做的不讲理的事已经习以为常了，但对村里任何一个不劳动的二流子都反感。庄稼人嘛，不出山劳动，那是叫任何人都瞧不起的。加林痛苦地想：他可再不能这样下去了！生活是严酷的，他必须承认他目前的地位——他已经是一个地地道道的农民了！

高加林这样想着，正准备转身往回走，听见背后有人说："高老师，你在家哩？"

他转身一看，认出是后川马店村一队的生产队长马拴。

马拴虽然不识字，但是代表马店大队参加学校管理委员会，常来学校开会，他们很熟悉。这是一个老实后生，心地善良，但人又不死板，做庄稼和搞买卖都是一把好手。

他看见平时淳朴的马拴今天一反常态。他推一辆崭新的自行车，车子被彩色塑料带缠得花花绿绿，连辐条上都缠着一些色彩鲜艳的绒球，讲究得给人一种俗气的感觉。他本人打扮得也和自行车一样体面：大热的天，一身灰的确良衬衣外面又套一身蓝涤卡罩衣；头上戴着黄的确良军式帽，晒得焦黑的胳膊上撑一只明晃晃的镀金链手表。他大概自己也为自己的打扮和行装有点不好意思，别扭地笑着。加林此刻虽然心情不好，也为马拴这身扎眼的装束忍不住笑了，问："你打扮得像新女婿一样，干啥去了？"

马拴脸通红，笑了笑说："看媳妇去了！人家正给我说你们村刘立本的二女子哩！"

加林这才明白为什么他今天里外一崭新。眼下农民看对象都是这种打扮。

他问:“是巧珍吗?”

“就是的。”

“那你这把川道里的头梢子拔了!你不听人家说,巧珍是‘盖满川’吗?”加林开玩笑说。

“果子是颗好果子,就怕吃不到咱嘴里!”憨厚的马拴笑嘻嘻地说了句粗话。

“看得怎样?成了吧?”

“离城还有十五里!咱跑了几回,看他们家里大人倒没啥意见,就是本人连一次面也不露。大概嫌咱没文化,脸黑。脸是没人家白,论文化,她也和我一样,斗大字不识几升!唉,现在女的心都高了!”

“慢慢来,别着急!”

“对对对!”马拴哈哈大笑了。

“回我们家喝点水吧?”

“不了,在我老丈人家里喝过了!”

这回轮上高加林哈哈大笑了。他想不到这个不识字的农民说话这么幽默。

马拴戴手表的胳膊扬了扬,给他打了告别,便跨上车子,向川道里的架子车路飞奔而去了。

加林靠在埝畔的一棵枣树上,一直望着他的背影没入了玉米的绿色海洋里。他忍不住扭过头向后村刘立本家的院子望了望。

刘立本绰号叫“二能人”,队里什么官也不当,但全村人尊罢高明楼就最敬他。他人心眼活泛,前几年投机倒把,这二年堂堂皇皇做起了生意,挣钱快得马都撵不上,家里的光景是全村最好的。高明楼虽然是村里的“大能人”,但在经济战线上,远远赶不上“二能人”。对于有钱人,庄稼人一般都是很尊重的。不过,村里人尊重刘立本,也还有另外一个原因。立本的大女儿巧英前年和高明楼的大儿子结婚了,所以他的身份在村里又高了一截。“大能人”和“二能人”一联亲,两家简直成了村里的主宰。全村只有他们两家圈围墙,盖门楼,一家在前村,一家在后村,虎踞龙盘,俨然是这川道里像样的大户人家。

从内心说,高加林可不像一般庄稼人那样羡慕和尊重这两家人。他虽然出身寒门,但他没本事的父亲用劳动换来的钱供养他上学,已经把他身上的泥土味冲洗得差不多了。他已经有了一般人们所说的知识分子的“清高”。在他看来，高明楼和刘立本都不值得尊敬，他们的精神甚至连一些光景不好的庄稼人都不如。高明楼人不正派，仗着有点权，欺上压下，已经有点“乡霸”的味道；刘立本只知道攒钱，前面两个女儿连书都不让念——他认为念书是白花钱。只是后来，才把三女儿巧玲送学校，现在算高中快毕业了。这两家的子弟他也不放在眼里。高明楼把精能全占了，两个儿子脑子都很迟笨。二儿子三星要不是走后门，怕连高中都上不了。刘立本的三个女儿都长得像花朵一样好看，人也都精精明明的，可惜有两个是文盲。

虽然这样，加林此刻站在埝畔上只是恼恨地想：他们虽然被他瞧不起，但他自己现在又是个什么光景呢？

一种强烈的心理上的报复情绪使他忍不住咬牙切齿。他突然产生了这样的思想：假若没有高明楼，命运如果让他当农民，他也许会死心塌地在土地上生活一辈子！可是现在，只要高家村有高明楼，他就非要比他更有出息不可！要比高明楼他们强，非得离开高家村不行！这里很难比过他们！他决心要在精神上，要在社会的面前，和高明楼他们比个一高二低！

他把缸子牙刷送回窑，打开箱子找一件外衣，准备到前川菜园下面的那个水潭里洗个澡。

他翻出一件黄色的军用上衣，眼睛突然亮了。这件衣服是他叔父从新疆部队上寄回的，他宝贵得一直舍不得穿。他父亲唯一的弟弟从小出去当兵，解放以后才和家里联系上，几十年没回一次家。一年通几次信，年底给他们寄一点零花钱，关系仅此而已。叔父听说是副师政委，这是他们家的光荣和骄傲，只是离家远，在他们的生活中不起什么作用。

高加林拿起这件衣服，突然想起要给叔父写一封信，告诉一下他目前的处境，看叔父能不能在新疆给他找个工作。当然，他立刻想到，父母亲就他一个独苗儿，就是叔父在那里能给他找下工作，他们也不会让他去的。但他决定还是要给叔父写信。他渴望远走高飞——到时候，他会说服父母亲的。

他于是很快伏在桌子上，用他文科方面的专长，很动感情地给叔父写了一封信，放在了箱子里。他想明天县城逢集，他托人把信在城里很快寄出去。

这个突然冒出来的想法，给他精神上带来很大的安慰。他立刻觉得轻松起来，甚至有点高兴。

他把这件黄军衣穿在身上，愉快地出了门，沿着通往前川的架子车路，向那片色彩斑斓的菜园走去。

黄土高原八月的田野是极其迷人的。远方的千山万岭，只有在这个时候才用惹眼的绿色装扮起来。大川道里，玉米已经一人多高，每一株都怀了一个到两个可爱的小绿棒；绿棒的顶端，都吐出了粉红的缨丝。山坡上，蔓豆、小豆、黄豆、土豆都在开花，红、白、黄、蓝，点缀在无边无涯的绿色之间。庄稼大部分都刚锄过二遍，又因为不久前下了饱墒雨，因此地里没有显出旱象，湿润润，水淋淋，绿蓁蓁，看了真叫人愉快和舒坦。

高加林轻快地走着，烦恼暂时放到了一边，年轻人那种热烈的血液又在他身上欢畅地激荡起来。他折了一朵粉红色的打碗碗花，两个指头捻动着花茎，从一片灰白的包心菜地里穿过，接连跳过了几个土塄坎，来到了河道里。

他飞快地脱掉长衣服，在那一潭绿水的上石崖上扩胸、下蹲——他已经决定不是简单洗个澡，而要好好游一次泳。

他的裸体是很健美的。修长的身材，没有体力劳动留下的任何印记，但又很壮实，看得出他进行过规范的体育锻炼。脸上的皮肤稍有点黑；高鼻梁，大花眼，两道剑眉特别耐看。头发乱蓬蓬的，但并不是不讲究，而是专门讲究这个样子。他是英俊的，尤其是在他沉思和皱着眉头的时候，更显示出一种很有魅力的男性美。

高加林活动了一会儿，便像跳水运动员一般从石崖上一纵身跳了下去，身体在空中划了一条弧线，就优美地没入了碧绿的水潭中。他在水里用各种姿势游，看来蛮像一回事。

一刻钟以后，他从跌水哨的一边爬上来，在上面的浅水里用肥皂洗了一遍身子，然后躲在一个石窝里换了裤子，光着上身回到石崖上面，躺在一棵桃树下。这棵桃树是一辈子打光棍的德顺老汉的。桃子还没熟的时候，好心的老光棍就全摘了分给村里的娃娃。现在这树上只留下一些不很茂密的树叶，倒也能遮一些阴凉。

高加林把衫子铺到地上，两只手交叉着垫到脑后，舒展开身子躺下来，透过树叶的缝隙，无意识地望着水一般清澈的蓝天。时光已经到了中午，但他的肚子也不觉得饿。河道离得很近，但水声听起来像是很远，潺潺地，像小提琴拉出来的声音一般好听。

这时候，在他右侧的玉米地里，突然传来一阵女孩子悠扬的信天游歌声：

上河里（哪个）鸭子下河里鹅，
一对对（哪个）毛眼眼望哥哥……

歌声甜美而嘹亮，只是缺乏训练，带有一点野味。他仔细听了一下，声音像是刘立本家的巧珍。他一下子记起刚才马拴看媳妇的洋相，又联想到巧珍唱的歌，忍不住笑了，心里说：“你哥哥专门来望你哩，没望见你；他人走了，你现在才望他哩……”

他这样想这件可笑事时，就听见他旁边的玉米林子里响起沙沙的声音。坏了！大概是巧珍从这里过路回家呀。

高加林慌忙坐起来，两把穿上了衣服。他的最后一颗扣子还没扣上，巧珍提一篮子猪草已经站在他面前了。

刘巧珍看起来根本不像个农村姑娘。漂亮不必说，装束既不土气，也不俗气。草绿的确良裤子，洗得发白的蓝劳动布上衣，水红的确良衬衣的大翻领翻在外边，使得一张美丽的脸庞显得异常生动。

她扑闪着一双水灵灵的大眼睛，局促地望了一眼高加林，然后从草篮里摸出一个熟得皮都有点发黄的甜瓜递到高加林面前，说：“我们家自留地的。我种的。你吃吧，甜得要命！”接着，她又从口袋里掏出自己洗得干干净净的花手帕，让加林揩一揩甜瓜。

高加林很勉强地接过甜瓜，但没有接她的手帕，轻淡地对她说：“我现在不想吃，我一会儿再……”

巧珍似乎还想和他说话，看他这副样子，犹豫了一下，低着头向上边地畔的小路上走了。

高加林把甜瓜放在一边，下意识地回过头朝地畔上望了一眼，结果发现走着的巧珍也正回过头望他。他赶忙扭过头，烦恼地躺在了地上。他在感情上对这个不识字的俊女子很讨厌，因为她姐姐是高明楼的儿媳妇！

他并不想吃甜瓜，此刻倒很想抽一支烟。他明知道纸烟早已经抽光，卷着抽的旱烟叶子也没带来，但两只手还是下意识地在身上所有的衣袋上都按了按，结果只是失望地叹了一口气。

"加林！加林！快回去吃饭嘛！躺在这儿干啥哩？"他听见父亲在菜地畔上叫他。

他站起身，把巧珍送的那个甜瓜装在上衣口袋里，向菜地畔上走去。

他上了地畔，先把父亲的烟锅接过来，点着一锅，拼命吸了一口，立刻呛得他弯下腰咳嗽了半天。

他父亲叹息了一声，说："别抽这旱烟了，劲太大！"他把旱烟锅从儿子手里夺过来，说："加林，我在山里思谋了一下，明儿个县里逢集，干脆让你妈蒸上一锅白馍，你提上卖去！咱家里点灯油和盐都快完了，一个来钱处都没有嘛！再说，卖上两个钱，还能给你买一条纸烟哩！"

高加林揩了揩咳嗽呛出的眼泪，直起腰看了看父亲等待他回答的目光，犹豫了半天。他很快想起他给叔父写好的信，觉得明天上一趟县城也好，他可以亲自把信发出去——要是托给别人邮，万一丢了怎么办？他于是同意了父亲的这个提议，决定明天到县城赶集去。

第三章

吃过早饭不久，在大马河川道通往县城的简易公路上，已经开始出现了熙熙攘攘去赶集的庄稼人。由于这两年农村政策的变化，个体经济有了大发展，赶集上会，买卖生意，已经重新成了庄稼人生活的重要内容。

公路上，年轻人骑着用彩色塑料缠绕得花花绿绿的自行车，一群一伙地奔驰而过。他们都穿上了崭新的"见人"衣裳，不是涤卡，就是的确良，看起来时兴得很。粗糙的庄稼人的赤脚片上，庄重地穿上尼龙袜和塑料凉鞋。脸洗得干干净净，头梳得光光溜溜，兴高采烈地去县城露面：去逛商店，去看戏，去买时兴货，去交朋友，去和对象见面……

更多的庄稼人大都是肩挑手提：担柴的，挑菜的，吆猪的，牵羊的，提蛋的，抱鸡的，拉驴的，推车的；秤匠、鞋匠、铁匠、木匠、石匠、篾匠、毡匠、箍锅匠、泥瓦匠、游医、巫婆、赌棍、小偷、吹鼓手、牲口贩子……都纷纷向县城涌去了。川北山根下的公路上，蹬起了一股又一股的黄尘。

当高加林挽着一篮子蒸馍加入这个洪流的时候，他立刻后悔起来。他感到自己突然变成一个真正的乡巴佬了。他觉得公路上前前后后的人都朝他看。

他，一个曾经是潇潇洒洒的教师，现在却像一个农村老太婆一样，上集卖蒸馍去了！他的心难受得像无数虫子在咬着。

但这一切是毫无办法的。严峻的生活把他赶上了这条尘土飞扬的路。他不得不承认，他现在只能这样开始新的生活。家里已经连买油量盐的钱都没了，父母亲那么大的年纪都还整天为生活苦熬苦累，他一个年轻轻的后生，怎好意思一股劲待下吃闲饭呢？

他提着蒸馍篮子，头尽量低着，什么也不看，只瞅着脚下的路，匆匆地向县城走。路上，他想起父亲临走时安咐他，叫他卖馍时要吆喝。他的脸立刻感到火辣辣地发烧。天啊，他怎能喊出声来！

“可是，”他想，“如果我不叫卖，谁知道我提这蒸馍是干啥哩？”

走到一个小沟岔的时候，高加林突然想：干脆让我先跑到这没人的拐沟里试验喊叫一下，到城里好习惯一些嘛！

他满脸通红朝公路两头望了望，见没什么人，于是就像做一件见不得人的事一样，匆忙地折身走进了公路边的那条拐沟里。

他在这荒沟里走了好一段路，直到看不见公路的时候才站住。

他站住，口张了一下，但没勇气喊出声来。又张了一下口，还是不行。短短的时间里，汗水已经沁满了他的额头。四野里静悄悄的，几只雪白的蝴蝶在他面前一丛淡蓝色的野花里安详地飞着；两面山坡上茂密的苦艾发出一股新鲜刺鼻的味道。高加林感到整个大地都在敛声屏气地等待他那一声“白蒸馍哎——”

啊呀，这是那么的难人！他感到就像要在大庭广众面前学一声狗叫唤一样受辱。

他用手背擦了一下额头的汗水，决心下一声非喊出来不可！他狠狠地咽了一口唾沫，把眼一闭，张开嘴怪叫一声：“白蒸馍哎——”

他听见四山里都在回荡着他那一声演戏般的、悲哀的喊叫声。他牙咬住嘴唇，强忍着没让眼里的泪花子溢出来。

他直愣愣地在这个荒沟野地里站了老半天，才难受地回到公路上，继续向县城走去。从他们村到县城只有十来里路，但他感到这段路是多么的漫长和艰难。他知道，更大的困难还在前头——在那万头攒动的集市上！

当他走到大马河与县河交汇的地方，县城的全貌已经出现在视野之内了。

一片平房和楼房交织的建筑物，高低错落，从半山坡一直延伸到河岸上。亲爱的县城还像往日一样，灰蓬蓬地显出了它那诱人的魅力。他没有走过更大的城市，县城在他的眼里就是大城市，就是别一番天地。他对这里的一切都是熟悉的，亲切的；从初中到高中，他都是在这里度过。他对自己和社会的深入认识，对未来生活的无数梦想，都是在这里开始的。学校、街道、电影院、商店、浴池、体育场……生活是多么的丰富多彩！可是，三年前，他就和这一切告别了……

现在，他又来了。再不是当年的翩翩少年，衣服整洁而笔挺，满身的香皂味，胸前骄傲地别着本县最高学府的校徽。他现在提着蒸馍篮子，是一个普通的赶集的庄稼人了。

往事的回忆使他心酸。他靠在大马河桥的石栏杆上，感到头有点眩晕起来。四面八方赶集的人群正源源不绝地通过大桥，进了街道。远处城市中心街道的上空，腾起很大一片灰尘，嘈杂的市声听起来像蜂群发出的嗡嗡声一般。

他猛然想到一个更糟糕的问题：要是碰上他在县城的同学怎么办？

他下意识地抬起头，先慌忙朝前后看了看。这时候他才真正后悔赶这趟集了。一般的赶集倒也没什么，可他是来卖蒸馍的呀！

现在折回去吗？可这怎行呢！他已经走到了县城。再说，家里连一点零花钱都没有了，这样回去，父母亲虽然不会说什么，但他们肯定心里会难受的——不仅为这篮没卖掉的蒸馍，更为他的没出息而难受！

“不，”他想，“我既然来了，就是硬着头皮也要到集上去！”当然，他也在心里祷告，千万不要碰上县城里的同学。

他很快提起篮子，过了桥，向街道上走去。他准备穿过街道，到南关里去。那里是猪市、粮食市和菜市，人很稠，除过买菜的干部，大部分都是庄稼人，不显眼。

当他路过汽车站候车室外面的马路时，脸刷一下白了——白了的脸很快又变得通红。他感到全身的血一下都向脸上涌上来了：他猛然看见他高中时的同班同学黄亚萍和张克南正站在候车室门口。躲是来不及了，他俩显然也看见了他，已经先后向他走过来了。

高加林恨不得把这篮子馍一下扔到一个人所不知的地方。张克南和黄亚萍很快走到他面前了，他只好伸出空着的那只手和克南握了握手。

他俩问他提个篮子干啥去呀？他即兴撒了个谎，说去城南一个亲戚家里走一趟。

黄亚萍很热情地对他说："加林，你进步真大呀！我看见你在地区报上发表的那几篇散文啦！真不简单！文笔很优美，我都在笔记本上抄了好几段呢！"

"你还在马店教书吗？"克南问他。

他摇摇头，苦笑了一下说："已经被大队书记的儿子换下来了，现在已经回队当了社员。"

黄亚萍立刻焦虑地说："那你学习和写文章的时间更少了！"

高加林解嘲地说："时间更多了！不是有一个诗人写诗说：'我们用镢头在大地上写下了无数的诗行'吗？"

他的幽默把他的两个同学都逗笑了。

"你们出差去吗？"加林问他们俩。他隐约地感到，他两个的关系似乎有点微妙。在中学时，他俩的关系倒也很一般。

"我不出去。克南要到北京给他们单位买彩色电视机。我是闲逛哩……"黄亚萍说着，似乎有点不好意思。

"你还在副食公司当保管吗？"加林问克南。

"不。前不久刚调到副食门市上。"克南说。

"高升了！当了门市部主任！不过，前面还有个副字！"亚萍有点嘲弄地看了看克南，不以为然地撇了一下嘴。

"要买什么烟酒一类的东西，你来，我尽量给你想办法。我这人没其他能耐，就能办这么些具体事。唉，现在乡下人买一点东西真难！"克南对他说。

尽管张克南这些话都是真诚的，但高加林由于他自己的地位，对这些话却敏感了。他觉得张克南这些话是在夸耀自己的优越感。他的自尊心太强了，因此精神立刻处于一种藐视一切的状态，稍有点不客气地说："要买我想其他办法，不敢给老同学添麻烦！"

一句话把张克南刺了个大红脸。

黄亚萍也是个灵人，已经听出他俩话不投机，便对高加林说："你下午要是有空，上我们广播站来坐坐嘛！你毕业后，进县城从不来找我们拉拉话。你还是那个样子，脾气真犟！"

"你们现在位置高了，咱区区老百姓，实在不敢高攀！"加林的坏毛病又犯了！一旦他感到自己受了辱，话立刻变得非常刻薄，简直叫人下不了台。

张克南已经明显地有点受不了了，正好车站的广播员让旅客排队买票，这一下把大家都解脱了。

克南马上和他握了手，先走了。亚萍犹豫了一下，对他说："……我真的想和你拉拉话。你知道，我也爱好文学，但这几年当个广播员，光练了嘴皮子了，连一篇小小的东西都写不成，你一定来！"

她的邀请是真诚的，但高加林不知为什么，心里感到很不舒服。他对亚萍说："有空我会来的。你快去送克南吧，我走了。"

黄亚萍的脸刷一下红了，说："我不是去送他的！我来车站接一个老家来的亲戚……"她显然也即兴撒了个谎。加林心里想：你根本没必要撒谎！

高加林再不说什么，他向她很礼貌地点点头，便转身向大街道上走去。他一边走，一边心里为他和亚萍各自撒的谎感到好笑，忍不住自言自语说："你去接你的'亲戚'吧，我也得看我的'亲戚'去了……"

但是，刚才和克南、亚萍的见面，很快又勾起了他对往日学校生活的回忆。

在学校时，亚萍是班长，他是学习干事，他们之间的交往是比较多的。他俩也是班上学习最好的，又都爱好文学，互相都很尊重。他和克南平时不是太接近的，因为都在校篮球队，只是打球的时候才在一块交往得多一些。

黄亚萍是江苏人，她父亲是县武装部长和县委常委。亚萍是在他刚上高中的那年随父亲调来县上，插入他那个班的。她带有鲜明的南方姑娘的特点，又经见过世面；那种聪敏、大方和不俗气，立刻在整个学校都很惹眼了。高加林虽然出身农民家庭，也没走过大城市，但平时读书涉猎的范围很广；又由于山区闭塞的环境反而刺激了他爱幻想的天性，因而显得比一般同学飘洒，眼界也宽阔。黄亚萍很快发现了他的这种气质，很自然地在班上更接近他。他同样也喜欢和她在一块儿。因为在这之前，他还没有接触过这样的女生。本地女同学和黄亚萍相比，都有点不大方，有的又很俗气，动不动就说吃说穿，学习大部分都赶不上男同学，他很少和她们交往。他俩有时在一块儿讨论共同看过的一本小说，或者说音乐，说绘画，谈论国际问题。班上的同学一度曾议论过他们的长长短短。他当时并不敢想什么出边的事。他和黄亚萍相比，有难以克服的自卑感。这不是说他个人比她差，而是指家庭、经济条件和社会地位这些方面而言。在这些方面，张克南全部有。克南父亲是县商业局长，他母亲也是县药材公司的副经理，在县上都是很像样的人物。当时克南也对亚萍有好感，经常设法和她接近，但看出她并没有和他过多交往的愿望。

很快，高中毕业了。他们班一个也没有考上大学。农村户口的同学都回了农村，城市户口的纷纷寻门路找工作。亚萍凭她一口高水平的普通话到了县广播站，当了播音员。克南在县副食公司当了保管。生活的变化使他们很快就隔开很远了，尽管他们相距只有十来里路，但在实际生活中，他们已经是在两个世界了。

高加林回村后，起初每当听见黄亚萍清脆好听的普通话播音的时候，总有一种很惆怅的感觉，就好像丢了一件贵重的东西，而且没指望找回来了。后来，这一切都渐渐地淡漠了。只是不知什么时候，他隐约听另外村一个同学说，黄亚萍可能正和张克南谈恋爱时，他才又莫名其妙地难受了一下。以后他便很快把这一切都推得更远了，很长时间甚至没有想到过他们……

他刚才碰见他们，感到很晦气。他现在一边提着蒸馍篮子往热闹的集市中间走，一边眼睛灵活地转动着，以防再碰上城里工作的同学。

刚到十字街口，接近人流旋涡的地方，他又碰到了一个熟人！

不过，这回他倒没什么恐慌。当他们城关公社文教专干马占胜有点尴尬地过来和他握手时，他这一刻不觉得胳膊上挽的蒸馍篮子丢人了——哼！让他看看吧，正是他们把他逼到了这个地步！

当专干问他干啥时，他很干脆地告诉他：卖蒸馍！他并且从篮子里取出一个来，硬往马占胜手里塞；他感到他拿的是一颗冒烟的、带有强烈报复性的手榴弹！

马占胜两只手慌忙把这个蒸馍捉住，又重新硬塞到篮子里，手在已经有了胡楂的脸上摸了一把，显得很难受的样子说：

“加林！你大概一直在心里恨我哩！我一肚子苦水无处倒哇！有些话，我真想给你说，又不好说！现在你听我给你说。”马占胜把高加林拉在十字街自行车修理部的一个拐角处，又摸了一把脸，放低声音说：

“唉，好加林哩！你不知情！咱公社的赵书记和你们村的高明楼是十几年的老交情了。别看是上下级关系，两人好得不分你我。前几年，明楼家没什么要安排的人，就一直让你教书。今年他二小子高中毕业了，他在公社跑了几回，老赵当然要考虑。你知道，这几年国民经济调整哩，国家在农村又不招工招干，因此农村把民办教师这工作看得很重要。明楼当然想叫他小子干这事嘛！下另外村子的教师，人家谁让哩？因此，就只好把你下了，让三星上。这事虽然是我在会上宣布的，可这不是我决定的嘛！我马占胜哪有这么大的牛皮！因此，好加林哩，你千万不要恨我！"

高加林心不在焉地用手指头理了理头发，对专干说：

"老马，你太多心了。你不说，我也都了解这些情况。我们共事几年了，你应该了解我。"

"我当然了解你！全公社教师里面，你是拔尖的！再说，你这娃娃心眼活，性子硬，我就喜欢这号人。不怕！……噢，我忘记告诉你了，我已经调到县政府的劳动局，算是提拔了，当了个副局长。我前几天还给公社赵书记谈过，叫他有机会就考虑再让你当教师。赵书记满口答应了……不怕！你等着！……你快忙你的，我还要开个会哩。新官上任三把火！咱烧不起来火，最起码得按时给人家应酬嘛！……"

马占胜说完，手在脸上摸了一把，和高加林握了一下手，像逃避什么似的很快就钻到了人群里。

高加林因为一直就对这个公社有名的滑头没有好感，所以基本上没认真听他说了些什么。他现在只知道他离开了城关公社，高升到县政府了。但这些和他有什么关系呢？他现在最要紧的是把胳膊上挽的这篮子蒸馍卖掉！

高加林很快从街道里的人群中挤过，向南关的交易市场走去。

第四章

县城南关的交易市场热闹得简直叫人眼花缭乱。一大片空场地，挤满了各式各样买卖东西的人。以菜市、猪市、牲口市和熟食摊为主，形成了四个基本的中心。另一个最大的人群中心是河南一个什么县的驯兽表演团，用破旧的蓝布围了一个大圈当剧场，庄稼人挤破脑袋两毛钱买一张票，去看狗熊打篮球，哈巴狗跳罗圈。市场上弥漫着灰尘，噪音像洪水声一般喧嚣，到处充满了庄稼人的烟味和汗味。

高加林提着那篮子馍，从本县那条主要的大街上满头大汗地挤过来，就投入这个闹哄哄的人海里了。

他提着篮子在人群里瞎挤了一气，自己也不知道该到哪里去。他是个讲卫生的人，雪白的毛巾一直把馍篮子盖得严严的，生怕落进去灰尘。谁也看不出他是个干什么的，有几次他试图把口张开，喊叫一声，但怎么也喊不出声音来。他听见市场上所有卖东西的人都在吆喝，尤其是一些生意油子，那叫卖的声音简直成了一种表演艺术。他以前听见这样的喊叫，只觉得很好笑。可现在他在心里很佩服这种什么也不顾忌的欢畅舒坦的叫喊声；觉得也是一种很大的本事。他自己明显地感到，他在这个世界里，成了一个最无能的人。

正当他在人堆里茫然乱挤的时候，听见背后有个妇女对旁边一个什么人说："今儿个死老头子又要喝酒，请下一堆客人，热得不想做饭，国营食堂的馍又黑又脏，串了半天，这市场上还没个卖好白馍的……"

高加林一听，赶忙转过身，准备把蒸馍上的毛巾揭开。可他身子刚转过去，马上又转了过来，慌忙躲到一个卖木锨的老汉身后——他看见那个寻找着买馍的妇女正好是张克南他妈！以前上学时，他去过克南家一两次，克南他妈认识他！

可怜的小伙子像小偷一样藏在那个卖木锨的老汉背后，直等到看不见克南他妈才又走动起来。也许克南他妈早认不得他了，但他的自尊心使他不能和这样一个过去认识的人做这笔买卖。

这时候，满城的高音喇叭响了起来。喇叭里传来了黄亚萍预报节目的声音。亚萍的声音通过扩音器，变得更庄重和柔和；普通话的水平简直可以和中央台的女播音员乱真。

高加林疲乏地背靠在一根水泥电杆上，两道剑眉在眉骨上一跳一跳的。他眼睛微微地闭住，牙齿咬着嘴唇。他想到克南此刻也许正在长途汽车上悠闲地观赏着原野上的风光；黄亚萍正坐在漂亮的播音室里，高雅地念着广播稿……而他，却在这尘土飞扬的市场上颠簸着为几个钱受屈受辱，心里顿时翻起了一股苦涩的味道。

他已经完全无心卖馍了。他决定离开这个他无能为力的场所，到一个稍微清静的地方待一会儿。至于馍卖不了怎么办，现在他也不想考虑了。

到哪里去呢？他突然想起了他已经久违的县文化馆阅览室。

他很快又从大街里挤过来，来到十字街以北的县文化馆。因为他爱好文学，文化馆他有几个熟人，本来想进去喝点水，但他很快又打消了这个念头——他今天怕见任何熟人！

他径直进了阅览室，把馍篮放在长椅的角上，从报架上把《人民日报》《光明日报》《中国青年报》《参考消息》和本省的报纸取了一堆，坐在椅子上看起来。这里没什么人。在城市喧嚣的海洋里，难得有这平静的一隅。

他最近由于生活发生了混乱，很多天没看报纸杂志了。他从初中就养成了每天看报的习惯，一天不看报纸总像缺个什么似的。当他好多天以后重新进入报纸的世界，立刻就把所有的一切都忘了个一干二净。

他首先看《人民日报》的国际版。他很关心国际问题，曾梦想过进国际关系学院读书。在高中时，他曾钉过一个很大的笔记本，里面虚张声势地写上"中东问题""欧洲共同体国家相互政治经济关系研究""东盟五国和印支三国未来关系的演变""中美苏三角关系中美国的因素"等等胡思乱想的"研究"题目。现在他想起来已经有点可笑，但当时的"气派"却把同学们吓了一跳！其实他也并没能"研究"什么，只不过剪贴了一点报刊资料而已。

他先把各种报纸翻着浏览了一遍，然后找了一篇长一点的文章"过瘾"。他身子蜷曲在长椅子里，看起了韩念龙在联合国召开的柬埔寨国际会议上的发言。

他把几种大报好多天的重要内容几乎通通看完以后，浑身感到一种十分熨帖舒服的疲倦。

直到阅览室的工作人员来关门的时候，他才大吃一惊：现在已经到城里人吃下午饭的时光了！

他慌忙提起蒸馍篮子，出了阅览室。

太阳已经远远向西边倾斜过去了。市声基本落下，街道上稀稀落落的没有了多少人。

啊呀，他在阅览室待的时间太长了！现在怎么办呢？庄稼人大部分都已经像潮水一样退出了城市，这时候他要是再出现在街上，很容易碰见熟悉的同学。

想来想去，没有什么办法了。他站在阅览室的门口踌躇了半天，最后只好决定提着篮子回家去。

他垂头丧气出了城，向大马河川道那里走去。一切都还是来的样子，篮子里的白馍一个也没少。他赶这回集，连一分钱的买卖都没做。

他走到大马河桥上时，突然看见他们村的巧珍立在桥头上，手里拿块红手帕扇着脸，身边撑着他们家新买的那辆“飞鸽”牌自行车。

巧珍看见他，主动走过来了，并且站在了他的面前——实际上等于把他堵在了路上。

“加林，你是不是卖馍去了？”她脸红扑扑的，不知为什么，看来精神有点紧张，身体像发抖似的微微颤动着，两条腿似乎都有点站不稳。

“嗯……”高加林应承了一声，很奇怪地看了她一眼，没话寻话地说，“你也赶集去了？”

“嗯……”巧珍用手帕揩着脸上沁出的汗珠，眼睛斜看着她的自行车，但精神却在注意着他，“我来赶集，一点事也没……加林，”她突然转过脸看着他说，“我知道你一个馍也没卖掉！我知道哩！你怕丢人！你干脆把馍给我，你在这里把我的车子看住，让我给你卖去！”

巧珍说着，两只手很快过来拿他的篮子。

高加林闷头闷脑地还没反应过来这是怎么一回事，巧珍已经从他胳膊上把篮子夺走了。她什么话也没说，提着篮子就反身向街道上走去了。

高加林望着她远去的苗条的背影，不知该如何是好。他两只手在桥栏杆上摸来摸去，怎么也弄不清楚为什么突然出现了这样的事情。

对于巧珍来说，她今天的行动是蓄谋已久的。不是一天两天，而是多少年埋藏在她心中的感情，已经忍无可忍——她要爆发了！否则，她觉得自己简直活不下去了！

刘立本这个漂亮得像花朵一样的二女子，并不是那种简单的农村姑娘。她虽然没有上过学，但感受和理解事物的能力很强，因此精神方面的追求很不平常。加上她天生的多情，形成了她极为丰富的内心世界。村前庄后的庄稼人只看见她外表的美，而不能理解她那绚丽的精神光彩。可惜她自己又没文化，无法接近她认为“更有意思”的人。她在有文化的人面前，有一种深刻的自卑感。她常在心里怨她父亲不供她上学。等她明白过来时，一切都已经为时过晚了。为了这个无法弥补的不幸，她不知暗暗哭过多少回鼻子。

但她决心要选择一个有文化，而又在精神方面很丰富的男人做自己的伴侣。就她的漂亮来说，要找个公社的一般干部，或者农村出去的国家正式工人，都是很容易的；而且给她介绍这方面对象的媒人把她家的门槛都快踩断了。但她统统拒绝了。这些人在她看来，有的连农民都不如。退一步说，就是和这样的人结婚了，男人经常在门外，一年回不来几次；娃娃、家庭都要她一个人操磨。这样的例子在农村多得很！而最根本的是，这些人里没有她看得上的。如果真正有合她心的男人，她就是做出任何牺牲也心甘情愿。她就是这样的人！

她父亲虽然生了她，养活了她，但根本不理解她。他见她不寻干部、工人，就急着给她找农村的。并且一心看上个马店的马拴。马拴这人前几年公社农田基建会战时，她和他接触不少。他人诚实，心眼也不死，做买卖很利索，劳动也是村前庄后出名的。家里的光景富裕而殷实，拿农村的眼光看，算是上等人家。但她就是产生不了爱马拴的感情。尽管马拴热心地三一回五一回常往她家里跑，她总是躲着不见面，急得她父亲把她骂过好几回了。

其实，她并不是没有自己心上的人。多年来，她内心里一直都在为这个人发狂发痴——这人就是高加林！

巧珍刚懂得人世间还有爱情这一回事的时候，就在心里爱上了加林。她爱他的飘洒的风度，漂亮的体形和那处处都表现出来的大丈夫气质。她认为男人就应该像个男人；她最讨厌男人身上的女人气。她想，她如果跟了加林这样的男人，就是跟上他跳了崖也值得！她同时也非常喜欢他的那一身本事：吹拉弹唱，样样在行；会安电灯，会开拖拉机，还会给报纸上写文章哩！再说，又爱讲卫生，衣服不管新旧，常穿得干干净净，浑身的香皂味！

她曾在心里无数次梦想她和这个人在一起的情景：她把她的手放在他的手里，让他拉着，在春天的田野里，在夏天的花丛中，在秋天的果林里，在冬天的雪地上，走呀，跑呀，并且像人家电影里一样，让他把她抱住，亲她……

可是在现实生活里，她的自卑感使她连走近他的勇气都没有。她时时刻刻在想念他，又处处在躲避他。她怕她的走路、姿势和说话在他面前显出什么不妥当来，惹她心爱的人笑话。但是，她的心思和眼睛却从来也没有离开过他啊！

加林上高中时，她尽管知道人家将来肯定要远走高飞，她永远不会得到他，但她仍然一往情深，在内心里爱着他。每当加林星期天回来的时候，她便找借口不出山，坐在她家院子的埝畔上，偷偷地望对面加林家的院子。加林要是到村子前面的水潭去游泳，她就赶忙提个猪草篮子到水潭附近的地里去打猪草。星期天下午，她目送着加林出了村子，上县城去了，她便忍不住眼泪汪汪，感到他再也不回高家村了。

加林高中毕业没考上大学，灰溜溜地回到村里以后，巧珍高兴得几乎发了疯。她多少次的梦想露出了希望的光芒。她谋算：加林现在成了农民，大概将来就得找个农村媳妇吧？如果他找农村户口的姑娘，她虽然没文化，但她自己有信心让他爱她。她知道她有一个别的姑娘很难比上的长处：俊。

可是，希望的光芒很快暗淡了。加林当了教师。教师现在是唯一有希望进入商品粮世界的。按加林的能力来说，将来完全有把握转成正式教师。

她又陷入了深深的痛苦之中。她常常一个人躲在她们家埝畔上的那棵老槐树后面，向学校那里呆呆地张望。她目送着加林从那条被学生娃踩得白光刺眼的小路上向学校走去；又望着他从那条路上向村里走来……

她是个心眼很活的姑娘，所有这一切做得谁也看不出来。是的，村里谁也不知道这个俊女孩子的梦想和痛苦！只有她在县城正上高中的妹妹巧玲，似乎有一点觉察，有时对她麻木的发呆和莫名其妙的焦躁不安，诡秘地一笑，或真诚地为她叹息一声！现在，在高加林又一次当了农民的时候，她那长期被压抑的感情又一次剧烈地复活了。这次就好像火山冲破了地壳，感情的洪流简直连她自己也控制不住了。她为他当了农民而高兴，又同时为他的痛苦而痛苦——为此，她甚至还在她大姐面前骂高明楼不是个人。

她不知道该怎样心疼他。昨天中午，她看见他去游泳的时候，匆忙提了猪草篮在水潭边的玉米地里穿过，顺便摘了自留地的一个甜瓜，想破开脸皮去安慰一下他；今天她看见他上集去了，又骑了个车子撵来了。她今天上集的确什么事也没；她赶这回集，完全是想找机会对他说出她全部的心里话！她今天实际上一直都不远不近地跟着加林在集上的人群里挤。她看见亲爱的人提着蒸馍篮子，在人群里躲躲闪闪，一个也卖不了，后来痛苦地靠在水泥电杆上闭起眼睛的时候，她脸上的泪水也刷刷地淌着，手帕揩也揩不及。

后来，她看见加林进了文化馆，知道他的蒸馍是卖不出去了。她当时很想也进阅览室去，但她想自己不识字，进那里去干什么？再说，那里面人多，她不好和加林说什么话。于是，她就骑车来到大马河桥上，在那里等他过来，从中午一直站到下午……

刘巧珍现在提着一篮子蒸馍，兴奋地走在县城的大街上，感到天地一下子变得非常明亮了；好像街道上所有的人都在咧开嘴巴或者抿着嘴向她笑。迎面过来一群幼儿园刚放了学的娃娃，她抱住一个就亲了一口！

直到过了十字街，穿过城里那条主要街道，来到南关的自由交易市场时，她才停住了脚步，忍不住害臊地笑自己的荒唐：她原来根本不是打算来卖这篮蒸馍的，而准备送给城里她的一个姨姨家。她姨家住在十字街上面的山坡上，她现在却疯头涨脑地跑到了这里！至于馍钱，她不会向姨姨要的，她早已给加林准备好了。她并且还给加林买了一条好烟，已放在自行车的花布提包里了。

她很快又掉转身，向姨姨家走去。巧珍把一篮子蒸馍给姨姨家放下，折转身就起身。她姨和她姨夫硬拉住让她吃饭，她坚决地拒绝了：她怕加林在桥上等她等得不耐烦。

她提着空篮子从姨姨家出来，几乎是跑着向大马河桥上赶去。

第五章

高加林立在大马河桥上，对刚才发生的事半天百思不得其解。

他后来索性把这事看得很简单：巧珍是个单纯的女子，又是同村人，看见他没把馍卖掉，就主动为他帮了个忙。农村姑娘经常赶集上会买卖东西，不像他一样窘迫和为难。

但不论怎样，他对巧珍给他帮这个忙，心里很感谢她。他虽然和刘立本家里的人很少交往，可是感觉刘立本的三个女儿和刘立本不太一样。她们都继承了刘立本的精明，但品行看来都比刘立本端正；对待村里贫家薄业的庄稼人，也不像她们的父亲那般傲气十足。她们都尊大爱小，村里人看来都喜欢她们。三姐妹长得都很出众，可惜巧珍和她姐巧英都没上过学；妹妹巧玲正上高中，听说是现在中学里的“校花”。对于一个农民来说，找到刘立本家的女子做媳妇的确是难得的。高明楼眼疾手快，把巧英给他大儿子娶过去了。现在巧珍的媒人也是踢塌门槛；这一段马店的马拴又里外的确良穿上往刘立本家愣跑哩。高加林想起马拴那天的打扮，又忍不住笑了。

太阳正从大马河西边无垠的大山中间沉落。通往他们村的川道里，已经罩上了暗影；川道里庄稼的绿色似乎显得深了一些。夹在庄稼地中间的公路上，几乎没有了人迹，公路静悄悄地伸向绿色的深处。东南方向的县城，已经罩在一片蓝色的烟气中了。从北边流来的县河，水面不像深秋那般开阔，平静地在县城下边绕过，向南流去了；水面上辉映着夕阳明亮的光芒。河边上，一群光屁股小孩在泥滩上追逐，嬉耍；洗衣服的城市妇女正在收拾晒在岸边草地上花花绿绿的衣服和床单。

高加林不时回头向县城街道那边张望。他觉得巧珍也不一定能把那篮子馍卖了——因为现在集市都已经散了。

当他终于看见巧珍提着篮子小跑着向他走来时，他认定她没有把馍卖掉——这期间的时间太短了！

巧珍来到他面前，很快把一卷钱塞到他手里说："你点点，一毛五一个，看对不对？"

高加林惊讶地看了看她胳膊上的空篮子，接过钱塞在口袋里，心里对她充满了非常感激的心情。他不知该向她说句什么话。停了半天，才说："巧珍，你真能行！"

刘巧珍听了加林的这句表扬话，高兴得满脸光彩，甚至眼睛里都水汪汪的。

加林伸出手，说："把篮子给我，你赶快骑车回去，太阳都要落了。"

巧珍没给他，反而把篮子往她的自行车前把上一挂，说："咱们一块走！"说着就推车。

加林一下子感到很为难。和同村的一个女子骑一辆车子回家，让庄前村后的人看见了，实在不美气。但他又感到急忙找不出理由拒绝巧珍的好心。

他略踌躇了一下，对巧珍撒谎说："我骑车带人不行，怕把你摔了。"

"我带你！"巧珍两只手扶着车把，亲切地看了加林一眼，又不好意思地低下了头。

"啊呀，那怎行呢！"加林一只手在头发里搔着，不知该怎办。

"干脆，咱别骑车，一搭里走着回。"巧珍漂亮的大眼睛执拗地望着他，突起的胸脯一起一伏。

看来她真诚地要和他相跟着回村了。加林看没办法了，只好说："行，那咱走，让我把车子推上。"

他伸手要推车，巧珍用肩膀轻轻把他推了一下，说："你走了一天，累了。我来时骑着车，一点也不累，让我来推。"

就这样，他俩相跟着起身了，出了桥头，向西一拐，上了大马河川道的简易公路，向高家村走去。

太阳刚刚落山，西边的天上飞起了一大片红色的霞朵。除过山尖上染着一抹淡淡的橘黄色的光芒，川两边大山浓重的阴影已经笼罩了川道，空气也显得凉森森的了。大马河两岸所有的高秆作物现在都在出穗吐缨。玉米、高粱、谷子，长得齐楚楚的，都已冒过了人头。各种豆类作物都在开花，空气里弥漫着一股清淡芬芳的香味。远处的山坡上，羊群正在下沟，绿草丛中滚动着点点白色。富丽的夏日的大地，在傍晚显得格外宁静而庄严。

高加林和刘巧珍在绿色甬道中走着，路两边的庄稼把他们和外面的世界隔开，造成了一种神秘的境界。两个青年男女在这样的环境中相跟着走路，他们的心都不由得咚咚地跳。

他俩起先都不说话。巧珍推着车，走得很慢。加林为了不和她并排，只好比她走得更慢一点，和她稍微错开一点距离。此刻，他自己感到了一种从来没有过的精神上的紧张：因为他从来没有单独和一个姑娘在这样悄没声响的环境中走过。而且他们又走得这样慢，简直和散步一样。

高加林由不得认真看了一眼前面巧珍的侧影。他惊异地发现巧珍比他过去的印象更要漂亮。她那高挑的身材像白杨树一般可爱，从头到脚，所有的曲线都是完美的。衣服都是半旧的：发白的浅毛蓝裤子，淡黄色的确良短袖，浅棕色凉鞋，比凉鞋的颜色更浅一点的棕色尼龙袜。她推着自行车，眼睛似乎只盯着前面的一个地方，但并不是认真看什么。从侧面可以看见她扬起脸微微笑着，有时上半身弯过来，似乎想和他说什么，但又很快羞涩地转过身，仍像刚才那样望着前面。高加林突然想起，他好像在什么地方见到过和巧珍一样的姑娘。他仔细回忆了一下，才想起他是看到过一张类似的画。好像是幅俄罗斯画家的油画。画面上也是一片绿色的庄稼地，地面的一条小路上，一个苗条美丽的姑娘一边走，一边正向远方望去，只不过她头上好像拢着一条鲜红的头巾……

在高加林这样胡思乱想的时候，他前面的巧珍内心里正像开水锅那般翻腾着。第一次和她心爱的人单独走在一块，使得这个不识字的农村姑娘陶醉在一种巨大的幸福之中。为了这一天，她已经梦想了好多年。她的心在狂跳着；她推车子的两只手在颤抖着；感情的潮水在心中涌动，千言万语都卡在喉眼里，不知从哪里说起。她今天决心要把一切都说给他听，可她又一时羞得说不出口。她尽量放慢脚步，等天黑下来。她又想：就这样不言不语走着也不行啊！总得先说点什么才对。她于是转过脸，也不看加林，说："高明楼心眼子真坏，什么强事都敢做……"

加林奇怪地看了看她，说："他是你们的亲戚，你还能骂他？"

"谁和他亲戚？他是我姐姐的公公，和我没一点相干！"巧珍大胆地回过头看了一眼加林。

"你敢在你姐面前骂她公公吗？"

"我早骂过了！我在他本人面前也敢骂！"巧珍故意放慢脚步，让加林和她并排走。

高加林一时弄不清楚为什么巧珍在他面前骂高明楼，便故意说："高书记心眼子怎个坏？我还看不出来。"

巧珍一下子停住了脚步，愤愤地说："加林！他活动得把你的教师下了，让他儿子上！看现在把你愁成啥了……"

高加林也不得不停住脚步。他看见他面前那张可爱的脸上是一副真诚同情他的表情。

他没有说什么，只是叹了一口气，就又朝前走了。

巧珍推车赶上来，大胆地靠近他，和他并排走着，亲切地说："他做的歪事老天爷知道，将来会报应他的！加林哥，你不要太熬煎，你这几天瘦了。其实，当农民就当农民，天下农民一茬人哩！不比他干部们活得差。咱农村有山有水，空气又好，只要有个合心的家庭，日子也会畅快的……"

高加林听着巧珍这样的话，心里感到很亲切。他现在需要人安慰。他于是很想和她拉拉家常话了。他半开玩笑地说："我上了两天学，现在要文文不上，要武武不下，当个农民，劳动又不好，将来还不把老婆娃娃饿死呀！"他说完，自己先嘿嘿地笑了。

巧珍猛地停住脚步，扬起头，看着加林说：

"加林哥！你如果不嫌我，咱们两个一搭里过！你在家里待着，我给咱上山劳动！不会叫你受苦的……"巧珍说完，低下头，一只手扶着车把，另一只手局促地扯着衣服边。

血“轰”一下子冲上了高加林的头。他吃惊地看着巧珍，立刻感到手足无措；感到胸口像火烧一般灼疼。身上的肌肉紧缩起来，四肢变得麻木而僵硬。

爱情？来得这么突然？他连一点精神准备都没有。他还没有谈过恋爱，更没有想到过要爱巧珍。他感到恐慌，又感到新奇；他带着这复杂的心情又很不自然地去看立在他面前的巧珍。她仍然害羞地低着头，像一只可爱的小羊羔依恋在他身边。她身上散发出来的温馨的气息在强烈地感染着他；那白杨树一般苗条的身体和暗影中显得更加美丽的脸庞深深地打动了他的心。他尽量控制着自己，对巧珍说：“咱们这样站在路上不好。天黑了，快走吧……”

巧珍对他点点头，两个人就又开始走了。加林没说话，从她手里接过车把，她也不说话，把车子让他推着。他们谁也不知该说什么好。

半天，高加林才问她：“你怎猛然说起这么个事？”

“怎是猛然呢？”巧珍扬起头，眼泪在脸上静静地淌着。她于是一边抹眼泪，一边把她这几年所有的一切一点也不瞒地给他叙说起来……

高加林一边听她说，一边感到自己的眼睛潮湿起来。他虽然是个心很硬的人，但已经被巧珍的感情深深感动了。一旦他受了感动的时候，就立即产生了一种奇异的激情：他的眼前马上飞动起无数彩色的画面；无数他最喜欢的音乐旋律也在耳边响起来；而眼前真实的山、水、大地反倒变得虚幻了……

他在听完巧珍所说的一切以后，把自行车“啪”地撑在公路上，两只手神经质地在身上乱摸起来。

巧珍看着他这副样子，突然笑了起来。她一边笑，一边抹去脸上的泪水，一边从车子后架上取下她的花提包，从里面掏出一包“云香”牌香烟，递到他面前。

高加林惊讶地张开嘴巴，说：“你怎知道我是找烟哩？”

她妩媚地对他咧嘴一笑，说：“我就是知道。快抽上一支！我给你买了一条哩！”

高加林走近她，先没有接烟，用一种极其亲切和喜爱的眼光怔怔地看着她。她也扬起脸看着他，并且很快把两只手轻轻地放在他的胸脯上。加林犹豫了一下，轻轻地搂住她的肩背，然后坚决地把他发烫的额头贴在她同样发烫的额头上。他闭住眼睛，觉得他失去了任何记忆和想象……

当他们重新肩并肩走在路上的时候，月光已经升起来了。月光把绿色的山川照得一片迷蒙；大马河的流水声在静悄悄的夜里显得非常响亮。村子就在前边——在公路下边的河湾里，他们就要分手各回各家了。

在分路口，巧珍把提包里的那条烟掏出来，放在加林的篮子里，头低下，小声说："加林哥，再亲一下我……"

高加林把她抱住，在她脸上亲了一下，对她说："巧珍，不要给你家里人说。记着，谁也不要让知道！……以后，你要刷牙哩……"

巧珍在黑暗中对他点点头，说："你说什么我都听……"

"你快回去。家里人问你为啥这么晚回来，你怎说呀？"

"我就说到城里我姨家去了。"

加林对她点点头，提起篮子转身就走了。巧珍推着车子从另一条路上向家里走去。

高加林进了村子的时候，一种懊悔的情绪突然涌上他的心头。他后悔自己感情太冲动，似乎匆忙地犯了一个错误。他感到这样一来，自己大概就要当农民了。再说，他自己在没有认真考虑的情况下就亲了一个女孩子，对巧珍和自己都是不负责任的。使他更难受的是，他觉得他今夜永远地告别了他过去无邪的二十四年，从此便给他人生的履历表上画上了一个标志。不管这一切是愉快的还是痛苦的，他都想哭一场！当他走进自己家门时，他爸他妈都坐在炕上等他。饭早已拾掇好了，可是他们显然还没有动筷子。见他回来，他爸赶忙问他："怎才回来？天黑了好一阵了，把人心焦死了！"

他妈瞪了他爸一眼："娃娃头一回做这营生，难肠成个啥了，你还嫌娃娃回来得迟！"她问儿子："馍卖了吗？"

加林说："卖了。"他掏出巧珍给他的钱，递到父亲手里。

高玉德老汉嘴噙住烟锅，凑到灯前，两只瘦手点了点钱，说："是这！干脆叫你妈明早上蒸一锅馍，你再提着卖去。这总比上山劳动苦轻！"

加林痛苦地摇摇头，说："我不去做这营生了，我上山劳动呀！"

这时候，他妈从后炕的针线篮里拿出一封信，对他说："你二爸来信了，快给咱念念。"

加林突然想起，他今天为那篮该死的馍，竟然忘了把他给叔父写的信寄出去了——现在还装在他的口袋里！他从他妈手里接过叔父的信，在灯前给两个老人念起来——

大哥、嫂嫂：

你们好！今天写信，主要告诉你们一件事：最近上级决定让我转到地方工作。我几十年都在军队，对军队很有感情，但要听党的话，服从组织安排。现在还没有定下到哪里工作。等定下来后，再给你们写信。

今年咱们那里庄稼长得怎样？生活有没有困难？需要什么，请来信。

加林侄儿已经开学了吧？愿他好好为党的教育事业努力工作。

祝你们好！

弟：玉智

高加林念完，把信又递给他妈，心里想：既然是这样，他给叔父写的信寄没寄出去，现在关系已经不大了。

第六章

刘巧珍刷牙了。这件事本来很平常，可一旦在她身上出现，立刻便在村里传得风一股雨一股的。在村民们看来，刷牙是干部和读书人的派势，土包子老百姓谁还讲究这？高加林刷牙，高三星刷牙，巧珍的妹妹巧玲刷牙，大家谁也不奇怪，唯独不识字的女社员刘巧珍刷牙，大家感到又新奇又不习惯。

“哼，刘立本的二女子能翘得上天呀！好好个娃娃，怎突然学成了这个样子？”

“一天门外也没逛，斗大的字不识一升，倒学起文明来了！”

“卫生卫生，老母猪不讲卫生，一肚子下十几个胖猪娃哩！”

“哈呀，你们没见，一早上圪蹴在埝畔上，满嘴血糊子直淌！看这洋不洋？”

……

村里少数思想古旧、不习惯现代文明的人，在山里，在路上，在家里，纷纷议论他们村新出现的这个“西洋景”。

刘巧珍根本不管这些议论，她非刷牙不可！因为这是亲爱的加林哥要她这样做的啊！痴情的姑娘为了让心爱的男人喜欢，任何勇气都能鼓起来。她根本不管世人的讥笑；她为了加林的爱情什么都可以忍受。

这天早晨，她端着牙缸，又蹲在他们家的埝畔上刷开了牙。没刷几下，生硬的牙刷很快就把牙床弄破了，情况正如村里人传说的“满嘴里冒着血糊子”。但她不管这些，照样使劲刷。巧玲告诉她，刚开始刷牙，把牙床刷破是正常的，刷几次就好了。

这时候，碰巧几个出山的女子路过她家门前，嬉皮笑脸地站下看她出“洋相”；另外一些村里的碎脑娃娃看见这几个女子围在这里，不知出了啥事，也跑过来凑热闹了；紧接着，几个早起拾粪路过这里的老汉也过来看新奇。

这些人围住这个刷牙的人，稀奇地议论着，声音嗡嗡地响成一片。那几个拾粪老头竟然在她前面蹲下来，像观察一头生病的牛犊一样，互相指着她的嘴巴各抒己见。后面来的一个老汉看见她满嘴里冒着血沫子，还以为得了啥急症，对其他老汉惊呼：“还不赶快请个医生来？”逗得在场的人都哈哈大笑了。

巧珍本来想和周围的人辩解几句，大大方方开个玩笑解脱自己，无奈嘴里说不成话。她也不管这些了，照样不慌不忙刷她的牙。她本来想结束了，但又赌气地想：我多刷一会儿让他们看，叫他们看得习惯着！

她右手很不灵巧地拿牙刷在嘴里鼓弄了好一阵后，然后取出牙刷，喝了一口缸子里的清水，漱了漱口，把牙膏沫子吐在地上，又喝了一口水漱起来。周围一圈人的眼光就从那牙缸子里看到她的嘴上，又从她的嘴上看到土地上。

这时候，巧珍她爸赶着两头牛正从河沟里上他家的埝畔。这个庄稼人兼生意人前几天又买了两头牛，还没转手卖出去，刚才吆着牲口到沟里饮水去了。

立本五十来岁，脸白里透红，皱纹很少，看起来还年轻。他穿一身干净的蓝咔叽衣服，不过是庄稼人的式样；头上戴着白市布瓜壳帽。看起来不太像个农民，至少像是城里机关灶上的炊事员。

刘立本吆牛上了埝畔，见一群人围住巧珍看她刷牙，早已气得鬼火冒心了！他发现巧珍这几天衣服一天三换，头梳个没完没了，竟然还能翘得刷起了牙。他前两天早想发火了，但觉得女子大了，怕她吃消不了，硬忍着没吭声。

现在他看见巧珍在一群人面前丢人败兴，实在起火得不行了。

他丢下两头牛不管，满脸通红，豁开人群，大声喝骂道：“不要脸的东西，还不快滚回去！给老子跑到门外丢人来了！”

刘立本一声喝骂，赶散了所有看热闹的人。娃娃女子们先跑了，几个老汉慌忙提起拾粪筐，尴尬地退出了他们本不该来的这个地方。

巧珍手里提着个刷牙缸子，眼里噙着两颗泪珠说：“爸，你为啥骂人哩？我刷牙讲卫生，有什么不对？”

“狗屁卫生！你个土包子老百姓，满嘴的白沫子，全村人都在笑话你这个败家子！你羞先人哩！”

“不管怎样，刷个牙算什么错！”巧珍嘴硬地辩解说，“你看你的牙，五十来岁就掉了那么多，说不定就是因为没……”

“放屁！牙好牙坏是天生的，和刷不刷有屁相干！你爷一辈子没刷牙，活了八十岁还满口齐牙，临殁的前一年还咬得吃核桃哩！你趁早把你那些刷牙家具撇了！”

“那巧玲刷牙你为什么不管？”

“巧玲是巧玲，你是你！人家是学生，你是个老百姓！”

“老百姓就连卫生也不能讲了？”巧珍一下委屈得哭开了。她大声和父亲嚷着说，“你为什么不供我上学？你就知道个钱！你再知道个啥？你把我的一辈子都毁了，叫我成了个睁眼瞎子！今儿个我刷个牙，你还要这样欺负我……”她一下背过身，双手蒙住脸哭得更厉害了。

刘立本一下子慌了。他很快觉得他刚才太过分——他已经好多年不这样对待孩子了。他赶忙过来乖哄她说：“爸爸不对，你别哭了，以后要刷，就在咱家灶火圪塄里刷，不要跑到埝畔上刷嘛！村里人笑话哩……”

“让他们笑话！我什么也不怕！我就要到埝畔上刷！”巧珍狠狠地对父亲说。

刘立本叹了一口气，回头向院子后面看了看，立刻惊叫一声，撒开腿就跑——他的那两头牛已快把他辛苦务养起来的几畦包心菜啃光了！

巧珍擦去泪水，委屈地转身回了家。她先洗了脸，然后对着镜子认真地梳起了头发。她把原来的两根粗黑的短辫，改成像城里姑娘们正时兴的那种发式：把头发用花手帕在脑后扎成蓬蓬松松的一团。穿什么衣服呢？她感到苦恼起来。

自从那晚上以后，巧珍每时每刻都想见加林；想和他拉话，想和他亲亲热热在一块。可是不知为什么，加林好像一直在躲避她，好像不愿意和她照面。

她想起加林哥那晚上那么喜爱地亲她，现在又对她这么冷淡，忍不住委屈得眼泪汪汪了。

她看见他这几天已经出山劳动了，一下子穿得那么烂，腰里还束一根草绳，装束得就像个叫花子一样。他每天早上都扛把老镢头，去山上给队里挖麦田塄子，中午也不回来，和众人一块吃送饭。他有新衣服，为什么要穿得那么破烂？昨天她看见他在井边担水，肩背上的衣服已经被什么划破一个大口子，露出的一块皮肉晒得黑红。她站在自家硷畔上，心疼得直掉泪，想跑下去看他，可加林哥好像不愿理她，担着水头也不回就走了——他明明看见了她啊！

她昨个晚上，一夜都没睡好觉。想来想去，不知道加林为啥又不愿理她了。

后来，她突然想到：是不是加林嫌她穿得太新了？这几天，她可是把她最好的衣服都拿出来穿过了。

可能就是因为这！你看他穿得多烂！他大概觉得她太轻浮了！人家是知识人，不像农村人恋爱，首先换新衣服。她太俗气了！她看见加林哥穿那身烂衣服，反而觉得他比穿新衣服还要俊，更飘洒了！可她却正好相反，换了最新的衣服！加林哥一定看见反感了。可她又难受地想：加林哥呀，我之所以这样，还是为了你呀！

现在她决定把那件米黄的确良短袖衫和那条深蓝色的确良裤子换下来，重新穿上平时她劳动穿的那身衣服：半旧的草绿色裤子，洗得发白的蓝劳动布上衣，再把水红衬衣的大翻领翻在外面。

她打扮好后，就肩起锄头向前村走去。今天组里锄玉米，正好加林就在玉米地对面的山坡上挖麦田塄，他肯定会看见她的……

高加林在赶罢集第二天，就出山劳动了。像和什么人赌气似的，他穿了一身最破烂的衣服，还给腰里束了一根草绳，首先把自己的外表“化装”成了个农民。其实，村里还没一个农民穿得像他这么破烂。他参加劳动在村里引起了纷纷议论。许多人认为他吃不下苦，做上两天活说不定就躺倒了。大家都很同情他；这个村文化人不多，感到他来到大家的行列里实在不协调。尤其是村里的年轻妇女们，一看原来穿得风风流流的“先生”变成了一个叫花子一样打扮的人，都啧啧地为他惋惜。

高家村村子并不大，四十多户人家，散落在大马河川道南边一个小沟口的半山坡上。一半家户住在沟口外的川道边，另一半延伸到沟口里面。沟里一股常年不断的细流水，在村脚下淌过，注入了大马河。大马河两岸的一大片川地，是他们主要舀米挖面的地方。川道两边的山上，耕地面积倒比川里大得多，但都是广种薄收，大部分是麦田。

前些年由于村子小，四十多户人家一直是集体生产和统一分配，实际上是大队核算。这两年随着政策的改变，也分成了两个生产责任组。许多社员要求再往小划一些，有的甚至提出干脆包产到户。但高明楼书记暂时顶住了这种压力。他们直到眼下还没有分开。这两年书记心里并不美气。他既觉得现时的政策他接受不了——拿他的话说，“把社会主义的摊子踢腾光了”；另一方面又觉得他无法抗拒社会的潮流，感到一切似乎都势在必行。他常撇凉腔说：“合作化的恩情咱永不忘，包产到户也不敢挡。”实际上，他目前尽量在拖延，只分成两个“责任组”（实际上是两个生产队），好给公社交差，证明高家村也按新政策办事哩。

高加林家在前村一组。川道里现时正锄玉米，他不太会锄地，就跟山上翻麦田的人去挖地畔。

他的劳动立刻震惊了庄稼人。第一天上地畔，他就把上身脱了个精光，也不和其他人说话，没命地挖起了地畔。没有一顿饭的工夫，两只手便打满了泡。他也不管这些，仍然拼命挖。泡拧破了，手上很快出了血，把镢把都染红了，但他还是那般疯狂地干着。大家纷纷劝他慢一点，或者休息一下再干，他摇摇头，谁的话也不听，只是没命地抡镢头……

今天又是这样，他的镢把很快又被血染红了。

犁地的德顺老汉一看他这阵势，赶忙喝住牛，跑过来把镢头从加林手里夺下，扔到一边，两撇白胡子气得直抖。他抓起两把干黄土抹到他糊血的两手上，硬把他拉到一个背阴处，不让他逞凶了。德顺老汉一辈子打光棍，有一颗极其善良的心。他爱村里的每一个娃娃。有一点好东西，自己舍不得吃，满庄转着给娃娃们手里塞。尤其是加林，他对这孩子充满了感情。小时候加林上学，家境不好，有时连买一支铅笔的钱都没有，他三毛五毛的常给他。加林在中学上学时，他去县城里卖瓜卖果，常留半筐子给他提到学校里。现在他看见加林这般拼命，两只嫩手被镢把拧了个稀巴烂，心里实在受不了。

老汉把加林拉在一个土崖的背阴下，硬按着让他坐下。他又抓了两把干黄土抹在他手上，说："黄土是止血的……加林！你再不敢耍二杆子了。刚开始劳动，一定要把劲使匀。往后的日子长着呢！唉，你这个犟脾气！"

加林此刻才感到他的手像刀割一般疼。他把两只手掌紧紧合在一起，弯下头在光胳膊上困难地揩了揩汗，说："德顺爷爷，我一开始就想把最苦的都尝个遍，以后就什么苦活也不怕了。你不要管我，就让我这样干吧。再说，我现在思想上麻乱得很，劳动苦一点，皮肉疼一点，我就把这些不痛快事都忘了……手烂叫它烂吧！"

他抬起乱蓬蓬的头，牙咬着嘴唇，显出一副对自己残酷的表情。

德顺老汉点起一锅旱烟，坐在他旁边，一只手在他落满黄尘的头上摸了一把，无可奈何地摇摇白雪一样的脑袋，说："明天你不要挖地畔了，跟我学耕地。你看你的手，再不敢握镢把了，等手好了再……"

加林坚决地摇摇头："不，我要让镢把把我的烂手再拧好！"他说完就站起来，向地畔走去，向两只烂手上唾了两下，掂起镢头又没命地挖起来。阳光火暴暴地晒着他通红的光脊背，汗水很快把他的裤腰湿透了。

德顺老汉看着他这副犟劲，叹了一口气，把崖根下一罐水提过去，放在离加林不远的地方，说："这罐水都是你的。天热，你不习惯，都喝了……"他叹了一口气，又去犁地去了。

高加林一个人把一道地畔挖完，过来抱住水罐，一口气喝了一半。他本想又一下全喝完，但看了看像个土人似的德顺爷爷，就把水又送到地头回牛的地方。

现在他一屁股坐下来，浑身骨头似乎全掉了，两只手像抓着两把圪针，疼得万箭钻心！

不过，他也感到了一种无法言语的愉快。他让所有的庄稼人看见：他们衡量一个优秀庄稼人最重要的品质——吃苦精神，他高加林也具备。从性格上说，他的确是个强者，而这个优点在某些情况下又使他犯错误。

他用一只烂手摸出一支烟，点着，狠狠吸了一口。他觉得这是他有生以来抽得最香的一支烟。

这时，他突然看见巧珍正站在对面川道里的玉米地畔上，仰起头向他这里张望。他虽然看不清她脸上的表情，但他感到她就像要腾空而起，向他这边飞来了。

他的心立刻感到针扎一般刺疼……

第七章

高加林疲乏地躺在土炕上，连晚饭都累得不想吃了。他母亲愁眉苦脸地把饭端上端下，规劝他，像乖哄娃娃一般絮叨说："人是铁，饭是钢，你不想吃，也要挣扎着吃……"他父亲叫他明天干脆别出山去了，歇息一天，好慢慢让习惯着。

他们说了些什么，加林一句也没听见。此刻他的思想完全集中到巧珍身上了。

赶集那天以后，他一直非常后悔他对巧珍做出的冲动行为。他觉得自己目前的处境，根本不是谈情说爱的时候。他甚至觉得他匆忙地和一个没文化的农村姑娘发生这样的事，简直是一种堕落和消沉的表现，等于承认自己要一辈子甘心当农民了。其实，他内心里那种对自己未来生活的幻想之火，根本没有熄灭。他现在虽然满身黄尘当了农民，但总不相信他永远就是这个样子。他还年轻，只有二十四岁，有时间等待转机。要是和巧珍结合在一起，他无疑就要拴在土地上了。

但是，更叫他苦恼的是，巧珍已经怎样都不能从他的心灵里抹掉了。他尽管这几天躲避她，而实际上他非常想念她。这种矛盾和痛苦，比手被镢把拧烂更难忍受。

巧珍那漂亮的、充满热烈感情的生动脸庞，她那白杨树一般苗条的身体，时刻都在他眼前晃动着。

尤其是晚上劳动回来，他僵硬的身体疲倦地躺在土炕上，这种想念的感情就愈加强烈。他想：如果她此刻要在他身边，他的精神和身体也许马上会松弛下来；她会把他躁动不安的心潮变成风平浪静的湖水。

她是爱他的，爱得那么强烈。他看见她这几天接二连三换衣服，知道这完全是为他的。今天他收工回来，锄地的人都走了，他还看见她站在对面河畔上——那也是在等他。但他却又避开了她。他知道她哭了，也想象得来她一个人在玉米地的小路上往家里走的时候，心情会是怎样的难受啊！他太不近人情了！她那样想和他在一起，他为什么要躲开她呢？他自己实际上不是也渴望和她在一起吗？

他在土炕上躺不住了，激情的洪流立刻冲垮了他建立起的理智防堤。眼下他很快把一切都又抛在了一边，只想很快见到她，和她待在一块。

他爬起来，下了炕，对父母亲说他到后村有个事，就匆忙地出了门。

夜静悄悄的。天上的星星已经出齐，月光朦胧地辉耀着，大地上一切都影影绰绰，充满了一种神秘的气氛。

高加林走到后村，在刘立本家的坡底下站住了。他不知道怎样才能把巧珍叫出来。

正当他犹豫地望着刘立本家的高墙大院时，突然看见大门外那棵老槐树背后转出一个人，匆匆地向坡下走来了。啊，亲爱的人！她实际上一直就在那里不抱什么希望地等待着他的出现！

高加林的心咚咚地狂跳着，也不说话，转而下了沟底，沿小河上面的小路，向村外走去。他不时回头看看，巧珍不远不近地跟着他。

他走到村外河对面一块谷地里，在一棵杜梨树下舒服地躺下来，激动地听着那甜蜜的脚步声正沙沙地走近他。

她来了。他马上坐起来。她稍犹豫了一下，就胆怯地，然而坚决地靠着他坐下了。她没说话，先在他胳膊上衣服被圪针划破一道大口子的地方，在那块晒得黑红的皮肤上亲了一口。然后她两只手抱住他的肩头，脸贴在她刚才亲吻过的地方，亲热而委屈地啜泣起来。

高加林侧身抱住她的肩头，把脸紧贴在她头上，两大颗泪珠也忍不住从眼里涌出来，滴进了她黑漆一般的头发里。他现在才感到，这个亲他的人也是他最亲的人！

巧珍头伏在他胸前，哭着问他："加林哥，你这几天为什么不理我？"

"你一定难过了……"高加林用他的烂手抚摸着她的头发。

"你知道人的心就对了……"巧珍抬起头，闪着泪光的眼睛委屈地望着他。

"巧珍，我再也不那样了。"加林在她额头上亲了一下。

巧珍两条抖索的胳膊搂住他的脖子，笑逐颜开地流着泪，说："加林哥，你给天上的玉皇大帝发个誓！"

加林被逗笑了，说："你真迷信！巧珍，你相信我……你为什么没穿那件米黄色短袖？那衣服你穿上特别好看……”

“我怕你嫌不好看，才又换上了这身。”巧珍淘气地向他噘了一下嘴。

“你明天再穿上。”

“嗯。只要你喜欢，我天天穿！”巧珍一边说，一边从身后拿出一个花布提包，先掏出四个煮鸡蛋，又掏出一包蛋糕，放在加林面前。

高加林感到惊讶极了。他刚才只顾看巧珍，根本没发现她还给他拿这么多吃的。

巧珍一边给他剥鸡蛋皮，一边说：“我知道你晚上没吃饭。我们这些满年劳动的人，刚回家都累得不想吃饭，别说你了！”她把鸡蛋和一块蛋糕递给他。“蛋糕是我妈前几天害病时，我姐给拿来的，我妈没舍得吃。我今晚是从箱子里偷出来的！”巧珍不好意思地笑了笑，“你要是不来找我，我今晚上非到你家给你送去不可！”

加林咽下去一口蛋糕，赶忙对她说：“千万不敢这样！让你爸知道了，小心把你腿打断！”加林开玩笑对她说。

巧珍又把一个剥了皮的鸡蛋塞到加林手里，亲切地看着他那副狼吞虎咽的样子，然后手和脑袋一齐贴在他肩膀上，充满柔情地说：“加林哥，我看见你比我爸和我妈还亲……”

“傻话！你真是个傻女子！”高加林把手里的半个鸡蛋塞进嘴里，在她头上轻轻拍了一下，正好手上一个破了的泡碰在巧珍的发卡上，疼得他“哎哟”叫唤了一声。

巧珍像触了电一般抬起头，不知他发生了什么事。很快，她明白了。她手忙脚乱地在提包里翻起来，嘴里说：“看，我倒忘了……”

她从提包里掏出一瓶红药水和一包药棉，把加林的一只手拉过来，放到她膝盖上，给他抹药水。

加林又一次惊讶得张开嘴巴，问她：“你怎知道我手烂了？”

巧珍低着头给他手上擦药水，说：“天上玉皇大帝告诉我的。”她嘿嘿地笑了一声，“村里谁不知道你的手烂了！你们先生的手真是娇气！”她扬起脸朝他亲昵地笑着，微微咧开嘴巴，露出两排刷过的洁白的牙齿，像白玉米籽儿一般好看。

巨大的感情的潮水在高加林的胸膛里澎湃起来。

爱情啊，甜蜜的爱情！它像无声的春雨悄然地洒落在他焦躁的心田上。他以前只从小说里感到过它的魅力，现在这一切他都全部真实地体验到了。而最宝贵的是，他的幸福正是在他不幸的时候到来的！

巧珍把他的两只手涂满药水以后，他便以无比惬意的心情，在土地上躺了下来。巧珍轻轻依傍着他，脸紧紧贴在他胸脯上，像是专心谛听他的心在如何跳动。

他们默默地偎在一起，像牵牛花绕着向日葵。星星如同亮闪闪的珍珠一般撒满了暗蓝色的天空。西边老牛山起伏不平的曲线，像谁用碳笔勾出来似的柔美；大马河在远处潺潺地流淌，像二胡拉出来的旋律一般好听。一阵轻风吹过来，遍地的谷叶响起了沙沙沙的响声。风停了，身边一切便又寂静下来。头顶上，婆娑的、墨绿色的叶丛中，不成熟的杜梨在朦胧的月下泛着点点青光。

他们就这样静静地、甜蜜地躺在星空下，躺在大地的怀抱里……

当爱情在一个青年人身上第一次苏醒以后，它会转变为一种巨大的力量。甚至对生活完全失去信心的人，热烈的爱情也可能会使他的精神重新闪闪发光。当然，奥勃洛摩夫那样的人是例外，因为他实际上已经等于一个死人。

高加林由于巧珍那种令人心醉的爱情，一下子便从灰心丧气的情绪中，重新激发起对生活的热情。爱的暖流漫过了精神上的冻土地带，新的生机便勃发了。

爱情使他对土地重新唤起了一种深厚的感情。他本来就是土地的儿子。他出生在这里，在故乡的山水间度过梦一样美妙的童年。后来他长大了，进城上了学，身上的泥土味渐渐少了，他和土地之间的联系也就淡了许多。现在，他从巧珍纯朴美丽的爱情里，又深深地感到：他不该那样害怕在土地上生活；在这亲爱的黄土地上，生活依然能结出甜美的果实！

高加林渐渐开始正常地对待劳动，再不像刚开始的几天，以一种压抑变态的心理，用毁灭性的劳动来折磨肉体，以转移精神上的苦闷。

经过一段时间，他的手变得坚硬多了。第二天早晨起来，腰腿也不像以前那般酸疼难忍。他并且学会了犁地和难度很大的锄地分苗。后来，纸烟变得不香了，在山里开始卷旱烟吃。他锻炼着把当教师养成的斟词酌句的说话习惯，变成地道的农民语言；他学着说粗鲁话，和妇女们开玩笑。衣服也不故意穿得那么破烂，该洗就洗，该换就换。

中午回来，他主动上自留地给父亲帮忙；回家给母亲拉风箱。他并且还养了许多兔子，想搞点副业。他忙忙碌碌，俨然像个过光景的庄稼人了。

白天是劳苦的，但他有一个愉快的夜晚。正是因为有这么一个幸福的向往，他才觉得其他的熬累不那么沉重了。

夜晚，天黑严以后，他和巧珍就在村外的庄稼地里相会了。他们在密密的青纱帐里，有时像孩子一样手拉着手，默默地沿着庄稼地中间的小路，漫无目的地走着；有时站住，互相亲一下，甜蜜地相视一笑。走累了的时候，他们就找一个僻静的地方，加林躺下来，用愉快的叹息驱散劳动的疲乏，巧珍就偎在他身边，用手梳理他落满尘土的乱蓬蓬的头发；或者用她小巧的嘴巴贴着他的耳朵，轻轻地、轻轻地给他唱那些祖先留传下来的古老的歌谣。有时候，加林就在这样的催眠曲中睡着了，拉起了响亮的鼾声。他的亲爱的女朋友就赶忙摇醒他，心疼地说："看把你累成个啥了。你明天歇上一天！"她把他的手拉过来蒙住她的脸，"等咱结婚了，你七天头上就歇一天！我让你像学校里一样，过星期天……"

高加林每天都沉醉在这样的柔情蜜意里，一切原来的想法都退得很远了。只是有些时候，当他偶尔看见骑自行车的县上和公社的干部们，从河对面公路上奔驰而过，雪白的确良衫被风吹得飘飘忽忽的惬意身影时，他的心才又猛然感到一种说不出的惆怅；一股苦涩的味道翻上心头，顿时就像吞了一口难咽的中药。他尽量使自己很快从这种情绪中解脱出来。直等到他又看见了巧珍，骚乱的心情才能彻底平息——就像吃完中药，又吃了一勺蜜糖一样。

他现在时时刻刻都想和巧珍在一起。遗憾的是，他们不在一个生产组，白天劳动很难见面，他们都想得要命。有时候，两个组劳动离得很近时，一等休息，他就装着去寻找什么，总要跑到后村组劳动的地方磨蹭一会儿。在这样的场所里，他并不能和巧珍说什么话，他只是用眼睛看看她。这时候，旁的人谁也不知道，只有他们两个心里清楚，这反而更有一种说不出的甜蜜味道。

有时候，他没有什么借口，去不了她那里，她就会用她带点野味的嗓音，唱那两声叫人心动弹的信天游——

上河里（哪个）鸭子下河里鹅，
一对对（哪个）毛眼眼望哥哥……

他在远处听见这歌声，总忍不住咧开嘴巴笑。

而在巧珍那边，她刚一唱完，姑娘们就和她开玩笑说：“巧珍，马拴骑着车子又来了，快用你的毛眼眼望一下！”

她气得又骂她们，又撵着给她们扬土，可心里骄傲地想：“我哥哥比马拴强十倍，你们将来知道了，把你们眼红死！”

在高加林和巧珍如胶似漆地热恋的时候，给巧珍说媒的人还在刘立本家里源源不断地出现。刘立本嘴说如今世事不同以往，主意得由女子拿，可他心里有数。他只看下个马拴——他家光景好，马拴人虽老实，但懂生意，将来丈人女婿合伙做买卖，得心应手。只是巧珍看不下这个黑炭一样的后生，得他好好做一番工作。他甚至想请他亲家明楼出面说服巧珍。

在高加林这方面，也有不少庄户人家不时来登门说亲。加林父母一看他们穷家薄业的，还有人给说媳妇，高兴得老两口嘴巴都合不拢。尤其是山背后村里一个不要彩礼就想跟加林的女子，着实使高玉德老两口动了心。但所有他们认为的大喜事都被加林一笑置之了。

这样，加林和巧珍觉得也好，可以掩一下他们的关系。他们暂时还不想公开他们的秘密；因为住在一个村，不说其他，光众人那些粗鲁的玩笑就叫人受不了。他们不愿让人把他们那种平静而神秘的幸福打破。

有一次，加林和德顺爷爷一块犁地的时候，老汉问他：“加林，你要媳妇不？”

加林笑了笑说：“想要也没合适的。”

“你看巧珍怎样？”老光棍突然问他。

加林的脸刷地红了，一时不知道该说什么。

德顺爷爷笑眯眯地说：“我看你们两个最合适！巧珍又俊，人品又好；你们两个天生的一对！加林，你这小子有眼光哩！”

加林有点惶恐地说：“德顺爷爷，我连想也没想。”

“小子，甭哄我，我老汉看出来了！”

加林向他努了努嘴，说：“好爷爷哩，你千万不敢瞎说！”

德顺爷爷两只老皱手抓住他的手说：“我嘴牢得铁锹都撬不开！我是为你们两个娃娃高兴啊！好啊！就像旧曲里唱的，你们两个‘实实的天配就’……”

中午，他和德顺爷爷犁罢地往回走，在村口突然又碰见了马拴。他还和上次一样，里外的确良，推着那辆花红柳绿的自行车。加林有点不愉快地想：他肯定又是到巧珍家去了。

马拴把加林热情地挡在了路上。他先不说什么，等德顺老汉走前一段以后，才开口说："高老师，唉！我在刘立本家都快把腿跑断了，人家巧珍根本不理茬嘛！我这见庙就烧香哩，你是这本村人，又是先生，你大概也和立本的女子熟着哩，你能不能也从旁给我出一把力？"

高加林心里很不痛快，但他尽量不在脸上露出来。他勉强笑了笑，对马拴说："你别再瞎跑了，巧珍已经看下对象了。"

"谁？"马拴吃惊地问。

"你慢慢就会知道的……"

高加林说完，绕开丧气的马拴，回家去了。

第八章

关于高加林和刘巧珍的谣言立刻在全村传播开来了。

他们的坏名声首先是从庄里几个黑夜出去偷西瓜的小学生那里露出来的。他们说有一晚上，他们看见以前的高老师在村外打麦场的麦秸垛后面，正和后村的巧珍抱在一块亲嘴哩。又有人证实，他看见他俩在一个晚上，一块躺在前川道的高粱地里……

谣言经过众人嘴巴的加工，变得越来越恶毒。有人说巧珍的肚子已经大了；而又有的人说，她实际上已经刮了一个孩子，并且连刮孩子的时间和地点都编得有眉有眼。

风声终于传到了刘立本的耳朵里。戴白瓜壳帽的"二能人"气得鼻子口里三股冒气！这天午饭时分，他不由分说，先把败坏了门风的女儿在自家灶火圪塄里打了一顿，然后气冲冲地去找前村的高玉德。

"二能人"现在才恍然大悟：这多天来，巧珍能得刷牙，一天衣服三换，黑天半夜在外面疯跑，原来都是为了高玉德那个败家子儿啊！

他先跑到高玉德家的破墙烂院里，站在门外问高玉德在不在。

加林妈在窑里告诉他：老汉不在。

“这亮红晌午，都在家里吃饭哩，他跑到什么地方去了？”立本在院里坚持问。

“大概又到自留地刨挖去了。”加林妈跑出来，让村里这个体面人进窑来坐坐。

立本说他忙，掉转头就走了。

他出了大门，下了小河，拐过一个小山峁，径直向高玉德的自留地走去。一路上他在心里嘲笑：“哼，就知道在土里刨！穷得满窑没一件值钱东西，还想把我女子给你那个寒窑里娶呀！尿泡尿照照你们的影子，看配不配！”

他老远照见高玉德正佝偻着罗锅腰锄糜子，就加快脚步向那边走去。

他上了地畔，尽管满肚子火气，还是按老习惯称呼这个比他大十几岁的同村人：“高大哥，你先歇一歇，我有话要对你说。”

高玉德看见村里这个傲人，在这大热天跑到地里来找他，慌得不知出了什么事，赶忙把锄往地里一栽，向立本迎过来。

他俩圪蹴在土崖影下。玉德老汉把旱烟锅给他递让过去。立本摆摆手，说：“你吃你的，我嫌那呛！”他说着，从口袋里摸出一根四川出的“工”字牌卷烟噙到嘴里，拿打火机点着，连烟带气长长地吐了一口，拐过头，脸沉沉地说：“高大哥！你加林在外面做瞎事，你为什么不管教？咱这村风门风都要败在你这小子手里了！”

“什么事？”高玉德老汉吃惊地从白胡子嘴里拔出烟锅，脸对脸问立本。

“什么事？”刘立本一闪身站起来，嘴里气愤地喷着白沫子，说，“你那个败家子，黑天半夜把我巧珍勾引出去，在外面疯跑，全村人都在传播这丢脸事。我刘立本臊得恨不能把脑袋夹到裤裆里，你高玉德倒心安理得装起糊涂来了！”刘立本说着，夹卷烟的手指头气得直抖。

“啊呀，好立本哩！我的确不知道这码子事！”高玉德老汉冤枉地叫道。

“我现在就叫你知道哩！你要是不管教，叫我碰见他胡骚情，非把他小子的腿打断不可！”

高玉德虽然一辈子窝窝囊囊，但听见这个能人口出狂言，竟然要把他的独苗儿腿往断打，便“呼”地从地上站起来，黄铜烟锅头子指着立本白瓜壳帽脑袋，吼叫着说：“你小子敢把我加林动一指头，我就敢把你脑壳劈了！”老汉一脸凶气，像一头斗恼了的老犍牛。

乖人不常恼，恼了不得了。刘立本看见这个没本事的死老汉，一下子变得这么厉害，吃惊之中慌忙后退了一步，半天不知该如何对付。

他索性转过身，傲然地背操起两条胳膊，从高玉德的土豆地里穿过去，一边走，一边回过头说："我和你没完！咱走着瞧吧！我不信没办法治你父子俩！真个没世事了！"

刘立本穿过高玉德正在吐放白花的土豆地，又从来路下了河湾。

这个能人又急又气，站在河湾里竟不知道自己该到哪里去。

他是农村传统道德最坚决的卫道士。平时做买卖，什么鬼都敢捣，但是一遇伤面子的事，他却是看得很重要的。在他看来，人活着，一是为钱，二还要脸。钱，钱，挣钱还不是为了活得体面吗？现在，他那不争气的女子，竟然连体面都不要了，跟个文不上武不下的没出息穷小子，糊弄得满村刮风下雨。此刻，他站在河湾里，把巧珍恨得咬牙切齿：坏东西啊！你做下这等没脸事，叫你老子在这上下川道里怎见众人呀？

刘立本在河湾里踅摸了半天，突然想起了他亲家。他想：好，让明楼出面把他加林小子收拾一顿！他不怕我刘立本，但他怕高明楼！明楼是书记！他小子受不下地里的苦，将来要再谋个民办教师，非得过明楼的关不行！

他于是从河湾里拐到前村的小路上，上了一道小坡，向明楼家走去。

高明楼家和他家一样，一线五孔大石窑，比村里其他人家明显阔得多。亲家不久前也圈了围墙，盖了门楼。但立本觉得他亲家这院地方根本比不上自己的。明楼把门楼盖得土里土气，围墙也是用横石片插起来的；而他的门楼又高又排场，两边还有石刻对联一副。再说，明楼的窑檐接的是石板。石板虽比庄里其他人家的齐整好看，可他家是用一色的青砖砌起，戴了"砖帽"，像城里机关的办公窑一样！更重要的是，他亲家的窑面石都是皮条錾溜的，看起来粗糙多了。而他的窑面石全部是细錾摆过，白灰勾缝，浑然一体！

不过，他今天来这里没心思比较双方院落的长长短短。他今天来是有求于亲家的。在这些方面，不像挣钱和箍窑，他清楚自己不如明楼。

大女儿巧英和亲家母热情地把他招呼着入了中窑。中窑实际上是明楼的"会客室"。里面不盘炕，像公社的客房一样，搁一张床，被褥干干净净地摆着，平时不住人。要是公社、县上来个下乡干部，村里哪家人也别想请去，明楼会把他招待在这里下榻的。靠窗户的地方，摆着两把刚做起的、式样俗气的沙发，还没蒙上布，用麻袋片裹着。

立本坐下来，亲家母手脚麻利地端来一壶茶，放在他面前。立本没喝，抽出一根卷烟点着，问:“明楼上哪儿去了？”

“你还不知道？他到公社开会已经走了好几天。说今天回来呀，现在还不见回来，大概要到后晌了。”亲家母说。

“我前一段去内蒙古草地里买了一匹马，回来这几天也没到哪里去，因此我不知道明楼出去开会……”刘立本轻淡地说。

“有什么事吗？”亲家母问他。

“没什么事。一点小事……他不在家就算了，我走了。”立本站起就准备起身。

巧英掂着两个面手，堵在门口说:“爸爸，我都把面和上了，你就在这里吃！”

他亲家母也竭力留他吃饭。

立本想了想，家里刚闹过架，巧珍和他老婆都正在哭，回去也心烦。再说，他肚子也的确有点饿了。这阵回家没人做饭。于是他又重新坐到了明楼家的土沙发上，喝起了茶。他想:吃完饭，我干脆到村前的路上等他明楼回来!

当刘立本重新在高明楼家坐下来的时候，高玉德老汉还下巴支在锄把上，站在他的自留地里发愣怔。

刚才刘立本没头没脑给他发了顿脾气，说他儿子勾引他的女子，实在叫老汉摸不着头脑。

本来，高玉德老汉最近情绪不坏。他看见他的儿子从苦恼中解脱出来，收心务正，已经蛮像一回事了。他已经日薄西山，但儿子正活在旺处。将来娶个媳妇，生儿育女，他就是闭了眼睡在黄土里，也平了心。加林性子比他硬，将来光景肯定能过得去的。

现在他突然听见这码子事，心头感到非常沉痛。乡里人谁不讲究个明媒正娶？想不到儿子竟然偷鸡摸狗，多让人败兴啊！再说，本村邻舍，这号事最容易把人弄臭!

他同时又想：巧珍倒的确是个好娃娃，这川道十几个村子也是数得上的。加林在农村能找这样一个媳妇，那真个是他娃娃的福分。但就是要娶，也应该按乡俗来嘛，该走的路都要走到，怎能黑天半夜到野场地里去呢，如果按立本说的，全村人现在大概都把加林看成个不正相的人了。可怕啊！一个人一旦毁了名誉，将来连个瞎子瘸子媳妇都找不上；众人就把他看成个没人气的人了。不光小看，以后谁也不愿和他共事了。糊涂小子！你怎能这么缺窍？

高玉德老汉已经没心思锄地了。他拖着风湿性关节炎病腿，一瘸一拐从小路上下了河湾。

虽说他还没吃午饭，但此刻肚子一点也不饿。他坐在河边的一棵老柳树下，瘦手摸着赤脚片，思谋这事该怎么办才好。

他虽然老了，但脑筋还灵。他又从巧珍那方面想。他想：说不定这女娃娃真的喜欢我加林呢！要不要正式请个媒人光明正大说这亲事？

但他一想到刘立本，就心寒了。他这个穷家薄业，怎敢高攀人家？别说是他，就是比他光景强的人家，也攀不上刘立本！

太阳已经偏过了头顶，西面的山把阴影投到了沟底，时分已到后晌了。玉德老汉仍坐在树荫下摸他的赤脚片儿，不知这事该怎样处理。

"哎！你一个人坐在这里思谋什么哩？"有一个人在背后说话。

玉德老汉转过头，看见是老光棍德顺。他很想和他拉拉话。他们虽然年龄相差不少，却是一辈子的老朋友了；旧社会扛长工找的常是一个事主家。他招招手说："德顺，你来坐一坐。我这阵心烦得要命！"

德顺一边往他身边坐，一边把肩上的锄头放下，说："我还忙着哩！今后晌要赶着把我那块自留地再锄一下，满地又草糊了！"他接过高玉德递过来的烟锅，问他："熬煎什么事哩？你有那么彪正个好儿子，光景一两年就翻上来了。加林实在是个好娃娃！别看他明楼、立本现在耍红火哩，将来他们谁也闹不过加林的世事！"

"唉！"玉德老汉长叹一声，"你还夸他哩！这二杆子已经给我闯下乱子了！"

"什么乱子？"德顺一脸皱纹都缩到了眼角边上。

高玉德犹豫了一下，才说："这小子和刘立本那个二女子一块胡鬼混哩，现在满村都在风一股雨一股地传播，我不信你没听说？"

"我早看出来了！谁说他们鬼混哩？年轻人相好，这有个什么？"

"啊呀，你早知道了，为啥不给我早说？"高玉德生气地对老朋友头一拐，把他瞪了一眼。

“我还以为你知道这事哩！两个娃娃正好配一对！年轻人看见年轻人好嘛！”德顺老汉笑嘻嘻地对恼悻悻的玉德老汉说。

“老不正经！要好，也看怎个好哩！怎能黑天半夜胡逛哩！”

“哎呀，你这个老古板！咱又不是没年轻过！我一辈子没娶过老婆，年轻时候也混账过两天，别说而今的时兴青年了！”

“好你哩，别说诳话了！立本刚刚来给我发了一顿凶，还说要把我加林的腿打断哩！我看要出事呀！你看这该怎么办？”高玉德一脸愁相，一只手不断摸着赤脚片。

“你别管刘立本那两声吓唬话！刚能把狐子吓跑！他再逞强，也强不过他女子！只要巧珍看下加林，谁都挡不定！就是这话，不信你等着看！你甭愁了，你这人就是爱忧愁！我还忙着哩，你快回去吃饭喀！”

德顺老汉把烟锅交给高玉德，站起身一肩锄就走了，嘴里还有上气没下气地哼起信天游小曲。

高玉德看着他远去的背影，觉得他比自己年龄大得多，但身子骨可比自己硬朗。他在心里说：哼！天下光棍没忧愁！一个人饱了全家都饱了。你能说争气话哩！叫你也有个儿子看看吧！把你愁不死才怪哩！小时候急得大不了，大了又急得成不了事；更不要说给娘老子闯下一河滩乱子了！

高玉德老汉感到两腿不光疼，而且已经麻了，就站起来，一瘸一拐往家里走去。

高玉德进了家门，见加林正光上身躺在炕上看书。加林他妈不在，大概到旁边窑里睡觉去了。

老汉把锄往门圪塄里一挂，对正在看书的儿子说：“你还看书哩！硬是书把你看坏了！这么大的小子，还不懂人情世故！你什么时候才不叫人操心啊……”

高加林坐起来，摸不着父亲这番话是什么意思。他看着父亲说：“我怎啦？”

“怎啦？你做的好事嘛！今儿个刘立本跑到咱自留地找我，说你和巧珍长了短了的，说满村都在议论你们两个的没脸事！”高玉德又蹲在脚地上，用手摸起了脚。

高加林脑子一下子嗡嗡直响。他把手里的书放到炕上，半天才说：“我的事你不要管，众人愿说啥哩！”

高玉德抬起苍白头，说：“你小子小心着！刘立本说要往断打你的腿哩！”

高加林牙咬住嘴唇，轻藐地冷笑了一声，说：“既然是这样，我会叫他更不好看！”

高玉德站起来，走前一步，痛心疾首地对儿子说：“你千万不要再给我闯乱子了！你早早死了心！咱这光景怎能高攀人家嘛！人家是什么光景？这一条大马河川都是拔梢的！”

高加林把两条光胳膊交叉帮在结实的胸脯上，对一脸可怜相的父亲说：“谁高攀谁呢？爸，你一辈子真没出息！你甭怕！这事我做的，由我做主！”

高玉德看着儿子那张倔强的脸，痛苦地叫道：

“我的憨娃娃呀，你总有一天要跌跤的……”

第九章

高明楼从公社开罢会，独个儿一人在简易公路上步行往回走——他家的自行车被二小子三星推到学校去了。车子是他主动让儿子推去的。儿子当了教师，各方面都要体面一些，没个车子不行！

高家村的当家人五十岁已出头，但走起路来精神还蛮好。他一身旧蓝咔叽布制服，颜色已经灰白；单布帽檐下面，一张红堂堂的脸上，两只眼睛炯炯有神。

明楼此刻走在路上，心情儿不太美气。这次公社召开的还是落实生产责任制的会议。看来形势有点逼人了。旁的许多村已经有联产到劳的。公社赵书记一再要叫大队书记们解放思想，能联产到户、到劳的，要尽快实行。

“名词不一样了，可这还不是单干哩？”高明楼心里不满地想。

实际上，他自已也清楚，现时的新政策的确能多打粮，多赚钱。尤其是山区，绝大部分农民都拥护。

他不满意这政策主要是从他自己考虑的。以前全村人在一块，他一天山都不出，整天圪蹴在家里“做工作”，一天一个全劳力工分，等于是脱产干部。队里从钱粮到大大小小的事他都有权管。这多年，村里大人娃娃谁不尊他怕他？要是分成一家一户，各过各的光景，谁还再尿他高明楼！他多年来都是指教人的人，一旦失了势，对他来说，那可真不是个味道。更叫他头疼的是，分给他那一份土地也得要他自己种！他就要像其他人一样，整天得在土地上劳苦了。他已多年没劳动，一下子怎能受了这份罪？

在强大的社会变化的潮流面前，他感到自己是渺小的。他高明楼挡不住社会的潮流。但他想，能拖就拖吧，实在不行了再说，最起码今年是分不成了！

他一路思谋着，不知不觉已经快到村子了。

“明楼，你回来了？”

高明楼听见公路边的山坡上，有人给他打招呼。

他抬头一看，是德顺老汉。德顺虽然比他死去的父亲小六七岁，但两个人年轻时相好过，他一直叫老汉干大。他虽然是村里的领导，面子上的人情世故他都做得很圆滑，因此对德顺老汉常显出尊重的样子。

“干大，你今年自留地的庄稼还不错嘛！能打不少粮哩！”他站下，朝上面的德顺老汉随便这么说。

“多给我一点地，我还能打更多的粮哩！明楼，人家旁的村都往开分哩，咱们村怎还不见动静？这多少年众人交混在一起，都耍二流子哩，一个哄一个哩，而今虽说分成两个组，实际上和没分差不多！”

“干大，不要急嘛！咱集体搞了多少年，一下子就能分个净毛干？这几天两个组麦地都快翻完了吧？”明楼转了话题问老汉。

德顺老汉把锄放下，拿着旱烟锅下来了；老光棍大概不想给书记建个什么议。他总是这样，爱管个闲事，常动不动给干儿在生产上指拨。明楼一般说来还听他的——一辈子的老庄稼人嘛，说什么都在行。

明楼现在看老汉从坡上下来了，知道他又要给他建议什么了，只好耐下心等他唠叨一阵。

他给德顺老汉抽了一根纸烟，两个人就圪蹴在了路畔上。

德顺老汉在明楼的打火机上吸着烟，说：“明楼，现时麦地都翻完了，马上就是白露，光一点化肥种麦子怎行？往年这时候，都要到城里去拉一些茅粪，今年你怎不抓这件事？”

明楼摇摇头：“往年一个队，说做什么，统一就安排了，今年分成两个组，你长我短的，怎个弄？再说，两个组都还有没锄二遍的地呢，人手怕抽不出来。”

"这有什么难的？这几天先少去两个人嘛！两个组合在一起拉，拉回来两家都能用。"

明楼想了一下，说："这也行。还像往年一样，你把这事领料上。先套上两个架子车，前村连你先去两个人，再让后村巧珍到城里用她姨家的空窑，给你们晚上做一顿饭。过几天等地里的活消停了，再多套几个架子车，两个组多去一些人。你看这行不行？"

"行，我去！前村先叫加林去。队里这一段苦重，娃娃没惯了，叫歇息几天；拉粪活总轻一点。"

提起加林，明楼脸有点红，嘴里很快"嗯嗯"着同意了德顺老汉的安排。

老汉见他的"建议"被干儿采纳了，就站起身又锄地去了。

明楼也把纸烟把子一丢，思思谋谋又起身往回走。

德顺老汉刚才提起加林，使他又不由得想到这个被他赶回生产队的本村后生了。

加林是高明楼眼看着长大的。他小时候就脾气倔犟，性子很硬，人又聪敏，在庄前村后，显得比他同年龄的娃娃都强。高明楼在那时候就对这娃娃很感兴趣。加林城里上学时，每逢星期六回来，他常爱到加林家串门。他虽是个老百姓，还爱关心点国际大事，加林正好这方面又懂得多，常给他说这个国家那个国家的事，把个高明楼听得半夜不回家。他常在心里感叹：高玉德命好！一辈子死没本事，可生养下一个足劲儿子！他自己的两个儿子太平庸了。老大上了两年学，笨得学不进去，老是一年级，最后只好回来当了农民。不是他在村里的威望，刘立本怎能把巧英给他的儿子？三星不是他用队里的东西在公社、县上巴结下几个干部，也怕连初中都上不了。按成绩不行，可那二年是推荐。现在总算把高中混完了。

二儿子高中毕业后，他着实发愁了。旁的工作一眼看见不行——而今入公家的门难！他决心要给儿子谋求个民办教师的位位；他决不愿意两个儿子都当农民。有个教师儿子，他在门外也体面。再说，三星也从没吃过苦，劳动他受不了，弄不好会成个死二流子！

他原来想两全其美，和公社教育专干马占胜商量，看能不能下旁的村一个教师，叫三星上；最好不要叫三星顶加林。他有恻隐之心。他盘算过，别看村里几十户人家，他谁也不怕，但感到加林虽然人小，可心硬人强，弄不好，将来说不定会成为他的仇人，让他一辈子不得安生！再说，他老了，加林还年轻，他就是现在对自己没法，但将来得了势，儿孙手里都要出气呀！他的两个儿子明显不是加林的对手！因此他不想惹这后生，想尽量不下加林的教师。

可马占胜马上嘲笑他想得太美了！是的，哪个村愿把位置让给他们村呢？就这样，他只好狠着心把加林的教师下了，让三星上。

但这以后，这件事总是他个心病。尽管高玉德老两口比以前更巴结他了，可高加林明显地在仇恨他。加林刚开始劳动，听说手上的血把镢把都染红了，谁也说不下他，照样拼命，说要让手烂得更厉害些！他听后心里忍不住打了个冷战。心想：妈呀，这小子的心残着哩！他从这件事上，更看出加林不是个松动货。于是他的心病越来越加重了。

高明楼之所以好多年统辖高家村，说明他不是个简单人。他老谋深算，思想要比一般庄稼人多拐好多弯。

高明楼一路低头走着，思谋着这件事，觉得没什么好办法能使他的心灵安宁一些。

他走到大马河河湾的岔路上，抬起头向村里照了照，突然看见他亲家刘立本圪蹴在一棵老枣树下抽卷烟。他心想：大概到内蒙古又买了匹便宜马，等着给他能哩！

刘立本在亲家母家里吃完饭，就圪蹴在这里等上了明楼。

女儿给他做下的丢脸事，使他感到自己的个子都低了几寸。他现在想让明楼先把加林收拾一顿，把这事先镇压下去。然后得马上给巧珍找人家。今年能出嫁就出嫁，最迟不能拖过明年。女子大了，不寻人家，说出事就出事！他还想让明楼出面，说服巧珍和马店的马拴结亲。他是书记，面子大！

高明楼走到枣树下，很自然地蹲在了立本的对面。两亲家先让了一番烟。明楼嫌卷烟太硬，立本嫌纸烟没劲。两个人只好各吸各的。

“怎样？又买了便宜货了吧？能挣多少钱？”明楼问他的生意人亲家。

“挣钱顶个球！”立本粗鲁地叫道，情绪败坏地把头一拐。

“我头一次听你把钱不当一回事。”明楼脸上露出一丝讽刺的笑容，同时也不知道亲家有什么不高兴。看他满脸气呼呼的样子，就问：“你有什么不顺心的事？你今年钱挣得快把口袋都撑破了，还不满意吗？而今这政策正是你的好政策！”他又不由得露出讽刺的笑容。

“好你哩，不要挖苦我了。我现在滚油浇心哩！”刘立本两条胳膊朝亲家一摊，脸上显出一副哭相。

高明楼一看他这样子，也认真起来，说：“哭了半天还不知道你哭谁哩！你说你倒究出了什么事嘛！”

刘立本把正在抽的半截子卷烟扔到旁边的草地上，难受地说：“巧珍给我做下丢脸事了！”

“那么好个娃娃，弄下什么事了？”高明楼惊讶地问。

“唉，真叫人没法提！高玉德那个缺德儿子勾引我巧珍，黑地里在外面疯跑，弄得满村都风风雨雨的。你看我这人现在活成个甚了！”刘立本咽了一口唾沫，难受地把头倒勾了下来。

高明楼一下子笑了：“哈呀，我还以为是什么事哩！不就是他们两个谈恋爱吗？”

“狗屁恋爱！连个媒人也没经，黑天半夜在外面鬼混，把先人都羞死了！”刘立本抬起头，气愤地吼叫起来。

高明楼把刘立本溅在他脸上的唾沫星子揩掉，说：“立本，你整天走州过县做买卖，思想怎还这么古板？你没吃过猪肉，连猪哼哼都没听过？现在的年轻人还像咱们过去那样吗？你还没见的多着哩！我前几年每年都要到大寨参观一回，路过西安、太原，看见城市的青年男女，在大街上的稠人广众面前胳膊套胳膊走路哩！开始看见还觉得不文明，后来看惯了才觉得人家那才是文明……”

刘立本听了亲家这一番话，又气又失望。他原来还想叫明楼训一顿高加林，想不到明楼竟然指教起他来了。他嘴唇子抖着说：“加林是个什么东西？文不上武不下的，糟蹋我巧珍哩！”

高明楼眼一瞪：“怕人家加林看不下巧珍哩！只要人家看下了，你能都能不过来哩，还说人家糟蹋你女子哩！”

“加林有个什么出息？又不会劳动，又不会做生意，将来光景一烂包！”

“人家是高中生，你女子斗大字不识一升！”

“高中生顶个屁！还不是要戳牛屁股？”刘立本轻藐地一撇嘴，并且又加添说，“牛屁股都不会戳！”

高明楼身子往立本旁边挪了挪，开始苦口婆心劝解起亲家来：

“好立本哩，你的目光太短浅了。你根本不能小看加林。不是我说哩，这一条川道里，和他一样大的年轻人，顶上他的不多。他会写，会画，会唱，会拉，性子又硬，心计又灵，一身的大丈夫气概！别看你我人称‘大能人’‘二能人’，将来村里真正的能人是他！他什么学不会？他要是愿意做，怕你骑上马都撵不上他哩！现在我把他的教师下了，为的是叫三星上。这事明说哩，我做得有点强。以后有空子，我还要给他找个营生干哩！要是他和巧珍结婚了，不是和我也成亲戚了吗？”

刘立本对他这一番话根本不以为然。他鼻子里哼了一声说：“看高玉德那是什么家庭？塌墙烂院，家里没一件值钱东西！高玉德又死没本事，加林他能什么哩？”

“哈呀！值钱东西是哪里来的？还不是人挣的？只要人立得住，什么东西也会有！至于高玉德有本事没本事，那碍不了大事。巧珍是寻女婿哩，又不是寻公公！你别看他家现在穷，加林能把家立起来的！你我当年是什么样子？旧社会，你老子和我老子还都不是给地主刘国璋扛长工吗？”

刘立本仍然没有被他亲家的雄辩折服，反而一闪身站起来，火气十足地说：“你别给我灌清米汤了！我长眼睛着哩！难道我自己看不清高玉德家的前程吗？他那不成器的儿子，我看不下！你能说光面子话哩！巧珍是我的女子，我不能把她往黑水坑里垫！”

“你看不下，可巧珍能看下哩！看你还有什么办法！”高明楼也站起来，觉得他亲家已经有点可笑了。

“我没办法？我把他龟子孙的腿往断打呀！”

“咦呀？看把你能的！……好亲家哩，你这阵在气头上，我没办法说服你。不过，你也别太逞能了！这而今都是自由恋爱，法律保护婚姻哩！只要娃娃们同意，别说娘老子，就是天王老子也管不住！你敢动手动脚，小心公安局的法绳！”高明楼终究是大队书记，懂得法律政策，立刻将这武器拿出来警告他亲家。

刘立本的确被他这话唬住了。他怔了半天，在自己的脑袋上狠狠拍了一巴掌，转过身丢下明楼，独自一个人扯大步走了。两亲家今天第一次没把话说到一块！

高明楼在他后面慢慢往家里走。他心想：刘立本做生意算个把式，其他方面实在不精明。

按明楼的想法，巧珍最好能和加林结亲。一方面，他觉得巧珍能寻这么个女婿，也的确不错了；另一方面，他很愿意加林和他大儿子成担子，将来和立本三家亲套亲，联成一体，在村里势众力强。这样一来，加林和他成了亲戚，也就不好意思为下了教师而恨他了。本来，高明楼刚听立本说这件事，心里有点高兴——他一路上正盘算怎样平息加林仇恨他的火焰哩！现在他看亲家对此事这样坚决地反对，也就摸不来事情的结局倒究会怎样了。

第十章

早晨，太阳已经冒花了，高加林才爬起来，到沟里石崖下的水井上去担水。他昨晚上一夜翻腾得没睡好觉，起来得迟了。

石头围了一圈的水井，脏得像个烂池塘。井底上是泥糊子，蛤蟆衣；水面上漂着一些碎柴烂草。蚊子和孑孓充斥着这个全村人吃水的地方。

他手里的马勺犹豫了半天，终于还是没有舀水。他索性赌气似的和两只桶一起蹲在了井台边。

此刻他的心情感到烦躁和压抑。全村正在用各种各样的风言风语议论他和巧珍的“不正经”；还听说刘立本已经把巧珍打了一顿，事情看来闹得更大了。眼前他又看见水井脏成这样也没人管（大家年年月月就喝这样的水，拿这样的水做饭），心里更不舒畅了。

所有这一切，使他感到沉重和痛苦：现代文明的风啊，你什么时候才能吹到这落后闭塞的地方？

他的心躁动不安，又觉得他很难在农村待下去了。可是，别的出路又在哪里呢？

他抬起头，向沟口望出去，大山很快就堵住了视线。天地总是这么的狭窄！

他闭住眼，又由不得想起了无边无垠的平原，繁华热闹的大城市，气势磅礴的火车头，箭一样升入天空的飞机……他常用这种幻想来满足自己的精神需要。

当他睁开眼睛的时候，他仍然在现实中。他看了看水井，脏东西仍然没有沉淀下去。他叹了一口气，想：要是撒一点漂白粉也许会好一点。可是哪来的这东西呢？漂白粉只有县城才能搞到。

他的腿蹲得有点麻了，就站起来。

他忍不住朝巧珍埝畔上望了望。他什么人也没看见。巧珍大概出山去了；或者被她父亲打得躺在炕上不能动了吧？要么，就是她害怕了，不敢再站在他们家埝畔上那棵老槐树下望他了——他每次担水，她差不多都在那里望他。他们常无言地默默一笑，或者相互做个鬼脸。

突然，高加林眼睛一亮：他看见巧珍竟然又从那棵老槐树背后转出来了！她两条胳膊静静地垂着，又高兴又害臊地望着他，似乎还在笑！这家伙！

她的头向他们家堖畔上面扬了扬，意思叫加林看那上面。

加林向山坡上望去，见刘立本正在撅着屁股锄自留地。

高加林立刻感到出气粗了。刘立本之所以打巧珍，还放肆地训斥他父亲，实际上是眼里没他高加林！“二能人”仗着他会赚几个钱，向来不把他这一家人放在眼里。

加林决定今天要报复他。他要和巧珍公开拉话，让他看一看！把他气死！

他故意把声音放大一点喊：“巧珍，你下来！我有个事要和你说！”

巧珍一下子惊得不知该怎办。她下意识地先回过头朝她家的堖畔上看了看。刘立本不知听见没听见，但仍然在低头锄他的地。

巧珍终于坚决从坡里下来了。她甚至连路都不走，从近处的草洼里连跑带跳转下来，径直走向井台。

她来到他面前，鞋袜和裤管被露水浸得湿淋淋的。她忐忑不安地扣着手指头，小声问：“加林哥……什么事？村子上面有人看咱两个呢，我爸……”

“不怕！”加林手指头理了一下披在额前的一绺头发说，“专门叫他们看！咱又不是做坏事哩……你爸打你了吗？”

他有点心疼地望着她白嫩的脸庞和亭亭玉立的身姿。

巧珍长睫毛下的眼睛里闪着泪花，含笑咬着嘴唇，不好意思地说：“没打……骂了几句……”

“他再要对你动武，我就对他不客气了！”加林气呼呼地说。

“你千万不要动气。我爸刀子嘴豆腐心，不敢太把我怎样。你别生气，我们家的事有我哩！”巧珍扑闪着漂亮的眼睛，劝解她心爱的人。她看了看他身边的空水桶，问："你怎不舀水哩？"

加林下巴朝水井里努了努，说："脏得像个茅坑！"

巧珍叹了一口气，说："没办法。就这么脏，大家都还吃。"她转而忍俊不禁地失声笑了，"农村有句俗话，说不干不净，吃了没病……"

加林没笑，把桶从井边提下来，放到一块石头上，对巧珍说："干脆，咱两个到城里找点漂白粉去。先撇着，罢了咱叫几个年轻人好好把水井收拾一下。"

"我也跟你去？一块去？"巧珍吃惊地问。

"一块去！你把你们家的自行车推上，我带你，一块去！咱们干脆什么也别管了！村里人愿笑话啥哩！"加林看着巧珍的眼睛，"你敢不敢？"

"敢！你送桶去！我回去推车子，换个衣服。你也把衣服换一换！你别光给水井讲卫生，看你的衣服脏成啥了！你脱下，明天我给你好好洗一洗。"

加林高兴得脑袋一扬，用农村的粗话对他的情人开了一句玩笑："实在是个好老婆！"

巧珍亲昵地噘起嘴，朝加林脸上调皮地吹了一口气，说："难听死了……"

他们各自都怀着无比激动的心情，各回各家去了。

对于巧珍来说，在家里人和村里人众目睽睽之下，跟加林骑一个车子去逛县城，这无疑是一个大胆的挑战。对于她目前的处境来说，这需要多大的勇气啊！她之所以不怕父亲的打骂，不怕村里人笑话，完全是因为她对加林的痴迷的爱情！只要跟着加林，他让她一起跳崖，她也会眼睛不闭就跟他跳下去的！

对高加林来说，他做出这个决定，是对他所憎恨的农村旧道德观念和庸俗舆论的挑战；也是对傲气十足的"二能人"的报复和打击！

加林把空水桶放到家里，从箱子里翻出那身多时没穿的见人衣裳。他拿香皂洗了脸和头发，立刻感到容光焕发，浑身轻轻飘飘的。他对着镜子梳了梳头发，觉得自已强悍而且英俊！

他父亲出了山，母亲上了自留地，家里没人。他在一个小木箱里取出几块钱装在口袋里，就出门在埝畔上等巧珍——后村人出来都要经过他家门前埝畔下的小路。

巧珍来了，穿着那身他所喜爱的衣服：米黄色短袖上衣，深蓝的确良裤子。乌黑油亮的头发用花手帕在脑后扎成蓬松的一团，脸白嫩得像初春刚开放的梨花。

他俩肩并肩从村中的小路上向川道里走去。两个人都感到新奇、激动，谁连一句话也不说；也不好意思相互看一眼。这是人生最富有的一刻。他们两个黑夜独自在庄稼地里的时候，他们的爱情只是他们自己感受。现在，他们要把自己的幸福向整个世界公开展示。他们现在更多的感受是一种庄严和骄傲。

巧珍是骄傲的：让众人看看吧！她，一个不识字的农村姑娘，正和一个多才多艺、强壮标致的“先生”，相跟着去县城啰！

加林是骄傲的：让一村满川的庄稼人看看吧！大马河川里最俊的姑娘，著名的“财神爷”刘立本的女儿，正像一只可爱的小羊羔一般，温顺地跟在他的身边！

村里立刻为这事轰动起来。没出山的婆姨女子、老人娃娃，都纷纷出来看他们。对面山坡和川道里锄地的庄稼人，也都把家具撇下，来到地畔上，看村里这两个“洋人”。有羡慕得咂巴嘴的，有敲怪话的，也有撇凉腔的。正人君子探头缩脑地看；粗鲁俗人垂涎欲滴地看。更多的人都感到非常新奇和有意思。尤其是村里的青年男女，又羡慕，又眼红；川道一组锄地的两个暗中相好的姑娘和后生，看着看着，竟然在人背后一个把一个的手拉住了！

高加林和刘巧珍知道这些，但也不管这些，只顾走他们的。一群碎脑娃娃在他们很远的背后，嘻嘻哈哈，给他们扔小土疙瘩，还一哇声有节奏地喊：“高加林、刘巧珍，老婆老汉逛县城……”

高玉德老汉在对面山坡上和众人一块锄地。起先他还不知道大家跑到地畔上看什么新奇，也把锄搁下过来看了。当他看见是这码子事时，很快在大家的玩笑和哄笑声中跌跌撞撞退回到玉米地里。他老脸臊得通红，一屁股坐在锄把上，两只瘦手索索地抖着，不住气地摸起了赤脚片。他在心里暗暗叫道：乱子！乱子！刘立本这阵在哪里呢？要是叫“二能人”看见了，不把这两个疯子打倒在地上才怪哩！

刘立本此刻就在他家垴畔上的自留地里。所有这一切“二能人”也都看见了。不过，高玉德老汉的担心过分了。“二能人”正像他女子说的，刀子嘴豆腐心。他此刻虽然又气又急，但终于没勇气在众人的目光下，做出玉德老汉所担心的那种好汉举动来。他也只是一屁股坐到锄把上，双手抱住脑袋，接二连三地叹起了气……

第二天早晨，高家村的水井边发生了一场混乱。早上担水的庄稼人来到井边，发现水里有些东西。大家不知道这是何物，都不敢舀水了，井边一下子聚了好多人。有人证实，这些“白东西”是加林、巧珍和另外几个年轻人撒进去的。有人又解释，这是因为加林爱干净，嫌井水脏，给里面放了些洗衣粉。有的人又说不是洗衣粉，是一种什么“药”。

天老子呀！不管是洗衣粉还是药，怎能随便给水井里放呢？所有的人都用粗话咒骂：高玉德的嫩小子不要这一村人的命了！

有人赶快跑到前村去报告高明楼——让大队书记来看看吧！更多担水的人都在急躁地议论和咒骂。那几个和加林一起“撒药”的年轻庄稼人给众人解释，井里撒的是漂白粉，是为了讲卫生的。众人立刻把他几个骂了个狗血喷头：

“你几个瞎眼小子，跟上疯子扬黄尘哩！”

“你妈不讲卫生，生养得你缺胳膊了还是少腿了？”

“胡成精哩！把龙王爷惹恼了，水脉一断，你们喝尿去吧！”

那几个拥护加林这次卫生革命的人，不管众人怎骂，都舀了水，担回家去了；但他们的父亲立刻把他们担回的水，都倒在了院子里。

水井边围的人越来越多了。而刘立本家里正在打架：刘立本扑着打巧珍；巧珍她妈护着巧珍，和老汉扭打在一起。亏得巧英和她女婿正在他们家，好不容易才把架拉开！刘立本气得连早饭也不吃，出去搞生意去了——他是从自家窑后的小路上转后山走的，生怕水井边的人们看见他。

高加林听说井边发生了事，要出来给乡党们说明情况，结果被他爸他妈一人扯住一条胳膊，死活不让他出门。老两口先顾不上责备儿子，只是怕他出去在井边挨打。

这时候，刘立本的三女儿巧玲从后沟里拿一本书走出来。她刚考完大学，在家里等结果。她起得很早，到后沟里背英语单词去了，因此刚才家里打架的事，她并不知道。现在她看见井边围了这么多人，就好奇地走过来打问出了什么事。

有人马上嘲讽地说：“你二姐和你二姐夫嫌水井脏，放了些洗衣粉。你们家大概常喝洗衣粉水吧？看把你们脸喝得多白！”

巧玲的脸刷地红到了耳根。她虽然还不到二十岁，但个子已经和巧珍一般高。她和她二姐一样长得很漂亮，但比巧珍更有风度。巧玲早已看出她二姐在爱加林——现在知道她真的和加林好了。她对加林也是又喜欢又尊重，因此为二姐能找这么个对象，心里很高兴。昨晚给水井里撒漂白粉的事，她也知道。于是她就试图拿学校里学的化学原理给众人说漂白粉的作用。

她的话还没完，有人就粗鲁地打断了她："哼！说得倒美！你趴下先喝上一口！和你二姐夫一样咬京腔哩！伙穿一条裤子！"

众人哄然大笑了。

巧玲眼里转着泪花子，羞得掉转身就跑——愚昧很快就打败了科学。

这时，听到消息的高明楼，赶忙先跑到巧珍家问情况。本来他想去问加林，但想了一下，还是没去，先跑到亲家家里来了。

他一进亲家的院子，看见他们家四个女人都在哭。刘立本已经不见了踪影。他的大儿子正笨嘴笨舌劝一顿丈母娘，又劝一顿小姨子。

明楼叫她们都别哭了，说事情有他哩！

他在巧珍和巧玲嘴里问明情况后，很快折转身出了刘立本家的大门，扯大步向沟底的水井边走去。

高明楼来到井边，众人立刻平静下来；他们看村里这个强硬的领导人怎办呀。

明楼把旧制服外衣的扣子一颗颗解开，两只手叉着粗壮的腰，目光炯炯有神，向井边走去，众人纷纷把路给他让开。

他弯腰在水井里象征性看一看，然后掉过头对众人说："哈呀！咱们真是些榆木脑瓜！加林给咱一村人做了一件好事，你们却在咒骂他，实实地冤枉了人家娃娃！本来，水井早该整修了，怪我没把这当一回事！你们为什么不担这水？这水现在把漂白粉一撒，是最干净的水了！五大叔，把你的马勺给我！"

高明楼说着，便从身边的一个老汉手里接过铜马勺，在水井里舀了半马勺凉水，一展脖子喝了个精光！

这家伙用手摸了一把胡楂子上的水，笑哈哈地说："我高明楼头一个喝这水！实践检验真理呢！你们现在难道还不敢担这水吗？"

大家都嘿嘿地笑了。

气势雄伟的高明楼使众人一下子便服帖了。大家于是开始争着舀水——赶快担回去好出山呀，太阳已经一竿子高了！

第十一章

高加林在他的“卫生革命”引起一场风波以后，心情便陷入了很大的苦闷中。

夜晚，他有时也不主动去找巧珍了，独自一个人站在村头古庙前那棵老椿树下面，望着星光下朦胧的、连绵不断的大山，久久地出神。全村人都已入了梦乡，看不见一星灯火；夏夜的风把他的头发吹得纷乱。

有时，在一种令人沉重的寂静中，他突然会听见遥远的地平线那边，似乎隐隐约约有些隆隆的响声。他抬头看，天很晴，不像是打雷。啊，在那遥远的地方，此刻什么在响呢？是汽车？是火车？是飞机？不知为什么，他总觉得这声音好像是朝着他们村来的。美丽的憧憬和幻想，常使他短暂地忘记了疲劳和不愉快；黑暗中他微微咧开嘴巴，惊喜地用眼睛和耳朵仔细搜索起远方的这些声音来。听着听着，他又觉得他什么也没有听见；才知道这只不过是他的一种幻觉罢了。他于是就轻轻叹一口气，闭住眼睛靠在了树干上。

巧珍总会在这样的时候，悄悄地来了。他非常喜欢她这样不出声地、悄然地来到他身边。他把他的胳膊轻轻搭在她的肩头。她的爱情和温存像往常一样，给他很大的安慰。但是，已不能完全冲刷掉他心中重新又泛起的惆怅和苦闷了。过去那些向往和追求的意念，又逐渐在他心中复活。他现在又强烈地产生了要离开高家村，到外面去当个工人或者干部的想法——最好把巧珍也能带出去！

他虽然这样想，不知为什么，又不想告诉巧珍。

其实，聪敏的巧珍最近已经看出了他的心思。从内心上讲，她不愿意让加林离开高家村，离开她；她怕失去他——加林哥有文化，可以远走高飞；她不识字，这一辈子就是土地上的人了。加林哥要是工作了，还会不会像现在一样爱她？

但是，当她看见亲爱的人苦闷成这个样子，又很想叫他出去工作。这样他就会高兴和愉快的。要是加林高兴和愉快，她也就感到心里好受一些。她想加林哥就是寻了工作，也再不会忘了她的；她就在家里好好劳动，把娃娃抚养好。将来娃娃大了，有个工作的老子，在社会上也不受屈。再说，自己的男人在门外工作，她脸上也光彩。

这样想的时候，她就很希望加林哥出去工作，好让他少些苦恼。可是，她又认真一盘算，觉得根本没门！现时这号事都要有腿哩！加林哥当个民办教师，都让瞎心眼子高明楼挤掉了，更不要说找正式工作了。

这一天晚上，还是在那棵老椿树下，当她看见加林还是那么愁眉苦脸时，就主动对他说：

“加林哥，你干脆想办法去工作去！我知道你的心思！看把你愁成啥了！我很想叫你出去！”

加林两只手抓住她的肩头，长久地看着她的脸。亲爱的人！她在什么时候都了解他的心思，也理解他的心思。

他看了她老半天，才开玩笑说：“你叫我出去，不怕我不要你了吗？”

“不怕。只要你活得畅快，我……”她一下子哭了，紧紧抱住他，像菟丝子缠在草上一般，说，“你什么时候也甭把我丢下……”

加林下巴搁在她头上，笑着说：“你啊！看你这样子，好像我已经有工作了！”

巧珍也抬起头笑了。她抹去脸上的泪水，说：“加林哥，真的，只要有门道，我支持你出去工作！你一身才能，窝在咱高家村施展不开。再说，你从小没劳动惯，受不了这苦。将来你要是出去了，我就在家里给咱种自留地、抚养娃娃；你有空了就回来看我；我农闲了，就和娃娃一搭里来和你住在一起……”

加林苦恼地摇摇头：“咱们别再瞎盘算了，现在要出去找工作根本不行。咱还是在咱的农村好好打主意……你看你胳膊凉得像冰一样，小心感冒了！夜已经深了，咱们回！”

他们像往常一样，相互亲了对方，就各回各家去了。

高加林进了家门，发现高明楼正坐在他们家炕栏石上，和他父亲拉话。

见他进门来，他父亲马上说：“你到哪里去了？你明楼叔等了你半天！”

高明楼对他咧嘴笑了笑，说：“也没什么事喀！唉，加林！咱这农村，意识就是落后！你好心给水井里放了些漂白粉，人还以为你下了毒药呢！真是些榆木脑瓜！”

他父亲笑嘻嘻地对高明楼说：“全凭你了！要不是你压茬，那一天早上肯定要出事呀！”

他母亲也赶忙补充说：“对着哩！咱村里的事，就看他明楼叔拿哩！”

加林坐在脚地的板凳上，也不看高明楼，说：“也怪我。我事先没给大家说清楚。”

高明楼吐了一口烟，说：“事情已经过去了，再不提了，过两天两个组都抽几个人，把水井整修一下，把石堰再往高垒一些。哈呀！不整修再不行了！我前一个月看见一头老母猪躺在里面洗澡哩！”他两个手指头把纸烟把子捏灭，丢在脚地上，“我今黑夜来是想和你商量个事。是这，咱准备到城里拉一点茅粪，好准备种麦。后组里正锄地，人手抽不出来；准备前组先去两个人。我考虑了一下，想让你和德顺老汉去，不知你愿意不愿意？”

加林没说话。

他父亲赶忙对他说：“你去！你明楼叔给你寻了个苦轻营生嘛！晚上只拉一回，用不了两三个小时，白天一天就歇在家里。往年大家都抢着去做这营生哩！”

高明楼又掏出一根烟，在煤油灯上吸着，看着低头不语的加林说：“你大概怕城里碰上熟人，不好意思吧？年轻人爱面子！其实，晚上嘛，根本碰不上！”

高加林抬起头，只说了两个字：“我去。”

明楼一看他同意了，便从炕栏石上下来，准备起身了。高玉德慌忙赤脚片溜下炕，同时加林他妈也从灶火圪塄里撵出来，准备送书记。

高明楼在门口挡住他们，然后对后面的加林说：“你大概还不知道，拉粪去的人还是老规程，在城里吃一顿饭，钱和粮由队里补贴。今年还是巧珍去做饭，城里她姨家有一孔空窑。”

高加林点点头，嗯了一声。

高玉德一听是巧珍去做饭，嘴张了几张，结结巴巴说：“明楼！做饭苦轻，最好去个老汉！巧珍年轻，现在劳动正繁忙，后组的地还没锄完哩……”

高明楼想笑又没好意思笑出来。他对玉德老汉说：“还是巧珍去合适。城里做饭的窑是她姨家的，生人去了怕不方便……”说完就拧转身走了。

德顺老汉和加林、巧珍在村对面的简易公路上套好架子车，已经临近黄昏；远远近近都开始模糊起来了。对面村子里，收工回来的人声和孩子们的叫闹声，夹杂着正在入圈的羊的咩咩声，组成了乡间这一刻特有的热闹和骚乱气氛。

德顺老汉一巴掌在驴屁股上打掉一只牛虻，过来把草垫子放到车辕上，说："甭怕臭！没臭的，也就没香的！闻惯了也就闻不见了。"他走到前面车子旁边，从怀里掏出一个扁扁的酒壶，抿了一口，诡秘地对加林和巧珍一笑，"你们两个坐在后面车上，我打头。吆牲灵我是老把式了，你们跟着就是。现在天还没黑，两个先坐开些！"他得意地眨眨眼，坐在了前面的车辕上。

后面车上的加林和巧珍被德顺老汉说得很不好意思，也真的别别扭扭一人坐在一个车辕上，身子离得很开。

德顺老汉"嘚儿"一声，毛驴便迈开均匀的步子，走开了。两辆车子一前一后，在苍茫的暮色中向县城走去。

德顺老汉在前面又抿了一口酒，醉意便来了，竟然张开豁牙漏气的嘴巴唱了两声信天游——

> 哎哟！年轻人看见年轻人好，
> 白胡子老汉不中用了……

加林和巧珍在后面车子上逗得直笑。

德顺老汉听见他们笑，摸了一下白胡子，说："啊呀，你们笑什么哩？真的，你们年轻人真好！少男少女，亲亲热热；我老了，但看见你们在一块，心里也由不得高兴啊……"

加林在后面喊："德顺爷，你一辈子为啥不娶媳妇？你年轻时候谈过恋爱没？"

"恋？爱？哼！我年轻时候比你们还恋的爱！"他又抿了一口酒，皱纹脸上泛起红潮，眼睛眯起来，望着东边山头上刚刚升起的月亮，不言传了。

驴儿打着响鼻，蹄子在土路上嘚嘚地敲打着。月光迷迷蒙蒙，照出一川泼墨似的庄稼。大地沉寂下来，河道里的水声却好像涨高了许多。大马河隐没在两岸的庄稼地之中，只是在车子路过石砭石崖的时候，才看得见它波光闪闪的水面。

高加林又在后面问："德顺爷，你说说你年轻时候的风流事嘛！我不相信你那时还会恋爱哩！”他朝身边的巧珍做了个鬼脸，意思是对她说：我激老汉哩！

德顺老汉终于忍不住了，抿了一口酒，说：“哼！我不会恋爱？你爸才不会哩！那时我和你爸，还有高明楼和刘立本的老子，一块给刘国璋揽工，你爸年龄小，人又胆小，经常鼻涕往嘴里流哩！硬是我把你妈和你爸说成的……我那时已经二十几岁了，刘国璋看我心眼还活，农活不忙了，就打发我吆牲灵到口外去驮盐，驮皮货。那时，我就在无定河畔的一个歇脚店里，结交了店主家的女子，成了相好。那女子叫个灵转，长得比咱县剧团的小旦都俊样。我每次赶牲灵到他们那里，灵转都计算得准准的。等我一在他们村的前砭上出现，她就唱信天游迎接我哩。她的嗓音真好啊！就像银铃碰银铃一样好听……”

“唱什么歌哩？”巧珍插嘴问。

“听我给你们唱！”老汉得意地头一拐，就在前面醉心地唱起来了——

走头头的那个骡子哟三盏盏的灯，
戴上了那个铜铃子哟哇哇的声；
你若是我的哥哥哟招一招手，
你不是我的哥哥哟走呀走你的路……

老汉唱完，长长吐了一口气，说：“我歇进那店，就不想走了。灵转背着她爸，偷得给我吃羊肉扁食，荞面饸饹……一到晚上，她就偷偷从她的房子里溜出来，摸到我的窑里来了……一天，两天，眼看时间耽搁得太多了，我只得又赶着牲灵，起身往口外走。那灵转常哭得像泪人一样，直把我送到无定河畔，又给我唱信天游……”

“大概唱的是《走西口》吧？对不对？”加林笑着说。

“对着哩！”说着，老汉又忍不住唱了起来。他的声音是沙哑的，似乎还有点哽咽；并且一边唱，一边吸着鼻涕——

哥哥你走西口，
小妹妹实难留；
手拉着哥哥的手，

送你到大门口。

哥哥你走西口，
小妹妹送你走；
有几句知心话，
哥哥你记心头：

走路你走大路，
万不要走小路；
大路上人马稠，
小路上有贼寇。

坐船你坐船后，
万不要坐船头；
船头上风浪大，
操心掉在水里头。

日落你就安生，
天明再登程；
风寒路冷你一个人，
全靠你自操心。

哥哥你走西口。
万不要交朋友；
交下的朋友多，
你就忘了奴——

有钱的是朋友，
没钱的两眼瞅；
哪能比上小妹妹我，

天长日又久……

德顺老汉上气不接下气地唱着。到后来，已经曲不成调，变成了一句一句地说歌词；说到后来，竟然抽抽搭搭哭起来了；哭了一阵，又嘿嘿笑出了声，说："啊呀，把它的！这是干甚哩！老呀老了，还老得这么不正相！哭鼻流水的，惹你们娃娃家笑话哩……"

巧珍不知什么时候已经靠在了加林的胸脯上，脸上静静地挂着两串泪珠。加林也不知什么时候，用他的胳膊搂住了巧珍的肩头。月亮升高了，远方的山影黑黝黝的，蒙上一层神秘的色彩。路两边的玉米和高粱长得像两堵绿色的墙；车子在碎石子路上碾过，发出轻微的沙沙声；路边茂密的苦艾散放出浓烈清新的味道，直往人鼻孔里钻。好一个夏夜啊！

"德顺爷，灵转后来干啥去了？"巧珍贴着加林的胸脯，问前面车子上黯然神伤的老汉。

德顺老汉叹了一口气："后来，听说她让天津一个买卖人娶走了。她不依，她老子硬让人家引走了……天津啊，那是到了天尽头了！从此，我就再也没见我那心上的人儿！我一辈子也就再不娶媳妇了。唉，娶个不称心的老婆，就像喝凉水一样，寡淡无味……"

巧珍说："说不定灵转现在还活着？"

"我死不了，她就活着！她一辈子都揣在我心里……"

车子拐过一个山峁，前面突然亮起了一片灯火，各种建筑物在月亮和灯火交织的光气里，影影绰绰地显露了出来——县城到了。

德顺老汉摸出酒壶抿了一口。他手里虽然不拿鞭子，也还像一个吆牲灵出身的把式那样，胳膊在空中一抡："嘚儿——"

两辆车子轻快地跑起来，驴蹄子嘚嘚地敲打着路面，拐上了大马河桥，向县城奔驰而去……

第十二章

加林和德顺爷灌满一车子粪以后，老汉体力已经有点不支；加上又喝了不少酒，走路都摇摇晃晃的。加林硬把老汉送到巧珍做饭的窑里，让他坐到热炕头上歇着；他就一个人拉着另一个架子车去掏粪。

他拉着车，尽量不走大街，也尽量不走灯光明亮处。虽然已经到夜里，街巷里基本没什么行人，但他仍然紧张地防备着，生怕碰见熟人和同学。

他拉着架子车，在街道北头那边一些分散的机关单位之间转悠。这个季节，乡里来城里掏粪的人很多；有时在一个单位的厕所里，茅坑底上还刮不了一担粪。他已走了几个单位，架子车的大粪桶还没装满一半。

前面就是县广播站。他犹豫地站在了街角一个暗影里。他想起了他的同学黄亚萍。

他站了一会儿，决定还是不去广播站的厕所掏粪。

他远远地绕开路，向车站那边走去——那里过往人多，说不定厕所里粪要多一些。

他在灯光若明若暗的街道上走着，心里忍不住感叹：生活的变化真如同春夏秋冬，一寒一暑，差别甚远！三年前，这样的夜晚，他此刻或者在明亮温馨的教室里读书；或者在电影院散场的人群里，和同学们说说笑笑走向学校。要不，就是穿着鲜红的运动衣，潇洒地奔驰在县体育场的灯光篮球场上，参加篮球比赛，听那不绝耳的喝彩声……

现在，他却拉着茅粪桶，东避西躲，鬼鬼祟祟，像一个夜游鬼一样。他忍不住转过头，又望了一眼灯光闪烁的广播站。黄亚萍此刻在干什么呢？读书？看电视？喝茶？

他很快觉得自己有点可笑了。自己现在这副样子，想这些干啥呢？他现在应该赶快把这车子粪装满才对。是的，人做啥就为啥操心哩！他现在的心思主要在掏粪上。哪个厕所要是没粪，他立刻失望丧气；哪个厕所里粪要是多一点，他高兴得直想笑！因为德顺爷爷就是这个样子，他感染了他，也使得他的心理渐渐自觉地成了这个样子。劳动啊，它是艰苦的，但也有它本身的欢乐！

高加林把粪车放在车站大门外，然后进去看厕所有没有粪。

他在厕所前面看了看，高兴得像发现了金子一般：厕所里的粪多得几乎几架子车也拉不完！

当他转到厕所后面的时候，一下子又不高兴了：不知哪里的生产队，已经在茅坑后面做了一个门，并且还上了锁。

高加林气愤地想：屎尿都有人霸占哩！他妈的，我今天要“反霸”了！

高加林的坏脾气遇到这类事最容易引逗起来。他拾起一块石头片，没有砸锁，而是把锁下面的铁扣环撬起来，打开了门。

他从车子上把粪担子和粪勺取下来，开始在车站厕所的茅坑里舀起了粪。

他刚担了一担粪灌到架子车上的粪桶里，正准备去担第二担，突然有两个壮实的年轻人也来拉粪了。他们一色的的确良裤子，红背心上面印着“先锋”两个黄字。

加林知道，这是城关“先锋”队的人。这个队是蔬菜队，富足是全县有名的。

这两个年轻人一看加林正在担粪，气呼呼地放下架子车，过来了。

“你为什么偷我们的粪？”其中一个已经挡住了加林的路。

“粪是你们的？”加林不以为然地反问。

“当然是我们的！”另一个在旁边喊叫。

“怎能是你们的？这是公共厕所，又不是你们队的人屙尿的！”

“放你妈的屁！”前面那个后生已经破口了。

“把嘴放干净！骂谁哩？”加林浑身的肌肉绷紧了。

“骂你哩！你小子知道不知道？我们为了这点粪，满年四季给车站上的干部供菜，一分钱都不要！你凭什么来偷？”旁边那个人横眉竖眼地朝他喊叫。

“放下两块钱！赔锁子！”前面那人双手叉腰，说。

“赔钱？”加林头一扭，“我还要担哩！你们这些粪霸！”说着就担着粪担往前走。

那两个人都握住了拳头。前面的那个眼明手快，当胸就给了高加林一拳。

加林两眼冒火，把粪担往地上一撂，拉起舀粪的粪勺，就向那后生砍去！

前面的人一跳，躲过去了，后面的那个刹那间也操起了粪勺。于是，三个掏粪的人就在车站的停车场上打了起来；长柄粪勺在空中飞舞，粪点子把三个人都溅了满身。迷蒙的月光静静地照耀着这个骚乱的场面。一个小伙子的脚被加林一粪勺打麻了，叫唤了一声蹲在了地下；而加林自己的脊背上却被另外一个人砍了一粪勺。

直到车站的人跑出来，才把架拉开。光头站长把双方劝说了半天，让加林不要拉了；说车站已经和先锋队订了“合同”，粪只能由他们拉。

加林在心里骂道：“还有脸说‘合同’哩！拿你这个臭厕所白换着吃

菜哩！”

他觉得再要担这粪，肯定还要打架的。人家两个人，他一个人，打不过。再说，他们离队近，要是再叫来一群人，把他打不死才怪哩！

他于是只好把粪担放在车上，拉起架子车离开了车站。

这附近只剩副食公司没去拉了。他原来主要考虑他的另一个同学张克南在那里工作，所以没去。

现在他猛然记起，克南不是已经调到副食门市去工作了吗？他很快决定去副食公司的厕所再看看。

他拉着车子，闻见自己满身的臭气；衣服和头发上都溅满了粪便。脊背上被砍了一粪勺的地方，疼得火烧火燎。他也不管这些；他只想着赶快把这车子粪装满，好早点回村——德顺爷和巧珍大概已经等急了。

他把架子车放在副食公司的大门口上，先进去看厕所有没有粪。

他从来没到过这里，找了半天才把厕所找见。他看了看，粪并不多，也很稀，但还是可以把他的粪桶子装满的。可只有一个不方便处：厕所到大门口路不太好，有几个地方很狭窄，粪车拉不到厕所旁边。

他于是决定一担一担往出担，担出来再倒进车上的粪桶里。

高加林忙碌地从车上取下粪担，到后面的厕所里担出了第一担粪。

担过副食公司院子的时候，在院子东南角一棵泡桐树下坐着的几个人，连连咂巴起了嘴，哼哼唧唧，显然嫌臭味打扰了他们在院子里乘凉。

高加林自己也觉得很抱歉。但这是没法的事。他内心里希望这些干部原谅他。

第二回他把粪担出来的时候，情况仍然是这样。但他还是硬着头皮担。

第三回担出来的时候，有一个妇女出口了，声音很大，是故意说给他听的：“迟不担，早不担，偏偏在这个时候担，臭死人了！”

高加林听见这刺耳话，忍不住脚步停住了。但他想，再有一两回车上的粪桶就装满了，忍着点，赶快装满就走。

当他把这担粪灌完，又担着空担子进了院子的时候，那妇女竟然站起来，朝他这边喊：

“担粪的！你把人臭死了！你到其他地方去担喀，甭在这里欺负人了！”

高加林一下子站在院子里，两只手气得索索抖，牙齿狠狠咬住了嘴唇：明明是她在欺负人，竟然反咬说他欺负人。

火气从他心里冒上来，又被他强压了下去。他刚才已经和别人打了一架，不愿再发生什么冲突和纠葛；而且车子上的粪桶再有一两担就能装满，忍一忍，今晚上的任务就完成了。

于是他就又去担粪了。

等这回担出来的时候，那妇女竟然又站起来，气更大了，嗓门更粗了，话也更难听了："你这人耳朵坏了？给你说了一遍你不听，还在这里担，讨厌死人了！"

她旁边一个似乎老一点的干部说："你不要费嘴舌了，叫担去；担完了就不臭了！"

"这些乡巴佬，真讨厌！"那妇女又骂了一句。

高加林这下不能忍受了！他鼻根一酸，在心里想：乡里人就这么受气啊！一年辛辛苦苦，把日头从东山背到西山，打下粮食，晒干簸净，拣最好的送到城里，让这些人吃。他们吃了，屁股一撅就屙就尿，又是乡里人来给他们拾掇，给他们打扫卫生，他们还这样欺负乡下人！

他对这个妇女产生了一种强烈的愤恨心理。

他一下子把一担茅粪放在副食公司的院当中，鼻子口里三股冒气向那棵泡桐树下走去。他要和那个放肆的女人辩几句。

当他快走到那几个人跟前的时候，那妇女先站起来，一下子不知这个愣后生要干什么呀。他旁边的几个老干部也紧张地站起来了。

高加林猛地停住了脚步，立刻感到惶愧不安了：天啊，这妇女竟然是张克南他妈！

他离她十几步远，已清楚地认出是她。他一下子不知如何是好了，前不好前，后不好后，两只手慌乱地扣起了手指头。不论怎样，他不能和克南他妈吵嘴呀！这事太叫人尴尬了！他想：怎办呀？给她道个歉？可他又没惹她！要不说个"对不起"？

正在他进退两难时，克南他妈竟然一指头指住他，问："你是哪里的？拉粪都不瞅个时候，专门在这个时候整造人呢！你过来干啥呀？还想吃个人？"

她显然已经记不得他是谁了。是的，他现在穿得破破烂烂，满身大粪；脸也再不是学生时期那样白净，变得粗粗糙糙的，成了地地道道的农民。他以前只去过克南家两三次，她怎能把他记住呢？

既然是这样，他高加林也就不想客气了。但他出于对老同学母亲的尊重，还是尽量语气平静地解释说："您不要生气，我很快就完了。这没有办法。我们在晚上进城拉粪，也是考虑到白天机关工作，不卫生；想不到你们晚上在院里乘凉哩……"

旁边那几个干部都说："算了，算了，赶快装满拉走……"

但克南他妈还气冲冲地说："走远！一身的粪！臭烘烘的！"

加林一下子恼了。他恶狠狠地对老同学他妈说："我身上是不太干净，不过，我闻见你身上也有一股臭味！"

克南他妈一下子气得满脸肉直颤，就要过来拉扯他了；亏得旁边那几个人硬把她挡住，然后叫加林不要闹了，去拉他的粪。

高加林掉转身，过去担起那担茅粪，强忍着泪水出了副食公司的大门。

他把粪倒进车子上的粪桶里，尽管还得两担才能满，他也不去担了，拉起架子车就走。

他拉着架子车，转到了通往街道的马路上，鼻子一阵又一阵发酸。城市的灯光已经渐渐地稀疏了，建筑物大部分都隐匿在黑暗中。只有河对面水文站的灯光仍然亮着，在水面上投下了长长的橘红色的光芒，随着粼粼波光，像是一团一团的火焰在水中燃烧。

高加林的心中也燃烧着火焰。他把粪车子拉在路边停下来，眼里转着泪花子，望着悄然寂静的城市，心里说：我非要到这里来不可！我有文化，有知识，我比这里生活的年轻人哪一点差？我为什么要受这样的屈辱呢？

这时候，他的目光向水文站下面灯火映红的河面上望去，觉得景色非常壮观。他浑身的血沸腾起来，竟扔下粪车子，向那里奔去。

快到河边的时候，他穿过一大片菜地。他知道这是"先锋"队的。想起刚才车站上的斗殴，他便鼻子口里热气直冒，跑过去报复似的摘了一抱西红柿。

他来到河边的一个被灯火照亮的水潭边，先把一抱西红柿抛到水里，然后他自己也跟着一纵身跳了下去。

他在水里憋着气，尽量使自己往下沉；然后又让身体慢慢浮上水面来。

他游了一阵，把西红柿一个个从水面上捞起，洗净，又扔到岸上。他自己也拖着水淋淋的衣服爬上来，一屁股坐下，抓起一个西红柿，狼吞虎咽吃了起来……

高加林折腾了半夜，才和德顺老汉、巧珍拉着两架子车茅粪回到村里。

巧珍先回了家。他和德顺老汉把粪倒在村前的粪坑里，拿土盖起来。

德顺老汉独个儿去经管牲口去了。他便怀着一颗怏怏不快的心回到了家里。

他父亲在前炕上拉呼噜；他母亲爬起来，问他怎这时候才回来？

他没有回答，在箱子里寻找干衣服。他母亲摸索着，从后炕头的针线篮里取出一封信递给他，说："你二爸来的。你先看，我睡呀，明早上再给我们念……"说完就躺下睡了。

高加林先没换衣服，赶忙拆开信，凑到煤油灯前看起来——

大哥、嫂嫂：

你们好！

我要告诉你们一个好事：组织已经同意了我的请求，让我转业到咱们地区工作了。现在听地方上来函说，初步决定安排让我在地区专署当劳动局长。

我是很高兴的，几十年离别家乡，梦里都常想回来。现在我也年过半百，俗话说，落叶归根；在家乡度过晚年是我最大的愿望。

我的几个孩子都已在新疆参加了工作，为了不给党增添麻烦，就让他们在当地工作吧，不转回来了。我和孩子妈，再有最小的加平，一共三口人回来。

我要是回到咱地区，等工作定下来，就准备回咱村子一回，看望你们。

余言见面再叙。

弟：玉智

高加林看完信，激动得在炕栏石上狠狠拍了一巴掌，大声喊：

"爸！妈！快醒一醒……"

第十三章

早饭时分，一辆草绿色的吉普车开进高家村，在村子中央那块空场地上停下来。

高玉德当兵走了几十年的弟弟回来了！消息风快就传遍了全村。村里的人，不论大人还是娃娃，纷纷丢下正在吃饭的碗，向高玉德家的破墙烂院里涌来了。

高家村好多年都没有这样热闹过。老婆老汉们拄着拐杖，媳妇们抱着吃奶娃娃，庄稼人推迟了出山的时间，学生娃们背着上学起身的书包，熙熙攘攘，大呼小叫，纷纷跑来看“大干部”。全村的狗不知这里发生了什么事，也吠叫着跟人跑来了。村子里乱纷纷的，比谁家娶媳妇还红火。

高玉德家的窑里已经挤满了人。更多的人都拥在院子里和埝畔上，轮流挤到门口，好奇地看他们村在门外的这个最大的人物。

加林妈在旁边窑里做饭。好多婆姨女子都在帮助她。有的拉风箱，有的切菜，有的擀面。遇到这样的事，所有的邻居都乐意帮忙。

高加林从叔父的提包里拿出许多糖，正给人群里的娃娃们散发。他尽量想保持一种含蓄的态度，但掩饰不住的兴奋仍然使他容光焕发，动作也显得比平时零碎了。

高玉德、高玉智两弟兄被一群年纪大的人包围在他家的脚地当中。玉智已经换上了地方干部的服装，比他哥看上去不是小十岁，而是小二十岁。他身材不高，但挺胖，红光满面，很少有皱纹。头发还是乌黑的，只是两鬓角夹杂几根白发。他笑容满面，辨认他小时候的伙伴们。这些人都已年过半百，又亲切又拘束地接过他双手敬上的纸烟。德顺老汉和另外一些长辈进来的时候，玉智把他们一个个搀扶着坐在炕栏石上，问他们的身体和牙口怎样？这些老汉们又都从炕栏石上溜下来，在他身上摸一摸，或者拍一拍，纷纷张开没牙的嘴抢着嚷嚷：

“啊，好身体……”

“听说你身上挂了不少彩？”

“有一阵子，你杳无音信，还传说你牺牲了呢！”

“哈呀，就听说你而今把官熬大了！”

……

高玉智笑呵呵地回答他们的问话。玉德老汉站在他旁边，嘴里噙着旱烟锅，一边笑，一边用瘦手抹眼泪。

陪同高玉智回村的县劳动局副局长马占胜同志，出去解了个手，就再挤不进高玉德家的院里了。

高加林在埝畔上碰见他，硬拉着他往回挤。但马占胜说："先等等。你叔父几十年第一次回家，村里人都想看他哩！你要是不忙，咱先到吉普车里坐一坐！"

加林今天很高兴，说他现在没什么事，就和老马向吉普车那边走去。

吉普车里已经挤满了一群娃娃。占胜要赶他们下来，加林拦住他说："算了，算了，娃娃们没见过这东西，叫坐一坐，咱先就在这树下站一会儿。"

占胜一条胳膊亲热地搂着加林的肩头，对他说："旁的事我先不和你拉搭；我先只对你说一句话，你的工作我们会很快妥善解决的……"

高加林的心猛一阵狂跳。这句话对他的神经冲击太大了！在他还没有反应过来的时候，高明楼已经站在了他们面前。

明楼笑着说："加林，你还不回家招呼你二爸去？你爸你妈人老了，手脚不麻利，家里又再没个人……"他说完转过身，热情地和马占胜握起了手。

加林说："老马挤不到我家里，我陪他在这儿站一会儿。"

明楼说："你去你的。叫马局长先到我家里坐一坐。另外，你告诉你妈，你叔父头一顿饭在你们家吃，下一顿饭就不要准备了，我们家已经准备上了。啊呀，多不容易呀！玉智几十年闹革命不回家，说什么也得在我家里吃一顿饭！"他转过头对占胜说："玉智是我们村在门外最大的干部，是整个高家村的光荣！"

"高玉智同志现在是咱们地区的劳动局长，我的直接上级。"马占胜对高明楼说。

"我已经知道了！"高明楼一边说，一边让加林回家忙去，他便拉着马占胜到前村他们家去了。

吃过饭以后，加林跟着父亲和叔父上了祖父祖母的坟地。

祖坟在村子后面一个向阳的山坡上。两座坟堆上长满了茂密的蒿柴茅草——两位老人在这里已经长眠十几年了。

玉德老汉从随手提来的竹篮里取出一些馍和油糕，放在石头供桌上；又拿出一把黄表纸点着烧了；然后拉着玉智和加林跪下磕头。玉智稍犹豫了一下，但看见他哥脸像黑霜打了一般难看，就跟着跪下了。在这样的场合，劳动局长只得入乡随俗。

他们三个连磕了三个头。加林和他叔父站了起来。玉德老汉却一头扑在黄土地上，啊嘿嘿嘿嘿地哭开了，弄得他两个都很尴尬。听见他哥伤心的哭声，玉智也掏出手帕抹着不断涌出来的泪水。他从小离开父母亲，直到他们入土，他也再没见他们。他记起在他小时候老人们受的苦，又想到他以后一直没有在他们身边，也由不得失声痛哭起来。加林皱着眉头在一边看他们哭。

两弟兄哭了一阵后，玉智把他哥搀扶起来。玉德老汉哽哽咽咽说："咱老人……活的时候……把罪受了……"

高玉智非常内疚地说："我一直在外，没好好管老人，想起来心里很难过。这已经没法弥补了。现在，我已回到咱家乡工作了，以后我要尽量帮扶你们哩……有什么困难，你就说，哥！我要把对咱老人欠的情，在你和嫂子身上补起来……"

高玉德怔了一阵，说："我们老两口也是快入土的人，没什么要牵累你的。现在农村政策活了，家里有吃有穿，没什么大熬煎。要说大熬煎，就是你这个侄儿子！"他朝加林看了看："高中毕了业，就在村里劳动。人家有腿的，都走后门工作了，他……"

"你不是在村里教书着哩？"玉智转过头问加林。

没等加林回答，玉德老汉赶忙说："现在学生娃少了，用不了那么多教师，就回来了。"他生怕加林在他兄弟面前告高明楼。他不愿意让玉智知道明楼下了加林的教师。不管怎说，明楼是他们村的领导，不能惹！玉智屁股一拍就走了，但他们要和明楼在一个村生活一辈子哩！

高玉智沉默了一会儿，对他哥说："好哥哩，按说，你提出什么要求，我都要尊哩！但这件事你千万不要为难我！我任职后，地委和专署领导找我谈了话，说地区劳动局的前任局长，就是走后门招工太多，民愤很大，才撤换了的。领导说我刚从部队下来，又一直是做政治工作的，就让我担任了这个职务。这是信任我哩！我怎能辜负组织的信任，刚上任就做这些违法事呢？其他事怎样都可以，但这种事我可是坚决不能做啊！哥，你要理解我的心情哩……”

高玉德老汉听兄弟这么一说，思谋了半天，说：“既然是这样，也就不能为难你了。唉……”老汉长叹了一口气，拍了拍膝盖上的土，便叫玉智和加林回村；他说走时明楼一再安咐，他们家的饭做好了，专门等着玉智哩……

高明楼此刻正和马占胜在他的“会客室”里拉话。

明楼现在心里很慌，生怕高加林给他叔父告他，说他走后门让自己儿子当了教师，而把他弄回队里参加了劳动。当时这事是他和占胜共同谋划的，因此这两个当事人现在首先就谈这事。

“万一这事让高局长知道了怎办？”明楼问正在喝茶的马占胜。

占胜咧嘴一笑：“有个比教师更好的工作让他干，他还能再对咱说一长二短吗？”

“更好的工作？”明楼瞪起眼，“现时国家又不在农村招工招干，哪有比民办教师更好的工作？”

“正好最近地区给咱县上的小煤窑批了几个指标。当然，这几个指标本来没城关公社的，因为城关以前走的人太多了。”马占胜接过明楼递上的纸烟，点着吸了一口。

“加林恐怕不愿去掏炭！”

“谁让他掏炭哩？现在县委通讯组正缺个通讯干事，加林又能写，以工代干，让他就干这工作，保险他满意！”

“这恐怕要费周折哩！”

“我早把上上下下弄好了。到时填个表，你这里把大队章子一盖，公社和县上有我哩。反正手续做得合合法法，捣鬼也要捣得实事求是嘛！”

马占胜一句不通顺的笑话，不光逗笑了高明楼，他把自己也逗笑了。

两个人哈哈大笑了一番，明楼才问：“高局长提起给加林找工作的事没？”

“啊呀！你就在高家村是个精明人！”马占胜讥讽地看了一眼高明楼，“而今办这类事，哪个笨蛋领导明说哩？这就看手下人的心眼活不活嘛！咱主动给领导把这种事办了，领导表面上还批评你哩，可心里恨不得马上把你提拔了！”

高明楼惊得张开嘴半天合不拢。他心里想：怪不得占胜年纪不大，三十刚出头，就从公社的一般干部提成副局长了！这人不得了，以后的前程大着哩！

正在他俩拉话的时候，三星已经引着高玉智进了院子。

明楼和占胜慌忙迎了出去。

高明楼把地区和县上的两位局长接进“会客室”，他老婆上茶，他的大媳妇敬烟点火。

高玉智本不想来这里，但他哥不让；让他一定得去吃这顿饭！说明楼是村里的领导人，不能伤了他的脸。再说，老先人都姓高！他只好来了。

高明楼让占胜先陪高局长喝茶抽烟，他过来在厨房里安咐他老婆和儿媳妇先别忙着上菜。

他出了院子，把正在院墙角里抽烟的三星叫过来，压低声音问：

“你怎不把你高大叔和加林也叫来？”

“你没给我安咐叫他两个嘛！”他儿子困惑地看着他爸恼悻悻的脸。

“糊脑松！实实的糊脑松！你他妈的把书念到屁股里了！你快给我再叫去！”

在上饭的前一刻，高玉德终于被三星捉着胳膊拉来了。

明楼慌忙出去，亲热地扶住他的另一条胳膊，问：“加林怎不来？”

玉德老汉说：“那是个犟板筋，不来就算了！”

高玉德立刻被明楼父子俩簇拥着进了窑，扶在了上席上；高玉智和马占胜分坐在两边。明楼在下席上落了座。

饭菜很快就上来了。偌大的红油漆八仙桌，挤满了碟子、盆子、大碗、小碗，山珍和海味都有，比县招待所的客饭要丰盛得多。这家伙不知从哪里搞来这么多稀罕东西！

明楼起来敬酒。第一杯满上，双手齐眉举起，敬到高玉德面前。

高玉德两只瘦手哆哆嗦嗦接过了酒杯。一杯酒下肚，老汉的五脏六腑搅成了一团！他看看高明楼满脸巴结的笑容，又看看身边的弟弟，老汉内心那无限的感慨，还用在这里细细摆出来吗？

半个月以后，高玉德的独生子高加林就成了国家正式工人；并且只去县煤矿报个到，而后就要在县委大院当干部了。他是怎样走到这一步的？中间经过些什么手续？这些连他自己也不知道。他只填了一张招工表，其余的事都由马占胜一手包办了。

生活在一瞬间就发生了巨大的转折！

村里人对这类事已经麻木了，因此谁也没有大惊小怪。高加林教师下了当农民，大家不奇怪，因为高明楼的儿子高中毕业了。高加林突然又在县上参加了工作，大家也不奇怪，因为他的叔父现在当了地区的劳动局长。他们有时也在山里骂现在社会上的一些不正之风，但他们的厚道使他们仅限于骂骂而已。还能怎样呢?

高加林离开村子的时候，他父亲正病着。母亲要侍候他父亲，也没来送他。

只有一往情深的刘巧珍伴着他出了村，一直把他送到河湾里的分路口上。铺盖和箱子在前几天已运走了，他只带个提包。巧珍像城里姑娘一样，大方地和他一边扯一根提包系子。

他们在河湾的分路口上站住后，默默地相对而立。在这里，他曾亲过她。但现在是白天，他不能亲她了。

“加林哥，你常想着我……”巧珍牙咬着嘴唇，泪水在脸上扑簌簌地淌了下来。

加林对她点点头。

“你就和我一个人好……”巧珍抬起泪水斑斑的脸，望着他的脸。

加林又对她点点头，怔怔地望了她一眼，就慢慢转过了身。

他上了公路，回过头来，见巧珍还站在河湾里望着他。泪水一下子模糊了高加林的眼睛。

他久久地站着，望着巧珍白杨树一般可爱的身姿；望着高家村参差不齐的村舍；望着绿色笼罩了的大马河川道；心里一下子涌起了一股无限依恋的感情。尽管他渴望离开这里，到更广阔的天地去生活，但他觉得对这生他养他的故乡田地，内心里仍然是深深热爱着的!

他用手指头抹去眼角的泪水，坚决地转过身，向县城走去。

在前面，在生活的道路上，他将会怎样走下去呢?

第十四章

高加林进县城以后，情绪好几天都不能平静下来。一切都好像是做梦一样。他高兴得如狂似醉，但又有点惴惴不安。他从田野上再一次来到城市。不过，这一次进来非同以往。当年他来到县城，基本上还是个乡下孩子，在城市的面前胆怯而且惶恐。几年活跃的学校生活，使他渐渐把自己的思想感情和生活习惯与城市紧密地融合在了一起；他很快把自己从里到外都变成了一个城里人。农村对他来说，变得淡漠了，有时候成了生活舞台上的一道布景，他只有在寒暑假才重新领略一下其中的情趣。

正当他和城市分不开的时候，城市却毫不留情地把他遣送了出来。高中毕业了，大学又没考上，他只得又回到自己已经有些陌生的土地上。当时的痛苦对这样一个向往很高的青年人来说，是可想而知的，也是可以理解的。但这并不是通常人们说的命运摆布人。国家目前正处于困难时期，不可能满足所有公民的愿望与要求。

如果社会各方面的肌体是健康的，无疑会正确地引导这样的青年认识整个国家利益和个人前途的关系。我们可以回顾一下我国五十年代和六十年代初期对于类似社会问题的解决。令人遗憾的是，我们当今的现实生活中有马占胜和高明楼这样的人。他们为了个人的利益，有时毫不顾忌地给这些徘徊在生活十字路口的人当头一棒，使他们对生活更加悲观；有时，还是出于个人目的，他们又一下子把这些人推到生活的顺风船上。转眼时来运转，使得这些人在高兴的同时，也感到自己顺利得有点茫然。

高加林现在之所以高兴得如狂似醉，是他认识到，这次进县城，再不是一个匆匆过客了；他已经成了县城的一员。当然，他一旦到了这样的境地，就不会满足一生都待在这里。不过，眼下他能在这个城市占据一个位置，已经完全心满意足了。何况，他现在的这个位置在这个城市是多么瞩目啊！通讯干事，就是县上的“记者”；到处采访，又写文章又照相，名字还可以上报纸。县上开个大会，照相机一挎，敢在庄严神圣的主席台上平出平进！

他知道他今天这一切全仰仗马占胜同志。他叔父诚心诚意不给他办事！但是，他不办，有人替他办。他从自己人间天上一般的变化中，才具体地体验到了什么叫“后门”——后门，可真比前门的威力大啊！想到他是从“后门”进来的，心里也不免有些惴惴不安：现在到处都在反这东西！

但他很快又想：查出来的是少数！占胜说，哪个猫都沾腥哩！他让他放心，说出了事有他哩！于是他就尽量不往这方面想了。他觉得他既然已经成了国家干部，就要好好工作，搞出成绩来。这种心情也是真实的。他有时还把他的变化归到了党的关怀上，下决心努力为党工作——并且还庄严地想：干脆，明年就写入党申请书！

他的领导叫景若虹。老景比他大十几岁，瘦高个，戴一副白框眼镜。他“文化大革命”开始那年在省上师范大学中文系毕业。在高加林来之前，老景是县上唯一的通讯干事。

老景初次见面，给人的印象非常和蔼，表面上不多言语，但开口一谈吐，学问很大，性格内涵也很深。高加林很快就喜欢上了他，称他景老师。老景虽然没任命什么官，但不用说是他的当然领导。

上班后的头一两天，老景不让他工作；让他先整顿一下自己的行装和办公室，没事了出去玩一玩。

他和老景的办公室在县委的客房院里，四面围墙，单独开门。他和老景一人占一孔造价标准很高的窑洞。其余五孔窑洞是本县最高级的“宾馆”，只有省上和地委领导偶尔来一次，住几天。把通讯干事安排在这里办公，显示了县委领导对舆论宣传工作的重视。这里条件好，又安静，适合写文章。

高加林在外面晾晒完铺盖，放好了箱子。老景带他去县委办公室领了一套办公用具。桌椅板凳和公文柜在他来的前一天都已经摆好了。

所有这些弄好以后，高加林独个儿在窑里走来走去，这里看看，那里摸摸，忍不住嘴里哼起了他所喜爱的一首苏联歌曲《第聂伯河汹涌澎湃》；或者在镜子里照一会儿自己生气勃勃的脸。

一切都叫人舒心爽气！西斜的阳光从大玻璃窗户射进来，洒在淡黄色的写字台上，一片明光灿烂，和他的心境形成了完美和谐的映照。

全部安排好了。在县委的大灶上吃完下午饭，他就悠然自得地出去散步——先到他的母校县立中学。

正在假期，校园里没什么人。他徜徉在这亲切熟悉的地方，过去生活的全部事情都浮现在眼前了。手风琴的醉心的声音，学校运动会上的笑语喧哗，也在耳边喧响起来。当年同学们的脸庞一个个都历历在目。最后，他回忆的风帆才在黄亚萍的身边停下来。他和她在哪一块地方讨论过什么问题，说过什么话，现在想起来都一清二楚。

他在他经常去的几个地方分别按当年的姿势坐了坐，或躺一躺，忍不住热泪盈眶了。所有少年时期经历过的一草一木，在任何时候都会非常亲切地保留在一个人的记忆中，并且一想起就叫人甜蜜得鼻子发酸！

从学校里出来，他又去了县体育场——他是体育爱好者，是学校许多项运动队的队员。尤其是篮球，他和克南都是校队的主力。他曾在这里度过许多激动人心的傍晚！

他从体育场转出来，从街道上走了过去，像巡礼似的把城里主要的地方都转悠了一遍，最后才爬上东岗。

东岗长满了一片一片的小树林，有的树还是当年他们在清明节栽下的。山顶上是烈士陵园，埋葬着一百多名解放这座县城牺牲了的战士。那已经有些斑驳的石碑告诉人们，从那时到现在已经过去了三十多个年头。

这是县城风景最优美的地方。一般的市民兴趣都在剧院和体育场上。经常来这里的大部分是中学教师、医院里的大夫这样一些本城的知识分子。山岗很大，没几个人来，显得幽静极了。

高加林坐在一棵大槐树下。透过树林子的缝隙，可以看见县城的全貌。一切都和三年前他离开时差不多，只是街面上新添了几座三四层的楼房，显得“洋”了一些。县河上新架起了一座宏伟的大桥，一头连起河对面几个公社通向县城的大路，另一头直接伸到县体育场的大门上。

西边的太阳正在下沉，落日的红晖抹在一片瓦蓝色的建筑物上。城市在这一刻给人一种异常辉煌的景象。城外黄土高原无边无际的山岭，像起伏不平的浪涛，涌向了遥远的地平线……

当星星点点的灯火在城里亮起来的时候，高加林才站起来，下了东岗。一路上，他忍不住狂热地张开双臂，面对灯火闪闪的县城，嘴里喃喃地说：“我再也不能离开你了……”

县城南面的一场暴风骤雨，给高加林提供了第一次工作的机会。

暴雨是早晨开始下的。城里雨也不小，但根据电话汇报，雨最大的地方是南马河公社。那里好几个村庄都被洪水淹没。初步统计，有三十多个人被洪水冲走，至今没有一点踪影；窑洞和房屋被水冲垮，许多人无家可归；全公社已经展开紧张的救灾活动……

为了及时报道救灾情况，正在患感冒的景若虹决定当天亲自去南马河公社。高加林坚决不让老景去；因为雨仍然在下着，老景感冒很重，淋雨根本不行。

加林硬不让老景去，而要求老景让他去。他对老景说，他第一次出去搞工作，这正是一个考验，就是稿子写不好，他也可以把材料收集回来让老景写。景若虹只好同意了。

高加林没骑自行车，因为听说南马河的大部分路都被冲坏了。他穿了一件公用雨衣，裤子挽在半腿把上，冒雨向南马河公社赶去。

他一路上热血沸腾。他性格中有一种冒险精神——也可以说是英雄主义品格。这种精神在无聊的斗殴中显示是可悲的，但遇到这样的情况，却显得很可贵了。

他在这种时候，精力充沛，精神集中，动作灵敏，思路清晰，一刹那间需要牺牲什么，他就会献出什么！

他是黄昏前出发的，出城没走几里路，天就黑了。

雨在头上浇盖着，天黑得伸出手看不见巴掌。他尽管路不熟，但仍然几乎是小跑着向南马河走。嗓门眼渴得像要烧着火，他就随便伏在路边的水坑里喝上几口。脚不知什么时候碰破了，连骨头都感到生疼。但所有这一切反而增加了他的愉快心情——这绝不是夸大的说法！真的，高加林此刻感到他真正像个新闻记者了。他尽管一天记者也没当，但深刻理解这个行业的光荣就在于它所要求的无畏的献身精神。他看过一些资料，知道在激烈的战场上，许多记者都是和突击队员一起冲锋——就在刚攻克的阵地上发出电讯稿。多美！

高加林是县上第一个到达南马河公社的干部。县委副书记率领的救灾队伍比他迟到了整整五个钟头——已经临近天明了。

加林到南马河时，公社干部谁也不认识他。他自己给他们介绍说，他是县上新任通讯干事，赶来采访报道救灾情况的。大家一看这个二十刚出头的青年人浑身糊成个泥圪垯，脚上还流着血，立刻深受感动，赶忙给他做饭吃。公社干部们也是刚从灾情最重的一个大队回来，吃完饭，准备又起身到另一些大队去。他们一个个也都是浑身透湿，脸被泥糊得只露两只眼睛。公社书记刘玉海浑身负了七处伤，都用纱布缠着，简直就像刚从打仗的火线上下来一般。

他们硬让加林换身衣服，把脚包扎一下，然后由公社文书在家向他汇报情况，其余的人又都出发去做救灾工作了。

加林坚决不依，硬要跟大家一块去。他只从提包里拿出塑料袋包的笔记本和钢笔，就强行跟着他们出发了。公社文书开玩笑说，他要先给县上的通讯干事写一篇报道，表扬他的这种工作精神。

半路上，这支满身泥巴的队伍分成了几组，分别到几个大队去查看情况，组织救灾。

高加林和文书小马跟书记刘玉海到寺佛大队去。一路上，他们谁也看不见谁，摸索着相跟前进。河道里山洪的咆哮声震耳欲聋，雨仍然瓢泼似的倾泻着。公社文书一边跌跌爬爬，一边给他谈全公社已知的受灾情况和公社的救灾措施。高加林在心里记录着。书记刘玉海一声不吭，走在前边。

到寺佛大队后，他们刚一落脚，村里就跑来许多人，一个个哭鼻流泪，纷纷告诉刘玉海塌了多少窑，冲走了多少牲口，毁坏了多少庄稼……

刘玉海胳膊腿都缠着纱布，脸黑苍苍的，大声问队干部："人怎样？"

大家回答："人都在哩！"

刘玉海没受伤的左胳膊一抡，吼雷一般喊道："只要人在，什么也不怕！"

这一声把大家顿时喊得精神振奋了起来。刘玉海马上把队干部们拉在公社的灶火圪塄里，在地上圪蹴成一圈，商量起了救急的办法。

高加林也被刘玉海这一声喊叫强烈地震动了。他侧过头，看见圪蹴在庄稼人中间的刘玉海，形象就像《红旗谱》里的朱老忠一样粗犷和有气魄。他看到他浑身都带着伤，还这样操心老百姓的事，心里非常感动。生活中有马占胜、高明楼这样的奸猾干部，同时也有刘玉海这样的好干部啊！马占胜虽然给他走了后门，但他在内心里并不喜欢他。刘玉海虽然第一次见面，他就被这个人强烈地吸引住了。

他想起刚才老刘那声喊叫，灵感立刻来了。他把笔记本和钢笔从塑料袋里掏出来，写下了他的第一篇报道的题目:《只要有人在，大灾也不怕》。

他就着公窑里微弱的灯光，专心写起了这篇报道。外面哗哗的大雨和河道里的山洪声喧嚣成了一片巨大的声响，但他都听不见。他激动得笔杆抖颤，在本子上飞快地写着。消息报道的门路架数他都懂得——他经常读报，各种文体早都在心中熟悉了。

写完稿子后，他就跟刘玉海到救灾现场，泥一把水一把地和众人一起干了起来。

第二天早晨，他把他的报道托公社的邮递员送到了老景的手里。

晚上，他和刘玉海、文书一同回到公社，参加了一次紧急会议。会上，各队回来的干部分别汇报了情况。高加林第一次参加这样的会议，但他毫不拘束地向许多人提问，搜集具体的情况和一些英雄模范事迹。

会后，除过值班人员外，刘玉海给大家安排了三个钟头的睡觉时间，然后半夜里又准备出发。

高加林没有睡。他在煤油灯下又连续写了三篇短通讯和一篇综合报道。

他写完后，出来站在公社门前，舒展了一下胳膊腿。

这时候，县上的有线广播开始播音。首先是本县节目，广播上传来了黄亚萍圆润洪亮的普通话："……社员同志们，现在请听加林采写的报道:《只要有人在，大灾也不怕》……"亚萍的声音听起来有点激动，尤其是读到刘玉海那一段事迹时很动感情；播音节奏似乎也比平时要快一点。

高加林站在窑檐下，心咚咚地跳着，一直听完了他的第一篇报道——尊敬的景老师连一个字都没改！

一种幸福的感情立刻涌上了高加林的心头，使他忍不住在哗哗的雨夜里轻轻吹起了口哨。

第二天，加林收到老景一张纸条，上面简短写着几个字：你干得很出色。等着你的下一批报道。什么时候回县城，由你决定……

高加林遵照老景的指示，把南马河抗灾的报道一篇又一篇发回到县上。晚上和早晨，有线广播不时传来黄亚萍圆润洪亮的普通话声："……现在播送加林从南马河抗灾第一线采写的报道……"

一直到第五天，高加林才随县委的慰问团一起回到了城里。

第十五章

高加林从南马河回来以后，倒在床上就什么也不知道了。

他已经整整睡了一个晚上。第二天，他连早饭也没起来吃，继续睡。

他在迷糊中，突然听见好像有人敲门。起先他以为是敲老景的门。仔细一听，却是敲他的门。他想，大概是老景叫他哩！赶忙从床上起来，一边穿衣服，一边对门外说："景老师，你进来！"

门外传来一阵咯咯的笑声。一听是个女的！

他赶忙又朝门外喊："先等一等！"

他很快把衣服穿上，前去开门。

门一打开，他惊讶地后退了一步：原来是黄亚萍！

亚萍手扶住门框，含笑望着他。她已不像学校时那么纤弱，变得丰满了。脸似乎没什么变化，不过南方姑娘的特点更加显著：两道弯弯的眉毛像笔画出来似的。上身是一件式样新颖的薄薄的淡水红短袖，下身是乳白色筒裤，半高跟赭色皮凉鞋——这些都是高加林一瞥之中的印象。

黄亚萍走进高加林的办公室，说："你到县上工作了，为什么不来找我们？当了大记者，把老同学不放在眼里了！"

高加林慌忙解释说，他刚来，比较忙乱；接着很快又去了南马河；说他正准备这两天去看她和克南。

"克南怎没来？"加林一边给老同学倒水，一边问。

黄亚萍说："人家现在是实业家，哪有串门的心思！"

加林把茶杯放在黄亚萍面前，过去坐在床上，说："克南的确是个实业家，很早我就看出他发展前途很大，国家现在正需要这样的人才。"

"别说克南了，让他当他的实业家去！"亚萍开玩笑说，"说说你吧！你一定累坏了！南马河那些抗灾报道写得太好了，有几篇我广播录音时都流了泪……"

"没你说的那么好。头一次写这类文章，很外行，全凭景老师修改。"加林谦虚地说，但他心里很高兴。

"你比在学校时又瘦了一些。不过好像更结实了，个子也好像又长高了。"亚萍一边喝茶，一边用眼睛打量他。

加林被她看得有点不好意思，搪塞说："当了两天劳动人民，可能比过去结实一些……"

亚萍很快意识到了加林的局促，自己也不好意思地把目光从加林身上移开，低头喝起了茶水。

他们沉默了一会儿。

黄亚萍低头喝了一会儿茶，才又开口说："你到了城里，我很高兴，又有个谈得来的人了。你不知道，这几年能把人闷死。大家都忙忙碌碌过日子，天下事什么也不闻不问。很想天上地下地和谁聊聊天，满城还找不下一个人！"

“你说得太过分了。这样的人有的是，可能你不太熟悉的缘故。你太傲气了，一般人不容易接近你。”加林笑着说。

黄亚萍也笑了，说：“可能有这方面的原因，但我的确感到生活过得有点沉闷。我希望能有一点浪漫主义的东西。”

“好在有克南哩……”加林自己也不知道为什么顺口说出了这句话。

“克南你又不是不知道！人心眼倒不坏，但我总觉得他身上有情趣的东西太少了。不过，这几年他还是给了我不少帮助……你大概知道我们后来的……情况。”黄亚萍的脸红了。

“从旁听到过一点。”加林说。

“你今天中午到我们家去吃饭吧！”黄亚萍抬起头，热情地邀请他。

加林赶忙说：“不了，不了，我根本不习惯去生人家吃饭。”

“我是生人吗？”黄亚萍有点委屈地问他。

“我是说我不认识你父母亲。”

“一回生，二回熟！”

“谢谢你的好意，我不……”

“怕人？”

“嗯……”

“乡巴佬！”黄亚萍咯咯笑了。

高加林并没有为这句嘲笑话生气。他很高兴亚萍这种亲切的玩笑。以前在学校时，她就常开玩笑叫他乡巴佬。

“乡巴佬就乡巴佬。本来就是乡巴佬。”他高兴地看了一眼黄亚萍。

亚萍也看着他说：“你实际上根本不像个乡下人了。不过，有时候又表现出乡里人的一股憨气，挺逗人的……你不去我们家吃饭就算了，但你可要常来广播站，咱们好好聊聊天，像过去在学校一样，行吗？”

高加林一时不知该如何回答。过去学校的生活又一幕一幕在眼前闪过。不过，那时他们还是孩子，都很单纯。而现在，他们都已二十多岁了，还能像过去那样无拘无束地交往吗？说心里话，他很愿意和亚萍交谈。他们性格中共同的东西很多，话也能说到一块。但他知道再很难像学生时期那样交往了。他们都已经成了干部，又都到了一个惹人注目的年龄。再说，她和克南已经是恋爱关系，他必须考虑到这个因素。

他犹豫了一下，见亚萍还看着他，等他说话，便支支吾吾说："有时间，我一定去广播站拜访你。"

"外交部的语言！什么拜访？你干脆说拜会好了！我知道你研究国际问题，把外交辞令学熟练了！"

高加林忍不住大笑了，说："你和过去一样，嘴不饶人！好吧，我一定去广播站找你！"

"你不去也行。我到你这里来！"

加林有点不高兴了，说："亚萍，我请求你不要经常来我这里。我刚工作，怕影响……很对不起……"

黄亚萍也马上觉得，她自己今天已经有点失去了分寸，便很快站起来，没什么合适的掩饰话，只好说："我开玩笑哩！你赶快休息吧，我走了……真的，有时间到广播站来拉拉话，咱们从学校毕业后，分别已经三年多了……"

高加林很诚恳地对她点点头。

黄亚萍从县委大院出来后，感到胸口和额头像火烧似的发烫。高加林的突然出现，把她平静的内心世界搅翻了！

中学毕业以后，她在县上参加了工作，加林回了农村，他们从此就分手了。分别后最初的一年，她时不时想起他。过去在学校他们一块那些很要好的交往情景，也常在她眼前闪来闪去。她有时甚至很想念他。她长这么大，跟父亲走过好几个地方上学，所有她认识的男同学，都没有像加林这样印象深刻。她原来根本看不起农村来的学生，认为他们不会有太出色的人。但和加林接触后，她改变了自己的看法。加林的性格、眼界、聪敏和精神追求都是她很喜欢的。

后来，他们分开了，虽然距离只有十来里路，但如同两个世界。毕业时，他们谁也没有相约再见的勇气啊！就这样，一晃就是三年。直到前不久她在车站送克南出差时，才又看见了他。那次见面，弄得她精神好几天都恍恍惚惚的。

高中毕业后，克南比在学校时更接近她了。他经常三一回五一回往广播站跑，给她送吃送喝。来了什么时兴货，也替她买来了。她起先很讨厌他这样。在学校时，克南就常找机会给她献殷勤，她总是避开了——她的交往兴趣主要在高加林身上。但是，现在她工作了，单位上人生地疏，她的傲性子别人又不好接近，也确实感到有点孤独。克南总算同学几年，相互也比较了解，后来她就渐渐和克南好起来。她发现克南做啥事有股实干劲，心地也很善良，尤其在生活方面，他是一个很周到的人。他身上有些东西她不喜欢，他自己也有所察觉，在她面前尽量克服着。他也真有闲心。她一般生病从不告诉父母亲，常一个人在单位躺着。但瞒不住克南。他立刻就像一个细心的护士和保姆一样守护在她身边。他做一手好菜，一天几换样侍候她吃。

她渐渐受了感动，接受了克南对她的爱情。双方父母也都很满意。这两年，他们的感情已经比较平稳地固定了下来。她对克南也开始喜欢了。他虽然风度不很潇洒，但长得也并不难看。标准的男子汉体格，肩膀宽宽的，这几年在副食部门工作，身体胖了一些，但并不是臃肿，反而增加了某种男子汉气概。她和他一同相跟着看电影，也是全城比较瞩目的一对。

前不久，军分区已基本同意亚萍父亲提出转业到老家江苏地方上工作的请求。父亲在那边的工作地点基本联系好了，在南京市内。亚萍是独生女，按规定，可以在父母身边工作。他父亲的一个老战友在江苏省级机关任领导职务，去年回老家时路过南京，这个叔叔听了她的播音，当时就让她到江苏人民广播电台当播音员。现在她要是回到南京，干这工作基本没问题。问题是克南。但他父亲已经给南京的许多老战友写了信，给克南联系工作单位，准备让克南和他们家一同调过去……

生活本来一切都是在平静、正常和满意中进行的。可是，现在却突然闯进来个高加林！

当亚萍第一次播送加林在南马河采写的抗灾报道时，才从老景那里知道，加林已经是县委的通讯干事了。她念着他那才气横溢的文章，感情顿时燃烧了起来，过去的一切又猛然地出现在她的眼前。她在录广播稿时，面对旋转的磁盘，的确落了泪，但并不完全是稿件的内容使她受了感动，而是她想起了她和加林过去在学校里的那些生活。她现在才清楚，她实际上一直是爱他的！他也是她真正爱的人！她后来之所以和克南好了，主要是因为加林回了农村，她再没有希望和他生活在一块儿。不必隐瞒，她还不能为了爱情而嫁给一个农民；她想她一辈子吃不了那么多苦！

现在，加林已经参加了工作，那个对她来说是非常害怕的前提已经不复存在。在同等条件下，把加林和克南放在她爱情的天平上称一下，克南的分量显然远远比不上加林了……于是，她今天早晨刚听说加林回来了，就忍不住跑来看望他……

现在她走在返回广播站的小路上，心情又激动又难受。她现在看见加林变得更潇洒了：颀长健美的身材，瘦削坚毅的脸庞，眼睛清澈而明亮，有点像小说《钢铁是怎样炼成的》里面保尔·柯察金的插图肖像；或者更像电影《红与黑》中的于连·索黑尔。

“如果我和他一块生活一辈子多好啊！”亚萍一边走，一边心里想。可是，她马上又觉得很难受，因为她同时想起了克南。

“哎呀，走路低着个头，小心跌倒！”

迎面一声话音，惊得亚萍抬起了头：她正想克南的事，克南他妈就在她眼前！她不喜欢克南他妈——药材公司副经理身上有一股市民和官场的混合气息。

克南妈把手里提的几条肥鱼扬了扬，说：“中午来！南方人在咱这里真是受罪，一年都吃不上个鱼！这是副食公司刚从后山公社的水库里捞出来的……”

“伯母，我不去，我在你们家已经吃得太多了。”亚萍尽量笑着说。

“看这娃娃说的！我们家怎么成了你们家！”

亚萍一下子被克南他妈这句饶口的话逗笑了，也马上饶舌说：“你们家怎么成了我们家？”

克南妈也被逗得哈哈大笑了。

亚萍对她说：“我今天胃不舒服，不想吃饭。我要赶快回去躺一会儿。”

“要不要药？公司门市上新进了一种胃疼片，效果……”

“我有，不麻烦您了。”

亚萍说完，就匆匆从克南妈身边绕过去，向广播站走去。

她一进自己的房子，一下子就躺在床铺上。她从头下面拉出枕巾，把自己的脸蒙起来。

刚躺下不一会儿，就听见有人敲门。她厌烦地问：“谁？”

“我。”克南的声音。

她烦躁地下去开了门。

克南一进来，高兴地对她说：“中午到我家吃鱼去！刚打出来的鲜鱼！我买了几条，我妈已经提回去了……”

“你们母子就知道个吃！吃！你看你吃得快胖成个猪了！去年新织的毛衣，刚穿一冬，领子就撑得像桶口一般大！”黄亚萍气冲冲地又躺在了床上，拿枕巾把脸盖起来。

这一顿劈头盖脸的冰雹，打得张克南就像折了腰的糜子，蔫头耷脑地站在脚地上，不知如何是好；亲爱的亚萍今天发生了什么事？

他不知所措地两只手互相搓了一会儿，走过去，轻轻把蒙在亚萍脸上的枕巾揭开。

亚萍一把夺过去，又盖在脸上，大声喊叫说：“你走开！”

张克南惶惑地倒退了两步，哭一般说：“你今天倒究是怎了嘛……”

过了好一会儿，亚萍才坐起来，把脸上的枕巾抹下，尽量平静一点地对呆立在脚地上的克南说：“你别生气。我今天身体有点不舒服……”

“那今天晚上的电影你能不能去看？”克南一边从口袋里掏电影票，一边说，“听人家说这电影可好哩！巴基斯坦的，上下集，叫《永恒的爱情》。”

黄亚萍叹了一口气，说：“我去……”

第十六章

高加林立刻就在县城成了一个引人注目的人物。他的各种才能很快在这个天地里施展开了。地区报和省报已经发表了他写的不少通讯报道；并且还在省报的副刊上登载了一篇写本地风土人情的散文。他没多时就跟老景学会了照相和印放相片的技术。每逢县上有一些重大的社会活动，他胸前挂个带闪光灯的照相机，就潇洒地出没于稠人广众面前，显得特别惹眼。加上他又是一个标致漂亮的小伙子，更使他具有一种吸引力了。不久，人们便开始纷纷打问：新出现在这个城市的小伙子，叫什么？什么出身？多大年纪？哪里人？……许多陌生的姑娘也在一些场合给他飘飞眼，千方百计想接近他。

傍晚的时候，他又在县体育场大出风头。县级各单位正轮流进行篮球比赛。高加林原来就是中学队的主力队员，现在又成了县委机关队的主力。山区县城除过电影院，就数体育场最红火。篮球场灯火通明，四周围水泥看台上的观众经常挤得水泄不通。高加林穿一身天蓝色运动衣，两臂和裤缝上都一式两道白杠，显得英姿勃发；加上他篮球技术在本城又是第一流的，立刻就吸引了整个体育场看台上的球迷。

在一个万人左右的山区县城里，具备这样多种才能，而又长得潇洒的青年人并不多见——他被大家宠爱是很正常的。

很快，他走到国营食堂里买饭吃，出同等的钱和粮票，女服务员给他端出来的饭菜比别人又多又好；在百货公司，他一进去，售货员就主动问他买什么；他从街道上走过，有人就在背后指画说："看，这就是县上的记者！常背个照相机！在报纸上都会写文章哩！"或者说："这就是十一号，打前锋的！动作又快，投篮又准！"

高加林简直成了这个城市的一颗明星。

不用说，他的精神现在处于最活跃、最有生气的状态中。他工作起来，再苦再累也感觉不到。要到哪里采访，骑个车子就跑了。回到城里，整晚整晚伏在办公桌上写稿子。经济也开始宽裕起来了。除过工资，还有稿费。当然，报纸上发的文章，稿费收入远没有广播站的多；广播站每篇稿子两元稿费，他几乎每天都写——"本县节目"天天有，但县上写稿的人并不多。

他内心里每时每刻都充满了一种骄傲和自豪的感觉，自尊心得到了最大的满足。有时候也由不得轻飘飘起来，和同志们说话言辞敏锐尖刻，才气外露，得意的表情明显地挂在脸上。有时他又满头大汗对这种身不由己的冲动，进行严厉的内心反省，警告自己不要太张狂：他有更大的抱负和想法，不能满足于在这个县城所达到的光荣；如果不注意，他的前程就可能要受挫折——他已经明显地感到了许多人在嫉妒他的走红。

这样想的时候，他就稍微收敛一下。一些可以大出风头的地方，开始有意回避了。没事的时候，他就跑到东岗的小树林里沉思默想；或者一个人在没人的田野里狂奔突跳一阵，以抒发他内心压抑不住的愉快感情。

他只去县广播站找过一回黄亚萍。但亚萍"不失前言"，经常来找他谈天说地。起先他对亚萍这种做法很烦恼，不愿和她多说什么。可亚萍寻找机会和他讨论各种问题。看来她这几年看了不少书，知识面也很宽，说起什么来都头头是道；并且还把她写的一些小诗给他看。渐渐地，加林也对这些交谈很感兴趣了。他自己在城里也再没更能谈得来的人。老景知识渊博，但年龄比他大；他不敢把自己和老景放在平等地位上交谈，大部分是请教。

他俩很快恢复了中学时期的那种交往。不过，加林小心翼翼，讨论只限于知识和学问的范围。当然，他有时也闪现出这样的念头：我要是能和亚萍结合，那我们一辈子的生活会是非常愉快的；我们相互之间的理解能力都很强，共同语言又多……

这种念头很快就被另一种感情压下去了——巧珍那亲切可爱的脸庞立刻出现在他的眼前。而且每当这样的时候，他对巧珍的爱似乎更加强烈了。他到县里后一直很忙，还没见巧珍的面。听说她到县里找了他几回，他都下乡去了。他想过一段抽出时间，要回一次家。

这一天午饭后，加林去县文化馆翻杂志，偶然在这里又碰上了亚萍——她是来借书的。

他们在一张椅子上坐下来，马上东拉西扯地又谈起了国际问题。这方面加林比较特长，从波兰"团结工会"说到霍梅尼和已在法国政治避难的伊朗前总统巴尼萨德尔；然后又谈到里根决定美国本土生产和储存中子弹在欧洲和苏联引起的反响。最后，还详细地给亚萍讲了一条并不为一般公众所关注的国际消息：关于美国机场塔台工作人员罢工的情况，以及美国政府对这次罢工的强硬态度和欧洲、欧洲以外一些国家机场塔台工作人员支持美国同行的行动……

亚萍听得津津有味，秀丽的脸庞对着加林的脸，热烈的目光一直爱慕和敬佩地盯着他。

加林说完这些后，亚萍也不甘示弱，给他谈起了国际能源问题。她先告诉加林，世界主要能源已从煤转变到石油。但七十年代以来，能源消费迅速增多，一些主要产油地区的石油资源已快消耗殆尽；新的能源危机必然要在世界出现。另外，据联合国新闻处发表的一份文件说，一九五〇年，世界陆地面积有四分之一覆盖着森林，但到今天一半的森林已经在斧头、推土机、链锯和火灾之下消失了。仅在非洲，每年大约有五百万英亩森林被当作燃料烧掉。联合国粮农组织的调查表明，全世界有一亿多人口深受燃料严重短缺之苦……

黄亚萍口若悬河，侃侃而谈。她接着又告诉加林，除了石油，现在有十四种新能源和可再生能源的复合能源，即，太阳能、地热能、风力、水力、生物能、薪柴、木炭、油页岩、焦油砂、海洋能、波浪能、潮汐能、泥炭和畜力……

高加林听她滔滔不绝地讲述着，惊讶得半天合不拢嘴。他想不到亚萍知道的东西这么广泛和详细！

接着，他们又一块谈起了文学。亚萍犹豫了一下，从口袋里掏出一片纸，递给高加林说："我昨天写的一首小诗，你看看。"

高加林接过来，看见纸上写着：

赠加林：
我愿你是生着翅膀的大雁，
自由地去爱每一片蓝天；
哪一块土地更适合你生存，
你就应该把那里当作你的家园……

高加林看完后，脸上热辣辣的。他把这张纸片递给亚萍说："诗写得很好。但我有点不太明白我为什么应该是一只大雁……"

亚萍没接，说："你留着。我是给你写的。你会慢慢明白这里面的意思的。"

他们都感到话题再很难转到其他方面了；而关于这首诗看来两个人也不好再说什么，就都从椅子上站起来，准备分手了。两个人都有点兴奋。

亚萍先走了。加林把她送给他的诗装进口袋里，从后面慢慢出了阅览室的门。

他心情惆怅地怔怔站了一会儿；正准备到县水泥厂去采访一件事，一辆拖斗车的大型拖拉机吼叫着停在他身边。

加林惊讶地看见，开拖拉机的驾驶员竟然是高明楼当教师的儿子三星！

三星已从驾驶座上跳下来，笑嘻嘻地站在他面前。

"你怎开起了拖拉机？"加林问。

"你走后没几天，占胜叔叔就把我安排到县农机局的机械化施工队了。现在正在咱大马河上川道里搞农田基建。"

"那你走了，谁顶你教书哩？"

"现在巧玲教上了。"三星说。

"她没考上大学？"

"没……"三星犹豫了一下，说，"巧珍看你来了。她就坐我的拖拉机下来的。我路过咱村，她正在公路边的地里劳动，就让我把她捎来……她在前面邮电局门前下车的，说到县委去找你……"

加林胸口一热，向三星打了个招呼，就转身急匆匆向县委走去。

高加林走到县委大门口的时候，见巧珍正在门口旋磨着朝县委大院里张望。她还没有看见他正从后面走来。

高加林望了一眼她的背影，见她上身仍穿着那件米黄色短袖。一切都和过去一样，苗条的身材仍然是那般可爱；乌黑的头发还用花手帕扎着，只是稍有点乱——大概是因为从地里直接上的拖拉机，没来得及梳。看一眼她的身体，高加林的心里就有点火烧火燎起来。

当巧珍看见他站在她面前时，眼睛一下子亮了，脸上挂上了灿烂的笑容，对他说："我要进去找你，人家门房里的人说你不在，不让我进去……"

加林对她说："现在走，到我办公室去。"说完就在头前走，巧珍跟在他后面。

一进加林的办公室，巧珍就向他怀里扑来。加林赶忙把她推开，说："这不是在庄稼地里！我的领导就住在隔壁……你先坐在椅子上，我给你倒一杯水。"他说着就去取水杯。

巧珍没有坐，一直亲热地看着她亲爱的人，委屈地说："你走了，再也不回来……我已经到城里找了你几回，人家都说你下乡去了……"

"我确实忙！"加林一边说，一边把水杯放在办公桌上，让巧珍喝。

巧珍没喝，过去在他床铺上摸摸，又揣揣被子，捏捏褥子，嘴里唠叨着："被子太薄了，罢了我给你絮一点新棉花；褥子下面光毡也不行，我把我们家那张狗皮褥子给你拿来……"

"哎呀，"加林说，"狗皮褥子掂到这县委机关，毛烘烘的，人家笑话哩！"

"狗皮暖和……"

"我不冷！你千万不要拿来！"加林有点严厉地说。

巧珍看见加林脸上不高兴，马上不说狗皮褥子了。但她一时又不知该说什么，就随口说："三星已经开了拖拉机，巧玲教上书了，她没考上大学。"

"这些三星都给我说了，我已经知道了。"

"咱们庄的水井修好了！堰子也加高了！"

"嗯……"

"你们家的老母猪下了十二个猪娃，一个被老母猪压死了，还剩下……"

"哎呀，这还要往下说哩！不是剩下十一个了吗？你喝水！"

"是剩下十一个了。可是，第二天又死了一个……"

"哎呀哎呀！你快别说了！"加林烦躁地从桌子上拉起一张报纸，脸对着，但并不看。他想起刚才和亚萍那些海阔天空的讨论，多有意思！现在听巧珍说的都是这些叫人感到乏味的话；他心里不免涌上了一股说不出的滋味。

巧珍看见他对自己这样烦躁，不知她哪一句话没说对，她并不知道加林现在心里想什么，但感觉他似乎对她不像以前那样亲热了。

再说些什么呢？她自己也不知道了。她除过这些事，还再能说些什么！她决说不出十四种新能源和可再生能源的复合能源！

加林看见巧珍局促地坐在他床边，不说话了，只是望着他。脸上的表情看来有点可怜——想叫他喜欢自己而又不知道该怎样才能叫他喜欢！

他又很心疼她了，站起来对她说："快吃下午饭了，你在办公室先等着，让我到食堂里给咱打饭去，咱俩一块吃。"

巧珍赶忙说："我一点也不饿！我得赶快回去。我为了赶三星的车，锄还在地里撂着，也没给其他人安咐……"

她从床边站起来，从怀里贴身的地方掏出一卷钱，走到加林面前说："加林哥，你在城里花销大，工资又不高，这五十块钱给你，灶上吃不饱，你就到街上食堂里买得吃去。再给你买一双运动鞋，听三星说你常打球，费鞋……前半年红利已经决分了，我分了九十二块钱呢……"

高加林忍不住鼻根一酸，泪花子在眼里旋转开了。他抓住巧珍递钱的手说："巧珍！我现在有钱，也能吃得饱，根本不缺钱……这钱你给你买几件时兴衣裳……"

"你一定要拿上！"巧珍硬给他手里塞。

他只好说："你如果再这样，我就恼了！"

巧珍看他脸上真的不高兴了，就只好委屈地把钱收起来，说："我给你留着！你什么时候缺钱花，我就给你……我要走了。"

加林和她相跟着出了门，对她说："你先到大马河桥上等我；我到街上有个事，一会儿就来了……"

巧珍对他点点头，先走了。

高加林飞快地跑到街上的百货门市部，用他今天刚从广播站领来的稿费，买了一条鲜艳的红头巾。他把红头巾装在自己随身带的挂包里，就向大马河桥头赶去。

高加林一直就想给巧珍买一条红头巾。因为他第一次和巧珍恋爱的时候，想起他看过的一张外国油画上，有一个漂亮的姑娘很像巧珍，只是画面上的姑娘头上包着红头巾。出于一种浪漫，也出于一种纪念，虽然在这大热的夏天，他也要亲自把这条红头巾包在巧珍的头上。

他赶到大马河桥头时，巧珍正站在那天等他卖馍回来的那个地方。触景生情，一种爱的热流刹那间漫上了他的心头。

他和她肩并肩走下桥头，转向大马河川道。

拐过一个山峁，加林看看前后没人，就站住，从挂包里取出那条红头巾，给巧珍拢在了头上。

巧珍并不明白她亲爱的人为什么这样，但她全身心感到了这是加林在亲她爱她！

她也不说什么，一下子紧紧抱住他，幸福的泪水在脸上刷刷地淌下来了……

高加林送毕巧珍，返回到街上的时候，突然感到他刚才和巧珍的亲热，已经远远不如他过去在庄稼地里那样令人陶醉了！

为了这个不愉快的体会，他抬起头，向灰蒙蒙的天上长长吐了一口气……

第十七章

黄亚萍的精神正处于激烈的动荡之中。她现在内心里狂热地爱着高加林，觉得她无论如何要和高加林生活在一块。她已经下决心要和张克南中断恋爱关系了。

问题是她父母亲将会怎样看待她的行为呢？她是他们的独生女儿，从小娇生惯养，父母亲抢着亲她，什么事上也不愿她受委屈。但是他们太爱克南了。这几年里，克南几乎像儿子一样孝敬他们；他们也像对待儿子一样对待他。她要是和克南断了关系，肯定会给父母亲的精神带来沉重的打击。再说，两家四个大人的关系也已经亲密得如同一家人一样。她父亲是军人，非常讲义气，一定认为这是天下最不道德的事！

不管怎样，她想来想去，还是决定非和克南断绝关系不可。不管父母亲和社会舆论怎样看，她对这事有她自己的看法。

在这个县城里，黄亚萍可以算得上少数几个“现代青年”之一。在她看来，追求个人幸福是一个人的权利和自由，“我是我自己的”，谁也没权力干涉她的追求，包括至亲至爱的父母亲；他们只是从岳父岳母的角度看女婿，而她应该是从爱情的角度看爱人。别说是她和克南现在还是恋爱关系；就是已经结婚了，她发现她实际上爱另外一个人，她也要和他离婚！

在她这方面，决心已经是下定了。现在她最苦恼的是，高加林是不是爱她呢？

从她个人感觉，高加林是很喜欢她的；而且他们在学校时就比一般同学相好。她想：就她各方面的条件来说，高加林也应该爱她！她长得虽然不像电影明星，但在这个城里就算数一数二的——她对自己的长相基本上是这样估计的。另外，她的家庭在社会上的地位和经济状况都比高加林强。更主要的是，他们很快要到南京去安家；她将会是江苏人民广播电台的播音员。她知道高加林是一个向往很远大的人，将来跟他们家去南京对他肯定有吸引力。不像张克南，在她父母面前不敢说，私下里还单独劝她不要去南京；说这地方已经人熟地熟生活过得很安乐——这人真没出息！

虽然她对加林爱她有一定的把握，但也不全尽然——有时候，他的脾气很古怪，常常有一些特别的行为。

但不管怎样，她要和他把问题谈明。她已经不能忍受了。最近以来，她吃不下去饭，晚上经常失眠，工作已经出了几次差错。大前天早晨，轮她值班，她一晚上失眠，快天明时才睡着，竟然连闹钟都没吵醒她，结果广播时间整整推迟了十五分钟。广播站长带着好几个人愣打门板才把她叫醒。因为这事，领导已经批评了她。

这天中午，她只吃了几口饭。想来想去，再不能拖下去了，于是就准备到县委去找高加林。

她刚要起身，克南却来了，气得她差点要哭出来。

“你怎又不高兴了？”克南自己也马上一脸愁相，“你最近是不是身上什么地方有病哩？干脆，我下午陪你到医院检查一下！”克南愁眉苦脸地看着她说。

“不要检查！我害的是心脏病！”亚萍往床上一躺，赌气地说，也不看他。

“心脏病？”克南慌了，“你什么时候得的？”

“哎呀！谁有心脏病？你真笨！你连个玩笑都听不来嘛！”亚萍又烦又躁地说。

“我看你不像是开玩笑，也就当成真的了。”克南松了一口气，笑着说。

他给自己倒了一杯水，坐在桌前的椅子上，说：“亚萍，加林参加工作，来县上时间已经不短了。我今天才突然想起，咱两个应该请他吃一顿饭。在学校时，咱们关系都不错，你和加林也谈得来，现在在县城里工作的同学也不多……就在国营食堂请他，那里我人熟，一个系统的，方便……”

黄亚萍躺在床上一句话也不说。

克南又问她：“你说行不行？”

躺在床上的黄亚萍转过脸，几乎是央告着说：“好克南哩，你不要扯这些了，我心烦得要命，你不要再折磨我了！你上班去，让我睡一会儿……”

克南见她这样，只好站起来。他走到门前，又折转身，准备亲一下亚萍。黄亚萍一下子把头蒙在被子里，喊叫说：“不要这样了！你快走！”

克南又失望又急躁地叹了一口气，走了。

黄亚萍躺在床上，好长时间爬不起来。她一刹那间觉得很痛苦：克南太老实了，他竟然看不出来她爱加林，还要请加林吃饭！

她觉得她对克南有点太残酷了。她暂时决定今天中午不去找加林谈了。

吃下午饭时，她心烦意乱地回到了家里。

他父亲正戴着老花镜，仔细地读报纸上的一篇社论，红铅笔在字行下一道一道画着。她母亲见她回来，赶忙从后边箱子里拿出一件衣服，说：“克南他爸去上海出差给你买的，克南妈才送来的，你试试……”

她把她妈递到手边的衣服一推，说：“先放一边去。我不舒服……”

她爸侧过头，眼睛从镜框上面瞅着她说：“亚萍，我看你最近好像精神不大对，像有什么心事？”

亚萍也不看父亲，拿梳子对着镜子认真地一边梳头发，一边说：“不久，我可能要做出一个重大的决定。不过，现在不告诉你们。”

“是不是要和克南结婚？”她母亲问她。

"不，离婚！"她说完，忍不住为这句话笑了。

她母亲也笑了，说："永远是个调皮鬼！还没结婚就离婚哩！"

她父亲又低下头看报纸，笑眯眯地，嘴里也嘟囔了一句："真是个调皮鬼……"

两位老人谁都没认真对待女儿的这句话——他们不久就会知道这句话意味着什么了。

黄亚萍现在进一步认定，她得尽快去找加林谈明她的心思。决不能再拖下去了！早一点解决了，所有的当事人精神上也就早一点解脱了。她不能再这样瞒着克南，也不能再这样折磨他了。

她梳完头，换了一身深蓝色学生装，晚饭也没吃，就从家里出来，径直向县委走去。

她来到通讯组，高加林不在办公室，门上还吊把锁。

是不是下乡去了？她感到很难受。她很快到隔壁窑洞问景若虹。老景告诉她，加林没有下乡，今天一天都在办公室写稿子，刚才吃完饭出去散步去了。

谁知道他现在在哪里散步呢？这再不好问老景了。

她犹豫了一下，还是开口问："老景，你知道高加林到什么地方散步去了？"

景若虹机警地看了她一眼，说："这我一下也说不准。有急事吗？"

"没……"黄亚萍一下子感到脸上热辣辣的。

她正准备转身走，景若虹突然拍了一下脑门，对她说："可能去东岗了，他常爱去那里溜达。"

"谢谢您。"亚萍向他点点头，便又从县委大院里出来了。

高加林此刻的确在东岗。

他靠在一棵槐树上，手指头夹着一根纸烟。他最近抽烟抽得很厉害。

整整写了一天稿子，头脑一直昏昏沉沉的。现在被野外的风一吹，又加上烟的刺激，脑子很快又清醒了。

他由不得又交替想起了黄亚萍和巧珍。他不知为什么，一闲下来就同时想这两个人。毫无疑问，亚萍已经给了他一些爱情的暗示。但他觉得又有点奇怪：她不是一直和克南很好吗？

从内心上说，亚萍以前一直就是他理想中的爱人。过去他不敢想，现在他也许敢想了，但情况又变得复杂了。她和克南已经恋爱了，而他也和巧珍恋爱了。想来想去，一切都好像已经无法挽回，他也就尽力说服自己不要再多考虑这事了。但亚萍一次又一次找他，除过语言的暗示，还用表情、目光向他表示：她爱他！

他已经是恋爱过的人，对这一切都非常敏感；而且亚萍简直等于给他明说了。

他的心潮早已开始激荡；并且感到一场风暴就要来临——他为之激动，又为之战栗！

一切将会怎样发展？什么时候闪电？什么时候吼雷？什么时候卷起狂风暴雨？

高加林靠在树干上，一边吸烟，一边胡思乱想。他觉得他想了许多问题，又觉得他什么也没想。

一场普遍的透雨落过以后，大地很快凉了下来。虽然伏天未尽，但立秋已经近二十天。在山区，除过中午短暂地炎热一会儿，一早一晚已经感到有点冷了。

高加林没有穿长袖衫，胳膊已冷得受不了。他于是便起身下山。

一层淡淡的雾气从沟底里漫上来，凉森森地带着一股潮气。他一边慢慢下山，一边向县城瞭望。城里又是灯火一片了。眼下已经没有多少人在外面乘凉，县城的大街小巷变得很清静，像洪水落下的河道。一盏又一盏橘黄色的路灯，静静地照耀着空荡荡的街面。只有十字街头还有一些人；那里不时传来卖小吃的摊贩无精打采的吆喝声……

高加林沿着一条小土路，刚下了一个小坡，看见前面上来了一个人。

他忍不住站下了。直等那人走近，他才大吃了一惊：原来是黄亚萍！

“你怎上这儿来了？”他又兴奋又惊讶地问。

亚萍两只手斜插在衣袋里，笑着说：“这又不是你家的祖坟！别人为啥不能上来？”

“一说话就和打枪一样！”加林说，“天这么黑了，你一个人……”

“谁说我一个人？”

加林赶忙又向山下的小路上望了望，说：“克南哩？怎不见他？”

“他又不是我的尾巴，跟我干什么？”

“那还有什么人哩？”

“你不是个人？”

“我？”

“嗯！”

加林一下子感到心跳得像要从胸膛里蹦出来似的。

亚萍声音突然变得非常轻柔地说：“加林，你别怕，咱们一块坐一坐。”

高加林犹豫了一下，就和她一起走到旁边一片不太茂密的小杏树林里。

他们坐下来。两个人都摘了几片杏叶，在手里捏着，摸着，撕着，半天谁也没说话。

“我要走了……”亚萍突然开口说。

“到什么地方出差去？”加林转过头问。

“不是出差，是永远离开这里！”亚萍怔怔地望着灯火闪烁的城市，说。

“啊？”加林忍不住失口叫了一声。

“……我父亲很快就要转业到南京工作，我也要调过去。”亚萍转过头对加林说。

“你愿意走吗？”加林的眼睛紧紧盯着她的眼睛。

黄亚萍把脸稍微转开一点，憧憬似的望着星光灿烂的远方，喃喃地说：“我当然愿意走！南方，是我的家乡，我从小生在那里，尽管后来跟父母到了北方，但我梦里都想念我的美丽的故乡……”她眼里似乎闪动着泪水，喃喃地念道：“江南好，风景旧曾谙。日出江花红胜火，春来江水绿如蓝。能不忆江南！……”

加林忍不住接着她念道：“江南忆，最忆是杭州。山寺月中寻桂子，郡亭枕上看潮头。何日更重游？……”

亚萍转过头，热烈地望着加林，说：“南京离杭州很近。上有天堂，下有苏杭。苏州就是江苏省的……”

“唉……”加林叹了一口气，“那些地方我这一辈子是去不成了！”

“你想不想去？”亚萍扬起头，脸上露出一种无法描述的微笑。

“我联合国都想去！”加林把手中的树叶一丢，把头扭到一边去。

“我是问你想不想去南京、苏州、杭州，还有上海？”

“不会有到那些地方出差的机会。”

"要是一个人在那些地方玩，也没什么意思！"亚萍说。

"你去不会是一个人，有克南陪你哩……"

"我希望不是他，而是你！"

高加林猛地回过头，眼睛像燃烧似的看着黄亚萍。

黄亚萍眼里泪花闪闪，激动地说："加林！自从你到县里以后，我的心就一天也没有宁静过。在学校时，我就很喜欢你。不过，那时我们年龄都小，不太懂这些事。后来你又回了农村……现在，当我再看见你的时候，我才知道我真正爱的人是你！克南我并不反感，但我实际上对他产生不了爱情。实际上，我父母亲比我更爱他……咱们在一块生活吧！跟我们家到南京去！你是一个很有前途的人，在大城市里就会有大发展。我回去可能在省广播电台当播音员；我一定让父亲设法通过关系，让你到《新华日报》或者省电台去当记者……"

高加林低下头，一只手狠狠从地里拔出一棵羊角草，又随手扔到了坡底下；接着又拔出一棵，自己也跟着站起来。

亚萍也跟着站起来；她闪着泪光的眼睛一直在盯着他的脸。

加林手在自己的光胳膊上摸了一把，说："我冷得实在受不了，咱们走吧……亚萍，你先别急，让我好好想一想……"

黄亚萍对他点点头。两个人转到小土路上，相跟着一前一后下了山……

第十八章

高加林预感到的暴风雨终于来到了。内心激烈的斗争是不可避免的。他虽然只有二十四岁，但已不是一个马马虎虎的人；而且往往比他同龄的青年人思想感情要更为复杂。

他在进行一场非常严重的抉择。

毫无疑问，黄亚萍和刘巧珍放在一起比较，不平衡是显而易见的——在他最初的考虑中，倾向就有了偏重。

他当然想和黄亚萍结合在一起。他现在觉得黄亚萍和他各方面都合适。她有文化，聪敏，家庭条件也好，又是一个漂亮的南方姑娘。在她身上弥漫着一种对他来说是非常神秘的魅力。像巧珍这样的本地姑娘，尤其是农村姑娘，他非常熟悉，一眼就能看到底。他认为她们是单纯的，也往往是单调的。

但是，黄亚萍他又了解又不了解。虽然一块交往很多，但她好像还有无数更多的东西他不知道。家庭出身和经济条件的差别，不同的生活环境和个人经历，使他们天然地隔了一层什么，这反而更增加了他对她的神秘感。他觉得她云雾缭绕，他不能走近她。中学时期的交往像雨后蓝天上美丽的彩虹一般，很快就消失了，变成了一种记忆中的印象。这印象以前也偶然从心头翻上来，叫他若有所失地惆怅一阵；但接着也就很快消失得无踪无影……

现在，这些过去曾幻想过的游丝断缕，突然就变成了一种实实在在的东西。黄亚萍已经向他表示了爱情。只要他现在愿意，他就将和她一块生活啰！生活啊，生活！有时候它把现实变成了梦想，有时候它又把梦想变成了现实！

但他不能不认真考虑他和巧珍的关系。他和她已经热烈地相爱了一段时间。巧珍爱他，不比克南爱亚萍差。所不同的是，亚萍说她对克南没有感情，而他在内心深处是爱巧珍的。巧珍的美丽和善良，多情和温柔，无私的、全身心的爱，曾最初唤醒了他潜伏的青春萌动；点燃起了他身上的爱情火焰。这一切，他在内心里是很感激她的——因为有了她，他前一段尽管有其他苦恼，但在感情生活上却是多么富有啊……

现在，当黄亚萍向他表示了爱情，并准备让他跟她去南京工作的时候，他才把爱情和他的前途联系在一起看了。他想：巧珍将来除过是个优秀的农村家庭妇女，再也没什么发展了。如果他一辈子当农民，他和巧珍结合也就心满意足了。可是现在他已经是"公家人"，将来要和巧珍结婚，很少有共同生活的情趣；而且也很难再有共同语言：他考虑的是写文章，巧珍还是只能说些农村里婆婆妈妈的事。上次她来看他，他已经明显地感到了苦恼。再说，他要是和巧珍结婚了，他实际上也就被拴在这个县城了；而他的向往又很高很远。一到县城工作以后，他就想将来决不能在这里待一辈子；要远走高飞，到大地方去发展自己的前途……现在，这一切就等他说个"愿意"就行了！

他反复考虑，觉得他不能为了巧珍的爱情，而贻误了自己生活道路上这个重要的转折——这也许是决定自己整个一生命运的转折！不仅如此，单就从找爱人的角度来看，亚萍也可能比巧珍理想得多！他虽然还没和亚萍像巧珍那样恋爱过，但他感到肯定要更好，更丰富，更有色彩！

他权衡了一切以后，已决定要和巧珍断绝关系，跟亚萍远走高飞了！

当然，他的良心非常不安——他还不是一个十恶不赦的坏蛋！克南方面他考虑得很少，主要在巧珍方面。他像一个疯子一样在自己的窑里转圈圈走；用拳头捣办公桌；把头往墙壁上碰……

后来，他强迫自己不朝这方面想。他在心里自我嘲弄地说："你是一个混蛋！你已经不要良心了，还想良心干什么……"

他尽量使他的心变得铁硬，并且咬牙切齿地警告自己：不要反顾！不要软弱！为了远大的前途，必须做出牺牲！有时对自己也要残酷一些！

现在，这个已经"铁了心"的人，开始考虑他和巧珍断绝关系的方式。他预想这是一个撕心裂胆的场面，就想用一种很简短的方式向过去告别。使他苦恼的是，巧珍一个字也不识，要不，给她写一封信是最好的断交方式了；这样可以避免双方面对面的痛苦。

他于是一整天躺在床上，考虑他怎样和巧珍断绝关系。

黄亚萍不失时机地来了，问他考虑得怎样？

他犹豫了好一会儿，才把他和巧珍的关系，大略地给亚萍说了一下。

黄亚萍听后，先是半天没说话。后来，她带着一脸的惊讶，说："你原来在农村想和一个不识字的农村女人结婚？"

"嗯。"加林肯定地点点头。

"这简直是一种自我毁灭！你一个有文化的高中生，又有满身的才能，怎么能和一个不识字的农村女人结婚？我真不理解你当时是怎样想的！"

"住嘴！"加林一下子愤怒地从床上跳起来，"我那时黄尘满面，平顶子老百姓一个，你们哪个城里的小姐来爱我？"

亚萍一下子被他的愤怒吓住了，半天才说："你这么凶！克南可从来都没对我发这么大的火！"

"你找你的克南去！"加林一下子躺在铺盖上，闭住了眼睛。一种新的烦恼涌上了心头。他心里也想："哼！巧珍从来也不这样对我说话……"

没过一会儿，亚萍来到他床边，手轻轻在他肩膀上推了一把。

高加林睁开眼，看见她眼里闪着泪光。

他仍在生气，不理她。

亚萍声音有点激动地说："加林！你千万别生气！你给我发火，我心里除不生气，反而很高兴！你不知道，张克南你就是把刀放在他脖颈上都发不起来火！有时，我真想叫这个人愤怒了，美美给我发一通火，把我骂一通，可你怎样骂他，挖苦他，他总是对你笑嘻嘻的，气得人只能流泪。我就喜欢你这种性格！男子汉，大丈夫，血气方刚……”

高加林暂时还不能知道，她这话倒究是真的还是为了与他和好而编的。但他看见亚萍两道弯弯的细眉下，一双眼睛泪汪汪的，心便软了，说："我这人脾气不好……以后在一块生活，你可能要受不了的。"

"加林！"亚萍一把抓住他的肩头，问，"那你是说，你愿意和我一块儿生活了？"

他恍惚地对她点了点头。

亚萍顺床边坐下，和他挨在一起。加林很快把自己的身子往开挪了挪。不知为什么，他此刻一下子又想起了巧珍。他觉得他这一刻无法接受黄亚萍这种表达感情的方式。

高加林沉默了一会儿，对亚萍说："我得要和巧珍把这事谈清楚……不瞒你说，我心里很不好受……请你原谅，我不愿对你说假话。"

"是的，你应该很快结束你们的不幸！"

"也可能是不幸的结束！"他像宿命论者一样回答她。

"我和克南好办，我给他写一封信就行了。在感情上我没有什么特别痛苦的，只不过同情和可怜他罢了。他倒是真心实意爱我……"

"克南是会很痛苦的……"加林叹了一口气。

"克南我先不考虑，我现在主要考虑我父母亲。他们一心喜欢克南，而且又都是老干部，道德观念完全是过去的……"

"你父亲肯定不会接受我！他们要门当户对的！我一个老百姓的儿子，会辱没他们的尊严！"加林又突然暴躁地喊着说。

亚萍用极温柔的音调说："你看你，又发脾气了。其实，我父母倒不一定是那样的人，关键是他们认为我已经和克南时间长了，全城都知道，两家的关系又很深了，怕……"

"那就算了！"加林打断她的话。

黄亚萍一下子哭了，站起来说："加林！你别这样发脾气行不行？我的事由我做主哩！我父母最后一定会尊重我的选择……现在我唯一要知道的是，你爱不爱我！是不是要和我好！"她说着，坚决地挨着他的身边坐下来了……

黄亚萍回到家里，按时作息的父母亲早已在他们的房间里睡着了。

她进了自己的房子，扭开灯，先坐在桌前的椅子上，什么也不做，静静地坐着——她的心在欢蹦乱跳！

她即刻又站起来，在镜子前立了一会儿。她看见自己在笑。

她又躺在床上；躺下后又马上坐起来。

她站在脚地当中，不知自己做什么好；思绪像浪花飞溅的流水一般活跃。先是一连串往事的片断从眼前映过，接着是刚才所发生的从头到尾的一切细节，然后又是未来各式各样幻想的镜头……

直到她洗完脸，脑子才稍微冷了一下。

晚上肯定又要失眠。失眠就失眠吧！反正明早上她不值班，另外一个人广播，她可以在家睡觉——至于明天上午能不能睡着，她也没有把握。

那么，现在该做什么呢？给克南写信？还是给父母亲"发表声明"？

父母亲已经睡着了。那么，就给克南先写信！

她刚拿出信纸、信封和钢笔，马上又改变了主意：不！还是先给父母亲谈谈！这是最主要的！让他们早一点知道更好！

于是她开了自己的门，出了院子。

这个睡不着觉的人也决心不让她父母亲睡了。

她敲了敲父母亲的门，叫道："爸爸，妈妈，你们起来，过我这边来一下！我有个要紧事要给你们说！"

里面的灯开了，听见一阵紧张的唏嘘声。站在外面的任性的女儿这时候抿嘴直笑，回到了自己的房子里。

她母亲先过来了。接着父亲一边穿外套，一边也跌跌撞撞进了她的房间。两个人都先后紧张地问她："出了什么事？"

黄亚萍看见父母亲都这么紧张，先忍不住笑了，然后又严肃起来，说："你们别紧张。这事并不很急，但有些震动性！"

父亲瞪起眼看着她，还没反应过来他的这个任性的小宝贝，为什么黑天半夜把他老两口叫起来。

她母亲揉了揉眼睛，也着急地对她说："哎呀，好萍萍哩！有什么事你就快说！你把人急死了！"

黄亚萍想了一下，说："事情很复杂，但今晚上我先大概说一下。详细情况将来我不说，你们也会追问的……是这样，我已经和另外一个男同志好了，并且已经在恋爱；因此我要和克南断绝关系……”

“什么？什么？什么？……”

她父母亲都从坐的地方站起来，惊慌失措地看着他们的女儿。

“对我来说，这已经不能改变了。我知道你们对克南很爱，但我并不喜欢他……”

一阵长时间的沉默。

她父亲半天才清醒过来，困难地咽了一口唾沫，悲哀地说：“克南当初不是你引回来的？这已经两年多了，全城人都知道！我和老张，你妈和克南妈，这关系……天啊，你这个任性的东西！我和你妈把你惯坏了，现在你这样叫我们伤心……”老汉捶胸顿足，两片厚嘴唇像蜜蜂翅膀似的颤动着。

她母亲已伏在她的床上哭开了。

她父亲尽管爱她胜过爱自己，但看来今晚实在气坏了，猛烈地发起了火：“你这是典型的资产阶级思想！你们现在这些青年真叫人痛心啊！垮掉的一代！无法无天的一代！革命要在你们手里葬送呀！……”老汉感情过于冲动，什么过分话都往出倒！

黄亚萍一下伏在桌子上哭起来。她父亲从来都没有这样骂过她；她一下子忍受不了。

母亲见女儿哭了，也哭着，过来数说起了老汉：“就是萍萍不对，你也不能这样吼喊我的娃娃……”

“都是你惯坏的！”老军人咆哮着说。

“你没惯？”亚萍她妈也喊叫起来。

亚萍她爸一拧身出去了。出去后，他也没回房子去，站在院子里，掏出一根纸烟，在烟盒上敲得嘣嘣直响，也不往着点。

亚萍站起来，两只手硬把她母亲推出房子，然后关上了门。

她过去拿毛巾把脸上的泪水揩干净，然后坐到桌子前，开始给克南写信——

克南：

为了我们都好，我必须告诉你：我已经和加林相爱了，咱们的恋爱关系现在应该断绝；以后像过去一样，还是要好的同学和同志。

我知道你会很痛苦的。但你应该想想，为一个不爱你的女人而痛苦，是不值得的。你应该寻找真正爱你的人。我相信你会找到这样的人。我愿你得到幸福。

你自己应该知道，我在学校时就和加林感情好。现在我觉得我真正爱的人是他，而不是你。过去咱们两个之所以发展了关系，完全是因为你适时地关怀了我，使我受了感动。但这并不是爱情。

你是好人，也是一个出色的人。不要因为我影响你的发展。你也不要恨加林。如果你认为你受了伤害，这完全是我一个人造成的；是我追求加林，你恨我吧！

我在内心里永远感谢你。我还要告诉你：在我爱情以外所有友爱的朋友中，你是我的第一个朋友。如果你能原谅我，那么我请求你为我祝福。

亚萍写于匆忙中

第十九章

高加林把自行车放到路边，然后伏在大马河的桥栏杆上，低头看着大马河的流水绕过曲曲折折的河道，穿过桥下，汇入到县河里去了。

他在这里等着巧珍。他昨天让回村的三星捎话给巧珍，让她今天到县城来一下。他决定今天要把他和巧珍的关系解脱。他既不愿意回高家村完结这件事，也不愿意在机关。他估计巧珍会痛不欲生，当场闹得他下不了台。

前天，老景让他过两天到刘家湾公社去，采访一下秋田管理方面的经验，他就突然决定把这件事放在大马河桥头了。因为去刘家湾公社的路，正好过了大马河桥，向另外一条川道拐过去。在这里谈完，两个人就能很快各走各的路，谁也看不见谁了……

高加林伏在桥栏杆上，反复考虑他怎样给巧珍说这件事。开头的话就想了好多种，但又觉得都不行。他索性觉得还是直截了当一点更好。弯拐来拐去，归根结底说的还不就是要和她分手吗?

在他这样想的时候，听见背后突然有人喊："加林哥……"

一声喊叫，像尖刀在他心上捅了一下！

他转过身，见巧珍推着车子，已经站在他面前了。她来得真快！是的，对于他要求的事，她总是尽量做得让他满意。

“加林哥，没出什么事吧？昨天我听三星捎话说，你让我来一下，我晚上急得睡不着觉，又去问三星看是不是你病了，他说不是……”她把自行车紧靠加林的车子放好，一边说着，向他走过来，和他一起伏在了桥栏杆上。

高加林看见她今天穿了一身新衣服，浑身上下都打扮得漂漂亮亮的，顿时感到有点心酸。

他怕他的意志被感情重新瓦解，赶快进入了话题。

“巧珍……”

“唔。”她抬头看见他满脸愁云，心疼地问，“你怎么？”

加林把头扭向一边，说：“我想对你说一件事，但很难开口……”

巧珍亲切地看着他，疼爱地说：“加林哥，你说吧！既然你心里有话，你就给我说，千万别憋在心里！”

“说出来怕你要哭。”

巧珍一愣。但她还是说：“你说吧，我……不哭！”

“巧珍……”

“唔……”

“我可能要调到几千里路以外的一个地方去工作了，咱们……”

巧珍一下子把手指头塞在嘴里，痛苦地咬着。过了一会儿，才说：“那你……去吧。”

“你怎办呀？”

“……”

“我主要考虑这事……”

一阵长时间的沉默。两串泪珠静静地从巧珍的脸颊上淌下来了。她的两只手痉挛地抓着桥栏杆，哽咽着说：“……加林哥，你再别说了！你的意思我都明白了！你……去吧！我决不会连累你！加林哥，你参加工作后，我就想过不知多少次了，我尽管爱你爱得要命，但知道我配不上你了。我一个字不识，给你帮不上忙，还要拖累你的工作……你走你的，到外面找个更好的对象……到外面你多操心，人生地疏，不像咱本乡田地……加林哥，你不知道，我是怎样爱你……”

巧珍说不下去了，掏出手绢一下子塞在了自己的嘴里！

高加林眼里也涌满了泪水。他不看巧珍，说:“你……哭了……”

巧珍摇摇头，泪水在脸上刷刷地淌着，一串接一串掉在了桥下的大马河里。清朗朗的大马河，流过桥洞，流进了夏日浑黄的县河里……

沉默……沉默……整个世界都好像沉默了……

巧珍迅疾地转过身，说:“加林哥……我走了！”

他想拦住她，但又没拦。他的头在巧珍的面前，在整个世界面前，深深地低下了。

她摇摇晃晃走过去，困难地骑上了她的自行车，然后就头也不回地向大马河川飞跑而去了。等加林抬起头的时候，眼前只剩下了满川绿色的庄稼和一条空荡荡的黄土路……

高加林也猛地骑上了他的车子，转到通往刘家湾公社的公路上。他疯狂地蹬着脚踏，耳边风声呼呼直响，眼前的公路变成了一条模模糊糊的、飘曳摆动的黄带子……

他骑到一个四处不见人的地方，把自行车猛地拐进了公路边的一个小沟里。

他把车子摔在地上，身子一下伏在一块草地上，双手蒙面，像孩子一样大声号啕起来。这一刻，他对自己仇恨而且憎恶!

一个钟头以后，他在沟里一个水池边洗了洗脸，才推着车子又上了公路。

现在他感觉到自己稍微轻松了一些。眼前，阳光下的青山绿水，一片鲜明；天蓝得像水洗过一般，没有一丝云彩。一只鹰在头顶上盘旋了一会儿，便像箭似的飞向了遥远的天边……

五天以后，高加林从刘家湾公社返回县城，就和黄亚萍开始了他们新的恋爱生活。

他们恋爱的方式完全是“现代”的。

他们穿着游泳衣，一到中午就去城外的水潭里去游泳。游完泳，戴着墨镜躺在河边的沙滩上晒太阳。傍晚，他们就到东岗消磨时间；一块天上地下地说东道西；或者一首连一首地唱歌。

黄亚萍按自己的审美观点，很快把高加林重新打扮了一番：咖啡色大翻领外套，天蓝色料子筒裤，米黄色风雨衣。她自己也重新烫了头发，用一根红丝带子一扎，显得非常浪漫。浑身上下全部是上海出的时兴成衣。

有时候，他们从野外玩回来，两个人骑一辆自行车，像故意让人注目似的，黄亚萍带着高加林，扬扬得意地通过了县城的街道……

他们的确太引人注目了。全城都在议论他们，许多人骂他们是“业余华侨”。

但是他们根本不理睬社会的舆论，疯狂地陶醉在他们罗曼蒂克的热恋中。

高加林起先并不愿意这样。但黄亚萍说，他们不久就要离开这个县城了，管别人愿怎样看他们呢！她要高加林更洒脱一些，将来到大城市好很快适应那里的生活。高加林就抱着一种“实习”的态度，任随黄亚萍折腾。

他的情绪当然是很兴奋的，因为黄亚萍把他带到了另一个生活的天地。他感到新奇而激动，就像他十四岁那年第一次坐汽车一样。

他当然也有不满意和烦恼。他和亚萍深入接触后，才感到她太任性了。他和她在一起，不像他和巧珍，一切都由着他，她是绝对服从他的。但黄亚萍不是这样。她大部分是按她的意志支配他，要他服从她。

有时正当他们愉快至极的时候，他就猛然会想起巧珍来，心顿时像刀绞一般疼痛，情绪一下子就从沸点降到了冰点，把个兴致勃勃的黄亚萍弄得败兴极了。亚萍一时又猜不透他为什么情绪会这么失常，感到很苦恼。于是，她为了改变他这状况，有时又想法子瞎折腾，使得高加林失常的现象愈加严重，这反过来又更加剧了她的苦恼。他们有时候简直是一种苦恋！

有一天上午，雨下得很大，县委宣传部正开全体会议。隔壁电话室喊高加林接电话。

加林拿起话筒一听，是亚萍的声音。她告诉他，她的一把进口的削苹果刀子，丢在昨天他们玩的地方了，让高加林赶快到那地方给她找一找。

加林在电话里告诉她，他现在正开会，而且雨又这么大，等中午休息的时候他再去。

亚萍立刻在电话里撒起了娇，说他连这么个事都如此冷淡她，她很难受；并且还在电话里抽抽搭搭起来。

高加林烦恼极了，只好到会议室给主持会的部长撒了个谎，说一个熟人在街上让他下来有个急事，他得出去一下。

部长同意后，他就回到宿舍找了那件风雨衣，骑了个车子就跑。

还没到街上，风雨衣就全湿透了。他冒着大雨，赶到县城南边他们曾待过的那个小洼地里。他下了车，在这地方搜寻那把刀子。

找了半天，他几乎把每一棵草都翻拨过了，还是没有找到。

虽然没有找见，这件事他想他已经尽了责任，就浑身透湿，骑着车子向广播站跑去，告诉她刀子没找见。

他推开亚萍的门，见她正兴奋地笑着，说："你去了？"

加林说："去了。没找见。"

亚萍突然咯咯地笑了，从衣袋里掏出了那把刀子。

"找见了？"加林问。

"原来就没丢！我故意和你开个玩笑，看你对我的话能听到什么程度！你别生气，我是即兴地浪漫一下……"

"混蛋！陈词滥调！"高加林愤怒地骂着，嘴唇直哆嗦。他很快转过身就走了。

黄亚萍这下才知道她的恶作剧太过分了，吓得不知如何是好，一个人在房子里哭了起来。

高加林回到办公室，换了湿衣裳，痛苦地躺在了床铺上。这时候，巧珍的身影又出现在了他的眼前，她那美丽善良的脸庞，温柔而甜蜜地对他微笑着。他忍不住把头埋在枕头里哭了，嘴里喃喃地一遍又一遍叫着她的名字……

第二天，黄亚萍买了许多罐头和其他吃的来找他，也是哭着给他道歉，保证以后再不让他生气了。

加林看她这样，也就和她又和好了。黄亚萍就像烈性酒一样，使他头疼，又能使他陶醉。不过，她对他的所有这些疯狂，也都是出于爱他——这点他是能强烈体验到的。在物质方面，她对他更是非常豁达的。她的工资几乎全花在了他身上；给他买了春夏秋冬各式各样的时兴服装，还托人在北京买了一双三接头皮鞋（他还没敢穿）。平时，罐头、糕点、高级牛奶糖、咖啡、可可粉、麦乳精，不断头地给他送来——这些东西连县委书记恐怕也不常吃。她还把自己进口带日历全自动手表给了他；她自己却戴他的上海牌表。这些方面，亚萍是完全可以做出牺牲的……

很快，他们就又进入了那种罗曼蒂克式的热恋之中。

正在高加林和黄亚萍这样"浪漫"的时候，他父亲和德顺老汉有一天突然来到他的住处。

两位老人一进他的办公室，脸色就都不好看。

高加林把奶糖、水果、糕点给他们摆下一桌子；又冲了两杯很浓的白糖水放在他们面前。

他们谁也不吃不喝。

高加林知道他们要说什么了，就很恭敬地坐在他们面前，低下头，两只手轮流在脸上摸着，以调节他的不安的心情。

“你把良心卖了！加林啊……”德顺老汉先开口说，“巧珍那么个好娃娃，你把人家撂在了半路上！你作孽哩！加林啊，我从小亲你，看着你长大的，我掏出心给你说句实话吧！归根结底，你是咱土里长出来的一棵苗，你的根应该扎在咱的土里啊！你现在是个豆芽菜！根上一点土也没有了，轻飘飘的，不知你上天呀还是入地呀！你……我什么话都敢对你说哩！你苦了巧珍，到头来也把你自己害了……”老汉说不下去了，闭住眼，一口一口长送气。

他爸接着也开了口：“当初，我说你甭和立本的女子牵扯，人家门风高！反过来说，现在你把人活高了，也就不能再做没良心的事！再说，那巧珍也的确是个好娃娃，你走了，常给咱担水，帮你妈做饭，推磨，喂猪……唉，好娃娃哩！甭看你浮高了，为你这没良心事，现在一川道的人都低看你哩！我和你妈都不敢到众人面前露脸，人家都叫你是晃脑小子哩！听说你现在又找了个洋女人，咱们这个穷家薄业怎能侍候下人家？你，趁早散了这宗亲事……”

“人常说，浮得高，跌得重！”德顺老汉接着他爸又指教他说，“不管你到了什么时候，咱为人的老根本不能丢啊……”

“我常不上城，今儿个专门拉了你德顺爷，来给你敲两句钟耳子话！你还年轻，不懂世事，往后活人的日子长着哩！爸爸快四十岁才得了你这个独苗，生怕你在活人这条路上有个闪失啊……”他父亲说着，老眼里已经汪满了泪水。

两个老人一人一阵子说着，情绪都很激动。

高加林一直低着头，像一个受审的犯人一样。

老半天，他才抬起头，叹了一口气说：“你们说得也许都对，但我已经上了这钩杆，下不来了。再说，你们有你们的活法，我有我的活法！我不愿意再像你们一样，就在咱高家村的土里刨挖一生……我给你们买饭去……”他站起来要去张罗，但两个老人也站起来，说他们人老腿硬，得赶快起身上路，要不赶天黑也回不到高家村。他们根本不想吃饭，实际上却还想对他说许多话；但现在一看他们再说什么也不顶事了——这个人已经有了他自己的一套，用他们的生活哲学已经不能说服他了。于是他们就起身告别。

高加林一看他们坚决要走，只好相伴着他们，一直把他俩送到大马河桥头。两位老人心情相当沉重地走了。

高加林自己也很难过。德顺爷和他爸说的话，听起来道理很一般，但却像铅一样，沉甸甸地灌在了他的心里……

不久，一个新的消息突然又使高加林欣喜若狂了：省报要办一个短期新闻培训班，让各县去一个人学习，时间是一个月。县委宣传部已决定让他去。

他听到这个消息后，德顺爷和他爸给他造成的坏情绪很快消失了。他一晚上高兴得没睡着觉——这可是他有生以来第一次出远门，进省会，去逛大城市呀！

走的那天，亚萍和他相跟着去车站。他身上穿的和提包里提的东西，全是她精心为他准备的。亚萍并且坚持让他穿上了那双三接头皮鞋。第一回穿这皮鞋走路，他感到又别扭又带劲……

当汽车从车站门口驶出来，亚萍的笑脸和她挥动的手臂闪过以后，他的心很快就随着疾驰的汽车飞腾起来，飞向了远方无边的原野和那飞红流绿的大城市……

第二十章

高家村的人好几天没有见巧珍出山劳动，都感到很奇怪，因为这个爱劳动的女娃娃很少这样连续几天不出山的；她一年中挣的工分，比她那生意人老子都要多。

不久，人们才知道，可爱的巧珍原来是遭了这么大的不幸！

立刻，全村人都开始纷纷议论这件事了，就像巧珍和加林当初恋爱时一样。大部分人现在很可怜这个不幸的姑娘；也有个别人对她的不幸幸灾乐祸。不过，所有的人都一致认为，刘立本的二女子这下子算彻底毁了：她就是不寻短见，恐怕也要成个神经病人。因为谁都知道，这种事对一个女孩子意味着什么；更何况，她对高玉德的小子是多么的迷恋啊！

可是，没过几天，村里人就看见，她又在田野上出现了，像一匹带着病的、勤劳的小牝马一样，又开始了土地上的辛劳。她先在她家的自留地里营务庄稼；整修她家菜园边上破了的篱笆。后来，也就又和大家一起劳动了，只不过一天到晚很少和谁说话；但是却仍然和往常一样，该做什么，就做什么。

刚强的姑娘！她既没寻短见，也没神经失常；人生的灾难打倒了她，但她又从地上爬起来了！就连那些曾对她的不幸幸灾乐祸的人，也不得不在内心里对她肃然起敬！

所有的人都对她察言观色。普遍的印象是：她瘦多了！

她能不瘦吗？半个月来，她很少能咽下去饭，也很难睡上一个熟觉。每天夜半更深，她就一个人在被窝里偷偷地哭；哭她的不幸，哭她的苦命，哭她那被埋葬了的爱情梦想！

她曾想到过死。但当她一看见生活和劳动过二十多年的大地山川，看见土地上她用汗水浇绿的禾苗，这种念头就顿时消散得一干二净。她留恋这个世界；她爱太阳，爱土地，爱劳动，爱清朗朗的大马河，爱大马河畔的青草和野花……她不能死！她应该活下去！她要劳动！她要在土地上寻找别的地方找不到的东西！

经过这样一次感情生活的大动荡，她才似乎明白了，她在爱情上的追求是多么天真！悲剧不是命运造成的，而是她和亲爱的加林哥差别太大了。她现在只能接受现实对她的这个宣判，老老实实按自己的条件来生活。

但是，不论怎样，她在感情上根本不能割舍她对高加林的爱。她永远也不会恨他；她爱他。哪怕这爱是多么的苦！

家里谁也劝说不下她，她天天要挣扎着下地去劳动。她觉得大地的胸怀是无比宽阔的，它能容纳了人世间的所有痛苦。

晚上劳动回来，她就悄然地回到自己的窑洞，不洗脸，不梳头，也不想吃饭，靠在铺盖卷上让泪水静静地流。她母亲，她大姐和巧玲轮流过来陪她，劝她吃饭，也和她一起流眼泪。她们哭，主要是怕她想不开，寻了短见。

刘立本睡在另外一个窑里长吁短叹。自从这事发生后，他就病了；头上被火罐拔下许多黑色的印记。他本来对巧珍和加林的事一直满肚子火气未消，但现在看见他娃娃已经成了这个样子，也就再不忍心对她说什么埋怨话了。村里和他家不和的人，已经在讥笑他的女儿，说她攀高没攀上，叫人家甩到了半路上，活该……这些话让仇人们去说吧！做父亲的怎能再给娃娃心上捅刀子呢？但他在心里咬牙切齿地恨高玉德的坏小子，害了他的巧珍！

人世间的事情往往说不来。就在这个时候，马店的马拴竟然正式托起媒人来，要娶巧珍。好几个媒人已经来过了，一看他家这形势，都坐一下就尴尬地走了。

又过了几天，马拴却在一个晚上又自己找上门来了。

刘立本一家看他这样实心，也就在另外一孔窑洞里接待了他。不管怎样说，在巧珍这样不幸的时候，这个小伙子却来求亲，使得刘立本一家人心里都很受感动。至于这事行不行，刘立本现在已不太考虑了。事到如今，立本已经再不愿勉强女儿的婚事。苦命的孩子已经受了委屈，他再不能委屈她了。

他老婆给马拴做饭，他拖着病蔫蔫的身子，来到巧珍的窑洞。

他坐在炕边上，无精打采地摸出一根卷烟，吸了两口又捏灭，对靠在铺盖卷上的女儿说："巧珍，你想开些……高玉德家这个坏小子，老天爷报应他呀！"他一提起加林就愤怒了，从炕上溜下来，站在脚地当中破口大骂，"王八羔子！坏蛋！他妈的，将来不得好死，五雷轰顶呀！把他小子烧成个黑木桩……"

巧珍一下子坐起来，靠在枕头上喘着气说："爸爸，你不要骂他！不要咒他！不要……"

刘立本住了口，沉重地叹息了一声，说："巧珍，过去了的伤心事就再不提它了，你也就不要再难过了。高加林，你把他忘了！你千万不要想不开，自己损蹦自己，你还没活人哩……以前爸爸想给你瞅人家，也是为了你好。从今往后，你的事爸爸再不强求你了。不过，你也不小了，你自己给自己寻个人家吧。心不要太高，爸爸害得你没念书，如今你也就寻个本本分分的庄稼人……唉，马拴这几天又托起了媒人往咱家跑，但这事我再不强求你了。你要是不同意，我就直截了当给他回个话，让他不要再来了……他今天又亲自到咱家……"

"他现在还在吗？"巧珍问她父亲。

"在哩……"

"你让他过来一下……"

她父亲看了她一眼，不知道她这是什么意思，就转身出去了。

不一会，马拴一个人进来了。

他看了一眼炕上的巧珍，很局促地坐在前炕边上，两只手搓来搓去。

“马拴，你真的要娶我吗？”巧珍问。

马拴不敢看她，说：“我早就看下你了！心里一直像猫爪子抓一般……后来，听说你和高老师成了，我的心也就凉了。高老师是文化人，咱是个土老百姓，不敢比，就死了心……前几天，听说高老师和城里的女子恋上了爱，不要你了，我的心就又动了，所以……”

“我已经在村前庄后名誉不好了，难道你不嫌……”

“不嫌！”马拴叫道，“这有什么哩？年轻人，谁没个三曲两折？再说，你也甭怨高老师，人家现在成了国家干部，你又不识字，人家和你过不到一块儿。咱乡俗话说，‘金花配银花，西葫芦配南瓜’。咱两个没文化，正能合在一块儿哩！巧珍，我不会叫你一辈子受苦的！我有力气，心眼儿也不死；我一辈子就是当牛做马，也不能委屈了你。咱乡里人能享多少福，我都要叫你享上……”粗壮的庄稼人说到这里，已经大动感情了，掏出火柴“啪”地擦着，才发现纸烟还没从口袋里取出来。

眼泪一下子从巧珍红肿的眼睛里扑簌簌地淌下来了，她说：“马拴，你再别说了。我……同意。咱们很快就办事吧！就在这几天！”

马拴把掏出的纸烟又一把塞到口袋里，跳下炕，兴奋得满面红光，嘴唇子直颤。

巧珍对他说：“你过去叫我爸过来一下。你不要过来了。”

马拴赶忙往出走，在门槛上绊了一下，几乎跌倒。

不一会儿，刘立本黯淡的病容脸上挂着一丝笑意走过来了。

巧珍很快对他说：“爸爸，我已经同意和马拴结婚。我要很快办事！就在这三五天！”

刘立本一下子不知所措了，说：“这……时间这么紧，要不要两家简单地准备迎送一下？”

“爸爸，你告诉马拴，事情完全按咱的乡俗来。咱家里你们也准备一下。你和我妈当年结婚怎样过事，我结婚也就怎样过事！”

“我们那时是旧式的……”

“旧的就旧的！”她痛苦地喊叫说。

刘立本马上退了出来。他过来先把巧珍的意思给马拴说了。马拴说没问题，他即刻回去就准备，订吹手，准备席面，至于其他结婚方面的东西，他前两年就办齐备了。

刘立本送走马拴以后，很快跑到前村去找高明楼。

明楼听说巧珍已经同意和马拴结婚，先吃了一惊。然后对亲家说："也好！高加林现在位置高了，咱的娃娃攀不上了。马拴在庄稼人里头，也就是像样的……"

"现在主要是巧珍有点赌气，要按咱过去的老乡俗行婚礼，这……"

"不怕！"明楼决断地说，"就按娃娃的意思来！现在党的政策放宽了，这又不是搞迷信活动哩！你就按娃娃说的办！这几天要是忙不过来，叫我大小子和巧英给你们帮忙去……"

刘巧珍和马拴举行结婚仪式的这一天，高家村和马店两个村都洋溢着一种喜庆的气氛。两个村的大部分庄稼人都没有出山。在高家村这里，除过门中人当然被邀请为宾客以外，村里的一些外姓旁人也被事主家请去帮忙了。村里的大人娃娃都穿起了见人衣裳。即是不参加婚礼的村民，也都换上了干净衣服；因为看红火，在众人面前露脸，总得要体面一些。

高加林的父母亲当然是例外。高玉德老汉一早就躲着出山去了。加林他妈去了邻村一个亲戚家——也是躲这场难看。

全村只有一个人躺在自己家里没出门。这就是德顺老汉。重感情的老光棍此刻躺在土炕的光席片上，老泪止不住地流。他为巧珍的不幸伤心，也为加林的负情而难过。

娶亲仪式的开头首先在马店那里进行。马拴的一个姨姨和姑姑是引人的主要角色。另一个更主要的角色是马拴他大舅——男女双方的舅家都是属第一等宾客。吹鼓手一行五人走在前面。他们后面是迎新媳妇的高头大马，鞍前鞍后，披红挂彩。黑铁塔一样的马拴现在骑在马上——这叫"压马"，按规程新女婿要"压"到本村的村头，然后再返回自己家里等新媳妇回来。

马拴后面，是他姑和他姨，都骑着毛驴；他姑夫和姨夫分别给自己的老婆牵着驴缰绳。他舅作为"领队"断后，和媒人走在一起——媒人是两家的贵宾，既是引人的，又是送人的。

这支队伍一进高家村，吹鼓手长号一吹，接着便鼓乐齐鸣了；两个吹唢呐的人腮帮子鼓得像拳头一般大，吱哩哇啦吹起了“大摆队”。同时，在刘立本家的塄畔上，已经噼噼啪啪响起了欢迎的鞭炮声。

迎亲的人被接下不久后，第一顿饭就开始了；按习俗是吃饸饹。吹鼓手在院墙角里围成一圈，开始吹奏起慢板调。

刘立本家的院子里，塄畔上，窑顶上，此刻都挤满了看红火热闹的人。娃娃们大呼小叫，婆姨女子说说笑笑。

因为要赶时间，第一顿饭刚完，就开始上席。席面是传统的“八碗”，四荤四素，四冷四热；一壶烧酒居中，八个白瓷酒杯在红油漆八仙桌上转边摆开。第一席是双方的舅家；接下来是其他嫡亲；然后是门中人、帮忙的人和刘立本的朋亲。吹鼓手们一直在吹着——要等到所有的人吃完之后才能轮上他们……

就在里里外外红火热闹的时候，巧珍正一个人待在她自己的窑里。

她坐在炕头上，呆呆地望着对面墙壁的一个地方，动也不动。外面的乐器声，人的喧哗声，端盘子的吆喝声，都好像离她很远很远。

她想不到，二十二年的姑娘生活，就这样结束；她从此就要跟一个男人一块生活一辈子了。她决没有想到，她把自己的命运和马拴结合在一起；她心爱过的人是高加林！她为他哭过，为他笑过，做过无数次关于他的梦。现在，梦已经做完了……

她呆呆地坐了一会儿，感到疲乏得要命，就靠在铺盖上，闭住了眼。

渐渐地，她感到迷迷糊糊的，接着便睡着了。

门“吱哑”一声，把她惊醒了。

她侧转头，见是她妈进来了，手里拿着一摞衣服。

“把衣服换上，再洗个脸，梳个头。快起身了……”她妈轻声对她说。

她用手指头抹去了眼角两颗冰凉的泪珠，慢慢坐起来，下了炕。

这时候，外面的鼓乐突然吹奏得更快更热烈了，这意味着最后一席已经起场，吹鼓手正在结束他们的工作，准备吃饭了。

她妈只好赶紧把她扶在椅子上，给她换衣服。换完衣服，她就又倒了一盆热水，给她洗去满脸泪痕，然后就开始给她梳头。

就在这时，她妹妹巧玲进来了。她刚放学，也没去吃饭，就进来看她二姐。

漂亮的巧玲很像过去的巧珍，修长的身材像白杨树一般苗条，一张生动的脸流露出内心的温柔和多情；长睫毛下的两只大眼睛，会说话似的扑闪着。

巧珍看见她妹妹，便伸出自己的一只手，抓住了巧玲的手，非常动情地说：

“巧玲，好妹妹，你不要忘了二姐……你要常来看我。二姐没有念过书，但心里喜欢有文化的人……我现在只有看见你，心里才畅快一点……”

巧玲眼里转着泪花子，说：“二姐，我知道你现在心里很苦……”

巧珍说：“妹妹你放心，不管怎样，我还得活人。我要和马拴一块劳动，生儿育女，过一辈子光景……”

巧玲在巧珍面前蹲下来，两只手捉住巧珍的手说：“二姐，你说得对。我以后一定会经常去看你的。我从小就爱你，虽然你没上过学，但你想的事很多，我虽然上了学，但受了你不少好影响，否则，我的性格很倔，也不会像今天这样开展……二姐！你也不要过分想以往的事了。对待社会，我们常说要向前看，对一个人来说，也要向前看。生活总是这样，不能叫人处处都满意。但我们还要热情地活下去。人活一生，值得爱的东西很多，不要因为一个方面不满意，就灰心。比如说我吧，梦里都想上大学，但没考上，我就不活人了吗？我现在就好好教书，让村里的其他娃娃将来多考几个大学生！就是不能教书，回村劳动了，该怎样还要怎样哩……”

已经在各方面开始成熟的巧玲，这一番话把巧珍说得眼睛亮了起来。她的手紧紧抓着巧玲的手，只是说：“你一定常来看我，常给我说这些话……”

巧玲不住地给她点头，然后突然愤愤地说：“高加林太没良心了！”

巧珍摇摇头，又痛苦地闭住了眼睛。

准备送人的巧英进来了。她让她妈赶紧收拾齐备，说已经准备起身了。

她妈让巧玲去吃饭。巧玲走后，她把窑里其他东西查看了一下，然后从后面箱子里拿出一块红丝绸，用发卡别在了巧珍的头上——这是蒙面的盖头。

太阳西斜的时候，娶亲的人马一摆溜从刘立本家的土坡里下来了。唢呐、锣鼓、号声、鞭炮声响成一片。出村的道路两旁和村里所有人家的硷畔上，都挤满了看热闹的人。娃娃们引着狗，在娶亲队伍的前后乱跑。

吹鼓手们在最前面鼓乐齐鸣，缓缓引路；紧跟着是男方娶亲的人马。新媳妇红丝绸盖头蒙面，骑在披红挂彩的高头大马上，走在中间。后面是送人的女方亲戚，按规矩是引人的一倍，几乎包括了刘立本两口子全部参加婚礼的亲戚。立本按乡俗把这支队伍送到坡下，就返回自己家里了——他一进大门，立刻长长舒了一口气……

娶亲的人马在通过村子的时候，行进得特别缓慢——似乎为了让这热闹非凡的一刻，更深刻地留在村民的记忆里……

巧珍骑在马上，尽量使自己很虚弱的身体不要倒下来；她红丝绸下面的一张脸，痛苦地抽搐着。

在估计快要出村的时候，她忍不住用手撩开盖头的一角：她看见了加林家的埝畔；她曾多少次朝那里张望过啊！她也看见了河对面一棵杜梨树——就在那树下，在那一片绿色的谷林里，他们曾躺在一起，抱过，亲过……别了，过去的一切！

她放下红丝绸，重新蒙住了脸，泪水再一次从她干枯的眼睛里涌出来了……

第二十一章

张克南把他的全部苦恼都发泄在了一根榆木树棒上。这根去了根梢的榆木树棒，就躺在他家院子的石炭和柴垛旁。

他们家现在做饭和今年一个冬天的引火柴，本来早已经绰绰有余，根本不需要劈柴了。就是缺少劈柴，他们向来谁又亲自动过手呢？没了买几担就行了，不需要张克南费这大的劲！

这根粗壮的榆木树棒，谁也不记得是哪一年躺在他们家院子的；也忘了是什么人给他们送来的。反正一直就在那里堵挡柴垛，防止摞好的劈柴倒下来。

张克南在接到黄亚萍断交信的第二天，就从副食门市部后边的院子里，带回一把长柄大斧头，一声不吭地破起了这根榆木棒。

在本地的树木中，榆树的纤维是最坚韧的，一般人谁也不做劈柴烧——因为很难破开。

张克南一下班就劈。他好多天实际上没有劈下来几块柴。他也根本不管劈下来了还是没有劈下来，反正只是劈。满头满身的汗，气喘得像拉风箱一般急促。但他一刻也不停地挥动着那把长柄斧头……

实在累得支持不住了，就回去仰面躺在床铺上，头枕着自己的两个手掌，闭住眼一句话也不说。

他母亲有时过来看他这副样子，也一句话不说，只是沉着脸瞅他两眼。她内心有些什么翻腾看不出来，只是戒了一年的烟又开始抽上了。克南他父亲正在县党校学习，经常不回家。这个独院整天都静得没有一点儿声响。

这一天，他拼命劈了一会儿榆树棒，又闭住眼躺在了床铺上，高大结实的身体像没有了气息似的，动也不动。

他母亲进来了。这次她开了口："南南，你起来！"

张克南好像没听见，仍然一动不动躺着。

"起来！我有个事要给你说！你像你没出息的父亲一样，二十几岁了，看窝囊成个啥！"

克南睁开眼，看了看母亲的阴沉脸，不说话，仍然躺着。

"我给你说！我前两天已经打问清楚了，高加林那小子是走后门参加工作的！是马屁精马占胜给办的！材料我都掌握了！"她脸上露出一丝捉摸不来的笑影。

张克南仍然没有理他母亲。他不知道这个事和自己的失恋有什么关系，淡淡地说："前门后门，反正都一样……"

"你这个窝囊废！我给你说，妈前几天已经给地委纪律检查委员会揭发控告了这件事。今天听县纪委你姜叔叔说，地纪委很重视这件事，已经派来了人，今天已经到了县上。他高加林小子完蛋了！"

张克南一闪身爬起来，眼瞪着他妈，喊："妈！你怎能做这事呢？这事谁要做叫谁做去吧！咱怎能做这事哩？这样咱就成了小人了！"

"放你妈的臭屁！你这个没出息的东西！爱人都叫人家挖走了，还说这一个钱不值的混账话！我为什么不揭发控告他狗日的，一个乡巴佬欺负到老娘的头上，老娘不报复他还轻饶他呀？再说，他走后门，违法乱纪，我一个国家干部，有责任维护党的纪律！"

"妈，从原则上说，你是对的。但从道义上说，咱这样做，就毁了！众人都长眼着哩！决不会认为你党性强，而是报私仇哩！咱不能用错纠错！"

他妈抢前一步，上来啪啪地打了张克南几个耳光，然后一屁股坐在床上哭起来了，嘴里伤心地喊叫说："我的命真苦啊！生下这么个不成器的东西……"

克南手摸着被母亲打过的脸，眼泪直淌，说："妈妈！你知道，我非常喜欢亚萍……我心里一直像刀割一般难受，我甚至想死！我也恨过高加林！但我想来想去，这是没有办法的事！俗话说，'强扭的瓜不甜'。既然亚萍不喜欢我，喜欢高加林，我就是再痛苦也得承认这个现实。你知道，我心善，从小连别人杀鸡我都不敢看。我一生中最害怕和厌恶的就是屠宰场！我一听见猪的号叫，就头发倒竖，神经都要错乱了。因此，我也不愿看见在我的生活周围，在人与人之间，精神上互相屠杀……妈妈！我这人你了解，又不完全了解！我平时是有些窝囊，但我也有自己的生活原则，我虽然才二十五岁，但我已经经历了一些生活；我之所以社会上朋友多，大家也愿意和我交往，就因为我待人诚恳宽厚……我也有我自己的缺点，性格不坚强，在生活中魄力不够，视野狭窄，亚萍正是不喜欢我这些。但她并不知道，我还不至于就是一个堕落的人！亚萍！你不完全了解我啊……"

张克南两只手抓住自己的胸口，先是对他妈说，后来又对他看不见的亚萍说，脸痛苦地扭成了一种可怕的形象。他说完后，一下子倒在了床上，死沉沉的就像谁丢下了一口袋粮食……

很久以后，克南才从床上爬起来。他妈不知道什么时候走了，也不知道她到哪里去了。院子里静得像荒寺古庙一般。

克南出了门，在院墙根下急促地来回走了好长时间。

地上丢了十几根烟把子以后，他出了门，直接向广播站走去。

他找到黄亚萍，很快把他母亲给地纪委写信、地纪委已经派人到县里的情况，统统给亚萍说了，同时也说了他自己的所有心里话。他让亚萍看有没有办法挽救这个局面。

黄亚萍听完后，先顾不上急，出口就骂："你妈是个卑鄙的人！"

然后她眼里闪着泪光，对克南说："克南，你是个好人……"

高加林走后门参加工作的问题，被地纪委和县纪委迅速查清落实了。与此同时，高加林的叔父也知道了这件事，两次给县委书记打电话，让组织坚决把高加林退回去。

眼下，这样的问题一直就是公众最关心的。这事很快就在县城传开；街头巷尾，人们纷纷在议论。

在县委的一次常委会上，这件事被专门列入了议题。调查的人列席了常委会，详细汇报了这个事件的调查情况。

常委会的决定很快做出了：撤销高加林的工作和城市户口，送回所在大队；县劳动局副局长马占胜无视党的纪律，多次走后门搞不正之风，撤销其领导职务，调出劳动局，等候人事部门重新分配工作……

专门的文件很快下达到了有关单位。马占胜急得像热锅上的蚂蚁，到处拜访领导，托人求情，说让他好好检讨，请求县委不要给他处分。

后来，他看一切暂时都无济于事，就只好到处叫冤说："啊呀呀，这下舔屁股舔到他妈的刀刃上了……"

这几天，除过马占胜，另一个事中人黄亚萍也在四处奔跑，打探消息，找她父亲的朋友，看能不能挽回局面，不要让高加林回了农村。

当她看见县委下达的文件后，才知道局面是挽不回来了。

"完了！完了！一切都完了……"她在心里喊叫着，不知该怎么办。

她想不到生活的变化如同闪电一般迅疾；她刚刚开始了愉快，马上又陷入了痛苦！

她揪扯着自己的头发，在床上打滚。她无法忍受这个打击所带来的痛苦。

她痛苦的焦点在哪里呢？

这是不言而喻的：她真诚地爱高加林，但她也真诚地不情愿高加林是个农民！她正是为这个矛盾而痛苦！

如果有一个方面的坚定选择，她也就不会如此痛苦了：假若她不去爱高加林，那高加林就是下了地狱也与她无干；如果她为了爱情什么也不顾，那高加林就是下地狱她也会跟着下去！

矛盾是无法统一的。两个方面她自己认为都很重要：她爱高加林而又怕他当农民啊！

生活对于她这样的人总是无情的。如果她不确立和坚定自己的生活原则，生活就会不断地给她提出这样严峻的问题，让她选择。不选择也不行！生活本身的矛盾就是无所不在的上帝，谁也别想摆脱它！

黄亚萍觉得自己不知如何是好。加林本人不在，她又没有更亲密的朋友和她一块商量。克南倒是可以商量，但他又在他们之间处于这样的位置，根本不能去找。

她于是想起她亲爱的父亲。她现在只能和他谈这件事。

怎样和父亲谈呢？他本来就反对她离开克南而找加林。在这件事上，她已伤了他的心，他会怎样对待她目前的困难处境呢？

不管怎样，她还是去找父亲。

她回家去找他，他不在家。妈妈告诉她：父亲在办公室里。

她就又跑到了他的办公室。

她父亲正戴着老花镜，看《解放军报》。见她进来，就把老花镜摘下，放在报纸上。

“爸爸，高加林的事你知道不知道？”

“我怎不知道？常委会我都参加了……”

“这怎办呀嘛……”

“什么怎办呀？”

“我怎办呀！”

“你？”

“嗯……”

她父亲抬起头，望着窗户，沉默了半天。

他点燃一支烟，也不看她，仍然望着窗户说：

“你们现在年轻人的心思，我很难理解。你们太爱感情用事了。你们没有经受过革命生活的严格训练，身上小资产阶级的东西太多。正是这些东西，导致了你现在的处境……”

“爸爸，你先不要给我上政治课！你知道，我现在有多么痛苦……”

“痛苦是你自己造成的。”

“不！我觉得生活太冷酷了，它总是在捉弄人的命运！”

“不要抱怨生活！生活永远是公正的！你应该怨你自己！”老军人大声说着，激动地从椅子上站起来，长眉毛下的一双眼睛，炯炯有神地望着他的女儿。

黄亚萍跺了一下脚，拉着哭调说：

“爸爸，我想不到你一下子变得对我这样冷酷！我恨你！”

她父亲一下子心软了，走过来用粗大的手掌抚摸了一下她的头发，让她坐在椅了上，掏出手帕揩掉她眼角的泪水。然后他转过身，冲了一杯麦乳精，加了一大勺白糖，给她放在面前，说：“先喝点水，你嗓子都哑了……”

他又坐进他办公桌前的圈椅里，手指头在桌子上嘣嘣地敲着，怔怔地看女儿一小口一小口喝那杯饮料。

半天，他才往椅背上一靠，长长出了一口气说："我不怀疑你对那个小伙子的感情。我虽然没见他，但知道我女儿爱上的人不会太平庸，最起码是有才华的人。因此，你那么突然地抛开克南，我和你妈妈尽管很难过，也感觉对老张一家人很抱愧，但我们仍然没有强行制止你这样做。爸爸一生在炮弹林里走南闯北，九死一生，多半辈子人了，才得了你这个宝贝。就你我而言，我把你看得比我重要；我不愿使你受一丝委屈。正因为这样，我对你的关心只限于不让你受委屈，而没有更多地教育你树立正确的人生观……"他突然停顿了下来，手在空中一挥，对自己不满地唠叨说："扯这些干啥哩！一切都为时过晚了！"

他吸了一口烟，回头看了看静静坐着的女儿，说：

"这事我已经考虑过了，这次你最好能听爸爸的。咱们马上要到南京，那个小伙子是农民，我们怎能把他带去呢？就是把他放到郊区农村当社员，你们一辈子怎样过日子？感情归感情，现实归现实，你应该……"

"你让我去和加林断吗？"黄亚萍抬起头，两片嘴唇颤动着。

"是的。听说他现在在省里开会，快回来了，你找他……"

"不，爸爸！别说了！我怎能去找他断绝关系呢？我爱他！我们才刚刚恋爱！他现在遭受的打击已经够重了，我怎能再给他打击呢？我……"

"萍萍，这种事再不能任性了！这种事也不允许人任性了！如果不能在一块生活，迟早总要断的，早断一天更好！痛苦就会少一点……"

"永远不会少！我永远会痛苦的……"

他父亲站起来，低着头在地上慢慢踱着步，接连叹了两口气，说："一生经历了无数苦恼事，哪一件苦恼事也没你这件事叫人这么苦恼……苦恼啊！"他摇摇头："本来，你和克南好好的，可是……噢，前天我刚收到老战友的信，说南京那里已经给克南联系下工作单位了……"

黄亚萍一下站起来，大声喊："现在你别提克南！别提他的名字……"她走过去，坐在父亲的圈椅里，拉过一张白纸来。

"你要干什么？"父亲站住问她。

"我要给加林写信，告诉他这一切！"

父亲赶忙走到她身边说："你现在千万不要给他写信！这么严重的事，让他知道了，在外面出了事怎办？他不是快回来了吗？"

黄亚萍想了一下，把纸推到一边。父亲的这个意见她听从了，说："按原来省上通知的时间，再一个星期就回来了。"

她走过去，把父亲墙上挂的日历"嚓嚓"地接连扯了七页。

第二十二章

经过平原和大城市的洗礼，高加林兴致勃勃地回到这个山区县城来了。

他下了公共汽车，出了车站，猛一下觉得县城变化很大，变得让人感到很陌生。城廓是这么小！街道是这么短窄！好像经过了一番不幸的大变迁，人稀稀拉拉，四处静悄悄的，似乎没有什么声响。

县城一点儿也没变。是他的感觉变了。任何人只要刚从喧哗如水的大城市再回到这样僻静的山区县城，都会有这种印象。

高加林出了车站，走在马路上，脚步似乎坚实而又自在。他觉得对他未来的生活更有自信心了。虽然时间很短暂，但他已经基本了解了外边的世界大概是怎一回事。他把眼前这个小世界和外面的大世界一比较，感到他在这里不必缩头缩脑生活。完全可以放开手脚……他的心情就像一个游了一次大海的人，又回到小水潭里一样。

他出车站没走几步，碰见了他们村的三星。他穿一身油污的工作服，羡慕地过来和他握手，问："回来了？"

高加林对他点点头，问："你干什么哩？"

三星说："我开的拖拉机坏了，今早上来城里修理，晚上就又到咱上川里去呀。"

"咱村和我们家里没什么事吧？"他随便问。

"没……就是……巧珍前不久结婚了……"

"和谁？"高加林感到头"嗡"地响了一声。

"和马拴……你在！我还忙着哩！"三星一看他脸色变得很难看，就赶忙走了。

高加林听到这个消息，心里一下子涌起一种说不出的难受滋味。他在马路上若有所失地站了好一阵。他想不到巧珍这样快就结婚了。听到一个爱过自己的姑娘和别人结了婚，这总叫人心里不美气。

他马上意识到，这样呆立在马路当中也不合适，就又提着包往县委走。不过，他走得很慢，脚步也有点沉重起来。他感到街上的人也都似乎有点怪眉怪眼地看他，就像他们知道他心里有什么不愉快似的。

其实，街上的人这样看他，完全是出于另外的原因——这一点要等他回到县委才能明白。

他回到办公室刚把东西放下，老景就过来了。他先问了他这次出去的一些情况，然后突然沉默了起来；脸上的表情也很不自然。高加林很奇怪。他看出了老景好像要和他谈什么，又感到难开口。

老景坐在他的椅子上，又沉默了一会儿，才终于把有关他"走后门"参加工作被揭发、县委已经决定让他回农村的前前后后，全部给他说了。并告诉他，是克南母亲给地纪委写信揭发的；还听说克南和他母亲吵了一架，反对她这样做……

高加林听完后，脑子一下子变成了一片空白。

他麻木地立在脚地当中，甚至不知道自己现在在什么地方。他后来只听见老景断断续续说，他曾找过县委书记，说他工作很出色，请求暂时用雇用的形式继续工作；但书记不同意，说这事影响太大，让赶快给他办清手续，让他立刻就回队；还听说他叔父打了电话，让组织把他坚决退回去……

老景什么时候走的？他不知道。当他确实明白过来他面临的是什么时，一下子反应不过来眼下他该做什么。

他先把烟掏出来，但没抽，扔到了门背后。烟扔掉后，又莫名其妙地掏出了火柴。他把火柴盒抽出来，"哗"一下全撒在了地上。然后，他又弯下腰，一根一根往火柴盒里拾；拾起以后，又撒在了地上，又拾……

一个钟头以后，他的脑子才恢复了正常。

事情马上变得单纯极了：他不就是又要回到他们村，回到土地上去当社员吗？

紧接着他第一个想到的是巧珍。他在桌子上狠狠砸了一拳，绝望地叫道："晚了！我这个混蛋……"

接下来他才想到了黄亚萍。她没有引起他过分的痛苦，只是嘴里喃喃地说了一句:“生活啊，真是开了一个玩笑……”

是生活开了他一个玩笑，还是他开了生活一个玩笑？他不得而知。正像巧珍认为她和高加林的关系是做了一场梦一样，他感觉他和黄亚萍的关系也是做了一场梦。一切都是毫无疑问的：他现在又成了农民，他和黄亚萍中间，也就自然又横上了一条无法逾越的鸿沟。和亚萍结婚，跟她到南京去……这一切马上变成了一个笑话！即使亚萍现在对他的爱情仍然是坚决的，但他自己已经坚定地认为这事再不可能了；他们仍然应该回到各自原来的位置上。他尽管是个理想主义者，但在具体问题上又很现实。

至于他个人生活道路上这个短暂而又复杂的变化过程，他现在来不及更多地思考。他甚至觉得眼前这个结局很自然；反正今天不发生，明天就可能发生。他有预感，但思想上又一直有意回避考虑。前一个时期，他也明知道他眼前升起的是一道虹，但他宁愿让自己把它看作是桥！

他希望的那种“桥”本来就不存在；虹是出现了，而且色彩斑斓，但也很快消失了。他现在仍然面对的是自己的现实。

是的，现实是不能以个人的意志为转移的。谁如果要离开自己的现实，就等于要离开地球。一个人应该有理想，甚至应该有幻想，但也千万不能抛开现实生活，去盲目追求实际上还不能得到的东西。尤其是对于刚踏入生活道路的年轻人来说，这应该是一个最重要的认识。

可是，社会也不能回避自己的责任。我们应该真正廓清生活中无数不合理的东西，让阳光照亮生活的每一个角落；使那些正徘徊在生活十字路口的年轻人走向正轨，让他们的才能得到充分的发展，让他们的理想得以实现。祖国的未来属于年轻的一代，祖国的未来也得指靠他们！

当然，作为青年人自己来说，重要的是正确对待理想和现实生活。哪怕你的追求是正当的，也不能通过邪门歪道去实现啊！而且一旦摔了跤，反过来会给人造成一种多大的痛苦；甚至能毁掉人的一生！

高加林的悲剧包含诸方面的复杂因素——关于这一切，就让明断的公众去评说吧！我们现在仍然叙述我们的生活故事。

加林现在还顾不得考虑其他。他现在首先要考虑的是，他怎样处理他和亚萍的关系。

实际上，这件事他已经在心里决定了：他要主动找黄亚萍断绝关系！

他洗了一把脸，把那双三接头皮鞋脱掉，扔在床底下，拿出了巧珍给他做的那双布鞋。布鞋啊，一针针，一线线，那里面缝着多少柔情蜜意！他一下子把这双已经落满尘土的补口鞋捂在胸口上，泪水止不住从眼睛里涌出来了……

他换了鞋，就起身去找黄亚萍——现在中午已经下班了，亚萍肯定在家里。他想他这是第一次上亚萍家，也是最后一次。

正在他刚要出门的时候，克南却突然进了他的办公室。

他们相对而立，一阵长时间的沉默。

半天，高加林才说："你坐……"

克南坐在他办公桌旁边的一把椅子上。他自己也在床边坐下来。

"加林，你现在一定很恨我……"克南没有看他，说。

高加林也没有看他，说："不……你应该恨我！"

"你现在心里小看我！认为我张克南是个小人！"

"不，"加林回过头，认真说，"我了解你……关于这件事，和你没关系。这我已经知道了。实际上，就是你写信揭发我走了后门，我也可以理解。因为是我首先伤害了你……你即使报复我，也是正当的……"

张克南猛地抬起头来，怔怔地看着高加林说："你是一个有血性的人。尽管咱们性格不一样，但我过去一直在内心很尊重你。我现在仍然尊重你。过去的事情已经过去了……我现在不知道眼前我该怎样帮助你。我知道你现在很痛苦，亚萍也在痛苦……我不愿意你们痛苦……"

"你更痛苦！"加林站起来，"现在让我们结束这个不幸的局面吧！你和亚萍仍然恢复你们的一切。我现在唯一要求你的，就是你能谅解我以前给你带来的痛苦……"

"不！"克南也站起来，"尽管我爱亚萍，亚萍实际上是爱你的！我的痛苦已经过去了，一切我也都想通了……亚萍也不会离开你……"

"我要离开她！我要主动和她断绝关系！这我已经决定了！"

"她是爱你的……"

"我真正爱的人实际上是另外一个！"高加林大声说。

张克南惊讶地望着他，半天说不出话来了。

高加林又颓唐地坐在床边上，一绺乱蓬蓬的头发耷拉在他苍白的额头上。

克南沉默了一下，然后走到高加林面前，说："……加林，我们不说这些事了。我现在主要考虑你要回农村，生活会很艰苦的。我原来也知道，你们家并不太富裕……我们家经济情况好一点，你如果需要我……”

克南还没说完，高加林一下子愤怒地站起来，大声咆哮：“别污辱我了！你滚出去！滚出去！”

克南一下子呆住了。

他眼里闪着泪花，看了一眼高加林，慢慢转过了身。

高加林又猛然走上前来，用一条胳膊搂住了他的肩膀，用一种亲切低沉的音调说：“……克南，对不起。你怎能说这种话呢？如果我不了解你是出于一种真诚，我就马上会把你打倒在这里……原谅我，你走吧！我要马上找亚萍结束我们之间的一切。原谅我……”

他们在门外沉默地握手告别了。

黄亚萍听说高加林回来了，正准备去找他，想不到高加林已经找到她门上来了。

亚萍在大门口把他接回到自己房子里。她父母亲分别拿着糕点、纸烟、茶壶、茶杯，过来放在桌子上，就都退出去了。

亚萍把一杯茶放到他面前，着急地问：“你知道了吗？”

高加林喝了一口茶，平静地说：“知道了。”

黄亚萍一下子伏在他旁边的桌子上，呜咽着哭开了。

高加林从侧面看着她耸动着的圆润的肩膀，看着她烫过的蓬松柔软的头发，心里又忍不住隐隐作痛起来。他又记起省城的大街上、公园里，那些一对一对挽着胳膊走路的青年男女。当时他曾想过：不久，我和亚萍也会这样手挽着手，徜徉在南京的大街上；去长江边看朝霞染红的浪花；去雨花台捡五颜六色的雨花石……

他一边想着，一边难受地咽着唾沫。他一直向往的理想生活，本来已经就要实现，可现在一下子就又破灭了。他感到胸口一阵剧烈的疼痛，赶忙用拳头抵住。

亚萍抬起头来，满面泪痕说：

“你明天到地区去！找你叔父，让他重新考虑给你找个工作！”

加林点着一支烟，狠狠吸了一口，说：

“他原来就反对这样做。这次他也打了电话，让把我退回去。对他来说，这样做也是对的，我并不抱怨他。现在我更不准备去找他了。说来说去，路还得自己走。现在事情很简单，我只能再回到我们村去……”

“你不能回去！”她认真地叫道。

加林苦笑了：“不是能不能回去，而是必须要回去！”

“回去可怎办呀……”亚萍抬起头，脸痛苦地对着天花板，喃喃地念叨着，两只手神经质地捋着头发。

“怎办呀？还能怎办呀！回去当农民！”

“我们怎办呀？”亚萍脸对着他的脸，像是问自己，又像是问加林。

“我已经想好了。我来找你，也就是说这事的！”加林站起来，走过去靠在墙上，“我们现在应该结束我们的关系。你还是和克南一块生活吧！他是非常爱你的……”

“不，我要和你在一块！”黄亚萍也站起来，靠在桌子上。

“这已经是不可能的了，我已经又成了农民，我们无法在一块生活。再说，你很快要到南京去工作了。”

“我不工作了！也不到南京去了！我退职！我跟你去当农民！我不能没有你……”亚萍一下子双手蒙住脸，痛哭流涕了。可怜的姑娘！她现在这些话倒不全是感情用事。她也是一个有个性的人，事到如今，完全可以做出崇高的牺牲。而她现在在内心里比任何时候都要更爱高加林！

高加林一口接一口地吸着烟，说：

“亚萍，怎能这样呢？我根本不值得你做这样的牺牲。就是你真的跟我去当农民，难道我一辈子的灵魂就能安宁吗？你一直娇生惯养，农村的苦你吃不了……亚萍，我知道你对我的感情是真诚的。为了这，我很感激你。我自己一直也是非常喜欢你的。但我现在才深切感到，从感情上来说，我实际上更爱巧珍，尽管她连一个字也不识。我想我现在不应该对你隐瞒这一点……”

亚萍突然惊讶而绝望地望着他的脸，一下子震惊得发呆了。

她麻木地呆立了好长时间，然后用袖口揩去脸上的泪水，向前走了两步，站在高加林面前，缓缓说：“如果是这样，那么……我祝你们……幸福……”她向他伸出手来，两行泪水静静地在脸上流着。

加林握住她的手，说：“巧珍已经和别人结婚了……现在让我来真诚地祝你和克南幸福吧！”

他说完，就把他的手从她的手里抽出来，转过身就往门外走。

亚萍在后边一把扯住他，伤心地说："你……再吻我一下……"

高加林回过头，在她的泪水脸上吻了吻，然后嘴里含着一股苦涩的味道，匆匆跨出了门槛……

高加林从黄亚萍家里出来以后，先没回自己的办公室，径直去县农机修配厂找来三星，让他把他的全部行李在当天晚上就捎回家里去了。然后他和老景一起把所有该办的手续全部办清，就一个人关住门在光床板上躺了下来……

第二十三章

在高三星把加林的铺盖行李捎回村的当天晚上，高家村的大部分人都知道了这件事。全村人都很感慨，谁也没有想到小伙子竟然落了这么个下场！

玉德老两口倒平静地接受了三星捎回来的铺盖卷，也平静地接受了儿子的这个命运。他们一辈子不相信别的，只相信命运；他们认为人在命运面前是没什么可说的。

对这事感到满意的是刘立本。他也认为这是老天爷终于睁了眼，给了高加林应得的报应。他当晚就很有兴致地跑到明楼家，向三星打问这件事的根根梢梢。

但他亲家却没有显出多少兴致来。听了这事，明楼反而显得心情很沉重。这倒不是说他同情高加林，而是他从这件事里敏感地意识到，社会对他们这种人的威胁越来越大了！就连占胜这样的精能人都说垮就垮了台，他一个不识字的农村干部又有多少能耐呢？谁知道什么时候，说不定也会清算到他的头上？另外，他的老心病也马上犯了。他认为高加林不管怎样，都已经在心里恨上了他；往后他们又要同在一个村里闹世事，这小伙子将是他最头疼的一个人。从这一点上说，明楼不愿让高加林回来，宁愿他在外面飞黄腾达去！

就在当晚村里各种人对高加林回村进行各种议论的时候，刘立本的老婆和她的大女儿巧英，却正在立本家一孔闲窑里策划一件妇道人家的伎俩……

第二天一大早，立本的大女儿巧英提了个筐子，出了村，来到大马河湾的分路口附近打猪草。这地方并没有多少猪能吃的东西，巧英弄了半天还没把筐底子铺满。

巧英实际上并不是来打猪草的！她要在这里进行她和她妈昨天晚上谋划过的那件事。两个糊涂的女人，为了出气，决定由巧英在今天把回村的高加林堵在这里，狠狠地奚落他一通！因为今天上午村里的男男女女都在这附近的地里劳动，所以在这个地方闹一下最合适。到时候，田野里的人就都会过来看热闹；而且很快就会在大马河上下川道传得刮风下雨！把他高加林小子的名誉弄得臭臭的！叫他再能！

这件事昨天晚上母女俩谋划时，被巧玲在门外听见了。有文化的高中生进去劝母亲和姐姐千万不要这样；说到时人家不会笑话高加林，而丢人的反倒会是她们！但两个不识字的妇道人家却把她臭骂了一通，弄得巧玲当晚上跑到学校另一个女老师那里睡觉去了。

巧英已经有了一个孩子，不像做姑娘时那般漂亮了，但仍然容貌出众。每逢跟集上会，竟然还有一些远地的陌生小伙子以为她是个姑娘，就倾心地向她求爱；她立刻就用农村妇女最难听的粗话把这些人骂得狗血喷头。和两个妹子不大一样，她从里到外都把父母的一切都全盘继承了，有时心胸狭窄，精明得有点糊涂；但心地倒也善良，还有一股泼辣劲儿。眼下这行为纯粹是一肚子气鼓起来的。

现在她一边心不在焉地打猪草，一边留心望着前川道的公路，心里盘算她怎样给高加林制造这场难看。她一直脸色阴沉，噘着个嘴，早已经像演员一样进入了角色。

她突然听见背后传来一阵慌乱的脚步声。回过头一看，竟然是大妹子巧珍！

这真的是巧珍。她穿一件朴素的印花布衫和一条蓝布裤，脚上是她自己做的布鞋；头发也留成了农村那种普通的“短帽盖”。她一切方面都变成一个农村少妇了，但看起来似乎倒比原来更惹人亲，更漂亮。对于本来就美的人，衣着的质朴更能给人增加美感。巧珍的脸上既没有通常新婚妇女那种特别的幸福光彩，但也看不出不久前那场不幸给她留下的阴影。

“你到这儿干啥来了？”巧英问妹子。

“姐姐，快回！你千万不能这样！人家笑话呀！”巧珍扯住巧英的袖口说。

“什么事笑话我哩？”巧英愚蠢地装出一副惊讶的样子。

“好姐姐哩！巧玲昨晚上跑到我那里，把什么事都给我说了。我昨晚上急得一夜没睡着。今早上，我跑到咱家里，把妈妈数说了一番，她也觉得不该；然后我就来……”

“你真是个受罪鬼！”巧英打断了她的话，一下子恨得牙咬住嘴唇，半天不言语了。过了好一会儿，她才愤愤地说：“高加林不光辱没了你，把咱们一家人都拿猪尿泡打了，满身的臊气！你能忍了这口气，你忍着！我们可忍受不了！我今儿个非给他小子难看不可！”

“好姐姐哩！他现在也够可怜了，要是墙倒众人推，他往后可怎样活下去呀……”巧珍说着，泪水已经在眼眶里旋转起来。

巧英执拗地把头一拧，说：“你别管！这是我的事！”说着，把手里的筐子往地上一丢，一屁股坐在一块石头上，双手狠狠把膝盖一抱，像一个粗野的男人一样。

巧珍一下子跪在巧英面前，把头抵在姐姐的怀里，哽咽着说：“我给你跪下了！姐姐！我央告你！你不要这样对待加林！不管怎样，我心疼他！你要是这样整治加林，就等于拿刀子捅我的心哩……”

善良的品格和对不幸的妹妹的巨大同情心，使得巧英一下子心软了。她一只手上去抹自己眼里涌出的泪珠，另一只手亲热地摩挲着巧珍的头，说：“珍珍，你不要哭了！姐姐知道你的心！姐姐不了……”她停了半天，突然又叹了一口气说：“我心里知道你最爱他。唉！这坏小子要是早叫公家开除回来就好了……现在可怎办呀？我看得出来，这坏小子实际上心里也是爱你的！说不定他还要你哩，可现在……”

“不！”巧珍抬起泪水斑斑的脸，“这是不可能的，我已经结婚了。再说，我也应该和马拴过一辈子！马拴是好人，对我也好，我已经伤过心了，我再不能伤马拴的心了……”

巧英又长出了一口气，说：“那你回喀。我也就回呀……”说着就站起来拿筐子。

巧珍也站起来，问：“你公公在不在家？”

“在哩。怎啦？”巧英问。

“是这样的，我昨晚还听巧玲说，公社可能还要叫咱们学校增加一个教师。加林回来一下子又习惯不了地里的劳动，我想看能不能叫他再教书。马拴是校管委会的，他昨晚上说马店村里有他哩，说他一定代表马店村去给公社说。咱村里你公公拿事，我想拉你一块去求求明楼叔，让加林再去教书。你在旁边一定要帮我说话，你是他的儿媳妇，面子比我大……”

巧英惊讶地张开嘴，望着妹妹怔了半天。她一条胳膊挽起筐子，过来用另一条胳膊搂住巧珍的肩头，说：“那咱们回！妹子，你可真有一副菩萨心肠……”

天还没有明时，高加林就赤手空拳悄然地离开了县委大院。

他匆匆走过没有人迹的街道，步履踉跄，神态麻木，高挑的个子不像平时那般笔直，背微微地有些驼了；失神的眼睛深陷在眼眶里，没有一点光气，头发也乱蓬蓬的像一团茅草。整个脸上像蒙了一层灰尘，额头上都似乎显出了几条细细的皱纹。

漂亮而潇洒的小伙子啊，一下子就好像老了许多岁！

到现在，高加林才感觉到自己像个一无所有的叫花子一般。他感觉到自己孤零零的，前不着村，后不靠店。他不知道自己从什么路上走来，又向什么路上走去……

当他走到大马河桥上的时候，他一下子有气无力地伏在了桥栏杆上。桥下，清清的大马河在黎明前闪着青幽幽的波光，穿过桥洞，汇入了初秋涨宽了的县河里。县河浑黄的流水平静地绕过城下，流向了看不见的远方。

他手抚着桥栏杆，想起第一次卖馍返回的时候，巧珍就是站在这里等他的；想起在这同一个地方，他不久前又曾狠心地和她断绝了关系……眼下他又在这里了，可是他现在还有什么呢？他幻想的工作和未来在大城市生活的梦想破灭了，黄亚萍又退回到了他生活的远景上；亲爱的刘巧珍被他冷酷地抛弃，现在已和别人结了婚。他真想一纵身从这桥上跳下去！

这一切怨谁呢？想来想去，他现在谁也不怨了，反而恨起了自己：他的悲剧是他自己造成的！他为了虚荣而抛弃了生活的原则，落了今天这个下场！他渐渐明白，如果他就这样下去，他躲过了生活的这一次惩罚，也躲不过去下一次惩罚——那时候，他也许就被彻底毁灭了……

严峻的现实生活最能教育人，它使高加林此刻减少了一些狂热，而增强了一些自我反省的力量。他进一步想：假如他跟黄亚萍去了南京，他这一辈子就会真的幸福吗？他能不能就和他幻想的那样在生活中平步青云？亚萍会不会永远爱他？南京比他出色的人谁知有多少，以后根本无法保证她不再去爱其他男人，而把他甩到一边，就像甩张克南一样。可是，如果他和巧珍结了婚，他就敢保证巧珍永远会爱他。他们一辈子在农村生活苦一点儿，但会活得很幸福的……现在，他把生活中最宝贵的东西轻易地丢弃了！他做了昧良心的事！爸爸和德顺爷的话应验了，他害了别人，也害了自己！他搅乱了许多人的生活，也把自己的生活搅了个一塌糊涂……

黎明不知什么时候已经静悄悄地来临了。县城的灯光先后熄灭，大地万物在一种自然柔和的光亮中脱去了夜的黑衣裳，显出了它们各自的面目。时令已进入初秋，山头和川道里的庄稼、树木，绿色中已夹杂了点点斑黄。

城里已经又开始熙熙攘攘了。一天的生活像往常一样开始了它的节奏。

高加林望了一眼罩在蓝色雾霭中的县城，就回过头，穿过桥面，拐进了大马河川道。

他走在庄稼地中间的简易公路上，心里涌起了一种从未体验过的难受。他已经多少次从这条路上走来走去。从这条路上走到城市，又从这条路上走回农村。这短短的十华里土路，对他来说，是多么的漫长！这也象征着他已经走过的生活道路——短暂而曲折！

他折了一枝柳树梢，一边走，一边轻轻抽打着路边的杂草，心想：他回到村里后，人们会怎样看他呢？他将怎样再开始在那里生活呢？亲爱的巧珍已经不在了！如果有她在，他也就不会像现在这样难受和痛苦了。她那火一样热烈和水一样温柔的爱，会把他所有的苦恼冲洗掉。可是现在……他忍不住一下子站在路上，痛不欲生地张开嘴，想大声嘶叫，又叫不出声来！他两只手疯狂地揪扯着自己的胸脯，外衣上的纽扣“嘣嘣”地一颗颗飞掉了……

早晨的太阳照耀在初秋的原野上，大地立刻展现出了一片斑斓的色彩。庄稼和青草的绿叶上，闪耀着亮晶晶的露珠。脚下的土路潮润润的，不起一点黄尘。高加林在路上摇摇晃晃地走着，走几步就站下，站一会儿再走……

离村子还有一里路的地方，他听见河对面的山坡上，有一群孩子叽叽喳喳地说话，其中听见一个男孩子大声喊：“高老师回来啰……”他知道这是他们村的砍柴娃娃，都是他过去的学生。

突然，有一个孩子在对面山坡上唱起了信天游——

哥哥你不成材，

卖了良心才回来……

孩子们都哈哈大笑，叽叽喳喳地跑到后沟里去了。

这古老的歌谣，虽然从孩子的口里唱出来，但它那深沉的谴责力量，仍然使高加林感到惊心动魄。他知道，这些孩子是唱给他听的。

唉！孩子们都这样厌恶他，村里的大人们就更不用说了。

他走不远，就看见了自己的村子。一片茂密的枣树林掩映着前半个村子；另外半个村子伸在沟口里，他看不见。

他忍不住停下了脚，忧伤地看了一眼他熟悉的家乡。一切都是原来的样子——但对他来说，一切又都不一样了……

就在这时，许多刚下地的村里人，却都从这里那里的庄稼地里钻出来，纷纷向他跑来了。

他不知道这是怎一回事，村里的人们就先后围在了他身边，开始向他问长问短。所有人的话语、表情、眼神，都不含任何恶意和嘲笑，反而都很真诚。大家还七嘴八舌地安慰他哩。

“回来就回来吧，你也不要灰心！”

“天下农民一茬子人哩！逛门外和当干部的总是少数！”

“咱农村苦是苦，也有咱农村的好处哩！旁的不说，吃的都是新鲜东西！”

“慢慢看吧，将来有机会还能出去哩。”

……

亲爱的父老乡亲们！他们在一个人走运的时候，也许对你躲得很远；但当你跌了跤的时候，众人却都伸出自己粗壮的手来帮扶你。他们那伟大的同情心，永远都会给予不幸的人！

高加林忍不住热泪盈眶。他一句话也说不出来，只是掏出纸烟，给大家一人散了一根。

庄稼人们问候和安慰了他一番，就都又下地去了。

当高加林再迈步向村子走去的时候，感到身上像吹过了一阵风似的松动了一些。他抬头望着满川厚实的庄稼，望着浓绿笼罩的村庄，对这单纯而又丰富的故乡田地，心中涌起了一种深厚的情感，就像他离开它已经很长时间了，现在才回来……

当他从公路上转下来，走到大马河湾的分路口上时，腿猛一下子软得再也走不动了。他很快又想起，他和巧珍第一次相跟着从县城回来时，就是在这个地方分手的——现在他们却永远地分手了。他也想起，当他离开村子去县城参加工作时，巧珍也正是在这个地方送他的。现在他回来了，她是再不会来接他了……

他坐在一块石头上，身上像火烧着一般烫热。他用两只手蒙住眼睛，头无力地垂在胸前。他真不知道往后的日子怎么过呀？他嘴里喃喃地说："亲爱的人！我要是不失去你就好了……"泪水立刻像涌泉一般地从指缝里淌出来了……

好久，高加林才抬起头。他猛然发现，德顺爷爷正蹲在他面前。他不知道德顺爷爷是什么时候蹲在他面前的。他只是静静地蹲着，抽着旱烟锅。

他见他抬起头来，便笑眯眯地说："你还有眼泪呢？"接着一脸皱纹一下子缩到眼角边，摇了摇那白雪一般的头颅，痛心地说："娃娃呀，回来劳动这不怕，劳动不下贱！可你把一块金子丢了！巧珍，那可是一块金子啊！"

"爷爷，我心里难过。你先别说这了。我现在也知道，我本来已经得到了金子，但像土圪垯一样扔了。我现在觉得活着实在没意思，真想死……"

"胡说！"德顺爷爷一下子站起来，"你才二十四岁，怎么能有这么些混账想法？如果按你这么说，我早该死了！我，快七十岁的孤老头子了，无儿无女，一辈子光棍一条。但我还天天心里热腾腾的，想多活它几年！别说你还是个嫩娃娃哩！我虽然没有妻室儿女，但觉得活着总还是有意思的。我爱过，也痛苦过；我用这两只手劳动过，种过五谷，栽过树，修过路……这些难道也不是活得有意思吗？——拿你们年轻人的词说叫幸福。幸福！你小子不知道，我把我树上的果子摘了分给村里的娃娃们，我心里可有多……幸福！不是么，你小时候也吃过我的多少果子啊！你小子还不知道，我栽下一拨树，心里就想，我死了，后世人在那树上摘着吃果子，他们就会说，这是以前村里的光棍老汉德顺栽下的……"

德顺老汉大动感情地说着，像是在教导加林，又像是借此机会总结他自己的人生；他像一个热血沸腾的老诗人，又像一个哲学家；那只拿烟锅的、衰老的手在剧烈地抖动着。

高加林一下子站起来了。傲气的高中生虽然研究过国际问题，读过许多本书，知道霍梅尼和巴尼萨德尔，知道里根的中子弹政策，但他没有想到这个满身补丁的老光棍农民，在他对生活失望的时候，给他讲了这么深奥的人生课题。他望着亲爱的德顺爷爷那张老皱脸，一双失去光彩的眼睛里重新飘荡起了两点火星。

德顺爷爷用缀补丁的袖口揩了一下脸上的汗水，说："听说你今上午要回来，我就专门在这里等你，想给你说几句话。你的心可千万不能倒了！你也再不要看不起咱这山乡圪塄了。"他用枯瘦的手指头把四周围的大地山川指了一圈，说："就是这山，这水，这土地，一代一代养活了我们。没有这土地，世界上就什么也不会有！是的，不会有！只要咱们爱劳动，一切都还会好起来的。再说，而今党的政策也对头了，现在生活一天天往好变。咱农村往后的前程大着哩，屈不了你的才！娃娃，你不要灰心！一个男子汉，不怕跌跤，就怕跌倒了不往起爬，那就变成个死狗了……"

"爷爷，你的话给我开了窍，我会记住的，也会重新好好开始生活的。刚才我在前川碰见庄里的其他人，他们也给我说了不少宽心话。唉，我现在就担心高明楼和刘立本两家人往后会找我的麻烦，另眼看我……"

"啊呀，这你别担心！就是为了这事，我刚才还去明楼家找了他。我和他爸当年是拜把兄弟，我敢指教他哩！我已经把话给他敲明了，叫他再不要捣你的鬼……噢，我倒忘了给你说了！我刚才去明楼家，正碰见巧珍央求明楼，让他去公社做做工作，让你再教书哩！巧珍说得鼻涕一把泪一把！明楼当下也应承了。不知为什么，他儿媳妇巧英也帮巧珍说话哩。你不要担心，书教成教不成没什么，好好重新开始活你的人吧……啊，巧珍，多好的娃娃！那心就像金子一样……金子一样啊……"德顺老汉泪水夺眶而出，顿时哽咽得说不下去了。

高加林一下子扑倒在德顺爷爷的脚下，两只手紧紧抓着两把黄土，沉痛地呻吟着，喊叫了一声：

"我的亲人哪……"

原载《收获》1982年第3期

中国作家协会1981—1982年全国优秀中篇小说

活着

余华

《活着》出现之前，“新写实”小说已经广为人知。《活着》出现之后，“新写实”的模板才诞生。新写实强调写生存，注重生存的本相。《活着》是关于生存状态最零度最本真的书写，这篇小说摆脱之前主流文学话语对生存理念的影响。小说通过书写一个地主家族的衰落，叙述了一个又一个亲人死去的过程，与死亡对应的是社会生活面貌的变化风云。作品以冷静、幽默的笔法，和命运的残酷和诡谲，呈现了一个人遭遇无尽痛苦后活下去的勇气和毅力。主人公富贵，可以作为中国普通百姓面对生存艰难的象征和缩影。这部小说在中国写实主义的维度上创造了一个零度叙述的可能空间，作家与人物的距离的隔离效果堪称典范。李晓东

《收获》1992 年 6 期

第一章

我比现在年轻十岁的时候，获得了一个游手好闲的职业，去乡间收集民间歌谣。那一年的整个夏天，我如同一只乱飞的麻雀，游荡在知了和阳光充斥的农村。我喜欢喝农民那种带有苦味的茶水，他们的茶桶就放在田埂的树下，我毫无顾忌地拿起积满茶垢的茶碗舀水喝，还把自己的水壶灌满，与田里干活的男人说上几句废话，在姑娘因我而起的窃窃私笑里扬长而去。我曾经和一位守着瓜田的老人聊了整整一个下午，这是我有生以来瓜吃得最多的一次，当我站起来告辞时，突然发现自己像个孕妇一样步履艰难了。然后我与一位当上了祖母的女人坐在门槛上，她编着草鞋为我唱了一支《十月怀胎》。我最喜欢的是傍晚来到时，坐在农民的屋前，看着他们将提上的井水泼在地上，压住蒸腾的尘土，夕阳的光芒在树梢上照射下来，拿一把他们递过来的扇子，尝尝他们的盐一样咸的咸菜，看看几个年轻女人，和男人们说着话。

我头戴宽边草帽，脚上穿着拖鞋，一条毛巾挂在身后的皮带上，让它像尾巴似的拍打着我的屁股。我整日张大嘴巴打着哈欠，散漫地走在田间小道上，我的拖鞋吧嗒吧嗒，把那些小道弄得尘土飞扬，仿佛是车轮滚滚而过时的情景。

我到处游荡，已经弄不清楚哪些村庄我曾经去过，哪些我没有去过。我走近一个村子时，常会听到孩子的喊叫：“那个老打哈欠的人又来啦。”

于是村里人就知道那个会讲荤故事会唱酸曲的人又来了。其实所有的荤故事所有的酸曲都是从他们那里学来的，我知道他们全部的兴趣在什么地方，自然这也是我的兴趣。我曾经遇到一个哭泣的老人，他鼻青脸肿地坐在田埂上，满腹的悲哀使他变得十分激动，看到我走来他仰起脸哭声更为响亮。我问他是谁把他打成这样的？他用手指挖着裤管上的泥巴，愤怒地告诉我是他那不孝的儿子，当我再问为何打他时，他支支吾吾说不清楚了，我就立刻知道他准是对儿媳干了偷鸡摸狗的勾当。还有一个晚上我打着手电赶夜路时，在一口池塘旁照到了两段赤裸的身体，一段压在另一段上面，我照着的时候两段身体纹丝不动，只是有一只手在大腿上轻轻搔痒，我赶紧熄灭手电离去。在农忙的一个中午，我走进一家敞开大门的房屋去找水喝，一个穿短裤的男人神色慌张地挡住了我，把我引到井旁，殷勤地替我打上来一桶水，随后又像耗子一样蹿进了屋里。这样的事我屡见不鲜，差不多和我听到的歌谣一样多，当我望着到处都充满绿色的土地时，我就会进一步明白庄稼为何长得如此旺盛。

那个夏天我还差一点谈情说爱，我遇到了一位赏心悦目的女孩，她黝黑的脸蛋至今还在我眼前闪闪发光。我见到她时，她卷起裤管坐在河边的青草上，摆弄着一根竹竿在照看一群肥硕的鸭子。这个十六七岁的女孩，羞怯地与我共同度过了一个炎热的下午，她每次露出笑容时都要深深地低下头去，我看着她偷偷放下卷起的裤管，又怎样将自己的光脚丫子藏到草丛里去。那个下午我信口开河，向她兜售如何带她外出游玩的计划，这个女孩又惊又喜。我当初情绪激昂，说这些也是真心实意。我只是感到和她在一起身心愉快，也不去考虑以后会是怎样。可是后来，当她三个强壮如牛的哥哥走过来时，我才吓一跳，我感到自己应该逃之夭夭了，否则我就会不得不娶她为妻。

我遇到那位名叫福贵的老人时，是夏天刚刚来到的季节。

那天午后，我走到了一棵有着茂盛树叶的树下，田里的棉花已被收起，几个包着头巾的女人正将棉秆拔出来，她们不时抖动着屁股摔去根须上的泥巴。我摘下草帽，从身后取过毛巾擦去脸上的汗水，身旁是一口在阳光下泛黄的池塘，我就靠着树干面对池塘坐了下来，紧接着我感到自己要睡觉了，就在青草上躺下来，把草帽盖住脸，枕着背包在树荫里闭上了眼睛。

这位比现在年轻十岁的我，躺在树叶和草丛中间，睡了两个小时。其间有几只蚂蚁爬到了我的腿上，我沉睡中的手指依然准确地将它们弹走。后来仿佛是来到了水边，一位老人撑着竹筏在远处响亮地吆喝。我从睡梦里挣脱而出，吆喝声在现实里清晰地传来，我起身后，看到近旁田里一个老人正在开导一头老牛。

犁田的老牛或许已经深感疲倦，它低头伫立在那里，后面赤裸着脊背扶犁的老人，对老牛的消极态度似乎不满，我听到他嗓音响亮地对牛说道："做牛耕田，做狗看家，做和尚化缘，做鸡报晓，做女人织布，哪头牛不耕田？这可是自古就有的道理，走呀，走呀。"

疲倦的老牛听到老人的吆喝后，仿佛知错般地抬起了头，拉着犁往前走去。

我看到老人的脊背和牛背一样黝黑，两个进入垂暮的生命将那块古板的田地耕得哗哗翻动，犹如水面上掀起的波浪。

随后，我听到老人粗哑却令人感动的嗓音，他唱起了旧日的歌谣，先是咿呀啦呀唱出长长的引子，接着出现两句歌词——

皇帝招我做女婿，路远迢迢我不去。

因为路途遥远，不愿去做皇帝的女婿。老人的自鸣得意让我失声而笑。可能是牛放慢了脚步，老人又吆喝起来："二喜、有庆不要偷懒，家珍、凤霞耕得好，苦根也行啊。"

一头牛竟会有这么多名字？我好奇地走到田边，问走近的老人："这牛有多少名字？"

老人扶住犁站下来，他将我上下打量一番后问："你是城里人吧？"

"是的。"我点点头。

老人得意起来："我一眼就看出来了。"

我说："这牛究竟有多少名字？"

老人回答："这牛叫福贵，就一个名字。"

"可你刚才叫了几个名字。"

"噢——"老人高兴地笑起来，他神秘地向我招招手，当我凑过去时，他欲说又止，他看到牛正抬着头，就训斥它：“你别偷听，把头低下。”

牛果然低下了头，这时老人悄声对我说：

“我怕它知道只有自己在耕田，就多叫出几个名字去骗它，它听到还有别的牛也在耕田，就不会不高兴，耕田也就起劲啦。”

老人黝黑的脸在阳光里笑得十分生动，脸上的皱纹欢乐地游动着，里面镶满了泥土，就如布满田间的小道。

这位老人后来和我一起坐在了那棵茂盛的树下，在那个充满阳光的下午，他向我讲述了自己。

四十多年前，我爹常在这里走来走去，他穿着一身黑颜色的绸衣，总是把双手背在身后，他出门时常对我娘说：“我到自己的地上去走走。”

我爹走在自己的田产上，干活的佃户见了，都要双手握住锄头恭敬地叫一声：“老爷。”我爹走到了城里，城里人见了都叫他先生。我爹是很有身份的人，可他拉屎时就像个穷人了。他不爱在屋里床边的马桶上拉屎，跟牲畜似的喜欢到野地里去拉屎。每天到了傍晚的时候，我爹打着饱嗝，那声响和青蛙叫唤差不多，走出屋去，慢吞吞地朝村口的粪缸走去。

走到了粪缸旁，他嫌缸沿脏，就抬脚踩上去蹲在上面。我爹年纪大了，屎也跟着老了，出来不容易，那时候我们全家人都会听到他在村口嗷嗷叫着。几十年来我爹一直这样拉屎，到了六十多岁还能在粪缸上一蹲就是半晌，那两条腿就和鸟爪一样有劲。我爹喜欢看着天色慢慢黑下来，罩住他的田地。我女儿凤霞到了三四岁，常跑到村口去看她爷爷拉屎，我爹毕竟年纪大了，蹲在粪缸上腿有些哆嗦，凤霞就问他：“爷爷，你为什么动呀？”

我爹说：“是风吹的。”

那时候我们家境还没有败落，我们徐家有一百多亩地，从这里一直到那边工厂的烟囱，都是我家的。我爹和我，是远近闻名的阔老爷和阔少爷，我们走路时鞋子的声响，都像是铜钱碰来撞去的。我女人家珍，是城里米行老板的女儿，她也是有钱人家出身的。有钱人嫁给有钱人，就是把钱堆起来，钱在钱上面哗哗地流，这样的声音我有四十年没有听到了。

我是我们徐家的败家子，用我爹的话说，我是他的孽子。

我念过几年私塾，穿长衫的私塾先生叫我念一段书时，是我最高兴的。我站起来，拿着本线装的《千字文》，对私塾先生说：“好好听着，爹给你念一段。”

年过花甲的私塾先生对我爹说：

“你家少爷长大了准能当个二流子。”

我从小就不可救药，这是我爹的话。私塾先生说我是朽木不可雕也。现在想想他们都说对了，当初我可不这么想，我想我有钱啊，我是徐家仅有的一根香火，我要是灭了，徐家就得断子绝孙。

上私塾时我从来不走路，都是我家一个雇工背着我去，放学时他已经恭恭敬敬地弯腰蹲在那里了，我骑上去后拍拍雇工的脑袋，说一声：“长根，跑呀。”

雇工长根就跑起来，我在上面一颠一颠的，像是一只在树梢上的麻雀。我说一声：“飞呀。”

长根就一步一跳，做出一副飞的样子。

我长大以后喜欢往城里跑，常常是十天半月不回家。我穿着白色的丝绸衣衫，头发抹得光滑透亮，往镜子前一站，我看到自己满脑袋的黑油漆，一副有钱人的样子。

我爱往妓院钻，听那些风骚的女人整夜叽叽喳喳和哼哼哈哈，那些声音听上去像是在给我挠痒痒。做人哪，一旦嫖上以后，也就免不了要去赌。这个嫖和赌，就像是胳膊和肩膀连在一起，怎么都分不开。后来我更喜欢赌博了，嫖妓只是为了轻松一下，就跟水喝多了要去方便一下一样，说白了就是撒尿。赌博就完全不一样了，我是又痛快又紧张，特别是那个紧张，有一股叫我说不出来的舒坦。以前我是做一天和尚撞一天钟，整天有气无力，每天早晨醒来犯愁的就是这一天该怎么打发。我爹常常唉声叹气，训斥我没有光耀祖宗。

我心想光耀祖宗也不是非我莫属，我对自己说：“凭什么让我放着好端端的日子不过，去想光耀祖宗这些累人的事。再说我爹年轻时也和我一样，我家祖上有两百多亩地，到他手上一折腾就剩一百多亩了。”我对爹说：“你别犯愁啦，我儿子会光耀祖宗的。”

总该给下一辈留点好事吧。我娘听了这话哧哧笑，她偷偷告诉我：我爹年轻时也这么对我爷爷说过。我心想就是嘛，他自己干不了的事硬要我来干，我怎么会答应。那时候我儿子有庆还没出来，我女儿凤霞刚好四岁。家珍怀着有庆有六个月了，自然有些难看，走路时裤裆里像是夹了个馒头似的一撇一撇，两只脚不往前往横里跨，我嫌弃她，对她说："你呀，风一吹肚子就要大上一圈。"

家珍从不顶撞我，听了这糟蹋她的话，她心里不乐意也只是轻轻说一句："又不是风吹大的。"

自从我赌博上以后，我倒还真想光耀祖宗了，想把我爹弄掉的一百多亩地挣回来。那些日子爹问我在城里鬼混些什么，我对他说："现在不鬼混啦，我在做生意。"

他问："做什么生意？"

他一听就火了，他年轻时也这么回答过我爷爷。他知道我是在赌博，脱下布鞋就朝我打来，我左躲右藏，心想他打几下就该完了吧。可我这个平常只有咳嗽才有力气的爹，竟然越打越凶了。我又不是一只苍蝇，让他这么拍来拍去。我一把捏住他的手，说道："爹，你他娘的算了吧。老子看在你把我弄出来的分上让让你，你他娘的就算了吧。"

我捏住爹的右手，他又用左手脱下右脚的布鞋，还想打我。我又捏住他的左手，这样他就动弹不得了，他气得哆嗦了半晌，才喊出一声："孽子。"

我说："去你娘的。"

双手一推，他就跌坐到墙角里去了。

我年轻时吃喝嫖赌，什么浪荡的事都干过。我常去的那家妓院是单名，叫青楼。里面有个胖胖的妓女很招我喜爱，她走路时两片大屁股就像挂在楼前的两只灯笼，晃来晃去。她躺到床上一动一动时，压在上面的我就像睡在船上，在河水里摇呀摇呀。我经常让她背着我去逛街，我骑在她身上像是骑在一匹马上。

我的丈人，米行的陈老板，穿着黑色的绸衫站在柜台后面。我每次从那里经过时，都要揪住妓女的头发，让她停下，脱帽向丈人致礼："近来无恙？"

我丈人当时的脸就和松花蛋一样，我呢，嘻嘻笑着过去了。后来我爹说我丈人几次都让我气病了，我对爹说："别哄我啦，你是我爹都没气成病。他自己生病凭什么往我身上推？"

他怕我，我倒是知道的。我骑在妓女身上经过他的店门时，我丈人身手极快，像只耗子忽地一下蹿到里屋去了。他不敢见我，可当女婿的路过丈人店门总该有个礼吧。我就大声嚷嚷着向逃窜的丈人请安。

最风光的那次是小日本投降后，国军准备进城收复失地。

那天可真是热闹，城里街道两旁站满了人，手里拿着小彩旗，商店都斜着插出来青天白日旗，我丈人米行前还挂了一幅两扇门板那么大的蒋介石像，米行的三个伙计都站在蒋介石左边的口袋下。

那天我在青楼里赌了一夜，脑袋昏昏沉沉像是肩膀上扛了一袋米，我想着自己有半个来月没回家了，身上的衣服一股酸臭味，我就把那个胖大妓女从床上拖起来让她背着我回家，叫了抬轿子跟在后面，我到了家好让她坐轿子回青楼。

那妓女嘟嘟哝哝背着我往城门走，说什么雷公不打睡觉人，才睡下就被我叫醒，说我心肠黑。我把一块银元往她胸口灌进去，就把她的嘴堵上了。走近了城门，一看到两旁站了那么多人，我的精神一下子上来了。

我丈人是城里商会的会长，我很远就看到他站在街道中央喊："都站好了，都站好了，等国军一到，大家都要拍手，都要喊。"

有人看到了我，就嘻嘻笑着喊：

"来啦，来啦。"

我丈人还以为是国军来了，赶紧闪到一旁。我两条腿像是夹马似的夹了夹妓女，对她说："跑呀，跑呀。"

在两旁人群的哄笑里，妓女呼哧呼哧背着我小跑起来，嘴里骂道："夜里压我，白天骑我，黑心肠的，你是逼我往死里跑。"

我咧着嘴频频向两旁哄笑的人点头致礼，来到丈人近前，我一把扯住妓女的头发："站住，站住。"

妓女哎哟叫了一声站住脚。我大声对丈人说："岳父大人，女婿给你请个早安。"

那次我实实在在地把我丈人的脸丢尽了，我丈人当时傻站在那里，嘴唇一个劲地哆嗦，半晌才沙哑地说一声："祖宗，你快走吧。"

那声音听上去都不像是他的了。

我女人家珍当然知道我在城里这些花花绿绿的事，家珍是个好女人，我这辈子能娶上这么一个贤惠的女人，是我前世做狗吠叫了一辈子换来的。家珍对我从来都是逆来顺受，我在外面胡闹，她只是在心里打鼓，从不说我什么，和我娘一样。

我在城里闹腾得实在有些过分，家珍心里当然有一团乱麻，乱糟糟的不能安分。有一天我从城里回到家中，刚刚坐下，家珍就笑盈盈地端出四样菜，摆在我面前，又给我斟满了酒，自己在我身旁坐下来伺候我吃喝。她笑盈盈的样子让我觉得奇怪，不知道她遇上了什么好事，我左思右想也想不出这天是什么日子。我问她，她不说，就是笑盈盈地看着我。

那四样菜都是蔬菜，家珍做得各不相同，可吃到下面都是一块差不多大小的猪肉。起先我没怎么在意，吃到最后一碗菜，底下又是一块猪肉。我一愣，随后我就嘿嘿笑了起来。

我明白了家珍的意思，她是在开导我：女人看上去各不相同，到下面都是一样的。我对家珍说："这道理我也知道。"

道理我也知道，看到上面长得不一样的女人，我心里想的就是不一样，这实在是没办法的事。

家珍就是这样一个女人，心里对我不满，脸上不让我看出来，弄些拐弯抹角的点子来敲打我。我偏偏是软硬不吃，我爹的布鞋和家珍的菜都管不住我的腿，我就是爱往城里跑，爱往妓院钻。还是我娘知道我们男人心里想什么，她对家珍说："男人都是馋嘴的猫。"

我娘说这话不只是为我开脱，还揭了我爹的老底。我爹坐在椅子里，一听这话眼睛就眯成了两条门缝，嘿嘿笑了一下。我爹年轻时也不检点，他是老了干不动了才老实起来。

我赌博时也在青楼，常玩的是麻将、牌九和骰子。我每赌必输，越输我越想把我爹年轻时输掉的一百多亩地赢回来。

刚开始输了我当场给钱，没钱就去偷我娘和家珍的首饰，连我女儿凤霞的金项圈也偷了去。后来我干脆赊账，债主们都知道我的家境，让我赊账。自从赊账以后，我就不知道自己输了有多少，债主也不提醒我，暗地里天天都在算计着我家那一百多亩地。

一直到解放以后，我才知道赌博的赢家都是做了手脚的，难怪我老输不赢，他们是挖了个坑让我往里面跳。那时候青楼里有一位沈先生，年纪都快到六十岁了，眼睛还和猫眼似的贼亮，穿着蓝布长衫，腰板挺得笔直，平常时候总是坐在角落里，闭着眼睛像是在打盹。等到牌桌上的赌注越下越大，沈先生才咳嗽几声，慢悠悠地走过来，选一位置站着看，看了一会便有人站起来让位:“沈先生，这里坐。”

沈先生撩起长衫坐下，对另三位赌徒说:

“请。”

青楼里的人从没见到沈先生输过，他那双青筋突暴的手洗牌时，只听到哗哗的风声，那副牌在他手中忽长忽短，刷刷地进进出出，看得我眼睛都酸了。

有一次沈先生喝醉了酒，对我说:

“赌博全靠一双眼睛一双手，眼睛要练成爪子一样尖，手要练成泥鳅那样滑。”

小日本投降那年，龙二来了。龙二说话时南腔北调，光听他的口音，就知道这人不简单，是闯荡过很多地方、见过大世面的人。龙二不穿长衫，一身白绸衣，和他同来的还有两个人，帮他提着两只很大的柳条箱。

那年沈先生和龙二的赌局，实在是精彩，青楼的赌厅里挤满了人，沈先生和他们三个人赌。龙二身后站着一个跑堂的，托着一盘干毛巾，龙二不时取过一块毛巾擦手。他不拿湿毛巾拿干毛巾擦手，我们看了都觉得稀奇。他擦手时那副派头像是刚吃完了饭似的。起先龙二一直输，他看上去还满不在乎，倒是他带来的两个人沉不住气，一个骂骂咧咧，一个唉声叹气。沈先生一直赢，可脸上一点赢的意思都没有，沈先生皱着眉头，像是输了很多似的。他脑袋垂着，眼睛却跟钉子似的钉在龙二那双手上。沈先生年纪大了，半个晚上赌下来，就开始喘粗气，额头上汗水渗了出来，沈先生说:“一局定胜负吧。”

龙二从盘子里取过最后一块毛巾，擦着手说:“行啊。”

他们把所有的钱都押在了桌上，钱差不多把桌面占满了，只在中间留个空。每个人发了五张牌，亮出四张后，龙二的两个伙伴立刻泄气了，把牌一推说:“完啦，又输了。”

龙二赶紧说:“没输，你们赢啦。”

说着龙二亮出最后那张牌，是黑桃A，他的两个伙伴一看立刻嘿嘿笑了。其实沈先生最后那张牌也是黑桃A，他是三A带两K，龙二一个伙伴是三Q带两J。龙二抢先亮出了黑桃A，沈先生怔了半晌，才把手中的牌一收说:“我输了。”

龙二的黑桃A和沈先生的都是从袖管里换出来的，一副牌不能有两张黑桃A，龙二抢了先，沈先生心里明白也只能认输。那是我们第一次看到沈先生输，沈先生手推桌子站起来，向龙二他们作了个揖，转过身来往外走，走到门口微笑着说："我老了。"

后来再没人见过沈先生，听说那天天刚亮，他就坐着轿子走了。

沈先生一走，龙二成了这里的赌博师傅。龙二和沈先生不一样，沈先生是只赢不输，龙二是赌注小常输，赌注大就没见他输过了。我在青楼常和龙二他们赌，有输有赢，所以我总觉得自己没怎么输，其实我赢的都是小钱，输掉的倒是大钱，我还蒙在鼓里，以为自己马上就要光耀祖宗了。

我最后一次赌博时，家珍来了，那时候天都快黑了，这是家珍后来告诉我的，我当时根本不知道天是亮着还是要黑了。家珍挺了个大肚子找到青楼来了，我儿子有庆在他娘肚子里长到七八个月了。家珍找到了我，一声不吭地跪在我面前，起先我没看到她，那天我手气特别好，掷出的骰子十有八九是我要的点数，坐在对面的龙二一看点数嘿嘿一笑说："兄弟我又栽了。"

龙二摸牌把沈先生赢了之后，青楼里没人敢和他摸牌了，我也不敢，我和龙二赌都是用骰子，就是骰子龙二玩得也很地道，他常赢少输，可那天他栽到我手里了，接连地输给我。

他嘴里叼着烟卷，眼睛眯缝着像是什么事都没有，每次输了都还嘿嘿一笑，两条瘦胳膊把钱推过来时却是一百个不愿意。

我想龙二你也该惨一次了。人都是一样的，手伸进别人口袋里掏钱时那个眉开眼笑，轮到自己给钱了一个个都跟哭丧一样。我正高兴着，有人扯了扯我的衣服，低头一看是自己的女人。看到家珍跪着我就火了，心想我儿子还没出来就跪着了，这太不吉利。我就对家珍说："起来，起来，你他娘的给我起来。"

家珍还真听话，立刻站了起来。我说：

"你来干什么？还不快给我回去。"

说完我就不管她了，看着龙二将骰子捧在手心里跟拜佛似的摇了几下，他一掷出脸色就难看了，说道："摸过女人屁股就是手气不好。"

我一看自己又赢了，就说：

"龙二，你去洗洗手吧。"

龙二嘿嘿一笑，说道：

"你把嘴巴了抹干净了再说话。"

家珍又扯了扯我的衣服，我一看，她又跪到地上。家珍细声细气地说：“你跟我回去。”

要我跟一个女人回去？家珍这不是存心出我的丑？我的怒气一下子上来了，我看看龙二他们，他们都笑着看我，我对家珍吼道：“你给我滚回去。”

家珍还是说：“你跟我回去。”

我给了她两巴掌，家珍的脑袋像是拨浪鼓那样摇晃了几下。挨了我的打，她还是跪在那里，说：“你不回去，我就不站起来。”

现在想起来叫我心疼啊，我年轻时真是个乌龟王八蛋。这么好的女人，我对她又打又踢。我怎么打她，她就是跪着不起来，打到最后连我自己都觉得没趣了，家珍头发披散眼泪汪汪地捂着脸。我就从赢来的钱里抓出一把，给了旁边站着的两个人，让他们把家珍拖出去，我对他们说：“拖得越远越好。”

家珍被拖出去时，双手紧紧捂着凸起的肚子，那里面有我的儿子啊，家珍没喊没叫，被拖到了大街上，那两个人扔开她后，她就扶着墙壁站起来，那时候天完全黑了，她一个人慢慢往回走。后来我问她，她那时是不是恨死我了，她摇摇头说：“没有。”

我的女人抹着眼泪走到她爹米行门口，站了很长时间，她看到她爹的脑袋被煤油灯的亮光印在墙上，她知道他是在清点账目。她站在那里呜呜哭了一会，就走开了。

家珍那天晚上走了十多里夜路回到了我家。她一个孤身女人，又怀着七个多月的有庆，一路上到处都是狗吠，下过一场大雨的路又坑坑洼洼。

第二章

早上几年的时候，家珍还是一个女学生。那时候城里有夜校了，家珍穿着月白色的旗袍，提着一盏小煤油灯，和几个女伴去上学。我是在拐弯处看到她，她一扭一扭地走过来，高跟鞋敲在石板路上，滴滴答答像是在下雨，我眼睛都看得不会动了，家珍那时候长得可真漂亮，头发齐齐地挂到耳根，走去时旗袍在腰上一皱一皱，我当时就在心里想，我要她做我的女人。

家珍她们嘻嘻说着话走过去后，我问一个坐在地上的鞋匠：“那是谁家的女儿？”

鞋匠说："是陈记米行的千金。"

我回家后马上对我娘说：

"快去找个媒人，我要把城里米行陈老板的女儿娶过来。"

家珍那天晚上被拖走后，我就开始倒霉了，连着输了好几把，眼看着桌上小山坡一样堆起的钱，像洗脚水似的倒了出去。

龙二嘿嘿笑个不停，那张脸都快笑烂了。那次我一直赌到天亮，赌得我头晕眼花，胃里直往嘴上冒臭气。最后一把我押上了平生最大的赌注，用唾沫洗洗手，心想千秋功业全在此一掷了。我正要去抓骰子，龙二伸手挡了挡说："慢着。"

龙二向一个跑堂挥挥手说：

"给徐家少爷拿块热毛巾来。"那时候旁边看赌的人全回去睡觉了，只剩下我们几个赌的，另两个人是龙二带来的。我是后来才知道龙二买通了那个跑堂，那跑堂将热毛巾递给我，我拿着擦脸时，龙二偷偷换了一副骰子，换上来的那副骰子龙二做了手脚。我一点都没察觉，擦完脸我把毛巾往盘子里一扔，拿起骰子拼命摇了三下，掷出去一看，还好，点数还挺大的。

轮到龙二时，龙二将那副骰子放在七点上，这小子伸出手掌使劲一拍，喊了一声："七点。"

那副骰子里面挖空了灌了水银，龙二这么一拍，水银往下沉，抓起一掷，一头重了滚几下就会停在七点上。

我一看那副骰子果然是七点，脑袋嗡的一下，这次输惨了。继而一想反正可以赊账，日后总有机会赢回来，便宽了宽心，站起来对龙二说："先记上吧。"

龙二摆摆手让我坐下，他说：

"不能再让你赊账了，你把你家一百多亩地全输光了。再赊账，你拿什么来还？"

我听后一个哈欠没打完猛地收回，连声说：

"不会，不会。"

龙二和另两个债主就拿出账簿，一五一十给我算起来，龙二拍拍我凑过去的脑袋，对我说："少爷，看清楚了吗？这可都是你签字画押的。"

我才知道半年前就欠上他们了，半年下来我把祖辈留下的家产全输光了。

算到一半，我对龙二说："别算了。"

我重新站起来，像只瘟鸡似的走出了青楼，那时候天完全亮了，我就站在街上，都不知道该往哪里走。有一个提着一篮豆腐的熟人看到我后响亮地喊了一声："早啊，徐家少爷。"

他的喊声吓了我一跳，我呆呆地看着他。他笑眯眯地说："瞧你这样子，都成药渣了。"

他还以为我是被那些女人给折腾的，他不知道我破产了，我和一个雇工一样穷了。我苦笑着看他走远，心想还是别在这里站着，就走动起来。

我走到丈人米行那边时，两个伙计正在卸门板，他们看到我后嘻嘻笑了一下，以为我又会过去向我丈人大声请安，我哪还有这个胆量？我把脑袋缩了缩，贴着另一端的房屋赶紧走了过去。我听到老丈人在里面咳嗽，接着呸的一声一口痰吐在了地上。

我就这样迷迷糊糊地走到了城外，有一阵子我竟忘了自己输光家产这事，脑袋里空空荡荡，像是被捅过的马蜂窝。到了城外，看到那条斜着伸过去的小路，我又害怕了，我想接下去该怎么办呢？我在那条路上走了几步，走不动了，看看四周都看不到人影，我想拿根裤带吊死算啦。这么想着我又走动起来，走过了一棵榆树，我只是看一眼，根本就没打算去解裤带。其实我不想死，只是找个法子与自己赌气。我想着那一屁股债又不会和我一起吊死，就对自己说："算啦，别死啦。"

这债是要我爹去还了。一想到爹，我心里一阵发麻，这下他还不把我给揍死？我边走边想，怎么想都是死路一条了，还是回家去吧。被我爹揍死，总比在外面像野狗一样吊死强。

就那么一会工夫，我瘦了整整一圈，眼都青了，自己还不知道，回到了家里，我娘一看到我就惊叫起来，她看着我的脸问："你是福贵吧？"

我看着娘的脸苦笑地点点头，我听到娘一惊一乍地说着什么，我不再看她，推门走到了自己屋里，正在梳头的家珍看到我也吃了一惊，她张嘴看着我。一想到她昨晚来劝我回家，我却对她又打又踢，我就扑通一声跪在她面前，对她说："家珍，我完蛋啦。"

说完我就呜呜地哭了起来，家珍慌忙来扶我，她怀着有庆哪能把我扶起来？她就叫我娘。两个女人一起把我抬到床上，我躺到床上就口吐白沫，一副要死的样子，可把她们吓坏了，又是捶肩又是摇我的脑袋，我伸手把她们推开，对她们说：“我把家产输光啦。”

我娘听了这话先是一愣，她使劲看看我后说：“你说什么？”

我说：“我把家产输光啦。”

我那副模样让她信了，我娘一屁股坐到了地上，抹着眼泪说：“上梁不正下梁歪啊。”

我娘到那时还在心疼我，她没怪我，倒是去怪我爹。

家珍也哭了，她一边替我捶背一边说：

“只要你以后不赌就好了。”

我输了个精光，以后就是想赌也没本钱了。我听到爹在那边屋子里骂骂咧咧，他还不知道自己是穷光蛋了，他嫌两个女人的哭声吵他。听到我爹的声音，我娘就不哭了，她站起来走出去，家珍也跟了出去。我知道她们到我爹屋子里去了，不一会我就听到爹在那边喊叫起来：“孽子。”

这时我女儿凤霞推门进来，又摇摇晃晃地把门关上。凤霞尖声细气地对我说：“爹，你快躲起来，爷爷要来揍你了。”

我一动不动地看着她，凤霞就过来拉我的手，拉不动我她就哭了。看着凤霞哭，我心里就跟刀割一样。凤霞这么小的年纪就知道护着她爹，就是看着这孩子，我也该千刀万剐。

我听到爹气冲冲地走来了，他喊着：

“孽子，我要剐了你，阉了你，剁烂了你这乌龟王八蛋。”

我想爹你就进来吧，你就把我剁烂了吧。可我爹走到门口，身体一晃就摔到地上气昏过去了。我娘和家珍叫叫嚷嚷地把他扶起来，扶到他自己的床上。过了一会，我听到爹在那边像是吹唢呐般地哭上了。

我爹在床上一躺就是三天，第一天他呜呜地哭，后来他不哭了，开始叹息，一声声传到我这里，我听到他唉声说着：“报应啊，这是报应。”

第三天，我爹在自己屋里接待客人，他响亮地咳嗽着，一旦说话时声音又低得听不到。到了晚上的时候，我娘走过来对我说，爹叫我过去。我从床上起来，心想这下非完蛋不可，我爹在床上歇了三天，他有力气来宰我了，起码也把我揍个半死不活。我对自己说，任凭爹怎么揍我，我也不要还手。我向爹的房间走去时一点力气都没有，身体软绵绵，两条腿像是假的。我进了他的房间，站在我娘身后，偷偷看着他躺在床上的模样，他睁圆了眼睛看着我，白胡须一抖一抖，他对我娘说："你出去吧。"

我娘从我身旁走了出去，她一走我心里是一阵发虚，说不定他马上就会从床上蹦起来和我拼命。他躺着没有动，胸前的被子都滑出去挂在地上了。

"福贵啊。"

爹叫了我一声，他拍拍床沿说：

"你坐下。"

我心里咚咚跳着在他身旁坐下来，他摸到了我的手，他的手和冰一样，一直冷到我心里。爹轻声说："福贵啊，赌债也是债，自古以来没有不还债的道理。我把一百多亩地，还有这房子都抵押出去了，明天他们就会送铜钱来。我老了，挑不动担子了，你就自己挑着钱去还债吧。"

爹说完后又长叹一声。听完他的话，我眼睛里酸溜溜的，我知道他不会和我拼命了，可他说的话就像是一把钝刀子在割我的脖子，脑袋掉不下来，倒是疼得死去活来。爹拍拍我的手说："你去睡吧。"

第二天一早，我刚起床就看到四个人进了我家院子，走在头里的是个穿绸衣的有钱人，他朝身后穿粗布衣服的三个挑夫摆摆手说："放下吧。"

三个挑夫放下担子撩起衣角擦脸时，那有钱人看着我喊的却是我爹："徐老爷，你要的货来了。"

我爹拿着地契和房契连连咳嗽着走出来，他把房地契递过去，向那人哈哈腰说："辛苦啦。"

那人指着三担铜钱，对我爹说：

"都在这里了，你数数吧。"

我爹全没有了有钱人的派头，他像个穷人一样恭敬地说："不用，不用，进屋喝口茶吧。"

那人说："不必了。"

说完，他看看我，问我爹：

"这位是少爷吧？"

我爹连连点头。他朝我嘻嘻一笑，说道：

"送货时采些南瓜叶子盖在上面，可别让人抢了。"

这天开始，我就挑着铜钱走十多里路进城去还债。铜钱上盖着的南瓜叶是我娘和家珍去采的，凤霞看到了也去采，她挑最大的采了两张，盖在担子上，我把担子挑起来准备走，凤霞不知道我是去还债，仰着脸问："爹，你是不是又要好几天不回家了？"

我听了这话鼻子一酸，差点掉出眼泪来，挑着担子赶紧往城里走。到了城里，龙二看到我挑着担子来了，亲热地喊一声："来啦，徐家少爷。"

我把担子放在他跟前，他揭开瓜叶时皱皱眉，对我说："你这不是自找苦吃，换些银元多省事。"

我把最后一担铜钱挑去后，他就不再叫我少爷，他点点头说："福贵，就放这里吧。"

倒是另一个债主亲热些，他拍拍我的肩说：

"福贵，去喝一壶。"

龙二听后忙说："对，对，喝一壶，我来请客。"

我摇摇头，心想还是回家吧。一天下来，我的绸衣磨破了，肩上的皮肉渗出了血。我一个人往家里走去，走走哭哭，哭哭走走。想想自己才挑了一天的钱就累得人都要散架了，祖辈挣下这些钱不知要累死多少人。到这时我才知道爹为什么不要银元偏要铜钱，他就是要我知道这个道理，要我知道钱来得千难万难。这么一想，我都走不动路了，在道旁蹲下来哭得腰里直抽搐。那时我家的老雇工，就是小时候背我去私塾的长根，背着个破包裹走过来。他在我家干了几十年，现在也要离开了。他很小就死了爹娘，是我爷爷带回家来的，以后也一直没娶女人。他和我一样眼泪汪汪，赤着皮肉裂开的脚走过来，看到我蹲在路边，他叫了一声："少爷。"

我对他喊："别叫我少爷，叫我畜生。"

他摇摇头说："要饭的皇帝也是皇帝，你没钱了也还是少爷。"

一听这话我刚擦干净脸眼泪又下来了，他也在我身旁蹲下来，捂着脸呜呜地哭上了。我们在一起哭了一阵后，我对他说："天快黑了，长根你回家去吧。"

长根站了起来，一步一步地走开去，我听到他嗡嗡地说："我哪儿还有什么家呀。"

我把长根也害了，看着他孤身一人走去，我心里是一阵一阵的酸痛。直到长根走远看不见了，我才站起来往家走，我到家的时候天已经黑了。家里原先的雇工和女佣都已经走了，我娘和家珍在灶间一个烧火一个做饭，我爹还在床上躺着，只有凤霞还和往常一样高兴，她还不知道从此以后就要受苦受穷了。她蹦蹦跳跳走过来，扑到我腿上问我："为什么他们说我不是小姐了？"

我摸摸她的小脸蛋，一句话也说不出来，好在她没再往下问，她用指甲刮起了我裤子上的泥巴，高兴地说："我在给你洗裤子呢。"

到了吃饭的时候，我娘走到爹的房门口问他："给你把饭端进来吧？"

我爹说："我出来吃。"

我爹三根指头执着一盏煤油灯从房里出来，灯光在他脸上一闪一闪，那张脸半明半暗，他弓着背咳嗽连连。爹坐下后问我："债还清了？"

我低着头说："还清了。"

我爹说："这就好，这就好。"

他看到了我的肩膀，又说：

"肩膀也磨破了。"

我没有作声，偷偷看看我娘和家珍，她们两个都泪汪汪地看着我的肩膀。爹慢吞吞地吃起了饭，才吃了几口就将筷子往桌上一放，把碗一推，他不吃了。过一会，爹说道："从前，我们徐家的老祖宗不过是养了一只小鸡，鸡养大后变成了鹅，鹅养大了变成了羊，再把羊养大，羊就变成了牛。我们徐家就是这样发起来的。"

爹的声音嗞嗞的，他顿了顿又说：

"到了我手里，徐家的牛变成了羊，羊又变成了鹅。传到你这里，鹅变成了鸡，现在是连鸡也没啦。"

爹说到这里嘿嘿笑了起来，笑着笑着就哭了。他向我伸出两根指头："徐家出了两个败家子啊。"

没出两天，龙二来了。龙二的模样变了，他嘴里镶了两颗金牙，咧着大嘴巴嘻嘻笑着。他买去了我们抵押出去的房产和地产，他是来看看自己的财产。龙二用脚踢踢墙基，又将耳朵贴在墙上，伸出巴掌拍拍，连声说："结实，结实。"

龙二又到田里去转了一圈，回来后向我和爹作揖说道："看着那绿油油的地，心里就是踏实。"

龙二一到，我们就要从几代居住的屋子里搬出去，搬到茅屋里去住。搬走那天，我爹双手背在身后，在几个房间踱来踱去，末了对我娘说："我还以为会死在这屋子里。"

说完，我爹拍拍绸衣上的尘土，伸了伸脖子跨出门槛。我爹像往常那样，双手背在身后慢悠悠地向村口的粪缸走去。那时候天正在黑下来，有几个佃户还在地里干着活，他们都知道我爹不是主人了，还是握住锄头叫了一声："老爷。"

我爹轻轻一笑，向他们摆摆手说：

"不要这样叫。"

我爹已不是走在自己的地产上了，两条腿哆嗦着走到村口，在粪缸前站住脚，四下里望了望，然后解开裤带，蹲了上去。

那天傍晚我爹拉屎时不再叫唤，他眯缝着眼睛往远处看，看着那条向城里去的小路慢慢变得不清楚。一个佃户在近旁俯身割菜，他直起腰后，我爹就看不到那条小路了。

我爹从粪缸上摔了下来，那佃户听到声音急忙转过身来，看到我爹斜躺在地上，脑袋靠着粪缸一动不动。佃户提着镰刀跑到我爹跟前，问他："老爷你没事吧？"

我爹动了动眼皮，看着佃户嘶哑地问：

"你是谁家的？"

佃户俯下身去说：

"老爷，我是王喜。"

我爹想了想后说：

"噢，是王喜。王喜，下面有块石头，硌得我难受。"

王喜将我爹的身体翻了翻，摸出一块拳头大的石头扔到一旁。我爹重又斜躺在那里，轻声说："这下舒服了。"

王喜问："我扶你起来？"

我爹摇摇头，喘息着说：

"不用了。"

随后我爹问他：

"你先前看到过我掉下来没有？"

王喜摇摇头说：

“没有，老爷。”

我爹像是有些高兴，又问：

“第一次掉下来？”

王喜说：“是的，老爷。”

我爹嘿嘿笑了几下，笑完后闭上了眼睛，脖子一歪，脑袋顺着粪缸滑到了地上。

那天我们刚搬到了茅屋里，我和娘在屋里收拾着，凤霞高高兴兴地也跟着收拾东西，她不知道从此以后就要受苦了。

家珍端着一大盆衣服从池塘边走上来，遇到了跑来的王喜，王喜说：“少奶奶，老爷像是熟了。”

我们在屋里听到家珍在外面使劲喊：“娘，福贵，娘……”

没喊几声，家珍就在那里呜呜地哭上了。那时我就想着是爹出事了，我跑出屋看到家珍站在那里，一大盆衣服全掉在地上。家珍看到我叫着：“福贵，是爹……”

我脑袋嗡的一下，拼命往村口跑，跑到粪缸前时我爹已经断气了，我又推又喊，我爹就是不理我，我不知道该怎么办，站起来往回看，看到我娘扭着小脚又哭又喊地跑来，家珍抱着凤霞跟在后面。

我爹死后，我像是染上了瘟疫一样浑身无力，整日坐在茅屋前的地上，一会眼泪汪汪，一会唉声叹气。凤霞时常陪我坐在一起，她玩着我的手问我：“爷爷掉下来了。”

看到我点点头，她又问：

“是风吹的吗？”

我娘和家珍都不敢怎么大声哭，她们怕我想不开，也跟着爹一起去了。有时我不小心碰着什么，她们两人就会吓一跳，看到我没像爹那样摔倒在地，她们才放心地问我：“没事吧。”

那几天我娘常对我说：

“人只要活得高兴，穷也不怕。”

她是在宽慰我，她还以为我是被穷折腾成这样的，其实我心里想着的是我死去的爹。我爹死在我手里了，我娘我家珍，还有凤霞却要跟着我受活罪。

我爹死后十天，我丈人来了，他右手提着长衫脸色铁青地走进了村里，后面是一抬披红戴绿的花轿，十来个年轻人敲锣打鼓拥在两旁。村里人见了都挤上去看，以为是谁家娶亲嫁女，都说怎么先前没听说过，有一个人问我丈人："是谁家的喜事？"

我丈人板着脸大声说：

"我家的喜事。"

那时我正在我爹坟前，我听到锣鼓声抬起头来，看到我丈人气冲冲地走到我家茅屋前，他朝后面摆摆手，花轿放在了地上，锣鼓息了。当时我就知道他是要接家珍回去，我心里咚咚乱跳，不知道该怎么办。

我娘和家珍听到响声从屋里出来，家珍叫了声："爹。"

我丈人看看他女儿，对我娘说：

"那畜生呢？"

我娘赔着笑脸说：

"你是说福贵吧？"

"还会是谁。"

我丈人的脸转了过来，看到了我，他向我走了两步，对我喊："畜生，你过来。"

我站着没有动，我哪敢过去。我丈人挥着手向我喊："你过来，你这畜生，怎么不来向我请安了？畜生你听着，当初是怎么娶走家珍的，我今日也怎么接她回去。你看看，这是花轿，这是锣鼓，比你当初娶亲时只多不少。"

喊完以后，我丈人回头对家珍说：

"你快进屋去收拾一下。"

家珍站着没动，叫了一声：

"爹。"

我丈人使劲跺了下脚说：

"还不快去。"

家珍看看站在远处地里的我，转身进屋了。我娘这时眼泪汪汪地对他说："行行好，让家珍留下吧。"

我丈人朝我娘摆摆手，又转过身来对我喊：

"畜生，从今以后家珍和你一刀两断，我们陈家和你们徐家永不往来。"

我娘的身体弯下去求他：

“求你看在福贵他爹的分上，让家珍留下吧。”

我丈人冲着我娘喊：

“他爹都让他气死啦。”

喊完我丈人自己也觉得有些过分，便缓一下口气说：“你也别怪我心狠，都是那畜生胡来才会有今天。”

说完丈人又转向我，喊道：

“凤霞就留给你们徐家，家珍肚里的孩子就是我们陈家的人啦。”

我娘站在一旁呜呜地哭，她抹着眼泪说：

“这让我怎么去向徐家祖宗交代？”

家珍提了个包裹走了出来。我丈人对她说：

“上轿。”

家珍扭头看看我，走到轿子旁又回头看了看我，再看看我娘，钻进了轿子。这时凤霞不知从哪里跑了出来，一看到她娘坐上轿子了，她也想坐进去，她半个身体才进轿子，就被家珍的手推了出来。

我丈人向轿夫挥了挥手，轿子被抬了起来，家珍在里面大声哭起来，我丈人喊道：“给我往响里敲。”

十来个年轻人拼命地敲响了锣鼓，我就听不到家珍的哭声了。轿子上了路，我丈人手提长衫和轿子走得一样快。我娘扭着小脚，可怜巴巴地跟在后面，一直跟到村口才站住。

这时凤霞跑了过来，她睁大眼睛对我说：

“爹，娘坐上轿子啦。”

凤霞高兴的样子叫我看了难受，我对她说：

“凤霞，你过来。”

凤霞走到我身边，我摸着她的脸说：

“凤霞，你可不要忘记我是你爹。”

凤霞听了这话咯咯笑起来，她说：

“你也不要忘记我是凤霞。”

第三章

福贵说到这里看着我嘿嘿笑了，这位四十年前的浪子，如今赤裸着胸膛坐在青草上，阳光从树叶的缝隙里照射下来，照在他眯缝的眼睛上。他腿上沾满了泥巴，刮光了的脑袋上稀稀疏疏地钻出来些许白发，胸前的皮肤皱成一条一条，汗水在那里起伏着流下来。此刻那头老牛蹲在池塘泛黄的水中，只露出脑袋和一条长长的脊梁，我看到池水犹如拍岸一样拍击着那条黝黑的脊梁。这位老人是我最初遇到的，那时候我刚刚开始那段漫游的生活，我年轻无忧无虑，每一张新的脸都会使我兴致勃勃，一切我所不知的事物都会深深吸引我。就是在这样的时刻，我遇到了福贵，他绘声绘色地讲述自己，从来没有过一个人像他那样对我和盘托出，只要我想知道的，他都愿意展示。

和福贵相遇，使我对以后收集民谣的日子充满快乐的期待，我以为那块肥沃茂盛的土地上福贵这样的人比比皆是。在后来的日子里，我确实遇到了许多像福贵那样的老人，他们穿着和福贵一样的衣裤，裤裆都快耷拉到膝盖了。他们脸上的皱纹里积满了阳光和泥土，他们向我微笑时，我看到空洞的嘴里牙齿所剩无几。他们时常流出混浊的眼泪，这倒不是因为他们时常悲伤，他们在高兴时甚至是在什么事都没有的平静时刻，也会泪流而出，然后举起和乡间泥路一样粗糙的手指，擦去眼泪，如同掸去身上的稻草。

可是我再也没遇到一个像福贵这样令我难忘的人了，对自己的经历如此清楚，又能如此精彩地讲述自己。他是那种能够看到自己过去模样的人，他可以准确地看到自己年轻时走路的姿态，甚至可以看到自己是如何衰老的。这样的老人在乡间实在难以遇上，也许是困苦的生活损坏了他们的记忆，面对往事他们通常显得木讷，常常以不知所措的微笑搪塞过去。他们对自己的经历缺乏热情，仿佛是道听途说般的只记得零星几点，即便是这零星几点也都是自身之外的记忆，用一两句话表达了他们所认为的一切。在这里，我常常听到后辈们这样骂他们：“一大把年纪全活到狗身上去了。”

福贵就完全不一样了，他喜欢回想过去，喜欢讲述自己，似乎这样一来，他就可以一次一次地重度此生了。他的讲述像鸟爪抓住树枝那样紧紧抓住我。

家珍走后，我娘时常坐在一边偷偷抹眼泪。我本想找几句话去宽慰宽慰她，一看到她那副样子，就什么话也说不出来了。倒是她常对我说：“家珍是你的女人，不是别人的，谁也抢不走。”

我听了这话，只能在心里叹息一声，我还能说什么呢？好端端的一个家成了砸破了的瓦罐似的四分五裂。

到了晚上，我躺在床上常常睡不着，一会恨这个，一会恨那个，到头来最恨的还是我自己。夜里想得太多，白天就头疼，整日无精打采，好在有凤霞，凤霞常拉着我的手问我：“爹，一张桌子有四个角，削掉一个角还剩几个角？”

也不知道凤霞是从哪里听来的，当我说还剩三个角时，凤霞高兴得咯咯乱笑，她说：“错啦，还剩五个角。”

听了凤霞的话，我想笑却笑不出来，想到原先家里四个人，家珍一走就等于是削掉了一个角，况且家珍肚里还怀着孩子，我就对凤霞说：“等你娘回来了，就会有五个角了。”

家里值钱的东西都变卖光了以后，我娘就常常领着凤霞去挖野菜，我娘挎着篮子小脚一扭一扭地走去，她走得还没有凤霞快。她头发都白了，却要学着去干从没干过的体力活。

看着我娘拉着凤霞看一步走一步，那小心的样子让我眼泪都快掉出来了。

我想想再不能像从前那样过日子了，我得养活我娘和凤霞。我就和娘商量着到城里亲友那里去借点钱，开个小铺子。我娘听了这话一声不吭，她是舍不得离开这里，人上了年纪都这样，都不愿动地方。我就对娘说：“如今屋子和地都是龙二的了，家安在这里跟安在别处也一样。”

我娘听了这话，过了半晌才说：

“你爹的坟还在这里。”

我娘一句话就让我不敢再想别的主意了，我想来想去只好去找龙二。

龙二成了这里的地主，常常穿着丝绸衣衫，右手拿着茶壶在田埂上走来走去，神气得很。镶着两颗大金牙的嘴总是咧开笑着，有时骂看着不顺眼的佃户时也咧着嘴，我起先还以为他对人亲热，慢慢地就知道他是要别人都看到他的金牙。

龙二遇到我还算客气，常笑嘻嘻地说：

“福贵，到我家来喝壶茶吧。”

我一直没去龙二家是怕自己心里发酸，我两脚一落地就住在那幢屋子里了，如今那屋子是龙二的家，你想想我心里是什么滋味。

其实人落到那种地步也就顾不上那么多了，我算是应了人穷志短那句古话了。那天我去找龙二时，龙二坐在我家客厅的太师椅子里，两条腿搁在凳子上，一手拿茶壶一手拿着扇子，看到我走进来，龙二咧嘴笑道："是福贵，自己找把凳子坐吧。"

他躺在太师椅里动都没动，我也就不指望他泡壶茶给我喝。我坐下后龙二说："福贵，你是来找我借钱的吧？"

我还没说不是，他就往下说道：

"按理说我也该借几个钱给你，俗话说是救急不救穷，我啊，只能救你的急，不会救你的穷。"

我点点头说："我想租几亩田。"

龙二听后笑眯眯地问：

"你要租几亩？"

我说："租五亩。"

"五亩？"龙二眉毛往上吊了吊，问，"你这身体能行吗？"

我说："练练就行了。"

他想一想说："我们是老相识了，我给你五亩好田。"

龙二还是讲点交情的，他真给了我五亩好田。我一个人种五亩地，差点没累死。我从没干过农活，学着村里人的样子干活，别说有多慢了。看得见的时候我都在田里，到了天黑，只要有月光，我还要下地。庄稼得赶上季节，错过一个季节就全错过啦。到那时别说是养活一家人，就是龙二的租粮也交不起。俗话说是笨鸟先飞，我还得笨鸟多飞。

我娘心疼我，也跟着我下地干活，她一大把年纪了，脚又不方便，身体弯下去才一会工夫就直不起来了，常常是一屁股坐在了田里。我对她说："娘，你赶紧回去吧。"

我娘摇摇头说："四只手总比两只手强。"

我说："你要是累成病，那就一只手都没了，我还得照料你。"

我娘听了这话，才慢慢回到田埂上坐下，和凤霞待在一起。凤霞是天天坐在田埂上陪我，她采了很多花放在腿边，一朵一朵举起来问我叫什么花，我哪知道是什么花，就说："问你奶奶去。"

我娘坐到田埂上，看到我用锄头就常喊：

“留神别砍了脚。”

我用镰刀时，她更不放心，时时说：

“福贵，别把手割破了。”

我娘老是在一旁提醒也不管用，活太多，我得快干，一快就免不了砍了脚割破手。手脚一出血，可把我娘心疼坏了，扭着小脚跑过来，捏一块烂泥巴堵住出血的地方，嘴里一个劲儿地数落我，一说得说半晌，我还不能回嘴，要不她眼泪都会掉出来。

我娘常说地里的泥是最养人的，不光是长庄稼，还能治病。那么多年下来，我身上哪儿弄破了，都往上贴一块湿泥巴。我娘说得对，不能小看那些烂泥巴，那可是治百病的。

人要是累得整天没力气，就不会去乱想了。租了龙二的田以后，我一挨到床就呼呼地睡去，根本没工夫去想别的什么。说起来日子过得又苦又累，我心里反倒踏实了。我想着我们徐家也算是有一只小鸡了，照我这么干下去，过不了几年小鸡就会变成鹅，徐家总有一天会重新发起来的。

从那以后，我是再没穿过绸衣了，我穿的粗布衣服是我娘亲手织的布，刚穿上那阵子觉得不自在，身上的肉被磨来磨去，日子一久也就舒坦了。前几天村里的王喜死了，王喜是我家从前的佃户，比我大两岁，他死前嘱咐儿子把他的旧绸衣送给我，他一直没忘记我从前是少爷，他是想让我死之前穿上绸衣风光风光。我啊，对不起王喜的一片好心，那件绸衣我往身上一穿就赶紧脱了下来，那个难受啊，滑溜溜的像是穿上了鼻涕做的衣服。

那么过了三个来月，长根来了，就是我家的雇工。那天我正在地里干活，我娘和凤霞坐在田埂上。长根拄着一根枯树枝，破衣烂衫地走过来，手里挎着个包裹，还拿一只缺了口的碗，他成了个叫花子。是凤霞先看到他的，凤霞站起来叫着他喊：“长根，长根。”

我娘一看到是从小在我家长大的长根，赶紧迎了上去。长根抹着眼泪说：“太太，我想少爷和凤霞，就回来看一眼。”

长根走到田间，看到我穿着粗布衣服满身是泥，呜呜地哭，说道：“少爷，你怎么成这样子了。”

我输光家产以后，最苦的就是长根了。长根替我家干了一辈子，按规矩老了就该由我家养起来。可我家一破落，他也只好离开，只能要饭过日子。

看到长根回来时的模样，我心里一阵发酸，小时候他整天背着我走东逛西，我长大后也从没把他放在眼里。没想到他还回来看我们，我问长根："你还好吧？"

长根擦擦眼睛说："还好。"

我问："还没找到雇你的人家？"

长根摇摇头说："我这么老了，谁家会雇我？"

听了这话，我眼泪都要掉出来了。长根却不觉得自己苦，他还为我哭，说道："少爷，你哪受得起这种苦。"

那天晚上，长根在我家茅屋里过的。我和娘商量着把长根留在家里，这样一来日子会更苦，我对娘说："苦也要把他留下，我们每人剩两口饭也就养活他了。"

我娘点点头说："长根这么好的心肠。"

第二天早晨，我对长根说：

"长根，你一回来就好了，我正缺一个帮手，往后你就住在这里吧。"

长根听后看着我笑，笑着笑着眼泪掉了出来，他说："少爷，我没有帮你的力气了，有你这份心意我就够了。"说完长根就要走，我和娘死活拦不住他，他说："你们别拦我了，往后我还要来看你们。"

长根那天走后，还来过一次，那次他给凤霞带来一根扎头发的红绸，是他捡来的，洗干净后放在胸口专门来送给凤霞。长根那次走后，我就再没有见到他了。

我租了龙二的田，就是他的佃户了，便不能再像过去那样叫他龙二，得叫他龙老爷。起先龙二听我这么叫，总是摆摆手说："福贵，你我之间不必多礼。"

时间一久他也习惯了，我在地里干活时，他常会走过来说几句话。有一次我正割着稻子，凤霞跟在后面捡稻穗，龙二一摇一摆走过来，对我说："福贵，我收山啦，往后再也不去赌啦。赌场无赢家，我是见好就收，免得日后也落到你这种地步。"

我向龙二哈哈腰，恭敬地说：

"是，龙老爷。"

龙二指指凤霞，问道：

"这是你的崽子吗？"

我又哈哈腰，说一声：

"是，龙老爷。"

我看到凤霞站在那里，手里拿着稻穗，直愣愣地盯着龙二看，就赶紧对她说："凤霞，快向龙老爷行礼。"

凤霞也学我的样子向龙二哈哈腰，说道：

"是，龙老爷。"

我时常惦记着家珍，还有她肚子里的孩子。家珍走后两个多月，托人捎来了一个口信，说是生啦，生了个儿子出来，我丈人给取了个名字叫有庆。我娘悄悄问捎话的人："有庆姓什么？"

那人说："姓徐呀。"

那时我在田里，我娘扭着小脚急匆匆地跑来告诉我，她话没说完，就擦起了眼泪。我一听说家珍给我生了个儿子，扔了手里的锄头就要往城里跑，跑出了十来步，我不敢跑了，想想我这么进城去看家珍他们母子，我丈人怕是连门槛都不让我跨进去。我就对娘说："娘，你赶紧收拾收拾，去看看家珍他们。"

我娘也一遍遍说着要进城去看孙子，可过了几天她也没动身，我又不好催她。按我们这里的习俗，家珍是被她娘家的人硬给接走的，也应该由她娘家的人送回来。我娘对我说："有庆姓了徐，家珍也就马上要回来了。"

她又说："家珍现在身体虚，还是待在城里好。家珍要好好补一补。"

家珍是在有庆半岁的时候回来的。她来的时候没有坐轿子，她将有庆放在身后的一个包裹里，走了十多里路回来的。

有庆闭着眼睛，小脑袋靠在他娘肩膀上一摇一摇回来认我这个爹了。

家珍穿着水红的旗袍，手挽一个蓝地白花的包裹，漂漂亮亮地回来了。路两旁的油菜花开得金黄金黄，蜜蜂嗡嗡叫着飞来飞去。家珍走到我家茅屋门口，没有一下子走进去，站在门口笑盈盈地看着我娘。

我娘在屋里坐着编草鞋，她抬起头来后看到一个漂亮的女人站在门口，家珍的身体挡住了光线，身体闪闪发亮。我娘没有认出来是家珍，也没有看到家珍身后的有庆。我娘问她："是谁家的小姐，你找谁呀？"

家珍听后咯咯笑起来，说道：

"是我，我是家珍。"

当时我和凤霞在田里，凤霞坐在田埂上看着我干活，我听到有个声音喊我，声音像我娘，也有些不像，我问凤霞：“谁在喊？”

凤霞转过身去看一看说：

“是奶奶。”

我直起身体，看到我娘站在茅屋门口弯着腰使劲喊我，穿水红旗袍的家珍抱着有庆站在一旁。凤霞一看到她娘，撒腿跑了过去。我在水田里站着，看着我娘弯腰叫我的模样，她太使劲了，两只手撑在腿上，免得上面的身体掉到地上。凤霞跑得太快，在田埂上摇来晃去，终于扑到了家珍腿上，抱着有庆的家珍蹲下去和凤霞抱在一起。我这时才走上田埂，我娘还在喊，越走近他们，我脑袋里越是晕晕乎乎的。我一直走到家珍面前，对她笑了笑。家珍站起来，眼睛定定地看了我一阵。我当时那副穷模样使家珍一低头轻轻抽泣了。

我娘在一旁哭得呜呜响，她对我说：

“我说过家珍是你的女人，别人谁也抢不走的。”

家珍一回来，这个家就全了。我干活时也有了个帮手，我开始心疼自己的女人了，这是家珍告诉我的，我自己倒是不觉得。我常对家珍说：“你到田埂上去歇会儿。”

家珍是城里小姐出身，细皮嫩肉的，看着她干粗活，我自然心疼。家珍听到我让她去歇一下，就高兴地笑起来，她说：“我不累。”

我娘常说，只要人活得高兴，就不怕穷。家珍脱掉了旗袍，也和我一样穿上粗布衣服，她整天累得喘不过气来，还总是笑盈盈的。凤霞是个好孩子，我们从砖瓦的房屋搬到茅屋里去住，她照样高高兴兴，吃起粗粮来也不往外吐。弟弟回来以后她就更高兴了，再不到田边来陪我，就一心想着去抱弟弟。有庆苦啊，他姐姐还过了四五年好日子，有庆才在城里待了半年，就到我身边来受苦了，我觉得最对不起的就是儿子。

这样的日子过了一年后，我娘病了。开始只是头晕，我娘说看着我们时糊里糊涂的。我也没怎么在意，想想她年纪大了，眼睛自然看不清。后来有一天，我娘在烧火时突然头一歪，靠在墙上像是睡着了。等我和家珍从田里回来，她还那么靠着。家珍叫她，她也不答应，伸手推推她，她就顺着墙滑了下去。家珍吓得大声叫我，我走到灶间时，她又醒了过来，定定地看了我们一阵，我们问她，她也不答应，又过了一阵，她闻到焦煳的味道，知道饭煮煳了，才开口说道："哎呀，我怎么睡着了。"

我娘慌里慌张地想站起来，她站到一半腿一松，身体又掉到地上。我赶紧把她抱到床上，她没完没了地说自己睡着了，她怕我们不相信。家珍把我拉到一旁说："你去城里请个郎中来。"

请郎中可是要花钱的，我站着没有动。家珍从褥子底下拿出了两块银元，是用手帕包着的。看看银元我有些心疼，那可是家珍从城里带来的，只剩下这两块了。可我娘的身体更叫我担心，我就拿过银元。家珍把手帕叠得整整齐齐重新塞到褥子底下，给我拿出一身干净衣服，让我换上。我对家珍说："我走了。"

家珍没说话，跟着我走到门口，我走了几步回过头去看看她，她往后理了理头发向我点点头。自从家珍回来以后，我还是第一次离开她。我穿着虽然破烂可是干干净净的衣服，脚上是我娘编的新草鞋，要进城去了。凤霞坐在门口的地上，怀里抱着睡着的有庆，她看到我穿得很干净，就问："爹，你不是下田吧？"

我走得很快，不到半个时辰就走到城里。我已有一年多没去城里了，走进城里时心里还真有点发虚，我怕碰到过去的熟人，我这身破烂衣服让他们见了，不知道他们会说些什么话。我最怕见到的还是我丈人，我不敢从米行那条街走，宁愿多绕一些路。城里几个郎中的医术我都知道，哪个收钱黑，哪个收钱公道我也知道。我想了想，还是去找住在绸店隔壁的林郎中，这个老头是我丈人的朋友，看在家珍的分上他也会少收些钱。

我路过县太爷府上时，看到一个穿绸衣的小孩正踮着脚，使劲想抓住敲门的铜环。那孩子的年纪就和我凤霞差不多大，我想这可能是县太爷的公子，就走上去对他说："我来帮你敲。"

小孩高兴地点点头，我就扣住铜环使劲敲了几下，里面有人答应："来啦。"

这时小孩对我说：

"我们快跑吧。"

我还没明白过来，小孩贴着墙壁溜走了。门打开后，一个仆人打扮的男人一看到我穿的衣服，什么话没说就伸手推了我一把。我没料到他会这样，身体一晃就从台阶上跌下来。

我从地上爬起来，本来我想算了，可这家伙又走下来踢了我一脚，还说：“要饭也不看这是什么地方。”

我的火一下子上来了，我骂道：

“老子就是啃你家祖坟里的烂骨头，也不会向你要饭。”

他扑上来就打，我脸上挨了一拳，他也挨了我一脚。我们两个人就在街上扭打起来。这小子黑得很，看看一下子打不赢我，就瞅着我的裤裆抬脚。我呢，好几次踢在他屁股上。

我们两个都不会打架，打了一阵听到有人在后面喊：“难看死啦，这两个畜生打架打得难看死啦。”

我们停住手脚，往后一看，一队穿黄衣服的国民党大兵站在那里，十来门大炮都由马车拉着。刚才喊叫的那个人腰里别着一把手枪，是个当官的。那仆人真灵活，一看到当官的就马上点头哈腰：“长官，嘿嘿，长官。”

长官向我们两个挥挥手说：

“两头蠢驴，打架都不会，给我去拉大炮。”

我一听这话头皮阵阵发麻，他是拉我当壮丁的。那仆人也急了，走上前去说：“长官，我是本县县太爷家里的。”

长官说：“县太爷的公子更应该为党国出力嘛。”

“不，不。”仆人吓得连声说，“我不是公子，打死我也不敢。排长，我是县太爷的仆人。”

“操你娘。”长官大声骂道，“老子是连长。”

“是，是，连长，我是县太爷的仆人。”

那仆人怎么说都没用，反而把连长说烦了，连长伸手给他一巴掌：“少他娘的说废话，去拉大炮。”他看到了我，“还有你。”

我只好走上去，拉住一匹马的缰绳，跟着他们往前走。我想到时候找个机会再逃跑吧。那仆人还在前面向连长求情，走了一段路后，连长竟然答应了，他说：“行，行，你回去吧，你小子烦死我了。”

仆人高兴坏了，他像是要跪下来给连长叩头，可又没有下跪，只是在连长面前不停地搓着手。连长说：“还不滚蛋。”

仆人说：“滚，滚，我这就滚。”

仆人说着转身走去，这时候连长从腰里抽出手枪来，把胳膊端平了，闭上一只眼睛向走去的仆人瞄准。仆人走出了十多步回过头来看看，这一看把他吓得傻站在那里一动不动，像只夜里的麻雀一样让连长瞄准。连长这时对他说：“走呀，走呀。”

仆人扑通一声跪在地上，连哭带喊：

“连长，连长，连长。”

连长向他开了一枪，没有打中，打在他身旁，飞起的小石子划破了他的手，手倒是出血了。连长握着手枪向他挥动着说：“站起来，站起来。”

他站了起来。连长又说：“走呀，走呀。”

他伤心地哭了，结结巴巴地说：

“连长，我拉大炮吧。”

连长又端起胳膊，第二次向他瞄准，嘴里说着：“走呀，走呀。”

仆人这时才突然明白似的，一转身就疯跑起来。连长打出第二枪时，他刚好拐进了一条胡同。连长看看自己的手枪，骂了一声：“他娘的，老子闭错了一只眼睛。”

连长转过身来，看到了站在后面的我，就提着手枪走过来，把枪口顶着我的胸膛，对我说：“你也回去吧。”

我的两条腿拼命哆嗦，心想他这次就是两只眼睛全闭错，也会一枪把我送上西天。我连声说：“我拉大炮，我拉大炮。”

我右手拉着缰绳，左手捏住口袋里家珍给我的两块银元，走出城里时，看到田地里与我家相像的茅屋，我低下头哭了。

我跟着这支往北去的炮队，越走越远，一个多月后我们走到了安徽。开始的几天我一心想逃跑，当时想逃跑的不止是我一个人，每过两天，连里就会少掉一两张熟悉的脸，我心想他们是不是逃跑了，我就问一个叫老全的老兵。老全说：“谁也逃不掉。”

老全问我夜里睡觉听到枪声没有，我说听到了，他说：“那就是打逃兵的，命大的不被打死，也会被别的部队抓去。”

老全说得我心都寒了。老全告诉我，他抗战时就被拉了壮丁，开拔到江西他逃了出来，没几天又被去福建的部队拉了去。当兵六年多，没跟日本人打过仗，光跟共产党的游击队打仗。这中间他逃跑了七次，都被别的部队拉了去。最后一次他离家只有一百多里路了，结果撞上了这一支炮队。老全说他不想再跑了，他说："我逃腻了。"

我们渡过长江以后就穿上了棉袄。一过长江，我想逃跑的心也死了，离家越远我也就越没有胆量逃跑。我们连里有十来个都是十五六岁的孩子，有一个叫春生的娃娃兵，是江苏人，他老向我打听往北去是不是打仗，我就说是的。其实我也不知道，我想当上了兵就逃不了要打仗。春生和我最亲热，他总是挨着我，拉着我的胳膊问："我们会不会被打死？"

我说："我不知道。"

说这话时我自己心里也是一阵阵难受。过了长江以后，我们开始听到枪炮声，起先是远远传来，我们又走了两天，枪炮声越来越响。那时我们来到了一个村庄，村里别说是人了，连牲畜都见不着。连长命令我们架起大炮，我知道这下是真要打仗了。有人走过去问连长："连长，这是什么地方？"

连长说："你问我，我他娘的去问谁？"

连长都不知道我们到了什么地方，村里人跑了个精光，我望望四周，除了光秃秃的树和一些茅屋，什么都没有。过了两天，穿黄衣服的大兵越来越多，他们在四周一队队走过去，又一队队走过来，有些部队就在我们旁边扎下了。又过了两天，我们一炮还未打，连长对我们说："我们被包围了。"

被包围的不只是我们一个连，有十来万人的国军全被包围在方圆只有二十来里路的地方里，满地都是黄衣服，像是赶庙会一样。这时候老全神了，他坐在坑道外的土墩上吸着烟，看着那些来来去去的黄皮大兵，不时和中间某个人打声招呼，他认识的人实在是多。老全走南闯北，在七支部队里混过，他嘻嘻哈哈和几个旧相识说着脏话，互相打听几个人名，我听他们不是说死了，就是说前两天还见过。老全告诉我和春生，这些人当初都和他一起逃跑过。老全正说着，有个人向这里叫："老全，你还没死啊？"

老全又遇到旧相识了，哈哈笑道：

"你小子什么时候被抓回来的？"

那人还没说话，另一边也有人叫上老全了。老全扭脸一看，急忙站起来喊："喂，你知道老良在哪里？"

那个人嘻嘻笑着喊道：

"死啦。"

老全沮丧地坐下来，骂道：

“妈的，他还欠我一块银元呢。”

接着老全得意地对我和春生说：

“你们瞧，谁都没逃成。”

刚开始我们只是被包围住，解放军没有立刻来打我们，我们还不怎么害怕，连长也不怕，他说蒋委员长会派坦克来救我们出去的。后来前面的枪炮声越来越响，我们也没有很害怕，只是一个个都闲着没事可干，连长没有命令我们开炮。有个老兵想想前面的弟兄流血送命，我们老闲着也不是个办法，他就去问连长：“我们是不是也打几炮？”

连长那时候躲在坑道里赌钱，他气冲冲地反问：“打炮，往哪里打？”

连长说得也对，几炮打出去要是打在国军兄弟头上，前面的国军一气之下杀回来收拾我们，这可不是闹着玩的。连长命令我们都在坑道里待着，爱干什么就干什么，就是别出去打炮。

被包围以后，我们的粮食和弹药全靠空投。飞机在上面一出现，下面的国军就跟蚂蚁似的密密麻麻地拥来拥去，扔下的一箱箱弹药没人要，全都往一袋袋大米上扑。飞机一走，抢到大米的国军兄弟两个人提一袋，旁边的人端着枪，保护他们，那么一堆一堆地分散开去，都走回自己的坑道。

没过多久，成群结伙的国军向房屋和光秃秃的树木拥去，远近的茅屋顶上都爬上去了人，又拆茅屋又砍树，这哪还像是打仗，乱糟糟的响声差不多都要盖住前沿的枪炮声了。才半天工夫，眼睛望得到的房屋树木全没了，空地上全都是扛着房梁、树木和抱着木板、凳子的大兵，他们回到自己的坑道后，一条条煮米饭的炊烟就升了起来，在空中扭来扭去。

那时候最多的就是子弹了，往哪里躺都硌得身体疼。四周的房屋被拆光，树也砍光后，满地的国军提着刺刀去割枯草，那情形真像是农忙时在割稻子，有些人满头大汗地刨着树根。还有一些人开始掘坟，用掘出的棺材板烧火。掘出了棺材就把死人骨头往坑外一丢，也不给重新埋了。到了那种时候，谁也不怕死人骨头了，夜里就是挨在一起睡觉也不会做噩梦。煮米饭的柴越来越少，米倒是越来越多。没人抢米了，我们三个人去扛了几袋米回来，铺在坑道当睡觉的床，这样躺着就不怕子弹硌得身体难受了。

等到再也没有什么可当柴煮米饭时，蒋委员长还没有把我们救出去。好在那时飞机不再往下投大米，改成投大饼，成包的大饼一落地，弟兄们像牲畜一样扑上去乱抢，叠得一层又一层，跟我娘纳出的鞋底一样，他们嗷嗷乱叫着和野狼没什么两样。

老全说："我们分开去抢。"

这种时候只能分开去抢，才能多抢些大饼回来。我们爬出坑道，自己选了个方向走去。当时子弹在很近的地方飞来飞去，常有一些流弹蹿过来。有一次我跑着跑着，身边一个人突然摔倒，我还以为他是饿昏了，扭头一看他半个脑袋没了，吓得我腿一软也差一点摔倒。抢大饼比抢大米还难，按说国军每天都在拼命地死人，可当飞机从天那边飞过来时，人全从地里冒了出来，光秃秃的地上像是突然长出了一排排草，跟着飞机跑，大饼一扔下，人才散开去，各自冲向看好的降落伞。大饼包得也不结实，一落地就散了，几十上百个人往一个地方扑，有些人还没挨着地就撞昏过去了，我抢一次大饼就跟被人吊起来用皮带打了一顿似的全身疼。到头来也只是抢到了几张大饼。回到坑道里，老全已经坐在那里了，他脸上青一块紫一块的，他抢到的饼也不比我多。老全当了八年兵，心地还是很善良，他把自己的饼往我的上面一放，说等春生回来一起吃。我们两个就蹲在坑道里，露出脑袋张望春生。

过了一会，我们看到春生怀里抱着一堆胶鞋猫着腰跑来了，这孩子高兴得满脸通红，他一翻身滚了进来，指着满地的胶鞋问我们："多不多？"

老全望望我，问春生：

"这能吃吗？"

春生说："可以煮米饭啊。"

我们一想还真对，看看春生脸上一点伤都没有，老全对我说："这小子比谁都精。"

后来我们就不去抢大饼了，用上了春生的办法。抢大饼的人叠在一起时，我们就去扒他们脚上的胶鞋，有些脚没有反应，有些脚乱蹬起来，我们就随手捡个钢盔狠狠揍那些不老实的脚，挨了揍的脚抽搐几下都跟冻僵似的硬了。我们抱着胶鞋回到坑道里生火，反正大米有的是，这样还免去了皮肉之苦。我们三个人边煮着米饭，边看着那些光脚在冬天里一走一跳的人，嘿嘿笑个不停。

第四章

前沿的枪炮声越来越紧，也不分白天和晚上。我们待在坑道里也听惯了，经常有炮弹在不远处爆炸，我们连的大炮都被打烂了，这些大炮一炮都没放，就成了一堆烂铁，我们更加没事可干了。那么一些日子下来，春生也不怎么害怕了，到那时候怕也没有用。枪炮声越来越近，我们总觉得还远着呢。最难受的就是天越来越冷，睡上几分钟就冻醒一次。炮弹在外面爆炸时常震得我们耳朵里嗡嗡乱叫，春生怎么说也只是个孩子，他迷迷糊糊睡着时，一颗炮弹飞到近处一炸，把他的身体都弹了起来，他被吵醒后怒气冲冲地站在坑道上，对前面的枪炮声大喊："你们他娘的轻一点，吵得老子都睡不着。"

我赶紧把他拉下来，当时子弹已在坑道上面飞来飞去了。

国军的阵地一天比一天小，我们就不敢随便爬出坑道，除非饿极了才出去找吃的。每天都有几千伤号被抬下来，我们连的阵地在后方，成了伤号的天下。有那么几天，我和老全、春生扑在坑道上，露出三个脑袋，看那些抬担架的将缺胳膊断腿的伤号抬过来。隔上不多时间，就过来一长串担架，抬担架的都猫着腰，跑到我们近前找一块空地，喊一、二、三，喊到三时将担架一翻，倒垃圾似的将伤号扔到地上就不管了。

伤号疼得嗷嗷乱叫，哭天喊地的叫声是一长串一长串响过来。

老全看着那些抬担架的离去，骂了一声：

"这些畜生。"

伤号越来越多，只要前面枪炮声还在响，就有担架往这里来，喊着一、二、三把伤号往地上扔。地上的伤号起先是一堆一堆，没多久就连成一片，在那里疼得嗷嗷直叫，那叫喊我一辈子都忘不了，我和春生看得心里一阵阵冒寒气，连老全都直皱眉。我想这仗怎么打呀？

天一黑，又下起了雪。有一长段时间没有枪炮声，我们就听着躺在坑道外面几千没死的伤号呜呜的声音，像是在哭，又像是在笑，那是疼得受不了的声音，我这辈子就再没听到过这么怕人的声音了。一大片一大片，就像潮水从我们身上涌过去。雪花落下来，天太黑，我们看不见雪花，只是觉得身体又冷又湿，手上软绵绵一片，慢慢地化了，没多久又积上了厚厚一层雪花。

我们三个人紧挨着睡在一起，又饿又冷，那时候飞机也来得少了，都很难找到吃的东西。谁也不会再去盼蒋委员长来救我们了，接下去是死是活谁也不知道。春生推推我，问："福贵，你睡着了吗？"

我说："没有。"

他又推推老全，老全没说话。春生鼻子抽了两下，对我说："这下活不成了。"

我听了这话鼻子里也酸溜溜的。老全这时说话了，他两条胳膊伸了伸说："别说这丧气话。"

他身体坐起来，又说：

"老子大小也打过几十次仗了，每次我都对自己说：老子死也要活着。子弹从我身上什么地方都擦过，就是没伤着我。春生，只要想着自己不死，就死不了。"

接下去我们谁也没说话，都想着自己的心事。我是一遍遍想着自己的家，想想凤霞抱着有庆坐在门口，想想我娘和家珍。想着想着心里像是被堵住了，都透不过气来，像被人捂住了嘴和鼻子一样。

到了后半夜，坑道外面伤号的呜咽渐渐小了下去，我想他们大部分都睡着了吧。只有不多的几个人还在呜呜地响，那声音一段一段的，飘来飘去，听上去像是在说话，你问一句，他答一声，声音凄凉得都不像是活人发出来的。那么过了一阵后，只剩下一个声音在呜咽了，声音低得像蚊虫在叫，轻轻地在我脸上飞来飞去，听着听着已不像是在呻吟，倒像是在唱什么小调。周围静得什么声响都没有，只有这样一个声音，长久地在那里转来转去。我听得眼泪都流了出来，把脸上的雪化了后，流进脖子就跟冷风吹了进来。

天亮时，什么声音也没有了，我们露出脑袋一看，昨天还在喊叫的几千伤号全死了，横七竖八地躺在那里，一动不动，上面盖了一层薄薄的雪花。我们这些躲在坑道里还活着的人呆呆看了半晌，谁都没说话。连老全这样不知见过多少死人的老兵也傻看了很久，末了他叹息一声，摇摇头对我们说："惨啊。"

说着，老全爬出了坑道，走到这一大片死人中间翻翻这个，拨拨那个，老全弓着背，在死人中间跨来跨去，时而蹲下去用雪给某一个人擦擦脸。这时枪炮声又响了起来，一些子弹朝这里飞来。我和春生一下子回过魂来，赶紧向老全叫："你快回来。"

老全没答理我们，继续看来看去。过了一会，他站住了，来回张望了几下，才朝我们走来。走近了他向我和春生伸出四根指头，摇着头说："有四个，我认识。"

话刚说完，老全突然向我们睁圆了眼睛，他的两条腿僵住似的站在那里，随后身体往下一掉跪在了那里。我们不知道他为什么这样，只看到有子弹飞来，就拼命叫："老全，你快点。"

喊了几下后，老全还是那么一副样子，我才想完了，老全出事了。我赶紧爬出坑道，向老全跑去，跑到跟前一看，老全背脊上一摊血，我眼睛一黑，哇哇地喊春生。等春生跑过来后，我们两个人把老全抬回到坑道，子弹在我们身旁时时忽地一下擦过去。

我们让老全躺下，我用手顶住他背脊上那摊血，那地方又湿又烫，血还在流，从我指缝流出去。老全眼睛慢吞吞地眨了一下，像是看了一会我们，随后嘴巴动了动，声音沙沙地问我们："这是什么地方？"

我和春生抬头向周围望望，我们怎么会知道这是什么地方，只好重新去看老全。老全将眼睛紧紧闭了一下，接着慢慢睁开，越睁越大，他的嘴歪了歪，像是在苦笑，我们听到他沙哑地说："老子连死在什么地方都不知道。"

老全说完这话，过了没多久就死了。老全死后脑袋歪到了一旁，我和春生知道他已经死了，互相看了半晌，春生先哭了，春生一哭我也忍不住哭了。

后来，我们看到了连长。他换上老百姓的衣服，腰里绑满了钞票，提着个包裹向西走去。我们知道他是要逃命了，衣服里绑着的钞票让他走路时像个一扭一扭的胖老太婆。有个娃娃兵向他喊："连长，蒋委员长还救不救我们？"

连长回过头来说：

"蠢蛋，这种时候你娘也不会来救你了，还是自己救自己吧。"一个老兵向他打了一枪，没打中。连长一听到子弹朝他飞去，全没有了过去的威风，撒开两腿就疯跑起来，好几个人都端起枪来打他，连长哇哇叫着跳来跳去在雪地里逃远了。

枪炮声响到了我们鼻子底下，我们都看得见前面开枪的人影了，在硝烟里一个一个摇摇晃晃地倒下去。我算计着自己活不到中午，到不了中午就该轮到我去死了。一个来月在枪炮里混下来后，我倒不怎么怕死，只是觉得自己这么死得不明不白实在是冤，我娘和家珍都不知道我死在何处。

我看看春生，他的一只手还搁在老全身上，愁眉苦脸地也在看着我。我们吃了几天生米，春生的脸都吃肿了。他伸舌头舔舔嘴唇，对我说：“我想吃大饼。”

到这时候死活已经不重要了，死之前能够吃上大饼也就知足了。春生站了起来，我没叫他小心子弹，他看了看说：“兴许外面还有饼，我去找找。”

春生爬出了坑道，我没拦他，反正到不了中午我们都得死，他要是真吃到大饼那就太好了。我看着他有气无力地从尸体上跨了过去，这孩子走了几步还回过头来对我说：“你别走开，我找着了大饼就回来。”

他垂着双手，低头走入了前面的浓烟。那个时候空气里满是焦煳和硝烟味，吸到嗓子眼里觉得有一颗一颗小石子似的东西。

中午没到的时候，坑道里还活着的人全被俘虏了。当端着枪的解放军冲上来时，有个老兵让我们举起双手，他紧张得脸都青了，叫嚷着要我们别碰身边的枪，他怕到时候连他也跟着倒霉。有个比春生大不了多少的解放军将黑洞洞的枪口对准我，我心一横，想这次是真要死了。可他没有开枪，对我叫嚷着什么，我一听是要我爬出去，我心里一下子咚咚乱跳了，我又有活的盼头了。我爬出坑道后，他对我说：“把手放下吧。”

我放下了手，悬着的心也放下了。我们一排二十多个俘虏由他一人押着向南走去，走不多远就汇入到一队更大的俘虏里。到处都是一柱柱冲天的浓烟，向着同一个地方弯过去。

地上坑坑洼洼，满是尸体和炸毁了的大炮枪支，烧黑了的军车还在噼噼啪啪。我们走了一段后，二十多个挑着大白馒头的解放军从北横着向我们走来，馒头热气腾腾，看得我口水直流。押我们的一个长官说：“你们自己排好队。”

没想到他们是给我们送吃的来了，要是春生在该有多好，我往远处看看，不知道这孩子是死是活。我们自动排出了二十多个队形，一个挨着一个每人领了两个馒头，我从没听到过这么一大片吃东西的声音，比几百头猪吃东西时还响。大家都吃得太快，有些人拼命咳嗽，咳嗽声一声比一声高，我身旁的一个咳得比谁都响，他捂着腰疼得眼泪横流。更多的人是噎住了，都抬着脑袋对天空直瞪眼，身体一动不动。

第二天早晨，我们被集合到一块空地上，整整齐齐地坐在地上。前面是两张桌子，一个长官模样的人对我们说话，他先是讲了一通解放全中国的道理，最后宣布愿意参加解放军的继续坐着，想回家的就站出来，去领回家的盘缠。

一听可以回家，我的心怦怦乱跳，可我看到那个长官腰里别了一支手枪又害怕了，我想哪有这样的好事。很多人都坐着没动，有一些人走出去，还真的走到那桌子前去领了盘缠，那个长官一直看着他们，他们领了钱以后还领了通行证，接着就上路了。我的心提到了嗓子眼，那个长官肯定会拔出手枪来毙他们，就跟我们连长一样。可他们走出很远以后，长官也没有掏出手枪。这下我紧张了，我知道解放军是真的愿意放我们回家。这一仗打下来我知道什么叫打仗了，我对自己说再也不能打仗了，我要回家。我就站起来，一直走到那位长官面前，扑通跪下后就哇哇哭起来，我原本想说我要回家，可话到嘴边又变了，我一遍遍叫着："连长，连长，连长——"

别的什么话也说不出来，那位长官把我扶起来，问我要说什么。我还是叫他连长，还是哭。旁边一个解放军对我说："他是团长。"

他这一说把我吓住了，心想糟了。可听到坐着的俘虏哄地笑起来，又看到团长笑着问我："你要说什么？"

我这才放心下来，对团长说：

"我要回家。"

解放军让我回家，还给了盘缠。我一路急匆匆往南走，饿了就用解放军给的盘缠买个烧饼吃下去，困了就找个平整一点的地方睡一觉。我太想家了，一想到今生今世还能和我娘和家珍和我一双儿女团聚，我又是哭又是笑，疯疯癫癫地往南跑。

我走到长江边时，南面还没有解放，解放军在准备渡江了。我过不去，在那里耽搁了几个月。我就到处找活干，免得饿死。我知道解放军缺摇船的，我以前有钱时觉得好玩，学过摇船。好几次我都想参加解放军，替他们摇船摇过长江去。

想想解放军对我好，我要报恩。可我实在是怕打仗，怕见不到家里人。为了家珍她们，我对自己说："我就不报恩了，我记得解放军的好。"

我是跟在往南打去的解放军屁股后面回到家里的，算算时间，我离家都快两年了。走的时候是深秋，回来是初秋。我满身泥土走上了家乡的路，后来我看到了自己的村庄，一点都没变，我一眼就看到了，我急匆匆往前走。看到我家先前的砖瓦房，又看到了现在的茅屋，我一看到茅屋忍不住跑了起来。

离村口不远的地方，一个七八岁的女孩，带着个三岁的男孩在割草。我一看到那个穿得破破烂烂的女孩就认出来了，那是我的凤霞。凤霞拉着有庆的手，有庆走路还磕磕绊绊。我就向凤霞有庆喊：“凤霞，有庆。”

凤霞像是没有听到，倒是有庆转回身来看我，他被凤霞拉着还在走，脑袋朝我这里歪着。我又喊：“凤霞，有庆。”

这时有庆拉住了他姐姐，凤霞向我转了过来。我跑到跟前，蹲下去问凤霞：“凤霞，还认识我吗？”

凤霞张大眼睛看了我一阵，嘴巴动了动没有声音。我对凤霞说：“我是你爹啊。”

凤霞笑了起来，她的嘴巴一张一张，可是什么声音都没有。当时我就觉得有些不对劲，只是我没往细里想。我知道凤霞认出我来了，她张着嘴向我笑，她的门牙都掉了。我伸手去摸她的脸，她的眼睛亮了亮，就把脸往我手上贴，我又去看有庆，有庆自然认不出我，他害怕地贴在姐姐身上，我去拉他，他就躲着我，我对他说：“儿子啊，我是你爹。”

有庆干脆躲到了姐姐身后，推着凤霞说：

“我们快走呀。”

这时有一个女人向我们这里跑来，哇哇叫着我的名字，我认出来是家珍，家珍跑得跌跌撞撞，跑到跟前喊了一声：“福贵。”

就坐在地上大声哭起来。我对家珍说：

“哭什么，哭什么？”

这么一说，我也呜呜地哭了。

我总算回到了家里，看到家珍和一双儿女都活得好好的，我的心放下了。他们拥着我往家里走去，一走近自家的茅屋，我就连连喊：“娘，娘。”

喊着我就跑了起来，跑到茅屋里一看，没见到我娘，当时我眼睛就黑了一下，折回来问家珍：“我娘呢？”

家珍什么也不说，就是泪汪汪地看着我，我也就知道娘到什么地方去了。我站在门口脑袋一垂，眼泪便刷刷地流了出来。

我离家两个月多一点，我娘就死了。家珍告诉我，我娘死前一遍一遍对家珍说：“福贵不会是去赌钱的。”

家珍去城里打听过我不知多少次，竟会没人告诉她我被抓了壮丁，我娘才这么说。可怜她死的时候，还不知道我在什么地方。我的凤霞也可怜，一年前她发了一次高烧后就再不会说话了。家珍哭着告诉我这些时，凤霞就坐在我对面，她知道我们是在说她，就轻轻地对着我笑。看到她笑，我心里就跟针扎一样。有庆也认我这个爹了，只是他仍有些怕我，我一抱他，他就拼命去看家珍和凤霞。随便怎么说，我都回到家里了。头天晚上我怎么都睡不着，我和家珍，还有两个孩子挤在一起，听着风吹动屋顶的茅草，看着外面亮晶晶的月光从门缝里钻进来，我心里是又踏实又暖和，我一会就要去摸摸家珍，摸摸两个孩子，我一遍遍对自己说："我回家了。"

我回来的时候，村里开始搞土地改革了，我分到了五亩地，就是原先租龙二的那五亩。龙二是倒大霉了，他做上地主，神气了不到四年，一解放他就完蛋了。共产党没收了他的田产，分给了从前的佃户。他还死不认账，去吓唬那些佃户，也有不买账的，他就动手去打人家。龙二也是自找倒霉，人民政府把他抓了去，说他是恶霸地主。被送到城里大牢后，龙二还是不识时务，那张嘴比石头都硬，最后就给毙掉了。

枪毙龙二那天我也去看了。龙二死到临头才泄了气，听说他从城里被押出来时眼泪汪汪、流着口水对一个熟人说："做梦也想不到我会被毙掉。"

龙二也太糊涂了，他以为自己被关几天就会放出来，根本不相信会被枪毙。那是在下午，枪决龙二就在我们的一个邻村，事先有人挖好了坑。那天附近好几个村里的人都来看了，龙二被五花大绑地押了过来，他差不多是被拖过来的，嘴巴半张着呼哧呼哧直喘气。龙二从我身边走过时看了我一眼，我觉得他没认出我来，可走了几步他硬是回过头来，哭着鼻子对我喊道："福贵，我是替你去死啊。"

听他这么一喊，我慌了，想想还是离开吧，别看他怎么死了。我从人堆里挤出去，一个人往外走，走了十来步就听到"砰"的一枪，我想龙二彻底完蛋了，可紧接着又是"砰"的一枪，下面又打了三枪，总共是五枪。我想是不是还有别的人也给毙掉，回去的路上我问同村的一个人："毙了几个？"

他说："就毙了龙二。"

龙二真是倒霉透了，他竟挨了五枪，哪怕他有五条命也全报销了。

毙掉龙二后，我往家里走去时脖子上一阵阵冒冷气，我是越想越险，要不是当初我爹和我是两个败家子，没准被毙掉的就是我了。我摸摸自己的脸，又摸摸自己的胳膊，都好好的，我想想自己是该死却没死，我从战场上捡了一条命回来，到了家龙二又成了我的替死鬼，我家的祖坟埋对了地方，我对自己说："这下可要好好活了。"

我回到家里时，家珍正在给我纳鞋底，她看到我的脸色吓一跳，以为我病了。当我把自己想的告诉她，她也吓得脸蛋白一阵青一阵，嘴里咝咝地说："真险啊。"

后来我就想开了，觉得也用不着自己吓唬自己，这都是命。常言道，大难不死必有后福。我想我的后半截该会越来越好了。我这么对家珍说了，家珍用牙咬断了线，看着我说："我也不想要什么福分，只求每年都能给你做一双新鞋。"

我知道家珍的话，我的女人是在求我们从今以后再不分开。看着她老了许多的脸，我心里一阵酸疼。家珍说得对，只要一家人天天在一起，也就不在乎什么福分了。

福贵的讲述到这里中断，我发现我们都坐在阳光下了，阳光的移动使树荫悄悄离开我们，转到了另一边。福贵的身体动了几下才站起来，他拍了拍膝盖对我说："我全身都是越来越硬，只有一个地方越来越软。"

我听后不由高声笑起来，朝他耷拉下去的裤裆看看，那里沾了几根青草。他也嘿嘿笑了一下，很高兴我明白他的意思。然后他转过身去喊那头牛："福贵。"

那头牛已经从水里出来了，正在啃吃着池塘旁的青草，牛站在两棵柳树下面，牛背上的柳枝失去了垂直的姿态，出现了纷乱的弯曲，在牛的脊背上刷动，一些树叶慢吞吞地掉落下去。老人又叫了一声："福贵。"

牛的屁股像是一块大石头慢慢地移进了水里，随后牛脑袋从柳枝里钻了出来，两只圆滚滚的眼睛朝我们缓缓移来。老人对牛说："家珍他们早在干活啦，你也歇够了。我知道你没吃饱，谁让你在水里待这么久？"

福贵牵着牛到了水田里，给牛套上犁的工夫，他对我说："牛老了也和人老了一样，饿了还得先歇一下，才吃得下去东西。"

我重新在树荫里坐下来，将背包垫在腰后，靠着树干，用草帽扇着风。老牛的肚皮耷拉下来，长长一条，它耕地时肚皮犹如一只大水袋一样摇来晃去。我注意到福贵耷拉下去的裤裆，他的裤裆也在晃动，很像牛的肚皮。

那天我一直在树荫里坐到夕阳西下，我没有离开是因为福贵的讲述还没有结束。

我回家后的日子苦是苦，过得还算安稳。凤霞和有庆一天天大起来，我呢，一天比一天老了。我自己还没觉得，家珍也没觉得，我只是觉得力气远不如从前。到了有一天，我挑着一担菜进城去卖，路过原先绸店那地方，一个熟人见到我就叫了："福贵，你头发白啦。"

其实我和他也只是半年没见着，他这么一叫，我才觉得自己是老了许多。回到家里，我把家珍看了又看，看得她不知出了什么事，低头看看自己，又看看背后，才问："你看什么呀？"

我笑着告诉她："你的头发也白了。"

那一年凤霞十七岁了，凤霞长成了女人的模样，要不是她又聋又哑，提亲的也该找上门来了。村里人都说凤霞长得好，凤霞长得和家珍年轻时差不多。有庆也有十二岁了，有庆在城里念小学。

当初送不送有庆去念书，我和家珍着实犹豫了一阵，没有钱啊。凤霞那时才十二三岁，虽说也能帮我干点田里活，帮家珍干些家里活，可总还是要靠我们养活。我就和家珍商量是不是把凤霞送给别人算了，好省下些钱供有庆念书。别看凤霞听不到，不会说，她可聪明呢，我和家珍一说起把凤霞送人的事，凤霞马上就会扭过头来看我们，两只眼睛一眨一眨，看得我和家珍心都酸了，几天不再提起那事。

眼看着有庆上学的年纪越来越近，这事不能不办了。我就托村里人出去时顺便打听打听，有没有人家愿意领养一个十二岁的女孩。我对家珍说："要是碰上一户好人家，凤霞就会比现在过得好。"

家珍听了点着头，眼泪却下来了。做娘的心肠总是要软一些。我劝家珍想开点，凤霞命苦，这辈子看来是要苦到底了。有庆可不能苦一辈子，要让他念书，念书才会有个出息的日子。总不能让两个孩子都被苦捆住，总得有一个日后过得好一些。

村里出去打听的人回来说凤霞大了一点，要是减掉一半岁数，要的人家就多了。这么一说我们也就死心了。谁知过了一个来月，两户人家捎信来要我们的凤霞，一户是领凤霞去做女儿，另一户是让凤霞去侍候两个老人。我和家珍都觉得那户没有儿女的人家好，把凤霞当女儿，总会多疼爱她一些，就传口信让他们来看看。他们来了，见了凤霞夫妻两个都挺喜欢，一知道凤霞不会说话，他们就改变了主意，那个男的说：“长得倒是挺干净的，只是……”

他没往下说，客客气气地回去了。我和家珍只好让另一户人家来领凤霞。那户倒是不在乎凤霞会不会说话，他们说只要勤快就行。

凤霞被领走那天，我扛着锄头准备下地时，她马上就提上篮子和镰刀跟上了我。几年来我在田里干活，凤霞就在旁边割草，已经习惯了。那天我看到她跟着，就推推她，让她回去。她睁圆了眼睛看我，我放下锄头，把她拉回到屋里，从她手里拿过镰刀和篮子，扔到了角落里。她还是睁圆眼睛看着我，她不知道我们把她送给别人了。当家珍给她换上一件水红颜色的衣服时，她不再看我，低着头让家珍给她穿上衣服，那是家珍用过去的旗袍改做的。家珍给她扣纽扣时，她眼泪一颗一颗滴在自己腿上。凤霞知道自己要走了。我拿起锄头走出去，走到门口我对家珍说：“我下地了，领凤霞的人来了，让他带走就是，别来见我。”

我到了田里，挥着锄头干活时，总觉得劲使不到点子上。

我是心里发虚啊，往四周看看，看不到凤霞在那里割草，觉得心都空了。想想以后干活时再见不到凤霞，我难受得一点力气都没有。这当儿我看到凤霞站在田埂上，身旁一个五十来岁的男人拉着她的手。凤霞的眼泪在脸上哗哗地流，她哭得身体一抖一抖，凤霞哭起来一点声音也没有，她时不时抬起胳膊擦眼睛，我知道她这样做是为了看清楚她爹。那个男人对我笑了笑，说道：“你放心吧，我会对她好的。”

说完他拉了拉凤霞，凤霞就跟着他走了。凤霞手被拉着走去时，身体一直朝我这边歪着，她一直在看着我。凤霞走着走着，我就看不到她的眼睛了，再过一会，她擦眼睛抬起的胳膊也看不到了。这时我实在忍不住了，歪了歪头眼泪掉了下来。家珍走过来时，我埋怨她：“叫你别让他们过来，你偏要让他们过来见我。”

家珍说：“不是我，是凤霞自己过来的。”

凤霞走后，有庆不干了。起先凤霞被人领走时，有庆瞪着眼睛还不知道出了什么事，直到凤霞走远了，他才挠着头一步一步往回走。我看到他朝我这里张望几下，就是不过来问我。他还在家珍肚子里时我就打过他，他看到我怕。

吃午饭时，桌子旁没有了凤霞，有庆吃了两口就不吃了，眼睛对着我和家珍转来转去。家珍对他说：“快吃。”

他摇摇小脑袋，问他娘：

“姐姐呢？”

家珍一听这话头便低下了，她说：

“你快吃。”

这小家伙干脆把筷子一放，对他娘叫道：“姐姐什么时候回来？”

凤霞一走，我心里本来就乱糟糟的，看到有庆这样子，一拍桌子说：“凤霞不回来啦。”

有庆吓得身体抖了一下，看看我没再发火，他嘴巴歪了两下，低着脑袋说：“我要姐姐。”

家珍就告诉他，我们把凤霞送给别人家了，为了省下些钱供他上学。听到把凤霞送给了别人，有庆嘴一张哇哇地哭了，边哭边喊：“我不上学，我要姐姐。”

我没理他，心想他要哭就让他哭吧，谁知他又叫了：“我不上学。”把我的心都叫乱了，我对他喊：“你哭个屁。”

有庆给吓住了，身体往后缩缩，看到我低头重新吃饭，他就离开凳子，走到墙角，突然又喊了一声：“我要姐姐。”

我知道这次非揍他不可了，从门后拿出扫帚走过去，对他说：“转过去。”

有庆看看家珍，乖乖地转了过去，两只手扶在墙上，我说：“脱掉裤子。”

有庆脑袋扭过来，看看家珍，脱下了裤子后又转过脸来看家珍，看到他娘没过来拦我，他慌了。我举起扫帚时，他怯生生地说：“爹，别打我好吗？”

他这么说，我心也就软了。有庆也没有错，他是凤霞带大的，他对姐姐亲，想姐姐。我拍拍他的脑袋，说：“快去吃饭吧。”

过了两个月，有庆上学的日子到了。凤霞被领走时穿了一件好衣服，有庆上学了还是穿得破破烂烂，家珍做娘的心里怪难受的，她蹲在有庆跟前，替他这儿拉拉，那儿拍拍，对我说：“都没件好衣服。”

谁想到有庆这时候又说：

“我不上学。”

都过去了两个月，我以为他早忘了凤霞的事，到了上学这一天，他又这么叫了。这次我没有发火，好言好语告诉他，凤霞就是为了他上学才送给别人的，他只有好好念书才对得起姐姐。有庆倔劲上来了，他抬起脑袋冲我说：

"我就是不上学。"

我说："你屁股又痒啦？"

他干脆一转身，脚使劲往地上蹬着走进了里屋，进了屋后喊："你打死我，我也不上学。"

我想这孩子是要我揍他，就提着扫帚进去。家珍拉住我，低声说："你轻点，吓唬吓唬就行了，别真的揍他。"

我一进屋，有庆已经卧在床上了，裤子褪到大腿一面，露着两片小屁股，他是在等我去揍他。他这样子反倒让我下不了手，我就先用话吓唬他："现在说上学还来得及。"

他尖声喊：

"我要姐姐。"

我朝他屁股上揍了一下。他抱着脑袋说：

"不疼。"

我又揍了一下。他还是说：

"不疼。"

这孩子是逼我使劲揍他，真把我气坏了。我就使劲往他屁股上揍，这下他受不了，哇哇地哭，我也不管，还是使劲揍。有庆总还小，过了一会，他实在疼得挺不住，求我了："爹，别打了，我上学。"

有庆是个好孩子。他上学第一天中午回来后，一看到我就哆嗦一下，我还以为他是早晨被我打怕了，就亲热地问他学校好不好，他低着头轻轻嗯了一下，吃饭的时候，他老是抬起头来看看我，一副害怕的样子，让我心里很不是滋味，想想早晨我出手也太重了。到饭快吃完的时候，有庆叫了我一声："爹。"

他说："老师要我自己来告诉你们，老师批评我了，说我坐在凳子上动来动去，不好好念书。"

我一听火就上来了，凤霞都送给了别人，他还不好好念书。我把碗往桌上一拍，他先哭了，哭着对我说："爹，你别打我。我是屁股疼得坐不下去。"

我赶紧把他裤子剥下来一看，有庆的屁股上青一块紫一块，那是早晨揍的，这样怎么让他在凳子上坐下去。看着儿子那副哆嗦的样子，我鼻子一酸，眼睛也湿了。

凤霞让别人领去才几个月，她就跑了回来。凤霞回来时夜深了，我和家珍在床上，听到有人在外面敲门，先是很轻地敲了一下，过了一会又敲了两下。我想是谁呀，这么晚了。爬起来去开门，一开门看到是凤霞，都忘了她听不到，赶紧叫："凤霞，快进来。"

我这么一叫，家珍一下子从床上下来，没穿鞋就往门口跑。我把凤霞拉进来，家珍一把将她抱过去呜呜地哭了。我推推她，让她别这样。

凤霞的头发和衣服都被露水沾湿了，我们把她拉到床上坐下，她一只手扯住我的袖管，一只手拉住家珍的衣服，身体一抖一抖哭得都哽住了。家珍想去拿条毛巾给她擦擦头发，她拉住家珍的衣服就是不肯松开，家珍只得用手去替她擦头发。过了很久，她才止住哭，抓住我们的手也松开了。我把她两只手拿起来看了又看，想看看那户人家是不是让凤霞做牛做马地干活，看了很久也看不出个究竟来，凤霞手上厚厚的茧在家里就有了。我又看她的脸，脸上也没有什么伤痕，这才稍稍有些放心。

凤霞头发干了后，家珍替她脱了衣服，让她和有庆睡一头。凤霞躺下后，睁眼看着睡着的有庆好一会，偷偷笑了一下，才把眼睛闭上。有庆翻了个身，把手搁在凤霞嘴上，像是打他姐姐巴掌似的。凤霞睡着后像只小猫，又乖又安静，一动不动。

有庆早晨醒来一看到他姐姐，使劲搓眼睛，搓完眼睛看看还是凤霞，衣服不穿就从床上跳下来，张着个嘴一声声喊："姐姐，姐姐。"

这孩子一早晨嘻嘻笑个不停。家珍让他快点吃饭，还要上学去。他就笑不出来了，偷偷看了我一眼，低声问家珍："今天不上学好吗？"

我说："不行。"

他不敢再说什么，当他背着书包出门时狠狠蹬了几脚，随即怕我发火，飞快地跑了起来。有庆走后，我让家珍拿身干净衣服出来，准备送凤霞回去，一转身看到凤霞提着篮子和镰刀站在门口等着我了，凤霞哀求地看着我，叫我实在不忍心送她回去，我看看家珍，家珍看着我的眼睛也像是在求我。我对她说："让凤霞再待一天吧。"

我是吃过晚饭送凤霞回去的，凤霞没有哭，她可怜巴巴地看看她娘，看看她弟弟，拉着我的袖管跟我走了。有庆在后面又哭又闹，反正凤霞听不到，我没理睬他。

那一路走得真是叫我心里难受，我不让自己去看凤霞，一直往前走，走着走着天黑了，风飕飕地吹在我脸上，又灌到脖子里去。凤霞双手捏住我的袖管，一点声音也没有。天黑后，路上的石子绊着凤霞，走上一段凤霞的身体就摇一下，我蹲下去把她两只脚揉一揉，凤霞两只小手搁在我脖子上，她的手很冷，一动不动。后面的路是我背着凤霞走去，到了城里，看看离那户人家近了，我就在路灯下把凤霞放下来，把她看了又看，凤霞是个好孩子，到了那时候也没哭，只是睁大眼睛看我，我伸手去摸她的脸，她也伸过手来摸我的脸。她的手在我脸上一摸，我再也不愿意送她回到那户人家去了，背起凤霞就往回走。凤霞的小胳膊勾住我的脖子，走了一段她突然紧紧抱住了我，她知道我是带她回家了。

回到家里，家珍看到我们怔住了，我说：

“就是全家都饿死，也不送凤霞回去。”

家珍轻轻地笑了，笑着笑着眼泪掉了出来。

第五章

有庆念了两年书，到了十岁光景，家里日子算是好过一些了，那时凤霞也跟着我们一起下地干活，凤霞已经能自己养活自己了。家里还养了两头羊，全靠有庆割草去喂它们。每天蒙蒙亮时，家珍就把有庆叫醒，这孩子把镰刀扔在篮子里，一只手提着，一只手搓着眼睛跌跌撞撞走出屋门去割草，那样子怪可怜的，孩子在这个年纪是最睡不醒的，可有什么办法呢？没有有庆去割草，两头羊就得饿死。到了有庆提着一篮草回来，上学也快迟到了，急忙往嘴里塞一碗饭，边嚼边往城里跑。中午跑回家又得割草，喂了羊再自己吃饭，上学自然又来不及了。有庆十来岁的时候，一天两次来去就得跑五十多里路。

有庆这么跑，鞋当然坏得快。家珍是城里有钱人家出身，觉得有庆是上学的孩子了，不能再光着脚丫，给他做了一双布鞋。我倒觉得上学只要把书念好就行，穿不穿鞋有什么关系。有庆穿上新鞋才两个月，我看到家珍又在纳鞋底，问她是给谁做鞋，她说是给有庆。

田里的活已经把家珍累得说话都没力气了，有庆非得把他娘累死。我把有庆穿了两个月的鞋拿起来一看，这哪还是鞋，鞋底磨穿了不说，一只鞋连鞋帮都掉了。等有庆提着满满一篮草回来时，我把鞋扔过去，揪住他的耳朵让他看看："你这是穿的，还是啃的？"

有庆摸着被揪疼的耳朵，咧了咧嘴，想哭又不敢哭。我警告他："你再这样穿鞋，我就把你的脚砍掉。"

其实是我没道理，家里的两头羊全靠有庆喂它们，这孩子在家干这么重的活，耽误了上学时间总是跑着去，中午放学想早点回来割草，又跑着回来。不说羊粪肥田这事，就是每年剪了羊毛去卖了的钱，也不知道能给有庆做多少双鞋。我这么一说以后，有庆上学就光脚丫跑去，到了学校再穿上鞋。

有一次都下雪了，他还是光着脚丫在雪地里吧嗒吧嗒往学校跑，让我这个做爹的看得好心疼，我叫住他："你手里拿着什么？"

这孩子站在雪地里看着手里的鞋，可能是糊涂了，都不知道说什么。我说："那是鞋，不是手套，你给我穿上。"

他这才穿上了鞋，缩着脑袋等我下面的话。我向他挥挥手："你走吧。"

有庆转身往城里跑，跑了没多远，我看到他又脱下了鞋。

这孩子让我一点办法都没有。

到了一九五八年，人民公社成立了。我家那五亩地全划到了人民公社名下，只留下屋前一小块自留地。村长也不叫村长了，改叫队长。队长每天早晨站在村口的榆树下吹口哨，村里男男女女都扛着家伙到村口去集合，就跟当兵一样，队长将一天的活派下来，大伙就分头去干。村里人都觉得新鲜，排着队下地干活，嘻嘻哈哈地看着别人的样子笑，我和家珍、凤霞排着队走去还算整齐，有些人家老的老小的小，中间有个老太太还扭着小脚，排出来的队伍难看死了，连队长看了都说："你们这一家啊，横看竖看还是不好看。"

家里五亩田归了人民公社，家珍心里自然舍不得，过去的十来年，我们一家全靠这五亩田养活，眼睛一眨，这五亩田成了大伙的了，家珍常说："往后要是再分田，我还是要那五亩。"

谁知没多少日子，连家里的锅都归了人民公社，说是要煮钢铁。那天队长带着几个人挨家挨户来砸锅，到了我家，笑嘻嘻地对我说："福贵，是你自己拿出来呢，还是我们进去砸？"

我心想反正每家的锅都得砸，我家怎么也逃不了，就说："自己拿，我自已拿。”

我将锅拿出来放在地上，两个年轻人挥起锄头就砸，才那么三五下，好端端的一口锅就被砸烂了。家珍站在一旁看着心疼得都掉出了眼泪，家珍对队长说：“这锅砸了往后吃什么？”

“吃食堂。”队长挥着手说，“村里办了食堂，砸了锅谁都用不着在家做饭啦，省出力气往共产主义跑，饿了只要抬抬腿往食堂门槛里放，鱼啊肉啊撑死你们。”

村里办起了食堂，家中的米盐柴什么的也全被村里没收了，最可惜的是那两头羊，有庆把它们养得肥肥壮壮的，也要充公。那天上午，我们一家扛着米、端着盐往食堂送时，有庆牵着两头羊，低着脑袋往晒场去。他心里是一百个不愿意，那两头羊可是他一手喂大的，他天天跑着去学校，又跑着回来，都是为家里的羊。他把羊牵到晒场上，村里别的人家也把牛羊牵到了那里，交给饲养员王喜。别人虽说心里舍不得，交给王喜后也都走开了，只有有庆还在那里站着，咬着嘴唇一动不动，末了可怜巴巴地问王喜：“我每天都能来抱抱它们吗？”

村里食堂一开张，吃饭时可就好看了，每户人家派两个人去领饭菜，排出长长一队，看上去就跟我当初被俘虏后排队领馒头一样。每家都是让女人去，叽叽喳喳声音响得就和晒稻谷时麻雀一群群飞来似的。队长说得没错，有了食堂确实省事，饿了只要排个队就有吃有喝了。那饭菜敞开吃，能吃多少就吃多少，天天都有肉吃。最初的几天，队长端着个饭碗嘻嘻笑着挨家串门，问大伙：“省事了吧？这人民公社好不好？”

大伙也高兴，都说好。队长就说：

“这日子过得比当二流子还舒坦。”

家珍也高兴，每回和凤霞端着饭菜回来时就会说：“又吃肉啦。”

家珍把饭菜往桌上一放，就出门去喊有庆。有庆有庆地喊上一阵子，才看见他提着满满一篮草在田埂上横着跑过去。

这孩子是给两头羊送草去。村里三头牛和二十多头羊全被关在一个棚里，那群牲畜一归了人民公社，就倒霉了，常常挨饿，有庆一进去就会围上来。有庆就对着它们叫：“喂喂，你们在哪里？”

他的两头羊在羊堆里拱出来，有庆才会把草倒在地上，还得使劲把别的羊推开，一直侍候自己的羊吃完，有庆这才呼哧呼哧满头是汗地跑回家来，上学也快迟到了，这孩子跟喝水似的把饭吃下去，抓起书包就跑。

看着他还是每天这么跑来跑去，我心里那个气，嘴上又不好说，说出来怕别人听到了会说我落后。有一次我实在忍不住了，就说：“别人拉屎你擦什么屁股？”

有庆听了这话，没明白过来，看了我一会后扑哧笑了，气得我差点没给他一巴掌，我说：“这羊早归了公社，关你屁事。”

有庆每天三次给羊送草去，到了天快黑的时候，他还要去一次抱抱那两头羊。管牲畜的王喜见他这么喜欢自己的羊，就说：“有庆，你今晚就领回家去吧，明天一早送回来就是了。”

有庆知道我不会让他这么干，摇摇头对王喜说：“我爹要骂我的，我就这么抱一抱吧。”

日子一长，棚里的羊也就越少，过几天就要宰一头。到后来只有有庆一个人送草去了。王喜见了我常说：“就有庆还天天惦记着它们，别人是要吃肉了才会想到它们。”

村里食堂开张后两天，队长让两个年轻人进城去买煮钢铁的锅，那些砸烂的锅和铁皮什么的都堆在晒场上，队长指着它们说：“得赶紧把它们给煮了，不能老让它们闲着。”

两个年轻人拿着草绳和扁担进城去后，队长陪着城里请来的风水先生在村里转悠开了，说是要找一块风水宝地煮钢铁。穿长衫的风水先生笑眯眯地走来走去，走到一户人家跟前，那户人家就得倒吸一口冷气，这弓着背的老先生只要一点头，那户人家的屋子就完蛋了。

队长陪着风水先生来到了我家门口，我站在门前心里咚咚地打鼓。队长说：“福贵，这位是王先生，到你这儿来看看。”

“好，好。”我连连点着头。

风水先生双手背在身后，前后左右看了一会，嘴里说：“好地方，好风水。”

我听了这话眼睛一黑，心想这下完蛋了。好在这时家珍走了出来，家珍看到是她认识的王先生，就叫了一声。王先生说：“是家珍啊。”

家珍笑着说：“进屋喝碗茶吧。”

王先生摆了摆手，说道："改日再喝，改日再喝。"

家珍说："听我爹说你这些日子忙坏了？"

"忙，忙。"王先生点着头说，"请我看风水的都排着队呢。"

说着王先生看看我，问家珍：

"这位就是？"

家珍说："是福贵。"

王先生眼睛笑得眯成了一条缝，点着头说：

"我知道，我知道。"

看着王先生这副模样，我知道他是想起我从前赌光家产的事。我就对王先生嘿嘿笑了。王先生向我们双手抱拳说："改日再聊。"

说过他转身对队长说：

"到别处去看看。"

队长和风水先生一走，我才彻底松了一口气，我这间茅屋算是没事了，可村里老孙家倒大霉了，风水先生看中了他家的屋子。队长让他家把屋子腾出来，老孙头呜呜地哭，蹲在屋角就是不肯搬，队长对他说："哭什么，人民公社给你盖新屋。"

老孙头双手抱着脑袋，还是哭，什么话都不说。到了傍晚，队长看看没有别的法子了，就叫上村里几个年轻人，把老孙头从屋里拉出来，将里面的东西也搬到外面。老孙头被拉出来后，双手抱住了一棵树，怎么也不肯松手，拉他的两个年轻人看看队长说："队长，拉不动啦。"

队长扭头看了看，说：

"行啦，你们两个过来点火。"

那两个年轻人拿着火柴，站到凳子上，对着屋顶的茅草划燃了火柴。屋顶的茅草本来就发霉了，加上头天又下了一场雨，他们怎么也烧不起来。队长说："他娘的，我就不信人民公社的火还烧不掉这破屋子。"

说着队长卷了卷袖管准备自己动手。有人说："浇上油，一点就燃。"

队长一想后说："对啊，他娘的，我怎么没想到，快去食堂取油。"

原先我只觉得自己是个败家子，想不到我们队长也是个败家子。我啊，就站在不到百步远的地方，看着队长他们把好端端的油倒在茅草上，那油可都是从我们嘴里挖出来的，被他们一把火烧没了。那茅草浇上了我们吃的油，火苗子呼呼地往上蹿，黑烟在屋顶滚来滚去。我看到老孙头还是抱着那棵树，他是眼睁睁看着自己的窝没了。老孙头可怜，等到屋顶烧成了灰，四面土墙也烧黑了，他才抹着眼泪走开，村里人听到他说："锅砸了，屋子烧了，看来我也得死了。"

那晚上我和家珍都睡不踏实，要不是家珍认识城里看风水的王先生，我这一家人都不知道要到哪里去了。想来想去这都是命，只是苦了老孙头，家珍总觉得这灾祸是我们推到他身上去的，我想想也是这样。我嘴上不这么说，我说："是灾祸找到他，不能说是我们推给他的。"

煮钢铁的地方算是腾出来了，去城里买锅的也回来了。他们买了一只汽油桶回来，村里很多人以前没见过汽油桶，看着都很稀奇，问这是什么玩意，我以前打仗时见过，就对他们说："这是汽油桶，是汽车吃饭用的饭碗。"

队长用脚踢踢汽车的饭碗，说：

"太小啦。"

买来的人说："没有更大的了，只能一锅一锅煮了。"

队长是个喜欢听道理的人，不管谁说什么，他只要听着有理就相信。他说："也对，一口吃不成个大胖子，就一锅一锅煮吧。"

有庆这孩子看到我们很多人围着汽油桶，提着满满一篮草不往羊棚送，先挤到我们这儿来了。他的脑袋从我腰里一擦一磨地钻出来，我想是谁呀，低头一看是自己儿子。有庆对着队长喊："煮钢铁桶里要放上水。"

大伙听了都笑。队长说：

"放上水？你小子是想煮肉吧。"

有庆听了这话也嘻嘻笑，他说：

"要不钢铁没煮成，桶底就先煮烂啦。"

谁知队长听了这话，眉毛往上一吊，看着我说："福贵，这小子说得还真对。你家出了个科学家。"

队长夸奖有庆，我心里当然高兴，其实有庆是出了个馊主意。汽油桶在原先老孙头家架了起来，将砸烂的锅和铁皮什么的扔了进去，里面还真的放上了水，桶顶盖一个木盖，就这样煮起了钢铁。里面的水一开，那木盖就扑扑地跳，水蒸气呼呼地往外冲，这煮钢铁跟煮肉还真是差不多。

队长每天都要去看几次，每次揭开木盖时，里面发大水似的冲出来蒸气都吓得他跳开好几步，嘴里喊着："烫死我啦。"

等到水蒸气少了一些，他就拿着根扁担伸到桶里敲了敲，敲完后骂道："他娘的，还硬邦邦的。"

村里煮钢铁那阵子，家珍病了。家珍得了没力气的病，起先我还以为她是年纪大了才这样的。那天村里挑羊粪去肥田，那时候田里插满了竹竿，原先竹竿上都是纸做的小红旗，几场雨一下，红旗全没了，只在竹竿上沾了些红纸屑。家珍也挑着羊粪，她走着走着腿一软坐在了地上。村里人见了都笑，说是："福贵夜里干狠了。"

家珍自己也笑了，她站起来试着再挑，那两条腿就哆嗦，抖得裤子像是被风吹的那样乱动起来。我想她是累了，就说："你歇一会吧。"

刚说完，家珍又坐到了地上，担子里的羊粪泼出来盖住了她的腿。家珍的脸一下子红了，她对我说："我也不知道是怎么了。"

我以为家珍只要睡上一觉，第二天就会有力气的。谁想到以后的几天家珍再也挑不动担子了，她只能干些田里的轻活。好在那时是人民公社，要不这日子又难熬了。家珍得了病，心里自然难受，到了夜里她常偷偷问我："福贵，我会拖累你们吗？"

我说："你别想这事了，年纪大了都这样。"

到那时我还没怎么把家珍的病放在心上，我心想家珍自从嫁给我以后，就没过上好日子，现在年纪大了，也该让她歇一歇了。谁知过了一个来月，家珍的病一下子重了，那晚上我们一家守着那汽油桶煮钢铁，家珍病倒了，我才吓一跳，才想到要送家珍去城里医院看看。

那时候钢铁煮了有两个多月了，还是硬邦邦的，队长觉得不能让村里最强壮的几个劳动力整日整夜地守着汽油桶，他说："往后就挨家挨户轮了。"

轮到我家时，队长对我说：

"福贵，明天就是国庆节了，把火烧得旺些，怎么也得给我把钢铁煮出来。"

我让家珍和凤霞早早地去食堂守着，好早些把饭菜打回来，吃完了去接替人家，我怕去晚了人家会说闲话。可是家珍和凤霞打了饭菜回来，左等右等不见有庆回来，家珍站在门前喊得额头都出汗了，我知道这孩子准是割了草送到羊棚去了。我对家珍说："你们先吃。"

说完我出门就往村里羊棚去，心想这孩子太不懂事了，不帮着家珍干些家里的活，整天就知道割羊草，胳膊一个劲地往外拐。我走到羊棚前，看到有庆正把草倒在地上，棚里只有六只羊了，全挤上来抢着吃草，有庆提着篮子问王喜："他们会宰我的羊吗？"

王喜说："不会了，把羊吃光了，上哪儿去找肥料，没有了肥料田里的庄稼就长不好。"

王喜看到我走进去，对有庆说：

"你爹来了，你快回去吧。"

有庆转过身来，我伸手拍拍他的脑袋，这孩子刚才问王喜时的可怜腔调，让我有火发不出。我们往家里走去，有庆看到我没发火，高兴地对我说："他们不会宰我的羊了。"

我说："宰了才好。"

到了晚上，我们一家就守着汽油桶煮钢铁了，我负责往桶里加水，凤霞拿一把扇子扇火，家珍和有庆捡树枝。直干到半夜，村里所有人家都睡了，我都加了三次水，拿一根树枝往里捅了捅，还是硬邦邦的。家珍累得满脸是汗，她弯腰放下树枝时都跪在了地上。我盖上木盖对她说："你怕是病了。"

家珍说："我没病，只是觉得身体软。"

那时候有庆靠着一棵树像是睡着了，凤霞两只手换来换去地扇着风，她是胳膊疼了。我去推推她，她以为我要替她，转过脸来直摇头，我就指指有庆，要她把有庆抱回家去，她这才点着头站起来。村里羊棚里传来咩咩的叫声，睡着的有庆听到这声音咯咯地笑了，当凤霞要去抱他时，他突然睁开眼睛说："是我的羊在叫。"

我还以为他睡着了，看到他睁开眼睛，又说是他的羊什么的，我火了，对他说："是人民公社的羊，不是你的。"

这孩子吓一跳，瞌睡全没了，眼睛定定地看着我。家珍推推我，说我："你别吓唬他。"

说着蹲下去对有庆轻声说：

"有庆，你睡吧，睡吧。"

这孩子看看家珍，点点头闭上了眼睛，没一会工夫就呼呼地睡去了。我把有庆抱起来，放到凤霞背脊上，打着手势告诉凤霞，让她和有庆回家去睡觉，别来了。

凤霞背着有庆走后，我和家珍坐在了火前，那时天很凉，坐在火前暖和，家珍累得一点力气都没了，胳膊抬起来都费劲，我就让家珍靠着我，说：“你就闭上眼睛睡一会吧。”

家珍的脑袋往我肩膀上一靠，我的瞌睡也来了，脑袋老往下掉，我使劲挺一会，不知不觉又掉了下去。我最后一次往火里加了树枝后，脑袋掉下去就没再抬起来。

我不知道自己睡了有多久，后来轰的一声巨响，把我吓得从地上一下子坐起来。那时候天都快亮了，我看到汽油桶已经倒在了地上，火像水一样流成一片在烧，我身上盖着家珍的衣服，我立刻跳起来，围着汽油桶跑了两圈，没见到家珍，我吓坏了，吼着嗓子叫：“家珍，家珍。”

我听到家珍在池塘那边轻声答应，我跑过去看到家珍坐在地上，正使劲想站起来，我把她扶起来时，发现她身上的衣服都湿透了。

我睡着以后，家珍一直没睡，不停地往火上加树枝，后来桶里的水快煮干了，她就拿着木桶去池塘打水，她身上没力气，拿着个空桶都累，别说是满满一桶水了，她提起来才走了五六步就倒在地上，她坐在地上歇了一会，又去打了一桶水，这回她走一步歇一下，可刚刚走上池塘人又滑倒了，前后两桶水全泼在她身上，她坐在地上没力气起来了，一直等到我被那声巨响吓醒。

看到家珍没伤着，我悬着的心放下了，我把家珍扶到汽油桶前，还有一点火在烧，我一看是桶底煮烂了，心想这下糟了。家珍一看这情形，也傻了，她一个劲地埋怨自己：“都怪我，都怪我。”

我说：“是我不好，我不该睡着。”

我想着还是快些去报告队长吧，就把家珍扶到那棵树下，让她靠着树坐下。自己往我家从前的宅院，后来是龙二、现在是队长的屋子跑去，跑到队长屋前，我使劲喊：“队长，队长。”

队长在里面答应：“谁呀？”

我说：“是我，福贵，桶底煮烂啦。”

队长问：“是钢铁煮成啦？”

我说：“没煮成。”

队长骂道：“那你叫个屁。”

我不敢再叫了，在那里站着不知道该怎么办，那时候天都亮了，我想了想还是先送家珍去城里医院吧，家珍的病看样子不轻，这桶底煮烂的事待我从医院回来再去向队长作个交代。我先回家把凤霞叫醒，让她也去，家珍是走不动了，我年纪大了，背着家珍来去走二十多里路看来不行，只能和凤霞轮流着背她。

我背起家珍往城里走，凤霞走在一旁，家珍在我背上说："我没病，福贵，我没病。"

我知道她是舍不得花钱治病，我说：

"有没有病，到医院一看就知道了。"

家珍不愿意去医院，一路上嘟嘟哝哝的。走了一段，我没力气了，就让凤霞替我。凤霞力气比我都大，背着她娘走起路来咚咚响。家珍到了凤霞背脊上，不再嘟哝什么，突然笑起来，宽慰地说："凤霞长大了。"

家珍说完这话眼睛一红，又说：

"凤霞要是不得那场病就好了。"

我说："都多少年的事了，还提它干什么。"

城里医生说家珍得了软骨病，说这种病谁也治不了，让我们把家珍背回家，能给她吃得好一点就吃得好一点，家珍的病可能会越来越重，也可能就这样了。回来的路上是凤霞背着家珍，我走在边上心里是七上八下，家珍得了谁也治不了的病，我是越想越怕，这辈子这么快就到了这里，看着家珍瘦得都没肉的脸，我想她嫁给我后没过上一天好日子。

家珍反倒有些高兴，她在凤霞背上说：

"治不了才好，哪有钱治病。"

快到村口时，家珍说她好些了，要下来自己走，她说："别吓着有庆了。"

她是担心有庆看到她这副模样会害怕，做娘的心里就是想得细。她从凤霞背上下来，我们去扶她，她说自己能走，说："其实也没什么病。"

这时村里传来了锣鼓声，队长带着一队人从村口走出来，队长看到我们后高兴地挥着手喊道："福贵，你们家立大功啦。"

我是丈二和尚摸不着头脑，不知道立了什么大功，等他们走近了，我看到两个村里的年轻人抬着一块乱七八糟的铁，上面还翘着半个锅的形状，和几片耸出来的铁片，一块红布挂在上面。队长指指这烂铁说："你家把钢铁煮出来啦，赶上这国庆节的好时候，我们上县里去报喜。”

一听这话我傻了，我还正担心着桶底煮烂了怎么去向队长交代，谁想到钢铁竟然煮出来了。队长拍拍我的肩膀说：“这钢铁能造三颗炮弹，全部打到台湾去，一颗打在蒋介石床上，一颗打在蒋介石吃饭的桌上，一颗打在蒋介石家的羊棚里。”

说完队长手一挥，十来个敲锣打鼓的人使劲敲打起来，他们走过去后，队长在锣鼓声里回过头来喊道：“福贵，今天食堂吃包子，每个包子都包进了一头羊，全是肉。”

他们走远后，我问家珍：

“这钢铁真的煮成了？”

家珍摇摇头，她也不知道是怎么煮成的。我想着肯定是桶底煮烂时，钢铁煮成的。要不是有庆出了个馊主意，往桶里放水，这钢铁早就能煮成了。等我们回到家里时，有庆站在屋前哭得肩膀一抖一抖，他说：“他们把我的羊宰了，两头羊全宰了。”

有庆伤心了好几天，这孩子每天早晨起来后，用不着跑着去学校了。我看着他在屋前游来荡去，不知道该干什么，往常这个时候他都是提着个篮子去割草了。家珍叫他吃饭，叫一声他就进来坐到桌前，吃完饭背起书包绕到村里羊棚那里看看，然后无精打采地往城里学校去了。

村里的羊全宰了吃光了，那三头牛因为要犁田才保住性命，粮食也快吃光了。队长说到公社去要点吃的来，每次去都带了十来个年轻人，打着十来根扁担，那样子像是要去扛一座金山回来，可每次回来仍然是十来个人十来根扁担，一粒米都没拿到。队长最后一次回来后说：“从明天起食堂散伙了，大伙赶紧进城去买锅，还跟过去一样，各家吃各家自己的。”

当初砸锅凭队长一句话，买锅了也是凭队长一句话。食堂把剩下的粮食按人头分到各家，我家分到的只够吃三天。好在田里的稻子再过一个月就收起来了，怎么熬也能熬过这一个月。

村里人下地干活开始记工分了，我算是一个壮劳力，给我算十分，家珍要是不病，能算她八分，她一病只能干些轻活，也就只好算四分了。好在凤霞长大了，凤霞在女人里面算是力气大的，她每天能挣七个工分。

家珍心里难受，她挣的工分少了一半，想不开，她总觉得自己还能干重活，几次都去对队长说，说她也知道自己有病，可现在还能干重活。她说："等我真干不动了再给我记四分吧。"

队长一想也对，就对她说：

"那你去割稻子吧。"

家珍拿着把镰刀下到稻田里，刚开始割得还真快，我看着心想是不是医生弄错了。可割了一道，她身体就有些摇晃了，割第二道时慢了许多。我走过去问她："你行吗？"

她那时满脸是汗，直起腰来还埋怨我：

"你干你的，过来干什么？"

她是怕我这么一过去，别人都注意她了，我说："你自己留意着身体。"

她急了，说："你快走开。"

我摇摇头，只好走开。我走开后没过多久，听到那边扑通一声，我心想不好，抬头一看家珍摔在地上了。我走到跟前，家珍虽说站了起来，可两条腿直哆嗦，她摔下去时头碰着了镰刀，额头都破了，血在那里流出来。她苦笑着看我，我一句话不说，背起她就往家里去，家珍也不反抗，走了一段，家珍哭了，她说："福贵，我还能养活自己吗？"

"能。"我说。

以后家珍也就死心了，虽然她心疼丢掉的那四个工分，想着还能养活自己，家珍多少还是能常常宽慰自己。

家珍病后，凤霞更累了，田里的活一点没少干，家里的活她也得多干，好在凤霞年纪轻，一天累到晚，睡上一觉就又有力气有精神了。有庆开始帮着干些自留地上的活，有天傍晚我收工回家，在自留地锄草的有庆叫了我一声，我走过去，这孩子手摸着锄头柄，低着头说："我学会了很多字。"

我说："好啊。"

他抬头看了我一眼，又说：

"这些字够我用一辈子了。"

我想这孩子口气真大，也没在意他是什么意思，我随口说："你还得好好学。"

他这才说出真话来，他说：

"我不想念书了。"

我一听脸就沉下了，说：

“不行。”

其实让有庆退学，我也是想过的，我打消这个念头是为了家珍，有庆不念书，家珍会觉得是自己的病拖累他的。我对有庆说：“你不好好念书，我就宰了你。”

说过这话后，我有些后悔，有庆还不是为了家里才不想念书的，这孩子十二岁就这么懂事了，让我又高兴又难受，想想以后再不能随便打骂他了。这天我进城卖柴，卖完了我花五分钱给有庆买了五颗糖，这是我这个做爹的第一次给儿子买东西，我觉得该疼爱疼爱有庆了。

我挑着空担子走进学校，学校里只有两排房子，孩子在里面咿呀咿呀地念书，我挨个教室去看有庆。有庆在最边上的教室，一个女老师站在黑板前讲些什么，我站在一个窗口看到了有庆，一看到有庆我气就上来了，这孩子不好好念书，正用什么东西往前面一个孩子头上扔。为了他念书，凤霞都送给过别人，家珍病成这样也没让他退学，他嘻嘻哈哈跑到课堂上来玩了。当时我气得什么都顾不上了，把担子一放，冲进教室对准有庆的脸就是一巴掌。有庆挨了一巴掌才看到我，他吓得脸都白了，我说：“你气死我啦。”

我大声一吼，有庆的身体就哆嗦一下，我又给他一巴掌，有庆缩着身体完全吓傻了。这时那个女老师走过来气冲冲问我：“你是什么人？这是学校，不是乡下。”

我说：“我是他爹。”

我正在气头上，嗓门很大。那个女老师火也跟着上来，她尖着嗓子说：“你出去，你哪像是爹，我看你像法西斯，像国民党。”

法西斯我不知道，国民党我就知道了。我知道她是在骂我，难怪有庆不好好念书，他摊上了一个骂人的老师。我说：“你才是国民党，我见过国民党，就像你这么骂人。”

那个女老师嘴巴张了张，没说话倒哭上了。旁边教室的老师过来把我拉了出去，他们在外面将我围住，几张嘴同时对我说话，我是一句都没听清。后来又过来一个女老师，我听到他们叫她校长，校长问我为什么打有庆，我一五一十地把凤霞过去送人，家珍病后没让有庆退学的事全说了，那位女校长听后对别的老师说：“让他回去吧。”

我挑着担子走时，看到所有教室的窗口都挤满了小脑袋，在看我的热闹。这下我可把自己儿子得罪了，有庆最伤心的不是我揍他，是当着那么多老师和同学出丑。我回到家里气还没消，把这事跟家珍说，家珍听完后埋怨我，她说："你呀，你这样让有庆在学校里怎么做人。"

我听后想了想，觉得自己确实有些过分，丢了自己的脸不说，还丢了我儿子的脸。这天中午有庆放学回家，我叫了他一声，他理都不理我，放下书包就往外走，家珍叫了他一声，他就站住了，家珍让他走过去。有庆走到他娘身边，脖子就一抽一抽了，哭得那个伤心啊。

第六章

后来的一个多月里，有庆死活不理我，我让他干什么他马上干什么，就是不和我说话。这孩子也不做错事，让我发脾气都找不到地方。

想想也是自己过分，我儿子的心叫我给伤透了。好在有庆还小，又过了一阵子，他在屋里进出脖子没那么直了。虽然我和他说话，他还是没搭理，脸上的模样我还是看得出来的，他不那么记仇了，有时还偷偷看我。我知道他，那么久不和我说话，是不好意思突然开口。我呢，也不急，是我的儿子总是要开口叫我的。

食堂散伙以后，村里人家都没了家底，日子越过越苦，我想着把家里最后的积蓄拿出来，去买一头羊羔。羊是最养人的，能肥田，到了春天剪了羊毛还能卖钱。再说也是为了有庆，要是给这孩子买一头羊羔回来，他不知道会有多高兴。

我跟家珍一商量，家珍也高兴，说你快去买吧。当天下午，我将钱揣在怀里就进城去了。我在城西广福桥那边买了一头小羊，回来时路过有庆他们的学校，我本想进去让有庆高兴高兴，再一想还是别进去了，上次在学校出丑，让我儿子丢脸，我再去，有庆心里肯定不高兴。

等我牵着小羊出了城，走到都快能看到自己家的地方，后面有人噼噼啪啪地跑来，我还没回头去看是谁，有庆就在后面叫上了："爹，爹。"

我站住脚，看着有庆满脸通红地跑来，这孩子一看到我牵着羊，早就忘了他不和我说话这事，他跑到我跟前喘着气说："爹，这羊是给我买的？"

我笑着点点头，把绳子递给他说：

“拿着。”

有庆接过绳子，把小羊抱起来走了几步，又放下小羊，捏住羊的后腿，蹲下去看看，看完后说：“爹，是母羊。”

我哈哈地笑了，伸手捏住他的肩膀，有庆的肩膀又瘦又小，我一捏住不知为何就心疼起来。我们一起往家里走去时，我说道：“有庆，你也慢慢长大了，爹以后不会再揍你了，就是揍你也不会让别人看到。”

说完我低头看看有庆，这孩子脑袋歪着，听了我的话，反倒不好意思了。

家里有了羊，有庆每天又要跑着去学校了，除了给羊割草，自留地里的活他也要多干。没想到有庆这么跑来跑去，到头来还跑出名堂来了。城里学校开运动会那天，我进城去卖菜，卖完了正要回家，看到街旁站着很多人，一打听知道是那些学生在比赛跑步，要在城里跑上十圈。

当时城里有中学了，那一年有庆也读到了四年级。城里是第一次开运动会，念初中的孩子和念小学的孩子都一起跑。

我把空担子在街旁放下，想看看有庆是不是也在里面跑。过了一会，我看到一伙和有庆差不多大的孩子，一个个摇头晃脑跑过来，有两个低着脑袋跌跌撞撞，看那样子是跑不动了。

他们跑过去后，我才看到有庆，这小家伙光着脚丫，两只鞋拿在手里，呼哧呼哧跑来了，他只有一个人跑来。看到他跑在后面，我想这孩子真是没出息，把我的脸都丢光了。可旁边的人都在为他叫好，我就糊涂了，正糊涂着看到几个初中学生跑了过来，这一来我更糊涂了，心想这跑步是怎么跑的。

我问身旁一个人：

“怎么年纪大的跑不过年纪小的？”

那人说：“刚才跑过去的小孩把别人都甩掉了几圈了。”

我一听，他不是在说有庆吗？当时那个高兴啊，是说不出来的高兴。就是比有庆大四五岁的孩子，也被有庆甩掉了一圈。我亲眼看着自己的儿子，光着脚丫，鞋子拿在手里，满脸通红第一个跑完了十圈。这孩子跑完以后，反倒不呼哧呼哧喘气了，像是一点事情都没有，抬起一只脚在裤子上擦擦，穿上布鞋后又抬起另一只脚。接着双手背到身后，神气活现地站在那里看着比他大多了的孩子跑来。

我心里高兴，朝他喊了一声：

“有庆。”

挑着空担子走过去时我大模大样，我想让旁人知道我是他爹。有庆一看到我，马上不自在了，赶紧把背在身后的手拿到前面来，我拍拍他的脑袋，大声说：“好儿子啊，你给爹争气啦。”

有庆听到我嗓门这么大，急忙四处看看，他是不愿意让同学看到我。这时有个大胖子叫他：“徐有庆。”

有庆一转身就往那里去，这孩子对我就是不亲。他走了几步又回过头来说：“是老师叫我。”

我知道他是怕我回家后找他算账，就对他挥挥手：“去吧，去吧。”

那个大胖子手特别大，他按住有庆的脑袋，我就看不到儿子的头，儿子的肩膀上像是长出了一只手掌。他们两个人亲亲热热地走到一家小店前，我看着大胖子给有庆买了一把糖，有庆双手捧着放进口袋，一只手就再没从口袋里出来。走回来时有庆脸都涨红了，那是高兴的。

那天晚上我问他那个大胖子是谁。他说：

“是体育老师。”

我说了他一句：“他倒是像你爹。”

有庆把大胖子给他的糖全放在床上，先是分出了三堆，看了又看后，从另两堆里各拿出两颗放进自己这一堆，又看了一会，再从自己这堆拿出两颗放到另两堆里。我知道他要把一堆给凤霞，一堆给家珍，自己留着一堆，就是没有我的。谁知他又把三堆糖弄到一起，分出了四堆，他就这么分来分去，到最后还是只有三堆。

过了几天，有庆把体育老师带到家里来了，大胖子把有庆夸了又夸，说他长大了能当个运动员，出去和外国人比赛跑步。有庆坐在门槛上，兴奋得脸上都出汗了。当着体育老师的面我不好说什么，他走后，我就把有庆叫过来，有庆还以为我会夸他，看着我的眼睛都亮闪闪的，我对他说：“你给我、给你娘你姐姐争了口气，我很高兴。可我从没听说过跑步也能挣饭吃，送你去学校，是要你好好念书，不是让你去学跑步，跑步还用学？鸡都会跑！”

有庆脑袋马上就垂下了，他走到墙角拿起篮子和镰刀，我问他：

“记住我的话了吗？”

他走到门口，背对着我点点头，就走了出去。

那一年，稻子还没黄的时候，稻穗青青的刚长出来，就下起了没完没了的雨，下了差不多有一个来月，中间虽说天气晴朗过，没出两天又阴了，又下上了雨。我们是看着水在田里积起来，雨水往上涨，稻子就往下垂，到头来一大片一大片的稻子全淹没到了水里。村里上了年纪的人都哭了，都说：“往后的日子怎么过呀？”

年纪轻一些的人想得开些，总觉得国家会来救济我们的，他们说：“愁什么呀，天无绝人之路，队长去县里要粮食啦。”

队长去了三次公社，一次县里，他什么都没拿回来，只是带回来几句话：“大伙放心吧，县长说了，只要他不饿死，大伙也都饿不死。”

那一个月的雨下过去后，连着几天的大热天，田里的稻子全烂了，一到晚上，风吹过来是一片片的臭味，跟死人的味道差不多。原先大伙还指望着稻草能派上用场，这么一来稻子没收起，稻草也全烂光了，什么都没了。队长说县里会给粮食的，可谁也没见到有粮食来，嘴上说说的事让人不敢全信，不信又不敢，要不这日子过下去谁也没信心了。

大伙都数着米下锅，积蓄下来的粮食都不多，谁家也不敢煮米饭，都是熬粥喝，就是粥也是越来越稀。那么过了两三个月，也就坐吃山空了。我和家珍商量着把羊牵到城里卖了，换些米回来，我们琢磨着这羊能换回来百十来斤大米，这样就可以熬到下一季稻子收割的时候。

家里人都有一两个月没怎么吃饱了，那头羊还是肥肥的，每天在羊棚里咩咩叫时声音又大又响，全是有庆的功劳，这孩子吃不饱整天叫着头晕，可从没给羊少割过一次草，他心疼那头羊，就跟家珍心疼他一样。

我和家珍商量以后，就把这话对有庆说了。那时候有庆刚把一篮草倒到羊棚里，羊沙沙地吃着草，那声响像是在下雨，他提着空篮子站在一旁，笑嘻嘻地看着羊吃草。

我走进去他都不知道，我把手放在他肩上，这孩子才扭头看了看我，说：“它饿坏了。”

我说：“有庆，爹有事要跟你说。”

有庆答应一声，把身体转过来。我继续说：

"家里粮食吃得差不多了，我和你娘商量着把羊卖掉，换些米回来，要不一家人都得挨饿了。"

有庆低着脑袋一声不吭，这孩子心里是舍不得这头羊，我拍拍他的肩说："等日子好过一些了，我再去买头羊回来。"

有庆点点头，有庆是长大了，他比过去懂事多了。要是早上几年，他准得又哭又闹。我们从羊棚里走出来时，有庆拉了拉我的衣服，可怜巴巴地说："爹，你别把它卖给宰羊的好吗？"

我心想这年月谁家还会养着一头羊，不卖给宰羊的，去卖给谁呢？看着有庆那副样子，我也只好点点头。

第二天上午，我将米袋搭在肩上，从羊棚里把羊牵出来，刚走到村口，听到家珍在后面叫我，回过头去看到家珍和有庆走来。家珍说："有庆也要去。"

我说："礼拜天学校没课，有庆去干什么？"

家珍说："你就让他去吧。"

我知道有庆是想和羊多待一会，他怕我不答应，让他娘来说。我心想他要去就让他去吧，就向他招了招手，有庆跑上来接过我手里的绳子，低着脑袋跟着我走去。

这孩子一路上什么话都不说，倒是那头羊咩咩叫唤个不停，有庆牵着它走，它时时脑袋伸过去撞一下有庆的屁股。羊也是通人性的，它知道是有庆每天去喂它草吃，它和有庆亲热。它越是亲热，有庆心里越是难受，咬着嘴唇都要哭出来了。

看着有庆低着脑袋一个劲地往前走，我心里怪不是滋味的，就找话宽慰他，我说："把它卖掉总比宰掉它好。羊啊，是牲畜，生来就是这个命。"

走到了城里，快到一个拐弯的地方时，有庆站住了脚，看看那头羊说："爹，我在这里等你。"

我知道他是不愿看到把羊卖掉，就从他手里接过绳子，牵着羊往前走，走了没几步，有庆在后面喊："爹，你答应过的。"

我回头问："我答应什么？"

有庆有些急了，他说：

"你答应不卖给宰羊的。"

我早就忘了昨天说过的话，好在有庆不跟着我了，要不这孩子肯定会哭上一阵子。我说："知道。"

我牵着羊拐了个弯，朝城里的肉铺子走去。先前挂满肉的铺子里，到了这灾年连个肉屁都看不到了，里面坐着一个人，懒洋洋的样子。我给他送去一头羊，他没显得有多高兴。

我们一起给羊上秤时，他的手直哆嗦，他说："吃不饱，没力气了。"

连城里人都吃不饱了。他说他的铺子有十来天没挂过肉了，他的手往前指了指，指到二十米远的一根电线杆，说："你等着吧，不出一个小时，买肉的排队会排到那边。"

他没说错，才等我走开，就有十来个人在那里排队了。米店也排队，我原以为那头羊能换回百十来斤米，结果我只背回家四十斤米。我路过一家小店时，掏出两分钱给有庆买了两颗硬糖，我想有庆辛辛苦苦了一年，也该给他甜甜嘴。

我扛着四十斤大米往回走，有庆在那地方走来走去，踢着一颗小石子。我把两颗糖给他，他一颗放在口袋里，剥开另一颗放进嘴里。我们往前走去，有庆将糖纸叠得整整齐齐拿在手上，然后抬起脑袋问我："爹，你吃吗？"

我摇摇头说："你自己吃。"

我把四十斤米扛回家，家珍一看米袋就知道有多少米，她叹息一声，什么话也没说。最难的是家珍，一家四张嘴每天吃什么？愁得她晚上都睡不好觉。日子再苦也得往下熬，她每天提着篮子去挖野菜，身体本来就有病，又天天忍饥挨饿，那病真让医生说中了，越来越重，只能拄着根树枝走路，走上二十来步就要满头大汗。别人家挖野菜都是蹲下去，她是跪到地上，站起来时身体直打晃。我见了心里不好受，对她说："你就别出门了。"

她不答应，拄着树枝往屋外走，我抓住她的胳膊一拉，她身体就往地上倒。家珍坐到地上呜呜地哭上了，她说："我还没死，你就把我当死人了。"

我是一点办法都没有。女人啊，性子上来了什么事都干，什么话都说。我不让她干活，她就觉得是在嫌弃她。

没出三个月，那四十斤米全吃光了。要不是家珍算计着过日子，掺和着吃些南瓜叶、树皮什么的，这些米不够我们吃半个月。那时候村里谁家都没有粮食了，野菜也挖光了，有些人家开始刨树根吃了。村里人越来越少，每天都有拿着个碗外出去要饭的人。队长去了几次县里，回来时都走不到村口，一屁股坐在地上直喘气，在田里找吃的几个人走上去问他：“队长，县里什么时候给粮食？”

队长歪着脑袋说：“我走不动了。”

看着那些外出要饭的人，队长对他们说：

“你们别走了，城里人也没吃的。”

明知道没有野菜了，家珍还是整天拄着根树枝出去找野菜，有庆跟着她。有庆正在长身体，没有粮食吃，人瘦得像根竹竿。有庆总还是孩子，家珍有病路都走不动了，还是到处转悠着找野菜，有庆跟在后面，老是对家珍说：“娘，我饿得走不动了。”

家珍上哪儿去给有庆找吃的，只好对他说：

“有庆，你就去喝几口水填填肚子吧。”

有庆也只能到池塘边去咕咚咕咚地喝一肚子水来充饥了。

凤霞跟着我，扛着把锄头去地里掘地瓜。那些田地不知道被翻过多少遍了，可村里的人还都用锄头去掘，有时干一天也只是掘出一根烂瓜藤来。凤霞也饿得慌，脸都青了，看她挥锄头时脑袋都掉下去了。这孩子不会说话，只知道干活。

我往哪儿走，她就往哪儿跟，我想想这样不行，我得和凤霞分开去挖地瓜，老凑在一起不是个办法。我就打着手势让凤霞到另一块地里去。谁知道凤霞一和我分开，就出事了。

凤霞和村里王四在一块地里挖地瓜。王四那人其实也不坏，我被抓了壮丁去打仗那阵子，王四和他爹还常帮家珍干些重活。人一饿就什么缺德事都干得出来，明明是凤霞挖到一个地瓜，王四欺负凤霞不会说话，趁凤霞用衣角擦上面的泥时，一把抢了过去。凤霞平常老实得很，到那时她可不干了，扑上去要把地瓜抢回来。王四哇哇一叫，旁边地里的人见了都看到是凤霞在抢。王四对着我喊：“福贵，做人得讲良心啊，再饿也不能抢别人家的东西。”

我看到凤霞正使劲掰他捏住地瓜的手指，赶紧走过去拉开凤霞，凤霞急得眼泪都出来了，她打着手势告诉我是王四抢了她的地瓜，村里别的人也看明白了，就问王四：“是你抢她的？还是她抢你的？”

王四做出一副委屈的样子，说：

“你们都看到的，明明是她在抢。”

我说："凤霞不是那种人，村里人都知道。王四，这地瓜真是你的，你就拿走。要不是你的，你吃了也会肚子疼。"

王四用手指指凤霞，说道：

"你让她自己说，是谁的。"

他明知道凤霞不会说话，还这么说，气得我身体都哆嗦了。凤霞站在一旁嘴巴一张一张没有声音，倒是泪水刷刷地流着。我向王四挥挥手说："你要是不怕雷公打你，就拿去吧。"

王四做了亏心事也不脸红，他直着脖子说：

"是我的我当然要拿走。"

说着他转身就走，谁也没想到凤霞挥起锄头就朝他砸去，要不是有人惊叫一声，让王四躲开的话，可就出人命了。王四看到凤霞砸他，伸手就打了凤霞一巴掌，凤霞哪有他有力气，一巴掌就把凤霞打到地上去了。那声音响得就跟人跳进池塘似的，一巴掌全打在我心上。我冲上去对准王四的脑袋就是一拳，王四的脑袋直摇晃，我的手都打疼了。王四回过神来操起一把锄头朝我劈过来，我跳开后也挥起一把锄头。

要不是村里人拦住我们，总得有一条命完蛋了。后来队长来了，队长听我们说完后骂我们："他娘的，你们死了让老子怎么去向上面交代。"

骂完后队长说："凤霞不会是那种人，说是你王四抢的也没人看见，这样吧，你们一家一半。"

说着队长向王四伸出手，要王四把地瓜给他。王四双手拿着地瓜舍不得交出来，队长说："拿来呀。"

王四没办法，哭丧着脸把地瓜给了队长。队长向旁人要过来一把镰刀，将地瓜放在田埂上，咔嚓一声将地瓜切成两半。队长的手偏了，一半很大，另一半很小。我说："队长，这怎么分啊？"

队长说："这还不容易。"

又是咔嚓一声将大的切下来一块，放进自己口袋，算是他的了。他拿起剩下的两块地瓜给我和王四，说："差不多大小了吧？"

其实一块地瓜也填不饱一家人的肚子，当初心里想的和现在不一样，在当初那可是救命稻草。家里断粮都有一个月了，田里能吃的也都吃得差不多了，那年月拿命去换一碗饭回来也都有人干。

和王四争地瓜的第二天，家珍拄着根树枝走出了村口，我在田里见了问她去哪儿，她说：

“我进城去看看爹。”

做女儿的想去看爹，我想拦也不能拦，看着她走路都费劲的模样，我说：“让凤霞也去，路上能照应你。”

家珍听了这话头也不回地说：

“不要凤霞去。”

那些日子她脾气动不动就上来，我不再说什么，看着她慢慢吞吞往城里走，她瘦得身上都没肉了，原先绷起的衣服变得松松垮垮，在风里荡来荡去。

我不知道家珍进城是去要吃的，她去了一天，快到傍晚时才回来。回来时都走不动路了。是凤霞先看到她，凤霞拉了拉我的衣服，我转过身去才看到家珍站在那条路上，身体撑在拐杖上向我们招手，她抬起胳膊时脑袋像是要从肩膀上掉下去了。

我赶紧跑过去，等我跑近了，她身体一软跪在了地上，双手撑着拐杖声音很轻地叫：“福贵，你来，你来。”

我伸手去扶她起来，她抓住我的手往胸口拉，喘着气说：“你摸摸。”

我的手伸进她胸口一摸，人就怔住了，我摸到了一小袋米，我说：“是米。”

家珍哭了，她说：

“是爹给我的。”

那时候的一袋米，可就是山珍海味了。一家人有一两个月没尝过米的味道了，那种高兴劲啊，实在是说不出来。我让凤霞扶着家珍赶紧回家，自己去找有庆。有庆那时正在池塘旁躺着，他刚喝饱了池水，我叫他：“有庆，有庆。”

这孩子脖子歪了歪，有气无力地答应了一声。我低声对他说：“快回家去喝粥。”

有庆一听有粥喝，不知哪来的力气，一下子坐了起来，叫道：“喝粥？”

我吓了一跳，急忙说：

“轻点。”

可不能让别人家知道，家珍是把米藏在胸口衣服里带回来的。等一家人回到了家里，我关上门插上木销，家珍这才从胸口拿出那一小袋米，往锅里倒了半袋，加上水后凤霞就生火熬粥了。我让有庆站在门后，从缝里看着有没有村里人走来。水一开，米香就飘满了屋子，有庆在门后站不住了，跑到锅前凑上去鼻子闻了又闻，说："好香啊。"

我把他拉开，说：

"去门后看着。"

这孩子猛吸了两口热气才回到门后，家珍笑起来，说道："总算能让你们吃上一顿好的了。"

说着家珍掉出了眼泪，她说：

"这米是从我爹牙缝里挤出来的。"

这时外面有人走来，走到门口叫：

"福贵。"

我们吓得气都不敢出了，有庆站在那里弓着腰一动不动，只有凤霞笑嘻嘻地往灶里添柴，她听不到。我拍拍她，让她手脚轻一点。听着屋里没有声音，外面那人很不高兴地说："烟囱呼呼地冒烟，里面没人答应。"

过了一会，那人像是走开了。有庆又在门后往外望了一阵，才悄悄地告诉我们："走啦。"

我和家珍总算舒了一口气。粥熬成后，我们一家四口人坐在桌前，喝起了热腾腾的米粥。这辈子我再没像那次吃得那么香了，那味道让我想起来就要流口水。有庆喝得急，第一个喝完，张着嘴大口大口地吸气，他嘴嫩，烫出了很多小泡，后来疼了好几天。等我们吃完后，队长他们来了。

村里人也都有一两个月没吃上米了，我们关上门，烟囱往外呼呼地冒烟，他们全看到了。刚才有人来叫门，我们没答应，他回去一说，来了一伙人，队长走在前头。他们猜到我们有好吃的，都想来吃一口。

队长一进屋鼻子就一抖一抖了，问：

"煮什么吃啦，这么香？"

我嘿嘿笑着没说话，我不说话队长也不好再问。家珍招呼着他们坐下，有几个人不老实，又去揭锅又掀褥子，好在家珍将剩下的米藏在胸口了，也不怕他们乱翻。队长看不下去了，他说："你们干什么，这是在别人家里。出去，出去，他娘的都出去。"

队长把他们赶走后，起身关上门，也不先和我们套套近乎，一下子就把脸凑过来说："福贵，家珍，有好吃的分我一口。"

我看看家珍，家珍看看我，平日里队长对我们不错，眼下他求上我们了，总不能不答应。家珍伸手从胸口拿出那个小袋子，抓了一小把给队长，说："队长，就这么多了，你拿回去熬一锅米汤吧。"

队长连声说："够了，够了。"

队长让家珍把米放在他口袋里，然后双手攥住口袋嘿嘿笑着走了。队长一走，家珍眼泪马上就下来了，她是心疼那把米。看着家珍哭，我只能连连叹气。

这样的日子一直熬到收割稻子以后，虽说是歉收，可总算又有粮食了，日子一下子好过多了。谁知家珍的病越来越重了，到后来走路都走不了几步，都是那灾年把她给糟蹋成这样的。家珍不甘心，干不了田里活，她还想干家里的活。她扶着墙到这里擦擦，又到那里扫扫，有一天她摔倒后不知怎么爬不起来了，等我和凤霞收工回到家里，她还躺在地上，脸都擦破了。我把她抱到床上，凤霞拿了块毛巾给她擦掉脸上的血，我说："你以后就躺在床上。"

家珍低着头轻声说道：

"我不知道会爬不起来。"

家珍算是硬的，到了那种时候也不叫一声苦。她坐在床上那些日子，让我把所有的破烂衣服全放到她床边，她说："有活干心里踏实。"

她拆拆缝缝给凤霞和有庆都做了件衣服，两个孩子穿上后看起来还很新。后来我才知道她把自己的衣服也拆了，看到我生气，她笑了笑说："衣服不穿坏起来快。我是不会穿它们了，可不能跟着我糟蹋了。"

家珍说也给我做一件，谁知我的衣服没做完，家珍连针都拿不起了。那时候凤霞和有庆睡着了，家珍还在油灯下给我缝衣服，她累得脸上都是汗，我几次催她快睡，她都喘着气摇头，说是快了。结果针掉了下去，她的手哆嗦着去拿针，拿了几次都没拿起来，我捡起来递给她，她才捏住又掉了下去。家珍眼泪流了出来，这是她病了以后第一次哭，她觉得自己再也干不了活了，她说："我是个废人了，还有什么指望？"

我用袖管给她擦眼泪，她瘦得脸上的骨头都突了出来。我说她是累的，照她这样，就是没病的人也会吃不消。我宽慰她，说凤霞已经长大了，挣的工分比她过去还多，用不着再为钱操心了。家珍说："有庆还小啊。"

那天晚上，家珍的眼泪流个不停，她几次嘱咐我："我死后不要用麻袋包我，麻袋上都是死结，我到了阴间解不开，拿一块干净的布就行了，埋掉前替我洗洗身子。"

她又说："凤霞大了，要是能给她找到婆家我死也闭眼了。

有庆还小，有些事他不懂，你不要常去揍他，吓唬吓唬就行了。"

她是在交代后事，我听了心里酸一阵苦一阵，我对她说："按理说我是早就该死了，打仗时死了那么多人，偏偏我没死，就是天天在心里念叨着要活着回来见你们，你就舍得扔下我们？"

我的话对家珍还是有用的，第二天早晨我醒来时，看到家珍正在看我，她轻声说："福贵，我不想死，我想每天都能看到你们。"

家珍在床上躺了几天，什么都不干，慢慢地又有点力气了，她能撑着坐起来，她觉得自己好多了，心里高兴，想试着下地，我不让，我说："往后不能再累着了，你得留着点力气，日子还长着呢。"

那一年，有庆念到五年级了。俗话说是祸不单行，家珍病成那样，我就指望有庆快些长大，这孩子成绩不好，我心想别逼他去念中学了，等他小学一毕业，就让他跟着我下地挣工分去。谁知道家珍身体刚刚好些，有庆就出事了。

那天下午，有庆他们学校的校长，那是县长的女人，在医院里生孩子时出了很多血，一只脚都跨到阴间去了。学校的老师马上把五年级的学生集合到操场上，让他们去医院献血，那些孩子一听是给校长献血，一个个高兴得像是要过节了，一些男孩子当场卷起了袖管。他们一走出校门，我的有庆就脱下鞋子，拿在手里就往医院跑，有四五个男孩也跟着他跑去。我儿子第一个跑到医院，等别的学生全走到后，有庆排在第一位，他还得意地对老师说："我是第一个到的。"

结果老师一把把他拖出来，把我儿子训斥了一通，说他不遵守纪律。有庆只得站在一旁，看着别的孩子挨个去验血，验血验了十多个没一个血对上校长的血。有庆看着看着有些急了，他怕自己会被轮到最后一个，到那时可能就献不了血了。他走到老师跟前，怯生生地说："老师，我知道错了。"

老师嗯了一下，没再理他，他又等了两个进去验血，这时产房里出来一个戴口罩的医生，对着验血的男人喊："血呢？血呢？"

验血的男人说："血型都不对。"

医生喊："快送进来，病人心跳都快没啦。"

有庆再次走到老师跟前，问老师：

"是不是轮到我了？"

老师看了看有庆，挥挥手说：

"进去吧。"

验到有庆血型才对上了，我儿子高兴得脸都涨红了，他跑到门口对外面的人叫道："要抽我的血啦。"

抽一点血就抽一点，医院里的人为了救县长女人的命，一抽上我儿子的血就不停了。抽着抽着有庆的脸就白了，他还硬挺着不说，后来连嘴唇也白了，他才哆嗦着说："我头晕。"

抽血的人对他说：

"抽血都头晕。"

那时候有庆已经不行了，可出来个医生说血还不够用。抽血的是个乌龟王八蛋，把我儿子的血差不多都抽干了。有庆嘴唇都青了，他还不住手，等到有庆脑袋一歪摔在地上，那人才慌了，去叫来医生，医生蹲在地上拿听筒听了听说："心跳都没了。"

医生也没怎么当回事，只是骂了一声抽血的："你真是胡闹。"

就跑进产房去救县长的女人了。

第七章

那天傍晚收工前，邻村的一个孩子，是有庆的同学，急匆匆跑过来，他一跑到我们跟前就扯着嗓子喊："哪个是徐有庆的爹？"

我一听心就乱跳，正担心着有庆会不会出事，那孩子又喊："哪个是他娘？"

我赶紧答应："我是有庆的爹。"

孩子看看我，擦着鼻子说：

"对，是你，你到我们教室里来过。"

我心都要跳出来了，他这才说：

"徐有庆快死啦，在医院里。"

我眼前立刻黑了一下，我问那孩子：

“你说什么？”

他说：“你快去医院，徐有庆快死啦。”

我扔下锄头就往城里跑，心里乱成一团。想想中午上学时有庆还好好的，现在说他快要死了。我脑袋里嗡嗡乱叫着跑到城里医院，见到第一个医生我就拦住他，问他：“我儿子呢？”

医生看看我，笑着说：

“我怎么知道你儿子？”

我听后一怔，心想是不是弄错了，要是弄错可就太好了。

我说：

“他们说我儿子快死了，要我到医院。”

准备走开的医生站住脚看着我问：

“你儿子叫什么名字？”

我说：“叫有庆。”

他伸手指指走道尽头的房间说：

“你到那里去问问。”

我跑到那间屋子，一个医生坐在里面正写些什么，我心里咚咚跳着走过去问：“医生，我儿子还活着吗？”

医生抬起头来看了我很久，才问：

“你是说徐有庆？”

我急忙点点头，医生又问：

“你有几个儿子？”

我的腿马上就软了，站在那里哆嗦起来，我说：“我只有一个儿子，求你行行好，救活他吧。”

医生点点头，表示知道了，可他又说：

“你为什么只生一个儿子？”

这叫我怎么回答呢？我急了，问他：

“我儿子还活着吗？”

他摇摇头说：“死了。”

我一下子就看不见医生了，脑袋里黑乎乎一片，只有眼泪哗哗地掉出来，半晌我才问医生："我儿子在哪里？"

有庆一个人躺在一间小屋子里，那张床是用砖头搭成的。

我进去时天还没黑，看到有庆的小身体躺在上面，又瘦又小，身上穿的是家珍最后给他做的衣服。我儿子闭着眼睛，嘴巴也闭得很紧。我有庆有庆叫了好几声，有庆一动不动，我就知道他真死了，一把抱住了儿子，有庆的身体都硬了。中午上学时他还活生生的，到了晚上他就硬了。我怎么想都想不通，这怎么也应该是两个人，我看看有庆，摸摸他的瘦肩膀，又真是我的儿子。我哭了又哭，都不知道有庆的体育教师也来了。他看到有庆也哭了，一遍遍对我说："想不到，想不到。"

体育老师在我边上坐下，我们两个人对着哭，我摸摸有庆的脸，他也摸摸。过了很久，我突然想起来，自己还不知道儿子是怎么死的。我问体育老师，这才知道有庆是抽血被抽死的。当时我想杀人了，我把儿子一放就冲了出去。冲到病房看到一个医生就抓住他，也不管他是谁，对准他的脸就是一拳，医生摔到地上乱叫起来，我朝他吼道："你杀了我儿子。"

吼完抬脚去踢他，有人抱住了我，回头一看是体育老师，我就说："你放开我。"

体育老师说："你不要乱来。"

我说："我要杀了他。"

体育老师抱住我，我脱不开身，就哭着求他："我知道你对有庆好，你就放开我吧。"

体育老师还是死死抱住我，我只好用胳膊肘拼命撞他，他也不松开，让那个医生爬起来跑走了。很多的人围了上来，我看到里面有两个医生，我对体育老师说："求你放开我。"

体育老师力气大，抱住我我就动不了，我用胳膊肘撞他，他也不怕疼，一遍遍地说："你不要乱来。"

这时有个穿中山服的男人走了过来，他让体育老师放开我，问我："你是徐有庆同学的父亲？"

我没理他，体育老师一放开我，我就朝一个医生扑过去，那医生转身就逃。我听到有人叫穿中山服的男人县长，我一想原来他就是县长，就是他女人夺了我儿子的命，我抬腿就朝县长肚子上蹬了一脚，县长哼了一声坐到了地上。体育老师又抱住了我，对我喊："那是刘县长。"

我说："我要杀的就是县长。"

抬起腿再去蹬，县长突然问我：

"你是不是福贵？"

我说："我今天非宰了你。"

县长站起来，对我叫道：

"福贵，我是春生。"

他这么一叫，我就傻了。我朝他看了半晌，越看越像，就说："你真是春生。"

春生走上前来也把我看了又看，他说：

"你是福贵。"

看到春生我怒气消了很多，我哭着对他说：

"春生你长高长胖了。"

春生眼睛也红了，说道：

"福贵，我还以为你死了。"

我摇摇头说："没死。"

春生又说："我还以为你和老全一样死了。"

一说到老全，我们两个都呜呜地哭上了。哭了一阵我问春生："你找到大饼了吗？"

春生擦擦眼睛说："没有，你还记得？我走过去就被俘虏了。"

我问他："你吃到馒头了吗？"

他说："吃到的。"

我说："我也吃到了。"

说着我们两个人都笑了，笑着笑着我想起了死去的儿子，我抹着眼睛又哭了，春生的手放到我肩上，我说："春生，我儿子死了，我只有一个儿子。"

春生叹口气说："怎么会是你的儿子？"

我想到有庆还一个人躺在那间小屋里，心里疼得受不了，我对春生说："我要去看儿子了。"

我也不想再杀什么人了，谁料到春生会突然冒出来，我走了几步回过头去对春生说："春生，你欠了我一条命，你下辈子再还给我吧。"

那天晚上我抱着有庆往家走，走走停停，停停走走，抱累了就把儿子放到背脊上，一放到背脊上心里就发慌，又把他重新抱到了前面，我不能不看着儿子。眼看着走到了村口，我就越走越难，想想怎么去对家珍说呢？有庆一死，家珍也活不长，家珍已经病成这样了。我在村口的田埂上坐下来，把有庆放在腿上，一看儿子我就忍不住哭，哭了一阵又想家珍怎么办？想来想去还是先瞒着家珍好。我把有庆放在田埂上，回到家里偷偷拿了把锄头，再抱起有庆走到我娘和我爹的坟前，挖了一个坑。

要埋有庆了，我又舍不得。我坐在爹娘的坟前，把儿子抱着不肯松手，我让他的脸贴在我脖子上，有庆的脸像是冻坏了，冷冰冰地压在我脖子上。夜里的风把头顶的树叶吹得哗啦哗啦响，有庆的身体也被露水打湿了。我一遍遍想着他中午上学时跑去的情形，书包在他背后一甩一甩的。想到有庆再不会说话，再不会拿着鞋子跑去，我心里是一阵阵酸疼，疼得我都哭不出来。我那么坐着，眼看着天要亮了，不埋不行了，我就脱下衣服，把袖管撕下来蒙住他的眼睛，用衣服把他包上，放到了坑里。我对爹娘的坟说："有庆要来了，你们待他好一点，他活着时我对他不好，你们就替我多疼疼他。"

有庆躺在坑里，越看越小，不像是活了十三年，倒像是家珍才把他生出来。我用手把土盖上去，把小石子都拣出来，我怕石子硌得他身体疼。埋掉了有庆，天蒙蒙亮了，我慢慢往家里走，走几步就要回头看看，走到家门口一想到再也看不到儿子，忍不住哭出了声音，又怕家珍听到，就捂住嘴巴蹲下来，蹲了很久，都听到出工的吆喝声了，才站起来走进屋去。凤霞站在门旁睁圆了眼睛看我，她还不知道弟弟死了。

邻村的那个孩子来报信时，她也在，可她听不到。家珍在床上叫了我一声，我走过去对她说："有庆出事了，在医院里躺着。"

家珍像是信了我的话，她问我：

"出了什么事？"

我说："我也说不清楚，有庆上课时突然昏倒了，被送到医院，医生说这种病治起来要有些日子。"

家珍的脸伤心起来，泪水从眼角淌出，她说："是累的，是我拖累有庆的。"

我说："不是，累也不会累成这样。"

家珍看了看我又说：

“你眼睛都肿了。”

我点点头：“是啊，一夜没睡。”

说完我赶紧走出门去，有庆才被埋到土里，尸骨未寒啊，再和家珍说下去我就稳不住自己了。

接下去的日子，白天我在田里干活，到了晚上我对家珍说进城去看看有庆好些了没有。我慢慢往城里走，走到天黑了，再走回来，到有庆坟前坐下。夜里黑乎乎的，风吹在我脸上，我和死去的儿子说说话，声音飘来飘去都不像是我的。

坐到半夜我才回到家中，起先的几天，家珍都是睁着眼睛等我回来，问我有庆好些了吗？我就随便编些话去骗她。过了几天我回去时，家珍已经睡着了，她闭着眼睛躺在那里。我也知道老这么骗下去不是办法，可我只能这样，骗一天是一天，只要家珍觉得有庆还活着就好。

有天晚上我离开有庆的坟，回到家里在家珍身旁躺下后，睡着的家珍突然说：“福贵，我的日子不长了。”

我心里一沉，去摸她的脸，脸上都是泪。家珍又说：“你要照看好凤霞，我最不放心的就是她。”

家珍都没提有庆，我当时心里马上乱了，想说些宽慰她的话也说不出来。

第二天傍晚，我还和往常一样对家珍说进城去看有庆，家珍让我别去了，她要我背着她去村里走走。我让凤霞把她娘抱起来，抱到我背脊上。家珍的身体越来越轻了，瘦得身上全是骨头。一出家门，家珍就说：“我想到村西去看看。”

那地方埋着有庆，我嘴里说好，腿脚怎么也不肯往那地方去，走着走着走到了东边村口。家珍这时轻声说：“福贵，你别骗我了，我知道有庆死了。”

她这么一说，我站在那里动不了，腿也开始发软。我的脖子上越来越湿，我知道那是家珍的眼泪，家珍说：“让我去看看有庆吧。”

我知道骗不下去，就背着家珍往村西走，家珍低声告诉我：“我夜夜听着你从村西走过来，我就知道有庆死了。”

走到了有庆坟前，家珍要我把她放下去，她扑在了有庆坟上，眼泪哗哗地流，两只手在坟上像是要摸有庆，可她一点力气都没有，只有几根指头稍稍动着。我看着家珍这副样子，心里难受得要被堵住了，我真不该把有庆偷偷埋掉，让家珍最后一眼都没见着。

家珍一直扑到天黑，我怕夜露伤着她，硬把她背到身后。家珍让我再背她到村口去看看，到了村口，我的衣领都湿透了，家珍哭着说："有庆不会在这条路上跑来了。"

我看着那条弯曲着通向城里的小路，听不到我儿子赤脚跑来的声音，月光照在路上，像是撒满了盐。

那天下午，我一直和这位老人待在一起，当他和那头牛歇够了，下到地里耕田时，我丝毫没有离开的想法，我像个哨兵一样在那棵树下守着他。

那时候四周田地里庄稼人的说话声飘来飘去，最为热烈的是不远处的田埂上，两个身强力壮的男人都举着茶水桶在比赛喝水，旁边年轻人又喊又叫，他们的兴奋是他们处在局外人的位置上。福贵这边显得要冷清多了，在他身旁的水田里，两个扎着头巾的女人正在插秧，她们谈论着一个我完全陌生的男人，这个男人似乎是一个体格强壮有力的人，他可能是村里挣钱最多的男人，从她们的话里我知道他常在城里干搬运的活。一个女人直起了腰，用手背捶了捶，我听到她说："他挣的钱一半用在自己女人身上，一半用在别人的女人身上。"

这时候福贵扶着犁走到她们近旁，他插进去说："做人不能忘记四条，话不要说错，床不要睡错，门槛不要踏错，口袋不要摸错。"

福贵扶着犁过去后，又扭过去脑袋说：

"他呀，忘记了第二条，睡错了床。"

那两个女人嘻嘻一笑，我就看到福贵一脸的得意，他向牛大声吆喝了一下，看到我也在笑，对我说："这都是做人的道理。"

后来，我们又一起坐在了树荫里，我请他继续讲述自己，他有些感激地看着我，仿佛是我正在为他做些什么，他因为自己的身世受到别人重视，显示出了喜悦之情。

我原以为有庆一死，家珍也活不长了。有一阵子看上去她真是不行了，躺在床上喘气都是呼呼的，眼睛整天半闭着，也不想吃东西，每次都是我和凤霞把她扶起来，硬往她嘴里灌着粥汤。家珍身上一点肉都没有了，扶着她就跟扶着一捆柴火似的。

队长到我家来过两次，他一看家珍的模样直摇头，把我拉到一旁轻声说：

“怕是不行了。”

我听了这话心直往下沉，有庆死了还不到半个月，眼看着家珍也要去了。这个家一下子没了两个人，往后的日子过起来可就难了，等于是一口锅砸掉了一半，锅不是锅，家不成家。

队长说是上公社卫生院请个医生来看看，队长说话还真算数，他去公社开会回来时，还真带了个医生回来。那个医生很瘦小，戴着一副眼镜，问我家珍得了什么病，我说：“是软骨病。”

医生点点头，在床边坐下来，给家珍切脉，我看着医生边切脉边和家珍说话，家珍听到有人和她说话，只是眼睛睁了睁，也不回答。医生不知怎么搞的没找到家珍的脉搏，他像是吓了一跳，伸手去翻翻家珍的眼皮，然后一只手捧住家珍的手腕，另一只手切住家珍的脉搏，脑袋像是要去听似的歪了下去。过了一会，医生站起来对我说：“脉搏弱得都快摸不到了。”

医生说：“你准备着办后事吧。”

做医生的只要一句话，就能要我的命。我当时差点没栽到地上，我跟着医生走到屋外，问他：“我女人还能活多久？”

医生说：“出不了一个月。得了那种病，只要全身一瘫也就快了。”

那天晚上家珍和凤霞睡着以后，我一个人在屋外坐到天快亮的时候，先是呜呜地哭，哭了一阵我就开始想从前的事，想着想着又掉出了眼泪，这日子过得真是快，家珍嫁给我以后一天好日子都没过上，眼睛一眨就到了她要去的时候了。后来我想想光哭光难受也没用，事到如今也只好想些实在的事，给家珍的后事得办得像样一点。

队长心好，他看到我这副样子就说：

“福贵，你想得开些，人啊，总是要死的，眼下也别想什么了，只要让家珍死得舒坦就好。这村里的地，你随便选一块，给家珍做坟。”

其实那时候我也想开了，我对队长说：

“家珍想和有庆待在一起，他俩得埋在一个地方。”

有庆可怜，包了件衣服就埋了。家珍可不能再这样，家里再穷也要给她打一口棺材，要不我良心上交代不过去。家珍当初要是嫁了别人，不跟着我受罪，也不会累成这样，得这种病。我在村里挨家挨户地去借钱，我也不知道自己怎么了，一说起给家珍打口棺材，就忍不住掉眼泪。大伙都穷，借来的钱不够打棺材，后来队长给我凑了些村里的公款，才到邻村将木匠请来。

凤霞起先不知道她娘快去了，她看到我一闲下来就往先前村里的羊棚跑，木匠就在那里干活。我在那里一坐就是半晌，都忘了吃饭。凤霞来叫我，叫了几次看到棺材的形状出来了，她才觉察到了一些，睁圆了眼睛做手势问我，我心想凤霞也该知道这些，就告诉了她。

这孩子拼命地摇头，我知道她的意思，就用手势告诉她，这是给家珍准备的，是给家珍以后用的。凤霞还是摇头，拉着我就往家里走。回到了家中，凤霞还拉着我的袖管，她推推家珍，家珍眼睛睁开来。她就使劲摇我的胳膊，让我看家珍活得好好的。然后右手伸开了往下劈，她是要我把棺材劈掉。

凤霞心里根本就没想她娘会死，就是这样告诉她，她也不会相信。看着凤霞的样子，我只好低下头，什么手势都不做了。

家珍在床上一躺就是二十多天，有时觉得她好些了，有时又觉得她真的快去了。后来有一个晚上，我在她身旁躺下准备熄灯时，家珍突然抬起胳膊拉了拉我，让我别熄灯。家珍说话的声音跟蚊子一样大，她要我把她的身体侧过来。我女人那晚上把我看了又看，叫了好几声："福贵。"

然后笑了笑，闭上了眼睛。过了一会，家珍又睁开眼睛问我："凤霞睡得好吗？"我起身看看凤霞，对她说："凤霞睡着了。"

那晚上家珍断断续续地说了好些话，到后来累了才睡着。

我却怎么都睡不着，心里七上八下的，家珍那样子像是好多了，可我老怕这是不是人常说的回光返照。我的手在她身上摸来摸去，还热着我才稍稍放心下来。

第二天我起床时，家珍还睡着，我想她昨晚上睡得晚，就没叫醒她，和凤霞喝了点粥下地去干活。那天收工早，我和凤霞回到家里时，我吓了一跳，家珍竟然坐在床上了，她是自己坐起来的。家珍看到我们进去，轻声说："福贵，我饿了，给我熬点粥。"

当时我傻站了很久，我怎么也想不到家珍会好起来了，家珍又叫了我一声，我才回过神来，我眼泪哗哗地流了出来，我忘了凤霞听不到，对凤霞说："全靠你，全靠你心里想着你娘不死。"

人只要想吃东西，那就没事了。过了一阵子，家珍坐在床上能干些针线活了，照这样下去，家珍没准又能下床走路。

我提着的心总算可以放下了，心里一踏实，人就病倒了。其实那病早就找到我了，有庆一死，家珍跟着是一副快去的样子，我顾不上病，也就不觉得。家珍没让医生说中，身体慢慢地好起来，我脑袋是越来越晕，直到有一天插秧时昏倒了地上，被人抬回家，我才知道自己是病了。

我一病倒，凤霞可就苦了，床上躺着两个人，她又服侍我们又要下地挣工分。过了几天，我看着凤霞实在是太累，就跟家珍说好多了，拖着个病身体下田去干活，村里人见了我都吃了一惊，说："福贵，你头发全白了。"

我笑笑说："以前就白了。"

他们说："以前还有一半是黑的呢，就这么几天你的头发全白了。"

就那么几天，我老了许多，我以前的力气再也没有回来，干活时腰也酸了背也疼了，干得猛一些身上到处淌虚汗。

有庆死后一个多月，春生来了。春生不叫春生了，他叫刘解放。别人见了春生都叫他刘县长，我还是叫他春生。春生告诉我，他被俘虏后就当上了解放军，一直打到福建，后来又到朝鲜去打仗。春生命大，打来打去都没被打死。朝鲜的仗打完了，他转业到邻近一个县，有庆死的那年他才来到我们县。

春生来的时候，我们都在家里。队长还没走到门口就喊上了："福贵，刘县长来看你啦。"

春生和队长一进屋，我对家珍说：

"是春生，春生来了。"

谁知道家珍一听是春生，眼泪马上掉了出来，她冲着春生喊："你出去。"

我一下子愣住了。队长急了，对家珍说：

"你怎么能这样对刘县长说话。"

家珍可不管那么多，她哭着喊道：

"你把有庆还给我。"

春生摇了摇头，对家珍说："我的一点心意。"

春生把钱递给家珍，家珍看都不看，冲着他喊："你走，你出去。"

队长跑到家珍跟前，挡住春生，说：

"家珍，你真糊涂，有庆是事故死的，又不是刘县长害的。"

春生看家珍不肯收钱，就递给我：

"福贵，你拿着吧，求你了。"

看着家珍那样子，我哪敢收钱。春生就把钱塞到我手里，家珍的怒火立刻冲着我来了，她喊道："你儿子就值两百块？"

我赶紧把钱塞回到春生手里。春生那次被家珍赶走后，又来了两次，家珍死活不让他进门。女人都是一个心眼，她认准的事谁也不能让她变。我送春生到村口，对他说："春生，你以后别来了。"

春生点点头，走了。春生那次一走，就几年没再来，一直到"文化大革命"的时候，他才又来了一次。

城里闹上了"文化大革命"，乱糟糟的满街都是人，每天都在打架，还有人被打死，村里人都不敢进城去了。村里比起城里来，太平多了，还跟先前一样，就是晚上睡觉睡不踏实，毛主席的最新最高指示总是在深更半夜里来，队长就站在晒场上拼命吹哨子，大伙听到哨子便赶紧爬起来，到晒场去听广播。队长在那里喊："都到晒场来，毛主席他老人家要训话啦。"

我们是平民百姓，国家的事不是不关心，是弄不明白，我们都是听队长的，队长是听上面的。只要上面怎么说，我们就怎么想，怎么做。我和家珍最操心的还是凤霞，凤霞不小了，该给她找个婆家。凤霞长得和家珍年轻时差不多，要不是她小时候得了那场病，说媒的早把我家门槛踏平了。我自己是力气越来越小，家珍的病看样子要全好是不可能了，我们这辈子也算经历了不少事，人也该熟了，就跟梨那样熟透了该从树上掉下来。可我们放心不下凤霞，她和别人不一样，她老了谁会管她？

凤霞说起来又聋又哑，可她也是女人，不会不知道男婚女嫁的事。村里每年都有嫁出去娶进来的，敲锣打鼓热闹一阵，到那时候凤霞握着锄头总要看得发呆，村里几个年轻人就对凤霞指指点点，笑话她。

村里王家三儿子娶亲时，都说新娘漂亮。那天新娘被迎进村里来时，穿着大红的棉袄，哧哧笑个不停。我在田里望去，新娘整个儿是个红人了，那脸蛋红扑扑特别顺眼。

田里干活的人全跑了过去，新郎从口袋里摸出飞马牌香烟，向年长的男人敬烟，几个年轻人在一旁喊："还有我们，还有我们。"

新郎嘻嘻笑着把烟藏回到口袋里，那几个年轻人冲上去抢，喊着："女人都娶到床上了，也不给根烟抽。"

新郎使劲捂住口袋，他们硬是掰开他的手指，从口袋里拿出香烟后一个人举着，别的人跟着跑上了一条田埂。

剩下的几个年轻人围着新娘，嘻嘻哈哈肯定说了些难听的话，新娘低头直笑。女人到了出嫁的时候，是什么都看着舒服，什么都听着高兴。

凤霞在田里，一看到这种场景，又看呆了，两只眼睛连眨都没眨，锄头抱在怀里，一动不动。我站在一旁看得心里难受，心想她要看就让她多看看吧。凤霞命苦，她只有这么一点看看别人出嫁的福分。谁知道凤霞看着看着竟然走了上去。走到新娘旁边，痴痴笑着和她一起走过去。这下可把那几个年轻人笑坏了，我的凤霞穿着满是补丁的衣服，和新娘走在一起，新娘穿得又整齐又鲜艳，长得也好，和我凤霞一比，凤霞寒碜得实在是可怜。凤霞脸上没有脂粉，也红扑扑的和新娘一样，她一直扭头看着新娘。

村里几个年轻人又笑又叫，说：

“凤霞想男人啦。”

这么说说我也就听进去了，谁知没一会工夫难听的话就出来了，有个人对新娘说：“凤霞看中你的床了。”

凤霞在旁边一走，新娘笑不出来了，她是嫌弃凤霞。这时有人对新郎说：“你小子太合算了，一娶娶一双，下面铺一个，上面盖一个。”

新郎听后嘿嘿地笑，新娘受不住了，也不管自己新出嫁该害羞一些，脖子一直就对新郎喊：“你笑个屁。”

我实在是看不下去，走上田埂对他们说：

“做人不能这样，要欺负人也不能欺负凤霞，你们就欺负我吧。”

说完我拉住凤霞就往家里走。凤霞是聪明人，一看到我的脸色，就知道刚才出了什么事，她低着头跟我往家走，走到家门口眼泪掉了下来。

后来我和家珍商量着怎么也得给凤霞找一个男人，我们都是要死在她前面的，我们死后有凤霞收作，凤霞老这样下去，死后连个收作的人都没有。可又有谁愿意娶凤霞呢？

家珍说去求求队长，队长外面认识的人多，打听打听，没准还真有人要我们凤霞。我就去跟队长说了，队长听后说：“也是，凤霞也该出嫁了，只是好人家难找。”

我说：“哪怕是缺胳膊断腿的男人，只要他想娶凤霞，我们都给。”

说完这话自己先心疼上了，凤霞哪点比不上别人，就是不会说话。回到家里，跟家珍一说，家珍也心疼上了。她坐床上半晌不说话，末了叹息一声，说："事到如今也只能这样了。"

过了没多久，队长给凤霞找着了一个男人。那天我在自留地上浇粪，队长走过来说："福贵，我给凤霞找着婆家了，是县城里的人，搬运工，挣钱很多。"

我一听条件这么好，不相信，觉得队长是在和我闹着玩，我说："队长，你别哄我了。"

队长说："没哄你，他叫万二喜，是个偏头，脑袋靠着肩膀，怎么也起不来。"

他一说是偏头，我就信了，赶紧说：

"你快让他来看看凤霞吧。"

队长一走，我扔了粪勺就往自己茅屋跑，没进门就喊："家珍，家珍。"

家珍坐在床上以为出了什么事，看着我眼睛都睁圆了。我说："凤霞有男人啦。"

家珍这才松了口气，说：

"你吓死我了。"

我说："不缺腿，胳膊也全，还是城里人呢。"

说完我呜呜地哭了，家珍先是笑，看到我哭，眼泪也流了出来。高兴了一阵，家珍问："条件这么好，会要凤霞吗？"

我说："那男的是偏头。"

家珍这才有些放心。那晚上家珍让我把她过去的一些衣服拿出来，给凤霞做了件衣服，家珍说："凤霞总得打扮打扮，人家都要来相亲了。"

没出三天，万二喜来了，真是个偏头，他看我时把左边肩膀翘起来，又把肩膀向凤霞和家珍翘翘，凤霞一看到他这副模样，咧着嘴笑了。

第八章

万二喜穿着中山服，干干净净的，若不是脑袋靠着肩膀，那模样还真像是城里来的干部。他拿着一瓶酒一块花布，由队长陪着进来。家珍坐在床上，头发梳得很整齐，衣服破了一点，倒很干净，我还专门在床下给家珍放了一双新布鞋。凤霞穿着水红衣服低着头坐在她娘旁边。家珍笑嘻嘻地看着她未过门的女婿，心里高兴着呢。

万二喜把酒和花布往桌上一放，就翘着肩膀在屋里转一圈，他是在看我们的屋子。我说："队长，二喜，你们坐。"

二喜嗯了一声在凳子上坐下，队长摆摆手说："我就不坐了，二喜，这是凤霞，这是她爹和娘。"

凤霞双手放在腿上，看到队长指着她，就向队长笑，队长指着家珍，她转过去向家珍笑。家珍说："队长，你请坐。"

队长说："不啦，我还有事，你们谈吧。"

队长转身要走，留也留不住，我送走了队长，回到屋中指指桌上的酒，对二喜说："让你破费了，其实我有几十年没喝酒了。"

二喜听后嗯了一声，也不说话，翘着个肩膀在屋里看来看去，看得我心里七上八下。家珍笑着对他说："家里穷了一点。"

二喜又嗯了一声，翘着肩膀去看家珍。家珍继续说："好在家里还养着一头羊几只鸡，福贵和我商量着等凤霞出嫁时，把鸡羊卖了办嫁妆。"

二喜听后还是嗯了一下，我都不知道他心里想什么。坐了一会，他站起来说要走了。我想这门亲事算是完了。他都没怎么看凤霞，老看我们的破烂屋子。我看看家珍，家珍苦笑一下，对二喜说："我腿没力气，下不了地。"

二喜点点头走到了屋外。我问他：

"聘礼不带走了？"

他嗯了一下，翘着肩膀看看屋顶的茅草，点了点头后就走了。

我回到屋里，在凳子上坐下，想想有些生气，就说："自己脑袋都抬不起来，还挑三拣四的。"

家珍叹了口气说：

"这也不能怪人家。"

凤霞聪明，一看到我们的样子，就知道人家没看上她，站起来走到里面的房间，换了身旧衣服，扛着把锄头下地去了。

到了晚上，队长来问我：

"成了吗？"

我摇摇头说："太穷了，我家太穷了。"

第二天上午，我在耕田时，有人叫我：

“福贵，你看那路上，像是到你家相亲的偏头来了。”

我抬起头来，看到五六个人在那条路上摇摇摆摆地走来，还拉着一辆板车，只有走在最前面那人没有摇摆，他偏着脑袋走得飞快。远远一看我就知道是二喜来了，我是一点也想不到他会来。

二喜见了我，说道：

“屋顶的茅草该换了，我拉了车石灰粉粉墙。”

我往那板车一望，有石灰有两把刷墙的扫帚，上面搁着个小方桌，方桌上是一个猪头。二喜手里还提着两瓶白酒。

那时候我才知道二喜东张西望不是嫌我家穷，他连我屋前的草垛子都看到眼里去了。屋顶的茅草我早就想换了，只是等着农闲到来时好请村里人帮忙。

二喜带了五个人来，肉也买了，酒也备了，想得周到。他们来到我们茅屋门口，放下板车，二喜像是进了自己家一样，一手提着猪头，一手提着小方桌，走了进去，他把猪头往桌上一放，小方桌放在家珍腿上。二喜说：“吃饭什么的都会方便一些。”

家珍当时眼睛就湿了，她是激动，她也没想到二喜会来，会带着人来给我家换茅草，还连夜给她做了个小方桌，家珍说：“二喜，你想得真周到。”

二喜他们把桌子和凳子什么的都搬到了屋外，在一棵树下面铺上了稻草，然后二喜走到床前要背家珍，家珍笑着摆摆手，叫我：“福贵，你还站着干什么。”

我赶紧过去让家珍上我背脊，我笑着对二喜说：“我女人我来背，你往后背凤霞吧。”

家珍敲了我一下，二喜听后嘿嘿直笑。我把家珍背到树下，让她靠着树坐在稻草上。看着二喜他们把草垛子分散了，扎成一小捆一小捆，二喜和另一个人爬到屋顶，下面留着四个，替我家翻屋顶的茅草。我看一眼就知道二喜带来的人都是干惯这活的，手脚都麻利。下面的用竹竿挑着往上扔，二喜和另一个人在上面铺。别看二喜脑袋靠着肩膀，干活一点都不碍事，茅草扔上去他先用脚踢一下，再伸手接住。有这本领的人，在我们村里是一个都找不出来。

没到中午，屋顶的活就干完了。我给他们烧了一桶茶水，凤霞给他们倒茶水，跑前跑后忙个不停，她也高兴，看到家里突然来了这么多干活的人，凤霞笑开的嘴就没合上。

村里很多人都走过来看，一个女的对家珍说："女婿没过门就干活啦，你好福气啊。"

家珍说："是凤霞好福气。"

二喜从屋顶上下来，我对他说：

"二喜，歇一会。"

二喜用袖管擦擦脸上的汗说：

"不累。"

说完又翘起肩膀往四处看，看到左边一块菜地问我："这是咱家的地吗？"

我说："是啊。"

他就进屋拿了把菜刀，下到地里割了几棵新鲜的菜，又拿进屋去。不一会，他在里面切猪头了，我去拦他，让他把这活留给凤霞，他还是用袖管擦着汗说："不累。"

我只好出来去推凤霞，凤霞站在家珍旁边，我把她往屋里推的时候，她还不好意思地扭着头看家珍，家珍笑着挥手让她进去，她这才进了茅屋。

我和家珍陪着二喜带来的人喝茶说话，中间我走进去一次，看到二喜和凤霞像是两口子，一个烧火，一个做饭炒菜。

两个你看看我，我看看你，看过后都咧着嘴笑了。

我出来和家珍一说，家珍也笑了。过了一会，我忍不住又想去看看，刚站起来家珍就叫住我，偷偷说："你别进去了。"

吃过午饭，二喜他们用石灰粉起了墙，我家的土墙到了第二天石灰一干，变成白晃晃一片，像是城里的砖瓦房子。粉完了墙天还早着，我对二喜说："吃了晚饭再走吧。"

他说："不吃了。"

就着肩膀向凤霞翘了翘，我知道他是在看凤霞。他低声问我和家珍："爹，娘，我什么时候把凤霞娶过去？"

一听这话，一听他叫我和家珍爹娘，我们欢喜得合不上嘴。我看看家珍后说："你想什么时候就什么时候。"

接着我又轻声说："二喜，不是我想让你破费，实在是凤霞命苦，你娶凤霞那天多叫些人来，热闹热闹，也好叫村里人看看。"

二喜说："爹，知道了。"

那天晚上凤霞摸着二喜送来的花布，看看笑笑，笑笑看看。有时抬头看到我和家珍在笑，心里一慌，脸就红了。看得出来凤霞喜欢二喜，我和家珍高兴，家珍说："二喜是个实在人，心眼好，把凤霞给他，我心里踏实。"

我们把家里的鸡羊卖了，我又领着凤霞去城里给她做了两身新衣服，给她添置了一床新被子，买了脸盆什么的。凡是村里别人家女儿有的，凤霞都有，拿家珍的话说是："不能委屈凤霞了。"

二喜来娶凤霞那天，锣鼓很远就闹过来了，村里人全挤到村口去看。二喜带来了二十多个人，全穿着中山服，要不是二喜胸口戴了朵大红花，那样子像是什么大干部下来了呢。

十几面锣同时敲着，两个大鼓擂得咚咚响，把村里人耳朵震得嗡嗡乱响，最显眼的是中间有一辆披红戴绿的板车，车上一把椅子也红红绿绿。一走进村里，二喜就拆了两条大前门香烟，见到男子就往他们手里塞，嘴里连连说："多谢，多谢。"

村里别人家娶亲嫁女时，抽的最好的香烟也不过是飞马牌，二喜将大前门一盒一盒送人，那气派把谁家都比下去了。

拿到香烟的赶紧都往自己口袋里放，像是怕人来抢似的，手指在口袋里摸索着抽出一根放在嘴上。

跟在二喜身后那二十来人也卖力，锣鼓敲得震天响，还扯着嗓子喊，他们的口袋都鼓鼓的，见到村里年轻的女人和孩子，就把口袋里的糖果往他们身上扔。这样大手大脚把我都看呆了，心想扔掉的都是钱啊。

他们来到我家茅屋前，一个个进去看凤霞，锣鼓留在外面，村里的年轻人就帮着敲上了。凤霞那天穿上新衣服可真漂亮，连我这个做爹的都想不到她会这么漂亮，她坐在家珍床前，在进来的人里挨个找二喜，一看到二喜赶紧低下了头。

二喜带来的城里人见了凤霞都说：

"这偏头真有艳福。"

后来过了好多年，村里别的姑娘出嫁时，他们还都会说凤霞出嫁时最气派。那天凤霞被迎出屋去时，脸蛋红得跟番茄一样，从来没有那么多人一起看着她，她把头埋在胸前都不知道该怎么办，二喜拉着她的手走到板车旁，凤霞看看车上的椅子还是不知道该干什么。个头比凤霞矮的二喜一把将凤霞抱到了车上，看的人哄地笑起来，凤霞也哧哧笑了。二喜对我和家珍说："爹，娘，我把凤霞娶走啦。"

说着二喜自己拉起板车就走。板车一动，低头笑着的凤霞急忙扭过头来，焦急地看来看去。我知道她是在看我和家珍，我背着家珍其实就站在她旁边。她一看到我们，眼泪哗哗流了出来，她扭着身体哭着看我们。我一下子想起凤霞十三岁那年，被人领走时也是这么哭着看我，我一伤心眼泪也出来了，这时我脖子也湿了，我知道家珍也在哭。我想想这次不一样，这次凤霞是出嫁，我就笑了，对家珍说："家珍，今天是办喜事，你该笑。"

二喜是实心眼，他拉着板车走时，还老回过头去看看他的新娘，一看到凤霞扭着身体朝我们哭，他就不走了，站在那里也把身体扭着。凤霞是越哭越伤心，肩膀也一抖一抖了，让我这个做爹的心里一抽一抽，我对二喜喊："二喜，凤霞是你的女人了，你还不快拉走。"

凤霞嫁到了城里，我和家珍就跟丢了魂似的，怎么都觉得心慌。往常凤霞在屋里进进出出也不怎么觉得，如今凤霞一走，屋里就剩我和家珍，两个人看来看去，都看了几十年了，像是还没看够。我还好，在地里干活能分掉点想凤霞的心思。家珍就苦了，整天坐在床上，整天闲着，没有了凤霞，做娘的心里能不慌张？先前她在床上待着从不说什么，这么一来她可就难受了，腰也酸了背也疼了，怎么都不舒服。我也知道那滋味，整天在床上，比下地干活还累，身体都活动不了。我就在黄昏的时候背着她到村里去走走。村里人见了家珍，都亲热地问长问短，家珍心里也舒畅多了，她贴着我耳朵问："他们不会笑话我们吧？"

我说："我背着自己的女人有什么好笑话的。"

家珍开始喜欢提一些过去的事，到了一处，她就要说起凤霞，说起有庆从前的事，说着说着就笑。来到了村口，家珍说起那天我回来的事，家珍在田里干活，听到有个人大声叫凤霞，叫有庆，抬头一看看到了我，起先还不敢认。家珍说到这里笑着哭了，泪水滴在我脖子上，她说："你回来就什么都好了。"

按规矩凤霞得一个月以后回来，我们也得一个月以后才能去看她。谁知凤霞嫁出去还不到十天，就回来了。那天傍晚我们刚吃过饭，有人在外面喊："福贵，你到村口去看看，像是你家的偏头女婿来了。"

我还不相信，村里人都知道我和家珍想凤霞都快想呆了，我觉得村里人是在捉弄我们，我跟家珍说："不会吧，才十来天工夫。"

家珍急了，她说：

"你快去看看。"

我跑到村口一看，还真是二喜，翘着左边的肩膀，手里提着一包糕点，凤霞走在他旁边，两个人手拉着手，笑眯眯地走来。村里人见了都笑，那年月可是见不到男女手拉着手的，我对他们说："二喜是城里人，城里人就是洋气。"

凤霞和二喜一来，家珍高兴坏了；凤霞在床沿上一坐，家珍拉住她的手摸个没完，一遍遍说凤霞长胖了，其实十来天工夫能长多少肉？我对二喜说："没想到你们会来，一点准备都没有。"

二喜嘿嘿地笑，他说他也不知道会来，是凤霞拉着他，他糊里糊涂地跟来了。

凤霞嫁出去没过十天就回来，我们也不管什么老规矩了，我是三天两头往城里跑，说起来是家珍要我去的，我自己也想着要常去看看他们。我往城里跑得这么勤快，跟年轻时一样了，只是去的地方不一样。

去的时候，我就在自留地里割上几棵青菜，放在篮子里提着，穿上家珍给我做的新布鞋。我割菜时鞋上沾了点泥，家珍就叫住我，要我把泥擦掉。我说："人都老了，还在乎什么鞋上有泥。"

家珍说："话可不能这么说，人老了也是人，是人就得干净一些。"

这倒也是，家珍病了那么多年，在床上下不了地，头发每天都还是梳得整整齐齐的。我穿得干干净净走出村口，村里人见我提着青菜，就问："又去看凤霞？"

我点点头："是啊。"

他们说："你老这么去，那偏头女婿不赶你走？"

我说："二喜才不会呢。"

二喜家的邻居都喜欢凤霞，我一去，他们就夸她，说她又勤快又聪明。扫地时连别人家的屋前也扫，一扫就扫半条街，邻居看到凤霞汗都出来了，走过去拍拍她，让她别扫了，她这才笑眯眯地回到自己屋里。

凤霞以前没学过织毛衣，我们家穷，谁也没穿过毛衣。凤霞看到邻居的女人坐在门前织毛衣，手穿来插去的，心里喜欢她就搬着把凳子坐到跟前看，一看就看半天，人都看呆了。

邻居家的女人看着凤霞这么喜欢，便手把手教她。这么一教可把她们吓一跳，凤霞一学就会，才三四天，凤霞织毛衣和她们一样快了。她们见了我就说："要是凤霞不聋不哑有多好。"她们也在心里可怜凤霞。后来只要屋里的活一忙完，凤霞便坐到门前替她们织毛衣。整条街的女人里就数凤霞毛衣织得最紧最密，这下可好了，她们都把毛线送过来，让凤霞替她们织。凤霞累是累了一些，可她心里高兴。毛衣织成了给人家，她们向她跷跷大拇指，凤霞张着嘴就要笑半天。

我一进城，邻居家的女人就过来挨个告诉我，凤霞这儿好，那儿好，我听到的全是好话，听得我眼睛都红了，我说："城里人就是好，在村里是难得听到说我凤霞好。"

看到大家都这么喜欢凤霞，二喜又疼爱她，我心里高兴啊。回到家里，家珍总是埋怨我去得太久。这也是，家珍一个人在家里伸直了脖子等我回去说些凤霞的新鲜事，左等右等不见我回来，心里当然要焦急。我说："一见了凤霞就忘了时间。"

每次回到家里，我都要坐在床边说半晌，凤霞屋里屋外的事，她穿什么颜色的衣服，家珍给她做的鞋穿破了没有。家珍什么都知道，她是没完没了地问，我也没完没了地说，说得我嘴里都没有唾沫了，家珍也不放过我，问我："还有什么忘了说了？"

一说说到天黑，村里人都差不多要上床睡觉了，我们都还没吃饭，我说："我得煮吃的了。"

家珍拉住我，求我：

"你再给我说说凤霞。"

其实我也愿意多说说凤霞，跟家珍说我还嫌不够，到田里干活时，我又跟村里人说了，说凤霞又聪明又勤快，在城里怎么好，怎么招人喜爱，毛衣织得比谁都快。村里有些人听了还不高兴，对我说："福贵，你是老昏了头，城里人心眼坏着呢，凤霞整天给别人家干活还不累死。"

我说："话可不能这么说。"

他们说："凤霞替她们织毛衣，她们也得送点东西给凤霞，送了吗？"

村里人心眼就是小，尽想些捡便宜的事。城里的女人可不是他们说的那么坏，我有两次听到她们对二喜说："二喜，你去买两斤毛线来，也该让凤霞有件毛衣。"

二喜听后笑笑，没作声。二喜是实在人，娶凤霞时他依了我的话，钱花多了，欠下了债。到了私下里，他悄悄对我说："爹，我还了债就给凤霞买毛线。"

城里的"文化大革命"是越闹越凶，满街都是大字报，贴大字报的人都是些懒汉，新的贴上去时也不把旧的撕掉，越贴越厚，那墙上像是有很多口袋似的鼓了出来。连凤霞、二喜他们屋门上都贴了标语，屋里脸盆什么的也印上了毛主席他老人家的话，凤霞他们的枕巾上印着：千万不要忘记阶级斗争；床单上的字是：在大风大浪中前进。二喜和凤霞每天都睡在毛主席的话上面。

我每次进城，看到人多的地方就避开，城里是天天都在打架，我就见过几次有人被打得躺在地上起不来。难怪队长再不上城里开会了，公社常派人来通知他去县里开三级干部会议，队长都不去，私下里对我们说："城里天天都在死人，我吓都吓死了，眼下进城去开会就是进了棺材。"

队长躲在村里哪里都不去，可他也只是过了几个月的安稳日子，他不出去，别人找上门来了。那天我们都在田里干活，远远地看到一面红旗飘过来，来了一队城里的红卫兵。队长也在田里，看到他们走来，当时脖子就缩了缩，提心吊胆地问我："该不会来找我的吧？"

领头的红卫兵是个女的，他们来到了我们跟前，那女的朝我们喊："这里为什么没有标语，没有大字报？队长呢？队长是谁？"

队长赶紧扔了锄头跑过去，点头哈腰地说：

"红卫兵小将同志。"

那个女的挥挥手臂问：

"为什么没有标语和大字报？"

队长说："有标语，有两条标语呢，就刷在那间屋子后面。"

那女的看上去最多只有十六七岁，她在我们队长面前神气活现，眼睛斜了斜就算是看过队长了。她对几个提着油漆桶的红卫兵说："去刷上标语。"

那几个红卫兵就朝村里的房子跑去，去刷标语了。领头的女孩对队长说："让全村人集合。"

队长急忙从口袋里掏出哨子拼命吹，在别的田里干活的人赶紧跑了过来。

等人集合得差不多了，那女的对我们喊："你们这里的地主是谁？"

大伙一听这话全朝我看上了，看得我腿都哆嗦了，好在队长说："地主解放初就毙掉了。"

她又问："有没有富农？"

队长说："富农有一个，前年归西了。"

她看看队长，对我们大伙喊：

"那走资派有没有？"

队长赔着笑脸说：

"这村里是小地方，哪有走资派？"

她的手突然一伸，都快指到队长的鼻子上了，她问："你是什么？"

队长吓得连声说：

"我是队长，是队长。"

谁知道她大喊一声：

"你就是走资本主义道路的当权派！"

队长吓坏了，连连摆手说：

"不是，不是，我没走。"

那女的没理他，朝我们喊：

"他对你们进行白色统治，他欺压你们，你们要起来反抗，要砸断他的狗腿。"

村里人都看傻了，平日里队长可神气了，他说什么我们听什么，从没人觉得队长说得不对。如今队长被这群城里来的孩子折腾得腰都弯下去了，他连连求饶，我们都说不出口的话他也说了。队长求了一会，转身对我们喊："你们出来说说呀，我没欺压你们。"

大伙看看队长，又看看那些红卫兵，三三两两地说："队长没有欺压我们，他是个好人。"

那个女的皱着眉看我们，说：

"不可救药。"

说完她朝几个红卫兵挥挥手：

"把他押走。"

两个红卫兵走过去抓住队长的胳膊。队长伸直了脖子喊："我不进城，乡亲们哪，救救我，我不能进城，进城就是进棺材。”

队长再喊也没用，被他们把胳膊扭到后面，弯着身体押走了。大伙看着他们喊着口号杀气腾腾地走去，谁也没上去阻拦，没人有这个胆量。

队长这么一去，大伙都觉得凶多吉少，城里那地方乱着呢，就算队长保住命，也得缺条胳膊少条腿的。谁知没出三天，队长就回来了，一副鼻青脸肿的模样，在那条路上晃晃悠悠地走来。在地里的人赶紧迎上去，叫他：“队长。”

队长眼皮抬了抬，看看大伙，什么话没说，一直走回自己家，呼呼地睡了两天。到了第三天，队长扛着把锄头下到田里，脸上的肿消了很多，大伙围上去问这问那，问他身上还疼不疼，他摇摇头说：“疼倒没什么，不让我睡觉，他娘的比疼还难受。”

说着队长掉出眼泪，说：

“我算是看透了，平日里我像护着儿子一样护着你们，轮到我倒霉了，谁也不来救我。”

队长说得我们大伙都不敢去看他。队长总还算好，被拉到城里只是吃了三天的拳脚。春生住在城里，可就更惨了。我还一直不知道春生也倒霉了，那天我进城去看凤霞，在街上看到一伙戴着各种纸帽子、胸前挂着牌牌的人被押着游街。起先我没怎么在意，等他们来到跟前，我吓了一跳，走在最前头的竟是春生。春生低着头，没看到我，从我身边走过去后，春生突然抬起头来喊：“毛主席万岁。”

几个戴红袖章的人冲上去对春生又打又踢，骂道：“这是你喊的吗？他娘的走资派。”

春生被他们打倒在地，身体搁在那块木牌上，一只脚踢在他脑袋上，春生的脑袋像是被踢出个洞似的咚的一声响，整个人趴在了地上。春生被打得一点声音都没有，我这辈子没见过这么打人的，在地上的春生像是一块死肉，任他们用脚去踢。再打下去还不把春生打死了，我上去拉住两个人的袖管，说：“求你们别打了。”

他们用劲推了我一把，我差点摔到地上，他们说：“你是什么人？”

我说：“求你们别打了。”

有个人指着春生说：

“你知道他是什么人，他是旧县长，是走资派。”

我说："这我都不知道，我只知道他是春生。"

他们一说话，也就没再去打春生，喊着要春生爬起来。春生被打成那样了，怎么爬得起来，我就去扶他，春生认出了我，说："福贵，你快走开。"

那天我回到家里，坐在床边，把春生的事跟家珍说了，家珍听了都低下头，我就说："当初你不该不让春生进屋。"

家珍虽然嘴上没说什么，其实她心里想的也和我一样。

过了一个多月，春生偷偷地上我家来了，他来时都深更半夜，我和家珍已经睡了，敲门把我们敲醒，我打开门借着月光一看是春生，春生的脸肿得都圆了，我说："春生，快进来。"

春生站在门外不肯进来，他问：

"嫂子还好吧？"

我就对家珍说：

"家珍，是春生。"

家珍坐在床上没有答应，我让春生进屋，家珍不开口，春生就不进来，他说："福贵，你出来一下。"

我回头又对家珍说：

"家珍，是春生来了。"

家珍还是没理我，我只好披上衣服走出去，春生走到我家屋前那棵树下，对我说："福贵，我是来和你告别的。"

我问："你要去哪里？"

他咬着牙齿狠狠地说：

"我不想活了。

"我吃了一惊，急忙拉住春生的胳膊说：

"春生，你别糊涂，你还有女人和儿子呢。"

一听这话，春生哭了，他说：

"福贵，我每天都被他们吊起来打。"

说着他把手伸过来：

"你摸摸我的手。"

我一摸，那手像是煮熟了一样，烫得吓人，我问他："疼不疼？"

他摇摇头："不觉得了。"

我把他肩膀往下按，说道：

“春生，你先坐下。”

我对他说：“你千万别糊涂，死人都还想活过来，你一个大活人可不能去死。”

我又说：“你的命是爹娘给的，你不要命了也得先去问问他们。”

春生抹了抹眼泪说：

“我爹娘早死了。”

我说：“那你更该好好活着，你想想，你走南闯北打了那么多仗，你活下来容易吗？”

那天我和春生说了很多话，家珍坐在屋里床上全听进去了。到了天快亮的时候，春生像是有些想通了，他站起来说要走了，这时家珍在里面喊：“春生。”

我们两个都怔了一下，家珍又叫了一声，春生才答应。我们走到门口，家珍在床上说：“春生，你要活着。”

春生点了点头。家珍在里面哭了，她说：

“你还欠我们一条命，你就拿自己的命来还吧。”

春生站了一会说：

“我知道了。”

我把春生送到村口，春生让我站住，别送了，我就站在村口，看着春生走去。春生都被打瘸了，他低着头走得很吃力。我又放心不下，对他喊：“春生，你要答应我活着。”

春生走了几步回过头来说：

“我答应你。”

春生后来还是没有答应我，一个多月后，我听说城里的刘县长上吊死了。一个人命再大，要是自己想死，那就怎么也活不了。我把这话对家珍说了，家珍听后难受了一天，到了夜里她说：“其实有庆的死不能怪春生。”

到了田里的活一忙，我就不能常常进城去看凤霞了。好在那时是人民公社，村里人在一起干活，我用不着焦急。只是家珍还是下不了床，我起早摸黑，既不能误了田里的活，又不能让家珍饿着，人实在是累。年纪大了，要是年轻他二十岁，睡上一觉就会没事，到了那个年纪，人累了睡上几觉也补不回来，干活时手臂都抬不起来，我混在村里人中间，每天只是装装样子，他们也都知道我的难处，谁也不来说我。

第九章

农忙时凤霞来住了几天，替我做饭烧水，侍候家珍，我轻松了很多。可是想想嫁出去的女儿就是泼出去的水，凤霞早就是二喜的人了，不能在家里待得太久。我和家珍商量了一下，怎么也得让凤霞回去了，就把凤霞赶走了。我是用手一推一推把她推出村口的，村里人见了嘻嘻笑，说没见过像我这样的爹。我听了也嘻嘻笑，心想村里谁家的女儿也没像凤霞对她爹娘这么好，我说："凤霞只有一个人，服侍了我和家珍，就服侍不了我的偏头女婿了。"

凤霞被我赶回城里，过了没多久又回来了，这次连偏头女婿也来了。两个人在远处拉着手走来，我很远就看到了他们，不用看二喜的偏脑袋，就看拉着手我也知道是谁了。二喜提着一瓶黄酒，咧着嘴笑个不停。凤霞手里挎着个小竹篮子，也像二喜一样笑。我想是什么好事，这么高兴?

到了家里，二喜把门关上，说：

"爹，娘，凤霞有啦。"

凤霞有孩子了，我和家珍嘴一咧也都笑了。我们四个人笑了半晌，二喜才想起来手里的黄酒，走到床边将酒放在小方桌上，凤霞从篮里拿出碗豆子。我说："都到床上去，都到床上去。"

凤霞坐到家珍身旁，我拿了四只碗和二喜坐一头。二喜给我倒满了酒，给家珍也倒满，又去给凤霞倒，凤霞捏住酒瓶连连摇头，二喜说："今天你也喝。"

凤霞像是听懂了二喜的话，不再摇头。我们端起了碗，凤霞喝了一口皱皱眉，去看家珍，家珍也在皱眉，她抿着嘴笑了。我和二喜都是一口把酒喝干，一碗酒下肚，二喜的眼泪掉了出来，他说："爹，娘，我是做梦也想不到会有今天。"

一听这话，家珍眼睛马上就湿了。看着家珍的样子，我眼泪也下来了，我说："我也想不到，先前最怕的就是我和家珍死了凤霞怎么办，你娶了凤霞，我们心就定了，有了孩子更好了，凤霞以后死了也有人收作。"

凤霞看到我们哭，也眼泪汪汪的。家珍哭着说："要是有庆活着就好了，他是凤霞带大的，他和凤霞亲着呢，有庆看不到今天了。"

二喜哭得更凶了，他说：

"要是我爹娘还活着就好了，我娘死的时候捏住我的手不肯放。"

四个人越哭越伤心，哭了一阵，二喜又笑了，他指指那碗豆子说："爹，娘，你们吃豆子，是凤霞做的。"

我说："我吃，我吃，家珍，你吃。"

我和家珍看来看去，两个人都笑了，我们马上就会有外孙了。那天四个人哭哭笑笑，一直到天黑，二喜和凤霞才回去。

凤霞有了孩子，二喜就更疼爱她。到了夏天，屋里蚊子多，又没有蚊帐，天一黑二喜便躺到床上去喂蚊子，让凤霞在外面坐着乘凉，等把屋里的蚊子喂饱，不再咬人了，才让凤霞进去睡。有几次凤霞进去看他，他就焦急，一把将凤霞推出去。这都是二喜家的邻居告诉我的，她们对二喜说："你去买顶蚊帐。"

二喜笑笑不作声，瞅空儿才对我说：

"债不还清，我心里不踏实。"

看着二喜身上被蚊子咬得到处都是红点，我也心疼，我说："你别这样。"

二喜说："我一个人，蚊子多咬几口捡不了什么便宜，凤霞可是两个人啊。"

凤霞是在冬天里生孩子的，那天雪下得很大，窗户外面什么都看不清楚。凤霞进了产房一夜都没出来，我和二喜在外面越等越怕，一有医生出来，就上去问，知道还在生，便有些放心。到天快亮时，二喜说："爹，你先去睡吧。"

我摇摇头说："心悬着睡不着。"

二喜劝我："两个人不能绑在一起，凤霞生完了孩子还得有人照应。"

我想想二喜说得也对，就说：

"二喜，你先去睡。"

两个人推来推去，谁也没睡。到天完全亮了，凤霞还没出来，我们又怕了，比凤霞晚进去的女人都生完孩子出来了。

我和二喜哪还坐得住，凑到门口去听里面的声音，听到有女人在叫唤，我们才放心。二喜说："苦了凤霞了。"

过了一会，我觉得不对，凤霞是哑巴，不会叫唤的，这么对二喜说，二喜的脸一下子白了，他跑到产房门口拼命喊：“凤霞，凤霞。”

里面出来个医生朝二喜喊道：

“你叫什么，出去。”

二喜呜呜地哭了，他说：

“我女人怎么还没出来。”

旁边有人对我们说：

“生孩子有快的，也有慢的。”

我看看二喜，二喜看看我，想想可能是这样，就坐下来再等着，心里还是咚咚乱跳。没多久，出来一个医生问我们：“要大的？还是要小的？”

她这么一问，把我们问傻了，她又说：

“喂，问你们呢。”

二喜扑通跪在了她跟前，哭着喊：

“医生，救救凤霞，我要凤霞。”

二喜在地上哇哇地哭，我把他扶起来，劝他别这样，这样伤身体，我说：“只要凤霞没事就好了，俗话说留得青山在，不怕没柴烧。”

二喜呜呜地说：

“我儿子没了。”

我也没了外孙，我脑袋一低也呜呜地哭了。到了中午，里面有医生出来说：“生啦，是儿子。”

二喜一听急了，跳起来叫道：

“我没要小的。”

医生说：“大的也没事。”

凤霞也没事，我眼前就晕晕乎乎了，年纪一大，身体折腾不起啊。二喜高兴坏了，他坐在我旁边身体直抖，那是笑得太厉害了。我对二喜说：“现在心放下了，能睡觉了，过会再来替你。”

谁料到我一走凤霞就出事了，我走了才几分钟，好几个医生跑进了产房，还拖着氧气瓶。凤霞生下了孩子后大出血，天黑前断了气。我的一双儿女都是生孩子上死的，有庆死是别人生孩子，凤霞死在自己生孩子。

那天雪下得特别大，凤霞死后躺到了那间小屋里，我去看她一见到那间屋子就走不进去了，十多年前有庆也是死在这里的。我站在雪里听着二喜在里面一遍遍叫着凤霞，心里疼得蹲在了地上。雪花飘着落下来，我看不清那屋子的门，只听到二喜在里面又哭又喊，我就叫二喜，叫了好几声，二喜才在里面答应一声，他走到门口，对我说："我要大的，他们给了我小的。"

我说："我们回家吧，这家医院和我们前世有仇，有庆死在这里，凤霞也死在这里。二喜，我们回家吧。"

二喜听了我的话，把凤霞背在身后，我们三个人往家走。

那时候天黑了，街上全是雪，人都见不到，西北风呼呼吹来，雪花打在我们脸上，像是沙子一样。二喜哭得声音都哑了，走一段他说："爹，我走不动了。"

我让他把凤霞给我，他不肯，又走了几步他蹲了下去，说："爹，我腰疼得不行了。"

那是哭的，把腰哭疼了。回到了家里，二喜把凤霞放在床上，自己坐在床沿上盯着凤霞看，二喜的身体都缩成一团了。我不用看他，就是去看他和凤霞在墙上的影子，也让我难受得看不下去。那两个影子又黑又大，一个躺着，一个像是跪着，都是一动不动，只有二喜的眼泪在动，让我看到一颗一颗大黑点在两个人影中间滑着。我就跑到灶间，去烧些水，让二喜喝了暖暖身体，等我烧开了水端过去时，灯熄了，二喜和凤霞睡了。

那晚上我在二喜他们灶间坐到天亮，外面的风呼呼地响着，有一阵子下起了雪珠子，打在门窗上沙沙乱响。二喜和凤霞睡在里屋子里一点声音也没有，寒风从门缝冷飕飕地钻进来，吹得我两个膝盖又冷又疼，我心里就跟结了冰似的一阵阵发麻，我的一双儿女就这样都去了，到了那种时候想哭都没有了眼泪。我想想家珍那时还睁着眼睛等我回去报信，我出来时她一遍一遍嘱咐我，等凤霞一生下来赶紧回去告诉她是男还是女。凤霞一死，让我怎么回去对她说？

有庆死时，家珍差点也一起去了，如今凤霞又死到她前面，做娘的心里怎么受得住。第二天，二喜背着凤霞，跟着我回到家里。那时还下着雪，凤霞身上像是盖了棉花似的差不多全白了。一进屋，看到家珍坐在床上，头发乱糟糟的，脑袋靠在墙上，我就知道她心里明白凤霞出事了，我已经连着两天两夜没回家了。我的眼泪刷刷地流了出来，二喜本来已经不哭了，一看到家珍又呜呜地哭起来，他嘴里叫着：“娘，娘……”

家珍的脑袋动了动，离开了墙壁，眼睛一动不动地看着二喜背脊上的凤霞。我帮着二喜把凤霞放到床上，家珍的脑袋就低下来去看凤霞，那双眼睛定定的，像是快从眼眶里突出来了。我是怎么也想不到家珍会是这么一副样子，她一颗泪水都没掉出来，只是看着凤霞，手在凤霞脸上和头发上摸着。二喜哭得蹲了下去，脑袋靠在床沿上。我站在一旁看着家珍，心里不知道她接下去会怎么样。那天家珍没有哭也没有喊，只是偶尔地摇了摇头。凤霞身上的雪慢慢融化了以后，整张床上都湿淋淋了。

凤霞和有庆埋在了一起。那时雪停住了，阳光从天上照下来，西北风刮得更凶了，呼呼直响，差不多盖住了树叶的响声。埋了凤霞，我和二喜抱着锄头铲子站在那里，风把我们两个人吹得都快站不住了。满地都是雪，在阳光下面白晃晃刺得眼睛疼，只有凤霞的坟上没有雪，看着这湿漉漉的泥土，我和二喜谁也抬不动脚走开。二喜指指紧挨着的一块空地说：“爹，我死了埋在这里。”

我叹了口气对二喜说：

“这块就留给我吧，我怎么也会死在你前面的。”

埋掉了凤霞，孩子也可以从医院里抱出来了。二喜抱着他儿子走了十多里路来我家，把孩子放在床上。那孩子睁开眼睛时皱着眉，两个眼珠子瞟来瞟去，不知道他在看什么。看着孩子这副模样，我和二喜都笑了。家珍是一点都没笑，她眼睛定定地看着孩子，手指放在他脸旁，家珍当初的神态和看死去的凤霞一模一样，我当时心里七上八下的，家珍的模样吓住了我，我不知道家珍是怎么了。后来二喜抬起头来，一看到家珍他立刻不笑了，垂着手臂站在那里不知怎么才好。过了很久，二喜才轻声对我说：“爹，你给孩子取个名字。”

家珍那时开口说话了，她声音沙沙地说：

“这孩子生下来没有了娘，就叫他苦根吧。”

凤霞死后不到三个月，家珍也死了。家珍死前的那些日子，常对我说：“福贵，有庆、凤霞是你送的葬，我想到你会亲手埋掉我，就安心了。”

她是知道自己快要死了，反倒显得很安心。那时候她已经没力气坐起来了，闭着眼睛躺在床上，耳朵还很灵，我收工回家推开门，她就会睁开眼睛，嘴巴一动一动，我知道她是在对我说话，那几天她特别爱说话，我就坐在床上，把脸凑下去听她说，那声音轻得跟心跳似的。人啊，活着时受了再多的苦，到了快死的时候也会想个法子来宽慰自己，家珍到那时也想通了，她一遍一遍地对我说："这辈子也快过完了，你对我这么好，我也心满意足，我为你生了一双儿女，也算是报答你了，下辈子我们还要在一起过。"

家珍说到下辈子还要做我的女人，我的眼泪就掉了出来，掉到了她脸上。她眼睛眨了两下微微笑了，她说："凤霞、有庆都死在我前头，我心也定了，用不着再为他们操心，怎么说我也是做娘的女人，两个孩子活着时都孝顺我，做人能做成这样我该知足了。"

她说我："你还得好好活下去，还有苦根和二喜，二喜其实也是自己的儿子了，苦根长大了会和有庆一样对你好，会孝顺你的。"

家珍是在中午死的。我收工回家，她眼睛睁了睁，我凑过去没听到她说话，就到灶间给她熬了碗粥。等我将粥端过去在床前坐下时，闭着眼睛的家珍突然捏住了我的手，我想不到她还会有这么大的力气，心里吃了一惊，悄悄抽了抽，抽不出来，我赶紧把粥放在一把凳子上，腾出手摸摸她的额头，还暖和着，我才有些放心。家珍像是睡着一样，脸看上去安安静静的，一点都看不出难受来。谁知没一会，家珍捏住我的手凉了，我去摸她的手臂，她的手臂是一截一截地凉下去，那时候她的两条腿也凉了，她全身都凉了，只有胸口还有一块地方暖和着，我的手贴在家珍胸口上，胸口的热气像是从我手指缝里一点一点漏了出来。她捏住我的手后来一松，就瘫在了我的胳膊上。

"家珍死得很好。"福贵说。那个时候下午即将过去了，在田里干活的人开始三三两两走上田埂，太阳挂在西边的天空上，不再那么耀眼，变成了通红一轮，涂在一片红光闪闪的云层上。

福贵微笑地看着我，西落的阳光照在他脸上，显得格外精神。他说："家珍死得很好，死得平平安安、干干净净，死后一点是非都没留下，不像村里有些女人，死了还有人说闲话。"

坐在我对面的这位老人，用这样的语气谈论着十多年前死去的妻子，使我内心涌上一股难言的温情，仿佛是一片青草在风中摇曳，我看到宁静在遥远处波动。

四周的人离开后的田野，呈现了舒展的姿态，看上去是那么的广阔，无边无际，在夕阳之中如同水一样泛出片片光芒。福贵的两只手搁在自己腿上，眼睛眯缝着看我，他还没有站起来的意思，我知道他的讲述还没有结束。我心想趁他站起来之前，让他把一切都说完吧。我就问："苦根现在有多大了？"

福贵的眼睛里流出了奇妙的神色，我分不清是悲凉，还是欣慰。他的目光从我头发上飘过去，往远处看了看，然后说："要是按年头算，苦根今年该有十七岁了。"

家珍死后，我就只有二喜和苦根了。二喜花钱请人做了个背篼，苦根便整天在他爹背脊上了，二喜干活时也就更累，他干搬运活，拉满满一车货物，还得背着苦根，呼哧呼哧的气都快喘不过来了。身上还背着个包裹，里面塞着苦根的尿布，有时天气阴沉，尿布没干，又没换的，只好在板车上绑三根竹竿，两根竖着，一根横着，上面晾着尿布。城里的人见了都笑他，和二喜一起干活的伙伴都知道他苦，见到有人笑话二喜，就骂道："你他娘的再笑？再笑就让你哭。"

苦根在背篼里一哭，二喜听哭声就知道是饿了，还是撒尿了，他对我说："哭的声音长是饿了，哭的声音短是屁股那地方难受了。"

也真是，苦根拉屎撒尿后哭起来嗯嗯的，起先还觉得他是在笑。这么小的人就知道哭得不一样。那是心疼他爹，一下子就告诉他爹他想干什么，二喜也用不着来回折腾了。

苦根饿了，二喜就放下板车去找正在奶孩子的女人，递上一毛钱轻声说："求你喂他几口。"

二喜不像别人家孩子的爹，是看着孩子长大。二喜觉得苦根背在身上又沉了一些，他就知道苦根又大了一些。做爹的心里自然高兴，他对我说："苦根又沉了。"

我进城去看他们，常看到二喜拉着板车，汗淋淋地走在街上，苦根在他的背篼里小脑袋吊在外面一摇一摇的。我看二喜太累，劝他把苦根给我，带到乡下去。二喜不答应，他说："爹，我离不了苦根。"

好在苦根很快大起来，苦根能走路了，二喜也轻松了一些，他装卸时让苦根在一旁玩，拉起板车就把苦根放到车上。

苦根大一些后也知道我是谁了，他常常听到二喜叫我爹，便记住了。我每次进城去看他们，坐在板车里的苦根一看到我，马上尖声叫起来，他朝二喜喊："爹，你爹来了。"

这孩子还在他爹背篼里时，就会骂人了，生气时小嘴巴噼噼啪啪，脸蛋涨得通红，谁也不知道他在说些什么，只看到唾沫从他嘴里飞出来，只有二喜知道，二喜告诉我：“他在骂人呢。”

苦根会走路会说几句话后，就更精了，一看到别的孩子手里有什么好玩的，嘻嘻笑着拼命招手，说：“来，来，来。”

别的孩子走到他跟前，他伸手便要去抢人家手里的东西，人家不给他，他就翻脸，气冲冲地赶人家走，说：“走，走，走。”

没了凤霞，二喜是再也没有回过魂来，他本来说话不多，凤霞一死，他话就更少了，人家说什么，他嗯一下算是也说了，只有见到我才多说几句。苦根成了我们的命根子，他越往大里长，便越像凤霞，越是像凤霞，也就越让我们看了心里难受。二喜有时看着看着眼泪就掉了出来，我这个做丈人的便劝他：“凤霞死了也有些日子了，能忘就忘掉她吧。”

那时苦根有三岁了，这孩子坐在凳子上摇晃着两条腿，正使劲在听我们说话，眼睛睁得很圆。二喜歪着脑袋想什么，过了一会才说：“我只有这点想想凤霞的福分。”

后来我要回村里去，二喜也要去干活了，我们一起走了出去。一到外面，二喜贴着墙壁走起来，歪着脑袋走得飞快，像是怕人认出他来似的，苦根被他拉着，走得跌跌撞撞，身体都斜了。我也不好说他，我知道二喜是没有了凤霞才这样的。邻居家的人见了便朝二喜喊：“你走慢点，苦根要跌倒啦。”

二喜嗯了一下，还是飞快地往前走。苦根被他爹拉着，身体歪来歪去，眼睛却骨碌骨碌地转来转去。到了转弯的地方，我对二喜说：“二喜，我回去啦。”

二喜这才站住，翘了翘肩膀看我。我对苦根说：“苦根，我回去了。”

苦根朝我挥挥手尖声说：

“你走吧。”

我只要一闲下来就往城里去，我在家里待不住，苦根和二喜在城里，我总觉得城里才像是我的家，回到村里孤零零一人心里不踏实。有几次我把苦根带到村里住，苦根倒没什么，高兴得满村跑，让我帮他去捉树上的麻雀，我说我怎么捉呀，这孩子手往上指了指说：“你爬上去。”

我说：“我会摔死的，你不要我的命了？”

他说：“我不要你的命，我要麻雀。”

苦根在村里过得挺自在，只是苦了二喜，二喜是一天不见苦根就受不了，每天干完了活，累得人都没力气了，还要走十多里路来看苦根，第二天一早起床又进城去干活了。我想想这样不是个办法，往后天黑前就把苦根送回去。家珍一死，我也就没有了牵挂，到了城里，二喜说："爹，你就住下吧。"

我便在城里住上几天。我要是那么住下去，二喜心里也愿意，他常说家里有三代人总比两代人好，可我不能让二喜养着，我手脚还算利索，能挣钱，我和二喜两个人挣钱，苦根的日子过起来就阔气多了。

第十章

这样的日子过到苦根四岁那年，二喜死了。二喜是被两排水泥板夹死的。干搬运这活，一不小心就磕破碰伤，可丢了命的只有二喜，徐家的人命都苦。那天二喜他们几个人往板车上装水泥板，二喜站在一排水泥板前面，吊车吊起四块水泥板，不知出了什么差错，竟然往二喜那边去了，谁都没看到二喜在里面，只听他突然大喊一声："苦根。"

二喜的伙伴告诉我，那一声喊把他们全吓住了，想不到二喜竟有这么大的声音，像是把胸膛都喊破了。他们看到二喜时，我的偏头女婿已经死了，身体贴在那一排水泥板上，除了脚和脑袋，身上全给挤扁了，连一根完整的骨头都找不到，血肉跟糨糊似的粘在水泥板上。他们说二喜死的时候脖子突然伸直了，嘴巴张得很大，那是在喊他的儿子。

苦根就在不远处的池塘旁，往水里扔石子，他听到爹临死前的喊叫，便扭过头去叫："叫我干什么？"

他等了一会，没听到爹继续喊他，便又扔起了石子。直到二喜被送到医院里，知道二喜死了，才有人去叫苦根："苦根，苦根，你爹死啦。"

苦根不知道死究竟是什么，他回头答应了一声："知道啦。"

就再没理睬人家，继续往水里扔石子。

那时候我在田里，和二喜一起干活的人跑来告诉我："二喜快死啦，在医院里，你快去。"

我一听说二喜出事了被送到医院里，马上就哭了，我对那人喊："快把二喜抬出去，不能去医院。"

那人呆呆看着我，以为我疯了。我说：

“二喜一进那家医院，命就难保了。”

有庆、凤霞都死在那家医院里，没想到二喜到头来也死在了那里。你想想，我这辈子三次看到那间躺死人的小屋子，里面三次躺过我的亲人。我老了，受不住这些。去领二喜时，我一见那屋子，就摔在了地上。我是和二喜一样被抬出那家医院的。

二喜死后，我便把苦根带到村里来住了。离开城里那天，我把二喜屋里的用具给了那里的邻居，自己挑了几样轻便的带回来。我拉着苦根走时，天快黑了，邻居家的人都走过来送我，送到街口，他们说：“以后多回来看看。”

有几个女的还哭了，她们摸着苦根说：

“这孩子真是命苦。”

苦根不喜欢她们把眼泪掉到他脸上，拉着我的手一个劲地催我：“走呀，快走呀。”

那时候天冷了，我拉着苦根在街上走，冷风呼呼地往脖子里灌，越走心里越冷，想想从前热热闹闹一家人，到现在只剩下一老一小，我心里苦得连叹息都没有了。可看看苦根，我又宽慰了，先前是没有这孩子的，有了他比什么都强，香火还会往下传，这日子还得好好过下去。

走到一家面条店的地方，苦根突然响亮地喊了一声：“我不吃面条。”

我想着自己的心事，没留意他的话，走到了门口，苦根又喊了：“我不吃面条。”

喊完他拉住我的手不走了，我才知道他想吃面条，这孩子没爹没娘了，想吃面条总该给他吃一碗。我带他进去坐下，花了九分钱买了一小碗面，看着他哧溜哧溜地吃了下去，他吃得满头大汗，出来时舌头还在嘴唇上舔着，对我说：“明天再来吃好吗？”

我点点头说：“好。”

走了没多远，到了一家糖果店前，苦根又拉住了我，他仰着脑袋认真地说：“本来我还想吃糖，吃过了面条，我就不吃了。”

我知道他是在变个法子想让我给他买糖，我手摸到口袋，摸到个两分的，想了想后就去摸了个五分出来，给苦根买了五颗糖。

苦根到了家说是脚疼得厉害，他走了那么多路，走累了。

我让他在床上躺下，自己去烧些热水，让他烫烫脚。烧好了水出来时，苦根睡着了，这孩子把两只脚架在墙上，睡得呼呼的。看着他这副样子，我笑了。脚疼了架在墙上舒服，苦根这么小就会自己照顾自己了。随即心里一酸，他还不知道再也见不着自己的爹了。

这天晚上我睡着后，总觉得心里闷得发慌，醒来才知道苦根的小屁股全压在我胸口上了，我把他的屁股移过去。过了没多久，我刚要入睡时，苦根的屁股一动一动又移到我胸口，我伸手一摸，才知道他尿床了，下面湿了一大块，难怪他要把屁股往我胸口上压。我想就让他压着吧。

第二天，这孩子想爹了。我在田里干活，他坐在田埂上玩，玩着玩着突然问我："是你送我回去？还是爹来领我？"

村里人见了他这模样，都摇着头说他可怜，有一个人对他说："你不回去了。"

他摇了摇脑袋，认真地说：

"要回去的。"

到了傍晚，苦根看到他爹还没有来，有些急了，小嘴巴翻上翻下把话说得飞快，我是一句也没听懂，我想着他可能是在骂人了，末了，他抬起脑袋说："算啦，不来接就不来接，我是小孩认不了路，你送我回去。"

我说："你爹不会来接你，我也不能送你回去，你爹死了。"

他说："我知道他死了，天都黑了还不来领我？"

我是那天晚上躺在被窝里告诉他死是怎么回事，我说人死了就要被埋掉，活着的人就再也见不到他了。这孩子先是害怕得哆嗦，随后想到再也见不到二喜，他呜呜地哭了，小脸蛋贴在我脖子上，热乎乎的眼泪在我胸口流，哭着哭着他睡着了。

过了两天，我想该让他看看二喜的坟了，就拉着他走到村西，告诉他，哪个坟是他外婆的，哪个是他娘的，还有他舅舅的。我还没说二喜的坟，苦根伸手指指他爹的坟哭了，他说："这是我爹的。"

我和苦根在一起过了半年，村里包产到户了，日子过起来也就更难。我家分到一亩半地。我没法像从前那样混在村里人中间干活，累了还能偷偷懒。现在田里的活是不停地叫唤我，我不去干，就谁也不会去替我。

年纪一大，人就不行了，腰是天天都疼，眼睛看不清东西。从前挑一担菜进城，一口气便到了城里，如今是走走歇歇，歇歇走走，天亮前两个小时我就得动身，要不去晚了菜会卖不出去，我是笨鸟先飞。这下苦了苦根，这孩子总是睡得最香的时候，被我一把拖起来，两只手抓住后面的箩筐，跟着我半开半闭着眼睛往城里走。苦根是个好孩子，到他完全醒了，看我挑着担子太沉，老是停住歇一会，他就从两只箩筐里拿出两棵菜抱到胸前，走到我前面，还时时回过头来问我："轻些了吗？"

我心里高兴啊，就说：

"轻多啦。"

说起来苦根才刚满五岁，他已经是我的好帮手了。我走到哪里，他就跟到哪里，和我一起干活，他连稻子都会割了。

我花钱请城里的铁匠给他打了一把小镰刀，那天这孩子高兴坏了，平日里带他进城，一走过二喜家那条胡同，这孩子忽地一下蹿进去，找他的小伙伴去玩，我怎么叫他，他都不答应。那天说是给他打镰刀，他扯住我的衣服就没有放开过，和我一起在铁匠铺子前站了半晌，进来一个人，他就要指着镰刀对那人说："是苦根的镰刀。"

他的小伙伴找他去玩，他扭了扭头得意扬扬地说："我现在没工夫跟你们说话。"

镰刀打成了，苦根睡觉都想抱着，我不让，他就说放到床下面。早晨醒来第一件事便是去摸床下的镰刀。我告诉他镰刀越使越快，人越勤快就越有力气，这孩子眨着眼睛看了我很久，突然说："镰刀越快，我力气也就越大啦。"

苦根总还是小，割稻子自然比我慢多了，他一看到我割得快，便不高兴，朝我叫："福贵，你慢点。"

村里人叫我福贵，他也这么叫，也叫我外公。我指指自己割下的稻子说："这是苦根割的。"

他便高兴地笑起来，也指指自己割下的稻子说："这是福贵割的。"

苦根年纪小，也就累得快，他时时跑到田埂上躺下睡一会，对我说："福贵，镰刀不快啦。"

他是说自己没力气了。他在田埂上躺一会，又站起来神气活现地看我割稻子，不时叫道："福贵，别踩着稻穗啦。"

旁边田里的人见了都笑，连队长也笑了，队长也和我一样老了，他还在当队长，他家人多，分到了五亩地，紧挨着我的地。队长说：“这小子真他娘的能说会道。”

我说：“是凤霞不会说话欠的。”

这样的日子苦是苦，累也是累，心里可是高兴，有了苦根，人活着就有劲头。看着苦根一天一天大起来，我这个做外公的也一天比一天放心。到了傍晚，我们两个人就坐在门槛上，看着太阳落下去，田野上红红一片闪亮着，听着村里人吆喝的声音，家里养着的两只母鸡在我们面前走来走去，苦根和我亲热，两个人坐在一起，总是有说不完的话，看着两只母鸡，我常想起我爹在世时说的话，便一遍一遍去对苦根说：“这两只鸡养大了变成鹅，鹅养大了变成羊，羊养大了又变成牛。我们啊，也就越来越有钱啦。”

苦根听后咯咯直笑，这几句话他全记住了，多次他从鸡窝里掏出鸡蛋来时，总要唱着说这几句话。

鸡蛋多了，我们就拿到城里去卖。我对苦根说：“钱积够了我们就去买牛，你就能骑到牛背上去玩了。”

苦根一听眼睛马上亮了，他说：

“鸡就变成牛啦。”

从那时以后，苦根天天盼着买牛这天的来到，每天早晨他睁开眼睛便要问我：“福贵，今天买牛吗？”

有时去城里卖了鸡蛋，我觉得苦根可怜，想给他买几颗糖吃吃。苦根就会说：“买一颗就行了，我们还要买牛呢。”

一转眼苦根到了七岁，这孩子力气也大多了。这一年到了摘棉花的时候，村里的广播说第二天有大雨，我急坏了，我种的一亩半棉花已经熟了，要是雨一淋那就全完蛋。一清早我就把苦根拉到棉花地里，告诉他今天要摘完，苦根仰着脑袋说：“福贵，我头晕。”

我说：“快摘吧，摘完了你就去玩。”

苦根便摘起了棉花，摘了一阵他跑到田埂上躺下，我叫他，叫他别再躺着，苦根说：“我头晕。”

我想就让他躺一会吧，可苦根一躺下便不起来了，我有些生气，就说：“苦根，棉花今天不摘完，牛也买不成啦。”

苦根这才站起来，对我说：

"我头晕得厉害。"

我们一直干到中午，看看大半亩棉花摘了下来，我放心了许多，就拉着苦根回家去吃饭，一拉苦根的手，我心里一怔，赶紧去摸他的额头，苦根的额头烫得吓人。我才知道他是真病了，我真是老糊涂了，还逼着他干活。回到家里，我就让苦根躺下。村里人说生姜能治百病，我就给他熬了一碗姜汤，可是家里没有糖，想往里面撒些盐，又觉得太委屈苦根了，便到村里人家那里去要了点糖，我说："过些日子卖了粮，我再还给你们。"

那家人说："算啦，福贵。"

让苦根喝了姜汤，我又给他熬了一碗粥，看着他吃下去。

我自己也吃了饭，吃完了我还得马上下地，我对苦根说："你睡上一觉会好的。"

走出了屋门，我越想越心疼，便去摘了半锅新鲜的豆子，回去给苦根煮熟了，里面放上盐。把凳子搬到床前，半锅豆子放在凳子上，叫苦根吃，看到有豆子吃，苦根笑了，我走出去时听到他说："你怎么不吃啊？"

我是傍晚才回到屋里的，棉花一摘完，我累得人架子都要散了。从田里到家才一小段路，走到门口我的腿便哆嗦了，我进了屋叫："苦根，苦根。"

苦根没答应，我以为他是睡着了，到床前一看，苦根歪在床上，嘴半张着能看到里面有两颗还没嚼烂的豆子。一看那嘴，我脑袋里嗡嗡乱响了，苦根的嘴唇都青了。我使劲摇他，使劲叫他，他的身体晃来晃去，就是不答应我。我慌了，在床上坐下来想了又想，想到苦根会不会是死了，这么一想我忍不住哭了起来。我再去摇他，他还是不答应，我想他可能真是死了。我就走到屋外，看到村里一个年轻人，对他说："求你去看看苦根，他像是死了。"

那年轻人看了我半晌，随后拔脚便往我屋里跑。他也把苦根摇了又摇，又将耳朵贴到苦根胸口听了很久，才说："听不到心跳。"

村里很多人都来了，我求他们都去看看苦根，他们都去摇摇，听听，完了对我说："死了。"

苦根是吃豆子撑死的，这孩子不是嘴馋，是我家太穷，村里谁家的孩子都过得比苦根好，就是豆子，苦根也是难得能吃上。我是老昏了头，给苦根煮了这么多豆子，我老得又笨又蠢，害死了苦根。

往后的日子我只能一个人过了，我总想着自己日子也不长了，谁知一过又过了这些年。我还是老样子，腰还是常常疼，眼睛还是花，我耳朵倒是很灵，村里人说话，我不看也能知道是谁在说。我是有时候想想伤心，有时候想想又很踏实，家里人全是我送的葬，全是我亲手埋的，到了有一天我腿一伸，也不用担心谁了。我也想通了，轮到自己死时，安安心心死就是，不用盼着收尸的人，村里肯定会有人来埋我的，要不我人一臭，那气味谁也受不了。我不会让别人白白埋我的，我在枕头底下压了十元钱，这十元钱我饿死也不会去动它的，村里人都知道这十元钱是给替我收尸的那个人，他们也都知道我死后是要和家珍他们埋在一起的。

这辈子想起来也是很快就过来了，过得平平常常，我爹指望我光耀祖宗，他算是看错人了，我啊，就是这样的命。年轻时靠着祖上留下的钱风光了一阵子，往后就越过越落魄了，这样反倒好，看看我身边的人，龙二和春生，他们也只是风光了一阵子，到头来命都丢了。做人还是平常点好，争这个争那个，争来争去赔了自己的命。像我这样，说起来是越混越没出息，可寿命长，我认识的人一个挨着一个死去，我还活着。

苦根死后第二年，我买牛的钱凑够了，看看自己还得活几年，我觉得牛还是要买的。牛是半个人，它能替我干活，闲下来时我也有个伴，心里闷了就和它说说话。牵着它去水边吃草，就跟拉着个孩子似的。

买牛那天，我把钱揣在怀里走着去新丰，那里是个很大的牛市场。路过邻近一个村庄时，看到晒场上围着一群人，走过去看看，就看到了这头牛，它趴在地上，歪着脑袋吧嗒吧嗒掉眼泪，旁边一个赤膊男人蹲在地上霍霍地磨着牛刀，围着的人在说牛刀从什么地方刺进去最好。我看到这头老牛哭得那么伤心，心里怪难受的。想想做牛真是可怜，累死累活替人干了一辈子，老了，力气小了，就要被人宰了吃掉。

我不忍心看它被宰掉，便离开晒场继续往新丰去。走着走着心里总放不下这头牛，它知道自己要死了，脑袋底下都有一摊眼泪了。

我越走心里越是定不下来，后来一想，干脆把它买下来。

我赶紧往回走，走到晒场那里，他们已经绑住了牛脚，我挤上去对那个磨刀的男人说："行行好，把这头牛卖给我吧。"

赤膊男人手指试着刀锋，看了我好一会才问："你说什么？"

我说："我要买这牛。"

他咧开嘴嘻嘻笑了，旁边的人也哄地笑起来。我知道他们都在笑我，我从怀里抽出钱放到他手里，说："你数一数。"赤膊男人马上傻了，他把我看了又看，还搔搔脖子，问我："你当真要买？"

我什么话也不去说，蹲下身子把牛脚上的绳子解了，站起来后拍拍牛的脑袋，这牛还真聪明，知道自己不死了，一下子站起来，也不掉眼泪了。我拉住缰绳对那个男人说："你数数钱。"

那人把钱举到眼前像是看看有多厚，看完他说："不数了，你拉走吧。"

我便拉着牛走去，他们在后面乱哄哄地笑，我听到那个男人说："今天合算，今天合算。"

牛是通人性的，我拉着它往回走时，它知道是我救了它的命，身体老往我身上靠，亲热得很，我对它说："你呀，先别这么高兴，我拉你回去是要你干活，不是把你当爹来养着的。"

我拉着牛回到村里，村里人全围上来看热闹，他们都说我老糊涂了，买了这么一头老牛回来，有个人说："福贵，我看它年纪比你爹还大。"

会看牛的告诉我，说它最多只能活两年三年的，我想两三年足够了，我自己恐怕还活不到这么久。谁知道我们都活到了今天，村里人又惊又奇，就是前两天，还有人说我们是——"两个老不死。"

牛到了家，也是我家里的成员了，该给它取个名字，想来想去还是觉得叫它福贵好。定下来叫它福贵，我左看右看都觉得它像我，心里美滋滋的，后来村里人也开始说我们两个很像，我嘿嘿笑，心想我早就知道它像我了。

福贵是好样的，有时候嘛，也要偷偷懒，可人也常常偷懒，就不要说是牛了。我知道什么时候该让它干活，什么时候该让它歇一歇，只要我累了，我知道它也累了，就让它歇一会，我歇得来精神了，那它也该干活了。

老人说着站了起来，拍拍屁股上的尘土，向池塘旁的老牛喊了一声，那牛就走过来，走到老人身旁低下了头。老人把犁扛到肩上，拉着牛的缰绳慢慢走去。

两个福贵的脚上都沾满了泥，走去时都微微晃动着身体。

我听到老人对牛说：

"今天有庆、二喜耕了一亩，家珍、凤霞耕了也有七八分田，苦根还小都耕了半亩。你嘛，耕了多少我就不说了，说出来你会觉得我是要羞你。话还得说回来，你年纪大了，能耕这么些田也是尽心尽力了。”

老人和牛渐渐远去，我听到老人粗哑的令人感动的嗓音在远处传来，他的歌声在空旷的傍晚像风一样飘扬，老人唱道——少年去游荡，中年想掘藏，老年做和尚。

炊烟在农舍的屋顶袅袅升起，在霞光四射的空中分散后消隐了。

女人吆喝孩子的声音此起彼伏，一个男人挑着粪桶从我跟前走过，扁担吱呀吱呀一路响了过去。慢慢地，田野趋向了宁静，四周出现了模糊，霞光逐渐退去。

我知道黄昏正在转瞬即逝，黑夜从天而降了。我看到广阔的土地袒露着结实的胸膛，那是召唤的姿态，就像女人召唤着她们的儿女，土地召唤着黑夜来临。

原载《收获》1992年第6期
第六届《小说月报》优秀中篇小说“百花奖”

红高粱

莫言

《红高粱》为我们展现了一个自由瑰丽的小说世界，同时也为我们探索与开拓了一种打开现代史的民间方式。在气势恢宏的叙事和英勇无惧的人物以及粗犷凌厉的语言间，我们感受到莫言写作的狂野和欢乐。自《红高粱》开始，莫言的小说在历史叙事与民间文化之间获得了更为广阔的艺术时空，同时也为他的叙事转向更深层的乡土经验、更活泼的直觉表达提供了路径。意识与文体的双重解放，民族文化潜在生命力的深入开掘，使历史在其笔下焕发出独特的光彩。

何向阳

《人民文学》1986年3期

一

一九三九年古历八月初九，我父亲这个土匪种十四岁多一点。他跟着后来名满天下的传奇英雄余占鳌司令的队伍去胶平公路伏击日本人的汽车队。奶奶披着夹袄，送他们到村头。余司令说：“立住吧。”奶奶就立住了。奶奶对我父亲说：“豆官，听你干爹的话。”父亲没吱声，他看着奶奶高大的身躯，嗅着奶奶的夹袄里散出的热烘烘的香味，突然感到凉气逼人，他打了一个战，肚子咕噜噜响一阵。余司令拍了一下父亲的头，说：“走，干儿。”

天地混沌，景物影影绰绰，队伍的杂沓脚步声已响出很远。父亲眼前挂着蓝白色的雾幔，挡住他的视线，只闻队伍脚步声，不见队伍形和影。父亲紧紧扯住余司令的衣角，双腿快速挪动。奶奶像岸愈离愈远，雾像海水愈近愈汹涌，父亲抓住余司令，就像抓住一条船舷。

父亲就这样奔向了耸立在故乡通红的高粱地里属于他的那块无字的青石墓碑。他的坟头上已经枯草瑟瑟，曾经有一个光屁股的男孩牵着一只雪白的山羊来到这里，山羊不紧不忙地啃着坟头上的草，男孩子站在墓碑上，怒气冲冲地撒了一泡尿，然后放声高唱：高粱红了——日本来了——同胞们准备好——开枪开炮——

有人说这个放羊的男孩就是我，我不知道是不是我。我曾经对高密东北乡极端热爱，曾经对高密东北乡极端仇恨，长大后努力学习马克思主义，我终于悟到：高密东北乡无疑是地球上最美丽最丑陋、最超脱最世俗、最圣洁最龌龊、最英雄好汉最王八蛋、最能喝酒最能爱的地方。生存在这块土地上的我的父老乡亲们，喜食高粱，每年都大量种植。八月深秋，无边无际的高粱红成洸洋的血海。高粱高密辉煌，高粱凄婉可人，高粱爱情激荡。秋风苍凉，阳光很旺，瓦蓝的天上游荡着一朵朵丰满的白云，高粱上滑动着一朵朵丰满白云的紫红色影子。一队队暗红色的人在高粱棵子里穿梭拉网，几十年如一日。他们杀人越货，精忠报国，他们演出过一幕幕英勇悲壮的舞剧，使我们这些活着的不肖子孙相形见绌，在进步的同时，我真切感到种的退化。

出村之后，队伍在一条狭窄的土路上行进，人的脚步声中夹杂着路边碎草的窣窸声响。雾奇浓，活泼多变。我父亲的脸上，无数密集的小水点凝成大颗粒的水珠，他的一撮头发，粘在头皮上。从路两边高粱地里飘来的幽淡的薄荷气息和成熟高粱苦涩微甘的气味，我父亲早已闻惯，不新不奇。在这次雾中行军里，父亲闻到了那种新奇的、黄红相间的腥甜气息。那味道从薄荷和高粱的味道中隐隐约约地透过来，唤起父亲心灵深处一种非常遥远的回忆。

七天之后，八月十五日，中秋节。一轮明月冉冉升起，遍地高粱肃然默立，高粱穗子浸在月光里，像蘸过水银，汩汩生辉。我父亲在剪破的月影下，闻到了比现在强烈无数倍的腥甜气息。那时候，余司令牵着他的手在高粱地里行走，三百多个乡亲叠股枕臂、陈尸狼藉，流出的鲜血灌溉了一大片高粱，把高粱下的黑土浸泡成稀泥，使他们拔脚迟缓。腥甜的气味令人窒息，一群前来吃人肉的狗，坐在高粱地里，目光炯炯地盯着父亲和余司令。余司令掏出自来得手枪，甩手一响，两只狗眼灭了；又一甩手，灭了两只狗眼。群狗一哄而散，坐得远远的，呜呜地咆哮着，贪婪地望着死尸。腥甜味愈加强烈，余司令大喊一声："日本狗！狗娘养的日本！"他对着那群狗打完了所有的子弹，狗跑得无影无踪。余司令对我父亲说："走吧，儿子！"一老一小，便迎着月光，向高粱深处走去。那股弥漫田野的腥甜味浸透了我父亲的灵魂，在以后更加激烈更加残忍的岁月里，这股腥甜味一直伴随着他。

高粱的茎叶在雾中嗞嗞乱叫，雾中缓慢地流淌着在这块低洼平原上穿行的墨河水明亮的喧哗，一阵强一阵弱，一阵远一阵近。赶上队伍了，父亲的身前身后响着踢踢踏踏的脚步声和粗重的呼吸。不知谁的枪托撞到另一个谁的枪托上了。不知谁的脚踩破了一个死人的骷髅什么的。父亲前边那个人吭吭地咳嗽起来，这个人的咳嗽声非常熟悉。父亲听着他咳嗽就想起他那两扇一激动就充血的大耳朵。透明单薄布满细密血管的大耳朵是王文义头上引人注目的器官。他个子很小，一颗大头缩在耸起的双肩中。父亲努力看去，目光刺破浓雾，看到了王文义那颗一边咳一边颠动的大头。父亲想起王文义在演练场上挨打时，那颗大头颠成那般可怜模样。那时他刚参加余司令的队伍，任副官在演练场上对他也对其他队员喊：向右转——，王文义欢欢喜喜地跺着脚，不知转到哪里去了。任副官在他腚上打了一鞭子，他嘴咧开，叫一声：孩子他娘！脸上表情不知是哭还是笑。围在短墙外看光景的孩子们都哈哈大笑。

余司令飞去一脚，踢到王文义的屁股上。

“咳什么？”

“司令……”王文义忍着咳嗽说，“嗓子眼发痒……”

“痒也别咳！暴露了目标我要你的脑袋！”

“是，司令。”王文义答应着，又有一阵咳嗽冲口而出。

父亲觉出余司令前跨了一大步，只手捺住了王文义的后颈皮。王文义口里咝咝地响着，随即不咳了。

父亲觉得余司令的手从王文义的后颈皮上松开了，父亲还觉得王文义的脖子上留下两个熟葡萄一样的紫手印，王文义幽蓝色的惊惧不安的眼睛里，飞迸出几点感激与委屈。

很快，队伍钻进了高粱地。我父亲本能地感觉到队伍是向着东南方向开进的。适才走过的这段土路是由村庄直接通向墨水河边的唯一的道路。这条狭窄的土路在白天颜色青白，路原是由乌油油的黑土筑成，但久经践踏，黑色都沉淀到底层，路上叠印过多少牛羊的花瓣蹄印和骡马毛驴的半圆蹄印，马骡驴粪像干萎的苹果，牛粪像虫蛀过的薄饼，羊粪稀拉拉像振落的黑豆。父亲常走这条路，后来他在日本炭窑中苦熬岁月时，眼前常常闪过这条路。父亲不知道我的奶奶在这条土路上主演过多少风流悲喜剧，我知道。父亲也不知道在高粱阴影遮掩着的黑土上，曾经躺过奶奶洁白如玉的光滑肉体，我也知道。

拐进高粱地后，雾更显凝滞，质量加大，流动感少，在人的身体与人负载的物体碰撞高粱秸秆后，随着高粱嚓嚓啦啦的幽怨鸣声，一大滴一大滴的沉重水珠扑簌簌落下。水珠冰凉清爽，味道鲜美，我父亲仰脸时，一滴大水珠准确地打进他的嘴里。父亲看到舒缓的雾团里，晃动着高粱沉甸甸的头颅。高粱沾满了露水的柔韧叶片，锯着父亲的衣衫和面颊。高粱晃动激起的小风在父亲头顶上短促出击，墨水河的流水声愈来愈响。

父亲在墨水河里玩过水，他的水性好像是天生的，奶奶说他见了水比见了亲娘还急。父亲五岁时，就像小鸭子一样潜水，粉红的屁眼儿朝着天，双脚高举。父亲知道，墨水河底的淤泥乌黑发亮，柔软得像油脂一样。河边潮湿的滩涂上，丛生着灰绿色的芦苇和鹅绿色车前草，还有贴地爬生的野葛蔓，支支直立的接骨草。滩涂的淤泥上，印满螃蟹纤细的爪迹。秋风起，天气凉，一群群大雁往南飞，一会儿排成个“十”字，一会儿排成个“人”字，等等。高粱红了，成群结队的、马蹄大小的螃蟹都在夜间爬上河滩，到草丛中觅食。螃蟹喜食新鲜牛屎和腐烂的动物的尸体。父亲听着河声，想着从前的秋天夜晚，跟着我家的老伙计刘罗汉大爷去河边捉螃蟹的情景。夜色灰葡萄，金风串河道，宝蓝色的天空深邃无边，绿色的星辰格外明亮。北斗勺子星——北斗主死，南头簸箕星——南斗司生，八角玻璃井——缺了一块砖，焦灼的牛郎要上吊，忧愁的织女要跳河……都在头上悬着。刘罗汉大爷在我家工作了几十年，负责着我家烧酒作坊的全面工作，父亲跟着罗汉大爷脚前脚后地跑，就像跟着自己的爷爷一样。

父亲被迷雾扰乱的心头亮起了一盏四块玻璃插成的罩子灯，洋油烟子从罩子灯上盖的铁皮——钻眼的铁皮上钻出来。灯光微弱，只能照亮五六米方圆的黑暗。河里的水流到灯影里，黄得像熟透的杏子一样可爱，但可爱一霎霎，就流过去了，黑暗中的河水倒映着一天星斗。父亲和罗汉大爷披着大蓑衣，坐在罩子灯旁，听着河水的低沉呜咽——非常低沉的呜咽。河道两边无穷的高粱地不时响起寻偶狐狸的兴奋鸣叫。螃蟹趋光，正向灯影聚拢。父亲和罗汉大爷静坐着，恭听着天下的窃窃秘语，河底下淤泥的腥味，一股股泛上来。成群结队的螃蟹团团围上来，形成一个躁动不安的圆圈。父亲心里惶惶，跃跃欲起，被罗汉大爷按住了肩头。“别急！”大爷说，“心急喝不得热黏粥。”父亲强压住激动，不动。螃蟹爬到灯光里就停下来，首尾相衔，把地皮都盖住了。一片青色的蟹壳闪亮，一对对圆杆状的眼睛从凹陷的眼窝里打出来。隐在倾斜的脸面下的嘴里，吐出一串一串的五彩泡沫。螃蟹吐着彩沫向人类挑战，父亲身上披着的大蓑衣长毛奓起。罗汉大爷说："抓！"父亲应声弹起，与罗汉大爷抢过去，每人抓住一面早就铺在地上的密眼罗网的两角，把一块螃蟹抬起来，露出了螃蟹下的河滩涂地。父亲和罗汉大爷把网角系起扔在一边，又用同样的迅速和熟练抬起网片。每一网都是那么沉重，不知网住了几百几千只螃蟹。

父亲跟着队伍进了高粱地后，由于心随螃蟹横行斜走，脚与腿不择空隙，撞得高粱棵子东倒西歪。他的手始终紧扯着余司令的衣角，一半是自己行走，一半是余司令牵拉着前进，他竟觉得有些瞌睡上来，脖子僵硬，眼珠子生涩呆板。父亲想，只要跟着罗汉大爷去墨水河，就没有空手回来的道理。父亲吃螃蟹吃腻了，奶奶也吃腻了。食之无味，弃之可惜，罗汉大爷就用快刀把螃蟹斩成碎块，放到豆腐磨里研碎，加盐，装缸，制成蟹酱，成年累月地吃，吃不完就臭，臭了就喂罂粟。我听说奶奶会吸大烟但不上瘾，所以始终面如桃花，神清气爽。用蟹酱喂过的罂粟花朵肥硕壮大，粉、红、白三色交杂，香气扑鼻。故乡的黑土本来就是出奇的肥沃，所以物产丰饶，人种优良。民心高拔健迈，本是我故乡心态。墨水河盛产的白鳝鱼肥得像肉棍子一样，从头至尾一根刺。它们呆头呆脑，见钩就吞。父亲想着的罗汉大爷去年就死了，死在胶平公路上。他的尸体被割得零零碎碎，扔得东一块西一块。躯干上的皮被剥了，肉跳，肉蹦，像只蜕皮后的大青蛙。父亲一想起罗汉大爷的尸体，脊梁沟就发凉。父亲又想起大约七八年前的一个晚上，我奶奶喝醉了酒，在我家烧酒作坊的院子里，有一个高粱叶子垛，奶奶倚在草垛上，搂住罗汉大爷的肩，呢呢喃喃地说："大叔……你别走，不看僧面看佛面，不看鱼面看水面，不看我的面子也看在豆官的面子上，留下吧，你要我……我也给你……你就像我的爹一样……"父亲记得罗汉大爷把奶奶推到一边，晃晃荡荡走进骡棚，给骡子拌料去了。我家养着两头大黑骡子，开着烧高粱酒的作坊，是村子里的首富。罗汉大爷没走，一直在我家担任业务领导，直到我家那两头大黑骡子被日本人拉到胶平公路修筑工地上去使役为止。

这时，从被父亲他们甩在身后的村子里，传来悠长的毛驴叫声。父亲精神一振，眼睛睁开，然而看到的，依然是半凝固半透明的雾气。高粱挺拔的秆子，排成密集的栅栏，模模糊糊地隐藏在气体的背后，穿过一排又一排，排排无尽头。走进高粱地多久了，父亲已经忘记，他的神思长久地滞留在远处那条喧响着的丰饶河流里，长久地滞留在往事的回忆里，竟不知这样匆匆忙忙拥拥挤挤地在如梦如海的高粱地里蹿进是为了什么。父亲迷失了方位。他在前年有一次迷途高粱地的经验，但最后还是走出来了，是河声给他指引了方向。现在，父亲又谛听着河的启示，很快明白，队伍是向正东偏南开进，对着河的方向开进。方向辨清，父亲也就明白，这是去打伏击，打日本人，要杀人，像杀狗一样。他知道队伍一直往东南走，很快就要走到那条南北贯通，把偌大个低洼平原分成两半，把胶县平度县两座县城连在一起的胶平公路。这条公路，是日本人和他们的走狗用皮鞭和刺刀催逼着老百姓修成的。

高粱的骚动因为人们的疲惫困乏而频繁激烈起来，积露连续落下，滴湿了每个人的头皮和脖颈。王文义咳嗽不断，虽连遭余司令辱骂也不改正。父亲感到公路就要到了，他的眼前昏昏黄黄地晃动着路的影子。不知不觉，连成一体的雾海中竟有些空洞出现，一穗一穗被露水打得精湿的高粱在雾洞里忧悒地注视着我父亲，父亲也虔诚地望着它们。父亲恍然大悟，明白了它们都是活生生的灵物。它们根扎黑土，受日精月华，得雨露滋润，上知天文下知地理。父亲从高粱的颜色上，猜到了太阳已经把被高粱遮挡着的地平线烧成一片可怜的艳红。

忽然发生变故，父亲先是听到耳边一声尖利呼啸，接着听到前边发出什么东西被迸裂的声响。

余司令大声吼叫："谁开枪？小舅子，谁开的枪？"

父亲听到子弹钻破浓雾，穿过高粱叶子高粱秆，一颗高粱头颅落地。一时间众人都屏气息声。那粒子弹一路尖叫着，不知落到哪里去了。芳香的硝烟迷散进雾。王文义惨叫一声："司令——我没有头啦——司令——我没有头啦——"

余司令一愣神，踢了王文义一脚，说："你娘个蛋！没有头还会说话！"

余司令撇下我父亲，到队伍前头去了。王文义还在哀嚎。父亲凑上前去，看清了王文义奇形怪状的脸。他的腮上，有一股深蓝色的东西在流动。父亲伸手摸去，触了一手黏腻发烫的液体。父亲闻到了跟墨水河淤泥差不多，但比墨水河淤泥要新鲜得多的腥气。它压倒了薄荷的幽香，压倒了高粱的甘苦，它唤醒了父亲那越来越迫近的记忆，一线穿珠般地把墨水河淤泥、把高粱下黑土、把永远死不了的过去和永远留不住的现在联系在一起，有时候，万物都会吐出人血的味道。

“大叔，”父亲说，“大叔，你挂彩了。”

“豆官，你是豆官吧，你看看大叔的头还在脖子上长着吗？”

“在，大叔，长得好好的，就是耳朵流血啦。”

王文义伸手摸耳朵，摸到一手血，一阵尖叫后，他就瘫了：“司令，我挂彩啦！我挂彩啦，我挂彩啦。”

余司令从前边回来，蹲下，捏着王文义的脖子，压低嗓门说：“别叫，再叫我就毙了你！”

王文义不敢叫了。

“伤着哪儿啦？”余司令问。

“耳朵……”王文义哭着说。

余司令从腰里抽出一块包袱皮样的白布，嚓一声撕成两半，递给王文义，说：“先捂着，别出声，跟着走，到了路上再包扎。”

余司令又叫：“豆官。”父亲应了，余司令就牵着他的手走。王文义哼哼唧唧地跟在后边。

适才那一枪，是扛着一架耙在头前开路的大个子哑巴不慎摔倒，背上的长枪走了火。哑巴是余司令的老朋友，一同在高粱地里吃过“拃饼”的草莽英雄，他的一只脚因在母腹中受过伤，走起来一颠一颠，但非常快。父亲有些怕他。

黎明前后这场大雾，终于在余司令的队伍跨上胶平公路时溃散下去。故乡八月，是多雾的季节，也许是地势低洼土壤潮湿所致吧。走上公路后，父亲顿时感到身体灵巧轻便，脚板利索有劲，他松开了抓住余司令衣角的手。王文义用白布捂着血耳朵，满脸哭相。余司令给他粗手粗脚包扎耳朵，连半个头也包住了。王文义痛得龇牙咧嘴。

余司令说：“你好大的命！”

王文义说：“我的血流光了，我不能去啦！”

余司令说：“屁，蚊子咬了一口也不过这样，忘了你那三个儿子啦吧！”

王文义垂下头，嘟嘟哝哝说：“没忘，没忘。”

他背着一支长筒子鸟枪，枪托儿血红色。装火药的扁铁盒斜吊在他的屁股上。

那些残存的雾都退到高粱地里去了。大路上铺着一层粗砂，没有牛马脚踪，更无人的脚印。相对着路两侧茂密的高粱，公路荒凉，荒唐，令人感到不祥。父亲早就知道余司令的队伍连聋带哑连瘸带拐不过四十人，但这些人住在村里时，搅得鸡飞狗跳，仿佛满村是兵。队伍摆在大路上，三十多人缩成一团，像一条冻僵了的蛇。枪支七长八短，土炮、鸟枪、老汉阳，方六方七兄弟俩抬着一门能把小秤砣打出去的大抬杆子。哑巴扛着一盘长方形的平整土地用的、周遭二十六根铁尖齿的耙，另有三个队员也各扛着一盘。父亲当时还不知道打伏击是怎么一回事，更不知道打伏击为什么还要扛上四盘铁齿耙。

二

为了为我的家族树碑立传，我曾经跑回高密东北乡，进行了大量的调查，调查的重点，就是这场我父亲参加过的、在墨水河边打死鬼子少将的著名战斗。我们村里一个九十二岁的老太太对我说："东北乡，人万千，阵势列在墨河边。余司令，阵前站，一举手炮声连环。东洋鬼子魂儿散，纷纷落在地平川。女中魁首戴凤莲，花容月貌巧机关，调来铁耙摆连环，挡住鬼子不能前……"老太婆头顶秃得像一个陶罐，面孔都朽了，干手上凸着一条条丝瓜瓤子一样的筋。她是一九三九年八月中秋节那场大屠杀的幸存者，那时她因腿上生疽跑不动，被丈夫塞进地瓜窖子里藏起来，天凑地巧地活了下来。老太婆所唱快板中的戴凤莲，就是我奶奶的大号。听到这里，我兴奋异常。这说明，用铁耙挡住鬼子汽车退路的计谋竟是我奶奶这个女流想出来的。我奶奶也应该是抗日的先锋，民族的英雄。

提起我的奶奶，老太太话就多了。她的话破碎零乱，像一群随风遍地滚的树叶。她说起我奶奶的脚，是全村最小的脚。我们家的烧酒后劲好大。说到胶平公路时，她的话连贯起来："路修到咱这地盘时哪……高粱齐腰深了……鬼子把能干活的人都赶去了……打毛子工，都偷懒磨滑……你们家里那两头大黑骡子也给拉去了……鬼子在墨水河上架石桥……罗汉，你们家那个老长工……他和你奶奶不大清白咧，人家都这么说……呵呀呀，你奶奶年轻时花花事儿多着咧……你爹多能干，十五岁就杀人，杂种出好汉，十个九个都不善……罗汉去铲骡子腿……被捉住零刀子剐啦……鬼子糟害人呢，在锅里拉屎，盆里撒尿。那年，去挑水，挑上来一个什么呀，一个人头呀，扎着大辫子……”

刘罗汉大爷是我们家历史上的一个重要的人物。关于他与我奶奶之间是否有染，现已无法查清，诚然，从心里说，我不愿承认这是事实。

道理虽懂，但陶罐头老太太的话还是让我感到难堪。我想，既然罗汉大爷对待我父亲像对待亲孙子一样，那他就像我的曾祖父一样；假如这位曾祖父竟与我奶奶有过风流事，岂不是乱伦吗？这其实是胡想，因为我奶奶并不是罗汉大爷的儿媳而是他的东家，罗汉与我的家族只有经济上的联系而无血缘上的联系，他像一个忠实的老家人点缀着我家的历史而且确凿无疑地为我们家的历史增添了光彩。我奶奶是否爱过他，他是否上过我奶奶的炕，都与伦理无关。爱过又怎么样？我深信，我奶奶什么事都敢干，只要她愿意。她老人家不仅仅是抗日的英雄，也是个性解放的先驱，妇女自立的典范。

我查阅过县志，县志载：民国二十七年，日军掟高密、平度、胶县民伕累计四十万人次，修筑胶平公路。毁稼禾无数。公路两侧村庄中骡马被劫掠一空。农民刘罗汉，乘夜潜入，用铁锨铲伤骡蹄马腿无数，被捉获。翌日，日军在拴马桩上将刘罗汉剥皮零割示众。刘面无惧色，骂不绝口，至死方休。

三

确实是这样，胶平公路修筑到我们这里时，遍野的高粱只长到齐人腰高。长七十里宽六十里的低洼平原上，除了点缀着几十个村庄，纵横着两条河流，曲折着几十条乡间土路外，绿浪般招展着的全是高粱。平原北边的白马山上，那块白色的马状巨石，在我们村头上看得清清楚楚。锄高粱的农民们抬头见白马，低头见黑土，汗滴禾下土，心中好痛苦！风传着日本人要在平原里修路，村里人早就惶惶不安，焦急地等待着大祸降临。

日本人说来就来。

日本鬼子带着伪军到我们村里抓民伕拉骡马时，我父亲还在睡觉。他是被烧酒作坊那边的吵闹声惊醒的。奶奶拉着父亲的手，颠着两只笋尖般的小脚，跑到烧酒作坊院里去。当时，我家烧酒作坊院子里，摆着十几口大瓮，瓮里满装着优质白酒，酒香飘遍全村。两个穿黄衣的日本人端着上了刺刀的步枪在院子里站着。两个穿黑衣的中国人背着枪，正要解拴在楸树上的两头大黑骡子。

罗汉大爷一次一次地扑向那个解缰绳的小个子伪军，但一次一次地都被那个大个子伪军用枪筒子戳退。初夏天气，罗汉大爷只穿一件单衫，袒露的胸膛上布满被枪口戳出的紫红圆圈。

罗汉大爷说："弟兄们，有话好说，有话好说。"

大个子伪军说："老畜生，滚到一边去。"

罗汉大爷说："这是东家的牲口，不能拉。"

伪军说："再吵嚷就毙了你个小舅子！"

日本兵端着枪，像泥神一样。

奶奶和我父亲一进院，罗汉大爷就说："他们要拉咱的骡子。"

奶奶说："先生，我们是良民。"

日本兵眯着眼睛对奶奶笑。

小个子伪军把骡子解开，用力牵扯，骡子倔强地高昂着头，死死不肯移步。大个子伪军上去用枪戳骡子屁股，骡子愤怒起蹄，明亮的蹄铁趵起泥土，溅了伪军一脸。

大个子伪军拉了一下枪栓，用枪指着罗汉大爷，大叫："老混蛋，你来牵，牵到工地上去。"

罗汉大爷蹲在地上，一气不吭。

一个日本兵端着枪，在罗汉大爷眼前晃着，鬼子说："呜里哇啦哑啦里呜！"罗汉大爷看着在眼前乱晃的贼亮的刺刀，一屁股坐在地上。鬼子兵把枪往前一送，锋快的刺刀下刃在罗汉大爷光溜溜的头皮上豁开一条白口子。

奶奶哆嗦成一团，说："大叔，你，给他们牵去吧。"

一个鬼子兵慢慢向奶奶面前靠。父亲看到这个鬼子兵是个年轻漂亮的小伙子，两只大眼睛漆黑发亮，笑的时候，嘴唇上翻，露出一只黄牙。奶奶趺趺撞撞地往罗汉大爷身后退。罗汉大爷头上的白口子里流出了血，满头挂色。两个日本兵笑着靠上来。奶奶在罗汉大爷的血头上按了两巴掌，随即往脸上两抹，又一把撕散头发，张大嘴巴，疯疯癫癫地跳起来。奶奶的模样三分像人七分像鬼。日本兵愕然止步。小个子伪军说："太君，这个女人，大大的疯了的有。"

鬼子兵咕噜着，对着我奶奶的头上开了一枪。奶奶坐在地上，呜呜地哭起来。

大个子伪军把罗汉大爷用枪逼起来。罗汉大爷从小个子伪军手里接过骡子缰绳。骡子昂着头，腿抖着，跟着罗汉大爷走出院子。街上乱纷纷跑着骡马牛羊。

奶奶没疯。鬼子和伪军刚一出院，奶奶就揭开一只瓮的木盖子，在平静如镜面的高粱烧酒里，看到一张骇人的血脸。父亲看到泪水在奶奶腮上流过，就变红了。奶奶用烧酒洗了脸，把一瓮酒都洗红了。

罗汉大爷跟骡子一起，被押上了工地。高粱地里，已开出一截路胎子。墨水河南边的公路已差不多修好，大车小车从新修好的路上挤过来，车上载着石头黄沙，都卸在河南岸。河上只有一座小木桥，日本人要在河上架一座大石桥。公路两侧，好宽大的两片高粱都被踩平，地上像铺了一层绿毡。河北的高粱地里，在刚用黑土弄出个模样的路两边，有几十匹骡马拉着碌碡，从海一样高粱地里，压出两大片平坦的空地，破坏着与工地紧密相连的青纱帐。骡马都有人牵着，在高粱地里来来回回地走。鲜嫩的高粱在铁蹄下断裂、倒伏，倒伏断裂的高粱又被带棱槽的碌碡和不带棱槽的石磙子反复镇压。各色的碌碡和磙子都变成了深绿色，高粱的汁液把它们湿透了。一股浓烈的青苗子味道笼罩着工地。

罗汉大爷被赶到河南往河北搬运石头。他极不情愿地把骡子缰绳交给了一个烂眼圈的老头子。小木桥摇摇晃晃，好像随时要塌。罗汉大爷过了桥，站在河南，一个工头模样的中国人，用手中持着的紫红色的藤条，轻轻戳戳罗汉大爷的头，说：“去，往河北搬石头。”罗汉大爷抹一把眼睛——头上流下的血把眉毛都浸湿了。他搬着一块不大不小的石头，从河南到河北。那个接骡的老头还未走，罗汉大爷对他说：“你珍贵着使唤，这两头骡子，是俺东家的。”老头儿麻木地垂着头，牵着骡子，走进开辟通道的骡马大队。黑骡子光滑的屁股上反映阳光点点。头上还在流血，罗汉大爷蹲下，抓起一把黑土，按在伤口上。头顶上沉重的钝痛一直下导到十个脚趾，他觉得头裂成了两半。

工地的边缘上稀疏地站着持枪的鬼子和伪军。手持藤条的监工，像鬼魂一样在工地上转来转去。罗汉大爷在工地上走，民伕们看着他血泥模糊的头，吃惊得眼珠乱颤。罗汉大爷搬起一块桥石，刚走了几步，就听到背后响起一阵利飕的小风，随即有一道长长的灼痛落到他的背上。他扔下桥石，见那个监工正对着他笑。罗汉大爷说：“长官，有话好说，你怎么举手就打人？”

监工微笑不语，举起藤条又横着抽了一下他的腰。罗汉大爷感到这一藤条几乎把自己打成两半，两股热辣辣的泪水从眼窝里凸出来。血冲头顶，那块血与土凝成的嘎痂，在头上嘣嘣乱跳，似乎要迸裂。

罗汉大爷喊："长官！"

长官又给了他一藤条。

罗汉大爷说："长官，打俺是为了啥？"

长官抖着手里的藤条，笑眯眯地说："让你长长眼色，狗娘养的。"

罗汉大爷气噎咽喉，泪眼模糊，从石堆里搬起一块大石头，踉踉跄跄地往小桥上走。他的脑袋膨胀，眼前白花花一片。石头尖硬的棱角刺着他的肚腹和肋骨，他都觉不出痛了。

监工拄着藤条原地不动，罗汉大爷搬着石头，胆战心惊地从他眼前走过。监工在罗汉大爷脖子上抽了一藤条。大爷一个前爬，抱着大石，跪倒在地上。石头砸破了他的双手，他的下巴在石头上碰得血肉模糊。大爷被打得六神无主，像孩子一样糊糊涂涂地哭起来。一股紫红色的火苗，这时，也在他空白的脑子里缓缓地亮起来。

他费力地从石头下抽出手，站起来，腰半弓着，像一只发威的老瘦猫。

一个约有四十岁出头的中年人，满脸堆着笑，走到监工面前，从口袋里摸出一包烟，捏出一支，敬到监工嘴边。监工张嘴叼了烟，又等着那人替他点燃。

中年人说："您老，犯不着跟这根糟木头生气。"

监工把烟雾从鼻孔里喷出来，一句话也不说。大爷看到他握藤条的焦黄手指在紧急地扭动。

中年人把那盒烟装进监工口袋里。监工好像全无觉察，哼了一声，用手掌压压口袋，转身走了。

"老哥，你是新来的吧？"中年人问。

罗汉大爷说是。

他问："你没送他点见面礼？"

罗汉大爷说："不讲理，狗！不讲理，他们抓我来的。"

中年人说："送他点钱，送他盒烟都行，不打勤的，不打懒的，单打不长眼的。"

中年人扬长进入民伕队伍。

整整一个上午，罗汉大爷就跟没魂一样，死命地搬着石头。头上的血痂遭阳光晒着，干硬干硬地痛。手上血肉模糊。下巴上的骨头受了伤，口水不断流出来。那股紫红色的火苗时强时弱地在他脑子里燃着，一直没有熄灭。

中午，从前边那段修得勉可行车的公路上，颠颠簸簸地驶来一辆土黄色的汽车。他恍惚听到一阵尖利的哨响，眼见着半死不活的民工们摇摇摆摆地向汽车走过去。他坐在地上，什么念头也没有，也不想知道那汽车到来是怎么一回事。只有那簇紫红的火苗子灼热地跳跃着，冲击着他的双耳里嗡嗡地响。

中年人过来，拉他一把，说："老哥，走吧，开饭啦，去尝尝东洋大米吧！"

大爷站起来，跟着中年人走。

从汽车上抬下了几大桶雪白的米饭，抬下了一个盛着蓝花白地洋瓷碗的大筐。桶边站着一个瘦中国人，操着一柄黄铜勺子；筐边站着一个胖中国人，端着一摞碗。来一个人他发给一个碗，黄铜勺子同时往这碗里扣进米饭。众人在汽车周围狼吞虎咽，没有筷子，一律用手抓。

那个监工又转过来，提着藤条，脸上还带着那种冷静的笑容。罗汉大爷脑子的火苗腾一声燃旺了，火苗把他丢去的记忆照耀得清清楚楚，他记起半天来噩梦般的遭际。持枪站岗的日本兵和伪军也聚拢过来，围着一只白铁皮桶吃饭。一只削耳长脸的狼狗坐在桶后，伸着舌头看着这边的民伕。

大爷数了数围着桶吃饭的十几个鬼子和十几个伪军，心里萌生了跑的念头。跑，只要钻到了高粱地里，狗日的就抓不到了。他的脚心里热乎乎地流出了汗。自从跑的念头萌动之后，他的心就焦躁不安。持藤监工冷静的笑脸后仿佛隐藏着什么，罗汉大爷一见这笑脸，脑子立刻就糊涂了。

民伕们都没吃饱。胖子中国人收回洋碗。民伕们舔着嘴唇，眼巴巴地盯着那几只空桶里残存的米粒，但没人敢去动。河北岸有一头骡子嘶哑地叫起来。罗汉大爷听出来了，是我家的黑骡子在叫。在那片新开辟出的空地上，骡马都拴在碌碡或石磙子上。高粱尸横遍野。骡马无精打采地叼吃着被揉烂压扁的高粱茎叶。

下午，有一个二十多岁的小青年，瞅着监工不注意，飞一般窜向高粱地，一颗子弹追上了他。他趴在高粱边缘上，一动也不动。

太阳平西，那辆土黄色的汽车又来了。罗汉大爷吃完了那勺米饭。他吃惯了高粱米饭的肠胃，对这种充满霉气的白米进行着坚决的排斥。但他还是强忍着喉咙的痉挛把它吃了。跑的念头越来越强烈。他惦记着十几里外的村子里，属于他的那个酒香扑鼻的院落。日本人来，烧酒的伙计们都跑了，热气腾腾的烧酒大锅冷了。他更惦记着我奶奶和我父亲。奶奶在高粱叶子垛边给他的温暖令他终生难忘。

吃过晚饭，民伕们都被赶到一个用杉木杆子夹成的大栅栏里。栅栏上罩着几块篷布。杉木杆子都用绿豆粗的铁丝连成一体。栅栏门是用半把粗的铁棍烧成的。鬼子和伪军分住着两个帐篷，帐篷离栅栏几十步远。那条狗拴在鬼子的帐篷门口。栅栏门口，栽着一根高竿，竿上吊着两盏桅灯。鬼子和伪军轮流着站岗游动。骡马都集中地拴在栅栏西边那片高粱的废墟上。那里栽了几十根拴马桩。

栅栏里臭气熏天，有人在打呼噜，有人往栅栏边角上那个铁皮水桶里撒尿，尿打桶壁如珠落玉盘。桅灯的光暗淡地透进栅栏。游动哨的长影子不时在灯影里晃动。

夜渐深了，栅栏里凉气逼人。罗汉大爷无法入睡。他还是想跑。岗哨的脚步声绕着栅栏响。大爷躺着不敢动，竟迷迷糊糊地睡过去。梦中觉得头上扎着尖刀，手里握着烙铁。醒来，遍体汗湿，裤子尿得湿漉漉的。从遥远的村庄里传来一声尖细的鸡啼。骡马弹蹄吹鼻。破篷布上，漏出几颗鬼鬼祟祟的星辰。

白天帮助过罗汉大爷的那个中年人悄悄坐起来。虽然在幽暗中，大爷还是看到了他那两颗火球般的眼睛。大爷知道中年人来历不凡，静躺着看他的动静。

中年人跪在栅栏门口，两臂扬起，动作非常慢。大爷看着他的背，看着他带着神秘色彩的头。中年人运了一回气，猛一侧面，像开弓射箭一样抓住两根铁棍。他的眼里射出墨绿色的光芒，碰到物体，似乎还窸窣有声。那两根铁棍无声无息地张开了。更多的灯光和星光从栅栏门外射进来，照着不知谁的一只张嘴的破鞋。游动哨转过来了。大爷看到一条黑影飞出栅栏，鬼子哨兵咯了一声，便在中年人铁臂的扶持下无声倒地。中年人拎起鬼子的步枪，轻悄悄地消逝了。

大爷好半晌才明白了眼前发生了什么事。中年人原来是个武艺高强的英雄。英雄为他开辟了道路，跑吧！大爷小心翼翼地从那个洞里爬出去。那个死鬼子仰面躺着，一条腿还在抽抽搭搭地动。

大爷爬进了高粱地，直起腰来，顺着垄沟，尽量躲避着高粱，不发出响动，走上墨水河堤。三星正晌，黎明前的黑暗降临。墨水河里星斗灿烂。局促地站在河堤上，罗汉大爷彻骨寒冷，牙齿频繁打击，下巴骨的痛疼扩散到腮上、耳朵上，与头顶上一鼓一鼓的化脓般的疼痛连成一气。清冷的掺杂着高粱汁液的自由空气进入他的鼻孔、肺叶、肠胃，那两盏鬼火般的桅灯在雾中亮着，杉木栅栏黑幢幢的，像个巨大的坟墓。罗汉大爷几乎不敢相信，这么容易就逃出来了。他的脚把他带上了那座腐朽的小木桥，鱼儿在水中翻花，流水潺潺有声，流星亮破一线天。好像什么事也没有发生呀，什么也没有发生。本来，罗汉大爷就可以逃回村子，藏起来，躲起来，养好伤，继续生活。可是，当他走在木桥上时，听到在河南岸，有个不安生的骡子嘶哑地叫了一声。罗汉大爷为了骡子重新返回，酿出了一出壮烈的悲剧。

骡马拴在离栅栏不远处的几十根木桩上，它们的身下，洋溢着尿臊屎臭。马打着响鼻，骡子啃着木桩；马嚼着高粱秸子，骡子拉着稀屎。罗汉大爷一步三跌，抢进骡马群。他嗅到我家那两头大黑骡子亲切的味道，他看到了我家那两头大黑骡子熟悉的身影。他扑上去，想去解救自己的患难的伙伴。骡子，这不通理论的畜生，竟疾速地调转屁股、飞起双蹄。罗汉大爷喃喃地说：“黑骡，黑骡，咱一起跑了吧！”骡子暴怒地左旋右转，保护着自己的领地。它们竟然认不出主人啦，罗汉大爷不知道自己身上新鲜的陈旧的血腥味，自己身上新鲜的陈旧的伤痕，已经把自己改变了。罗汉大爷心中烦乱，一步跨进去，骡子飞起一个蹄子，打在了他的胯骨上。老头子侧身飞去，躺在地上，半边身子都麻木不仁。骡子还在撅着屁股打蹄，蹄铁像残月一样闪烁。罗汉大爷胯骨灼热胀大，有沉重的累赘感。他爬起来，歪倒了，歪倒了又爬起来。村里的那只嗓音单薄的公鸡又叫了一声。黑暗逐渐消退，三星愈加辉煌耀目，也辉耀着那亮晶晶的骡子屁股和眼球。

“好两个畜生！”

罗汉大爷，心头火起，一歪一斜地转着，想寻找一件利器。在开挖引水渠的工地上，他找到一柄锋利的铁锨。他毫无拘谨地走，叫骂，忘了百步之外的人与狗。他自由自在，不自由都是因为怕。东方那团渐渐上升的红晕在上升时同时散射，黎明前的高粱地里，静寂得随时都会爆炸。罗汉大爷迎着朝霞，向那两头大黑骡子走去。他对黑骡恨之入骨。骡子静立着不动，罗汉大爷把铁锹端平，对准一头黑骡的一条后腿，猛力铲过去。一道凉凉的阴影落到骡子的后腿上。骡子歪斜了两下，立即挺住，从骡头那儿，响了粗犷豪烈惊愕愤怒的嘶鸣。随即，受伤的骡子把屁股高高扬起，一溜热血抛洒，像雨点一样，淅淅沥沥淋了大爷满脸。大爷瞅准空当，又铲中了骡子的另一条后腿。黑骡叹息了一声，便屁股逐渐堕落，猛然坐在地上，两条前腿还立着，脖子被缰绳吊直，嘴巴朝着已是灰蓝色的苍天呼吁。铁锹被骡子沉重的屁股压住，大爷也蹲了窝。他用尽全力，把铁锹抽出。他感觉到铁锹刃儿牢牢地嵌在骡子的腿骨里。另一头黑骡，傻愣愣地看着瘫倒的同伴，像哭一样，像求饶一样哀鸣着。

大爷平托铁锹，向它逼过去，它用力后退着，缰绳几乎被拉断，木桩哔哔叭叭地响，它的拳大的双眼里，流着暗蓝的光。

“你怕了吗？畜生！你的威风呢？畜生！你这个忘恩负义吃里爬外的混账东西！你这个里通外国的狗杂种！”

罗汉大爷怒骂着，对着黑骡长方形的板脸铲出一锨。铁锨铲在木桩上，他上下左右晃动着锨柄，才把锨刃铲出。黑骡挣扎着，后腿曲成弓箭，秃尾巴扫地嚓啦有声。大爷瞄准骡脸，啪地一响，正中骡子宽广的脑门，坚固的头骨与锨刃相撞，一阵震颤，通过锨柄传导，使罗汉大爷双臂酸麻。黑骡闭口无言，蹄腿乱动，交叉杂错，到底撑不住。呼隆一声倒下，像倒了一堵厚墙壁。缰绳被顿断，半截在木桩上垂着，半截在骡脸边曲着。大爷垂手默立。光滑的锨柄在骡头上斜立指着天。那边狗叫人喧，天亮了，从东边的高粱地里，露出了一弧血红的朝阳，阳光正正地照着罗汉大爷半张着的黑洞洞的嘴。

四

队伍走上河堤，一字儿排开，刚从雾里挣扎出来的红太阳照耀着他们。我父亲和大家一样都半边脸红半边脸绿，和他们一起观看着墨水河面上残破的雾团。把河南河北的公路连接起来的是跨越墨水河的十四孔大石桥。原来的小木桥在石桥西侧，桥面早断了三五截，几根棕色的桩子兀立在河水中，无可奈何地挡起一簇簇青白的浪花。破雾中的河面，红红绿绿，严肃恐怖。站在河堤上，抬眼就见到堤南无垠的高粱平整如板砥的穗面。它们都纹丝不动。每穗高粱都是一个深红的成熟的面孔，所有的高粱合成一个壮大的集体，形成一个大度的思想——我父亲那时还小，想不到这些花言巧语，这是我想的。

高粱与人一起等待着时间的花朵结出果实。

公路笔直地往南通去，愈远愈窄，最后被高粱淹没。那最远的地方，与铁青色的穹窿边缘连接着的高粱上，也同样地，呈现出日出时动人的凄婉悲壮情景。

我父亲有几分好奇地看着痴呆呆的游击队员们，他们从哪里来？他们到哪里去？为什么要来打伏击？打了伏击以后还打什么？静穆中，断桥激起的水声节奏更加分明，声音更加清脆入耳。雾被阳光纷纷打落在河水中。墨河水由暗红渐渐燃烧成金红。满河流光溢彩。水边有棵孤独的水荇，黄叶低垂，曾经煊赫过的蚕虫状花序枯萎苍白地挂在叶杈间。又是抓螃蟹的节令了！父亲想，秋风起，天气凉，一群大雁往南飞……罗汉大爷说，抓、豆官……抓！螃蟹纤巧的脚爪把细软的河泥印满花纹。父亲从河水中闻到了螃蟹特有的那种淡雅的腥气。我家在抗战前种植的罂粟花用蟹酱喂过，花朵肥大，色彩斑斓，香气扑鼻。

余司令说："都下堤藏好。哑巴放耙。"

哑巴从肩上摘下几圈铁丝，把四盘耙绑在一起。他啊了两声，招呼着几个队员，把连环耙抬到公路与石桥相接处。

余司令说："弟兄们，藏好，等鬼子汽车上了桥，等冷支队的人把退路封住，听我的口号一齐开火，把畜生们打到河里去喂白鳝喂蟹子。"

余司令对哑巴打了几个手势，哑巴点点头，带着一半人枪，到路西边的高粱地里埋伏。王文义跟着哑巴往西走，被哑巴推了回来。余司令说："你别过去，你跟着我。害怕吗？"

王文义连连点头，说："不怕……不怕……"

余司令让方家兄弟把那尊大抬杠在河堤上架好。又对提着一只大喇叭的刘吹手说："老刘，接着火，你什么都别管，可着劲儿给我吹喇叭，鬼子怕响器，你听到了吗？"

刘吹手是余司令早年的伙伴，那时，司令是轿夫，刘是吹鼓手。他双手攥着喇叭筒子，像握着一杆枪。

余司令对大家说："丑话说到前头，到时候谁要草鸡了，我就崩了他。咱要打出个样子来给冷支队看看，那些王八蛋，仗着旗号吓唬人。老子不吃他的，他想改编我？我还想改编他呢！”

众人围坐在高粱地里，方六拿出烟袋装烟，摸出火镰火石打火。火镰乌黑，火石褚红，跟煮熟的鸡肝一样。火镰打击火石嚓嚓地响。火星飞迸，每一个火星都很大。一个大火星溅到方六用食指和无名指捏住的高粱秆芯上，方六嘬口吹气，火绒上冒出一缕白烟，红了。方六点燃烟袋，吸一口烟。余司令吐一口气抽抽鼻子，说："把烟磕了，鬼子闻到烟味还会上桥？"

方六紧着吸了两口，把烟袋磕了，把烟包装好。余司令说："都到河堤慢坡上趴着，省得鬼子来了措手不及。"

大家都有些紧张，卧在河堤上，手抱着枪，如临大敌。父亲趴在余司令身边。余司令问："你怕不怕？"父亲说："不怕！"

余司令说："好样的，是你干爹的种！你是我的传令兵，打起来别离开我，有什么命令我就给你说，你就给我往西边传。"

父亲点点头。他眼馋地盯着余司令腰里那两支枪。一支大，一支小。

大的是德国造自来得匣子枪，小的是法国造勃朗宁手枪。这两支枪各有来历。

父亲嘴里迸出一个字："枪！"

余司令说："你要枪？"

父亲点点头，说："枪。"

余司令说："你会使吗？"

"会！"父亲说。

余司令从腰里抽出勃朗宁手枪，在手里掂量着。手枪已老，烧蓝退尽。余司令拉动枪机，弹仓里跳出一颗黄铜壳的圆头子弹。他把子弹扔了一个高，伸手接住，又压进枪里。

"给你！"余司令说，"就像老子一样用它。"

父亲把枪抓了过来。父亲握着枪，想起前天晚上，余司令就用这支枪打碎了一个酒盅子。

那时候眉月初升，低低地压着枯树枝桠。父亲抱着一个酒坛子，捏着一柄铜钥匙，遵照奶奶的命令，到烧酒作坊里去盛酒。父亲拧开大门，院落里静悄悄的，骡棚里黑洞洞的，作坊里发散着腐烂酒糟的浊气。父亲揭开一个瓮盖子，借着星月光辉，看到清平的酒面上，自己干瘦的脸。父亲眉毛短促，嘴唇单薄，他觉得自己很丑。他把酒坛子按到瓮里，酒咕嘟咕嘟灌进坛。提坛出瓮时，坛上的酒滴滴答答落入瓮内。父亲改变了主意，他把坛里的酒倒进瓮里。父亲想起了奶奶洗过血脸的那瓮酒。奶奶在家里陪着余司令和冷支队长喝酒，奶奶和余司令都是大量，冷支队长却有些醉了。父亲走到那瓮酒前，见木制的瓮盖上压着一扇石磨。他放下酒坛，用尽全力把石磨掀掉。石磨在地上滚了两圈，撞到另一只酒瓮上，在瓮壁上撞出一个大洞，高粱酒嗞嗞地蹿出来，父亲不去管它。父亲揭开瓮盖，闻到了罗汉大爷的血腥气。他想起了罗汉大爷的血头和娘的血脸。罗汉大爷的脸和娘的脸在瓮里层出不穷。父亲把坛子按到瓮里，装满血酒，双手捧着，回到家中。

八仙桌上，明烛高烧，余司令和冷队长四目相逼，都咻咻喘气。奶奶站在他们二人当中，奶奶左手按着冷支队长的左轮枪，右手按着余司令的勃朗宁手枪。

父亲听到奶奶说："买卖不成仁义在么，这不是动刀动枪的地方，有本事对着日本人使去。"

余司令怒冲冲地骂："舅子，你打出王旅的旗号也吓不住我。老子就是这地盘上的王，吃了十年拤饼，还在乎王大爪子那个驴日的！"

冷支队长冷冷一笑，说："占鳌兄，兄弟也是为你好，王旅长也是为你好，只要你把杆子拉过来，给你个营长干。枪饷由王旅长发给，强似你当土匪。"

"谁是土匪？谁不是土匪？能打日本就是中国的大英雄。老子去年摸了三个日本岗哨，得了三支大盖子枪。你冷支队不是土匪，杀了几个鬼子？鬼子毛也没揪下一根。"

冷支队长坐下，抽出一支烟点燃。

趁着机会，父亲捧着酒坛上去。奶奶接过酒坛，脸色陡变，狠狠地看了父亲一眼。奶奶往三个碗里倒酒，每个碗都倒得冒尖。

奶奶说："这酒里有罗汉大叔的血，是男人就喝了，后日一起把鬼子汽车打了，然后你们就鸡走鸡道，狗走狗道，井水不犯河水。"

奶奶端起酒，咕咚咕咚喝了。

余司令端起酒，一仰脖灌了。

冷支队长端起酒，喝了半碗。放下碗，他说："余司令，兄弟不胜酒力，告辞啦！”

奶奶按着左轮手枪，问：“打不打？”

余司令气哄哄地说：“你甭求他，他不打，老子打！”

冷支队长说：“打。”

奶奶松开手，冷支队长把左轮手枪抓过去，挂在腰带上。

冷支队长白净面皮，鼻子周围有十几颗黑麻子。他的腰带上别着一大圈子弹，挂上枪后，腰带垂成一轮下钩月。

奶奶说：“占鳌，我把豆官交给你了，后日，你带着他去。”

余司令看看我父亲，笑着问：“干儿子，有种吗？”

父亲轻蔑地看着余司令双唇间露出的土黄色坚固牙齿，一句话也不说。

余司令拿过一只酒盅，放在我父亲头顶上，让我父亲退到门口站定。他抄起勃朗宁手枪，走向墙角。

父亲看着余司令往墙角上跨了三步，每一步都那么大那么缓慢。奶奶脸色苍白。冷支队长嘴角上竖着两根嘲弄的笑纹。

余司令走到墙角后，立定，猛一个急转身，父亲看到他的胳膊平举，眼睛黑得出红光。勃朗宁枪口吐出一缕白烟。父亲头上一声巨响，酒盅炸成碎片。一块小瓷片掉在父亲的脖子上，父亲一耸头，那块瓷片就滑到了裤腰里。父亲什么也没说。奶奶的脸色更加苍白。冷支队长一屁股坐在板凳上，半晌才说：“好枪法。”

余司令说：“好小子！”

父亲握着勃朗宁手枪，感到它出奇的沉重。

余司令说：“不用我教你，你知道该怎么打。传我的令给哑巴，让他们准备好！”

父亲提着手枪，钻进高粱地，跨过公路，走到哑巴面前。哑巴盘腿大坐，用一块绿油油的石头磨着一把修长的腰刀。其他队员坐的躺的都有。

父亲对哑巴说：“让你们准备好。”

哑巴斜了父亲一眼，继续磨刀。磨一阵，他撕了几个高粱叶子，把刀口上的石末擦掉，又拔了一棵细草，试着刀锋。小草一碰上刀刃就悄悄地断了。

父亲又说：“让你们准备好！”

哑巴把腰刀入鞘，放在身旁。他的脸上绽开狰狞的笑容。他抬起一只大手，对着父亲招着。

“唔！唔！”哑巴说。

父亲蹑手蹑脚地走上前，离哑巴一步远停住。哑巴一探身，扯住了父亲的衣襟，用力一带，父亲伏在哑巴怀里。哑巴拧住父亲的耳朵，父亲的嘴咧到了腮上。父亲用勃朗宁手枪，戳着哑巴的脊梁骨。哑巴又按住了父亲的鼻子，用力一揿，父亲的眼泪噗噗冒出。哑巴怪声怪气地笑起来。

散坐在哑巴周围的队员们齐声哄笑。

“像不像余司令？”

“是余司令下的种子。”

“豆官，我想你娘。”

“豆官，我要吃你娘那两个插枣饽饽。”

父亲老羞成怒，举起手枪，对准那个妄想吃插枣饽饽的就搂了火。勃朗宁手枪里啪哒一响，子弹没有出膛。

那人脸色灰黄，快速跳起，来夺父亲的手枪。父亲怒火冲天，扑到那人身上，连踢带咬。

哑巴立起来，扯着父亲的脖子用力一摔，父亲的身体离地飘行，下落时砸断了几株高粱。父亲打了一个滚爬起来，破口大骂着，扑到哑巴面前。哑巴“唔唔”两声。父亲看着他铁青的脸，被镇在那儿。哑巴拿去勃朗宁手枪，拉动枪机，一粒子弹落在他的手里。他捏着子弹头，看着子弹屁股门上被撞针击出的小孔，对着父亲比画了几下。哑巴把枪插到父亲腰里，拍了拍父亲的头。

“你在那边闹什么？”余司令问。

父亲委屈地说：“他们……要和俺娘困觉。”

余司令板着脸，问：“你怎么说？”

父亲抬起胳膊擦擦眼，说：“我给了他一枪！”

“你开枪了？”

“枪没响。”父亲把那粒金灿灿的臭火递给余司令。

余司令接过子弹，看看，轻松地摔出，子弹滑着漂亮的弧线，落到河里。

余司令说：“好样的！枪子儿先向日本人身上打，打完日本人，谁要是再敢说要和你娘困觉，你就对着他的小肚子开枪。别打他的头，也别打他的胸，记住，打他的小肚子。”

父亲伏在余司令身边。他的右边是方家弟兄。大抬杠子架在河堤上，枪口对着石桥。枪口堵着一团破棉絮。抬杠的后部翘出一根引信。方七的身边，放着一把高粱秆芯制成的火绒，有一根正在燃烧。方六身边放着一个药葫芦，一个盛铁豆子的铁盒。

余司令左边是王文义。他双手攥着长苗子鸟枪，身体抖成一团。他的伤耳已经和白布凝结在一起。

太阳一竿子高了，雪白的核心外还镶着一圈浅淡的红。河水亮晶晶，一群野鸭子从高粱上空飞来，盘旋三个圈，大部分斜刺里扑到河滩的草丛中，小部分落到河里，随着河水漂流。河水中的野鸭子身体稳住不动，只把灵活的头颈转来转去。父亲身上暖洋洋的，被露水打湿的衣服彻底干了。又趴了一会儿，父亲感到有一粒石子硌得胸痛，便起身坐起，头和胸高出堤面。余司令说："趴下。"父亲又不情愿地趴下。方家老六鼻子里吹出鼾声。余司令抠起一块土坷垃，投到方六的脸上。方六懵懵懂懂地坐起来，打了一个哈欠，挤出两滴细小的泪珠。

"鬼子来了吗？"方六大声说。

"操你亲娘！"余司令说，"不许困觉。"

河南河北寂静无声，宽阔的公路死气沉沉地躺在高粱丛中。河上的大石桥那么漂亮。无边的高粱迎着更高更亮的太阳，脸庞鲜红，不胜娇羞。野鸭子在浅水边，用扁嘴搜索着什么，发出一片呱呱唧唧的响声。父亲的目光停在野鸭子上，研究着它们美丽的羽毛和机灵的眼睛。他端着沉重的勃朗宁手枪，瞄着鸭子平坦的背。他几乎要勾动扳机了。余司令按住他的手，说："小鳖羔子，你想干什么？"

父亲感到烦躁不安了，公路还是枯死地躺着。高粱更加鲜红。

"冷麻子这个畜生，他要是胆敢耍弄老子！"余司令恨恨地说。河南无声无息，冷支队连个影儿都不见。父亲知道鬼子汽车从这儿路过的情报是冷支队得到的，冷支队怕一家打不了，才来联合余司令的队伍。

父亲紧张了一会儿，又渐渐懈怠。他的目光一次又一次地被野鸭子吸引。他想起跟着罗汉大爷打鸭子的事。罗汉大爷有一只鸟枪，乌红的托子，牛皮的枪带。这支鸟枪正被王文义攥着。

父亲的眼里蒙着泪水，但不到流出眶外的数量。就像去年那天一样。在温暖的阳光里，父亲感到有一阵扎人的寒冷在全身扩散。

罗汉大爷和两头骡子一起被鬼子和伪军捉走，奶奶在酒瓮里洗净了满脸的血。奶奶满脸酒香，皮肤赤红，眼皮有些肿，月白色洋布褂子前胸被酒和血渍湿。奶奶伫立在瓮边，凝视着瓮里的酒。酒里映着奶奶的脸。父亲记得，奶奶扑地跪倒，对着酒瓮磕了三个头。然后，她站起来，双手掬起一捧酒喝了。奶奶满脸的红润，都集中到双腮上，额头和下巴却苍白无色。

“跪下！”奶奶命令父亲，“磕头。”

父亲跪下磕头。

“捧一口酒喝！”

父亲捧了酒喝下。

一道道血丝像线一样，垂直地往瓮底下沉着。瓮里飘着一朵小小的白云，并摆着奶奶和父亲的庄严面孔。奶奶两只细长的眼睛里射出灼人的光，父亲不敢看。父亲的心咚咚跳着，又伸出手，从瓮里掬上一捧酒，酒从指缝下落，打破了青天白云大脸小脸。父亲又喝了一口酒，一股血腥味死死粘在舌上。血丝都沉到瓮底，在凸起的瓮底中间集合成一个拳头大小的混浊的团体。父亲和奶奶看了它好久。奶奶拉上瓮盖，从墙角那儿把一扇磨盘滚过来，用力搬起，压在瓮盖上。

“你不要动它！”奶奶说。

父亲看着磨盘凹槽里潮湿的泥土和蠕蠕爬动的灰绿色潮湿虫，惊恐不安地点了点头。

这一夜，父亲躺在他的小床上，听着奶奶在院子里走来走去。奶奶咯噔咯噔的脚步声和着田野里的高粱綷縩，编织着父亲纷乱的梦境。父亲在梦中听到我家那两头秀丽的大黑骡子在鸣叫。

平明时分，父亲醒了一次。他赤着身体跑到院子里去撒尿，见奶奶还立在院子里望着天空发呆。父亲叫了一声娘，奶奶没答腔。父亲撒完尿，扯着奶奶的手往屋里拉。奶奶软疲疲地随着父亲转身进屋。刚刚进屋，就听到从东南方向传来一阵浪潮般的喧闹，紧接着响了一枪，枪声非常尖锐，像一柄利刃，把挺括的绸缎豁破了。

父亲现在趴的地方，那时候堆满了洁白的石条和石块，一堆堆粗粒黄沙堆在堤上，像一排排大坟。去年初夏的高粱在堤外忧悒沉重地发着呆。被碌碡压倒高粱闪出来的公路轮廓，一直向北延伸。那时大石桥尚未修建，小木桥被千万只脚、被千万次骡马蹄铁踩得疲惫不堪、敲得伤痕累累。压断揉烂的高粱流出的青苗味道，被夜雾浸淫，在清晨更加浓烈。遍野的高粱都在痛哭。父亲和奶奶听到那声枪响不久，就和村里的若干老弱妇孺被日本兵驱赶到这里。那时候日头刚刚升上高粱梢头，父亲和奶奶与一群百姓站在河南岸路西边，脚下踩着高粱残骸。父亲们看着那个牛棚马圈般的巨大栅栏，一大群衣衫褴褛的民伕缩在栅栏外。后来，两个伪军又把这群民伕赶到路西边，与父亲他们相挨着，形成了另一个人团。在父亲们和民伕们的面前，就是后来令人失色的拴骡马的地方，人们枯枯地立着，不知过了多久，终于看到，一个肩上佩着两块红布、胯上挂着一柄拖地钢刀、牵着一匹狼狗、戴着两只白手套、面孔清癯的日本官儿从帐篷那边走过来。在他的身后，狼狗垂着鲜艳的舌头，在狼狗身后，两个伪军抬着一具硬邦邦的日本兵尸体，两个日本兵在最后，押着被两个伪军架着的血肉模糊的罗汉大爷。父亲使劲往奶奶身上靠，奶奶揽住了父亲。

日本官儿牵着狗停在骡马场附近的空地上。五十多只白鸟从墨水河道里扑棱棱飞出来，飞经人群上方青蓝蓝的天，又拐弯向东，飞向那个金子般的太阳。父亲看到骡马场上那些蓬毛垢面的牲畜，看到了躺在地上的我家那两头大黑骡子。一头骡子死了，它头上还斜立着那根铁锨。黑血把地上的碎高粱，把骡子光洁的脸，都弄得肮脏不堪。另一头骡子坐在地上，血糊糊的尾巴拂着大地，两腹厚皮抖得索索有声。两个时开时合的鼻孔里，吹出口哨一样的响声。父亲不知道自己多么喜爱这两头黑骡子。奶奶挺胸扬头骑在骡背上，父亲坐在奶奶怀里，骡子驮着母子俩，在高粱夹峙下的土路上奔驰，骡子跑得前仰后合，父亲和奶奶被颠得上蹿下跳。细细的骡腿腾起一路烟尘。父亲兴奋得吱哇乱叫。稀稀疏疏的农人，立在高粱地边上，手扶锄头或是别的什么农具，盯着高粱作坊女掌柜艳丽的粉脸，满脸嫉妒仇恨。我家那两头大黑骡子，一头倒在地上死了，嘴唇咧开，一排雪白的长方形大牙齿啃着地。另一头坐着，比死了还难受。父亲对奶奶说："娘，咱的骡子。"奶奶伸手捂住父亲的嘴。

日本兵的尸体停放在拄刀牵狗而立的日本官面前。两个伪军拖着血肉模糊的罗汉大爷向一根拴马高桩走。父亲并没有立刻认出罗汉大爷。父亲看到了一个被打烂了的人形怪物。他被架着，一颗头忽而歪向左，忽而歪向右，头顶上的血嘎痂像落水的河滩上沉淀下那层光滑的泥，又遭阳光曝晒，皱了边儿，裂了纹儿。他的双脚划着地面，在地上划出一些曲曲折折的花纹。人群悄悄地聚缩。父亲感到奶奶的手牢牢捏住他的肩膀。所有的人都变矮了，有的面如黄土，有的面如黑土。一时间鸦雀无声，听得清那条大狼狗哈达哈达的喘气声，那个牵狼狗的日本官儿放了一个嘹亮的屁。父亲看到伪军把那个人形怪物拖到一根高高的拴马桩前，一松手，怪物就像一堆剔了骨的肉瘫在地上。

父亲惊叫一声："罗汉大爷！"

奶奶又捂住了父亲的嘴。

罗汉大爷在马桩下慢慢动着，先把屁股高高地撅起来，造了一个拱桥形状，又双膝跪地，双手按地，竖起了头。他的脸肿胀得透亮，双眼成了两条细缝。两道深绿色的光线，从他的眼缝里射出。父亲正对着罗汉大爷，他相信大爷一定看到了自己。他的胸膛里的器官砰砰啪啪地碰撞着，他说不出是惊恐还是愤怒，他想用力嚎叫，但嘴巴被奶奶的手掌牢牢地捂住了。

牵狗的日本官儿对着人群喊了一阵，一个留着小平头的中国人，把日本官儿的话翻给大家听。

翻译说的话，我父亲没听全。他被我奶奶捂住嘴巴，憋得眼冒金花，耳朵嗡嗡响。

两个黑衣中国人把罗汉大爷剥得一丝不挂，拴在木桩上。鬼子官儿挥挥手，又有两个黑衣人把我们村的也是高密东北乡有名的杀猪匠孙五，从木栅栏里，推推搡搡地押过来。

孙五个子矮小，浑身是肉，腆着肚子，头上无毛，脸色通红，一双小眼间距很小，深陷在鼻子两侧。他左手提着一把尖刀，右手提着一桶净水，哆哆嗦嗦地走到罗汉大爷面前。

翻译官说："太君说，让你好好剥，剥不好就让狼狗开了你的膛。"

孙五诺诺连声，眼皮紧急眨动。他用口叼着刀，提起水桶，从罗汉大爷头上浇下去。罗汉大爷被冷水一激，头猛然抬起，血水顺着他的脸、脖子，混浊地流到脚跟。一个监工从河里又提来一桶水，孙五用一块破布蘸着水，把罗汉大爷擦洗得干干净净。孙五擦净大爷，屁股扭动着，说："大哥……"

罗汉大爷说："兄弟，一刀捅了我吧，黄泉之下不忘你的恩德。"

日本官儿吼叫一声。

翻译说："快点动手！"

孙五脸色一变，伸出粗短的手指，捏住大爷的耳朵，说：“大哥，兄弟没法子……”

父亲看到孙五的刀子在大爷的耳朵上像锯木头一样锯着。罗汉大爷狂呼不止，一股焦黄的尿水从两腿间一蹿一蹿地滋出来。父亲的腿瑟瑟战抖。走过一个端着白瓷盘的日本兵，站在孙五身旁，孙五把罗汉大爷那只肥硕敦厚的耳朵放在瓷盘里。孙五又割掉罗汉大爷另一只耳朵放进瓷盘。父亲看到那两只耳朵在瓷盘里活泼地跳动，打击得瓷盘叮咚叮咚响。

日本兵托着瓷盘，从民伕面前，从男女老幼们面前慢慢走过。父亲看到大爷的耳朵苍白美丽，瓷盘的响声更加强烈。

日本兵把耳朵端到日本官面前，军官点点头。日本兵把瓷盘放在日本兵的尸体旁，静默片刻，又端起来，放到狼狗嘴下。

狼狗收起舌头，用尖尖的、乌黑的鼻子去嗅那两只耳朵。它摇摇头，又吐出舌头，蹲坐起来。

翻译对孙五说：“喂，再割！”

孙五在原地转着圈，嘴里咕咕噜噜地说着什么，父亲看到他满脸油汗，眼睛眨得像鸡啄米一样迅速。

罗汉大爷的双耳底根上，只流了几滴血，大爷双耳一去，整个头部变得非常简洁。

鬼子军官又吼了一声。

翻译说：“快点割！”

孙五弯下腰，把罗汉大爷的男性器官一刀旋下来，放进日本兵托着的瓷盘里。日本兵两根胳膊僵硬地伸着，两眼平视，像木偶一样从人群前走过。父亲觉得奶奶冰冷的手指几乎抠进自己肩头肉里。

日本兵把瓷盘放到狼狗嘴下，狼狗咬了两口，又吐出来。

罗汉大爷凄厉地大叫着，瘦骨嶙峋的身体在拴马桩上激烈扭动。

孙五扔下刀子，跪在地上，嚎啕大哭。

日本官儿把皮带一松，狼狗扑上来，两只前爪按着孙五的肩头，一嘴利齿在孙五面前晃。孙五躺在地上，双手捂住脸。

日本官打一个唿哨，狼狗拖着皮带颠颠地跑回去。

翻译官说：“快剥！”

孙五爬起来，捏着刀子，一高一低地走到罗汉大爷面前。

罗汉大爷破口大骂，所有的人在大爷的骂声中昂起了头。

孙五说："大哥……大哥……你忍着点吧……"

罗汉大爷把一口血痰吐到孙五脸上。

"剥吧，操你祖宗，剥吧！"

孙五操着刀，从罗汉大爷头顶上外翻着的伤口剥起，一刀刀细索索发响。他剥得非常仔细。罗汉大爷的头皮褪下。露出了青紫的眼珠。露出了一棱棱的肉……

父亲对我说，罗汉大爷脸皮被剥掉后，不成形状的嘴里还呜呜噜噜地响着，一串一串鲜红的小血珠从他的酱色的头皮上往下流。孙五已经不像人，他的刀法是那么精细，把一张皮剥得完整无缺。大爷被剥成一个肉核后，肚子里的肠子蠢蠢欲动，一群群葱绿的苍蝇漫天飞舞。人群里的女人们全都跪到地上，哭声震野。当天夜里，天降大雨，把骡马场上的血迹冲洗得干干净净，罗汉大爷的尸体和皮肤无影无踪。村里流传来罗汉大爷尸体失踪的消息，一传十,十传百,一代传一代，竟成了一个美丽的神话故事。

"他要是胆敢耍弄老子，我拧下他的脑袋做尿壶！"太阳越升越小，发出白炽的光线，高粱上的露水晞了，野鸭子飞走了一批，又飞来一批。冷支队的人还没到，公路上除了偶尔窜过野兔外，再无一个活物。后来又鬼鬼祟祟地跳出来一只火红的狐狸。余司令骂完冷支队长，喊一声："喂，都起来吧，八成是上了冷麻子这个狗娘养的当啦。"

队员们早就趴累了，巴不得这声喊。司令一声令下，就应声爬起，有的坐在河堤上，嚓嚓地打火吸烟，有的站在河堤上，用力往堤下撒尿。

父亲跳上河堤后，还在想着去年的一些情景，罗汉大爷被剥皮后的头颅在他眼前不停地晃动。野鸭子被突然冒出来的人群惊吓，齐飞起，又陆续落到不远处的河滩上，蹒蹒跚跚地行走，翠绿的鸭羽和黄褐的鸭羽在草丛中闪烁。

哑巴提着他的腰刀和老汉阳步枪，来到余司令面前。他面色沮丧，眼珠子发直。抬手指太阳，太阳已东南晌；低手指公路，公路空荡荡；哑巴指指肚子，嗷嗷地叫着，挥动着胳膊，对准村庄的方向。余司令沉思片刻，对路西边的人喊："都过来！"

队员们跨过公路，聚到河堤上。

余司令说:“弟兄们，冷麻子要是敢耍弄咱，我就去把他的脑袋揪来！天还没晌呢，咱再等一会儿，等到过了晌午头，汽车还不来，咱就直奔谭家洼，跟冷麻子算账。大家先到高粱地里歇着去，我让豆官回去催饭。豆官！”

父亲仰脸看着余司令。

余司令说:“回家告诉你娘，让她找人擀抹饼，正晌午时，一定送到，让你娘亲自来送。”

我父亲点点头，提一把裤子，插好勃朗宁手枪，飞快地跑下河堤，沿着公路往北跑了一小段，就一头钻进了高粱地，向着西北方向，哧哧溜溜地游动。父亲在海水一样的高粱地里，碰到了几个长方形的骡马头骨。他用脚踢了一下，从骷髅里跳出了两只短尾巴的、毛茸茸的田鼠，并不怎么吃惊地望他一会儿，又钻进骷髅里去。父亲又想起了我家那两头大黑骡子，想起了公路修成后很久了，每逢刮东南风，村子里还能闻到刺鼻的尸臭。墨水河里，去年曾经泡胀沤烂了几十具骡马的尸体，它们就停泊在河边的生满杂草的浅水里，肚子着了阳光，胀到极点，便迸然炸裂，华丽的肠子，像花朵一样溢出来，一道道暗绿色的汁液，慢慢地流进墨水河里。

五

我奶奶刚满十六岁时，就由她的父亲做主，嫁给了高密东北乡有名的财主单廷秀的独生子单扁郎。单家开着烧酒锅，以廉价高粱为原料酿造优质白酒，方圆百里都有名。东北乡地势低洼，往往秋水泛滥，高粱高秆防涝，被广泛种植，年年丰产。单家利用廉价原料酿酒谋利，富甲一方。我奶奶能嫁给单扁郎，是我曾外祖父的荣耀。当时，多少人家都渴望着和单家攀亲，尽管风传着单扁郎早就染上了麻风病。单廷秀是个干干巴巴的小老头，脑后翘着一支枯干的小辫子。他家里金钱满柜，却穿得破衣烂袄，腰里常常扎一条草绳。奶奶嫁到单家，其实也是天意。那天，我奶奶在秋千架旁与一些尖足长辫的大闺女耍笑游戏，那天是清明节，桃红柳绿，细雨霏霏，人面桃花，女儿解放。奶奶那年身高一米六零，体重六十公斤，上穿碎花洋布褂子，下穿绿色缎裤，脚脖子上扎着深红色的绸带子。由于下小雨，奶奶穿了一双用桐油浸泡过十几遍的绣花油鞋，一走克郎克郎地响。奶奶脑后垂着一根油光光的大辫子，脖子上挂着一个沉甸甸的银锁——我曾外祖父是个打造银器的小匠人。曾外祖母是个破落地主的女儿，知道小脚对于女人的重要意义。奶奶不到六岁就开始缠脚，日日加紧。一根裹脚布，长一丈余，曾外祖母用它，勒断了奶奶的脚骨，把八个脚趾，折断在脚底，真惨！我的母亲也是小脚，我每次看到她的脚，就心中难过，就恨不得高呼：打倒封建主义！人脚自由万岁！奶奶受尽苦难，终于裹就一双三寸金莲。十六岁那年，奶奶已经出落得丰满秀丽，走起路来双臂挥舞，身腰扭动，好似风中招飐的杨柳。单廷秀那天撅着粪筐子到我曾外祖父村里转圈，从众多的花朵中，一眼看中了我奶奶。三个月后，一乘花轿就把我奶奶抬走了。

奶奶坐在憋闷的花轿里，头晕目眩。罩头的红布把她的双眼遮住，红布上散着一股强烈的霉馊味。她抬起手，掀起红布——曾外祖母曾千叮咛万嘱咐，不许她自己揭动罩头红布——一只沉甸甸的绞丝银镯子滑到小臂上，奶奶看着镯子上的蛇形花纹，心里纷乱如麻。温暖的熏风吹拂着狭窄的土路两侧翠绿的高粱。高粱地里传来鸽子咕咕咕咕的叫声。刚秀出来的银灰色的高粱穗子飞扬着清淡的花粉。迎着她的面的轿帘上，刺绣着龙凤图案，轿帘上的红布因轿子经年赁出，已经黯淡失色，正中间油渍了一大片。夏末秋初，轿外阳光茂盛，轿夫们轻捷的运动使轿子颤颤悠悠，拴轿杆的生牛皮吱吱扭扭地响，轿帘轻轻掀动，把一缕缕的光明和一缕缕比较清凉的风闪进轿里来。奶奶浑身流汗，心跳如鼓，听着轿夫们均匀的脚步声和粗重的喘息声，脑海里交替着出现卵石般的光滑寒冷和辣椒般的粗糙灼热。

自从奶奶被单廷秀看中后，不知有多少人向曾外祖父和曾外祖母道过喜。奶奶虽然也想过上上马金下马银的好日子，但更盼着有一个识字解文、眉清目秀、知冷知热的好女婿。奶奶在闺中刺绣嫁衣，绣出了我未来的爷爷的一幅幅精美的图画。她曾经盼望着早日成婚，但从女伴的话语中隐隐约约听到单家公子是个麻风病患者，奶奶的心凉了。奶奶向她的父母诉说心中的忧虑。曾外祖父遮遮掩掩不回答，曾外祖母把奶奶的女伴们痛骂一顿，其意大概是说狐狸吃不到葡萄就说葡萄是酸的之类。曾外祖父后来又说单家公子饱读诗书，足不出户，白白净净，一表人才。奶奶恍恍惚惚，不知真假，心想着天下无有狠心的爹娘，也许女伴真是瞎说。奶奶又开始盼望早日完婚。奶奶丰腴的青春年华辐射着强烈的焦虑和淡淡的孤寂，她渴望着躺在一个伟岸的男子怀抱里缓解焦虑消除孤寂。婚期终于熬到了，奶奶被装进了这乘四人大轿，大喇叭小唢呐在轿前轿后吹得凄凄惨惨，奶奶止不住泪流面颊。轿子起行，忽悠悠似腾云驾雾，偷懒的吹鼓手在出村不远处就停止了吹奏，轿夫们的脚下也快起来。高粱的味道深入人心。高粱地里的奇鸟珍禽高鸣低啭。在一线一线阳光射进昏暗的轿内时，奶奶心中丈夫的形象也渐渐清晰起来。她的心像被针锥扎着，疼痛深刻有力。

“老天爷，保佑我吧！”奶奶心中的祷语把她的芳唇冲动。奶奶的唇上有一层纤弱的茸毛。奶奶鲜嫩茂盛，水分充足。她出口的细语被厚重的轿壁和轿帘吸收得干干净净。她一把撕下那块酸溜溜的罩头布，放在膝上。奶奶按着出嫁的传统，大热的天气，也穿着三表新的棉袄棉裤。花轿里破破烂烂，肮脏污浊。它像具棺材，不知装过了多少个必定成为死尸的新娘。轿壁上衬里的黄缎子脏得流油，五只苍蝇有三只在奶奶头上方嗡嗡地飞翔，有两只伏在轿帘上，用棒状的黑腿擦着明亮的眼睛。奶奶受闷不过，悄悄地伸出笋尖状的脚，把轿帘顶开一条缝，偷偷地往外看。她看到轿夫们肥大的黑色衫绸裤里依稀可辨的、优美颀长的腿，和穿着双鼻梁麻鞋的肥大的脚。轿夫的脚踏起一股股噗噗作响的尘土。奶奶猜想着轿夫粗壮的上身，忍不住把脚尖上移，身体前倾。她看到了光滑的紫槐木轿杆和轿夫宽阔的肩膀。道路两边，板块般的高粱坚固凝滞，连成一体，拥拥挤挤，彼此打量，灰绿色的高粱穗子睡眼未开，这一穗与那一穗根本无法区别，高粱永无尽头，仿佛潺潺流动的河流。道路有时十分狭窄，沾满蚜虫分泌物的高粱叶子擦得轿子两侧沙沙地响。

轿夫身上散发出汗酸味，奶奶有点痴迷地呼吸着这男人的气味，她老人家心中肯定漾起一圈圈春情波澜。轿夫抬轿从街上走，迈的都是八字步，号称“踩街”，这一方面是为讨主家欢喜，多得些赏钱；另一方面，是为了显示一种优雅的职业风度。踩街时，步履不齐的不是好汉，手扶轿杆的不是好汉，够格的轿夫都是双手卡腰，步调一致，轿子颠动的节奏要和上吹鼓手们吹出的凄美音乐，让所有的人都能体会到任何幸福后面都隐藏着等量的痛苦。轿子走到平川旷野，轿夫们便撒了野，这一是为了赶路，二是要折腾一下新娘。有的新娘，被轿子颠得大声呕吐，脏物吐满锦衣绣鞋；轿夫们在新娘的呕吐声中，获得一种发泄的快乐。这些年轻力壮的男子，为别人抬去洞房里的牺牲，心里一定不是滋味，所以他们要折腾新娘。

那天抬着我奶奶的四个轿夫中，有一个成了我的爷爷——他就是余占鳌余司令。那时候他二十郎当岁，是东北乡打棺抬轿这行当里的佼佼者——我爷爷辈的好汉们，都有高密东北乡人高粱般鲜明的性格，非我们这些孱弱的后辈能比——当时的规矩，轿夫们在路上开新娘子的玩笑，如同烧酒锅上的伙计们喝烧酒，是天经地义的事，天王老子的新娘他们也敢折腾。

高粱叶子把轿子磨得嚓嚓响，高粱深处，突然传来一阵悠扬的哭声，打破了道路上的单调。哭声与吹鼓手们吹出的曲调十分相似。奶奶想到乐曲，就想到那些凄凉的乐器一定在吹鼓手们手里提着。奶奶用脚撑着轿帘能看到一个轿夫被汗水溻湿的腰，奶奶更多的是看到自己穿着大红绣花鞋的脚，它尖尖瘦瘦，带着凄艳的表情，从外边投进来的光明罩住了它们，它们像两枚莲花瓣，它们更像两条小金鱼埋伏在澄澈的水底。两滴高粱米粒般晶莹微红的细小泪珠跳出奶奶的睫毛，流过面颊，流到嘴角。奶奶心里又悲又苦，往常描绘好的、与戏台上人物同等模样、峨冠博带、儒雅风流的丈夫形象在泪眼里先模糊后湮灭。奶奶恐怖地看到单家扁郎那张开花绽彩的麻风病人脸，奶奶透心地冰冷。奶奶想这一双娇娇金莲，这一张桃腮杏脸，千般的温存，万种的风流，难道真要由一个麻风病人去消受？如其那样，还不如一死了之。高粱地里悠长的哭声里，夹杂着疙疙瘩瘩的字眼：青天哟——蓝天哟——花花绿绿的天哟——棒槌哟亲哥哟你死了——可就塌了妹妹的天哟——我不得不告诉您，我们高密东北乡女人哭丧跟唱歌一样优美，民国元年，曲阜县孔夫子家的“哭丧户”专程前来学习过哭腔。大喜的日子碰上女人哭亡夫，奶奶感到这是不祥之兆，已经沉重的心情更加沉重。这时，有一个轿夫开口说话：

“轿上的小娘子，跟哥哥们说几句话呀！远远的路程，闷得慌。”

奶奶赶紧拿起红布，蒙到头上，顶着轿帘的脚尖也悄悄收回，轿里又是一团漆黑。

“唱个曲儿给哥哥们听，哥哥抬着你哩！”

吹鼓手如梦方醒，在轿后猛地吹响了大喇叭，大喇叭说：

“呜咚——呜咚——”

“猛捅——猛捅——”轿前有人模仿着喇叭声说，前前后后响起一阵粗野的笑声。

奶奶身上汗水淋漓。临上轿前，曾外祖母反复叮咛过她，在路上，千万不要跟轿夫们磨牙斗嘴，轿夫，吹鼓手，都是下九流，奸刁古怪，什么样的坏事都干得出来。

轿夫们用力把轿子抖起来，奶奶的屁股坐不安稳，双手抓住座板。

“不吱声？颠！颠不出她的话就颠出她的尿！”

轿子已经像风浪中的小船了，奶奶死劲抓住座板，腹中翻腾着早晨吃下的两个鸡蛋，苍蝇在她耳畔嗡嗡地飞，她的喉咙紧张，蛋腥味冲到口腔，她咬住嘴唇。不能吐，不能吐！奶奶命令着自己，不能吐啊，凤莲，人家说吐在轿里是最大的不吉利，吐了轿一辈子没好运……

轿夫们的话更加粗野了，他们有的骂我曾外祖父是个见钱眼开的小人，有的说鲜花插到牛粪上，有的说单扁郎是个流白脓淌黄水的麻风病人，他们说站在单家院子外，就能闻到一股烂肉臭味，单家的院子里，飞舞着成群结队的绿头苍蝇……

“小娘子，你可不能让单扁郎沾身啊，沾了身你也烂啦！”

大喇叭小唢呐呜呜咽咽地吹着，那股蛋腥味更加强烈，奶奶牙齿紧咬嘴唇，咽喉里像有只拳头在打击，她忍不住了，一张嘴，一股奔突的脏物蹿出来，涂在了轿帘上，五只苍蝇像子弹一样射到呕吐物上。

“吐啦吐啦，颠呀！”轿夫们狂喊着，“颠呀，早晚颠得她开口说话。”

“大哥哥们……饶了我吧……”奶奶在呃嗝中，痛不欲生地说着，说完了，便放声大哭起来。奶奶觉得委屈，奶奶觉得前途险恶，终生难脱苦海。爹呀，娘呀，贪财的爹，狠心的娘，你们把我毁了。

奶奶放声大哭，高粱深径震动。轿夫们不再癫狂，推波助澜、兴风作浪的吹鼓手们也停嘴不吹。只剩下奶奶的呜咽，又和进了一支悲泣的小唢呐，唢呐的哭声比所有的女人哭泣都优美。奶奶在唢呐声中停住哭，像聆听天籁一般，听着这似乎从天国传来的音乐。奶奶粉面凋零，珠泪点点，从悲婉的曲调里，她听到了死的声音，嗅到了死的气息，看到了死神的高粱般深红的嘴唇和玉米般金黄的笑脸。

轿夫们沉默无言，步履沉重。轿里牺牲的哽咽和轿后唢呐的伴奏，使他们心中萍翻桨乱，雨打魂幡。走在这高粱小径上的，已不像迎亲的队伍，倒像送葬的仪仗。在奶奶脚前的那个轿夫——我后来的爷爷余占鳌，他的心里，有一种不寻常的预感，像熊熊燃烧的火焰一样，把他未来的道路照亮了。奶奶的哭声，唤起他心底早就蕴藏着的怜爱之情。

轿夫们中途小憩，花轿落地。奶奶哭得昏昏沉沉，不觉把一只小脚露到了轿外。轿夫们看着这玲珑的、美丽无比的小脚，一时都忘魂落魄。余占鳌走过去，弯腰，轻轻地，轻轻地握住奶奶那只小脚，像握着一只羽毛未丰的鸟雏，轻轻地送回轿内。奶奶在轿内，被这温柔感动，她非常想撩开轿帘，看看这个生着一只温暖的年轻大手的轿夫是个什么样的人。

——我想，千里姻缘一线穿，一生的情缘，都是天凑地合，是毫无挑剔的真理。余占鳌就是因为握了一下我奶奶的脚唤醒了他心中伟大的创造新生活的灵感，从此彻底改变了他的一生，也彻底改变了我奶奶的一生。

花轿又起行，喇叭吹出一个猿啼般的长音，便无声无息。起风了，东北风，天上云朵麇集，遮住了阳光，轿子里更加昏暗。奶奶听到风吹高粱，哗哗哗啦啦啦，一浪赶着一浪，响到远方。奶奶听到东北方向有隆隆雷声响起。轿夫们加快了步伐。轿子离单家还有多远，奶奶不知道，她如同一只被绑的羔羊，愈近死期，心里愈平静。奶奶胸口里，揣着一把锋利的剪刀，它可能是为单扁郎准备的，也可能是为自己准备的。

奶奶的花轿行走到蛤蟆坑被劫的事，在我的家族的传说中占有一个显要的位置。蛤蟆坑是大洼子里的大洼子，土壤尤其肥沃，水分尤其充足，高粱尤其茂密。奶奶的花轿行到这里，东北天空抖了一个血红的闪电，一道残缺的杏黄色阳光，从浓云中，嘶叫着射向道路。轿夫们气喘吁吁，热汗涔涔。走进蛤蟆坑，空气沉重，路边的高粱乌黑发亮，深不见底，路上的野草杂花几乎长死了路。有那么多的矢车菊，在杂草中高扬着细长的茎，开着紫、蓝、粉、白四色花。高粱深处，蛤蟆的叫声忧伤，蝈蝈的唧唧凄凉，狐狸的哀鸣悠怅。奶奶在轿里，突然感到一阵寒冷袭来，皮肤上凸起一层细小的鸡皮疙瘩。奶奶还没明白过来是怎么一回事，就听到轿前有人高叫一声：

“留下买路钱！”

奶奶心里咯噔一声，不知忧喜，老天，碰上吃拤饼的了！

高密东北乡土匪如毛，他们在高粱地里鱼儿般出没无常，结帮拉伙，拉驴绑票，坏事干尽，好事做绝，结果肚子饿了，就抓两个人，扣一个，放一个，让被放的人回村报信，送来多少张卷着鸡蛋大葱一把粗细的两拃多长的大饼。吃大饼时要用双手拤住往嘴里塞，故曰“拤饼”。

"留下买路钱！"那个吃抹饼的人大吼着。轿夫们停住，呆呆地看着劈腿横在路当中的劫路人。那人身材不高，脸上涂着黑墨，头戴一顶高粱篾片编成的斗笠，身披一件大蓑衣，蓑衣敞着，露出密扣黑衣和拦腰扎着的宽腰带。腰带里别着一件用红绸布包起的鼓鼓囊囊的东西。那人用一只手按着那布包。

奶奶在一转念间，感到什么事情也不可怕了，死都不怕，还怕什么？她掀起轿帘，看着那个吃抹饼的人。

那人又喊："留下买路钱！要不我就崩了你们！"他拍了拍腰里那件红布包裹着的家伙。

吹鼓手们从腰里摸出曾外祖父赏给他们的一串串铜钱，扔到那人脚前。轿夫放下轿子，也把新得的铜钱掏出，扔下。

那人把钱串子用脚踢拢成堆，眼睛死死地盯着坐在轿里的我奶奶。

"你们，都给我滚到轿子后边去，要不我就开枪啦！"他用手拍拍腰里别着的家伙大声喊叫。

轿夫们慢慢吞吞地走到轿后。余占鳌走在最后，他猛回转身，双目直逼吃抹饼的人。那人瞬间动容变色，手紧紧捂住腰里的红布包，尖叫着："不许回头，再回头我就毙了你！"

劫路人按着腰中家伙，脚不离地蹭到轿子前伸手捏捏奶奶的脚。奶奶粲然一笑，那人的手像烫了似的紧着缩回去。

"下轿，跟我走！"他说。

奶奶端坐不动，脸上的笑容像凝固了一样。

"下轿！"

奶奶欠起身，大大方方地跨过轿杆，站在烂漫的矢车菊里。奶奶右眼看着吃抹饼的人，左眼看着轿夫和吹鼓手。

"往高粱地里走！"劫路人按着腰里用红布包着的家伙说。

奶奶舒适地站着，云中的闪电带着铜音嗡嗡抖动，奶奶脸上粲然的笑容被分裂成无数断断续续的碎片。

劫路人催逼着奶奶往高粱地里走，他的手始终按着腰里的家伙。奶奶用亢奋的眼睛，看着余占鳌。

余占鳌对着劫路人笔直地走过去，他薄薄的嘴唇绷成一条刚毅的直线，两个嘴角一个上翘，一个下垂。

"站住！"劫路人有气无力地喊着，"再走一步我就开枪！"他的手按在腰里用红布包裹着的家伙上。

余占鳌平静地对着吃抃饼的人走，他前进一步，吃抃饼者就缩一点。吃抃饼的人眼里跳出绿火花，一行行雪白的清明汗珠从他脸上惊惶地流出来。当余占鳌离他三步远时，他惭愧地叫了一声，转身就跑，余占鳌飞身上前，对准他的屁股，轻捷地踢了一脚。劫路人的身体贴着杂草梢头，蹭着矢车菊花朵，平行着飞出去，他的手脚在低空中像天真的婴孩一样抓挠着，最后落到高粱棵子里。

"爷们，饶命吧！小人家中有八十岁的老母，不得已才吃这碗饭。"劫路人在余占鳌手下熟练地叫着。余占鳌抓着他的后颈皮，把他提到轿子前，用力摔在路上，对准他吵嚷不休的嘴巴踢了一脚。劫路人一声惨叫，半截吐出口外，半截咽到肚里，血从他鼻子里流出来。

余占鳌弯腰，把劫路人腰里那个家伙拔出来，抖掉红布，露出一个弯弯曲曲的小树疙瘩，众人嗟叹不止。

那人跪在地上，连连磕头求饶。余占鳌说："劫路的都说家里有八十岁的老母。"他退到一边，看着轿夫和吹鼓手，像狗群里的领袖看着群狗。

轿夫吹鼓手们发声喊，一拥而上，围成一个圈圈，对准劫路人，花拳绣腿齐施展。起初还能听到劫路人尖利的哭叫声，一会儿就听不见了。奶奶站在路边，听着七零八落的打击肉体沉闷声响，对着余占鳌顿眸一瞥，然后仰面看着天边的闪电，脸上凝固着的，仍然是那种粲然的、黄金一般高贵辉煌的笑容。

一个吹鼓手挥动起大喇叭，在劫路者的当头心里猛劈了一下，喇叭的圆刃劈进颅骨里去，费了好大劲才拔出。劫路人肚子里咕噜一声响，痉挛的身体舒展开来，软软地躺在地上。一线红白相间的液体，从那道深刻的裂缝里慢慢地挤出来。

"死了？"吹鼓手提着打瘪了的喇叭说。

"打死了，这东西，这么不经打！"

轿夫吹鼓手们俱神色惨淡，显得惶惶不安。

余占鳌看看死人，又看看活人，一语不发。他从高粱上撕下一把叶子，把轿子里奶奶呕吐出的脏物擦掉，又举起那块树疙瘩看看，把红布往树疙瘩上缠几下，用力摔出，飞行中树疙瘩抢先，红包布落后，像一只赤红的大蝶，落到绿高粱上。

余占鳌把奶奶扶上轿："上来雨了，快赶！"

奶奶撕下轿帘，塞到轿子角落里，她呼吸着自由的空气，看着余占鳌的宽肩细腰。他离着轿子那么近，奶奶只要一跷脚，就能踢到他青白色的结实头皮。

风利飕有力，高粱前推后拥，一波一波地动。路一侧的高粱把头伸到路当中，向着我奶奶弯腰致敬。轿夫们飞马流星，轿子出奇的平稳，像浪尖上飞快滑动的小船。蛙类们兴奋地鸣叫着，迎接着即将来临的盛夏的暴雨。低垂的天幕，阴沉地注视着银灰色的高粱脸庞，一道压一道的血红闪电在高粱头上裂开，雷声强大，震动耳膜。奶奶心中亢奋，无畏地注视着黑色的风掀起的绿色的浪潮，云声像推磨一样旋转着过来，风向变幻不定，高粱四面摇摆，田野凌乱不堪。最先一批凶狠的雨点打得高粱颤抖，打得野草觳觫，打得道上的细土凝聚成团后又立即迸裂，打得轿顶啪啪响，打在奶奶的绣花鞋上，打在余占鳌的头上，斜射到奶奶的脸上。

余占鳌他们像兔子一样疾跑，还是未能躲过这场午前的雷阵雨。雨打倒了无数的高粱，雨在田野里狂欢，蛤蟆躲在高粱根下，哈达哈达地抖着颌下雪白的皮肤，狐狸蹲在幽暗的洞里，看着从高粱上飞溅而下的细小水珠。道路很快就泥泞不堪，杂草伏地，矢车菊清醒地擎着湿漉漉的头。轿夫们肥大的黑裤子紧贴在肉上，人都变得苗条流畅。余占鳌的头皮被冲刷得光洁明媚，像奶奶眼中的一颗圆月。雨水把奶奶的衣服也打湿了，她本来可以挂上轿帘遮挡雨水，她没有挂，她不想挂。奶奶通过敞亮的轿门，看到了纷乱不安的宏大世界。

六

父亲分拨着高粱，向着西北方向，我们的村庄，飞快地钻。人脚獾沿着高粱垄沟笨拙地逃窜，父亲顾不上理它。父亲上了那条土路，没了高粱的羁绊，跑得像野兔一样快，沉重的勃朗宁手枪把他的红布腰带坠成一牙残月。手枪颠打着他的胯骨，在麻辣的痛楚中，父亲觉得自己成了举刀跃马的男子汉。村庄遥遥在望，村头那棵郁郁青青已逾百年的白果树，严肃地迎接着父亲。父亲把枪拔出，举在手里，边跑，边瞄着在天空中滑来滑去的优雅的鸟影。

街道上空无一人，不知谁家的一条瘸腿瞎眼的毛驴，拴在一堵灰泥剥落的土墙边上，毛驴垂头而立，一动不动。露天的石碾上，落着两只深蓝的乌鸦。村里的人，都集中在我家烧酒作坊前一个土场上。这场上曾经铺红叠丹，堆满了我家收购的红高粱。那时候奶奶常常手持白尾拂尘，姗姗移动着小脚，看着我家醉醺醺的伙计，用木斗收购高粱，奶奶的脸上染着灿烂的朝霞。场上的人都面向东南方，听着随时可能传来的枪响。一些和我父亲年龄相仿的顽童，虽然手脚发痒，但也不敢打闹。

父亲和去年用杀猪刀把罗汉大爷零割活剥了的孙五从两个方向跑到场内。孙五干了那事后，就精神错乱，手舞足蹈，眼睛笔直，腮上肉跳，胡言乱语，口吐白沫，扑地跪倒，喊着：“大哥大哥大哥，太君让我干，我不敢不干……你死后升了天，骑白马，佩雕鞍，穿蟒袍，坠金鞭……”村里人见他这样，也就把恨他的心淡了。孙五疯了几个月，又添了新症候：他在一阵喊叫之后，突然口眼㖞斜，鼻涕口水淋淋漓漓，话也说不清了。村里人说这是上天报应。

父亲手提勃朗宁，气喘吁吁，一头皮高粱上的白粉红尘。孙五衣衫成缕，大肚子上布满皱纹，左腿棒硬，右腿软弱，蹦跶进场子，没人理他。人们都看我英气勃勃的父亲。

奶奶走到父亲面前。奶奶刚过三十岁，扎着盘头髻，刘海五绺，像稀疏的珠帘遮着光洁的额头。奶奶的眼睛里永远秋水汪汪，有人说是被高粱酒醺的。十五年风雨狂心魂激荡，我奶奶由黄花姑娘变成了风流少妇。

奶奶问：“怎么啦？”

父亲呼呼喘着气，把勃朗宁手枪插进腰带。

“鬼子没来？”奶奶问。

父亲说：“冷支队，狗娘养的，我们饶不了他！”

“怎么回事？”奶奶问。

父亲说：“擀抹饼。”

“没听到打呀！”奶奶说。

父亲说：“擀抹饼，多卷鸡蛋大葱。”

奶奶问：“鬼子没有来？”

“余司令让擀抹饼，要你亲自送去！”

奶奶说：“乡亲们，回去凑面擀抹饼吧。”

父亲转身要跑，被奶奶伸手拉住，奶奶说："豆官，告诉娘，冷支队是怎么回事？"

父亲挣开奶奶的手，气汹汹地说："冷支队没见影，余司令饶不了他们。"

父亲跑了。奶奶追着父亲瘦小的背影，叹了一口气。空阔的场上，孙五歪立着，僵着眼望着奶奶，他的手比画着，口水咕噜咕噜地在嘴上流。

奶奶不理孙五，向倚在墙边上的一个长脸姑娘走去。长脸姑娘对着奶奶吃吃地笑。奶奶走到她眼前时，她忽然蹲下身，双手紧紧地捂住裤腰，尖声哭起来。她的两只深潭般的眼睛里，跳出疯傻的火星。奶奶摸着她的脸说："玲子，好孩子，别怕。"

十七岁的玲子姑娘，当时是我们村第一号美女。余司令初挑大旗招兵买马，聚起了一支五十多人的队伍，队伍里有一个穿一身黑制服，穿一双白皮鞋，面色苍白，留着乌黑长发的瘦削青年。据说玲子爱上了这个青年。他操着一口漂亮的京腔，从来不笑，眉毛日日紧蹙，双眉之间有三条竖纹，人们都叫他任副官。玲子觉得任副官冷俏的外壳里，有一股逼人的灼热，烧燎得她坐立不安。那时候余司令的队伍每天上午都在我家收购高粱的空场上练习步伐。吹大喇叭的吹鼓手刘四山是余司令队伍里的号兵，大喇叭权充军号。每次训练前，刘四山就吹喇叭集合队伍。玲子一听到喇叭响，就从家里飞快地跑出来，跑到土场边，趴到土墙上，等着看任副官。任副官是训练教官，他腰扎牛皮宽腰带，皮带上挂着一支勃朗宁手枪。

任副官挺胸凹腹，走到队伍前，喊一声立正，那两行人的脚跟就使劲碰在一起。

任副官说："立正时，要双腿绷直，肚子回收，胸脯挺出，眼睛睁圆，像豹子吃人一样。"

"看你这个屌样！"任副官踢了王文义一脚，说，"看你劈腿拉胯，好像骡马撒尿，揍你都揍不上个劲。"

玲子喜欢看任副官打人，喜欢听任副官骂人。任副官潇洒的神态令她如痴似醉。任副官没事时，常在我家的空场上背着手散步，玲子躲在墙后偷偷看他。

任副官问："你叫什么名字？"

"玲子。"

“你躲在墙后看什么？”

“看你哩。”

“你识字吗？”

“不识。”

“你想当兵吗？”

“不想。”

“噢，不想。”

玲子后来感到后悔，她对我父亲说，要是任副官再问她，她就说想当兵。但任副官没有再问。

玲子和我父亲他们趴在墙头上，看着任副官在空场上教唱革命歌曲，父亲身矮，脚下垫了三块土坯才能看到墙里的情景。玲子把秀挺的下巴支在土墙上，紧盯着沐着朝霞的任副官。任副官教着队伍唱：高粱红了，高粱红了，东洋鬼子来了，东洋鬼子来了。国破了，家亡了，同胞们快起来，拿起刀拿起枪，打鬼子保家乡……

队伍里的人拙嘴笨舌，总学不出正调。趴在墙外的孩子们，把这首歌儿学得滚瓜溜熟。我父亲生前，还牢牢记着这首歌的曲词。

玲子姑娘有一天大着胆子去找任副官，误入了军需股长的房子。军需股长是余司令的亲叔余大牙，四十多岁，嗜酒如命，贪财好色，那天他喝了个八成醉，玲子闯进去，正如飞蛾投火，正如羊入虎穴。

任副官命令几个队员，把糟蹋玲子姑娘的余大牙捆了起来。

那时，余司令落宿在我家，任副官去向他报告时，余司令正在我奶奶炕上睡觉。奶奶已梳洗停当，正准备烧几条柳叶鱼下酒，任副官怒冲冲闯进来，吓了奶奶一大跳。

任副官问奶奶：“司令呢？”

“在炕上睡觉哩！”奶奶说。

“叫他起来。”

奶奶叫起余司令。

余司令睡眼惺忪地走出来，伸一个懒腰，打一个哈欠，说：“有什么事？”

“司令，要是日本人奸淫我姐妹，当不当杀？”任副官问。

“杀！”余司令回答。

“司令，要是中国人奸淫自己姐妹，该不该杀？”

“杀！”

“好，司令，就等着你这句话。”任副官说，“余大牙奸污了民女曹玲子，我已经让弟兄们把他捆起来了。”

“有这种事？”余司令说。

“司令，什么时候执行枪决？”

余司令打了一个嗝，说：“睡个女人，也算不了大事。”

“司令，王子犯法，一律同罪！”

“你说该治他个什么罪？”余司令阴沉沉地问。

“枪毙！”任副官毫不犹豫地说。

余司令哼了一声，焦躁地踱着脚，满脸怒气。后来，他脸上又漾出笑容，说：“任副官，当众打他五十马鞭，给玲子家二十块大洋，怎么样？”

任副官刻薄地说：“就因为他是你亲叔叔？”

“打他八十马鞭，罚他娶了玲子，老子也认个小婶婶！”

任副官解下腰带，连同勃朗宁手枪，摔到余司令怀里。任副官拱手一揖，道一声：“司令，两便了！”便大踏步走出我家院子。

余司令提着枪，看着任副官的背影，咬牙切齿地说：“滚你娘的，一个学生娃娃，也想管辖老子！老子吃了十年抹饼，还没有人敢如此张狂。”

奶奶说：“占鳌，不能让任副官走，千军易得，一将难求。”

“妇道人家懂得什么！”余司令心烦意乱地说。

“原以为你是条好汉，想不到也是个窝囊废！”奶奶说。

余司令拉开手枪，说：“你是不是活够了？”

奶奶一把撕开胸衣，露出粉团一样的胸脯，说：“开枪吧！”

父亲高叫一声娘，扑到了我奶奶胸前。

余占鳌看着我父亲的端正头颅，看着我奶奶的花容月貌，不知有多少往事涌上心头。他叹一口气，收起了枪，说：“弄好你的衣裳！”便手提马鞭，走到院里，从拴马桩上解下他那匹精致的小黄马，不及备鞍，骑到了训练场。

队员们懒散地倚在墙上，见到余司令来了，便立正站好，没有一个人吭气。

余大牙被绑住双臂，拴在一棵树上。

余司令跳下马，走到余大牙面前，说:“你真干啦? ”

余大牙说:“鳖子，给老子松绑，老子不在你这儿干啦! ”

队员们瞪着大小不一的眼，看着余司令。

余司令说:“叔，我要枪毙你。”

余大牙吼叫着:“杂种，你敢毙你亲叔? 想想叔叔待你的恩情，你爹死得早，是叔叔挣钱养活你娘俩，要是没有我，你小子早就喂了狗啦! ”

余司令扬手一鞭，打在余大牙脸上，骂一声:“混账! ”接着便双膝跪地，说:“叔，占鳌永远不忘您的养育之恩，您死之后，我给您披麻戴孝，逢年过节，我给您祭扫坟墓。”

余司令翻身跳上马背，在马腚上打了一鞭，向着任副官走去的方向，飞马追去，嘚嘚嗒嗒的马蹄声，把一个世界都震动了。

枪毙余大牙时，父亲在场观看。余大牙被哑巴和两个队员押到村西头，刑场选在一个积着一汪汪乌黑臭水，孳生着大量蚊虻蛆虫的半月形湾子边。湾崖上孤零零地站着一棵叶子焦黄的小柳树。湾子里扑扑通通地跳着蛤蟆，一堆乱头发渣子边上，躺着一只女人的破鞋。

两个队员把余大牙架到湾崖上，松开手，看着哑巴。哑巴从肩上抡下步枪，拉动枪栓，子弹清脆地上了膛。

余大牙转过身，面对着哑巴，笑了笑。父亲发现他的笑容慈祥善良，像一轮惨淡的夕阳。

“哑巴兄弟，给我松了绑，我不能带着绳子死! ”

哑巴想了想，提枪上前，从腰里拔出刺刀，噌噌噌三五下，把细麻绳挑断。余大牙舒展着胳膊，回转身，大喊:“打吧，哑兄弟，打准穴位，别让我受罪! ”

父亲认为人在临死前的一瞬间，都会使人肃然起敬。余大牙毕竟是我们高密东北乡的种子，他犯了大罪，死有余辜，但临死前却表现出了应有的英雄气概，父亲被他感动得脚底生热，恨不得腾跳。

余大牙面向臭水湾子，望着在他脚下的水汪子里，野生着一枝绿荷，一枝瘦小洁白的野荷花，又望着湾子对面光芒四射的高粱，吐口高唱:“高粱红了，高粱红了，东洋鬼子来了，东洋鬼子来了，国破了，家亡了……”

哑巴的枪举起放下，放下举起。

两个队员说："哑巴，向司令说说情，饶了他吧！"

哑巴拄着枪，听着余大牙把那首歌子杂乱无章地唱。

余大牙回转身，怒目圆睁，大叫："开枪呀，兄弟！难道还要我自己崩了自己吗？"

哑巴托起枪，瞄了瞄余大牙瓦块般的额头，勾动了扳机。

父亲看到余大牙的额头像碎瓦片一样迸裂了，紧跟眼见的情景耳朵听到沉闷的枪声。哑巴在枪声中低下头，一缕雪白的硝烟，从枪筒里吐出来。余大牙的身体静止了两眨眼的工夫，就像一截木头，疾速地跌到湾子里。

哑巴拖枪便走，两个队员尾随着。

父亲和一群孩子们，胆战心惊地涌到湾子边，居高临下地看着仰面朝天躺在湾子里的余大牙。他的脸上只剩下一张完好无缺的嘴，脑盖飞了，脑浆糊满双耳，一只眼球被震到眶外，像粒大葡萄，挂在耳朵旁。他的身体落下时，把松软的淤泥砸得四溅，那株瘦弱的白荷花断了茎，牵着几缕白丝丝，摆在他的手边。父亲闻到了荷花的幽香。

后来，任副官搞来了一口黄缎子挂里、外刷了铜钱厚清油的柏木棺材，把余大牙盛装厚葬，坟墓建在湾子边那棵小柳树下。出殡那天，任副官黑衣挺括，毛发灿烂。他的左臂上缠了一块红绸子。余司令披麻戴孝，大声嚎哭。一出村头，他用力把一个新瓦盆摔在砖头上。

那天，奶奶给我父亲缠了一道白孝布——奶奶自己也是披麻戴孝，父亲手持一根新鲜的柳木棍子，跟在余司令和奶奶后边走。父亲亲眼见到瓦盆的碎片从砖头上迸起的情景，接着想起余大牙的脑壳也像瓦片一样迸裂的情景。父亲隐隐约约地预感到这两件极端相似的破碎之间有一种内在的必然性联系。这件事情与那件事情碰到一起，还会出现第三个情景。

父亲一滴眼泪也没掉，冷眼观察着送葬的人。送葬队伍在柳树下围成一个圆圈站定时，那口沉重的棺木，由十六个精壮的小伙子，扯着八根一把粗的麻辫子的两头，轻轻地送下深深的墓穴。余司令抓起一把土，冷酷地打在锃亮的棺盖上，砰然一响，人心动摇。几个持锹的人，扎起大块的黑土，填到墓穴里，棺材愤怒地叫着，渐渐隐没在黑土之中。黑土上长，填平了墓穴，隆出了地面，凸成一个馒头状的大丘。余司令掏出枪来，对着柳树上面的天，连放三响。子弹鱼贯着穿过树冠，冲掉几片细眉般的黄叶，在空中旋转着飞。三颗亮晶晶的弹壳，弹到腐臭的湾子里，一个男孩子跳下湾子，扑扑哧哧地踩着绿色的淤泥，把弹壳捡走了。任副官掏出勃朗宁手枪，断断续续地放了三枪。勃朗宁子弹出膛，打着鸡鸣般的呼哨，冲向高粱上空。余司令与任副官各提着冒烟的手枪，四目对视。任副官点点头，说："是大英雄自风流！"然后就插枪进腰，大步往村里走去。

父亲发现余司令提着枪的手臂缓缓地举起来，枪口追踪着任副官的背影。送葬的人惊讶万分，但无人敢吱声。任副官全无知觉，昂首阔步，有条不紊，迎着齿轮般旋转的太阳，向着村子走。父亲看到手枪在余司令手里抖了一下。父亲几乎没有听到这一声枪响，它是那么微弱，那么遥远。父亲看到这粒子弹在低空悠闲地飞翔，贴着任副官乌黑的头发滑过去。任副官头也不回，保持着均匀协调的步子继续前行。父亲听到从任副官那儿，传来噘唇吹出的口哨声，曲调十分熟悉，是"高粱红了，高粱红了！"我父亲热泪盈了眶。任副官越走越远，身影愈高大。余司令又开了一枪。这一枪惊天动地，子弹的飞行与枪声的飞行同时被我父亲感知。子弹打在一棵高粱颈上，高粱落地。在高粱穗子落地的缓慢行程中，又一颗子弹把它打碎。父亲恍惚觉得，任副官弯腰从路边揪了一朵金黄色的苦菜花，放在鼻下久久地嗅着。

父亲对我说过，任副官八成是个共产党，除了共产党里，很难找这样的纯种好汉。只可惜任副官英雄命短，他在昂首阔步，走出了大英雄八面威风之后三个月，竟在擦洗那支勃朗宁手枪时，自己走火把自己打死。枪弹从右眼进去，从右耳出来，他的半边脸上沾满了钢蓝色的粉末，右耳流出了三五滴黑血，人们听到枪声扑进去，他已经歪倒在地死了。

余司令捡起任副官那支勃朗宁手枪，良久不语。

七

奶奶挑着一担抹饼，王文义的妻子挑着两桶绿豆汤，匆匆地往墨水河大桥赶。她们本来想斜穿高粱地，直插东南方向，但走进高粱地后，才发现挑着担子寸步难行。奶奶说："嫂子，走直路吧，慢就是快。"

奶奶和王文义的妻子，像两只飞翔的大鸟，在非常空虚的大气里，极端充实地移动。奶奶换上了一件深红上衣，头上的黑发用梳头油抹得乌亮。王文义的妻子精悍短小，手脚利索。余司令招兵买马时，她把王文义送到我家，让奶奶帮着说情，留下王文义当游击队员。奶奶一口答应。余司令碍着奶奶的情面，就收留了王文义。余司令问王文义："你怕死不怕？" 王文义说："怕。" 他妻子说："司令，他说怕就是不怕，日本飞机把俺的三个儿子全炸成了碎块。" 王文义天生不是当兵的料，他反应迟钝，不分左右，在操场练习步伐时，不知道挨了任副官多少揍。他妻子帮他出了个主意，让他在右手里握着一节高粱秆，听到向右转的口令时，就往握着高粱秆的手这边转。王文义当兵后没武器，奶奶把我们家那支鸟枪给他。

她们走上弯弯曲曲的墨水河堤，顾不上看堤坡上盛开着的黄花和堤外密密匝匝的血红高粱，一个劲地往东赶。王文义妻子受惯了苦，奶奶享惯了福。奶奶汗水淋淋，王文义妻子一滴汗珠也不出。

父亲早就跑回桥头。父亲向余司令报告，说拃饼一会儿就到，余司令满意地在他头上打了一巴掌。队员们多半躺在高粱地里，对着太阳晒鼻孔。父亲闲得发闷，便转到路西边高粱地里，去看哑巴他们在干什么。哑巴精心地磨着腰刀，父亲手按着腰里的勃朗宁，站在哑巴跟前，脸上挂着胜利者的笑容。看到我父亲，哑巴龇牙一笑。有一个队员睡着了，打着很响的呼噜。没睡觉的人也无精打采地躺着，无人和父亲讲话。父亲又跳到公路上来，公路黄中透出白来，疲惫不堪。那四盘横断了道路的连环耙，尖锐的齿尖朝着天，父亲想它们也一定等得不耐烦了。石桥伏在水面上，像一个大病初愈的病人。后来父亲就到河堤上坐着了。他看一会儿东，看一会儿西，看一会儿河中流水，看一会儿野鸭子。河里的景色很美，每一棵水草都活着，每一朵小小的浪花里，都隐藏着秘密。父亲看到了几堆被特别茂密的水草包围着的不知是骡子还是马的白骨。父亲又想起我家那两头大黑骡子了。春天时，田野里奔驰着成群的野兔子，奶奶骑着骡子，手持猎枪追逐野兔，父亲坐在骡子上，搂着奶奶的腰。骡子把野兔惊起，奶奶开枪把野兔打倒。回家时，骡子的脖子上，总是挂着一串野兔子。奶奶的后槽牙缝里，夹着一粒高粱米粒大的铁砂子，那是吃野兔肉时塞进去的，怎么抠也抠不出来。父亲又看到了堤上的蚂蚁。一队暗红色的蚂蚁，匆匆搬运着泥土。父亲在蚂蚁中放了一块土坷垃，被阻的蚂蚁不绕道，奋力登攀。父亲把土坷垃拿起，投到河里去，河水被土坷垃打破，河水却不响。日头正晌了，河里泛起热烘烘的腥气，到处都闪烁光亮，到处都嗞嗞地响。父亲觉得，天地之间弥漫着高粱的红色粉末，弥漫着高粱酒的香气。父亲一仰身子躺在堤上，就在这一瞬间，他心里一阵猛跳，后来他才明白，原来一切等待都会有结果的，这结果出现时，是那么普通平常，随便自然。父亲发现，被红高粱夹峙的公路上，有四个深绿色的甲虫状的怪物，无声无息地爬过来了。

“汽车。”我父亲含含糊糊地说了一句，没有人理他。

“鬼子的汽车！”我父亲跳起来，怔怔地望着那些像流星一样射过来的汽车。汽车的尾部拖着一条长长的焦黄的尾巴，车头上噼噼啪啪地晃动着白炽的光芒……

“汽车来啦！”父亲的话像一把刀，仿佛把所有的人斩了似的，高粱地里笼罩着痴呆呆的平静。

余司令高兴地吼一声：“小舅子们，到底来了，弟兄们，准备好，我说开火就开火。”

路西边，哑巴拍着屁股跳高。几十个队员，都哈着腰，提着武器，趴到河堤慢坡上。

已经听到了汽车嗡嗡的吼叫声。父亲伏在余司令身边，擎着沉重的勃朗宁手枪，手腕灼热酸麻，手掌汗水粘湿，手虎口那儿有一块肉突然跳了一下，接着便突突地乱跳起来。父亲惊讶地看着那块杏核大的皮肉有节奏地跳动，好像里边藏着一只破壳欲出的小鸟。父亲不想让它跳，却因了用力，连带得整条胳膊都哆嗦起来。余司令在他背上按了一下，那块肉跳动猛停，父亲把勃朗宁手枪换到左手，右手五指痉挛，半天伸不直。

汽车飞快地驶近，增大，车头前那两只马蹄大的眼睛射出一道道白光，轰轰的马达声像急雨前的风响，带着一种陌生的、压迫人心的激动。父亲是平生第一次看到汽车，父亲猜想着这种怪物是吃草还是吃料，是喝水还是喝血，它们比我家那两头年轻力壮的细腿骡子跑得还要快。月亮般的车轮飞速旋转，黄尘飞腾。渐渐看到车上的东西了，临近石桥时，汽车慢慢减速，黄烟从车后漫过车头，朦胧地遮掩着第一辆车上二十几个穿杏黄色衣服、头上扣着乌亮铁帽子的人，父亲后来知道了铁帽子名叫钢盔——一九五八年大炼钢铁时，我们家的铁锅被征收走了，我哥哥从钢铁堆里偷回一个钢盔，吊在炭火上烧水做饭。父亲凝视着在烟火中变换颜色的钢盔，绿色的眼睛里，流露出伏枥老马的悲壮神色。中间两辆汽车上，装着小山一样高的雪白口袋，最后一辆汽车上，跟第一辆车一样，站着二十几个头戴钢盔的日本兵。

汽车逼近河堤，缓缓转动的轮子显得高大笨重，方方正正的汽车头，在父亲看来，像一个硕大无比的蚂蚱头。黄尘慢慢淡薄，汽车尾部，一屁一屁打出深蓝色的烟雾。

父亲把头使劲缩着，一种从未有过的冰冷从脚底上升到腹部，在腹部集合成团，产生强大压力，父亲感到尿急，尿水激得鸡头乱点，他用力扭动着臀部，来克制即将洒出的水。余司令严厉地说："兔崽子，别动！"

父亲万般无奈，叫了一句干爹，请求下去撒尿。

父亲得到余司令的允许，退到高粱地里，费劲撒出一泡红高粱颜色、烧灼得鸡头热辣辣发痛的尿。这时他感到轻松多了。他无意中看了一眼队员的脸色，都如庙中塑像一般狰狞可怖。王文义舌头吐出，目光好似蜥蜴，呆板不转。

汽车像警觉的大兽，屏住呼吸往前爬，父亲闻到了它们身上那股香喷喷的味道。这时，汗透红罗衫的我奶奶和气喘吁吁的王文义妻子出现在蜿蜒的墨水河堤上。

我奶奶挑着一担拤饼，王文义妻子挑着一担绿豆汤，轻松地望见了墨水河中凄惨的大石桥。奶奶欣慰地对王文义妻子说："嫂子，总算挨到了。"奶奶出嫁之后，一直养尊处优，这一担沉重的拤饼，把她柔嫩的肩膀压出了一道深深紫印，这紫印伴随着她离开了人世，升到了天国，这道紫印，是我奶奶英勇抗日的光荣的标志。

还是我的父亲最先发现我的奶奶，父亲靠着某种神秘力量的启示，在大家都目不转睛地盯着缓缓逼近的汽车时，他往西一歪头，看到奶奶像鲜红的大蝴蝶一样款款地飞过来。父亲高叫一声："娘——"

父亲的叫声，像下达了一道命令，从日本人的汽车上，射出了一阵密集的子弹。日本人的三顶歪把子机枪架在汽车顶上。枪声沉闷，像雨夜中阴沉的狗叫。父亲眼见着我奶奶胸膛上的衣服啪啪裂开两个洞。奶奶欢快地叫了一声，就一头栽倒，扁担落地，压在她的背上。两笆斗拤饼，一笆斗滚到堤南，一笆斗滚到堤北。那些雪白的大饼，葱绿的大葱，揉碎的鸡蛋，散在绿草茵茵的草坡上。奶奶倒地后，王文义妻子那颗长方形的头颅上，迸出了红黄相间的液体，溅得好远好远，溅到了堤下的高粱上。父亲看到这个小个子女人中弹之后，后退一步，身体一仄，歪在了堤南边，又滚到河床上。她挑来的那担绿豆汤，一桶倾倒，另一桶也倾倒，汤汁淋漓，如同英雄血。铁桶中的一只，跌跌撞撞跳进河，在乌黑的河水中，慢慢地向前漂着，从哑巴的面前漂过，在石桥墩上碰撞几下，钻过桥洞，又从余司令从我父亲从王文义从方六方七兄弟面前漂过。

“娘——”我父亲撕肝裂胆地高叫一声，身体弹到堤上。余司令扯了一把我父亲，没扯住。余司令吼一声：“回来！”我父亲没听见余司令的命令，他什么也听不到。父亲瘦小孱弱的身体跑在狭窄的河堤上，父亲身上阳光斑斓，他在弹上堤的同时，就扔掉了手枪，手枪落在一棵叶子折断的金色苦菜花上。父亲张着两只手，像飞腾的小鸟，向奶奶扑去。河堤上安静，落尘有声，河水只亮不流，堤外的高粱安详庄重。父亲瘦弱的身体在河堤上跑着，父亲高大雄伟漂亮，父亲高叫着：“娘——娘——娘——”这一声声“娘”里渗透了人间的血泪，骨肉的深情，崇高的原由。父亲跑完东边的河堤，跳过连环的铁耙，攀上西边的河堤。堤下，哑巴们化石般的面孔从父亲身边擦过。父亲扑到奶奶身上，又叫一声娘。奶奶平卧堤上，脸贴着堤边的野草。奶奶背上，有两个翻边的弹洞，一股新鲜的高粱酒的味道，从那洞里涌出来。父亲扳着奶奶的肩头，把奶奶翻过来。奶奶脸上没有受伤，面容整肃，头发纹丝不乱，五绺刘海下，两条眉梢儿下垂，奶奶半睁着眼，苍翠的脸上双唇鲜红。父亲抓住奶奶温暖的手，又叫一声娘。奶奶睁开眼，满脸绽开天真的笑容。奶奶又伸出一只手，交给父亲。

鬼子汽车停在桥头，马达高一阵低一阵轰鸣着。

一个高大的人影在河堤上一闪，我父亲和我奶奶被拉下河堤，是哑巴干得好事。父亲未及思想，又一阵狂风般的子弹，把他们头上的无数棵高粱，打断了，打碎了。

四辆汽车紧挨着，在桥外不动，第一辆车上和最后一辆车上，八挺歪把子机枪，射出的子弹，织成一束束干硬的光带，交叉出一个破碎的扇面，又交叉成一个破碎的扇面，时而在路东，时而在路西，高粱齐声哀鸣，高粱的残破肢体成直线下落成弧线飞升，钻到堤上的子弹，激起一泡泡黄烟，发出一串串噗噗声。

堤慢坡上的队员们身体紧贴着野草和黑土，一动不动。机枪扫射持续了三分钟，突然停止，汽车周围布满了金灿灿的弹壳。

余司令压低声音说："不许开枪！"

鬼子沉默着。河面上一缕缕淡薄的硝烟，随着轻俏的小风向东飘去。

父亲告诉我，在这片刻的宁静里，王文义摇摇晃晃地走上河堤，他站在河堤上，手提长筒子鸟枪，目瞪口张，痛苦万分，高叫一声："孩子他娘！"不及挪步，就被几十颗子弹把腹部打成了一个月亮般透明的大窟窿。那些沾带着肠子的子弹从余司令头上淅淅沥沥地飞过去。

王文义一头栽下河堤，也滚到了河床上，与他的妻子隔桥相望。他的心脏还在跳，他的头完整无缺，他感到一种异常清晰的透彻感涌上心头。

父亲告诉过我，王文义的妻子生了三个阶梯式的儿子。这三个儿子被高粱米饭催得肥头大耳，生动茂盛。有一天，王文义和妻子下地锄高粱，三个孩子在院里玩耍，一架双翅日本飞机，嗡嗡怪叫着，从村子上空飞过。飞机下了一蛋，落在王文义家院子里，把三个孩子炸得零零碎碎，弃置房脊，挂罥树梢，涂之墙壁……余司令一树起抗日旗，王文义就被妻子送去……

余司令咬牙瞪眼，恨恨地瞅着半个头颅扎进河水的王文义，又低吼一声："不要动！"

八

飞散的高粱米粒在奶奶脸上弹跳着，有一粒竟蹦到她微微翕开的双唇间，搁在她清白的牙齿上。父亲看着奶奶红晕渐褪的双唇，哽咽一声娘，双泪落胸前。在高粱织成的珍珠雨里，奶奶睁开了眼，奶奶的眼睛里射出珍珠般的虹彩。她说："孩子……你爹呢……"父亲说："他在打仗，我干爹。""他就是你的亲爹……"奶奶说。父亲点了点头。

奶奶挣扎着要坐起来，她的身体一动，那两股血就汹涌地蹿出来。

"娘，我去叫他来。"父亲说。

奶奶摇摇手，突然折坐起来，说："豆官……我的儿……扶着娘……咱回家、回家啦……"

父亲跪下，让奶奶的胳膊揽住自己的脖颈，然后用力站起，把奶奶也带了起来。奶奶胸前的血很快就把父亲的头颈弄湿了，父亲从奶奶的鲜血里，依然闻到一股浓烈的高粱酒味。奶奶沉重的身躯，倚在父亲身上，父亲双腿打颤，趔趔趄趄，向着高粱深处走，子弹在他们头上屠戮着高粱。父亲分拨着密密匝匝的高粱秸子，一步一步地挪，汗水泪水掺和着奶奶的鲜血，把父亲的脸弄得残缺不全。父亲感到奶奶的身体越来越沉重，高粱秸子毫不留情地绊着他，高粱叶子毫不留情地锯着他，他倒在地上，身上压着沉重的奶奶。父亲从奶奶身下钻出来，把奶奶摆平，奶奶仰着脸，呼出一口长气，对着父亲微微一笑，这一笑神秘莫测，这一笑像烙铁一样，在父亲的记忆里，烫出一个马蹄状的烙印。

奶奶躺着，胸脯上的灼烧感逐渐减弱。她恍然觉得儿子解开了自己的衣服，儿子用手捂住她乳房上的一个枪眼，又捂住她乳下的一个枪眼。奶奶的血把父亲的手染红了，又染绿了；奶奶洁白的胸脯被自己的血染绿了，又染红了。枪弹射穿了奶奶高贵的乳房，暴露出了淡红色的蜂窝状组织。父亲看着奶奶的乳房，万分痛苦。父亲捂不住奶奶伤口的流血，眼见着随着鲜血的流失，奶奶的脸愈来愈苍白，奶奶的身体愈来愈轻飘，好像随时都会升空飞走。

奶奶幸福地看着在高粱阴影下，她与余司令共同创造出来的、我父亲那张精致的脸，逝去岁月里那些生动的生活画面，像奔驰的走马掠过了她的眼前。

奶奶想起那一年，在倾盆大雨中，像坐船一样乘着轿，进了单廷秀家住的村庄，街上流水洸洸，水面上漂浮着一层高粱的米壳。花轿抬到单家大门时，出来迎亲的只有一个梳着豆角辫的干老头子。大雨停后，还有一些零星落雨打在地面上的水汪汪里。尽管吹鼓手也吹着曲子，但没有一个人来看热闹，奶奶知道大事不妙。扶我奶奶拜天地的是两个男人，一个五十多岁，一个四十多岁。五十多岁的就是刘罗汉大爷，四十多岁的是烧酒锅上的一个伙计。

轿夫、吹鼓手们落汤鸡般站在水里，面色严肃地看着两个枯干男子把一抹酥红的我奶奶架到了幽暗的堂房里。奶奶闻到两个男人身上那股强烈的烧酒气息，好像他们整个人都在酒里浸泡过。

奶奶在拜堂时，还是蒙上了那块臭气熏天的盖头布。在蜡烛燃烧的腥气中，奶奶接住一根柔软的绸布，被一个人牵着走。这段路程漆黑憋闷，充满了恐怖。奶奶被送到炕上坐着。始终没人来揭罩头红布，奶奶自己揭了。她看到在炕下方凳上蜷曲着一个面孔痉挛的男人。那个男人生着一个扁扁的长头，下眼睑烂得通红。他站起来，对着奶奶伸出一只鸡爪状的手，奶奶大叫一声，从怀里摸出一把剪刀，立在炕上，怒目逼视着那男人。男人又萎萎缩缩地坐到凳子上。这一夜，奶奶始终未放下手中的剪刀，那个扁头男人也始终未离开方凳。

第二天一早，趁着那男人睡着，奶奶溜下炕，跑出房门，开开大门，刚要飞跑，就被一把拉住。那个梳豆角辫的干瘦老头子抓住她的手腕，恶狠狠地看着她。

单廷秀干咳了两声，收起恶容换笑容，说："孩子，你嫁过来，就像我的亲女儿一样，扁郎不是那病，你别听人家胡说。咱家大业大，扁郎老实，你来了，这个家就由你当了。"单廷秀把一大串黄铜钥匙递给奶奶，奶奶未接。

第二夜，奶奶手持剪刀，坐到天明。

第三天上午，我曾外祖父牵着一匹小毛驴，来接我奶奶回门，新婚三日接闺女，是高密东北乡的风俗。曾外祖父与单廷秀一直喝到太阳过晌，才动身回家。

奶奶偏坐毛驴，驴背上搭着一条薄被子，晃晃荡荡出了村。大雨过后三天，路面依然潮湿，高粱地里白色蒸汽腾腾升集，绿高粱被白汽缭绕，具有了仙风道骨。曾外祖父褡裢里银钱叮当，人喝得东倒西歪，目光迷离。小毛驴蹙着长额，慢吞吞地走，细小的蹄印清晰地印在潮湿的路上。奶奶坐在驴上，一阵阵头晕眼花，她眼皮红肿，头发凌乱。三天中又长高了一截的高粱，嘲弄地注视着我奶奶。

奶奶说："爹呀，我不回他家啦，我死也不去他家啦……"

曾外祖父说："闺女，你好大的福气啊，你公公要送我一头大黑骡子，我把毛驴卖了去……"

毛驴伸出方方正正的头，啃了一口路边沾满细小泥点的绿草。

奶奶哭着说："爹呀，他是个麻风……"

曾外祖父说："你公公要给咱家一头骡子……"

曾外祖父已醉得不成人样，他不断地把一口口的酒肉呕吐到路边草丛里。污秽的脏物引逗得奶奶翻肠搅肚。奶奶对他满心仇恨。

毛驴走到蛤蟆坑，一股扎鼻的恶臭，刺激得毛驴都垂下耳朵。奶奶看到了那个劫路人的尸体。他的肚子鼓起老高，一层翠绿的苍蝇，盖住了他的肉皮。毛驴驮着奶奶，从腐尸跟前跑过，苍蝇愤怒地飞起，像一团绿云。曾外祖父跟着毛驴，身体似乎比道路还宽，他忽而擦动左边高粱，忽而踩倒右边野草。在倒尸面前，曾外祖父嗬嗬连声，嘴唇哆嗦着说："穷鬼……你这个穷鬼……你躺在这里睡着了吗……" 奶奶一直不能忘记劫路人南瓜般的面孔，在苍蝇惊起的一瞬间，死劫路人雍容华贵的表情与活劫路人凶狠胆怯的表情形成鲜明的对照。走了一里又一里，白日斜射，青天如涧，曾外祖父被毛驴甩在后面，毛驴认识路径，驮着奶奶，徜徉前行。道路拐了个小弯，毛驴走到弯上，奶奶身体后仰，脱离驴背，一只有力的胳膊挟着她，向高粱深处走去。

奶奶无力挣扎，也不愿挣扎。三天新生活，如同一场大梦惊破，有人在一分钟内成了伟大领袖，奶奶在三天中参透了人生禅机。她甚至抬起一只胳膊，揽住了那人的脖子，以便他抱得更轻松一些。高粱叶子嚓嚓响着。路上传来曾外祖父嘶哑的叫声："闺女，你去哪儿啦？"

石桥附近传来大喇叭凄厉的长鸣和机枪分不清点儿的射击声。奶奶的血还在随着她的呼吸，一线一线往外流。父亲叫着："娘啊，你的血别往外流啦，流完了血你就要死啦。" 父亲从高粱根下抓起黑土，堵在奶奶的伤口上，血很快洇出，父亲又抓上一把。奶奶欣慰地微笑着，看着湛蓝的、深不可测的天空，看着宽容温暖的、慈母般的高粱。奶奶的脑海里，出现了一条绿油油的缀满小白花的小路，在这条小路上，奶奶骑着小毛驴，悠闲地行走，高粱深处，那个伟岸坚硬的男子，顿喉高歌，声越高粱。奶奶循声而去，脚踩高粱梢头，像腾着一片绿云……

那人把奶奶放到地上，奶奶软得像面条一样，眯着羊羔般的眼睛。那人撕掉蒙面黑布，显出了真像。是他！奶奶暗呼苍天，一阵类似幸福的强烈震颤冲激得奶奶热泪盈眶。

余占鳌把大蓑衣脱下来，用脚踩断了数十棵高粱，在高粱的尸体上铺上了蓑衣。他把我奶奶抱到蓑衣上。奶奶神魂出舍，望着他脱裸的胸膛，仿佛看到强劲慓悍的血液在他黝黑的皮肤下川流不息。高粱梢头，薄气袅袅，四面八方响着高粱生长的声音。风平，浪静，一道道炽目的潮湿阳光，在高粱缝隙里交叉扫射。奶奶心头撞鹿，潜藏了十六年的情欲，迸然炸裂。奶奶在蓑衣上扭动着。余占鳌一截截地矮，双膝啪哒落下，他跪在奶奶身边，奶奶浑身发抖，一团黄色的、浓香的火苗，在她面上哔哔剥剥地燃烧。余占鳌粗鲁地撕开我奶奶的胸衣，让直泻下来的光束照耀着奶奶寒冷紧张、密密麻麻起了一层小白疙瘩的双乳上。在他的刚劲动作下，尖刻锐利的痛楚和幸福磨砺着奶奶的神经，奶奶低沉喑哑地叫了一声："天哪……"就晕了过去。

奶奶和爷爷在生机勃勃的高粱地里相亲相爱，两颗蔑视人间法规的不羁心灵，比他们彼此愉悦的肉体贴得还要紧。他们在高粱地里耕云播雨，为我们高密东北乡丰富多彩的历史上，抹了一道酥红。我父亲可以说是秉领天地精华而孕育，是痛苦与狂欢的结晶。毛驴高亢的叫声，钻进高粱地里来，奶奶从迷荡的天国回到了残酷的人世。她坐起来，六神无主，泪水流到腮边。她说："他真是麻风。"爷爷跪着，不知从什么地方抽出一柄二尺多长的小剑，噌一声拔出鞘，剑刃浑圆，像一片韭叶。爷爷手一挥，剑已从高粱秸秆间滑过，两棵高粱倒地，从整齐倾斜的茬口里，渗出墨绿的汁液。爷爷说："三天之后，你只管回来！"奶奶大惑不解地看着他。爷爷穿好衣。奶奶整好容。奶奶不知爷爷又把那柄小剑藏到什么地方去了。爷爷把奶奶送到路边，一闪身便无影无踪。

三天后，小毛驴又把奶奶驮回来。一进村就听说，单家父子已经被人杀死，尸体横陈在村西头的湾子里。

奶奶躺着，沐浴着高粱地里清丽的温暖，她感到自己轻捷如燕，贴着高粱穗子潇洒地滑行。那些走马转篷般的图像运动减缓，单扁郎、单廷秀、曾外祖父、曾外祖母、罗汉大爷……多少仇视的、感激的、凶残的、敦厚的面容都已经出现过又都消逝了。奶奶三十年的历史，正由她自己写着最后的一笔，过去的一切，像一颗颗香气馥郁的果子，箭矢般坠落在地，而未来的一切，奶奶只能模模糊糊地看到一些稍纵即逝的光圈。只有短暂的又粘又滑的现在，奶奶还拼命抓住不放。奶奶感到我父亲那两只兽爪般的小手正在抚摸着她，父亲胆怯的叫娘声，让奶奶恨爱湮灭、恩仇并泯的意识里，又溅出几束眷恋人生的火花。奶奶极力想抬起手臂，爱抚一下我父亲的脸，手臂却怎么也抬不起来了。奶奶正向上飞奔，她看到了从天国射下来的一束五彩的强光，她听到了来自天国的，用唢呐、大喇叭、小喇叭合奏出的庄严的音乐。

奶奶感到疲乏极了，那个滑溜溜的现在的把柄、人生世界的把柄，就要从她手里滑脱。这就是死吗？我就要死了吗？再也见不到这天，这地，这高粱，这儿子，这正在带兵打仗的情人？枪声响得那么遥远，一切都隔着一层厚重的烟雾。豆官！豆官！我的儿，你来帮娘一把，你拉住娘，娘不想死，天哪！天……天赐我情人，天赐我儿子，天赐我财富，天赐我三十年红高粱般充实的生活。天，你既然给了我，就不要再收回，你宽恕了我吧，你放了我吧！天，你认为我有罪吗？你认为我跟一个麻风病人同枕交颈，生出一窝癞皮烂肉的魔鬼，使这个美丽的世界污秽不堪是对还是错？天，什么叫贞节？什么叫正道？什么是善良？什么是邪恶？你一直没有告诉过我，我只有按着我自己的想法去办，我爱幸福，我爱力量，我爱美，我的身体是我的，我为自己做主，我不怕罪，不怕罚，我不怕进你的十八层地狱。我该做的都做了，该干的都干了，我什么都不怕。但我不想死，我要活，我要多看几眼这个世界，我的天哪……

奶奶的真诚感动上天，她的干涸的眼睛里，又滋出了新鲜的津液，奇异的来自天国的光辉在她的眼里闪烁，奶奶又看到了父亲金黄的脸蛋和酷似爷爷的那两只眼睛。奶奶嘴唇微动，叫一声豆官，父亲兴奋地大叫："娘，你好了！你不要死，我已经把你的血堵住了，它已经不流了！我就去叫俺爹，叫他来看看你，娘，你可不能死，你等着我爹！"

父亲跑走了。父亲的脚步声变成了轻柔的低语，变成了方才听到过的来自天国的音乐。奶奶听到了宇宙的声音，那声音来自一株株红高粱。奶奶注视着红高粱，在她蒙眬的眼睛里，高粱们奇谲瑰丽，奇形怪状，它们呻吟着，扭曲着，呼号着，缠绕着，时而像魔鬼，时而像亲人，它们在奶奶眼里盘结成蛇样的一团，又呼啦啦地伸展开来，奶奶无法说出它们的光彩了。它们红红绿绿，白白黑黑，蓝蓝绿绿，它们哈哈大笑，它们嚎啕大哭，哭出的眼泪像雨点一样打在奶奶心中那一片苍凉的沙滩上。高粱缝隙里，镶着一块块的蓝天，天是那么高又是那么低。奶奶觉得天与地、与人、与高粱交织在一起，一切都在一个硕大无朋的罩子里罩着。天上的白云擦着高粱滑动，也擦着奶奶的脸。白云坚硬的边角擦得奶奶的脸綷縩作响。白云的阴影和白云一前一后相跟着，闲散地转动。一群雪白的野鸽子，从高空中扑下来，落在了高粱梢头。鸽子们的咕咕鸣叫，唤醒了奶奶，奶奶非常真切地看清了鸽子的模样。鸽子也用高粱米粒那么大的、通红的小眼珠来看奶奶。奶奶真诚地对着鸽子微笑，鸽子用宽大的笑容回报着奶奶弥留之际对生命的留恋和热爱。奶奶高喊：我的亲人，我舍不得离开你们！鸽子们啄下一串串的高粱米粒，回答着奶奶无声的呼唤。鸽子一边啄，一边吞咽高粱，它们的胸前渐渐隆起来，它们的羽毛在紧张的啄食中奓起，那扇状的尾羽，像风雨中翻动着的花序。我家的房檐下，曾经养过一大群鸽子。秋天，奶奶在院子里摆一个盛满清水的大木盆，鸽子从田野里飞回来，整齐地蹲在盆沿上，面对着清水中自己的倒影，把膝子里的高粱咕噜咕噜吐出来。鸽子们大摇大摆地在院子里走着。鸽子！和平的沉甸甸的高粱头颅上，站着一群被战争的狂风暴雨赶出家园的鸽子，它们注视着奶奶，像对奶奶进行沉痛的哀悼。

奶奶的眼睛又蒙眬起来，鸽子们扑棱棱一起飞起，合着一首相当熟悉的歌曲的节拍，在海一样的蓝天里翱翔，鸽翅与空气相接，发出飕飕的风响。奶奶飘然而起，跟着鸽子，划动新生的羽翼，轻盈地旋转。黑土在身下，高粱在身下。奶奶眷恋地看着破破烂烂的村庄，弯弯曲曲的河流，交叉纵横的道路；看着被灼热的枪弹划破的混沌的空间和在死与生的十字路口犹豫不决的芸芸众生。奶奶最后一次嗅着高粱酒的味道，嗅着腥甜的热血味道，奶奶的脑海里忽然闪过了一个从未见过的场面：在几万发子弹的钻击下，几百个衣衫褴褛的乡亲，手舞足蹈躺在高粱地里……

最后一丝与人世间的联系即将挣断，所有的忧虑、痛苦、紧张、沮丧都落在了高粱地里，都冰雹般打在高粱梢头，在黑土上扎根开花，结出酸涩的果实，让下一代又一代承受。奶奶完成了自己的解放，她跟着鸽子飞着，她的缩得只如一只拳头那么大的思维空间里，盛着满溢的快乐、宁静、温暖、舒适、和谐。奶奶心满意足，她虔诚地说：

“天哪！我的天……”

九

汽车顶上的机枪持续不断地扫射着，汽车轮子转动着，爬上了坚固的大石桥。枪弹压住了爷爷和爷爷的队伍。有几个不慎把脑袋露出堤面的队员已经死在了堤下。爷爷怒火填胸。汽车全部上了桥，机枪子弹已飞得很高。爷爷说：“弟兄们，打吧！”爷爷啪啪啪连放三枪，两个日本兵趴到了汽车顶上，黑血涂在了车头上。随着爷爷的枪声，道路东西两边的河堤后，响起了几十响破烂不堪的枪声，又有七八个日本兵倒下了。有两个日本兵栽到车外，腿和胳膊扑动着，直扎进桥两边的黑水里。方家兄弟的大抬杠怒吼一声，喷出一道宽广的火舌，吓人地在河道上一闪，铁砂子、铁蛋子全打在第二辆汽车上载着的白口袋上，烟火升腾之后，从无数的破洞里，哗哗啦啦地流出了雪白的大米。我父亲从高粱地里，蛇行到河堤边，急着要对爷爷讲话，爷爷紧急地往自来得手枪里压着子弹。鬼子的第一辆汽车加足马力冲上桥头，前轮子扎在朝天的耙齿上。车轮破了，哧哧地泄着气。汽车轰轰地怪叫着，连环铁耙被推得咔嗒咔嗒后退，父亲觉得汽车像一条吞食了刺猬的大蛇，在痛苦地甩动着脖颈。第一辆汽车上的鬼子纷纷跳下。爷爷说："老刘，吹号！"刘大号吹起大喇叭，声音凄厉恐怖。爷爷喊："冲。"爷爷抡着手枪跳起，他根本不瞄准，一个个日本兵在他的枪口前弯腰俯背。西边的队员们也冲到了车前，队员们跟鬼子兵搅和在一起，后边车上的鬼子把子弹都射到天上去。汽车上还有两个鬼子，爷爷看到哑巴一纵身飞上汽车，两个鬼子兵端着刺刀迎上去，哑巴用刀背一磕，格开一柄刺刀，刀势一顺，一颗戴着钢盔的鬼子头颅平滑地飞出，在空中拖着悠长的嚎叫，扑通落地之后，嘴里还吐出半句响亮的鸣叫。父亲想哑巴的腰刀真快。父亲看到鬼子头上凝着脱离脖颈前那种惊愕的表情，它腮上的肉还在颤抖，它的鼻孔还在抽动，好像要打喷嚏。哑巴又削掉了一颗鬼子头，那具尸体倚在车栏上，脖颈上的皮肤突然褪下去一截，血水咕嘟咕嘟往外冒。这时，后边那辆车上的鬼子把机枪压低，打出了不知多少发子弹，爷爷的队员像木桩一样倒在鬼子的尸体上。哑巴一屁股坐在汽车顶上，胸膛上有几股血蹿出来。

父亲和爷爷伏在地上，爬回高粱地，从河堤上慢慢伸出头。最后边那辆汽车吭吭吭吭地倒退着，爷爷喊："方六，开炮！打那个狗娘养的！"方家兄弟把装好火药的大抬杠顺上河堤，方六弓腰去点引火绳，肚子上中了一弹，一根青绿的肠子，刺溜刺溜地钻出来。方六叫了一声娘，捂着肚子滚进了高粱地。汽车眼见着就要退出桥，爷爷着急地喊："放炮！"方七拿着火绒，哆哆嗦嗦地往引火绳上触，却怎么也点不着。爷爷扑过去，夺过火绒，放在嘴边一吹，火绒一亮。爷爷把火绒触到引火绳上，引火绳嗞嗞地响着，冒着白烟消逝了。大抬杠沉默地蹲踞着，像睡着了一样。父亲想它是不会响了。鬼子汽车已经退出桥头，第二辆第三辆汽车也在后退。车上的大米哗哗啦啦地流着，流到桥上，流到水里，把水面打出了那么多的斑点。几具鬼子尸体慢慢向东漂，尸体散着血，成群结队的白鳝在血水中转动。大抬杠沉默片刻之后，呼隆一声响了。钢铁枪身在河堤上跳起老高，一道宽广的火焰，正中了那辆还在流大米的大米车。汽车下部，刮刺刺地着起了火。

那辆退出大桥的汽车停住了，车上的鬼子乱纷纷跳下，趴到对面河堤上，架起机枪，对着这边猛打。方六的脸上中了一弹，鼻梁被打得四分五裂，他的血溅了父亲一脸。

起火汽车上的两个鬼子，推开车门跳出来，慌慌张张蹦到河里。中间那辆流大米的汽车，进不得退不得，在桥上吭吭怪叫，车轮子团团旋转。大米像雨水一样哗哗流。

对面鬼子的机枪突然停了，只剩下几只盖子枪在叭哽叭哽响。十几个鬼子，抱着枪，弯着腰，贴着着火汽车的两边往北冲。爷爷喊一声打，响应者寥寥。父亲回头看到堤下堤上躺着队员们的尸体，受伤的队员们在高粱地里呻吟喊叫。爷爷连开几枪，把几个鬼子打下桥。路西边也稀疏地响了几枪，打倒几个鬼子。鬼子退了回去。河南堤飞起一颗枪弹，打中了爷爷的右臂，爷爷的胳膊一蜷，手枪落下，悬在脖子上。爷爷退到高粱地里，叫着："豆官，帮帮我。"爷爷撕开袖子，让父亲抽出他腰里那条白布，帮他捆扎在伤口上。父亲趁着机会，说："爹，俺娘想你。"爷爷说："好儿子！先跟爹去把那些狗娘养的杀光！"爷爷从腰里拔出父亲扔掉的勃朗宁手枪，递给父亲。刘大号拖着一条血腿，从河堤边爬过来，他问："司令吹号吗？"

"吹吧！"爷爷说。

刘大号一条腿跪着，一条腿拖着，举起大喇叭，仰天吹起来，喇叭口里飘出暗红色的声音。

"冲啊，弟兄们！"爷爷高喊着。

路西边高粱地里有几个声音跟着喊。爷爷左手举着枪，刚刚跳起，就有几颗子弹擦着他的腮边飞过。爷爷就地一滚，回到了高粱地。路西边河堤上响起一声惨叫。父亲知道，又一个队员中了枪弹。

刘大号对着天空吹喇叭，暗红色的声音碰得高粱棵子索索打抖。

爷爷抓住父亲的手，说："儿子，跟着爹，到路西边与弟兄们会合去吧。"

桥上的汽车浓烟滚滚，在哔哔叭叭的火焰里，大米像冰霰一样满河飞动。爷爷牵着父亲，飞步跨过公路，子弹追着他们，把路面打得噗噗作响。两个满面焦煳、皮肤开裂的队员见到爷爷和父亲，嘴咧了咧，哭着说："司令，咱们完了！"

爷爷颓丧地坐在高粱地里，好久都没抬起头来，河对岸的鬼子也不开枪了。桥上响着汽车燃烧的爆裂声，路东响着刘大号的喇叭声。

父亲已经不感到害怕，他沿着河堤，往西出溜了一段，从一蓬枯黄的衰草后，他悄悄伸出头。父亲看到从第二辆尚未燃烧的汽车棚里，跳出一个日本兵。日本兵又从车厢里拖出了一个老鬼子。老鬼子异常干瘦，手上套着雪白的手套，腚上挂着一柄长刀，黑色皮马靴装到膝盖。他们沿着汽车边，把着桥墩，哧溜哧溜往下爬。父亲举起勃朗宁手枪，他的手抖个不停，那个老鬼子干瘪的屁股在父亲枪口前跳来跳去。父亲咬牙闭眼开了一枪，勃朗宁嗡的一声响，子弹打着呼哨钻到水里，把一条白鳝鱼打翻了肚皮。鬼子官跌到水中。父亲高叫着："爹，一个大官！"

父亲的脑后一声枪响，老鬼子的脑袋炸裂了，一团血在水里噗啦啦散开了。另一个鬼子手脚并用，钻到了桥墩背后。

鬼子的枪弹又压过来，父亲被爷爷按住。子弹在高粱地里唧唧咕咕乱叫。爷爷说："好样的，是我的种！"

父亲和爷爷不知道，他们打死的老鬼子，就是有名的中岗尼高少将。

刘大号的喇叭声不断，天上的太阳，被汽车的火焰烤得红绿间杂，萎萎缩缩。

父亲说："爹，俺娘想你啦，叫你去。"

爷爷问："你娘还活着？"

父亲说："活着。"

父亲牵着爷爷的手，向着高粱深处走。

奶奶躺在高粱下，脸上印着高粱的暗影，脸上留着为我爷爷准备得高贵的笑容。奶奶的脸空前白净，双眼尚未合拢。

父亲第一次发现，两行泪水，从爷爷坚硬的脸上流下来。

爷爷跪在奶奶身旁，用那只没受伤的手，把奶奶的眼皮合上了。

一九七六年，我爷爷死的时候，父亲用他的缺了两个指头的左手，把爷爷圆睁的双眼合上。爷爷一九五八年从日本北海道的荒山野岭中回来时，已经不太会说话，每个字都像沉重的石块一样从他口里往外吐。爷爷从日本回来时，村里举行了盛大的典礼，连县长都来参加了。那时候我两岁。我记得在村头的白果树下，一字儿排开八张八仙桌，每张桌子上摆着一坛酒，十几个大白碗。县长搬起坛子，倒出一碗酒，双手捧给爷爷。县长说："老英雄，敬您一碗酒，您给全县人民带来了光荣！"爷爷笨拙地站起来，灰白的眼珠子转动着，说：

“喔——喔——枪——枪”我看到爷爷把那杯酒放到唇边，他的多皱的脖子梗着，喉结一上一下地滑动，酒很少进口，多半顺着下巴，哗哗啦啦地流到了他的胸膛上。

我记得爷爷牵着我，我牵着一匹小黑狗，在田野里转。爷爷最喜欢去看墨水河大桥，他站在桥头上，手扶着桥墩石，一站就是半个上午或半个下午。我看到爷爷的眼睛常常定在桥石上那些坑坑洼洼的痕迹上。高粱长高时，爷爷带我到高粱地里去，他喜欢去的地方也离着墨水河大桥不远，我猜想，那儿就是奶奶升天的地方，那块普普通通的黑土地上，浸透奶奶的鲜血。那时候，我们家的老房子还没拆，爷爷有一天抄起一把镢头，在那棵楸树下刨起土来。他刨出了几个蝉的幼虫，递给我，我扔给狗，狗把蝉的幼虫咬死，却不吃。“爹，您刨什么？”我的要去公共食堂做饭的娘问。爷爷抬起头，用恍若隔世的目光看着娘。娘走了，爷爷继续刨土。爷爷刨出了一个大坑，斩断了十几根粗细不一的树根，揭开了一块石板，从一个阴森森的小砖窖里，搬出了一个锈得不成形的铁皮匣子。铁匣子一落地就碎了。一块破布里，露出了一条锈得通红的、比我还要长的铁家伙，我问爷爷是什么，爷爷说：“喔——喔——枪——枪。”

爷爷把枪放在太阳下晒着，他坐在枪前，睁一会儿眼，闭一会儿眼，又睁一会儿眼，又闭一会儿眼。后来，爷爷起身，找来一柄劈木柴的大斧，对着枪乱砍乱砸。爷爷把枪砸成一堆碎铁，然后，一件件拿开扔掉，扔得满院子都是。

“爹，俺娘死了？”父亲问爷爷。

爷爷点点头。

父亲说：“爹！”

爷爷摸了一下父亲的头，从屁股后掏出一柄小剑，砍倒高粱，把奶奶的身体遮起来。

堤南响起激烈的枪声，喊杀声和炸弹爆炸声。父亲被爷爷拽着，冲上桥头。

桥南的高粱地里，冲出一百多个穿灰布军衣的人。十几个日本鬼子跑上河堤，有的被枪打死，有的被刺刀捅穿。父亲看到，腰扎宽皮带，皮带上挂着左轮手枪的冷支队长在几个高大卫兵的簇拥下，绕过着火的汽车，向桥北走来。爷爷一见冷支队长，怪笑一声，持枪立在桥头不动了。

冷支队长大模大样地走过来，说:“余司令，打得好！”

“狗娘养的！”爷爷骂。

“兄弟晚到了一步！”

“狗娘养的！”

“不是我们赶来，你就完了！”

“狗娘养的！”

爷爷的枪口对准了冷支队长。冷支队长一使眼色，两个虎背狼腰的卫兵就以麻利的动作把爷爷的枪下了。

父亲举起勃朗宁，一枪打中了撕掳爷爷那个卫兵的屁股。

一个卫兵飞起一脚，把父亲踢翻，用大脚在父亲手腕上跺了一下，弯腰把勃朗宁捡到手里。

爷爷和父亲被卫兵架起来。

“冷麻子，你睁开狗眼看看我的弟兄！”

公路两侧的河堤上，高粱地里，横七竖八地躺着死尸和伤兵。刘大号断断续续地吹着喇叭，鲜血从他的嘴角鼻孔往外流。

冷支队长脱掉军帽，对着路东边的高粱地鞠了一躬，对着西边的高粱地鞠了一躬。

“放开余司令和余公子！”冷支队长说。

卫兵放开爷爷和父亲。那个挨枪的卫兵手捂着屁股，血从他的指缝里滴滴答答往下流。

冷支队长从卫兵手里接过手枪，还给爷爷和父亲。

冷支队长的队伍络绎过桥，他们扑向汽车和鬼子尸体，他们拿走了机枪和步枪、子弹和弹匣、刺刀和刀鞘、皮带和皮靴、钱包和刮胡刀。有几个兵跳下河，抓上来一个躲在桥墩后的活鬼子，抬上了一个死老鬼子。

“支队长，是个将军！”一个小头目说。

冷支队长兴奋地靠前看了看，说:“剥下军衣，收好他的一切东西。”

冷支队长说:“余司令，后会有期！”

一群卫兵簇拥着冷支队长往桥南走。

爷爷吼叫一声:“立住，姓冷的！”

冷支队长回转身，说:“余司令，谅你不会打我的黑枪吧！”

爷爷说："我饶不了你！"

冷支队长说："王虎给余司令留下一挺机枪！"

几个兵把一挺机枪放在爷爷脚前。

"这些汽车，汽车上的大米，也归你了。"

冷支队长的队伍全部过了桥，在河堤上整好队，沿着河堤，一直向东走去。

夕阳西下。汽车烧毕，只剩下几具乌黑的框架，胶皮轱辘烧出的臭气令人窒息。那两辆未着火的汽车一前一后封锁着大桥。满河血一样的黑水，遍野血一样的红高粱。

父亲从河堤上捡起一张未跌散的抃饼，递给爷爷，说："爹，您吃吧，这是俺娘擀的抃饼。"

爷爷说："你吃吧！"

父亲把饼塞到爷爷手里，说："我再去捡。"

父亲又捡来一张抃饼，狠狠地咬了一口。

谨以此文召唤那些游荡在我的故乡无边无际的通红的高粱地里的英魂和冤魂。我是你们的不肖子孙，我愿扒出我的被酱油腌透了的心，切碎，放在三个碗里，摆在高粱地里。伏惟尚飨！尚飨！

原载《人民文学》1986年第3期

中国作家协会1985—1986年全国优秀中篇小说

妻妾成群

苏童

不能说苏童是当代最早书写民国的作家，但《妻妾成群》留下很多民国书写的色彩和痕迹。小说中男主人公陈佐千在张艺谋的电影《大红灯笼高高挂》里被虚化成一个背影，但在小说里确实在场，而且影响着女人们的命运。小说由女学生颂莲的视角开始叙述一个腐朽大家族的隐秘历史，颂莲作为一个窥视者和被窥视者在小说里被双重描写。女性生活在苏童笔下开启了一个新的疆域，影响了之后的小说创作的走势，甚至多年之后的网络文学《后宫》《芈月传》等女性励志小说都有其影子在晃动。在当代文学史上，苏童因这篇小说风格奇崛华彩而不同凡响。

《收获》1989 年 6 期

一

四太太颂莲被抬进陈家花园时候是十九岁，她是傍晚时分由四个乡下轿夫抬进花园西侧后门的。仆人们正在井边洗旧毛线，看见那顶轿子悄悄地从月亮门里挤进来，下来一个白衣黑裙的女学生。仆人们以为是在北平读书的大小姐回家了，迎上去一看不是，是一个满脸尘土疲惫不堪的女学生。那一年颂莲留着齐耳的短发，用一条天蓝色的缎带箍住，她的脸是圆圆的，不施脂粉，但显得有点苍白。颂莲钻出轿子，站在草地上茫然环顾，黑裙下面横着一只藤条箱子。在秋日的阳光下颂莲的身影单薄纤细，散发出纸人一样呆板的气息。她抬起胳膊擦着脸上的汗，仆人们注意到她擦汗不是用手帕而是用衣袖，这一点给他们留下了深刻的印象。

颂莲走到水井边，她对洗毛线的雁儿说："让我洗把脸吧，我三天没洗脸了。"雁儿给她吊上一桶水，看着她把脸埋进水里，颂莲弓着的身体像腰鼓一样被什么击打着，簌簌地抖动。雁儿说："你要肥皂吗？"颂莲没说话，雁儿又说："水太凉是吗？"颂莲还是没说话。雁儿朝井边的其他女佣使了个眼色，捂住嘴笑。女佣们猜测来客是陈家的哪个穷亲戚。他们对陈家的所有来客几乎都能判断出各自的身份。大概就是这时候颂莲猛地回过头，她的脸在洗濯之后泛出一种更加醒目的寒意，眉毛很细很黑，渐渐地拧起来。颂莲瞟了雁儿一眼，她说：“你傻笑什么，还不去把水泼掉？”雁儿仍然笑着：“你是谁呀，这么厉害？”颂莲搡了雁儿一把，拎起藤条箱子离开井边，走了几步她回过头，说：“我是谁？你们迟早要知道的。”

第二天陈府的人都知道陈佐千老爷娶了四太太颂莲。颂莲住在后花园的南厢房里，紧挨着三太太梅珊的住处。陈佐千把原先下房里的雁儿给四太太做了使唤丫环。

第二天雁儿去见颂莲的时候心里胆怯，低着头喊了声四太太，但颂莲已经忘了雁儿对她的冲撞，或者颂莲根本就没记住雁儿是谁。颂莲这天换了套粉绸旗袍，脚上趿双绣花拖鞋，她脸上的气色一夜间就恢复过来，看上去和气许多，她把雁儿拉到身边，端详一番，对旁边的陈佐千说，她长得还不算讨厌。然后她对雁儿说，你蹲下，我看看你的头发。雁儿蹲下来感觉到颂莲的手在挑她的头发，仔细地察看什么，然后她听见颂莲说：“你没有虱子吧，我最怕虱子。”雁儿咬住嘴唇没说话，她觉得颂莲的手像冰凉的刀锋切割她的头发，有一点疼痛。颂莲说：“你头上什么味？真难闻，快拿块香皂洗头去。”雁儿站起来，她垂着手站在那儿不动。陈佐千瞪了她一眼：“没听见四太太说话？”雁儿说：“昨天才洗过头。”陈佐千拉高嗓门喊：“别废话，让你去洗就得去洗，小心揍你。”

雁儿端了一盆水在海棠树下洗头，洗得委屈，心里的气恨像一块铁坠在那里。午后阳光照射着两棵海棠树，一根晾衣绳拴在两根树上，四太太颂莲的白衣黑裙在微风中摇曳。雁儿朝四处环顾一圈，后花园阒寂无人，她走到晾衣绳那儿，朝颂莲的白衫上吐了一口唾沫，朝黑裙上又吐了一口。

陈佐千这年刚好五十挂零。陈佐千五十岁时纳颂莲为妾，事情是在半秘密状态下进行的。直到颂莲进门的前一天，元配太太毓如还浑然不知。陈佐千带着颂莲去见毓如。毓如在佛堂里捻着佛珠诵经。陈佐千说，这是大太太。颂莲刚要上去行礼，毓如手里的佛珠突然断了线，滚了一地，毓如推开红木靠椅下地捡佛珠，口中念念有词，罪过，罪过。颂莲相帮去捡，被毓如轻轻地推开，她说，罪过，罪过，始终没抬眼看颂莲一眼。

颂莲看着毓如肥胖的身体伏在潮湿的地板上捡佛珠，捂着嘴无声地笑了一笑，她看看陈佐千，陈佐千说，好吧，我们走了。颂莲跨出佛堂门槛，就挽住陈佐千的手臂说："她有一百岁了吧，这么老？"陈佐千没说话，颂莲又说："她信佛？怎么在家里念经？"陈佐千说："什么信佛，闲着没事干，滥竽充数罢了。"

颂莲在二太太卓云那里受到了热情的礼遇。卓云让丫环拿了西瓜子、葵花子、南瓜子还有各种蜜饯招待颂莲。他们坐下后卓云的头一句话就是说瓜子，这儿没有好瓜子，我嗑的瓜子都是托人从苏州买来的。颂莲在卓云那里嗑了半天瓜子，嗑得有点厌烦，她不喜欢这些零嘴，又不好表露出来。颂莲偷偷地瞟陈佐千，示意离开，但陈佐千似乎有意要在卓云这里多呆一会儿，对颂莲的眼神视若无睹。颂莲由此判断陈佐千是宠爱卓云的，眼睛就不由得停留在卓云的脸上、身上。卓云的容貌有一种温婉的清秀，即使是细微的皱纹和略显松弛的皮肤也遮掩不了，举手投足之间，更有一种大家闺秀的风范。颂莲想，卓云这样的女人容易讨男人喜欢，女人也不会太讨厌她。颂莲很快地就喊卓云姐姐了。

陈家前三房太太中，梅珊离颂莲最近，但却是颂莲最后一个见到的。颂莲早就听说梅珊的倾国倾城之貌，一心想见她，陈佐千不肯带她去。他说，这么近，你自己去吧。

颂莲说，我去过了，丫环说她病了，拦住门不让我进。陈佐千鼻孔哼了一声，她一不高兴就称病。又说，她想爬到我头上来。颂莲说，你让她爬吗？陈佐千挥挥手说，休想，女人永远爬不到男人的头上来。

颂莲走过北厢房，看见梅珊的窗上挂着粉色的抽纱窗帘，屋里透出一股什么草花的香气。颂莲站在窗前停留了一会儿，忽然忍不住心里偷窥的欲望，她屏住气轻轻掀开窗帘，这一掀差点把颂莲吓得灵魂出窍，窗帘后面的梅珊也在看她，目光相撞，只是刹那间的事情，颂莲便仓皇地逃走了。

到了夜里，陈佐千来颂莲房里过夜。颂莲替他把衣服脱了，换上睡衣，陈佐千说，我不穿睡衣，我喜欢光着睡。颂莲就把目光掉开去，说，随便你，不过最好穿上睡衣，会着凉。陈佐千笑起来，你不是怕我着凉，你是怕看我光着屁股。颂莲说，我才不怕呢。她转过脸时颊上已经绯红。这是她头一次清晰地面对陈佐千的身体，陈佐千形同仙鹤，干瘦细长，生殖器像弓一样绷紧着。颂莲有点透不过气来，她说，你怎么这样瘦？

陈佐千爬到床上，钻进丝棉被窝里说，让她们掏的。

颂莲侧身去关灯，被陈佐千拦住了，陈佐千说，别关，我要看你，关上灯就什么也看不见了。颂莲摸了摸他的脸说，随便你，反正我什么也不懂，听你的。

颂莲仿佛从高处往一个黑暗深谷坠落，疼痛、晕眩伴随着轻松的感觉。奇怪的是意识中不断浮现梅珊的脸。那张美丽绝伦的脸也隐没在黑暗中间。颂莲说，她真怪。你说谁？三太太，她在窗帘背后看我。陈佐千的手从颂莲的乳房上移到嘴唇上，别说话，现在别说话。就是这时候房门被轻轻敲了两记。两个人都惊了一下，陈佐千朝颂莲摇摇头，拉灭了灯。隔了不大一会儿，敲门声又响起来……陈佐千跳起来，恼怒地吼起来，谁敲门？门外响起一个怯生生的女孩声音，三太太病了，喊老爷去。陈佐千说，撒谎，又撒谎，回去对她说我睡下了。门外的女孩说，三太太得的急病，非要你去呢。她说她快死了。陈佐千坐在床上想了会儿，自言自语说她又耍什么花招。颂莲看着他左右为难的样子，推了他一把，你就去吧，真死了可不好说。

这一夜陈佐千没有回来。颂莲留神听北厢房的动静，好像什么事也没有。唯有知更鸟在石榴树上啼啭几声，留下凄清悠远的余音。颂莲睡不着了，人浮在怅然之上，悲哀之下。第二天早早起来梳妆，她看见自己的脸发生了某种深刻的变化，眼圈是青黑色的。

颂莲已经知道梅珊是怎么回事，但第二天看见陈佐千从北厢房出来时，颂莲还是迎上去问梅珊的病情，给三太太请医生了吗？陈佐千尴尬地摇摇头，他满面倦容、话也懒得说，只是抓住颂莲的手软绵绵地捏了一下。

颂莲上了一年大学后嫁给陈佐千，原因很简单，颂莲父亲经营的茶厂倒闭了，没有钱负担她的费用。颂莲辍学回家的第三天，听见家人在厨房里乱喊乱叫，她跑过去一看，父亲斜靠在水池边，池子里是满满一池血水，泛着气泡。父亲把手上的静脉割破了，很轻松地上了黄泉路。颂莲记得她当时绝望的感觉，她架着父亲冰凉的身体，她自己整个比尸体更加冰凉。灾难临头她一点也哭不出来。那个水池后来好几天没人用，颂莲仍然在水池里洗头。颂莲没有一般女孩无谓的怯懦和恐惧。她很实际。父亲一死，她必须自己负责自己了。在那个水池边，颂莲一遍遍地梳洗头发，借此冷静地预想以后的生活。所以当继母后来摊牌，让她在做工和嫁人两条路上选择时，她淡然地回答说，当然嫁人。继母又问，你想嫁个一般人家还是有钱人家？颂莲说，当然有钱人家，这还用问？继母说，那不一样，去有钱人家是做小。颂莲说，什么叫做小？继母考虑了一下，说，就是做妾，名分是委屈了点。颂莲冷笑了一声，名分是什么？名分是我这样人考虑的吗？反正我交给你卖了，你要是顾及父亲的情义，就把我卖个好主吧。

陈佐千第一次去看颂莲，颂莲闭门不见，从门里扔出一句话，去西餐社见面。陈佐千想毕竟是女学生，总有不同凡俗之处，他在西餐社订了两个位置，等着颂莲来。那天外面下着雨，陈佐千隔窗守望外面细雨蒙蒙的街道，心情又新奇又温馨，这是他前三次婚姻中从所未有的。颂莲打着一顶细花绸伞姗姗而来，陈佐千就开心地笑了。颂莲果然是他想象中漂亮洁净的样子，而且那样年轻。陈佐千记得颂莲在他对面坐下，从提袋里掏出一大把小蜡烛，她轻声对陈佐千说，给我要一盒蛋糕好吧。陈佐千让侍者端来了蛋糕，然后他看见颂莲把小蜡烛一根一根地插上去，一共插了十九根，剩下一根她收回包里。陈佐千说，这是干什么，你今天过生日？颂莲只是笑笑，她把蜡烛点上，看着蜡烛亮起小小的火苗。颂莲的脸在烛光里变得玲珑剔透，她说，你看这火苗多可爱。陈佐千说，是可爱。说完颂莲就长长地吁了口气，噗地把蜡烛吹灭。陈佐千听见她说，提前过生日吧，十九岁过完了。

陈佐千觉得颂莲的话里有回味之处，直到后来他也经常想起那天颂莲吹蜡烛的情景，这使他感到颂莲身上某种微妙而迷人的力量。作为一个富有性经验的男人，陈佐千更迷恋的是颂莲在床上的热情和机敏。他似乎在初遇颂莲的时候就看见了销魂种种，以后果然被证实。难以判断颂莲是天性如此还是曲意奉承，但陈佐千很满足，他对颂莲的宠爱，陈府上下的人都看在眼里。

二

后花园的墙角那里有一架紫藤，从夏天到秋天，紫藤花一直沉沉地开着。颂莲从她的窗口看见那些紫色的絮状花朵在秋风中摇曳，一天天地清淡。她注意到紫藤架下有一口井，而且还有石桌和石凳，一个挺闲适的去处却见不到人，通往那里的甬道上长满了杂草。蝴蝶飞过去，蝉也在紫藤枝叶上唱，颂莲想起去年这个时候，她是坐在学校的紫藤架下读书的，一切都恍若惊梦。颂莲慢慢地走过去，她提起裙子，小心不让杂草和昆虫碰蹭，慢慢地撩开几枝藤叶，看见那些石桌石凳上积了一层灰尘。走到井边，井台石壁上长满了青苔，颂莲弯腰朝井中看，井水是蓝黑色的，水面上也浮着陈年的落叶，颂莲看见自己的脸在水中闪烁不定，听见自己的喘息声被吸入井中放大了，沉闷而微弱。有一阵风吹过来，把颂莲的裙子吹得如同飞鸟，颂莲这时感到一种坚硬的凉意，像石头一样慢慢敲她的身体，颂莲开始往回走，往回走的速度很快，回到南厢房的廊下，她吐出一口气，回头又看那个紫藤架，架上倏地落下两三串花，很突然地落下来，颂莲觉得这也很奇怪。

卓云在房里坐着，等着颂莲。她乍地发觉颂莲的脸色很难看，卓云起来扶着颂莲的腰，你怎么啦？颂莲说，我怎么啦？我上外面走了走。卓云说，你脸色不好，颂莲笑了笑说身上来了。卓云也笑，我说老爷怎么又上我那儿去了呢。她打开一个纸包，拉出一卷丝绸来，说，苏州的真丝，送你裁件衣服，颂莲推卓云的手，不行，你给我东西，怎么好意思，应该我给你才对。卓云嘘了一声，这是什么道理？我见你特别可心，就想起来这块绸子，要是隔壁那女人，她掏钱我也不给，我就是这脾气。颂莲就接过绸子放在膝上摩挲着，说，三太太是有点怪。不过，她长得真好看。卓云说，好看什么？脸上的粉霜一刮掉半斤。颂莲又笑，转了话题，我刚才在紫藤架那儿呆了会儿，我挺喜欢那儿的。卓云就叫起来，你去死人井了？别去那儿，那儿晦气。颂莲吃惊道，怎么叫死人井？卓云说，怪不得你进屋脸色不好，那井里死过三个人。颂莲站起身伏在窗口朝紫藤架张望，都是什么人死在井里了？卓云说，都是上代的家眷，都是女的。颂莲还要打听，卓云就说不上来了。卓云只知道这些，她说陈家上下忌讳这些事，大家都守口如瓶。颂莲愣了一会儿，说，这些事情，不知道就不知道吧。

陈家的少爷小姐都住在中院里。颂莲曾经看见忆容和忆云姐妹俩在泥沟边挖蚯蚓，喜眉喜眼天真烂漫的样子，颂莲一眼就能判断她们是卓云的骨血。她站在一边悄悄地看她们，姐妹俩发觉了颂莲，仍然旁若无人，把蚯蚓灌到小竹筒里。颂莲说，你们挖蚯蚓做什么？忆容说，钓鱼呀，忆云却不客气地白了颂莲一眼，不要你管。颂莲有点没趣，走出几步，听见姐妹俩在嘀咕，她也是小老婆，跟妈一样。颂莲一下蒙了，她回头愤怒地盯着她们看，忆容哧哧地笑着，忆云却丝毫不让地朝她撇嘴，又嘀咕了一句什么。颂莲心想这叫什么事儿，小小年纪就会说难听话。天知道卓云是怎么管这姐妹俩的。

颂莲再碰到卓云时，忍不住就把忆云的话告诉她。卓云说，那孩子就是嘴上没拦的，看我回去拧她的嘴。卓云赔礼后又说，其实我那两个孩子还算省事的，你没见隔壁小少爷，跟狗一样的，见人就咬，吐唾沫。你有没有挨他咬过？颂莲摇摇头，她想起隔壁的小男孩飞澜，站在门廊下，一边啃面包，一边朝她张望，头发梳得油光光的，脚上穿着小皮鞋，颂莲有时候从飞澜脸上能见到类似陈佐千的表情，她从心理上能接受飞澜，也许因为她内心希望给陈佐千再生一个儿子。男孩比女孩好，颂莲想，管他咬不咬人呢。

只有毓如的一双儿女，颂莲很久都没见到。显而易见的是他们在陈府的地位。颂莲经常听到关于对飞浦和忆惠的谈论。飞浦一直在外面收账，还做房地产生意，而忆惠在北平的女子大学读书。颂莲不经意地向雁儿打听飞浦，雁儿说，我们大少爷是有本事的人。颂莲问，怎么个有本事法？雁儿说，反正有本事，陈家现在都靠他。颂莲又问雁儿，大小姐怎么样？雁儿说，我们大小姐又漂亮又文静，以后要嫁贵人的。颂莲心里暗笑，雁儿褒此贬彼的话音让她很厌恶，她就把气发到裙裾下那只波斯猫身上，颂莲抬脚把猫踢开，骂道，贱货，跑这儿舔什么骚？

颂莲对雁儿越来越厌恶，至关重要的一点是她没事就往梅珊屋里跑，而且雁儿每次接过颂莲的内衣内裤去洗时，总是一脸不高兴的样子。颂莲有时候就训她，你挂着脸给谁看，你要不愿跟我就回下房去，去隔壁也行。雁儿申辩说，没有呀，我怎么敢挂脸，天生就没有脸。颂莲抓过一把梳子朝她砸过去，雁儿就不再吱声了。颂莲猜测雁儿在外面没少说她的坏话。但她也不能对她太狠，因为她曾经看见陈佐千有一次进门来顺势在雁儿的乳房上摸了一把，虽然是瞬间的很自然的事，颂莲也不得不节制一点，要不然雁儿不会那么张狂。颂莲想，连个小丫环也知道靠那一把壮自己的胆，女人就是这种东西。

到了重阳节的前一天，大少爷飞浦回来了。

颂莲正在中院里欣赏菊花，看见毓如和管家都围拢着几个男人，其中一个穿白西服的很年轻，远看背影很魁梧的，颂莲猜他就是飞浦。她看着下人走马灯似的把一车行李包裹运到后院去，渐渐地人都进了屋，颂莲也不好意思进去，她摘了枝菊花，慢慢地踱向后花园，路上看见卓云和梅珊，带着孩子往这边走，卓云拉住颂莲说，大少爷回家了，你不去见个面？颂莲说，我去见他？

应该他来见我吧。卓云说，说的也是，应该他先来见你。一边的梅珊则不耐烦地拍拍飞澜的头颈，快走快走。

颂莲真正见到飞浦是在饭桌上。那天陈佐千让厨子开了宴席给飞浦接风，桌上摆满了精致丰盛的菜肴，颂莲睃巡着桌子，不由得想起初进陈府那天，桌上的气派远不如飞浦的接风宴，心里有点犯酸，但是很快她的注意力就转移到飞浦身上了。飞浦坐在毓如身边，毓如对他说了句什么，然后飞浦就欠起身子朝颂莲微笑着点了点头。颂莲也颔首微笑。她对飞浦的第一个感觉是出乎意料地英俊年轻，第二个感觉是他很有心计。颂莲往往是喜欢见面识人的。

第二天就是重阳节了，花匠把花园里的菊花盆全搬到一起去，五颜六色地搭成福、禄、寿、禧四个字。颂莲早早地起来，一个人绕着那些菊花边走边看，早晨有凉风，颂莲只穿了一件毛背心，她就抱着双肩边走边看。远远地她看见飞浦从中院过来，朝这里走。颂莲正犹豫着是否先跟他打招呼，飞浦就喊起来，颂莲你早。颂莲对他直呼其名有点吃惊，她点点头，说，按辈分你不该喊我名字。飞浦站在花圃的另一边，笑着系上衬衫的领扣，说，应该叫你四太太，但你肯定比我小几岁呢，你多大？颂莲显出不高兴的样子侧过脸去看花。飞浦说，你也喜欢菊花，我原以为大清早的可以先抢风水，没想你比我还早。颂莲说，我从小就喜欢菊花，可不是今天才喜欢的。飞浦说，最喜欢哪种，颂莲说，都喜欢，就讨厌蟹爪。飞浦说，那是为什么。颂莲说，蟹爪开得太张狂。飞浦又笑起来说，有意思了，我偏偏最喜欢蟹爪，颂莲睃了飞浦一眼，我猜到你会喜欢它。飞浦又说，那又为什么？颂莲朝前走了几步，说，花非花，人非人，花就是人，人就是花，这个道理你不明白？颂莲猛地抬起头，她察觉出飞浦的眼神里有一种异彩水草般地掠过，她看见了，她能够捕捉它。飞浦叉腰站在菊花那一侧，突然说，我把蟹爪换掉吧。颂莲没有说话。她看着飞浦把蟹爪换掉，端上几盆墨菊摆上。过了一会儿，颂莲又说，花都是好的，摆的字不好、太俗气。飞浦拍拍手上的泥，朝颂莲挤挤眼睛，那就没办法了，福禄寿禧是老爷让摆的，每年都这样，老祖宗传下来的规矩。

颂莲后来想起重阳赏菊的情景，心情就愉快。好像从那天起，她与飞浦之间有了某种默契，颂莲想着飞浦如何把蟹爪搬走，有时会笑出声来，只有颂莲自己知道，她并不是特别讨厌那种叫蟹爪的菊花。

你最喜欢谁？颂莲经常在枕边这样问陈佐千，我们四个人，你最喜欢谁？

陈佐千说那当然是你了。毓如呢？她早就是只老母鸡了。卓云呢？卓云还凑合着，但她有点松松垮垮的了。那么梅珊呢？颂莲总是克制不住对梅珊的好奇心。梅珊是哪里人？陈佐千说，她是哪里人我也不知道，连她自己也不知道。颂莲说那梅珊是孤儿出身？陈佐千说，她是戏子，京剧草台班里唱旦角的。我是票友，有时候去后台看她，请她吃饭，一来二去的她就跟我了。颂莲拍拍陈佐千的脸说，是女人都想跟你。陈佐千说，你这话对了一半，应该说是女人都想跟有钱人。颂莲笑起来，你这话也才对了一半，应该说有钱人有了钱还要女人，要也要不够。

颂莲从来没有听见梅珊唱过京戏，这天早晨窗外飘过来几声悠长清亮的唱腔，把颂莲从梦中惊醒，她推推身边的陈佐千问是不是梅珊在唱？陈佐千迷迷糊糊地说，她高兴了就唱，不高兴了就笑，狗娘养的。颂莲推开窗子，看见花园里夜来降了雪白的秋霜，在紫藤架下，一个穿黑衣黑裙的女人且舞且唱着。果然就是梅珊。

颂莲披衣出来，站在门廊上远远地看着那里的梅珊。梅珊已沉浸其中，颂莲觉得她唱得凄凉婉转，听得心也浮了起来。这样过了好久，梅珊戛然而止，她似乎看见了颂莲的眼睛里充满了泪影。梅珊把长长的水袖搭在肩上往回走，在早晨的天光里，梅珊的脸上、衣服上跳跃着一些水晶色的光点，她的绾成圆髻的头发被霜露打湿，这样走着她整个显得湿润而忧伤，仿佛风中之草。

你哭了？你活得不是很高兴吗，为什么哭？梅珊在颂莲面前站住，淡淡地说。颂莲掏出手绢擦了擦眼角，她说也不知是怎么了，你唱的戏叫什么？叫《女吊》，梅珊说你喜欢听吗？我对京戏一窍不通，主要是你唱得实在动情，听得我也伤心起来。颂莲说着她看见梅珊的脸上第一次露出和善的神情，梅珊低下头看看自己的戏装，她说，本来就是做戏嘛，伤心可不值得。做戏做得好能骗别人，做得不好只能骗骗自己。

陈佐千在颂莲屋里咳嗽起来，颂莲有些尴尬地看看梅珊。梅珊说，你不去伺候他穿衣服？颂莲摇摇头说他自己穿，他又不是小孩子。梅珊便有点悻悻的，她笑了笑说他怎么要我给他穿衣穿鞋，看来人是有贵贱之分。这时候陈佐千又在屋里喊起来，梅珊，进屋来给我唱一段！梅珊的细柳眉立刻挑起来，她冷笑一声，跑到窗前冲里面说，老娘不愿意！

颂莲见识了梅珊的脾气。当她拐弯抹角地说起这个话题时，陈佐千说，都怪我前些年把她娇宠坏了。她不顺心起来敢骂我家祖宗八代。陈佐千说这狗娘养的小婊子，我迟早得狠狠收拾她一回。颂莲说，你也别太狠心了，她其实挺可怜的，没亲没故的，怕你不疼她，脾气就坏了。

以后颂莲和梅珊有了些不冷不热的交往。梅珊迷麻将，经常招呼人去她那里搓麻将，从晚饭过后一直搓到深更半夜。颂莲隔着墙能听见隔壁洗牌的哗啦哗啦的声音，吵得她睡不好觉。她跟陈佐千发牢骚，陈佐千说，你就忍一忍吧，她搓上麻将还算正常一点，反正她把钱输光了我不会给她的，让她去搓，让她去作死。但是有一回梅珊差丫环来叫颂莲上牌桌了，颂莲一句话把丫环挡了回去，她说，我去搓麻将？亏你们想得出来。丫环回去后梅珊自己来了，她说，三缺一，赏个脸吧。颂莲说我不会呀，不是找输吗？梅珊来拽她的胳膊，走吧，输了不收你钱，要不赢了归你，输了我付。颂莲说，那倒不至于，主要是我不喜欢。她说着就看见梅珊的脸挂下来了，梅珊哼了一声说，你这里有什么呀？好像守着个大金库不肯挪一步，不过就是个干瘪老头罢了。颂莲被呛得恶火攻心，刚想发作，难听话溜到嘴边又咽回去了，她咬着嘴唇考虑了几秒钟说，好吧，我跟你去。

另外两个人已经坐在桌前等候了，一个是管家陈佐文，另一个不认识，梅珊介绍说是医生。那人戴着金丝边眼镜，皮肤黑黑的，嘴唇却像女性一样红润而柔情，颂莲以前见他出入过梅珊的屋子，她不知怎么就不相信他是医生。

颂莲坐在牌桌上心不在焉，她是真的不太会打，糊里糊涂就听见他们喊和了，自摸了。她只是掏钱，慢慢地她就心疼起来，她说，我头疼，想歇一歇了。梅珊说，上桌就得打八圈，这是规矩。你恐怕是输得心疼吧。陈佐文在一边说，没关系的，破点小财消灾灭祸。梅珊又说，你今天就算给卓云做好事吧，这一阵她闷死了，把老头儿借她一夜，你输的钱让她掏给你。桌上的两个男人都笑起来。颂莲也笑，梅珊你可真能逗乐，心里却像吞了只苍蝇。

颂莲冷眼观察着梅珊和医生间的眉目传情，她想什么事情都是逃不过她的直觉的。当洗牌时掉下一张牌以后，颂莲弯腰去捡，一下就发现了他们的四条腿的形状，藏在桌下的那四条腿原来紧缠在一起，分开时很快很自然，但颂莲是确确实实看见了。

颂莲不动声色。她再也不去看梅珊和医生的脸了。颂莲这时的心情很复杂，有点惶惑，有点紧张，还有一点幸灾乐祸，她心里说梅珊你活得也太自在了也太张狂了。

三

秋天里有很多这样的时候，窗外天色阴晦，细雨绵延不绝地落在花园里，从紫荆、石榴树的枝叶上溅起碎玉般的声音。这样的时候颂莲枯坐窗边，睇视外面晾衣绳上一块被雨淋湿的丝绢，她的心绪烦躁复杂，有的念头甚至是秘不可示的。

颂莲就不明白为什么每逢阴雨就会想念床笫之事。陈佐千是不会注意到天气对颂莲生理上的影响的。陈佐千只是有点招架不住的窘态。他说，年龄不饶人，我又最烦什么三鞭神油的。陈佐千抚摸颂莲粉红的微微发烫的肌肤，摸到无数欲望的小兔在她皮肤下面跳跃。陈佐千的手渐渐地就狂乱起来，嘴也俯到颂莲的身上。颂莲面色绯红地侧身躺在长沙发上，听见窗外雨珠迸裂的声音，颂莲双目微闭，呻吟道，主要是下雨了。陈佐千没听清，你说什么？项链？颂莲说，对，项链，我想要一串最好的项链。陈佐千说，你要什么我不给你？只是千万别告诉她们。颂莲一下子就翻身坐起来，她们？她们算什么东西？我才不在乎她们呢。陈佐千说，那当然，她们谁也比不上你。他看见颂莲的眼神迅速地发生了变化，颂莲把他推开，很快地穿好内衣走到窗前去了。陈佐千说你怎么了，颂莲回过头，幽怨地说，没情绪了，谁让你提起她们的？

陈佐千怏怏地和颂莲一起看着窗外的雨景。这样的时候整个世界都潮湿难耐起来，花园里空无一人，树叶绿得透出凉意。远远的那边的紫藤架被风掠过，摇晃有如人形。颂莲想起那口井，关于井的一些传闻。颂莲说，这园子里的东西有点鬼气。陈佐千说，哪来的鬼气？颂莲朝紫藤架努努嘴，喏，那口井。陈佐千说，不过就死了两个投井的，自寻短见的。颂莲说，死的谁？陈佐千说，反正你也不认识的，是上一辈的两个女眷。颂莲说，是姨太太吧。陈佐千脸色立刻有点难看了，谁告诉你的？颂莲笑笑说谁也没告诉我，我自己看见的，我走到那口井边，一眼就看见两个女人浮在井底里，一个像我，另一个还是像我。陈佐千说，你别胡说了，以后别上那儿去。颂莲拍拍手说，那不行，我还没去问问那两个鬼魂呢，她们为什么投井？陈佐千说，那还用问，免不了是些污秽事情吧。颂莲沉吟良久，后来她突然说了一句，怪不得这园子里修这么多井。原来是为寻死的人挖的。陈佐千一把搂过颂莲，你越说越离谱，别去胡思乱想。说着陈佐千抓住颂莲的手，让她摸自己的那地方，他说，现在倒又行了，来吧。我就是死在你床上也心甘情愿。

花园里秋雨萧瑟，窗内的房事因此有一种垂死的气息，颂莲的眼前是一片深深的幽暗，唯有梳妆台上的几朵紫色雏菊闪烁着稀薄的红影。颂莲听见房门外有什么动静，她随手抓过一只香水瓶子朝房门上砸去。陈佐千说你又怎么了，颂莲说，她在偷看。陈佐千说，谁偷看？颂莲说是雁儿。陈佐千笑起来，这有什么可偷看的？再说她也看不见。

颂莲厉声说，你别护她，我隔多远也闻得出她的骚味。

黄昏的时候，有一群人围坐在花园里听飞浦吹箫。飞浦换上丝绸衫裤，更显出他的倜傥风流。飞浦持箫坐在中间，四面听箫的多是飞浦做生意的朋友。这时候这群人成为陈府上下关注的中心，仆人们站在门廊上远远地观察他们，窃窃私语。其他在室内的人会听见飞浦的箫声像水一样幽幽地漫进窗口，谁也无法忽略飞浦的箫声。

颂莲往往被飞浦的箫声所打动，有时甚至泪涟涟的。她很想坐到那群男人中间去，离飞浦近一点，持箫的飞浦令她回想起大学里一个独坐空室拉琴的男生，她已经记不清那个男生的脸，对他也不曾有深藏的暗恋，但颂莲易于被这种优美的情景感化，心里是一片秋水涟漪。颂莲踟躇半天，搬了一张藤椅坐在门廊上，静听着飞浦的箫声。没多久箫声沉寂了，那边的男人们开始说话。颂莲顿时就觉得没趣了，她想，说话多无聊，还不是你诓我我骗你的，人一说起话来就变得虚情假意的了。于是颂莲起身回到房里，她突然想起箱子里也有一管长箫，那是她父亲遗物。颂莲打开那只藤条箱子，箱子好久没晒，已有一点霉味，那些弃之不穿的学生时代的衣裙整整齐齐地摞着，好像从前的日子尘封了，散出星星点点的怅然和梦想。颂莲把那些衣服腾空了，也没有见那管长箫。她明明记得离家时把箫放进箱底的，怎么会没有了呢？雁儿，雁儿你来。颂莲就朝门廊上喊。雁儿来了，说，四太太怎么不听少爷吹箫了？颂莲说，你有没有动过我的箱子？雁儿说，前一阵你让我收拾箱子的，我把衣服都叠好了呀？颂莲说，你有没有见一管箫？箫？雁儿说，我没见，男人才玩箫呢！颂莲盯住雁儿的眼睛看，冷笑了一声，那么说是你把我的箫偷去了？雁儿说，四太太你也别随便糟践人，我偷你的箫干什么呀？颂莲说，你自然有你的鬼念头，从早到晚心怀鬼胎，还装得没事人似的。雁儿说，四太太你别太冤枉人了，你去问问老爷少爷大太太二太太三太太，我什么时候偷过主子一个铜板的？颂莲不再理睬她，她轻蔑地瞄着雁儿，然后跑到雁儿住的小偏房去，用脚踩着雁儿的杂木箱子说，嘴硬就给我打开。雁儿去拖颂莲的脚，一边哀求说，四太太你别踩我的箱子，我真的没拿你的箫。颂莲看雁儿的神色心中越来越有底，她从屋角抓过一把斧子说，劈碎了看一看，要是没有明天给你个新的箱子。她咬着牙一斧劈下去，雁儿的箱子就散了架，衣物铜板小玩意滚了一地，颂莲把衣物都抖开来看，没有那管箫，但她忽然抓住一个鼓鼓的小白布包，打开一看，里面是个小布人，小布人的胸口刺着三枚细针。颂莲起初觉得好笑，但很快地她就发觉小布人很像她自己，再细细地看，上面有依稀的两个墨迹：颂莲。颂莲的心好像真的被三枚细针刺着，一种尖锐的刺痛感。她的脸一下变得煞白。旁边的雁儿靠着墙，惊惶地看着她。颂莲突然尖叫了一声，她跳起来一把抓住雁儿的头发，把雁儿的头一次一次地往墙上撞。颂莲噙着泪大叫，让你咒我死！让你咒我死！雁儿无力挣脱，她只是软瘫在那里，发出断断续续的呜咽。颂莲累了，喘着气倏尔想到雁儿是不识字的，那么谁在小布人上写的字呢？这个疑问使她更觉揪心，颂莲后来就蹲下身子来，给雁儿擦泪，她换了种温和的声调，别哭了，事儿过了就过了，以后别这样，我不记你仇。不过你得告诉我是谁给你写的字。雁儿还在抽噎着，她摇着头说，我不说，不能说。颂莲说，你不用怕，我也不会闹出去的，你只要告诉我我绝对不会连累你的。雁儿还是摇头。颂莲于是开始提示。是毓如？雁儿摇头。那么肯定是梅珊了？雁儿依然摇头。颂莲倒吸了一口凉气，她的声音有些颤抖了。是卓云吧？雁儿不再摇头了，她的神情显得悲伤而愚蠢。颂莲站起来，仰天说了一句，知人知面不知心呐，我早料到了。

陈佐千看见颂莲眼圈红肿着，一个人呆坐在沙发上，手里捻着一枝枯萎的雏菊。陈佐千说，你刚才哭过？颂莲说，没有呀，你对我这么好，我干什么要哭？陈佐千想了想说，你要是嫌闷，我陪你去花园走走，到外面吃宵夜也行。颂莲把手中的菊枝又捻了几下，随手扔出窗外，淡淡地问，你把我的箫弄到哪里去了？陈佐千迟疑了一会儿，说，我怕你分心，收起来了。颂莲的嘴角浮出一丝冷笑，我的心全在这里，能分到哪里去？陈佐千也正色道，那么你说那箫是谁送你的？颂莲懒懒地说，不是信物，是遗物，我父亲的遗物。陈佐千就有点发窘说是我多心了，我以为是哪个男学生送你的。颂莲把手摊开来，说，快取来还我，我的东西我自己来保管。陈佐千更加窘迫起来，他搓着手来回地走，这下坏了，他说，我已经让人把它烧了。陈佐千没听见颂莲再说话，房间里一点一点黑下来。他打开电灯，看见颂莲的脸苍白如雪，眼泪无声地挂在双颊上。

这一夜对于他们两个人来说都是特殊的一夜，颂莲像羊羔一样把自己抱紧了，远离陈佐千的身体，陈佐千用手去抚摸她，仍然得不到一点回应。他一会儿关灯一会儿开灯，看颂莲的脸像一张纸一样漠然无情。陈佐千说，你太过分了，我就差一点给你下跪求饶了。颂莲沉默了一会儿，说，我不舒服。陈佐千说，我最恨别人给我看脸色。颂莲翻了个身说，你去卓云那里吧，反正她总是对人笑的。陈佐千就跳下床来穿衣服，说，去就去，幸亏我还有三房太太。

第二天卓云到颂莲房里来时，颂莲还躺在床上。颂莲看见她掀开门帘的时候打了个莫名的冷颤。她佯睡着闭上眼睛，卓云坐到床头伸手摸摸颂莲的额头说，不烫呀，大概不是生病是生气吧。颂莲眼睛虚着朝她笑了笑，你来啦。卓云就去拉颂莲的手，快起来吧，这样躺没病也孵出毛病来。颂莲说，起来又能干什么？卓云说，给我剪头发，我也剪个你这样的学生头，精神精神。

卓云坐在圆凳上，等着颂莲给她剪头发。颂莲抓起一件旧衣服给她围上，然后用梳子慢慢梳着卓云的头发。颂莲说，剪不好可别怪我，你这样好看的头发，剪起来实在是心慌。卓云说，剪不好也没关系的，这把年纪了还要什么好看。颂莲仍然一下一下地把卓云的头发梳上去又梳下来，那我就剪了，卓云说，剪呀，你怎么那样胆小？颂莲说，主要是手生，怕剪着了你。说完颂莲就剪起来。卓云的乌黑松软的头发一绺绺地掉下来，伴随着剪刀双刃的撞击声。卓云说，你不是挺麻利的吗？颂莲说，你可别夸我，一夸我的手就抖了。说着就听见卓云发出了一声尖厉刺耳的叫声，卓云的耳朵被颂莲的剪刀实实在在地剪了一下。

甚至花园里的人也听见了卓云那声可怕的尖叫，梅珊房里的人都跑过来看个究竟。她们看见卓云捂住右耳疼得直冒虚汗，颂莲拿着把剪刀站在一边，她的脸也发白了，唯有地板上是几绺黑色的头发。你怎么啦？卓云的泪已夺眶而出，她的话没说完就捂住耳朵跑到花园里去了。颂莲愣愣地站在那堆头发边上，手中的剪刀当地掉在地上。她自言自语地说了一声，我的手发抖，我病着呢。然后她把看热闹的佣人都推出门去，你们在这儿干什么？还不快给二太太请医生去。

梅珊牵着飞澜的手，仍然留在房里。她微笑着对颂莲看，颂莲避开她的目光，她操起芦花帚扫着地上的头发，听见梅珊忽然咯咯笑出了声音。颂莲说，你笑什么？梅珊眨了眨眼睛，我要是恨谁也会把她的耳朵剪掉，全部剪掉，一点不剩。颂莲沉下了脸，你这是什么意思？难道我是有意的吗？梅珊又嬉笑了一声说那只有天知道啦。

颂莲没再理睬梅珊，她兀自躺到床上去，用被子把头蒙住，她听见自己的心怦然狂跳。她不知道自己的心对那一剪刀负不负责任，反正谁都应该相信，她是无意的。这时候她听见梅珊隔着被子对她说话，梅珊说，卓云是慈善面孔蝎子心，她的心眼点子比谁都多。梅珊又说，我自知不是她对手，没准你能跟她斗一斗，这一点我头一次看见你就猜到了。颂莲在被子里动弹了一下，听见梅珊出乎意料地打开了话匣子。梅珊说你想知道我和她生孩子的事情吗？梅珊说我跟卓云差不多一起怀孕的。我三个月的时候她差人在

我的煎药里放了泻胎药，结果我命大，胎儿没掉下来。后来我们差不多同时临盆，她又想先生孩子，就花很多钱打外国催产针，把阴道都撑破了，结果还是我命大，我先生了飞澜，是个男的。她竹篮打水一场空，生了忆容，不过是个小贱货，还比飞澜晚了三个钟头呢。

四

天已寒秋，女人们都纷纷换上了秋衣，树叶也纷纷在清晨和深夜飘落在地，枯黄的一片覆盖了花园。几个女佣蹲在一起烧树叶，一股焦烟味弥漫开来，颂莲的窗口砰地打开，女佣们看见颂莲的脸因憎怒而涨得绯红。她抓着一把木梳在窗台上敲着，谁让你们烧树叶的？好好的树叶烧得那么难闻。女佣们便收起了笤帚箩筐，一个胆大的女佣说，这么多的树叶，不烧怎么弄？颂莲就把木梳从窗里砸到她的身上，颂莲喊，不准烧就是不准烧！然后她砰地关上了窗子。

四太太的脾气越来越大了。女佣们这么告诉毓如。她不让我们烧树叶，她的脾气怎么越来越大了？毓如把女佣呵斥了一通，不准嚼舌头，轮不到你们来

搬弄是非。毓如心里却很气。以往花园里的树叶每年都要烧几次的，难道来了个颂莲就要破这个规矩不成？女佣在一边垂手而立，说，那么树叶不烧了？毓如说，谁说不烧的？你们给我去烧，别理她好了。

女佣再去烧树叶，颂莲就没有露面，只是人去灰尽的时候见颂莲走出南厢房。她还穿着夏天的裙子，女佣说她怎么不冷，外面的风这么大。颂莲站在一堆黑灰那里，呆呆地看了会儿，然后她就去中院吃饭了。颂莲的裙摆在冷风中飘来飘去，就像一只白色蝴蝶。

颂莲坐在饭桌上，看他们吃。颂莲始终不动筷子。她的脸色冷静而沉郁，抱紧双臂，一副不可侵犯的样子。那天恰逢陈佐千外出，也是府中闹事的时机。飞浦说，咦，你怎么不吃？颂莲说，我已经饱了。飞浦说，你吃过了？颂莲鼻孔里哼了一声，我闻焦煳味已经闻饱了。飞浦摸不着头脑，朝他母亲看。毓如的脸就变了，她对飞浦说，你吃你的饭，管那么多呢。然后她放高嗓门，注视着颂莲，四太太，我倒是听你说说，你说那么多树叶堆在地上怎么弄？颂莲说，我不知道，我有什么资格料理家事？毓如说，年年秋天要烧树叶，从来没什么别扭，怎么你就比别人娇贵？那点烟味就受不了。颂莲说，树叶自己会烂掉的，用得着去烧吗？树叶又不是人。毓如说，你这是什么意思，莫名其妙的。颂莲说，我没什么意思，我还有一点不明白的，为什么要把树叶扫到后院来烧，谁喜欢闻那烟味就在谁那儿烧好了。毓如便听不下去了，她把筷子往桌上一拍，你也不拿个镜子照照，你颂莲在陈家算什么东西？好像谁亏待了你似的。颂莲站起来，目光矜持地停留在毓如蜡黄有点浮肿的脸上。说对了，我算个什么东西？颂莲轻轻地像在自言自语，她微笑着转过身离开，再回头时已经泪光盈盈，她说，天知道你们又算个什么东西？

整整一个下午，颂莲把自己关在室内，连雁儿端茶时也不给开门。颂莲独坐窗前，看见梳妆台上的那瓶大丽菊已枯萎得发黑，她把那束菊花拿出来想扔掉，但她不知道往哪里扔，窗户紧闭着不再打开。颂莲抱着花在房间里踱着，她想来想去结果打开衣橱，把花放了进去。外面秋风又起，是很冷的风，把黑暗一点点往花园里吹。她听见有人敲门。她以为是雁儿又端茶来，就敲了一下门背，烦死了，我不要喝茶。外面的人说，是我，我是飞浦。

颂莲想不到飞浦会来。她把门打开，倚门而立。你来干什么？飞浦的头发让风吹得很凌乱，他抿着头发，有点局促地笑了笑说，他们说你病了，来看看你。颂莲嘘了一声，谁生病啊，要死就死了，生病多磨人。飞浦径直坐到沙发上去，他环顾着房间，突然说，我以为你房间里有好多书。颂莲摊开双手，一本也没有，书现在对我没用了。颂莲仍然站着，她说，你也是来教训我的吗？飞浦摇着头，说，怎么会？我见这些事头疼。颂莲说，那么你是来打圆场的？我看不需要，我这样的人让谁骂一顿也是应该的。飞浦沉默了一会儿说，我母亲其实也没什么坏心，她天性就是固执呆板，你别跟她斗气，不值得。颂莲在房间里来回走着，走着突然笑起来，其实我也没想跟大太太斗气，真的，我也不知道自己是怎么回事，你觉得我可笑吗？飞浦又摇头，他咳嗽了一声，慢吞吞地说，人都一样，不知道自己的喜怒哀乐是怎么回事。

他们的谈话很自然地引到那支箫上去。我原来也有一支箫，颂莲说，可惜，可惜弄丢了。那么你也会吹箫啦？飞浦高兴地问。颂莲说，我不会，还没来得及学就丢了。飞浦说，我介绍个朋友教你怎样？我就是跟他学的。颂莲笑着，不置可否的样子。这时候雁儿端着两碗红枣银耳羹进来，先送到飞浦手上。颂莲在一边说，你看这丫头对你多忠心，不用关照自己就做好点心了。雁儿的脸羞得通红，把另外一碗往桌上一放就逃出去了。颂莲说，雁儿别走呀，大少爷有话跟你说。说着颂莲捂着嘴扑哧一笑。飞浦也笑，他用银勺搅着碗里的点心，说，你对她也太厉害了。颂莲说，你以为她是盏省油灯？这丫头心贱，我这儿来了人，她哪回不在门外偷听？也不知道她害的什么糊涂心思。飞浦察觉到颂莲的不快，赶紧换了话题，他说，我从小就好吃甜食，像这红枣银耳羹什么的，真是不好意思，朋友们都说，女人才喜欢吃甜食。颂莲的神色却依旧是黯然，她开始摩挲自己的指甲玩，那指甲留得细长，涂了凤仙花汁，看上去像一些粉红的鳞片。喂，你在听我讲吗？飞浦说。颂莲说，听着呢，你说女人喜欢吃甜食，男人喜欢吃咸的。飞浦笑着摇摇头，站起身告辞。临走他对颂莲说，你这人有意思，我猜不透你的心。颂莲说，你也一样，我也猜不透你的心。

十二月初七陈府门口挂起了灯笼，这天陈佐千过五十大寿。从早晨起前来祝寿的亲朋好友在陈家花园穿梭不息。陈佐千穿着飞浦赠送的一套黑色礼服在客厅里接待客人，毓如、卓云、梅珊、颂莲和孩子们则簇拥着陈佐千，与来去宾客寒暄。正热闹的时候，猛听见一声脆响，人们都朝一个地方看，看见一只半人高的花瓶已经碎伏在地。

原来是飞澜和忆容在那儿追闹，把花瓶从长几上碰翻了。两个孩子站在那儿面面相觑，知道闯了祸。飞澜先从骇怕中惊醒，指着忆容说，是她撞翻的，不关我的事。忆容也连忙把手指到飞澜鼻子上，你追我，是你撞翻的。这时候陈佐千的脸已经幡然变色，但碍于宾客在场的缘故，没有发作。毓如走过来，轻声地然而又是浊重地嘀咕着，孽种，孽种。她把飞澜和忆容拽到外面，一人掴了一巴掌，晦气，晦气。毓如又推了飞澜一把，给我滚远点。飞澜便滚到地上哭叫起来，飞澜的嗓门又尖又亮，传到客厅里。梅珊先就奔了出来，她把飞澜抱住，睃了毓如一眼，说，打得好，打得好，反正早就看不顺眼，能打一下是一下！毓如说，你这算什么话？孩子闯了祸，你不教训一句倒还护着他？梅珊把飞澜往毓如面前推，说，那好，就交给你教训吧，你打呀，往死里打，打死了你心里会舒坦一些。这时卓云和颂莲也跑了出来。卓云拉过忆容，在她头上拍了一下，我的小祖奶奶，你怎么尽给我添乱呢？你说，到底谁打的花瓶？忆容哭起来，不是我，我说了不是我，是飞澜撞翻了桌子。卓云说，不准哭，既然不是你你哭什么？老爷的喜日都给你们冲乱了。梅珊在一边冷笑了一声，说，三小姐小小年纪怎么撒谎不打愣？我在一边看得清清楚楚，是你的胳膊把花瓶带翻的。四个女人一时无话可说，唯有飞澜仍然一声声哭嚎着。颂莲在一边看了一会儿，说，犯不着这样，不就是一只花瓶吗？碎了就碎了，能有什么事？毓如白了颂莲一眼，你说得轻巧，这是一只瓶子的事吗？老爷凡事喜欢图吉利，碰上你们这些人没心没肝的，好端端的陈家迟早要败在你们手里。颂莲说，耶，怎么又是我的错了？算我胡说好了，其实谁想管你们的事？颂莲一扭身离开了是非之地，她往后花园去，路上碰到飞浦和他的一班朋友，飞浦问，你怎么走了？颂莲摸摸自己的额头，说，我头疼。我见了热闹场面头就疼。

颂莲真的头疼起来，她想喝水，但水瓶全是空的。雁儿在客厅帮忙，趁势就把这里的事情撂下了。颂莲骂了一声小贱货，自己开了炉门烧水。她进了陈家还是头一次干这种家务活，有点笨手拙脚的。在厨房里站了一会儿，她又走到门廊上，看见后花园此时寂静无比，人都热闹去了，留下一些孤寂，它们在枯枝残叶上一点点滴落，浸入颂莲的心。她又看见那架凋零的紫藤，在风中发出凄迷的絮语，而那口井仍然向她隐晦地呼唤着。颂莲捂住胸口，她觉得她在虚无中听见了某种启迪的声音。

颂莲朝井边走去，她的身体无比轻盈，好像在梦中行路一般，有一股植物腐烂的气息弥漫井台四周，颂莲从地上捡起一片紫藤叶子细看了看，把它扔进井里。她看见叶子像一片饰物浮在幽蓝的死水之上，把她的浮影遮盖了一块，她竟然看不见自己的眼睛。颂莲绕着井台转了一圈，始终找不到一个角度看见自己，她觉得这很奇怪，一片紫藤叶子，她想，怎么会？正午的阳光在枯井中慢慢地跳跃，幻变成一点点白光，颂莲突然被一个可怕的想象攫住，一只手，有一只手托住紫藤叶遮盖了她的眼睛，这样想着她似乎就真切地看见一只苍白的湿漉漉的手，它从深不可测的井底升起来，遮盖她的眼睛。颂莲惊恐地喊出了声音，手，手。她想反身逃走，但整个身体好像被牢牢地吸附在井台上，欲罢不能。颂莲觉得她像一株被风折断的花，无力地俯下身子，凝视井中。在又一阵的晕眩中她看见井水倏然翻腾喧响，一个模糊的声音自遥远的地方切入耳膜：颂莲，你下来。颂莲，你下来。

卓云来找颂莲的时候，颂莲一个人坐在门廊上，手里抱着梅珊养的波斯猫。卓云说，你怎么在这儿？开午宴了。颂莲说，我头晕得厉害，不想去。卓云说，那怎么行？有病也得去呀，场面上的事情，老爷再三吩咐你回去。颂莲说，我真的不想去，难受得快死了，你们就让我清静一会儿吧。卓云笑了笑，说，是不是跟毓如生气呀？没有，我没精神跟谁生气，颂莲露出了不耐烦的神情，她把怀里的猫往地上一扔，说，我想睡一会儿，卓云仍然赔着笑脸，那你就去睡吧，我回去告诉老爷就是了。

这一天颂莲昏昏沉沉地睡着，睡着也看见那口井，井中那片紫槐叶，她浑身沁出一身冷汗。谁知道那口井是什么？那片紫槐叶是什么？她颂莲又是什么？后来她懒懒地起来，对着镜子梳洗了一番。她看见自己的面容就像那片枯叶一样憔悴毫无生气。她对镜子里的女人很陌生。她不喜欢那样的女人。颂莲深深地叹了一口气，这时候她想起了陈佐千和生日这些概念，心里对自己的行为不免后悔起来。她自责地想我怎么一味地耍起小性子来了，她深知这对她的生活是有害无益的，于是她连忙打开了衣橱门，从里面取出一条水灰色的羊毛围巾，这是她早就为陈佐千的生日准备的礼物。

晚宴上全部是陈家自己人了。颂莲进饭厅的时候看见他们都已落座。他们不等我就开桌了。颂莲这样想着走到自己的座位前，飞浦在对面招呼说，你好了？颂莲点点头，她偷窥陈佐千的脸色，陈佐千脸色铁板阴沉，颂莲的心就莫名地跳了一下，她拿着那条羊毛围巾送到他面前，老爷，这是我的微薄之礼。

陈佐千嗯了一声，手往边上的圆桌一指，放那边吧。颂莲抓着围巾走过去，看见桌上堆满了家人送的寿礼。一只金戒指，一件狐皮大衣，一只瑞士手表，都用红缎带扎着。颂莲的心又一次咯噔了一下，她觉得脸上一阵燥热。重新落座，她听见毓如在一边说，既是寿礼，怎么也不知道扎条红缎带？

颂莲装作没听见，她觉得毓如的挑剔实在可恶，但是整整一天她确实神思恍惚，心不在焉。她知道自己已经惹恼了陈佐千，这是她唯一不想干的事情。颂莲竭力想着补救的办法，她应该让他们看到她在老爷面前的特殊地位，她不能做出卑贱的样子，于是颂莲突然对着陈佐千莞尔一笑，她说，老爷，今天是你的吉辰良日，我积蓄不多，送不出金戒指皮大衣，我再补送老爷一份礼吧。说着颂莲站起身走到陈佐千跟前，抱住他的脖子，在他脸上亲了一下，又亲了一下。桌上的人都呆住了，望着陈佐千。陈佐千的脸涨得通红，他似乎想说什么，又说不出什么，终于把颂莲一把推开，厉声道，众人面前你放尊重一点。

五

陈佐千这一手其实自然，但颂莲却始料不及，她站在那里，睁着茫然而惊惶的眼睛盯着陈佐千，好一会儿她意识到发生了什么，她捂住了脸，不让他们看见扑簌簌涌出来的眼泪。她一边往外走一边低低地碎帛似的哭泣，桌上的人听见颂莲在说，我做错了什么，我又做错了什么？

即使站在一边的女仆也目睹了发生在寿宴上的风波，她们敏感地意识到这将是颂莲在陈府生活的一大转折。到了夜里，两个女仆去门口摘走寿日灯笼，一个说，你猜老爷今天夜里去谁那儿？另一个想了会儿说，猜不出来，这种事还不是凭他的兴致来，谁能猜得到？

两个女人面对面坐着，梅珊和颂莲。梅珊是精心打扮过的，画了眉毛，涂了嫣丽的美人牌口红，一件华贵的裘皮大衣搭在膝上；而颂莲是懒懒的刚刚起床的样子，手指上夹着一支烟，虚着眼睛慢慢地吸。奇怪的是两个人都不说话，听墙上的挂钟嘀嗒嘀嗒响，颂莲和梅珊各怀心事，好像两棵树面对面地各怀心事，这在历史上也是常见的。

梅珊说我发现你这两天脾气坏了，是不是身上来了？

颂莲说这跟那个有什么联系，我那个不准，也不知道什么时候来，什么时候又去了。

梅珊说聪明女人这事却糊涂，这个月还没来？别是怀上了吧？颂莲说没有没有哪有这事？

梅珊说你照理应该有了，陈佐千这方面挺有能耐的，晚上你把小腰儿垫高一点，真的，不诓你。

颂莲说梅珊你嘴上真是没遮拦亏你说得出口。

梅珊说不就这么回事有什么可瞒瞒藏藏的，你要是不给陈家添个人丁，苦日子就在后面了。我们这样人都一回事。

颂莲说陈佐千这一阵子根本就没上我这里来，随便吧，我无所谓的。梅珊说你是没到那个火候，我就不，我跟他直说了，他只要超过五天不上我那里，我就找个伴。我没法过活寡日子。他在我那儿最辛苦，他对我又怕又恨又想要，我可不怕他。

颂莲说这事多无聊，反正我都无所谓的，我就是不明白女人到底是个什么东西，女人到底算个什么东西，就像狗、像猫、像金鱼、像老鼠，什么都像，就是不像人。

梅珊说你别尽自己糟践自己，别担心陈佐千把你冷落了，他还会来你这儿的，你比我们都年轻，又水灵，又有文化，他要是抛下你去找毓如和卓云才是傻瓜呢！她们的腰快赶上水桶那样粗啦。再说当众亲他一下又怎么样呢？

颂莲说你这人真讨厌，我不是这个意思，我是说我自己。

梅珊说别去想那事了，没什么，他就是有点假正经，要是在床上，别说亲一下脸，就是亲他那儿他也乐意。

颂莲说你别说了真让人恶心。

梅珊说那么你跟我上玫瑰戏院去吧，程砚秋来了，演《荒山泪》，怎么样，去散散心吧？

颂莲说我不去，我不想出门，这心就那么一块，怎么样都是那么一块，散散心又能怎么样？

梅珊说你就不能陪陪我，我可是陪你说了这么多话。

颂莲说让我陪你有什么趣呢，你去找陈佐千陪你，他要是没工夫你就找那个医生嘛。

梅珊愣了一下，她的脸立刻挂下来了。梅珊抓起裘皮大衣和围脖起身，她逼近颂莲朝她盯了一眼，一扬手把颂莲嘴里衔着的香烟打在地上，又用脚碾了一下。梅珊厉声说，这可不是玩笑话，你要是跟别人胡说我就把你的嘴撕烂了，我不怕你们，我谁也不怕，谁想害我都是痴心妄想!

飞浦果然领了一个朋友来见颂莲，说是给她请的吹箫老师。颂莲反而手足无措起来，她原先并没把学箫的事情当真。定睛看那个老师，一个皮肤白皙留平头的年轻男子，像学生又不像学生，举手投足有点腼腆拘谨，通报了名字，原来是此地丝绸大王顾家的三公子。颂莲从窗子里看见他们过来，手拉手的。颂莲觉得两个男子手拉手地走路，有一种新鲜而古怪的感觉。

看你们两个多要好，颂莲抿着嘴笑道，我还没见过两个大男人手拉手走路呢。飞浦的样子有点窘，他说，我们从小就认识，在一个学堂念书的。再看顾家少爷，更是脸红红的。颂莲想这位老师有意思，动辄脸红的男人不知是什么样的男人。颂莲说，我长这么大，就没交上一个好朋友。飞浦说，这也不奇怪，你看上去孤傲，不太容易接近吧。颂莲说，冤枉了，我其实是孤而不傲，要傲总得有点资本吧。我有什么资本傲呢?

飞浦从一个黑绸箫袋里抽出那支箫，说，这支送你吧，本来他是顾少爷给我的，借花献佛啦。颂莲接过箫来看了看顾少爷，顾少爷颔首而笑。颂莲把箫横在唇边，胡乱吹了一个音，说，就怕我笨，学不会。顾少爷说，吹箫很简单的，只要用心，没有学不会的道理。颂莲说，就怕我用不上那份心，我这人的心像沙子一样散的，收不起来。顾少爷又笑了，那就困难了，我只管你的箫，管不了你的心。飞浦坐下来，看看颂莲，又看看顾少爷，目光中闪烁着他特有的温情。

箫有七孔，一个孔是一份情调，缀起来就特别优美，也特别感伤，吹箫人就需要这两种感情。顾少爷很含蓄地看着颂莲说，这两种感情你都有吗?颂莲想了想说，恐怕只有后一种。顾少爷说有也就不错了，感伤也是一份情调，就怕空，就怕你心里什么也没有，那就吹不好箫了。颂莲说，顾少爷先吹一曲吧，让我听听箫里有什么。顾少爷也不推辞，横箫便吹。颂莲听见一丝轻婉柔美的箫声流出来，如泣如诉的。飞浦坐在沙发上闭起了眼睛，说，这是《秋怨曲》。

毓如的丫环福子就是这时候来敲窗的，福子尖声喊着飞浦，大少爷，太太让你去客厅见客呢。飞浦说，谁来了？福子说，我不知道，太太让你快去。飞浦皱了皱眉头说，叫客人上这儿来找我。福子仍然敲着窗，喊，太太一定要你去，你不去她要骂死我的。飞浦轻轻骂了一声，讨厌。他无可奈何地站起来，又骂，什么客人？见鬼。顾少爷持箫看着飞浦，疑疑惑惑地问，那这箫还教不教？飞浦挥挥手说，教呀，你在这儿，我去看看就是了。

剩下颂莲和顾少爷坐在房里，一时不知说什么好。颂莲突然微笑了一声说，撒谎。顾少爷一惊，你说谁撒谎？颂莲也醒过神来，不是说你，说她，你不懂的。顾少爷有点坐立不安，颂莲发现他的脸又开始红了，她心里又好笑，大户人家的少爷也有这样薄脸皮的，爱脸红无论如何也算是条优点。颂莲就带有怜悯地看着顾少爷，颂莲说，你接着吹呀，还没完呢。顾少爷低头看看手里的箫，把它塞回黑绸箫袋里，低声说，完了，这下没情调了，曲子也就吹完了。好曲就怕败兴，你懂吗？飞浦一走箫就吹不好了。

顾少爷很快就起身告辞了。颂莲送他到花园里，心里忽然对他充满感激之情，又不宜表露，她就停步按了按胸口，屈膝道了个万福。顾少爷说，什么时候再学箫？颂莲摇了摇头，不知道。顾少爷想了想说，看飞浦安排吧，又说，飞浦对你很好，他常在朋友面前夸你。颂莲叹了口气，他对我好有什么用？这世界上根本就没人可以依靠。

颂莲刚回到屋里，卓云就风风火火闯进来，说飞浦和大太太吵起来了。颂莲先是愣了一下，接着就冷笑道，我就猜到是这么回事。卓云说，你去劝劝吧。颂莲说，我去劝算什么？人家是母子，随便怎么吵，我去劝算什么呢？卓云说，你难道不知道他们吵架是为你？颂莲说，耶，这就更奇怪了，我跟他们井水不犯河水，干吗要把我缠进去？卓云斜睨着颂莲，你也别装糊涂了，你知道他们为什么吵。颂莲的声音不禁尖厉起来，我知道什么？我就知道她容不得谁对我好，她把我看成什么人了？难道我还能跟她儿子有什么吗？颂莲说着眼里又沁出泪花，真无聊，真可恶。她说，怎么这样无聊？卓云的嘴里正嗑着瓜子，这会儿她把手里的瓜子壳塞给一边站着的雁儿，卓云笑着推颂莲一把，你也别发火，身正不怕影子斜，无事不怕鬼敲门，怕什么呀？颂莲说，让你这么一说，我倒好像真有什么怕的了。你爱劝架你去劝好了，我懒得去。卓云说，颂莲你这人心够狠的，我是真见识了。颂莲说，你太抬举我了，谁的心也不能掏出来看，谁心狠谁自己最清楚。

第二天颂莲在花园里遇到飞浦。飞浦无精打采地走着，一路走一路玩着一只打火机。飞浦装作没有看见颂莲，但颂莲故意高声地喊住了他。颂莲一如既往地跟他站着说话。她问，昨天来的什么客人？害得我箫也没学成，飞浦苦笑了一声，别装糊涂了，今天满园子都在传我跟大太太吵架的事。颂莲又问，你们吵什么呢？飞浦摇摇头，一下一下地把打火机打出火来，又吹熄了，他朝四周潦草地看了看，说，呆在家里时间一长就令人生厌，我想出去跑了，还是在外面好，又自由，又快活。颂莲说，我懂了，闹了半天，你还是怕她。飞浦说，不是怕她，是怕烦，怕女人，女人真是让人可怕。颂莲说，你怕女人？那你怎么不怕我？飞浦说，对你也有点怕，不过好多了，你跟她们不一样，所以我喜欢去你那儿。

后来颂莲老想起飞浦漫不经心说的那句话，你跟她们不一样。颂莲觉得飞浦给了她一种起码的安慰，就像若有若无的冬日阳光，带着些许暖意。

以后飞浦就极少到颂莲房里来了，他在生意上好像也做得不顺当，总是闷闷不乐的样子。颂莲只有在饭桌上才能看他，有时候眼前就浮现出梅珊和医生的腿在麻将桌下做的动作，她忍不住地偷偷朝桌下看，看她自己的腿，会不会朝那面伸过去。想到这件事她心里又害怕又激动。

这天飞浦突然来了，站在那儿搓着手，眼睛看着自己的脚。颂莲见他半天不开口，扑哧笑了，你葫芦里卖的什么药，怎么不说话？飞浦说，我要出远门了。颂莲说，你不是经常出远门的吗？飞浦说，这回是去云南，做一笔烟草生意。颂莲说，那有什么，只要不是鸦片生意就行。飞浦说，昨天有个高僧给我算卦，说我此行凶多吉少。本来我从不相信这一套，但这回我好像有点相信了。颂莲说，既然相信就别去，听说那里土匪特别多，割人肉吃。飞浦说，不去不行，一是我想出门，二是为了进账，陈家老这样下去会坐吃山空。老爷现在有点糊涂，我不管谁管？颂莲说，你说得在理，那就去吧，大男人整天窝在家里也不成体统。飞浦搔着头沉默了一会儿，突然说，我要是去了回不来，你会不会哭？颂莲就连忙去捂他的嘴，别自己咒自己。飞浦抓住颂莲的手，翻过来，又翻过去研究，说，我怎么不会看手纹呢？什么名堂也看不出来。也许你命硬，把什么都藏起来了。颂莲抽出了手，说，别闹，让雁儿看见了会乱嚼舌头。飞浦说，她敢我把她的舌头割了熬汤喝。

颂莲在门廊上跟飞浦说拜拜，看见顾少爷在花园里转悠。颂莲问飞浦，他怎么在外面？飞浦笑笑说，他也怕女人，跟我一样的。又说，他跟我一起去云南。颂莲做了个鬼脸，你们两个倒像夫妻了，形影不离的。飞浦说，你好像有点嫉妒了，你要想去云南我就把你也带上，你去不去？颂莲说，我倒是想去，就是行不通。飞浦说，怎么行不通？颂莲搡了他一把，别装傻，你知道为什么行不通。快走吧，走吧。她看见飞浦跟顾少爷从月牙门里走出去，消失了。她说不清自己对这次告别的感觉是什么，无所谓或者怅怅然的，但有一点她心里明白，飞浦一走她在陈家就更加孤独了。

六

陈佐千来的时候颂莲正在抽烟。她回头看见他时的第一个反应就是把烟掐灭。她记得陈佐千说过讨厌女人抽烟。陈佐千脱下帽子和外套，等着颂莲过去把它们挂到衣架上去。颂莲迟迟疑疑地走过去，说，老爷好久没来了，陈佐千说你怎么抽起烟来了？女人一抽烟就没有女人味了。颂莲把他的外套挂好，把帽子往自己头上一扣，嬉笑着说，这样就更没有女人味了，是吗？陈佐千就把帽子从她头上捞过来，自己挂到衣架上，他说，颂莲你太调皮了。你调皮起来太过分，也不怪人家说你。颂莲立刻说，说什么？谁说我？到底是人家还是你自己，人家乱嚼舌头我才不在乎，要是老爷你也容不下我，那我只有一死干净了。陈佐千皱了下眉头说，好了好了，你们怎么都一样，说着说着就是死，好像日子过得多凄惨似的，我最不喜欢这一套。颂莲就去摇陈佐千的肩膀，既不喜欢，以后不说死就是了，其实好端端的谁说这些，都是伤心话。陈佐千把她搂过来坐到他腿上，那天的事你伤心了？主要是我情绪不好，那天从早到晚我心里乱极了，也不知道为什么，男人过五十岁生日大概都高兴不起来。颂莲说，哪天的事呀，我都忘了。陈佐千笑起来，在她腰上掐了一把，说，哪天的事？我也忘了。

隔了几天不在一起，颂莲突然觉得陈佐千的身体很陌生，而且有一股薄荷油的味道，她猜到陈佐千这几天是在毓如那里的，只有毓如喜欢擦薄荷油。颂莲从床边摸出一瓶香水，朝陈佐千身上细细地洒过了，然后又往自己身上洒了一些。陈佐千说，从哪儿学来的这一套。颂莲说，我不让你身上有她们的气味。陈佐千踢了踢被子，说，你还挺霸道。颂莲说了一声，想霸道也霸道不起呀。忽然又问，飞浦怎么去云南了？陈佐千说，说是去做一笔烟草生意，我随他去。颂莲又说，他跟那个顾少爷怎么那样好？陈佐千笑了一声，说，那有什么奇怪的，男人与男人之间有些事你不懂的。颂莲无声地叹了一口气，她摸着陈佐千精瘦的身体，脑子里倏尔浮现出一个秘不告人的念头。她想飞浦躺在被子里会是什么样子？

作为一个具有了性经验的女人，颂莲是忘不了这特殊的一次的。陈佐千已经汗流浃背了，却还是徒劳。她敏锐地发现了陈佐千眼睛里深深的恐惧和迷乱。这是怎么啦？她听见他的声音变得软弱胆怯起来。颂莲的手指像水一样地在他身上流着，她感觉到手下的那个身体像经过了爆裂终于松弛下去，离她越来越远。她明白在陈佐千身上发生了某种悲剧，心里有一种奇怪的感情，不知是喜是悲，她觉得自己很茫然。她摸了下陈佐千的脸说，你是太累了，先睡一会儿吧。陈佐千摇着头说，不是不是，我不相信。颂莲说，那怎么办呢？陈佐千犹豫了一会儿，说，有个办法可能行，就是不知道你肯不肯？颂莲说，只要你高兴，我没有不肯的道理。陈佐千的脸贴过去，咬着颂莲的耳朵，他先说了一句话，颂莲没听懂，他又说一遍，颂莲这回听懂了，她无言以对，脸羞得极红。她翻了个身，看着黑暗中的某个地方，忽然说了一句，那我不成了一条狗了吗？陈佐千说，我不强迫你，你要是不愿意就算了，颂莲还是不语，她的身体像猫一样蜷起来，然后陈佐千就听见了一阵低低的啜泣，陈佐千说，不愿意就不愿意，也用不到哭呀。没想到颂莲的啜泣越来越响，她蒙住脸放声哭起来，陈佐千听了一会儿，说，你再哭我走了。颂莲依然哭泣，陈佐千就掀了被子跳下床，他一边穿衣服一边说，没见过你这种女人，做了婊子还立什么贞节牌坊？

陈佐千拂袖而去。颂莲从床上坐起来，面对黑暗哭了很长时间，她看见月光从窗帘缝隙间投到地上，冷冷的一片，很白很淡的月光。她听见自己的哭声还萦绕在她的耳边，没有消逝，而外面的花园里一片死寂。这时候她想起陈佐千临走说的那句话，浑身便颤得很厉害，她猛地拍了一下被子，对着黑暗的房间喊，谁是婊子，你们才是婊子。

这年冬天在陈府是不寻常的，种种迹象印证了这一点。陈家的四房太太偶尔在一起说起陈佐千脸上不免流露暧昧的神色，她们心照不宣，各怀鬼胎。陈佐千总是在卓云房里过夜，卓云平日的状态就很好，另外的三位太太观察卓云的时候，毫不掩饰眼睛里的疑点，那么卓云你是怎么伺候老爷过夜的呢？有些早晨，梅珊在紫藤架下披上戏装重温舞台旧梦，一招一式唱念做都很认真，花园里的人们看见梅珊的水袖在风中飘扬，梅珊舞动的身影也像一个俏丽的鬼魅。

四更鼓哇
满江中啊人声寂静
形吊影影吊形我加倍伤情
细思量啊
真是个红颜薄命
可怜我数年来含羞忍泪
枉落个娼妓之名
到如今退难退我进又难进
倒不如葬鱼腹了此残生
杜十娘啊拼一个香消玉殒
纵要死也死一个朗朗清清

颂莲听得入迷，她朝梅珊走过去，抓住她的裙裾，说，别唱了，再唱我的魂要飞了，你唱的什么？梅珊撩起袖子擦掉脸上的红粉，坐到石桌上，只是喘气。颂莲递给她一块丝帕，说，看你脸上擦得红一块白一块的，活脱脱像个鬼魂。梅珊说，人跟鬼就差一口气，人就是鬼，鬼就是人。颂莲说，你刚才唱的什么，听得人心酸。梅珊说，《杜十娘》，我离开戏班子前演的最后一出戏就是这。杜十娘要寻死了，唱得当然心酸。颂莲说，什么时候教我唱唱这一段？梅珊瞄了颂莲一眼，说得轻巧，你也想寻死吗？你什么时候想寻死我就教你。颂莲被呛得说不出话，她呆呆地看着梅珊被油彩弄脏的脸，她发现她现在不恨梅珊，至少是现在不恨，即使她出语伤人。她深知梅珊和毓如再加上她自己，现在有一个共同的仇敌，就是卓云。颂莲只是不屑于表露这种意思。她走到废井边，弯下腰朝井里看了看，忽然笑了一声，鬼，这里才有鬼呢，你知道是谁死在这井里吗？梅珊依然坐在石桌上不动，她说，还能是谁，一个是你，一个是我。颂莲说，梅珊你老开这种玩笑，让人头皮发冷。梅珊笑起来说，你怕了？

你又没偷男人，怕什么，偷男人的都死在这井里，陈家好几代了都是这样。颂莲朝后退了一步，说，多可怕，是推下去吗？梅珊甩了甩水袖，站起来说，你问我我问谁，你自己去问那些鬼魂好了。梅珊走到废井边，她也朝井里看了会儿，然后她一字一句念了个道白：屈、死、鬼、呐——她们在井边断断续续说了一会儿话，不知怎么就说到了陈佐千的暗病上去。梅珊说，油灯再好也有个耗尽的时候，就怕续不上那一壶油呐。又说，这园子里阴气太旺，损了阳气也是命该如此，这下可好，他陈佐千陈老爷占着茅坑不拉屎，苦的是我们，夜夜守空房。说着就又说到了卓云，梅珊咬牙切齿地骂，她那一身贱肉，反正是跟着老爷抖，你看她抖得多欢，恨不得去舔他的屁眼，说又甜又香，她以为她能兴风作浪，看我什么时候狠狠治她一下，叫她又哭爹又喊娘。

颂莲却走神了，她每次到废井边总是摆脱不了梦魇般的幻觉。她听见井水在很深的地层翻腾，送上来一些亡灵的语言，她真的听见了，而且感觉到井里泛出冰冷的瘴气，湮没了她的灵魂和肌肤。我怕，颂莲这样喊了一声转身就跑，她听见梅珊在后面喊，喂你怎么啦你要是去告密我可不怕我什么也没说过。

这天忆云放学回家是一个人回来的，卓云马上就意识到什么，她问，忆容呢？忆云把书包朝地上一扔说，她让人打伤了，在医院呢。卓云也来不及细问，就带了两个男仆往医院赶。他们回家已是晚饭时分，忆容头上缠着绷带，被卓云抱到饭桌上，吃饭的人都放下筷子，过来看忆容头上的伤。陈佐千平日最宠爱的就是忆容，他把忆容又抱到自己腿上，问，告诉我是谁打的，明天我扒了他的皮。忆容哭丧着脸，说了一个男孩的名字。陈佐千怒不可遏，说他是谁家的孩子？竟敢打我的女儿。卓云在一边抹着眼泪说，你问她能问出什么名堂来？明天找到那孩子，才能问个仔细，哪个丧尽天良的禽兽不如的东西，对孩子下这样的毒手？毓如微微皱了下眉头，说，吃你们的饭吧，孩子在学堂里打架也是常有的事，也没伤着要害，养几天就好了。卓云说，大太太你也说得太轻巧了，差一点就把眼睛弄瞎了，孩子细皮嫩肉的受得了吗？再说，我倒不怎么怪罪孩子，气的是指使他的那个人，要不然，没冤没仇的，那孩子怎么就会从树后面蹿出来，抡起棍子就朝忆容打？梅珊只顾往碗里舀鸡汤，一边说，二太太的心眼也太多，孩子间闹别扭，有什么道理好讲？不要疑神疑鬼的，搞得谁也不愉快。卓云冷冷地说，不愉快的事在后面呢，这口气怎么咽得下去？

我倒是非要搞个水落石出不可。

谁也想不到的是，第二天吃午饭的时候，卓云领了一个男孩进了饭间，男孩胖胖的，拖着鼻涕。卓云跟他低声说了句什么，男孩就绕着饭桌转了一圈，挨个看着每个人的脸，突然他就指着梅珊说，是她，她给了我一块钱。梅珊朝天翻了翻眼睛，然后推开椅子，抓住男孩的衣领，你说什么？我凭什么给你一块钱？男孩死命挣脱着，一边嚷嚷，是你给我一块钱，让我去揍陈忆容和陈忆云。梅珊啪地打了男孩一个耳光，骂，放屁，我根本就不认识你个小兔崽，谁让你来诬陷我的？这时候卓云上去把他们拉开，佯笑着说，行了，就算他认错了人，我心中有个数就行了。说着就把男孩推出了吃饭间。

梅珊的脸色很难看，她把勺子朝桌上一扔，说，不要脸。卓云就在这边说，谁不要脸谁心里清楚，还要我把丑事抖个干净啊。陈佐千终于听不下去了，一声怒喝，不想吃饭给我滚，都给我滚！

这事的前后过程颂莲是个局外人，她冷眼观察，不置一词。事实上从一开始她就猜到了梅珊，她懂得梅珊这种品格的女人，爱起来恨起来都疯狂得可怕。她觉得这事残忍而又可笑，完全不加理智，但奇怪的是，她内心同情的一面是梅珊，而不是无辜的忆容，更不是卓云。她想女人是多么奇怪啊，女人能把别人琢磨透了，就是琢磨不透她自己。

七

颂莲的身上又来了，没有哪次比这回更让颂莲焦虑和烦躁了。那摊紫红色的污血对于颂莲是一种无情的打击。她心里清楚，她怀孕的可能随着陈佐千的冷淡和无能变得可望而不可即。如果这成了事实，那么她将孤零零地像一叶浮萍在陈家花园漂流下去吗？

颂莲发现自己愈来愈容易伤感，苦泪常沾衣襟。颂莲流着泪走到马桶间去，想把污物扔掉，当她看见马桶浮着一张被浸烂的草纸时，就骂了一声，懒货。雁儿好像永远不会用新式的抽水马桶，她方便过后总是忘了冲水。颂莲刚要放水冲，一种超常的敏感和多疑使她萌生一念，她找到一柄刷子，皱紧了鼻子去拨那团草纸，草纸摊开后原形毕露，上面有一个模糊的女人，虽然被水洇烂了，但草纸上的女人却一眼就能分辨，而且是用黑红色的不知什么血画的。

颂莲明白，画的又是她，雁儿又换了个法子偷偷对她进行恶咒。她巴望我死，她把我扔在马桶里。颂莲浑身颤抖着把那张草纸捞起来，她一点也不嫌脏了，浑身的血液都被雁儿的恶行点得火烧火燎。她夹着草纸撞开小偏屋的门，雁儿靠着床在打盹，雁儿说，太太你要干什么？颂莲把草纸往她脸上摔过去，雁儿说，什么东西？等到她看清楚了，脸就灰了，嗫嚅着说不是我用的。颂莲气得说不出话，盯视的目光因愤怒而变得绝望。雁儿缩在床上不敢看她，说，画着玩的，不是你。颂莲说，你跟谁学的这套阴毒活儿？你想害死我你来当太太是吗？雁儿不敢吱声，抓了那张草纸要往窗外扔。颂莲尖声大喊，不准扔！雁儿回头申辩，这是脏东西，留着干吗？颂莲抱着双臂在屋里走着，留着自然有用，有两条路随你走。一条路是明了，把这脏东西给老爷看，给大家看，我不要你来伺候了，你哪是伺候我？你是来杀我来了。还有一条路是私了。雁儿就怯怯地说，怎么私了？你让我干什么都行，就是别撵我走。颂莲莞尔一笑，私了简单，你把它吃下去。雁儿一惊，太太你说什么？颂莲侧过脸去看着窗外，一字一顿地说，你把它吃下去。雁儿浑身发软，就势蹲了下去，蒙住脸哭起来，那还不如把我打死好。颂莲说，我没劲打你，打你脏了我的手。你也别怨我狠，这叫作以其人之道还治其人之身。书上说的，不会有错。雁儿只是蹲在墙角哭，颂莲说，你这会儿又要干净了，不吃就滚蛋，卷铺盖去吧。雁儿哭了很长时间，突然抹了下眼泪，一边哽咽一边说，我吃，吃就吃。然后她抓住那张草纸就往嘴里塞，发出一阵撕心裂肺的干呕声。颂莲冷冷地看着，并没有什么快感，她不知怎么感到寒心，而且反胃得厉害。贱货。她厌恶地看了一眼雁儿，离开了小偏房。

雁儿第二天就病了，病得很厉害，医生来看了，说雁儿得了伤寒。颂莲听了心里像被什么钝器割了一下，隐隐作痛。消息不知怎么透露了出去，佣人们都在谈论颂莲让雁儿吞草纸的事情，说四太太看不出来比谁都阴损，说雁儿的命大概也保不住了。陈佐千让人把雁儿抬进了医院。他对管家说，尽量给她治，花费全由我来，不要让人骂我们不管下人死活。抬雁儿的时候，颂莲躲在房间里，她从窗帘缝里看见雁儿奄奄一息地躺在担架上，她的头皮因为大量掉发而裸露着，模样很怕人。她感觉到雁儿枯黄的目光透过窗帘，很沉重地刺透了她的心。后来陈佐千到颂莲房里来，看见颂莲站在窗前发呆。陈佐千说，你也太阴损了，让别人说尽了闲话，坏了陈家名声。颂莲说，是她先阴损我的，她天天咒我死。陈佐千就恼了，你是主子，她是奴才，你就跟她一般见识？颂莲一时语塞，过了会儿又无力地说，我也没想把她弄病，她是自己害了自己，能全怪我吗？陈佐千挥挥手，不耐烦地说，别说了，你们谁也不好惹，我现在见了你们头就疼。你们最好别再给我添乱了。说完陈佐千就跨出了房门，他听见颂莲在后面幽幽地说，老天，这日子让我怎么过？阵佐千回过头回敬她说，随你怎么过，你喜欢怎么过就怎么过，就是别再让佣人吃草纸了。

一个被唤做宋妈的老女佣，来颂莲这儿伺候。据宋妈自己说，她在陈府里从十五岁干到现在，差不多大半辈子了，飞浦就是她抱大的，还有在外面读大学的大小姐，也是她抱大的，颂莲见她倚老卖老，有心开个玩笑，那么陈老爷也是你抱大的啰。宋妈也听不出来话里的味道，笑起来说，那可没有，不过我是亲眼见他娶了四房太太，娶毓如大太太的时候他才十九岁，胸前佩了一个大金片儿，大太太也佩一个，足有半斤重啊。到娶卓云二太太就换了个小金片儿，到娶梅珊三太太，就只是手上各戴几个戒指，到了娶你，就什么也没见着了，这陈家可见是一天不如一天了。颂莲说，既然陈家一天不如一天，你还在这儿干什么？宋妈叹口气说，在这里伺候惯了，回老家过清闲日子反而过不惯了。颂莲捂嘴一笑，她说，宋妈要是说的真心话，那这世上当真就有奴才命了。宋妈说，那还有假？人一生下来就有富贵命奴才命，你不信也得信呀，你看我天天伺候你，有一天即使天塌下来地陷下去，只要我们活着，就是我伺候你，不会是你伺候我的。

宋妈是个愚蠢而唠叨的女佣。颂莲对她不无厌恶，但是在许多穷极无聊的夜晚，她，一个人坐灯下，时间长了就想找个人说话。颂莲把宋妈喊到房间里陪着她说话，一仆一主的谈话琐碎而缺乏意义，颂莲一会儿就又厌烦，她听着宋妈的唠叨，思想会跑到很远很奇怪的角落去，她其实不听宋妈说话，光是觉得老女佣黄白的嘴唇像虫卵似的蠕动，她觉得这样打发夜晚实在可笑，但又问自己，不这样又能怎么样呢？有一回就说起了从前死在废井里的女人。

宋妈说那最后一个是四十年前死的，是老太爷的小姨太太，说她还伺候过那个小姨太太半年的光景。颂莲说，怎么死的？宋妈神秘地眨眨眼睛，还不是男男女女的事情？

家丑不可外扬，否则老爷要怪罪的。颂莲说，那么说我是外人了？好吧，别说了，你去睡吧。宋妈看看颂莲的脸色，又赔笑脸说，太太你真想听这些脏事？颂莲说，你说我就听。这有什么了不得的？宋妈就压低嗓门说，一个卖豆腐的！她跟一个卖豆腐的私通。颂莲淡淡地说，怎么会跟卖豆腐的呢？宋妈说，那男人豆腐做得很出名，厨子让他送豆腐来，两个人就撞上了。都是年轻血旺的，眉来眼去的就勾搭上了。颂莲说，谁先勾搭谁呀？宋妈嘻地一笑说，那只有鬼知道了，这先后的事说不清，都是男的咬女的，女的咬男的。颂莲又问，怎么知道他们私通的？宋妈说，探子！陈老太爷养了探子呀，那姨太太说是头疼去看医生，老太爷要喊医生上门来，她不肯。老太爷就疑心了，派了探子去跟踪。也怪她谎撒得不圆。到了那卖豆腐的家里，挨到天黑也不出来。探子开始还不敢惊动，后来饿得难受，就上去把门一脚踹开了，说，你们不饿我还饿呢。宋妈说到这里就咯咯笑起来，颂莲看着宋妈笑得前仰后合的，她不笑，端坐着说了声，恶心。颂莲点了一支烟，猛吸了几口，忽然说，那么她是偷了男人才跳井的？宋妈的脸上又有了讳莫如深的表情，她轻声说，鬼知道呢？反正是死在井里了。

夜里颂莲因此就添了无名的恐惧，她不敢关灯睡觉。关上灯周围就黑得可怕，她似乎看见那口废井跳跃着从紫藤架下跳到她的窗前，看见那些苍白的泛着水光的手在窗户上向她张开，湿漉漉地摇晃着。

没人知道颂莲对废井传说的恐惧，但她晚上亮灯睡觉的事却让毓如知道了。毓如说了好几次，夜里不关灯，再厚的家底都会败光的。颂莲对此充耳不闻，她发现自己已经倦怠于女人间的嘴仗，她不想申辩，不想占上风，不想对鸡毛蒜皮的小事表示任何兴趣，她想的东西不着边际，漫无目的，连她自己也理不出头绪。她想没什么可说的干脆不说，陈家人后来都发现颂莲变得沉默寡言，他们推测那是因为她失宠于陈老爷的缘故。

眼看就要过年了，陈府上上下下一片忙碌，杀猪宰牛搬运年货。窗外天天是嘈杂混乱。颂莲独坐室内，忽然想起了自己的生日。自己的生日和陈佐千只相差五天，十二月十二，生日早已过去了，她才想起来，不由得心酸酸的，她掏钱让宋妈上街去买点卤菜，还要买一瓶四川烧酒。宋妈说，太太今天是怎么啦？颂莲说，你别管我，我想尝尝醉酒的滋味。然后她就找了一个小酒盅，放在桌上。人坐下来盯着那酒盅看，好像就看见了二十年前那个小女婴的样子，被陌生的母亲抱在怀里。其后的二十年时光却想不清晰，只有父亲浸泡在血水里的那只手，仍然想抬起来抚摸她的头发。颂莲闭上眼睛，然后脑子里又是一片空白，唯一清楚的就是生日这个概念。生日，她抓起酒盅看着杯底，杯底上有一点褐色的污迹，她自言自语，十二月十二，这么好记的日子怎么会忘掉的？

除了她自己，世界上就没人知道十二月十二是颂莲的生日了。除了她自己，也不会有人来操办她的生日宴会了。

宋妈去了好久才回来，把一大包卤肺、卤肠放到桌上，颂莲说，你怎么买这些东西，脏兮兮的谁吃？宋妈很古怪地打量着颂莲，突然说，雁儿死了，死在医院里了。颂莲的心立刻哆嗦了一下，她镇定着自己，问，什么时候死的？宋妈说，不知道，光听说雁儿临死喊你的名字。颂莲的脸有些白，喊我的名字干什么？难道是我害死她的？宋妈说，你别生气呀，我是听人说了才告诉你。生死是天命，怪不着太太。颂莲又问，现在尸体呢？宋妈说，让她家里人抬回乡下去了，一家人哭哭啼啼的，好可怜。颂莲打开酒瓶，闻了闻酒气，淡淡地说了一句，也没什么多哭的，活着受苦，死了干净。死了比活着好。

颂莲一个人呷着烧酒，朦朦胧胧听见一阵熟悉的脚步声，门帘被哗地一掀，闯进来一个黑黝黝的男人。颂莲转过脸朝他望了半天，才认出来，竟然是大少爷飞浦。她急忙用台布把桌上的酒菜一股脑地全部盖上，不让飞浦看到，但飞浦还是看见了，他大叫，好啊，你居然在喝酒。颂莲说，你怎么就回来了？飞浦说不死总要回家来的。飞浦多日不见变化很大，脸发黑了，人也粗壮了些，神色却显得很疲惫的样子。颂莲发现他的眼圈下青青的一轮，角膜上可见几缕血丝，这同他的父亲陈佐千如出一辙。

你怎么喝起酒来了，借酒浇愁吗？

愁是酒能消得掉的吗？我是自己在给自己祝寿。

你过生日？你多大了？

管它多大呢，活一天算一天，你要不要喝一杯？给我祝祝寿。

我喝一杯，祝你活到九十九。

胡诌。我才不想活那么长，这恭维话你对老爷说去。

那你想活多久呢？

看情况吧，什么时候不想活就不活了，这也简单。

那我再喝一杯，我让你活得长一点，你要死了那我在家里就找不到说话的人了。

两个人慢慢地呷着酒，又说起那笔烟草生意。飞浦自嘲地说，鸡飞蛋打，我哪里是做生意的料子，不光没赚到，还赔了好几千，不过这一圈玩得够开心的。颂莲说，你的日子已经够开心的了，哪有不开心的事？飞浦又说，你可别去告诉老爷，否则他又训人。颂莲说，我才懒得掺和你们家的事，再说，他现在见我就像见一块破抹布，看都不看一眼。我怎么会去向他说你的不是？颂莲酒后说话时不再平静了，她话里的明显的感情倾向是对着飞浦来的。飞浦当然有所察觉。飞浦的内心开放了许多柔软的花朵，他的脸现在又红又热，他从皮带扣上解下一个鲜艳的绘有龙凤图案的小荷包，递给颂莲。这是我从云南带回来的，给你做个生日礼物吧，颂莲瞥了一眼小荷包，诡谲地一笑说，只有女的送荷包给情郎，哪有反过来的道理呀？飞浦有点窘迫，突然从她手里夺回荷包说，你不要就还给我，本来也是别人送我的。颂莲说，好啊，虚情假意的，拿别人的信物来糊弄我，我要是拿了不脏了我的手？飞浦重新把荷包挂在皮带上，讪讪说，本来就没打算给你，骗骗你的。颂莲的脸就有点沉下来了，我是被骗惯了，谁都来骗我，你也来骗我玩儿。飞浦低下头，偶尔偷窥一下颂莲的表情，沉默不语了。颂莲突然又问，谁送的荷包，飞浦的膝盖上下抖了几下，说，那你就别问了。

八

两个人坐着很虚无地呷酒。颂莲把酒盅在手指间转着玩，她看见飞浦现在就坐在对面，他低着头，年轻的头发茂密乌黑，脖子刚劲傲慢地挺直，而一些暗蓝的血管在她的目光里微妙地颤动着。颂莲的心里很潮湿，一种陌生的欲望像风一样灌进身体，她觉得喘不过气来。意识中又出现了梅珊和医生的腿在麻将桌下交缠的画面。颂莲看见了自己修长姣好的双腿，它们像一道漫坡而下的细沙向下塌陷，它们温情而热烈地靠近目标。

这是飞浦的脚，膝盖，还有腿，现在她准确地感受了它们的存在。颂莲的眼神迷离起来，她的嘴唇无力地启开，嚅动着。她听见空气中有一种物质碎裂的声音，或者这声音仅仅来自她的身体深处。飞浦抬起了头，他凝视颂莲的眼睛里有一种激情汹涌澎湃着，身体尤其是双脚却僵硬地维持原状。飞浦一动不动。颂莲闭上眼睛，她听见一粗一细两种呼吸紊乱不堪，她把双腿完全靠紧了飞浦，等待着什么发生。好像是许多年一下子过去了，飞浦缩回了膝盖，他像被击垮似的歪在椅背上，沙哑地说，这样不好。颂莲如梦初醒，她嗫嚅着，什么不好？飞浦把双手慢慢地举起来，作了一个揖，不行，我还是怕。他说话时脸痛苦地扭曲了。我还是怕女人。女人太可怕。颂莲说，我听不懂你的话。飞浦就用手搓着脸说，颂莲我喜欢你，我不骗你。颂莲说，你喜欢我却这样待我。飞浦几乎是哽咽了，他摇着头，眼睛始终躲避着颂莲，我没法改变了，老天惩罚我，陈家世代男人都好女色，轮到我不行了，我从小就觉得女人可怕，我怕女人。特别是家里的女人都让我害怕。只有你我不怕，可是我还是不行，你懂吗？颂莲早已潸然泪下，她背过脸去，低低地说，我懂了，你也别解释了，现在我一点也不怪你，真的，一点也不怪你。

颂莲醉酒是在飞浦走了以后，她面色酡红，在房间里手舞足蹈、摔摔打打的。宋妈进来按她不住，只好去喊陈老爷陈佐千来。陈佐千一进屋就被颂莲抱住了，颂莲满嘴酒气，嘴里胡言乱语。陈佐千问宋妈，她怎么喝起酒来了？宋妈说我怎么会知道，她有心事能告诉我吗？陈佐千差宋妈去毓如那里取醒酒药，颂莲就叫起来，不准去，不准告诉那老巫婆。陈佐千很厌恶地把颂莲推到床上，看你这副疯样，不怕让人笑话。颂莲又跳起来，勾住陈佐千的脖子说，老爷今晚陪陪我，我没人疼，老爷疼疼我吧。陈佐千无可奈何地说，你这样我怎么敢疼你？疼你还不如疼条狗。

毓如听说颂莲醉酒就赶来了。毓如在门口念了几句阿弥陀佛，然后上来把颂莲和陈佐千拉开。她问陈佐千，给她灌药？陈佐千点点头，毓如想摁着颂莲往她嘴里塞药，被颂莲推了个趔趄。毓如就喊，你们都动手呀，给这个疯货点厉害。陈佐千和宋妈也上来架着颂莲，毓如刚把药灌下去，颂莲就啐出来，啐了毓如一脸。毓如说，老爷你怎么不管她，这疯货要翻天了。陈佐千拦腰抱住颂莲，颂莲却一下软瘫在他身上，嘴里说，老爷别走，今天你想干什么都行，舔也行，摸也行，干什么都依你，只要你别走。陈佐千气恼得说不出话，毓如听不下去，冲过来打了颂莲一记耳光，无耻的东西，老爷你把她宠成什么样子了！

南厢房闹成一锅粥，花园里有人跑过来看热闹。陈佐千让宋妈堵住门，不让人进来看热闹。毓如说，出了丑就出个够，还怕让人看？看她以后怎么见人？陈佐千说，你少插嘴，我看你也该灌点醒酒药。宋妈捂着嘴强忍住笑，走到门廊上去把门。看见好多人在窗外探头探脑的。宋妈看见大少爷飞浦把手插在裤袋里，慢慢地朝这里走。她正想让不让飞浦进去呢，飞浦转了个身，又往回走了。

下了头一场大雪，萧瑟荒凉的冬日花园被覆盖了兔绒般的积雪，树枝和屋檐都变得玲珑剔透、晶莹透明起来。陈家几个年幼的孩子早早跑到雪地上堆了雪人，然后就在颂莲的窗外跑来跑去追逐，打雪仗玩。颂莲还听见飞澜在雪地上摔倒后尖声啼哭的声音。还有刺眼的雪光泛在窗户上的色彩。还有吊钟永不衰弱的嘀嗒声。一切都是真切可感。但颂莲仿佛去了趟天国，她不相信自己活着，又将一如既往地度过一天的时光了。

夜里她看见了死者雁儿，死者雁儿是一个秃了头的女人，她看见雁儿在外面站着推她的窗户，一次一次地推。她一点不怕。她等着雁儿残忍的报复。她平静地躺着。她想窗户很快会被推开的。雁儿无声地走进来了，带着一种头发套子，挽成有钱太太的圆髻。颂莲说，你上哪儿买的头发套子？雁儿说，在阎王爷那儿什么都有。然后颂莲就看见雁儿从髻后抽出一根长簪，朝她胸口刺过来。她感觉到一阵刺痛，人就飞速往黑暗深处坠落。她肯定自己死了，千真万确地死了，而且死了那么长时间，好像有几十年了。

颂莲披衣坐在床上，她不相信死是个梦。她看见锦缎被子上真的插了一根长簪，她把它摊在手心上，冰凉冰凉。这也是千真万确的，不是梦。那么，我怎么又活了呢，雁儿又跑到哪里去了呢？

颂莲发现窗子也一如梦中半掩着，从室外穿来的空气新鲜清冽，但颂莲辨别了窗户上雁儿残存的死亡气息。下雪了，世界就剩下一半了。另外一半看不见了，它被静静地抹去，也许这就是一场不彻底的死亡。颂莲想我为什么死到一半又停止了呢，真让人奇怪。另外的一半在哪里？

梅珊从北厢房出来，她穿了件黑貂皮大衣走过雪地，仪态万千容光焕发的美貌，改变了空气的颜色。梅珊走过颂莲的窗前，说，女酒鬼，酒醒了？颂莲说，你出门？这么大的雪。梅珊拍了拍窗子，雪大怕什么？只要能快活，下刀子我也要出门。梅珊扭着腰肢走过去，颂莲不知怎么就朝她喊了一句，你要小心。梅珊回头对颂莲嫣然一笑，颂莲对此印象极深。事实上这也是颂莲最后一次看见梅珊迷人的笑靥。

梅珊是下午被两个家丁带回来的。卓云跟在后面，一边走一边嗑着瓜子。

事情说到结果是最简单了，梅珊和医生在一家旅馆里被卓云堵在被窝里，卓云把梅珊的衣服全部扔到外面去，卓云说，你这臭婊子，你怎么跑得出我的手心？

这天颂莲看着梅珊出去又回来，一前一后却不是同一个梅珊。梅珊是被人拖回北厢房去的，梅珊披头散发，双目怒睁，骂着拖拽她的每一个人。她骂卓云说我活着要把你一刀一刀削了死了也要挖你的心喂狗吃。卓云一声不吭，只顾嗑着瓜子。飞澜手里抓着梅珊掉落的一只皮鞋，一路跑一路喊，鞋掉啰，鞋掉啰。颂莲没有看见陈佐千，陈佐千后来是一个人进北厢房去的，那时候北厢房已经被反锁上了。

颂莲无心去隔壁张望，她怀着异样沉重的心情谛听着梅珊的动静。她很想知道陈佐千会怎么处置梅珊。但是隔壁没有丝毫的动静。一个家丁守在门口，摇着一串钥匙，开锁，关锁。陈佐千又出来了，他站在那里朝花园雪景张望了一番，然后甩了甩手，朝南厢房里走过来。

好大的雪，瑞雪兆丰年呐。陈佐千说。陈佐千的脸比预想的要平静得多。颂莲甚至感觉到他的表现里有一种真实的轻松。颂莲倚在床上，直盯着陈佐千的眼睛，她从中另外看到了一丝寒光，这使她恐惧不安。颂莲说，你们会把梅珊怎么样？陈佐千掏出一支象牙牙签剔着牙，他说，我们能把她怎么样？她自己知道应该怎么样。颂莲说，你们放她一马吧。陈佐千笑了一声说，该怎么样就怎么样。

颂莲彻夜未眠，心如乱麻。她时刻谛听着隔壁的动静，心里想的都是自己的事情。每每想到自己，一切却又是一片空白，正好像窗外的雪，似有似无，有一半真实，另外一半却是融化的虚幻。到了午夜时分，颂莲忽然又听见了梅珊唱她的京戏，有点不相信自己的耳朵，屏息再听，真的是梅珊在受难夜里唱她的京戏。

叹红颜薄命前生就
美满姻缘付东流
薄幸冤家音信无有
啼花泣月在暗里添愁
枕边泪呀共那阶前雨

隔着窗儿点滴不休

山上复有山

何日里大刀环

那欲化望夫石一片

要寄回文只字难

总有这角枕锦衾明似绮

只怕那孤眠不抵半床寒

整个夜里后花园的气氛很奇特，颂莲辗转难眠，后来又听见飞澜的哭叫声，似乎有人把他从北厢房抱走了。颂莲突然再也想不出梅珊的容貌，只是看见梅珊和医生在麻将桌下交缠着的四条腿，不断地在眼前晃动，又依稀觉得它们像纸片一样单薄，被风吹起来了。好可怜，颂莲自言自语着，听见院墙外响起了第一声鸡啼，鸡啼过后世界又是一片死寂，颂莲想我又要死了。雁儿又要来推窗户了。

颂莲迷迷糊糊半睡半醒着。这是凌晨时分，窗外一阵杂沓的脚步声惊动了颂莲，脚步声从北厢房朝紫藤架那里去。颂莲把窗帘掀开一条缝，看见黑暗中晃动着几个人影，有个人被他们抬着朝紫藤架那里去。凭感觉颂莲知道那是梅珊，梅珊无声地挣扎着被抬着朝紫藤架那里去。梅珊的嘴被堵住了，喊不出声音。颂莲想他们要干什么，他们把梅珊抬到那里去想干什么。黑暗中的一群人走到了废井边，他们围在井边忙碌了一会儿，颂莲就听见一声沉闷的响声，好像井里溅出了很高很白的水珠。是一个人被扔到井里去了。是梅珊被扔到井里去了。

大概静默了两分钟，颂莲发出了那声惊心动魄的狂叫。陈佐千闯进屋子的时候看见她光着脚站在地上，拼命揪着自己的头发。颂莲一声声狂叫着，眼神黯淡无光，面容更像一张白纸。陈佐千把她架到床上，他清楚地意识到这是颂莲的末日，她已经不是昔日那个女学生颂莲了，陈佐千把被子往她身上压，说你看见什么？你到底看见了什么？颂莲说，杀人。杀人。陈佐千说，胡说八道。你看见了什么？你什么也没有看见。你已经疯了。

第二天早晨，陈家花园爆出了两条惊人的新闻。从第二天早晨起，本地的人，上至绅士淑子阶层，下至普通百姓，都在谈论陈家的事情，三太太梅珊含羞投井，四太太颂莲精神失常，人们普遍认为梅珊之死合情合理，奸夫淫妇从来没有好下场。但是好端端的年轻文静的四太太颂莲怎么就疯了呢，熟知陈家内情的人说，那也很简单，兔死狐悲罢了。

第二年春天，陈佐千又娶了第五位太太文竹。文竹初进陈府，经常看见一个女人在紫藤架下枯坐，有时候绕着废井一圈一圈地转，对着井中说话。文竹看她长得清秀脱俗，干干净净，不太像疯子，问边上的人说，她是谁？人家就告诉她，那是原先的四太太，脑子有毛病了。文竹说，她好奇怪，她跟井说什么话？人家就复述颂莲的话说，我不跳，我不跳，她说她不跳井。

颂莲说她不跳井。

原载《收获》1989年第6期
第四届《小说月报》优秀中篇小说“百花奖”

附录 1

改革开放40年小说论坛答记者问

王　干

1. 为什么举办这次活动？反映改革开放40周年的佳作如云，确定取舍、入选作品的标准为何？

答：改革开放40年来，我们国家在经济、社会、文化等方方面面都取得了很大的发展，文学更是取得了非常大的成就。文学与改革开放是一起呐喊、一起前进，成为改革开放文化的一部分。我们《小说选刊》和中国小说学会及人民日报海外网联合举办改革开放40年小说论坛暨最有影响力的40部小说评选活动，就是想通过对这40年小说的回顾、梳理，同时也是对改革开放的重新理解、重新认识，从而对小说创作所呈现出来的风貌与改革开放的关系进行一个学术性研究和历史性回顾。

改革开放跟小说创作的关系是非常有意思的。首先，文学呼唤改革开放。1978年以来，中国的文学家、小说家“春江水暖鸭先知”，率先感受到时代春风的来临。同时，文学也反映人民的心声，能够及时地传达老百姓对社会变革、对社会进步的诉求。我们从两个方面就能看出改革开放跟小说的关系，一个是作家通过写作品来呼唤时代变革，呼唤社会进步，呼唤我们对旧有的陋习、旧有的陈规进行变革性的改造，比如高晓声的《陈奂生上城》、刘心武的《班主任》、王蒙的《春之声》。《春之声》这部作品就可以概括为“春江水暖鸭先知”，它首先感应到春天来临的消息。这是感知、呼唤改革。第二个就是小说呈现改革的进程、改革的艰难。比如直接描写改革的小说《乔厂长上任记》，成为中国改革小说的先驱。同时还有其他一些作家，也对中国改革进行了正面的描写，张洁的《沉重的翅膀》则是对改革现实的书写，张贤亮、周梅森等都有描写改革进程的长篇小说。

我们通过这次40年的回顾，可以看到我们中国社会在改革开放中取得的成果，同时也能够看到中国社会向前前进的艰难。这个活动是出于这样一个动机，就是用小说来展现改革开放40年的进程，同时也是把我们的小说放在一个大的历史背景、时代背景里来考察。另一个方面就是小说在艺术创作上，这40年中国小说的变化也是非常大的，经过了一个浪潮又一个浪潮，受到西方文学的影响之后，也慢慢产生了中国特色的现实主义小说，比如新写实小说就是改革开放之后诞生的一种比较成熟的小说流派、小说美学。

这次入选的作品从内容上、形式上都能够看出小说在这些年的进步和发展。当然，这些年我们的文学也是经过了伤痕文学、反思文学、改革文学、寻根文学、先锋文学、新写实小说以及后来的各种各样文学的变化。改革开放40年，我们在经济上取得了跨越式发展，在文学上我们也是高速地走过了西方近一百年的文学历程，小说更是明显。这40年我们几乎把西方的各种流派、各种主张在中国操练了一遍，并在操练的过程中，慢慢形成了中国特色的小说，比如中国特色的现实主义“新写实小说”。我们举办这个论坛的目的就是，在对过去的历史进行梳理的同时，找出过去的不足，找出今后我们发展的方向，从而更好地促进小说的发展与进步。

2. 这个活动为何会选择在青岛举办？

改革开放以来，中国社会从一个比较封闭、缺少现代意识和现代文明的时空进入到一个新的时空，这个新的时空的一个特征就是当时沿海开放了14个港口城市，青岛是其中之一。作为最早开放的城市，青岛始终站在改革开放风气之先，为中国的改革开放提供了很多经验，做出了许多贡献，南方的深圳、北方的青岛，都是改革开放最前沿的城市。这次活动放在青岛，也是让改革开放的城市和我们改革开放的小说、文学能够有机结合起来。

同时，青岛这些年来也产生了像尤凤伟这样的在改革开放中成长起来的优秀作家，他不仅是山东文学的重要组成部分，更是中国改革开放小说版图上不可缺少的一块。

3. 之前中国小说学会在青岛举行年会，您也来过青岛，您对青岛二十世纪三四十年代的文学渊源有何见解？

这也是这次论坛选在青岛举办的一个原因。青岛是一个文学的城市。二十世纪有大量的文学家在青岛留下他们的足迹，也留下他们的作品。老舍在青岛期间创作了长篇小说《骆驼祥子》和两部散文集。沈从文 1931—1933 年在青岛任国立青岛大学讲师，这期间完成了几十部中短篇小说和散文，有《自传》《八骏图》《月下小景》等。梁实秋 1930—1934 年在国立青岛大学任外文系主任兼图书馆馆长，在青岛期间开始翻译影响广泛的《莎士比亚全集》。闻一多任国立青岛大学文学院院长时著有《奇迹》等诗。除此之外还有很多，青岛一直与文学有着千丝万缕的密切联系。改革开放这些年来，王蒙先生在青岛的海洋大学担任文学院院长，也是延续了青岛作为文学城的传统。所以这次活动选在青岛，既是与改革开放现实的对接，也是文学传统的延续。

4. 此次论坛专家委员会的构成有什么特点？

这次活动不是评奖，也不是写文学史，这是一次带有主题的评选，我们评选的是最有影响力的 40 部小说。影响力主要从三个方面讲：第一，当时的社会影响。就是当时在社会上产生的影响，在读者中激起的波澜。第二，它和文学史的遴选不一样，文学史注重全貌和整体，我们这次注重的是最具有改革开放精神的作品。第三，也注重在小说发展史的地位和影响。入选作品在小说艺术创新上的成就，比如它延续了什么、有没有影响其他人的写作、有没有影响时代风潮的变化等。

由于这次评选注重影响力，不是学院派的评选，我们注重社会影响和社会思潮，从社会学和文学史的双重角度来考察作品。一部作品当时的社会影响力是怎样，回过头看，它对我们今天的社会产生了什么作用，这是我们关注的。所以我们的专家委员会构成既邀请了一些专家学者，比如中国小说学会的一些专家，部分高校的教授，也邀请了一些接地气、现场感强的编辑家和评论家。评委主要由三方面构成：第一是在文学现场、文学生产第一线的编辑家；第二是始终在文学创作现场的评论家，就是这些年来一直在跟踪、研究、描述当下小说创作的评论家；第三是在作协系统相关部门工作的专家和学者。我们的专家委员会除了专业性以外，还考虑到方方面面的代表性。

所以我们这次的评选是有广泛的社会性和广泛的群众基础的。专家构成比较全面，不是某一种类型的，或者学院派的专家团队，而是各种类型、方方面面的，有社会各方面代表性的专家团队。

5. 这次的评选方式是怎样的？

我们这次的评选方式比较有意思，是通过通讯投票的方式。评委和评委之间是背靠背的，是真正意义上的票选，有点类似民主选举。我们提供了120部备选作品，40部长篇，40部中篇，40部短篇，由40位专家投票选出15部长篇、15部中篇、10部短篇，一共选40部最有影响力的小说。入选作品严格按票数多少来确定，得票靠前当然入选。入选的作品自然是众望所归，但长篇、中篇、短篇作为备选的40部作品，都是有影响力的小说，每一部落选都是很遗憾的，我们尊重专家委员会的选择，也感谢那些入选和没有入选的作家，因为他们的伟大创作，才让我们的评选充满了惊叹和遗憾，惊叹他们的创作至今仍有价值，遗憾一些好作家好作品的落选。

（原载《青岛日报》）

附录 2

改革开放40年小说论坛暨最有影响力小说评选

专家委员会

主　任　阎晶明　吴义勤

副主任　王　干　赵利民

委　员（以姓氏笔画顺序）

王　干　王　山　王春林　文　欢　卢　翎　老　藤　毕光明

刘玉栋　杜学文　李一鸣　李国平　李晓东　李掖平　杨　扬

吴义勤　吴克敬　何子英　何向阳　汪　政　张未民　张颐武

张燕玲　林　霆　欧阳黔森　周明全　郑建华　宗仁发

胡　平　赵利民　段守新　施战军　徐晨亮　高建刚　郭宝亮

黄发有　阎晶明　梁鸿鹰　程永新　路英勇　臧永清

主办单位

中国作家协会《小说选刊》杂志社

中国小说学会

人民日报海外网

承办单位

青岛市作家协会

论坛办公室主任

王　干

赵利民

论坛办公室副主任

李晓东

徐　蕾

高建刚

附录3

改革开放40年最有影响力小说入选篇目

（以作家姓氏笔画为序）

长篇小说（15部）

活动变人形 …… 王　蒙
长恨歌 …… 王安忆
务虚笔记 …… 史铁生
芙蓉镇 …… 古　华
白鹿原 …… 陈忠实
羊的门 …… 李佩甫
尘埃落定 …… 阿　来
沉重的翅膀 …… 张　洁
古船 …… 张　炜
繁花 …… 金宇澄
生死疲劳 …… 莫　言
笨花 …… 铁　凝
春尽江南 …… 格　非
浮躁 …… 贾平凹
平凡的世界 …… 路　遥

中篇小说（15部）

黄金时代 …… 王小波
风景 …… 方　方
你别无选择 …… 刘索拉
玉米 …… 毕飞宇
高山下的花环 …… 李存葆
绿化树 …… 张贤亮
美食家 …… 陆文夫

棋王 …………………………………………………………………… 阿　城
妻妾成群 ……………………………………………………………… 苏　童
活着 …………………………………………………………………… 余　华
世界上所有的夜晚 …………………………………………………… 迟子建
红高粱 ………………………………………………………………… 莫　言
人到中年 ……………………………………………………………… 谌　容
今夜有暴风雪 ………………………………………………………… 梁晓声
人生 …………………………………………………………………… 路　遥

短篇小说（10 部）

春之声 ………………………………………………………………… 王　蒙
为兄弟国瑞善后 ……………………………………………………… 尤凤伟
我的遥远的清平湾 …………………………………………………… 史铁生
班主任 ………………………………………………………………… 刘心武
狗日的粮食 …………………………………………………………… 刘　恒
受戒 …………………………………………………………………… 汪曾祺
爱是不能忘记的 ……………………………………………………… 张　洁
陈奂生上城 …………………………………………………………… 高晓声
哦，香雪 ……………………………………………………………… 铁　凝
乔厂长上任记 ………………………………………………………… 蒋子龙